YUAN-LIOU
ACTIVE ENGLISH-CHINESE
DICTIONARY

遠流活用
英漢辭典

| 策劃 | 學術交流基金會 **吳靜吉** 博士

國家圖書館出版品預行編目（CIP）資料

遠流活用英漢辭典 = Yuan-Liou active English-Chinese
　dictionary / 吳靜吉策劃；黃恆正，邱明義，蔡俊男，
　廖秀雄，吳慎慎，陳煌春，李傳理，陳祈明，王宣一，
　羅竹茜，蘇正隆，曾淑正，David Kamen 翻譯 . -- 三
版 . -- 臺北市：遠流出版事業股份有限公司, 2024.07
　　面；　公分
　ISBN 978-626-361-032-3（平裝）

　1. CST: 英語　2. CST: 詞典

805.132　　　　　　　　　　　112002546

© Gakken

遠流活用英漢辭典

策劃——學術交流基金會‧吳靜吉博士
翻譯‧校訂——黃恆正　邱明義　蔡俊男　廖秀雄　吳慎慎
　　　　　　　陳煌春　李傳理　陳祈明　王宣一　羅竹茜
　　　　　　　蘇正隆　曾淑正　David Kamen

編輯‧繪圖——遠流英漢辭書編輯室
封面設計——萬勝安

發行人——王榮文
出版發行——遠流出版事業股份有限公司
台北市中山北路一段 11 號 13 樓
劃撥—— 0189456-1
電話—— (02) 2571-0297
傳真—— (02) 2571-0197

著作權顧問——蕭雄淋律師

2000 年 12 月 1 日　二版一刷
2024 年 7 月 1 日　三版一刷
售價—— **320** 元
如有缺頁或破損，請寄回更換
有著作權‧侵害必究　Printed in Taiwan
ISBN 978-626-361-032-3

YLib 遠流博識網 http://www.ylib.com E-mail: ylib@ylib.com

痛痛快快學英文

學英文不是苦事，學英文要講求方法，
學英文還有許多意想不到的好處……

* 教育心理學家
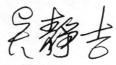

艾英文就是不愛英文，他從國中一年級讀英文開始，就覺得他的名字「名不符實」。其實，他愛的是中文，他的中文也一向「高竿」，想到這裡，他不禁跳了起來，說：全世界有四分之一的人是中國人，為什麼大多數的人都在學英文，為什麼中文不是國際共通的語文呢？將來只要中國強大，就沒有這個問題了。談到中國的強大，他就更興奮了。

艾英文的想法非常令人敬佩，事實上世界各國也越來越重視中文的學習。就以日本來說吧！日本有一個國際交換機構，便希望能有機會讓日本的兒童來國內學中文。只要我們強大，中文便到處都管用。

艾英文雖然越想越興奮，可是這次英文考試却考得很「菜」，以前總還有「活當」的機會，而這次鐵是「死當」定了，這就是現實。

一個腳踏實地的人，必須學會如何面對現實。

我們為什麼要「必修」英文呢？為什麼要學習外國語文呢？我們可以從兩方面來看這個問題。

第一：會兩種語文的人，他們的創造力往往比只會一種語文的人高。早在十年前，三位美國教授和我在新加坡做了一個這樣的研究，說明了多學會一種語文的好處。

第二：語文不僅幫助了個人的思考，同時也幫助了人與人間的溝通。

世界上幾乎沒有一個國家的中學不設有外國語的課程，而英文是最普遍的。所以最近許多的學者把英文當做是國際輔助語言。這樣做，國際間的溝通，學術的交流，商業上的往來，觀光的提倡都方便多了。

只要我們大家自立更生，艾英文的理想也就是我們大家的理想，中文會很快地成為國際的輔助語文。

在這個理想實現之前，為了促進溝通，為了提高創造力，還是得面對現實，腳踏實地的學習英文。我相信事在人為、人定勝天的道理，只是怎麼學習呢？下面的一些方法，就是告訴你怎麼愉快地利用辭典來學英文。

辭典是一種工具，一種資源。我們要如何利用這個資源來學英文呢？這裡有兩種方法可以幫助你舉一反三，活物活學。第一種方法是創造性的方法，第二種是集思廣益的方法。

什麼是創造性的學習方法呢？

艾英文為讀英文而挑燈夜戰，可是「孤夜無伴」，一方面是一個人獨處，另一方面又感到寂寞。「獨處」與「寂寞」有何不同呢？單獨地一個人獨處，英文是alone，而「寂寞」是 lonely。一個人獨處時不一定寂寞，而寂寞也不一定是獨處時，這兩個字似是而非，它們的分別，這本辭典便可幫上忙。（見 P.13）

辭典除了這個好處外，所謂創造性的學習，就是用各種不同的方法來學習，

可以比較字與字的異同，可以舉一反三，從一個字得到靈感而聯想到其他相關的字，能夠將一個句型活用，想出許許多多這類句型的句子等等。只要你能「活物活學」，自然心有靈犀一點通。

比如：考試到了你想靜一靜，你可對吵著要你去玩的人說，Leave〔Let〕me alone. 在字典裡找 alone 便可找到這樣的句子，你可利用這個句型：Let〔Leave〕……alone. 來學習。你可拿出紙筆或錄音機，做這樣的練習。Leave us alone. Leave her alone. Leave him alone. Leave the cat alone. Leave the dog alone. Leave daddy alone. Leave mammy alone. 等等。這是說，你用了許多名詞或受格代名詞來完成句子，你也順便複習了一些名詞、代名詞。學會了這句型，你還可進一步練習美國家喻戶曉的童謠：

Little Bo-Peep has lost her sheep,

And doesn't know where to find them;

Leave them alone and they'll come home;

Wagging their tails behind them.

在這童謠裡面，把 **leave**……**alone** 的句型用得極富創意。你的腦筋如果能夠這樣不斷地創造，讀書就不會無聊了。

同樣地，你在 alone 這個字裡，也可順便查到 let alone……（更不用說了）這成語。辭典裡提供了一個句子：He can't speak English, let alone German. 這個句型就是 He can't……, let alone……。你就可想出許多這類句型的句子：He can't walk, let alone run. He can't move, let alone dance. He can't learn, let alone teach.……等等。這樣的學習是可以激發你的創造力的。

什麼是集思廣益的學習方法呢？

找幾個志同道合的朋友，大家在一起可以很愉快地做團體活動來學英文。例如：「請」這個單字是 please。幾個朋友在一起，便可限制一個時間，看看誰能夠用這個字裡的字母，拼出其他的字來，拼得越多越好，但要正確。如：plea, peal, peel, pea, lease, leap, as, ease, sea, see, sleep, seal……等等。最後計算次數，決定勝負，而以辭典來校正答案。

同樣的，幾個朋友在一起，也可做練習句型的遊戲。例如：I feel……這句型，可以在有限的時間內，看看大家一共能想出多少句子，可以事先定個標準。如：I feel happy. I feel lonely. I feel great. I feel fine. I feel terrible. ……等等。

當然，還有許多的方法可以幫助你運用創造性及集思廣益的方法來學習英文，而且同時可激發創造力及增進人與人之間的關係。這樣的方法，不只是學英文可用，如果你學會了這樣的本領，其他的語文及科目的學習，你都能得心應手，成為「高竿」的。

＊吳靜吉，宜蘭鄉下人，政大畢業，美國明尼蘇達大學教育心理學博士。在美任教六年後返國。過去及現在都致力於創造力（包括思考、語言…）及人際關係訓練的研究，曾發表「雙重語言和雙重文化的兒童」的教育影片和有關論文，對台灣的教育界與藝文界影響深遠。

遠流活用英漢辭典
用法說明

　　讀者在使用本辭典之前,須先對本辭典的編輯方式有粗略的了解。以下所揭示的事項,是構成本辭典的規則之梗概。

§ 1. 單字

本辭典全部單字,均依照字母順序排列。

二個拼法相同而字義各異的字,各在該單字右上角加註[1,2,3],以便區別。

(例)　**pitcher**[1]……图 水罐

　　　pitcher[2]……图 (棒球)投手

美、英拼法不同的單字,標示如下:

(例)　**color**, ⊛ **colour**

(註)　複合字、衍生字等均附列於各根字之後,各用 複合 衍生 字樣標明之,並舉出其詞性和字義,必要時並對其用法加以解說。

§ 2. 發音

本辭典單字之注音,係兼採 K.K.和 D.J.音標,標示於 [　　] 之內。除 [　　] 後的 ⊛ ⊜ ⊛ ⊘ ⊕ ⊛ 等演變字和音標不全的字(如〔-lju:〕)延用萬國音標外,其餘一律採用 K.K.音標。美音列於英音之前,英音前面附加 ⊛ 字。

(例)　**rock** [rɑk; rɒk, ⊛ rɔk]

發音或重音須特加注意者,在音標後面附加(注意發音)。同時,拼字須特加注意者,也在音標後面附加(注意拼法)。

(例)　**second**[1] [`sɛkənd; 'sekənd] (注意發音)

　　　conscience [`kɑnʃəns; 'kɒnʃəns] (注意拼法)

與該單字同音的字,列於後面,俾便交互參照。

(例)　**ore** [or; ɔː(r)] ⊛ -s [-z] ▶ 與 oar(槳), or 同音。

　　　dye [daɪ; daɪ] ⊛ -s [-z] ▶ 與 die(死)同音。

其他,與該單字之發音或拼法具有深切關係的字群,均用圖表促請注意。

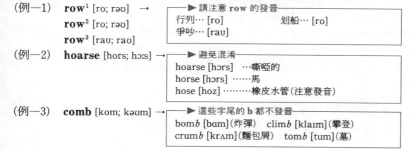

(例—1)　**row**[1] [ro; rəʊ]　→　　　▶ 請注意 row 的發音
　　　　row[2] [ro; rəʊ]　　　　　行列… [ro]　　　　　　划船… [ro]
　　　　row[3] [raʊ; raʊ]　　　　　爭吵… [raʊ]

(例—2)　**hoarse** [hors; hɔːs] →　　▶ 避免混淆
　　　　　　　　　　　　　　　　hoarse [hors] …嘶啞的
　　　　　　　　　　　　　　　　horse [hors] ……馬
　　　　　　　　　　　　　　　　hose [hoz] ………橡皮水管(注意發音)

(例—3)　**comb** [kom; kəʊm] →　　▶ 這些字尾的 b 都不發音
　　　　　　　　　　　　　　　　bom*b* [bɑm](炸彈)　clim*b* [klaɪm](攀登)
　　　　　　　　　　　　　　　　crum*b* [krʌm](麵包屑)　tom*b* [tum](墓)

§ 3. [字形變化]

名詞的複數式(用 [複] 標明),形容詞、副詞的比較變化(比較級用 [比] 標明,最高級用 [最] 標明),動詞的變化(第三人稱、單數、現在式用 [三] 標明,過去式和過去分詞之規則變化者用 [規] 標明,其不規則變化者用 [不] 標明,過去式與過去分詞之形式不同者,在它們中間用;符號加以區分,再者,與現在分詞式之間,也用;符號加以區分)等均附於音標後面,必要時並添加注音。

(例) **degree** [dɪ`gri; dɪgriː] [複] **-s** [-z]

kind[1] [kaɪnd; kaɪnd] [比] **-er** [最] **-est**

lie [laɪ;laɪ] [三] **-s** [-z] [不] **lay** [le]; **lain** [len]; **lying**

like [laɪk; laɪk] [三] **-s** [-s] [規] **-d** [-t]; **liking**

◉關於名詞的複數式:

名詞的複數式與單數式同式者,標示如下:

(例) **carp** [kɑrp; kɑːp] [複] **carp**

dozen [`dʌzn̩; 'dʌzn] [複] **-s** [-z], **dozen** ←表示有兩種複數形式。

名詞不作複數變化者,標示如下:

(例) **ease** [iz; iːz] [複] 無

milk [mɪlk; mɪlk] [複] 無

名詞複數變化不規則者,在[複]字樣的後面標出其複數式。

(例) **child** [tʃaɪld; tʃaɪld] [複] **children** [tʃɪldrən]

man [mæn; mæn] [複] **men** [mɛn]

◉關於形容詞・副詞的比較變化:

形容詞、副詞的比較變化,盡量予以標示。單音節的字(如 light, kind, mad 等)通常在其字尾加-er -est 以造成比較級或最高級,但如 pleasant 這種多音節的字,附加-er, -est 是例外,此種情形標示如下:

(例) **pleasant** 也有[比] **-er** [最] **-est** ←表示其比較變化有兩種形式, 另一形式爲本字前加 more, most。

◉關於動詞變化:

動詞字尾重複的單字標示如下:

(例) **excel** [ɪk`sɛl; ɪk'sel] [三] **-s** [-z] [規] **excelled** [-d]; **excelling**

clap [klæp; klæp] [三] **-s** [-s] [規] **clapped** [-t]; **clapping**

transfer [træns`fɝ; træns'fɜː(r)] [三] **-s** [-z] [規] **transferred** [-d]; **transferring**

travel [`trævl̩; 'trævl] [三] **-s** [-z] [規] **-ed** [-d] [英] **travelled** [-d]; **-ing** [英] **travelling**

(註) 名詞或動詞的字尾以 [-t] 或 [-d] 收尾的字附加-s 時,各以**-s** [-s] , **-s** [-z] 標示之。

(例) **act** [ækt; ækt] [複] **-s** [-s]

bind [baɪnd; baɪnd] [三] **-s** [-z]

動詞的變化不易與其他動詞分辨者,特別用圖表舉出說明。

(例) 在 **lie**[1]的項下,

```
                ┌──►避免混淆──────────────┐
                │ 困 躺;臥    lie—lay—lain; lying   │
                │ 及 置放    lay—laid—laid; laying  │
                │ 困 撒謊    lie—lied—lied; lying   │
                └───────────────────────┘
```

§ 4. 詞性

單字的詞性用下列符號標明之。

|名| →名　詞　　　　　|副| →副　詞

|代| →代名詞　　　　　|介| →介系詞

|形| →形容詞　　　　　|連| →連接詞

|動| →動　詞　　　　　|嘆| →感嘆詞

|助| →助動詞

另外, 略字用 |略| 字樣標明之。

同一單字可用作二種以上的詞性時, 第二詞性以下用橫號━━ 以替代該單字。

(例)　**since** [sɪns; sɪns]　　　　　(例)　**absent** [`æbsn̩t; 'æbsənt]

　　|連| ❶ 自…以後　　　　　　　　|形| 不在的, 缺席的

　　━━ |介| 自…以來　　　　　　━━ [æb`sɛnt; æb'sent]

　　　　　　　　　　　　　　　　|動| 及 缺席

冠詞被視爲形容詞的一部分處理, 而關係詞、疑問詞則分別視爲代名詞、形容詞的一部分處理。

動詞的不及物動詞冠以困字樣, 及物動詞冠以及字樣標明之。

(例)　**collect** [kə`lɛkt; kə'lekt] 〇 **-s** [-s] |動| **-ed** [-ɪd]; **-ing**

　　|動| 及 收集;

　　徵收

　　|困| 聚集

原則上, 不及物動詞和及物動詞分開處理, 但也有少數幾個字用困及 或及困合併標明的。

(例)　在 **combat** 的項下,

　　|動| 困 及 奮鬥, 爭鬥

§ 5. 字義

字義和例句具有密切關係, 所以在字義的右欄中, 必附以例句配合。

字義按照其重要程度用❶❷❸…標示, 另外用(;)符號作爲次要區分。同時, 作爲字義中心的重要釋義, 特別用粗體字印出, 以方便讀者記憶和檢查。

(例)　**air** [ɛr; eə(r)] |動| **-s** [-z]

　　|名|❶ 空氣　　　　　　fresh *air* 新鮮的空氣

　　❷ (加上 the)　　　　fly in **the** *air* 在空中飛翔／in **the**

　　空, 空中;大氣　　　　open *air* 在戶外

　　❸ 模樣, 態度;表　　　He has an arrogant *air*.

　　情　　　　　　　　　他態度傲慢。

單字之釋義, 有必須明示其範疇者, 概標明於括弧(　)內。

(例)　**ail** [el; eɪl]　　　　　　(例)　**Italy** [`ɪtəlɪ; 'ɪtəlɪ]

　　|動| 及 (文語) 使苦惱, 使煩惱　　　　|名| (國名) 義大利

　　mad [mæd; mæd]　　　　　　**family** [`fæməlɪ; 'fæməlɪ]

　　|形| ❷ (美) 口語) 瘋狂的　　　　　|名| ❷ 一族; …家;

　　ivy [`aɪvɪ; 'aɪvɪ]　　　　　　　(生物) …科

　　|名| (植物) 常春藤

爲標明該字義用法等的補註, 也標明於括弧(　)內。

(例) **middle** [`mɪdl; 'mɪdl]
　　　图 (加上 the)
　　　中央, 中間

(例) **present**¹ [`prɛznt; 'preznt]
　　　形 ❶(敘述用法)
　　　出席的；在場的
　　　❷(限定用法)
　　　現在的

(例) **must** [mʌst; mʌst]
　　　助 ❶(命令, 義務, 必要)
　　　…必須, 不得不, 應該

(例) **incline** [ɪn`klaɪn; ɪn'klaɪn]
　　　動 及 ❸(用 be inclined to V
　　　的句型)想…, 有…的傾向

　　　command [kə`mænd; kə'mɑːnd]
　　　動 及 ❸(山等)｜The hill *commands* a fine view.
　　　俯視；占有　　｜此山展望甚佳。
　　　　　　　　└→暗示與「山」等主詞連用。

同義字, 反義字, 相對字等, 各用 圓,反, 對 等字樣標明之。但應特別注意者, 則用圖表舉出說明。

(例) **past** [pæst; pɑːst]
　　　形 過去的
　　　反 future

(例) **niece** [nis; niːs]
　　　图 姪女；甥女
　　　對 nephew

(例) ┌─▶ **idle** 和 **lazy**──────────┐
　　　│ idle 不一定都是壞的意味, 而 lazy 則常用於「懶惰的」│
　　　│ 之壞的意味。　　　　　　　　　　　　　　　　　│
　　　└────────────────────────┘

(例) ┌──**encourage** 和 **discourage**──────┐
　　　│ encourage...　　**to** V(鼓勵(某人)做)　│
　　　│ discourage...　　**from** Ving(使(某人)不敢做)│
　　　└────────────────────────┘

§ 6. 例句

原則上, 例句附隨於定義的右欄。例句以完整的句子為主, 俾有助於讀者默誦或作文造句之參考應用。

例句中, 與該單字一致的字用斜體字印出, 與該單字有關的字(如介系詞, 副詞, 動詞, 冠詞, 連接詞等)用粗體字印出, 以便引起注意。

(例) **eager** [`igɚ, 'iːgə(r)]
　　　形 ❶渴望的, 切｜He is *eager* to succeed.
　　　望的　　　　　｜他渴望成功。
　　　　　　　　　　｜We are *eager* **for** [**after**] peace.
　　　　　　　　　　｜我們渴望和平。

各單字下所舉例的詞, 在各例之間用／線隔開。

(例) **entire** [ɪn`taɪr; ɪn'taɪr]
　　　形 ❶整個的, 全｜the *entire* family 全家／an *entire*
　　　部的 圓 whole｜day 一整天

§ 7. 成語

成語與單字一樣, 依照字母順序排列, 各成語用粗斜體字印出, 且與該單字並列同一線上。原則上, 例句在虛線右邊舉出。例句中相當於成語的部分, 用斜體字標出。

(例) 在 **air** 的項下,

a change of　｜You need *a change of air*.
air　　　　｜你需要出門散散心。
　外出散心　　｜
by air　　　 ｜I like to travel *by air*.
　搭飛機　　　｜我喜歡搭飛機旅行。

on the air	The program is *on the air*.
廣播中	這節目正在廣播。

§ 8. 複合字 與 衍生字

單字由二個以上的獨立字組合而成者,稱爲複合字。本辭典大部分的複合字,均用粗體字印出置於 複合 字樣之後。複合字之發音,原則上,在音節與音節之間有重音的部分上面,第一重音用 `"´"` 的符號標出,第二重音用 `"`"` 的符號標出。此外,其詞性置於該複合字之前,其字義則置於該複合字後面的括弧內。

(例) 在 **robe** 的項下,

複合 名 **bàthróbe**(浴衣)

衍生字的處理方式,比照於複合字,故說明從略。

ᙁᙁ

附記:(1) 關於語法

本辭典採用豐富的圖表詳加說明,此爲其他辭典所未有。並儘可能站在寬闊的視野上,不遺餘力地收錄諸如:與他字的關聯、相互的差別,及用法上之特色等。收錄於本辭典中大量的圖表與插圖,爲本辭典足以誇耀的特色。試引用下面數例供作參考:

(例)
> ► **all** 的否定(部分否定)
> 用 not 否定 all 時,意思是「不一定全部都是…」,不是
> 否定全部,而是否定一部分。⇨ both, either, neither,
> every
>   *Not all* men live long.
>   =*All* men *do not* live long.
>   (並非人人都長壽。)

> ► 避免與 **hardly** 混淆
> He works *hard*.   (他拚命工作。)
> He *hardly* works.   (他幾乎不工作。)

附記:(2) 關於字源

本辭典對培養讀者有關常用字的形成或字源的基本知識上,尤屬不遺餘力。

(例)
> ► **para**-表「迴避」與「防護」
> *para*pet(欄杆)   <*para*+pet(胸)
> *para*chute(降落傘)   <*para*+chute(落下)
> *para*sol(陽傘)   <*para*+sol(太陽)

> ► 字尾有 **-logue**(=**talk**)的字
> cata*logue*(目錄) pro*logue*(序幕),epi*logue*(結尾,
> 尾聲),mono*logue*(獨白)

從以上的這些實例,也許您已經了解這本辭典的主要特色了。現在最重要的是,您怎麼有效地使用它。查單字以外,如果您能逐一研讀勤於背誦的話,您的英文程度一定日進萬里。我們希望您從這裡有個 Happy Beginning。

本辭典所使用的符號

( )	置省略部分或補註	憿	表規則變化的動詞
〔 〕	置釋義略有不同可用括弧表明者	俛	表不規則變化的動詞
[ ]	置音標	►	表「註」
／	把兩個以上的例句隔開	<	表字源或原字
❶❷❸	把單字的釋義分別隔開	⇨	參照某字
名…	表詞性	━	同一單字可用作二種以上詞性時, 表
及, 不	表及物動詞, 不及物動詞		替代該單字
複	表複數式	同, 反, 相	表同義字, 反義字, 相對字
比, 最	表比較級, 最高級	美, 英	表美・英用法
三	表動詞的第三人稱, 單數, 現在式之字	複合	表複合字
	尾	衍生	表衍生字

音標對照表

母音(Vowels)				子音(Consonarnts)			
	K.K.	萬國	Key Words		K.K.	萬國	Key Words
1	i	iː	key [ki; kiː]	1	b	b	bob [bɑb; bɒb]
2	ɪ	ɪ	sit [sɪt; sɪt]	2	d	d	dead [dɛd; ded]
3	ɪr	ɪə	here [hɪr; hɪə(r)]	3	f	f	fife [faɪf; faɪf]
4	ɛ	e	pen [pɛn; pen]	4	g	g	gag [gæg; gæg]
5	ɛr	eə	there [ðɛr; ðeə]	5	h	h	how [haʊ; haʊ]
6	æ	æ	cat [kæt; kæt]	6	k	k	kick [kɪk; kik]
7	ɑ	ɑː	palm [pɑm; pɑːm]	7	l	l	lull [lʌl; lʌl]
8	ɑ	ɒ	box [bɑks; bɒks]	8	ḷ	l	little [lɪtl; lɪtl]
9	ɔ	ɔː	saw [sɔ; sɔː]	9	m	m	mom [mɑm; mɒm]
10	ʊ	ʊ	book [bʊk; bʊk]	10	n	n	noon [nun; nuːn]
11	u	uː	food [fud; fuːd]	11	ŋ	n	sudden [sʌdn̩; sʌdn]
12	ʌ	ʌ	cup [kʌp; kʌp]	12	p	p	pop [pɑp; pɒp]
13	ɜ	ɜː	bird [bɜd; bɜːd]	13	r	r	rare [rɛr; reə(r)]
14	ɚ	ə	butter [ˋbʌtɚ; ˈbʌtə(r)]	14	s	s	says [sɛs; ses]
15	ə	ə	another [əˋnʌðɚ; əˈnʌðə(r)]	15	t	t	tat [tæt; tæt]
16	e	eɪ	say [se; seɪ]	16	v	v	valve [vælv; vælv]
17	o	əʊ	know [no; nəʊ]	17	w	w	we [wi; wiː]
18	aɪ	aɪ	my [maɪ; maɪ]	18	j	j	yes [jɛs; jes]
19	aʊ	aʊ	house [haʊs; haʊs]	19	z	z	zones [zonz; zəʊnz]
20	ɔɪ	ɔɪ	boy[bɔɪ; bɔɪ]	20	ŋ	ŋ	king [kɪŋ; kɪŋ]
21	ʊr	ʊə	tour [tʊr; tʊə(r)]	21	ʃ	ʃ	she [ʃi; ʃiː]
22	ju	juː	you [ju; juː]	22	tʃ	tʃ	church [tʃɜtʃ; tʃɜːtʃ]
				23	ʒ	ʒ	measure [ˈmɛʒɚ; ˈmeʒə(r)]
				24	dʒ	dʒ	judge [dʒʌdʒ; dʒʌdʒ]
				25	θ	θ	thank [θæŋk; θæŋk]
				26	ð	ð	thither [ˈðɪðɚ; ˈðɪðə]
				27	hw	hw	why [hwaɪ; hwaɪ]

— A —

a [(強)e; ei(弱)ə; ə] ► 以母音開始的單字之前用 an。
[(強)æn; æn(弱)ən; ən] ⇨ an

	► 子音之前用 a		母音之前用 an
a	⎰ book ⎱ ⎰ desk ⎱ ⎰ year [jɪr]	an	⎰ apple ⎱ ⎰ orange ⎱ ⎰ hour [aur]

[形] (不定冠詞)
❶ 一個(附於可數的單字之前)　There is *a* vase on the table.
桌上有一個花瓶。
　► 「一」可以不譯出。
❷ 一　In *a* word he is a coward.
[同] one　一言以蔽之, 他是個膽小鬼。
　You can't master English in *a* year.
你不可能一年就精通英文。
❸ 凡…者(相當　A dog is *a* lovely animal.
於 any, 指同種　狗是可愛的動物。
類的任何一個)　► ❸用於代表全體的單數之前。the 也
有這種用法。⇨ the
❹ 相同的　We are of *an* age.
[同] same　我們同齡。
❺ 每一…　He comes here twice *a* week.
[同] per　他每週來這裡兩次。
❻ 專有名詞之前
a. 叫做…的人　A Mr. Smith came here.
一個叫做史密斯的人來過這裡。
b. …的作品　I want *a* Rembrandt.
我想要林布蘭的作品。
c. 像…的人　He is *a* Shakespeare of China.
他是中國的莎士比亞。　　[-d]; -ing

abandon [ə`bændən; ə`bændən] 〇 **-s** [-z] 圈 **-ed**
[動] 捨棄, 放棄　The crew *abandoned* the ship.
船員們放棄這船。　　的; 自棄的
[衍生] [名] **abandonment**(放棄) [形] **abandoned**(被拋棄)

abate [ə`bet; ə`beɪt] 〇 **-s** [-s] 圈 **-d** [-ɪd]; **abating**
[動] [不] 減; 緩和　The wind [The fever] has *abated*.
[及] 減少　風勢[熱度]減緩[退]了。
[衍生] [名] **abatement**(緩和, 減少, 減輕)

abbey [`æbɪ; `æbɪ] 圈 **-s** [-z]
[名] 大修道院; 大　Westminster *Abbey*　倫敦西敏寺大
教堂　　教堂
[衍生] [名] **abbot**(修道院長), **abbess**(女修道院長)

abbreviate [ə`brivɪˌet; ə`briːvɪeɪt] 〇 **-s** [-s] 圈 **-d**
[-ɪd] **-ating**
[動] 縮短(故　'Weight' is *abbreviated* to 'wt.'
事); 省略(單字)　wt. 是 weight 的縮寫。
[衍生] [名] **abbreviation**(縮短; 縮寫)

abdomen [`æbdəmən, æb`domən, əb-; `æbdəmen,
æb`dəumən] 圈 **-s** [-z]
[名] 腹部, 腹　► 用 belly 比較通俗, stomach 主要指
「胃」。

abide [ə`baɪd; ə`baɪd] 〇 **-s** [-z] 函 **abode** [ə`bod]; 圈 **-d**
[-ɪd]
[動] 函 忍耐　I cannot *abide* the insult.
我不能忍受這侮辱。
abide by ...　*Abide by* your promise
堅守…　[resolution].
遵守你的諾言[不移初志]。
　► 上面片語的動詞是[不] 用法。

ability [ə`bɪlətɪ; ə`bɪlətɪ] 圈 **abilities** [-z] ► able 的名詞
[名] 有…的本事;　Man has the *ability* to speak.
能力, 才能　人類有說話的能力。
　► ability 的後面跟隨 to do, 不可用
of doing 的句型。
　He is a man of *ability*.
他是個能幹的人。

► ability 的反義字
inability……無力; 沒有…的能力 　► **unable**(不能…)的名詞式 **disability** …(由於傷害等因而)失能; 殘疾

able [`ebl; `eɪbl] ⊕ **-r** 圈 **-st** 反 **unable**
[形] 能幹的　He is an *able* lawyer.
他是個能幹的律師。
be able to ...　　　⎰ is ⎱
會…　He ⎰ will be ⎱ able *to* swim.
　　　⎰ may be ⎱
他會[將會; 也許會]游泳。
　► can 沒有未來式、過去式, 所以不能說 will can swim
之類的, 可用 be able to do 替代。
[衍生] [動] **enable**(使能夠…) ► 不可與 [形] **unable**(不能…)
混淆。　　　　　　　　　　　　　[-ing 的

abnormal [æb`nɔrml, əb-; æb`nɔːml] 反 normal(正
[形] 異常的　It is *abnormal* to eat so much.
吃那麼多是不正常的。
[衍生] [名] **abnormality**(異常) [副] **abnormally**(異常地)

aboard [ə`bord, ə`bɔrd; ə`bɔːd] ► 勿與 abroad(在海
外)混淆。
[副] [介] 在(船・飛　It's time to go *aboard* (the ship).
機・巴士)上　現在是上船的時候了。
　► 加上 the ship 便是介系詞的用法。

abolish [ə`balɪʃ; ə`bɒlɪʃ] 〇 **-es** [-ɪz] 圈 **-ed** [-t]; **-ing**
[動] 函 廢止　How can we *abolish* war?
我們要怎樣才能廢止戰爭呢?
[衍生] [名] **abolition** [ˌæbə`lɪʃən](廢止)

abominable [ə`bamɪnəbl, -mən-; ə`bɒmɪnəbl]
[形] 可怕的, 可惡　Spiders are *abominable* to him.
的　他很討厭蜘蛛。　　　　　　[-ing 的

abound [ə`baund; ə`baund] 〇 **-s** [-z] 圈 **-ed** [-ɪd];
[動] 函 ❶ 大量存　Fish *abounds* in this lake.
在　＝This lake *abounds* with [in] fish.
這個湖裡面有很多魚。

❷富於 | Arabia *abounds* **in** oil.
| 阿拉伯盛產石油。

衍生 形 **abùndant**（豐富的）名 **abùndance**（豐富）

about [ə`baʊt; ə'baʊt]

介 ❶有關…,關 | He talked *about* his family.
於… | 他談到他的家人。
❷在…的四周; | He looked *about* him.
在…附近 | 他向四下張望。
❸到處 | I walked *about* the town with her.
| 我跟她在城裡到處逛。
❹在手頭,在身 | I have no money *about* me.
邊 | 我身邊沒錢。
—— 副 ❶大約,大 | *About* fifty people came here.
概 | 約有五十個人來過這裡。
❷在附近,在近 | There was no one *about*.
處 | 附近沒人。
❸四周 | He walked *about* in the park.
| 他在公園裡四處走走。
❹轉變方向 | He turned *about*.
| 他轉過身。

be about to V 匣 be on the point of Ving
正要…將要… | The plane *is* just *about to* take off.
| 飛機就要起飛了。

▶ 迫近的感覺比 be going to V 爲強。

What [*How*] *about …?*

❶(提議)…怎麼 | *What about* calling on him?
樣? | 去拜訪他怎樣?
| *How about* a cup of coffee?
| 來一杯咖啡如何?
❷(事情)…怎樣 | *What about* your new plan?
了? | 你的新計畫怎樣了?

above [ə`bʌv; ə'bʌv] 反 below

介 ❶在…上面; | The plane is flying *above* the
比…高 | clouds.
| 飛機飛於雲上。

▶ on 是「附著接觸於…之上」,
above 是「離…上面一點」。

above the tree

on the table

❷在…以上;勝 | The old man is *above* ninety.
過… | 這老人已超過九十歲了。
❸在…的上流; | There is a water mill *above* the
在…之先 | bridge.
| 這橋的上流有部水車。
❹非…能力所能 | This book is *above* me.
及,超乎…之外; | 這本書不是我看得懂的。
不容 | He is *above* suspicion.
| 他全無可疑之處。
❺不屑;以…爲 | He is *above* telling lies.
恥 | 他不屑說謊。
—— 副 ❶在上面; | Look at the clouds *above*.
在頭上;在上流 | 看看上面的雲層。

❷(本頁的)上 | As I mentioned *above*, ...
文,上述 | 如上所述,…
above all | *Above all*, we must be healthy.
最重要的是 | 最重要的是,我們必須健康。

abridge [ə`brɪdʒ; ə'brɪdʒ] 三 **-s** [-ɪz] 現 **-d** [-d];
abridging
動 及 刪節,縮短 | This dictionary is an *abridged*
| edition. 這本辭典是刪節本。

衍生 名 **abrìdgment**, 英 **abrìdgement**（摘要;節本）

abroad [ə`brɔd; ə'brɔːd] 勿與 aboard(搭乘)混淆。
副 往(在)國外, | go abroad 到國外去／travel *abroad*
往(在)海外 | 到國外旅行

abrupt [ə`brʌpt, æb`rʌpt; ə'brʌpt] 同 sudden
形 不意的,突然 | The car made an *abrupt* turn.
的 | 這車急轉彎。

衍生 副 **abrùptly**（不意地,突然地）

absence [`æbsns; 'æbsəns] 複 **-s** [-ɪz]
名 不在,缺席 | Who came during my *absence*?
反 presence | 我不在的時候誰來了?

absent [`æbsnt; 'æbsənt] ▶ 動詞是 [æb`sɛnt]。
形 不在的,缺席 | He is often *absent* from school.
的 反 present | 他經常沒去上學。 [`-ɪd]; **-ing** }
—— [æb`sɛnt; æb'sent] (注意發音)三 **-s** [-s] 現 **-ed** }
動 及 缺席;缺 | He *absented* himself from school.
課;曠職 | 他不到校。

▶ absent 的後面不能遺漏 oneself。

衍生 副 **àbsently**（心不在焉地）名 **àbsentèe**（缺席者）

absolute [`æbsə‚lut; 'æbsəluːt]
形 ❶絕對的;專 | He has *absolute* power.
制的 | 他有絕對的權力。
❷完全的 | *absolute* freedom 完全自由

衍生 副 **àbsolùtely**（絕對地,斷然;〔回答〕正是那樣）

absorb [əb`sɔrb, -`z-; əb'sɔːb, -'z-] 三 **-s** [-z] 現 **-ed**
[-d]; **-ing**
動 及 ❶吸收 | Cotton *absorbs* water.
| 棉花吸水。
❷奪去(心神・ | They were *absorbed* in baseball.
注意);使專心 | 他們專心打棒球。

▶「全神貫注於…」的類句

be lost in: | He *was lost in* thought.
| (他陷入沉思。)
be engrossed in: | He *was engrossed in* reading.
| (他全神貫注於讀書。)
be rapt in: | He *was rapt in* study.
| (他全神貫注於研究。)

衍生 名 **absòrption**（吸收;專注）形 **absòrbent**（有吸溼
〔吸水〕力的）**absòrbing**（非常有趣的） 〔-ing〕

abstain [əb`sten, æb-; əb'stein] 三 **-s** [-z] 現 **-ed** [-d];
動 不及 戒,禁 | He *abstains* **from** drinking.
| 他戒酒。

▶ refrain 是一時的戒煙或戒酒。

衍生 名 **àbstinence**（節制;禁慾;禁酒）**abstèntion**（(投票
的)棄權） 〔的)〕

abstract [`æbstrækt; 'æbstrækt] 反 concrete（具體
形 抽象的,觀念 | an *abstract* picture 抽象畫／an
的 | *abstract* noun 抽象名詞

衍生 副 **àbstráctly**(抽象地, 觀念上地) 名 **abstráction**(抽象)

absurd [əb`sɜd; əb'sɜ:d] (注意發音)
形 荒唐的, 不合理的｜It is *absurd* to try to persuade them. 試圖說服他們是愚蠢的。
同 foolish
衍生 名 **absúrdity**(不合理; 愚蠢荒謬的事)

abundant [ə`bʌndənt; ə'bʌndənt] ► abound的形容詞
形 豐富的, 富足的｜She has *abundant* hair. 她頭髮濃密。
be abundant in... 富於…｜America *is abundant in* natural resources. 美國天然資源豐富。
衍生 名 **abúndance**(充裕, 富足, 富裕) 副 **abúndantly**(很多地, 豐富地)

abuse [ə`bjuz; ə'bju:z] 曲 -s [-ɪz] 過 -d [-d]; abusing
動 及 ❶濫用, 妄用, 虐待｜The king *abused* his power. 國王濫用權力。
❷辱罵｜They *abused* each other. 他們彼此辱罵。
同 insult
—— [ə`bjus; ə'bju:s] 過 -s [-ɪz] ► 動詞是 [ə`bjuz]
名 濫用, 惡用; 惡習; 辱罵; 弊端｜the *abuse* of power 濫用權力 ｜check *abuses* 防止弊端
衍生 形 **abúsive**(辱罵的, 口出惡言的; 濫用的)

academic [ˌækə`dɛmɪk; ˌækə'demɪk] (注意發音)
形 ❶大學的; 學園的｜an *academic* life 大學生活／an *academic* degree 學位
❷學究的; 理論的｜an *academic* attitude 學究的態度
衍生 形 **ácadèmical**(大學的) 副 **ácadèmically**(學問上)

academy [ə`kædəmɪ; ə'kædəmɪ] 複 **academies** [-z]
名 ❶學院; 學園｜a military *academy* 陸軍軍官學校｜a naval *academy* 海軍軍官學校
► 比大學次一級的私立學校或專科學校。
❷(學術 · 美術的)學會, 協會; 學士院｜the *Academy* (英國的) 皇家美術院 (＝the Royal *Academy* of Arts); 法國學士院

accent [`æksɛnt; 'æksent, -sənt] 複 -s [-s]
名 ❶重音, 強音; 重音符號

the secondary accent
次重音   the primary accent
         重音

ín-di-vìd-u-al
              syllable 音節

❷(語言的)腔調｜He speaks *with* a foreign *accent*. 他說話帶外國人的口音。
衍生 動 **accéntuáte**(強調; 標以重音(符號))
名 **accéntuàtion**(加重音符號; 強調)

accept [ək`sɛpt, ɪk-; ək'sept] 曲 -s [-s] 過 -ed [-ɪd];
-ing
動 及 ❶受, 接受｜I *accepted* her invitation. 我接受了她的邀請。

refuse 拒絕

NO!
accept 接受

名 refúsal   名 accéptance

► receive 僅有「收受」的意思:
I **received** his offer but did not **accept** it.
(我受理了他的提議, 但並不同意。)
❷承認｜I cannot *accept* my defeat. 我不能承認我敗北。
衍生 形 **accéptable**(可接受的, 合意的) 名 **accéptance**(領受, 收納; 承認)

access [`æksɛs; 'ækses] (注意發音) 複 無
名 接近, 出入; 接近的方法｜All students have *access* **to** the library. 所有學生都可以進入圖書館。
► 通常不加冠詞。
衍生 形 **accéssible**(易接近的; 容易取得的)

accessory [æk`sɛsərɪ, ək-; ək'sesərɪ] 複 accessories [-z]
名 附屬品; 裝飾品

necklace — hat
— earring
locket — glove
bracelet — handbag

accident [`æksədənt; 'æksɪdənt] 複 -s [-s]
名 ❶事故; 意外的事｜He was killed **in** a car *accident*. 他死於車禍。► 不可用 by...。
❷偶然｜► 主要用作 by accident。
by accident 偶然, 意外地, 不意地｜同 by chance 反 on purpose (故意地)｜I met him in the train *by accident* [by chance, accidentally]. 我偶然在火車上碰到他。
衍生 形 **áccidéntal**(偶然的; 意外的) 副 **áccidéntally**(偶然地)

accommodate [ə`kɑmə,det; ə'kɒmədeɪt] 曲 -s [-s] 過 -d [-ɪd]; accommodating
動 及 ❶(旅館等)供給住宿｜This hotel can *accommodate* 300 guests. 這家旅館可供300名客人住宿。
❷給與方便; 借給｜He *accommodated* me **with** a night's lodging. 他留我住了一晚。
❸使適應｜He *accommodated* himself **to** the circumstances. 他適應了環境。
衍生 名 **accómmodàtion**(住宿〔收容〕; 設備; 適應)

accompany [ə`kʌmpənɪ; ə'kʌmpənɪ] 曲 accompanies [-z] 過 accompanied [-d]; -ing
動 及 ❶陪…同行, 陪伴｜I *accompanied* him on the trip. 我同他一起去旅行。
❷伴奏｜He *accompanied* me on the guitar. 他用吉他為我伴奏。
衍生 名 **accómpaniment**(陪伴物, 附屬物)

accomplish [ə`kɑmplɪʃ; ə'kʌmplɪʃ] 曲 -es [-ɪz] 過 -ed [-t]; -ing
動 及 完成, 達到｜The task will be *accomplished* in a year. 這項工作將在一年內完成。
衍生 形 **accómplished**(熟練的; 已完成的; 有修養的, 有教養的) 名 **accómplishment**(完成; 成就; 功績; 複 修養, 教養)

accord [ə`kɔrd; ə`kɔ:d] ⊜ **-s** [-z] ⊛ **-ed** [-ɪd]; **-ing**

動不 一致 | His actions *accord* **with** his words.
他言行一致。

及 給與(讚辭‧許可) | He was *accorded* praise for the work. 他因該作品而受到稱讚。

──⊛ 無

名 一致;調和 | The story is not **in** *accord* **with** the facts. 這故事與事實不相符合。

of one's *own accord*
自發地;自動地 | He did it *of his own accord*.
他自動地去做這件事。

accordance [ə`kɔrdṇs; ə`kɔ:dəns] ⊛ 無
名 一致 | I did it **in** *accordance* **with** the order. 我遵照命令行事。

according [ə`kɔrdɪŋ; ə`kɔ:dɪŋ]
副 ►僅用於下面兩個成語。

according to+名詞 ►用於句首。
❶根據(…所說) | *According to* the report, he is alive.
根據報告,他還活著。
❷按照…,依照… | They are arranged *according to* their size.
這些東西是按照大小的順序排列。

according as+子句
依照…,全看… | They are treated differently *according as* they are hard or easy.
這些事情是依照難易度做不同的處理。

衍生 副 *accòrdingly*(所以,於是)

accordion [ə`kɔrdɪən; ə`kɔ:djən] ⊛ **-s** [-z]
名 手風琴 | Can you play the *accordion*?
你會彈手風琴嗎?

account [ə`kaʊnt; ə`kaʊnt] ⊛ **-s** [-s]
名 ❶帳單,計算書;(銀行的)戶頭 | Make out my *account*.
請算一下我的帳。
a bank *account* 銀行戶頭
❷說明,敘述;報告 | Give us a true *account* of what happened.
對我們說出事情的真相吧!
❸理由,原因 | On that *account* he refused the offer.
由於那個原因,他拒絕了這提議。
❹重要,評價 | He is a man of little *account*.
他是個無足輕重的人。

make much [*no*] *account of* …
重[輕]視 | He *makes no account of* difficulties.
他沒把困難當一回事。

on account of … 圓because of …
為了…(的理由) | He retired *on account of* poor health. 他因健康不佳而退休。

on no account
決不… | *On no account* will I do it.
我決不做這件事。

take … *into account*=*take account of* …
考慮… | You must *take* it *into account*.
你必須將此列入考慮。

turn … *to account*
利用… | Try to *turn* every chance *to account*. 要設法利用每一個機會。

──⊜ **-s** [-s] ⊛ **-ed** [-ɪd]; **-ing**

動不 說明(理由) | That *accounts* **for** his delay.
那事說明他為何遲誤。

複合 名 **accòunt bóok**(帳簿)
衍生 形 **accòuntable**(有責任的)名 **accòuntant**(會計人員;會計師) ⌈⊛ **-d** [-ɪd]; **-ting**

accumulate [ə`kjumjə‚let; ə`kju:mjʊleɪt] ⊜ **-s** [-s]
動不 及 積蓄,積聚 | He has *accumulated* a fortune.
他積蓄了一筆財產。
衍生 名 **accúmulàtion**(蓄積)

accurate [`ækjərɪt; `ækjʊrət] 反 inaccurate
形 正確的;精密的 | He is very *accurate* in calculation.
他做計算非常正確。
衍生 名 **àccuracy**(正確)副 **àccurately**(正確地)

accuse [ə`kjuz; ə`kju:z] ⊜ **-s** [-ɪz] ⊛ **-d** [-d]; **accusing**
動 及 控訴;非難 | He was *accused* **of** { theft.
breaking his promise.
同 censure | 他被控偷竊〔因食言而受到責難〕。
衍生 名 **àccusàtion**(告發;非難)**the accùsed**(被告)
accùser(控訴者,原告;非難者)

accustom [ə`kʌstəm; ə`kʌstəm] ⊜ **-s** [-z] ⊛ **-ed** ⌉
動 及 使習慣;(用被動語態)慣於►多用被動語態,接 to 的後面通常接名詞‧動名詞,也可接不定詞。 ⌊[-d]; **-ing** ⌋
| I am *accustomed* **to** { hard work.(名詞)
working hard.(動名詞)
work hard.(不定詞)
我習慣於辛苦的工作。
You'll soon get *accustomed* **to** the climate here.
你很快就會習慣這裡的氣候。

ache [ek; eɪk] ⊜ **-s** [-s] ⊛ **-d** [-t]; **aching**
動不 痛,疼痛 | My tooth *ached* all night.
我的牙齒痛了一整夜。

──⊛ **-s** [-s]
名 痛,疼痛► ache 是一種持續的隱隱之痛,pain 是某種程度的疼痛。

— I have a headache. 我頭痛。
— a toothache 牙痛
— a stomachache 腹痛

achieve [ə`tʃiv; ə`tʃi:v] ⊜ **-s** [-z] ⊛ **-d** [-d]; **achieving**
動 及 完成,達成 | By hard work we can *achieve* anything.
我們如果努力,做任何事都會成功的。
衍生 名 **achìevement**(成就,達成;偉績)

acknowledge [ək`nɑlɪdʒ; ək`nɒlɪdʒ] ⊜ **-s** [-ɪz] ⊛ **-d** [-d]; **acknowledging**
動 及 承認;認為 | She is *acknowledged* **as** [**to be**] the best singer.
她被認為是最佳歌手。
衍生 名 **acknòwledg(e)ment**(承認,感謝)

acorn [`ekən, `ekɔrn; `eɪkɔ:n] (注意發音)⊛ **-s** [-z]
名 橡實,橡子 | ⌈ **-ing**

acquaint [ə`kwent; ə`kweɪnt] ⊜ **-s** [-s] ⊛ **-ed** [-ɪd];
動 及 通知,告知;使熟悉 | I *acquainted* him { **with** my plan.
that I would travel.
同 inform | 我把計畫告訴他。
〔我告訴他我要旅行。〕

be [*get, become*] *acquainted with ...*
與…相識〔熟識〕;精通… | I *got acquainted with* him.
我認識他。
He *is acquainted with* American history.
他精通美國史。

衍生 名 **acquaintance**(熟人, 熟識, 相識, 交遊)
► acquaintance 只是「認識」而交情不深, 談不上是 close friend(好友)。

acquire [ə`kwaɪr; ə`kwaɪə(r)] ⊜ **-s** [-z] ⊛ **-d** [-d]; ⌜**acquiring**⌝
動 ⊛ (因努力而)取得, 獲得; (因學習而)學得 | He *acquired* a good reputation.
他獲得了好聲譽。
He *acquired* French quickly.
他很快學會了法語。

► **acquire** 的同義字
get ………… 是通用字, 表示「得, 取得」。
acquire …… (經過一段期間才)獲得。
obtain ……… 比 get 文雅。
gain …… 是指「取得, 賺得(利益)」。

衍生 名 **acquirement**(取得;學得;⊛ 技能;學識)

acre [`ekɚ; `eɪkə(r)] ⊛ **-s** [-z]
名 英畝 | ► 土地面積單位, 約4,000平方公尺。

across [ə`krɔs; ə`krɒs]
介 ❶(方向)橫過;橫斷 | He swam *across* the river.
他游過河。
❷(位置)對面 | He lives *across* the river.
他住在河對岸。

walk along the river 沿河走

along
across
swim across the river
游過河

come across ...
偶然遇到… | I *came across* him in the store.
我在那家店舖碰到他。
── 副 ❶直徑 | The lake is 5 miles *across*.
這湖有 5 英里寬。

5 miles across
直徑5英里   20 miles around
周圍20英里

❷橫過地 在對面;交叉著 | We swam *across*.
我們游過去。

act [ækt; ækt] ⊛ **-s** [-s]
名 ❶行為;行動;(犯案的)當場 | Helping a blind man is an *act* of kindness.
幫助盲人是慈善的行為。

► **act** 和 **action**
通常 an act 係指「各自的行為」, action 則指「整體的行為」。an *act* of kindness 慈善的行為;a man of *action* 有行動力的人。

❷(戲劇的)幕 | *Act* II, Scene I 第二幕, 第一景
❸法案, 條例 | an *act* of Congress [⊛ Parliament]
〔英〕議院的法案

⊜ **-s** [-s] ⊛ **-ed** [-ɪd]; **-ing**
動 不 ❶行動;行為 | Think well before you *act*.
三思而行。
He *acted* on my advice.
他遵照我的忠告行事。
❷(機械・藥物)動作;作用 | The brake [medicine] didn't *act*.
煞車不靈〔此藥不見效〕。
⊛ (戲劇)扮演 | He *acted* (the part of) King Lear.
他扮演李爾王的角色。

action [`ækʃən; `ækʃən]
名 ❶行動;活動;動作;舉動 | He is a man of *action*.
他是個有行動力的人。
❷作用, 影響 | the *action* of wind on the rocks
風對岩石的作用

take action
採取行動 | He *took* strong *action*.
他採取強硬的手段。

active [`æktɪv; `æktɪv]
形 ❶活動的 | an *active* volcano 活火山
❷積極的, 活躍的 | He takes an *active* part in politics.
他活躍於政界。
❸(文法)主動的 | the *active* voice 主動語態
⊛ the passive voice 被動語態

衍生 副 **actively**(活躍地, 積極地)

activity [æk`tɪvətɪ; æk`tɪvɪtɪ] ⊛ **activities** [-z]
名 活動;活躍;(用複數)各種活動;工作 | mental *activity* 精神活動／campus *activities* 校內活動 ► 不同於 action, 著重活動狀態。

actor [`æktɚ; `æktə(r)] ⊛ **-s** [-z]
名 伶人, 男演員 | ► 女演員是 an actress [`æktrɪs]。

actual [`æktʃʊəl; `æktʃʊəl]
形 實際的, 真實的;真的 | That is his *actual* experience.
那是他的實際經驗。

衍生 副 **actually**(實際地, 真實地) 名 **actuality**(真實)

acute [ə`kjut; ə`kjuːt] ⊕ **-r** ⊛ **-st**
形 ❶激烈的, 強烈的 | an *acute* shortage of food
嚴重的缺乏食物
❷尖銳的;敏銳的 ⊛ dull | Dogs have an *acute* sense of smell.
狗有敏銳的嗅覺。
❸尖的;銳角的 ⊛ sharp | an *acute* angle 銳角
► 「鈍角」是 obtuse [əb`tjus] angle。

A.D. [‚e`di; ‚eɪ`diː] [`æno‚damə‚naɪ] <拉丁語 Anno Domini (=in the year of the Lord 在主之 ⌜年⌝)
略 西曆紀元(…年) ⊛ B.C.(紀元前) | *A.D.* 600 西元600年
► *A.D.* 應寫於年數之前, *B.C.* 應寫於年數之後。如, 600 *B.C.* (紀元前 600 年)。

adapt [ə`dæpt; ə`dæpt] ► 勿與 adopt(採用)混淆。
⊜ **-s** [-s] ⊛ **-ed** [-ɪd]; **-ing**
動 ⊛ ❶使適應 | He *adapted* himself **to** his new life.
他適應了新生活。
❷改編 | The novel was *adapted* **for** a film.
那部小說被改編成電影。

► **adapt** 和 **adopt**
adapt(使適應) → 名 adaptation(適應)
adopt(採用) → 名 adoption(採用)

衍生 形 **adaptable**(能適應的, 可通融的)

图 **adáptabìlity**(適應性) **ádaptàtion**(適應;改作,改編成劇本) **adàpter, -or**(改作者,改編者)

add [æd; æd] ⊜ **-s** [-z] ⊛ **-ed** [-ɪd]; **-ing**
動⊛ ❶加 │ *Add* 5 *to* 3 and you have 8. 三加五等於八。
❷補充地說 │ "I'll come later," he *added*. 他補充說:「我稍後就來」。
▶以下成語的動詞爲 不 用法。
add to ... │ That *added to* his reputation.
增加 │ 那事增加了他的聲望。
add up │ He *added up* the figures.
合計 │ 他把這些數目加起來。
add up to ... │ The expenses *add up* to 3,500
總計 │ dollars. 支出達3,500美元。

addition [ə`dɪʃn; ə`dɪʃn] ⊛ **-s** [-z]
图 ❶附加物,(美) │ He had an *addition* to his family.
增建(部分) │ 他家多了一口〔生孩子〕。
❷添加;(數學) │ The child can do *addition*.
加法 │ 這孩子會做加法。
in addition │ I paid 3,000 dollars *in addition*.
此外,加上 │ 我加付三千元。
in addition │ He earns 10,000 dollars *in addition*
to ... 除…之外 │ *to* his salary.
│ 除了薪水之外,他還賺了一萬元。

▶加減乘除
2+3=5 **addition**(加法)
Two plus three equals five.
8−3=5 **subtraction**(減法)
Eight minus three equals five.
3×2=6 **multiplication**(乘法)
Three times two equals six.
10÷2=5 **division**(除法)
Ten divided by two equals five.

衍生 形 **additional**(追加的;額外的)

address [ə`drɛs, `ædrɛs; ə`dres] ⊛ **-es** [-ɪz]
图 ❶信封上的 │ He changed his *address*.
地址,住址 │ 他變更了地址。
❷講演,致辭 │ The President made an *address*. 總統致辭。
── [ə`drɛs; ə`dres] ⊜ **-es** [-ɪz] ⊛ **-ed** [-t]; **-ing**
動⊛ ❶說話;演 │ He *addressed* us on the subject.
講 │ 他對我們做專題演說。
❷(信封上)寫地 │ The letter was wrongly *addressed*.
址,致函 │ 這封信地址寫錯了。
衍生 图 **addrèsser**(發信人) **addressèe**(收信人)

adequate [`ædəkwɪt; `ædɪkwət] (注意發音)
形 適當的;足夠 │ The money is *adequate* for the trip.
的 │ 這些錢足夠用來旅行。
衍生 副 **àdequately**(適當地) 图 **àdequacy**(適當,妥當)

adhere [əd`hɪr, æd-; əd`hɪə(r)] ⊜ **-s** [-z] ⊛ **-d** [-d]; **adhering**
動 不 ❶固執,固 │ He *adhered* to his decision.
守 │ 他堅持自己的決定。
❷黏著 │ Gum *adhered* to his fingers.
同 stick │ 口香糖黏上他的手指頭。
衍生 图 **adhèrence**(固守;執著), **adhèrent**(信奉者)

adjacent [ə`dʒesn̩t; ə`dʒeɪsənt] (注意發音)
形 鄰接的,鄰近 │ The school is *adjacent* to the
的同 next │ church.
│ 學校在教堂的隔壁。

adjective [`ædʒɪktɪv; `ædʒɪktɪv] ⊛ **-s** [-z] ▶略作 adj.。
图 (文法)形容 │ an *adjective* phrase 形容詞片語
詞 │ an *adjective* clause 形容詞子句

adjoin [ə`dʒɔɪn; ə`dʒɔɪn] ⊜ **-s** [-z] ⊛ **-ed** [-d]; **-ing**
動⊛不 鄰接, │ Mexico *adjoins* the United States of
毗鄰 │ America.
│ 墨西哥與美國是鄰國。

adjourn [ə`dʒɜn; ə`dʒɜːn] ⊜ **-s** [-z] ⊛ **-ed** [-d]; **-ing**
動⊛ (會議)休 │ The meeting was *adjourned* for a
會;延期;延會 │ week. 會議延期一週。
衍生 图 **adjòurnment**(休會,延會)

adjust [ə`dʒʌst; ə`dʒʌst] ⊜ **-s** [-s] ⊛ **-ed** [-ɪd]; **-ing**
動⊛ ❶使合於, │ I *adjusted* the radio dial.
調節 │ 我調準了收音機的波段。
│ I *adjust* my expenditures *to* my
│ income. 我量入爲出。
❷使適應 │ He can't *adjust* himself *to* this
同 adapt │ noisy neighborhood.
│ 他無法適應這嘈雜的地段。
衍生 图 **adjùstment**(調整,調節)

administer [əd`mɪnəstə, æd-; əd`mɪnɪstə(r)] ⊜ **-s** [-z] ⊛ **-ed** [-d]; **-ing**
動⊛ ❶管理,統 │ The Foreign Minister *administers*
治;經營 │ foreign affairs.
同 manage │ 外交部長掌理外交事務。
❷(法律)施行 │ The court *administers* justice.
│ 法庭執行審判。

administration [əd,mɪnə`streʃən; əd,mɪnɪ`streɪʃn] ⊛ **-s** [-z]
图 ❶管理,行 │ office *administration* 業務管理
政;監督;經營 │ internal *administration* 內政
❷(美) 政府,政 │ the Kennedy *Administration*
權;行政機關 │ 甘迺迪政府
衍生 图 **admìnistrátor**(管理者;行政官)

administrative [əd`mɪnə,stretɪv; əd`mɪnɪstrətɪv]
形 管理的,行政 │ *administrative* ability 行政能力,經營
的 │ 能力

admirable [`ædmərəb!; `ædmərəbl] ▶動詞是 admire。
形 值得讚賞的; │ He showed *admirable* courage.
極佳的 │ 他表現了極佳的勇氣。
衍生 副 **àdmirably**(極佳地,美妙地)

admiral [`ædmərəl; `ædmərəl] ⊛ **-s** [-z]
图 海軍上將;艦 │ *Admiral* Nelson 納爾遜司令/a
隊司令官 │ vice-*admiral* 海軍中將

admiration [,ædmə`reʃən; ,ædmə`reɪʃn] ⊛ 無
图 讚嘆,讚美; │ He expressed *admiration* for the
讚美的對象 │ statue. 他讚賞那尊雕像。

admire [əd`maɪr; əd`maɪə(r)] ⊜ **-s** [-z] ⊛ **-d** [-d]; **admiring**
動⊛ 讚美,佩服 │ They *admired* the beauty of the
│ garden. 他們對花園的美麗大爲讚賞。
衍生 图 **admìrer**(讚美者), **ádmiràtion**(讚賞)

admission [əd`mɪʃən; əd'mɪʃn] [三] [複] **-s** [-z]
[名] ❶入場〔入學・入會〕(的許可) — He was given *admission* **to** the college. 他獲准進入那所大學就讀。
► **admìssion** 和 **admìttance**
二者均有「入場」的意思, 但 **admittance** 僅用於「入場」, 並沒有「入學」、「入會」的意義。

「免費入場」

「不准進入」

❷承認, 自白 — He made an *admission* of guilt. 他招認了罪行。

admit [əd`mɪt; əd'mɪt] [三] **-s** [-z] [規] **admitted** [-ɪd]; **admitting**
[動][及] ❶承認 — I *admit* { the story **to** be true. / **that** the story is true. / the truth of the story. } 我承認那故事是眞的。
❷許可〔入會・入場〕 — He was *admitted* **to** the school. 他獲准進入那所學校就讀。
admit of ... 容許…的餘地 — Such conduct *admits* of no excuse. 這種行爲不容辯解。
► 上例的 admit 是 [不] 用法。

admonish [əd`mɑnɪʃ; əd'mɒnɪʃ] [三] **-es** [-ɪz] [規] **-ed** [-t]; **-ing**
[動][及] 訓戒, 忠告 — He was *admonished* for his mischief. 他因搗蛋而被訓了一頓。
[衍生] [名] **ádmonìtion** (勸告, 訓戒, 諫言)

adolescent [ˌædl`ɛsnt; ˌædəʊ'lesnt] [複] **-s** [-s]
[名] 青春期的人, 青年 — The audience were mostly *adolescents*. 聽眾大半是年輕人。
— [形] 青春期的

babyhood 嬰兒期 ➡ infancy 幼兒期 ➡ childhood 兒童期 ➡ adolescence 青年期

[衍生] [名] **ádolèscence** (青春期, 青年期)

adopt [ə`dɑpt; ə'dɒpt] [三] **-s** [-s] [規] **-ed** [-ɪd]; **-ing**
[動][及] ❶採用, 採納 — The committee *adopted* the plan. 委員會採納那個計畫。
❷收爲養子 — an *adopted* son 養子
[衍生] [名] **adòption** (採用, 過繼收養)

adore [ə`dor, ə`dɔr; ə'dɔ:(r)] [三] **-s** [-z] [規] **-d** [-d]; **adoring**
[動][及] ❶崇拜, 敬愛 — She *adores* her teacher. 她敬愛她的老師。
❷(口語)極爲喜愛 — I *adore* swimming. 我非常喜歡游泳。
[衍生] [名] **ádoràtion** (崇拜, 敬愛) [形] **adòrable** (可愛的)

adorn [ə`dɔrn; ə'dɔ:n] [三] **-s** [-z] [規] **-ed** [-d]; **-ing**
[動][及] 裝飾 [同] decorate — She *adorned* the room **with** flowers. 她用花裝飾房間。
[衍生] [名] **adòrnment** (裝飾品, 裝飾)

adult [ə`dʌlt, `ædʌlt; 'ædʌlt] [複] **-s** [-s]
[名] 大人, 成人 — young *adults* 青年人
— [形] 成人的 — *adult* education 成人教育
► grown-up 比 adult 不正式。
[衍生] [名] **adùlthóod** (成人, 成人期)

advance [əd`væns; əd'vɑ:ns] [三] **-s** [-ɪz] [規] **-d** [-t]; **advancing**
[動][不] ❶進, 前進 — Shall we *advance* or retreat? 我們前進, 或者後退?
❷進步, 進展; 進行 — The country *advanced* **in** civilization. 該國文明進步了。
❸(地位・價錢)升高 — His position has *advanced*. 他的職位晉升了。
[及] ❶使前進, 促進 — The rain *advanced* their growth. 雨水促進它們成長。
❷使升級 [同] promote — He was *advanced* **to** manager. 他升爲經理了。
❸(計畫等)提出 — He *advanced* a new plan. 他提出了新計畫。
❹預付 — Would you *advance* 10,000 dollars **to** me? 你可以先付一萬元給我嗎?
— [複] **-s** [-ɪz]
[名] 前進, 進步; 升遷, 提高薪水, 漲價; 預付 — Taiwan made a remarkable *advance* **in** science. 台灣的科學有顯著的進步。 / the *advance* of science 科學的進步
in advance 預先; 預付 — Please let me know the time of your arrival *in advance*. 請事先告訴我你到達的時間。
in advance of ... 比…進步 — His policy was *in advance of* his times. 他的政策走在時代的前端。
[衍生] [形] **advànced** (進步的, 年老的) [名] **advàncement** (進步, 促進)

advantage [əd`væntɪdʒ; əd'vɑ:ntɪdʒ] [複] **-s** [-ɪz]
[名] 有利條件, 優勢, 長處; 利益; 方便 — He has the *advantage* of good health. 他有著健康的有利條件。 / the *advantages* of city life 都市生活的好處
be of advantage to ... [同] be advantageous to ...
對…有利 — It *is of* great *advantage to* him. 這對他非常有利。
have [*get, gain*] *an advantage over ...*
比…有利的立場 — She *has an advantage over* him. 她比他占優勢。
take advantage of ...
利用…; 趁機… — Don't *take advantage of* others' weakness. 不要利用別人的弱點。
to advantage 有利地 — She looks *to advantage* in white. 她穿白色衣服看起來很漂亮。

advantageous [ˌædvən`tedʒəs; ˌædvən'teɪdʒəs] (注意發音)
[形] 有利的 — It is *advantageous to* the enemy. 這對敵人有利。

adventure [əd`vɛntʃɚ; əd`ventʃə(r)] 働 **-s** [-z]
　名 冒險；奇異的 ｜ Young people love *adventure*.
　經驗,奇遇;(用 ｜ 年輕人喜歡冒險。
　複數)冒險記 ｜ the *Adventures* of Robinson Crusoe
　　　　　　　 ｜ 魯賓遜漂流記
　衍生 形 **advènturous**(冒險的)名 **advènturer**(冒險家)
adverb [`ædvɝb; `ædvɜ:b] 働 **-s** [-z]
　名 (文法)副詞
　衍生 形 **adverbial** [əd`vɝbɪəl] (副詞的)
advertise [`ædvɚˌtaɪz, ˌædvɚˋtaɪz; `ædvətaɪz]
　⊜ **-s** [-ɪz] 働 **-d** [-d]; **advertising**
　動 及 不 登廣告 ｜ It was *advertised* in today's papers.
　　　　　　　 ｜ 今天的報紙登有它的廣告。
advertisement [ˌædvɚˋtaɪzmənt, əd`vɝtɪz-, -tɪs-;
　ədvɜ:ˋtaɪzmənt, əd`vɜ:tɪsmənt] 働 **-s** [-s]
　名 廣告；宣傳 ｜ an *advertisement* for the bargain
　　　　　　　 ｜ sale 大廉價的廣告
advice [əd`vaɪs; əd`vaɪs] 働 無 ▶拼法與發音都與動
　詞的 advise [əd`vaɪz] 不同,請注意。
　名 忠告,建議 ｜ You should follow [take] his *advice*.
　▶可數時用 a ｜ 你應該聽從他的忠告。
　piece of ｜ He gave me a piece of *advice*.
　advice 的句型。 ｜ 他給我一句忠告。
　▶ **advice** 和 **advise**

advice advise
[əd`vaɪs] [əd`vaɪz]
名 忠告 動 勸告

advise [əd`vaɪz; əd`vaɪz] ⊜ **-s** [-ɪz] 働 **-d** [-d];
　advising
　動 及 勸告,勸 ｜ He *advised* me to work harder.
　　　　　　　 ｜ 他勸我要更辛勤工作。
　　　　　　　 ｜ He *advised* me not to be idle.
　　　　　　　 ｜ 他勸我不要懶惰。
　　　　　　　 ｜ ▶否定句(勸告不要…)是 not to V 或
　　　　　　　 ｜ 者 against Ving。
　衍生 名 **advìser, -or**(忠告者,建議者,顧問)形 **advìsory**
　(忠告的) 　　　　　　　　　　　　　　　⎰**-s** [-s]
advocate [`ædvəˌkɪt, -ˌket; `ædvəkɪt] (注意發音) 働 ⎱
　名 (主義等的) ｜ He is an *advocate* of peace.
　鼓吹者,倡導者 ｜ 他是個提倡和平的人。
aerial [e`ɪrɪəl, `ɛrɪəl; `eərɪəl]
　形 空氣的;空中 ｜ *aerial* currents 氣流／*aerial* stunts
　的 ｜ 空中特技
aeroplane [`ɛrəˌplen; `eərəpleɪn] 働 **-s** [-z]
　名 英 飛機 ｜ I went to Paris by *aeroplane*.
　美 airplane。 ｜ 我搭飛機到巴黎。
　▶英國常用 aero-,美國常用 air-。
Aesop [`isəp, `isɑp; `i:sɒp]
　名 (人名)伊索 ｜ Have you ever read *Aesop's* Fables?
　　　　　　　 ｜ 你曾經讀過伊索寓言嗎?
　▶古希臘的寓言作家(620?-560?B.C.)。
aesthetic, 美 **esthetic** [ɛs`θɛtɪk; i:s`θetɪk]
　形 美的;美學的 ｜ *aesthetic* criticism 美學批評
　衍生 名 **aesthètics**(美學)

affair [ə`fɛr; ə`feə(r)] 働 **-s** [-z]
　名 事情,事件; ｜ a very small *affair* 芝麻小事／
　問題;(複數形) ｜ a love *affair* 戀情／ private *affairs*
　事務,業務 ｜ 私事／*affairs* of state 國事,政務
　　　　　　 ｜ That's my *affair*.(=Mind your own
　　　　　　 ｜ business. =It's none of your
　　　　　　 ｜ business.)那是我的事[不關你的事,你
　　　　　　 ｜ 少管]。
affect[1] [ə`fɛkt; ə`fekt] ⊜ **-s** [-s] 働 **-ed** [-ɪd]; **-ing**
　動 及 ❶假裝 ｜ He *affected* ignorance.
　　　　　　 ｜ 他假裝不知道。
　❷愛用 ｜ He *affects* a bow tie.
　　　　　 ｜ 他愛打領結。
affect[2] [ə`fɛkt; ə`fekt] ⊜ **-s** [-s] 働 **-ed** [-ɪd]; **-ing**
　動 及 ❶影響,罹 ｜ Alcohol *affects* the brain.
　患(疾病) ｜ 酒精影響腦部。
　❷使感動 ｜ She was *affected* by his words.
　回 move ｜ 她為他的話所感動。

┌─▶ **affect** 的二個名詞形式─────
│ affect[1] ❶假裝 ──→ affectation 假裝,裝模作樣
│ 　　　 ❷愛好
│ affect[2] ❶影響 ⎰
│ 　　　 ❷使感動 ⎱──→ affection 影響,愛情
└─────────────────────────

　衍生 形 **affected**(受影響的,感染的,感動的,裝模作樣
　的,矯飾的)副 **affectedly**(裝模作樣地,矯飾地)
affection [ə`fɛkʃən; ə`fekʃn] 働 **-s** [-z]
　名 愛情;影響; ｜ I have an *affection* for my children.
　疾病 ｜ 我愛我的子女。
affectionate [ə`fɛkʃənɪt; ə`fekʃənɪt]
　形 充滿情義的, ｜ She is *affectionate* to her husband.
　深愛的 ｜ 她非常愛她的丈夫。
　衍生 副 **affectionately**(摯愛地,充滿情義地)
affirm [ə`fɝm; ə`fɜ:m] ⊜ **-s** [-z] 働 **-ed** [-d]; **-ing**
　動 及 斷言,肯定 ｜ He *affirms* ⎰his innocence.
　　　　　　　 ｜ 　　　　⎱**that** he is innocent.
　　　　　　　 ｜ 他斷言自己是清白的。
　衍生 名 **àffirmàtion**(斷言)
affirmative [ə`fɝmətɪv; ə`fɜ:mətɪv]
　形 肯定的 ｜ an *affirmative* sentence 肯定句
　反 negative ｜ 反 a negative sentence 否定句
　─ 働 **-s** [-z]
　名 肯定 ｜ He answered in the *affirmative*.
　　　　 ｜ 他肯定地答覆。
afflict [ə`flɪkt; ə`flɪkt] ⊜ **-s** [-s] 働 **-ed** [-ɪd]; **-ing**
　動 及 使痛苦,苦 ｜ He is *afflicted* at the failure.
　惱 ｜ 他因失敗而痛苦。 　　　　 ⎰**-ing**
afford [ə`ford, ə`fɔrd; ə`fɔ:d] ⊜ **-s** [-z] 働 **-ed** [-ɪd]; ⎱
　動 及 ❶力足以 ｜ I can't *afford* (to keep) a car.
　(做),能 ｜ 我買不起車。
　　　　 ｜ ▶否定句·疑問句與 can 連用。
　❷(事物)給與; ｜ Travel *affords* us pleasure.
　產生 ｜ 旅行帶給我們快樂。
afraid [ə`fred; ə`freɪd]
　形 (敘述用法) ｜ I am much *afraid* of snakes.
　❶恐懼的,害怕 ｜ 我非常怕蛇。
　的 ｜ ▶ afraid 通常用 much 強調,但口語

也可用 very 強調。
▶ 不能像 an afraid man 這樣用於名詞之前。

❷恐怕,擔憂

I am *afraid* {
 of his being late.
 (that) he will be late.
 lest he **should** be late.
}
我擔心他會遲到。

── ▶ be afraid to 與 be afraid of ──
{ I am afraid to do. 我不敢去做。
 I am afraid of doing. 我害怕做這件事。
I *am afraid to* go there.
我不敢去那裡。
I *am afraid of* making mistakes.
我害怕會做錯。

I am afraid
❶我想恐怕…
圓 I fear
反 I hope | I'm *afraid* he won't come.
我想他恐怕不會來了。
▶ 用於推測不快的事。
❷遺憾 | I'm *afraid* I can't help you.
很遺憾,我不能幫助你。
▶ 用來緩和語氣。

Africa [`æfrɪkə; `æfrɪkə]
名(地名)非洲 | North [South] *Africa* 北〔南〕非
衍生形名 **Âfrican**(非洲的;非洲人)

after [`æftɚ; `ɑ:ftə(r)] 反 before
介❶(時間・順序・次序)在…之後 | He went to bed *after* supper.
他吃完晚飯後上床。
It's ten minutes *after* [反 past] one.
一點過十分。
I'll come *after* you.
我將隨你之後去。
After you, please.
請先走。
❷追求(目的) | The policeman ran *after* a thief.
警察追小偷。
What are you *after*?
你在尋求什麼?
❸(模仿)仿照… | Read *after* me. 跟著我唸。
She was named Jane *after* her aunt.
她以姨媽的名字為名,也叫珍。
after all
終究 | The plan failed *after all*.
這計畫終究還是失敗了。
one after another 相繼 | They fell ill *one after another*.
他們相繼病倒了。

today →tomorrow→the day after tomorrow
(今天) (明天) (後天)
this year→next year→the year after next
(今年) (明年) (後年)

── 連在…後
反 before
▶ 後面接「主詞＋動詞」 | Let's play baseball *after* school is over. 放學後我們玩棒球吧!
I played tennis *after* I did [had done] my homework.
我做完功課後打棒球。
── 副隨後,在後 | the day *after* 第二天 /a few days

after 幾天後/soon *after* 不久以後
── 形(限定用法▶附加於名詞之前。)
後面的 圓 later | He entered politics in *after* years.
他在晚年進入政界。

afternoon [ˌæftɚ`nun; ˌɑ:ftə`nu:n] 徵 **-s** [-z]
名下午 | It will rain in the *afternoon*.
下午可能會下雨。
▶ 附加 this, that, tomorrow 等字時,不要用 in。 | Please come this *afternoon*.
請今天下午來。
on the *afternoon* of January 1
在元月一日下午▶ 特定日子的下午要用 on the afternoon。
Good afternoon [gud͵æftɚ`nun]
午安;再見 | ▶ 午後問候語。用在下午告別時,等於「再見」。

afterward(s) [`æftɚ͵wəd(z); `ɑ:ftəwəd(z)]
副其後,以後 | You'll regret it *afterward*.
你以後會後悔的。
▶ 徵 通常寫成 afterwards。

again [ə`gɛn; ə`gen]
副❶再,又一次
▶ 重讀 | See you *again*. 再見。
Don't do that *again*.
不要再做那事了。
❷回到原來的地方〔狀態〕▶ 輕讀 | They came back to school *again*.
他們又回到學校上課了。
again and again 一再 | Read it *again and again*.
要反覆地讀。
now and again 常常 | Drop in *now and again*.
請常常來。
once again＝**over again**
再一次 | Try it *once again*.
再試一次看看。

── ▶ again 表倍數 ──
1) as much [many] again as … …的二倍的量〔數〕
This bucket holds water *as much again as* that one.
(這個水桶可以裝那個水桶二倍的水。)
2) half as much [many] again as … …的一倍半數量,比…多出一半
This bucket holds water *half as much again as* that one.
(這個水桶裝的水比那水桶多出一半。)

against [ə`gɛnst; ə`genst]
介❶撞到… | He hit *against* a tree.
他撞到了樹。
❷反對…;逆… | I swam *against* the stream.
我逆流游泳。
I am for peace and *against* war.
我贊成和平,反對戰爭。
反 for
❸靠在…;憑… | He put the ladder *against* the wall.
他把梯子靠在牆壁。
❹以…為背景 | Mt. Ali is beautiful *against* the sky.
阿里山襯著天空很美。
❺以備… | He saved money *against* old age.
他存錢養老。

❶ hit against a tree
❷ against the stream
❸ against the wall
❹ against the sky
❺ against old age

age [edʒ; eɪdʒ] 働 **-s** [-ɪz]
名❶年齡, 年 ┊ I am sixteen years **of** *age*.
┊ 我十六歲。
┊ ► sixteen years old 比較口語化。
┊ He died at the *age* of ninety.
┊ 他九十歲逝世。
❷老年 ┊ He is weak with *age*.
┊ 他年老體弱。
❸時代 同 era ┊ the atomic *age* 原子時代／the space
┊ *age* 太空時代
❹(口語)長時間 ┊ I haven't seen you for an *age*
┊ [*ages*]. 我好久沒看到你了。

── ⊜ **-s** [-ɪz] 働 **-d** [-d, -ɪd]; **ag(e)ing**
──► aged 有兩種意思
aged [`edʒɪd] 形 年老的 an *aged* man (老人)
aged [edʒd] 形 …歲的 a man *aged* 50 (50歲的人)

動不上年紀, 變 ┊ She is *aging* fast.
老 ┊ 她老得很快。
及 使老 ┊ Fear *aged* her overnight.
┊ 恐懼使她在一夜之間變老。

agency [`edʒənsɪ; 'eɪdʒənsɪ] 働 **agencies** [-z]
名❶代理處, 經 ┊ a news *agency* 通訊社／a detective
銷處;(美)政府機 ┊ *agency* 私家偵探所／an employment
構, 廳, 局 ┊ *agency* 職業介紹所
❷媒介;從中介 ┊ I got the job by [through] the
紹 ┊ *agency* of my uncle.
┊ 我經叔父的介紹而獲此職務。

agent [`edʒənt; 'eɪdʒənt] 働 **-s** [-s]
名代理人, 代理 ┊ a general *agent* 總代理／an estate
店;經銷商, 掮 ┊ *agent* 働 不動產經紀人／an
客;特工人員 ┊ advertising *agent* 廣告代理人／an
┊ secret *agent* 特務

aggressive [ə`grɛsɪv; ə'gresɪv]
形侵略的, 攻擊 ┊ an *aggressive* war 侵略戰爭／an
的;積極的;強迫 ┊ *aggressive* boy 好鬥的男孩／an
的 ┊ *aggressive* salesman 強力推銷貨品的
┊ 售貨員
衍生名 **aggression** (侵略), **aggressor** (侵略者)

agile [`ædʒəl, `ædʒɪl; 'ædʒaɪl] (注意發音)
形機敏的, 敏捷 ┊ Football players are *agile*.
的 ┊ 橄欖球選手的動作都很敏捷。
衍生名 **agility** [ə`dʒɪlətɪ] (機敏, 敏捷, 輕快)

agitate [`ædʒə,tet; 'ædʒɪteɪt] ⊜ **-s** [-s] 働 **-d** [-ɪd];
agitating
動及動搖(人 ┊ She was *agitated* **at** the news.
心) ┊ 她聽到這個消息覺得心神不安。

不煽動, 鼓動 ┊ They *agitated* **for** lower taxes.
┊ 他們發起減稅的運動。
衍生名 **agitation** (動搖;不安, 焦慮;興奮;煽動)

ago [ə`go; ə'gəʊ] ► 不可與現在完成式用在一起。
副(自今)…前 ┊ He lived in Taipei ten years *ago*.
┊ 他十年前住在台北。
┊ I went to Europe long *ago*.
┊ 我很久以前去歐洲。

──► ago 與 before
ago 是「距今…前」, before 是「距過去…之前」。
I visited him two days *ago*, but he had gone to
London five days *before*.
我兩天前去拜訪他, 但他已早在五天前就前往倫敦了。

had gone   visited   today

five days before   two days ago

agony [`ægənɪ; 'ægənɪ] 働 **agonies** [-z]
名(身心)激烈 ┊ He is in *agonies* of pain.
的痛苦;苦悶 ┊ 他遭受疼痛的煎熬。
衍生動 **agonize** (使痛苦)

agree [ə`gri; ə'griː] ⊜ **-s** [-z] 働 **-d** [-d]; **-ing**
動不❶同意;意 ┊ He *agreed* **to** the plan.
見一致 ┊ 他贊成這計畫。
┊ I *agree* **with** him.
反 disagree ┊ 我和他的意見一樣(我同意他的意見)。
┊ We *agreed* **on** the plan.
┊ 我們對此計畫意見一致。

──► 介系詞要注意
agree **to** …(對提案等)贊成
agree **with** …(對人的意見)贊成
agree **on** …(對事情)意見一致

►「同意他的意見」是 agree with him, 要是寫成 agree
to his opinion 意思就重複了。

❷(食物‧氣候 ┊ Milk doesn't *agree* **with** me.
等對體質)相宜 ┊ 我的體質不適合喝牛奶。

agreeable [ə`griəb̩; ə'griːəbl]
形愉快的, 宜人 ┊ He is a very *agreeable* person.
的 ┊ 他是個很和藹可親的人。
反 disagree- ┊ an *agreeable* surprise 驚喜交加
able
衍生副 **agreeably** (欣然, 愉快地)

agreement [ə`grimənt; ə'griːmənt] 働 **-s** [-s]
名❶一致 ┊ Complete *agreement* between
反 disagree- ┊ theory and practice is a rare case.
ment ┊ 理論與實際完全一致的例子是少有的。
❷相合;同意 ┊ We are in *agreement* with the plan.
┊ 我們同意此計畫。
❸協定, 契約 ┊ We reached an *agreement*.
┊ 我們達成協定。

agriculture [`ægrɪ,kʌltʃə; 'ægrɪkʌltʃə(r)] 働 無
名農業 ┊ He is engaged in *agriculture*.
┊ 他務農。

衍生 形 **ágricúltural**(農業的)

ah [ɑ; ɑ:] ▶ 表示喜悅‧驚訝‧嘆息‧痛苦‧輕蔑的聲音。
嘆 啊!啊呀! | *Ah!* I can't stand it.
| 啊!我不能忍受了!

ahead [ə`hɛd; ə`hed]
副 在前方, 在前 | The school is two kilometers *ahead*.
| 學校在前面兩公里的地方。

ahead of ... | He was running 50 meters *ahead of* me.
在…前面, | 他跑在我五十尺前。
優於…

ahead of me 在我前面   behind me 在我後面

get ahead of ... | He will *get ahead of* others in
超過…, 勝過… | English.
| 他的英文將勝過其他的人。
Go ahead!
(口語) 說吧!問吧!去做吧!請便!

aid [ed; eɪd] 三 **-s** [-z] 衍 **-ed** [-ɪd]; **-ing** ▶ help的文語。
動 及 幫助, 援助 | I *aided* him in his task.
| 我幫助他做工作。

—— 複 **-s** [-z]
名 ❶幫助, 援 | Without your *aid*, I couldn't have
助, 幫忙 | succeeded. 沒有你的援助, 我就不可能
同 help | 成功。
❷幫助的東西 | a hearing *aid* 助聽器／audio-visual
| *aids* 視聽教材
複合 名 **fírst áid**(急救)

ail [el; eɪl] 三 **-s** [-z] 衍 **-ed** [-d]; **-ing**
動 及 (文語)使 | What's *ails* you?
苦惱, 使煩惱 | 你那裡不舒服?(你怎麼啦?)
衍生 名 **áilment**(病) ▶ 比 sickness, illness, disease
aim [em; eɪm] 三 **-s** [-z] 衍 **-ed** [-d]; **-ing** 更文語。
動 及 瞄準, 對準 | He *aimed* the gun *at* a bird.
| 他把槍瞄準鳥。
| The remark was *aimed at* you.
| 這話是衝著你說的。
不 ❶瞄準, 對準 | I *aimed at* the target. 我瞄準目標。
❷美 立志要…, | He *aims* to win (the) first prize.
意欲… | ＝英 He *aims at* winning ...
| 他立志要得首獎。

—— 複 **-s** [-z]
名 ❶瞄準 | He took *aim* at the bear.
| 他瞄準熊。
❷目標;志向;目 | What's your *aim* in life? 你人生的目
的 | 的是什麼?
衍生 形 **áimless**(漫無目的的) 副 **áimlessly**(漫無目的地)
air [ɛr; eə(r)] 複 **-s** [-z]
名 ❶空氣 | fresh *air* 新鮮的空氣／polluted *air*
| 污染的空氣
❷(加上 the) | fly in the *air* 在空中飛翔／in the
空, 空中;大氣 | open *air* 在戶外

❸模樣, 態度, 神 | He has an arrogant *air*.
情 | 他態度傲慢。
a change of | You need *a change of* air.
air | 你需要出門散散心。
外出散心
by air | I like to travel *by air*.
搭飛機 | 我喜歡搭飛機旅行。
on the air | The program is *on the air*.
廣播中 | 這節目正在廣播。
複合 名 **àir báse**(空軍基地), **àir condítioning**(空調),
àircráft(飛行器), **àirfíeld**(飛機場) ▶ 比 airport 設備
差。**àir hóstess**(空中小姐), **àir préssure**(氣壓),
àirshíp(飛船)

air line, airline [`ɛr,laɪn; `eəlaɪn] 複 **-s** [-z]
名 航線;(複數) | the Northwest *Air Lines* 西北航空
航空公司 | 公司
衍生 名 **àirlíner**(大型定期客機)
air mail [`ɛr,mel; `eəmeɪl] 複 無 ⇨ mail
名 航空郵政 | I sent the letter *by air mail*.
⇨ surface | 我用航空郵件寄出那封信。
mail
▶ sea mail 專指「海運郵件」。
airplane [`ɛr,plen; `eəpleɪn] 複 **-s** [-z]
名 美 飛機 英 | He went to Kaohsiung *by airplane*.
aeroplane | 他搭飛機前往高雄。
airport [`ɛr,port; `eəpɔ:t] 複 **-s** [-s]
名 (國際的)機 | the Tao Yuan International *Airport*
場 | 桃園國際機場
airway [`ɛr,we; `eəweɪ] 複 **-s** [-z]
名 航線, (複數) | the British Euorpean *Airways* 英國
航空公司 | 歐洲航空公司
aisle [aɪl; aɪl] (注意發音) 複 **-s** [-z] ▶ 與 isle(小島)同 音。
名 (教會‧劇 | Don't stand in the *aisle*.
場‧列車的)通 | 不要站在通路上。
路

window seat 靠窗的座位
aisle
church
train
aisle seat 靠走道的座位

Alabama [,ælə`bæmə; ,ælə`bæmə]
名 (地名)阿拉 | ▶ 美國東南部的一州, 略作 Ala.。
巴馬州
Aladdin [ə`lædɪn, ə`lædn; ə`lædɪn]
名 阿拉丁 | ▶ the Arabian Nights'
| Entertainments(天方夜譚)中的青年;
| 以神燈致富, 並娶土耳其公主為妻。
alarm [ə`lɑrm; ə`lɑ:m] 複 **-s** [-z]
名 鬧鐘, 警報裝 | The fire *alarm* sounded.
置 | 火警器響了。
—— 三 **-s** [-z] 衍 **-ed** [-d]; **-ing**
動 及 使驚慌, 使 | They were *alarmed at* the news.
不安 | 這消息使他們焦慮不安。
複合 名 **alàrm clóck**(鬧鐘)

alas [ə`læs; ə`læs] ▶表示悲哀・遺憾・不安。
嘆 啊呀! | *Alas!* She is gone.
 | 啊呀!她走了!

Alaska [ə`læskə; ə`læskə]
名 (地名)阿拉 | ▶美國的一州,在北美洲的西北部,略
斯加州 | 作 Alas.。

album [`ælbəm; `ælbəm] 複 -s [-z]
名 黏貼相片・ | a photograph *album* 相簿／a stamp
郵票等之空白簿 | *album* 集郵簿／a record *album* 唱片
册;一套唱片 | 專集

alcohol [`ælkə,hɔl; `ælkəhɔl] 複 無
名 酒精,酒 | The doctor asked him to keep off
 | *alcohol.* 醫生要他戒酒。
衍生 形 名 **álcohòlic**(酒精(中毒)的;酒精中毒者)
名 **àlcoholísm**(酒精中毒)

alert [ə`lɝt; ə`lɜːt]
形 留心的;警覺 | He is always *alert* to every possible
的;靈敏的,機警 | danger.
的 | 他總是對所有可能的危險保持警戒。
—— 形 無
名 警戒狀態 | They are always **on** the *alert*.
 | 他們總是很留心。

algebra [`ældʒəbrə; `ældʒibrə](注意發音) 複 無
名 代數 | *algebra* and geometry 代數與幾何

alien [`eljən, `elɪən; `eɪljən]
形 外國的 | *alien* nationality 外國國籍
 | ▶與 foreign 相較,alien 係專指法律
 | 上的國籍。
—— 複 -s [-z]
名 僑民;外國人 | Many of the *aliens* in Taiwan are
 | Americans.
 | 僑居台灣的外國人中,很多是美國人。

alight [ə`laɪt; ə`laɪt] 三 -s [-s] 過 -ed [-ɪd]; -ing
動 不 (人由車或 | He *alighted* **from** the train.
馬上)下來;(鳥) | 他從火車上下來。⇨ get off
飛下停留 | A bird *alighted* **on** the branch.
 | 鳥飛下來棲在枝椏上。

alike [ə`laɪk; ə`laɪk] ▶名詞之前用 similar。
形 相似的,同樣 | They look very much *alike*.
的 | 他們長得很像。
 | ▶ like 的用法如:He looks *like*
 | President Lee. (他長得像李總統。)
—— 副 同樣地
 | He treats everyone *alike*.
 | 他一視同仁。

alive [ə`laɪv; ə`laɪv] ▶名詞之前用 living。
形 (敘述用法) | Is that dog *alive* or dead?
活的 | 那隻狗是活的還是死的?
反 dead | He caught a bear *alive*.
 | 他活捉了一隻熊。

all [ɔl; ɔːl]
形 ❶一切的,所 | *All* men are mortal.
有的 | 凡是人都會死。
 | *All* the students went there.
 | 所有學生都到那邊去了。
❷全部的 | *all* day long 一整天／*all* (the) after-
 | noon 整個下午／*all* one's life 畢生

❸(加強語氣)完 | I'm *all* ears.
全的 | 我洗耳恭聽。
 | He was *all* smiles.
 | 他一味笑著。
***for* [*with*] *all one's* ...**
雖然…,仍然… | *For all* his wealth, he is not happy.
 | 他雖有錢,但並不快樂。
***of all*＋複數名詞** | He tried to rob a policeman *of all*
偏偏 | *people*.
 | 他偏偏要搶警察的錢。
—— ▶ all 的否定(部分否定)————
用 not 否定 all 時,意思是「不一定全部都是…」;不是
否定全部,而是否定一部分。⇨ both, either, neither,
every
 Not all men live long.
 ＝*All* men *do not* live long.
 (並非人人都長壽。)

—— 代 ❶(用作複 | We *all* [*All* of us] have to do our
數)所有的人 | best.
〔物〕 | 我們都得盡全力。
❷(當做單數)一 | *All* I want is time.
切的事 | 我所需要的是時間。
 | *All* is lost. 一切都完了。
***all but* ...**
❶幾乎跟…一樣 | He is *all but* dead.
 | 他幾乎跟死了一樣。
❷除了…之外全 | *All but* Mr. Brown were present.
都 | 除了布朗先生之外,全都出席了。
at all
(否定句)完全; | I don't know it *at all*.
(疑問句)究竟; | 我毫不知情。
(條件句)既然… | Do you know it *at all*?
就得… | 你究竟知不知道?
 | If you do it *at all*, do it well.
 | 既然做,就得好好做。
in all
全部 | There were fifty *in all*.
 | 全部有五十。
That's all.
就只有那些。 | ▶意味著已沒有好說的或做的。
—— 副 ❶完全,全 | He was *all* covered with mud.
都 | 他渾身都是泥巴。
❷(加強語氣)完 | It's *all* the same to me.
全 | 對我來說都是一樣的(什麼都行)。
all over
到處;遍及… | I traveled *all over* the world.
 | 我旅行遍及全世界。
all right
好;無恙;沒事 | "Will you do it?" "*All right*."
 | 「你去做好嗎?」「好的!」
 | Are you *all right*? 你沒事吧?
***all the*＋比較級＋*for* ...**
因為…反而更… | I like him *all the* better *for* his
 | faults. 正因他有缺點,我反而更喜歡
 | 他。

allege [ə`lɛdʒ; ə`ledʒ] 三 -s [-ɪz] 過 -d [-d]; alleging
動 反 主張, 堅持 | He *alleged* his innocence.
 | ＝He *alleged* **that** he was innocent.
 | 他堅說他是無辜的。 ⌈(根據)
衍生 名 **àllegàtion**(主張, 申述)副 **allegedly** [ə`lɛdʒɪdlɪ]

allegiance [ə`lidʒəns; ə`li:dʒəns] 働 無
名 忠誠, 忠順, ｜ He pledged his *allegiance* **to** the
忠貞 ｜ party.
｜ 他宣誓效忠於黨。

alley [`ælɪ; `ælɪ] 働 **-s** [-z]
名 弄, 巷 ｜ The *alley* is too narrow.
⇨ lane ｜ 這條巷子太窄了。 「詞形式。」

alliance [ə`laɪəns; ə`laɪəns] 働 **-s** [-ɪz] ► ally 的名
名 同盟, 聯盟 ｜ Germany made an *alliance* with
｜ Italy.
｜ 德國和義大利締結同盟。

allot [ə`lɑt; ə`lɔt] ⊜ **-s** [-s] 働 allotted [-ɪd]; allotting
動 ㊺ 分配 ｜ Each speaker is *allotted* ten
｜ minutes.
｜ 每一位演說者各分配到十分鐘的時間。
衍生 名 **allótment**(分配) 「-ing」

allow [ə`laʊ; ə`laʊ] (注意發音) ⊜ **-s** [-z] 働 **-ed** [-d];
動 ㊺ ❶允許, ｜ I *allowed* her **to** go to the party.
讓… ｜ 我允許她去參加舞會。
㊂ let ｜ *Allow* me **to** introduce Mr. White.
｜ 讓我來介紹懷特先生。
❷承認 ｜ They *allowed* his claim.
｜ 他們承認他的要求。

allow for ... ｜ You should *allow* **for** his youth.
考慮;體諒 ｜ 你應該體諒他還年輕。

allowance [ə`laʊəns; ə`laʊəns] (注意發音)働 **-s** [-ɪz]
名 (定期的)津 ｜ I will give you an *allowance* of $30
貼;零用錢 ｜ a month.
｜ 我每個月給你三十塊零用錢。

make allowance(s) for ... ㊂ allow for ...
考慮;斟酌;留餘 ｜ You should *make allowances* for
地 ｜ some delay.
｜ 你應該留有延誤的餘地。

allude [ə`lud; ə`lu:d] ⊜ **-s** [-z] 働 **-d** [-ɪd]; alluding
動 ㊝ 暗指;提及 ｜ You shouldn't *allude* **to** his failure.
｜ 你不該提到他失敗的事。
衍生 名 **allusion** [ə`luʒən](提及;暗示)

allure [ə`lʊr; ə`ljʊə(r)] ⊜ **-s** [-z] 働 **-d** [-d]; alluring
動 ㊺ 引誘;誘惑 ｜ The dress *allured* her **into** the
｜ store.
㊂ tempt ｜ 那件衣服讓她忍不住走進店內。
衍生 名 **allúrement**(誘惑(物)) 形 **allúring**(誘惑的)

ally [`ælaɪ, ə`laɪ; `ælaɪ] ⊜ **allies** [-z] 働 **allied** [-d];
-ing
動 ㊺ 聯盟, 結合 ｜ Germany *allied* itself **with** Italy.
｜ 德國與義大利結盟。
— [`ælaɪ, ə`laɪ; `ælaɪ, ə`laɪ] 働 **allies** ⇨ alliance
名 同盟國 ｜ the *Allies*(第二次世界大戰中的聯軍)

almanac [`ɔlmə,næk, `ɔlmənɪk; `ɔ:lmənæk] (注意發
音)働 **-s** [-s]
名 日曆⇨ calendar 「帝」

almighty [ɔl`maɪtɪ; ɔ:l`maɪtɪ] ► the Almighty(上
形 全能的, 萬能 ｜ Money is not *almighty*.
的 ｜ 金錢不是萬能的。

almost [`ɔl,most, `ɔl,most; `ɔ:lməʊst]
副 ❶幾乎, 差不 ｜ He is *almost* always smoking.
多 ｜ 他幾乎煙不離手。

────► 「幾乎所有的」譯法────
幾乎所有的人＝**most** people
► 不能譯做 almost people。
幾乎所有的學生＝**most of** the students
► almost *all the* students 亦可。

❷差一點就… ｜ He *almost* drowned.
｜ 他差一點就淹死了。

alone [ə`lon; ə`ləʊn] ► 敘述用法。不可置於名詞之前。
副形 單獨地 ｜ He came *alone*.
(的);僅 ｜ 他一個人來。
► 也可用於複 ｜ They were *alone*.
數式。 ｜ 只有他們。
┌─ alone 和 lonely ─┐
alone...單獨的
lonely...孤獨的, 寂寞的
I feel *lonely*.
(我覺得寂寞。)

let alone... ｜ He can't speak English, *let alone*
更不用說… ｜ German.
｜ 他連英語都不會說, 更別提德語了。

let [*leave*] *...alone* ｜ *Leave* me *alone*.
任…不管 ｜ 不要管我。

along [ə`lɔŋ; ə`lɔŋ]
介 沿著…, ｜ We walked *along* the river.
順著… ｜ 我們沿河走。
｜ I walked *along* the street.
｜ 我們沿街走。
──副 ► 此字帶有「不停」、「向前直走」的含意, 可不必特別
譯出。
｜ Come *along* **with** me.
｜ 跟我一道來。
get along ｜ How are you *getting along*?
過生活, 進展 ｜ 你過得如何?

aloof [ə`luf; ə`lu:f]
副形 (倨傲地) ｜ He stood *aloof*.
遠離(人) ｜ 他獨自站立(不跟別人站在一起)。

aloud [ə`laʊd; ə`laʊd]
副 ❶出聲 ｜ read *aloud* 讀出聲／think *aloud* 自言
｜ 自語
❷大聲 ｜ She called *aloud* for help.
㊂ loudly ｜ 她大聲呼救。

alphabet [`ælfə,bɛt; `ælfəbet] (注意發音) 働 **-s** [-s]
名 字母;初步 ｜ The English *alphabet* has 26 letters.
｜ 英文的字母有二十六個。
｜ *alphabet* of radio 無線電初階
► 這個單字是由希臘文開頭的兩個字 Alpha(A)和
Beta(B)結合而成的。
衍生 形 **alphabética1**(字母(順序)的)副 **álphabética1ly**
(依字母順序地)

Alps [ælps; ælps] ► 用作複數。形容詞是 Alpine。
名 (加 the) 阿爾 ｜ The *Alps* are in the center of
卑斯山脈 ｜ Europe.
｜ 阿爾卑斯山脈位在歐洲的中央。

already [ɔl`rɛdɪ; ɔ:l`redɪ]

副 (用於肯定句)業已, 已經, 早已 | I have *already* done it.
我已經做好了。
►否定句用 yet : I have*n't* done it *yet*. (我還沒做好。)

►疑問句用 already 時, 表示「驚奇」、「意外」。 | Have*n't* you done it *yet*?
你還沒有做好嗎?
Have you done it *already*?
你已經做好啦?(好快呀!)

already (肯定句)		
yet (疑問句)		**not yet**
已經	現在	還沒

also [`ɔlso; `ɔ:lsəʊ] ► also 置於動詞之前, 助動詞之後。
副 也
►比 too 更爲正式的用語。
►否定句用 either。 | { He *also* swims. 他也游泳。
{ He can *also* swim. 他也會游泳。
I *also* went there. 我也去那裡。
I didn't go there, *either*. 我也沒去那裡。

altar [`ɔltɚ; `ɔ:ltə(r)]
復 -s [-z]
►與 alter 同音。
名 (教會的)祭壇
He offered his life on the *altar* of his country.
他把生命奉獻給國家。

altar

alter [`ɔltɚ; `ɔ:ltə(r)] 復 -s [-z] 復 -ed [-d]; -ing
動不復 (部分的)變更, 改造 | *alter* the plan 改變計畫／*alter* the house 改造房子
衍生 名 **álterátion**(變更; 改造)

alternate [`ɔltɚ͵net, `æl-; `ɔ:ltɜneɪt] (注意發音) 復 -s [-s] 復 -d [-ɪd]; -nating
動不復 交替, 交替 | We *alternated* in cleaning the room.
我們輪流打掃房間。
——— [`ɔltɚnɪt; ɔ:l`tɜnət]
形 交互的, 隔日的 | He comes here on *alternate* days.
他隔日來此。
衍生 副 **álternately**(交互地, 輪流地)

alternative [ɔl`tɝnətɪv, æl-; ɔ:l'tɜ:nətɪv] (注意發音)
形 (兩樣之中)擇其一的, 二者擇一的 | If this plan is not accepted, we have an *alternative* plan.
如果這個計畫沒有被接受, 我們還有另一個不同的計畫。

| altèrnative 二者擇一的 | altèrnate 交互的 |
| ◯ or △ | ◐◑◒◓ |

——— 復 -s [-z]
名 (二者之中的)選擇, 二者擇一; 其他的方法 | That's the only *alternative*.
= There is no *alternative*.
沒有選擇的餘地。

although [ɔl`ðo; ɔ:l'ðəʊ] ►比 though 正式, 主要用於句首。

連 雖然, 即使 | *Although* he is young, he is wise.
他雖年輕, 但很聰明。
►美 也拼作 altho [ɔl`ðo]。
►as if 可作 as though, 但不可作 as although。

altitude [`æltə͵tjud; `æltɪtju:d] 復 -s [-z]
名 高, 高度; 海拔, 標高 | The plane flew at an *altitude* of 3,000 meters.
飛機在三千公尺的高度飛行。

altogether [͵ɔltə`gɛðɚ; ͵ɔ:ltə'geðə(r)]
副 ❶完全地, 全然地 | Your composition is not *altogether* bad. 你的作文並非全然不好。
►在否定句中是部分否定。
❷全部, 總共
同 in all | How much will it be *altogether*?
全部共要多少錢?

always [`ɔlwez, `ɔlwɪz; `ɔ:lweɪz, `ɔlwəz]
副 時常, 總是 | The door is *always* open.
門總是開著。
You should *always* do your best.
你應該是要全力以赴。
►always 置於 be 動詞, 助動詞之後, 一般動詞之前。
not always ►部分否定
未必, 不一定 | The rich are *not always* happy.
有錢人未必幸福。

am [(強)æm; æm (弱)əm; əm] (原形)be, 過 was; been; being ► be 動詞的第一人稱, 口語簡爲 I'm [aɪm]。
動不 (我)是… | I *am* a student.
我是個學生。

A.M., a.m. [`e`ɛm; `eɪ'em] <拉丁語 *ante*(前)+ *meridiem*(正午)
略 午前
對 P.M., p.m. | at 7 *a.m.*在上午七時／the 7:30 *a.m.* train 上午七點三十分開的火車
►通常用小寫, 置於數字之後。不與 o'clock 併用。

amateur [`æmə͵tʃʊr, -, ͵tʊr, -tʃɚ; `æmətə(r)] 復 -s [-z]
名 業餘愛好者; 門外漢 | You are a professional, but I am an *amateur*.
你是專業者, 而我是業餘者。

amaze [ə`mez; ə'meɪz] 復 -s [-ɪz] 復 -d [-d]; amazing
動復 使大爲吃驚, 使驚愕 | I was *amazed* to find that he had got 100 marks.
發現他得了一百分, 使我大爲吃驚。

——— ►動詞「吃驚」的程度(由弱到強)
surprised(吃驚)→ astonished(很吃驚)
→ amazed(因感意外・不可思議而驚異)→
astounded(難以置信地驚奇)→ stunned(嚇得目瞪口呆)►每個字的前面都要加上 be。

衍生 名 **amázement**(大爲吃驚)形 **amázing**(令人驚異的)

Amazon [`æmə͵zɑn, -zn; `æməzən]
名 (加上 the)亞馬遜河 | 發源於南美洲的安地斯山脈, 流經巴西, 注入大西洋。

ambassador [æm`bæsədɚ, əm-; æm'bæsədə(r)] 復 -s [-z]
名 大使, 使節 | the Japanese *ambassador* to France 日本駐法大使
►大使館是 embassy [`ɛmbəsɪ], 公使是 minister。

ambiguous [æm`bɪgjʊəs; æm'bɪgjʊəs] 同 obscure
形 (意義)曖昧 ┊ His answer was *ambiguous*.
的 ┊ 他的答覆很含糊。

ambition [æm`bɪʃən; æm'bɪʃn] 複 -s [-z]
名 野心,雄心 ┊ They are full of *ambition*.
┊ 他們充滿野心。

ambitious [æm`bɪʃəs; æm'bɪʃəs]
形 胸懷大志〔野 ┊ Boys, be *ambitious*.
心〕的 ┊ 少年啊,要胸懷大志。(Clark 名言)
┊ He is *ambitious of* [**for**] power.
┊ 他有強烈的權力慾望。

ambulance [`æmbjələns; 'æmbjʊləns] 複 -s [-ɪz]
名 救護車 ┊ Call an *ambulance*.
┊ 叫輛救護車來!

amend [ə`mɛnd; ə'mend] 三 -s [-z] 過 -ed [-ɪd]; -ing
動 及 修正,改 ┊ *amend* bad habits 改正壞習慣／
正;變更 ┊ *amend* the Constitution 修改憲法
┊ ▶ amend 沒有像 mend 那樣具有「修
┊ 理(東西)」的意義。

衍生 名 **amendment**(修正,改善), **amends**(補償,彌
補, 賠償) ┗補, 賠償)

America [ə`mɛrɪkə; ə'merɪkə]
名 (國名·地名) ┊ I have been to *America* once.
美國;美洲大陸 ┊ 我去過一趟美國。
┊ the United States of *America* 美利堅
┊ 合眾國／South *America* 南美洲
▶「America」名稱的由來,據說是由於義大利的探險家
Amerigo Vespucci.

American [ə`mɛrəkən; ə'merɪkən; ə'merɪkən]
形 美洲的;美國 ┊ He is *American*.
的;美國人的 ┊ 他是美國人。
┊ *American* English 美式英語／the
┊ North *American* Continent 北美洲大
┊ 陸(=the Contient of North
┊ America)
━━ 複 -s [-z]
名 美國人 ┊ He is an *American*.
┊ 他是個美國人。
▶ the Americans 係指「所有的美國人」或「話題中複數
的美國人」。

名　詞	形容詞	譯　名
America	American	美　洲(的)
Asia	Asian	亞　洲(的)
Australia	Australian	澳　洲(的)
Britain	British	大不列顛(的)
Canada	Canadian	加拿大(的)
England	English	英　國(的)
France	French	法　國(的)
Germany	German	德　國(的)
Holland	Dutch	荷　蘭(的)
Italy	Italian	義大利(的)
Switzerland	Swiss	瑞　士(的)

amiable [`emɪəbl; 'eɪmjəbl]
形 和藹可親的; ┊ Make yourself *amiable* to anyone.
性情溫柔的 ┊ 使你自己平易近人。
衍生 名 **amiability**(和藹可親)

amid [ə`mɪd; ə'mɪd]
介 在…之中 ┊ The tower stood *amid* the ruins.
┊ 塔聳立於廢墟中。

amiss [ə`mɪs; ə'mɪs]
副 不適當地;錯 ┊ Don't take it *amiss* if he criticizes
誤地;不對勁地 ┊ you. 即使他批評你,你也不要見怪。

ammunition [͵æmjə`nɪʃən; ͵æmjʊ'nɪʃn] 複 無
名 彈藥 ┊ ▶ powder(火藥), bullet(子彈), shell
┊ (砲彈)等之總稱。
┊ ▶ munitions(軍需品, 武器, 彈藥)

among [ə`mʌŋ; ə'mʌŋ]
介 ❶(通常用於 ┊ I found him *among* the crowd.
在三個以上)之 ┊ 我在群眾之中發現了他。
中 ┊ a cottage *among* the trees 樹林中的
┊ 一間小屋
❷於(三個以上) ┊ The fortune was divided *among* the
之間(分配,持有, ┊ three brothers.
做) ┊ 財產分給兄弟三人。
▶ **among** 和 **between**
通常 among 用於「三個以上之間」, between 用於「二者之
間」。

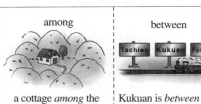

among	between
a cottage *among* the mountains (群山中的一間小屋)	Kukuan is *between* Tachien and Fongyuan. (谷關在達見和豐原之間。)

among other things
(很多之中)尤其 ┊ I like apples *among other things*.
┊ (雖有種種東西但)我特別喜歡蘋果。

amongst [ə`mʌŋst; ə'mʌŋst]
介 同 among ┊ ▶ 與 among 沒有太大的區別,美 則
┊ 較爲文語。

amount [ə`maʊnt; ə'maʊnt] 複 -s [-s]
名 ❶量;金額 ┊ a large [small, considerable]
┊ *amount* of money 大量的〔少量的,相
┊ 當多的)金錢
❷合計, 總額同 ┊ What's the *amount*?
total ┊ 合計多少錢?
━━ 三 -s [-s] 過 -ed [-ɪd]; -ing
動 不 ❶總計 ┊ The expense *amounted* **to** 10,000
┊ dollars.
┊ 支出共計一萬元。
❷等於… ┊ This *amounts* to a lie.
┊ 這等於是謊話。

ample [`æmpl; 'æmpl] 較 -r 最 -st
形 ❶充分的,豐 ┊ We have *ample* food.
富的反 scanty ┊ 我們有充足的食糧。
❷寬的,廣大的 ┊ an *ample* room 廣闊的房間
衍生 副 **amply**(廣大地, 寬闊地, 富足地)動 **amplify**(擴
大, 擴充; (電)增幅)

amuse [ə`mjuz; ə'mju:z] [三] **-s** [-ɪz] [規] **-d** [-d]; **amusing**
[動][及] 使…歡樂; 使…發笑; 使…覺得有趣 | She *amused* the children **with** a story. 她說故事逗這些孩子開心。 The joke *amused* her. 這笑話令她發笑。
[衍生][副] **amusedly** [ə`mjuzɪdlɪ] (覺得有趣地)
[形] **amùsing** (有趣的; 好笑的, 引人發笑的)

amusement [ə`mjuzmənt; ə'mju:zmənt] [複] **-s** [-s]
[名] 消遣, 娛樂; 樂事 | My chief *amusement* is fishing. 我主要的消遣是釣魚。
[複合][名] **amùsement pa̋rk** (遊樂園)

an [(強) æn; æn (弱) ən; ən, n] ▶ 意義與用法請參照 a。
[形] (不定冠詞) ▶ 用於以母音爲起首的單字前 | *an* American 一個美國人／*an* orange 一個橘子／*an* egg 一個蛋／*an* LD 一張雷射光碟／*an* hour [aʊr] 一小時／*an* honest [`ɑnɪst] man 一個誠實的人

analysis [ə`næləsɪs; ə'næləsɪs] [複] **analyses** [-ɪz]
[名] 分析 | chemical *analysis* 化學分析
[衍生][名] **ànalyst** (分析者) [形] **ànalỳtic(al)** (分析的)

analyze, [英] **analyse** [`ænḷ,aɪz; 'ænəlaɪz] [三] **-s** [-ɪz] [規] **-d** [-d]; **analyzing,** [英] **-lysing**
[動][及] 分析 | They *analyzed* the drink. 他們分析了飲料的成分。

ancestor [`ænsɛstɚ; 'ænsestə(r)] [複] **-s** [-z]
[名] 祖宗, 祖先 | We should worship our *ancestors*. 我們應該敬仰祖先。
[衍生][形] **ancèstral** (祖先的, 祖先傳下的)

> àncestor (一人的) 祖先↔ descèndant (一人的) 子孫
> àncestry (集合的) 祖先↔ postèrity (集合的) 子孫

ancestry [`ænsɛstrɪ; 'ænsestrɪ] [複] 無
[名] 世系, 血統; 祖先 (集合名詞) | He is an American of Japanese *ancestry*. 他是日裔美人。

anchor [`æŋkɚ; 'æŋkə(r)] [複] **-s** [-z]
[名] 錨; 精神支柱; (接力賽的) 最後一棒 | be [lie] **at** *anchor* 停泊／cast [drop] *anchor* 拋錨／weigh *anchor* 起錨, 出港

ancient [`enʃənt; 'eɪnʃənt] (注意發音) [比] **-er** [最] **-est**
[形] 古代的, 遠古的 | an *ancient* coin 古代的硬幣／an *ancient* tree 古木

and [(強) ænd; ænd, (弱) ənd, ɛnd, ən, n, nd]
[連] ❶和, 及, 又 | Tom *and* Bill 湯姆和比爾／read *and* write 讀和寫／two knives *and* three spoons 兩把小刀和三支湯匙
▶ 三個以上的單字並列時, 只在最後的單字之前加 and, 其他用逗號連接:
John, Tom, Bill, *and* Ted (約翰、湯姆、比爾以及特德)
▶ 並舉人稱代名詞時, 通常依照「第二人稱→第三人稱→第一人稱」的順序:
He *and* **I** are good friends. (他和我是好朋友。)
▶ 二個單字用 and 連接表示一物時, and 要弱讀:
man *and* wife 夫婦／whisky *and* water 攙水的威士忌

bread and [n] butter
塗奶油的麵包

a cup and [n] saucer
一套杯碟

▶ 連接相同的字, 表示反覆・強調。again *and* again 一再重複／for days *and* days 連著好幾天／miles *and* miles 好幾英里／better *and* better 越來越好／more *and* more interesting 越來越有趣
❷於是, 然後 | He shut the door *and* went out. 他關了門, 然後出去了。
❸(用於命令句之後) 那樣的話 [對] or | Go at once, *and* you will be in time. 快去, 就會趕得上。
and so 所以 | She was sick, *and so* stayed home. 她病了, 所以待在家裡。
and so on*＝*and so forth
等等, 云云 | apples, oranges, pears, *and so on* 蘋果、橘子、梨子等等

anecdote [`ænɪk,dot; 'ænɪkdəʊt] [複] **-s** [-s]
[名] (關於名人的) 軼事 | an amusing *anecdote* 有趣的軼事／historical *anecdotes* 歷史上的軼事

angel [`endʒəl; 'eɪndʒəl] [複] **-s** [-z]
[名] 天使; 天使般的人 | An *angel* is a messenger of God. 天使是上帝的使者。 an *angel* of a boy 天使一般的少年
[衍生][形] **angelic** [æn`dʒɛlɪk] (天使般的)

anger [`æŋgɚ; 'æŋgə(r)] (注意發音) [複] 無
[名] 怒, 生氣 | He hit the child **in** *anger*. 他憤而揍了那孩子。

angle [`æŋgḷ; 'æŋgl] [複] **-s** [-z]
[名] 角, 角度

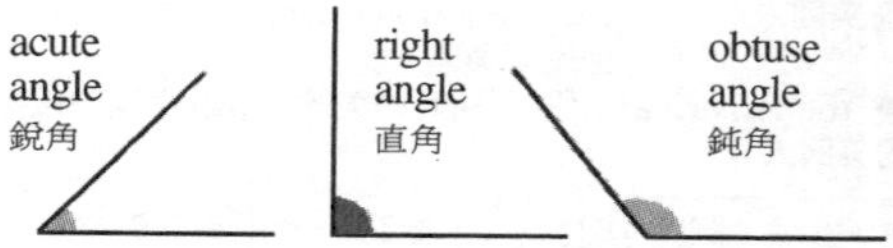

The two lines cross **at** right *angles*. 兩線交叉於直角。

angry [`æŋgrɪ; 'æŋgrɪ] [比] **angrier** [最] **angriest**
[形] 發怒的, 生氣的 | He got *angry* **at** her answer. 他聽到她的答覆覺得生氣。 She is *angry* **with** me . 她對我發怒。
[衍生][副] **àngrily** (忿怒地) [名] **ànger** (忿怒)

anguish [`æŋgwɪʃ; 'æŋgwɪʃ] [複] 無
[名] (身心上) 極度痛苦 | He is **in** *anguish* **over** his failure. 他為失敗的事而痛苦不堪。

animal [`ænə,mḷ; 'ænɪməl] [複] **-s** [-z]
[名] 動物 | wild *animals* 野獸／domestic *animals* 家畜

animate [`ænə,met; 'ænɪmeɪt] [三] **-s** [-s] [規] **-d** [-ɪd]; **-mating**

動⑧ 使有生氣，
使有活潑

The success *animated him with* hope.
成功使他充滿希望。

衍生 形 **ánimáted**(生氣蓬勃的, 充滿活力的)

衍生 **ánimátion**(活力, 活潑;卡通製作)

ankle [`æŋkl; 'æŋkl] ⑧ **-s** [-z] ▶ uncle [`ʌŋkl](叔叔)

名 踝

He sprained his *ankle*.
他扭傷了腳踝。

leg 腿
ankle 踝
foot 腳
arm 臂
wrist 腕
hand 手

annex, 美 annexe [`ænɛks; 'æneks] ⑧ **annexes** [-ɪz]

名 附屬建築, 增建

An *annex* was built next to the main building.
附屬建築建於主建築的隔壁。

anniversary [,ænə`vɝsərɪ, -srɪ; ,ænɪ'vɝːsərɪ] ⑧ **anniversaries** [-z]

名 (每年的)紀念日;(某人的)忌辰

Today is our wedding *anniversary*.
今天是我們的結婚紀念日。

announce [ə`naʊns; ə'naʊns] ⑤ **-s** [-ɪz] ⑧ **-d** [-t]; **announcing**

動⑧ ❶發表, 通知

The results will be *announced* in a few days.
成績〔結果〕將在幾天內宣布。

❷大聲通知(客人到等)

The servant *announced* Mr. Brown.
僕人通報布朗先生來了。

衍生 名 **annóuncement**(發表;通知) **annóuncer**(廣播員;報幕員;宣告者)

annoy [ə`nɔɪ; ə'nɔɪ] ⑤ **-s** [-z] ⑧ **-ed** [-d]; **-ing**

動⑧ 使苦惱, 使困惱

She is *annoyed* at his question.
她被他的質問煩死了。

▶ 常用被動語態。

衍生 名 **annóyance**(煩惱, 可厭的人或事)
形 **annóying**(討厭的, 麻煩的, 可厭的)

annual [`ænjʊəl; 'ænjʊəl] ▶ biànnual 是「一年兩次的, 每半年的」。

形 一年的, 全年的;年年的, 每年的

What's your *annual* income?
你年收入多少？

an *annual* event 一年一度的事

▶ biennial [baɪ`ɛnɪəl](兩年一次的)
triennial [traɪ`ɛnɪəl](三年一次的)

衍生 副 **ánnually**(每年;一年一次地)

another [ə`nʌðɚ; ə'nʌðə(r)] <an+other

形 ❶另一的, 另一個人的
同 one more

I'll give you *another* example.
我再給你舉一個例子。

He'll be back in *another* ten days.
再過十天, 他就回來。

❷別的, 不同的
同 different

Show me *another* tie, please.
讓我看看別的領帶。

代 另一個東西〔人〕;別的東西〔人〕

To know is one thing, but to teach is *another*.
知道是一回事, 教人是另一回事。

one another another →(一個一個的連續。)

one the other (二個時, 一邊是 one 另一邊是 the other。)

one the others (多數中的一個, 與其餘的全部。)

some others (一邊是多數, 另一邊是多數中的一部分。)

one after another
相繼地, 依次地

They came *one after another*.
他們陸續地來。

one another
互相

We should help *one another*.
我們應該互相幫助。

▶ 通常用於三者以上, 二者之間通常用 each other。

answer [`ænsɚ; 'ɑːnsə(r)] ⑤ **-s** [-z] ⑧ **-ed** [-d]; **-ing**

動⑧ ❶回答, 答覆
同 reply
對 ask

He couldn't *answer* the question.
他不能答覆這個問題。

He *answered* that it was true.
他答稱那是真的。

❷符合(目的・要求)

Will this *answer* your purpose?
這符合你的目的嗎？

不 ❶回答, 答覆

I can't *answer* offhand.
我不能馬上回答。

❷負責;保證

I can't *answer* for his safety.
我不能對他的安全負責。

answer the bell [**the door**]
應鈴聲而開門

Nobody *answered the bell*.
沒人來開門。

—— ⑧ **-s** [-z] ⑧ question

名 ❶回答, 回覆

Give me your *answer* tomorrow.
明天回覆我。

❷答案, 解答

The *answer* to this question is wrong.
這問題的答案是錯的。

▶「…的答案」之「的」用 to 表示。

ant [ænt; ænt] ⑧ **-s** [-s] ▶ 與 aunt [美 ænt] 同音。

名 螞蟻

a swarm of *ants* 一群螞蟻

antagonist [æn`tægənɪst; æn'tægənɪst] ⑧ **-s** [-s]

名 敵手, 對手

He defeated his powerful *antagonist*.
他擊敗了強有力的對手。

衍生 名 **antágonísm**(敵對;對立)

antarctic [ænt`ɑrktɪk; æn'tɑːktɪk] ⑧ arctic (北極的)

形 南極的

the *Antarctic* Ocean 南極海／the *Antarctic* Circle 南極圈

衍生 名 **Antárctica**(南極大陸＝the Antarctic Continent)

anticipate [æn`tɪsə,pet; æn'tɪsɪpeɪt] ⑤ **-s** [-s] ⑧ **-d** [-ɪd]; **-pating**

動⑧ ❶預期, 期待

I *anticipate* a good vacation.
我期待一個愉快的假期。

▶ 與 expect 不同, 不能用「anticipate＋人＋to V」的句型。

antipathy

18

衍生 名 **anticipâtion**(預想, 預期;預料;期待)

antipathy [æn`tɪpəθɪ; æn'tɪpəθɪ] 複 **antipathies** [-z]
名 反感, 生性不喜 | She has an *antipathy* **to** worms. 她天生就討厭蟲。

antique [æn`tik; æn'ti:k] (注意發音)
形 古風的, 舊式的;古代的 | An *antique* pot was dug out. 掘出了一個古代的壺。
—— 形 -s [-s] ▶ 有百年以上歷史的東西。
名 古物, 古器, 古董 | genuine *antiques* 真正的古董／fake *antiques* 偽造的古物
衍生 名 **antiquity** [æn`tɪkwətɪ](古舊, 古代)

antonym [`æntə,nɪm; 'æntəʊnɪm] 複 -s [-z]
名 反義字 反 synonym(同義字)

anxiety [æŋ`zaɪətɪ; æŋ'zaɪətɪ] 複 **anxieties** [-z]
名 ❶憂慮, 不安, 擔心 | You have no reason for *anxiety*. 你沒有憂慮的理由。
❷渴望 | the *anxiety* **for** knowledge 求知慾

anxious [`æŋkʃəs, `æŋʃəs; 'æŋkʃəs]
形 ❶憂慮的 | He is *anxious* **about** your health. 他關懷你的健康。
❷渴望的, 急著想… | He is *anxious* **for** wealth. 他渴望財富。
| I am *anxious* **to** go to Paris. 我急著想到巴黎去。
衍生 副 **ânxiously**(擔憂地, 操心地)

any [(強)`ɛnɪ; 'enɪ(弱)ənɪ; ənɪ]
形 ❶(肯定句)任何一個都… | *Any* child can do that. 任何孩子都會做。

┌─▶ **any day** 和 **some day**─
any day(任何一天)
  You may come *any day*.
  (你哪一天來都可以。)
some day(來日;將來的某一天)
  You must come *some day*.
  (你以後一定要來。)
└────────────

❷(疑問句・條件句)有多少 | Do you have *any* friends [money]? 你有朋友〔錢〕嗎?
▶ 疑問句中如期待對方答 yes 時, 要用 some。
▶❶重讀, ❷輕讀即可 | Don't you want **some** money? 你不要一些錢嗎?(想必是要的)
| If there's *any* trouble, let me know. 如果有任何的困難, 告訴我。
❸(否定句)一點也, 什麼也, 誰 | I don't have *any* friends. 我一個朋友也沒有。
▶ 與 "I have no friends." 意思一樣。

┌─▶ **Any ... not** 是錯的─
以 Any 開頭的句子不能用 not 否定;
「任何孩子都不會做。」
(誤) *Any* child *can't* do that.
(正) *No* child *can* do that.
└────────────

—— 代 ▶代名詞的用法與形容詞同。
❶(肯定句)誰也;什麼都 | Here are three books. You may read *any*. 這裡有三本書, 你讀哪一本都行。

❷(疑問句・條件句)誰, 什麼;多少, 幾個 | Have you read *any* of these books? 這些書有你讀過的嗎?
| If *any* of you know it, tell me so. 如果有誰知道的話, 告訴我。
❸(否定句)什麼也;誰也;一點也 | Keep the cookies; I don't want *any*. 把餅乾收起來, 我(一塊也)不要。
▶ not＋any＝none
—— 副 少許, 一點也, 稍 | Are you *any* better today? 你今天好一點了嗎?
if any 如果有… | Correct errors, *if any*. 如有錯, 更正之。

anybody [`ɛnɪ,bɑdɪ, -bəd; 'enɪbɒdɪ]
代 任何人;誰都 | *Anybody* may come. 誰來都行。
| I didn't meet *anybody*. 我未遇見任何人。
▶ 不知道是誰的特定的「某人」是 somebody: *Somebody* ate it.(有人把它吃掉了。)

┌─▶ **Anybody ... not** 是錯的─
「誰都不會做。」
(誤) Anybody cannot do that.
(正) Nobody can do that.
└────────────

—— 形 無
名 重要人物 | If you want to be *anybody*, do your best. 你如果要出人頭地, 就要全力以赴。

anyhow [`ɛnɪ,haʊ; 'enɪhaʊ] 同 anyway
副 ❶不管怎樣, 總之 | *Anyhow*, let's hurry. 不管怎樣, 要快!
❷(否定句)無論如何也;(肯定句)以任何方法 | The door won't (= will not) open *anyhow*. 這門怎麼打也打不開。

anyone [`ɛnɪ,wʌn; 'enɪwʌn] ▶ anybody 較口語化。
代 任何人;誰都 | *Anyone* thinks so. 任何人都這麼想。

anything [`ɛnɪ,θɪŋ; 'enɪθɪŋ] ▶ 用法比照 any。
代 ❶(肯定句)任何事;什麼都 | I'll do *anything* **for** you. 我會為你做任何事。
❷(疑問句・條件句)什麼事 | Do you know *anything* **about** him? 你知道關於他的什麼事嗎?
❸(否定句)什麼也(沒有) | I don't know *anything* **about** him. 他的事, 我一點也不知道。

┌─▶ **Anything ... not** 是錯的─
「沒有比漫步更愉快的了。」
(誤) Anything is not so pleasant as to stroll.
(正) Nothing is so pleasant as to stroll.
└────────────

anything but ...
❶除…之外什麼都 | I eat *anything but* fish. 除了魚, 我什麼都吃。
❷決不… | ▶ but 在此是 except(除…外) 的意思。
| She is *anything but* a good cook. 她決不是個好廚子。

anything of ...
(疑問句・條件句)多少;少許 | Is he *anything of* a poet? 他有一點詩人的樣子嗎?
(否定句)一點也(沒有) | I haven't seen *anything of* him lately. 最近我都沒見過他。

or anything
(否定句)決不
I won't go there *for anything*.
我決不去那裡。

anywhere [ˈɛnɪˌhwɛr; ˈenɪweə(r)]
副 無論何處都;
任何地方;哪裡
都
I can sleep *anywhere*.
我哪裡都能睡。
Did you go *anywhere* yesterday?
你昨天去過任何地方嗎?
⇨ somewhere

apart [əˈpɑrt; əˈpɑːt]
副 離開,分開
The trees stand ten meters *apart*.
樹木相距十公尺。
She lives *apart* from him.
她跟他不住在一起。

apart from ...
除…之外
Apart from his schoolwork, he takes interest in anything. 除了學校的功課之外,他對任何事都有興趣。

Joking apart
說真的
Joking apart, what are you going to do?
說真的,你要做什麼?

apartment [əˈpɑrtmənt; əˈpɑːtmənt] 名 -s [-s]
名 美 (由數個房間組成,每間各供一戶人用的)公寓房間
同 美 flat
Apartment for Rent 美 公寓招租
▶ 由 apartment(出租房間)組成的建築物稱為 apartment house 或 apartment building。

ape [ep; eɪp] 名 -s [-s]
名 類人猿;模仿別人的人
▶ 黑猩猩・大猩猩・巨猿等。

apologize [əˈpɑləˌdʒaɪz; əˈpɒlədʒaɪz] 動 -s [-ɪz] 過 -d [-d]; apologizing
動 不 道歉,謝罪
He *apologized* **to** her **for** coming late. 他因遲到向她道歉。

apology [əˈpɑlədʒɪ; əˈpɒlədʒɪ] 名 apologies [-z]
名 道歉,賠罪
He made an *apology* **for** his carelessness.
他因自己的疏忽而致歉。
衍生 形 **apológetic**(道歉的,賠罪的;辯解的)

apparatus [ˌæpəˈretəs; ˌæpəˈreɪtəs] 名 apparatuses [-ɪz]
名 (一套)器械,儀器;裝置
a heating *apparatus* 暖氣裝置／a laboratory *apparatus* 實驗裝置

apparent [əˈpærənt; əˈpærənt]
形 ❶(外表上)顯然的,顯而易見的
It was *apparent* **to** everybody that he was angry. 誰都知道他在發怒。
❷僅外表上的,表面上的
His calmness is more *apparent* than real. 他的平靜只是外表上的,實際並非如此。
衍生 副 **apparently**(姑且不論實際如何)外表上,看上去似乎;顯然地 ⇨ appear ❷的例句

appeal [əˈpil; əˈpiːl] 動 -s [-z] 過 -ed [-d]; -ing
動 不 ❶懇求
He *appealed* **to** them **for** help.
他向他們求助。
❷訴諸
Don't *appeal* **to** force.
不要訴諸暴力。
❸投人所好
The music *appealed* **to** him.
這音樂引起他的興趣。
— 名 -s [-z]

名 ❶懇求;訴諸
He made an *appeal* **for** help.
他懇求援助。
❷魅力
同 attraction
The book has no *appeal* **for** him.
這書引不起他的興趣。

appear [əˈpɪr; əˈpɪə(r)] 動 -s [-z] 過 -ed [-d]; -ing
動 ❶呈現,出現;出版;出演
The sun *appeared* from behind the clouds.
太陽從雲的後面出現。
She *appeared* on TV yesterday.
她昨天上過電視。
反 disappear
❷似乎…
{ He *appears* (**to** be) rich.
{ It *appears* **that** he is rich.
{ (=*Apparently* he is rich.)
他似乎很富有。

─ ▶「似乎」的同義字─
appear: He *appears* rich.
(他似乎很有錢。)
seem: He *seems* an honest man.
(他似乎很誠實。)
look: He *looks* happy.
(他好像很快樂。)

appearance [əˈpɪrəns; əˈpɪərəns] 名 -s [-ɪz]
名 ❶出現;登台;出場
He made a sudden *appearance*.
他突然出現。
❷外觀;儀表;樣子
He is a man of mean *appearance*.
他外表寒酸。

appendix [əˈpɛndɪks; əˈpendɪks] 名 -es [-ɪz],-dices [-ɪz]
名 附加物,附錄;(解剖)闌尾,(俗)盲腸
▶ 另成一册的附錄叫 a supplement。
▶ 盲腸炎是 appendicitis [əˌpɛndəˈsaɪtɪs]

appetite [ˈæpəˌtaɪt; ˈæpɪtaɪt] (注意發音) 名 -s [-s]
名 食慾;(一般的)慾望
I have a good [poor] *appetite*.
我食慾很好〔不振〕。

applaud [əˈplɔd; əˈplɔːd] 動 及 不 鼓掌叫好
動 及 不 鼓掌叫好
The audience *applauded* her singing.
聽眾為她的歌唱鼓掌叫好。

applause [əˈplɔz; əˈplɔːz] 名 無
名 鼓舞叫好;稱讚
She was greeted **with** *applause*.
她受到鼓掌歡迎。

apple [ˈæpl; ˈæpl] 名 -s [-s]
名 蘋果
複合 名 **Ádam's ápple**(喉結) **the ápple of díscord**(禍根,引起紛爭的根源)

applicant [ˈæpləkənt; ˈæplɪkənt] 名 -s [-s]
名 志願者,申請人
an *applicant* **for** a position 求職者

application [ˌæpləˈkeʃən; ˌæplɪˈkeɪʃn] 名 -s [-z]
名 ❶應用,適用
It is of wide *application*.
它的用途很廣。
❷申請,請求,志願;申請書,請求書
He sent in his *application* **to** the office.
他把申請書送到辦公室。
❸勤勉,努力
his *application* **to** his studies
他的專心研究〔讀書〕

apply [ə`plaɪ; ə`plaɪ] ⊜ **applies** [-z] ⑭ **applied** [-d]; **-ing**

動 ⊗ ❶適用,應用	This rule can be *applied* to any case. 這規則可適用於任何情形。
❷貼,敷,塗;使接觸	He *applied* his eye to the microscope. 他把眼睛靠在顯微鏡上。
❸專心從事	*Apply* yourself to your study. 你得專心讀書。
不 ❶申請	He *applied* for the post. 他申請這個職位。
❷適用	This rule doesn't *apply* to children. 這規則不適用於小孩子。

──▶ apply 的衍生字
動 apply →
- 名 ápplicàtion(應用;申請)
- 名 ápplicant(申請人)
- 名 appliance [əp`laɪəns](器具)
- 形 ápplicable(可適用的)
- 形 ápplièd(應用的)
- ▶ *applied* chemistry(應用化學)

appoint [ə`pɔɪnt; ə`pɔɪnt] ⊜ **-s** [-s] ⑭ **-ed** [-ɪd]; **-ing**

動 ⊗ ❶任命,派任	He was *appointed* mayor. 他被任命為市長。
❷指定(時間,地點)	*Appoint* the time for the meeting. 指定會晤[開會]的時間。
衍生 形 appóinted(指定的)	

appointment [ə`pɔɪntmənt; ə`pɔɪntmənt] ⑭ **-s** [-s]

名 ❶約定(見面)	I made an *appointment* to meet him on Sunday. 我和他約好禮拜天見面。
❷任命,被任命的職位	He got an *appointment* in the Foreign Office. 他服務於外交部。

appreciate [ə`priʃɪˌet; ə`priːʃɪeɪt] ⊜ **-s** [-s] ⑭ **-d** [-ɪd]; **-ating**

動 ⊗ ❶體會(真價),銘感;正確認識	*appreciate* good music [literature] 欣賞優美的音樂[文學] A musician can *appreciate* small differences in sounds. 音樂家能辨別出聲音中極細微的差異。
❷(以事為受詞)感激	I deeply *appreciate* your kindness. 我極感激你的厚意。 ▶ 是 "Thank you very much." 的文語說法,但不能說 "I *appreciate* you."。

appreciate 知道(價值)

food 實在好吃
art 實在很棒
music
gift
kindness 實在感謝

衍生 名 appréciàtion(鑑賞(力);正確的認識;感謝) 形 appréciative(有欣賞力的;感謝的) appréciable(可感知的;少許的)

apprehend [ˌæprɪ`hɛnd; ˌæprɪ`hend] ⊜ **-s** [-z] ⑭ **-ed** [-ɪd]; **-ing**

動 ⊗ ❶理解	I *apprehend* the meaning. 我了解這個意思。
❷擔心,憂懼	He *apprehends* danger. 他擔心危險。
衍生 名 ápprehènsion(理解(力);不安) 形 ápprehènsive(憂懼的) ápprehénsible(可理解的)	

apprentice [ə`prɛntɪs; ə`prentɪs] ⑭ **-s** [-ɪz]

名 學徒 ▶ 目的在學習某種行業技能的學徒。	
衍生 名 apprènticeshíp(學徒的年限;學徒的身分)	

approach [ə`protʃ; ə`prəʊtʃ] ⊜ **-es** [-ɪz] ⑭ **-ed** [-t]; **-ing**

動 ⊗ ❶走近,接近	We *approached* the school. 我們接近學校了。 ▶ 不可作 approach to。
❷帶有某種目的而走近(人)	We *approached* him with the idea. 我們向他提出這種觀念。
不 逼近	The summer vacation is *approaching*. 暑假快到了。

── ⑭ **-es** [-ɪz]

名 接近;近似;門徑,方法	the *approach* of the examination 考期已近／a new *approach* to the study of English 學習英文的新方法

appropriate [ə`proprɪɪt; ə`prəʊprɪət]

形 適當的	clothes *appropriate* for school wear 適合於上學穿的衣服
衍生 名 apprópriàtion(私用,侵占,挪用)	

approval [ə`pruv‿l; ə`pruːvəl] ⑭ 無

名 贊成;核准	He gave his *approval* to the plan. 他核准了那計畫。

動 appróve(贊成) → 名 appróval(贊成)
動 dísappróve(不贊成) → 名 dísappróval(不贊成)

approve [ə`pruv; ə`pruːv] ⊜ **-s** [-z] ⑭ **-d** [-d]; **approving**

動 ⊗ ❶批准,認可	Congress *approved* the bill. (美國的)國會批准了這法案。
❷贊成	I cannot *approve* his plan. 我不能贊成他的計畫。
不 贊成,承認	He does not *approve* of the plan. 他不贊成那計畫。 ▶ 比⊗ 的 approve 常用。

approximate [ə`prɑksəmɪt; ə`prɒksɪmət]

形 (數・量・質的)近似	The *approximate* number is 2,000. 數目約為兩千。
衍生 副 appróximately(近乎,大約)	

April [`eprəl, `eprɪl; `eɪprəl] ⑭ 無 ▶ 月名一定要大寫。

名 四月	an *April* fool 在愚人節受愚弄的人 ▶ All Fools' Day(4月1日)愚人節／in *April* 在四月裡

apron [`eprən; `eɪprən] ⑭ **-s** [-z]

名 圍巾,圍裙	

apt [æpt; æpt] ⑭ **more**~ ⑭ **most**~

形 ❶易於…的;善於…的	He is *apt* to forget people's names. 他易於忘掉人家的名字。

▶ ❶是用 be apt to do 的句型,通常用於負面的意義。

❷適切的 ┊ an *apt* reply 適當的答覆

衍生 副 **ãptly**(適切地;巧妙地)名 **ãptitúde**(性向;才能)

Arabia [ə`rebɪə, -bjə; ə`reɪbjə]

名 (地名)阿拉
伯

> 阿拉伯人…**Ãrab, Arãbian**
> 阿拉伯語…**Ãrabic**

arc [ark; ɑːk] 覆 **-s** [-s] ► arc 和 arch 語出拉丁語的
名 弧, 弓形 ┊ arcus(bow 弓)。

arch [artʃ; ɑːtʃ] 覆 **-es** [-ɪz]
名 拱門, 彎的東 ┊ the *Arch* of Triumph
西 ┊ =the Triumphal Arch 凱旋門

archery [`artʃərɪ; `ɑːtʃərɪ] 覆 無
名 箭術, 射藝 ┊ 弓箭的射手是 archer.

architect [`arkə,tɛkt; `ɑːkɪtekt] (注意發音) 覆 **-s** [-s]
名 建築師 ┊ He is an *architect*. 他是建築師。

architecture [`arkə,tɛktʃə; `ɑːkɪtektʃə(r)] 覆 無
名 建築(的式 ┊ Renaissance *architecture* 文藝復興時
樣) ┊ 期的建築形式

arctic [`arktɪk; `ɑːktɪk] 反 antarctic(南極的)
形 北極的 ┊ an *arctic* expedition 北極探險(隊)
┊ ► the Arctic 是「北極地區」。
複合 名 the Ãrctic Cìrcle(北極圈)

ardent [`ardnt; `ɑːdənt]
形 熱烈的;熱心 ┊ He is an *ardent* lover of music.
的 ┊ 他是一個熱愛音樂的人。

ardor, 英 **ardour** [`ardə; `ɑːdə(r)] 覆 無
名 熱心, 熱情 ┊ He does everything *with ardor*.
⇨ passion ┊ 他做任何事都很熱心。

are [(強)ar; (弱)ə; ə] (原形)**be** 代 **were; been; being**
動 不 是… ┊ You *are* a pupil. 你是學生。
┊ ► are 的否定式是 aren't [arnt]。

area [`ɛrɪə, `erɪə; `eərɪə] 覆 **-s** [-z]
名 ❶面積;體 ┊ What is the *area* of Taiwan?
積是 volume。 ┊ 台灣的面積有多大?
❷地域, 地帶 ┊ a residential *area* 住宅區／an
┊ industrial *area* 工業區

aren't [arnt; ɑːnt] are not 的縮寫

argue [`argju; `ɑːgjuː] 覆 **-s** [-z] 覆 **-d** [-d]; **arguing**
動 及 ❶辯論, 爭 ┊ They *argued* a difficult problem.
論 ┊ 他們爭論一個難題。
❷提出理由論 ┊ He *argued* that the earth is round.
證;主張 ┊ 他論證地球是圓的。
不 爭論 ┊ I *argued* with him about it.
┊ 我跟他爭論這件事。

argument [`argjəmənt; `ɑːgjʊmənt] 覆 **-s** [-s]
名 議論 ┊ He made a persuasive *argument*.
┊ 他提出有說服力的議論。

► 注意不要拼錯
ãrgue(議論)→　ãrgument(議論)
　　　　　　　↑ 沒有 e

arise [ə`raɪz; ə`raɪz] 覆 **-s** [-ɪz] 代 **arose** [ə`roz]; **arisen**
[ə`rɪzṇ]; **arising**
動 不 ❶發生(問 ┊ A difficulty has *arisen*.
題等);起(風‧ ┊ 發生了困難。
霧) ┊ A strong wind *arose*.
┊ 吹起了一陣強風。

問題 吵架 風 發生

❷起床;站起來 ┊ He *arose* from his seat.
┊ 他從座位上站起來。
► 「用於指(人)起床」之義時, arise 正式且是詩中用語,
rise 也頗正式, get up 則為一般用字。

aristocracy [,ærə`stɑkrəsɪ; ,ærɪ`stɒkrəsɪ] 覆 **-cies**
[-z]
名 貴族► 加 the 用作集合名詞。

aristocrat [ə`rɪstə,kræt, `ærɪstə-; `ærɪstəkræt] 覆 **-s**
[-s]
名 貴族(的一人)
衍生 形 ãristocrãtic(貴族的;貴族似的)

arithmetic [ə`rɪθmə,tɪk; ə`rɪθmətɪk] 覆 無
名 算術 ┊ mental *arithmetic* 心算

► 注意不要拼錯字, 發錯音
arithmetíc(算數)—mãthemãtics (數學)
　　　　↑　　　　　　　↑　↑　↑

Arizona [,ærə`zonə; ,ærɪ`zəʊnə]
名 (地名)亞歷 ┊ ►美國西南部的一州, 略為 Ariz.。
桑那州

Arkansas [`arkən,sɔ; `ɑːkənsɔː] (注意發音)
名 (地名)阿肯 ┊ ►美國中南部的一州, 略作 Ark.。
色州

arm¹ [arm; ɑːm] 覆 **-s** [-z]
名 臂 ┊ hold a baby *in* one's *arms* 抱嬰孩／
┊ carry a book *under* one's *arm* 把書
┊ 夾在腋下走／walk *arm in arm* 挽臂
┊ 散步

arm² [arm; ɑːm] 覆 **-s** [-z]
名 (通常用複數 ┊ small *arms* 輕武器(如手槍等)／take
式)武器 ┊ up *arms* =rise *in arms* 拿起武器準備
┊ 應戰

━ ❸ **-s** [-z] 覆 **-ed** [-d]; **-ing**
動 及 使武裝 ┊ He is *armed* with a pistol.
┊ 他佩帶一把手槍。
┊ *armed* forces 軍隊(陸‧海‧空軍)

armament [`arməmənt; `ɑːməmənt] 覆 **-s** [-s]
名 軍備 反 disarmament(裁減軍備)

armor, 英 **armour** [`armə; `ɑːmə(r)] 覆 無
名 盔甲, 甲冑
衍生 形 ãrmored(裝甲的)

army [`armɪ; `ɑːmɪ] 覆 **armies** [-z]
名 ❶陸軍;軍隊 ┊ the American *army* 美國陸軍
► 海軍是 navy, 空軍是 air force.
❷大群;軍團 ┊ an *army* of ants 一群螞蟻

a suit of armor

around [ə`raund; ə`raʊnd] ►美 的常用語, 但美 僅用
於❶的用法, 即「靜止‧狀態」。

❶ sit around the table　　　　❸ around nine

❷ around the corner

介 ❶圍繞 ┊ All sat *around* the table.
┊ 大家繞桌而坐。

❷[美]四處，到處；拐過…的地方 | He looked *around* the room. 他向屋內四下張望。
The drugstore is just *around* the corner. 藥房就在拐角處。

❸[美]左右，大約 [同]about | I'll be there *around* nine o'clock. 九點左右我會到那裡。

— [副]❶四周；附近 | He shook hands all *around*. 他到處與人握手。

❷[美]到處，四處 | He traveled *around*. 他到處旅行。

❸旋轉 | He turned *around*. 他轉過身(頭)來。

❹以圓周計算 | The pond is a mile *around*. 這池塘繞一圈有一英里。

arouse [ə`raʊz; ə'raʊz] [三] **-s** [-ɪz] [規] **-d** [-d]; **arousing**

[動][及]❶喚醒，吵醒 | The noise *aroused* him **from** his sleep. 噪音把他從睡夢中喚醒。

❷喚起(感情・輿論)，激發 | The book *aroused* a great sensation. 這本書引起轟動。

► 這些字不要混淆

rise	—rose	—risen	([不]升起)
raise	—raised	—raised	([及]舉起)
arise	—arose	—arisen	([不]起床)
arouse	—aroused	—aroused	([及]喚起)

arrange [ə`rendʒ; ə'reɪndʒ] [三] **-s** [-ɪz] [規] **-d** [-d]; **arranging**

[動][及]❶整理 | *Arrange* the books on the shelf. 把書架上的書整理一下。

❷安排，準備 | The meeting was *arranged* for Sunday. 會議在禮拜天開。

❸調解，調停 | The dispute was *arranged*. 紛爭解決了。

[不]準備，安排 | Can you *arrange* **to** meet me tonight? 今晚你能設法與我會晤嗎?

arrangement [ə`rendʒmənt; ə'reɪndʒmənt] [複] **-s** [-s]

[名]❶佈置，排列；排列之物 | the *arrangement* of words 字的排列／flower *arrangement* 插花

❷(複數形)準備，安排 | We made *arrangements* for departure. 我們做好出發的準備。

❸協定 | We came to an *arrangement* **with** him. 我們跟他達成了協定。

arrest [ə`rɛst; ə'rest] [三] **-s** [-s] [規] **-ed** [-ɪd]; **-ing**

[動][及]逮捕 | He was *arrested* by the police. 他被警察逮捕了。

— [複] **-s** [-s]

[名]逮捕；阻止 | He is **under** *arrest*. 他被逮捕。

arrival [ə`raɪvḷ; ə'raɪvəl] [複] **-s** [-z]

[名]❶到達 | She is waiting for his *arrival*. 她等著他的到來。

❷到的人或物 | new *arrivals* 新來的人；新到的貨

arrive [ə`raɪv; ə'raɪv] [三] **-s** [-z] [規] **-d** [-d]; **arriving**

[動][不]❶到達 | The train *arrived* **at** the station. 火車到站了。

► **arrive 和 reach**

「他抵達巴黎。」
He *arrived* **in** Paris.
He *reached* Paris.
► reach 是及物動詞，所以不要加 to 等的介系詞。

► **arrive at 和 arrive in**

1)到達比較狹小的場所時，原則上用 at：
We *arrived* **at** { the bridge.(橋) / the stadium.(運動場) / the seashore.(海岸) }
2)到達廣大地區時，原則上用 in：
We *arrived* **in** { Tokyo.(東京) / Paris.(巴黎) / Africa.(非洲) }

❷達到(結論・年齡) | We *arrived* **at** this conclusion. 我們得到這個結論。

❸(時間)到來 | The time has *arrived* for decision. 決定的時刻已到。

arrogant [`ærəgənt; 'ærəgənt]

[形]傲慢的 | He is an *arrogant* man. 他是個傲慢的人。

[衍生][名]**àrrogance**(傲慢，自大)

arrow [`æro; 'ærəʊ] [複] **-s** [-z] ► 注意勿與 allow [ə`laʊ](允許)混淆。

[名]箭；箭號(→) ► 弓是 bow [bo]。 | Time flies like an *arrow*. 光陰似箭。(諺語) ► 英語通常只說“Time flies”。

art [ɑrt; ɑ:t] [複] **-s** [-s]

[名]❶藝術；美術 | He is a good judge of *art*. 他是個鑑賞藝術的行家。

❷技術；技巧 | the *art* of talking 談話的技巧／the *art* of cooking 烹調法

❸人工 | nature and *art* 自然與人工

❹(複數)文理科 ⇨ liberal | ► 亦稱 the liberal *arts*，大學的文理科，指人文學科(文學・哲學・歷史・語言學等)和數學等科學。

[衍生][形]**artìstic**(藝術的)，**àrtful**(巧妙的)

artery [`ɑrtərɪ; 'ɑ:tərɪ] [複] **arteries** [-z]

[名]動脈 ►「靜脈」是 vein，「血管」是 blood vessel。

article [`ɑrtɪkḷ; 'ɑ:tɪkl] [複] **-s** [-z]

[名]❶物品，商品 | the main *articles* of the store 店舖的主要商品

❷(報章・雜誌的)文章 | He clipped the newspaper *article*. 他剪下報上的文章。
a leading *article* [英]報紙的社論[美]an editorial

❸(法令的)條款 | *Article* 9 of the Constitution 憲法第九條

❹(文法)冠詞 | the indefinite *article* 不定冠詞／the

definite *article* 定冠詞

artificial [ˌɑrtəˈfɪʃəl; ˌɑːtɪˈfɪʃ]
形 人工的,人造的;不自然的 | natural flowers and *artificial* ones 鮮花與人造花
複合名 **ártificial réspiràtion**(人工呼吸)
衍生副 **ártificially**(人工地;人爲地)

artist [ˈɑrtɪst; ˈɑːtɪst] 複 **-s** [-s]
名 藝術家;畫家 | ▶ 也被廣用於包括插圖畫家・設計家・歌手・演員等。

artistic [ɑrˈtɪstɪk; ɑːˈtɪstɪk]
形 藝術的;美術的;風雅的 | He has an *artistic* temperament. 他有藝術氣質。

as [(強) æz; æz (弱) əz; əz]
連 ❶ (理由)因爲…,所以… | *As* it rained, I stayed home. 因爲下雨,所以我待在家裡。
▶ 多用於句首。
❷ (時間)當…;一面…,一面… | He went out (just) *as* I entered. 我進來時他正要出去。
同 when | I read the letter *as* I walked along the river. 我一面沿河散步,一面看信。
❸ (樣態)照原樣 | Do in Rome *as* the Romans do. 在羅馬,就要照羅馬人的樣子做。〔入鄉隨俗。〕(成語)
State the fact *as* it is. 照實說。
❹ (比較)

| **as … as 〜 同〜一樣…** |

▶ as … as 〜 前面的 as 是副詞。 | He is *as* tall *as* I (am). ┌A.他跟我的身高相同。 └B.他跟我都很高。
▶ A 句強調 as,B 句強調 tall。
▶ 否定句是 "He is not *so* tall *as* I." (他沒有我高。)/"He is not *as* tall *as* I."(他跟我不一樣高。)但在口語中,後一句的意思與前一句相同。
❺ (文語)(讓步)雖然…,但是… | Young *as* he is, he works hard. 他雖年輕,但努力工作。
同 though | ▶ 也可表示理由:"Young *as* he was, it was natural that he should fail." (他因爲年紀還輕,所以當然會失敗了。)
▶ 注意字的排列順序。
❻ (結果・程度)所以;以致

| **so … as to V** (先譯前半句)…所以(結果) (先譯前半句)…致使(程度) |

I got up **so** early *as* **to** be in time. 我起得早所以趕得上。
He spoke **so** loudly *as* **to** be heard by everyone. 他講得很大聲,以致大家都聽到了。

代 (準關係代名詞)
❶ 像…那樣的 | Such a man *as* tells a lie is unreliable. 那種撒謊的人是不可靠的。
This is the same bag *as* I lost.

這手提包跟我遺失的一樣(同一種)。
▶ 用 that 替代 as 時,意思是「這就是我所遺失的皮包。」,但常被混用。
He is *as* brave a man *as* ever lived. 從來沒有人像他那麼勇敢。
❷ 如…那樣 | He is a foreigner, *as* you know from his accent. 由他的口音,就會知道他是個外國人。
▶ 把前面或後面的子句當先行詞。 | He was absent, *as* is often the case. 他和往常一樣地缺席了。

介 當作… | Don't treat him *as* a child. 別把他當做小孩子看待。
He will act *as* interpreter. 他將充當口譯員。
▶ 表示官職・職位・資格的名詞不用加冠詞。

副 as … as 的句型中,前面的 as 是副詞,後面的 as 是連接詞。參見 ⇨ 連 ❹

as for… 就…而言 | *As for* me, it doesn't matter. 至於我,沒有關係。
as if = as though 恰似…一樣 | He looks *as if* he **is** ill. 他看來好像病了。(表示極有可能)
▶ as if 的後面用假設語氣。 | This schoolboy talks *as if* he **were** a teacher. 這位男學童說話起來像個老師。(與現在事實相反)
He talks *as if* he **had traveled** the whole world. 他說話的口氣就像是環遊過全世界似的。(與過去事實相反)
as it is 事實上(與假設的情形對比) | I wish I had money. *As it is,* I can't pay you. 我真希望我有錢,但事實上我不能付錢給你。
▶ 承接假設句,用於句首。
as it were 可謂 | He is, *as it were*, a walking dictionary. 他可以說是一部活字典。
同 so to speak
as of … 到…止 | *As of* April 1, I will be twenty. 到了四月一日,我就滿二十歲。
as…, so〜 (文語)就像…一般 | *As* I loved her, *so* she loved me. 她愛我,正如我愛她一樣。
as to … 關於… | He said nothing *as to* money. 他沒有說一句有關錢的話。

┌─── ▶ 倍數的表現法 ───
1)「A 跟 B 一樣的…」
  A is as … as B.
  He *is as* tall *as* I.
  (他跟我一樣高。)

2)「A 是 B 的一半的…」
  A is half as … as B.
  This pencil *is half as* long *as* that one.(這枝鉛筆是那枝鉛筆的一半長。)
3)「A 是 B 的〜倍…」
  A is 〜 times as … as B.
  Mt. Ali *is* four *times as* high *as* this mountain. (阿里山的高度是這座山的四倍。)

ascend [ə`sɛnd; ə'send] 🔵 **-s** [-z] 🔷 **-ed** [-ɪd]; **-ing**
動及不 登,上升 | We *ascended* Mt. Hsiu Ku Luan.
我們攀登秀姑巒山。
反 descend | The road *ascends* to the village.
同 go up | 這條路向上通至該村。
衍生 名 **ascènt**(登;上昇;斜坡)

ascertain [ˌæsəˈten; ˌæsəˈteɪn] (注意發音) 🔵 **-s** [-z] 🔷 **-ed** [-d]; **-ing**
動及 確定 | We must *ascertain* the truth.
同 make sure | 我們必須找出真相。

ascribe [ə`skraɪb; ə'skraɪb] 🔵 **-s** [-z] 🔷 **-d** [-d]; **ascribing**
動及 把(結果)歸於(某種原因);把(作品等)認爲(係屬某人的) | They *ascribed* his success to good luck. = His success was *ascribed* to good luck.
他們把他的成功歸功於幸運。
This invention is *ascribed* to Edison.
這項發明被認爲是愛迪生之作。

ash [æʃ; æʃ] 🔷 **-es** [-ɪz]
名 灰,灰燼;(用複數)遺骨 | the *ash* of a volcano 火山灰／
cigarette *ash(es)* 香煙灰
Our house was burnt to *ashes*.
我們家被燒成了灰燼。
衍生 形 **àshen**(灰的,灰色的;蒼白的)

ashamed [ə`ʃemd; ə'ʃeɪmd]
形 羞恥的;慚愧的 | She is *ashamed* of her old dress.
她因爲穿舊衣服而感覺丟臉。
► 也可以用(very)much 強調,但口語用 very 強調。 | I'm *ashamed* to ask such a question.
我恥於問這種問題。
I'm *ashamed* that I failed in the exam.
我考試不及格,覺得很慚愧。

ashore [ə`ʃor, ə`ʃɔr; ə'ʃɔ:(r)]
副 向〔在〕岸的 | They went *ashore*.
他們上岸了。

Asia [`eʒə, `eʃə; 'eɪʃə]
名 (地名)亞洲 | *Asia* Minor 小亞細亞
► 黑海與地中海之間的半島,包括土耳其的大部分。
衍生 名形 **Àsian**(亞洲人;亞洲(人)的)

aside [ə`saɪd; ə'saɪd]
副 在旁邊;離開地;除外 | He stepped *aside*.
他走到一旁。
Put your troubles *aside*.
忘掉你的煩惱。

ask [æsk; ɑ:sk, ɑ:sk] 🔵 **-s** [-s] 🔷 **-ed** [-t]; **-ing**
動及 ❶問,質問 | 反 answer
| *ask* him a question = (文語)*ask* a question of him (問他一個問題) |
I *asked* her her name.
我問她的姓名。
I *asked* him where he lived.
我問他住那裡。
May I *ask* you a question?
我可以問你一個問題嗎?

❷要求,請求,央求 | I *asked* him for money.
我向他要錢。
She *asked* me to help her.
她要求我幫她忙。
May I *ask* a favor of you?
我可以請你幫我個忙嗎?
❸邀請 | I *asked* him to the party.
同 invite | 我邀請他參加舞會。
不 ❶查詢 | I *asked* about the book.
我查詢那本書。
❷要求,請求 | He *asked* for more food.
他要求更多的食物。
❸問候 | He *asked* after her.
他問候她。
► inquire after 亦可。

asleep [ə`slip; ə'sli:p]
形 (敍述用法)睡的 | He fell *asleep*. 他睡著了。
反 awake | ►「睡著的小孩」不是 an asleep child,而是 a sleeping child。

aspect [`æspɛkt; 'æspekt] 🔷 **-s** [-s]
名 (問題等的)情勢;面;局面 | That altered the *aspect* of the case.
那件事改變了情勢。
his humorous *aspect* 他幽默的一面

aspire [ə`spaɪr; ə'spaɪə(r)] 🔵 **-s** [-z] 🔷 **-d** [-d]; **aspiring**
動不 渴望,熱望 | He *aspires* to be a writer.
他渴望成爲作家。
He *aspired* after fame.
他渴望聲譽。
衍生 名 **aspiration** [ˌæspəˈreʃən](大志,抱負)

ass [æs; æs] 🔷 **-es** [-ɪz]
名 (動物)驢;愚人 | ► donkey 的俗字。
an ass in a lion's skin 披著獅皮的驢子
► 典出伊索寓言。相當於「狐假虎威」。

assail [ə`sel; ə'seɪl] 🔵 **-s** [-z] 🔷 **-ed** [-d]; **-ing**
動及 猛襲 | They *assailed* the fortress.
他們猛攻要塞。
衍生 名 **assàilant**(攻擊者;加害者)

assault [ə`sɔlt; ə'sɔ:lt] 🔷 **-s** [-s]
名 攻擊 | They made an *assault* on the fort.
同 attack | 他們攻擊城堡。

assemble [ə`sɛmbl; ə'sembl] 🔵 **-s** [-z] 🔷 **-d** [-d]; **assembling**
動及 ❶(因某種目的而)集合 | All the members were *assembled*.
所有的人員都被召集。
❷裝配 | He *assembled* a model plane.
他組合飛機模型。
►「分解」是 take apart。
不 集合,聚集 | All the students *assembled* in the hall. 全體學生都在禮堂內集合。
衍生 名 **assèmblage**(集合;集合物;聚集;裝配)

assembly [ə`sɛmblɪ; ə'semblɪ] 🔷 **assemblies** [-z]
名 會議,會合;裝配 | the General *Assembly* of the United Nations 聯合國大會

assent [ə`sɛnt; ə'sent] ⊜ -s [-s] 働 -ed [-ɪd]; -ing
動不同意　He *assented* to the proposal.
　　　他贊同這個提議。

—働 -s [-s]
名同意　He gave his *assent* to the plan.
　　　他贊成這個計畫。

　　　▶ 避免混淆
　　[ə`sɛnt] assent(同意)　—ascent(上升)
　　[dɪ`sɛnt] dissent(不同意)　—descent(降下)

assert [ə`sɝt; ə'sɜːt] ⊜ -s [-s] 働 -ed [-ɪd]; -ing
動他 主張, 斷言　He *asserted* his innocence.
　　　他堅持自己是無辜的。
衍生 名 **assèrtion**(斷言；主張)形 **assèrtive**(斷定的, 武
斷的)

assign [ə`saɪn; ə'saɪn] ⊜ -s [-z] 働 -ed [-d]; -ing
動他 ❶分配；指　The task was *assigned* to me.
派　　　這工作分配給我。
　　　He was *assigned* to the position.
　　　他被指派擔任這個職位。
❷指定　They *assigned* Sunday for the
　　　meeting.
　　　他們指定星期日會晤。
衍生 名 **assìgnment**(任務, 課題；美 (學校的)作業, 分配；
指定；任命)

assimilate [ə`sɪml͵et; ə'sɪmɪleɪt] ⊜ -s [-s] 働 -d [-ɪd];
-lating
動他 吸收, 消化　The body *assimilates* food.
　　　身體吸收食物。
衍生 名 **assimilātion**(消化；吸收；同化作用)

assist [ə`sɪst; ə'sɪst] ⊜ -s [-s] 働 -ed [-ɪd]; -ing
動他 幫助, 援助　She *assisted* the hostess at the
▶比 help 正　party.
式。　　　她在舞會中幫忙女主人。
衍生 名 **assìstance**(幫忙, 援助), **assìstant**(助手)

associate [ə`soʃɪ͵et; ə'səuʃɪeɪt] ⊜ -s [-s] 働 -d [-ɪd];
-ting
動他 ❶聯想　I *associate* the sea with the summer
　　　vacation. 海使我聯想到暑假。
❷使聯合　I was *associated* with him in the
　　　project.
　　　我同他一起進行這方案。
不 結交　Don't *associate* with him.
　　　不要跟他結交。
—働 -s [ə`soʃɪɪt, -͵et] (注意發音)
名伙伴, 同事　He is my business *associate*.
　　　他是我事業上的伙伴。

association [ə͵sosɪ`eʃən, ə͵soʃɪ-;ə͵səusɪ'eɪʃn] 働 -s [-z]
名 ❶聯想　pleasant *associations* 愉快的聯想
❷結交　He has no *association* with
　　　foreigners. 他沒有結交外國人。
❸協會；公會　a cooperative *association* 合作社

assume [ə`sum, ə`sjum; ə'sjuːm] ⊜ -s [-z] 働 -d [-d];
-suming
動他 ❶臆測, 假 I *assume* { it **to** be true.
定；認為　　　　　{ **that** it is true.
　　　我認為那是真的。

❷負起(責任・　He *assumed* the duty.
任務)　　他負起這個任務。
❸假裝　He *assumed* friendship.
　　　他假裝友善。

assuming that ...　*Assuming that* he is on our side, we
假定…　　will win.
　　　假如他站在我們這一邊, 我們就會贏。
衍生 名 **assùmption**(假定, 臆測, 前提；承擔)

assurance [ə`ʃurəns; ə'ʃuərəns] 働 -s [-ɪz]
名 確信, 保證；　We had his *assurance* that he would
自信　　help us.
　　　我們得到他願意幫助我們的保證。

assure [ə`ʃur; ə'ʃuə(r)] ⊜ -s [-z] 働 -d [-d]; assuring
動他 使確信；保　I am *assured* of your success.＝I am
證　　*assured* **that** you will succeed.
　　　我確信你會成功。
　　　He *assured* me of her safety.＝He
　　　assured me **that** she was safe.
　　　他向我保證她很安全。

　　　▶ assure 與 insure
　　insure 主要用於「保險(壽命・財產)」的意思。
　　美 則用 assure 表現這意思。
　　「人壽保險」{ 美 life insurance
　　　　　　{ 英 life assurance

衍生 形 **assured**(確實的, 有自信的)副 **assuredly**
[ə`ʃurɪdlɪ](的確, 無誤地)

astonish [ə`stanɪʃ; ə'stɒnɪʃ] ⊜ -es [-ɪz] 働 -ed [-t];
-ing
動他 使大感驚　I was *astonished* at [by] the news.
異　　聽到這則消息我大為吃驚。
⇨ amaze

　　　(弱)surprise＜astonish＜astound(強)

衍生 形 **astònishing**(可驚的)

astonishment [ə`stanɪʃmənt; ə'stɒnɪʃmənt] 働 無
名驚愕, 吃驚　To my *astonishment*, my money was
　　　gone.
　　　我的錢丟了, 使我大吃一驚。

astound [ə`staund; ə'staund] ⊜ -s [-z] 働 -ed [-ɪd];
-ing
動他 使大為吃　I was *astounded* at his skill.
驚　　他的技能使我驚訝。
衍生 形 **astòunding**(令人驚駭的)

astronomy [ə`stranəmɪ; ə'strɒnəmɪ] 働 無
名天文學

　　　▶ astro-表「星」之義
　　*aster*isk [`æstə͵rɪsk](星標＊)
　　*astro*logy [ə`stralədʒɪ](占星術)
　　*astro*naut [`æstrə͵nɔt](太空人)

衍生 形 **ástronòmical**(天文的, 天文學上的；天文學的)
名 **astrònomer**(天文家)

asylum [ə`saɪləm; ə'saɪləm] 働 -s [-z]
名收容所, 保護　an orphan *asylum* 孤兒院／a lunatic
設施　　*asylum* 精神病院▶ 通常稱為 a
　　　mental hospital。

at [(強) æt; æt (弱) ət; ət] ▶ at 表示時間·空間的一點。
　介❶(地點·位置)在…, 於… | We met him *at* the station.
　我們在車站迎接他。
　　Open your book *at* [美] to] page 12.
　　把書翻開到第十二頁。
　❷(時間)在… | The party begins *at* five.
　　宴會在五點開始。
　　at noon 在正午／*at* (the age of) seven 在七歲的時候
　❸(方向·目標)對…, 向… | He looked *at* me.
　　他看著我。
　　She laughed *at* him.
　　她嘲笑他。
　❹(原因)因為… | He got angry *at* her words.
　　他因她所說的話而生氣。
　　I was surprised *at* the news.
　　我因聽到那消息而吃驚。
　❺(狀態·從事)正在… | He is *at* home. 他在家。
　　at table 正在用餐／*at* peace 在和平期／*at* war 在戰爭中／*at* ease 自在
　❻(程度·價格)以…, 用… | I bought it *at* a low price.
　　我以低價買進。
　　The car ran *at* 40 miles an hour.
　　車子以四十英里的時速行駛。

　┌─▶以 at 構成的重要片語
　│ **at last**(最後), **at first**(最初), **at least**(至少, 最少), **at once**(立刻)

ate [et; eɪt] 動 eat (吃)的過去式
athlete [`æθlit; 'æθli:t] (注意發音) 名 **-s** [-s]
　名 運動選手 ▶ athlete's foot 是「香港腳」。
athletic [æθ`lɛtɪk; æθ'letɪk]
　形 運動的 | an *athletic* meeting [meet] 運動會
　衍生 名 **athletics**(運動; 競技)
Atlantic [ət`læntɪk; ət'læntɪk] 反 Pacific (太平洋的)
　形 大西洋的 | the *Atlantic* (Ocean)大西洋
atlas [`ætləs; 'ætləs] 名 **-es** [-ɪz]
　名 地圖集 | ▶ map 是一張地圖, 把 maps 集成一本書, 便是 an atlas。
atmosphere [`ætməs,fɪr; 'ætmə,sfɪə(r)] 名 **-s** [-z]
　名 ❶大氣; 空氣 | The rocket entered the earth's *atmosphere*.
　　火箭進入地球的大氣層。
　❷環境, 氣氛 | I couldn't bear the *atmosphere* of the place.
　　我受不了這個地方的氣氛。
　衍生 形 **atmospheric(al)**(大氣的) ▶「氣壓」是
　atmospheric pressure。
atom [`ætəm; 'ætəm] 名 **-s** [-z]
　名 (物理)原子; 極微量 | The china was broken *to atoms*.
　　瓷器破成粉碎。
　複合 名 **atom bomb**(原子彈)
atomic [ə`tɑmɪk; ə'tɒmɪk]
　形 原子(能)的
　複合 名 **atomic bomb**(原子彈), **atomic energy**(原子能), **atomic power**(原子動力)
attach [ə`tætʃ; ə'tætʃ] 三 **-es** [-ɪz] 過 **-ed** [-t]; **-ing**

動 及 ❶貼上; 加上; 附上 | He *attached* a stamp **to** the envelope.
　他把一枚郵票貼在信封上。
　❷(用被動語態)愛慕, 喜愛 | She is deeply *attached* **to** her father.
　　她深愛她的父親。
　衍生 名 **attachment**(愛慕; 附著(物))
attack [ə`tæk; ə'tæk] 三 **-s** [-s] 過 **-ed** [-t]; **-ing**
　動 及 攻擊 | We *attacked* the enemy.
　　我們攻擊敵人。
　── 名 **-s** [-s]
　名 ❶攻擊 | We started an *attack* **on** the fort.
　同 assault | 我們開始攻擊城堡。
　❷發作, 害病 | a heart *attack* 心臟病發作
attain [ə`ten; ə'teɪn] 三 **-s** [-z] 過 **-ed** [-d]; **-ing**
　動 及 ❶達到 | He *attained* the purpose.
　　他達到了目的。
　❷到達 | He *attained* the summit.
　　他到達頂峰。
　不 達到(某種狀態) | His ability *attained* **to** perfection.
　　他的能力已達到完美的境地。
　衍生 名 **attainment**(達成;(複數式)學識, 技能)
attempt [ə`tɛmpt; ə'tempt] 三 **-s** [-s] 過 **-ed** [-ɪd]; **-ing**
　動 及 嘗試, 企圖 | He *attempted* **to** climb the mountain.
　　他企圖攀登那座山。
　　attempted suicide 自殺未遂
　── 名 **-s** [-s]
　名 企圖, 嘗試 | His *attempt* **to** escape was unsuccessful.
　　他企圖逃走不成。

　┌─▶避免混淆
　│ **attempt** 動 嘗試　　　名 嘗試
　│ **tempt** 動 誘惑　　　**temptation** 名 誘惑

attend [ə`tɛnd; ə'tend] 三 **-s** [-z] 過 **-ed** [-ɪd]; **-ing**
　動 及 ❶出席 ▶不要用作 attend at [to]。 | He *attended* the meeting.
　　他參加會議。
　　attend school 上學; 到校
　❷照顧, 看護; 侍候 | The nurse *attended* the patient.
　　護士照顧病人。
　attend to ... ▶這成語中的用法是 不。
　注意;傾聽;照顧 | He *attended* **to** his business.
　　他專心於事業。
　衍生 名 **attendance**(出席;出席人數;侍候), **attendant**(侍者;出席者)形 **attendant**(隨侍的;附隨的)
attention [ə`tɛnʃən; ə'tenʃn] 名 無 ▶動詞是 attend。
　名 ❶注意, 注目 | Pay *attention* **to** what he says.
　　注意傾聽他所說的話。
　❷治療, 照料 | He received *attention* at the hospital. 他在醫院接受治療。
attentive [ə`tɛntɪv; ə'tentɪv] ▶動詞是 attend。
　形 注意的, 留心的 | Be more *attentive* **to** what I say.
　　要多注意我所說的話。
attic [`ætɪk; 'ætɪk] 名 **-s** [-s]
　名 閣樓, 頂樓

attire [ə'taır; ə'taıə] ⊝ **-s** [-z] ⊛ **-d** [-d]; **attiring**
動 (文語)打　│ She was *attired* in purple.
扮　│ 她穿著紫色的衣服。

attitude [`ætə‚tjud; 'ætıtju:d] ⊛ **-s** [-z]
名 態度；姿勢　│ Her *attitude* toward him has
│ changed.
│ 她對他的態度改變了。

attorney [ə'tɜnı; ə'tɜ:nı] (注意發音) ⊛ **-s** [-z]
名 美 律師　│ a district *attorney* 美 地院檢察官／a
回 lawyer　│ prosecuting *attorney* 美 檢察官／an
│ *attorney* general 美 司法部長；美 首席
│ 檢察官；檢察總長

attract [ə'trækt; ə'trækt] ⊝ **-s** [-s] ⊛ **-ed** [-ıd]; **-ing**
動 及 吸引，誘惑　│ A magnet *attracts* iron.
│ 磁石吸鐵。
│ Bright colors *attract* children.
│ 鮮艷的顏色吸引小孩子。
衍生 名 **attráction**(魅力；吸引力；誘人的事物)

attractive [ə'træktıv; ə'træktıv]
形 有魅力的　│ She is an *attractive* girl.
回 charming　│ 她是個非常動人的女孩子。

attribute [ə'trıbjut; ə'trıbju:t] (注意發音) ⊝ **-s** [-s]
⊛ **-d** [-ıd]; **attributing**
動 及 歸因，歸於　│ He *attributed* his success **to** good
│ teamwork.
│ 他把他的成功歸功於團隊的合作無間。

—— [`ætrə‚bjut; 'ætrı‚bju:t] (注意發音) ⊛ **-s** [-s]
名 屬性，特質　│ He has many good *attributes* of a
│ good teacher. 他具有很多作爲一位好
│ 老師的特質。

auction [`ɔkʃən; 'ɔ:kʃn] ⊛ **-s** [-z]
名 競賣，拍賣　│ His property was sold **at** [美 by]
│ *auction*.
│ 他的財產被拍賣了。
衍生 名 **auctionéer**(拍賣人)

audible [`ɔdəbl; 'ɔ:dəbl] ⊛ visible(看得見的)
形 聽得見的　│ He spoke in a barely *audible* voice.
回 hearable　│ 他用一種令人幾乎聽不見的聲音說話。

┌─ **audi-**是表示「聽」的意思─
│ *áudi*ence　　　(聽眾，觀眾)
│ *áudi*o-vìsual　(視聽的)
│ *áudi*tion　　　(聽力；(歌唱者等的)試聽)
│ *áudi*tòrium　　(禮堂，聽眾席，觀眾席)

audience [`ɔdıəns, -djəns; 'ɔ:djəns] ⊛ **-s** [-ız]
名 聽眾，觀眾　│ There was a large *audience*.
│ 聽(觀)眾很多。
▶指演講・電影・電視・收音機的聽眾和觀眾。

augment [ɔg'mɛnt; ɔ:g'ment] ⊝ **-s** [-s] ⊛ **-ed**
[-ıd]; **-ing**
動 及 不 增大，　│ He *augmented* his income by
增加　│ teaching French.
│ 他靠教法語增加收入。

August [`ɔgəst; 'ɔ:gəst] ⊛ 無 ▶月名均用大寫。
名 八月　│ **in** *August* 在八月
▶小寫的 august [ɔ'gʌst] 是有「有威嚴的」的意思。

aunt [ænt; ɑ:nt] ⊛ **-s** [-s] ▶與 ant [ænt] 同音。
名 伯母；姑媽(回 │ *Aunt* Mary will come today.
uncle　│ 瑪莉姑媽今天要來。

auspice [`ɔspıs; 'ɔ:spıs] ⊛ **-s** [-ız]
名 (複數)保護；　│ The contest was held **under** the
贊助；(好事的)　│ *auspices* of the Education Ministry.
前兆　│ 這比賽是在教育部的贊助下舉行的。
衍生 形 **auspícious**(吉兆的，吉利的)

austere [ɔ'stır; ɒ'stıə(r)]
形 嚴峻的；簡樸　│ an *austere* face 嚴峻的面容／an
的　│ *austere* life 清苦的生活
衍生 名 **austérity**(嚴峻；簡樸；(複數)清苦生活)

Australia [ɔ'streljə; ɒ'streıljə]
名 (國名)澳洲　│ ▶正式的國名是 the Commonwealth
│ of *Australia*(澳大利亞聯邦)。
衍生 形 名 **Austràlian**(澳洲的；澳洲人)

author [`ɔθɚ; 'ɔ:θə(r)] ⊛ **-s** [-z]
名 著者，作家；　│ Who is the *author* of the play?
創始者　│ 這齣劇的作者是誰?
衍生 名 **áuthoress**(女作家), **áuthorship**(著作業，原作
者；(書等的)出處)

authority [ə'θɔrətı; ɔ:'θɒrətı] ⊛ **-ties** [-z]
名 ❶權威；權　│ He has absolute *authority*.
限；權威者　│ 他有絕對的權限。
│ He is an *authority* **on** grammar.
│ 他是文法權威。
❷ (用複數)當　│ the *authorities* concerned 有關當局，
局，有關當局　│ 當局
衍生 形 **authoritative** [ə'θɔrə‚tetıv](斷然的；有權威的)
動 **áuthorize**(授權)

autobiography [‚ɔtəbaı'ɑgrəfı; ‚ɔ:təʊbaı'ɒgrəfı]
⊛ **-phies** [-z]
名 自傳
┌── **auto-**是表示「自己」「獨自」的意思
│ *autò*cracy(獨裁政體), *àuto*crát(獨裁者),
│ *àuto*gráph(親筆簽名，親筆), *àuto*mòbile(汽車, 亦稱
│ àuto), *autò*nomy(自治)

automatic [‚ɔtə'mætık; ‚ɔ:tə'mætık]
形 自動的　│ an *automatic* pump
│ 自動抽水機
衍生 副 **áutomàtically**(自動地)名 **áutomàtion**(自動操
作▶生產工程等的自動化。)

automobile [`ɔtəmə‚bil; ‚ɔtə.'mobil,‚ɔtəmə'bil;
'ɔ:təməʊbi:l] ⊛ **-s** [-z]
名 美 汽車　│ ▶口語是 car 美 是 motorcar。

autumn [`ɔtəm; 'ɔ:təm] ⊛ **-s** [-z] ▶四季用小寫。
名 美 秋　│ Leaves fall **in** *autumn*.
美 fall　│ 秋天樹葉掉落。
│ ▶ **in** the *autumn* 亦可。

avail [ə'vel; ə'veıl] ⊝ **-s** [-z] ⊛ **-ed** [-d]; **-ing**
動 及 不 有用，　│ Our efforts *availed* us nothing.
有益　│ 我們的努力終歸一場空。
▶文語的表現，主要用於否定句。
avail one*self* of ...
利用…　│ He *availed himself of* the chance.
│ 他利用了這個機會。
—— ⊛ 無

名 效用,利益	Crying is **of** no *avail*.
同 use	哭也沒用。

available [ə`veləbl; ə`veɪləbl]

形 可利用的;可 得到的	He used all *available* means. 他使用了一切可用的方法。

avenge [ə`vɛndʒ; ə`vendʒ] ⊜ **-s** [-ɪz] 轉 **-d** [-d]; **avenging**

動 及 報仇 ⇨ revenge	He *avenged* his son's murder. 他報了殺子之仇。

avenue [`ævə,nju, -nu; `ævənjuː] 轉 **-s** [-z]

名 ❶美 (都市 的)大街 ❷林蔭道	▶美國的大都市,尤其紐約,稱通向東西的街道為 Street,稱通向南北的街道為 Avenue。Fifth *Avenue* 第五街(很有名)。

average [`ævərɪdʒ; `ævərɪdʒ] (注意發音) 轉 **-s** [-ɪz]

名 平均;普通	His work is above the *average*. 他的工作成績在中上。
—— 形 平均的	the *average* temperature 平均氣溫
—— ⊜ **-s** [-ɪz] 轉 **-d** [-d]; **averaging**	
動 及 平均為…	The expenses *average* ten dollars a day. 費用平均每天十元。

avert [ə`vɝt; ə`vɜːt] ⊜ **-s** [-s] 轉 **-ed** [-ɪd]; **-ing**

動 及 避開	He *averted* his eyes **from** me. 他把目光轉離我。
衍生 形 a**vèrse**(嫌惡的) 名 a**version** [ə`vɝʒən, -ʃən](反感, 嫌惡)	

aviation [,evɪ`eʃən; ,eɪvɪ`eɪʃn] 轉 無

名 飛行	civil *aviation* 民航
衍生 名 à**viátor**(飛行員, 飛行家)	

avoid [ə`vɔɪd; ə`vɔɪd] ⊜ **-s** [-z] 轉 **-ed** [-ɪd]; **-ing**

動 及 避免, 迴避	*Avoid* bad company. 避免與損友為伍。
衍生 名 a**vòidance**(迴避) 形 a**vòidable**(可避免的)	

await [ə`wet; ə`weɪt] ⊜ **-s** [-s] 轉 **-ed** [-ɪd]; **-ing**

動 及 等, 等待	She *awaited* his coming. 她等著他來。
▶ wait for(等…)比較口語化。	

awake [ə`wek; ə`weɪk] ⊜ **-s** [-s] 不 **awoke** [ə`wok] 轉 **awaked** [-t]; **awaking**

動 不 醒;覺悟	I *awoke* in the middle of (the) night. 我在半夜醒來。
及 使醒;吵醒	I was *awaked* by the noise. 我被噪音吵醒。
—— 形 (敘述用 法)醒的 反 asleep	I was *awake* all night. 我整個晚上都沒有闔上眼。

> ─ 動詞 awake, awaken; wake, waken ─
> 這些都是同義字,但 awake 和 awaken 不 及 大都用於「覺醒, 覺悟」的比喻意義。

awaken [ə`wekən; ə`weɪkən] ⊜ **-s** [-z] 轉 **-ed** [-d]; **-ing**

動 及 不 = awake	▶大都用於「喚起, 喚醒」等及物動詞的比喻意義。

award [ə`wɔrd; ə`wɔːd] ⊜ **-s** [-z] 轉 **-ed** [-ɪd]; **-ing**

動 及 授與(獎賞)	She was *awarded* the first prize. 她獲頒首獎。
—— 轉 **-s** [-z]	
名 獎, 獎品	He won the second *award*. 他得到第二獎。

aware [ə`wɛr; ə`weə(r)] 反 unaware

形 (敘述用法) 注意到,知道	I was not *aware* **of** my danger. = I was not *aware* **that** I was in danger. 我不知道自己處於危險中。

away [ə`we; ə`weɪ]

副 ❶離開	The bridge is two miles *away*. 橋在兩英里外。
❷不在	He is *away* **from** home. 他不在家。
❸離去	He ran *away*. 他逃走了。 The snow melted *away*. 雪融化了。

離開(狀態)　離去(動作)

awe [ɔ; ɔː] (注意發音) 轉 無

名 敬畏;驚嘆; 畏怯	I was filled with *awe*. 我滿心敬畏。

awful [`ɔful; `ɔːfʊl]

形 ❶可怕的	It was an *awful* sight. 那是個可怕的情景。
❷(口語)極;非常	He was an *awful* miser. 他非常吝嗇。
衍生 副 à**wfully**(非常地;可怕地;極, 很)	

awkward [`ɔkwəd; `ɔːkwəd] 轉 **-er** **-est**

形 ❶笨拙的,不靈活的	The seal is *awkward* on land. 海豹在陸上很笨拙。
❷令人困窘的, 侷促不安的	I felt *awkward* at the party. 我在舞會時覺得侷促不安。
❸難用的,困難的	an *awkward* tool 難以使用的工具 an *awkward* situation 艱難的處境

awoke [ə`wok; ə`wəuk] 動 awake 的過去式・過去分詞

ax, axe [æks; æks] 轉 **axes** [-ɪz]

名 斧, 鉞	He chopped down the branch with an *ax*. 他用斧頭砍下樹枝。

axis [`æksɪs; `æksɪs] 轉 **axes**

名 軸, 軸線;軸心	the *Axis* (第二次世界大戰的) 軸心國

axle [`æks!; `æksl] 轉 **-s** [-z]

名 (機械的)軸;車軸	

axle　　axis

― B ―

baby [`bebɪ; 'beɪbɪ] 圈 **babies** [-z]
名 嬰兒;(作形 | a baby carriage 美 娃娃車／a baby
容詞用)小型的 | boy 男嬰／a baby car 小型汽車
► baby 性別不明時,通常用 it 指稱。
衍生 名 **bàbyhóod**(嬰兒時代)形 **bàbyish**(幼稚的)

baby-sit [`bebɪ,sɪt; 'beɪbɪ,sɪt] 〓 **-s** [-s] 伪 **-sat**
[-,sæt]; **-sitting**
動 不 美 (口語) | He did some baby-sitting this
充當臨時褓姆 | summer.
| 他今年暑假有時幫人家帶孩子。
► 過去式時,通常用 did baby-sitting
而比較少用 babysat。
衍生 名 **bàby-sìtter**(臨時褓姆)

bachelor [`bætʃələ, `bætʃlə; 'bætʃələ(r)] 圈 **-s** [-z]
名 ❶單身漢 | He is still a bachelor.
反 spinster | 他還是個單身漢。
❷學士學位 | a Bachelor of Arts [Science]
| 文學士［理學士］
► doctor(博士) ← master(碩士) ← bachelor(學士)

back [bæk; bæk] 圈 **-s** [-s]
名 ❶背部,背後 | He lay on his back. 他仰躺著。
| ►「俯臥」是 on one's stomach。
❷後面,背面 | He was hurt on the back of his
反 front | head. 他後腦受了傷。
(at the) back of ... ► 美 用 back of ... 即可。
在…之後 | There's a park (at the) back of his
反 in front of ... | house. 他家後面有個公園。

The baby sat
in front of him.
嬰兒坐在他的
前面。

His wife stood
at the back of
him.
他的妻子站在
他的後面。

― 副 ❶向後面 | He looked back.
| 他往後看。
❷回原處,返回 | I'll be back in a minute.
| 我馬上回來。
back and forth | The swing moved back and forth.
來回,往復 | 鞦韆來回擺動。
― 形 (限定用 | I entered at the back door.
法)後面的,背後 | 我從後門進去。
的
― 〓 **s** [-s] 圈 **-ed** [-t]; **-ing**
動 反 使後退;支 | Father backed the car a little.
持 | 父親把車子稍微往後退。
複合 名 **bàckbóne**(背脊骨;支柱), **bàckgróund**(背景;背
地), **bàckstróke**(仰泳), **bàckyárd**(後院)
衍生 名 **bàcker**(支持者)

backward [`bækwəd; 'bækwəd]

形 ❶向後的 | He made a backward step.
反 forward | 他向後退了一步。
❷發展落後的; | It is not a backward country.
資質遲鈍的 | 這國家並不落後。
― 副 ► 英式用法常拼作 backwards。
❶向後地,背向 | It is dangerous to walk backward.
前地 | 倒著走是危險的。
反 forward
❷(順序)相反地 | Can you say the alphabet
| backward? 你能倒唸英文字母嗎?

bacon [`bekən; 'beɪkən] 圈 無
名 燻肉 | bacon and egg(s) 燻肉蛋
► 指以豬的脊肋肉醃或燻肉製者,傳統的英式早餐。

bacteria [bæk`tɪrɪə; bæk'tɪərɪə] ► 單數為 bacterium
[bæk`tɪrɪəm],但很少用。
名 細菌 | Bacteria cause various diseases.
| 細菌招致種種疾病。

bad [bæd; bæd] 比 **worse** [wɜs] 最 **worst** [wɜst]
形 ❶壞的,不正 | It is bad to speak ill of others.
的 反 good | 說人的壞話是不好的。
❷差勁的 | He's a bad driver.
反 good | 他的開車技術不佳。
❸有害的 | Smoking is bad for the health.
同 harmful | 吸煙有害健康。
❹嚴重的,劇烈 | I have a bad headache.
的 | 我頭痛得厲害。
❺討厭的,令人 | This meat is bad.
厭惡的;腐爛的 | 這塊肉壞掉了。
be bad at ... | I am bad at swimming.
拙於… | 我不善於游泳。
同 be poor at ... | ►「善於」是 be good at ...。
go bad | The meat went bad.
腐壞 | 肉腐壞了。
go from bad to worse
每況愈下 | The patient went from bad to
| worse.
| 這病人的病情愈來愈嚴重了。
That's too | "I have a toothache." 「我牙痛。」
bad. | "That's too bad." 「那太糟糕了。」
那太糟糕了。
複合 形 **bàd-tèmpered**(心情不佳的)
衍生 名 **bàdness**(惡劣;不正)

badge [bædʒ; bædʒ] 圈 **-s** [-ɪz]
名 徽章,標誌 | a policeman's badge 警察的徽章

badly [`bædlɪ; 'bædlɪ] 比 **worse** [wɜs] 最 **worst** [wɜst]
副 ❶壞地;惡劣 | Don't speak badly of others.
地,差勁地 | 不要說別人的壞話。
反 well | I was badly treated.
| 我受到苛待。
❷(口語)非常 | She was badly injured in the arm.
地,嚴重地 | 她的臂膀傷得很厲害。

be badly off 生活窮困 — He *was badly off* in those days. 當時他很窮困。
▶「生活富裕」是 be well off。

baffle [ˋbæfḷ; ˈbæfl] [三] **-s** [-z] [規] **-d** [-d]; **baffling**
[動][及]❶使困惑 — The question *baffled* me. 這問題把我難倒了。
❷妨礙，阻撓 — He was *baffled* in his design. 他的計畫失敗了。

bag [bæg; bæg] [複] **-s** [-z]
[名]袋；手提包 — a paper *bag* 一個紙袋
[衍生][名] **bàgful**（一袋的分量）[形] **bàggy**（膨脹的）

baggage [ˋbægɪdʒ; ˈbægɪdʒ]（注意發音）[複] 無
[名][美]（集合稱）行李 — He carried two pieces of *baggage*. 他攜帶兩件行李。
▶ 英國用 luggage，不用 baggage。
▶ baggage 係指整體的行李，一件件的行李則是 a piece of baggage, two pieces of baggage。

「兩件行李」
（誤）two baggages
⬇
（正）two pieces of baggage

[複合][名] **bàggage cár**（行李車，[英] luggage van）

bait [bet; beɪt]（注意發音）[複] **-s** [-s]
[名]（釣魚的）餌；誘餌 — A fish caught at the *bait*. 一條魚吃餌上鉤了。

bake [bek; beɪk] [三] **-s** [-s] [規] **-d** [-t]; **baking**
[動][及]烘（麵包）；燒（磚） — Mother *baked* a birthday cake. 母親烘製了一個生日蛋糕。
▶ 指用烤爐・窰等間接地烘燒。

▶「烘・燒・烤」的同義字
burn…因火災而燒了「房子」，灼傷了「身體部位」等。
roast…用火直接烤「肉」或烘焙。
broil…烤「肉或魚」，或者用烤架烤。
grill…用烤架烤「肉或魚」。
toast…烤「（做好的）麵包」。

[衍生][名] **bàker**（麵包師；輕便烘烤爐），**bàkery**（麵包廠；麵包店）

balance [ˋbæləns; ˈbæləns] [複] **-s** [-ɪz]
[名]❶平均，平衡，均衡 — He lost his *balance* and fell. 他的身體失去平衡，跌倒了。
❷天平，秤 — Weigh the letter **in** the *balance*. 用天平秤信的重量。
❸餘款 — the bank *balance* 銀行的結存
—— [三] **-s** [-ɪz] [規] **-d** [-t]; **balancing**
[動][及]保持平衡；以天平稱 — The seal *balanced* a ball on his nose. 海豹把球頂在鼻子上不掉落。

balcony [ˋbælkənɪ; ˈbælkənɪ] [複] **balconies** [-z]
[名]❶（樓上向外伸出的）陽台；騎樓 — Juliet spoke to Romeo **from** the *balcony*. 茱麗葉在陽台上對羅密歐說話。
❷[美]（劇場的）二樓包廂 [英] dress circle — We watched the play **in** the *balcony*. 我們在二樓包廂觀賞戲劇。

balcony❶

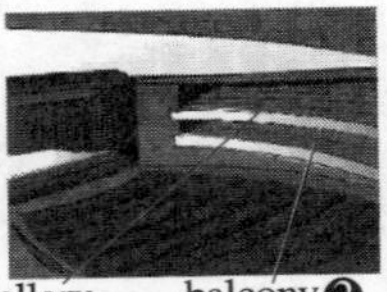
gallery　balcony❷

bald [bɔld; bɔːld]（注意發音）[比] **-er** [最] **-est**
[形]❶禿頭的；光禿的 — That mountain is *bald*. 那座山光禿禿的（無草木）。
❷無修飾的，露骨的 — It's a *bald* lie. 那顯然是謊話。
[複合][名] **bàldhéad**（禿頭）[形] **bàldhéaded**（禿頭的）
[衍生][名] **bàldness**（禿；露骨）

ball[1] [bɔl; bɔːl] [複] **-s** [-z]
[名]❶（球賽用的）球；球賽 — The pitcher threw the first *ball*. 投手投出第一球。
❷球形的東西；子彈；眼球 — The cat is playing with a *ball* of wool. 貓在玩著毛線球。
play ball（棒球）開始比賽 — *Play ball!* 比賽開始！

ball[2] [bɔl; bɔːl] [複] **-s** [-z] ⇨ dance
[名]舞會 — ▶ 指比 dance 豪華的舞會。 give a *ball* 開舞會

ballad [ˋbæləd; ˈbæləd] [複] **-s** [-z]
[名]敘事詩歌；民謠，歌謠 — ▶「敘事詩歌」大都是民間流傳下來，以單純的詩寫出的敘事詩。

balloon [bəˋlun, ; bəˈluːn]（注意發音）[複] **-s** [-z]
[名]氣球；飛船 — The *balloon* floated off in the west. 氣球飄向西方去。

balloons

ballot [ˋbælət; ˈbælət] [複] **-s** [-s]
[名]❶選舉票 — cast a *ballot* 投票
❷投票[同] vote, poll [pol] — He was elected Mayor by *ballot*. 他經由投票當選市長。
[複合][名] **bàllot bóx**（投票箱）

ball-point pen [ˋbɔlˏpɔɪntpɛn; ˈbɔːlpɔɪntpen] [複] **-s** [-z]
[名]原子筆 ▶ 亦稱爲 **bàll pèn**。

bamboo [bæmˋbu; bæmˈbuː]（注意發音）[複] **-s** [-z]
[名]（植物）竹；竹材；竹棒 — a chair (made) of *bamboo* 竹製的椅子／a *bamboo*（竹竿）
[複合][名] **bambòo shòots** [**spròuts**]（竹筍）

ban [bæn; bæn] [三] **-s** [-z] [規] **banned** [-d]; **banning**
[動][及]禁止 [同] prohibit — Smoking is *banned* in the train. 火車內禁止抽煙。
—— [複] **-s** [-z]
[名]禁令，法規 — The magazine is **under** (a) *ban*. 這雜誌被禁。

banana [bəˋnænə; bəˈnɑːnə] [複] **-s** [-z]
[名]（植物）香蕉 — a bunch of *bananas* 一串香蕉

band [bænd; bænd] [複] **-s** [-z]

名❶帶；細繩 | Put rubber *bands* across the
► 褲帶是 belt。 | package. 用橡皮筋把包裹綑起來。
❷隊；群 | a *band* of wild dogs 一群野狗
❸樂隊 | a brass *band* 銅管樂隊
► 樂隊隊員稱爲 a bandsman。

bandage ['bændɪdʒ; 'bændɪdʒ] 働 -s [-ɪz]
名 繃帶 | She applied a *bandage* to my hurt
 | finger. 她用繃帶包紮我受傷的手指。
——㊀ -s [-ɪz] 働 -d [-d]; **bandaging**
動 ㊒ 用繃帶包 | *bandage* a finger 用繃帶包紮手指
紮

bang [bæŋ; bæŋ] ㊀ -s [-z] 働 -ed [-d]; **-ing**
動 ㊒ 砰然重擊； | *bang* the table with one's fist
砰然關(門) | =*bang* one's fist on the table
 | 用拳頭重擊桌子
——働 -s [-z]
名 砰然，轟然 | I heard the *bang* of a pistol.
(的聲音) | 我聽到砰然槍聲。

banish ['bænɪʃ; 'bænɪʃ] ㊀ -es [-ɪz] 働 -ed [-t]; **-ing**
動 ㊒ 驅逐出境； | He was *banished* **from** the country.
放逐 | 他被驅逐出境。
衍生 名 **bánishment**(放逐，流刑)

bank[1] [bæŋk; bæŋk] 働 -s [-s]
名 銀行 | He has some money in the *bank*.
 | 他在銀行裡有一些存款。
複合 名 **bánk nóte**(㊫ 鈔票 ►㊎ bank bill)，**bànk**
clérk(㊫ (銀行)出納員 ►㊎ a teller)

bank[2] [bæŋk; bæŋk] 働 -s [-s]
名 岸，堤防 | I took a walk along the *bank*.
 | 我沿著堤岸散步。

banker ['bæŋkə; 'bæŋkə(r)] 働 -s [-z]
名 銀行家，經營 | ► 專指在銀行中任重要職位者，一般職
銀行業者 | 員是 a bank clerk(㊎ teller)。

bankrupt ['bæŋkrʌpt; 'bæŋkrʌpt] 働 -s [-s]
名 破產者＜bank(銀行)＋rupt(破裂)
——形 破產的，倒 | The company went *bankrupt*.
閉的 | 這公司倒閉了。
衍生 名 **bankruptcy** ['bæŋkrʌptsɪ](破產；倒閉)

banner ['bænə; 'bænə] 働 -s [-z]
名 旗；旗幟 | the Star-Spangled *Banner* 星條旗，
㊀ flag | 美國國旗

banquet ['bæŋkwɪt; 'bæŋkwɪt] 働 -s [-s]
名 (正式的)宴 | The *banquet* was given in honor of
會，邀宴，酒宴 | him. 這宴會是爲他開的。

bar [bar; ba:(r)] 働 -s [-z]
名❶棒；門閂； | a gold *bar* 一根金條／a *bar* of
橫木 | chocolate 一條巧克力
❷障礙(物)，阻 | Playing a record is a *bar* **to**
礙物 | reading. 放唱片聽會妨礙讀書。
❸(有櫃台的)酒 | People gathered at the snack *bar*.
吧；小飲食店 | 人們聚集在小吃店。
❹(加 the)律師 | He intended to go to **the** *bar*.
業 | 他當律師。
——㊀ -s [-z] 働 **barred** [-d]; **barring**
動 ㊒ 以橫木閂 | The door was *barred* **against** him.
(門)；阻礙(通 | 門被閂住，使得他進不去。
行)

衍生 名 **bàrrier**(障礙(物))，**bàrricáde**(路障)

barbarian [bar`bɛrɪən; ba:`beərɪən](注意發音) 働 -s
[-z]
名 野蠻人，未開 | ► 古代希臘・羅馬人稱其他民族爲
化的人 | barbarians。
——形 野蠻的，未 | ► barbarous ['barbərəs] 也是形容
開化的 | 詞，但意思主要用於「粗暴的」、「殘忍
 | 的」。barbaric [bar`bærɪk] 是指「作風
 | 像未開化人似的」。
衍生 名 **bàrbarism**(野蠻，未開化)，**bàrbàrity**(野蠻行
爲)

barber ['barbə; 'ba:bə(r)](注意拼法) 働 -s [-z]
名 理髮師 | I had my hair cut at the *barber's*.
㊎ hairdresser | 我在理髮店理髮。
複合 ㊎ **bàrbershóp**，㊫ **bàrber's (shóp)**(理髮店)

bare [bɛr; beə(r)] ㊐ -r 働 -st ► 與 bear 同音
形❶赤裸的，裸 | I saw him running with *bare* feet.
露的㊀ naked | 我看見他赤腳跑步。
['nekɪd]
❷空無(設備等) | The room was *bare* of furniture.
的，空的 | 室內空無家具。
複合 形副 **bàrefóot**，**bàrefóoted**(赤足的〔地〕)，
bàre-headed(不戴帽的〔地〕)
衍生 名 **bàreness**(赤裸)

barely ['bɛrlɪ; 'beəlɪ]
副 幾乎不能，僅 | He *barely* escaped death.
 | 他僅免一死。

bargain ['bargɪn; 'ba:gɪn] 働 -s [-z]
名❶協議；買賣 | I made a *bargain* with him.
契約，交易 | 我和他敲定了一項交易。
❷廉價的東西； | I made a good *bargain*.
廉價品 | 我做了一宗合算的買賣。
into the | He lost money and got hurt *into*
bargain | *the bargain*.
而且，加之 | 他丟了錢，而且還受傷。
複合 名 **bàrgain sále**(大廉價)，**bàrgain dáy**(廉價日)

bark[1] [bark; ba:k] 働 -s [-z] 働 -ed [-t]; **-ing**
動 ㊀ (狗等)吠 | The dog got nervous and *barked*.
 | 這狗神經緊張而吠叫。
——働 -s [-z]
名 吠聲 | give a long *bark* 一聲長吠

bark[2] [bark; ba:k] 働 -s [-s]
名 樹皮 | peel the *bark* 剝樹皮

barley ['barlɪ; 'ba:lɪ] 働 無 ► 小麥是 wheat。
名 (植物)大麥 | Beer is made from *barley*.
 | 啤酒是大麥釀成的。

barn [barn; ba:n] 働 -s [-z] ► 注意不要與 burn [bɜn]
混淆。
名 (農家的)穀 | Hay is stored in the *barn*.
倉 | 乾草儲藏於穀倉內。

barometer [bə`ramətə; bə`rɒmɪtə(r)](注意發音)
働 -s [-z]
名 晴雨表，氣壓 | A *barometer* is used for forecasting
計 | weather.
 | 氣壓計是作爲天氣預報之用的。

baron ['bærən; 'bærən] 働 -s [-z] ⇨ peer
名 男爵 | ► 男爵夫人是 baroness ['bærənɪs]。

32

barracks [`bærəks; 'bærəks] ▶複數式, 但也可當單數用。
名 兵營 ｜ an army *barracks* 陸軍營

barrel [`bærəl; 'bærəl] 複 **-s** [-z]
名 大桶;(油量單位)一桶 ｜ a *barrel* of beer 一大桶啤酒
▶一桶美是31.5 加侖。 ｜ ▶ cask 可指大桶, 也可指小桶;keg 是5-10 加侖裝的「小桶」。

barren [`bærən; 'bærən] ▶與 baron 同音。
形 不毛的;不生育的;不結果實的 反 fertile ｜ *barren* land 不毛之地／a *barren* tree 不結果實的樹

barrier [`bærɪə; 'bærɪə(r)] 複 **-s** [-z]
名 障礙物;障礙 ｜ He overcame the language *barrier*. 他克服了(外語不通的)語言障礙。

base[1] [bes; beɪs] 複 **-s** [-ɪz]
名 ❶地基;基礎 ｜ a house on a stone *base* 建於石頭地基上的房屋
❷基地, 根據地 ｜ a naval [an air] *base* 海〔空〕軍基地
❸(棒球的)壘 ｜ the home *base* 本壘
複合 名 **bàsebáll**(棒球;棒球用球), **bàsement**(地下層;地下室) ▶較路面為低)
衍生 形 **bàsic**(基本的), **bàseless**(無根據的)

base[2] [bes; beɪs] 比 **-r** 最 **-st**
形 卑鄙的, 卑劣的 ｜ a *base* act 卑鄙的行為／a *base* expression 卑劣的表現

bashful [`bæʃfəl; 'bæʃfʊl]
形 害羞的, 羞怯的;靦腆的 ｜ The boy is *bashful* and doesn't talk much. 這男孩很害羞, 不大說話。

────▶ bashful 的同義字────
bashful ……多用於小孩子的怕羞。
shy …………最通俗的「害羞的」之最常用字。
coy …………多用於女性, 有忸怩作態、裝模作樣的含意。

衍生 名 **bàshfulness**(害羞) 副 **bàshfully**(羞怯地)

basic [`besɪk; 'beɪsɪk] ▶ base[1]的形容詞
形 根本的, 基礎的 ｜ a *basic* salary 底薪／*basic* principles 基本的原理
衍生 副 **bàsically**(基本地)

basin [`besṇ; 'beɪsn] 複 **-s** [-z]
名 ❶洗臉盆, 水盆;洗臉槽 ｜ She poured water into the *basin*. 她把水倒進洗臉盆。
❷(河的)流域;盆地 ｜ The Amazon has a large *basin*. 亞馬遜河流域很廣。

basis [`besɪs; 'beɪsɪs] 複 **bases** [`besiz; 'beɪsiːz] (注意發音)
名 基礎;根據 ｜ What *basis* do you have for this judgment? 你根據什麼下這判斷的?

bask [bæsk; bɑːsk] 複 **-s** [-s] 過 **-ed** [-t]; **-ing**
動 不 取暖, 曬太陽 ｜ The old man is *basking* in the sun. 那老人正在曬太陽。

basket [`bæskɪt; 'bɑːskɪt] 複 **-s** [-s]
名 籃, 簍, 筐;一籃所裝的量 ｜ a *basket* full of apples 裝滿蘋果的籃子／a *basket* of strawberries 一籃的草莓
衍生 名 **bàsketfúl**(一籃的分量)

basketball [`bæskɪt,bɔl; 'bɑːskɪtbɔːl] 複 無
名 (運動)籃球 ｜ Let's play *basketball*. 我們打籃球吧。

bat[1] [bæt; bæt] 複 **-s** [-s]
名 (棒球)球棒 ｜ Who's *at bat*? 輪到誰打擊?

bat[2] [bæt; bæt] 複 **-s** [-s]
名 (動物)蝙蝠 ｜ A *bat* isn't a bird. 蝙蝠不是鳥類。

bath [bæθ; bɑːθ] 複 **-s** [bæðz; bɑːðz]
名 ❶澡堂;浴室 ｜ I'd like a room and *bath*. 我想要一個有浴室設備的房間。
❷洗澡 ｜ take [have] a *bath* 洗澡
複合 名 **bàthróbe**(浴衣), **bàthtúb**(浴缸)

bathe [beð; beɪð] 複 **-s** [-ɪz] 過 **-d** [-d]; **bathing**
動 不 入浴, 浴於;洗澡浸於 ｜ We *bathed* in the lake. 我們在湖裡洗澡。
go bathing 去洗澡 ｜ Let's *go bathing* in the river. 我們去河裡洗澡吧。▶用 in, 不能用 *to*。

bathroom [`bæθ,rum, -,rum; 'bɑːθrʊm] 複 **-s** [-z]
名 浴室 ｜ May I use your *bathroom*?
▶歐美的浴室通常都包括馬桶等衛生設備。 ｜ 我可以借用一下你的廁所嗎?

batter [`bætə; 'bætə(r)] 複 **-s** [-z] ▶注意不要與 butter 混淆。
名 (棒球)擊球者, 打者 ｜ Babe Ruth was a heavy *batter*. 貝比魯斯是個強打者。

battery [`bætərɪ, bætrɪ; 'bætərɪ] 複 **batteries** [-z]
名 電池 ｜ This flashlight needs two *batteries*. 這支手電筒需用兩個電池。

battle [`bæt!; 'bætl] 複 **-s** [-z]
名 戰 ▶用於局部性的戰役, 全面戰爭用 war。 ｜ win [lose] a *battle* 戰勝〔戰敗〕／fall in *battle* 戰死／fight a fierce *battle* 展開激烈的戰鬥
複合 名 **bàttlefíeld**(戰場)

bay [be; beɪ] 複 **-s** [-z]
名 海灣, 灣 ｜ Tokyo *Bay* = the *Bay* of Tokyo 東京灣 ▶注意 the 之有無。
▶像波斯灣·哈得遜灣的「大灣」稱為 gulf [gʌlf];相反地,「小灣」則稱為 inlet [`ɪn,lɛt]。

B.C. [`bi`si; ,bi:'si:] <**before Christ**(基督紀元前)
略 西曆紀元前(…年) 複 A.D. ｜ Socrates died in 399 *B.C.* 蘇格拉底死於紀元前 399 年。

be [(強)bi; bi (弱)bɪ; bɪ]

動不 ❶(狀態)
是…
❷(存在)在…;
有…
❸(變化)成爲

【be 動詞變化表】

原形	現在	過去	過去分詞	現在分詞
be	am are is	was were was	been	being

▶ 原形的 be 動詞用法大致可分爲下面四種:
❶(用於命令句)　Be kind to others.
　　　　　　　　要對他人和善。
　　　　　　　　Don't be noisy! 別吵!▶命令句用
　　　　　　　　Don't 否定(＝禁止)。
❷(用於不定詞)　It is wrong **to** be late.
　　　　　　　　遲到是不好的。
　　　　　　　　I want **to** be (= become) a doctor.
　　　　　　　　我想成爲醫生。
❸(用於助動詞　She will be glad to see you.
之後)　　　　　她會高興見到你的。
　　　　　　　　He may be at home.
　　　　　　　　他也許在家。
❹(假設語氣現　He demanded that it be postponed.
在式)　　　　　他要求延期。
▶ 美國命令語氣現在式的 be 是用在以 demand, desire,
suggest 等表提案、主張之動詞後面的名詞子句中。英 作
should be。

──動 ❶(be＋　She will be cry**ing** now.
現在分詞)正在　她現在一定在哭。
…(進行式)
❷(be＋過去分　She will be **praised** by her parents.
詞)被…(被動語　她會受到她的雙親誇獎。
態)

beach [bitʃ; biːtʃ] 複 **-es** [-ɪz]
名海濱,海灘;　Children were running about on the
河(湖)濱;　　 beach. 孩子們在海濱跑來跑去。
▶「海水浴用遮陽傘」是 a beach umbrella。
　beach ……傾斜度小,有砂和小石的海濱。
　shore ……湖、海、河等的岸。
　coast ……陸地的沿岸。

bead [bid; biːd] 複 **-s** [-z]
名有孔的小珠;　beads of sweat on the forehead
念珠;滴　　　　額上的汗珠
beak [bik; biːk] 複 **-s** [-s]
名(鷹等的)嘴,　An eagle has strong beaks.
喙　　　　　　　鷹有強勁的嘴。
▶ **beak** 和 **bill**

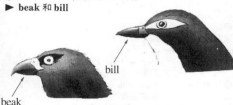

bill

beak

beam [bim; biːm] 複 **-s** [-z]
名 ❶橫樑,桁　　Beams support the roof of a house.
　　　　　　　　橫樑支撐屋頂。
❷(強烈的)光線　the beam from the flashlight 手電筒
　　　　　　　　射出的光線

beam❶　　　　　　　　　　　beam❷

bean [bin; biːn] ▶ 與 been 同音。複 **-s** [-z]
名豆;蠶豆;豆　　Beans grow in pods.
科植物　　　　　　蠶豆長在豆莢裡面。
⇨ pea　　　　　　coffee beans 咖啡豆
bear[1] [bɛr; beə(r)] ▶ 與 bare(赤裸的)同音。複 **-s** [-z]
過 **bore** [bor]; **borne** [born] 或 **born** [born]; **-ing**
動及 ❶忍受;忍　I can't bear this pain.
耐　　　　　　　我不能忍受這種痛苦。
❷生產;結果　　This tree bears no fruit.
　　　　　　　　這棵樹不結果實。
　　　　　　　　He was born in Italy in 1941.
　　　　　　　　他在 1941 年生於義大利。
▶ bear 的過去分詞 born 和 borne:
「生產」的意義用被動語態時,用 born。但意義雖是被動語
態而伴隨 by 時,用 borne。
　　　　　　　　She has borne three children.
　　　　　　　　她已生了三個孩子。
　　　　　　　　All the children borne by her are
　　　　　　　　well. 她所生的孩子都健康。
❸帶,具有　　　This letter bears no stamps.
　　　　　　　　這封信沒貼郵票。
衍生形 **bèarable**(可以忍受的,受得了的)
bear[2] [bɛr; beə(r)] 複 **-s** [-z]
名(動物)熊　　　a polar bear 北極熊 / the Great
　　　　　　　　Bear (天文)大熊星
beard [bɪrd; bɪəd] (注意發音)複 **-s** [-z]
名下巴的鬍子　　He wears a beard.
　　　　　　　　他留著鬍子。

mustache
髭

whiskers 頰髭
beard 顎鬚

bearing [ˋbɛrɪŋ; ˋbeərɪŋ] 複 **-s** [-z]
名 ❶態度;關　　a man of noble bearing
係;儀態　　　　舉止高尚的人
❷(通常用複數　He lost his bearings.
式)方向　　　　他迷失了方向。
beast [bist; biːst] 複 **-s** [-s]
名獸,野獸　　　wild beasts 野獸 / beasts of prey 肉
　　　　　　　　食獸
衍生形 **bèastly**(獸性的;惡劣的), **bestial** [ˋbɛstʃəl](獸
類的;殘忍的)
beat [bit; biːt] 複 **-s** [-s] 過 **beat**; **beaten** [ˋbitṇ]; **-ing**
動及 ❶連打,連　beat a drum 打鼓
擊

❷擊敗，勝過
㊑defeat
不❶(風雨等)拍打
❷(心臟)跳動，搏動

We *beat* them by the score of 5 to 3.
我們以五比三的比數擊敗他們。
The rain *beat* against the window.
雨拍擊窗戶。
My heart is *beating* fast.
我的心臟跳得很快。

beaten [`bitn; 'bi:tn] 動 beat 的過去分詞

beautiful [`bjutəfəl; 'bju:təfʊl] ▶ beauty 的形容詞
形❶美麗的
㊭ugly
❷晴朗的

a *beautiful* girl 美麗的女孩／*beautiful* scenery 美麗的風景
a very *beautiful* day 風和日麗的日子

──▶ beautiful 的同義字──
beautiful ……漂亮悅人的。表「美麗的」之義的一般用字。但不用於男性。
pretty …………美麗可愛的。多用於少女、小孩等。
handsome ……儀表堂皇，樣子好看，顯得很悅目。主要用於男性。

▶ Beautiful!「好極了！」㊍（口語）作為感嘆詞，當「好棒！好極了！」的意思使用。
▶ the beautiful 意思是「美女；美的東西」。
衍生副 **bēautifully**（美麗地，優美地）

beauty [`bjutɪ; 'bju:tɪ] 複 **-ties** [-z] ▶ 形容詞是 beautiful。
名❶美貌；美
❷美人；美的東西

A thing of *beauty* is a joy for ever.
美好的事物是永恆的喜悅。(英國詩人濟慈(John Keats)的詩句)
She was a *beauty* in her day.
她年輕的時候是個美人兒。

複合名 **bēauty cóntest**（選美大會），**beauty párlor [salòn]**（美容院）
衍生動 **bēautifý**（美化）

became [bɪ`kem; bɪ'keɪm] 動 become 的過去式

because [bɪ`kɔz; bɪ'kɒz]
連❶因為…，因…，由於…(所以…)

▶ 敘述理由的連接詞有 as 和 since，但 because 意義最強。

❷(用於否定之後，...not...because...)不因…而…

I like Tom *because* he is kind.
我喜歡湯姆，因為他和善。
I didn't go, *because* I was tired.
我因為疲倦，所以沒去。
"Why didn't you come?"
"*Because* I was dead tired."
「你為什麼沒來?」「因為我累得要命。」
▶ 像上例，對 Why 通常都用 Because 回答。

Don't despise others *because* they are poor.
不要因為別人窮，就輕視他們。

▶ 注意下面否定句的差異。句中加上逗點意思就不同了:
I didn't go *because* I was afraid.
(我不是因為害怕而去的。)
I didn't go, *because* I was afraid.
(我因為害怕，所以沒去。)

because of ...
由於…

He was absent *because of* sickness(= *because* he was sick).

beckon [`bɛkən; 'bekən] 動 **-s** [-z] 變 **-ed** [-d]; **-ing**
動㊌不招手

He *beckoned* (to) me.
他向我招手。

become [bɪ`kʌm; bɪ'kʌm] 動 **-s** [-z] 變 became; become; becoming
動不成為…

He *became* a great man.
他成了偉人。

──▶「成為…」的同義字──
become ……結果「成為…」。
grow ……成長「變成…」。
get …………表短時間的變化，「變成…」。

㊌合適
㊑suit

The hat doesn't *become* him.
這頂帽子不合他戴。

What becomes of ...?
遭遇

What has *become of* him?
他的遭遇如何?

衍生形 **becóming**（合適的）副 **becómingly**（相稱地）

bed [bɛd; bed] 複 **-s** [-z]
名❶床；臥鋪

a single [double] *bed* (room)單人〔雙人〕床(的房間)

❷(花)壇；(河)床

a flower *bed* 花壇／a river *bed* 河床

▶ 注意下面的成語不加冠詞:
go to *bed* 就寢，睡覺／be ill in *bed* 因病躺在床上／early to *bed* and early to rise 早睡早起／put to *bed* 使入睡
▶ 但下面的成語要加 a 或 one's:
make *one's* [a] *bed* 整理床鋪／keep *one's bed* 臥病〔在床〕

複合名 **bēdclóthes**（寢具），**bēdróom**（寢室）
衍生名 **bēdding**（被褥）

bee [bi; bi:] 複 **-s** [-z] ▶ 與 be 同音。
名(昆蟲)蜜蜂

a queen [worker] *bee* 女王〔工〕蜂

複合名 **bēehíve**（蜂窩），**bēelíne**（直接）

beef [bif; bi:f] 複 無
名牛肉

I like *beef* better than pork.
我喜歡牛肉甚於豬肉。

pork 豬肉　hog
chicken
cow
sheep
chicken 雞
beef 牛肉
mutton 羊肉

複合名 **beefsteak** [`bif,stek]（牛排）

been [bɪn; bi:n] be 的過去分詞
動不❶(have [has]＋been)
現在完成式

He has *been* absent for a week.
他已經缺席一個禮拜了。

❷(had＋been)
過去完成式

I had *been* sick two days before.
兩天前我病了。

have [*has*] *been in ...*（經驗）
❶曾經住在…

Her brother *has been in* London.
她哥哥曾在倫敦住過。

❷㊍曾經去過…

Have you ever *been in* America?
你曾經去過美國嗎?

have [*has*] *been to ...*（❶經驗 ❷完成）
❶曾經去過…

Have you ever *been to* America?
你曾經去過美國嗎?

❷剛剛去過…

I *have been to* the post office.
我剛去過郵局。

──助 ▶用於進行式・被動語態。

❶(have [has]
been＋現在分
詞)到目前一直
在…

It *has been raining* for the past
week.
上星期一直下雨至今。
　▶完成進行式(have [has] been＋現
在分詞)是表示「動作」的繼續。

❷(had been
＋現在分詞)到
當時一直在…

I *had been writing* a letter when he
visited me yesterday.
昨天他來看我時，我正在寫信。
　▶這種句型稱爲未來完成進行式，很少
使用。

❸(will [shall]
have been＋現
在分詞)到…，就
已經…

I'll *have been studying* English for
ten years by next April.
到明年四月，我就已經學十年英文了。

❹(have [has]
been＋過去分
詞)一直被…

This car *has been used* for the past
ten years.
這部車過去十年來一直使用著。

❺(had been＋
過去分詞)已經
…了

When I got there, the store *had*
already *been closed.*
我到那裡的時候，店已經關了。

beer [bɪr; bɪə(r)] ⊛ **-s** [-z]

名 啤酒，(口語)
一杯〔瓶〕啤酒

a glass of *beer* 一杯啤酒／order a
beer 點一杯啤酒

──各種啤酒──
lager [ˋlɑgɚ] beer……貯藏啤酒，爲一種淡啤酒。
stout, porter……黑啤酒, stout 爲較濃烈的啤酒。
draft(英 draught) beer……生啤酒。
ale……麥芽酒，比 lager 稍爲烈的啤酒。
root beer……美 不含酒精的一種類似汽水的飲料。

beetle [ˋbitl; ˋbiːtl] ⊛ **-s** [-z]

名 (昆蟲)甲蟲
(金龜子之類)

A *beetle* has four wings.
甲蟲有四個翅膀。

複合 名 **bèetle nút**(檳榔)

befall [bɪˋfɔl; bɪˋfɔːl] ⊛ **-s** [-z] 過去 **befell**；過分 **befallen**；-ing

動 及 (文語)
發生

What has *befallen* him?
他遭遇到什麼事？

before [bɪˋfor, -ˋfɔr; bɪˋfɔː(r)]

介 ❶(時間)在
…以前，較…爲
早

before breakfast [noon, 5 o'clock]
在早餐[正午, 五點]以前

❷(位置)在…前
面▶表示場所
時，通常用 in
front of。

He made a speech *before* a large
audience.
他在一大群聽眾面前演說。

❸(順序・選擇)
與其…寧可…

I would die *before* surrendering to
them. 我寧死也不向他們投降。

before long
不久

He will be back *before long.*
他不久會回來。

──副 在(此)之
前，以前

I have seen him *before.*
＝I saw him *before.*
以前我見過他。

　▶ before 與用示「時間」的語合連用時的用法：
例如說 two days before 或者 some time before 的時
候，是以過去某時候爲準，而表示在那時之前。以「現在」爲

準，表示「距今…之前」的時候，用 two days ago(距今二
天前)表現。⇨ ago
　▶直接敍述法陳述句中的 ago,在間接敍述法中要換成
before,這一點要注意。

(直) He said,"I met her three days *ago.*"
　　(他說：「我(距今)三天前見到過她。」)
　　　　　　　　　　　↓
(間) He said that he had met her three days
　　before. (他說他(距那時)三天前遇見過她。)

──連 做…之前
未…之前
反 after

Finish it *before* you go out.
你出去以前，先把這件事完成。
My father died *before* I was born.
我父親在我還沒出生以前就去世了。
　▶ before 本身都表示時間的前後關
係，所以可以不用過去完成式 had
died。

beg [bɛg; beg] ⊜ **-s** [-z] 過去・過分 **begged** [-d]；**begging**

動 及 不 請求，
懇求，懇請；求乞

　▶這個字比 ask 更可感到謙卑誠懇地
向人請求。
He *begged* a meal.
他乞討一頓飯。
She *begged* (me) *for* some money.
她乞求(我)給她一些錢。
She *begged* me *to* help her.
她請求我援助她。
I *beg* (*of*) you *to* forgive her.
我請求你原諒她。
　▶加上 of 的句子比較正式。

I beg your pardon.
❶(因自己犯錯)對不起，請原諒。
❷(句尾發升音)請再說一遍。

began [bɪˋɡæn; bɪˋɡæn] 動 begin 的過去式

beggar [ˋbɛgɚ; ˋbegə(r)] ⊛ **-s** [-z] ▶ beg(請求)的
名 乞丐 ▶字尾注意不要拼作-er. ⎱名詞式

begin [bɪˋɡɪn; bɪˋgɪn] ⊜ **-s** [-z] 過分 **begun** [bɪˋɡʌn];
began [bɪˋgʌn]; **beginning** ▶注意兩個 n 拼在一起。

動 不 開始 同 start 反 finish, end

School *begins*
開始上課

　　▶注意介系詞(不要把「從」譯作 from)
　　at eight.(時間／從八點起)
　　on Monday.(星期／從星期一起)
　　on September 1st.(日期／從九月
　　一日起)
　　in September.(月份／從九月起)

及 開始
同 start
　▶ begin 的後
面跟著名詞・不定
詞・動名詞。

I *began* ⎰ my study
　　　　 ⎱ to study ⎰ at seven.
　　　　 　 studying ⎱
我七點開始讀書。

begin with ...
由…開始
〔開始〕

The concert *began with* a piano
solo.
音樂會以一首鋼琴獨奏曲開始。

to begin with
首先
同 first of all

To begin with, you should ask for
his help.
首先，你應該請求他的幫助。

衍生 名 **begìnner**(初學者)

beginning [bɪ`gɪnɪŋ; bɪ'gɪnɪŋ] 複 **-s** [-z]

名 開始, 最初; 起源 ▸ from the *beginning* 自始／at the *beginning* of April 四月初／from *beginning* to end 自始至終
▶ 注意不用冠詞。

────▶ 注意介系詞────

at the beginning of ...(在…的初期)
in the middle of ...(在…的中期)
at the end of ...(在…的末期)

begun [bɪ`gʌn; bɪ'gʌn] 動 begin 的過去分詞

behalf [bɪ`hæf; bɪ'hɑ:f] 複 無

名 利益 ▶ 僅用於下面指出的片語。

on [*in*] one's ***behalf*** = *on* [*in*] ***behalf of*** ...

❶為了…(某人 的利益) ┊ He said so *in* your *behalf*. 他為了你才這麼說的。

❷代表…, 替代… ┊ He thanked them *on* your *behalf*. 他替你向他們致謝。

behave [bɪ`hev; bɪ'heɪv] 複 **-s** [-z] 動 **-d** [-d]; **behaving**

動 不 舉止, 行為 ┊ Some children *behaved* well but some others *behaved* badly. 有些孩子行為好, 但有些行為不好。

behave one*self* 守規矩 ┊ *Behave yourself!* 放規矩一點!

behavior, 英 **behaviour** [bɪ`hevjə; bɪ'heɪvjə] 複 無

名 行為; 舉止 ┊ His *behavior* at the party was good. 他在舞會中的舉止合宜。

behind [bɪ`haɪnd; bɪ'haɪnd] ▶ ❷的反 是 before。

介 ❶(場所) 在…的後面 反 in front of ┊ He hid himself *behind* a tree. 他躲在樹後。

❷(時間)較…為 晚 ┊ He arrived ten minutes *behind* time. 他遲到十分鐘。

❸(能力)較…為 差, 不如 ┊ I am *behind* him *in* English. 我英文不如他。

───副 ❶(場所) 在後 ┊ look *behind* 往後看 He stood *behind*. 他站在後面。

❷(工作等) 落後 ┊ He is *behind* in English. 他英文落於人後。

He is *behind* with his work. 他的工作落後。

behind one's *back* 背地, 在某人背 後 ┊ Don't speak ill of him *behind* his *back*. 不要背地說他的壞話。

leave ... *behind* 遺留; 忘記帶走 ┊ I *left* my umbrella *behind*. 我忘了帶走雨傘。

behold [bɪ`hold; bɪ'həʊld] 複 **-s** [-z] 過 **beheld** [bɪ`hɛld]; **-ing**

動 反 不 看 ┊ *Behold!* 看呀!
▶ 用於文語體的句子。通常用 see 或 look at。

being[1] [`biɪŋ; 'bi:ɪŋ] ▶ be 的現在分詞

動 ❶(用於分詞 構句) ┊ *Being* tired. I went to bed early. 我累了, 所以早睡。

❷(用於被動的 進行式) ┊ The house is *being* built. 這房子正在施工中。

being[2] [`biɪŋ; 'bi:ɪŋ] 複 **-s** [-z]

名 ❶生命; 人; 生物 ┊ a human *being* 人類／inanimate *beings* 無生物

❷(作為動名詞) 被…; 是… ┊ He hates *being* praised in public. 他很討厭被公開讚揚。
▶ 動名詞沒有複數。

belief [bɪ`lif; bɪ'li:f] 複 **-s** [-s] ▶ believe 的名詞

名 ❶信念; 確信 ┊ It is my *belief* [My *belief* is] **that** he will win. 我確信他會贏。

❷信賴; 信仰 ┊ her *belief* in God 她對上帝的信仰

believe [bɪ`liv; bɪ'li:v] 複 **-s** [-z] 動 **-d** [-d]; **believing**

動 反 ❶相信 ┊ I *believe* you [what you say]. 我相信你所說的。

反 doubt
▶ 注意不要錯 用為 believe in。 ┊ I *believe* { **that** he is / him **to** be } reliable. 我相信他是可信賴的。

❷以為… 同 think 不 相信; 信仰 ┊ Do you *believe* it will clear up? 你認為天氣會轉晴嗎?

believe in ... 相信…的存在 〔人格‧價值〕 ┊ *believe in* God 相信上帝的存在／*believe in* him 相信他的人品／*believe in* this method 相信這個方法

make believe 假裝 ┊ He *made believe* not to hear me. 他假裝沒聽到我的聲音。

衍生 形 **belìevable**(可信的)名 **belìever**(信徒)

bell [bɛl; bel] 複 **-s** [-z]

名 鐘; 門鈴; 鈴、 鐘聲 ┊ The church *bells* are ringing. 教堂的鐘聲響了。

複合 名 **bèllbóy**(美 旅館的侍者)

bellow [`bɛlo; 'beləʊ] 複 **-s** [-z] 動 **-ed** [-d]; **-ing**

動 不 (牛)吼叫; (風)呼嘯 ┊ The bull *bellows* when he sees me. 這牛一看到我, 便吼叫。

bellows [`bɛloz; 'beləʊz] 複 **bellows**(單複同形)

名 (生火的)風 箱 ┊ A (pair of) *bellows* blows air into a fire. 風箱將風吹進火中。

belly [`bɛlɪ; 'belɪ] 複 **bellies** [-z]

名 腹; 胃 ▶ 通常用 stomach [`stʌmək] 為佳。

belong [bə`lɔŋ; bɪ'lɒŋ] 複 **-s** [-z] 動 **-ed** [-d]; **-ing**

動 不 ❶歸某人 所有 ┊ Does this house *belong* to Mr. A? 這房子是 A 先生的嗎?

❷屬於… ▶ 沒有進行式 ┊ I *belong* to the tennis club. 我是網球俱樂部的會員。

衍生 名 **belòngings**((用作複數)所有品, 所有物)

beloved [bɪ`lʌvɪd, -`lʌvd; bɪ'lʌvd]

形 (限定用法) 所愛的 ┊ He lost his *beloved* son. 他失去了愛子。

below [bə`lo; bɪ'ləʊ] 反 above

介 ❶在…之下; 在…的下游 ┊ *below* the horizon 向地平線下面／children *below* the age of ten 十歲以 下的兒童

▶ **below** 和 **under**: below 和 above 相反, 表「在下 方」的意思。under 和 over 相反, 係表「正上下方」的意思。

above
below the bridge
在橋的下方
below

under the bridge
在橋下

❷在⋯以下 | He is *below* the average at school.
| 他的學校成績在水準以下。
—[副] 在下面; | They looked down from the peak
在下游; 在樓下 | to the valley *below*.
| 他們從山頂俯瞰下面的山谷。
| I heard a noise from the room
| *below*. 我聽到來自樓下房間的吵鬧聲。

belt [bɛlt; belt] 阁 **-s** [-s]
[名] ❶帶; 皮帶 | Fasten your safety *belt*, please.
| 請繫上安全帶。
❷地帶 | a green *belt* 綠色地帶
複合[名] **convèyor bélt** (轉運帶)

bench [bɛntʃ; bentʃ] 阁 **-es** [-ɪz]
[名] 長椅 | They sat on the *bench* in the park.
⇨ chair | 他們坐在公園裡的長凳上。

chair
bench
sofa

bend [bɛnd; bend] 阉 **-s** [-z] 汾 **bent** [bɛnt; bent]; **-ing**
[動] ❶彎 | He's *bent* with age.
| 他因年老而駝背。
❷轉向 | *bend* one's steps **toward** ... 轉向⋯走
| 去／ *bend* one's mind **to** [on] his
| studies 專心於研究
[不] 彎曲; 屈向; | Don't *bend* **over** your desk.
屈從 | 不要趴在桌上。
—阁 **-s** [-z]
[名] 彎曲, 轉彎 | a sharp *bend* 急轉彎

beneath [bɪ`niθ; bɪ'ni:θ]
[介] ❶(位置)在 | sit *beneath* a tree 坐在樹下
⋯之下同under
❷不值得 | Such a thing is *beneath* notice.
同below | 這樣的事不值得注意。
❸(文語)在⋯之 | The sun sank *beneath* (=below) the
下, 在⋯下方 | horizon.
| 太陽落下地平線。

benefactor [`bɛnə,fæktɚ, ,bɛnə`fæktɚ;
'benɪfæktə(r)] (注意發音) 阁 **-s** [-z]
[名] 恩人; (慈善 | He is a *benefactor* **to** our race.
事業等的)捐助 | 他是我族的恩人。
人
衍生[名] **bénefàction** (慈善(行為))

beneficent [bə`nɛfəsṇt; bɪ'nefɪsnt]
[形] 仁慈的; 慈善 | No one was so *beneficent* as he.
的 | 沒有人像他那麼仁慈。
衍生[名] **benèficence** (慈善) [副] **benéficently** (仁慈地)

▶ A 主要強調「行為」, B 強調「精神」
A beneficent[形] 仁慈的, 慈善的
B benevolent[形] 慈悲的, 仁慈的
A beneficence[名] 慈善, 善行
B benevolence[名] 善心, 善意

fic＝實行
vol＝希望

beneficial [ˌbɛnə`fɪʃəl; ˌbenɪ'fɪʃl] ▶ benefit 的形容詞
[形] 有好處的, 有 | Swimming is *beneficial* **to** (the)
益的 | health. 游泳有益於健康。
| a *beneficial* bird 益鳥
衍生[副] **bénefìcially** (有益地)

benefit [`bɛnəfɪt; 'benɪfɪt] 阁 **-s** [-s]
[名] 利益; 恩惠 | He spent money for the public
同 favor | *benefit*.
| 他把錢用在公益上面。
—阉 **-s** [-s] 阁 **-ed** [-ɪd]; **-ing**
[動] 阒 有益於 | Moderate exercise will *benefit* you.
| 適度的運動將有益於你。
[不] 獲益, 有利 | I *benefited* **from** his advice.
| 他的忠告讓我獲益。

benevolence [bə`nɛvələns; bɪ'nevələns] 阁 無
[名] 善意, 慈善心 | They depend on the *benevolence* **of**
反 malevo- | the rich.
lence (惡意) | 他們依靠富人的善舉。

benevolent [bə`nɛvələnt; bɪ'nevələnt]
⇨ beneficent
[形] 仁慈的, 有慈 | a *benevolent* person 仁慈的人／
善心的 | a *benevolent* society 慈善團體

bent [bɛnt; bent] [動] bend 的過去式・過去分詞
—[形] 彎曲的 | a *bent* wire 彎曲的鐵絲
be bent on ... | She *was bent* **on** becoming a singer.
熱中於⋯ | 她熱中於當歌星。
—[名] 心理傾向; | He has a *bent* **for** music.
嗜好 | 他愛好音樂。

berry [`bɛrɪ; 'berɪ] 阁 **berries** [-z] ▶ 與 bury (埋葬)同音。
[名] 漿果(軟的果 | Red *berries* grow on the holly.
實) | 多青樹長紅色漿果。
▶像栗樹・胡桃樹等堅硬的果實稱為 nut [nʌt]。
複合[名] **stràwbérry** (草莓), **blàckbérry** (黑莓),
raspberry [`ræz,bɛrɪ] (注意發音) (覆盆子)

berth [bɝθ; bɜ:θ] 阁 **-s** [-s] ▶與 birth (誕生)同音。
[名] ❶(輪船・火 | I secured a *berth* on the train.
車等的)艙(舖); | 我取得火車的舖位。
位
❷(碼頭的)停泊 | take up a *berth*
處 | 停泊

beseech [bɪ`sitʃ; bɪ'si:tʃ] 阉 **-es** [-ɪz] 汾 **besought**
[動] 阒 (文語)懇 | ┌ **for** help.
求, 央求, 懇請 | I *beseech* you ┤
| └ **to** help me.
| 我懇求你幫助我。
衍生[形] **besèeching** (懇求似的) [副] **besèechingly** (懇求地)

beside [bɪ`saɪd; bɪ'saɪd] ▶注意勿與 besides 混淆。
[介] ❶在⋯旁邊, | There's a lamp *beside* the bed.
在⋯之旁 | 床的旁邊有一盞電燈。

❷與…相比 | *Beside* his, my trouble is nothing.
與他相比，我的苦惱算不了什麼。

beside* one*self | I was *beside myself* for joy.
忘我；忘形 | 我因高興而得意忘形。

besides [bɪ`saɪdz; bɪ`saɪdz] ▶ 注意勿與 beside 混淆。
囝 除卻；除…以外 | I want nothing *besides* this.
除此我什麼都不要。
──囿 並且 | He was penniless and sick *besides*.
他身無分文，而且還生病。
圊 in addition

besiege [bɪ`sidʒ; bɪ`si:dʒ] 囤 -s [-ɪz] 圈 -d [-d];
besieging
囫囵 包圍，圍困 | He was *besieged* by cameramen.
他被攝影師所包圍。

best [bɛst; best] 圈 good 的最高級囤 worst
最佳的；最好的；最優的 | Tom is **the** *best* boy in our class.
湯姆是我們班上的佼佼者。

> ▶ best（最高級）在限定用法中加 the, 敘述用法不加。（限定用法）　　　　（敘述用法）
> This is the *best* way.　　It is *best* to do so.
> （這是最佳方法。）　　（最好這樣做。）

──囿 well 的最高級
最好地，最佳地 | He read it *best*.
▶ 用作副詞時不加 the。 | 他讀得最好。

> She plays the piano *best* in her class.（副詞）
> ＝She is **the** *best* piano player in her class.（形容詞）（她是班上鋼琴彈得最好的。）

best of all | He likes baseball *best of all*.
最 | 他最喜歡棒球。
──囵 無
囝 極力；最佳者；最佳部分 | I did my *best* to win the prize.
我盡最大的努力以求得獎。
at (the) best | He is an average student *at best*.
充其量，最多 | 他充其量只是個成績中等的學生。
at* one's *best | The cherry blossoms are *at their best*.
全盛時期 | 櫻花現在正盛開。
in* one's *best | She was in her *best*.
穿最好的衣服 | 她穿最好的衣服。
make the best of … 圊 ❶ make the most of …
❶盡量利用 | *Make the best of* your time.
盡量利用你的時間。
❷將就（不利的情況） | Let's *make the best of* the small room.
房間狹小，我們將就一下吧。
to the best of … | *to the best of* my knowledge
就…（所知） | （＝as far as I know）就我所知

bestow [bɪ`sto; bɪ`stəʊ] 囤 -s [-z] 圈 -ed [-d]; -ing
囫囵（免費）給與，授與 | He *bestowed* the highest honor **on** the man.
他授予那人最高的榮譽。

衍生 囝 best**ów**al（贈與，授與）

bet [bɛt; bet] 囤 -s [-s] 囨 bet 圈 betted [-ɪd]; betting
囫囵（錢）打賭 | I'll *bet* you anything **on** it.
▶ 不用於被動語態。 | 我跟你賭這件事，用什麼賭都可以。

I bet (that …) | I *bet* (*that*) he will win.
（口語）一定… | 他一定會贏的。
──圈 -s [-s]
囝 打賭；賭注 | They made a *bet* **on** the game.
他們對這比賽打賭。

betray [bɪ`tre; bɪ`treɪ] 囤 -s [-z] 圈 -ed [-d]; -ing
囫囵 ❶出賣（國家・親友等），背叛 | One shouldn't *betray* one's friends.
人不該出賣朋友。
❷洩漏（秘密等）；(行為) 顯示，暴露 | His smile *betrayed* **that** he was satisfied.
他的微笑顯示出他感到滿足。
衍生 囝 betr**àyal**（背叛，背信），betr**àyer**（背叛者）

better [`bɛtɚ; 'betə(r)] 圈 good, well 的比較級
❶(good 的比較級)更好的，較佳的 囤 worse | This idea is *better* than mine.
這點子比我的（點子）好。
Which is the *better* one of the two?
這兩個哪一個比較好？
❷(well 的比較級)(心情・身體的情況)較佳的 | I am much *better* today than yesterday.
我今天比昨天好多了。
▶ 強調比較級，在前面加上 much, (by) far 等。

This is | **much (by) far** | *better* than that.

（這個比那個好多了。）

no better than … | He was *no better than* a beggar.
簡直是… | 他簡直是乞丐。
──囿 well 的比較級
更好；更佳；更 | Tom swims *better* than John.
湯姆游得比約翰好。
Which do you like *better*, A or B?
A 或 B 你比較喜歡哪一個？
be better off | He *is* far *better off* than he was five years ago.
生活更富裕 囤 be worse off | 他的生活比五年前改善得很多。
***had better* V** | You *had better* see a doctor.
最好 | 你最好找個醫生看看。

> ──▶ 否定式是 **had better not** 原形 V──
> 「最好不要去。」
> （誤）You had *not* better go.
> （誤）You had better *not to* go.
> （正）You had better *not* go.

──圈 -s [-z]
囝 較好的東西；(用複數式)長輩 | the *better* of the two 兩者之中較佳者
your *betters* 你的長輩
for the better | Everything is changing *for the better*.
好轉 | 一切都在好轉。

between [bə`twin; bɪ'twiːn]

介 ❶(場所・時間)在(二個地・時間)之間,與…之間	Taichung is *between* Taipei and Tainan. 台中在台北與台南之間。 He returned *between* three and four. 他在三點至四點之間回來。
❷…之間(的比較・分配・關係)	What is the difference *between* A and B? A 和 B 之間有什麼差異？ The money was divided *between* the two boys. 那筆錢已分給那兩個男孩。

▶ 原則上，between 用於「兩者」之間，among 用於「三者以上」之間。

a house between the two trees
兩棵樹之間的房子

a house among the trees
樹林中的房子

between ourselves = between you and me

這是我們之間的秘密；秘密地	*Between ourselves*, he won't live long. 他活不久了，這件事你可別告訴人喔。

beverage [`bɛvrɪdʒ; 'bevərɪdʒ](注意發音) 霉 **-s** [-ɪz]

名 飲料	Milk is a popular *beverage*. 牛奶是一種大眾飲料。

beware [bɪ`wɛr; bɪ'weə(r)] ▶ 用 beware of 作命令句，或者用於類似此意義的句子。

動 不 當心	*Beware* of pickpockets! 謹防扒手！ You must *beware* of the dog. 你必須當心這狗。

bewilder [bɪ`wɪldər; bɪ'wɪldə(r)] 霉 **-s** [-z] 霉 **-ed** [-d]; **-ing**

動 及 使慌張失措；使困惑	He was *bewildered* by her question. 她的問題使他困惑。

衍生 名 **bewilderment**(困惑；驚慌) 形 **bewildering**(令人困惑的；令人不知所措的)

bewitch [bɪ`wɪtʃ; bɪ'wɪtʃ] 霉 **-es** [-ɪz] 霉 **-ed** [-t]; **-ing**

動 及 施以魔術；迷惑	He was *bewitched* by her beauty. 他被她的美麗迷住了。

衍生 形 **bewitching**(迷惑的)

be- (字首) +	ware (<ware 小心的)→留心 wilder(荒野)→使張惶失措 witch(巫婆)→施以魔法

beyond [bɪ`jɑnd; bɪ'jɒnd]

介 ❶(場所)在…的那一邊	The river is *beyond* the hill. 那河是在山的那一邊。
❷(程度・範圍)超過…，為…所不能及	The question is *beyond* my power. 這個問題太難了，我答不出來。

	Don't live *beyond* your income. 不要入不敷出。

在山的那一邊 beyond the hill

超越我的能力範圍 beyond my power

PV=NR?

副 在那邊；在遠處	*Beyond* stands a high mountain. 一座高山聳立在遙遠的那一邊。(倒裝句)

bias [`baɪəs; 'baɪəs](注意發音) 霉 **-es** [-ɪz]

名 偏見；偏重	He has a *bias* **against** foreigners. 他對外國人有偏見。
同 prejudice	
動 及 使偏向一方；使存偏見	**-es** [-ɪz] 霉 **-ed** [-t] 霉 **biassed**; **-ing** 霉 **-sing** He is *biased* **against** her. 他對她抱有偏見。

Bible [`baɪbl; 'baɪbl] 霉 **-s** [-z]

名(加 the)聖經；(一本)聖經	The *Bible* consists of two parts; the Old and the New Testaments. 聖經包括新約和舊約兩部分。

bicycle [`baɪ,sɪkl, `baɪsɪk!; 'baɪsɪkl](注意發音) 霉 **-s** [-z]

名 自行車 ▶ 口語稱為 bike。	ride on a *bicycle* 騎腳踏車／go on a *bicycle* = go by *bicycle* 騎腳踏車去

▶ bi- 是表「二」之義的字首
*bi*cycle [`baɪsɪk!]…(自行車(二輪車))
*bi*lingual [baɪ`lɪŋgwəl]…(能說二種語言的)
*bi*monthly [baɪ`mʌnθlɪ]…(二個月一次的)
*bi*annual [baɪ`ænjʊəl]…(一年二次的)

bid [bɪd; bɪd] 霉 **-s** [-z] 過 **bade** [bæd], (❷是)**bid**; **bidden** [`bɪdn]; (❷是)**bid**; **bidding**

動 及 ❶(文語)命令 同 tell	They *bade* him (to) leave there. 他們命令他離開那裡。

▶ 此用法除了被動式以外，通常都不加 to。

❷(拍賣時)出價	She *bid* 5,000 dollars **for** the camera. 那照相機她出價五千元。
名 投標，出價	**-s** [-z] My *bid* **for** the watch was 2,000 dollars. 那個錶我出價兩千元。

衍生 名 **bidder**(投標者), **bidding**(投標，命令)

big [bɪg; bɪg] 比 **bigger** 最 **biggest**

形 ❶(型・量)大的；(年齡)大的, 長大的 反 little	a *big* clock 大鐘／a *big* voice 大聲／a *big* fire 大火 My children are now *big*. 我的兒女現在都已長大了。
❷(口語)重大的, 偉大的 同 great	a *big* event 大事件／a *big* businessman 大實業家

▶ big 和 large

big 和 large 均表「大的」之義，但 big 係指體積上大的，而

large 則指面積上大的。同時, big 和 large 的反義字是 little, small。

——副 (口語) 誇大的；偉大的 | talk *big* 說大話／look *big* 擺出很了不起的樣子

複合名 **Big Bèn**(英國國會大廈鐘樓上的大鐘)

bill¹ [bɪl; bɪl] 働 **-s** [-z]

名**❶**帳單 | pay the *bill* 付帳
❷法案, 議案 | carry the *bill* 通過議案
❸招貼 | post a *bill* 張貼廣告
❹美 鈔票 | a ten-dollar *bill* 十元鈔票
❺美 note

bill² [bɪl; bɪl] 働 **-s** [-z] ⇨ beak

名(鴿子・鴨子等的)嘴, 喙 | The pigeons were pecking at peas with their *bills*.
| 鴿子們用牠們的嘴啄豆子吃。

billiards [`bɪljədz; ˈbɪlɪədz] ▶複數式, 用作單數時無冠詞。

名撞球, 打彈子 | *Billiards* is an indoor game.
| 撞球是一種室內遊戲。

billion [`bɪljən; ˈbɪlɪən] 働 **-s** [-z]

名美 十億；美
1 兆 ▶ three
billion (三十
億)接數詞時單
複同形。

▶天文數字		
	美	英
million	……(一百萬, 一百萬)	
billion	……(十億, 一兆)	
trillion	……(十兆, 一百萬兆)	

衍生名 **billionaire** [ˌbɪljənˈɛr](億萬富翁)

bin [bɪn; bɪn] 働 **-s** [-z] ⇨ garbage

名(帶蓋子的)大箱;倉 | a coal *bin* 煤炭箱, 煤倉／a dust *bin* 英 垃圾箱(美 trash can)

bind [baɪnd; baɪnd] 📵 **-s** [-z] 過 **bound** [baʊnd]; **-ing**

動及**❶**綁, 縛;綑 | He *bound* the sticks **into** a bundle.
| 他把柴枝綑成一束。
❷束縛, 拘束 | The rule *binds* all the people.
| 這規則約束所有的人。
❸纏;(用繃帶)包紮 | She *bound* my wound with it.
| 她用那個包紮我的傷口。
❹裝訂(書籍);裝訂 | This book is *bound* in leather.
| 這本書是用皮面裝訂的。

be bound to V
❶一定… | I *am bound to* succeed.
❷負有…的義務 | ❶我一定會成功。❷我有成功的義務。

biography [baɪˈɑgrəfɪ; baɪˈɒgrəfɪ] 働 **biographies** [-z]

名傳記回 life | the *biography* of Edison 愛迪生傳
▶「自傳」是 áutobiógraphy。

衍生名 **biógrapher**(傳記作家)形 **biógràphic(al)**(傳記的)

biology [baɪˈɑlədʒɪ; baɪˈɒlədʒɪ] 働 無

名生物學<bio-(生命) + -logy(學問)

衍生名 **biólogist**(生物學家)形 **biológical**(生物學的)

birch [bɜtʃ; bɜːtʃ] 働 **-es** [-ɪz]

名(植物)樺樹;樺樹的木材 | a white *birch* 白樺

bird [bɜd; bɜːd] 働 **-s** [-z]

名(動物)小鳥, 鳥 | ▶「水鳥」是 waterfowl,「海鳥」是 seafowl,「野鳥」是 wildfowl。

▶有關 bird 的諺語
A *bird* in the hand is worth two in the bush.
一鳥在手勝於兩鳥在林。〔到手的東西才是可靠的。〕
Birds of a feather flock together.
同類的鳥在一起。〔物以類聚。〕
The early *bird* catches the worm.
早起的鳥兒有蟲吃。
Kill two *birds* with one stone.
用一顆石頭打死兩隻鳥。〔一石二鳥, 一舉兩得。〕

複合名 **bìrd's-éye vìew**(鳥瞰圖, 概覽)

birth [bɜθ; bɜːθ] 働 **-s** [-s]

名**❶**誕生, 出生 | I am a Taiwanese by *birth*.
| 我生來是台灣人。
❷身世, 門第 | a man of noble *birth* 出身於門第高尚的人

give birth to ... | She *gave birth to* twins.
生產… | 她生下雙胞胎。

birthday [`bɜθ‚de; ˈbɜːθdeɪ] 働 **-s** [-z]

名生日 | My *birthday* is May 20.
| 我的生日是五月二十日。

複合名 **bìrthday cáke**(生日蛋糕), **bìrthday párty**(生日舞會), **bìrthday présent**(生日禮物)

birthplace [`bɜθ‚ples; ˈbɜːθpleɪs] 働 **-s** [-ɪz]

名誕生地;發祥地 | What is your *birthplace*?
| 你的出生地是那裡?

biscuit [`bɪskɪt; ˈbɪskɪt] 働 **-s** [-s], **biscuit**

名英 餅乾
美 cracker | ▶美國人稱 biscuit 時, 是指一種軟烤薄餅。

bishop [`bɪʃəp; ˈbɪʃəp] 働 **-s** [-s]

名(英國教會的)主教;(羅馬天主教的)主教;(新教的)主教 | ▶ bishop 上面有 archbishop [`ɑrtʃˈbɪʃəp], 稱之為大主教。同時 bishop 的下面有 archdeacon [`ɑrtʃˈdikən], 稱之為副主教。

bit¹ [bɪt; bɪt] 働 **-s** [-s] ▶語源是 bite(咬)。

名咬, 少量 | a *bit* of bread [salt] 一點麵包[鹽]／*bit* by *bit* 一點一點地

a bit | I'm *a bit* tired.
些許, 稍許 | 我有點累。

bit² [bɪt; bɪt] 働 bite 的過去式・過去分詞

bite [baɪt; baɪt] 📵 **-s** [-s] 過 **bit; bitten** [`bɪtn], **bit; biting**

動及**❶**咬;咬傷 | The child was *bitten* by a dog.
| 這孩子被狗咬傷。
❷(蚊子・跳蚤等)叮, 刺 | He was *bitten* by mosquitoes.
| 他被蚊子咬了。
▶ bite 和 sting:「蜂等螫(人)」是 sting。

bite
sting

不 咬;叮 | Mosquitoes *bite* in the bush.
| 在灌木叢中蚊子會咬人。

——働 **-s** [-s]

[名] ❶咬，咬傷 | The snake gave a *bite* **at** the hare. 蛇咬了野兔一口。
❷咬一口 | He took a *bite* **at** the apple. 他咬了一口蘋果。

bitten [ˋbɪtn̩; ˈbɪtn] [動] bite 的過去分詞

bitter [ˋbɪtɚ; ˈbɪtə(r)] [比] **bitterer** [ˋbɪtərɚ] [最] **-est** [ˋbɪtərɪst]
[形] ❶(味道)苦的[反] sweet | The medicine tastes *bitter*. 此藥苦口。
❷嚴酷的；劇烈的；難堪的 | *bitter* cold 嚴寒／one's *bitter* days 艱苦的日子／*bitter* words 惡言

▶ 表「味道」的英文單字
bitter （苦的）
sweet （甜的）
hot （辛辣的）
salty （鹹的）
sour （酸的）

[衍生] [名] **bìtterness**(苦味；悲痛；嚴酷) [副] **bìtterly**(殘酷地，激烈地)

black [blæk; blæk] [比] **-er** [最] **-est**
[形] ❶黑的，黑色的[對] white | Was it a *black* cat or a white one? 牠是黑貓還是白貓?
❷暗的；黑暗的[同] dark | The room was as *black* as night. 這房間暗得像夜晚。
❸憂鬱的；不吉的；危險的 | The future looked *black* for him. 他的前途暗淡。
— [複] **-s** [-s]
[名] ❶黑(色)；黑衣 | She was in *black*. 她穿黑衣。
❷(口語)黑人 | He is a *black*. 他是黑人。
[複合] [名] **blâckbérry**(黑莓)，**blâckbírd**([美]烏鶇)，**Blâck Dèath**(黑死病)，**blàcklíst**(黑名單)，**blàck màrket**(黑市)，**blâck tèa**(紅茶)，**the Blâck Cûrrent**(黑潮)，**the Blâck Sèa**(黑海)
[衍生] [動] **blâcken**(使變黑〔暗〕) [名] **blâckness**(黑暗)

blackboard [ˋblæk͵bord; ˈblækbɔːd] [複] **-s** [-z]
[名] 黑板 | Write your name on the *blackboard*. 把你的姓名寫在黑板上。

blacksmith [ˋblæksmɪθ; ˈblæksmɪθ] [複] **-s** [-s]
[名] 鐵匠 | ▶ -smith 表「金屬工匠」之義。gold*smith* 金匠 silver*smith* 銀匠

blade [bled; bleɪd] [複] **-s** [-z]
[名] ❶刀口，刀鋒 | the *blade* of a knife 小刀的刀面
❷(草的)葉 | ▶ 樹葉是 leaf。

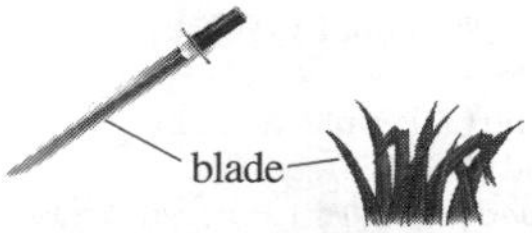

blame [blem; bleɪm] [三] **-s** [-z] [規] **-d** [-d]; **blaming**
[動] [及] 譴責；歸咎 | He *blamed* me **for** the accident. =He *blamed* the accident **on** me. 他將這個意外歸咎於我。
be to blame 應該怪… | Who *is to blame*? 應該怪誰呢? I'm to *blame*. 應該怪我。
— [複] 無
[名] 非難；歸咎 | take the *blame* **for** ... 負起…的責任／put the *blame* **on** ... 使(某人)負…之責
[複合] [形] **blâmewórthy**(該受責備的)
[衍生] [形] **blâmeless**(無可責難的)

blank [blæŋk; blæŋk] [比] **-er** [最] **-est**
[形] ❶無字的 | *blank* paper 空白的(無字的)紙
❷空的；空白的 | a *blank* space 空地；(頁的)空白處
❸茫然的 | a *blank* look 毫無表情
— [複] **-s** [-s]
[名] 空白；空欄，空白處 | Fill in the *blanks*. 填寫空白處。
[衍生] [副] **blânkly**(茫然地；斷然(拒絕))

blanket [ˋblæŋkɪt; ˈblæŋkɪt] [複] **-s** [-s]
[名] 毛毯；覆滿之物 | a *blanket* of snow 雪覆(地面)如氈

blast [blæst; blɑːst] [複] **-s** [-s]
[名] ❶疾風；一陣風 | A *blast* of wind stirred up dust. 一陣疾風揚起灰塵。
❷(笛等的)吹奏；爆炸；暴風 | blow a *blast* on the trumpet 吹起一聲喇叭
— [三] **-s** [-s] [規] **-ed** [-ɪd]; **-ing**
[動] [及] 炸毀；發射 | They *blasted* the rocks with dynamite. 他們用炸藥將岩石炸裂。

blaze [blez; bleɪz] [複] **-s** [-ɪz]
[名] ❶火焰；烈火 | ▶ 比 flame 勢猛的火。
❷閃耀；強烈的光 | the *blaze* **of** the sun 強烈的太陽光
— [三] **-s** [-ɪz] [規] **-ed** [-d]; **blazing**
[動] [不] (火)燃燒起來；放(強)光；生輝 | A fire was seen to *blaze* **up** far away. 看見遠方突然起火。 The sun was *blazing* overhead. 驕陽在空中輝耀。

bleach [blitʃ; bliːtʃ] [三] **-es** [-ɪz] [規] **-ed** [-t]; **-ing**
[動] [不] [及] 漂白 | *bleached* cotton 漂白的棉布

bleak [blik; bliːk] [比] **-er** [最] **-est**
[形] 寒冷的；荒涼的 | *bleak* winds 寒風／the *bleak* plains 荒涼的平原

bled [blɛd; blɛd] [動] bleed 的過去式・過去分詞

bleed [blid; bliːd] [三] **-s** [-z] [不] **bled** [blɛd]; **-ing**
[動] [不] 流血 | You are *bleeding* **at** the nose. 你在流鼻血。
[衍生] [名] **blèeding**(出血)，**blood** [blʌd](血) [形] **blòodless**(無血色的；冷血的)

blend [blɛnd; blend] [三] **-s** [-z] [規] **-ed** [-ɪd]; **-ing**
[動] [及] 混合[同] mix | *blended* coffee 綜合咖啡(混合各種咖啡的咖啡)
[不] 混合，融合，溶合 | Oil and water don't *blend*. 油和水不相溶。
— [複] **-s** [-z]
[名] 混合(物) | This coffee is a *blend* of Java and Brazil. 這種咖啡是爪哇和巴西兩種咖啡所混合的。

bless [blɛs; bles] ⊜ **-es** [-ɪz] ⑭ **-ed** [-t], ⑦ **blest**
[blɛst]; **-ing**
⠀⠀動⑧❶使神聖；　│ He *blessed* bread at the altar.
⠀⠀使清淨　│ 在聖壇前，他(獻上禱祠)潔淨了麵包。
⠀⠀❷祝福，祈福　│ They *blessed* their children.
⠀⠀│ 他們爲他們的子女祈福。
⠀⠀❸(神)施惠　│ May God *bless* you **with** luck!
⠀⠀│ 願上帝賜你好運！

be blessed with ...
受惠於…　│ He *is blessed with* good health.
⠀⠀│ 他有幸身體健康。

> ──► 兩個 blessed
> blessed [blɛst]　動 bless 的過去式‧過去分詞
> blessed [`blɛsɪd]　形 神聖的；受祝福的；幸福的
> ⠀⠀Blessed are the pure in heart.
> ⠀⠀(清心的人有福了(聖經)。)

衍生名 **blessedness** [`blɛsɪdnɪs](幸福；福祉), **bliss**
blessing [`blɛsɪŋ; 'blesɪŋ] ⑭ **-s** [-z]　　⏜(大福)
⠀⠀名❶神恩；幸運　│ Poverty is, in a sense, a *blessing*.
⠀⠀│ 貧窮在某種意義上是一種福分。
⠀⠀❷(牧師的)祝　│ The priest gave her a *blessing*.
⠀⠀福；(飯前的)禱　│ 牧師爲她祝福。
⠀⠀告　│ Ask [Say] a *blessing*.
⠀⠀⓰grace　│ 做飯前的禱告。

blew [blu; blu:] ──► 與 blue 同音。動 blow¹(吹)的過去式
blind [blaɪnd; blaɪnd]
⠀⠀形❶瞎的，看不　│ Helen Keller was *blind*, deaf and
⠀⠀見的　│ dumb.
⠀⠀│ 海倫凱勒又盲又聾又啞。
⠀⠀❷盲目的；看不　│ Love is *blind*. 戀愛是盲目的。
⠀⠀見的　│ a *blind* guess 瞎猜(亂猜)
⠀⠀│ He is *blind* **to** his own faults.
⠀⠀│ 他無視於自己的缺點。

go blind
失明　│ He *went blind* when he was young.
⠀⠀│ 他年輕的時候失明了。

── ⑭ **-s** [-z]
⠀⠀名 窗簾，百葉窗　│ Will you pull down the *blinds*?
⠀⠀│ 你把百葉窗拉下好嗎？
複合名 **blínd álley**(死胡同)
衍生名 **blíndness**(盲目)副 **blíndly**(盲目地), **blíndfold**
(蒙眼地；矇莽地)

blink [blɪŋk; blɪŋk] ⊜ **-s** [-s] ⑭ **-ed** [-t]; **-ing**
⠀⠀動⑦(眼睛)眨眼，│ ──► wink 用於爲某種意圖而眨眼，而
⠀⠀爍；(眼睛)眨眼　│ blink 則只是平常的眨眼。

── ⑭ **-s** [-s]
⠀⠀名 眨眼；一瞥；　│ The plane went out of sight in a
⠀⠀一瞬間　│ *blink*.
⠀⠀│ 一瞬間飛機就看不見了。

> ──► 表「瞬間」的相似詞
> in a blink ⠀ in a moment ⠀ in a second
> in an instant ⠀ in a minute ⠀ in a split second
> in a flash ⠀ in a wink

bliss [blɪs; blɪs] ⑭ 無 ──► 動詞是 bless。
⠀⠀名 無上的幸福，│ Ignorance is *bliss*. 無知便是福。〔眼不
⠀⠀幸福　│ 見心不煩。〕(諺語)

衍生形 **blìssful**(極幸福的)
blister [`blɪstɚ; 'blɪstə(r)] ⑭ **-s** [-z]
⠀⠀名 (皮膚的)水　│ I've got *blisters* **on** my feet.
⠀⠀泡　│ 我的腳起泡了。

block [blɑk; blɒk] ⑭ **-s** [-s]
⠀⠀名❶(木‧石　│ a *block* of rock 一塊岩石／concrete
⠀⠀的)四方形的塊；│ *blocks* 水泥磚／play with *blocks* 玩積
⠀⠀建材；積木　│ 木
⠀⠀❷美 (大街圍繞　│ Walk two *blocks*, and you'll find the
⠀⠀的)區域　│ store at the corner.
⠀⠀│ 走過兩條街，你就會在轉角處發現那家
⠀⠀│ 店。
⠀⠀❸障礙(物)；(交　│ The traffic *block* lasted one hour.
⠀⠀通的)壅塞　│ 交通阻塞持續了一小時。

a block of rock ⠀⠀ one block ⠀⠀ traffic block

── ⊜ **-s** [-s] ⑭ **-ed** [-t]; **-ing**
⠀⠀動⑧ 阻塞(通路　│ The heavy snowfall *blocked* the
⠀⠀等)；妨礙　│ roads.
⠀⠀│ 大雪阻塞道路。
複合名 **blóckhéad**(愚人), **blóck stýle**(信紙左方齊頭書
寫的體例⑯ indented style 段落開始縮排的格式)
衍生名 **blockáde**(封鎖)

blond, blonde [blɑnd; blɒnd, blɔnd] <法語
⠀⠀形 (毛髮)金髮　│ She is a *blonde* girl.
⠀⠀的　│ 她是個金髮的女孩。
⠀⠀│ ──► 通常 blond 用於男性，blonde 用於
⠀⠀│ 女性。

── ⑭ **-s** [-z]
⠀⠀名 金髮的人　│ ──► 髮色及膚色略呈褐色的白種人是
⠀⠀│ brunét(男)，brunétte(女)。

blood [blʌd; blʌd](注意發音) ⑭ 無
⠀⠀名❶血，血液　│ His shirt is stained **with** *blood*.
⠀⠀│ 他的襯衫沾上了血。
⠀⠀❷血統；家世　│ He is of mixed *blood*.
⠀⠀│ 他是混血兒。
複合名 **blòod bánk**(血庫), **blòod véssel**(血管)
衍生形 **blòody**(血腥的，血污的), **blòodless**(無血色的，
冷血的)副 **blòodily**(殘酷地)

> ──► 名 -oo- → 動 -ee-
> bl*oo*d(血) → bl*ee*d(流血)
> f*oo*d(食物) → f*ee*d(餵)
> br*oo*d(一窩幼雛) → br*ee*d(繁殖)

bloom [blum; blu:m] ⑭ **-s** [-z]
⠀⠀名❶(集合稱)　│ ──► 個別的花通常用 flower。
⠀⠀花　│
⠀⠀❷開花，盛開　│ The cherry blossoms are **in full**
⠀⠀│ *bloom*. 櫻花盛開。

► 表「花」的同義字
flower………一般用於任何的「花」。
blossom……尤指果樹(蘋果、櫻樹等)的花。

— [三] **-s** [-z] [規] **-ed** [-d]; **-ing**
[動][不]開花 The roses *bloom* in spring.
薔薇在春天開花。

blossom [`blɑsəm; 'blɒsəm] [複] **-s** [-z]
[名] ❶(尤指果樹的)花 The cherry *blossoms* are at their best.
櫻花盛開。
❷開花(期) They will come into *blossom* soon.
它們不久就會開花了。

blot [`blɑt; 'blɒt] [三] **-s** [-s] [規] **blotted** [-ɪd]; **blotting**
[動][及]弄髒;用吸墨紙吸乾 His shirt is *blotted* **with** ink.
他的襯衫沾上了墨水。
[不]染污;沾染;滲開 This ink is easy to *blot*.
這種墨水易於滲開。
blot out
塗掉(文字等) I *blotted out* a line.
我塗掉一行。
— [複] **-s** [-s]
[名] ❶污漬, 污痕 [同] stain This *blot* can't be wiped out.
這個污漬擦不掉。
❷污點, 瑕疵 This building is a *blot* **on** the landscape.
這座建築物破壞了這裡的景色。
[複合][名] **blòtting páper** (吸墨紙)

blouse [blaʊs, blaʊz; 'blaʊz] [複] **-s** [-ɪz]
[名](婦女・兒童穿的)短上衣;襯衫 She has a white *blouse* on.
她穿著一件白色襯衫。

blow[1] [blo; bləʊ] [三] **-s** [-z] [不] **blew** [blu]; **blown** [blon]; **-ing**

► **blow** 和 **flow** 的動詞變化
[不] blow(吹) —blew—blown
[規] flow(流) —flowed—flowed

[動][不] ❶(風)吹 It [The wind] was *blowing* hard.
颳大風。
❷(東西)因風而飛 The flag was *blowing* in the wind.
旗子隨風飄揚。
❸(喇叭等)鳴響 I heard a siren *blowing*.
我聽到號笛聲響。
[及] ❶吹;吹打 The wind *blew* the ship toward the island.
風把船吹向島去。
❷吹氣 *blow* a trumpet 吹喇叭
blow off
吹掉 I had my hat *blown off*.
我的帽子被風吹跑了。
blow out
吹熄 He *blew out* the candle.
他吹熄蠟燭。
blow up
❶爆炸 The boiler *blew up*.
汽鍋爆炸了。
❷炸毀 *blow up* the ship 炸毀這艘船
— [複] **-s** [-z]
[名]一陣;吹奏 a heavy *blow* 一陣強風

blow[2] [blo; bləʊ] [複] **-s** [-z]
[名] ❶重擊, 毆打 ► 肉體的 He struck me a *blow* on the chin.
他重擊我的下巴。
❷打擊 ► 精神的 The news was a *blow* **to** him.
這個消息對他是一個打擊。
at a* [*one*] *blow
一擊就… I knocked him down *at a blow*.
我一擊就把他打倒。

blue [blu; bluː] [比] **bluer** [最] **bluest**
[形] ❶藍色的, 天藍色的 She was wearing a *blue* sweater.
她穿一件藍色的毛線衫。
❷蒼白的;憂鬱的 I feel *blue* at the news.
我聽到這消息而鬱鬱不樂。
— [複] **-s** [-z]
[名]天藍色(用複數);(音樂)藍調音樂 I like *blue* best of all colors.
所有的顏色中我最喜歡藍色。

bluff [blʌf; blʌf] [複] **-s** [-s]
[名]絕壁, 斷崖 I like to sit on a bluff and watch the sea.
我喜歡坐在峭壁上看海。
— [比] **-er** [最] **-est**
[形] ❶絕壁的, 陡峭的 He fell down the *bluff* headland.
他從陡峭的岬跌下去。
❷率直的;坦率的;粗率 a *bluff* greeting 粗率的致意
► 與 blunt(粗魯的)不同, 表含意好的「粗率的」之義。
[衍生][副] **blùffly** (粗率地)

blunder [`blʌndɚ; 'blʌndə(r)] [三] **-s** [-z] [規] **-ed** [-d]; **-ing** [`blʌndərɪŋ]
[動][不]犯錯, 失策 He *blundered* again.
他再度犯錯。
— [複] **-s** [-z]
[名]失策, 大錯 He committed a *blunder*.
他犯了大錯。

blunt [blʌnt; blʌnt] [比] **-er** [最] **-est**
[形] ❶(刀口)鈍的, 不銳利的 [反] sharp [同] dull

blunt knife 鈍的刀　sharp knife 鋒利的刀

❷粗魯的, 直言不諱的;大刺刺的 His answer was a *blunt* one.
他的回答很粗魯。
[衍生][副] **blùntly** (粗魯地) [名] **blùntness** (粗率)

blur [blɝ; blɜː(r)] [三] **-s** [-z] [規] **blurred** [-d]; **blurring**
[動][及]使(圖書等)模糊 [同] dim The fog *blurred* the outline of the mountain.
山的輪廓因霧而朦朧不清。
[不](因淚)使模糊, 使不清楚 Her eyes *blurred* with tears.
她淚眼朦朧。

blush [blʌʃ; blʌʃ] [三] **-es** [-ɪz] [規] **-ed** [-t]; **-ing**
[動][不]臉紅 She *blushed* **for** [**with**] shame.
她羞愧得臉紅。
► **blush** 和 **flush**: flush 是 *f*lash 與 b*lush* 的混合語, 表「忽然臉紅」之義。

board [bord, bɔrd; bɔːd] 複 **-s** [-z]
名 ❶板,(美)黑板 │ a floor *board* 地板/a bulletin *board*
│ 佈告牌/a chess *board* 棋盤
❷委員會;部會 │ He is on the *board* of directors.
│ 他是董[理]事會的董[理]事。
❸膳食;供膳食 │ *board* and lodging 包伙的寄宿
on board
在船(飛機・車) │ There were two women *on board*.
上 │ 船[車]上有兩個女人。
—— 複 **-s** [-z] 過 **-ed** [-ɪd]; **-ing**
動 他 用板蓋;上 │ *board* the floor 鋪地板
船;上車 │ He *boarded* the ship at 10:30.
│ 他十點半上船。
不 供膳,搭伙; │ He *boards* **at** my uncle's [**with** my
膳宿 │ uncle].
│ 他在我叔叔家寄宿搭伙。
複合 名 **bòarding hóuse**(供膳食的宿舍), **bòarding schóol**(供膳宿的學校)
衍生 名 **bòarder**(搭伙者;寄膳宿者)

boast [bost; bəʊst] 複 **-s** [-s] 過 **-ed** [-ɪd]; **-ing**
動 不 他 自誇 │ He *boasted* **of** [**about**] his son.
│ 他誇耀他的兒子。
│ She *boasts* **that** she has a good son.
│ 她吹噓自己有個好兒子。
—— 複 **-s** [-s]
名 自負(的事 │ He makes a *boast* of his ability.
物);自誇 │ 他吹噓自己的能力。
衍生 形 **bòastful**(自負的) 副 **bòastfully**(自負地)

boat [bot; bəʊt] (注意發音) 複 **-s** [-s] ► bought 是 [bɔt]。
名 小船;汽船; │ row a *boat* 划船/cross a river in a
帆船 │ *boat* [**by** *boat*] 乘船過河
► 一般用於無 │ I took a *boat* to the small island.
關大小・用途的 │ 我搭船前往那座小島。
船,但較 ship 為 │ ► 遊樂區供租用的船,(美)稱 rowboat,
小型。 │ (英)稱 rowing boat。
複合 名 **stèambóat**(汽船,輪船), **fèrrybóat**(渡船), **gùnbóat**(砲艇)

body [`bɑdɪ; ˈbɒdɪ] 複 **bodies** [-z]
名 ❶身體;肉體 │ His *body* was covered in cuts and
(對) mind │ bruises. 他傷痕累累。
❷軀體;主要部 │ the *body* of a letter 信函的本文
分;軀幹 │
❸團體,群 │ They acted in a *body*.
│ 他們團體行動。
❹物體 │ a solid *body* 固體
衍生 形 **bòdily**(身體的,肉體的)

neck 頸
arm 臂
elbow 肘
hand 手
leg 腿
foot 腳

head 頭部
shoulder 肩
chest 胸
stomach 腹
thigh 股
knee 膝

boil [bɔɪl; bɔɪl] 複 **-s** [-z] 過 **-ed** [-d]; **-ing**
動 不 沸騰,沸; │ Water *boils* at 100℃.
烹煮 │ 水在攝氏一百度沸騰。
他 燒開;烹煮, │ She *boiled* two eggs hard.
水煮 │ 她把兩個蛋煮到熟透。
衍生 形 **bòiled**(煮的)名 **bòiler**(煮器;汽鍋)

bold [bold; bəʊld] 比 **-er** 最 **-est**
形 ❶大膽的 │ He made *bold* to speak to the King.
(對) timid │ 他膽敢對國王說話。
❷厚顏無恥的, │ How *bold* you are!
厚臉皮的 │ 你的臉皮好厚!
❸粗的,顯目的 │ He drew a *bold* line.
│ 他畫了一條粗線。
衍生 名 **bòldness**(大膽,厚臉皮)形 **bòldly**(大膽地;粗地)

bolt [bolt; bəʊlt] 複 **-s** [-s]
名 ❶門閂;螺釘 │
❷閃電,霹靂 │
(同) thunderbolt │

門栓

螺釘帽

機械用的螺絲釘

a bolt from [*out of*] *the blue*
晴天霹靂;意外 │ His death was *a bolt from the blue*.
之事 │ 他死得很意外。

bomb [bɑm; bɒm] (注意發音) 複 **-s** [-z]
名 炸彈 │ An atomic *bomb* was dropped on
│ Hiroshima in 1945.
│ 1945 年一顆原子彈投在廣島。
—— 複 **-s** [-z] 過 **-ed** [-d]; **-ing**
動 他 轟炸 │

► 語尾 **mb** 時,不發音

bomb	climb	comb	tomb
[bɑm]	[klaɪm]	[kom]	[tum]
炸彈	攀登	梳子	墓

衍生 名 **bòmber**(轟炸機), **bòmbing**(轟炸)

bond [bɑnd; bɒnd] 複 **-s** [-z]
名 ❶粘合;結合 │ a strong *bond* of affection 強烈愛情
│ 的結合
❷(用複數式)鐐 │ He is in *bonds*.
銬,枷鎖;監禁 │ 他被監禁。
❸契約;文契;票 │ enter into a *bond* with ... 與…訂立契
據;債券 │ 約/a public *bond* 公債/sign a
│ *bond* 在文契上簽字
衍生 名 **bondage** [`bɑndɪdʒ](束縛)

bone [bon; bəʊn] 複 **-s** [-z]
名 骨 │ A *bone* stuck in my throat.
│ 骨頭卡在我的喉嚨。

► 各種「骨」

背脊骨 backbone, spine
頭蓋骨 skull
肋骨 rib
肩胛骨 shoulder blade

bonnet [`bɑnɪt; ˈbɒnɪt] 名 **-s** [-s]

名❶(婦女・兒童戴的)軟帽, 蘇格蘭帽
❷美(汽車的)引擎蓋
美 hood

bonnet ❶   bonnet ❷

bonus [`bonəs; ˈbəʊnəs] 名 **-es** [-ɪs]

名 獎金；紅利 | a Christmas *bonus* 聖誕節獎金

book [bʊk; bʊk] 名 **-s** [-s]

名❶書, 書籍 | Give me two copies of this *book*.
給我兩本這種書。

❷(書的)卷〔篇〕 | *Book* One 第 1 卷
❸帳簿；裝訂如書之物 | an account *book* 帳簿／a telephone *book* 電話簿
❹(加 the 用大寫)聖經 | The President swore on the *Book*.
總統手按聖經宣誓。

1. two copies of a book
兩本同樣的書

2. two books
兩種書（有時與1.同義）

—— 🔵 **-s** [-s] 動 **-ed** [-t]; **-ing**

動⊗ 預定(戲票・座位等) | These seats are all *booked*.
這些座位全被訂光了。
a *booking* office 美 售票處
▶美 稱 a ticket office。

複合 名 **bóokcáse**(書櫃), **bóokshélf**(書架), **bóokstóre**(美)書店 ▶ 美 是 **bóokshóp**(店), **bóokkéeping**(簿記), **bookworm** [`bʊkwɜːm](書呆子；書蟲)

boom [bum; buːm] 名 **-s** [-z]

名❶突然景氣；忽得聲望；繁榮
⊗ slump
❷(大砲等的)轟響 | Taiwan has long been favored by a business *boom*.
長期以來, 台灣一直是拜商業景氣所賜。
I heard the *boom* of a cannon.
我聽到隆隆的砲聲。

boot [but; buːt] 名 **-s** [-s]

名 (通常用複數式)美 長統靴；
美 半長統靴 | She was in a pair of white *boots*.
她穿一雙白色的馬靴。

booth [buθ, buð; buːð] 名 **-s** [-z]

名 (攤棚・電話亭等小間隔的)室, 店, 亭

booth

telephone booth
電話亭

order [`bɔrdɚ; ˈbɔːdə(r)] ▶ 與 boarder 同音。名 **-s** [-z]

名❶邊, 邊緣 | He sat on the *border* of the stream.
他坐在溪畔。

❷國境, 邊境
同 boundary | He was caught at the *border*.
他在邊界被捕。

—— 🔵 **-s** [-z] 動 **-ed** [-d]; **-ing** [`bɔdərɪŋ]

動不 接壤 | Germany *borders* **on** France.
德國和法國毗鄰。

複合 名 **bórderlánd**(邊界地帶), **bórderlíne**(界線)

bore¹ [bor, bɔr; bɔː(r)] 🔵 **-s** [-z] 動 **-d** [-d]; **boring** [`borɪŋ, ˈbɔrɪŋ]

動⊗ 穿(孔), 鑿(井) | They are *boring* a hole [a tunnel].
他們在穿孔〔鑿山洞〕。

bore² [bor, bɔr; bɔː(r)] 🔵 **-s** [-z] 動 **-d** [-d]; **boring** [`borɪŋ, ˈbɔrɪŋ]

動⊗ 使厭煩, 使厭倦 | He *bored* us [We were *bored*] **with** his long tale.
他的長篇大論令我們厭煩。

—— 名 **-s** [-z]

名 無聊的人〔事〕 | He's a perfect *bore*.
他是個窮極無聊的人。

衍生 名 **bóredom**(無聊) 形 **bóresome**(無聊的)

bore³ [bor, bɔr; bɔː(r)] 動 bear¹的過去式

born [bɔrn; bɔːn] 動 bear¹(生產)的過去分詞

—— 形 天生的 | He is a *born* poet.
他是個天生的詩人。

borne [born, bɔrn; bɔːn] 動 bear¹的過去分詞

borrow [`bɑro; ˈbɒrəʊ] 🔵 **-s** [-z] 動 **-ed** [-d]; **-ing**

動⊗ 借(入)
⊗ lend(借出)
不 借錢, 借用 | I *borrowed* some money **from** him.
我向他借了一些錢。
I never *borrow* nor lend.
我從不向人借錢, 也不借給別人。

borrow   lend
借入   借出

bosom [`bʊzəm; ˈbʊzəm] (注意發音) 名 **-s** [-z]

名 胸, 懷中；內心；內部 | She kept her sorrow in her *bosom*.
她把憂傷藏在心裡。

▶ 通常具體的「胸」都用 chest, breast [brɛst] 等, 而 bosom 多用比喩的「胸」: a *bosom* friend (知心好友)。

boss [bɔs; bɒs] 名 **-es** [-ɪz]

名 (口語)上司, 老板, 工頭；(政界等的)領袖, 首腦 | Who's your *boss*?
你的上司是誰?
He's a political *boss*.
他是政界的首腦人物。

both [boθ; bəʊθ] (注意發音) ⇨ either, neither

形 (限定用法) 兩方的 | *Both* his parents are well.
他雙親健在。

▶ both 用於二者, 三者以上用 all, 此二者加上 not 時均為部分否定。
▶限定語 the, his, my 等用於 both 和名詞之間。

I don't know *both* his parents.
他的雙親我只認識其中的一位。

▶ not both 構成部分否定。

—— 代 二者 ▶ 用於否定句時, 與 形 一樣為部分否定。 | *Both* (of them) will come.
兩個都會來。
They *both* came late.
他們兩個都來晚了。

▶ not＋both(部分否定)
I don't know *both* of them.
(他們兩個我並不是全部都認識(只認識其中的一位)。)
▶「二者均否定」用 not＋either 或 neither。

I don't know *either* of them.
＝I know *neither* of them.
(他們兩個我都不認識。)

──副 (用 both … and～的句型)…和～都	*Both* Tom and John came. 湯姆和約翰(他們兩個)都來了。
▶ 相當於…,～部分,加入名詞·形容詞·動詞等。	**▶** 上句的否定是: *Neither* Tom nor John came. (湯姆和約翰都沒有來。) I can *both* sing **and** dance. 我能唱歌又能跳舞。

bother [`baðə; 'bɒðə(r)] ─-s [-z] ⊛ -ed [-d]; -ing [`baðərɪŋ]
動⊗ 煩擾, 攪擾	I'm sorry to *bother* you. 打擾了你, 我很抱歉。
同 trouble	They *bothered* me **with** foolish questions. 他們用愚蠢的問題煩擾我。
不 煩悶;特意做…	Don't *bother* **about** it. 不要為那事煩惱。 Don't *bother* **to** phone me. 不要特意打電話給我。
──⊛ 無	
名 麻煩(的事);困難	It's a *bother* to lay the table. 擺設餐桌(準備吃飯)很費事。

bottle [`batl; 'bɒtl] ⊛ -s [-z]
名 瓶;一瓶的容量	an ink *bottle* 墨水瓶／a feeding *bottle* 奶瓶／two *bottles* of beer 兩瓶啤酒

bottom [`batəm; 'bɒtəm] ⊛ -s [-z]
名 ❶底;基礎 ⊗ surface	the *bottom* of the sea 海底／the *bottom* of the bucket 桶底
❷末尾;最末一名;最下方的部分 ⊗ top	He was at the *bottom* of his class. 他在班上是最後一名。 The notes are at the *bottom* of the page. 註解在書頁的底部。

the bottom of a bucket   the bottom of a hill   the bottom of a page

from the bottom of* one's *heart
從心底裡
I wish you happiness *from the bottom of* my *heart*.
我衷心祝你幸福。

複合 名 **bóttom príce**(底價)
衍生 形 **bóttomless**(無底的, 深不可測的)

---

bough [bau; bau] **▶** 與 bow(敬禮)同音。⊛ -s [-z]
名 大枝
──**▶「枝」的同義字**
branch	……為最普遍的用語(泛指大枝或小枝)。
bough	……大的樹枝(文語)。**▶** 發音是 [bau]。
twig	………小枝。
sprig	………是指附帶花、葉的小枝。

bought [bɔt; bɔːt] 動 buy 的過去式·過去分詞
bounce [bauns; bauns] ⊜ -s [-ɪz] ⊛ -d [-t]; **bouncing**
動 不 跳;反彈	The ball *bounced* over the wall. 球躍過牆了。
⊗ 使…反彈	She is *bouncing* a rubber ball. 她在拍皮球(使球反彈)。

bound[1] [baund; 'baund] ⊜ -s [-z] ⊛ -ed [-ɪd]; -ing
動 不 跳;彈回	Her heart *bounded* with joy. 她因喜悅而心跳。
──⊛ -s [-z]	
名 跳躍;彈回	He jumped the wall **at** a *bound*. 他一躍跳過牆。

bound[2] [baund; baund] ⊛ -s [-z]
名 (通常用複式)界線;限界	His curiosity knew no *bounds*. 他的好奇心無止境。
──⊜ -s [-z] ⊛ -ed [-ɪd]; -ing	
動 ⊗ 接境	Italy is *bounded* on the north by Switzerland. 義大利北部與瑞士毗連。

bound[3] [baund; baund] 動 bind 的過去式·過去分詞
bound[4] [baund; baund]
形 (敘述用法) (駛)往…的	The plane is *bound* **for** London. 這架飛機飛往倫敦。

boundary [`baundərɪ; 'baundərɪ] ⊛ **boundaries** [-z]
名 界線;邊界;領域, 區域 ⇨ border	the *boundary* between the United States and Canada 美國和加拿大的邊界

▶ 通常 border 係指「國境;邊界地帶」範圍較廣的地區;對前者而言, boundary 係指「邊界;界線」等狹小的部分。

bouquet [bu`ke; bu'keɪ] ＜法語⊛
名 花束	a *bouquet* of roses 玫瑰花束

bourgeois [bur`ʒwa, `burʒwa; 'bɔːʒwɑː] ＜法語⊛ **bourgeois**
名 中產階級(的人);資產階級者, 資本家 ⊗ proletarian	A *bourgeois* is a man of means. 資產階級者是指有財產的人。
衍生 名 **bourgeoisie** [ˌburʒwɑ`zi](中產階級)	

bout [baut; baut] (注意發音) ⊛ -s [-s]
名 一次, 一回合;一次發作	Let's have a *bout*. 我們賽一回合吧。

bow [bau; bau] (注意發音) ⊜ -s [-z] ⊛ -ed [-d]; -ing
動 不 敬禮	He *bowed* **to** his teacher. 他向老師敬禮。
⊗ 彎(腰), 俯(首)	*Bow* your head when you pray. 禱告的時候要把頭低下來。
──⊛ -s [-z]	
名 敬禮	He made his *bow* **to** my father. 他向我父親鞠躬。

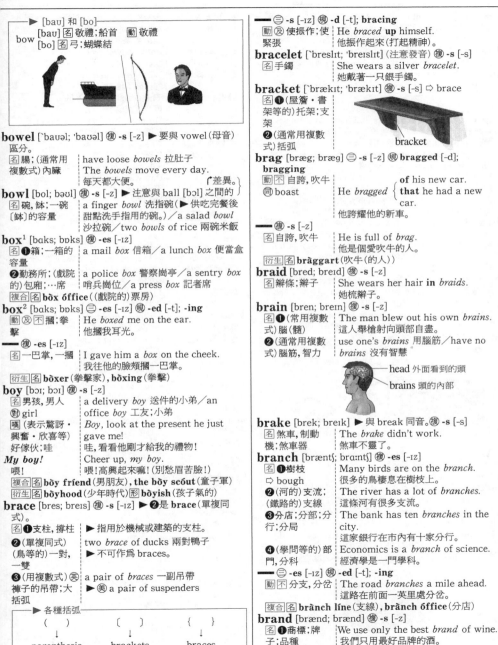

▶ [baʊ] 和 [bo]

bow
[baʊ] 名 敬禮;船首 動 敬禮
[bo] 名 弓;蝴蝶結

bowel [`baʊəl; ˈbaʊəl] 複 **-s** [-z] ▶ 要與 vowel(母音) 區分。
名 腸;(通常用複數式)內臟
have loose *bowels* 拉肚子
The *bowels* move every day. 每天都大便。 ⸢差異。⸥

bowl [bol; bəʊl] 複 **-s** [-z] ▶ 注意與 ball [bɔl] 之間的 差異。
名 碗,缽;一碗(缽)的容量
a finger *bowl* 洗指碗(▶ 供吃完餐後甜點洗手指用的碗)/a salad *bowl* 沙拉碗/two *bowls* of rice 兩碗米飯

box¹ [baks; bɒks] 複 **-es** [-ɪz]
名 ❶箱;一箱的容量
a mail *box* 信箱/a lunch *box* 便當盒
❷勤務所;(戲院的)包廂;…席
a police *box* 警察崗亭/a sentry *box* 哨兵崗位/a press *box* 記者席
複合 名 **bóx óffice**((戲院的)票房)

box² [baks; bɒks] 三 **-es** [-ɪz] 複 **-ed** [-t]; **-ing**
動 及 不 摑;拳擊
He *boxed* me on the ear. 他摑我耳光。
— 名 **-es** [-ɪz]
名 一巴掌,一摑
I gave him a *box* on the cheek. 我往他的臉頰摑一巴掌。
衍生 名 **bóxer**(拳擊家),**bóxing**(拳擊)

boy [bɔɪ; bɔɪ] 複 **-s** [-z]
名 男孩,男人
a delivery *boy* 送件的小弟/an office *boy* 工友;小弟
對 girl
嘆 (表示驚訝・興奮・欣喜等)好像伙;哇
Boy, look at the present he just gave me! 哇,看看他剛才給我的禮物!
My boy! 喂!
Cheer up, *my boy*. 喂!高興起來嘛!(別愁眉苦臉!)
複合 名 **bóy friend**(男朋友),**the bóy scóut**(童子軍)
衍生 名 **bóyhood**(少年時代)形 **bóyish**(孩子氣的)

brace [bres; breɪs] 複 **-s** [-ɪz] ▶ ❷是 brace(單複同式)。
名 ❶支柱,撐柱
▶ 指用於機械或建築的支柱。
❷(單複同式)(鳥等的)一對,一雙
two *brace* of ducks 兩對鴨子
▶ 不可作為 braces。
❸(用複數式)美 褲子的吊帶;大括弧
a pair of *braces* 一副吊帶
▶ 美 a pair of suspenders

▶ 各種括弧

( )	[ ]	{ }
↓	↓	↓
parenthesis	brackets	braces
小括弧	中括弧	大括弧

— 三 **-s** [-ɪz] 複 **-d** [-t]; **bracing**
動 及 使振作;使緊張
He *braced* **up** himself. 他振作起來(打起精神)。

bracelet [`breslɪt; ˈbreɪslɪt] (注意發音) 複 **-s** [-s]
名 手鐲
She wears a silver *bracelet*. 她戴著一只銀手鐲。

bracket [`brækɪt; ˈbrækɪt] 複 **-s** [-s] ⇨ brace
名 ❶(屋簷・書架等的)托架;支架
❷(通常用複數式)括弧

bracket

brag [bræg; bræg] 三 **-s** [-z] 複 **bragged** [-d]; **bragging**
動 不 自誇,吹牛
同 boast
He *bragged* { **of** his new car.
that he had a new car. }
他誇耀他的新車。
— 名 **-s** [-z]
名 自誇,吹牛
He is full of *brag*. 他是個愛吹牛的人。
衍生 名 **bràggart**(吹牛的人))

braid [bred; breɪd] 複 **-s** [-z]
名 辮條;辮子
She wears her hair **in** *braids*. 她梳辮子。

brain [bren; breɪn] 複 **-s** [-z]
名 ❶(常用複數式)腦;(髓)
The man blew out his own *brains*. 這人舉槍射向頭部自盡。
❷(通常用複數式)腦筋,智力
use one's *brains* 用腦筋/have no *brains* 沒有智慧

head 外面看到的頭
brains 頭的內部

brake [brek; breɪk] ▶ 與 break 同音。複 **-s** [-s]
名 煞車,制動機;煞車器
The *brake* didn't work. 煞車不靈了。

branch [bræntʃ; brɑːntʃ] 複 **-es** [-ɪz]
名 ❶樹枝
⇨ bough
Many birds are on the *branch*. 很多的鳥棲息在樹枝上。
❷(河的)支流;(鐵路的)支線
The river has a lot of *branches*. 這條河有很多支流。
❸分店;分部;分行;分局
The bank has ten *branches* in the city. 這家銀行在市內有十家分行。
❹(學問等的)部門,分科
Economics is a *branch* of science. 經濟學是一門學科。
— 三 **-es** [-ɪz] 複 **-ed** [-t]; **-ing**
動 不 分支,分岔
The road *branches* a mile ahead. 這路在前面一英里處分岔。
複合 名 **brànch líne**(支線),**brànch óffice**(分店)

brand [brænd; brænd] 複 **-s** [-z]
名 ❶商標;牌子;品種
We use only the best *brand* of wine. 我們只用最好品牌的酒。
❷烙印;烙鐵;污名
The cattle are marked with *brands*. 這些牛隻以烙印為記。

━㊂ **-s** [-z] ㊸ **-ed** [-ɪd]; **-ing**

[動]㊸ 打烙印;使 | The man was *branded* as a traitor.
蒙受污名 | 這人蒙受叛逆者的污名。

brandy [ˋbrændɪ; ˋbrændɪ] ㊸ **brandies** [-z]
[名]白蘭地 | a bottle of *brandy* 一瓶白蘭地

brass [bræs; brɑːs] ㊸ **-es** [-ɪz]
[名]❶黃銅 | *Brass* is an alloy of copper and zinc.
黃銅是銅和鋅的合金。

❷黃銅製品;銅 | Trumpets and horns are *brasses*. 小
管樂器 | 喇叭和號角都是銅管樂器。
[複合][名]**bráss bànd**(銅管樂隊, 管樂隊)
[衍生][形]**brazen** [ˋbrezn](黃銅的;厚臉皮的)

brave [brev; breɪv] ㊫ **-r** ㊸ **-st**
[形]有勇氣的,勇 | He was *brave* enough to go there alone.
敢的 | 他膽子夠大,敢一個人去那裡。
㊾cowardly
[衍生][副]**brávely**(勇敢地)[名]**brávery**(勇氣, 勇敢)

Brazil [brəˋzɪl; brəˋzɪl] (注意發音) ▶南美洲最大的國家。
[名](國名)巴西 | The capital of *Brazil* is Brasilia.
巴西的首都是巴西利亞。
[衍生][形]**Brazílian**(巴西的)

breach [britʃ; briːtʃ] ㊸ **-es** [-ɪz] ▶ break 的名詞
[名]❶違反(法 | a *breach* of contract 違約／a *breach*
律‧約定) | of duty 不忠於職守
❷裂縫;缺口 | They made a *breach* in the wall.
他們在牆上挖了一個洞。

bread [brɛd; brɛd] ㊸ 無
[名]❶麵包 | a 'slice [two slices] of *bread* 一〔兩〕
片麵包／a loaf of *bread* 一條麵包

crust 麵包皮
crumb 麵包心
a loaf of bread
a slice of bread

❷生計 | He barely earns his *bread*.
㊂livelihood | 他勉強餬口。

bread and butter [ˋbrɛdṇˋbʌtɚ]
塗奶油的麵包; | ▶如讀作 [brɛd ənd ˋbʌtɚ], 便是指
生計,謀生之道 | 「麵包和奶油」各別的食品了。

breadth [brɛdθ; brɛdθ] (注意發音) ▶ broad 的名詞
[名]寬〔闊〕度 | The river is 50 meters in *breadth*.
㊂width | (=The river is 50 meters broad.)
| 這河有五十公尺寬。

▶ **the three dimensions**(長‧寬‧高三度空間;立體)

length 長
height 高
breadth 寬

break [brek; breɪk] ▶與 brake 同音。㊂ **-s** [-s]
㊀ **broke** [brok]; **broken** [ˋbrokən]; **-ing**

[動]㊸❶毀壞;打 | *break* the window 打破窗戶玻璃／
破;折斷 | *break* a branch 折斷樹枝／*break* a
| safe 毀壞保險櫃

❷違背(約定); | I have never *broken* my word.
違犯(規則等) | 我從不食言。
❸破(記錄) | Who *broke* his record?
| 誰打破了他的記錄?
❹傷心 | The news *broke* his heart.
| 這消息使他傷心。
❺中斷, 停止 | He *broke* his fast. ⇨ breakfast
| 他開了齋(停止禁食)。

[不]❶損壞;破 | The glass *broke* to pieces.
裂;折斷;斷 | 玻璃(杯)破碎了。
| The rope *broke*. 繩子斷了。
❷破曉 | Day was *breaking*.
| 天快亮了。

▶英文和中文表現的不同:

(英) | Day | broke. | Night | fell.

(中) | 天 | 亮了。 | 天 | 黑了。

break down ▶名詞 breakdown 是「故障;病倒;分析」。
❶(機器)故障 | My car *broke down* on the way.
| 我的車子在半路上抛錨了。
❷破壞 | They *broke down* the door.
| 他們把門打破。

break into ...
❶闖入… | A robber *broke into* his house.
| 強盜闖入他的住宅。
❷突然…起來 | He *broke into* tears [laughter].
| 他突然哭[笑]起來。

break off | They *broke off* talking.
突然停止 | 他們突然停止說話。

break out | A fire *broke out* last night.
發生(戰爭‧地 | 昨夜發生火災。
震等)

break up | The meeting *broke up* at nine.
解散 | 九點散會。

break with ... | I *broke with* all of my friends.
與…絕交;與… | 我同所有的朋友絕交。
斷絕關係

breakfast [ˋbrɛkfəst; ˋbrɛkfəst] (注意發音)
[名]早餐 | I had *breakfast* at seven.
| 我在七點吃早餐。

▶ <break(停止)+fast(禁食)
┌── ▶㊀餐(**meals**)
| ***breakfast*** 早餐
| ***lunch*** 午餐
| ▶ luncheon(正式的午宴)為正式的用語。
| ㊅tea 下午茶
| ㊍coffee break 喝咖啡休息(上下午各一次)
| ***supper*** 晚餐
| ▶一般多以晚餐為一天中的正餐(dinner)。

breast [brɛst; brɛst] ㊸ **-s** [-s]
[名]胸,胸部;乳 | She gave the *breast* to her baby.
房 ⇨ bosom | 她餵她的嬰兒吃母奶。
[複合][名]**bréaststróke**(俯泳)

breath [brɛθ; breθ] 图 **-s** [-s] ▶ breathe [brið] 的名詞
图❶氣息,呼吸;一口氣 | I blew my *breath* against the mirror. 我對鏡子吹氣。
Take a deep *breath*. 作深呼吸。
be out of *breath* 氣喘吁吁╱take *breath* 歇一口氣╱hold one's *breath* 屏息
❷微風 | There was not a *breath* of air. 連一點微風也沒有。

衍生 形 **breathless**(氣喘吁吁的;屏息注意的)

breathe [brið;bri:ð] ㈢ **-s** [-ız] 图 **-d** [-d]; **breathing**
動不 呼吸;吐氣 | We can't *breathe* without air. 沒有空氣,我們就不能呼吸。
㉺ 吸入;呼吸 | Let's *breathe* fresh air. 我們吸新鮮空氣吧。

▶ 名詞字尾的 **-th**

breathe	[brið](呼吸)→	breath	[brɛθ](呼吸)
grow	[gro](生長)→	growth	[groθ](成長)
steal	[stil](偷竊)→	stealth	[stɛlθ](祕密)
deep	[dip](深的)→	depth	[dɛpθ](深度)

---

bred [brɛd; bred] 動 breed 的過去式・過去分詞

breed [brid; bri:d] ㈢ **-s** [-z] ㊀ **bred** [bred]; **-ing**
動㉺ 飼養(家畜);養育(孩子) | The hogs are *bred* for the market. 養這些豬是為供應市場。
I was born and *bred* in Taiwan. 我生於台灣,長於台灣。
不 (動物)生育,繁殖 | Rats *breed* rapidly. 老鼠繁殖得很快。
▶ 名詞為 brood [brud](同胎之仔)。
— 图 **-s** [-z]
图 (動・植物的)品種 | He keeps dogs of different *breeds*. 他養不同品種的狗。

breeze [briz; bri:z] 图 **-s** [-ız]
图 微風 | I enjoyed a cool *breeze*. 我享受涼爽的微風。

brew [bru; bru:](注意發音)㈢ **-s** [-z] 图 **-ed** [-d]; **-ing**
動㉺ 釀造(啤酒等) | Beer is *brewed* from barley. 啤酒是用大麥釀造的。

衍生 图 **brewer**(釀造者), **brewery**(釀造所)

bribe [braıb; braıb] 图 **-s** [-z]
图 賄賂;行[受]賄 | He never accepts a *bribe*. 他決不收受賄賂。
— ㈢ **-s** [-z] 图 **-d** [-d]; **bribing**
動㉺ 行賄;收買 | He was *bribed* into silence. 他被收買保持緘默。

衍生 图 **bribery**(行賄或受賄的行為)

brick [brık; brık] 图 **-s** [-s]
图 磚;(一個個的)磚塊;(用作形容詞)磚造的 | The house is built of *brick*. 這房子是磚造的。
lay red *bricks* 砌紅磚╱a *brick* wall 一堵磚牆

bride [braıd; braıd] 图 **-s** [-z]
图 新娘 | the *bride* and bridegroom 新郎新娘
㊀ bridegroom

衍生 形 **bridal**(新娘的)

bridge¹ [brıdʒ; brıdʒ] 图 **-s** [-ız]
图 橋;陸橋;船橋 | A *bridge* was built across the river. 一座橋橫架河上。

bridge² [brıdʒ; brıdʒ] 图 無
图 (一種紙牌遊戲)橋牌 | *Bridge* is played by four people with 52 cards. 橋牌是由四個人以五十二張牌玩的。

bridle [`braıdl; `braıdl] 图 **-s** [-z]
图 馬勒
▶ 安在馬頭的韁・轡・韁繩的總稱。
⇨ harness

bridle

— ㈢ **-s** [-z] 图 **-d** [-d]; **bridling**
動㉺ 抑制(憤怒等),克制 | He tried to *bridle* his temper. 他設法控制脾氣。

brief [brif; bri:f] 田 **-er** 田 **-est**
形❶短暫的 | The train made a *brief* stop. 火車停了一下。
❷簡單的;簡短的 | a *brief* letter [speech] 短信〔簡短的演說〕╱to be *brief* 簡單地說
in brief ▶ 這個 brief 是個名詞。
簡言之 | *In brief* he was careless. 總之,他很粗心。
㊀ in short

衍生 图 **brevity**(簡單)副 **briefly**(簡單地)

bright [braıt; braıt] 田 **-er** 田 **-est**
形❶閃亮的,光亮的 | The *bright* sun was shining. 陽光普照。
❷光明的;晴朗的 | He has a *bright* future. 他有光明的前途。
❸(孩子)聰明的;(意見)好的 | a *bright* boy 聰明的男孩
That's a *bright* idea. 那是個好主意。
㉺ dull
— 副 輝耀 | The sun shines *bright* in the sky. 太陽在空中輝耀。
㊀ brightly

衍生 副 **brightly**(光亮地,閃耀地)图 **brightness**(光明)
動 **brighten**(使光亮,變亮)

brilliant [`brıljənt; `brıliənt] ▶ 意義比 bright 強。
形 光輝的 | a *brilliant* jewel 燦爛的寶石╱a *brilliant* scholar 有才氣的學者
▶ 也被用於比喻上。

衍生 图 **brilliance, -cy**(光輝)副 **brilliantly**(燦爛地)

brim [brım; brım] 图 **-s** [-z]
图 邊,緣 | He broke off the *brim* of a cup. 他打破杯緣。
㊀ rim, edge
to the brim
滿滿地 | She filled the glass *to the brim*. 她把杯子倒滿。

衍生 形 **brimful**(盈滿的)

bring [brıŋ; brıŋ] ㈢ **-s** [-z] ㊀ **brought** [brɔt]; **-ing**
動㉺❶拿來,帶來 | *Bring* me sugar.＝*Bring* sugar to me. 給我拿糖來。
I *brought* my sister to the party. 我帶我妹妹去參加舞會。
What has *brought* you here? 你為什麼來這裡?

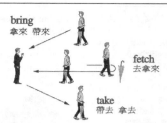

bring
拿來 帶來

fetch
去拿來

take
帶去 拿去

❷帶來 | Spring *brings* beautiful flowers.
春天帶來美麗的花。

❸(把人)導向… | A short walk will *bring* you **to** a river. 你走一小段路就到河了。
► 英文有很多像上例以無生物爲主詞的表現。

bring about
惹起, 使發生 | His carelessness *brought about* the accident.
他的粗心導致這件意外的發生。

bring one*self* ***to*** V
願意… | I can't *bring* myself *to* help him.
我不願意幫助他。

bring up
養育 | He was *brought up* by his uncle.
他由他叔叔養大。

brink [brɪŋk; brɪŋk] 複 -s [-s]
名 **❶**(河・懸崖等的)邊緣 | ► 意思雖同是「邊緣」, 但與 brim 或 rim 不同, brink 使人聯想到瀕臨危險的狀態。
❷瀕, 臨

on the brink of ...
瀕於… | The man was *on the brink of* death.
這人瀕於死亡。

brisk [brɪsk; brɪsk] 比 -er 最 -est
形 **❶**活潑的;敏捷的;興隆的 | He is a *brisk* walker.
他走路步伐輕快。
反 dull | a *brisk* market 興隆活躍的市場
❷輕快的;爽快的 | A *brisk* wind was blowing.
清風吹送。

衍生 副 **brìskly**(活潑地) 名 **brìskness**(活潑)

bristle [`brɪsl; 'brɪsl] (注意發音) 複 -s [-z]
名 剛毛;豬鬃 | the *bristles* of a hog 豬鬃
—— 三 -s [-z] 過 -d [-d]; **bristling**
動 不 (動物的毛等)豎立 | The dog's hair *bristled* when it saw the lion.
這狗一看到獅子, 便豎起毛來。

Britain [`brɪtn; 'brɪtn] ► 形容詞是 British.
名 (國名・地名)大不列顛;英國 | ► 作爲「英國」的意思, 較 England 廣爲人用。
同 England | ► 大不列顛島爲英國的主島名稱, 包括蘇格蘭・威爾斯・英格蘭。

British [`brɪtɪʃ; 'brɪtɪʃ] ► Britain 的形容詞
形 英國的;英國人的 | *British* English(別於美式英語) 英式英語／the *British* Museum 大英博物館／the *British* Commonwealth of Nations 大英國協

—— 複 無

名 (加 the)英國人(全體) | The *British* are humorous.
英國人富於幽默感。

broad [brɔd; brɔːd] 比 -er 最 -est
形 **❶**寬闊的;廣大的 | a *broad* river 廣闊的河／*broad* shoulders 寬闊的肩膀
同 wide | ► 比 wide 著重於面積的寬度。
反 narrow
❷(心胸)寬大的 | He has a *broad* mind.
他心胸寬闊。

衍生 名 **brèadth, brŏadness**(寬, 寬度) 動 **brŏaden**(增廣, 變寬)

——► 「有…寬」的表現法
「這河有五百公尺寬。」
The river is 500 meters **broad** [**wide**].

broadcast [`brɔd,kæst; 'brɔːdkɑːst]
三 -s [-s] 過 broadcast 過 -ed [-ɪd]; -ing
動 及 (收音機・電視)廣播, 播報 | The radio *broadcast* the news in detail.
收音機詳細地播報這則消息。
► telecast 這個字也用於電視廣播。

—— 複 -s [-s]
名 廣播 | I learned it from a radio *broadcast*.
我從收音機廣播中知道那事。

複合 名 **brŏadcásting stàtion**(廣播電台)

衍生 名 **brŏadcásting**(廣播)

broil [brɔɪl; brɔɪl] 三 -s [-z] 過 -ed [-d]; -ing
動 及 燒烤(肉) | The cook *broiled* the meat.
廚子烤了肉。
➪ bake, roast

衍生 名 **brŏiler**(烤爐;烤肉架;燒烤用嫩雞)

broke [brok; brəʊk] 動 break 的過去式

broken [`brokən; 'brəʊkən] 動 break 的過去分詞
—— 形 (限定用法)
❶破裂的;破碎的;折斷的
❷沮喪的
❸(法律・約定等)被違背的
❹間斷的, 斷斷續續的
❺亂七八糟的;忽視文法的

broken glass
破碎的玻璃杯

broken heart 傷心

broken sleep
間斷的睡眠

me stay here
hotel………

broken English
洋涇濱英語

bronze [brɑnz; brɒnz]
名 青銅(色), 青銅像;(當形容用)青銅的 | Look at that statue in *bronze* [that *bronze* statue].
看看那尊銅像。

brooch [brotʃ; brəʊtʃ] (注意發音) 複 -es [-ɪz]
名 胸針;領針 | She is wearing a *brooch*.
她佩戴一個胸針。

brood [brud; bruːd] (注意發音) -s [-z] ➪ breed
名 (集合稱)一窩孵出的幼雛 | The hen keeps her *brood* under her.
母雞將一群小雞護於翼下。

───────────────────────

（三）-s [-z] ⊕ -ed [-ɪd]; -ing

動（不）❶（雞）孵　　The hen is *brooding* (**on** eggs).
蛋　　　　　　　　母雞正在孵蛋。
❷沉思；擔憂　　He *brooded* **over** the mistake he
　　　　　　　　made.
　　　　　　　　他沉思他犯錯的事。

brook [brʊk; brʊk] -s [-s] ► 指 a small stream。
名小河

broom [brum; bru:m] ⊕ -s [-z]
名掃帚　　　　She sweeps the room with a *broom*.
　　　　　　她用掃帚打掃房間。

複合名 **bróomstíck**（帶柄）
► 從十六世紀一直到十八世紀, 英美風行著巫婆在夜裡跨
騎帚柄, 在空中飛翔的故事。

　　　　　　witch
　　　　　　巫婆

　　　　　　　　　　broomstick
　　　　　　　　　　掃帚柄

brother [ˋbrʌðɚ; ˈbrʌðə(r)] ⊕ -s [-z]
名❶兄；弟　　　three *brothers* 三個兄弟／my older
反 sister　　　[big] *brother* 我哥哥／my younger
　　　　　　　[small, little] *brother* 我弟弟
► 不必特別區分兄或弟時, 僅用 brother 即可。
❷同一國的人,　All the people on earth are
同胞　　　　　*brothers*.
　　　　　　　四海之內皆兄弟也。
❸教友；同業；同　► 用作此義時, 常用複數式 brethren
志；同仁　　　　[ˋbrɛðrən]。

複合名 **bróther-in-láw**（姻兄弟）, **brótherhóod**（兄弟
的關係）形 **brótherly**（兄弟的；友愛的）

brought [brɔt; brɔ:t] 動 bring 的過去式・過去分詞

brow [braʊ; braʊ] ⊕ -s [-z]（注意發音）
名❶眉(毛)　　► 為 eyebrow 略語, 常用複數式。
❷額　　　　　He wiped the sweat from his *brow*.
反 forehead　　他拭去額頭上的汗。

brown [braʊn; braʊn] ⊞ -er ⊕ -est
形棕色的, 褐色　a *brown* bear 棕熊／*brown* bread 黑
的　　　　　　麵包

─ ⊕ 無
名棕色, 褐色　　dark [light] *brown* 深〔淺〕褐色

bruise [bruz; bru:z] （三）-s [-ɪz] ⊕ -d [-d]; bruising
動（及）使蒙受挫　I *bruised* my left knee.
傷　　　　　　　我瘀傷了左膝。
（不）打傷, (水果)　Peaches *bruise* easily.
損傷　　　　　桃子容易損傷。

─ ⊕ -s [-ɪz]
名挫傷, 瘀傷　　He was full of *bruises*.
　　　　　　　他全身是傷。

─────「傷」的同義字─────
bruise……挫傷, 瘀傷；強調皮膚變青紫色。
injury ｝…「傷」的一般用語。
hurt　｝
wound …刀傷, 裂傷, 負傷；強調外表有傷口。
─────────────────────

brush [brʌʃ; brʌʃ] ⊕ -es [-ɪz]

名❶毛刷, 刷　　a hair *brush* 髮刷／a shoe *brush* 鞋
子；毛筆, 畫筆　刷／a tooth *brush* 牙刷
❷刷；拂拭　　I gave my dress a *brush*.
　　　　　　我把衣服刷了一下。

─（三）-es [-ɪz] ⊕ -ed [-t]; -ing
動（及）刷；拂拭　Brush your teeth every morning.
　　　　　　　每天早上都要刷牙。

brush up (on)　I must *brush up* (*on*) my French
…　　　　　　before going to Paris.
溫習(已荒廢的　前往巴黎之前, 我必須溫習法語。
學科・技能等)　► 加上 on 是美式用法。

brute [brut; bru:t] -s [-s] 同 beast
名獸類, 動物；　He is a *brute* to his wife.
殘忍的人　　　他對他的妻子很粗暴。
衍生形 **brútal**（殘忍的）名 **brútálity**（野蠻・殘忍的行
為）

bubble [ˋbʌbl; ˈbʌbl] ⊕ -s [-z]
名泡沫；氣泡；　When water boils, *bubbles* form.
皂泡　　　　　水沸騰的時候會起泡。
　　　　　　　► 小的 bubble 之集合體是 foam。

─（三）-s [-z] ⊕ -d [-d]; bubbling
動（不）沸騰；起泡　The coffee *bubbled* in the pot.
　　　　　　　　咖啡在壺裡滾起來。

bucket [ˋbʌkɪt; ˈbʌkɪt] ⊕ -s [-s]
名水桶, 提桶　　They carried water in *buckets*.
同 pail　　　　他們用水桶提水。
　　　　　　　a *bucket* of water 一桶水

bud [bʌd; bʌd] ⊕ -s [-z]
名(樹)芽；(花)　The cherry trees are still in *bud*.
蕾　　　　　　櫻桃樹含苞未放。

─（三）-s [-z] ⊕ budded [-ɪd]; budding
動（不）(植物)萌　The trees are beginning to *bud*.
芽　　　　　　樹開始萌芽。

Buddhism [ˋbʊdɪzəm; ˈbʊdɪzəm] ⊕ 無
名佛教　　　　*Buddhism* and Christianity
　　　　　　　佛教和基督教
衍生名 **Búddha** [ˋbʊdə]（佛陀, 佛, 釋迦牟尼）, **Búddhist**
（佛教徒）

budget [ˋbʌdʒɪt; ˈbʌdʒɪt] ⊕ -s [-s]
名預算；預算表　the *budget* **for** the 1998 fiscal year
　　　　　　　1998 年度預算

buffalo [ˋbʌf‿l‿o; ˈbʌfələʊ] ⊕ buffalo, 或 -(e)s [-z]
名(動物)❶水　　*Buffaloes* have big horns.
牛　　　　　　水牛有兩隻大角。
❷(北美洲產的)
野牛

bug [bʌg; bʌg] ⊕ -s [-z]
名美 蟲, 昆蟲；　He likes collecting *bugs*.
(蟲)英 臭蟲　　他喜歡收集蟲。
　　　　　　　► 美 俗語也有「竊聽器」之義。

build [bɪld; bɪld] （三）-s [-z] ⑦ built [-t]; -ing
動（及）建築(房屋　The house was *built* five years ago.
等)；建造(橋・　這房子是五年前所建的。
水壩等)；建設　The bridge is *built* of wood.
(都市等)；築(鳥　這橋是木造的。
巢)　　　　　　Rome was not *built* in a day.
　　　　　　　羅馬不是一天造成的。(諺語)

▶ **build** 和 **make**：build 是建造大的東西，make 是製造比較小的東西。

┌──▶「蓋房子」的說法──
「我去年蓋了一幢房子。」
1) I *built* a house last year.
2) I had a house *built* last year.
自己不一定就是營造商，所以像 2) 那樣「讓(人家)蓋房子」比較正確。但事實上，1) 的說法較普遍。

衍生 名 **builder**(建築者；營造商)

building [ˋbɪldɪŋ; ˈbɪldɪŋ] 徽 **-s** [-z]
名 建築物 | a high [tall] *building* 高的建築物

built [bɪlt; bɪlt] 動 build 的過去式・過去分詞

bulb [bʌlb; bʌlb] 徽 **-s** [-z]
名 ❶電燈泡；球狀物
❷(百合, 蔥等的)球莖

bulb❶ bulb❷

bulk [bʌlk; bʌlk] 徽 無
名 容量, 大小 | a ship of great *bulk* 巨大的船
衍生 形 **bulky**(龐大的)

bull [bul; bul] 徽 **-s** [-z]
名 (沒閹割的)公牛
▶ ox 是閹了的公牛，供食用或拉車用。cow 是母牛，尤指乳牛。
▶ bull 也用於象或鯨等雄性的大動物。

bullet [ˋbulɪt; ˈbulit] (注意發音) 徽 **-s** [-s]
名 子彈, 槍彈 | He was wounded by a *bullet*. 他被槍彈擊傷。

bulletin [ˋbulətn, -tɪn; ˈbuletin] 徽 **-s** [-z]
名 公報；公告；佈告；快報 | a *bulletin* 佈告牌／news *bulletins* 新聞快報

bully [ˋbulɪ; ˈbuli] 徽 **bullies** [-z]
名 欺凌弱小者，孩子頭 | He is a *bully*. 他是個欺凌弱小的人。

bump [bʌmp; bʌmp] 徽 **-s** [-z]
名 腫塊 | I've got a *bump* on my head. 我頭上腫了一塊。
──㈢ **-s** [-s] 徽 **-ed** [-t]; **-ing**
動 不 碰撞；偶遇 | I *bumped* into a woman. 我撞到了一位婦人(我偶遇一位婦人)。
及 碰, 撞 | I *bumped* my head **against** the door. 我的頭碰到了門。

bunch [bʌntʃ; bʌntʃ] 徽 **-es** [-ɪz]
名 (水果等的)串；(鑰匙等的)串；束 | two *bunches* of grapes 兩串葡萄／a *bunch* of keys 一串鑰匙

a bunch of keys　two bunches of grapes　a bundle of letters

bundle [ˋbʌndl; ˈbʌndl] 徽 **-s** [-z] ⇨見上圖右端
名 (成綑或成團之物的)包；束；綑 | a *bundle* of old clothes 一包舊衣服／a *bundle* of letters 一綑信
▶注意與 bunch 之間的差異。

bungalow [ˋbʌŋgə,lo; ˈbʌŋgələu] 徽 **-s** [-z]
名 平房 | ▶附有陽台的別墅式平房。

buoy [bɔɪ, ˋbuɪ; bɔɪ] (注意發音) ▶與 boy 同音。徽 **-s** [-z]
名 ❶浮筒, 浮標
❷救生圈
同 life buoy

buoy❶　　buoy❷

burden [ˋbɝdn; ˈbɜːdn] 徽 **-s** [-z]
名 負荷；(精神上的)重荷, 負擔 | She felt relieved of the *burden*. 她覺得如釋重負。
──㈢ **-s** [-z] 徽 **-ed** [-d]; **-ing**
動 及 使負荷 | He *burdened* the horse **with** a load. 他讓馬馱東西。

bureau [ˋbjuro; ˈbjuərəu] (注意發音) 徽 **-s** [-z]; **-x** [-z]
名 ❶(政府機關的)局；部；(一般的)辦事處 | the Civil Liberties *Bureau* 人權維護局／a travel *bureau* 旅行社／an information *bureau* 查詢處
❷美(裝有鏡子的)衣櫃；美(附有抽屜的)大桌子

burglar [ˋbɝglɚ; ˈbɜːglə(r)] 徽 **-s** [-z]
名 竊賊 | A *burglar* broke into my house. 一名竊賊闖入我家。

┌──▶「竊賊」的同義字──
thief ……小偷。像從院子裡偷走腳踏車的那種人。
　　　　→ theft(偷竊事件)
robber …強盜。用暴力或威脅搶奪別人財富的人。
　　　　→ robbery(強盜事件)
burglar …多指在夜裡闖入民房偷竊的竊賊。
　　　　→ burglary(竊盜事件)

衍生 名 **burglary**(竊盜罪, 竊盜事件)

burial [ˋbɛrɪəl; ˈberiəl] (注意發音) **-s** [-z] ▶ bury 之名詞
名 埋葬；葬禮 | a *burial* ground 墓地／(a) *burial* service 葬禮
⇨ funeral

burn [bɝn; bɜːn] ㈢ **-s** [-z] 徽 **-ed** [-d] 又 **burnt** [-t]; **-ing**
動 及 ❶燒, 燃燒 | Two people were *burned* **to** death. 兩人被燒死。
❷灼傷；燒焦 | He *burned* his hand. 他灼傷了手。
不 ❶燒, 燃燒 | Dry wood *burns* easily. 乾柴易於燃燒。
❷燒焦 | I smell something *burning*. 我聞到什麼東西燒焦的味道。

be burned out (因火災)住所被燒光 | Lots of people *were burned out*. 很多人的家被燒光了。

burn down
(房子等)全部焚毀
His house was *burned down*.
他的房子全被燒毀了。
▶ burn 的名詞用法有「灼傷」之義。「燙傷」叫 scald [skɔld]。

burnt [bɜnt; bɜ:nt] 動 burn 的過去式・過去分詞
──形 燒傷過的
A *burnt* child dreads the fire.
燒傷過的孩子怕火。〔一朝被蛇咬,十年怕草繩。〕(諺語)

burst [bɜst; bɜ:st] ⊜ -s [-s] ⊕ burst; -ing
動不 爆炸;破裂;塞滿
The bomb *burst*.
炸彈爆炸。
The barn was *bursting* with grain.
這穀倉塞滿了穀物。

burst into ...
❶突然…起來
She *burst into* tears [laughter].
她突然哭〔笑〕起來。
❷闖入…
He *burst into* the room.
他闖入房間。

burst out
突然發生
The war *burst out*.
戰爭爆發。

burst out V*ing*
突然…起來
She *burst out* cry*ing* [laugh*ing*].
她突然哭〔笑〕起來。

──▶ 注意 into 和 out──
「突然哭起來」
burst *into* tears = burst *out* cry*ing*
「突然笑起來」
burst *into* laughter = burst *out* laugh*ing*

──⑧ -s [-s]
名缺口;破口;突發
a *burst* in the pipe 管的缺口／a *burst* of laughter 哄然笑聲

bury [ˋbɛrɪ; ˈberɪ] (注意發音) ▶ 與 berry 同音。⊜
buries [-z] ⑧ buried [-d]; -ing
動及❶埋
He *buried* the treasure under the ground. 他把財寶埋在地下。
❷埋葬,葬
He is *buried* in the cemetery.
他被葬在墓地裡。

be buried in ...
沉(思)…;專心於…(工作等)
He *is buried in* grief.
他陷於悲哀之中。
衍生名 **burial** [ˋbɛrɪəl] (埋葬)

bus [bʌs; bʌs] ⑧ -es [-ɪz] ▶美 亦作 busses。
名公共汽車;巴士
get on a *bus* 上公共汽車／get off a *bus* 下公共汽車／go to school by *bus* 乘公共汽車上學

get on the bus   get off the bus
▶「上」「下」公共汽車或火車,都分別用 get on, get off。但坐計程車或汽車時,「上」車是 get in,「下」車是 get out of。

bush [buʃ; buʃ] ⑧ -es [-ɪz]
名灌木,矮樹;灌木叢
We hid in the *bushes*.
我們躲在灌木叢中。
衍生形 **bushy** (灌木叢生的)

bushel [ˋbuʃəl; ˈbuʃl] ⑧ -s [-z]
名蒲式耳
▶量穀類・水果的單位。一蒲式耳約合三十六公升。

business [ˋbɪznɪs; ˈbɪznɪs] (注意發音)⑧ 無
▶ <busy (忙碌的) +ness
名❶工作;職務;責任
It is your *business* to take care of them.
照顧他們乃是你的責任。
❷職業
同 occupation
What line of *business* are you in?
你的職業是什麼?
❸生意;商業;實業
He went into *business* at the age of eighteen. 他十八歲進入實業界。
business English 商業英文

on business
因公務,因事
He went to Italy *on business*.
他出公差去義大利。

──▶ 有關 business 的成語──
Business is *business*.
(公事公辦。)
Mind your own *business*.
=That's none of your *business*.
(莫管閒事。)
Everybody's *business* is nobody's *business*.
(眾人的事沒人管〔三個和尚沒水喝〕。)

複合形 **businesslíke** (做事有條不紊,有效率的)
名 **businessmán** [-mæn] (實業家)

bust [bʌst; bʌst] ⑧ -s [-s]
名❶胸像
a *bust* in marble 大理石的胸像
❷(婦女的)胸部;胸圍
The tailor measured her *bust*.
裁縫師量她的胸圍。

bust ❶

bustle [ˋbʌsl; ˈbʌsl] (注意發音) ⊜ -s [-z] ⑧ -d [-d]; bustling
動不 匆忙地四處移動
People are *bustling* about.
人們忙得團團轉。

busy [ˋbɪzɪ; ˈbɪzɪ] (注意發音) ⊕ busier ⑧ busiest
形❶忙碌的
⊗ free(不忙的,空閒的)
I was *busy* all day.
我終日忙碌。
He is *busy at* [*with*] his homework.=He is *busy* doing his homework.
他忙著做功課。
❷(地方)熱鬧的,繁華的
He walked along the *busy* street.
他順著熱鬧的〔交通量多的〕街道走。
❸美 (電話)講話中
The line is *busy*.=Line's *busy*.
講話中。
衍生副 **busily** (忙碌地)名 **busyness** [ˋbɪznɪs] (忙碌 ▶ business 是「工作」。)

but [((強) bʌt, bʌt (弱) bət; bət]
連❶但是,然而,但
He is poor *but* honest.
他雖窮,但誠實。

❷(用 not ... but〜的句型)
不是…而是
❸而不…
(but that...＝that...not)
▶用於跟隨在 know, think, believe, say, be sure 等疑問句或否定句之後的名詞子句。有時也用 but that, but what。
❹(在 no, not 等否定詞之後)沒…而不…;若…必…

Excuse me, *but* what time is it now?
對不起,請問現在幾點鐘?
She is not my sister *but* my niece.
她不是我的妹妹,而是我的姪女。
No one believes *but* (that) he will succeed.
大家都相信他會成功。
I am not sure *but* (that) he will come.
我不確定他不會來(他說不定會來)。
▶有時把 but 置於名詞後面。
There's no doubt *but* (that) he will do so.
他必將這樣做。
It never rains *but* it pours.
雨不下則已,下必傾盆大雨。▶這是一句諺語,意思相當於「禍不單行」。

——**副** 僅,不過
同 only

He left *but* an hour ago.
他一小時前才離開。
He is *but* a child.
他不過是個小孩。

——**介** 除卻,除…之外
同 except

I have no friends *but* her.
除了她,我沒有朋友。
He is the tallest boy *but* one in our class.
他在我們班上是第二高的(僅比一個人矮)。

A is the tallest boy.
B is the tallest boy *but one*.
C is the tallest boy *but two*.

——**代** (關係代名詞)沒有不…的
▶ that ... not

There is no rule *but* has some exceptions.
沒有無例外的規則。
There is no one *but* knows that.
(＝Who doesn't know that?)
沒有一個人不知道那事的。

all but ...
❶除…外,全都
❷幾乎
同 almost

All *but* he have gone.
除了他,全都去了。
He has *all but* finished the work.
他幾乎完成了工作。

but for ...
如果沒有…
▶ but for 之後,有假設語氣的含意。
▷ except for

But for your help (＝If it were not for your help), I would fail.
如果沒有你的幫助,我就失敗了。
But for your help (＝If it had not been for your help), I would have failed.
如果沒有你的幫助,我早就失敗了。

cannot but V ▶口語是 **can't help** Ving。

(文語)不得不…

I *could not but* laugh.
我無法不笑。

nothing but ...
不過…;僅…
▷ anything but

That's *nothing but* a joke.
那只是個笑話而已。
He did *nothing but* complain.
他一味地抱怨。

not that ... but that〜
不是因為…而是因為〜

Not that I dislike the work *but that* I have no time.
不是我討厭這工作,而是因為我沒有時間。

butcher [`butʃɚ; ˈbutʃə(r)] **-s** [-z]
名 肉販,屠夫

I bought it at the *butcher's* (shop).
這是我在肉店買的。

butter [`bʌtɚ; ˈbʌtə(r)] 無 ▷ bread
名 奶油

I spread *butter* on the bread.
我把奶油塗在麵包上。

butterfly [`bʌtɚˌflaɪ; ˈbʌtəflaɪ] **butterflies** [-z]
名 (昆蟲)蝴蝶

Butterflies are fluttering about.
蝴蝶飛來飛去。

────▶ -fly 的結合語
fly (蒼蠅)　　dragon*fly* (蜻蜓)
butter*fly* (蝴蝶)　fire*fly* (螢火蟲)

button [`bʌtn; ˈbʌtn] (注意發音) **-s** [-z]
名 ❶鈕扣
❷(門鈴等的)按鈕

She sewed a *button* on the coat.
她縫了一個鈕扣在外衣上。
I pushed the *button* for the elevator.
我按電梯的按鈕。

buy [baɪ; baɪ] ▶與 by 同音。 **-s** [-z] **bought** [bɔt] **-ing**
動 買
對 sell

買 B(物)給 A(人)
buy A B＝buy B for A

He *bought* me this camera.
＝He *bought* this camera *for* me.
他買了這部照相機給我。
I *bought* the book cheap [for ten dollars].
我便宜地[以十塊錢]買下這本書。

衍生 **名** **bùyer**(買主,購買者;消費者) **對** seller

buzz [bʌz; bʌz] **-es** [-ɪz] **-ed** [-d] **-ing**
動 嗡嗡聲

The bees were *buzzing*.
蜜蜂作嗡嗡聲。

衍生 **名** **buzzer** [`bʌzɚ] (注意發音)(蜂鳴器)

by [baɪ; baɪ] ▶與 buy 同音。
介 ❶(位置)在…旁(附近)
同 near

He sat *by* the stove.
他坐在暖爐旁。
His house is *by* the sea.
他的房子在海邊。
She attended to him *by* his bedside.
她在他的床側看護他。

❷被…;由…;受…;依…,藉…
(被動詞句中的動作者)

He was praised *by* the teacher.
他受到老師稱讚。
▶為 "The teacher praised him." 的被動語態。

This is a novel *by* Hemingway.
這是由海明威所寫的小說。

> **by 和 with**

「他用槍射鳥。」
(誤) He shot the bird *by* a gun.
(正) He shot the bird *with* a gun.
▶ 表「工具」是 with, by 是表「行為者」
(正) The bird was shot *by* him.

❸(手段・方法)
以…, 藉…
▶ 用於此義時,名詞多代表單數, 或無冠詞的單數。

He reads *by* lamplight.
他藉燈光看書。
He lives *by* writing poems.
他以寫詩為生。
He seized me *by* the sleeve.
他抓住我的袖子。
I met him *by* appointment.
我和他依約見面。
by ship 坐船／*by* car 坐車／*by* plane 坐飛機／*by* train 坐火車／*by* land 由陸路／*by* sea 由海路／*by* telephone 用電話／*by* letter 用信
▶「在收音機中」是 **on** the radio,「在電視上」是 **on** television,「徒步」是 **on** foot。
▶ 為特地使「手段・方法」明確而用 by means of, by force of, by dint of 等等。
▶ know a man **by** sight(見過某人)或 learn it **by** heart(熟背)等的 by, 也是這種用法。

❹(判斷的標準)
依照…, 根據…

Don't judge a man *by* his clothes.
不要以服裝取人。
What time is it *by* your watch?
你的錶幾點?
by rule 遵照規則／*by* reason of poor health 由於健康不佳／*by* your permission 經由你的許可

❺(單位)按…, 以…計

We hired the boat *by* the hour.
我們按鐘點租船。
They pay *by* the week.
他們按週付薪。
Butter is sold *by* the pound.
奶油是論磅出售的。

❻(程度)相差…

He is taller than me *by* two inches.
(He is two inches taller than I am.)
他高我兩英寸。
It must be lengthened *by* three inches.
它必須放〔加〕長三英寸。
I missed the train *by* a minute.
我差一分鐘而沒趕上火車。

❼(時間)在…以前

He will be back *by* three.
他將在三點以前回來。
It will be dark *by* the time I get there.

我到達那裡時, 天色將暗了。

> **by 和 till**
> { by 是「在…以前, …了」(完成)
> { till 是「在…以前, 一直…」(繼續)

By
You must finish reading the book *by* five o'clock.
你必須在五點以前讀完這本書。

Till
You must be waiting for him *till* five o'clock.
你必須等他到五點。

❽(通過)由…, 經…

He entered the room *by* the window.
他由窗戶進入房間。

❾(關係)依…, 憑藉

I know him *by* name.
我聽過他的名字。
He is cautious *by* nature.
他天生謹慎。
He is a lawyer *by* profession.
他的職業是律師。

❿(運氣)因…

I met him *by* chance.
我偶然遇到他。
by good luck 幸而／*by* accident 偶然

⓫(一個)接著(一個)

They came in one *by* one.
他們一個個進來。
Study English step *by* step.
逐步學習英文。
little *by* little 漸次地／day *by* day 一天天地, 逐日／*by* turn 輪流地

⓬對…
⊙ to

Do to others as you would be done *by*.
你們要別人怎樣待你, 你就要怎樣待人。(聖經)

***by day* [*night*]**
白天〔晚上〕

We usually work *by day* and rest *by night*.
我們通常白天工作, 晚上休息。

by God
發誓, 對天發誓

By God I'll keep my promise.
我發誓, 將會遵守諾言。

──副 在旁; 過去

He was standing *by*.
他站在旁邊。
Put the money *by*.
把錢存起來。
Time goes *by*.
時間過去了。

by and by
不久, 不一會兒

By and by he will get well.
他的病不久就會好的。

— C —

cab [kæb; kæb] 🔊 **-s** [-z]
- 名 計程車 | I took a *cab* to work.
- 同 taxicab | 我搭計程車去上班。
- 複合 名 **càbdríver**(計程車司機)

cabbage [ˋkæbɪdʒ; ˈkæbɪdʒ] 🔊 **-s** [-ɪz]
- 名 (植物)甘藍, 包心菜 | He grows *cabbages* on his farm. | 他在他的農場種植包心菜。
- ▶ 做成菜的甘藍無冠詞, 為單數。

cabin [ˋkæbɪn; ˈkæbɪn] 🔊 **-s** [-z]
- 名 ❶小屋 | a log *cabin* 木造小屋
- ❷船艙;機艙 | the first-class *cabin* 頭等艙

cabinet [ˋkæbənɪt; ˈkæbɪnɪt] 🔊 **-s** [-s]
- 名 ❶櫥櫃, 小型櫥櫃 | Keep the medicine in the *cabinet*. 把藥放在櫃內。
  - a kitchen *cabinet* 餐具櫃
- ❷(常用大寫)內閣 | The new *Cabinet* has been formed. 新內閣業已成立。

cable [ˋkebl; ˈkeɪbl] 🔊 **-s** [-z]
- 名 ❶(麻或金屬絲編成的)巨纜 | The car was pulled up with a *cable*. 車子被用巨纜拖到了上來。
- ❷電線;電話線 | electric *cables* 電纜
- ❸海底電報 | send a *cable* 拍電報／send the order by *cable* 拍電報向外國訂貨
- 複合 名 **càble cár**(纜車)

cacao [kəˋkeo, kəˋkao; kəˈkɑːəʊ] 🔊 **-s** [-z]
- 名 (植物)可可樹;可可子 | Chocolate is made from *cacaos*.. 巧克力是用可可子製成的。

cactus [ˋkæktəs; ˈkæktəs] 🔊 **-es** [-ɪz], **cacti** [ˋkæktaɪ]
- 名 (植物)仙人掌 | *Cactuses* grow in deserts. 仙人掌生長在沙漠裡。

caddie, caddy [ˋkædɪ; ˈkædɪ] 🔊 **-s** [-z], **caddies** [-z]
- 名 (高爾夫)球僮 | A *caddie* carries golf clubs. 球僮背高爾夫球桿。

Caesar [ˋsizə; ˈsiːzə(r)], **(Gaius) Julius**
- 名 (人名)凱撒 | ▶ 羅馬的勇將‧政治家(100B.C.—44 B.C.), 遭暗殺。為 July(7月)的語源。

cafe, café [kəˋfe, kæˋfe; ˈkæfeɪ] <法語 🔊 **-s** [-z]
- 名 ❶(歐州‧美國的)餐館 | Let's stop at a *café* for lunch. 我們到餐館吃午餐吧!
- ❷英 咖啡店

cafeteria [͵kæfəˋtɪrɪə, -təˋrɪə; ͵kæfɪˈtɪərɪə] 🔊 **-s** [-z]
- 名 自助餐館 | In the *cafeteria* we serve ourselves. 在自助餐館, 我們自己拿菜。
- ▶ 由客人自己把愛吃的食物拿到餐桌的小吃店。

cage [kedʒ; keɪdʒ] 🔊 **-s** [-ɪz]
- 名 鳥籠;(動物的)檻 | The bird escaped from the *cage*. 鳥兒從籠中逃出。
- ▶ 電梯廂也叫 cage。

cake [kek; keɪk] 🔊 **-s** [-s]
- 名 ❶蛋糕;餅 | She served me *cakes* and tea. 她拿餅和茶款待我。

▶ 當物質看時, 是不可數名詞:"I am fond of *cake*."(我喜歡糕餅。)表示個別時, 為可數名詞:"I bought six *cakes* [six pieces of *cake*]."(我買了六片蛋糕。)
- ❷扁的塊狀物 | a *cake* of soap 一塊肥皂／a *cake* of ice 一塊冰塊

You cannot eat your cake and have it.
你不能既吃餅又擁有餅。〔魚與熊掌不可兼得。〕(諺語)

calamity [kəˋlæmətɪ; kəˈlæmətɪ] 🔊 **calamities** [-z]
- 名 災難;不幸之事 | A great *calamity* happened to us. 有件大災難降臨我們身上。
- 衍生 形 **calàmitous**(不幸的, 多災難的)

calcium [ˋkælsɪəm; ˈkælsɪəm] 🔊 無
- 名 (化學)鈣(Ca) | We need *calcium* to make bones. 我們需要鈣質來形成骨骼。

calculate [ˋkælkjə͵let; ˈkælkjʊleɪt] 🔊 **-s** [-s] 過 **-d** [-ɪd]; **calculating**
- 動 不 ❶計算 ▶ 亦作計算之義。 | I *calculated* the cost of the trip. 我計算了旅行的費用。
- ▶ 用於複雜的計算, count 是「一個個算」。
- ❷(用被動式)意圖, 打算 | The remarks **were** *calculated* **to** win his confidence. 這些話是用來贏取他的信任的。
- ❸(計算)以為, 推測 | He *calculated* (that) the cost would be high. 他推測費用會很高。
- 複合 名 **càlculating machine**(計算機)
- 衍生 名 **càlculátion**(計算;推定;熟慮;打算), **càlculátor**(計算機(者)) 形 **càlculáted**(計算好的;計畫的) **càlculáting**(有打算的) 🔊 **-s** [-z]

calendar [ˋkæləndə, ˋkælɪn-; ˈkælɪndə(r)] (注意發音)
- 名 日曆;曆法 | Here is a 1997 *calendar*. 這是 1997 年的日曆。

──── ▶ 注意字尾的拼法
càlendar(日曆), èlevátor(電梯), èscalátor(電扶梯)
────

calf[1] [kæf; kɑːf] 🔊 **calves** [kævz; kɑːvz]
- 名 小牛 | ▶ calf 也用於象‧鯨‧海豹之仔。

calf[2] [kæf; kɑːf] **calves** [kævz; kɑːvz]
- 名 小腿, 腓

thigh 股
knee 膝
shin 脛
calf 腓;小腿
toes 趾
heel 踵;腳跟

California [͵kæləˋfɔrnjə; ͵kælɪˈfɔːnjə] ▶ 略作 Cal., Calif.。
- 名 (地名)加利福尼亞州, 加州 | The capital of *California* is Sacramento. 美國加州的首府是沙加緬度。

衍生 形 名 **Cálifòrnian**(加利福尼亞州的(人))

call [kɔl; kɔːl] ⊜ **-s** [-z] 粵 **-ed** [-d]; **-ing**

動 及 ❶叫, 呼喚;叫來
Call a doctor at once.
快點叫個醫生來。
I *called* you but you didn't hear me.
我叫你, 但你却沒聽見。
Call a taxi *for* me. = *Call* me a taxi.
幫我叫部計程車。

❷稱(某人)為…, 取名
His friends *call* him Bob.
他的朋友稱他為鮑伯。

❸打電話
I'll *call* you at about three o'clock.
我會在三點左右打電話給你。

不 ❶呼, 喊;大叫
She *called* to me for help.
她向我呼救。

❷打電話 telephone
Mr. Wang *called* at eleven.
王先生十一點鐘打電話來。

❸訪問, 拜訪
A lady *called* while you were out.
你不在家的時候, 有位女士來訪。

call at ...
拜訪(某人家), 訪問…
I'll *call at* her house later.
我稍後要到她家拜訪。

▶ call at 和 call on
拜訪的對象是家, 用 at, 是人則用 on。

call *at* his house　　call *on* him

call back
❶召回, 叫回
They *called* him *back* from America. 他們把他從美國召回來。
❷稍後再打電話
I'll *call* you *back* later.
我等一下再打電話給你。

call for ...
❶去接(某人)
I'll *call for* you at three.
三點我去接你。

❷需要…
The task *calls for* a lot of time.
這工作需要很多時間。

call in
邀請(專家)
We ought to *call in* a specialist.
我們應該請位專家來。

call off ...
取消…
He *called off* (=canceled) the party. 他取消了舞會。

call on ...
拜訪(某人)
I'll *call on* him later.
我稍後要去拜訪他。

call on ...to V
要求(某人)做
The chairman *called on* me to speak. 主席要我發言。

call out
大聲叫
He *called out* my name.
他大聲叫我的名字。

call up
打電話
Call her *up* at once.
馬上打電話給她。

what is called so-called
所謂的
He is *what is called* a genius.
他是所謂的天才。

—— 粵 **-s** [-z]
名 ❶呼聲, 叫聲
We heard a *call* for help.
我們聽到呼救聲。

❷(電話的)傳喚
I've just had a *call from* Tom.
我剛剛接到湯姆打來的電話。

❸(短時間的)訪問, 拜訪
He made several *calls* during the day. 他在那天中, 拜訪了好多人。

複合 名 **cálling cárd**(美 名片, 英 **vìsiting cárd**)

衍生 名 **cáller**(訪客)

calling [ˈkɔlɪŋ; ˈkɔːlɪŋ] 粵 **-s** [-z]
名 職業 profession
He is a carpenter *by calling*.
他的職業是木匠。

calm [kɑm; kɑːm] (注意發音) 比 **-er** 最 **-est**
形 ❶平靜的;安靜的 quiet
The sea was *calm* yesterday.
昨天海水是平靜的。
❷冷靜的, 沉著的
She spoke in a *calm* voice.
她以平靜的聲音說話。
Be *calm*! 要冷靜!

—— 粵 無
名 ❶平靜
She replied with complete *calm*.
她極鎮靜地回答。

❷風平浪靜;平穩
After a storm comes a *calm*.
雨過天晴。(諺語)

—— ⊜ **-s** [-z] 粵 **-ed** [-d]; **-ing**
動 及 使安靜;使鎮靜
He soon *calmed* the barking dog.
他馬上使吠叫的狗安靜下來。
He *calmed* himself. 他鎮定了下來。

不 變安靜
The barking dog *calmed* down.
吠叫的狗安靜下來了。

▶ 注意 **alm** 的發音(l 是不讀音的)
calm [kɑm](安靜的), palm [pɑm] (手掌)
psalm [sɑm] (讚美歌), salmon [ˈsæmən] (鮭魚)
alms [ɑmz] (施捨), almond [ˈɑmənd] (杏仁)

衍生 副 **cálmly**(鎮靜地, 平靜地) 名 **cálmness**(安靜;冷靜)

calorie [ˈkælərɪ; ˈkælərɪ] 粵 **-s** [-z]
名 (熱量)卡洛里
2,400 *calories* 2,400 卡熱量

Cambridge [ˈkembrɪdʒ; ˈkeɪmbrɪdʒ]
名 (地名)劍橋
▶ 英國東部的城市, 為劍橋大學的所在地。　▶ 美國麻薩諸塞州的城市, 為哈佛大學的所在地。

came [kem; keɪm] 動 come 的過去式

camel [ˈkæml; ˈkæml] 粵 **-s** [-z]
名 (動物)駱駝
A *camel* is called a ship of the desert. 駱駝被稱為沙漠之舟。

camera [ˈkæmərə, ˈkæmərə] (注意發音) 粵 **-s** [-z]
名 照相機, 攝影機
I'll take my *camera*.
我會帶相機去的。

cameraman [ˈkæmərəˌmæn; ˈkæmərəmæn]
粵 **-men** [-mɛn]
名 (拍電視或電影的)攝影師
He is a famous cameraman.
他是個有名的攝影師。

camp [kæmp; kæmp] 粵 **-s** [-s]
名 ❶露營;露營生活;營
The soldiers make *camp* every night. 這些士兵每晚都要紮營。
▶ 常省略冠詞。
I participated in a training *camp*.
我參加了個訓練營。

❷營帳, 臨時的小屋
I pitched a *camp* on a stream.
我在河邊紮營。

❸(集合稱)同 | They are in the same *camp*.
志, 夥伴, 一方 | 他們在同一個陣營。
—— **-s** [-s] 働 **-ed** [-t]; **-ing**
動不 紮營, 露營 | We *camped* there for the night.
| 我們那天晚上在那裡紮營。

campaign [kæm`pen; kæm'peɪn] 働 **-s** [-z]
名❶有組織的 | They started the election *campaign*.
運動, 活動 | 他們開始競選活動。
| a "don't buy" *campaign* 拒買運動
❷戰役, 軍事行 | They planned a *campaign* to
動 | capture the city. 他們計畫一次戰役以
| 占領該城市。
—— 㘴 **-s** [-s] 働 **-ed** [-d]; **-ing**
動不 從事運動。 | He is going to *campaign* for Mr.
參加戰役 | Smith in the mayor's election.
| 他將在市長選戰中為史密斯先生助選。

campus [`kæmpəs; 'kæmpəs] 働 **-es** [-ɪz]
名美 校園, 學校 | He has a lot of friends **on** the
範圍內 | *campus*. 他在校內有很多朋友。
▶ 學校的運動場是 playground。

can¹ [(強)kæn; kæn(弱)kən; kən, kn] ▶ "Can you
...?" "Yes, I can." 像這樣置於句首或句尾時讀作 [kæn],
其他的場合通常讀作 [kən, kn]。
助 㘴 **can** 㐀 **could** [(強)kʊd(弱)kəd] ▶ 沒有過去分
詞, 可用 been able to 替代, 其簡寫式是 can't [`kænt;
kænt]。⇨ could
❶(能力・權 | He *can* speak English well.
利・資格)能夠 | 他英語能說得很好。
| "*Can* you drive a car?" "No, I
| *cannot*." 「你會開車嗎?」「不, 我不會。」
▶ 詢問外國人是否會說中國話時, 若說 "Can you speak
Chinese?" 文法上是正確的, 但 "Can you ...?" 這種問法
等於是毫不客氣地詢問對方的能力, 所以說 "Do you
speak Chinese?" 為佳。
❷(可能・推測) | He *can* still be alive.
可能… | 他可能還活著。
(疑問)可能… | *Can* it be true?
嗎? | 那可能是真的嗎?
(否定)不可能… | It *can't* be true. 那不可能是真的。
▶ ❷的意義, 表 | ⎧ He *can't* **be** poor.
過去發生的事 | ⎪ 他不可能貧困。(現在)
時, 用「can＋ | ⎨ He *can't* **have been** poor.
have＋過去分 | ⎪ 他不可能窮過。(過去)
詞」 | ⎩
| She *can't* **have said** so.
| 她不可能這樣說過。
❸(口語)(許 | You *can* go home now.
可・命令)可以 | 你現在可以回家了〔回家去吧〕。
| You *can't* come here.
㘴 may | 你不可以來這裡。
❹想要… | Come and see me whenever you
| *can*. 你隨時都可以來看我。

現在	He **can** swim.＝He **is able to** swim. 他會游泳。
過去	He **could** swim.＝He **was able to** swim. 他會游泳。
未來 ⇨ able	He **will be able to** swim in a week. 他在一星期之內就能游泳。
現在完成	No one **has** ever **been able to** do it. 從來沒有人能做那件事。
否定	I **can't** [**cannot**] swim. 我不會游泳。

▶ can not 這種分離的形式僅用於正式說法, 通常均
用 can't [cannot]。
正式表達時→ I *can not* go there.
一般的表達→ I *can't* [*cannot*] go there.
這種否定疑問句是 "Can you *not* go [*Can't* you
go] there?"(你不能去那裡嗎?)。

as ... as one | I ran *as* fast *as* I *could*.
can | 我儘快地跑。
儘可能地 | ▶ "I ran *as* fast *as* possible." 亦可。

cannot V [be] **too ...**
無論如何…也不 | We *cannot* be *too* careful to drive.
為過 | 我們開車越小心越好。

cannot help V*ing*
不得不…; 忍不住…
—— ▶「不得不…」的三種說法 ——
(最普遍的說法)I *cannot* help laugh*ing*.
我不禁笑了出來。
(文語) I *cannot* but laugh.
(美)口語) I *cannot* help but laugh.

can² [kæn; kæn] 働 **-s** [-z] ▶ 英 多作 tin。
名 罐頭; 罐 | a *can* of pork 一罐豬肉罐頭／a
| coffee *can* 咖啡罐
複合 名 **cǎn ópener**(開罐器, 英 tin opener)

Canada [`kænədə; 'kænədə]
名 (國名)加拿 | ▶ 在北美洲, 不列顛國協內的一個會員
大 | 國, 首都是 Ottawa。
衍生 形 名 **Canadian** [kə`nedɪən](加拿大的(人))

canal [kə`næl; kə'næl] 働 **-s** [-z]
名 運河 | the Suez *Canal* 蘇伊士運河

canary [kə`nɛrɪ, kə`nerɪ; kə'nerɪ](注意發音) 働
canaries [-z]
名 (鳥)金絲雀 | She has a *canary*.
| 她有一隻金絲雀。

cancel [`kæns!; 'kæns!] 働 **-s** [-z] 働 **-ed** [-d] 英
cancelled; **-ing** 英 **cancelling**
動 及 ❶取消, 中 | The game was *canceled* because of
止 | the rain. 比賽因雨而取消了。
❷(以線等劃記) | *cancel* a stamp 將郵票蓋郵戳
註銷 | *cancel* a check
| 將支票蓋上付訖戳記
衍生 名 **cáncellàtion**(取消; 註銷戳)

cancer [`kænsɚ; 'kænsə(r)] 働 **-s** [-z]
名 (疾病)癌; | He died of stomach *cancer*.
(社會的)弊端; | 他死於胃癌。
毒害; 病態 | breast *cancer* 乳癌

candid [ˋkændɪd; ˈkændid]
形 ❶率直的 | He gave his *candid* opinion.
同 frank | 他發表率直的意見。
❷公正的 | He has a *candid* mind.
同 fair | 他有一顆公正的心。
to be candid (with you) 同 to be frank (with you)
老實說 | *To be candid*, he is eccentric.
          老實說,他是個古怪的人。
衍生 副 **cândidly** (率直地;公平地) 名 **cândor** (率直)

candidate [ˋkændə͵det, -dɪt; ˈkændideɪt] 複 **-s** [-z]
名 ❶(職務・地 | He is a *candidate* for mayor.
位的)候選人 | 他是市長候選人。
❷報名者;參加 | There were six hundred *candidates*
考試者 | for the entrance examination.
         有六百人參加入學考試。

candle [ˋkændl; ˈkændl] 複 **-s** [-z]
名 蠟燭 | He blew out the *candle*.
         他吹熄蠟燭。
複合 名 **cândlelíght** (燭光), **cândlestíck** (燭台)

candor, 英 candour [ˋkændə; ˈkændə] 複 無
名 率直;公平無 | I like his childlike *candor*.
私 | 我喜歡他那孩童般的率直。
衍生 形 **cândid** (率直的, 公正的)

candy [ˋkændɪ; ˈkændi] 複 **candies** [-z]
名 (美 糖果(蜜 | Do you like *candy*?
餞・果汁糖・巧 | 你喜歡糖果嗎?
克力等) | a box of *candies* 一盒什錦糖
▶ candies 多用於各種糖果之義。
a piece of candy 是一顆糖果。

cane [ken; keɪn] 複 **-s** [-z]
名 ❶(竹・藤等 | a sugar *cane* 甘蔗
的)細長的莖 |
❷(植物)藤 | a *cane* chair 藤椅
❸杖,手杖 | He hit me with his *cane*.
同 stick | 他用他的手杖打我。

cannibal [ˋkænəbl; ˈkænibəl] 複 **-s** [-z]
名 ❶食人者 | *Cannibals* eat human flesh.
同 man-eater | 食人族吃人肉。
❷同類相食的動 | I didn't know that bears are
物 | *cannibals*.
         我不知道熊是同類相食的動物。
衍生 名 **cânnibalísm** (吃人的習俗;同類相食)

cannon [ˋkænən; ˈkænən] 複 **-s** [-z], (集合稱) **cannon**
名 (古之)大砲 | The soldiers fired the *cannon*.
▶ 今是 gun。 | 士兵們發射大砲。

cannot [ˋkænɑt, kæˋnɑt; ˈkænɒt] can¹ 的否定式 ▶ 縮
寫式是 can't [kænt; kɑːnt]。⇨ can

canoe [kəˋnu; kəˈnuː] 複 **-s** [-z]
名 獨木舟

can't [kænt; kɑːnt] cannot 的縮寫式

canter [ˋkæntə; ˈkæntə(r)] 複 **-s** [-z]
名 馬的慢步小 | The horse ran at a *canter*.
跑 | 這馬慢跑。
▶馬的跑法之速度(依→的順序變快)
walk → amble → trot → canter → gallop

Canterbury [ˋkæntə͵bɛrɪ; ˈkæntəbəri]

名 (地名)坎特 ▶英國東南部的城市,英國國教總部大
布里 | 聖堂的所在地,中世紀為英國的宗教聖地。

canvas [ˋkænvəs; ˈkænvəs] 複 **-es** [-ɪz]
名 ❶帆布 | *canvas* shoes 帆布鞋
❷畫布;油畫 | He painted a picture on the *canvas*.
         他在畫布上畫了一幅畫。

canyon [ˋkænjən; ˈkænjən] <西班牙語複 **-s** [-z]
名 深的峽谷 | ▶美國著名的大峽谷 the Grand
         Canyon(科羅拉多河流域的峽谷)

cap [kæp; kæp] 複 **-s** [-s]
名 ❶(無邊的) | He greeted me by tipping his *cap*.
帽子▶ hat 是 | 他舉帽向我致敬。
有邊的帽子。

cap   hat

sports cap   top hat
便帽   高頂絲質禮帽

❷帽狀物;瓶蓋; | Put the *cap* on the bottle.
套子 | 蓋上瓶蓋。
━━ 三單 **-s** [-s] 過 **capped** [-t]; **capping**
動 及 覆上,蓋上 | The trees were *capped* with snow.
         樹木積雪。
         snow-*capped* hills 積雪覆頂的丘陵

capable [ˋkepəbl; ˈkeɪpəbl] 反 incapable
形 ❶(限定用 | a *capable* engineer 能幹的技師/a
法)能幹的同 | *capable* doctor 能幹的醫生
able |
❷(敘述用法) | He is *capable* of teaching German.
能…的,有能力 | 他能教德文。
…的〔資格〕的 | The car is *capable* of carrying five
▶ can 的嚴肅 | people.
說法。 | 這車可載五個人。
❸能被…的,可 | This sentence is *capable* of two
當…的 | interpretations.
         這個句子可以有兩種解釋。
❹做得出…,敢 | She is *capable* of telling a lie.
於… | 她敢說謊。

▶ capable 的兩種意義	
好的意義 (有…的能力)	He is *capable* of teaching. 他很會教書。
壞的意義 (敢於…)	He is *capable* of robbing a bank. 他敢搶銀行。

衍生 名 **capability** [͵kepəˋbɪlətɪ; ͵keɪpəˈbɪləti] (能力,
資格)

capacity [kəˋpæsətɪ; kəˈpæsəti] 複 **capacities** [-z]
名 ❶容量 | the *capacity* of bottle
         一瓶的容量
❷能力,才能 | He has no *capacity* to be a doctor.
         他沒有當醫生的能力。
❸資格;地位 | She worked in the *capacity* of nurse.
         她以護士的資格工作。

❹(當形容詞用)最高的容量或生產力的 | a *capacity* audience 滿堂的觀眾/a *capacity* production 全力生產

to capacity 裝滿地 | The theater was filled *to capacity*. 戲院客滿。

衍生 形 **capacious** [kə`peʃəs; kə`peɪʃəs](容量大的)

cape¹ [kep; keɪp] 名 **-s** [-s]
名 岬,海角 | The fisherman lived on the *cape*. 這漁夫住在海岬。
同 headland
► the Cape 係指 The Cape of Good Hope(好望角, 非洲大陸南端的海角)。

cape² [kep; keɪp] 名 **-s** [-s]
名 披肩 ► 短而無袖的斗篷 | She was wearing a *cape* over her dress. 她在衣服上面披著一件披肩。

caper [`kepɚ; `keɪpə] 動 **-ed** [-d]; **-ing** [`kepərɪŋ]
動 不 跳躍;嬉戲 | He was watching the puppies *capering*. 他看著小狗們蹦蹦跳跳的。

capital [`kæpət!; `kæpɪtl] 名 **-s** [-z]
名 ❶首都;省會 | Tokyo is the *capital* of Japan. 東京是日本的首都。
❷大寫(字母) | Write these letters *in capitals*. 把這些字用大寫寫出。
❸資本(金),本錢 ►「利息」是 interest。 | He used the money as *capital* for his business. 他把這筆錢當做生意上的資本。
❹(常用大寫)資本家 | *Capital* and Labor 資本家與勞工
── 形 (限定用法)
❶(最)重要的,主要的 | the *capital* city 首都/a *capital* error 重大的錯誤
❷大寫的 反 small | Write the headline *in capital* letters. 把這標題用大寫字母寫出。
❸好棒 | *Capital*! 棒極了!
❹死刑的 | He was sentenced to *capital* punishment. 他被判死刑。

衍生 名 **cápitalìsm**(資本主義), **cápitalist**(資本家;資本主義者) 形 **cápitalìstic**(資本家的;資本主義的)

Capitol [`kæpət!; `kæpɪtl] (加 the)
名 ❶(美國的)國會議場
► 在 Washington, D.C.
⇨ 右圖
❷(美國的)州議會會址

美國國會

caprice [kə`pris; kə`priːs] (注意發音) 名 **-s** [-ɪz]
名 反覆無常,性情善變,任性 | Her refusal was from mere *caprice*. 她只因任性而拒絕。

capricious [kə`prɪʃəs; kə`prɪʃəs] ⇨ whimsical
形 反覆無常的,性情善變的 | She is a *capricious* girl. 她是個善變的女孩子。

capsize [kæp`saɪz; kæp'saɪz] 名 **-s** [-ɪz] 動 **-d** [-d]; **capsizing**
動 及 傾覆 | The boat *capsized*. 這船傾覆了。

capsule [`kæps!, `kæpsjul; `kæpsjuːl] 名 **-s** [-z]
名 ❶(藥的)膠囊 | Take two *capsules* after a meal. 每餐後服用兩顆膠囊。

❷(太空船的)艙,太空艙 | ► 在太空船的前端, 裝載太空人與儀器, 脫離母船而漫遊太空, 並返回地球的部分。

captain [`kæptɪn, `kæptən, `kæptn̩; `kæptɪn] 名 **-s**
名 ❶(球隊的)隊長;船長 | The boy is the *captain* of the team. 這男孩是該隊隊長。
❷陸軍(空軍)上尉;海軍上校 | *Captain* Smith 史密斯上尉(上校)

captivate [`kæptə,vet; `kæptɪveɪt] 動 **-s** [-s] 動 **-d** [-ɪd]; **captivating**
動 及 迷惑 同 charm | Her song *captivated* the audience. 她的歌聲使聽眾如醉如癡。

captive [`kæptɪv; `kæptɪv] 名 **-s** [-z]
名 俘虜 同 prisoner | The *captives* are wearing chains. 俘虜們帶著鎖鐐。
── 形 被俘的;被監禁的 | They were taken *captive*. 他們成了俘虜。

衍生 名 **captívity**(監禁)

capture [`kæptʃɚ; `kæptʃə(r)] 動 **-s** [-z] 動 **-d** [-d]; **capturing** [`kæptʃərɪŋ]
動 及 ❶捕獲,抓住 | The policeman *captured* the thief. 警察抓住了小偷。
❷獲得(獎賞);抓住(人心) | He *captured* the first prize. 他獲得了首獎。
His speech *captured* their attention. 他的演說抓住他們的注意力。
── 名 **-s** [-z]
名 捕獲,逮捕;被捕獲的動物〔人〕 | The *capture* of the murderer was broadcast. 已廣播過殺人犯被捕的消息了。

car [kɑr; kɑː] 名 **-s** [-z]
名 ❶汽車,車 ► 要明確地說時用 automobile, 英 motorcar。 | He goes to work by *car*. 他開車去上班。
Can you drive a *car*? 你會開汽車嗎?

rearview mirror 後視鏡
hood 引擎覆蓋
headlight 前燈
bumper 保險桿
windshield 擋風玻璃
directional signal 方向指示燈
trunk 行李箱
tire 輪胎
body 車身
steering wheel 方向盤

❷電車 ► 要明確地說時用 美 streetcar, 英 tramcar。
❸(鐵路的)車廂;車 ► 客車是 英 coach, 英 carriage, 貨車是 英 freight car, 英 wagon。 | the first *car* 第一節車廂/a dining *car* 餐車/a sleeping *car* 臥舖車廂

caravan [`kærə,væn; `kærəvæn] 名 **-s** [-z]
名 ❶(旅行沙漠的)商隊;朝聖隊 | A *caravan* of fifteen travelers crossed the desert. 15人組成的一個旅行隊越過了沙漠。
❷大篷車 | a circus *caravan* 馬戲團的大篷車/a gypsy *caravan* 吉普賽人的大篷車

❸[英](用車牽引的)活動房屋 ▶用車拖動到處營宿的房子。[美]trailer

carbon [ˋkɑrbɑn, -bən; ˈkɑ:bən] [複] **-s** [-z]
[名]❶(化學)碳　A diamond is pure *carbon*. 鑽石是純碳。
❷複寫紙;複寫本,副本　Bring me a *carbon* of the receipt. 拿一張收據的副本給我。

card [kɑrd; kɑ:d] [複] **-s** [-z]
[名]❶厚紙卡;卡片　I learned English words by *cards*. 我利用卡片學習英文單字。
❷(用複數式)紙牌　Let's play *cards*. 我們來玩牌吧。
a pack of *cards* 一副紙牌(五十二張)
▶「紙牌」和「撲克牌」也可稱爲 playing cards。trump card 意即「王牌」,因而我們不可把「我們來玩牌吧。」說成"Let's play trump."。
❸名片　a calling [[英]visiting] *card* 名片
This is my *card*. 這是我的名片。
▶親手交給他人時的用語。
❹明信片;請帖　a postal *card* 明信片([英]是post*card*)/a wedding *card* 喜帖

cardboard [ˋkɑrdˌbɔrd; ˈkɑ:dbɔ:d] [複] 無
[名]紙板,厚紙　This toy is made of *cardboard*. 這個玩具是用紙板做的。

cardinal [ˋkɑrdn̩əl, -dnəl; ˈkɑ:dɪnl]
[形]基本的;主要的　Exercise is of *cardinal* importance to health. 運動對健康是非常重要的。
cardinal number 基數▶ one, two, ten, 108 等表物品數量的數目。first, second, 25th 等表順序的數目稱作 ordinal number(序數)。

care [kɛr, kɛə] [複] **-s** [-z]
[名]❶注意,小心 [同]attention　Give more *care* to your work. 要多加注意你的工作。
Do it **with** great *care*. 要非常小心地做這件事。
❷照顧;管理;看護　She left the baby **in the** *care* **of** the nurse. 她把嬰兒留給護士照顧。
❸操心,不安　I have a lot of *cares*. 我有很多憂慮。

care of ...
煩交…,請…轉交▶略作 c/o。　Mr. Tom Green, *c/o* Mr. John Smith. 請約翰・史密斯先生轉交湯姆・格林先生。

take care
❶注意,小心　*Take care!* You may get lost. 小心!你也許會迷路。
❷當心… ⇨ see to it that ...　*Take care* not to wake the baby. = *Take care* (that) you don't wake the baby. 當心不要把這嬰兒吵醒。

take care of ...
照顧…,照料…　There was nobody to *take care of* him. 沒有人照顧他。
▶被動式有下面兩種:
He should *be taken care of*.
Care should *be taken of* him.
他應該受到照顧。

with care
小心地　Handle the package *with care*. 小心搬運這包裹。

— [三] **-s** [-z] [規] **-d** [-d]; **caring**
[動][不]❶顧慮;關心　He only *cared* **for** his own safety. 他只關心他本身的安全。
He *cares* a great deal **about** it. 他對那事很放不下心。
❷在乎,介意　I failed but I don't *care*. 我失敗了,但我不在乎。
▶用否定・疑問・條件句。　I don't *care* where she will go. 我才不在乎她要去那裡。
❸想…　Would you *care* **to** go to the movies? 你想不想去看電影?
▶主要用於否定・疑問・條件句。　If you *care* **to** come, do so any time. 如果你想來,隨時都可以來。

care for ...
❶照顧… [同]take care of　Who *cares for* the sick? 誰照顧病人?
❷喜歡… [同]like　I don't much *care for* a car. 我不大想要一部汽車。
▶主要用於否定・疑問・條件句。
❸⇨[不]❶顧慮

career [kəˋrɪr; kəˈrɪə] (注意發音) [複] **-s** [-z]
[名]❶(一生的)經歷,生涯;履歷　He has a brilliant *career* as a diplomat. 他是個有顯赫經歷的外交家。
❷(需特殊訓練的)職業　Are there many *careers* open to women? 婦女可從事的職業有很多嗎?
▶職業婦女叫做 a career woman。

careful [ˋkɛrfəl; ˈkɛəfəl]
[形]謹慎的,小心的 [反]careless　He made a *careful* answer. 他慎重地回答。
Be *careful* **in** crossing streets. 過街時要小心。

be careful of ...
愛惜…;注意…　He *is careful of* money. 他愛惜金錢。
Please *be careful of* what you're doing. 請注意你的行爲。

be careful to V [***that***] ***...***
務必…,注意要…　*Be careful* {not *to* be / *(that)* you are not} late for the train. 注意不要沒趕上火車。

[衍生][副] **cãrefully**(注意地)[名] **cãrefulness**(謹慎)

careless [ˋkɛrlɪs; ˈkeəlɪs]
[形]❶不注意的;草率的 [反]careful　There are many *careless* mistakes in your report. 你的報告中有很多粗心的錯誤。
❷不關心,不在乎　He is *careless* **with** his money. 他不在乎他的錢。

[衍生][副] **cãrelessly**(不注意地)[名] **cãrelessness**(不注意;草率)

caress [kəˋrɛs; kəˈres] [三] **-es** [-ɪz] [規] **-ed** [-t]; **-ing**
[動][及]溫柔地愛撫　Soft music *caressed* my ears. 柔和的音樂迴盪在我的耳畔。

cargo [ˋkɑrgo; ˈkɑ:gəu] [複] **-(e)s** [-z]
[名]船貨,裝載的貨物　The ship was loaded with a heavy *cargo*. 這船裝載重貨。

caricature [ˋkærɪkətʃə; ˈkærɪkətjuə(r)] [複] **-s** [-z]
[名]漫畫,諷刺畫;諷刺文　▶ caricature 爲嘲諷人或物的漫畫或文章。cartoon 爲時事漫畫。報紙・雜誌的連環漫畫是 a comic strip。

carnival [`karnəv]; `ka:nɪvl] 働 **-s** [-z]
名 ❶嘉年華會 ▶四旬齋節(Lent)之前三天乃至一星期持續的飲宴狂歡;天主教的國家四旬齋節禁肉,因而在齋戒前盡情吃肉,此乃該節的由來。⇨ carnivorous

三天內	四十天內

carnival
嘉年華會
化裝遊行,
開宴會,大
量吃肉。

Lent
四旬齋節
忍受耶穌的苦楚,
禁止肉食以懺悔。

Easter
復活節
慶祝耶穌復活的節
日。在三月二十一
日以後月圓後的第
一個星期日。

❷展覽會;大會; │ a book *carnival* 書籍展覽會／water
狂歡 │ *carnival* 游泳大會

carnivorous [kar`nɪvərəs; ka:'nɪvərəs] (注意發音)
形 食肉類的, 肉 │ A lion is a *carnivorous* animal.
食的 │ 獅是肉食動物。

──▶ **car-**是「肉」, **herb** 是「草」。──

cárnal(肉體的;肉慾的)	herb(草,藥用植物)
cárnival(嘉年華會)	herbicide [`hɜbɪˌsaɪd]
cárnivóre(食肉動物)	(除草劑)
carnívorous(食肉的)	herbívorous(草食的)

carol [`kærəl; `kærəl] 働 **-s** [-z]
名 喜悅之歌, │ The choir sings Christmas *carols*.
(耶誕節的)頌歌 │ 唱詩班唱耶誕歌。

Carolina [ˌkærə`laɪnə; ˌkærə'laɪnə]
名 (地名)卡羅 │ ▶在美國大西洋岸,現在分為 North
萊納州 │ Carolina 和 South Carolina 兩州。

carp¹ [karp; ka:p] 働 **carp**
名 (魚)鯉魚 │ In Japan a *carp* symbolizes
│ courage. 在日本,鯉魚象徵勇氣。

carp² [karp; ka:p] 働 **-ed** [-t]; **-ing**
動 吹毛求疵 │ He's always *carping* at the way I
│ dress. 他總是挑剔我的衣著。

carpenter [`karpəntə; `ka:pəntə(r)] 働 **-s** [-z]
名 木匠 │ ▶「建築師」為 architect。

carpet [`karpɪt; `ka:pɪt] 働 **-s**
名 地毯 │ He laid a red *carpet* on the floor.
│ 他在地板上鋪著紅地毯。

▶ carpet 是鋪整個房間;rug 是鋪暖爐前面等的地毯。

carriage [`kærɪdʒ; `kærɪdʒ] 働 **-s** [-ɪz]
名 ❶(自用的) │ Automobiles have taken the place
四輪馬車 │ of *carriages*.
│ 汽車取代了四輪馬車。
❷美 客車 │ a first-class *carriage* 頭等車廂
衍生 名 **báby cárriage**(美 嬰兒車)

carrier [`kærɪə; `kærɪə(r)] 働 **-s** [-z]
名 ❶搬運夫 │ ▶搬運貨物等的人;火車站的「紅帽子」
│ 稱為 porter。
❷(醫)(病菌的) │ Mosquitoes are *carriers* of germs.
媒介;帶菌者 │ 蚊子是細菌的媒介。
複合 名 **cárrier pígeon**(傳信鴿)

carrot [`kærət; `kærət] 働 **-s** [-s]
名 (植物)紅蘿 │ Children generally dislike *carrots*.
蔔, 胡蘿蔔 │ 小孩子大都不喜歡紅蘿蔔。

carry [`kærɪ; `kærɪ] 曰 **carries** [-z] 働 **carried** [-d]; **-ing**
動 ❶搬運;拿 │ Please *carry* the desk upstairs.
去;載 │ 請把這桌子搬到樓上。
│ The bus *carried* us to the beach.
│ 公共汽車載我們去海濱。
❷攜帶 │ He always *carries* a dictionary.
│ 他總是攜帶一本辭典。

carry a baby on
one's back
背著

carry a box
on one's shoulder
扛著搬

carry a box
in one's arms
抱著搬

❸支撐 │ The three columns *carry* the roof.
│ 三根圓柱支撐著屋頂。
不 達, 及(某種 │ Her voice *carries* well.
距離) │ 她的聲音很嘹亮。
carry away │ The bridge was *carried away*.
沖走;使入迷 │ 橋被沖走了。
│ He was *carried away* by the music.
│ 音樂使他入迷。
carry on │ They *carried on* the discussion.
繼續 │ 他們繼續討論。
carry out │ He *carried out* his promise.
履行 │ 他履行了諾言。
carry through │ He *carried through* the work.
❶完成 │ 他完成了工作。
❷使度過難關 │ His perseverance *carried* him
│ *through*. 他的毅力使他度過難關。

cart [kart; ka:t] 働 **-s** [-s]
名 (馬·狗等拉 │ He carried the vegetables in a *cart*.
的)小型二輪貨 │ 他用手推車運蔬菜。
車;手推車
put the cart before the horse
本末倒置
▶例如在還沒
學會游泳之前,
先練習跳水。

carton [`kartṇ; `ka:tən] 働 **-s** [-z]
名 紙板盒(箱) ▶用紙板做成的盒子, 如裝香煙的大紙板箱。

cartoon [kar`tun; ka:'tu:n] 働 **-s** [-z]
名 時事諷刺漫 │ ▶「漫畫書,漫畫雜誌」是 a comic
畫;(連環的)漫 │ book;報章雜誌上的連環漫畫是 comic
畫 │ strip。

cartridge [`kartrɪdʒ; `ka:trɪdʒ] 働 **-s** [-ɪz]
名 彈藥筒;(彈
藥筒形的)容器;
(裝膠卷的)底片
筒

cartridges

carve [kɑrv; kɑ:v] [三] **-s** [-z] [規] **-d** [-d]; **carving**

[動][及] ❶雕刻 — He *carved* a figure **in** (**out of**) stone. = He *carved* the stone **into** a figure. 他刻一尊石像。

❷切(肉) — Mother *carved* the meat **into** slices. 母親將肉切成薄片。

case[1] [kes; keɪs] [複] **-s** [-ɪz]

[名] ❶場合;事例;事情 — in most *cases* 多數情形下／in some *cases* 有些情形／in such *cases* 在這種情形之下
Those are two different *cases*. 那些是兩種不同的例子。

❷(加 the) 實情, 事實 — If this is **the** *case*, I must let him know it. 要是這是事實的話, 我得讓他知道才行。

❸案件;訟事 — He took the *case* to court. 他把這個案件交付法院裁決。

❹(必須注意的) 病症, 病人 — three bad *cases* of measles 三名惡性麻疹的病人

▶與 patient 不同, 此字著重的是「病例本身」而非「人」本身。從而作爲「病例」的「患者」。

as is often the case (with ...)
對…是常有的事 — *As is often the case with* sailors, he is too fond of alcohol. 跟大部分的船員一樣, 他也太愛喝酒。

as the case may be
看情形 — I'll tell you whether he comes here or not *as the case may be*. 不論他來或不來我都會告訴你的。

in any case
無論如何 — *In any case* you must not tell a lie. 無論如何你不可說謊。

in case
❶要是…的話 — *In case* he gives me a phone call, tell him that I will call him back. 如果他打電話給我, 告訴他我會回他的電話的。

❷以防… — Take an umbrella *in case* it rains. 帶把雨傘去, 以防下雨。

in case of ...
假如… ▶用於不好的事物。 — *In case of* earthquake, crawl under the desk. 假如地震的話, 就匍匐在桌下。
in case of fire 若發生火災

in nine cases out of ten
十有八九, 大體上 — He will return *in nine cases out of ten*. 大體上他會回來。

in that case
如果這樣的話… — The landlord may raise the rent. In *that case*, I'll move out. 房東可能會漲房租。如果是這樣的話, 我就要搬走。

case[2] [kes; keɪs] [複] **-s** [-ɪz]

[名] ❶箱;盒;容器;鞘;框 — a jewel *case* 珠寶箱／a *case* of canned juice 一箱罐頭果汁／a pencil *case* 鉛筆盒／put the knife back in the *case* 將刀柄入鞘內

❷(文法)格 — the objective [nominative] *case* 受〔主〕格

[複合][名] **bòokcáse** (書櫃), **sùitcáse** (小提箱)

cash [kæʃ; kæʃ] [複] 無

[名] 現金, 現款 — I didn't have any *cash* with me. 我身上沒帶現款。

—— [三] **-es** [-ɪz] [規] **-ed** [-t]; **-ing**

[動][及] 兌換現款 — Please *cash* this check. 請將這張支票兌成現款。

cashier [kæ`ʃɪr; kæ'ʃɪə(r)] (注意發音) [複] **-s** [-z]

[名] (餐廳的)出納員;(旅館的)會計; [英] (銀行的)出納員 — A *cashier* in a store handles the money. 商店的出納員管錢。
▶美國通常指出納股長或經理等職位較高的人;一般的出納員爲 teller。

cast [kæst; kɑ:st] [三] **-s** [-s] [不] **cast**; **-ing**

[動][及] ❶(文語) 投, 擲, 抛 — He *cast* the dice. 他擲骰子。
cast a fishing line 垂下釣線
▶除了接特定的受詞之外, 通常都用 throw。

❷(眼睛)投向; (光・影)投射 — He *cast* an eye **at** the woman. 他向那婦人看了一眼。
The tree *cast* a shadow in the garden. 這樹投影於花園內。

❸投(票) — *cast* a vote [a ballot] 投票
▶當贊成與反對的票數相同時, 由主席所投的票稱爲 a casting vote (決定票)。

—— [複] **-s** [-s]

[名] ❶演員的陣容 — a movie with a good *cast* 演員陣容堅強的電影

❷鑄型;石膏繃帶 — put an arm **in** a *cast* 手臂紮以石膏繃帶

❸氣質;形狀;性質 — He is a man **of** serious *cast*. 他是個生性嚴肅的人。

caste [kæst; kɑ:st] [複] **-s** [-s] ▶與 cast 同音。

[名] 印度世襲的階級;(一般的)排他的社會階級 — ▶印度的世襲階級制度, 分爲僧族・士族・平民・奴隸等四個階級。
the upper *caste* 上流階級

castle [`kæsl; 'kɑ:sl] [複] **-s** [-z]

[名] 城堡, 堡壘

build castles in the air [***in Spain***]
建築空中樓閣, 做白日夢 — He is *building castles in the air*. 他在做白日夢。

casual [`kæʒuəl; 'kæʒʊəl]

[形] ❶偶然的, 不意的 — His visit was *casual*. 他的訪問是突然的。
a *casual* answer 隨口而出的答覆

❷未經考慮的;不拘泥形式的 — He is a *casual* sort of person. 他是個爽直的人。

❸臨時的 [同] irregular — *casual* expenses 臨時費用／a *casual* income 臨時收入

❹便服的 — Come in *casual* clothes. 穿便服來。

casualty [`kæʒuəltɪ; 'kæʒʊəltɪ] [複] **casualties** [-z]

[名] (通常用複數) (因意外・災禍而)死傷的人, 受害者;災禍 — No *casualties* were reported in the crash. 這次飛機墜落事件中, 無人傷亡。
Casualties were heavy. 傷亡甚眾。

cat [kæt; kæt] [複] **-s** [-s]

名(動物)貓 | I have a *cat* and a dog.
　　　　　　我有一隻貓和一條狗。

It rains cats and dogs.
下傾盆大雨 | *It's raining cats and dogs.*
　　　　　　下著傾盆大雨。

▶用很多貓狗打架時的囂鬧聲，來比喻大雨如注的情形。

catalog, -logue [`kætl,ɔg, -,ɑg; 'kætəlɒg] 複 **-s**
名目錄 | I want a *catalog* of radios.
　　　　　我要一份收音機廠牌的目錄。

cataract [`kætə,rækt; 'kætərækt] 複 **-s**
名大瀑布 | ▶「瀑布」的通用字是 waterfall.

catastrophe [kə`tæstrəfɪ; kə'tæstrəfɪ] (注意發音)
複 **-s** [-z]
名(突然的)大 | The earthquake was a terrible
變動,大災禍 | *catastrophe*.
　　　　　　這次地震是個可怕的大災禍。

catch [kætʃ; kætʃ] 三 **-es** [-ɪz] 過 **caught** [kɔt]; **-ing**
動及❶捕捉 | The cat *caught* a mouse.
　　　　　　貓逮捕到一隻老鼠。

❷抓住,接住 | I *caught* his arm.
　　　　　　=I *caught* him **by** the arm.
　　　　　　我抓住他的手臂。

❸趕上(車·船 | I got up early so that I could *catch*
等) | the first train.
反 miss | 我很早起來以便趕上第一班火車。

❹感染(疾病) | I have *caught* (a) cold.
　　　　　　我感冒了。

❺發現(某人正 | We *caught* him stealing.
在從事某事) | 他在偷竊時被我們發現。

❻勾住 | I *caught* my skirt **on** a nail.
　　　　　　=A nail *caught* my skirt.
　　　　　　釘子勾住了我的裙子。

不 勾住 | Her skirt *caught* **on** a nail.
　　　　　　她的裙子為釘子所勾住。

be caught | I *was caught* **in** a shower on my
in ... | way home.
碰上(雨等) | 在回家的途中我遇上陣雨。

catch at ... | A drowning man will *catch* **at** a
想抓住 | straw.
　　　　　　溺水者連一根草也想抓住。(諺語)

catch on | He did not *catch on* **to** the joke.
理解... | 他不了解這笑話的含意。

catch one's ***breath***
❶歇一口氣 | Let's sit down and *catch* our *breath*.
　　　　　　我們坐下來歇口氣吧。
❷嚇了一跳

catch up | Run fast, or you won't *catch up*
with ... | **with** him.
追及... | 跑快一點，要不然就追不上他了。
同 overtake

複 **-es** [-ɪz]
名❶捕捉;接球 | Let's play *catch*.
　　　　　　我們來玩接球遊戲吧。

❷捕獲物 | The fishermen came home with a
　　　　　　good *catch*.
　　　　　　漁夫們捕獲很多魚回家。

複合名 **càtch phráse**(引人注意的標語〔短句〕)
衍生形 **càtching**(有傳染性的) ▶ Flu is *catching*.(流行性感冒是有傳染性的。)

category [`kætə,gorɪ; 'kætəgərɪ] 複 **categories** [-z]
名部門;種類 | They fall **under** the same *category*.
　　　　　　它們屬於同一類。

caterpillar [`kætə,pɪlɚ; 'kætəpɪlə(r)] (注意發音)
名(昆蟲)毛蟲,(蝴蝶·蛾的)幼蟲 ⎰複 **-s** [-z]

catfish [`kæt,fɪʃ; 'kætfɪʃ] 複 **catfish**, 種種類時為 **-es**
名(魚)鯰魚 ⎰[-ɪz]

cathedral [kə`θidrəl; kə'θi:drəl] 複 **-s** [-z]
名大教堂,主教 | St. Paul's *Cathedral* 聖保羅大教堂
的座堂
　　▶與 Westminster 大教堂同為倫敦的大教堂，內有納爾遜之墓。係模仿羅馬的聖彼得大教堂造成。

Catholic [`kæθəlɪk; 'kæθəlɪk] 複 **-s** [-s]
名舊教徒,(羅 | He's a Catholic, not a Buddhist.
馬)天主教徒 | 他是天主教徒，而非佛教徒。
複合名 **the Càtholic Chùrch**((羅馬)天主教會;全基督教會)

cattle [`kæt; 'kætl] 複 無
名(被人飼養 | There are twenty head of *cattle* **in**
的)牛 | the meadow.
　　　　　　這草地上有二十頭牛。
▶集合稱作為複數,不說 a cattle, cattles 一頭是 a head of cattle, 三頭是 three head of cattle(不作 heads)。
　　▶各種「牛」
　　cattle …牛(cows, bulls, oxen(ox 的複)))的集合總稱
　　cow……母牛(乳牛)
　　bull……公牛(沒去勢的公牛)
　　ox …公牛(食用、拖車用的去勢的公牛)

caught [kɔt; kɔ:t] 動 catch 的過去式·過去分詞
▶注意與 coat [kot] 之間發音的差異。

cause [kɔz; kɔ:z] 複 **-s** [-ɪz]
名❶原因 | The *cause* of the fire is not known.
反 effect | 火災的原因不明。
❷(正當的)理由 | She has no *cause* **for** fear.
同 reason | 她沒有害怕的理由。
❸目標;運動 | He fought **for** [in] the *cause* of
　　　　　　peace. 他為和平而戰。

── 三 **-s** [-ɪz] 過 **-d** [-d]; **causing**
動及❶引起 | What *caused* the accident?
　　　　　　這意外事件因何發生?
❷帶來,招致,引 | The boy *caused* his teacher a lot of
起 | trouble.
　　　　　　這男孩為他的老師帶來很多麻煩。
❸使(某人)做 | What *caused* her to do so?
(某事) | (=What made her do so?)
　　　　　　什麼原因使她這樣做?〔她因何這樣做?〕

caution [`kɔʃən; 'kɔ:ʃən] 複 **-s** [-z]
名❶謹慎,小心 | Cross a railroad **with** *caution*.
　　　　　　小心過平交道。
❷警戒 | Let his accident serve as a *caution*
　　　　　　to you. 讓他的意外作為你的警戒。

— [三] **-s** [-z] [規] **-ed** [-d]; **-ing**
[動][及]警告 [同] warn ¦ He cautioned me **not to** drink. =He cautioned me **against** drinking. 他警告我不要喝酒。

cautious [ˋkɔʃəs; kɔːʃəs]
[形]極小心的, 慎重的, 謹愼的 ¦ He is a *cautious* driver. 他開車很謹愼(他是個謹愼的司機)。
[衍生][副] **càutiously**(極小心地, 謹愼地)

cavalry [ˋkævl̩rɪ; ˈkævlrɪ] [複] 無
[名](集合稱作爲複數)騎兵隊 ¦ The *cavalry* rode into the city. 騎兵隊驅馬進入該市。
► infantry 是「步兵隊」; artillery 是「砲兵隊」。

cave [kev; keɪv] [複] **-s** [-z]
[名]洞, 穴 ¦ The pictures were drawn on the walls of the *cave*. 這些畫被畫在洞穴的壁上。
► cav-有「穴」的含意

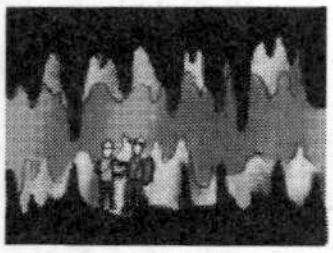
cavern 大洞

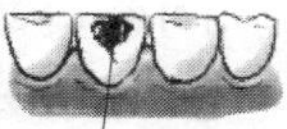
cavity 蛀牙的洞

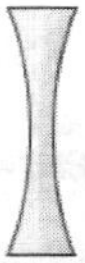
concave lens 凹透鏡

— [三] **-s** [-z] [規] **-d** [-d]; **caving**
[動][及]陷落, 塌下來 ¦ The roof *caved* **in** under the weight of the snow. 屋頂在積雪的重壓下而塌陷。

cavern [ˋkævən; ˈkævən] [複] **-s** [-z]
[名]大洞, 巨穴 ⇨ cave ¦ I lost my way in the *cavern*. 我在洞穴中迷路了。

cavity [ˋkævətɪ; ˈkævətɪ] [複] **cavities** [-z]
[名]凹處, 洞 ¦ The dentist filled the *cavity* in the tooth. 牙醫塡補蛀牙的洞。

cease [sis; siːs] (注意發音) [三] **-s** [-ɪz] [規] **-d** [-t]; **ceasing**
[動][及]停止; 終止 ¦ They *ceased* talk**ing** [**to** talk]. 他們停止說話。
► stop 的文語。 ¦ They worked all day without *ceasing*. 他們一整天不停地工作。
cease payment 停止支付／*cease* fire 停火

► **cease** 和 **stop**
{ cease talking / cease to talk } 停止說話(同義)
{ stop talking 停止說話(stop [及]) / stop to talk 停下來說話(stop [不]) }

[不]停止 ¦ The noise *ceased*. 喧鬧聲停止了。
cease **from** strife 停止〔不要〕爭吵

► **cease** 的名詞
cease(停止) without *cease*(=without ceasing 不斷地)
► 名詞僅用於此一成語。
cessation [sɛˋseʃən] (中止, 停止; 斷絕)
the *cessation* of arms(停戰)

[衍生][形] **cèaseless**(不斷的)

cedar [ˋsidə; ˈsiːdə(r)] [複] **-s** [-z]
[名](植物)西洋杉, 香柏 ¦ a Japanese *cedar* 日本杉

ceiling [ˋsilɪŋ; ˈsiːlɪŋ] [複] **-s** [-z]
[名]天花板 [對] floor(地板) ¦ There is a fly on the *ceiling*. 天花板上有一隻蒼蠅。

► 容易搞錯的 **-ei-** 和 **-ie-**
ei 多跟在 s 或 c 的後面。
-ei- c*ei*ling(天花板), dec*ei*ve(欺騙), rec*ei*ve(接受), s*ei*ze(捉住)
-ie- ach*ie*ve(獲得, 完成), bel*ie*ve(相信), f*ie*ld(田野), th*ie*f(小偷)

celebrate [ˋsɛlə͵bret; ˈselɪbreɪt] [三] **-s** [-s] [規] **-d** [-ɪd]; **celebrating**
[動][及]❶慶祝 ¦ They *celebrated* his birthday. 他們慶祝他的生日。
❷褒揚, 讚美 ¦ They *celebrated* his brave deed. 他們讚美他的勇敢行爲。
[衍生][名] **celèbrity**(名聲; 名人)

celebrated [ˋsɛlə͵bretɪd; ˈselɪbreɪtɪd]
[形]有名的, 著名的 [同] famous ¦ The place is *celebrated* **for** its scenic beauty. 該地因其風景幽美而出名。

celebration [͵sɛləˋbreʃən; ͵selɪˈbreɪʃən] [複] 無
[名]慶祝, 慶典 ¦ the *celebration* of the President's Birthday 慶祝總統的誕辰

celery [ˋsɛlərɪ; ˈselərɪ] [複] 無
[名]芹菜 ► 生吃, 或用於做湯的一種蔬菜。

celestial [səˋlɛstʃəl; sɪˈlestjəl]
[形]天(上)的 ¦ a *celestial* body 天體

cell [sɛl; sel] [複] **-s** [-z] ► 與 sell(賣)同音。
[名]❶(監獄中的)單人牢房 ¦ The prisoner was put in a *cell*. 這囚犯被關於單人牢房裡。
❷細胞 ¦ *cell* division 細胞分裂
❸(蜂巢中的)小窩 ¦ The beehive consists of numerous *cells*. 蜂巢是由無數的小窩所組成的。

cellar [ˋsɛlə; ˈselə(r)] [複] **-s** [-z] ► 與 seller(售賣者)同音。
[名](貯藏食物・燃料的)地下室 ¦ He stored food in the *cellar*. 他將食物貯藏在地下室裡。

cement [səˋmɛnt; sɪˈment] [複] 無
[名]水泥 ¦ *Cement* is made from limestone. 水泥是由石灰石製成的。

cemetery [ˋsɛmə͵tɛrɪ; ˈsemɪtrɪ]
[名]墓地; 公墓 ¦ ► 與附屬於教會的 churchyard 不同, 係不附屬於教會的墓地。

censor [ˋsɛnsə; ˈsensə(r)] [複] **-s** [-z] ► 注意勿與 censure 混淆。
[名](出版物・電影等的)檢查官 ¦ The movie has been banned by the *censor*. 該電影爲檢查官員所禁。
— [三] **-s** [-z] [規] **-ed** [-d]; **-ing** [ˋsɛnsərɪŋ]
[動][及]檢查 ¦ The books were *censored*. 這些書已經過檢查。
[衍生][名] **cènsorship**(檢查)

censure [ˋsɛnʃə; ˈsenʃə(r)] [三] **-s** [-z] [規] **-d** [-d];

censuring [`sɛnʃəriŋ]
動 ⑧ 非難 | She *censured* me **for** being idle.
她責難我的怠惰。

—— 徵 **-s** [-z]
名 責難 | He received *censure* from all quarters. 他受到各方面的譴責。

census [`sɛnsəs; 'sensəs] 徵 **-es** [-ɪz]
名 人口調查, 戶口普查 | In Taiwan a *census* is taken every five years.
台灣五年舉行一次戶口普查。
▶ 注意與 con**se**nsus (意見一致) 之間拼法的不同。

cent [sɛnt; sent] 徵 **-s** [-s]
名 ❶ (金額・貨幣) 分 | One *cent* is usually written 1 ¢.
一分通常寫作 1 ¢。
▶ 係美國・加拿大等的貨幣單位, 爲一元的百分之一。
—— ▶ 美國的硬幣 ——
nickel [`nɪkl] 五分鎳幣
dime [daɪm] 一角錢幣
quarter [`kwɔrtə] 二角五分錢幣
❷ (作爲單位的) 百 | 50 per*cent* 百分之五十

center, ⑧ **centre** [`sɛntə; 'sentə] 徵 **-s** [-z]
名 ❶ 中心, 中央 | It is in the *center* of the town.
它位於城市的中心。
▶ middle 是時間的中心, 或長的東西之中心。center 是地點的中心, 或圓、球體的中心。

middle

in the middle of (the) night 在半夜

in the middle of the road 在路中央

center

the center of a circle 圓的中心

in the center of the town 在城市的中心地帶

❷ 中心地 | a *center* for commerce [manufacture] 商業〔製造〕中心
❸ (注意力的) 中心 | Mt. Ali is the *center* of interest for foreign tourists.
阿里山是外國觀光客的旅遊勝地。
❹ 中心設施;… 中心 | a medical *center* 醫療中心／a shopping *center* 購物中心

—— ㊂ **-s** [-z] 徵 **-ed** [-d] ⑧ **centred** [-d]; **-ing** ⑧ centring
動 ⑧ 置於中央, 集中 | She *centered* the vase on the table.
她把花瓶放在桌子中央。

centigrade [`sɛntə,gred; 'sentɪgreɪd] ▶ 攝氏亦稱爲 Cèlsius。
形 (分爲百度的) 攝氏的 | 20°C 〔⑧ C.〕攝氏二十度 ▶ 讀作 20 degrees centigrade/Celsius。
▶ 英・美日常生活中用華氏 (Fahrenheit)。
—— ▶ **centi-** 表「百」「百分之一」之義 ——
*centi*meter 公分 (一公尺的百分之一)
*centi*pede [`sɛntə,pid] 蜈蚣 (百足蟲)

central [`sɛntrəl; 'sentrəl]
形 ❶ 中心〔央〕的, 在中央的 | The city hall is **in** the *central* part of the town.
市政廳在城市的中心區域。
❷ 主要的, 中心的 ⑩ main | the *central* idea of a book 書的中心主旨／the *central* figure in a drama 戲劇裡的中心人物
複合 名 **Cèntral Amèrica** (中美洲 ▶ 在墨西哥和南美洲之間的地區。)

century [`sɛntʃəri; 'sentʃʊrɪ] 徵 **centuries** [-z]
名 ❶ 世紀 | The 19th *century* began in 1801.
十九世紀始於 1801 年。
❷ 百年 | The church is some *centuries* old.
這教堂已有數百年的歷史。

B.C (紀元前) A.D (紀元) a century
Christ 耶穌降生 the 20th century(1901-2000)

cereal [`sɪrɪəl; 'sɪərɪl] 徵 **-s** [-z]
名 ❶ 穀物, 穀類 | Wheat, rice and corn are *cereals*.
麥、米和玉蜀黍都是穀類。
❷ 由穀類加工而成的食品 | 燕麥片或玉米片等之類, 調牛奶吃。

ceremony [`sɛrə,moni; 'serɪmənɪ] 徵 **-nies** [-z]
名 ❶ 典禮, 儀式 | a wedding [marriage] *ceremony* 婚禮／an opening [a closing] *ceremony* 開幕〔閉幕〕典禮
❷ 禮節;形式上的禮節 | They met him with great *ceremony*.
他們以隆重的禮節迎接他。
Let's cut *ceremony* between us.
我們不要拘泥形式吧。
—— ▶ **ceremony** 的兩種形容詞 ——
cére**mò**nial (儀式的, 正式的)
ceremonial dress (禮服)
cére**mò**nious (講究儀式的)
ceremonious people (拘泥虛禮的人)

certain [`sɝtn, -ɪn, -ən; 'sɜ:tn]
形 ❶ (敘述用法) 確定的, 一定 (發生) 的 ⑩ sure | It is *certain* that he will come. = He is *certain* to come. (= Certainly he will come.) 他一定會來的。
▶ 敘述用法常用此義。限定用法須與特定的名詞連用, 如: *certain* evidence 確實的證據／*certain* death 必然會死。
❷ (敘述用法) 確信的 | I am *certain* { **of** his succeess. **that** he will succeed.
我確信他會成功。
❸ (限定用法) 某…, 某一…, 某一位 | A *certain* man came to see you.
某人來見你。
▶ 這種場合不強調 certain。
a *certain* Miss Kate 一位叫凱特小姐的女人
❹ 某一定的…, 相當的… | to a *certain* extent 到某一程度／a man of a *certain* age 已有相當歲數的男人

for certain
的確
I don't know *for certain*.
我不確知。

make certain of ... 働 make sure of ...
弄清…
Make certain of the rumor.
要查明謠言。
働 ascertain

certainly [ˋsɝtənlɪ; ˈsɜːtənlɪ]
副 ❶的確, 必然地
She will *certainly* come.
她一定會來。
❷(回答) 當然地
"May I use your telephone?"
"*Certainly*."
「我可以借用你的電話嗎?」
「當然可以。」

certainty [ˋsɝtntɪ; ˈsɜːtnɪtɪ] 働 **certainties** [-z]
名 無疑, 確實; 必然的事
Death is a *certainty*.
死是免不了的事。　　　　　　　f -s [-s]

certificate [sɚˋtɪfəkɪt; səˈtɪfɪkət] (注意發音) 働
名 ❶證明書
a birth *certificate* 出生證明書
▶作爲申報戶口之用。
▶身分證是 an identity card (ID card)。
❷檢定合格證書
a teacher's *certificate* 教員檢定合格證書　　　　　　　　　　f [-d]; -ing

certify [ˋsɝtə͵faɪ; ˈsɜːtɪfaɪ] 働 **-fies** [-z] 働 **-fied**
動 ⑧ 證明
That *certified* the account correct.
＝That *certified* **that** the account was correct. 那證明這帳目無誤。
不 保證
I can *certify* **to** his character.
我可以保證他的人格。

chain [tʃen; tʃeɪn] 働 **-s** [-z]
名 ❶鏈
Keep the dog **on** a *chain*.
把狗用鏈子栓好。
link 一個環
chain 鏈
❷(用複數) 監禁
働 bondage
He is **in** *chains*.
他身繫囹圄。
❸連續的事物
a *chain* of happenings 一連串的事件
動 ⑧ 用鏈栓, 束縛
━ 働 -s [-z] 働 -ed [-d]; -ing
He *chained* his dog **to** a tree.
他用鏈子將狗栓在樹上。

chair [tʃɛr; tʃeə] 働 **-s** [-z]
名 椅子
▶有靠背的椅子是 chair, 沒有靠背的是 stool。
an arm*chair* 有扶手的椅子／an easy *chair* 安樂椅／a rocking *chair* 搖椅／a swivel *chair* 旋轉椅／wheel*chair* 輪椅

bench
stool
chair

chairman [ˋtʃɛrmən; ˈtʃeəmən] 働 **-men** [-mən]
名 主席
▶稱呼主席時爲 Mr. Chairman。
He was elected *chairman*.
他被選爲主席。
▶ elect 的被動句的補語, 對表職位的名詞不加冠詞。

chalk [tʃɔk; tʃɔːk] 働 **-s** [-s]

名 粉筆
Write your name with red *chalk*.
用紅色的粉筆寫出你的姓名。
a piece of *chalk* 一枝粉筆
▶本來因係物質名詞而爲不可數名詞, 但指種類時, 亦可成爲複數: some colored *chalks* (數枝有色粉筆)。

challenge [ˋtʃælɪndʒ, -əndʒ; ˈtʃælɪndʒ] 働 **-s** [-ɪz]
名 挑戰
He accepted the *challenge*.
他接受這挑戰。
━ 働 -s [-ɪz] 働 -d [-d]; challenging
動 ⑧ ❶挑戰
He *challenged* me **to** a race.
他向我挑戰賽跑。
❷提出異議
He *challenged* my statement.
他對我的聲明提出異議。
衍生 名 **chǎllenger** (挑戰者)

chamber [ˋtʃembɚ; ˈtʃeɪmbə(r)] 働 **-s** [-z]
名 ❶會議室; 會所
the *chamber* of commerce 商會
❷(文語) 房間, 寢室 働 room
an audience *chamber* 接見室／a torture *chamber* 刑房
複合 名 **chǎmber músic** (室內樂)

champagne [ʃæmˋpen; ʃæmˈpeɪn] (注意發音) 働 無
名 香檳酒
▶一種會起泡的高級葡萄酒。
We drank a toast of *champagne*.
我們用香檳酒舉杯祝飲。

champion [ˋtʃæmpɪən; ˈtʃæmpjən] 働 **-s** [-z]
名 ❶冠軍
He is the flyweight *champion*.
他是 (拳擊) 蠅量級的冠軍。
❷擁護者
a *champion* of peace 和平的擁護者
❸(用作形容詞) 優勝的
He is the manager of the *champion* team. 他是冠軍隊的經理。
衍生 名 **chǎmpionshíp** (冠軍身分)

chance [tʃæns; tʃɑːns] 働 **-s** [-ɪz]
名 ❶偶然; 運氣
He left everything to *chance*.
他一切都聽憑運氣。
❷機會, 良機 働 opportunity
I want to go abroad when I get a *chance*. 我一有機會就要到外國去。
❸希望; 可能性
He has no *chance* { **of** succeeding. / **to** succeed.
他沒有成功的希望。
There is a *chance* **that** he may be alive. 他也許活著也說不定。
❹(用作形容詞) 偶然的
a *chance* meeting 偶然的相遇／a *chance* remark 偶然的話語

by chance
偶然地
I found the jewel *by chance*.
我偶然發現這寶石。

take a chance [*chances*]
㊨ 冒險
Don't *take chances*.
不要冒險。

take one's ***chance***
㊨ 試試運氣
I will *take* my *chance* of fishing in the river. 我要在這河試看能不能釣到魚。　　　　　　f changing

change [tʃendʒ; tʃeɪndʒ] 働 **-s** [-ɪz] 働 **-d** [-d];
動 ⑧ ❶變更
Heat *changes* water **into** steam.
熱將水變成水蒸氣。
❷替換; 換穿; 換乘
He *changed* his clothes.
他換了衣服。

Change planes **at** Chicago **for** New York. 在芝加哥換機到紐約。

❸交換
囘 exchange
Let's *change* seats.
我們交換座位吧。
►"I *change* my seat." 爲「我換了別個座位」。
►除了像❸的例句那樣特定受詞的情形之外，通常用 exchange。

change clothes
換衣服

exchange opinions 交換意見

困 換衣服；變
更；換乘
He has *changed* since then.
自那時起他變了。
She *changed* for the party.
她爲赴舞會而換衣服。

—働 -s [-ɪz]
名 ❶變化，變
更，變動；替換，
交換
a *change* in the weather 天氣的變
化／a *change* of clothes 換衣服／a
change of leadership 改變領導階層
❷(異於往常的)
改變，(爲換口味
而做的)變化
He needed a *change* from work, so
he took a vacation. 他需要放下工作
換個環境，所以就去渡假。
❸(集合稱)零錢
I have no *change* with me.
我身邊沒有零錢。
❹(集合稱)找零
Keep the *change*. 不用找錢了。
for a change
換換口味
Let's take a taxi *for* a *change*.
我們換個口味改乘計程車吧。

changeable [`tʃendʒəbl; ˈtʃeɪndʒəbl]
形 易變的；善變
的
changeable weather 多變的天氣

channel [`tʃænl; ˈtʃænl] 働 -s [-z]
名 ❶海峽
►比 strait 大。
the English *Channel* 英吉利海峽
❷水道(船能通
行的較深處)
Our ship approached the *channel* to
the dock.
我們的船靠近通往碼頭的水道。
❸(用複數)途
徑；路線
We got the information through
secret *channels*.
我們經由秘密的管道獲得這情報。
❹頻道
Channel 6(電視的)第六頻道

chaos [`keɑs; ˈkeɪɒs] (注意發音) 働 無
名 混亂狀態，混
沌 反 cosmos
This is the age of economic *chaos*.
這是經濟混亂的時代。

chaotic [ke`ɑtɪk; keɪˈɒtɪk]
形 紛亂的
a room in a *chaotic* condition
攪得亂七八糟的房間

chap[1] [tʃæp; tʃæp] 働 -s [-s] ►通常前面冠以形容詞。
名 (口語)像伙
囘 fellow
He is a good *chap*.
他是個好像伙。
a smart *chap* 伶俐的像伙

chap[2] [tʃæp; tʃæp] ⊜ -s [-s] 働 **chapped** [-t]; **chapping**
働 反 皸裂
My hands are *chapped*.
我的手皸裂了。

chapel [`tʃæpl; ˈtʃæpl] 働 -s [-z]
名 禮拜堂
She was praying in the *chapel* of
the old church.
她在舊教堂的禮拜堂祈禱。
►學校・醫院・自宅內等的禮拜堂，或教堂中的禮拜堂。

chapter [`tʃæptə; ˈtʃæptə(r)] 働 -s [-z] ►略作 ch., chap.。
名 (書的)章
the fifth *chapter* = *chapter* five 第5
章 　　　　　　　　 (音) 働 -s [-z])

character [`kærɪktə, -ək-; ˈkærəktə(r)] (注意發音)
名 ❶性格，性質
He has a strong *character*.
他是個性格堅強的人。
the *character* of a nation = the
national *character* 國民的特性
❷人格，品性
He is a man of *character*.
他是個有品格的人。
❸特徵，特性
He has a face with no *character*.
他的臉部沒有特徵。
❹劇(書)中的人
物；人物
Lincoln is a great historical
character.
林肯是一個偉大的歷史人物。
❺文字
It is difficult to learn Chinese
characters. 學中國字可真難。

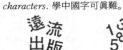

letters
字母
Chinese characters
中國字
figures
數字

characteristic [ˌkærɪktəˈrɪstɪk, ˌkærək-; ˌkærəktəˈrɪstɪk]
形 獨特的，顯示
…特性的
囘 typical
It is *characteristic* of him to run
away.
逃走是他的特性。
—働 -s [-s]
名 特性，特色，
特徵
Cheerfulness is one of his
characteristics. 快樂是他的特性之一。

charcoal [`tʃɑrˌkol; ˈtʃɑːkəʊl] 働 無
名 炭，木炭；素
描的炭筆
We made a fire with *charcoal*.
我們用木炭生火。

charge [tʃɑrdʒ; tʃɑːdʒ] 働 -s [-ɪz]
名 ❶費用
hotel *charges* 住宿費／free of *charge*
免費
❷控訴；(犯罪
的)嫌疑
He was arrested **on** the [a] *charge*
of theft. 他因涉嫌竊盜罪而被捕。
❸責任，負責
I had *charge* of serving breakfast.
我負責備辦早餐。
in charge
of …
❶管理…
❷受…管理，在
…照顧下
The nurse is *in charge of* the
patients.
這護士負責照顧病人。
The patients are *in charge of* the
nurse. 病人受到那護士的照顧。
►爲了區別❶與❷，❷亦有 in one's charge, in the
charge of one 的句型。
take charge of …
負責管理，照顧
She *took charge of* our class.
她負責管理我們一班。

— [三] -s [-ɪz] [規] -d [-d]; **charging**

[動] [及] ❶要價, 索價 — He *charged* fifty dollars **for** the cup. 這杯子他索價五十元。
❷記帳 — Please *charge* the hat **to** my account. 請把這帽子記入我的帳上。
❸非難;控訴 — The police *charged* him **with** carelessness. 警察責備他粗心大意。
❹委以〔使擔當〕(責任・照顧) — He *charged* me **with** the task. 他讓我負責這工作。
❺裝(子彈);充電;填滿 — He *charged* the gun **with** powder. 他把槍裝上火藥。
He *charged* the battery of his car. 他將汽車的電瓶充電。

chariot [ˋtʃærɪət; ˈtʃærɪət] [複] -s [-s]
[名] (歷史)戰車 ▶ 古代用於戰爭或比賽的雙輪馬車。

charity [ˋtʃærətɪ; ˈtʃærətɪ] [複] **charities** [-z]
[名] ❶慈善(行爲);施捨(物) — The man gave money freely **in** *charity*. 這人慷慨捨財。
❷慈善事業 — She devoted herself to *charities*. 她獻身於慈善事業。
❸慈善, 慈悲, 寬大 — *Charity* begins at home. 仁愛先從家中做起。(諺語)
[衍生] [形] **chàritable** (慈悲的)

charm [tʃɑrm; tʃɑ:m] [複] -s [-z]
[名] ❶魅力;魔力 [同] fascination — The temple has (a) great *charm* for foreigners. 這廟對外國人有很大的吸引力。
❷符咒, 咒語;護身符 — She believes a *charm* can cure her illness. 她相信符咒可以醫好她的病。
— [三] -s [-z] [規] -ed [-d]; -ing
[動] [及] ❶迷惑;使高興;吸引 — Her manner *charmed* us. 她的儀態吸引了我們。
❷給…帶來魔力般的力量 — Her words *charmed* away my troubles. 她的話趕走了我的煩惱。

charming [ˋtʃarmɪŋ, ˈtʃɑ:mɪŋ]
[形] 有魅力的, 迷人的 — She is a *charming* girl. 她是個迷人的女孩。

chart [tʃɑrt; tʃɑ:t] [複] -s [-s]
[名] ❶圖;圖表 — a weather *chart* 氣象圖／a grammar *chart* 文法圖表
❷海圖 — the course on a *chart* 海圖的航路

charter [ˋtʃɑrtɚ; ˈtʃɑ:tə(r)] [複] -s [-z]
[名] 憲章 — the *Charter* of the United Nations 聯合國憲章
— [三] -s [-z] [規] -ed [-d]; -ing [ˋtʃɑrtərɪŋ]
[動] [及] 憑契約租用(交通工具) — They *chartered* the steamer for the season. 他們將這汽船包租一季。

chase [tʃes; tʃeɪs] [複] -s [-ɪz]
[名] ❶追蹤;追求 [同] persuit — the *chase* **after** the murderer 追蹤殺人犯／the *chase* **of** wealth 追求財富／the *chase* **for** fame 沽名釣譽
❷(加 the)狩獵 — My uncle is a lover of **the** *chase*. 我叔叔是個愛好狩獵的人。
— [三] -s [-ɪz] [規] -d [-t]; **chasing**
[動] [及] ❶追趕, 追 — They *chased* the thief in the dark. 他們在黑暗中追賊。
❷驅逐 — She *chased* my fears **away**. 她祛除了我的恐懼。
She *chased* the dog **out of** the garden. 她將那隻狗趕出花園。

▶ **chase 的相關語句**

chase(追)	＝run after ...
overtake(追及)	＝catch up with ...

chaste [tʃest; tʃeɪst] (注意發音)
[形] 純潔的;貞潔的 — I thought she was a *chaste* woman. 我認爲她是個貞節的女人。
[衍生] [名] **chastity** [ˋtʃæstətɪ] (純潔, 貞節)

chat [tʃæt; tʃæt] [三] -s [-s] [規] **chatted** [-ɪd]; **chatting**
[動] [不] 閒聊, 閒談 — Several schoolgirls were *chatting* over tea. 有幾個女學生邊喝茶邊聊天。
— [名] (加 a)閒聊, 閒談 — We had **a** *chat* in the coffee shop. 我們在咖啡店裡閒聊。

chatter [ˋtʃætɚ; ˈtʃætə(r)] -s [-z] [規] -ed [-d]; -ing [ˋtʃætərɪŋ]
[動] [不] ❶喋喋不休地說 — She was *chattering* over her work. 她邊工作邊喋喋不休地說。
❷震顫作聲 — My teeth were *chattering* with cold. 我冷得牙齒震顫作聲。

chauffeur [ˋʃofɚ, ʃoˋfɝ; ˈʃəʊfə(r)] ＜法語 [複] -s [-z]
[名] 私人司機 ▶ 一般司機爲 driver。 — His *chauffeur* drives him to his office. 他的私人司機開車送他去公司。

cheap [tʃip; tʃi:p] [比] -er [最] -est
[形] ❶(東西)便宜的, 廉價的 [反] dear, expensive [同] inexpensive — He bought a *cheap* car. 他買了一部價錢低廉的汽車。
▶ 可以說“The car is *cheap*.”但「價錢便宜」不可說爲“The price is *cheap*.”這裡要用 low。
a *cheap* store 價錢便宜的商店
❷不値錢的;低級的 — a *cheap* novel 低級的小說／a *cheap* trick 卑劣的詭計
feel cheap (口語)覺得慚愧 — He *felt cheap* when he was caught cheating. 他作弊被逮到的時候, 很慚愧。
[衍生] [副] **chèaply** (便宜地;不値錢地) [動] **chèapen** (減價)

cheat [tʃit; tʃi:t] [三] -s [-s] [規] -ed [-ɪd]; -ing
[動] [及] 欺騙 [同] deceive — He *cheated* her (**out**) **of** her money. 他騙取她的錢。
[不] 詐欺;行騙;(考試)作弊 — He *cheated* **on** [**in**] the examination. 他考試作弊。
▶ 英文的 cunning 是「狡猾的」之義。

check [tʃɛk; tʃek] [複] -s [-s]
[名] ❶[美] 支票 [英] cheque — He drew a *check* **for** $10,000. 他開了一張一萬元的支票。
❷寄物牌;對號牌 — I've lost the baggage *check*. 我遺失了領取行李的寄物牌。
❸[美] 餐館的帳單 [英] bill — *Check*, please. 買單。
❹核對;檢查, 查對 — Keep a *check* **on** his work. 檢查一下他的工作。
— [三] -s [-s] [規] -ed [-t]; -ing

動 ⊗ ❶阻止, 遏止 | The advance was *checked* by the woods. 進路被森林所阻止。

❷控制(感情), 抑制 | He was about to open his lips, but he *checked* himself. 他本想開口說出, 却又忍了下來。

❸核對, 查對 | *Check* your letter **with** mine. 將你的信和我的核對一下。

❹暫時寄存 | I *checked* my coat. 我將外衣寄存(在保管處)。

check in (at ...) 投宿(旅館), 登記(姓名) | He *checked in at* a luxurious hotel. 他投宿在一家豪華旅館。

check out (of ...) 結帳離開旅館 | He *checked out of* the hotel at nine. 他九點時結帳離開旅館。

check (up) on ... 查證…, 調查… | You should *check up on* the list. 你應該查對這名單。

checker, ⊛ **chequer** [`tʃɛkɚ; 'tʃekə] 名 -s [-z]

名 ❶(通常複數)格子花紋 | a shirt with a pattern of *checkers* 帶有格子花紋的襯衫

❷⊛(用複數)西洋跳棋 | ▶兩方各擁有十二個圓扁的棋子對下著玩。有點類似我國的象棋。

checkup [`tʃɛk,ʌp; 'tʃek,ʌp] 名 -s [-s]

名 (口語)⊛檢查, 檢定 | You should have a thorough physical *checkup*. 你應該接受一次徹底的健康檢查。

⑩ examination

cheek [tʃik; tʃi:k] 名 -s [-s]

名 頰 | Tears ran down her *cheeks*. 淚水滾落她的雙頰。

cheer [tʃɪr; tʃɪə(r)] 名 -s [-z]

名 ❶歡呼, 喝采 | The curtain was raised amid *cheers*. 帷幕在歡呼聲中升起。

❷鼓舞;慰藉 | His words gave her some *cheer*. 他的話使她稍稍開心。

—— 㒳 -s [-z] 動 -ed [-d]; -ing

動 ⊗ ❶鼓勵 | I tried to *cheer* him (**up**). 我想要鼓勵他。

❷喝采 | He was *cheered* by the audience. 他受到觀眾的喝采。

不 ❶高興起來 | He *cheered* **up** at the news. 他聽到這消息而高興起來。

❷歡呼, 喝采 | The crowds *cheered* as he appeared. 他一出現群眾便歡呼起來。

衍生 形 **chèerful**(高興的, 快樂的), **chèery**(快樂的), **chèerless**(不快樂的;陰鬱的)

cheerful [`tʃɪrfəl; 'tʃɪəfəl]

形 ❶(人)快樂的 | A sunny day makes us *cheerful*. 晴朗的日子令我們愉快。

❷(時間等)愉快的, 歡愉的 | That was a *cheerful* day for us. 對我們來說, 那是快樂的日子。

┌── **cheerful** 的同義字和反義字 ──┐
快樂的, 愉快的……gay, cheery, joyful, joyous
悲哀的, 憂傷的……sad, depressed, melancholy

衍生 副 **chèerfully**(快樂地)名 **chèerfulness**(愉快)

cheese [tʃiz; tʃi:z] 名 無

名 乳酪 | *Cheese* is made from milk. 乳酪是牛奶製成的。

▶照相的時候說 "Say cheese.", 是因為說 cheese 時, 嘴巴會呈微笑狀。

chemical [`kɛmɪk; 'kemɪkl]

形 (限定用法)化學的;化學上的 | a *chemical* experiment 化學實驗／*chemical* change 化學變化

chemist [`kɛmɪst; 'kemɪst] 名 -s [-s]

名 化學家;藥劑師, 藥商 | Is he a *chemist* or a physicist? 他是個化學家還是物理學家?

chemistry [`kɛmɪstrɪ; 'kemɪstrɪ] 名 無

名 化學;化學的性質 | He is good at *chemistry* and physics. 他精於化學和物理學。

a chemical experiment 化學實驗

cherish [`tʃɛrɪʃ; 'tʃerɪʃ] 㒳 -es [-ɪz] 動 -ed [-t]; -ing

動 ⊗ ❶(心)懷抱著 | She *cherishes* a hope that she will be a singer some day. 她抱著有朝一日成為歌星的希望。

❷珍愛 | She *cherishes* my children. 她疼愛我的子女。

cherry [`tʃɛrɪ; 'tʃerɪ] 名 **cherries** [-z]

名 (植物)櫻桃;櫻樹 | Some *cherries* are sweet and some are sour. 有些櫻桃是甜的, 有些櫻桃是酸的。 **trée**(櫻桃樹)

複合 名 **chèrry blóssom**(櫻花▶通常用複數), **chèrry**

chest [tʃɛst; tʃest] 名 -s [-s]

名 ❶方箱;櫃子 | a treasure *chest* 珠寶箱

⑩ box | ▶通常指有蓋而且結實的箱子。

❷胸(部) | He is wearing a medal **on** his *chest*. 他的胸前佩戴著一枚獎章。

▶ chest 包含胸的內部, breast 僅指胸的外部。 | He has *chest* trouble. 他有肺病。／a pain **in** the *chest* 胸部作痛

複合 名 **chèst of dràwers**(衣櫃) [-s]

chestnut [`tʃɛsnət; -,nʌt; 'tʃesnʌt] (注意發音) 名 -s

名 栗子;栗樹 | pull someone's *chestnuts* out of the fire 幫某人在火中取栗(為他人犧牲)

chew [tʃu; tʃu:] 㒳 -s [-z] 動 -ed [-d]; -ing

動 ⊗ 不 (在嘴裡)咀嚼, 咬碎 | *Chew* your food well before you swallow it. 吞嚥食物之前要細嚼。

bite 咬傷

chew 咀嚼

複合 名 **chèwing gúm**(口香糖)

chick [tʃɪk; tʃɪk] 名 -s [-s]

名 (雞等的)雛; 小雞 | The farmer has hundreds of *chicks*. 這農夫有好幾百隻的小雞。

chicken [`tʃɪkɪn, -ən; `tʃɪkɪn] 憤 **-s** [-z]

名❶雛雞;雞鳥 ⇨ chick | Don't count your *chickens* before they are hatched. 不要在還沒孵出小雞之前先數雞。〔別指望過早;別打如意算盤。〕(諺語)

❷美 雞 英 fowl | Hens and roosters are *chickens*. 母雞和公雞都是雞。

❸雞肉(不可數名詞) | They had *chicken* for dinner. 他們晚餐吃雞肉。

▶── 注意拼法的不同──
chicken(小雞)　kitchen(廚房)

chief [tʃif; tʃi:f] 憤 **-s** [-s]

名長,酋長;領袖 | He is the *chief* of a police station. 他是(警察)分局長。

──形 (限定用法)
❶階級最高的 | a *chief* engineer 總工程師／a *chief* justice 法院院長／the *Chief* Executive 美 總統

❷主要的,重要的 ⇨ main | Tell me the *chief* merits of the plan. 告訴我這計畫主要的優點。

衍生副 **chìefly** (主要地)名 **chìeftain** (首領,頭目)

child [tʃaɪld; tʃaɪld] 憤 **children** [`tʃɪldrən; `tʃɪldrən]

名小孩 | You are not a *child* any longer. 你不再是個小孩子了。

▶中文和英文裡的「孩子」,都一樣包含有兩種性別的意思:"He [She] is my only *child*." (他〔她〕是我的獨生子。)▶嬰兒是 infant.

childhood [`tʃaɪld,hʊd; `tʃaɪldhʊd] 憤 無

名兒童時期,幼年時期 | She was lovely in her *childhood*. 她小時很可愛。

childish [`tʃaɪldɪʃ; `tʃaɪldɪʃ]

形孩子氣的,幼稚的 | That's a *childish* idea. 那是個幼稚的想法。

▶ childlike(孩子似的,天真浪漫的),同前者比較 childish 多用於不好的(輕蔑的)意味。

childlike [`tʃaɪld,laɪk; `tʃaɪldlaɪk]

形孩子似的;(成人的言行)天真爛漫 | He has a *childlike* love for a circus. 他有如小孩子,很喜歡馬戲團。

chill [tʃɪl; tʃɪl] 憤 **-s** [-z]

名❶寒冷;寒意 | I feel a *chill*. I must have a fever. 我覺得很冷,一定是發燒了。

❷消沉;掃興 | The accident cast a *chill* **over** us. 這意外讓我們很沮喪。

──⊜ **-s** [-z] 憤 **-ed** [-d]; **-ing**
動⊗ 使冷 | *Chill* the watermelon in the stream. 將這西瓜放在河裡冰涼一下。

chilly [`tʃɪlɪ; `tʃɪlɪ] 比 **chillier** 憤 **chilliest**

形寒冷的;冷淡的 | a *chilly* wind 冷風／a *chilly* reception 冷淡的接待／a *chilly* greeting 冷淡的問候

chime [tʃaɪm; tʃaɪm] 憤 **-s** [-z]

名 (教堂內等的)鐘 | ▶一套發諧音的鐘。

──⊜ **-s** [-z] 憤 **-d** [-d]; **chiming**

動⊗ 鳴(鐘) | The church bells *chimed* six. 教堂的鐘敲了六下(報時六點)。

chimney [`tʃɪmnɪ; `tʃɪmnɪ] 憤 **-s** [-z]

名煙囪 | He believes Santa Claus comes in through the *chimney*. 他相信耶誕老人從煙囪進來。

複合名 **chìmney swéep** [**swéeper**] (掃煙囪的人)

chin [tʃɪn; tʃɪn] 憤 **-s** [-z]

名顎,下巴 | Keep your *chin* up. 拿出勇氣來。

chin 顎 ─── ；　　jaws 上顎與下顎

China [`tʃaɪnə; `tʃaɪnə]

名 (國名)中國 | *China* has the largest population in the world. 中國是世界上人口最多的國家。

china [`tʃaɪnə; `tʃaɪnə] 憤 無

名瓷器;陶瓷器;瓷製裝飾品 | He has a collection of *china*. 他有一套瓷製飾品。

▶ èarthenwáre 爲「陶器」。
▶ jápan 爲「漆;(日本式的)漆器」。

Chinese [tʃaɪ`niz; ˏtʃaɪ`ni:z]

形中國的;中國人的;中國話的 | *Chinese* classics 中國經書;四書五經／*Chinese* characters 中國字

──名中國人;中國的文字〔語言〕 | I know a [lots of] *Chinese*. 我認識一位〔很多〕的中國人。

chip [tʃɪp; tʃɪp] 憤 **-s** [-s]

名❶碎片;木屑;碎渣 | The glass broke into *chips*. 玻璃破成碎片了。

❷薄片 | potato *chips* (油炸的)馬鈴薯片

──⊜ **-s** [-s] 憤 **chipped** [-t]; **chipping**

動⊗ 切,削;切下 | Be careful not to *chip* the rim. 小心不要把邊切下。

chip ice 把冰剁碎／*chip* twigs from a tree 從枝上切下嫩枝

chirp [tʃɜp; tʃɜ:p] 憤 **-s** [-s] **-ed** [-t]; **-ing**

動⊘ (蟲・小鳥)鳴 | Crickets were *chirping* in the garden. 蟋蟀在花園裡唧唧叫。

chisel [`tʃɪzl; `tʃɪzl] 憤 **-s** [-z]

名 (工具)鑿子 | I need a *chisel* and a hammer. 我需要一把鑿子和一把鐵鎚。

chisel

chivalry [`ʃɪvl̩rɪ; `ʃɪvlrɪ] (注意發音)憤 無

名 (中古世紀的)騎士精神 | ▶以英勇・有禮・寬大・忠誠・尊重女性・扶助弱者爲理想的精神。

衍生形 **chìvalrous**(合乎騎士精神的;俠義的)

chocolate [`tʃɔklɪt, -kəlɪt, `tʃɑk-; `tʃɒkələt] 憤 **-s** [-s]

名巧克力;可可 | a bar of *chocolate* 一條巧克力糖／a cup of *chocolate* 一杯可可飲料

choice [tʃɔɪs; tʃɔɪs] 憤 **-s** [-ɪz] ▶動詞爲 choose。

名❶選擇 | Make a careful *choice* of your friends. 選擇朋友要慎重。

❷選擇的東西；選上的東西 | This tie was my *choice*. 這條領帶是我選的。

► **choice** 和 **alternative**
choice ………用於可以選擇任何喜愛的東西時。 Take your *choice* of the ties. (選擇你所喜愛的領帶吧!)
alternative …用於選擇的對象受到很大的限制, 須二者擇一或三者擇一時。 You have the *alternative* of leaving or staying. (你或去或留, 二者之中選其一吧!)

choir [kwaɪr; ˈkwaɪə(r)] (注意發音) [複] **-s** [-z]
[名] (教堂中的) 唱詩班；合唱團 | He belongs to the *choir*. 他屬於唱詩班。

choke [tʃok; tʃəʊk] ㊂ **-s** [-s] [規] **-d** [-t]; **choking**
[動][及] ❶使窒息 | The candy almost *choked* him. 這糖幾乎把他噎死。
❷塞住 | The pipe was *choked* with tar. 這煙斗被焦油堵住了。
❸咽塞 | Rage *choked* his words. 他氣得說不出話來。
[不] 窒息, 阻塞 | He *choked* **on** his food. 他被食物噎住了。

choose [tʃuz; tʃuːz] ㊂ **-s** [-ɪz] [不] **chose** [tʃoz; tʃəʊz] **chosen** [ˋtʃozn̩; ˋtʃəʊzn]; **choosing**
[動][及] ❶選擇 ⇨ select | He *chose* his wife for her money. 他因她有錢才娶她爲妻。
❷決定(做某事) | He *chose* to stay home. 他決定待在家裡。
[不] ❶選擇 | You can *choose* between A and B. 你可以在 A 和 B 之間作一選擇。
❷欲, 想要 [同] want | Just as you *choose*. 請隨君便。
[衍生][名] **choice** (選擇)

chop [tʃap; tʃɒp] ㊂ **-s** [-s] [規] **chopped** [-t]; **chopping**
[動][及] ❶砍 | *chop* wood 砍木材／*chop* down a tree 把樹砍倒
❷切碎 | *chop* the cabbage 將包心菜切碎
—— [複] **-s** [-s]
[名] 切下的一塊；肉排 | We ate pork *chops* for dinner. 我們晚餐吃豬排。

chord [kɔrd; kɔːd] [複] **-s** [-z] ► 與 cord 同音。
[名] ❶(音樂)和音；樂器的弦 | ► 和音(或稱和弦)是幾個高低不同的音同時發出之音。
❷(解剖)帶 | the vocal *chords* 聲帶

chorus [ˋkorəs; ˈkɔːrəs] (注意拼法) [複] **-es** [-ɪz]
[名] 合唱團；合唱曲 | a mixed *chorus* 混聲合唱／a *chorus* for men's voices 男聲合唱曲／in *chorus* 齊聲合唱

chose [tʃoz; tʃəʊz] [動] choose 的過去式

chosen [ˋtʃozn̩; ˈtʃəʊzn] [動] choose 的過去分詞

Christ [kraɪst; kraɪst]
[名] (人名)基督 | *Christ* is the founder of Christianity. 基督是基督教的創始人。

christen [ˋkrɪsn̩; ˈkrɪsn] ㊂ **-s** [-z] [規] **-ed** [d]; **-ing**
[動][及] 施洗禮以命名 | The baby was *christened* Tom. 這嬰孩(在受洗時)被命名爲湯姆。

Christian [ˋkrɪstʃən; ˈkrɪstʃən] ㊂ **-s** [-z] [規] **-ed** [-d]; **-ing**
[形] 基督(教)的；信奉基督教的；合乎基督教徒的 | The Chinese are not a *Christian* people. 中國人不是信奉基督教的民族。 It is not *Christian* to lie. 基督徒是不說謊的。 the *Christian* religion 基督教
—— [複] **-s** [-z]
[名] 基督教徒 | There were a lot of *Christians* in this village. 這個村裡有很多基督教徒。

Christianity [ˌkrɪstʃɪˋænətɪ, krɪsˋtʃænətɪ; ˌkrɪstɪˈænətɪ]
[名] 基督教 | He preached *Christianity* in Japan. 他過去在日本傳基督教。

Christmas [ˋkrɪsməs; ˈkrɪsməs] (注意拼法) [複] 無
[名] 聖誕節 | A Merry *Christmas* (to you)! 祝你耶誕快樂!
[複合][名] **Chrìstmas Êve** (耶誕夜)

chronic [ˋkranɪk; ˈkrɒnɪk]
[形] (疾病)慢性的 [反] acute | Some acute illnesses may become *chronic*. 有些急性病可能轉化爲慢性病。

chronicle [ˋkranɪkl̩; ˈkrɒnɪkl] [複] **-s** [-z]
[名] 編年史 ► 依年代順序記載事件的歷史。

chuckle [ˋtʃʌkl̩; ˈtʃʌkl] ㊂ **-s** [-z] [規] **-d** [-d]; **chuckling**
[動][不] 吃吃地笑 | He *chuckled* to himself. 他(因高興而)暗自發笑。

church [tʃɝtʃ; tʃɜːtʃ] [複] **-es** [-ɪz]
[名] 教堂；禮拜 | Christians go to *church* every Sunday. 基督徒每星期天都上教堂做禮拜。
►「上教堂」是 go to church 而非 go to a [the] church 與 go to school 的用法一樣。

churchyard [ˋtʃɝtʃˌjard; ˈtʃɜːtʃjɑːd] [複] **-s** [-z]
[名] (教堂的)墓地 | ► 指教堂院落的墓地。cemetery 爲不附屬於教堂的墓地。

cigar [sɪˋgar; sɪˈgɑː(r)] (注意發音) [複] **-s** [-z]
[名] 雪茄煙 | He offered me a *cigar*. 他給我一根雪茄。

cigarette [ˌsɪgəˋrɛt, ˋsɪgəˌrɛt; ˌsɪgəˈret] (注意發音) [複] **-s** [-s]
[名] 香煙, 紙煙 | How about a *cigarette*? 抽根煙怎麼樣?
► 像「長壽」等的普通香煙不是 tobacco, 而是 a cigarette。tobacco 是煙絲。

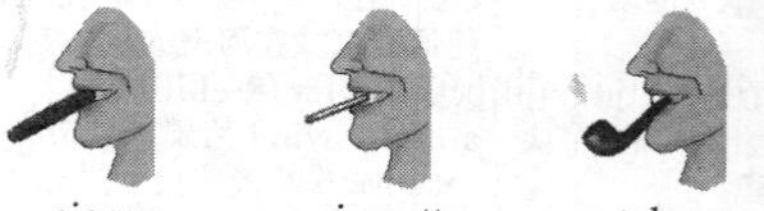

cigar　cigarette　tobacco

cinema [ˋsɪnəmə; ˈsɪnəmə] [複] **-s** [-z]
[名][英] 電影院；(加 the) 電影 | Let's go to **the** *cinema*. 我們去看電影吧!

▶ 美國人說「我們去看電影吧」是
「Let's go to the movies.」。
▶ cinema 是 cinematograph 之略。

circle [`sɝkl; 'sɜ:kl] 图 -s [-z]
图 ❶圓, 環, 圈 ｜ We danced in a *circle*.
　　　　　　　　 ｜ 我們圍成圓圈跳舞。

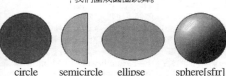

　　circle　　semicircle　　ellipse　　sphere[sfɪr]
　　圓（形）　　半圓（形）　　橢圓（形）　　球（形）

❷(集合稱)同 ｜ a reading *circle* 讀書界／the family
夥, …界 ｜ *circle* 家族

circuit [`sɝkɪt; 'sɜ:kɪt] 图 -s [-s]
图 一周, 巡迴; ｜ the earth's *circuit* of the sun
周圍, 範圍 ｜ 地球繞太陽一周

circular [`sɝkjələ; 'sɜ:kjʊlə(r)] ▶ 名詞是 circle。
形 圓形的; 循環 ｜ a *circular* table 圓桌／a *circular*
的 ｜ saw 圓鋸／a *circular* motion 圓周運
　　　　　　　　 ｜ 動　　　 ⎰[-ɪd]; **-lating**⎱

circulate [`sɝkjə‚let; 'sɜ:kjʊleɪt] ⊜ -s [-s] 图 -d
動 不 ❶流動; 循 ｜ I opened the door to let the air
環 ｜ *circulate*. 我打開門使空氣流通。
❷傳佈 ｜ The rumor *circulated* quickly.
　　　　　　　　 ｜ 謠言很快地傳開了。
他 使傳佈; 使傳 ｜ The secret was widely *circulated*.
播 ｜ 這秘密已廣爲人知。

circulation [‚sɝkjə`leʃən; ‚sɜ:kjʊ'leɪʃn] 图 無
图 ❶(血液等 ｜ Exercise is good for *circulation*.
的)循環 ｜ 運動對血液循環有益。
❷發行數, 銷路 ｜ The magazine has a large
　　　　　　　　 ｜ *circulation*. 這雜誌銷路很廣。
❸傳佈; 流通 ｜ The paper money is in *circulation*.
　　　　　　　　 ｜ 這紙幣已在市面流通。　⎰ -s [-ɪz]⎱

circumference [sə`kʌmfərəns; sə'kʌmfərəns] 图
图 圓周; 周圍 ｜ The circle is seven feet in
⇨ circle ｜ *circumference*.(＝The circle is seven
　　　　　　　　 ｜ feet around.) 這圓的圓周有七英尺。

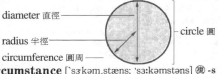

diameter 直徑
radius 半徑
circle 圓
circumference 圓周

circumstance [`sɝkəm‚stæns; 'sɜ:kəmstəns] 图 -s
[-ɪz]
图 ❶(通常用複 ｜ He described the *circumstances* of
數)情況; 狀況 ｜ the accident.
　　　　　　　　 ｜ 他說明這意外事件的情況。
❷(用複數)境 ｜ They are in bad [reduced]
遇, 生活狀況 ｜ *circumstances*. 他們的情況不佳(很
　　　　　　　　 ｜ 　　　　　　　　⎰窮)。⎱
under the circumstances
在這種情形之下 ｜ *Under the circumstances*, I can't go.
　　　　　　　　 ｜ 在這種情形之下, 我不能去。

衍生 形 **cìrcumstántial** [-‚ʃəl] (詳細的; 依情況而定的)

circus [`sɝkəs; 'sɜ:kəs] 图 -es [-ɪz]
图 馬戲團 ｜ The *circus* traveled from town to
　　　　　　　　 ｜ town. 馬戲團走過一個又一個的城市。

cite [saɪt; saɪt] ▶ 與 site 同音。⊜ -s [-s] 图 -d [-ɪd];
citing
動 他 引用 ｜ He *cited* another example.
同 quote ｜ 他引用另一個例子。
衍生 图 **citátion**(引用; 引用文)

citizen [`sɪtəzn̩; 'sɪtɪzn] 图 -s [-z]
图 ❶市民 ｜ He was born a *citizen* of London.
　　　　　　　　 ｜ 他生而爲倫敦公民。
❷公民, 國民 ｜ American *citizens* and British
　　　　　　　　 ｜ subjects 美國的公民和英國的國民
衍生 图 **cìtizenshíp**(市民權, 公民權, 國籍)

city [`sɪtɪ; 'sɪtɪ] 图 cities [-z]
图 市, 城市 ｜ She lives in a big *city*.
　　　　　　　　 ｜ 她住在大城市。
　　　　　　　　 ｜ I prefer country life to *city* life.
　　　　　　　　 ｜ 我喜歡鄉村生活而不喜歡都市生活。
　　　　　　　　 ｜ a *city* council 市議會／a *city* hall 市
　　　　　　　　 ｜ 政府; 市政廳

civil [`sɪvl; 'sɪvl]
形 ❶市民的; 公 ｜ *civil* duties 公民的義務／*civil* law 民
民的 ｜ 法／a *civil* war 內戰／the *Civil* War
　　　　　　　　 ｜ 美 南北戰爭(1861-65)
❷(對軍人・官 ｜ He returned to *civil* life.
吏而言)平民的 ｜ 他(卸下戎裝)恢復平民生活。
❸有禮貌的 ｜ He was at least *civil* to her.
　　　　　　　　 ｜ 他至少對她還保持禮貌。
衍生 图 **civílity**(慇懃, 謙恭), **civílian**(平民, 與軍警相對
的一般百姓)　　　　　　　　　⎰ -s [-z]⎱

civilization [‚sɪvlə`zeʃən, -aɪ`z-; ‚sɪvɪlaɪ'zeɪʃn] 图
图 文明 ｜ European *civilization* 歐洲文明／the
反 barbarism ｜ modern *civilization* 現代文明
▶ culture 著重於文化的精神方面, 而 civilization 則著
重於物質方面, 尤其是發展某種的階段。

civilize [`sɪvl‚aɪz; 'sɪvɪlaɪz] ⊜ -s [-ɪz] 图 -d [-d]
civilizing
動 他 使(野蠻人 ｜ They *civilized* the savages.
等)開化; 教化 ｜ 他們教化那些野蠻人。

civilized [`sɪvl‚aɪzd; 'sɪvɪlaɪzd] 反 barbarous
形 開化的, 文明 ｜ a *civilized* nation 文明的國家／a
的 ｜ *civilized* life 文化生活

claim [klem; kleɪm] ⊜ -s [-z] 图 -ed [-d]; -ing
動 他 ❶要求 ｜ He *claimed* his salary.
　　　　　　　　 ｜ 他要求發薪。
❷主張(…乃是 ｜ He *claimed* ⎰that he had paid.⎱
事實) ｜ 　　　　　 ⎱to have paid.⎰
　　　　　　　　 ｜ 他聲稱他已付過錢了。
── 图 -s [-z]
图 ❶(正當權利 ｜ His *claim* to the house is invalid.
的)要求; (所有 ｜ 他對這房子所有權的主張是無效的。
權・事實的)主 ｜
張 ｜
❷(請求的)權 ｜ He has no *claim* to the property.
利, 資格 ｜ 他對這財產沒有要求的權利。

衍生 名 **clàimant**（請求者；申請者）

clamor, 愛 **clamour** [`klæmə; `klæmə] 愛 **-s** [-z]
名 喧鬧；呼喊 ┊ *clamors* of indignation 怒吼
— 自 **-s** [-z] 他 **-ed** [-d]; **-ing** [`klæmərɪŋ]
動 不 大聲要求；｜ They *clamored* **for** better pay.
喧鬧 ｜ 他們要求提高工資。
clamorous [`klæmərəs; `klæmərəs] ▶ 名詞是
clamor。
形 吵鬧的, 叫嚷｜ They are *clamorous* **for** better pay.
的 ｜ 他們大聲疾呼要求提高工資。
clan [klæn; klæn] 愛 **-s** [-z]
名 宗族；一門｜ They are forbidden to marry in
｜ their own *clan*. 他們不准同宗族結婚。
clang [klæŋ; klæŋ] 自 **-s** [-z] 他 **-ed** [-d]; **-ing**
動 不 使發叮噹｜ The bell *clanged* loudly.
聲 ｜ 這鐘發出巨大的叮噹聲。
▶ clank 是（鐵鏈或刀鋒相擊的）鏗鏘聲。
clap [klæp; klæp] 自 **-s** [-s] 他 **clapped** [-t]; **clapping**
動 不 拍手, 鼓掌｜ The audience *clapped* after his
｜ speech.
｜ 他演說完畢之後, 觀眾鼓掌喝采。
他 鼓（掌）, 輕拍｜ They *clapped* their hands.
｜ 他們鼓掌。
— 愛 **-s** [-s]
名 拍手聲, 掌摑｜ The *clap* of thunder frightened the
聲；雷聲 ｜ baby. 轟然雷聲嚇到了嬰兒。
clash [klæʃ; klæʃ] 自 **-es** [-ɪz] 他 **-ed** [-t]; **-ing**
動 不 ❶作撞擊｜ The swords *clashed*.
聲 ｜ 劍相撞擊而鏗然作聲。
❷（意見等）衝突｜ My opinion *clashes* **with** his.
｜ 我的意見跟他的（意見）衝突。

▶ clash, crash, crush
clash… （金屬製品等相撞擊而）鏗然作聲；撞擊聲
（意見・利害）衝突
crash… （墜落或倒下而）嘩啦破碎, 或碰撞作聲
▶ crash 是東西碰撞作聲；而 clash 是比喻
的衝突。
crush… （蔬菜、肉、箱子等被）壓破, 壓碎

— 愛 **-es** [-ɪz]
名 ❶撞擊聲｜ I heard a *clash* in the street.
｜ 我聽到街上有鏗然的聲音。
❷衝突, 不一致｜ a *clash* of views 意見衝突
clasp [klæsp; klɑːsp] 自 **-s** [-z] 他 **-ed** [-t]; **-ing**
動 他 緊抱, 緊握｜ She *clasped* the baby in her arms.
｜ 她把嬰兒緊抱在懷裡。
｜ *clasp* hands 緊握著手／*clasp* one's
｜ hands 手指交錯地緊扣在一起

clasp one's hands

clasp hands

class [klæs; klɑːs] 愛 **-es** [-ɪz]
名 ❶班, 級｜ He is first in English in his *class*.
｜ 他的英文是全班第一。

❷（社會）階級；｜ the upper [middle, lower] *class* 上層
等級 ｜〔中等, 下等〕階級
❸上課（時間）｜ English *class* starts at nine.
｜ 英文課九點開始。
❹種類；部門｜ books of this *class* 這一類的書
— 自 **-es** [-ɪz] 他 **-ed** [-t]; **-ing**
動 他 分類｜ They *class* him among scholars.
｜ 他們將他列入學者。
classic [`klæsɪk; `klæsɪk] 愛 **-s** [-s]
名 古典名著, 一｜ "King Lear" is a *classic*.
流的作品；文豪｜《李爾王》是一部古典名著。
— 形 一流的；古｜ the *classic* beauty of Mona Lisa 蒙
典的 ｜ 娜麗莎的古典美
classical [`klæsɪkl; `klæsɪkl]
形 古典的｜ *classical* education（以希臘語・拉丁
反 romantic｜ 語為主的）古典教育／the *classical*
｜ languages 古典語言
▶「古典音樂」是 classical music, 不作 classic。
classification [ˌklæsəfə`keʃən; ˌklæsɪfɪ`keɪʃn] 愛 **-s**
[-z]
名 分類；（被分｜ the *classification* of animals 動物的
類的）項目 ｜ 分類
classify [`klæsəˌfaɪ; `klæsɪfaɪ] **classifies** [-z] 他
classified [-d]; **-ing**
動 他 分類｜ He *classified* the butterflies.
｜ 他將蝴蝶分類。
衍生 形 **clàssifíed**（分類的；美 機密的）
classmate [`klæsˌmet; `klɑːsˌmeɪt] 愛 **-s** [-s]
名 同班同學｜ He is my *classmate*.
｜ 他是我的同班同學。
classroom [`klæsˌrum; `klɑːsruːm] 愛 **-s** [-z]
名 教室｜ All the students are in the
｜ *classroom*. 所有的學生都在教室。
clatter [`klætɚ; `klætə(r)] 自 **-s** [-z] 他 **-ed** [-d]; **-ing**
[`klætərɪŋ]
動 不 發出嘩啦｜ The forks *clattered* in the box.
（劈拍）聲 ｜ 叉子在盒子裡嘩啦作響。
▶ clutter 是動 他「使（屋裡等）零亂」。
clause [klɔz; klɔːz] 愛 **-s** [-ɪz]
名 ❶（文法）子｜ a noun [an adjective, an adverbial]
句 ｜ *clause* 名詞〔形容詞, 副詞〕子句
❷（法律・契約｜ a contract *clause* 合同條文／a
等的）條款, 規定｜ saving *clause* 保留條款
claw [klɔ; klɔː] 愛 **-s** [-z]
名（鳥獸的）爪｜ The cat scratched me with its
▶人類的指甲｜ *claws*.
是 nail。 ｜ 貓用爪抓我。

claws 鳥獸的爪　　nail 指甲　toenail 趾甲

clay [kle; kleɪ] 愛 無
名 黏土｜ Bricks are made of *clay*.
｜ 磚是黏土製成的。
clean [klin; kliːn] 比 **-er** 最 **-est**

形❶清潔的（反）dirty | Keep yourself *clean*.
保持身體清潔。
❷純潔的；不帶色情的 | a *clean* joke
非黃色的笑話
❸嶄新的；沒用過的；洗淨的 | I want a *clean* sheet.
我要一條乾淨的床單。
❹無違法的；正直的 | a *clean* record 無前科的記錄
He has a *clean* driver's license.
他開車從來沒違規過。
──副 完全地 | I *clean* forgot about it.
我對那事已全然遺忘。

──⊜ -s [-z] 働 -ed [-d]; -ing

動⊗ 使清潔，使乾淨；打掃 | *Clean* your hands before a meal.
飯前要將手洗乾淨。
Clean your room once a week.
你得一個禮拜打掃一次房間。

衍生 名 **clèaner**(掃除器；洗衣店), **clèaning**(清掃；洗濯)
副 **clèanly**(清潔地)

cleanly [ˋklɛnlɪ; ˈklenlɪ] (注意發音) 比 **cleanlier** 最 **cleanliest**
形 愛乾淨的；潔淨的 | A cat is a *cleanly* animal.
貓是愛乾淨的動物。
衍生 名 **cleanliness** [ˋklɛnlɪnɪs] (清潔)

► 注意 **cleanly** 的發音
[ˋklɛnlɪ] 形 愛乾淨的
[ˋklinlɪ] 副 清潔地；純潔地

cleanse [klɛnz; klenz] (注意發音) ⊜ -s [-ɪz] 働 -d [-d]; cleansing
動⊗ 使清潔；使純潔 | Her words *cleansed* his soul.
她的話語淨化了他的心靈。
衍生 名 **clèanser**(清潔劑)

clear [klɪr; klɪə(r)] 比 **-er** 最 **-est**
形❶晴朗的；明亮的 | a *clear* sky [day] 晴空〔天〕／*clear* light 亮光
❷顯然的 | It is *clear* that you are right.
顯然你是對的。
❸透明的；明晰的 | *clear* glass 透明的玻璃／a *clear* voice 嘹亮的聲音
❹明確的 | I am not *clear* about that.
我對那件事不太明白。
❺(用 clear of 的句型) 沒有… | I'm *clear* of worry.
我沒有煩惱。

► clean 和 clear

	clean	clear
	形 不含污物的	形 乾淨透明的
	clean water (乾淨的水)	*clear* water (清澄的水)
	反 dirty water (骯髒的水)	反 muddy water (混濁的水)
	動 除去塵埃或髒物使乾淨	動 收拾不要的東西
	clean the room (打掃房間)	*clear* the table ((飯後)收拾餐桌)

──副 清楚地 | Speak loud and *clear*.
回 clearly | 大聲說，清楚地說！
► 比 "Speak loudly and clearly." 口語化。
──⊜ -s [-z] 働 -d [-d]; -ing

動⊗ ❶使乾淨，收拾；開墾 | She helps her mother (to) *clear* the table. 她幫她的母親收拾餐桌。
❷除去 | We *cleared* the stones **from** the road. =We *cleared* the road **of** the stones. 我們除去路上的石子。
❸證明無罪 | He *cleared* himself **from** [**of**] **the** charge. 他洗清自己的罪嫌。
❹跳過；越過 | He *cleared* the bar. 他跳過柵欄。
不 變晴 | The sky [weather] is *clearing* (up). 天氣轉晴了。

衍生 副 **clèarly**(顯然地) 名 **clèarance**(清除；間隙), **clàrity**(澄澈；明晰)

cleave [kliv; kliːv] ⊜ -s [-z] 過 **cleft** [klɛft], **clove** [klov]; **cleft**, **cloven** [ˋklovn], 働 -d [-d]; cleaving
動⊗ 劈開 | The plane *cleft* the clouds. 飛機穿入雲中。
衍生 名 **clèaver**(切肉的大菜刀)

clench [klɛntʃ; klentʃ] ⊜ -es [-ɪz] 働 -ed [-t]; -ing
動⊗ ❶緊握；咬緊(牙關) | He got angry and *clenched* his fists. 他氣得緊握拳頭。
clench one's teeth 咬緊牙關
❷緊緊抓住 | He suddenly *clenched* my arm. 他突然緊緊抓住我的手臂。

clergy [ˋklɝdʒɪ; ˈklɜːdʒɪ] ► 集合總稱用作複數，單數是 -man。
名 (加 the) 牧師，僧侶 | members of **the** *clergy* 每一位僧侶 〔[-mən]〕

clergyman [ˋklɝdʒɪmən; ˈklɜːdʒɪmən] 複 **-men**
名 牧師；教士 | ► 美 通常指英國國教的教士；而美 則用於一切宗派的教士。

clerk [klɝk; klɑːk] (注意拼法) -s [-s]
名❶辦事員，職員；官員 | a bank *clerk* 銀行職員／a city *clerk* 市政府的官員
❷美 店員 | She is a *clerk* of that store. 她是那家商店的店員。

clever [ˋklɛvɚ; ˈklevə(r)] 比 **-er** [ˋklɛvərɚ] 最 **-est** [ˋklɛvərɪst]
形❶伶俐的，聰明的 | The *clever* fox escaped the hunter. 聰明的狐狸逃開了獵人的追蹤。
❷靈巧的；巧妙的 | She is *clever* **at** cooking. 她擅於烹調。

► wise 強調「人情練達與判斷上的睿智」；clever 則強調「有才氣的；機敏的；手巧的」等。

► clever(聰明的)的同義字和反義字
「聰明的」bright, intelligent, smart
「愚笨的」stupid, foolish, dull

衍生 副 **clèverly**(聰明地；靈巧地) 名 **clèverness**(聰明；靈巧；巧妙)

client [ˋklaɪənt; ˈklaɪənt] -s [-s]
名❶(律師的)委託人；病人 | ► customer 是(商店的)顧客；customer 不含訴訟委託人之義。
❷(商店的)顧客

cliff [klɪf; klɪf] -s [-s]
名 絕壁，懸崖，斷崖 | He died in a fall from a *cliff*. 他從懸崖跌下而死。

climate [ˋklaɪmɪt; ˈklaɪmɪt] (注意發音) 複 -s [-s]

名❶氣候 | That district has a mild *climate*.
那地區的氣候暖和。

❷潮流,風氣 | the intellectual *climate* 知識風氣

► **weather 和 climate**

weather ……每日的天氣:We had fine *weather* that day.(那天天氣很好。)

climate ……每一地區的氣候:The island has a warm *climate*.(那個島氣候溫暖。)

► weather 是特定某日、某一地方的天氣變化。

climax [`klaɪmæks; 'klaɪmæks] 图 **-es** [-ɪz]

名頂點,最高 | He is **at** the *climax* of his
潮,最高峯 | popularity.
他的聲望正達到最高峯。

climb [klaɪm; klaɪm] (注意發音) 🔄 **-s** [-z] 🔄 **-ed** [-d];
-ing

動⑧❶攀登 | Have you ever *climbed* this
🔄 go up, | mountain?
ascend | 你曾經爬過這座山嗎?
❷攀爬 | Lions are not good at *climbing* a
tree. 獅子不擅於爬樹。
不上爬,上升 | The plane was *climbing* rapidly.
飛機急速上升。

►不要與 crime 混淆。

► **climb, go up, ascend, mount**

climb … (爬山似地)攀登,費力地攀登。
This car will not *climb* that hill.
(這部車子爬不上那座山。)

go up … 爲 climb 的口語說法。
I *went up* this mountain yesterday.
(昨天我爬這座山。)

ascend … 爲 climb 的正式用語。
She *ascended* the steps like a lady.
(她像淑女似地爬樓梯而上。)

mount … 意思與 ascend 接近,但另有「爬至…之上」之義。
He *mounted* the stepladder.
(他爬上凳梯。)

cling [klɪŋ; klɪŋ] 🔄 **-s** [-z] 過 **clung** [klʌŋ]; **-ing**

動不❶黏住;依 | The vine *clung* **to** its support.
附 | 這藤蔓纏繞在其支撐物上。
❷執著 | Why do they *cling* to the old
custom? 他們爲什麼墨守舊俗呢?

clip[1] [klɪp; klɪp] 🔄 **-s** [-s] 图 **clipped** [-t]; **clipping**
[`klɪpɪŋ]

動⑧(用剪刀) | Do they *clip* the sheep every year?
剪下;修剪;剪 | 他們每年都剪羊毛嗎?
Father told me to *clip* the hedge.
父親叫我修剪樹籬。

►從報紙・雜誌剪下的「剪報」稱爲 clipping。

clip[2] [klɪp; klɪp] 图 **-s** [-s]

名紙夾;夾子 | He fastened the papers with a *clip*.
他用紙夾把文件夾在一起

cloak [klok; kləʊk] 图 **-s** [-s]

名❶無袖的外 | She went out in a *cloak*.
套,斗篷 | 她披著斗篷出去。

❷掩飾;藉口 | They made money under the *cloak*
of charity.
他們假借慈善的名義賺錢。

clock [klɑk; klɒk] 图 **-s** [-s]

名鐘 | The alarm *clock* didn't ring.
鬧鐘沒響。

► a clock 是「時鐘;掛鐘」等;攜帶用的手錶或懷錶是 a watch;總稱爲 a timepiece。

clocks

watches

close[1] [kloz; kləʊz] 🔄 **-s** [-ɪz] 图 **-d** [-d]; **closing**

► **close 的發音**
[kloz] 動和图
[klos] 形和副

動⑧❶關,閉 | *Close* the windows at night.
🔄 shut | 晚上要關上窗戶。
❷關閉;歇業;打 | The store is *closed* today.
烊 | 這家店今天停業。
The road is *closed* **to** traffic.
這路禁止通行。
❸結束 | He *closed* his speech with a joke.
🔄 finish | 他以一則笑話結束他的演說。
不❶閉,關上 | The lid of the box didn't *close*.
這箱子的蓋子沒關上。
❷終了,結束 | The meeting *closed* with his speech.
這會議以他的演說結束。

——[kloz] 图 **-s** [-ɪz]

名結束,完畢 | The year was drawing to a *close*.
🔄 end | 這一年即將結束了。

close[2] [klos; kləʊs] (注意發音) 比 **-r** 图 **-st**

形❶接近的 | His house is *close* **to** the school.
🔄 near | 他的房子靠近學校。
❷親密的;緊密 | He is a *close* friend of mine.
的🔄 intimate | 他是我的密友。
❸周密的;精密 | *Close* observation is necessary for
的🔄 accurate | the experiment.
密切的觀察對這實驗是必要的。

——[klos; kləʊs](注意發音) 比 **-r** 图 **-st**

副接近地 | He lives *close* **to** the station.
🔄 near | 他住在車站附近。
衍生名 **closeness** [`klosnɪs] (接近;緊密;精密)
副 **closely**(精密地;嚴加注意地;緊密地)

closet [`klɑzɪt; 'klɒzɪt] 图 **-s** [-s]

名美壁櫥►英 作爲私室・小房間・廁所。

cloth [klɔθ; klɒθ] 图 **-s** [-z, 美 -s, -z]

名布,織品,衣 | two yards of *cloth* 兩碼布/many
料;(一種類的) | *cloths* 很多種布/a dust *cloth* 抹布
布

clothe [kloð; kləʊð] 🔄 **-s** [-z] 图 **-d** [-d]; **clothing**
動⑧穿衣 | He was humbly *clothed*.
他衣著寒酸。

clothes [kloz; kləʊðz] ►用作複數。

名衣服 | two suits of *clothes* 兩套衣服

▶ 不與數詞連用。　Fine *clothes* make the man. 人要衣裝。(諺語)

複合 名 **clòtheslíne**(晒衣繩), **clòthespín**(晒衣用的夾子)

clothing [ˋkloðɪŋ; ˈkləʊðɪŋ] 名 無 | 名 (集合總稱) 衣服 | men's *clothing* 男人穿的衣服／food, *clothing* and shelter 衣食住／two articles of *clothing* 兩件衣服

cloud [klaʊd; klaʊd] 名 -s [-z] ▶ 勿與 crowd 混淆。
名 雲, 雲狀的東西 | dark *clouds* 烏雲／a *cloud* of dust 一片揚塵
The incident cast a *cloud* on her. 這意外事件在她心上投下陰影。
── 三 -s [-z] 動 -ed [-ɪd]; -ing
動 及 被雲遮蔽 | No stars were seen in the *clouded* sky. 陰暗的天空看不到一顆星星。
衍生 形 **clòudless**(無雲的, 晴朗的)

cloudy [ˋklaʊdɪ; ˈklaʊdɪ] 比 **cloudier** 最 **cloudiest**
形 陰天的, 多雲的 | It was *cloudy* yesterday. 昨天是陰天。 ▶混淆。

clown [klaʊn; klaʊn] 名 -s [-z] ▶ 注意勿與 crown 混淆。
名 ❶(馬戲團的)小丑 | He is a sad *clown*. 他是個悲哀的丑角。
❷粗人

club [klʌb; klʌb] 名 -s [-z]
名 ❶俱樂部; 會社 | He belongs to the camera *club*. 他屬於攝影俱樂部。
❷棍子, 警棒; (高爾夫)擊球棒 | He hit me with a *club*. 他用棍子打我。

clue [klu; klu:] 名 -s [-z]
名 線索; 頭緒 | The murderer left no *clue*. 兇手沒有留下一點線索。

clumsy [ˋklʌmzɪ; ˈklʌmzɪ] 比 **clumsier** 最 **clumsi-**
形 笨拙的, 不靈活的 | He is a *clumsy* swimmer. 他不太會游泳。

cluster [ˋklʌstɚ; ˈklʌstə(r)] 名 -s [-z]
名 串; 群 | a *cluster* of grapes 一串葡萄／a *cluster* of bees 一群蜜蜂

clutch [klʌtʃ; klʌtʃ] 三 -es [-ɪz] 動 -ed [-t]; -ing
動 及 緊緊抓住, 抓牢 | He *clutched* my wrist. 他緊緊抓住我的手腕。
不 抓牢 | A drowning man will *clutch* at a straw. 溺水者連一根草也要抓牢。(諺語) ⇨ catch
── 名 -es [-ɪz]
名 (用複數)掌握; 支配 | They were in the *clutches* of the enemy. 他們落在敵人的手裡。

coach [kotʃ; kəʊtʃ] 名 -es [-ɪz]
名 ❶四輪大馬車 | ▶ 使用於未設鐵路之前。
❷(鐵路的)客車 | ▶美 為 carriage 的正式名稱。
❸教練; 指導員 | a football *coach* 足球教練

coal [kol; kəʊl] 名 -s [-z] ▶ 發音與 call [kɔl](喊)不同。
名 煤炭; 一塊煤 | *Coal* is a useful mineral. 煤是一種有用的礦物。

coarse [kors; kɔːs] 比 -r 最 -st ▶ 與 course 同音。
形 ❶粗魯的, 鄙俗的 | *coarse* manners 粗魯的舉止／*coarse* taste 低級的趣味

❷粗的 | *coarse* cloth 質粗的布

coast [kost; kəʊst] 名 -s [-s] ⇨ beach
名 海岸, 海岸線 | The town is on the *coast*. 這城市鄰近海岸。
the Pacific *coast* 太平洋海岸
衍生 形 **còastal**(沿岸的) ▶間的差異。

coat [kot; kəʊt] 名 -s [-s] ▶ 注意與 court [kort] 之間的差異。
名 外套 ▶ 通常是指及膝的長外套。短外套(如西裝外套)稱為 jacket。

suit 一套西裝 — coat 西裝外套／vest 背心／trousers 褲子

── 三 -s [-s] 動 -ed [-ɪd]; -ing
動 及 覆上⑥ cover | The desk was *coated* with dust. 桌上有層灰塵。

coax [koks; kəʊks] 三 -es [-ɪz] 動 -ed [-t]; -ing
動 及 (用甜言蜜語)勸誘; 誘哄 | I *coaxed* her { to go / into going } home. 我哄勸她回家。

cock [kɑk; kɒk] 名 -s [-s] ▶美 rooster。
名 公雞反 hen | The *cock* crows at dawn. 公雞黎明即啼。

cockney [ˋkɑknɪ; ˈkɒknɪ] 名 -s [-z]
名 真正的倫敦人; 倫敦腔 | ▶出生於倫敦東區的人或倫敦語腔。

code [kod; kəʊd] 名 -s [-z]
名 ❶法典; 章程, 法規 | the Napoleonic *code* 拿破崙法典／a moral *code* 道德律
❷電碼; 暗號 | the Morse *code* 摩爾斯電碼／a *code* telegram 密碼電報

coffee [ˋkɔfɪ; ˈkɒfɪ] 名 無
名 咖啡 | How about a cup of *coffee*? 喝杯咖啡如何？ ▶咖啡。
▶ 口語也說作 "Two coffees, please." (請給我兩杯咖啡)
複合 名 **còffee bréak**(美 在工作時間喝咖啡做短暫休息), **còffee hóuse**(咖啡館, 咖啡廳), **còffee shóp**(咖啡店; 咖啡館) 小吃部

coffin [ˋkɔfɪn; ˈkɒfɪn] 名 -s [-z]
名 棺, 柩 | He drove a nail into his *coffin*. 他把釘子釘進自己的棺材內(他尋死路)。 ▶cohering

cohere [koˋhɪr; kəʊˈhɪə(r)] 三 -s [-z] 動 -d [-d];
動 不 凝結, 黏著; 首尾一貫 | The cement and stone *cohered*. 水泥和石頭凝結為一。

coherent [koˋhɪrənt; kəʊˈhɪərənt] 反 incoherent(無條理的)
形 (議論等)有條理的 | His speech was not *coherent*. 他的演說沒有條理。

coil [kɔɪl; kɔɪl] 三 -s [-z] 動 -ed [-d]; -ing
動 及 不 盤繞 | The snake *coiled* itself around it. 這蛇盤繞那物。
── 名 -s [-z]
名 捲 | He wound the rope into a *coil*. 他把繩索捲成一捲。

coin [kɔɪn; kɔɪn] 名 -s [-z] ▶ 紙幣是美 bill, 英 note。

coincide

名 (一枚的)硬幣；(整體的)硬幣 He is collecting rare *coins* for a hobby. 他的嗜好是蒐集稀有的硬幣.

coincide [ˌkoɪnˈsaɪd; ˌkəʊɪnˈsaɪd] 三 -s [-z] 過 -d [-ɪd]; **coinciding**
動 不 ❶同時發生 The two broadcasts *coincided*. 這兩個廣播節目時間相同.
❷一致 His opinion *coincided* with mine. 他的意見和我的意見一致.
衍生 名 **coincidence**(同時發生, 巧合) 形 **coincident**(同時發生的)

cold [kold; kəʊld] ► 與 called [kɔld] (喊的)發音不同.
形 ❶寒冷的, 涼的 反 hot It is *colder* today than yesterday. 今天比昨天冷.
❷冷淡的, 冷漠的 He is always *cold* to strangers. 他對陌生人總是冷漠的.
— 名 -s [-z]
名 ❶寒冷 I can't bear the *cold*. 我忍受不了這寒冷.
❷傷風, 感冒 catch [take] a *cold* 著涼, 傷風 have a *cold* 感冒, 受涼
複合 名 **cold war**(冷戰, 即不使用武力的戰爭狀態)
衍生 副 **coldly**(無情地; 冷淡地) 名 **coldness**(寒冷)

I am *cold*. 我很冷

It is *cold*. (天氣)很冷

She was *cold* to me. 她對我冷淡

collapse [kəˈlæps; kəˈlæps] 三 -s [-ɪz] 過 -d [-t]; **collapsing**
動 不 ❶崩潰；倒塌 The staircase suddenly *collapsed*. 樓梯突然倒塌.
❷病倒；失敗 Three runners *collapsed* after the race. 賽跑後, 三名選手累倒了.
— 名 -s [-ɪz]
名 崩潰；衰弱；失敗 the *collapse* of a bridge 橋樑倒塌／a physical *collapse* 身體衰弱
► collapsible 是「可摺疊的」, a collapsible umbrella 是「摺傘」.

collar [ˈkɑlɚ; ˈkɒlə(r)] 名 -s [-z]
名 衣領 He turned up his coat *collar*. 他將外衣的領子翻上來.
► 注意與 color(顏色)之間拼法的不同.

colleague [ˈkɑlig; ˈkɒliːg] 名 -s [-z]
名 (公務上的)同事 This is one of my *colleagues*. 這位是我的同事.

collect [kəˈlɛkt; kəˈlekt] 三 -s [-s] 過 -ed [-ɪd]; -ing
動 及 收集；徵收 My hobby is *collecting* stamps. 我的嗜好是收集郵票.
collect taxes 徵收稅款
不 聚集 A large crowd *collected* in the park. 公園裡聚集了一大堆人.
► 注意勿與 correct(改正)混淆.
衍生 名 **collector**(收集的人)

collection [kəˈlɛkʃən; kəˈlekʃn] 名 -s [-z]
名 ❶收集；徵集 the *collection* of old clothes (從各家庭)收集舊衣服

the *collection* of taxes 徵稅
❷收集的東西 I have a stamp *collection*. 我收集了一些郵票.
❸捐款；募捐 A *collection* was made for the fund 為此基金而募集捐款.

college [ˈkɑlɪdʒ; ˈkɒlɪdʒ] 名 -s [-ɪz] ⇨ university
名 (單科)大學 a medical [women's] *college* 醫學院 [女子大學]／be in *college* 在上大學
► 注意勿與 courage(勇氣)混淆.

collide [kəˈlaɪd; kəˈlaɪd] 三 -s [-z] 過 -d [-ɪd]; **colliding**
動 不 互撞 The bus *collided* with a truck. 公共汽車與貨車互撞.

collision [kəˈlɪʒən; kəˈlɪʒn] 名 -s [-z]
名 碰撞 There was a train and bus *collision* 有一樁火車與公車相撞的事件.

colloquial [kəˈlokwɪəl; kəˈləʊkwɪəl] 對 literary
形 口語的 a *colloquial* word 口語用字

colonel [ˈkɝnl; ˈkɜːnl] (注意發音) 名 -s [-z]
名 陸軍上校

colony [ˈkɑlənɪ; ˈkɒlənɪ] 複 **colonies** [-z]
名 ❶殖民地 The state was a British *colony*. 這州過去是英國的殖民地.
❷僑居地；小聚居地 the Chinese *colony* in the city 該市的華人
衍生 動 **colonize**(建立殖民地) 形 **colonial**(殖民地的) 名 **colonist**(移入的人民, 開拓殖民地者；殖民地居民)

color, 英 **colour** [ˈkʌlɚ; ˈkʌlə] 名 -s [-z]
名 ❶色, 色彩 the *color* of the sky 天空的色彩
❷顏色；血色 lose *color* 沒有血色／change *color* 臉色變蒼白；臉色變紅
❸(用複數)顏料 oil *colors* 油畫顏料／water *colors* 水彩顏色
► 美 -or 和 英 -our
color—colour(色), humor—humour(幽默), labor—labour(勞動), rumor—rumour(謠言)
複合 形 **color-blind**(色盲的)
衍生 形 **colored**(有色人種的；著色的), **colorful**(多采多姿的), **colorless**(無色的)

Colorado [ˌkɑləˈrædo, -ˈrɑdo; ˌkɒləˈrɑːdəʊ]
名 科羅拉多州 ► 美國西部的一州. 略作 Colo., Col..

column [ˈkɑləm; ˈkɒləm] (注意拼法)
名 ❶圓柱；圓柱形的東西 Three *columns* carry the roof. 三根圓柱支撐著這屋頂.
❷(報紙上的)一欄；專欄 sports *columns* 體育欄／society *columns* 社交欄

comb [kom; kəʊm] (注意發音) 名 -s [-z]
名 ❶梳子 a coarse *comb* 質粗的梳子
❷雞冠 a rooster's *comb* 雄雞的雞冠
► 這些字尾的 b 都不發音
bom*b* [bɑm] (炸彈), clim*b* [klaɪm] (攀登), crum*b* [krʌm] (麵包屑), tom*b* [tum] (墓)

combat [ˈkɑmbæt, ˈkʌm-; ˈkɒmbæt] 名 -s [-s]
名 戰鬥, 搏鬥 a single *combat* 一對一的決鬥；單挑
► 比 battle 規模小的戰鬥.

—[`kɑmbæt, `kʌm-; `kɒmbæt] ⊜ **-s** [-s] ⊛ **-ed** [-ɪd], ⊛ **combatted** [-ɪd]; **-ing,** ⊛ **combatting**

動不⊛奮鬥；爭鬥 | They *combated* for freedom of speech. 他們為言論的自由而奮鬥。

衍生名 **còmbatant**(戰鬥員), **noncòmbatant**(非戰鬥員)

combination [,kɑmbə`neʃən; ,kɒmbɪ`neɪʃn] ⊛ **-s** [-z]

名結合, 組合；聯合 | a *combination* of two colors 兩種顏色的混合

combine [kəm`baɪn; `kɒmbaɪn] ⊜ **-s** [-z] ⊛ **-ed** [-d]; **combining**

動⊛使結合；使混合 | *Combine* blue paint **and** yellow paint. 將藍顏料和黃顏料混在一起。

come [kʌm; kʌm] ⊜ **-s** [-z] ⑦ **came** [kem]; **come; coming**

動不❶(朝自己方向)來；(朝對方的方向)去, 到 | He *came* into my study. 他進入我的書房。
Come this way, please. 請向這裡來。
I will *come* to the party. (對主辦人或預定參加的人說)我會去參加舞會的。▶如果用 go 的話, 係參加與對方無關的舞會。
I'm *coming*. 我這就來了。

▶這種場合, 不可說 "I'm going."

I'm coming.
我就來了。

I'm going to school.
我將去上學。

❷發生 | I'm ready for whatever *comes*. 不論何事發生, 我已做好準備了。

❸達, 及 | Her dress *comes* to the floor. 她的衣服長及地板。

come about 發生 | How did the accident *come about*? 這意外事件是怎麼發生的?

come across … 偶然遇到… | I *came across* her in London. 我在倫敦不期地遇到她。

come around 又來了 | My birthday has *come around*. 我的生日又到了。

come back ❶回來 ❷憶起 | *Come back* soon. 要馬上回來。
His words often *came back* to me. 我常想起他的話。

come by … 偶然獲得… | How did you *come by* such a large amount of money? 你如何弄到這麼大一筆錢?

come from … 出生於… | He *comes from* Tainan. 他是台南人。

「你是哪裡人?」不可用 **did**
Where [do] you come from?

「我是嘉義人。」不可用 **came**
I [come] from Chiayi.

come of … ❶由於… ❷出身於… | His failure *comes of* gambling. 他的失敗是由於賭博。
He *comes of* a poor family. 他出身於貧苦的家庭。

come on ❶(用命令式) | *Come on!* We'll be late for school. 趕快, 我們可要來不及上學了!
趕快 ▶此外還有「走吧; 跟我來; …嘛; 來吧」等種種的意義。
❷進行; 進步; 成長 | How are you *coming on* with your study? 你的研究進展如何?

come out ❶出版, (電影)放映; 開花 | "Time" magazine *comes out* weekly. 《時代》雜誌每週出刊。
The cherry blossoms are *coming out*. 櫻花已開放了。
❷結果 | Everything *came out* as planned. 一切照計畫進行。

come over ❶⊛感到; 發生 ❷(口語)順便過訪 | I *came over* angry. 我突然覺得很生氣。
Come over. 請順道來玩吧!

come to V 成為… | How did you *come to* know that? 你是怎麼知道那件事的?

come to one*self* [one's *senses*] ❶恢復意識 | She fainted, but soon *came to herself*. 她昏過去了, 但馬上又恢復知覺。
❷變聰明 | It's about time he *came to* his *senses*. 現在他該可不再糊塗了吧。

come up 成為話題 | The question *came up* at the meeting. 會議中討論到這問題。

come up to … (跟期待)一樣; 達到某一水準 | His new novel did not *come up to* his former novels. 他的新小說沒有他以前所寫的小說好。

come upon … 侵襲… | Fear *came upon* him. 他感到害怕。

comedy [`kɑmədɪ; `kɒmədɪ] ⊛ **comedies** [-z]

名喜劇 | *comedy* and tragedy 喜劇和悲劇／a musical *comedy* 歌舞喜劇

衍生名 **comedian** [kə`midɪən] (喜劇演員)

comet [`kɑmɪt; `kɒmɪt] ⊛ **-s** [-s]

名彗星 | A *comet* has a tail of light. 彗星有一道光的尾巴。

comfort [`kʌmfət; `kʌmfət] ⊛ **-s** [-s]

名❶安慰; 給與安慰的人[物] | His kind words gave me *comfort*. 他親切的話語使我得到安慰。
❷舒適, 安樂 | They are living **in** great *comfort*. 他們過著非常舒適的生活。

▶⊛口語稱「公共廁所」為 a *còmfort stàtion*.

comfortable [`kʌmfətəbl; `kʌmfətəbl] (注意發音)

形舒適的, 愉快的 | Make yourself *comfortable*. (=Make yourself at home.) 請不要客氣。

衍生副 **còmfortably**(舒適地, 安逸地, 愉快地)

comic [`kɑmɪk; `kɒmɪk] ⊗ tragic(悲劇的)

形喜劇的, 滑稽的; 連環畫的 | a *comic* dramatist 喜劇作家／a *comic* book 漫畫書, 漫畫雜誌

衍生形 **còmical**(滑稽的, 可笑的)

comma [`kɑmə; `kɒmə] ⊛ **-s** [-z]

名 逗點　▶逗點(,) 〔[-ɪd]; -ing〕

command [kə`mænd; kə`mɑːnd] ⊜ -s [-z] 慟 -ed

動 ⊗ ❶命令

command { me **to** go at once / **that** I (should) go ...

命令我馬上去

❷統率, 指揮；支配

command the sea 制海權／command a fleet 統率艦隊

❸(山等)俯視；占有

The hill commands a fine view. 此山俯視美景。

❶命令　　❷統率　　　❸俯視景色

—— 徵 -s [-z]

名 ❶命令, 號令

give a command 下令／withdraw a command 撤回命令

❷指揮(權)；統率權

He took the command of the Russians. 他統率〔指揮〕俄國人民。

❸能揮灑自如的能力

She has a good command of French. 她精通法文。

衍生 名 **commander**(指揮官), **commandment**(戒律)

commemorate [kə`mɛmə,ret; kə`meməreɪt] ⊜ -s [-s] 慟 -d [-ɪd]; **commemorating**

動 ⊗ 慶祝；紀念

They built a tower to commemorate their victory.
他們建塔以紀念他們的勝利。

衍生 名 **commemorátion**(紀念；慶祝)

commence [kə`mɛns; kə`mens] ⊜ -s [-ɪz] 慟 -d [-t]; **commencing**

動 ⊗ 開始, 著手

He has commenced study**ing** [**to** study] law. 他開始研究法律。

▶比 begin 更正式的用語。

衍生 名 **comméncement**(開始；畢業典禮)

commend [kə`mɛnd; kə`mend] ⊜ -s [-z] 慟 -ed [-ɪd]; -ing

動 ⊗ 稱讚；推薦
同 recommend

He commended his men **for** their obedience. 他稱讚他部下的服從。

衍生 名 **cómmendátion**(稱讚；推薦)

comment [`kɑmɛnt; `kɒment] ⊜ -s [-s]

名 評論, 意見

He made a comment **on** the plan.
他對這計畫提出意見。

commerce [`kɑmɝs; `kɒmɜːs] 慟 無

名 商業, 商務, 貿易

international commerce 國際貿易／a chamber of commerce 商會

衍生 形 名 **commércial**(商業的；電視或收音機的商業廣告)

commission [kə`mɪʃən; kə`mɪʃn] 慟 -s [-z]

名 ❶委任；權限；任務

He carried out his commission.
他完成了他的任務。

❷委員會

an inquiry commission 調查委員會

commit [kə`mɪt; kə`mɪt] ⊜ -s [-s] 慟 committed [-ɪd]; **committing**

動 ⊗ ❶犯

He committed a serious crime.
他犯下重罪。

❷委託

She committed her son **to** my care.
她將她的兒子託給我照料。

committee [kə`mɪtɪ; kə`mɪtɪ] (注意發音) 慟 -s [-z]

名 ❶委員會▶用作單數。

The committee consists of twenty members.
這委員會由二十位委員組成。

❷(集合總稱)委員

The committee differ in opinion.
委員們的意見不合。

▶形式雖為單數, 意義卻是複數, 故用作複數。

a member of the committee＝a committeeman 委員

a committee
委員會

the chairman
主任委員

commodity [kə`mɑdətɪ; kə`mɒdətɪ] 慟 commodi- 〔ties [-z]〕

名 日用品；商品

Prices of commodities are rising rapidly. 物價急速上漲。

common [`kɑmən; `kɒmən] 慟 -er 慟 -est

形 ❶共有的, 共同的；公共的

The yacht is the common property to us all.
這遊艇是我們全體所共有的財產。

❷普通的, 常見的；平凡的

This is a very common idiom.
這是個很常見的慣用語。

in common
相似

We have many things in common.
我們有很多相似之處。

複合 名 **cómmon nóun**(普通名詞), **cómmon sénse**(常識(尤指判斷力))

衍生 副 **cómmonly**(一般地, 普通地, 通常地)

commonplace [`kɑmən,ples; `kɒmənpleɪs]

形 平凡的, 普通的

The Internet communication is commonplace now.
網路交流現在已不足為奇了。

—— 慟 -s [-ɪz]

名 普通的事；老生常談；寒暄客套

They exchanged some commonplaces about the weather.
他們寒暄一些有關天氣的客套話。

commonwealth [`kɑmən,wɛlθ; `kɒmənwelθ]

名 民主國家；共和政體

the British Commonwealth of Nations 不列顛國協

communicate [kə`mjunə,ket; kə`mjuːnɪkeɪt] ⊜ -s [-s] 慟 -d [-ɪd]; -ing

動 ⊗ ❶通知, 傳達

Television communicated the news **to** all parts of the country.
電視將這消息傳到全國各地。

❷傳染(疾病)

communicate a disease **to** others 疾病傳染給別人

不 ❶通信；聯絡

I communicated **with** him by gestures. 我用手勢跟他聯絡。

❷(房間等)相通

Her room communicates **with** the kitchen. 她的房間與廚房相通。

communication [kə,mjunə`keʃən; kə,mjuːnɪ`keɪʃn]

名 ❶傳達, 報導；通信(的行為), 交換消息；交通

The communication of news by TV and radio is very common now.
用電視和收音機來報導消息現在已是很普通的事了。

❷通信(的方法), 聯絡

The telephone communication was cut off during the storm.
在暴風雨的時候, 電話聯絡中斷了。

                                                        compel

communism [ˋkɑmjuˏnɪzəm; ˈkɔmjʊnɪzəm]
名 共產主義 ┊ capitalism, socialism and *communism* 資本主義、社會主義和共產主義

衍生 名 **cõmmunist**(共產主義者) ┌ **nities** [-z]⌉

community [kəˋmjunətɪ; kəˈmjuːnətɪ] 複 **commu-**
❶共同生活的團體，社區，社會 ┊ the Jewish *community* in New York 紐約的猶太人社會 ┌而成的團體。⌉
▶同住一起，且以相同的利害關係・信仰・職業等結合
❷(加 the)一般社會，公眾 ┊ That will benefit the *community*. 那將有益於公眾。
複合 名 **commũnity chest**(美) 社區福利基金)

compact [kəmˋpækt; kəmˈpækt]
形 ❶擠滿的，緊密的 ┊ a *compact* bundle of clothes 一包塞得緊緊的衣服
❷簡潔的 ┊ The report was clear and *compact*. 這報告明確而簡潔。
▶(婦女化粧用的)小粉盒是 cõmpact。

companion [kəmˋpænjən; kəmˈpænjən] 複 **-s** [-z]
名 同伴，朋友，伴侶 ┊ I want a traveling *companion*. 我想要一位旅伴。

┌──── **friend, acquaintance, companion** ────
freind ………… 親近的朋友。
acquaintance … 是指認識而關係不深者。
companion …… 既有 friend 的意義，亦有
                acquaintance 的意義。
         ⎧ one's constant *companion*
         ⎪ (經常在一起的朋友)
         ⎨ *companions* on the ship
         ⎩ (船上的同伴)

company [ˋkʌmpənɪ; ˈkʌmpənɪ] 複 **companies** [-z]
名 ❶同座，同伴；交際 ┊ I don't feel at home in his *company*. 我跟他在一起便覺得彆扭。
❷(集合總稱)夥伴，同伴，朋友 ┊ A man is known by the *company* he keeps. 見其友而知其人。(諺語)
▶通常用於一群伙伴；一個同伴時用 a companion。
❸(口語)(通常不加冠詞)來客 ┊ We are having *company* this evening. 今天晚上我們有客人來。
❹公司 ┊ a publishing *company* 出版社
▶公司名稱通常略作 Co., 如 Smith & Co. (史密斯公司)。
❺團體，一行；(陸軍)連 ┊ A *company* of actors has just arrived. 一群演員剛剛到達。
keep company with … ▶用於長期結交
與…結交 ┊ He *kept company with* her for years. 他同她來往好幾年了。

comparative [kəmˋpærətɪv; kəmˈpærətɪv]
形 比較的，比較上的；(文法)比較級的 ┊ We live at *comparative* ease. 我們過著比較舒適的生活。
┊ the *comparative* degree (文法)比較級
衍生 副 **compãratively**(比較地；相當地)

compare [kəmˋpɛr; kəmˈpɛə(r)] 複 **-s** [-z] 過 **-d** [-d]; **comparing**
動 ❶比較 ┊ *Compare* the two and take the better one. 比較兩者，選擇較佳者。

❷比喻 ┊ He *compared* books **to** friends. 他把書比喻為朋友。
▶有時也被用於❶的意義。
┌──── **with** 和 **to** ────
He *compared* his camera **with** mine. 他將他的照相機與我的比較。
     Books can be *compared* **to** friends. 書可被喻為朋友。

不 (用否定句・疑問句)匹敵 ┊ No one can *compare* **with** him in English. 沒有人的英文能與他相比。
(as) compared with [**to**] …
與…比較 ┊ *Compared with* Tom, John is a hard worker. 比起湯姆來，約翰是個賣力的工作者。 ┌音 複 **-s** [-z]⌉

comparison [kəmˋpærəsn̩; kəmˈpærɪsn] (注意發
┌──── **compare** 的兩種形容詞 ────
cõmparable(可比較的，有類似之處的；能比的)
Airplanes and birds are *comparable*. (飛機與鳥有類似之處。)
compãrative(比較的，比較上的)
I live in *comparative* comfort. (我的生活過得比較舒適。)

名 比較；比擬 ┊ make a *comparison* between the two 比較此兩者
beyond comparison
無可比擬 ┊ It is *beyond* all *comparison*. 它是全然無可比擬的。

in comparison with …
與…比較起來 ┊ My car looks shabby *in comparison with* his new one. 同他的新車比較起來，我的車子顯得破舊。

compass [ˋkʌmpəs; ˈkʌmpəs] 複 **-es** [-ɪz]
名 ❶指南針 ┊ A *compass* shows direction. 指南針指示方向。
❷(通常用複數)圓規 ┊ He drew a circle with a pair of *compasses*. 他用圓規畫一圓周。

compassion [kəmˋpæʃən; kəmˈpæʃn] 複 無
名 憐憫，同情 ┊ She helped him **out of** *compassion*. 她由於憐憫而幫助他。
衍生 形 **compãssionate**(慈悲的)

compatible [kəmˋpætəbl̩; kəmˈpætəbl̩] 反 incompatible
形 可以並存的，不矛盾的 ┊ Is beauty *compatible* **with** wisdom? 美麗和智慧可以並存嗎？
衍生 名 **compãtibility**(相容，適合)

compel [kəmˋpɛl; kəmˈpel] 現 **-s** [-z] 過 **compelled** [-d]; **compelling**
動 及 迫使… ┊ I *compelled* him **to** give up the plan. 我強迫他放棄此計畫。
同 force, oblige ┊ He was *compelled* **to** resign. 他不得已而辭職(被迫辭職)。

▶ oblige＜compel＜force
compel 的意義較 oblige 爲強，較 force 爲弱。
I *was obliged to* give up the plan.
（我不得不放棄此計畫。）
I *was forced to* stay at home.
（我被迫待在家裡。）

衍生 名 comp**ù**lsion（強制）形 comp**ù**lsory, comp**ù**lsive
（強制的）

compensate [`kɑmpən,set; 'kɒmpenseɪt]（注意發音）
⊜ **-s** [-s] 働 **-d** [-ɪd]; **compensating**
動 ⑧ 償還；賠償 | I'll *compensate* you **for** your loss.
我將賠償你的損失。　　　　　　　⌐ **-s** [-z]

compensation [,kɑmpən'seʃən; ,kɒmpen'seɪʃn] 働
名 補償；賠償款 | They made *compensation* **for** the
loss. 他們賠償了這損失。

compete [kəm`pit; kəm'piːt] ⊜ **-s** [-s] 働 **-d** [-ɪd];
competing
動 ⊼ 競爭；匹敵 | The students *competed* **with** each
other **for** the prize.
學生們彼此競爭得獎。
Nobody can *compete* **with** him **in**
speech. 在演說方面沒人比得上他。

衍生 形 comp**è**titive（競爭的）名 c**ó**mpet**î**tion（競爭），
comp**è**titor（競爭者）

competence [`kɑmpətəns; 'kɒmpɪtəns] 働 無
名 能力；資格同 | No one doubts his *competence* as an
ability | interpreter.
沒有人懷疑他擔任一位口譯員的能力。

名 c**ô**mpetence（能力）↔ inc**ô**mpetence（無能力）
形 c**ô**mpetent（能幹的）↔ inc**ô**mpetent（無能力的）

competent [`kɑmpətənt; 'kɒmpɪtənt]（注意發音）
形 能幹的；勝任 | I am not *competent* **for** the task.
的, 具充分資格 | 我不能勝任這工作。
的

competition [,kɑmpə`tɪʃən; ,kɒmpɪ'tɪʃn] 働 **-s** [-z]
名 ❶ 競爭▶ | There is keen *competition* between
「賽跑」是 race。 | the two girls.
這兩個女孩子競爭得很激烈。
❷ 競賽, 比賽 | He entered the skiing *competition*.
他參加了滑雪比賽。

衍生 動 comp**è**te（競爭）　　　　　⌐ **compiling**

compile [kəm`paɪl; kəm'paɪl] ⊜ **-s** [-z] 働 **-d** [-d];
動 ⑧ 編輯（字典 | We *compiled* this dictionary.
等） | 我們編輯這本字典。
▶ edit 係用於報章・雜誌的編輯。　⌐ **-d**]; **-ing**

complain [kəm`plen; kəm'pleɪn] ⊜ **-s** [-z] 働 **-ed**
動 ⊼ ❶ 抱怨 | Don't *complain*. 不要抱怨。
▶ grumble 是 | He never *complains* **about** the food
「鳴不平, 發牢 | he eats.
騷」。 | 他從不曾抱怨過他所吃的食物不好。
❷ 控訴 | He *complained* **to** the police **about**
the robbery.
他向警察控訴被搶的事。

complaint [kəm`plent; kəm'pleɪnt] 働 **-s** [-s]

名 不平, 訴苦, | She made a *complaint* **to** the store
不平的原因 | **about** the dress. 她向那店申訴對那件
衣服的不滿意之處。

complement [`kɑmpləmənt; 'kɒmplɪmənt] 働 **-s** [-s]
名 ❶ 補足物 | Love is the *complement* **to** the law.
⇨ compliment | 愛能補法律的不足。〔情與法是相輔相成
❷（文法）補語 | 的。〕
衍生 形 compl**è**m**è**ntary（補足的）

complete [kəm`plit; kəm'pliːt] 働 **-r** 働 **-st**
形 ❶ 完全的, 徹 | a *complete* success 徹底的成功／a
底的 | *complete* stranger 完全陌生的人
❷ 全部的, 完整 | a *complete* set of the encyclopedia
的 | 全套百科全書
❸ 完成 | Our work is now *complete*.
我們的工作現在完成了。
── ⊜ **-s** [-s] 働 **-d** [-ɪd]; **completing**
動 ⑧ 完工；完成 | The building is not *completed* yet.
這建築物尚未完成。

衍生 副 compl**è**tely（完全地）名 compl**è**teness（完全），
compl**è**tion（完成）

complex [kəm`plɛks, `kɑmplɛks; 'kɒmpleks]
形 複雜的 反 | a *complex* problem 複雜的問題／a
simple | *complex* sentence（文法）複合句
衍生 名 compl**è**xity（複雜；複雜的事物）

complexion [kəm`plɛkʃən; kəm'plekʃən]（注意拼法）
名 臉色 | The boy has a rosy *complexion*.
這男孩子臉色紅潤。

complicate [`kɑmplə,ket; 'kɒmplɪkeɪt] ⊜ **-s** [-s]
働 **-d** [-ɪd]; **-ting**
動 ⑧ 使複雜 | His illness *complicated* matters.
他的病使事情趨於複雜。

衍生 形 c**ô**mplic**á**ted（複雜的）名 c**ó**mplic**á**tion（複雜）

simplify　　　　complicate
使單純　　　　　　　使複雜

simple 單純的　　　　　　　complicated 複雜的

compliment [`kɑmpləmənt; 'kɒmplɪmənt]
名 稱讚, 恭維; | They gave her *compliments* **about**
敬意 | her dress. 他們稱讚她的衣服漂亮。
── [`kɑmplə,mɛnt] ⊜ **-s** [-s] 働 **-ed** [-ɪd]; **-ing**
動 ⑧ 稱讚 | He *complimented* the girl **on** her
beautiful long hair.
他稱讚那女孩子美麗的長髮。
▶ 注意勿與 complement 混淆。

comply [kəm`plaɪ; kəm'plaɪ] ⊜ **complies** [-z] 働
complied [-d]; **-ing**
動 ⊼ 應允；順從 | We must *comply* **with** traffic
regulations.
我們必須遵守交通規則。
衍生 名 compli**a**nce（承諾, 答應）形 compli**a**nt（順從的）

compose [kəm`poz; kəm'pəʊz] ⊜ **-s** [-ɪz] 働 **-d** [-d];
composing
動 ⑧ ❶（用被動 | Water is *composed* **of** hydrogen and
語態）構成, 組成 | oxygen.（＝Water consists **of** ...）
水是由氫和氧所組成的。

❷寫(詩);作曲 | Wagner *composed* a lot of operas.
華格納作了很多歌劇的曲子。

❸鎮定(心神),使平靜 | *Compose* yourself.
你得鎮定下來。

▶ compose 的兩種名詞

compose
- ❶構成
- ❷寫(詩)/作曲 → **cómposìtion** ❶構成 ❷作文, 作曲
- ❸使鎮定 → **compósure** 鎮靜

衍生 形 **compósed**(鎮定的, 沉著的)

composer [kəm`pozɚ; kəm`pəʊzə(r)] 變 -s [-z]
名 作曲家 | I want to be a *composer*.
我希望成爲一名作曲家。

composition [ˌkampə`zɪʃən; ˌkɒmpə`zɪʃn] 變 -s [-z]
名 ❶作文, 作曲;(一篇)作品, 樂曲 | He is bad at English *composition*.
他的英文作文寫得很差。
❷成分;構成 | What is the *composition* of this medicine? 此藥的成分是什麼?

composure [kəm`poʒɚ; kəm`pəʊʒə(r)] 變 無
名 鎮靜, 沉著 | He answered **with** great *composure*.
他穩如泰山地回答。

衍生 動 **compóse**(鎮定(心神))

compound [kam`paʊnd; `kɒmpaʊnd]
名 ❶複合物, 混合物;化合物 | Water is a *compound* of hydrogen and oxygen. 水是氫和氧的化合物。
❷(文法)複合字 | ▶ 由兩個以上的單字結合而成的字。
—形(文法)複合的 | "Blackboard" is a *compound* word. 黑板是複合字。

comprehend [ˌkamprɪ`hɛnd; ˌkɒmprɪ`hend] -s [-z] 變 -ed; -ing
動 ⊗ 理解 | I did not *comprehend* his meaning.
我不了解他的意思。

comprehension [ˌkamprɪ`hɛnʃən; ˌkɒmprɪ`henʃn] 變 無
名 理解(力)回 | This theory is above my *comprehension*.
這個理論是我所不能理解的。

衍生 形 **cómprehènsive**(範圍廣泛的;有理解力的)

compress [kəm`prɛs; kəm`pres] -es [-ɪz] 變 -ed [-t]; -ing
動 ⊗ 壓縮;緊壓 | The air in a tire is *compressed*.
輪胎中的空氣受到壓縮。

衍生 名 **comprèssion**(壓縮), **comprèssor**(壓縮機)

comprise [kəm`praɪz; kəm`praɪz] -s [-ɪz] 變 -d [-d]; comprising
動 ⊗ 包括, 由⋯所組成 | This volume *comprises* all his works.
這一卷(書)包括了他所有的作品。
▶ comprise 不用被動式。在「由成分所組成」的場合用 compose: "The cake *is composed of* many ingredients." (這餅是由很多成分所製成的。)

compromise [`kamprə,maɪz; `kɒmprəmaɪz] (注意發音) 變 -s [-ɪz]
名 妥協, 相互讓步 | arrive at/reach a *compromise* 達成妥協方案

— 變 -s [-ɪz] 變 -d [-d]; compromising
動 不 妥協 | I had to *compromise* **on** this point.
在這一點上, 我必須妥協。
⊗ 危及(信用・名譽等) | He *compromised* his reputation by his folly.
他因幹下荒唐事而損及名譽。

compulsory [kəm`pʌlsərɪ; kəm`pʌlsərɪ]
形 強制的, 義務的;必修的 | *compulsory* education 義務教育/ *compulsory* subjects 必修課程
▶ 選修課程是 an elective course。

衍生 動 **compèl**(迫使)

computer [kəm`pjutɚ; kəm`pjuːtə(r)] 變 -s [-z]
名 電子計算機;電腦 | *Computers* have changed the world.
電腦已使世界改觀。

衍生 動 **compùte**(計算)名 **cómputàtion**(計算)

comrade [`kamræd; `kɒmreɪd] 變 -s [-z]
名 夥伴, 同志 | We were *comrades* in the army.
我們是戰友。

concave [`kankev; `kɒnkeɪv]
形 凹形的, 凹的 (⊗ convex(凸形的))

a concave lens 凹透鏡   a convex lens 凸透鏡

conceal [kən`sil; kən`siːl] -s [-z] 變 -ed [-d]; -ing
動 ⊗ 隱藏 回 hide | She *concealed* herself behind the door. 她藏身門後。
▶ 比 hide 爲正式, 而且語義較強。

衍生 名 **concèalment**(隱藏, 隱匿)

concede [kən`sid; kən`siːd] -s [-z] 變 -d [-ɪd]; conceding
動 ⊗ (讓步而)承認 | I *concede* that you have the right.
我承認你有這權利。

衍生 名 **concèssion**(讓步)形 **concèssive**(讓步地)

conceit [kən`sit; kən`siːt] 變 無
名 自負 | My sister is full of *conceit*.
我妹妹十分自負。

衍生 形 **concèited**(自負的)

conceive [kən`siv; kən`siːv] -s [-z] 變 -d [-d]; conceiving
動 ⊗ ❶構想 回 think of | He *conceived* a plan for stealing the jewel. 他想出一個偷珠寶的計畫。
❷想像;理解 回 image | I can't *conceive* why he has made such a mistake. 我想不出他爲什麼犯下這樣的錯。

衍生 形 **concèivable**(想得出的)名 **còncept**(概念), **concèption**(概念, 想法)

concentrate [`kansn̩,tret; `kɒnsəntreɪt] (注意發音) -s [-s] 變 -d [-ɪd]; concentrating
動 ⊗ 不 集中, 專心 | You should *concentrate* (your attention) **on** [**upon**] your work.
你應該專注於工作。

衍生 名 **cóncentràtion**(集中)

concept [`kansɛpt; `kɒnsept] 變 -s [-s]
名 概念 回 idea | I can't grasp the *concept* of infinity.
我不能了解無限這個概念。

衍生 動 **concèive**(想像)

conception [kən`sɛpʃən; kən'sepʃn] [複] **-s** [-z]
[名] 概念;構想;想像 | a child's *conception* **of** the universe 小孩子的宇宙觀
[衍生][動] **concèive**(想像;構想)

concern [kən`sɜn; kən'sɜːn] [三] **-s** [-z] [規] **-ed** [-d]; **-ing**
[動][及] ❶與…有關 | This matter *concerns* all of us. 這件事情跟我們全體都有關係。
❷關心 | He doesn't *concern* **himself with** politics. 他不關心政治。
❸(用被動語態)擔心 | We are very much *concerned* **about** the future of this country. 我們非常擔心這個國家的前途。
as [so] far as ... be concerned
就…而言 | *As far as* English *is concerned*, he is first in our class. 就英文而言,他是我們全班第一。
—— [複] **-s** [-z]
[名] ❶關心之事;關係,利害關係 | It's no concern of yours. 此事與你無關。
❷憂慮;關懷 [同] worry | He felt much *concern* **for** her. 他很關懷她。
❸公司;企業 | a paying *concern* 賺錢的公司

concerning [kən`sɜnɪŋ; kən'sɜːnɪŋ]
[介] (文語)關於 [同] about | We had several discussions *concerning* the matter. 關於這事,我們已討論了好幾次。

concert [`kɑnsɜt,-sət; 'kɒnsət] [複] **-s** [-s]
[名] 音樂會,演奏會;演唱會 | I went to a *concert* last Friday. 我上個星期五去聽音樂會。
▶ 音樂廳爲[美] music hall,[英] concert hall。

concession [kən`sɛʃən; kən'seʃn] [複] **-s** [-z]
[名] 讓步 | I had to make a *concession* **to** him. 我必須對他讓步。
[衍生][動] **concède**(讓步)

concise [kən`saɪs; kən'saɪs] [比] **-r** [最] **-st**
[形] 簡潔的,簡明的 | He made a *concise* report of it. 他對這件事作了簡明的報告。

conclude [kən`klud; kən'kluːd] [三] **-s** [-z] [規] **-d** [-ɪd]; **concluding**
[動][及] ❶結束 ▶比 close 正式。 | We *concluded* the meeting **with** a song. 我們以一首歌結束這個會議。
❷下結論,推斷 | I *concluded* **that** she was telling a lie. 我推斷她說謊。
[不] ❶結束談話 | He *concluded* **by** quoting a passage from the Bible. 他引用聖經中的一節結束談話。
❷結束 | The film *concludes* **with** the heroine's death. 該電影以女主角的死做爲結束。
[衍生][形] **conclùsive**(決定性的)

conclusion [kən`kluʒən; kən'kluːʒən] [複] **-s** [-z]
[名] ❶結論 | We've reached the *conclusion* **that** this is a true story. 我們獲得的結論是,這是個眞實的故事。
❷終了,結束 | Let me say this **in** *conclusion*. 容我這樣說做爲結束。

concord [`kɑnkɔrd, -`kɑŋ-; 'kɒŋkɔːd] [複] 無
[名] ❶調和,和諧 | the *concord* of husband and wife 夫妻的和諧
❷(文法)一致,相應 | ▶數目・格位・性別・人稱等的一致亦稱爲 agreement。

▶ **concord**(一致)的例子
「不是你錯就是我錯。」
Either you or I am wrong.
▶ either A or B ... 在本句中動詞與 B 一致。

concrete [kɑn`krit, `kɑnkrit; kən'kriːt] (注意發音)
[形] ❶具體的 [反] abstract | He asked for a *concrete* answer. 他要求具體的答覆。
❷水泥的 | a *concrete* bridge 水泥橋

condemn [kən`dɛm; kən'dem] (注意發音) [三] **-s** [-z] [規] **-ed** [-d]; **-ing**
[動][及] ❶非難,責備 | She *condemned* her son **for** his behavior. 她責備她兒子的行爲。
❷宣告有罪,判刑 | The judge *condemned* the man **to** ten years in prison. 法官判這男人十年有期徒刑。
[衍生][名] **cóndemnàtion**(非難;判罪)

condense [kən`dɛns; kən'dens] [三] **-s** [-ɪz] [規] **-d** [-t]; **condensing**
[動][及] ❶濃縮;使凝結 | *condense* gas **into** liquid 使氣體凝結成液體
❷縮寫(故事等) | He *condensed* the long report **into** one page. 他把冗長的報告縮寫成一頁。
[不] 凝結 | When vapor in the air *condenses*, it becomes rain. 當空氣中的水蒸氣凝結時即變成雨。
[衍生][名] **cóndensàtion**(壓縮), **condènser**(電容器)

condition [kən`dɪʃən; kən'dɪʃən] [複] **-s** [-z]
[名] ❶狀態;健康情形 | All the players are **in** good *condition*. 全體選手的健康情形都很好。
❷(常作複數)情況,狀況 | **Under** these *conditions* we have to give up the plan. 在這樣情況下,我們必須放棄這計畫。
❸條件,必要條件 | Health is one of the *conditions* **of** success in life. 健康是成功的條件之一。
❹地位,身分;境遇 | elevate the *condition* of women 提高婦女的地位
on condition (that) ... [同] if
在…的條件下,要是…的話 | I'll sell you this camera *on condition that* you pay in cash. 要是你能以現款支付的話,我就把這部照相機賣給你。

conditional [kən`dɪʃənl; kən'dɪʃənl]
[形] 有條件的,作爲條件的 | *a conditional* contract [agreement] 附有條件的契約〔協定〕

conduct [`kɑndʌkt; 'kɒndʌkt] [複] 無
▶ 此字的名詞與動詞重音位置不同。

名 (道德上的) 行為, 舉止 | She is a girl of good *conduct*.
她是個品行端正的女孩子。

► behavior 是在他人的面前或對待他人的態度或舉止。
── [kən`dʌkt; kən'dʌkt] (注意發音) ⊜ **-s** [-s] 過 **-ed** [-ɪd]; **-ing**

動 ⑧ ❶引領, 嚮導 | The usher *conducted* me **to** my seat. 帶位員帶我到我的座位。
⑩ lead, guide

❷指揮 | Who *conducts* the orchestra? 誰指揮這樂隊?

❸處理 | The experiment was carefully *conducted*. 這實驗經謹慎地處理。

❹傳(熱電等) | Copper *conducts* electricity well. 銅導電良好。

conduct one*self* 舉止 | He *conducted* himself like a gentleman. 他舉止有如紳士。

► 注意重音位置的不同

conduct	名 [`kɑndʌkt] 行為
	動 [kən`dʌkt] 引導
contest	名 [`kɑntɛst] 競爭;競賽
	動 [kən`tɛst] 爭取
contrast	名 [`kɑntræst] 對比
	動 [kən`træst] 成對比

export(輸出), import(輸入)亦屬此類

conductor [kən`dʌktɚ; kən'dʌktə] 複 **-s** [-z]
名 ❶管理者;引導者 | the *conductor* of a successful business
⑩ guide | 一個成功事業的領導人
❷指揮 | Who is the *conductor* of this band? 誰是這個樂隊的指揮?

❸(電車・公車)的車掌 | ► 美 長途列車的車掌(服務員)稱為 a guard。

cone [kon; kəun]
複 **-s** [-z]
名 圓錐;圓錐形的東西;松毬

ice-cream cone   pine cone

► an ice-cream cone 是裝冰淇淋的甜筒。

confederate [kən`fɛdərɪt; kən'fedərɪt] 複 **-s** [-z]
名 同謀者;共犯 | The robber and his *confederates* were arrested.
強盜和他的共犯都已被捕。

► Confederate 為(美國史上的)擁護南部邦聯者。

confer [kən`fɝ; kən'fɜː(r)] ⊜ **-s** [-z] 過 **conferred** [-d]; **conferring**
動 ⑧ 頒給, 授與 | The scholar was *conferred* a medal.
這學者獲頒勳章。

不 商量 | The President *conferred* **with** his advisers. 總統與他的顧問磋商。

conference [`kɑnfərəns; 'kɑnfərəns] 複 **-s** [-ɪz]
名 ❶會議;討論會 ⑩ meeting | He attended the international *conference*. 他參加了那個國家會議。
❷商量, 商議 | He is **in** *conference* **with** his lawyer. 他正與他的律師磋商。

confess [kən`fɛs; kən'fes] ⊜ **-es** [-ɪz] 過 **-ed** [-t]; **-ing**

動 ⑧ 供認, 自白 | She *confessed* **that** she had stolen it. 她供認偷了這東西。

不 供認 | The suspect *confessed* at last.
嫌疑犯終於招認了。

衍生 名 **confession**(自白;認錯), **confessor**(自白者)

confide [kən`faɪd; kən'faɪd] ⊜ **-s** [-z] 過 **-d** [-ɪd]; **confiding**
動 不 ❶信任 | We *confide* **in** each other.
我們彼此信任。

❷(信賴而)透露 | I want to *confide* **in** you.
我要將秘密告訴你。

⑧ ❶吐露(秘密等) | She *confided* her troubles **to** him.
她將她的煩惱告訴他。

❷委託, 託付 | I'll *confide* this task **to** your charge.
我將把這件工作託你辦。

衍生 形 **confident**(確信的)

confidence [`kɑnfədəns; 'kɑnfɪdəns] 複 **-s** [-ɪz]
名 ❶信任, 信賴 | I have *confidence* **in** the boy.
我信任這男孩。

❷自信;確信 | He is full of *confidence*.
他充滿自信。

❸私語;秘密 | He told his best friend a *confidence*.
他對他最好的朋友吐露秘密。

⑩ secret | I tell you this **in** *confidence*.
我偷偷地告訴你這件事。

► **confidence** 的兩種形容詞──

名 **cònfidence**

❷自信;確信   ❸秘密
    ↓   ↓
形 **cònfident**   形 **confidèntial**
(自信的;確信的)   (秘密的, 獲信任的)

confident [`kɑnfədənt; 'kɑnfədənt]
形 ❶(敘述用法)確信的 ⑩ sure, certain | I'm confident { **of** my success. **that I** will succeed.
我確信我將成功。

► 類似造句:注意 **of** 和 **that**

「我確信能成功。」
{ I am *sure* **of** success.
{ I am *certain* **of** success.

「我確信他會來。」
{ I am *sure* (**that**) he will come.
{ I am *certain* (**that**) he will come.

❷自信 | The boxer had a *confident* air.
這拳手面帶自信的神色。

confidential [ˌkɑnfə`dɛnʃəl; ˌkɑnfɪ'denʃəl]
形 ❶秘密的, 機密的 ⑩ secret | The minister is reading a *confidential* document.
部長在讀機密文件。

❷獲信任的;親密的;機要的 | in a *confidential* manner 親密地 / a *confidential* secretary 機要秘書

衍生 名 **cònfidence**(信賴, 自信;秘密)

confine [kən`faɪn; kən'faɪn] ⊜ **-s** [-z] 過 **-d** [-d]; **confining**

動⑧ ❶幽閉, 監禁
They *confined* the prisoner in a cell.
他們將這囚犯關在單人牢房。
I was *confined* **to** bed for three days. 我們病了三天。

❷限於, 限制
Confine yourself **to** the facts.
(不說意見或理由等)你僅把事實說出。

confirm [kən`fɝm; kən`fɜ:m] ⊜ -s [-z] 魍 -ed [-d]; -ing
動⑧ ❶證實(陳述‧證據等)
We have *confirmed* the report.
我們已證實此報導。

❷使(習慣‧信念)堅定;加強
The new facts will *confirm* his opinion. 這些新的事實將使他的意見更為堅定。

▶ 這些字不要混淆
動 confîrm(證實)　名 confirmãtion
動 confôrm(使順應)　名 confôrmity

衍生 名 **cónfirmãtion**(證實)

conflict [`kɑnflɪkt; 'kɒnflɪkt] 魍 -s [-s]
名 ❶(思想‧意見‧利益等的)衝突, 抵觸
There was a *conflict* between the accounts of the witnesses.
證人的話相互抵觸。

❷爭鬥;戰鬥 圓 struggle
We must prevent a *conflict* between the two nations. 我們必須防止這兩國之間的爭鬥。

—— [kən`flɪkt; kən'flɪkt](注意發音) ⊜ -s [-s] 魍 -ed [-ɪd]; -ing
動⑦ 抵觸;衝突
My interests *conflict* **with** yours.
我的利益與你的衝突。

conform [kən`fɔrm; kən'fɔ:m] ⊜ -s [-z] 魍 -ed [-d]; -ing
動⑧ 順應;使一致
We must *conform* ourselves **to** the customs of society. 我們必須自己適應於社會的習俗。

⑦ 遵從(規則‧習慣等);一致
You should *conform* **to** the rules of this school.
你應該遵從這個學校的校規。

▶ 此字的基本意義是「使(成)同樣形式」。
衍生 名 **confôrmity**(一致)

confound [kən`faʊnd; kən'faʊnd] ⊜ -s [-z] 魍 -ed [-ɪd]; -ing
動⑧ ❶使腦筋混亂
The shock *confounded* her.
她因震驚而失措。

❷混淆
He *confounds* "hat" **and** [**with**] "hut."
他分不清 hat(帽子)和 hut(小屋)。

confront [kən`frʌnt; kən'frʌnt] ⊜ -s [-s] 魍 -ed [-ɪd]; -ing
動⑧ ❶勇敢地面對
They *confronted* the enemy.
他們勇敢地面對敵人。

❷擺在面前;(用被動語態)面對
Many difficulties *confronted* him.
= He was *confronted* **with** many difficulties. 他面臨很多困難。

confuse [kən`fjuz; kən'fju:z] ⊜ -s [-ɪz] 魍 -d [-d]; confusing
動⑧ ❶混淆, 錯認
Don't *confuse* a hat **with** a hut.
別把 hat(帽子)和 hut(小屋)攪混了。

❷使混亂;使困惑
His sudden appearance *confused* me. 他的突然出現使我大惑不解。

confusion [kən`fjuʒən; kən'fju:ʒn] 魍 無
名 ❶混亂, 雜亂;混淆
The accident caused the *confusion* of the traffic.
這意外事件引起交通混亂。

❷侷促不安, 窘困, 狼狽;困惑 圓 perplexity
They rushed out of the house **in** *confusion*.
他們狼狽地從屋裡衝出去。

congenial [kən`dʒinjəl; kən'dʒi:njəl]
形 ❶意氣相投的
congenial companions 意氣相投的伴侶

❷適合的
congenial work 適合的工作

▶ 注意勿與 congenital [kən`dʒɛnətl](天生的)混淆。

congratulate [kən`grætʃə,let; kən'grætʃʊleɪt] ⊜ -s [-s] 魍 -d [-ɪd]; congratulating
動⑧ 祝賀, 慶賀
They *congratulated* him **on** winning the race. 他們祝賀他賽跑獲勝。

congratulation [kən,grætʃə`leʃən; kən,grætʃʊ'leɪʃn] 魍 -s [-z]
名 ❶(用複數)賀詞, 祝詞
Congratulations! 恭喜!
I offered him my *congratulations* **on** his success. 我祝賀他成功。

❷祝賀, 慶賀
a matter of *congratulation* 可喜可賀的事

congress [`kɑŋgrəs,-ɪs; 'kɒŋgres] 魍 -es [-ɪz]
名 ❶(代表‧委員的)會議
a party *congress* 黨大會／a medical *congress* 醫學會議

❷(不加冠詞, 用大寫)(美國的)國會
Congress of the United States consists of the Senate and the House of Representatives.
美國的國會是由參議院和眾議院所組成的。

▶ 體制不同, 英國等的國會稱為 Parliament, 日本‧丹麥等的國會稱為 the Diet ⇨ diet。
複合 名 **Côngressman**(美)國會議員)

conjecture [kən`dʒɛktʃə; kən'dʒektʃə(r)] ⊜ -s [-z] 魍 -d [-d]; conjecturing [kən`dʒɛktʃərɪŋ]
動⑧ 推測, 臆測
They *conjectured* his motive.
他們推測他的動機。

—— 魍 -s [-z]
名 推測, 臆測
This *conjecture* is well founded.
這個推測是有充分根據的。

conjunction [kən`dʒʌŋkʃən; kən'dʒʌŋkʃn] 魍 -s [-s]
名 (文法)連接詞
"And," "but," and "or" are *conjunctions*. And、but 和 or 都是連接詞。

connect [kə`nɛkt; kə'nekt] ⊜ -s [-s] 魍 -ed [-ɪd]; -ing
動⑧ ❶結合, 連接
The Panama Canal *connects* the Atlantic **with** the Pacific. 巴拿馬運河連接了大西洋和太平洋。

❷(用被動語態)與⋯有關
He is *connected* **with** the iron industry. 他和鐵工業有關係。

connection 魍 connexion [kə`nɛkʃən; kə'nekʃn]
名 ❶關係
There is a close *connection* between food and health.
食物和健康之間有著密切的關係。

❷聯繫, 連接 | Telephone *connection* has been established between these two villages.
這兩村間已設立了電話聯繫。

conquer [ˋkɑŋkɚ; ˈkɒŋkə(r)] ⊜ **-s** [-z] ⓦ **-ed** [-d]; **-ing**
動⑧ 征服；戰勝 | She was able to *conquer* her fear.
她能克服內心的恐懼。

conqueror [ˋkɑŋkərɚ; ˈkɒŋkərə(r)] ⓦ **-s** [-z]
名 征服者 | He is the *conqueror* of Mt. Everest. 他征服了埃佛勒斯峰。

┌─── **-or**(行為者)的結合字──────┐
ancest*or*(祖先), auth*or*(作者), bachel*or*(單身漢), conduct*or*(車掌), counsel*or*(顧問), doct*or*(醫生), profess*or*(教授), visit*or*(訪問者)
└─────────────────────────┘

conquest [ˋkɑŋkwɛst; ˈkɒŋkwest] (注意發音)
名 征服, 戰勝 | the *conquest* of space 征服太空／the *conquest* by the enemy 被敵人所征服

conscience [ˋkɑnʃəns; ˈkɒnʃəns] (注意拼法)ⓦ 無
名 良心 | Her *conscience* pricked her because she had cheated on the exam.
她因為考試作弊而良心不安。

▶ 拼法的記憶法:con 的後面便是 science(科學)。
衍生 形 cónsciéntious(憑良心的, 謹慎的)

conscious [ˋkɑnʃəs; ˈkɒnʃəs]
形 ❶意識出的, | He was not *conscious* of the pain.
覺察出的(某事) | 他不覺得痛。
She was *conscious* that she was being followed.
她覺察到被人跟蹤。
❷有意識的 | He became *conscious* again in a
ⓐ unconscious | minute. 他立刻又恢復知覺。
❸有意的 | We can speak Chinese without
conscious effort. 我們不用刻意努力就能說中國話。

┌─── **conscious** 和 **conscientious**──┐
cónscious …… 意識出, 覺察出
cónsciéntious … 憑良心的
a *conscientious* worker
正直的工人
└─────────────────────────┘

衍生 名 cònsciousness(意識, 察覺) ⎰ **-d** [-ɪd]; **-ting**⎱
consecrate [ˋkɑnsɪˌkret; ˈkɒnsɪkreɪt] ⊜ **-s** [-s] ⓦ
動⑧ 獻(身) | He *consecrated* his life to curing sick people. 他獻身醫治病人。
衍生 名 cónsecràtion(奉為神聖；供獻) ⎰ **-ing**⎱

consent [kənˋsɛnt; kənˈsent] ⊜ **-s** [-s] ⓦ **-ed** [-ɪd];
動不 同意, 答應 | I *consent* to your marriage.
我同意你的婚事。
▶ 或 consent to V | He *consented* to our traveling abroad. 他同意我們出國旅行。
━ⓦ 無
名 同意, 答應 | Silence gives *consent*.
沉默即認可。(諺語)

consequence [ˋkɑnsəˌkwɛns; ˈkɒnsɪkwəns] (注意發音)ⓦ **-s** [-ɪz]

名 ❶結果 | You must take the *consequences* of
ⓐ result | your idleness. 你必須接受因怠惰而產生的後果。

┌─── **consequence** 和 **result**────┐
consequence … 隨某事而發生的結果
It may have serious *consequences*.
(它可能會有嚴重的後果。)
result ………… 針對原因的結果
We expect a good *result*.
(我們期待良好的結果。)
└─────────────────────────┘

❷重要 | The matter is of no *consequence*.
ⓐ importance | 這問題毫不重要。
in consequence | I overslept, and *in consequence* I
結果, 因此 | was late for school. 我睡過了頭, 因此上學遲到了。

consequent [ˋkɑnsəˌkwɛnt; ˈkɒnsɪkwənt]
形 起因於… | the confusion *consequent* upon the strike 起因於罷工的混亂
衍生 副 cònsequently(結果, 因此)

conservative [kənˋsɝvətɪv; kənˈsɜːvətɪv]
形 ❶保守的 | She has a very *conservative* attitude
ⓐ progressive | to teaching. 她對教學的態度很保守。
❷舊式的；傳統 | She is always *conservative* in her
的 | dress. 她總是穿著舊式的衣服。
複合 名 the Consèrvative Párty ((英國的)保守黨)

conserve [kənˋsɝv; kənˈsɜːv] ⊜ **-s** [-z] ⓦ **-d** [-d];
conserving
動⑧ 保存, 保全 | He *conserved* his energy for the game. 他為了比賽而保留精力。
衍生 名 cónservàtion(保存)

consider [kənˋsɪdɚ; kənˈsɪdə(r)] ⊜ **-s** [-z] ⓦ **-ed** [-d];
-ing [kənˋsɪdərɪŋ]
動⑧ ❶熟慮, 考 | Please *consider* my suggestion.
慮 | 請考慮我的建議。
ⓐ think | He *considered* whether he should
carefully | do it. 他考慮應不應該做那事。
❷視為, 認為 | I *consider* ⎰ that he is a fool.⎱
ⓐ think | ⎰ him (to be) a fool.⎱
| 我認為他是個傻子。

┌─── **regard** 的造句不同───────┐
They *regard* him as ⎰ the best singer. (名詞)⎱
⎰ foolish. (形容詞)⎱
(他們認為他是最佳歌手〔傻子〕。)
└─────────────────────────┘

❸顧及 | You must *consider* his age.
| 你必須顧慮到他的年齡。

┌─── **consider** 的兩種形容詞────┐
consìderable … 頗, 相當的
consìderate … 體貼(諒)的
└─────────────────────────┘

considerable [kənˋsɪdərəb!; kənˈsɪdərəbl]
形 頗, 相當的 | a *considerable* distance 頗遠的距離／a *considerable* income 相當可觀的收入
衍生 副 consìderably(非常地, 相當, 很)

considerate [kən`sɪdərɪt; kən'sɪdərət]
形 體貼（諒）的 | She is *considerate* to others.
　　　　　　　　她很會體諒別人。

consideration [kən,sɪdə`reʃən; kən,sɪdə'reɪʃn] 復 -s [-z]
名 ❶熟慮, 考慮；應考慮的事物 | We should give the matter careful *consideration*. 我們應當對這問題加以慎重的考慮。
❷體諒 | He showed *consideration* for her wishes.
　　　　　　　　他對她的願望表示體諒。

considering [kən`sɪdərɪŋ; kən'sɪdərɪŋ] ⇨ regarding
介 以…來說 | *Considering* his age, he reads well.
　　　　　　　　以他的年齡來說，他的閱讀能力很好。

consist [kən`sɪst; kən'sɪst] 三 -s [-s] 過 -ed [-ɪd]; -ing
動不 ❶（由…）組成 | Our team *consists* of 15 members.
　　　　　　　　我們那一隊由十五位選手組成。
同 be made (up) to … |
❷寓於, 存在 | Happiness *consists* in good health.
　　　　　　　　幸福在於健康的身體
▶ 與 be 動詞大略同義。

```
┌──▶ 注意介系詞─────
│ consist of …(由…組成)
│ consist in …(在於)
```

consistent [kən`sɪstənt; kən'sɪstənt]
形 ❶前後一貫的 | He was not *consistent* in his speech.
　　　　　　　　他的演說（內容）前後不一貫。
❷一致的 | His behavior was not *consistent* with his opinion.
　　　　　　　　他言行不一致。
衍生 名 **consìstency**(一貫；一致) 副 **consìstently**(前後一貫地)

consolation [,kɑnsə`leʃən; ,kɒnsə'leɪʃn] 復 -s [-z]
名 ❶安慰 | She found *consolation* in working.
　　　　　　　　她在工作中找到安慰。
❷可以安慰的人〔物〕| Her son was her only *consolation*.
　　　　　　　　她的兒子是她唯一的安慰。

console [kən`sol; kən'səʊl] 三 -s [-z] 過 -d [-d]; consoling
動及 安慰, 鼓舞 | The music *consoled* the brokenhearted girl.
同 comfort | 音樂安慰了這傷心欲絕的女孩。

conspicuous [kən`spɪkjʊəs; kən'spɪkjʊəs] (注意發音)
形 引人注目的, 顯眼的 | His long hair was *conspicuous*.
　　　　　　　　他的長髮惹人注意。

conspire [kən`spaɪr; kən'spaɪə(r)] 三 -s [-z] 過 -d [-d]; conspiring
動不 圖謀, 共謀 | They *conspired* against the government.
　　　　　　　　他們共同謀反政府。
衍生 名 **conspìracy**(陰謀), **conspìrator** [-ətə] (陰謀者)

constant [`kɑnstənt; 'kɒnstənt]
形 ❶不斷的 | We've had *constant* rain for three days. 雨連續下了三天。
❷不變的；忠貞的 | He is *constant* in his determination.
　　　　　　　　他的決心不變。

衍生 副 **cònstantly**(時常地；不斷地) 名 **cònstancy**(不變；忠貞；堅定)

constituent [kən`stɪtjʊənt; kən'stɪtjʊənt]
形 組成（某物）的 | Flour, liquid and salt are *constituent* parts of bread.
　　　　　　　　麵粉、水和鹽是麵包的組成成分。

constitute [`kɑnstə,tjut; 'kɒnstɪtju:t] (注意發音)
三 -s [-s] 過 -d [-ɪd]; constituting
動及 構成, 組成 | Twelve months *constitute* a year.
　　　　　　　　十二個月構成一年。

constitution [,kɑnstə`tjuʃən; ,kɒnstɪ'tju:ʃn] 復 -s
名 ❶構成, 構造 | What is the *constitution* of the committee?
　　　　　　　　該委員會是如何組成的?
❷體格, 體質 | He has a strong *constitution*.
　　　　　　　　他體格強壯。
❸憲法 | the *Constitution* of Japan
　　　　　　　　日本的憲法
衍生 形 **cònstitùtional**(體質的；憲法的)

constrain [kən`stren; kən'streɪn] 三 -s [-z] 過 -ed [-d]; -ing
動及 強迫 | She *constrained* her child to eat.
　　　　　　　　她強迫她的兒子吃東西。
衍生 名 **constràint**(強迫, 抑壓；拘束, 拘泥)

construct [kən`strʌkt; kən'strʌkt] 三 -s [-s] 過 -ed [-ɪd]; -ing
動及 組成, 建築 | They *constructed* the bridge in a year. 他們在一年內建好那座橋。
衍生 形 **constrùctive**(建設性的)

```
┌──▶ construct 和 destroy──────
│ 動 constrùct      ↔  destróy
│    (建築)            (破壞)
│ 形 constrùctive        destrùctive
│    (建設性的)          (破壞性的)
│ 名 constrùction        destrùction
│    (建築)            (破壞)
```

construction [kən`strʌkʃən; kən'strʌkʃn] 復 -s [-z]
名 建造, 建築；構造；建築物 | They are busy with the *construction* of a new building.
　　　　　　　　他們忙於新建築物的建造。

consul [`kɑnsl; 'kɒnsəl] 復 -s [-z]
名 領事 | a *consul* general 總領事
衍生 形 **cònsular**(領事的) 名 **cònsulate** [-ɪt](領事館)

consult [kən`sʌlt; kən'sʌlt] 三 -s [-s] 過 -ed [-ɪd]; -ing
動及 ❶請教（專家）, 就教於, 找…商量 | He *consulted* his lawyer about it. 他向他的律師請教那件事。
| You'd better *consult* your father. 你最好和你的父親商量。
❷查(字典・參考書等) | We lost our way and *consulted* the map.
　　　　　　　　我們迷了路, 所以查看地圖。
不 商量；交換意見 | I *consulted* with a friend of mine about it.
　　　　　　　　我和我的一位朋友商量那件事。

consult { a dictionary / a teacher

consult *with* a friend

▶ 對象如果較自己為權威, 像字典・參考書・醫師・律師・老師等時, 用及物動詞; 對象如果與自己對等地位時, 用不及物動詞, 採 consult with 的句型。

衍生 名 cónsultátion(商量), consúltant(諮詢者)

consume [kən`sum, -`sjum; kən'sju:m] 三 -s [-z] 變 -d [-d]; consuming

動 及 ❶消費; 用盡 | The scholar *consumed* all his income on books. 這學者將他所有的收入全花在買書上面。

❷燒毀; 吃光 | The big fire *consumed* the whole city. 這場大火將全市燒毀了。

▶ -sume 的結合字
as*sume* [ə`sjum] ……負起(任務或責任)
pre*sume* [prɪ`zjum] …推測
re*sume* [rɪ`zjum] ……重新開始

衍生 名 consúmer(消費者)

consumption [kən`sʌmpʃən; kən'sʌmpʃn] 變 無

名 ❶消費; 消耗量 | The *consumption* of ice cream increases when summer comes. 一到夏天, 冰淇淋的消耗量就增加。
反 production
❷肺病 | ▶「肺結核」的醫學用語為 tuberculosis.

contact [`kɑntækt; 'kɒntækt] 變 -s [-s]

▶ 這個字名詞與動詞的重音位置不同, 請注意。

名 ❶(與人・物的)接觸 | I come into *contact* with all kinds of people in my work. 我在工作上和各式各樣的人接觸。

❷(常用複數)有權勢的朋友; 熟人 | He has many *contacts* in the States. 在美國, 他有很多熟人。

— [`kɑntækt, kən`tækt; 'kɒntækt, kɒn'tækt] 三 -s [-s] 變 -ed [-ɪd]; -ing

動 及 接觸, 取得聯繫 | He *contacted* the doctor at once. 他馬上和那位醫生取得聯繫。

▶ 當動詞用時不作 contact with.

contain [kən`ten; kən'teɪn] 三 -s [-z] 變 -ed [-d]; -ing

動 及 ❶包含 | This book *contains* no photos. 這本書中沒有照片。

❷容納 | This room *contains* fifty people. 這個房間可容納五十人。

❸抑制(情緒等) | He couldn't *contain* his anger. 他怒不可遏。

衍生 名 contáiner(器皿, 容器; (運貨用)貨櫃)

contemplate [`kɑntəmˌplet, kən`templet; 'kɒntempleɪt] (注意發音)三 -s [-s] 變 -d [-ɪd]; contemplating

動 及 ❶注視, 凝視 | She stood *contemplating* herself in the mirror. 她站著凝視鏡中的自己。

❷沉思 | He *contemplated* the problem. 他沉思這個問題。

❸意欲, 打算 | She is *contemplating* a trip to Italy. 她打算去義大利旅行。

衍生 名 cóntemplàtion(凝視; 冥想)

contemporary [kən`tɛmpəˌrɛrɪ; kən'temprərɪ]

形 ❶同時代的, 該時代的 | Byron was *contemporary* with Keats. 拜倫和濟慈是同時代的人。
❷現代的 | He likes *contemporary* Chinese literature. 他喜歡中國現代文學。

— 複 contemporaries [-z]

名 同時代的人 | Lincoln and General Lee were *contemporaries*. 林肯和李將軍是同時代的人。

contempt [kən`tɛmpt; kən'tempt] 變 無

名 ❶輕視, 侮辱 | I feel *contempt* for such a man. 我瞧不起這樣的人。
同 scorn
❷恥辱, 屈辱 | He lived in *contempt* after the theft. 他幹下那偷竊勾當之後, 生活於恥辱之中。
同 disgrace

▶ contempt 的兩種形容詞形式
contémptible ... 可輕視的, 卑鄙的
a *contemptible* lie (卑鄙的謊話)
contémptuous ...(人)表示輕蔑的
a *contemptuous* look(表示輕蔑的神色)

contend [kən`tɛnd; kən'tend] 三 -s [-z] 變 -ed [-ɪd]; -ing

動 不 ❶競爭 | I *contended* with him for the prize. 我和他競爭獎品。

❷爭鬥 | He *contended* against his fate. 他和他的命運爭鬥。

及 極力主張, 堅信 | He *contended* that there must be life on Mars. 他堅持火星上面一定有生物。

衍生 名 conténtion(競爭; 主張)

content¹ [`kɑntɛnt; 'kɒntent] 變 -s [-s]

名 ❶(用複數)(容器中的)物品 | Show me the *contents* of the bag. 讓我看看這手提包裡面的東西。
❷(用複數)(書的)目錄 | I glanced over the (table of) *contents*. 我約略看了一下目錄。
❸內容 | The *content* of his speech was good. 他的演說內容很好。
反 form

▶ content 係用像「演說內容」那樣無形的東西, contents 則用於像「手提包裡的東西」那樣具體的東西。

contents
所容之物

contents
目次

content
內容

content² [kən`tɛnt; kən'tent] ▶注意與 contents¹發音的差異。

形 (敘述用法)滿足的 | I am *content* with my performance. 我對我的表現感到滿意。
同 satisfied, contented | He is *content* to live in an apartment. 他樂於住在公寓。

be contènt (滿足的)	be sàtisfied (滿足的)
contèntment (滿足)	satisfàction (滿足)
discontèntment (不滿)	dissatisfàction (不滿)

——⑧無
名 ▶ 主要用於下面的成語。通常用 contentment。
in content
滿足地　The man and wife lived *in content*. 這對夫婦滿足地生活著。
to one's *heart's* content
盡情地, 痛快地　He played tennis *to his heart's content*. 他盡情地打網球。

——⊜ -s [-s] ⑧ -ed [-ɪd]; -ing
動 ⑧ 使滿意　My explanation *contented* her. 我的說明使她滿意。
回 satisfy

contented [kən`tɛntɪd; kən'tentɪd]
形 滿足的；滿意的　*a contented* look 心滿意足的表情
He is *contented* **with** his salary. 他對他的薪水感到心滿意足。

▶ contented 適用於限定用法或敘述用法, 可置於名詞之前。content²(滿足的)不置於名詞之前。

contention [kən`tɛnʃən; kən'tenʃən] ⑧ -s [-z]
名 爭論, 辯論, 爭辯；主張　We had a *contention* in words with them. 我們和他們爭吵。
衍生 動 contènd(爭鬥；主張)

contentment [kən`tɛntmənt; kən'tentmənt] ⑧無
名 滿足　Happiness consists in *contentment*. 知足常樂。(諺語)
回 satisfaction

contest [`kɑntɛst; 'kɒntest] ⑧ -s [-s]
名 競爭；比賽, 競賽　*a speech contest* 辯論比賽／a beauty *contest* 選美會
衍生 名 contèstant((比賽等的)參加者)

continent [`kɑntənənt; 'kɒnɪnənt] ⑧ -s [-s]
名 大陸　the *continent* of Europe 歐洲大陸
the New *Continent* 北美洲大陸
衍生 形 cóntinèntal(大陸的)

continual [kən`tɪnjʊəl; kən'tɪnjʊəl]
形 連續的, 頻頻的　The *continual* noise gave me a headache. 連續不斷的噪音使我頭痛。

▶─── continual 和 continuous
continual 連續而中間有短暫的間歇
continuous 連續而不間斷
his *continual* practice (他經常不斷的練習)
a *continuous* line of cars (一列魚貫的車輛)

衍生 副 contìnually(頻頻地, 不斷地)

continue [kən`tɪnjʊ; kən'tɪnjuː] ⊜ -s [-z] ⑧ -d [-d]; continuing
動 ⑧ 繼續　She *continued* { to play / playing } the piano. 她繼續彈鋼琴。
⑧ stop

不 綿延, 連綿　The road *continues* for 30 miles. 這條路連綿三十英里。

▶─── continue 的三種名詞式
contìnuance … 持續, 連續, 繼續
a *continuance* of good weather (連日的好天氣)
contìnuàtion … 繼續；重新開始
the *continuation* of my work (重新開始我的工作)
cóntinùity …… 連續, 繼續
The noise broke the *continuity* of my thoughts. (這噪音打斷我的思考。)

continuous [kən`tɪnjʊəs; kən'tɪnjʊəs] ⇨ continual
形 連續的, 不斷的　There was a *continuous* sound. 有一種不間斷的聲音。

contract [`kɑntrækt; 'kɒntrækt] (注意發音) ⑧ -s [-s]
名 契約, 合同　He was engaged on the *contract* of five years. 他以五年合同的條件受僱於人。

——⊜ -s [-s] ⑧ -ed [-ɪd]; -ing
動 ⑧ 不 訂約；承包　The carpenter *contracted* **to** build the house. 這木匠承包蓋這房子。
衍生 名 contràctor((工程的)包商；簽約者)

contradict [ˌkɑntrə`dɪkt; ˌkɒntrə'dɪkt] ⊜ -s [-s] ⑧ -ed [-ɪd]; -ing
動 ⑧ ❶否認　He *contradicted* his own statement. 他否認他自己說過的話。
❷矛盾, 抵觸　The articles *contradict* each other. 這些文章相互矛盾。
衍生 名 cóntradìction(否認；矛盾)形 cóntradìctory(正相反的；矛盾的)

contrary [`kɑntrɛrɪ; 'kɒntrərɪ]
形 相反的；違反的　His behavior is *contrary* **to** etiquette. 他的行為違反禮節。
——⑧ contraries [-z]
名 (加 the) 相反；反對　The *contrary* of "tall" is "short." tall(高的)的相反字是 short(矮)。
on the contrary
相反地　I thought he was the criminal; *on the contrary*, he was a policeman. 我以為他是犯人, 相反地, 他竟然是警察。
to the contrary
相反　There is no evidence *to the contrary*. 沒有反證。

contrast [`kɑntræst; 'kɒntrɑːst] ⑧ -s [-s]
名 ❶對比, 對照　The *contrast* **between** light and shade is striking in the picture. 這幅畫中, 光和影的對比很鮮明。
❷顯著的差異；對照物〔人〕　The short fat man was a *contrast* **to** his tall slender wife. 這位矮胖的男人和他那高瘦的妻子成了對比。
—— [kən`træst; kən'trɑːst] (注意發音) ⊜ -s [-s] ⑧ -ed [-ɪd]; -ing

動⊗ 使對照,使成對比 | He *contrasted* his son **with** the boy next door.
他將他兒子與隔壁的男孩比較。

contribute [kən`trɪbjut; kən`trɪbju(ː)t] (注意發音)
⊜ **-s** [-s] ⊛ **-d** [-ɪd]; **contributing**
動⊗ ❶捐助 | He contributed some money **to** the flood victims.
他捐出一些錢給水災的難民。
❷投稿 | The professor contributed an article **to** the newspaper.
這位教授向報社投稿。
不 貢獻 | His researches contributed greatly **to** the progress of science.
他的研究對科學的進步有很大的貢獻。

衍生 名 **cóntribùtion**(捐助(錢);貢獻;投稿)
conrtibutor(捐助者;投稿者)形 **contributive**(貢獻的)

contrivance [kən`traɪvəns; kən`traɪvəns] ⊛ **-es**
名 設計,發明,發明物;裝置 | a labor-saving *contrivance* ⎿[-ɪz]⏌
節省勞力的機械裝置

contrive [kən`traɪv; kən`traɪv] ⊜ **-s** [-z] ⊛ **-d** [-d]; **contriving**
動⊗ ❶發明,設計 | The engineer *contrived* a new engine.
這個工程師設計出一種新的引擎。
❷圖謀 | They *contrived* a robbery.
他們圖謀搶劫。
❸設法 | I will *contrive* **to** be there by six.
我將設法在六點以前到達那裡。
同 manage

control [kən`trol; kən`trəul] ⊛ 無
名 ❶支配(力),控制;管理,監督 | He has good *control* **over** his team.
他很善於管理他那一隊。
birth *control* 節育
❷抑制,克制 | He kept his temper **under** *control*.
他忍住怒氣。

— ⊜ **-s** [-z] ⊛ **controlled** [-d]; **controlling**
動⊗ ❶支配;管理;控制 | The Government tried to *control* prices. 政府設法調節物價。
control a horse 駕馭馬
❷抑制 | He couldn't *control* his anger.
他抑制不住他的憤怒。

controversy [`kɑntrə͵vɝsɪ; `kɒntrəvɜːsɪ]
名 爭論,辯論 | It roused a great deal of *controversy*.
它引起了很多的爭論。

衍生 形 **cóntrovèrsial** [-ʃəl] (爭論的,好爭論的)

convenience [kən`vinjəns; kən`viːnjəns] ⊛ **-es** [-ɪz]
名 ❶方便;適合 | The gates are always open for the *convenience* of visitors.
為了方便參觀者,這些門總是開著。
❷便利的事物 | It is a great *convenience* to live near a station.
住在車站附近非常方便。

convenient [kən`vinjənt; kən`viːnjənt]
形 方便的;合宜的 反 inconvenient | Come to see me tomorrow if it is *convenient* **to** [**for**] you.
你如果方便的話,明天來看我。

It is *convenient* to have two TV sets. 有兩部電視機很方便。

形 convènient 方便的 | 形 inconvènient 不便的
名 convènience 方便 | 名 inconvènience 不便

衍生 副 **convèniently**(便利地;合宜的)

convention [kən`vɛnʃən; kən`venʃn] ⊛ **-s** [-z]
名 ❶(傳統上的)習俗;習慣,舊習 | They abandoned the *conventions* of the past.
他們捨棄了過去的習慣。
❷(政治‧宗教‧教育等的)代表會議;常會 | an annual *convention* 年會／the party *convention* 黨大會／the National *Convention* 美 黨提名大會

衍生 形 **convèntional**(因襲,陳腐的;傳統的)

conversation [͵kɑnvɚ`seʃən; ͵kɒnvə`seɪʃn]
名 交談,會話;會談 | I'm learning English *conversation*.
我正在學習英語會話。

衍生 形 **cónversàtional**(會話的)

converse[1] [kən`vɝs; kən`vɜːs] ⊜ **-s** [-ɪz] ⊛ **-d** [-t]; **conversing**
動 不 談話,說話 同 talk | The gentlemen *conversed* for a while. 紳士們談了片刻。
▶ 這是個文語用字;會話用 talk。

衍生 名 **cónversàtion**(會話)

converse[2] [`kɑnvɝs; `kɒnvɜːs] ⊛ 無
名 反轉;相反 | The *converse* is also true.
反過來也是真的。

convert [kən`vɝt; kən`vɜːt] ⊜ **-s** [-s] ⊛ **-ed** [-ɪd]; **-ing**
▶ 這個字動詞和名詞重音位置不同,要注意。
動⊗ ❶轉變,改變 | Heat *converts* water **into** steam.
熱將水變為水蒸氣。
❷使改變信仰〔意見〕 | He *converted* her **to** Christianity.
他使她改信基督教。
— [`kɑnvɝt; `kɒnvɜːt] (注意發音) **-s** [-s]
名 改變信仰或意見者 | He is a *convert* **to** Buddhism.
他是個改信佛教的人。

衍生 名 **convèrsion** [-ʃən, -ʒən] (轉變,改變;改信)

convex [kɑn`vɛks; kɒn`veks]
形 凸出的 反 concave | The pair of glasses has *convex* lenses. 這副眼鏡裝配凸鏡。

convey [kən`ve; kən`veɪ] ⊜ **-s** [-z] ⊛ **-ed** [-d]; **-ing**
動⊗ ❶運送,運輸 同 carry | The truck *conveyed* the furniture.
這輛貨車運送家具。
❷傳;傳達,表達 | Words can't *convey* my sorrow.
語言不能表達我的悲哀。

衍生 名 **convèyance**(運送),**convèyer, -or**(運送者)

convict [kən`vɪkt; kən`vɪkt] ⊜ **-s** [-s] ⊛ **-ed** [-ɪd]; **-ing**
動⊗ 宣告(判決)有罪 | The jury *convicted* him **of** murder.
陪審員宣判他犯謀殺罪。
He was *convicted*.
他被宣判有罪。

— [ˋkɑnvɪkt; ˈkɒnvɪkt] (注意發音) [複] **-s** [-s]

[名] 罪犯 | The *convict* was locked in a cell. 這個犯人被關在單人牢房。

conviction [kənˋvɪkʃən; kənˈvɪkʃn] [複] **-s** [-z]

[名] 確信 | I have a strong *conviction* **that** he is a spy. 我確信他是個間諜。

convince [kənˋvɪns; kənˈvɪns] [三] **-s** [-ɪz] [規] **-d** [-t]; **convincing**

[動] [及] 使確信, 使相信 | I *convinced* him **of** her honesty. =I *convinced* him **that** she was honest. 我使他相信她是誠實的。 I am *convinced* **of** his mistake. =I am *convinced* **that** he is mistaken. 我確信他是錯的。

> ▶ **convince 和 persuade**
> 1) 兩者都意味著「使確信〔相信〕(某事實)」, 但 convince 意義較強。
> 2) convince 不含 persuade 的「說服」之義。
> 「我勸他讀書。」
> (誤) I *convinced* him to study.
> (正) I *persuaded* him to study.

[衍生] [名] **convìction** (確信) [形] **convìncing** (有說服力的)

cook [kʊk; kʊk] [三] **-s** [-s] [規] **-ed** [-t]; **-ing**

[動] [及] [不] 烹調, 煮 | She *cooked* him some potatoes. = She *cooked* some potatoes **for** him. 她為他煮了一些馬鈴薯。 Jane is *cooking* in the kitchen. 珍正在廚房燒菜。

— [複] **-s** [-s]

[名] 廚子 | You are a very good *cook*. 你是一個烹飪高手。

[複合] [名] **còokbóok** ([美] 食譜 ▶ [英] **còokery bóok**)
[衍生] [名] **còoking** (烹調), **còokery** (烹調法)

cookie, cooky [ˋkʊkɪ; ˈkʊkɪ] [複] **cookies** [-z]

[名] [美] 餅乾 | *Cookies* are baked in the oven. 餅乾在烤箱裡烘。

cool [kul; ku:l] [比] **-er** [最] **-est**

[形] ❶涼爽的; 微冷的 [反] warm | A *cool* breeze is blowing outside. 外頭吹拂著一陣涼爽的微風。

❷冷靜的; 冷淡的 [同] calm | She kept *cool* during the argument. 她在辯論的時候保持冷靜。

> ▶ **cold, chilly, cool**
> cold … 與 hot (熱的) 相對, 「寒冷的, 冷的」之義。
> a *cold* wind (冷風, 寒風)
> chilly … 是指冷得使人顫慄。
> I feel *chilly*. (我覺得冷。)
> cool … 與 warm (溫暖的) 相對, 「涼爽的」之義。既不熱也不冷。

— [三] **-s** [-z] [規] **-ed** [-d]; **-ing**

[動] [及] 使涼, 使冷 | We *cooled* the beer in the stream. 我們將啤酒浸在小河裡冰冷。

[衍生] [名] **còolness** (涼爽), **còoler** (冷卻裝置; 冷氣機)

cooperate [koˋɑpəˌret; kəʊˈɒpəreɪt] [三] **-s** [-s] [規] **-d** [-ɪd]; **-ting**

[動] [不] 協力, 協同, 合作 | He *cooperated* **with** his cousin in making the plan. 他和他的堂弟合作, 擬定這個計畫。

▶ co- 為字首, 表「共同」之義, operate 是「工作」。

cooperation [koˌɑpəˋreʃən; kəʊˌɒpəˈreɪʃn] [複] 無

[名] 協力, 合作 | They worked **in** close *cooperation*. 他們密切合作。

[衍生] [形] [名] **coòperátive** (合作的, 協同的; 合作社)

cope [kop; kəʊp] [三] **-s** [-s] [規] **-d** [-t]; **coping**

[動] [及] 應付, 對抗 | They cannot *cope* **with** the problem. 他們不能應付這個問題。

copper [ˋkɑpɚ; ˈkɒpə] [複] **-s** [-z]

[名] 銅; 銅幣 | *Copper* conducts electricity well. 銅導電良好。

copy [ˋkɑpɪ; ˈkɒpɪ] [複] **copies** [-z]

[名] ❶抄本, 複本; 模仿複製品 | I took a *copy* of the letter. 我將這封信抄了一份。

❷(同一本書等的) 部, 冊 | Ten thousand *copies* of the book were sold. 這書銷售了一萬本。

— [三] **copies** [-z] [規] **copied** [-d]; **copying**

[動] [及] 抄寫; 複製 | He *copied* a page of the book. 他抄寫書裡的一頁。

[複合] [名] **còpyríght** (版權, 著作權)

cord [kɔrd; kɔ:d] [複] **-s** [-z]

[名] 細繩索; 電線 | I tied up the box with a *cord*. 我用細繩綑箱子。

▶ cord 比 rope 細, 比 string 粗。

cordial [ˋkɔrdʒəl; ˈkɔ:djəl]

[形] 熱心的, 誠懇的, 熱誠的 | They gave me a *cordial* welcome. 他們熱誠的歡迎我。

[衍生] [副] **còrdially** (熱誠的) [名] **córdiàlity** (熱誠, 親切)

core [kor; kɔ:] [複] **-s** [-z]

[名] (蘋果・梨子等的) 果核; (加 the, 事情的) 核心

peel
果皮
seed
種子
flesh
果肉
core
果核

cork [kɔrk; kɔ:k] [複] **-s** [-s]

[名] 軟木; 軟木塞 | Please draw the *cork*. 請拔開瓶塞。

corn [kɔrn; kɔ:n] [複] 無 ▶ [英] **maize** [mez] (玉蜀黍)

[名] [美] 玉蜀黍; [英] 穀類, (尤指) 小麥 | Many farmers grow *corn* in America. 在美國許多農人栽種穀物。

corner [ˋkɔrnɚ; ˈkɔ:nə(r)] [複] **-s** [-z]

[名] ❶角; 轉角處 | There is a telephone booth **at** [**on**] the *corner* of the street. 這條街的轉角處有一座電話亭。

❷隅, 角落 | The boy sat **in** the *corner* of the room. 這男孩坐在房間的角落。

▶ ❶與❷意義不同, 是由於對同一事物, 或由外看, 或由內看。

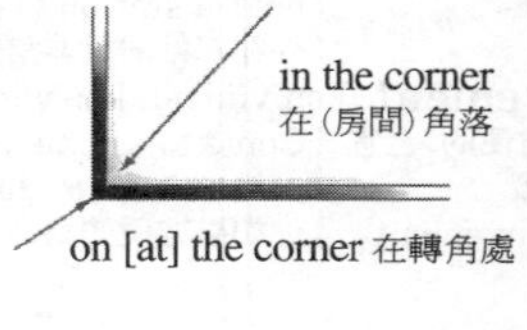
in the corner
在 (房間) 角落
on [at] the corner 在轉角處

around [英 round] **the corner**
❶在轉角處；就
在附近
My aunt lives just *around the corner*. 我的姑媽就住在轉角處〔附近〕。
❷(時間)即將來
臨，就快到了
The summer vacation is *around the corner*. 暑假即將來臨。

corporation [ˌkɔrpəˈreʃən; ˌkɔːpəˈreɪʃn] 複 **-s** [-z]
名 法人，社團法
人；企業體；(美)
股份有限公司
a public *corporation* 公營公司／
Taipei Mass Rapid Transit
Corporation 台北捷運公司
▶ 注意勿與 cooperation (合作) 混淆。

corps [kor; kɔː(r)] (注意發音) 複 **corps** [korz]
名 (陸軍)軍團，
兵團；團體
a flying *corps* 航空隊／a *corps* of
reporters 記者團

corpse [korps; kɔːps] 複 **-s** [-ız]
名 (人的)屍體
▶ a body 亦有「屍體」之義；
動物的屍體為 a carcass [ˈkɑrkəs]。

correct [kəˈrɛkt; kəˈrekt] 比 **-er** 最 **-est**
形 正確的
反 incorrect
同 right
He gave a *correct* answer.
他作了正確的回答。
She is *correct* in saying so.
她這樣說是正確的。

────▶ in-表「無・不」之義────
abílity(能力) ↔ *in*abílity(無能力的)
áccurate(正確的) ↔ *in*áccurate(不正確的)
áctive(活潑的) ↔ *in*áctive(不活潑的)
ádequate(充分的) ↔ *in*ádequate(不充分的)

── 三 **-s** [-s] 複 **-ed** [-ıd]; **-ing**
動 改 修正，改正
The teacher *corrected* my
composition. 老師批改了我的作文。
衍生 名 corréction(修正), corréctness(適當，正確)
副 corréctly(正確地)

orrespond [ˌkɔrəˈspand; ˌkɒrıˈspɒnd] 三 **-s** [-z]
-ed [-ıd]; **-ing**
動 不 ❶一致，符
合
The copy *corresponds* with the
original. 這份複本與原文相符。
❷相當，相似
The arms of a man *correspond* to
the wings of a bird.
人的雙臂如同鳥的雙翼。
❸通信
I am *corresponding* with an
American.
我目前正和一位美國人通信。

correspond

❶相符　　❷相當　　❸通信

orrespondence [ˌkɔrəˈspandəns; ˌkɒrıˈspɒndəns]
複 **-s** [-ız]
名 ❶一致，相符
合
the *correspondence* **between** one's
words and actions 言行一致
❷通信
I was **in** *correspondence* with him.
我與他通過信。

orrespondent [ˌkɔrəˈspandənt; ˌkɒrıˈspɒndənt] (英)
複 **-s**

名 ❶通信者
a good [bad] *correspondent* 勤〔懶〕
於通信的人
❷通訊員；記者
the Times *correspondent* at Berlin
泰晤士報駐柏林特派員

corridor [ˈkɔrədɚ,-ˌdɔr; ˈkɒrıdɔː] 複 **-s** [-z]
名 走廊；(火車
的)通道
I went out of the room into the
corridor. 我從房間走去走廊。

corrupt [kəˈrʌpt; kəˈrʌpt]
形 (道德上)墮
落的；貪污的
The *corrupt* policeman receive
bribery payments.
這個貪污的警察接受賄賂。

── 三 **-s** [-s] 複 **-ed** [-ıd]; **-ing**
動 及 使墮落；收
買
The candidate *corrupted* voters.
這個候選人賄賂選民。
衍生 名 corrúption(墮落；收買)

cosmopolitan [ˌkazməˈpalətn̩; ˌkɒzməˈpɒlıtən]
形 世界主義的；
國際性的
Music is a *cosmopolitan* art.
音樂是國際性的藝術。

── 複 **-s** [-z]
名 世界主義者，
四海為家的人
He is a *cosmopolitan*.
他是個四海為家的人。
衍生 名 cosmos [ˈkazməs], cósmonaut (太空人)形
cósmic (宇宙的)

cost [ˈkɔst; ˈkɒst] 三 **-s** [-s] 過 cost; **-ing**
▶ cost 是以「物」或「事」為主語，不可用被動語態。
動 及 ❶(費用)
需
This dress *cost* me thirty dollars.
這件衣服花去我三十塊錢。
❷(時間・勞力)
需，費
Making a dictionary *costs* plenty of
time.
編一本字典要花很多時間。

── 複 **-s** [-s]
名 代價；價錢；
成本；費用
Living *costs* are usually higher in
cities than in the country.
都市的生活費用通常高於鄉村。

────▶ price 和 cost────
price … 定價，價錢
　　　　the *price* of the hat(帽子的定價)
cost … (所需的)費用
　　　　the *cost* of the house(蓋房子所需的費用)

at all costs = at any cost 同 by all means
不惜一切，不管
怎樣
I must arrive there *at all costs*.
不管怎樣我一定要到那裡。
**at the cost
of …**
犧牲
She saved her son's life *at the cost
of* her own.
她犧牲了自己的生命去救兒子。
複合 名 the cóst of líving(生活費用)

costly [ˈkɔstlı; ˈkɒstlı] 比 costlier 最 costliest
形 貴重的，昂貴
的 同 expensive,
dear
costly jewels 貴重的珠寶

costume [ˈkastjum; ˈkɒstjuːm] 複 **-s** [-z]
名 ❶(國民・時
代・階級・地方
上特有的)服裝
The dancer was dressed **in** the 16th
century *costume*.
這舞者穿著十六世紀的服裝。
❷(舞台・運動
等的)裝束，服裝
He was **in** stage *costume*.
他穿著舞台裝。

cottage [`kɑtɪdʒ; 'kɒtɪdʒ] 🅒 **-s** [-ɪz]
名 郊外的小住宅,(美)別墅,(英)村舍,農家 | We took a *cottage* by the lake. 我們在湖濱租了一間小屋。
▶ 現在已與 hut(簡陋的小屋)意義不同,指有相當設備且有別墅風格的小屋。

cotton [`kɑtn̩; 'kɒtn̩] 🅒 無
名 棉花;棉布;棉樹;棉線 | This shirt is made of *cotton*. 這件襯衫是棉製的。

couch [kautʃ; kautʃ] (注意發音) 🅒 **-es** [-ɪz]
名 長沙發;(接受心理治療時病人用的)長椅;臥榻 | Sit on the *couch*. 坐在長椅上吧。

cough [kɔf; kɒf] 🅓 **-s** [-s] 🅒 **-ed** [-t]; **-ing**
動 不 咳,咳嗽 | Cover your mouth when you *cough*. 咳嗽的時候要掩住嘴巴。
—— 🅒 **-s** [-s] ▶「打噴嚏」是 sneeze。
名 咳,咳嗽 | My *cough* attracted her attention. 我的咳嗽引起她的注意。

could [(強) kud; kud (弱) kəd; kəd] 🅓 can 的過去式
❶(過去的事實)能 | I *could* arrive in time. (=I was able to arrive in time.) 我能及時到達。
▶ 在此種意義上,為免與假設過去式(❺的用法)混淆,多用 be able to 的句型。⇨ can
❷(時態的一致)能 | He said, "I can swim." → He said that he *could* swim. 他說他會游泳。
❸(假設語氣)(用於附屬子句)若能 | I would go if I *could*. 如果可能我就會去(其實不能去)。 I wish I *could* go to France. 我要是能去法國,那就好了。
❹(假設語氣)(用於要子句)(could do)能…的;(could have done)早就能… | You *could* marry her if you would. 如果你願意的話,你能跟她結婚的。 You *could* have married her if you had wanted to. 如果你願意的話,早就能跟她結婚了。
❺省略❹條件子句的情形 | You *could* win. 你贏得了的。 You *could* have won. 你早就能贏的。

couldn't [`kudnt; 'kudnt] could not 的簡寫

council [`kaunsl; 'kaunsl] 🅒 **-s** [-z]
名 會議;議會;委員會 | A city *council* was held yesterday. 昨天召開市議會。
▶ 注意勿與 counsel(忠告,商量)混淆。

councilor, 英 **councillor** [`kaunslə; 'kaunsələ] **-s** [-z]
名 顧問;(州·市·鎮的)議員 | the House of *Councilors*(日本的)參議院 ▶ 眾議院是 the House of Representatives。
▶ 勿與 counsel(l)or 混淆。

counsel [`kaunsl; 'kaunsl] 🅒 無 ▶ 比 advice 為正式的字。
名 ❶忠告,勸告 | You had better follow his *counsel*. 你最好聽從他的忠告。
同 advice
❷商量,商議 | I held *counsel* with him. 我和他商量。
同 consultation

▶ 注意勿與 council(會議)混淆。
衍生 名 **counseling**((專家對個人的)指導或輔導)

counselor, 英 **counsellor** [`kaunslə; 'kaunsələ] 🅒 **-s** [-z]
名 顧問,忠告者;(美)律師,法律顧問 | a beauty *counselor* 美容顧問／a student *counselor* 學生輔導人員／a marriage *counselor* 婚姻諮詢專家
▶ 注意勿與 council(l)or 混淆。

count¹ [kaunt; kaunt] 🅓 **-s** [-s] 🅒 **-ed** [-ɪd]; **-ing**
動 及 ❶數;計算 | The storekeeper *counted* the money. 這商店老闆數了錢。
❷計及,包括 | There were fifty people in the bus, *counting* the children. 小孩子包括在內,這公車上有五十人。
不 數;計算 | Can you *count* from one to ten? 你能從一數到十嗎?

count on [*upon*] …
信賴,期望 | You'd better not *count on* a raise. 你還是不要期望加薪的好。
同 reckon on
衍生 形 **countless**(無數的), **countable**(可數的)

count² [kaunt; kaunt] 🅒 **-s** [-s] 🅓 countess
名 (英國除外的)伯爵 ⇨ peer | ▶ 英國的伯爵稱作 earl。

countenance [`kauntənəns; 'kauntənəns] 🅒 **-s** [-ɪz]
名 容貌;表情 ⇨ complexion | She changed her *countenance* at the news. 她聽到這消息,變了臉色。

counter [`kauntə; 'kauntə] 🅒 **-s** [-z]
名 (商店的)櫃,(銀行的)櫃台;長柏桌 | a department store *counter* 百貨公司的售貨櫃台／a lunch *counter* 自助餐廳擺列食物的長柏桌

counteract [ˌkauntə`ækt; ˌkauntəˈrækt] 🅓 **-s** [-s] 🅒 **-ed** [-ɪd]; **-ing**
動 及 (藥之)中和,消解 | The medicine *counteracted* the poison. 此藥解毒。

counterfeit [`kauntəfɪt; 'kauntəfɪt] 🅐 genuine
形 偽造的,假的 | two *counterfeit* ten-dollar bills 兩張(美金)十元的偽鈔

country [`kʌntrɪ; 'kʌntrɪ] (注意發音) 🅒 **countries** [-z]
名 ❶國,國家 | Japan is an island *country*. 日本是一個島國。
❷(加 one's)祖國,本國 | He fought bravely for **his** *country*. 他為了祖國而英勇作戰。
❸(加 the)國民 | All **the** *country* will vote tomorrow 明天全國投票。
❹(加 the)鄉村,鄉間 | I spent a few days in **the** *country*. 我在鄉村住了幾天。
❺(加形容詞)地方,地域 | **mountainous** *country* 山區／**wild** *country* 荒野

國家　　　　鄉村
country

複合 名 **countryman**(同胞;鄉下人)

countryside [`kʌntrɪ͵saɪd; 'kʌntrɪsaɪd] (注意發音)
圈 無
图鄉村, 田園 | the English *countryside* 英國的鄉村

county [`kaʊntɪ; 'kaʊntɪ] 圈 **counties** [-z]
图(英) 州(相當於 | He lives in the *County* of York.
我國的縣) | 他住在約克州。
(美) 郡(僅次於州 | There are five *counties* in the state.
的行政區) | 該州有五個郡。

couple [`kʌpl; 'kʌpl] 圈 **-s** [-s]
图一對, 一雙; | a married *couple* 夫婦／a dancing
一對男女, 配偶 | *couple* 一對共舞的男女／five young
| *couples* 五對青年男女

a couple of ... | I ate *a couple of* eggs at breakfast.
兩個;(美) 兩三個 | 我在早餐時吃了兩個蛋。
▶ a pair of 係由兩件互屬的東西湊成的一雙;a pair of
socks(一雙短襪)。

courage [`kɜːɪdʒ; 'kʌrɪdʒ] (注意發音) 圈 無
图勇氣 | He had the *courage* to speak up.
▶注意勿與 | 他有勇氣說出自己的意見。
college(大學)
混淆。

图 côurage
圈 courâgeous   图 brâvery
                                                     圈 brave

▶ courage 係著重精神上的勇氣;bravery 則著重行動
上的勇氣。
衍生 圈 **courageous** [kə`redʒəs](勇敢的)

course [kors, kɔrs; kɔːs] 圈 **-s** [-ɪz] ▶ 與 coarse(粗魯)
的同音。
图❶路線;所經 | The ship held her *course* westward.
之路, 航向 | 這船向西方航行。
❷(學校等的)課 | She took a medical *course*.
程 | 她選讀醫學課程。
❸(時間等的)進 | The event changed the *course* of my
行;經過;經歷 | life. 這事件改變了我的一生。
❹方針 | He decided to adopt a middle
| *course*. 他決定採取中庸之道。
❺(比賽的)場, | There is a golf *course* around here.
球場 | 這附近有座高爾夫球場。

in the course of ...
在…之中, 在… | *In the course of* a week, my mother
期間 | got well. 我母親在一週內康復了。
of course | "Do you like snakes?" "*Of course*
當然 | not." 「你喜歡蛇嗎?」「當然不喜歡。」

court [kort, kɔːt] (注意發音)
▶注意勿與 coat [kot] 混淆。
图❶(網球等 | They are practicing volleyball in
的)球場 | the *court*.
| 他們在球場練習排球。
❷法院, 法庭 | The prisoner was brought to *court*
| for trial.
| 這囚犯被帶去法庭審判。
❸(建築物或四 | The castle has a large *court*.
面是牆的)庭院 | 這城堡有個大庭院。

❹(常用大寫)宮 | The ambassador was entertained at
廷, 皇宮 | dinner at *court*.
| 大使在皇宮蒙賜晚宴。
複合 图 **côurtyárd**(庭院, 天井)

courtesy [`kɜːtəsɪ; 'kɜːtɪsɪ] (注意發音) 圈 無
图禮貌, 殷勤; | His *courtesy* makes him a lovable
好意;恩惠 | man.
| 他由於彬彬有禮而討人喜歡。
衍生 圈 **côurteous** [`kɜːtɪəs](有禮貌的)

cousin [`kʌzn; 'kʌzn] (注意發音) 圈 **-s** [-z]
图堂(表)兄弟, | This is my *cousin*.
堂(表)姐妹 | 這是我的表哥(弟)。

cover [`kʌvɚ; 'kʌvə(r)] 圈 **-s** [-z] 圈 **-ed** [-d]; **-ing**
[`kʌvərɪŋ]
動⊗❶蓋;覆; | The top is *covered* with snow.
包裹起 | 山頂白雪皚皚。
| Mother *covered* him with a blanket.
| 母親用毛毯將他包起來。
❷掩蔽 | The thief *covered* his tracks.
| 這小偷隱匿他的行跡。
❸包括… | His diary *covers* the years 1970—72.
| 他的日記由 1970(寫)到 1972 年。
❹行過(某距 | We can *cover* 100 miles a day.
離), 通過 | 我們一天可以跑一百英里。
—— 圈 **-s** [-z]
图❶覆蓋物, 罩 | Put the *cover* on the pot.
子, 蓋子 | 蓋上鍋蓋。
❷(書的)封面 | The book is bound in leather
▶書的「書皮」 | *covers*.
稱爲 jacket。 | 這本書是用皮面裝訂的。

from cover to cover
(書的)從頭到尾 | I read the book *from cover to
| cover*.
| 我從頭到尾讀完這本書。

cover 封面   jacket 書皮

cow [kaʊ; kaʊ] 圈 **-s** [-z]
图母牛, 乳牛 | The girl milked the *cow*.
圈 bull, ox | 這個女孩擠牛乳。

coward [`kaʊɚd; 'kaʊəd] 圈 **-s** [-z]
图膽小的人, 懦 | No one wants to be thought a
夫 | *coward*.
| 沒有人願意被認爲是膽小鬼。
衍生 图 **côwardice**(膽小)圈 **côwardly**(膽小的)

cozy, cosy [`kozɪ; 'kəʊzɪ] 圈 **cozier** 圈 **coziest**
圈溫暖而舒適 | The old couple live in a *cozy* house.
的, 安逸的 | 這對老夫婦住在溫暖而舒適的房子。
圈 comfortable | a *cozy* corner
| 溫暖而舒適的角落
衍生 圈 **côzily**(舒適地)图 **côziness**(舒適, 安逸)

crab [kræb; kræb] 圈 **-s** [-z] ▶ 不可與 club 混淆。
图(動物)蟹 | *Crabs* have a pair of pincers.
| 螃蟹有一對螯。

crack [kræk; kræk] 複 **-s** [-s]

名 ❶裂縫, 龜裂 | There was a *crack* in the cup.
這杯子上有一道裂痕。

❷劈啪聲, 爆破聲 | "*Crack!*" tumbled down the vase to the floor.
「嘩啦」一聲, 花瓶掉落在地上。

—— 三 **-s** [-s] 過 **-ed** [-t]; **-ing**

動不 ❶破裂, 龜裂 | The ice on the pond *cracked*.
結在池塘上的冰龜裂了。

❷(槍・鞭子等)劈啪作響 | The fireworks *cracked* overhead.
煙火在空中劈啪作響。

及 ❶使破裂, 弄破 | She has *cracked* the mirror.
她打破了鏡子。

❷使(槍・鞭子等)發出劈啪聲 | Stop *cracking* your fingers.
別用手指頭弄出劈啪聲來。

cracker [`krækɚ; `krækə] 複 **-s** [-z]

名美 餅乾 | *Crackers* go nicely with soups.
英 biscuit | 餅乾和湯很對味。

cradle [`kred!; `kreɪdl] 複 **-s** [-z]

名 ❶搖籃 | A baby is sleeping in the *cradle*.
嬰兒在搖籃中睡著。

❷(加 the)孩提時代 | The girl has been sickly from **the** *cradle*.
這女孩從小就體弱多病了。

from the cradle to the grave
從生到死; 一生中

craft [kræft; krɑ:ft] 複 **-s** [-s], **craft**

名 ❶(特殊的)技術, 手藝 | He learned the *craft* of wood-carving. 他學會木雕的技藝。
❷(單複同式)船; 飛機 | The harbor was full of fishing *craft*. 這港滿是漁船。

craftsman [`kræftsmən; `krɑ:ftsmən] 複 **-men** [-mən]

名 工匠; 熟練工人 | He is a telephone *craftsman*.
他是個裝電話的工人。

crash [kræʃ; kræʃ] 複 **-es** [-ɪz] ⇨ crush, clash

名 ❶突然的轟響, 轟隆聲 | The tower fell to the ground with a *crash*.
塔樓落地面而發出轟然巨響。

❷(飛機的)墜落; (車的)碰撞 | Sixty people were killed in the plane *crash*.
在這墜機事件中, 有六十人死亡。

—— **-es** [-ɪz] 過 **-ed** [-t]; **-ing**

動不 ❶轟轟作響; 嘩啦破碎; (猛烈)衝撞 | The dishes *crashed* to the floor.
碟盤嘩啦落地而碎。
The bus and the truck *crashed*.
公共汽車和卡車砰然相撞。

❷(飛機)墜落 | The plane *crashed* shortly after the takeoff. 飛機起飛不久就墜毀了。

crash
(著重破壞)

clash
(著重聲音)

crave [krev; kreɪv] 三 **-s** [-z] 過 **-d** [-d]; **craving**

動 及不 渴望, 懇求 | The thirsty man *craved* water.
這口渴的人很想要喝水。
The woman *craved* **for** my pardon.
這個女人求我寬恕。
Everyone *craves* **after** happiness.
人人渴望幸福。

crawl [krɔl; krɔ:l] 三 **-s** [-z] 過 **-ed** [-d]; **-ing**

動不 ❶爬 | A snail is *crawling* on the leaf.
同 creep | 一隻蝸牛在樹葉上爬行。
❷(交通工具・時間)慢慢進行 | Our car *crawled* along.
我們的車子緩緩前進。

crazy [`krezɪ; `kreɪzɪ] 比 **crazier** 最 **craziest**

形 ❶瘋狂的 | He acted as if he were *crazy*.
同 mad | 他的行為有如瘋子。
❷(口語)熱愛的, 狂熱的 | The girl are *crazy* **about** the singer.
女孩子們很迷那位歌星。
▶ mad 這個字也有「瘋狂的」和「著迷於…」的意義。

creak [krik; kri:k] 三 **-s** [-s] 過 **-ed** [-t]; **-ing**

動不 吱吱作響, 輾軋聲 | The door *creaks* every time it is opened.
這扇門每次打開時, 都會嘎嘎作響。

cream [krim; kri:m] 複 無

名 ❶奶油; 奶油所製的食品 | Shall I put some *cream* in your coffee?
我幫你的咖啡加點奶油精好嗎?
❷奶油狀的製品 | cold *cream* 冷霜, 面霜／shoe *cream* 鞋油

複合 名 **crèam pùff**(奶油捲)
衍生 形 **crèamy**(含奶油的; 奶油狀的; 奶油色的)

create [krɪ`et; kri:`eɪt](注意發音)三 **-s** [-s] 過 **-d** [-ɪd]; **creating**

動 及 ❶(上帝)創造 | All men are *created* equal.
人人生而平等。
❷產生, 創造(獨創性的東西) | This writer *created* interesting characters in his novels.
這位作家在他的小說中, 創造了有趣的人物。

creation [krɪ`eʃən; kri:`eɪʃn] 複 **-s** [-z]

名 ❶創造, 創作; 作品 | the *creation* of great novel 偉大小說的創作
It's a *creation* of a great artist.
這是一位偉大藝術家的作品。
❷(上帝的)創造物, 萬物 | All *creation* seems to be happy.
萬物似乎都是幸福的。
▶ the Creation 為「上帝創造天地」。

creative [krɪ`etɪv; kri:`eɪtɪv]

形 創造的; 有創造力的 | He is a *creative* writer.
他是個有創造力的作家。
衍生 名 **creàtiveness**(創造性), **creàtívity**(獨創的能力; 獨創性)

creator [krɪ`etɚ; kri:`eɪtə](注意發音)複 **-s** [-z]

名 創造者, 創作者 | the *creator* of Macbeth 馬克白的創作者 ▶ the Creator(造物主, 上帝)

creature [`kritʃɚ; `kri:tʃə](注意發音)複 **-s** [-z]

名 ❶生物, (尤指)動物 | No *creatures* can live without food.
如無食物沒有生物能生存。

❷(加形容詞)
人,像伙 | a lovely *creature* 可愛的女人／a poor *creature* 可憐的人

credit [`krɛdɪt; 'krɛdɪt] 働 **-s** [-s]
名❶信用;信任
回 trust | I gave no *credit* **to** the story.
我不相信這故事。
❷名望;名聲,信譽 | He won the *credit* of being an honest man.
他博得誠實的人之名聲。
❸名譽;光榮的物〔人〕 | He is a *credit* to our school.
他是我們學校的光榮。
❹信用貸款,賒帳;帳款 | No *credit*. 概不賒帳。
a *credit* card 信用卡
on credit
賒賬 | I bought the shoes *on credit*.
我賒帳買下這雙鞋子。
═ **-s** [-s] 働 **-ed** [-ɪd]; **-ing**
動⑧ 相信;信賴 | We cannot *credit* the rumor.
我們不可相信這謠言。

衍生 名 **crèditor**(債權人)形 **crèditable**(值得稱讚的)

credulous [`krɛdʒələs; 'kredʒələs]
形 輕易相信人的,易受騙的 | He took advantage of *credulous* people.
他利用易於受騙的人。

┌──▶ credit 的三種形容詞式──
credible ……可信的,可靠的
a credible witness(可信任的證人)
credulous …輕信的,易受騙的
creditable …值得稱讚的,可讚許的
a creditable record(值得稱讚的記錄)
└────────────────────────

衍生 名 **credùlity**(輕信,易信)

creed [krid; kri:d] 働 **-s** [-z]
名信條;信念;教義 | Belief in man's goodness is his *creed*.
相信人類性本善是他的信念。

creek [krik, krɪk; kri:k] 働 **-s** [-s]
名美 小河,小溪 | ▶指大小介於 river 與 brook 之間的 stream(河)。
英 海或河的小港·小灣。

creep [krip; kri:p] ═ **-s** [-s] ⑦ **crept** [krɛpt]; **-ing**
動不❶爬行
回 crawl | A baby *creeps* before it walks.
嬰兒在會走路之前是用爬的。
❷偷偷地〔躡足地〕走 | The burglar *crept* **into** the house.
這個竊賊偷偷地溜進屋內。
❸(時間)不知不覺地過去 | Time *crept* on.
時間在不知不覺中溜走了。

crest [krɛst; krest] 働 **-s** [-s]
名❶(雞等的)冠;(盔·軍帽的)羽飾 |

名❷(山的)峰;絕頂,最高潮

crew [kru; kru:] 働 **-s** [-z]
名(集合稱,飛機·船的)全體機〔船〕員 | The *crew* on board the steamer was small.
在這汽船上的船員為數很少。

▶美 也用於火車上的隨車服務人員。 | The four *crews* took part in the regatta.
這四隊划船隊參加划船比賽。
▶視為團體時作隻數,考慮組成分子時用作複數。 | The crew **was** large.(單數)
船員為數頗多。
The crews **were** all tired.(複數)
船員們全都累了。

▶指其中的一名時做 a member of the crew。

cricket[1] [`krɪkɪt; 'krɪkɪt] 働 **-s** [-s]
名(昆蟲)蟋蟀 | Some *crickets* are chirping in the grass.
一些蟋蟀在草地上唧唧叫。

cricket[2] [`krɪkɪt; 'krɪkɪt] 働 無
名(球戲)板球 | *Cricket* is popular in England.
板球盛行於英國。
▶一種類似棒球的球戲,每隊各十一人參加。

crime [kraɪm; kraɪm] 働 **-s** [-z] ▶形容詞是 criminal。
名❶(整體的)犯罪 | *Crime* does not pay.
犯罪不值得。
▶crime 是法律上的罪,宗教·道德上的犯罪是 sin。
❷(個體的)犯罪 | He committed a *crime* and was sent to prison.
他犯罪而下獄。

criminal [`krɪmən; 'krɪmɪnl] ▶crime 的形容詞
形❶犯罪的,犯法的 | He has no *criminal* record.
他沒有犯罪記錄(前科)。
❷刑事上的 | I major in *criminal* law.
我主修刑法。
━ 働 **-s** [-z]
名犯人 | The *criminal* was arrested by the policeman.
這罪犯被警察逮捕了。

crimson [`krɪmzn; 'krɪmzn] 働 無
名深紅色
回 deep red | *Crimson* is the color she likes best.
深紅色是她最喜歡的顏色。
▶red 是「普通的紅色」,crimson 是「深紅色」,scarlet 是「猩紅色,緋紅色」。

cripple [`krɪpl; 'krɪpl] 働 **-s** [-z]
名跛足的人;殘障者 | The dog is a *cripple*.
這狗的腳跛了。

crisis [`kraɪsɪs; 'kraɪsɪs] 働 **crises** [`kraɪsiz]
名❶危機;緊要關頭;命運的關鍵 | We are now **in** a food *crisis*.
我們現在正面臨糧食危機。
the oil *crisis* 石油危機／face a *crisis* 面臨危機
❷(疾病等的)危險期 | The sick man has passed the *crisis*.
這病人已脫離危險期(已無大礙)。

衍生 形 **crìtical**(危機的➪ critical ❶, ❷)

crisp [krɪsp; krɪsp] 比 **-er** 働 **-est**
形❶(食物)酥脆的;嶄新而硬挺的 | a *crisp* leaf of lettuce (新鮮而)脆的萵苣菜／a *crisp* bill 嶄新的紙幣
❷清爽的,使神清氣爽的 | The morning air was cool and *crisp*. 早晨的空氣是涼爽而宜人的。
❸爽快的,活潑的 | one's *crisp* manner of speaking 某人活潑的說話態度

criterion [kraɪˋtɪrɪən; kraɪˈtɪərɪən] [複] **criteria** [kaɪˋtɪrɪə], **-s** [-z]
[名]規範；標準；準繩 | Beauty is not a *criterion* of greatness. 美並非偉大的標準。

critic [ˋkrɪtɪk; ˈkrɪtɪk] [複] **-s** [-s]
[名]批評家，評論家 | a literary *critic* 文學批評家／a musical *critic* 音樂評論家

critical [ˋkrɪtɪkl; ˈkrɪtɪkl]
[形]❶批評的；評論的 | *critical* comments 批評的言論／*critical* ability 批評能力
❷吹毛求疵的 | She is so *critical* that everybody fears her. 她喜歡吹毛求疵，以致人人都怕她。
❸危機的，危急的；病危的 | The patient is now in a *critical* condition. 這病人現在病情危急。
► 此字的名詞式在❶❷的意義是 critic（批評家），criticism（批評），❸的意義是 crisis（危機）。
[衍生][副] **critically**（在危急之際，批判地；(病)危地）

criticism [ˋkrɪtəˌsɪzəm; ˈkrɪtɪsɪzəm] [複] **-s** [-z]
[名]❶批評；評論 | He gave expert *criticism* **on** the picture. 他對該畫提出精闢的評論。
❷非難；批判 | His novel met with sharp *criticism*. 他的小說受到嚴厲的批評。

criticize, [英] **-cise** [ˋkrɪtəˌsaɪz; ˈkrɪtɪsaɪz] [三] **-s** [-ɪz] [規] **-d** [-d]; **criticizing**
[動][及]❶批評；評論 | You may *criticize* my work freely. 你可以隨意批評我的作品。
❷非難，吹毛求疵 | Don't *criticize* him **for** his delay. 不要責備他的延誤。
[衍生][名] **crìticísm**（批評；非難），**crìtic**（評論家）

crocodile [ˋkrɑkəˌdaɪl; ˈkrɒkədaɪl] [複] **-s** [-z]
[名]（動物）（亞洲・非洲產的）鱷魚 | *Crocodiles* live in marshes. 鱷魚生存於沼澤之中。
► 美洲・中國產的鱷魚是 alligator。

crook [krʊk; krʊk] [複] **-s** [-s]
[名]彎曲，屈曲 | a *crook* of a stream 河流彎曲之處
── [三] **-s** [-s] [規] **-ed** [-t]; **-ing**
[動][及]彎曲 | He *crooked* his finger toward himself to fire the gun. 他手指往內一勾開槍。

crooked [ˋkrʊkɪd; ˈkrʊkɪd]（注意發音）
[形]❶彎曲的；扭曲的 | The road is *crooked*. 這條路彎彎曲曲。
❷行爲不正的，不誠實的 | He was involved in some *crooked* business. 他涉及一些不正當的事業。

crop [krɑp; krɒp] [複] **-s** [-s]
[名]❶農作物 | Rice is one of the main *crops* in Taiwan. 米是台灣的主要農作物之一。The *crops* have failed this year. 今年收成不好（歉收）。
❷收穫，收成 [同] harvest | We expect a good *crop* of potatoes. 我們期望馬鈴薯的豐收。

cross [krɔs; krɒs] [複] **-es** [-ɪz]
[名]❶十字形，十字記號（+，×） | If you cannot write your name, make a *cross* instead. 你如果不會寫你的名字，就劃十字替代吧。
❷十字架 | This is a picture of Christ on the *cross*. 這是幅十字架上的基督之畫像。
── [三] **-es** [-ɪz] [規] **-ed** [-t]; **-ing**
[動][及]❶越過（馬路），過（橋），渡過（河） | Look right and left before you *cross* the street. 過馬路之前，要先向左右看一下。
❷使交叉，搭在一起 | She sat on the chair and *crossed* her legs. 她坐在椅上把腳翹起來。
❸劃線塗掉（文字等） | He *crossed* **off** his name from the list. 他將他的名字從名單中劃掉。
[不]（兩件東西）交叉 | The two roads *cross* here. 這兩條道路在此交叉。
── [形]❶（口語）不高興的 | He looked *cross* yesterday. 他昨天看起來不太高興。
❷橫的；交叉的 | They turned to a *cross* street. 他們轉向一條橫街。

cross 十字架　cross the street 過馬路　cross one's legs 翹腳

crossing [ˋkrɔsɪŋ; ˈkrɒsɪŋ] [複] **-s** [-z]
[名]十字路口；平交道；人行道 | There are traffic lights at the *crossing*. 十字路口有紅綠燈。

pedestrian crossing 人行道　railroad crossing 平交道
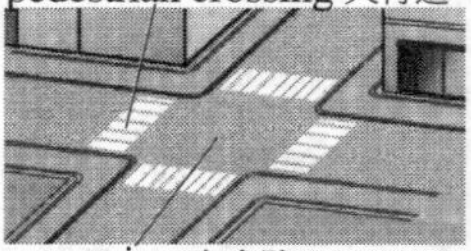
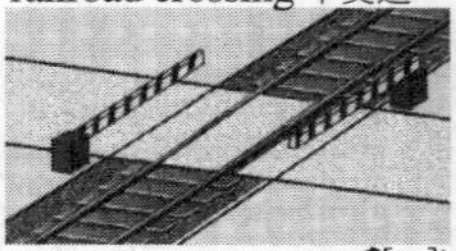
crossing 十字路口

crossroad [ˋkrɔsˌrod; ˈkrɒsrəʊd] [複] **crossroads** [-z]
[名]（鄉村的）十字路口；（比喻的）歧途 | They are now **at** the *crossroads*. 他們現在面臨抉擇的關頭。
► 都市的「十字路」是 a crossing, an intersection。

crouch [kraʊtʃ; kraʊtʃ]（注意發音）[三] **-es** [-ɪz] [規] **-ed** [-t]; **-ing**
[動][及]蹲伏，蹲在 | The hunter *crouched* in the grass. 他個獵人蹲在草中。

crow[1] [kro; krəʊ] [複] **-s** [-z]
[名]（鳥）烏鴉 | A *crow* caws. 烏鴉啼叫。
► 烏鴉包括 rook（白嘴烏），raven（渡烏），jackdaw（穴烏）等，總稱 crow。

► 注意 **ow** 的發音

bow（敬禮） crowd（群眾） plow（犁） row（爭吵） sow（母豬）	[aʊ]	bow（弓） crow（烏鴉） flow（流動） row（行列） sow（播種）	[o]

crow[2] [kro; krəʊ] ⊜ **-s** [-z] 過 **-ed** [-d] 衍 crew [kru]
動不 (公雞)啼 | A rooster [cock] *crowed*.
叫 | 公雞啼叫。

crowd [kraʊd; kraʊd] 複 **-s** [-z]
名 群眾, 人群 | There was a large *crowd* of people in the hall.
| 大廳裡有一大群人。
| The game drew great *crowds* of spectators.
| 那場比賽吸引了很多的觀眾。

a crowd of ... = crowds of ...
(用於人或物)許 | There were *crowds* of cars in the
多的… | parking lot.
| 停車場有許許多多汽車。
▶ a crowd 代表一個集體時作單數;強調組成分子時作複數:
There **is** [**are**] *a crowd of* people in the park.
(公園裡有一大群人。)
──⊜ **-s** [-z] 過 **-ed** [-ɪd]; **-ing**
動及 擠滿, 群集 | The officer *crowded* the small room
| with captives.
| 軍官讓俘虜擠在一小房間裡。

be crowded with ...
雜沓, 擁塞 | The road *is crowded with* cars.
| 這條路擠滿了汽車。

overcrowded	crowded	not crowded	empty
過度擁擠的	擁擠的	不擁擠的	空的

不 過度擁擠的 | The reporters *crowded* round him.
聚集, 雜沓; 擠 | 記者們圍繞在他的身邊。
進, 蜂擁而來 | People *crowded* **into** the bus.
| 人們湧進公共汽車裡。

crown [kraʊn; kraʊn] 複 **-s** [-z] 衍 clown 是「小丑」。
名❶王冠 | a king's *crown* 王冠
❷(加 the) | The king's son succeeded to **the**
王位 | *crown*. 國王的兒子繼承王位。
❸頂, 山頂; (頭 | The *crown* of the mountain is
的)頂上; 絕頂; | covered with snow.
極致 | 山頂被雪所覆蓋。
| the *crown* of beauty 美的極致
──⊜ **-s** [-z] 過 **-ed** [-d]; **-ing**
動及❶加冕, 使 | The king was *crowned* in Rome.
登王位 | 國王在羅馬加冕。
❷處於…之頂; | The top of the mountain is *crowned*
加冠於 | **with** a small shrine.
| 山巔有座小廟。
❸完成, 使圓滿 | His efforts were *crowned* **with**
| success. 他的努力終於獲得成功。
複合 名 **crówn prìnce** [**prìncess**] (皇太子〔皇太子妃〕)

crude [krud; kruːd]
形❶天然的, 天 | *Crude* oil is pumped up through the
生的, 未經加工的 | pipe. 原油經由油管而汲升上來。

圖 raw | *crude* rubber 生樹膠
❷粗糙〔野〕的 | *crude* manners 粗魯的態度

cruel ['kruəl; 'kruːəl, 'kruəl] 比 **-er** 美 **-ler** 最 **-est**
最 **-lest**
形❶殘酷的, 殘 | The *cruel* boy threw stones at the
忍的 | frogs.
圖 merciless | 殘忍的男孩用石頭投擲青蛙。
❷悲慘的, 悽慘 | What a *cruel* sight it was!
的 | 這是一個多麼悲慘的情景!
衍生 副 **crùelly** (殘酷地)

cruelty ['kruəltɪ; 'kruːəltɪ, 'kruəltɪ] 複 **cruelties** [-z]
名❶殘酷, 殘忍 | They treated the prisoner **with**
| *cruelty*.
| 他們對待囚犯很殘酷。
❷殘忍的行為 | Many citizens died because of the
| *cruelties* of the enemy.
| 很多市民因敵人的暴行而死。

crumb [krʌm; krʌm] (注意發音 ⇨ comb) 複 **-s** [-z]
名 (通常用複 | She fed *crumbs* to the sparrows.
數)麵包屑; 麵包 | 她用麵包屑餵麻雀。
心

crumble ['krʌmbl; 'krʌmbl] ⊜ **-s** [-z] 過 **-d** [-d];
crumbling
動不 崩潰; 粉碎 | The walls were *crumbling*.
| 牆壁在剝落著。
| All my hopes have *crumbled* away.
| 我的一切希望都成泡影了。
及 弄碎; 粉碎 | The baby *crumbled* the cookies in
| his hands.
| 這個嬰兒用手將餅乾捏碎。

crusade [kru'sed; kruː'seɪd] 複 **-s** [-z]
名❶(常用大 | ▶ 在十一至十三世紀間, 歐洲基督教各
寫)十字軍 | 國為了自回教徒的手中奪回耶路撒冷聖
| 地, 而組成的遠征軍。
❷改革〔撲滅〕運 | a *crusade* **against** drunkenness 反酗
動 | 酒運動 / a *crusade* **for** birth control
| 節育運動
衍生 名 **crusáder** ((歷史))十字軍戰士; 改革運動者)

crush [krʌʃ; krʌʃ] ⊜ **-es** [-ɪz] 過 **-ed** [-t]; **-ing**
動及❶壓破, 壓 | He *crushed* the box by sitting on it.
碎 | 他坐在箱子上面將箱子壓破。
❷征服(敵人), | The general *crushed* the rebellion.
粉碎(希望) | 將軍鎮壓了叛變。
❸揉〔壓〕皺 | Her dress was *crushed* on [in] the
| bus.
| 她的衣服在公車上弄皺了。
不 破, 碎; 起皺 | Two eggs *crushed*. 兩個蛋破了。
紋 | This dress *crushes* easily.
| 這件衣服容易起皺。
▶ 避免 ⎰crash … (砰然)打碎; 墜落; 碰撞
混淆 ⎱clash … 碰撞響聲; (意見)衝突

crust [krʌst; krʌst] 複 **-s** [-s]
名❶(麵包・派 | She threw away the *crusts*.
餅的)皮 | 她丟掉麵包皮。
▶ 複數 crumbs 是「麵包屑」, 單數是
麵包片。 | ▶ 亦指乾硬的 | 「麵包片」。
❷外表; 外殼 | the *crust* of the earth 地殼

crutch [krʌtʃ; krʌtʃ] 複 **-es** [-ɪz]
名 拐杖 | He is walking **on** *crutches*.
他撐拐杖走著。
► 汽車的「離合器」是 clutch。

cry [kraɪ; kraɪ] 三 **cries** [-z] 過 **cried** [-d]; **-ing**
動不 ❶喊，叫； | The injured man *cried* **for** help.
大聲叫喊；請求 | 這受了傷的人大聲呼救。
同 shout | They *cried* **for** a raise in pay.
他們大聲請求加薪。
❷哭泣 | Don't *cry*.
不要哭。

┌──►「哭」的同義字──
│ cry········ 哭泣
│ The baby *cried*. (嬰兒哭了。)
│ weep······ 流淚
│ She *wept* for joy. (她喜極而泣。)
│ sob········ 啜泣，嗚咽
│ She *sobbed* in the dark. (她在黑暗中啜泣。)
└─────

及 大叫，大聲 | He *cried* **that** he had found the
喊 | key.
他大叫，說他找到了鑰匙。
He *cried*, "Look out!"
他大叫：「當心！」

cry one*self to sleep*
哭至睡著 | The baby *cried herself to sleep*.
嬰兒哭到睡著。

── 名 **cries** [-z]
名 ❶喊叫；叫 | He gave a loud *cry* at the sight.
聲，吼聲 | 他一看到那情景便大叫一聲。
He heard the *cry* of a bear.
他聽到熊的吼聲。
❷哭聲；啼哭 | She raised a hysterical *cry*.
她發出歇斯底里的哭聲。

crystal [ˋkrɪstl̩; ˈkrɪstl̩] 複 **-s** [-z]
名 ❶水晶 | The water was as clear as *crystal*.
水像水晶一般的明澈。
❷水晶製品 | She bought a necklace of *crystals*.
她買了一串水晶珠項鍊。
❸結晶(體) | snow *crystals* 雪的結晶
衍生 動 **crýstallíze** (使結晶)

cub [kʌb; kʌb] 複 **-s** [-z]
名 (熊・狐・獅 | The tiger *cub* looked like a large
等的)幼獸 | kitten.
小老虎看起來像一隻大的小貓。

cube [kjub; kju:b] 複 **-s** [-z] ► square 是正方形；平方。
名 立方體；立方 | I put ice *cubes* in the glass.
體之物；立方 | 我將冰塊放進玻璃杯。

cube
立方體

prism
稜柱體

cylinder
圓柱體

pyramid
角錐體

衍生 形 **cúbic** (立方體的)

cuckoo [ˋkuku; ˈkuku:] (注意發音) 複 **-s** [-z]
名 (鳥)杜鵑 ► 模擬這種鳥的啼聲而造的字。
複合 名 **cúckoo clóck** (布穀鳥自鳴鐘)

cucumber [ˋkjukʌmbɚ; ˈkju:kʌmbə(r)] (注意發音)
複 **-s** [-z]
名 (植物)胡瓜 | He was (as) cool as a *cucumber*.
►「茄子」是 an | 他極鎮靜。
eggplant。

cultivate [ˋkʌltə͵vet; ˈkʌltɪveɪt] 三 **-s** [-s] 過 **-d** [-ɪd]
cultivating
動及 ❶耕種 | The farmer is *cultivating* his land.
這個農夫在耕種他的土地。
❷栽培；養殖 | He is *cultivating* roses.
他在栽培玫瑰。
❸培養(才能・ | He *cultivated* his mind by reading
品性)；教化 | books.
他藉讀書修心養性。

culture [ˋkʌltʃɚ; ˈkʌltʃə] 複 **-s** [-z]
名 ❶教養；修 | The doctor is a man of *culture*.
養；鍛鍊 | 這醫生是個有教養的人。
❷文化 | On *Culture* Day he was decorated
with a cultural medal.
在文化節那天，他被授以文化勳章。
► civilization (文明)主要指物質文明，culture (文化)則
著重精神方面。
❸栽培；培養；養 | Japan is noted for her pearl *culture*.
殖 | 日本以養殖珍珠著名。
衍生 形 **cúltural** (文化的，教養的)

cunning [ˋkʌnɪŋ; ˈkʌnɪŋ]
形 奸詐的，狡猾 | He was (as) *cunning* as a fox.
的 同 sly | 他像狐狸一般的狡猾。
── 名 無
名 奸詐，狡猾； | The swindler used *cunning* to
詭計 | escape. 這騙子使詐逃走了。
► 學生的作弊稱為 cheating；cheat in [on] the
examination (考試作弊)。

cup [kʌp; kʌp] 複 **-s** [-s]
名 ❶(盛咖啡・ | a *cup* and saucer on the table
紅茶用)杯 | 在桌上附有碟子的杯子
► 玻璃製的「杯子」稱為 glass。

cup
saucer
a cup and saucer

glass

bowl

❷一杯 | Won't you have another *cup* of
coffee?
你不再喝一杯咖啡嗎？
❸獎盃 | The champion was awarded a
silver *cup*. 優勝者獲頒銀盃。
衍生 名 **cúpful** (一滿杯；一杯之量)

cupboard [ˋkʌbɚd; ˈkʌbəd] (注意發音) 複 **-s** [-z]
名 ❶碗櫥，食櫥 | Take some plates out of the
cupboard. 由碗櫥拿出幾個盤子來。
❷英 小櫥 | I put the bag in the *cupboard*.
美 closet | 我將手提包放在小櫥裡。

curb, ⊛ **kerb** [kɝb; kɜːb] ⊛ **-s** [-z]
名 (在與車道交接處的路的) 邊石；邊欄
I parked my car along the *curb*.
我沿著邊石停車。
▶ 注意勿與 curve (彎曲) 混淆。

cure [kjur; kjuə] ⊜ **-s** [-z] ⊛ **-d** [-d]; **curing** [`kjurɪŋ]
動 ⊛ ❶治療 (疾病)；醫癒 (病人)
The pills will *cure* your headache.
這藥丸能治好你的頭痛。
▶ heal 多用於傷口或灼傷。
The doctor *cured* me **of** a cold.
醫生醫好我的傷風。
❷糾正 (惡習)
Nothing *cured* him **of** the bad habit.
什麼也改不了他的惡習。

— ⊛ **-s** [-z]
名 ❶治療；矯正；治癒，復原
Prevention is better than *cure*.
預防勝於治療。(諺語)
❷治療法〔藥〕
A certain *cure* **for** cancer is not found yet.
癌症的可靠治療方法尚未發現。

curiosity [,kjurɪ`asətɪ; ,kjuərɪ`ɒsətɪ,] ⊛ **curiosities** [-z]
名 ❶好奇心
She opened the box **out of** *curiosity*.
她好奇而打開盒子。
❷珍奇的事物
He bought a lot of *curiosities*.
他買了很多珍品。

curious [`kjurɪəs; `kjuərɪəs]
形 ❶好奇的；(壞的意義) 好管閒事的
The boy is *curious* **about** everything.
這男孩對任何事情都很好奇。
The *curious* woman listened to our talk.
這個愛管閒事的女人聽我們講話。
❷奇妙的；稀奇的 ⊜ strange
I caught a *curious* butterfly.
我捉到一隻奇特的蝴蝶。
be curious to V
很想…
I am *curious* **to** know if the rumor is true.
我很想知道這謠言是不是真的。
衍生 名 **curiosity** (好奇心) 副 **curiously** (奇妙地)

curl [kɝl; kɜːl] ⊛ **-s** [-z]
名 ❶ (頭髮) 鬈髮
She has long *curls* over her shoulders.
她長長的鬈髮披肩。
❷盤旋 (狀物)；捲曲
A *curl* of smoke was rising.
煙圈上升。

— ⊜ **-s** [-z] ⊛ **-ed** [-d]; **-ing**
動 不 (頭髮) 捲曲
My hair *curls* naturally.
我的頭髮是生下來就鬈的。
⊛ 使 (頭髮) 捲
The singer *curled* her hair.
這位歌手捲了髮。
curl up
蜷伏
The cat *curled up* in front of the fire. 貓蜷伏在爐火前。
衍生 形 **curly** (鬈髮的；捲曲的)

currency [`kɝənsɪ; `kʌrənsɪ] ⊛ **currencies** [-z]
名 ❶通貨,貨幣
The *currency* of this country is sound. 我國的通貨很穩定。
❷流通,通用；普及
The new word has gained general *currency*. 這個新字已通用。

current [`kɝənt; `kʌrənt]
形 ❶通用的,流行的
It was a *current* belief then that the earth was flat.
當時的人公認地球是扁平的。
current English 現代英語
❷現在的
the *current* issue of the magazine
最近一期的雜誌

— ⊛ **-s** [-s]
名 ❶流
a sea *current* 潮流／an air *current* 氣流／an electric *current* 電流
❷思潮,趨向 ⊜ tendency
Television influences the *current* of public opinion. 電視影響興論。
複合 名 **current account** (活期存款)

curry [`kɝɪ; `kʌrɪ] ⊛ **curries** [-z]
名 用咖哩調製的菜；咖哩粉
Curry and rice is my favorite dish.
咖哩飯是我最愛吃的食物。

curse [kɝs;kɜːs] ⊛ **-s** [-ɪz]
名 ❶咒詛 ⊗ blessing
The witch placed a *curse* upon the princess.
巫婆詛咒公主。
❷咒罵, 臭罵
The old woman heaped *curses* on me.
這老太婆對我盡情咒罵。
▶ 就像是 "Damn it!" (該死!) 這一類罵人的話。
❸禍因, 災源
His wealth proved a *curse* to him.
他的財富反成了他的禍因。

— ⊜ **-s** [-ɪz] ⊛ **-d** [-t]; **cursing**
動 ⊛ ❶咒詛
The priest *cursed* the man who had burned the temple.
這僧侶咒詛燒廟的人。
❷咒罵, 臭罵
He *cursed* his son for stupidity.
他臭罵他兒子的愚蠢。
不 咒罵, 惡罵
He *cursed* **at** the man who stepped on his foot on[in] the train.
他臭罵在火車上踩到他腳的人。
⊜ swear

curtail [kɝ`tel, kə-; kɜː`teɪl, kə-] ⊜ **-s** [-z] ⊛ **-ed** [-d]; **-ing**
動 ⊛ 縮減 (費用等)；縮小；縮短
His mother *curtailed* his allowance.
他的母親減少了他的零用錢。
The monks were *curtailed* **of** their privileges.
僧侶的特權被削減了。
⊜ diminish
衍生 名 **curtailment** (削減；縮減；縮短)

curtain [`kɝtn, `kɝtɪn; kɜːtn] ⊛ **-s** [-z]
名 ❶窗帘
There was no *curtain* at the window. 這扇窗沒有窗帘。
❷ (戲院的) 幕
The *curtain* rises [falls].
開〔閉〕幕(開演〔劇終〕)。

curve [kɝv; kɜːv] ⊛ **-s** [-z] ▶ 注意勿與 curb 混淆。
名 ❶曲線
The ball flew away describing a *curve*.
球呈一道曲線飛去了。
❷彎曲,彎
Here the road forms a sharp *curve*.
在這裡道路形成急彎。

— ⊜ **-s** [-z] ⊛ **-d** [-d]; **curving**
動 不 彎曲,彎
The road *curves* here to the left.
路在這裡向左彎。

cushion [ˈkʊʃən, ˈkʊʃɪn; ˈkʊʃn] 名 **-s** [-z]
　名 椅墊；墊子 | the *cushions* on the sofa 沙發上的墊子

custom [ˈkʌstəm; ˈkʌstəm] 名 **-s** [-z]
　名❶(社會・團體的)習慣，風俗，慣例；(個人的)習慣 | It is the *custom* with the Japanese to bow when they meet their acquaintances. 一遇見熟人便鞠躬，是日本人的習慣。
　▶ habit 僅限「個人的習慣・習性」。 | It is his *custom* [habit] to smoke after a meal.
　 | 飯後抽煙是他的習慣。
　❷(用複數)海關 | It took an hour to pass the *customs*.
　 | 通過海關需一個小時。
　❸(用複數)關稅 | We pay the *customs* to import the cars. 我們為了進口汽車而付關稅。
　❹(商店等的)主顧 | That store is losing *custom*.
　 | 那家商店漸漸失去顧客(主顧)。
　複合形 **cùstom-màde**((衣服等)訂做的，訂製的)

customary [ˈkʌstəmˌɛrɪ; ˈkʌstəmərɪ]
　形 習慣的 | It is not *customary* **for** [with] the Chinese to kiss in public.
　 | 中國人不慣於公開接吻。

customer [ˈkʌstəmə; ˈkʌstəmə] 名 **-s** [-z]
　名 (商店等的)顧客，主顧 | The supermarket has thousands of *customers*.
　 | 這家超級市場有好幾千個顧客。
　▶ guest 係指「賓客」；visitor 則指「訪客」。

cut [kʌt; kʌt] 動 **-s** [-s] 及 cut; cutting
　動 及❶切；切斷；割(草)；剪(髮) | She *cut* a cake with a knife.
　 | 她用刀子切蛋糕。
　 | I *cut* myself while shaving.
　 | 我刮鬍子的時候割傷了。
　 | I had my hair *cut* at the barber's.
　 | 我在理髮店理了髮。⇨名❶

cut 剪　　pare 削皮　　slice 切成薄片

　❷雕，刻(石像等) | He *cut* his name on the wall.
　 | 他把他的名字刻在牆上。
　❸開闢(道路等) | They *cut* a road through the woods. 他們在森林中開闢一條道路。
　❹縮短(話語)；縮減(費用) | She is trying to *cut* the expenses.
　 | 她正設法縮減費用。
　 | To *cut* a long story short,...
　回 curtail | 長話短說，…；簡言之…，
　不❶(和副詞連用)能切 | The knife *cuts* well.
　 | 這把小刀很鋒利。
　❷(風)刺(身體) | The wind *cut* through my coat.
　 | 風刺透我的外套。

cut down
　❶砍倒 | The woodcutter *cut down* the trees.
　 | 樵夫將樹砍倒。
　❷縮減(費用等) | We must *cut down* expenses.
　 | 我們必須減少費用。

cut in
　❶超車 | Suddenly a car *cut in*.
　 | 一輛汽車突然超車。
　❷插嘴 | He *cut in* **on** our conversation.
　 | 他在我們談話中插嘴。

cut out
　❶切去；剪去 | He *cut out* the picture **from** the newspaper.
　 | 他從報上剪下這圖片。
　❷刪去；略去 | Please *cut out* the details.
　 | 請略過這些細節。

cut up
　切碎 | *Cut up* your meat.
　 | 把肉切碎。

—— 名 **-s** [-s]
　名❶割；切；傷口；切傷；割傷；髮型；剪髮 | I got [had] a *cut* at this salon yesterday.
　 | 我昨天到這家美容院剪頭髮。⇨動及❶
　 | He had a slight *cut* on his face.
　 | 他的臉上略受割傷。
　❷切(割)下之物；塊；片 | She bought two *cuts* of salmon.
　 | 她買了兩塊鮭魚片。
　❸削減，減低 | a ten percent *cut* in personnel 人員裁減百分之十

a short cut
　近路，捷徑 | Let's take *a short cut*.
　 | 我們抄近路吧。
—— 形 切過的；切傷的；切下的 | a *cut* finger(被刀等)切傷的手指／*cut* flowers 剪下的花／*cut* tobacco 煙絲

cycle [ˈsaɪk; ˈsaɪkl] 名 **-s** [-z]
　名❶周期，循環 | The four seasons of the year make a *cycle*. 一年四季周而復始循環。
　❷腳踏車 | He made a tour of this small town on a *cycle*.
　 | 他騎腳踏車遊這小鎮。
—— 動 **-s** [-z] 動 **-d** [-d]；cycling
　動 不❶循環 | Good and bad times *cycle*.
　 | 景氣和蕭條是循環的。
　❷騎腳踏車 | She *cycled* **to** (the) market.
　 | 她騎腳踏車去市場。

cyclop(a)edia [ˌsaɪkləˈpidɪə; saɪkləʊˈpiːdjə]
　名 百科辭典 ▶ encyclop(a)edia 的簡寫。

cylinder [ˈsɪlɪndə; ˈsɪlɪndə] 名 **-s** [-z]
　名❶圓筒；圓柱 ⇨ cube | What is the volume of this *cyclinder*?
　 | 這個圓筒的容積是多少？
　❷汽缸 | a six-*cylinder* car 六汽缸的汽車

cymbal [ˈsɪmb]; ˈsɪmbl] 名 **-s** [-z]
　名 (通常用複數)(音樂)鐃，鈸

cynical [ˈsɪnɪk]; ˈsɪnɪkl]
　形 冷嘲的，譏諷的；懷疑的 | He is *cynical* **about** love.
　回 sneering | 他懷疑愛情(不相信愛情)。
　衍生 名 **cỳnicísm**(譏諷，冷嘲；譏諷的言詞)副 **cỳnically**(冷嘲地，譏諷地)

czar [zɑr; zɑː(r)] 名 **-s** [-z] ▶ 也拼作 tsar, tzar。
　名 (常用大寫)(從前的)俄國皇帝；沙皇

— D —

dad [dæd; dæd] 图 **-s** [-z] 奧 mom, mammy
名 爸爸 ┃ Take me to the zoo, *Dad*.
▶ 亦稱 daddy。┃ 爸爸,帶我去動物園。
┃ ▶ 主要用於稱呼。

daffodil [ˋdæfədɪl; ˈdæfədɪl] daffodil
名 (植物)水仙 图 **-s** [-z]
花

dagger [ˋdægɚ; ˈdægə] 图 **-s** [-z]
名 短劍;劍形符 ┃ He was stabbed
號 ┃ with a *dagger*.
┃ 他被短劍刺傷。
narcissus

dahlia [ˋdæljə, ˋdɑl-, ˋdel-; ˈdeɪljə] 图 **-s**
名 (植物)大理花 [-z]

daily [ˋdelɪ; ˈdeɪlɪ] ▶ 避免與 dairy(牛奶店), diary(日
記)混淆。
形 每日的 ┃ my *daily* life 我的日常生活／a *daily*
┃ newspaper 日報
── 副 每日地 ┃ The mailman comes *daily*.
┃ 郵差天天來。
── 图 dailies [-z]
名 日報 ┃ ▶ weekly(週刊), monthly(月刊),
┃ quarterly(季刊)。

dainty [ˋdentɪ; ˈdeɪntɪ] 世 **daintier** 图 **daintiest**
形 ❶優美的;優 ┃ a *dainty* lady 美麗的女士／a *dainty*
雅的;嬌美的 ┃ flower 嬌美的花
❷美味的,好吃 ┃ a *dainty* dish 好吃的菜
的
衍生 副 dàintily(優美地;講究地)

dairy [ˋdɛrɪ; ˈdeərɪ] 图 **dairies** [-z]
名 牛奶店,售乳
製品的商店;製 ┃ ── 三個容易混淆的字 ──
乾酪(奶油)的工 ┃ daily [ˋdelɪ] ┃ 日報
廠 ┃ dairy [ˋdɛrɪ] ┃ 牛奶店
┃ diary [ˋdaɪərɪ] ┃ 日記

daisy [ˋdezɪ; ˈdeɪzɪ] 图 **daisies** [-z]
名 (植物)雛菊 ▶ 語源是 day's eye(太陽之眼)。

dam [dæm; dæm] 图 **-s** [-z] ▶ 與 damn(兕罵)同音。
名 水壩 ┃ They are building a *dam* up the
┃ river. 他們在河的上游建造一座水壩。

damage [ˋdæmɪdʒ; ˈdæmɪdʒ] 图 無
名 損害;毀壞 ┃ Was there any *damage* **to** your
┃ house? 你的房子有沒有損壞?
── 图 **-s** [-ɪz] 图 **-d** [-d]; damaging
動 图 損壞;毀壞 ┃ A lot of houses were *damaged* by
┃ the flood.
┃ 許多的房子被洪水損壞了。

damn [dæm; dæm] 图 **-s** [-z] 图 **-ed** [-d]; -ing ▶ 與
dam 同音。
動 图 兕罵;宣稱 ┃ *Damn* it! 該死!／*Damn* you! 去你的!
…是低劣的;指 ┃ All *damned* his work. 大家都說他的
責 圙 curse ┃ 作品很糟。

▶ 此字被認爲不雅而寫作 d—或 d—n, 把過去分詞寫作
d—d。

damned [dæmd; dæmd]
形 (口語)非常 ┃ a *damned* fool 大傻瓜／a *damned*
的 ┃ politician 大政客
▶ 通常含有不滿或譏諷的語氣,用於非正式會話中。

damp [dæmp; dæmp] 世 **-er** 图 **-est**
形 潮溼的,溼氣 ┃ Everything gets *damp* on a rainy
的 圙 wet ┃ day.
┃ 雨天一切都變得潮溼。
图 dry ┃ ▶ 與 wet 不同,含有令人不愉快的意
┃ 味。
── 图 無
名 溼氣 ┃ The *damp* penetrated my trousers.
┃ 溼氣滲透我的褲子。
衍生 動 dàmpen(使潮溼) ▶ damp 亦有 動。)

dance [dæns; dɑːns] 图 **-s** [-ɪz] 图 **-d** [-t]; dancing
動 不 跳舞;雀躍 ┃ Shall we *dance*?
┃ 我們來跳舞,好嗎?
── 图 **-s** [-ɪz]
名 ❶舞 ┃ a square *dance* 方塊舞
❷舞會 ┃ Will you come to the *dance*?
┃ 你要來參加舞會嗎?
▶ 英語不說 a dance party。
衍生 图 dàncer(舞女, 舞者)

dandelion [ˋdændɪ͵laɪən, ˋdænd͵laɪən; ˈdændɪlaɪən]
图 **-s** [-z]
名 (植物)蒲公英 ▶ 語源係「獅子的牙齒」。

danger [ˋdendʒɚ; ˈdeɪndʒə(r)] (注意發音) 图 **-s** [-z]
名 危險;危險的 ┃ *Danger*! Winding road ahead.
事物 ┃ 危險!前面有彎路。
⇨ risk ┃ He is **in** *danger* [**out of** *danger*].
┃ 他身陷危險[已脫險]。
▶ danger 係一般的危險, risk 是自己招惹出來的危險。

▶ **in danger** 和 **dangerous**

He is **in** *danger*.
他陷於險境。

He is *dangerous*.
他是個危險人物。

dangerous [ˋdendʒərəs; ˈdeɪndʒərəs]
形 危險的 ┃ It is *dangerous* to swim here.
┃ 在這裡游泳很危險。

Danish [ˋdenɪʃ; ˈdeɪnɪʃ] 图 無
名 丹麥語 ┃ 丹麥 ┃ Denmark
── 形 丹麥(人・ ┃ 丹麥人 ┃ a Dane [den]
語)的

dare [dɛr; deə(r)] 图 **dare** ▶ 不加-s 图 **-d** [-d]

助 (用否定句・疑問句)敢(做…),膽敢	He *dare* not [*daren't*] travel alone. 他不敢獨自旅行。 How *dare* you say such a thing? 你怎麼敢說這種事？

▶後面接原形動詞。下面本動詞用法之 dare to V, 係口語的說法。

— ⊜ **-s** [-z] 過 **-d** [-d]; **daring**

動 及 ❶(dare to V)敢	He didn't *dare* (to) speak to her. 他不敢對她說話。
❷敢冒(危險)	He *dared* the risk. 他敢冒這危險。
❸(用言詞)激 同 defy, challenge	He *dared* me to jump into the pool. 他激我跳進池塘。
I dare say … 我想…, 我以為…	I *dare say* it's true. 我想那是真的。

dark [dɑrk; dɑːk] 比 **-er** 最 **-est**

形 ❶暗的, 黑暗的	It's getting *dark*. 天色漸漸暗起來了。
❷(顏色)深的；(皮膚)黑的	*dark* green 深綠色 ▶淡綠色是 light green. He is *dark*. 他皮膚黑。
❸秘密的	He kept it *dark*. 他隱瞞那事。

— 過 無

名 暗處；黑暗；日暮 ⇨ dusk	He came home **after** *dark*. 他在日暮後回家。 A cat can see **in the** *dark*. 貓在黑暗中看得見東西。

衍生 動 **dàrken**(使〔變〕黑暗)名 **dàrkness**(黑暗)

darling [`dɑrlɪŋ; ˈdɑːlɪŋ] 複 **-s** [-z]

名 親愛的人	My *darling*! 親愛的人！▶情人之間互稱。

dart [dɑrt; dɑːt] ⊜ **-s** [-s] 過 **-ed** [-ɪd]; **-ing**

動 不 突進 及 投擲	He *darted* away. 他倏然逃去。
複 **-s** [-s]	
名 (用複數)擲飛鏢遊戲	▶擲飛鏢比得分的一種室內遊戲。

dash [dæʃ; dæʃ] ⊜ **-es** [-ɪz] 過 **-ed** [-t]; **-ing**

動 不 突進；衝撞	The waves *dashed* against the rocks. 波浪衝擊礁石。
及 猛撞；打碎	He *dashed* the plate to pieces. 他把盤子摔破。
複 **-es** [-ɪz]	
名 衝撞；飛奔；短距離賽跑	He made a *dash* **for** the goal. 他向終點衝刺。 a hundred-meter *dash* 百米短跑

data [`detə, ˈdætə; ˈdɑːtə, ˈdeɪtə] ▶ datum 的複數式。但單複兩用。

名 資料；數據	He collected a lot of research *data*. 他搜集了很多研究資料。

date [det; deɪt] 複 **-s** [-s]

名 ❶日期	What's your *date* of birth? 你的出生日期是什麼時候？

▶ 日期的問法

What's the *date* today? = What day of the month is it today? (今天幾號？)
▶ "What day is it today?"是問星期幾。

❷美 (口語)約會	I have a *date* **with** her this evening. 我和她今晚有約會。
❸時代；年代	⇨下面的成語
out of date 過時的, 落伍的	The dictionary is *out of date*. 這字典已落伍了。
up to date 最新的	The data are [is] *up to date*. 這資料是最新的。

— ⊜ **-s** [-s] 過 **-d** [-ɪd]; **dating**

動 及 ❶寫日期	the letter *dated* May 7 五月七日(寫出)的信
❷美 和(異性)約會	John *dated* her yesterday. 約翰昨天與她約會。
不 溯及…	The house *dates* **from** [**back to**] the 18th century. 這房子建於十八世紀。

▶ 日期的寫法

要像 July 4, 1776[英 4(th) July, 1776]這樣寫。在非正式的寫法中, 亦可用阿拉伯數字表示。例如, 1978 年 7 月 25 日是 7/25/78[英 25/7/78]。

daughter [`dɔtɚ; ˈdɔːtə(r)] 複 **-s** [-z] 反 son(兒子)

名 女兒	She has two *daughters*. 她有兩個女兒。

▶ daughter-in-law 是「媳婦」。

dawn [dɔn; dɔːn] (注意發音) 複 **-s** [-z]

名 ❶黎明 ⇨ dusk	He works from *dawn* to dusk. 他自黎明工作到日暮(從早做到晚)。
❷開始, 開端	the *dawn* of civilization 文明的開端

— ⊜ **-s** [-z] 過 **-ed** [-d]; **-ing**

動 不 ❶破曉	The day *dawned*. 天亮了。 ▶請比較英文和中文表達方式之不同。
❷始了解(事物)	Suddenly the truth *dawned* **on** me. 我突然了解真相。

day [de; deɪ] 複 **-s** [-z] ▶ 形容詞是 daily。

名 ❶日, 一日	He comes here every *day*. 他每天來此。
❷日間, 白晝 反 night	Most people work during the *day*. 大部分的人都在日間工作。
❸(用複數)時代, 時期	in one's school *days* 在學生時代／in those *days* 當時
❹(與 one's 連用)全盛時期	Everybody has **his** *day*. 人人都有全盛時代。〔每人都有走運的時候。〕
day after day 一天又一天	It rained *day after day*. 天天下雨。
day and night 日夜	He worked *day and night*. 他日夜工作。

▶ 與 day 連用的重要成語

one day((過去的)某日), *some day*((將來有)一天), *(the) day after tomorrow*(後天), *(the) day before yesterday*(前天), *the other day*(前幾天), *this day week*(下〔上〕星期的這一天)

複合 |名| **dàybréak**(黎明), **dàydréam**(白日夢),
dàylíght(日光;黎明), **dàytíme**(日間, 白晝)

azzle [ˈdæz; ˈdæzl] ⊜ **-s** [-z] ⊕ **-d** [-d]; **dazzling**
使目眩,使 | He was *dazzled* by the glare of the
眼花 | sun. 太陽的強光使他眼花。

ead [dɛd; ded] ▶ die¹(死) 的形容詞
形 ❶死的 | He has been *dead* for ten years.
| (=It is ten years since he died.)
| 他已經死了十年。

▶ **dead** 應注意的用法
dead 與現在完成式運用時, 意思是「已經死了⋯年」,
等於 "It is ... years since~died."。

▶ alive 係敍述法; live [laɪv] 係限定用法。
❷如死的;無生 | a *dead* party 冷場的舞會／a *dead*
氣的;已廢的, 無 | language 不再使用的語文／in the
效的 | *dead* hours of the night 在深夜
❸全然的, 完全 | The traffic came to a *dead* stop.
的 | 交通完全停頓。
— 副 全然地, 完 | I am *dead* tired. 我累死了。
全地;絕對地 | He was *dead* asleep. 他酣睡。
— 代 無
|名| (加 the) 死 | the *dead* and the living 死者與生
者;(在寒冷・黑 | 者／in (the) *dead* of night 在深夜／
暗・寂靜之)時 | in the *dead* of winter 在隆冬
刻
複合 |名| **dèad ènd**(死巷;盡頭;僵局), **dèadlíne**(截止日
期), **dèadlóck**(停頓;停滯;僵局), **the Dèad Sèa**(死海
▶ 在以色列與約旦之間。)
衍生 |名| **death**(死) 動 **dèaden**(使(感覺等)遲鈍) 副

eadly [ˈdɛdlɪ; ˈdedlɪ] ⊕ **deadlier** ⊛ **deadliest**
形 致命的 | a *deadly* disease 致命的疾病／a
| *deadly* weapon 凶器〔致命的武器〕

eaf [dɛf; def] ⊕ **-er** ⊛ **-est** ⇨ blind
形 聾的;不願聽 | She was dumb and *deaf*.
的 | 她又啞又聾。

eal¹ [dil; diːl] ⊜ **-s** [-z] ⊘ **dealt** [dɛlt]; **-ing**
動不 ❶對付;處 | He knows how to *deal* **with**
理;對待 | children. 他知道怎樣對付孩子。
❷買賣;經營 | He *deals* **in** flowers.
| 他做花的生意。
| ▶ 經營物品時用 in, (與人・店)交易的
| 場合用 with。
及 ❶分配 | He *dealt* out the food **to** them.
| 他將食物分配給他們。
❷加以(打擊) | He *dealt* me a blow on the chin.
| 他打擊我的下巴。
衍生 |名| **dèaler**(商人)

eal² [dil; diːl] ⊛ 無
名 量 | a great *deal* of work 一大堆工作
⑩ amount | ▶ 可數名詞則用 a large number of
| ..., a great number of ....
▶ 用於不可數
名詞。

ealt [dɛlt; delt] 動 deal¹的過去式・過去分詞

ear [dɪr; dɪə(r)] ⊛ **-er** ⊛ **-est** ▶ 與 deer 同音
形 ❶心愛的, 親 | my *dear* child 我的愛兒
愛的

❷珍視的, 寶貴 | Hold your life *dear*.
的 | 珍惜你的生命。
❸昂貴的 | This camera is too *dear*.
⑩ expensive | 這部照相機太貴了。
❹(書信的稱呼, | Dear Mr.Smith,   Dear John,
相當於敬啓者)
親愛的⋯

▶ 作 My Dear
⋯時, 美 是正式的說法, 英 是親密的說法。
— 嘆 **-s** [-z]
|名| 親愛的人;可 | What a *dear*!
愛的人 | 好可愛!
— 嘆 啊, 呀 | *Dear* me!=Oh, *dear*! 啊, 糟了!
衍生 副 **dèarly**(摯愛地;由衷地;高價地)

death [dɛθ; deθ] ⊛ **-s** [-s] ▶ die(死) 的名詞式
|名| ❶死, 死亡 | Three years have passed since his
⊕ birth | *death*. 他已經死了三年。
❷死因 | Drinking was the *death* of him.
| 他因飲酒而死。
複合 |名| **dèath ráte**(死亡率)

debate [dɪˈbet; dɪˈbeɪt] ⊜ **-s** [-s] ⊛ **-d** [-ɪd]; **debating**
動 及 討〔辯〕論 | They *debated* the problem.
⑩ discuss | 他們討〔辯〕論該問題。
▶ 與 discuss 不同, 也有 debate on 這種不及物動詞的
— 不 **-s** [-s]   用法。
|名| 討論;辯論 | After much *debate* the motion was
| carried.
| 經過許多討論後, 該議被通過了。

debt [dɛt; det] (注意發音) ⊛ **-s** [-s] ⇨ comb
|名| ❶借款, 債 | I must pay my *debt* at once.
| 我必須馬上還債。
❷人情, 恩情 | I owe him a *debt* for his help.
⑩ obligation | 因他幫過我的忙, 我欠他一份人情。

decade [ˈdɛked, dɛkˈed; ˈdekeɪd] (注意發音) ⊛ **-s** [-z]
|名| 十年 | The world will considerably
▶ century(世 | change in the next few *decades*. 世
紀, 百年) | 界在今後數十年間將有相當大的變動。

decay [dɪˈke; dɪˈkeɪ] ⊜ **-s** [-z] ⊛ **-ed** [-d]; **-ing**
動不 腐敗;衰 | Her beauty *decayed*.
弱;衰敗 | 她姿色已衰。
— 代 無
|名| 腐敗;衰退 | the *decay* of health 健康的衰退
衍生 |名| **decadence** [dɪˈkedŋs] (衰退;墮落)

deceased [dɪˈsist; dɪˈsiːst] (注意發音)
形 死的, 已故的 | the *deceased* wife 亡妻 ▶ 尤用於最近
▶ disease | 死亡的人。the deceased 用作名詞, 爲
[dɪˈziːz](疾病) | 「死者」。

deceive [dɪˈsiv; dɪˈsiːv] ⊜ **-s** [-z] ⊛ **-d** [-d]; **deceiving**
動 及 欺騙, 欺詐 | Don't be *deceived* by appearances.
| 勿爲外表所欺。

▶ **deceive** 的兩種名詞式
deceit ⋯⋯⋯ 欺騙, 欺詐的行爲
deception ⋯欺騙, 欺瞞
▶ 意義較 deceit 廣泛, 亦用於耍詐的手
段之義。

衍生 形 **deceitful**(欺人的, 欺騙的; 虛僞的, 虛假的)

December [dɪ`sɛmbɚ; dɪ`sembə(r)] 變 無
名 十二月　▶ dec-表「十」之義。從三月(古羅馬曆之年始)算起的第十個月。

decent [`disn̩t; 'di:snt] 反 indecent(淫亂的, 下流的)
形 端正的; 有禮的　He was born of a *decent* family.
他的家世很良好。
衍生 名 **dècency**(合宜; 得體; 端莊, 莊重)

decide [dɪ`saɪd; dɪ'saɪd] 變 -s [-z] 變 -d [-ɪd]; **deciding**
動 及 決心, 決定　I *decided* to be an engineer.
我決定做工程師。
We *decided* that it would be better to start at once.
我們決定立刻啓程爲佳。
不 決定, 決心　She *decided* **on** going there.
她決定去那裡。
衍生 形 **decìded**(無疑的; 堅決的) 副 **decìdedly**(斷然; 堅決地)

decision [dɪ`sɪʒən; dɪ'sɪʒn] 變 -s [-z]
名 決定, 決心　We came to a *decision*.
我們已作一決定。

decisive [dɪ`saɪsɪv; dɪ'saɪsɪv]
形 ❶ 決定性的　*decisive* evidence 確證
❷ 堅決的　a *decisive* answer 堅決的答覆

deck [dɛk; dek] 變 -s [-s]
名 甲板

declaration [ˌdɛklə`reʃən; ˌdeklə'reɪʃn] 變 -s [-z]
名 宣言; 宣佈　a *declaration* of war 宣戰(書)
複合 名 **the Declarátion of Independènce**((1776 年 7 月 4 日發表的美國)獨立宣言)

declare [dɪ`klɛr; dɪ'kleə(r)] 變 -s [-z] 變 -d [-d]; **declaring**
動 及 ❶ 宣告; 宣佈　The U.S. *declared* her independence in 1776.
美國在 1776 年宣告獨立。
❷ 斷言; 聲明　He *declared* himself innocent.
他聲明自己是無辜的。

decline [dɪ`klaɪn; dɪ'klaɪn] 變 -s [-z] 變 -d [-d]; **declining**
動 及 婉拒, 謝絕　He *declined* the invitation.
他婉拒邀請。
反 accept
▶ refuse 或 reject 意義較 decline 爲強。

decline 婉拒　　refuse, reject 拒絕

不 ❶ 婉拒　She *declined*. 她婉拒了。
❷ 衰退; 低落　His health began to *decline*.
他的健康開始衰退。
—— 變 -s [-z]
名 衰退; 低落　the *decline* in health 健康的衰退

decorate [`dɛkəˌret; 'dekəreɪt] 變 -s [-s] 變 -d [-ɪd]; **decorating**
動 及 裝飾　She *decorated* the room **with** flowers. 她用花裝飾房間。
衍生 名 **decorátion**(裝飾; 裝飾品; 勳章)

decrease [dɪ`kris, ˌdi-; 'di:kri:s] 變 -s [-ɪz] 變 -d [-t]; **decreasing**
動 不 及 減少; 使減少　The population began to *decrease*.
人口開始減少。
—— [`dikris; 'di:kri:s](注意發音) 變 無
名 減少　the *decrease* in population 人口的減少

▶ 注意重音
動 decrèase,　名 dècrease(減少)
動 incrèase,　名 ìncrease(增加)

dedicate [`dɛdəˌket; 'dedɪkeɪt] 變 -s [-s] 變 -d [-ɪd]; **dedicating**
動 及 (爲某種目的而)獻身　He *dedicated* his life **to** peace.
他獻身於和平。
衍生 名 **dédicátion**(獻身; 奉獻)

deed [did; di:d] 變 -s [-z] ▶ do 的名詞式
名 行爲; 作爲　a heroic *deed* 英勇的行爲

deem [dim; di:m] 變 -s [-z] 變 -ed [-d]; -ing
動 及 (文語)認爲 同 think　I *deem* it wise to stay.
我認爲留下來是明智的。

deep [dip; di:p] 比 -er 變 -est
形 ❶ 深的; 有…深的　a *deep* lake 很深的湖
The river is ten meters *deep*.
反 shallow　這河有十公尺深。
❷ (顏色)濃的; (聲音)粗的; (睡眠)熟的　*deep* green 深綠色／a *deep* voice 低沉的聲音／a *deep* sleep 熟睡／a *deep* thinker 深遠的思想家
—— 副 深地　They dived *deep* in the sea.
他們潛到深海去。
衍生 副 **dèeply**(深地 ▶ 用於比喻上) 名 **dèepness**(深度) 動 **dèepen**(使深, 變深)

deer [dɪr; dɪə(r)] 變 deer ▶ 與 dear 同音。
名 鹿　▶ 雄鹿是 stag, buck; 雌鹿是 hind [haɪnd], doe; 幼鹿是 fawn。

antler 角
牛等的角是 horn
foreleg 前腿
tail 尾
hoof 蹄
hind leg 後腿

defeat [dɪ`fit; dɪ'fi:t] 變 -s [-s] 變 -ed [-ɪd]; -ing
動 及 擊敗; 使失敗　He was *defeated* in the election.
他在這次選舉中失敗了。
—— 變 -s [-s]
名 敗北, 失敗　He would not admit his *defeat*.
他不願承認他的失敗。

defect [dɪ`fɛkt, `difɛkt; 'di:fekt] 變 -s [-s]
名 缺點, 短處; 缺陷, 瑕疵　There are some *defects* in the system.
這制度有一些缺點。
衍生 形 **defèctive**(有缺點的)

defend [dɪ`fɛnd; dɪ'fend] 變 -s [-z] 變 -ed [-ɪd]; -ing

動及 ❶保護, 防 | He *defended* her from danger.
衛 | 他保護她免於危險。
❷辯護 | The lawyer *defended* the accused.
 | 這律師替被告辯護。
衍生 名 def**è**ndant(被告, 及 plaintiff(原告))

defense, 美 **defence** [dɪˋfɛns; dɪˊfens] 動 無
名防禦,防衛, | Offense is the best *defense*.
防守;辯護 | 攻擊是最佳的防禦。(諺語)
衍生 形 def**è**nseless(無防備的), def**è**nsive(防禦的)

defer[1] [dɪˋfɝ; dɪˊfɜ:(r)] 三 **-s** [-z] 動 **deferred** [-d];
deferring
動及 延期 | He *deferred* his departure.
 | 他延期出發。

defer[2] [dɪˋfɝ; dɪˊfɜ:(r)] 三 **-s** [-z] 動 **deferred** [-d];
deferring
動不 服從, 表示 | He *deferred* to his father's opinion.
敬意 | 他順從他父親的意見。
衍生 名 d**è**ference(服從;敬意)

defiance [dɪˋfaɪəns; dɪˊfaɪəns] 動 無 ▶ defy 的名詞
名輕視;挑戰 | He climbed the mountain **in**
 | *defiance* **of** the warning.
 | 他不顧警告, 攀登該山。
衍生 形 def**ì**ant(反抗的;傲慢的)

deficiency [dɪˋfɪʃənsɪ; dɪˊfɪʃnsɪ] 動 deficiencies [-z]
名缺乏,不足 | a *deficiency* **of** food 糧食不足
衍生 形 def**ì**cient(不足的, 缺乏的)

define [dɪˋfaɪn; dɪˊfaɪn] 三 **-s** [-z] 動 **-d** [-d]; defining
動及 ❶下定義 | Can you *define* what life is?
 | 你能為人生下定義嗎?
❷立界限 | The boundary is not clearly
 | *defined*. 國界未被明確劃定。

definite [ˋdɛfənɪt; ˊdefɪnɪt] 及 indefinite(不定的;不明
確的)
形 ❶肯定的;一 | for a *definite* period 一定的期間
定的 | He's *definite* about his schedule.
 | 他對他的行程沒有疑問。
 | It's *definite* that I'll leave.
 | 我一定要離開。
❷明確的;確切 | a *definite* answer 明確的答覆
的
衍生 副 d**è**finitely(明確地;明白地; (口語)(答話)誠然)

definition [͵dɛfəˋnɪʃən; ͵defɪˊnɪʃn] 動 **-s** [-z]
名定義 | the *definition* of a word 字的定義

defy [dɪˋfaɪ; dɪˊfaɪ] 三 **defies** [-z] 動 **defied** [-d]; **-ing**
動及 ❶激 | He *defied* me **to** jump down.
同 dare | 他激我跳下去。
❷蔑視;反抗 | He *defied* the law.
 | 他違抗法律。
❸抗拒 | The fort *defied* capture.
 | 那堡壘足以抵禦攻占。

degrade [dɪˋgred; dɪˊgreɪd] 三 **-s** [-z] 動 **-d** [-ɪd];
degrading
動及 降低(地 | He was *degraded* **to** a mere
位·等級) | member.
及 elevate | 他被降為一介會員。
衍生 名 degrad**à**tion(降級;免職)

degree [dɪˋgri; dɪˊgri:] 動 **-s** [-z]

名 ❶程度;階級 | To what *degree* has the work
 | proceeded?
 | 這工作已進行到什麼程度?
❷(計器的)度數 | Water boils at 100° [*degrees*]
 | Centigrade. 水在攝氏一百度時沸騰。
❸學位 | a doctor's *degree* 博士學位/a
 | bachelor's *degree* 學士學位
by degrees | He is getting better **by degrees**.
漸漸地 | 他正漸漸好轉了。

dejected [dɪˋdʒɛktɪd; dɪˊdʒektɪd] ▶ deject 是 動「使
沮喪」
形沮喪的,灰心 | a *dejected* expression 沮喪的表情/
的 | look *dejected* 顯出沮喪的樣子

delay [dɪˋle; dɪˊleɪ] 三 **-s** [-z] 動 **-ed** [-d]; **-ing**
動及 ❶耽誤 | The bus was *delayed* for an hour.
 | 公共汽車遲誤了一小時。
❷延期 | We *delayed* the party for a week.
 | 我們把會期延後一週。
不耽擱 | Don't *delay* on your way.
 | 不要在途中耽擱。
—— 動 **-s** [-z]
名遲延, 遲滯 | He started **without** *delay*.
 | 他立刻啟程。

delegate [ˋdɛlə͵get; ˊdelɪgeɪt] 動 **-s** [-s]
名(會議等的) | He is the chief *delegate* from
代表;使節 | France. 他是法國的首席代表。
—— [ˋdɛlə͵get; ˊdelɪgeɪt] 三 **-s** [-s] 動 **-d** [-ɪd];
delegating

┌────▶ delegate 和 delegation ────
d**è**legate | (一名)代表
deleg**à**tion | 代表團
└──────────────────────

動及 委派〔選 | He was *delegated* **to** America.
…〕為代表 | 他以代表的身分被派去美國。

deliberate [dɪˋlɪbərɪt; dɪˊlɪbərət] ▶ 與動詞發音不同。
形深思熟慮的; | a *deliberate* lie 有意的謊言/a
故意的;慎重的 | *deliberate* judgment 慎重的判斷
—— [dɪˋlɪbə͵ret; dɪˊlɪbəreɪt] 三 **-s** [-s] 動 **-d** [-ɪd];
deliberating
動及不熟思; | They *deliberated* what to do.
商議 | 他們商討怎麼做。
 | He *deliberated* **on** the problem.
 | 他考慮這問題。
衍生 副 del**ì**berately [dɪˋlɪbərɪtlɪ](慎重地;故意地)名
deliber**à**tion(熟思;慎重;商議)

delicacy [ˋdɛləkəsɪ; ˊdelɪkəsɪ] 動 delicacies [-z]

┌──────────────────────
名 ❶(心思)細心, 敏感, 敏銳;體諒
 ❷(身體)纖弱, 柔弱
 ❸(事情)精巧, 精細;微妙;周密
 ❹(東西)優美, 雅致, 優雅
└──────────────────────

delicate [ˋdɛləkɪt, -͵ket; ˊdelɪkət] (注意發音)
形 ❶靈敏的,敏 | The dog has a *delicate* sense of
銳的 | smell. 狗有靈敏的嗅覺。
❷纖弱的;易壞 | He was a *delicate* child.
的 | 他是個柔弱的小孩。

❸精巧的;微妙的;需小心處理的 | a *delicate* instrument 精巧的器具／a *delicate* problem 微妙的問題／a *delicate* situation 棘手的情勢
❹優美的 | She has a *delicate* figure. 她有優美的體態。

衍生 副 **dèlicately**(雅致地;微妙地;精巧地)

delicious [dɪ`lɪʃəs; dɪ`lɪʃəs] ▶ 不僅用於味美, 也用於味香。
形 美味的 | This is *delicious*. 這個很好吃。

衍生 副 **delìciously**(美味地)

delight [dɪ`laɪt; dɪ`laɪt] 三 -s [-s] 過 -ed [-ɪd]; -ing
動 及 使大為喜悅 | The news *delighted* the whole nation. 這消息使全國歡欣。
| I am *delighted* to hear the news. 我聽到這消息很高興。
| She is *delighted* that I succeeded. 她很高興看到我成功了。

be pleased
▶「喜悅」的一般用語。

be delighted
▶ 喜悅的程度較 pleased 為強。

不 喜愛, 樂於 | Children *delight* in fairy tales. 小孩子喜愛童話。

—— 名 -s [-s]
名 欣喜, 歡欣; 使人高興的事情 | Television gives *delight* to people. 電視給予人們愉快的享受。
take delight in … 樂於…, 愛好… | He *takes delight in* reading. 他愛好讀書。

衍生 副 **delìghtedly**(欣喜地, 快樂地)

delightful [dɪ`laɪtfəl; dɪ`laɪtfʊl]
形 愉快的 | I had a *delightful* holiday. 我過了一個愉快的假日。

衍生 副 **delìghtfully**(愉快地, 快樂地)

deliver [dɪ`lɪvɚ; dɪ`lɪvə(r)] 三 -s [-z] 過 -ed [-d]; -ing [dɪ`lɪvərɪŋ]
動 及 **❶**遞送, 交付 | It was *delivered* to the wrong person. 東西交錯人了。
❷交給;放棄 ⓢ give up | The fort was *delivered* to the enemy. 堡壘已拱手交給敵人。
❸發表(演說); 陳述 | *deliver* a speech 演說
❹拯救;釋放 | He *delivered* me from the trouble. 他趕走了我的苦惱。

衍生 名 **delìverance**(救出;陳述意見 ⇨ delivery), **delìverer**(救出者, 釋放者;引渡者, 遞送者)

delivery [dɪ`lɪvərɪ; dɪ`lɪvərɪ] 複 deliveries [-z]
名 遞送 | mail *delivery* 郵件遞送

delta [`dɛltə; `deltə] 複 -s [-z]
名 **❶** Δ, δ | ▶ 希臘字母中的第四個字母: Δ, δ
❷三角洲 | the *delta* of the Nile 尼羅河三角洲

delusion [dɪ`luʒən; dɪ`luːʒn] 複 -s [-z]
名 妄想;誤解;欺瞞 | He had a *delusion* that he was Christ. 他幻想自己是基督。

衍生 動 **delùde**(使迷惑;欺瞞)形 **delùsive**(妄想的;迷惑的) 〔`-ing

demand [dɪ`mænd; dɪ`mɑːnd] 三 -s [-z] 過 -ed [-ɪd];
動 及 **❶**要求 | He *demanded* payment. ＝He *demanded* to be paid. 他要求付款。
| He *demanded* that I (美 should) pay. 他要求我付款。
▶ 不可用「demand＋人＋to V」的句型
(誤) He demanded me to pay.
❷(事情)需要 | This illness *demands* a long rest. 這種病需要長期靜養。

—— 名 -s [-z]
名 需要;要求; 需求 | The *demand* exceeded the supply. 供不應求。
| This instrument is in great *demand*. 這種儀器需求量很大。

democracy [də`mɑkrəsɪ; dɪ`mɒkrəsɪ] 複 democracies [-z] 〔(統治)
名 民主主義;民主;民主政治 ▶〈demo(民眾)＋cracy
衍生 名 **dèmocrát**(民主主義者;美(用大寫)民主黨黨員)形 **dèmocrátic**(民主主義的;民主的;美(用大寫)民主黨的)動 **demòcratize**(使民主化)
▶ 以-cracy 為字尾的字
aristo*cracy*(貴族政治), auto*cracy*(獨裁政治), bureau*cracy*(官僚政治)

demon [`dimən; `diːmən] (注意發音) 複 -s [-z]
名 魔鬼, 鬼;精力充沛的人 | He is a *demon* for work. 他工作不倦。
衍生 形 **demòniác**(魔鬼的, 有如魔鬼的;著魔的;凶惡的)

demonstrate [`dɛmən,stret; `demənstreɪt] (注意發音) 三 -s [-s] 過 -d [-ɪd]; demonstrating
動 及 **❶**證明(學說等);論證 | He *demonstrated* that the earth goes round the sun. 他證明地球繞太陽運行。
❷(用實物)當眾表演;示範 | The salesman *demonstrated* the machine. 推銷員當場操作機械給人看。
❸表露(情緒) | She *demonstrated* her anger. 她表示憤怒。
不 作示威運動 | They *demonstrated* against war. 他們舉行反戰的示威運動。

demonstration [,dɛmən`streʃən; ,demən`streɪʃn] 複 -s [-z]
名 當場表演, 示範;示威運動 | a cooking *demonstration* 烹調示範／a *demonstration* against price hikes 反對物價上漲的示威運動

denial [dɪ`naɪəl; dɪ`naɪəl] 複 -s [-z] ▶ deny 的名詞式
名 否定, 否認;拒絕 | He made a *denial* of the accusation. 他否認這項指控。

Denmark [`dɛnmɑrk; `denmɑːk]
名 (國名)丹麥

| 丹麥語 | Danish [`denɪʃ] |
| 丹麥人 | a Dane [den] |

denounce [dɪ`nauns; dɪ'naʊns] [三] **-s** [-ɪz] [規] **-d** [-t]; **denouncing**

[動][及]❶當衆指責 — He was *denounced* **as** a coward. 他被當衆指責爲懦夫。

❷告發 — They *denounced* the man **to** the police. 他們向警方告發那人。

[衍生][名] **denùnciàtion**(公開指責;告發 ▶ 注意與[動]的拼法不同。)

dense [dɛns; dens] [比] **-r** [最] **-st**

[形]密集的;稠密的;濃的 — a *dense* forest 密林/a *dense* fog 濃霧/a *dense* crowd 密集的人群

[衍生][副] **dènsely**(濃密地)[名] **dènsity**(密度,濃度)

dentist [`dɛntɪst; 'dentɪst] [複] **-s** [-s]

[名]牙科醫生 — If you have a toothache, see a *dentist* [go to a *dentist*] as soon as possible. 你要是牙痛的話,儘快去看牙科醫生。

[衍生][形] **dèntal**(牙齒的,齒科的)[名] **dèntistry**(牙科學)

deny [dɪ`naɪ; dɪ'naɪ] [三] **denies** [-z] [規] **denied** [-d]; **-ing**

[動][及]❶否認,否定 — He *denied* the rumor. 他否認這謠言。

❷不給予(應給之物) — They *denied* aid **to** him. 他們不給他援助。

[衍生][名] **denìal**(否認)

depart [dɪ`part; dɪ'pɑːt] [三] **-s** [-s] [規] **-ed** [-ɪd]; **-ing**

[動][不]出發 [反] arrive — The train *departed* at 6:15. 火車在(早晨)六點十五分開。

[及]主要用於如右的例句 — He *departed* this life. (文語)彼已棄世。

[衍生][名] **depàrture**(出發), **the depàrted**((單複數同形)死者)

department [dɪ`partmənt; dɪ'pɑːtmənt] [複] **-s** [-s]

[名]❶(公司等的)部 — He works in the business *department*. 他在營業部工作。

❷[美]院;[英]局 — the *Department* of State [美] 國務院

❸(學校的)系,科 — the *Department* of English Literature 英文系

[複合][名] **depàrtment stôre**(百貨公司,百貨店 ▶ [英] 多用 the stores。)

departure [dɪ`partʃɚ; dɪ'pɑːtʃə(r)] [複] **-s** [-z] [反] arrival(到達)

[名]出發;離開 — the time of *departure* 出發的時間

depend [dɪ`pɛnd; dɪ'pend] [三] **-s** [-z] [規] **-ed** [-ɪd]; **-ing**

[動][不]❶依賴,依靠 [同] rely, count — Japan *depends* **on** foreign countries for natural resources. 日本的天然資源全靠外國。
He *depends* **on** you **to** help him. 他依賴你幫助他。
▶ "He *depends* **on it that** you will help him." 亦可。以 that 作子句時,要與形式受詞 it 連用。

❷視…而定,端賴… — Everything *depends* **on** your efforts. 一切端賴你的努力。
It all *depends* (**on**) what you will do next. 這全看你下一步將怎麼做了。

dependent [dɪ`pɛndənt; dɪ'pendənt] [反] independent(獨立的)

[形]❶依賴的 — Children are *dependent* **on** their parents. 小孩子依賴其父母。

❷靠…的;聽憑…的 — Skill is *dependent* **on** practice. 技能要靠練習。

[衍生][名] **depèndence**(依賴,信賴,[反] indepèndence(獨立))[形] **depèndable**(可信賴的)

deplore [dɪ`plor; dɪ'plɔː] [三] **-s** [-z] [規] **-d** [-d]; **deploring**

[動][及]悲痛;悲嘆 — Everybody *deplored* the death of the king. 人人都爲國王之死而悲傷。
▶ 不作 deplore about。

[衍生][形] **deplòrable**(可嘆的,可憐的)

deposit [dɪ`pazɪt; dɪ'pɒzɪt] [三] **-s** [-s] [規] **-ed** [-ɪd]; **-ing**

[動][及]貯存,儲存 — I've *deposited* the money **in** the bank. 我已把那筆錢存入銀行。

—— [複] **-s** [-s]

[名]存款;保證金 — I drew 1,000 dollars from my *deposit*. 我由存款中提出一千元。

depreciate [dɪ`priʃɪ,et; dɪ'priːʃɪeɪt] [三] **-s** [-s] [規] **-d** [-ɪd]; **depreciating**

[動][及]蔑視,輕視 — He *depreciates* the value of health. 他輕視健康的價值。

[衍生][名] **deprèciàtion**(輕視;(價值・價格的)跌落;貶值;折舊)

depress [dɪ`prɛs; dɪ'pres] [三] **-es** [-ɪz] [規] **-ed** [-t]; **-ing**

[動][及]❶使抑鬱 — The failure *depressed* him. 失敗使他抑鬱不歡。

❷壓下 — She *depressed* the keys of the piano. 她按鋼琴的鍵盤。

▶ **depress, suppress, oppress**
depress……使抑鬱
suppress……鎮壓(暴動等)
oppress……壓迫(敵人等)

depress

[衍生][形] **deprèssed**(精神不振的;不景氣的) **deprèssing**(鬱悶的)

depression [dɪ`prɛʃən; dɪ'preʃn] [複] **-s** [-z]

[名]❶不景氣 — financial *depression* 經濟蕭條

❷憂鬱 — He is suffering from mental *depression*. 他情緒很低落。

deprive [dɪ`praɪv; dɪ'praɪv] [三] **-s** [-z] [規] **-d** [-d]; **depriving**

[動][及]奪去(有價值之物);剝奪 — They *deprived* him **of** his rights. =He was *deprived* **of** his rights. 他被剝奪權利。

▶ 注意 of
「他的錢被搶了。」
He { *was deprived* / *was robbed* } **of** his money.

depth [dɛpθ; depθ] [複] **-s** [-s]

[名]❶深度;(建築物等的)縱深 — He dived to a *depth* of 100 feet. 他潛水到一百英尺深。

❷(顏色的)濃度;(人物的)深度 — He is a man of great *depth*. 他是個很有深度的人。

deputy [`dɛpjətɪ; 'depjʊtɪ] (注意發音) [複] **deputies** [-z]

名代理人；(用作形容詞)副的　a *deputy* mayor 副市長／a *deputy* chairman 副主席

derive [də`raɪv; dɪ`raɪv] 🄰 **-s** [-z] 🄿 **-d** [-d]; **deriving**

動⊗❶(從某來源)獲得(性質・利益等)，取得　He *derives* much pleasure **from** fishing.　他從釣魚中得到很多快樂。

❷(用被動語態)源於…　This word is *derived* **from** Greek.　此字係源於希臘語。

不 起源，出自　Most musical terms *derive* **from** Italian. 音樂用語大都出自義大利語。

衍生 形名 **derivative**(引出的；衍生字)

descend [dɪ`sɛnd; dɪ`send] 🄰 **-s** [-z] 🄿 **-ed** [-ɪd]; **-ing**

動不❶降，下降　We *descended* **from** the mountain.　我們從山上下來。

反 ascend
同 go down　The road *descends* **to** the lake.　這條路往下通向湖。

❷(代代)相傳，傳下　This custom *descended* **from** generation to generation.　這個習俗是一代又一代傳下來的。

名 ascent 上升　名 descent 下降

動 ascend 攀登　動 descend 下來

descendant [dɪ`sɛndənt; dɪ`sendənt] 🄿 **-s** [-s]

名子孫，後裔　the *descendants* of the king 該國王的後裔
反 ancestor

descent [dɪ`sɛnt; dɪ`sent] 🄿 **-s** [-s] ▶動詞是 descend.

名❶降下；下山　The *descent* was easier than the ascent. 下來比攀登輕鬆。
反 ascent

❷下坡路；下降　He ran down a steep *descent*.　他從陡坡跑下來。

❸家世；出身；世系　He is a man of noble *descent*.　他出自名門。

describe [dɪ`skraɪb; dɪ`skraɪb] 🄰 **-s** [-z] 🄿 **-d** [-d]; **describing**

動⊗ 記述，描寫；敍述　He *described* the robbery in detail.　他詳細敍述那件搶案。

description [dɪ`skrɪpʃən; dɪ`skrɪpʃn] 🄿 **-s** [-z]

名敍述；描寫；說明　He gave a full *description* of the accident.　他詳細敍述那個意外事件。

beyond description

難以形容　The lady was beautiful *beyond description*. 這婦人美若天仙。

衍生 形 **descriptive**(記述的，描寫的)

desert[1] [`dɛzət; `dezət] (注意發音) 🄿 **-s** [-s]

名沙漠　the Sahara *Desert* 撒哈拉沙漠
複合名 **dèsert island**(無人島)

desert[2] [dɪ`zɝt; dɪ`zɜːt] (注意發音) 🄰 **-s** [-s] 🄿 **-ed** [-ɪd]; **-ing**

動⊗❶抛棄　He *deserted* his friend in need.　他抛棄患難中的朋友。
同 forsake

❷棄職而逃；逃亡　All the crew *deserted* the ship.　全體船員棄船而逃。

❸(用被動語態)無行人的，悄無人跡的　The street was *deserted*.　街上行人絕跡。

▶ 容易混淆的三個字

desert [`dɛzət]	沙漠	▶注意各字的發音與拼法。
desert [dɪ`zɝt]	抛棄	
dessert [dɪ`zɝt]	甜點心	

衍生 名 **desèrtion**(棄職而逃；遺棄；逃亡) **desèrter**(逃兵；逃亡者)

deserve [dɪ`zɝv; dɪ`zɜːv] 🄰 **-s** [-z] 🄿 **-d** [-d]; **deserving**

動⊗ 應受，應得　He *deserves* praise(=to be praised). 他應得稱讚。
He *deserves* punishment.　他應受到懲罰。

design [dɪ`zaɪn; dɪ`zaɪn] 🄿 **-s** [-z]

名❶圖樣；圖案；花樣　She drew a beautiful *design*.　她畫了一個美麗的圖案。

❷設計　a car of the latest *design* 最新式的車

❸計畫；(用複數)陰謀　That's a hopeless *design*.　那是個無成功希望的計畫。

━━ 🄰 **-s** [-z] 🄿 **-ed** [-d]; **-ing**

動⊗❶設計；作圖樣　Who *designed* this dress?　誰設計了這件洋裝?

❷計畫　He *designed* a farewell party.　他籌劃歡送會。

❸預定(目標・對象)　This book is *designed* **for** college students.　本書預定供大學生使用。

衍生 名 **desìgner**(設計者[家])

designate [`dɛzɪg͵net; `dezɪgneɪt] (注意發音) 🄰 **-s** [-s] 🄿 **-d** [-ɪd]; **designating**

動⊗❶指示；指出　His uniform *designates* his rank.　他的制服表明他的階級。

❷指定；任命；指派　Tom was *designated* **as** his heir.　湯姆被指定為他的繼承人。

衍生 名 **designàtion**(指定；任命)

desirable [dɪ`zaɪrəb; dɪ`zaɪərəbl]

形 (事情)可喜的；合意的；值得獲取的　It is *desirable* that all the students (英 should) be present.　最好全體學生都到齊。

▶ desirable 和 desirous

desirable:　Success is *desirable* **to** me.
(事情可喜的)　(成功是我樂見的。)

desìrous:　I am *desirous* **of** success.
(人渴望著)　(我渴望成功。)

衍生 名 **desirability** [dɪ͵zaɪrə`bɪlətɪ](合意；好處)

desire [dɪ`zaɪr; dɪ`zaɪə(r)] 🄰 **-s** [-z] 🄿 **-d** [-d]; **desiring**

動⊗❶願望，意欲，希冀　Everybody *desires* happiness.　人人希冀幸福。

❷請求　I *desired* her to come back soon.　=I *desired* **that** she (英 should) come back soon.　我請求她立刻回來。
同 request

▶❶亦有「希望…」的含意。

eave nothing to be desired
毫無缺點 | Your work *leaves nothing to be desired*. 你的作品毫無缺點。

━ 働 **-s** [-z]
名 慾望, 願望; | He has no *desire* **for** fame.
請求, 要求 | 他沒有求名的慾望。
| I have a *desire* **of** making money.
| 我想要賺錢。

desirous [dɪˈzaɪrɪt; dɪˈzaɪərəs] ► desirable (可喜的)
形 渴望的; 想要 | I am *desirous* **of** success.
的 | =I am *desirous* **to** succeed.
► 以人為主語。 | =I am *desirous* **that I** (英 **should**)
| succeed. 我渴望成功。

desk [dɛsk; desk] 働 **-s** [-s]
名 桌子 | He is working **at** his *desk*.
| 他正在伏案工作著。

desolate [ˈdɛsəlɪt; ˈdesələt] ► 注意與動詞之間發音的
差異。
形 ❶荒廢的; 荒 | a *desolate* house on the cliff 懸崖上
涼的; 無人居住 | 的無人居住的房子 ／ *desolate* land 荒
| 地
❷孤獨的, 淒涼 | She led a *desolate* life.
的 | 她過著淒涼的生活。

━ [ˈdɛsl,et, ˈdesə,leɪt] 働 **-s** [-s] 働 **-d** [-ɪd]; **desolating**
働 ⊗ ❶使荒廢 | The flood has *desolated* the village.
| 水災使這村子成為一片廢墟。
❷使悲悽 | She was *desolated* to hear that he
| was dead. 她聽到他死了的消息, 心 ⎫
| 裡很悲傷。⎭
衍生 名 **désolàtion** (荒廢; 悲悽)

despair [dɪˈspɛr; dɪˈspeə(r)] 働 無
名 絕望, 斷念 | She killed herself **in** *despair*.
| 她因絕望而自盡。

━━ ► despair 和 desperation ━━
despàir ············ 絕望, 失望
déspêrátion ······ (因絕望而導致的) 自暴自棄

━ ⊜ **-s** [-z] 働 **-ed** [-d]; **-ing**
働 ⊘ 絕望; 斷念 | He has *despaired* **of** his future.
| 他已對他的前途不抱希望了。
衍生 形 **despàiring** (絕望的)

desperate [ˈdɛspərɪt; ˈdespərət] (注意發音)
形 ❶孤注一擲 | He made *desperate* efforts.
的, 不顧死活的 | 他做孤注一擲的努力。
❷絕望的; 嚴重 | a *desperate* illness 重病
的 | a *desperate* situation 嚴重的情況
❸極想要 | be *desperate* **for** it 極想要它
衍生 副 **dèsperately** (不顧死活地; 自暴自棄地)

desperation [ˌdɛspəˈreʃən; ˌdespəˈreɪʃn] 働 無 ⇨
despair
名 絕望; 不顧死 | **In** *desperation* he robbed a bank.
活, 拚命 | 他在走投無路之下搶劫銀行。
| ► 注意勿與 despair 混淆。

despise [dɪˈspaɪz; dɪˈspaɪz] ⊜ **-s** [-ɪz] 働 **-d** [-d];
despising
働 ⊗ 輕視, 瞧不 | He *despises* liars.
起 | 他瞧不起說謊的人。
衍生 形 **dèspicable** (可鄙的, 卑劣的)

despite [dɪˈspaɪt; dɪˈspaɪt]
介 不顧, 雖然… | He went out *despite* bad weather.
但仍 | 雖然天氣不好, 他仍出去了。
同 in spite of |

dessert [dɪˈzɜt; dɪˈzɜːt] 働 無
名 (餐後的) 甜 | *Dessert* is served at the end of a
點 | meal. 甜點在餐後才供應。
► 注意勿與 desert 混淆。⇨ desert

destination [ˌdɛstəˈneʃən; ˌdestɪˈneɪʃn] 働 **-s** [-z]
名 目的地 | What's the *destination* of the train?
| 火車的目的地是去那裡呢?

destine [ˈdɛstɪn; ˈdestɪn] ⊜ **-s** [-z] 働 **-d** [-d];
destining
働 ⊗ 命運注定, | He was *destined* **to** be a musician.
預定 | 他注定要成為音樂家。
| He was *destined* **to** fail [**to**
| failure]. 他注定要失敗。

destiny [ˈdɛstənɪ; ˈdestɪnɪ] 働 **destinies** [-z]
名 命運, 天命 | That decided his *destiny*.
| 那件事決定了他的命運

destitute [ˈdɛstəˌtjut, -ˌtut; ˈdestɪtjuːt]
形 缺乏…的; 貧 | He is *destitute* **of** intelligence.
困…的 | 他缺乏智力。

destroy [dɪˈstrɔɪ; dɪˈstrɔɪ] ⊜ **-s** [-z] 働 **-ed** [-d]; **-ing**
働 ⊗ ❶破壞 | The flood *destroyed* a lot of houses.
| 水災毀壞了很多房屋。
❷使無效; 毀滅 | All my hopes were *destroyed*.
| 我的一切希望全都破滅了。

働 destrôy 破壞   働 constrùct 建設
名 destrùction 破壞   名 constrùction 建設

destruction [dɪˈstrʌkʃən; dɪˈstrʌkʃn] 働 **-s** [-z]
名 ❶破壞; 毀滅 | My house escaped *destruction*.
| 我的房子沒受到破壞。
❷毀滅的原因 | Laziness was his *destruction*.
| 怠惰是他毀滅的原因。

destructive [dɪˈstrʌktɪv; dɪˈstrʌktɪv]
反 constructive (建設性的)
形 破壞性的 | *destructive* criticism 破壞性的批評

detach [dɪˈtætʃ; dɪˈtætʃ] ⊜ **-es** [-ɪz] 働 **-ed** [-t]; **-ing**
働 ⊗ 分離; 解開 | She *detached* the picture **from** the
反 attach | album. 她從相簿取下那照片。
衍生 名 **detàchment** (分離的)

detail [ˈditel, dɪˈtel; ˈdiːteɪl] 働 **-s** [-z]
名 ❶細節; 細部 | This picture is perfect except for
| one *detail*.
| 這幅畫除了一處細部之外, 都很完美。
❷(用複數) 詳 | I won't go into further *details*.
述; 詳情 | 我不願作進一步的詳述。
in detail | Please explain it *in detail*.
詳細地 | 請詳細解釋這件事。

— [dɪ`tel, dɪ`teɪl] ⊜ -s [-z] ⊛ -ed [-d]; -ing
動 ⊛ 詳述　He *detailed* the accident **to** them.
他對他們詳述這意外事件。
衍生 形 dè**tailed**(詳細的)

detain [dɪ`ten; dɪ`teɪn] ⊜ -s [-z] ⊛ -ed [-d]; -ing
動 ⊛ 拘留;留住　The suspect was *detained*.
這嫌疑犯被拘留。
衍生 名 de**tèntion**(阻止,拘留)

detect [dɪ`tɛkt; dɪ`tekt] ⊜ -s [-s] ⊛ -ed [-ɪd]; -ing
動 ⊛ 發現(壞事　I *detected* a thief stealing into his
等);破獲;探獲　house.
我發現小偷溜進他的房子。
His lie was *detected*.
他的謊話被識破。
▶「測謊器」是 a lie detector。

detect

detective
偵探

衍生 名 de**tèction**(發現;查知;識破;發覺)

detective [dɪ`tɛktɪv; dɪ`tektɪv] ⊛ -s [-z]
名 偵探;刑警;　a private *detective* 私家偵探／a
(用作形容詞)偵　*detective* story 推理小說,偵探小說
探的

determination [dɪ,tɜmə`neʃən; dɪ,tɜːmɪ`neɪʃn] ⊛ 無
名 ❶決心,決意　His *determination* **to** go to college
is firm. 他讀大學的決心很堅定。
❷決定,確定　the *determination* of the title for the
book 定書名

determine [dɪ`tɜmɪn; dɪ`tɜːmɪn] ⊜ -s [-z] ⊛ -d [-d];
determining
動 ⊛ ❶決心;使　I *determined* to become an
下決心　engineer.
我決定成爲工程師。
▶ I am *determined* to become an
engineer. (我已下定決心要成爲工程
師。)
❷決定,確定　Have you *determined* the date of
the wedding?
你已確定結婚日期了嗎?
衍生 形 de**tèrmined**(堅決的;已下決心的)

detest [dɪ`tɛst; dɪ`test] ⊜ -s [-s] ⊛ -ed [-ɪd]; -ing
動 ⊛ 非常討厭,　He *detests* speaking in public.
痛惡　他極討厭當眾說話。
衍生 形 de**tèstable**(極討厭的)

develop [dɪ`vɛləp; dɪ`veləp] ⊜ -s [-s] ⊛ -ed [-t]; -ing
動 ⊛ ❶發達,發　Exercise *developed* the muscles.
展　運動可以讓肌肉發達。
❷開發;培養;發　He has *developed* an interest in
育;獲得　writing.
他培養出寫作的興趣。
❸沖(底片)　I *develop* and print films myself.
我自己沖洗相片。
▶ development(顯影), printing(晒
印), enlargement(放大)

不 發展;發達　The city has *developed* **into** the
center of industry.
該市已發展成工業的中心。

▶ 比較
developed countries　　(已開發的國家)
underdeveloped countries　(未開發的國家)
developing countries　　(開發中的國家)

development [dɪ`vɛləpmənt; dɪ`veləpmənt] ⊛ -s [-s
名 發展;開發;　the *development* of backward
成長　countries 落後國家之開發
physical *development* 身體的發育

device [dɪ`vaɪs; dɪ`vaɪs] ⊛ -s [-ɪz]
名 裝置;發明　a *device* for lighting a gas stove 瓦
物;精巧的裝置　斯爐的點火裝置
▶ -ce [-s] 和 -se [-z]
{ devi*ce* 名 [dɪ`vaɪs] 裝置　　{ u*se* 名 [jus] 使用
{ devi*se* 動 [dɪ`vaɪz] 設法　　{ u*se* 動 [juz] 使用
{ advi*ce* 名 [əd`vaɪs] 忠告
{ advi*se* 動 [əd`vaɪz] 忠告

devil [`dɛvl; `devl] (注意發音) ⊛ -s [-z]
名 ❶惡魔,魔鬼　the *Devil* ＝Satan [`setn] 魔王,撒且
❷傢伙　a reckless *devil* 魯莽的傢伙
❸(加強語氣)　Who **the** *devil* is he?
(與 the 連用)究　他究竟是什麼人?
竟,到底　▶ 此用法還有 on earth, in the
world, the hell 等等,意思都差不多。
Talk/Speak of the devil (and he will appear).
說曹操,曹操到。(諺語)

devise [dɪ`vaɪz; dɪ`vaɪz] ⊜ -s [-ɪz] ⊛ -d [-d]; devising
動 ⊛ 設法,想　He *devised* a new method.
出;發明　他想出一個新方法。

devote [dɪ`vot; dɪ`vəut] ⊜ -s [-s] ⊛ -d [-ɪd]; devoting
動 ⊛ 奉獻　He *devoted* his life **to** the study of
science.
他獻身於科學的研究。
devote one*self* **to** ...＝**be** *devoted* **to** ...
專心於…;獻身　She *devoted* *herself* **to** her children.
於…　她爲她的子女奉獻。
衍生 形 de**vòted**(獻身於…的;忠實的,摯愛的)
副 de**vòtedly**(獻身地;忠實地)

devotion [dɪ`voʃən; dɪ`vəuʃn] ⊛ 無
名 獻身,專心,　the *devotion* of a mother **to** her
摯愛　child 母親對孩子的奉獻

devour [dɪ`vaur; dɪ`vauə(r)] ⊜ -s [-z] ⊛ -ed [-d]; -ing
動 ⊛ ❶吞食;狼　The lion *devoured* the meat.
吞虎嚥地吃　獅子吞食肉。
❷貪婪地看(書)　He *devoured* the new book.
他猛看這本新書不放。
❸(火災)毀滅　The fire *devoured* the whole school.
火災毀了全校。

dew [dju; dju:] ⊛ 無
名 ❶露　The *dew* fell overnight.
夜間降露。
❷小水珠　the *dew* of tears 淚珠／the *dew* of
sweat 汗珠

複合 名 **dèwdrόp**(露滴;露珠)
衍生 形 **dèwy**(露溼的, 帶露的)

dial [`daɪəl, ˈdaɪəl] 動 **-s** [-z]
名 (鐘錶的)錶面;(電話的)號碼盤　►指各種儀器的針盤‧標度盤‧收音機上指示電台週率的刻度盤‧電視機上的頻道盤等。
　►「日晷儀」是 sundial [`sʌn,daɪəl]。

—— ㊂ **-s** [-z] 動 **-ed** [-d], 英 **dialled; -ing**, 英 **dialling**
動 及 不 撥電話;對正波長　He *dialed* 119 at once.
他立刻打電話給一一九。

dialect [`daɪə,lɛkt; ˈdaɪəlekt] 動 **-s** [-s]
名 方言　the Scottish *dialect* 蘇格蘭方言

dialog, 英 dialogue [`daɪə,lɔg; ˈdaɪə,lɒg] 動 **-s** [-z]
名 對話;對話體　The novel is written in *dialog*.
這部小說是用對話體寫的。

—— ►以 **-logue**(＝talk)爲字尾的字 ——
cata*logue*(目錄), pro*logue*(序幕), epi*logue*(結語;跋), mono*logue*(獨白)

diameter [daɪ`æmətə; daɪˈæmɪtə(r)] (注意發音) 動 **-s** [-z]
名 直徑　The tree is one meter in *diameter*.
＝The tree has a *diameter* of one meter. 這樹直徑爲一公尺。

diameter　radius　circumference
直徑　　 半徑　　 圓周

diamond [`daɪmənd, `daɪə-; ˈdaɪəmənd] 動 **-s** [-z]
名 鑽石;菱形;(撲克牌的)方塊;(棒球的)球場, 內野　a *diamond* of 10 carats 十克拉的鑽石／a *diamond* ring 鑽石戒指／play baseball on the *diamond* 在棒球場打棒球

diary [`daɪərɪ; ˈdaɪərɪ] 動 **diaries** [-z] ⇨ daily
名 日記;日記簿　He keeps a *diary* in English.
他用英文寫日記。
I wrote an entry in my *diary* yesterday. 我昨天在日記簿上寫了一篇日記。

dictate [`dɪktet, dɪk`tek; ˈdɪkteɪt, dɪkˈteɪt] ㊂ **-s** [-s] 動 **-d** [-ɪd]; **dictating**
動 及 不 口授令人筆錄　He *dictated* the passage to us. 他口述該節叫我們筆錄下來。

dictation [dɪk`teʃən; dɪkˈteɪʃn] 名 **-s** [-z]
名 口述, 聽寫;口授筆記　The teacher gave *dictation* to the class.
老師叫全班聽寫。

dictator [`dɪktetə, dɪk`tetə; ˈdɪkteɪtə, dɪkˈteɪtə] 動 **-s** [-z]
名 獨裁者　The *dictator* has complete power over the people. 獨裁者有統治人民的絕對權力。
衍生 名 **dictátorshíp**(獨裁權;獨裁政治) 形 **díctatòrial**(獨裁的)

dictionary [`dɪkʃən,ɛrɪ; ˈdɪkʃənrɪ, -ʃənərɪ] 動 **-ries** [-z]
名 辭典, 字典　Look it up in your *dictionary*.
在你的字典上查它。

—— ► **dictionary** 的同義字 ——
glossary [`glɑsərɪ] …對某著作用語的註解, 通常在書的末尾處。
lexicon [`lɛksɪkən] …詞典, 尤指古代語言的辭典;或是某些作家或專業領域的專門詞彙。
encyclopedia [ɪn,saɪklə`pidɪə] …是指百科辭典〔全書〕。
wordbook [`wɝd,bʊk] …字典, 等於 dictionary。

did [dɪd; dɪd] 動 助 do 的過去式
didn't [`dɪdnt; ˈdɪdnt] did not 的縮寫
die¹ [daɪ; daɪ] ㊂ **-s** [-z] 動 **-d** [-d]; **dying**
—— ►注意 **-ing** 的形式 ——
die(死亡) → dying, dye(染色) → dyeing

動 不 ❶(生物)死亡;(植物等)枯萎〔死〕　All living things must *die*.
凡生物必有死。
The cherry tree is *dying*.
這櫻桃樹漸漸枯死。
❷(無生物)消失, 消逝　His sudden anger *died*.
他突發的怒氣消失了。
►因意外事故而「死」多用 be killed:
He *was killed* in an accident. (他死於意外事件。)
►表死因用 of 或 from:
die of cancer [hunger, old age]
(因癌症〔飢餓‧衰老〕而死)
die from a wound(因傷而死)
及 (與形容詞連用)…而死, 死於…　*die* a **happy** death 善終／*die* an **unnatural** death 死於非命, 橫死／*die* a **glorious** death 光榮而死
► die, sleep, dream 等的動詞如 sleep a peaceful sleep(安睡一覺)一般, 連接同一語源的受詞。這種受詞稱爲同系受詞。

be dying for [**to do**]…
(口語)極想要…, 渴望…　She *is dying for* a piano.
她極想要一部鋼琴。
I *am dying to see* you.
我渴望見你。

die away
漸漸消失　The sound of the parade *died away*.
遊行行列的聲音漸漸消失。

die down
漸漸轉弱　The storm *died down*.
暴風雨平靜了。

die² [daɪ; daɪ] 動 **dice** [daɪs]
名 骰子　The *die* is cast. 骰子已擲出。〔決定已無可更改。〕(名言)

diet¹ [`daɪət; ˈdaɪət] 動 **-s** [-s]
名 ❶規定的飲食, 特別的飲食　►以治療或減低體重爲目的特別飲食。
I am on a *diet*. 我在節食。
❷日常的飲食　a vegetable *diet* 素食／a meat *diet* 肉食

diet² [`daɪət; ˈdaɪət] 動 **-s** [-s] ►美‧英以外國家的
〔國會。〕

| 名 國會, 議會 | The *Diet* is now sitting. 國會現在開會中。 |

國會	美 Congress 英 Parliament 日本 the Diet
國會議員	美 a Congressman 英 a member of Parliament 日本 a member of the Diet
國會議場	美 the Capitol 英 the Houses of Parliament 日本 the Diet Building

differ [`dɪfə; 'dɪfə(r)] ⊜ **-s** [-z] 邇 **-ed** [-d]; **-ing**

動 不 ❶不同 | My answer *differs* **from** yours. 我的答案與你的不同。

❷意見不合 | I *differ* **with** [**from**] you on this 回 disagree | matter. 我對此事的意見和你不同。

▶ 下面這些字避免混淆
- 動 differ [`dɪfə] 不同
- 名 difference [`dɪfərəns] 不同
- 動 defer [dɪ`fɜ] 延期; 表示敬意
- 名 deference [`dɛfərəns] 服從; 敬意

difference [`dɪfrəns, `dɪfərəns; 'dɪfrəns] 邇 **-s** [-ɪz]

名 ❶不同, 相異 | What's the *difference* **between** a 處 | sheep and a goat? 綿羊和山羊有什麼不同?

❷意見相左, 不 | We have a *difference* of opinion. 和, 爭論 | 我們意見上有分歧。

❸差, 差額, 差異 | a height *difference* of 3 inches 三英寸的高度之差

make no difference
無關緊要, 沒差 | It *makes no difference* which side 別 | may win. 那一邊都(與我)沒有關係。

different [`dɪfrənt, `dɪfərənt; 'dɪfrənt]

形 ❶不同的, 相 | A goat is *different* **from** a sheep. 異的 | 山羊和綿羊不同。

▶ 介系詞主要用 from 美 口語常用 to, 美 口語常用 than。

❷各別的 | boys of *different* ages 不同年齡的男 孩 / *different* ways of cooking 不同 的烹調方法

衍生 副 **differently**(不同地, 相異地)

differentiate [ˌdɪfə`rɛnʃɪˌet; ˌdɪfə'renʃɪeɪt] ⊜ **-s** [-s] 邇 **-d** [-ɪd]; **differentiating**

動 及 辨別, 區別 | What *differentiates* man **from** brutes? 人和禽獸的區別是什麼?

difficult [`dɪfəˌkʌlt, `dɪfəkəlt; 'dɪfɪkəlt] 反 easy(簡單 的)

形 ❶(事情)艱 | It is *difficult* for me to answer the 難的, 困難的 | question. 回 hard | 回答這問題對我是很難的。

❷(人)難以取悅 | He is a *difficult* child. 的 | 他是個難以取悅的孩子。

difficulty [`dɪfəˌkʌltɪ, -kəltɪ; 'dɪfɪkəltɪ] 邇 **difficulties** [-z]

名 ❶難, 困難 | I had great *difficulty* (**in**) solving the problem. 我對解決這問題, 有很大的困難。

❷難事; 困境 | He faced many *difficulties*. 他面臨很多困難。

be in | He *was in difficulties* in those days. ***difficulties*** | 他當時經濟拮据。 經濟困難

with difficulty | I learned *with difficulty* how to 好不容易才… | drive. 我好不容易才學會開車。

without | I solved the problem *without* ***difficulty*** | *difficulty*. 輕易, 毫不困難 | 我毫不困難地解決了這問題。

without difficulty＝with ease＝easily

diffuse [dɪ`fjuz; dɪ'fjuːz] ⊜ **-s** [-ɪz] 邇 **-d** [-d]; **diffusing**

動 及 擴散; 傳 | *diffused* lighting 擴散光線 / *diffuse* 播; 散佈 | knowledge 傳播知識

— [dɪ`fjus; dɪ'fjuːs] ▶ 注意與動詞之間發音的不同。

形 ❶擴散的 | a *diffuse* gas 擴散的氣體
❷冗長的 | a *diffuse* speech 冗長的演說

衍生 名 **diffusion** [-ʒən](普及; (氣體的)擴散)

dig [dɪg; dɪg] ⊜ **-s** [-z] 過 **dug** [dʌg]; **digging**

動 及 ❶掘; 掘出

dig { the ground 掘地
a hole 掘洞
potatoes 掘出馬鈴薯

❷發掘 | The truth was *dug* out. 眞象被發掘。

digest [daɪ`dʒɛst, də`dʒɛst; daɪ'dʒest] ⊜ **-s** [-s] 邇 **-ed** [-ɪd]; **-ing**

動 及 ❶消化(食 | Greasy food is not easy to *digest*. 物) | 油膩的食物不容易消化。

❷體會 | You should *digest* what he said. 你應該思考他所說的話。

❸摘要 | He *digested* a long article. 回 summarize | 他將一篇長的文章做成摘要。

不 消化 | Beef does not *digest* easily. 牛肉不容易消化。

— [`daɪdʒɛst; 'daɪdʒest](注意發音)邇 **-s** [-s]

名 摘要 | I read only the *digest* of the novel. 我只看了這小說的摘要。

衍生 形 **digestive** [də`dʒɛstɪv, daɪ-](消化的)
名 **digestion** [də`dʒɛstʃən, daɪ-](消化)

digital [`dɪdʒɪtl; 'dɪdʒɪtl]

形 數字的 | a *digital* ▶ 名 digit 係指 | clock 用數字 從 0 到 9 其中的 | 指示時間的鐘 一個數目字。

dignity [`dɪgnətɪ; 'dɪgnətɪ] 邇 **dignities** [-z]

名 ❶威嚴; 端莊 | a man of *dignity* 有威嚴的人
❷尊嚴 | the *dignity* of knowledge 知識的尊 嚴

❸高位, 高官 | a man high in *dignity* 職位很高的人

衍生 動 **dignify**(使顯貴) 形 **dignified**(有威嚴的, 堂堂 的)名 **dignitary**(顯要的人物, 高官)

diligent [ˋdɪlədʒənt; ˈdɪlɪdʒənt] ® lazy(懶惰的)

形 勤勉的 ┊ The Chinese are a *diligent* people.
⑩ industrious ┊ 中國人是個勤勉的民族。
衍生 名 **diligence**(勤勉)副 **diligently**(勤勉地)

dim [dɪm; dɪm] ⊕ **dimmer** ® **dimmest**

形 ❶微暗的 ┊ Don't read by a *dim* light.
┊ 不要在昏暗的光線下讀書。

❷朦朧的, 模糊 ┊ a *dim* view 朦朧的景色／a *dim*
的;看不清楚的 ┊ memory 朦朧的記憶
┊ My eyesight is getting *dim*.
┊ 我的視力漸漸模糊不清了。

━━ ⊜ **-s** [-z] ® **dimmed; dimming**

動 ⊗ 使微暗 ┊ I *dimmed* the headlights.
┊ 我將(車的)前燈的燈光轉弱。

衍生 副 **dimly**(朦朧地, 隱約地;微暗地)

dime [daɪm; daɪm] ® **-s** [-z]

名美 一角的錢 ┊ Change this dollar bill for ten
幣 ┊ *dimes*. 把這張一元紙幣換成十枚一角
┊ 的錢幣。

► 一分是 a cent(a penny), 五分是 a nickel, 二角半是
a quarter。
複合 名 **dime nòvel**(美)(廉價而煽情的)低級小說), **dìme
stòre**(美)(專賣廉價貨品的商店)

dimension [dəˋmɛnʃən; dɪˈmenʃn] ® **-s** [-z]

名 ❶尺寸 ┊ He took the *dimensions* of the box.
┊ 他量了這箱子的尺寸。

❷(用複數)大 ┊ a plan of vast *dimensions*
小;範圍 ┊ 範圍廣大的計畫

diminish [dəˋmɪnɪʃ; dɪˈmɪnɪʃ] ⊜ **-es** [-ɪz] ® **-ed** [-t];
-ing

動 ⊗ 縮減;不 ┊ Inflation *diminishes* the value of
減少 ┊ money. 通貨膨脹使得錢貶值。

━━► decrease 和 diminish ━━━━

decrease ……意指漸漸地減少。
The speed *decreased*.
速度漸減了。

diminish ……強調顯著地減少, 或因變動致使總數
縮減, 有不幸的意味。
The medical bills *diminished* my
savings.
藥費的開銷使我的儲蓄減少。

dine [daɪn; daɪn] ⊜ **-s** [-z] ® **-d** [-d]; **dining**

動 不 進食, 用餐 ┊ We *dine* at seven.
┊ 我們在七點吃飯。

dine out ┊ I am *dining out* this evening.
在外頭吃飯 ┊ 我今晚要在外頭吃飯。

複合 名 **dìning cár**(餐車), **dìning róom**(飯廳)
衍生 名 **diner** [ˋdaɪnə](餐廳)

dinner [ˋdɪnə; ˈdɪnə(r)] ® **-s** [-z]

名 ❶(一日的) ┊ He asked me to *dinner* tonight.
主餐 ┊ 他今晚請我去吃飯。

► 一天中最豐盛的一餐, 通常在晚餐進食 dinner。
⇨ breakfast

❷(正式的)晚宴 ┊ They gave a *dinner* in honor of the
┊ queen.
┊ 他們設筵款待女王。

複合 名 **dìnner párty**(晚宴), **dìnner sérvice [sét]**(一
套正餐用的餐具), **dìnner táble**(餐桌)

dip [dɪp; dɪp] ⊜ **-s** [-z] ® **dipped** [-t]; **dipping**

動 ⊗ ❶浸一下 ┊ She *dipped* her hand in the water.
┊ 她將手在水中浸了一下。

❷插入 ┊ He *dipped* his hand **into** his pocket.
┊ 他將手插進衣袋裡。

不 浸一下 ┊ In summer she likes *dipping* **in** the
┊ sea.
┊ 到了夏天她喜歡泡泡海水。

━━ ® **-s** [-s]

名 游泳 ┊ I had a *dip* in the river.
┊ 我在河裡游泳。

衍生 名 **dipper**(長柄杓)

diplomacy [dɪˋploməsɪ; dɪˈpləʊməsɪ] ® **diplomacies**
[-z]

名 (國際間的) ┊ Japanese *diplomacy* toward China
外交;外交的手 ┊ 日本對中國的外交
腕 ┊ use *diplomacy* 運用策略

diplomat [ˋdɪpləˌmæt; ˈdɪpləmæt] ® **-s** [-s]

名 外交官 ┊ He was unable to be a *diplomat*.
┊ 他成不了外交官。

► ⊗ 稱做 diplomatist [dɪˈplomətɪst]。

diplomatic [ˌdɪpləˋmætɪk; ˌdɪpləˈmætɪk](注意發音)

形 ❶外交的 ┊ *diplomatic* relations 外交關係
❷有手腕的;圓 ┊ a *diplomatic* refusal 巧妙的拒絕
滑的 ┊

direct [dəˋrɛkt, daɪ-; dɪˈrekt] ⊜ **-s** [-s] ® **-ed** [-ɪd];
-ing

動 ⊗ ❶指導; ┊ The coach *directed* them **to** run
指揮;命令 ┊ faster.
┊ 教練命令他們跑快一點。

❷指引方向 ┊ Won't you *direct* me **to** the theater?
┊ 你能告訴我去戲院的方向嗎?

► 「show...(人)into...(地方)」的句型
常用於帶某人前去某地(一起去)。

❸指向;針對 ┊ He *directed* all his energy **to** the
┊ work. 他把全副精力放在這工作上。

━━ ⊕ **-er** ® **-est**

形 ❶直的;直達 ┊ Is this a *direct* train to London?
的, 直飛的 ┊ 這是直達倫敦的火車嗎?
⑩ straight ┊

❷直接的 ┊ a *direct* election 直接選舉／a *direct*
® indirect ┊ object(文法)直接受詞

❸坦率的 ┊ a *direct* answer 坦率的答覆

❹正好的 ┊ the *direct* opposite 正好相反

━━ 副 直接地 ┊ go *direct* to Paris 直達巴黎

direction [dəˋrɛkʃən, daɪ-; dɪˈrekʃn] ® **-s** [-z]

名 ❶方向 ┊ He went in the opposite *direction*.
┊ 他往反方向走。

❷指揮;指導 ┊ The operation was performed
┊ under his *direction*.
┊ 這手術在他的指導下進行。

❸(用複數)指 ┊ Read the *directions* on the bottle.
示, 說明 ┊ 請讀瓶上的說明。

directly [dəˋrɛktlɪ, daɪ-; dɪˈrektlɪ] ► 美 用 direct 替
代。

副 ❶直接地　He is not *directly* responsible.
他沒有直接責任。

❷(英) 即刻　He took the medicine *directly*.
回 at once　他即刻服藥。

director [də`rɛktə, daɪ-; dɪ`rektə(r)] 複 **-s** [-z]
名 董事；導演；　the board of *directors* 董事會，理事
主管；局長；校　會／a club *director* 俱樂部的主管／a
長；主任；總監　film *director* 電影導演／a managing
director 常務董事

dirt [dɝt; dɜːt] 無
名 髒物；灰塵　Wash the *dirt* off the car.
洗去車上汙物。
a *dirt* road (美) 未鋪路面的道路

┌─ ► Dirt 和 Dust ─────────────┐
│ 名 dirt (汙物)　　　名 dust (灰塵)　│
│ 形 dirty (髒的)　　　形 dusty (多灰塵的)│
└────────────────────────────┘

dirty [`dɝtɪ; `dɜːtɪ] 比 **dirtier** 最 **dirtiest**
形 ❶髒的,汙穢　Wash your *dirty* face.
的　把你的髒臉洗一洗。
❷卑劣的；猥褻　a *dirty* trick 卑鄙的手段／a *dirty*
的；暴風雨的　book 猥褻的書

disable [dɪs`ebl; dɪs`eɪbl] 三 **-s** [-z] 過 **-d** [-d];
disabling
動 及 使(身體)　He was *disabled* **from** walking by
失能,使殘廢　the accident.
他因那次意外事故受傷而不能走動。
a *disabled* soldier 傷兵

┌─ ► disable 的相關字 ──────────────┐
│ unable ⋯⋯⋯不能的 反 able　│
│ 　　　　　He is *unable* to swim.　│
│ 　　　　　(他不能游泳。)　│
│ enable ⋯⋯⋯使能夠　│
│ 　　　　　The money *enabled* me to buy a　│
│ 　　　　　car.　│
│ 　　　　　(這筆錢使我能夠買部汽車。)　│
│ inability⋯⋯⋯無能力　│
│ 　　　　　his *inability* to pay　│
│ 　　　　　(他無能力付錢)　│
│ disability ⋯⋯(因疾病等而)無能　│
│ 　　　　　a *disability* pension (傷殘撫邮金)　│
└────────────────────────────┘

disadvantage [ˌdɪsəd`væntɪdʒ; ˌdɪsəd`vɑːntɪdʒ]
名 不利；不便　Illiterate people are **at** a
disadvantage.
文盲的人處於不利的地位。
反 advantage　This will be to your *disadvantage*.
這將對你不利。

衍生 形 **dísadvantágeous** (不利的；有損的)

disagree [ˌdɪsə`gri; ˌdɪsə`griː] 三 **-s** [-z] 過 **-d** [-d];
-ing
動 不 ❶不一致；　I *disagree* **with** you **on** this point.
意見不合　就這一點而言,我與你意見不同。
反 agree
❷(氣候・食物)　The climate *disagrees* **with** me.
不適合,有害　(= The climate does not agree **with**
反 agree　me.) 這氣候讓我身體不舒服。

衍生 名 **dísagrèement** (不一致,意見不同)

disagreeable [ˌdɪsə`griəbl; ˌdɪsə`griːəbl] 反
agreeable
形 不愉快的,討　a *disagreeable* taste 討厭的味道／a
厭的　*disagreeable* fellow 討厭的傢伙

disappear [ˌdɪsə`pɪr; ˌdɪsə`pɪə(r)] 三 **-s** [-z] 過 **-ed** [-d]
-ing
動 不 消失,看不　The sun has *disappeared* below the
見　horizon.
反 appear　太陽隱沒在水平線下。

┌─ ► disappear 的同義字 ──────────┐
│ fade ⋯⋯⋯⋯是指漸漸地消失。　│
│ 　　　　The ship *faded* into the fog.　│
│ 　　　　(船漸漸消失在霧中。)　│
│ vanish ⋯⋯⋯突然而無痕跡地消失,尤指無緣無故者。│
│ 　　　　He *vanished* from town.　│
│ 　　　　(他從城裡失蹤了。)　│
└────────────────────────────┘

衍生 名 **dísappèarance** (不見,消失)

disappoint [ˌdɪsə`pɔɪnt; ˌdɪsə`pɔɪnt] 三 **-s** [-s] 過 **-ed**
[-ɪd]; **-ing**
動 及 使失望,使　The movie *disappointed* me.
沮喪　這部電影使我失望。
► (被動語態)　I was *disappointed* **at** (hearing) the
失望　news. 我聽到這消息很失望。

衍生 形 **dísappòinted** (失望的,沮喪的), **dísappòinting**
(令人失望的;掃興的)

disappointment [ˌdɪsə`pɔɪntmənt; ˌdɪsə`pɔɪntmənt]
複 **-s** [-s]
名 失望；令人失　To his *disappointment*, she turned
望的事物,使人　him down.
期待落空的人　她的拒絕使他甚感失望。
(物)　The novel was a *disappointment*.
這小說令人大失所望。

disapprove [ˌdɪsə`pruv; ˌdɪsə`pruːv] 三 **-s** [-z] 過 **-d**
[-d]; **disapproving** 反 approve
動 及 不贊成；不　The plan was *disapproved*.
認可；不准許　這計畫沒得到准許(被否決)。
不 不贊成　Father *disapproved* **of** our
marriage. 父親不贊成我們的婚事。

衍生 名 **dísappròval** (不贊成;不承認)

disaster [dɪz`æstə; dɪ`zɑːstə(r)] 複 **-s** [-z]
名 災禍,慘事；　This town has undergone many
重大意外事件　*disasters*.
這個城鎮歷經很多災禍。
► < dis (壞的) + aster (星)

► 各種 disasters

a railroad accident　　　a fire　　　an earthquake
鐵路發生的意外　　　　火災　　　　地震

disastrous [dɪz`æstrəs; dɪ`zɑːstrəs]
形 造成災害　a *disastrous* flood 大水災
(難)的;悲慘的　a *disastrous* accident 不幸的意外

discard [dɪs`kɑrd; dɪ'skɑ:d] ⊜ **-s** [-z] ㊯ **-ed** [-ɪd]; **-ing**
動㉓ (因不要 | I *discarded* the broken radio.
而)抛棄 | 我捨棄破舊的收音機。

discern [dɪ`zɜn, -`sɜn; dɪ'sɜ:n] ⊜ **-s** [-z] ㊯ **-ed** [-d]; **-ing**
動㉓ 看見;辨 | I *discerned* her figure in the dark.
別, 識別 | 我在黑暗中看到她的形影。

discharge [dɪs`tʃɑrdʒ; dɪs'tʃɑ:dʒ] ⊜ **-s** [-ɪz] ㊯ **-d** [-d]; **discharging**
動㉓ ❶卸貨 | They *discharged* the ship of the cargo. 他們將貨從船上卸下。
❷免除;解雇 | He *discharged* 50 people. 他解雇了五十個人。
❸發射;放出;流 | *discharge* a gun 開槍／*discharge*
出 | smoke 冒煙
❹完成(工作) | He *discharged* his duties successfully. 他圓滿達成他的任務。
— ㊯ **-s** [-ɪz]
名❶卸貨 | a *discharge* of a cargo 卸貨
❷放行, 釋放;解 | a *discharge* of a prisoner **from** jail
雇 | 將囚犯從獄中釋放
❸盡職 | the *discharge* of one's duties 完成 ⎱職務⎰
❹發射, 放出 | a *discharge* of electricity 放電

disciple [dɪ`saɪp; dɪ'saɪpl] (注意發音) ㊯ **-s** [-z]
名 弟子, 門徒; | St. Peter is one of the twelve
(耶穌的)使徒 | *disciples*.
| 聖彼得是耶穌的十二使徒之一。

discipline [`dɪsəplɪn; 'dɪsɪplɪn] ㊯ 無
名❶訓練;訓導 | *Discipline* is necessary for young people. 訓練對年輕人是必要的。
❷紀律;控制 | The school is under good *discipline*. 這學校的紀律良好。
— ⊜ **-s** [-z] ㊯ **-d** [-d]; **disciplining**
動㉓ ❶訓練 | The new members were *disciplined*.
㉺ train | 新進人員接受訓練。
❷懲罰, 懲戒 | He was *disciplined* for cheating. 他因作弊而被懲罰。

disclose [dɪs`kloz; dɪs'kləʊz] ⊜ **-s** [-z] ㊯ **-d** [-d]; **disclosing**
動㉓ 說出(秘 | He *disclosed* the secret to me.
密);揭露(隱蔽 | 他對我說出這秘密。
的事物) | ▶ <dis(反對)＋close(關閉)
衍生 名 disclòsure [-ʒ♂] (暴露, 洩露;揭曉)

discomfort [dɪs`kʌmf♂t; dɪs'kʌmfət] ㊯ **-s** [-s]
名 不舒服;不 | The constant noise is a *discomfort*.
安;不快的事 | 持續不斷的噪音令人不舒服。

┌─────────────────────────────────┐
│ 名 còmfort(安慰, 舒適) ↔ discòmfort(不舒服) │
│ ↓   ↓ │
│ 形 còmfortable(舒適的) ↔ uncòmfortable │
│   (不舒適的) │
└─────────────────────────────────┘

discontent [ˌdɪskən`tɛnt; ˌdɪskən'tent]
名 不滿, 不服; | The unfair treatment was his
不滿的原因 | *discontent*.
| 這不公平的待遇是他不滿的原因。

— ⊜ **-s** [-s] ㊯ **-ed** [-ɪd]; **-ing**
動㉓ (用被動語 | He was *discontented* **with** his
態)不滿意 | salary.
| 他對於他的薪水不滿意。

discord [`dɪskɔrd; 'dɪskɔ:d] (注意發音) ㊯ **-s** [-z]
名 不一致;不 | The team is full of *discord*.
調;不和 | 這一隊充滿紛爭。

discount [`dɪskaʊnt; 'dɪskaʊnt] (注意發音) ㊯ **-s** [-z]
名 折扣, 貼現 | They sell it **at** a *discount* **of** 30 per cent. 他們打七折賣這東西。
— [`dɪskaʊnt, dɪs`kaʊnt; 'dɪskaʊnt, dɪ'skaʊnt] ⊜ **-s** [-s] ㊯ **-ed** [-ɪd]; **-ing**
動㉓ ❶打折 | Will you *discount* 10 per cent? 你能打九折嗎?
❷打折扣地聽 | We should *discount* the news.
(讀), 不全相信 | 我們不應完全聽信那消息。

discourage [dɪs`kɝɪdʒ; dɪ'skʌrɪdʒ] ⊜ **-s** [-ɪz] ㊯ **-d** [-d]; **discouraging**
動㉓ 使氣餒, 使 | We were *discouraged* **at** the news.
沮喪 | 我們因聽到這消息而沮喪。
㉺ encourage |
discourage ... from~
使(某人)打消… | The doctor's advice *discouraged*
的念頭 | him *from* smoking.
| 醫生的忠告使他不敢再抽煙。
┌────── ▶ discourage 和 encourage ──────┐
│ discòurage…使失去勇氣 │
│   discourage ... from~(使某人不敢(做)…) │
│ encòurage…使產生勇氣 │
│   encourage ... to V(鼓勵某人(做)…) │
└─────────────────────────────────┘
衍生 名 discòuragement(氣餒;阻止) 形 discòuraging (使人氣餒的)

discourse [`dɪskors, dɪ`skors; 'dɪskɔ:s, dɪs'kɔ:s] ㊯ **-s** [-ɪz]
名 演講;講解; | He gave us *discourse* **on** current
論文 | problems.
| 他對我們演講有關時事的問題。

discover [dɪ`skʌv♂; dɪ'skʌv♂(r)] ⊜ **-s** [-z] ㊯ **-ed** [-d]; **-ing** [dɪ`skʌvərɪŋ]
動㉓ 發現 | Who *discovered* America in 1492?
㉺ find out | 誰在 1492 年發現美洲?
衍生 名 discòverer(發現者)

discovery [dɪ`skʌvərɪ; dɪ'skʌvərɪ] ㊯ **discoveries** [-z]
名 發現;發現的 | a *discovery* of great importance
東西 | 一個非常重要的發現

discover 發現

invent 發明

discreet [dɪ`skrit; dɪ'skri:t] ㊀ indiscreet(輕率的)
形 慎重的, 謹慎 | He is *discreet* **in** word and deed.
的 | 他謹言慎行。

discretion [dɪ`skrɛʃən; dɪ'skreʃn] ㊯ 無

名❶謹慎；明辨 | He is a man of great *discretion*.
他是個極謹慎的人。

❷(行動的)自由取決 | Act **at** your *discretion*.
照你的意思行動。

discriminate [dɪˋskrɪmə͵net; dɪˊskrɪmɪneɪt] 🔄 **-s** [-s] 輿 **-d** [-ɪd]; **discriminating**

動 不 ❶辨別 | *discriminate* **between** right and wrong 辨別是非

❷歧視 | They *discriminated* **against** him.
他們歧視他。

及 區別 | *discriminate* good books **from** bad ones 區別好書與壞書

衍生 名 **discrímination**(辨別；歧視)
形 **discrìminating**(有辨識力的)

discuss [dɪˋskʌs; dɪˊskʌs] 🔄 **-es** [-ɪz] 輿 **-ed** [-t]; **-ing**
動 及 討論 | We *discussed* literature over tea.
我們邊喝茶邊討論文學。

► discuss 係及物動詞，所以勿作 discuss about 或 discuss on。

discussion [dɪˋskʌʃən; dɪˊskʌʃn] 🔄 **-s** [-z]
名 議論，討論 | We had a *discussion* on the subject.
我們討論過這問題。

disdain [dɪsˋden; dɪsˊdeɪn] 🔄 **-s** [-z] 輿 **-ed** [-d]; **-ing**
動 及 輕蔑，輕視 | Some people *disdain* labor.
有些人蔑視勞動。

—— 輿 無
名 輕視，輕蔑 | He was treated **with** *disdain*.
他被輕視。

disease [dɪˋziz; dɪˊziːz] (注意發音) 輿 **-s** [-ɪz]
名 病，疾病 | a heart *disease* 心臟病／a chronic *disease* 慢性病／an infectious *disease* 傳染病

► sickness, illness 係表「疾病的狀態」，a disease 則令人聯想到「特定的疾病」。

disgrace [dɪsˋgres; dɪsˊgreɪs] 輿 無 🔄 dishonor
名 不名譽；恥辱，丟臉 | He is a *disgrace* **to** our school.
他是我們學校之恥。

—— **-s** [-ɪz] 輿 **-d** [-t]; **disgracing**
動 及 玷辱(聲名) | The scandal *disgraced* his family.
這醜聞玷辱他的家譽。

衍生 形 **disgráceful**(不名譽的)

disguise [dɪsˋgaɪz; dɪsˊgaɪz] 🔄 **-s** [-z] 輿 **-d** [-d]; **disguising**
動 及 ❶假扮 | She *disguised* herself [She was *disguised*] **as** a man.
她假扮成男人。

❷隱匿；偽裝 | He *disguised* the fact from his friends.
他對他的朋友隱瞞這事實。

—— 輿 **-s** [-ɪz]
名 ❶假扮；偽裝 | The beggar was a prince **in** *disguise*.
這乞丐是王子喬裝的。

❷佯裝；掩飾；託辭 | His sad expression was a mere *disguise*.
他悲哀的表情只是佯裝出來的。

disgust [dɪsˋgʌst; dɪsˊgʌst] 🔄 **-s** [-s] 輿 **-ed** [-ɪd]; **-ing**

動 及 使討厭，使嫌惡 | His cowardice *disgusts* me.
他的怯懦使我厭惡。
I am *disgusted* **at** [**with, by**] him.
我討厭他。

—— 輿 無
名 厭惡，嫌惡 | He retired from politics **in** *disgust*.
他厭惡地退出政界。

衍生 形 **disgústing**(令人厭惡的，令人作嘔的)

dish [dɪʃ; dɪʃ] 輿 **-es** [-ɪz]
名 ❶大盤 | ► 係盛數人份食物的大盤；各人使用的盤子是 plate。

❷(用複數)(泛指一切的)餐具 | He washed the *dishes*.
他洗碗盤。

► plate, cup, bowl, saucer 等全包括在內。

dishes

❸菜，菜餚 | My favorite *dish* is roast chicken.
我最愛吃的菜是烤雞。

dishonest [dɪsˋɑnɪst, dɪsˊɒnɪst] 🔄 honest
形 不誠實的；不正的 | a *dishonest* merchant 不誠實的商人／a *dishonest* statement 不可靠的陳述

衍生 名 **dishònesty**(不誠實；不正)

dishonor, 輿 **dishonour** [dɪsˋɑnɚ; dɪsˊɒnə] 輿 無
名 不名譽；不名譽的行為 | He brought *dishonor* on his family.
他玷辱他家族的名聲。

衍生 形 **dishònorable**(可恥的，卑劣的)

disk, disc [dɪsk; dɪsk] 🔄 **-s** [-s]
名 圓盤；唱片 | ► 像唱片・貨幣・圓桌等表面薄而平圓之物，稱做 disk。

►「比賽用的圓盤」是 a discus(鐵餅)，「飛行於空中的圓盤」是 a flying saucer [disk] (飛碟)。

dislike [dɪsˋlaɪk; dɪsˊlaɪk] 🔄 **-s** [-s] 輿 **-d** [-t]; **disliking**
動 及 討厭，嫌惡 🔄 like | People *dislike* being stared at.
人們不喜歡被盯著看。

► dislike 的受詞用動名詞。

—— **-s** [-s]
名 討厭，嫌惡 🔄 liking, like | He has a *dislike* [**to, of**] **for** dogs.
他討厭狗。
Everybody has his likes and *dislikes*. 人人都有所好和所惡。

►在此例中，因與 like 成對比，故特別讀作 [dɪsˋlaɪks]。

dismal [ˋdɪzml̩; ˊdɪzməl] (注意發音) 🔄 gloomy
形 陰鬱的，憂鬱的 | A rainy day is *dismal*.
下雨天是陰鬱的。

dismay [dɪsˋme; dɪsˊmeɪ] 🔄 **-s** [-z] 輿 **-ed** [-d]; **-ing**
動 及 使驚慌；使希望破滅 | He was *dismayed* when he found his wallet gone. 當他發現到他的錢包遺失時，甚為驚慌。

—— 輿 無

名 驚慌；希望破滅 | He was in *dismay*.
他甚爲驚慌。

dismiss [dɪsˋmɪs; dɪsˈmɪs] 三 -es [-ɪz] 過 -ed [-t]; -ing
動 及 ❶解雇 | Twenty men were *dismissed*.
二十人被解雇。
❷解散；使離開 | The school was *dismissed* at noon.
學校在中午放學。
衍生 名 dis**mìssal**(解雇；退去；解散)

dismount [dɪsˋmaʊnt; ˌdɪsˈmaʊnt] 三 -s [-s] 過 -ed [-ɪd]; -ing
動 不 (從馬上·腳踏車)下來 | He *dismounted* from the horse.
他下馬。
► get out of the car 是「下汽車」；
get off the train 是「下火車」。

disobey [ˌdɪsəˋbe; ˌdɪsəˈbeɪ] 三 -s [-z] 過 -ed [-d]; -ing
動 及 不服從；違令 | He *disobeyed* the rules.
他不守規則。

| 動 obèy(服從) ↔ dísobèy(不服從) |
| 形 obèdient(服從的) ↔ dísobèdient(不服從的) |
| 名 obèdience(服從) ↔ dísobèdience(不服從) |

disorder [dɪsˋɔrdɚ; dɪsˈɔːdə(r)] 過 -s [-z]
名 ❶混亂，雜亂 | The table was in *disorder*.
同 confusion | 桌上很凌亂。
❷騷亂 | The country was in great *disorder*.
該國陷於極騷亂的狀態中。
❸不適，疾病 | mental *disorders* 精神病／a stomach *disorder* 胃病

dispatch, despatch [dɪˋspætʃ; dɪˈspætʃ] 三 -es [-ɪz] 過 -ed [-t]; -ing
動 及 派遣；調派 | They *dispatched* a messenger to Paris.
他們派遣一位使者去巴黎。
— 過 -es [-ɪz]
名 派遣；調派；急派；發送 | the *dispatch* of missions 派遣使節

dispel [dɪˋspɛl; dɪˈspel] 三 -s [-z] 過 dispelled [-d]; dispelling
動 及 驅散(霧等)；消除(憂慮·懷疑) | Their doubts were *dispelled* by the evidence.
此證據一掃他們的疑慮。

| — ► -pel 是(push, drive) |
dis*pel*(驅散)	<dis(分離)+*pel*
com*pel*(強迫)	<com(共同)+*pel*
pro*pel*(使前進)	<pro(向前)+*pel*
re*pel*(逐退)	<re(返)+*pel*

dispense [dɪˋspɛns; dɪˈspens] 三 -s [-ɪz] 過 -d [-t]; dispensing
動 及 分配 | They *dispense* food to the poor.
他們發食物給窮人。
衍生 名 dis**pénsâtion**(分配)

disperse [dɪˋspɝs; dɪˈspɜːs] 三 -s [-ɪz] 過 -d [-t]; dispersing
動 及 ❶使散；驅散 | The police *dispersed* the demonstrators. 警察驅散示威者。
❷散佈 | The rumor was rapidly *dispersed*.
謠言很快就傳開了。
不 四散 | The crowd *dispersed*. 群眾四散。
衍生 名 dis**pérsion**(散佈；散佈)

displace [dɪsˋples; dɪsˈpleɪs] 三 -s [-ɪz] 過 -d [-t]; displacing
動 及 取代 | Television has *displaced* the radio.
電視已取代了收音機。
衍生 名 dis**plácement**(易位)

display [dɪˋsple; dɪˈspleɪ] 三 -s [-z] 過 -ed [-d]; -ing
動 及 ❶陳列，展示 | New sweaters are *displayed* now.
新的線衫正在展示。
❷顯露；表現 | He *displayed* courage.
他表現出勇氣。
— 過 -s [-z]
名 ❶展覽，陳列 | New model cars are on *display*.
新型的汽車在展覽中。
❷誇示；展現；(感情的)表現 | He made a *display* of learning.
他賣弄學問。

displease [dɪsˋpliz; dɪsˈpliːz] 三 -s [-ɪz] 過 -d [-d]; displeasing
動 及 使不快，使生氣 | He was *displeased* at [with] her way of speaking.
他不喜歡她說話的方式。
反 please
衍生 名 dis**pléasure** [dɪsˋplɛʒɚ](不快, 不滿)

disposal [dɪˋspozl; dɪˈspəʊzl] 過 無
名 處置，處理；出售 | the *disposal* of garbage 垃圾的處理／the *disposal* of one's property 財產的處理
at one's disposal 任某人支配 | The money is at your *disposal*.
這錢任你支配。

dispose [dɪˋspoz; dɪˈspəʊz] 三 -s [-ɪz] 過 -d [-d]; disposing
動 及 ❶排列；配置 | The warships were *disposed* in a line. 軍艦被排成一列。
❷使意欲 | The fine weather *disposed* him to go out. 好天氣使他想出去。
dispose of ... 處理…；出售… | ► 此 dispose 係不及物動詞。
He *disposed* of his car.
他賣掉汽車。

disposition [ˌdɪspəˋzɪʃən; ˌdɪspəˈzɪʃn] 三 -s [-z]
名 ❶脾氣；性情；傾向 | He is of a gentle *disposition*.
他是個性情溫和的人。
❷配置；排列 | the *disposition* of dishes on the table 餐桌上碟盤的排置
❸處理, 處置 | the *disposition* of one's property 財產之處置

dispute [dɪˋspjut; dɪˈspjuːt] 三 -s [-s] 過 -d [-ɪd]; disputing
動 不 爭論；辯論 | We *disputed* with them about [over, on] democracy.
我們與他們辯論民主政治。
及 ❶討論；辯論 | We *disputed* the origin of the word.
我們辯論此字的淵源。
❷駁斥；反駁 | They *disputed* the decision.
他們駁斥那項決議。

──動 -s [-s]
名 辯論；爭論 ｜ They had a *dispute* over the question. 他們曾為那問題爭論。

beyond dispute 無爭論的餘地 ｜ This is, *beyond dispute*, the best dictionary. 這本辭典無疑是最好的辭典。

disregard [ˌdɪsrɪˋɡɑrd; ˌdɪsrɪˈɡɑːd] 動 **-s** [-z] 動 **-ed** [-ɪd]; **-ing**
動 及 不顧；忽視；輕視 ｜ He *disregarded* his doctor's advice. 他不顧醫生的忠告。

──動 無
名 不顧；輕視 ｜ his *disregard* of the traffic laws 他忽視交通規則

> **► disregard 的同義字**
> ignore ………暗示忽視明顯的事物, 有時為故意不理。
> neglect ………暗示忽略該注意的事物。
> overlook ……暗示因馬虎或草率而忽略。

dissent [dɪˋsɛnt; dɪˈsent] 動 **-s** [-s] 動 **-ed** [-ɪd]; **-ing**
動 不 不同意 ｜ We *dissented* from the decision. 我們不同意那決定。

──動 無
名 不同意, 異議 ｜ He expressed *dissent*. 他表示異議。
反 assent

dissolve [dɪˋzɑlv; dɪˈzɒlv] 動 **-s** [-z] 動 **-d** [-d]; **dissolving** ►注意 solve [sɑlv] 的發音。
動 及 ❶溶解 ｜ Water *dissolves* sugar. 水溶解糖。
❷解除 ｜ They *dissolved* their engagement. 他們解除了婚約。
❸解散(議會) ｜ The Cabinet *dissolved* Congress. 內閣解散議會。
不 ❶溶解 ｜ Sugar *dissolves* easily. 糖易於溶解。

► melt 指硬物因熱而變軟；dissolve 指固體在液體之中溶解。
❷解散；解除 ｜ The contract has *dissolved*. 這契約已解除。
衍生 名 **dissolution** [ˌdɪsəˋluʃən] (解散；解除；溶解)

distance [ˋdɪstəns; ˈdɪstəns] 動 **-s** [-ɪz]
名 ❶距離；遠距離 ｜ The *distance* from the school to the station is two miles. 由學校到車站的距離是兩英里。
❷疏遠；冷淡 ｜ She keeps him **at** a *distance*. 她疏遠他。

at a distance 在稍遠處 ｜ The picture looks beautiful *at a distance*. 這幅畫遠看很美。
in the distance 在遠處 ｜ I saw Mt. Ali *in the distance*. 我看到遠處的阿里山。

at a distance ｜ in the distance

distant [ˋdɪstənt; ˈdɪstənt]
形 ❶遠離的；隔離的 ｜ The station is two miles *distant* **from** the school. 車站距離學校兩英里。

► 「車站離學校甚遠。」說成 "The station is *far* from the school." 。如無修飾語表示多遠時, 通常不說 "The station is *distant* from the school." 。但若用在天文方面, 有時可用 "The moon is *distant* from the earth." 。
❷疏遠的；冷淡的 ｜ He took a *distant* attitude toward me. 他對我採取冷漠的態度。

distinct [dɪˋstɪŋkt; dɪˈstɪŋkt] 動 **-er** 動 **-est**
形 ❶顯然有別的；不同的 ｜ Mice are *distinct* **from** rats. 囓鼠和老鼠顯然不同。
❷明確的；明瞭的；清楚的 ｜ a *distinct* writing 明晰的筆跡／a *distinct* advantage 明顯的利益
衍生 副 **distinctly** (清楚地；無疑地)

distinction [dɪˋstɪŋkʃən; dɪˈstɪŋkʃn] 動 **-s** [-z]
名 ❶差別, 區別；差異 ｜ He is fair to us without *distinction*. 他對我們很公平, 沒有差別待遇。
❷卓越；榮譽 ｜ a journalist **of** *distinction* 卓越的新聞記者
衍生 形 **distinctive** (特殊的)

distinguish [dɪˋstɪŋgwɪʃ; dɪˈstɪŋgwɪʃ] 動 **-es** [-ɪz] 動 **-ed** [-t]; **-ing**
動 及 ❶區別；辨別 ｜ Can you *distinguish* Venus **from** the other stars? 你能辨別金星與其他的星星嗎？
❷使有別於 ｜ Diligence *distinguished* him **from** them. 勤勉使他有別於他們。
不 辨別(二者) ｜ I can't *distinguish* **between** the two. 我無法區分此二者。

distinguish oneself 揚名, 出名 ｜ He *distinguished himself* on the battlefield. 他揚名於沙場。
衍生 形 **distinguished** (卓越的)

distort [dɪsˋtɔrt; dɪsˈtɔːt] 動 **-s** [-s] 動 **-ed** [-ɪd]; **-ing**
動 及 ❶扭曲(臉・形) ｜ His face was *distorted* with pain. 他的臉因痛苦而扭曲。
❷歪曲(事實), 曲解 ｜ The reporter *distorted* the facts. 那記者歪曲事實。
衍生 名 **distortion** (扭曲；歪曲)

distract [dɪˋstrækt; dɪˈstrækt] 動 **-s** [-s] 動 **-ed** [-ɪd]; **-ing**
動 及 ❶使分心；轉移(注意力) ｜ The noise *distracted* me **from** concentration. 這噪音使我不能專心。
反 attract
❷(用被動語態)使精神錯亂 ｜ She was *distracted* at the news. 她因聽到那消息而精神錯亂。

> **──►-tract 表「拉」之義**
> at*tract* (吸引)　<at=ad(向…)+*tract*
> con*tract* (訂約)　<con(共同)+*tract*
> dis*tract* (轉移)　<dis(分離)+*tract*
> sub*tract* (減去)　<sub(往下)+*tract*
> *tract*or (牽引機)　<*tract*+or(物)

衍生 名 **distraction** (分心；心情紛亂；狂亂)

distress [dɪ`strɛs; dɪ'stres] ⊜ **-es** [-ɪz] ⊛ **-ed** [-t]; **-ing**

動⊗ 使苦惱 ┊ His failure *distressed* him.
┊ 他的失敗使他難過。

名❶苦惱;悲 ┊ She is **in great** *distress* over her
痛;傷心 ┊ son's accident.
┊ 她因她兒子的意外而甚為悲痛。

❷困難;危險 ┊ a company in financial *distress*
┊ 財務困難的公司

distribute [dɪ`strɪbjut; dɪ'strɪbju:t] (注意發音) ⊜ **-s** [-s] ⊛ **-d** [-ɪd]; **distributing**

動⊗ ❶分配;分 ┊ Textbooks were *distributed* free of
發 ┊ charge. 教科書是免費分發的。
❷分佈 ┊ This kind of plant is widely
┊ *distributed* throughout Taiwan.
┊ 這種植物遍佈全台灣。

衍生名 **distribution** (分配;分佈)

district [`dɪstrɪkt; 'dɪstrɪkt] (注意發音) ⊛ **-s** [-s]

名地方;地域; ┊ the Taipei *districts* 台北地區╱a
地區;管區 ┊ coal *district* 煤礦區╱a school
┊ *district* 校區╱a police *district* 警察
┊ 管區╱the *District* of Columbia 哥倫
┊ 比亞特區▶首都華盛頓市的所在地區,
┊ 略作 Washington, D.C.。

distrust [dɪs`trʌst; dɪs'trʌst] ⊛ 無▶常用 a ～。

名不信任;疑 ┊ He has **a** *distrust* of science.
惑;懷疑 ┊ 他不相信科學。

── ⊜ **-s** [-s] ⊛ **-ed** [-ɪd]; **-ing**

動⊗ 不信;懷疑 ┊ He *distrusted* his own eyes.
⊗ trust ┊ 他不相信自己的眼睛。

▶名動 都與 mistrust 同義。

disturb [dɪ`stɝb; dɪ'stɜ:b] ⊜ **-s** [-z] ⊛ **-ed** [-d]; **-ing**

動⊗ 打擾,妨 ┊ I hope I am not *disturbing* you.
礙;弄亂;使不 ┊ 我希望沒妨礙到你(工作中的訪問等)。
安;騷擾 ┊ Don't *disturb* the books on my desk.
┊ 不要亂動我桌上的書。
┊ The scandal *disturbed* the whole
┊ town. 這醜聞使全城騷動。

不妨礙(睡眠・ ┊ Do not *disturb*. 請勿打擾(恕不見客)。
休息・工作)

衍生名 **disturbance** (擾亂,妨害;騷動;不安)

ditch [dɪtʃ; dɪtʃ] ⊛ **-es** [-ɪz]

名溝;壕 ┊ die in a *ditch* 死在溝渠裡;潦倒而死

dive [daɪv; daɪv] ⊜ **-s** [-z] ⊛ **-d** [-d]; **diving**

動不❶跳水 ┊ He *dived* from the diving board.
┊ 他從跳板上跳水。
❷潛水 ┊ She *dived* for pearls.
┊ 她潛水採珍珠。

── ⊛ **-s** [-z]

名跳水;潛水 ┊ He made a *dive* from the
┊ springboard. 他從跳板上跳水。

衍生名 **diving** (潛水;跳水),**diver** (潛水夫;跳水選手)

diverse [də`vɝs, daɪ-; daɪ'vɜ:s]

形❶種種的 ┊ There are *diverse* opinions about it.
⊜ varied ┊ 關於那件事有種種不同的意見。
❷不同的,相異 ┊ His character is *diverse* **from** hers.
的⊜ different ┊ 他的性格與她的不同。

衍生名 **diversity** [də`vɝsətɪ, daɪ-] (不同;多樣(性))

diversion [də`vɝʒən, daɪ-, -ʃən; daɪ'vɜ:ʃn]

名轉向;娛樂, ┊ Painting is an excellent *diversion*.
消遣 ┊ 繪畫是很好的消遣。

divert [də`vɝt, daɪ-; daɪ'vɜ:t] ⊜ **-s** [-s] ⊛ **-ed** [-ɪd]; **-ing**

動⊗ ❶消遣,使 ┊ Music *diverts* me after a day's
解悶 ┊ work. 一天的工作之後,音樂排遣了我
┊ 的情緒。
❷轉向 ┊ They *diverted* the stream to supply
┊ water to the village. 他們為了供水給
┊ 這村落,將這河流改道。

divide [də`vaɪd; dɪ'vaɪd] ⊜ **-s** [-z] ⊛ **-d** [-ɪd]; **dividing**

動⊗ ❶分割;分 ┊ The class is *divided* **into** two
┊ groups. 這一班被分成兩組。
❷分配 ┊ She *divided* the apples **among** the
┊ children.
┊ 他將蘋果分給孩子們。
❸使(意見)分歧 ┊ We are *divided* in opinion.
┊ 我們意見分歧。
❹(數學)除 ┊ Ten *divided* **by** two equals five.
┊ $10 \div 2 = 5$
不分開 ┊ The road *divides* here.
┊ 道路在這裡分岔。

divine [də`vaɪn; dɪ'vaɪn]

形神的;神授 ┊ *divine* mysteries 神的奇蹟╱the
的;神聖的;如神 ┊ *divine* will 神意╱*divine* beauty 莊
的;非凡的 ┊ 嚴的美╱the *Divine* Being 神;上帝

複合名 **the Divine Comedy** (神曲▶義大利詩人但丁的
作品。)

衍生名 **divinity** [də`vɪnətɪ] (神性;神學;(the D-) 上帝)

division [də`vɪʒən; dɪ'vɪʒn] ⊛ **-s** [-z]

名❶分開;區 ┊ He made a fair *division* of his
分;分配 ┊ property.
┊ 他將他的財產作公平的分配。
❷部門,科,組, ┊ The company is made up of four
課,部 ┊ *divisions*.
┊ 這公司是由四個部門組成的。
❸不一致;分裂 ┊ There was a *division* of opinion
┊ among them.
┊ 他們之間有歧見。
❹(數學)除法 ┊ Multiplication is easier than
⇨ addition ┊ *division*. 乘法比除法簡單。

divorce [də`vors, -`vɔrs; dɪ'vɔ:s] ⊜ **-s** [-ɪz] ⊛ **-d** [-t]; **divorcing**

動⊗ 離婚 ┊ They were *divorced*.
┊ 他們已離婚。

── ⊛ **-s** [-ɪz]

名離婚 ┊ I got a *divorce*.
┊ 我離婚了。

衍生名 **divorcee** [də‚vor`se] (離了婚的女人)

dizzy [`dızı; 'dızı] ⊕ **dizzier** ⊛ **dizziest**
形 暈眩的;令人 | I feel *dizzy*.
暈眩的 | 我覺得暈眩。
| He drove the car at *dizzy* speed.
| 他以令人暈眩的速度開車。

do¹ [(強)du; du:(弱)du, də, d; du də, d] ⊜ **does** [
(強)dʌz; dʌz(弱)dəz; dəz] ► 過去式是 **did**.► 與 not
連用為 do not, does not, did not, 口語略作 don't
[dont], doesn't [`dʌznt] , didn't [`dɪdnt]。

┌─────────────────────────┐
│ Does │ he │ do │ his work carefully? │
│ ↓ │ │ ↓ │ │
│ 助動詞 │ 表「做」之義的動詞 │
│ 他有用心做工作嗎? │
└─────────────────────────┘

❶(用疑問句)… | Do [*Did*] you go there?
嗎? | 你去〔了〕那裡嗎?
► 主詞是第三人稱・單數(如 he, she, it)・現在式時, 用
does 替代 do。
| Does [*Did*] he go there?
| 他去〔了〕那裡嗎?
► 與疑問詞(what, where, when, which, how 等)連用
時, 置於該疑問詞之後。
| Where *do* you study?
| 你在那裡讀書?
► do, does, did 通常不與 be 動詞(is, am, are 等)連
用, 因此, 不可能說"Do you be…?", "You don't be …"
等。但可用於命令句的否定。
| *Don't* be noisy!
| 不要吵鬧!
► 表「有」的 have 動詞,⊛ 否定或疑問句與 do, does,
did 連用, 但⊛ 通常不與之連用。
| ⊛ *Do* you have ⎫
| ⊛ *Have* you ⎬ any brothers?
| 你有兄弟嗎?
❷(用否定句) | I *don't* know it.
不… | 我不曉得那事。
► 對於否定式疑問句(不…嗎?)時, 必須要注意關於 Yes,
No 的回答。英文的表達與中文相反。
| *Don't* you like cats? 你不喜歡貓嗎?
| Yes, I *do*. 不, 我喜歡。
| No, I *don't*. 是的, 我不喜歡。
► 句子後加的附加問句 do you? don't you? 等, 含有要對
方附和的意味。通常, 肯定句附加 don't/doesn't…? 等, 否
定句附加 do/does…? 等。
| You like it, *don't* you?
| 你喜歡它, 不是嗎?
| He didn't come, *did* he?
| 他沒來, 不是嗎?
❸(用否定的命 | *Don't* go near the dog.
令句)不要… | 不要靠近這隻狗。
► 在否定的命 ┌ Be silent!
令句中, don't │ (不要作聲!)
亦可與 be 連 │ *Don't* be noisy.
用。 └ (不要吵鬧。)
❹(「do [did] + | *Do* come next Sunday.
原形動詞」以強 | 下個星期天一定要來。

調動詞)務必;的 | They *did* come, but did nothing.
確 | 他們來是來了, 但什麼也沒做。
❺(用於倒裝句) | Never *did* I see such a pretty girl.
► 多置於否定 | 我未曾見過這樣漂亮的女孩。
副詞之後。 | Not a word *did* he speak.
| 他什麼也沒說。

do² [(強)du; du:(弱)du, də, d; du də, d] ⊜ **does** ⊘ **did**;
done [dʌn]; **doing**
動 ⊗ ❶做;實 | *Do* whatever you like.
行;實踐 | 你愛怎麼做, 就怎麼做。
| I have nothing to *do*. 我無事可做。
❷(因受詞而含 ┌ the dishes 洗碗
有特殊意義) │ one's hair 梳頭
| do ┤ a puzzle 解謎
| └ 80 miles 跑八十英里
| *do* a person justice 公平待人/*do* a
| person honor 帶給人名譽/*do* a
| person good 給與人好處, 幫人忙/*do*
| a person a favor 幫人一個忙/*do* a
| person harm 有害於人
── ►「做錯」不是 **do a mistake** ──
| 「他犯了錯。」
| (誤) He *did* a mistake.
| (正) He *made* a mistake.

不 ❶做;實行 | *Do* in Rome as the Romans *do*.
| 入鄉隨俗。(諺語)
❷可用;適合 | Will that *do*? 那個行嗎?
| Anything will *do*. 什麼都行。
► do, does, did 可以替代前述的動詞(或動詞句)。
| She works harder than you *do* (=
| work). 她比你勤於工作。
| "Do you like swimming?" "Yes, I
| *do*."「你喜愛游泳嗎?」「是的, 我喜歡。」
be doing well | The patient *is doing well*.
安好;(事情進 | 這病人的復元情況良好。
行)順利地 | He *is doing well* in business.
| 他的事業很順利。
be away | They *did away with* the law.
with … 廢除 | 他們廢除這法律。
…;除去…
do with …
❶(如何)處理… | What have you *done with* the box?
| 你把那箱子作何處置了?
❷應付… | He is easy to *do with*.
| 他是個容易應付的人。
do without … | We can't *do without* this
不需…仍可完成 | dictionary. 我們不能沒有這字典。
have something | I *have* nothing *to do with* him.
[*nothing*] ***to do with …*** | 我跟他毫無關係。
與…有關〔無關〕

dock [dak; dɔk] ⊛ **-s** [-s]
名 ❶船塢 | a floating *dock* 浮船塢/a dry *dock*
| 乾船塢
| ► 供修船和造船用的建築設施。
❷⊛ (口語)碼 |
頭 |

doctor [`dɑktə; 'dɒktə] 獀 **-s** [-z]
名 ❶醫生, 醫師 │ You had better see a doctor.
你最好去看醫生。

──➤ 各種「醫生」	
doctor	各科的醫生
physician	內科醫生
surgeon	外科醫生

❷博士 │ a *Doctor* of Law 法學博士
▶作爲頭銜時用 Dr.: *Dr.* Smith(史密斯博士)。

bachelor	學士 a *Bachelor* of Arts(文學士)
master	碩士 a *Master* of Science(理科碩士)
doctor	博士 a *Doctor* of Literature(文學博士)

doctrine [`dɑktrɪn; 'dɒktrɪn] 獀 **-s** [-z]
名 教義;主義 │ Christian *doctrine* 基督教教義／the
Monroe *doctrine* 門羅主義

document [`dɑkjəmənt; 'dɒkjumənt] 獀 **-s** [-s]
名 文書, 文件; │ legal *documents* 法律文件／shipping
證書;記錄 │ *documents* 裝貨文件

documentary [ˌdɑkjə`mɛntərɪ; ˌdɒkju'mentərɪ]
形 ❶文書的 │ *documentary* evidence 文書上的證
❷記錄的 │ 據／a *documentary* film 記錄影片
│ ▶名詞僅有 a documentary, 爲「記錄
│ 影片」之義。

dodge [dɑdʒ; dɒdʒ] 曷 **-s** [-ɪz] 獀 **-d** [-ɪd]; **dodging**
動 及 閃避, 躲開 │ He *dodged* the ball.
│ 他閃開球。

複合 名 **dòdge báll**(躲避球)

does [(強)dʌz; dʌz(弱)dəz; dəz] 動 助 ▶主詞爲第三人
稱・單數・動詞爲現在式時使用。 ⇨ do¹, do²

		主　詞	現在	過去
第一	單數	I	do	did
人稱	複數	We	do	did
第二	單數	You	do	did
人稱	複數	You	do	did
第三	單數	he, she, it, Tom, the book	does	did
人稱	複數	they	do	did

dog [dɔg; dɒg] 獀 **-s** [-z]
名 (動物)狗;公 │ I keep a *dog*. 我養了一條狗。
狗 │ ▶母狗是 bitch, 小狗是 puppy。

──➤ 有關 **dog** 的諺語
Every *dog* has his day.
(每個人都有得意的時候。)
Let sleeping *dogs* lie.
(少管閒事免惹麻煩;別惹麻煩。)
Love me, love my *dog*.
(愛屋及烏。)

衍生 形 **dogged** [`dɔgɪd](注意發音)(頑強的;固執的)
dogma [`dɔgmə; 'dɒgmə] 獀 **-s** [-z]
名 教義, 教理; │ It is a scientific *dogma*.
獨斷;定論 │ 這是科學的定論。

衍生 形 **dogmãtic**(武斷的)名 **dògmatísm**(武斷;教條主
義), **dògmatist**(武斷者)
doll [dɑl; dɒl] 獀 **-s** [-z]
名 玩偶;洋娃娃 │ She has a pretty *doll*.
│ 她有個漂亮的洋娃娃。

dollar [`dɑlə; 'dɒlə] 獀 **-s** [-z]
名 元;美元 │ ▶美國・加拿大等地的貨幣單位, 等於
│ 一百分。其符號是$。
│ $34.12＝thirty-four *dollars* and
│ twelve cents ⌐a buck.
▶下圖是美國的 a dollar bill(一元紙幣), 口語稱做⌐

dolphin [`dɑlfɪn; 'dɒlfɪn] 獀 **-s** [-z]
名 (動物)海豚 │ ▶鼻尖圓的海豚稱爲 porpoise
│ [`pɔrpəs]。

domain [do`men; dəu'meɪn] 獀 無
名 (研究・活動 │ He is well known **in** the *domain* of
的)範圍, 領域; │ medicine.
領土, 領地 │ 他在醫學界很出名。

dome [dom; dəum] 獀 **-s** [-z]
名 圓頂;圓頂形 │ the great *dome* of St. Peter's
之物 │ 聖彼得大教堂的大圓頂

domestic [də`mɛstɪk; də'mestɪk]
形 ❶家庭的;家 │ He is worried about *domestic*
事的;屬於家 │ troubles.
的 │ 他爲家庭糾紛而煩惱。
❷國內的;國產 │ a *domestic* product 國產品／
的 反 foreign │ *domestic* news 國內新聞
❸被人養馴的 │ Horses and cows are *domestic*
│ animals. 馬和牛都是家畜。

衍生 動 **domèsticáte**(養馴)
dominant [`dɑmənənt; 'dɒmɪnənt]
形 最有勢力的; │ Efficiency is the *dominant* idea in
有支配力的;重 │ business. 在商業上, 效率是最重要的觀
要的 │ 念。 ⌐[-ɪd]; **dominating**⌐

dominate [`dɑmə,net; 'dɒmɪneɪt] 曷 **-s** [-s] 獀 **-d**
動 及 支配;統 │ What country *dominated* the world?
治;管轄 │ 那一國支配著這世界?

衍生 名 **dóminátion**(支配, 統治;優越;優勢)
形 **dómineering**(蠻橫的, 作威作福的)
donation [do`neʃən; dəu'neɪʃən] 獀 **-s** [-z]
名 捐贈, 捐款 │ He made a *donation* of a million
│ dollars. 他捐出一百萬元。

衍生 動 **donàte**(捐贈)
done [dʌn; dʌn] 動 do 的過去分詞
donkey [`dɑŋkɪ; 'dɒŋkɪ] 獀 **-s** [-z]
名 ❶(動物)驢 │ ▶ ass 的暱稱, 一般均用 donkey, 同
│ 時也是美國民主黨的象徵。
❷傻子;頑固的 │ He is as stubborn as a *donkey*.
人 │ 他非常固執。

don't [dont; dəunt] do not 的縮寫

doom [dum; du:m] 匮 無
　名 惡運；劫數；　His *doom* is sealed.
　毀滅；死亡　他的劫數已定。
　—— 㟔 -s [-z] 匮 -ed [-d]; -ing
　動 及 注定命運，　He was *doomed* poverty.
　命定　他命中注定貧窮。　「久地」。
　▶ dóomsdáy 是「世界末日」, till doomsday 是「永
door [dor, dɔr; dɔ:(r)] —— -s [-z]
　名 ❶門, 戶；門　Someone is knocking **at** [**on**] the
　口　*door*. 有人在敲門。
　❷(某個門所屬　She lives only two *doors* away.
　的)房子；一戶　她就只住在隔壁的隔壁。
　　　　　　　next *door* to (...) (…的)隔壁／from
　　　　　　　door to *door* 挨家挨戶
out of doors　Play *out of doors*.
　在室外　去室外玩。
　複合 名 bàck dóor(後門), dóorwáy(門口), fólding
　dòors(摺疊式的門), revólving dóor(旋轉門),
　swìnging dóor, swìng dóor(擺旋門▶推開後手一放
　即復原的門。)　　　　　「ies [-z]」
dormitory [`dɔrmə,torɪ; `dɔ:mətrɪ] 匮 dormitor-
　名 宿舍　The college has a *dormitory* for
　　　　　　students. 這學院有學生宿舍。
dose [dos; dəus] (注意發音) 匮 -s [-ɪz] ▶注意勿與 doze
　[doz] 混淆。
　名 (一次服量　Take three *doses* a day.
　的)藥, 一劑藥　一天服三次藥。
dot [dɑt; dɔt] 匮 -s [-s] 匮 dotted [-ɪd]; dotting
　動 及 ❶加小點　Don't forget to *dot* your i's and j's.
　　　　　　不要忘記在 i 和 j 的上面加上小圓點。
　❷散佈；點綴　The slope was *dotted* with sheep.
　　　　　　斜坡上面有綿羊散佈其上。
　—— 匮 -s [-s]
　名 點, 小點　a blue tie with white *dots* 有小白點
　　　　　　的藍色領帶
double [`dʌbl; `dʌbl]
　形 ❶加倍的, 二　I had to pay *double* the sum.
　倍的　我必須付雙倍的錢。

二倍的	三倍的	四倍的	五倍的
double	triple	quadruple	quintuple
twofold	threefold	fourfold	fivefold

　❷雙重的；成對　a *double* bed 雙人床, 供兩人睡的床／
　的；兩人用的　a *double* role 一人飾兩角／a *double*
　　　　　　character 雙重人格／a *double*
　　　　　　tongue 欺騙
　—— 副 兩倍地；雙　This river is *double* as long as the
　重地　Mississippi River.
　　　　　　這條河有密西西比河的兩倍長。

二倍 twice ▶ double 亦可, two times 不大用。
三倍 three times ▶ thrice 係文語。
四倍 four times ▶以下均可作 ... times。
「他的書有你的五倍多。」
He has **five times as** many books **as** you.

—— 匮 -s [-z]
　名 兩倍；兩倍　Ten is the *double* of five.
　數;兩倍之物　十是五的兩倍。
—— 㟔 -s [-z] 匮 -ed [-d]; doubling
　動 及 使雙倍　Our income must be *doubled*.
　〔重〕　我們的收入必須增加一倍。
　不 加倍　The rats
　　　　　doubled in
　　　　　number.
　　　　　老鼠的數量加
　複合 名 dóuble-dècker(雙層公
　共汽車)
doubt [daʊt; daʊt] (注意發音) 㟔 -s [-s] 匮 -ed [-ɪd];
　-ing
　動 及 懷疑, 不信　I *doubted* my own eyes.
　　　　　　我懷疑自己的眼睛。
　▶肯定句通常　I *doubted* **whether** [**if**] the story
　接 whether,if　was true.
　的子句　我懷疑這故事是否真實。
　▶否定．疑問　I don't *doubt* **that** he will help me.
　句後面則接　我相信他會幫助我。
　that 子句
　　　　▶ doubt 和 suspect
　doubt ………不認為是真的;不信
　　　　　　I *doubt* him.
　　　　　　(我懷疑他說的話〔他的為人〕。)
　suspect ……懷疑是…;覺得可疑
　　　　　　I *suspect* him.
　　　　　　(我覺得他可疑。)

—— 匮 -s [-s]
　名 懷疑, 疑慮　I have no *doubt* **that** he will come.
　　　　　　＝I have no *doubt* **of** his coming.
　　　　　　我相信(毫不懷疑)他會來。
beyond doubt　It is *beyond doubt* that he'll come.
　無疑地　無疑地他會來。
in doubt　His recovery is still *in doubt*.
　懷疑的;未確定　他能否復原仍然無法確定。
　的
no doubt　*No doubt* he did it.
　無疑地, 確切地　無疑地他做了那事。
　　　▶ **no doubt**(無疑地)的同義字〔片語〕
　doubtless, undoubtedly, unquestionably, without
　question, without doubt

▶ no doubt, doubtless 在口語上亦被用作「很可能地;
大概」之義。
doubtful [`daʊtfəl; `daʊtfʊl]
　形 未確定的, 可　It is *doubtful* **whether** she will
　疑的　come. 她會不會來, 尚未確定。
　衍生 副 dòubtfully(不可靠地;懷疑地)
doubtless [`daʊtlɪs; `daʊtlɪs]
　副 確定地, 無疑　That is *doubtless* quite true.
　地同 no doubt　無疑地, 那是相當確實的。
doughnut [`donət, -,nʌt; `dəʊnʌt] (注意發音) 匮 -s
　[-s]

名 油炸圓餅, 甜 | She is good at making *doughnuts*.
甜圈 | 她很會做甜甜圈。

dove [dʌv; dʌv] (注意發音) 獸 **-s** [-z]
名 (鳥) 鴿子 | A *dove* is cooing.
 | 鴿子在咕咕叫。

► dove 和 pigeon 都是鴿子, 但 dove 尤指小鴿子。

down [daun; daun]
副 ❶ (動的) 向 | Sit *down*, please. 請坐下。
下; 在下 | He jumped *down* from the roof.
 | 他從屋頂上跳下來。
❷ (靜的) 在下; | The sun was already *down*.
降落; 病倒; 躺 | 太陽已經下山了。
下; 衰弱 | He is *down* with a cold.
 | 他因感冒而臥床。
❸ (由中心) 離 | The ship sailed *down* south.
開; 向前; 落下 | 船向南方航行。

❶   ❷   ❸   down

向下   down   中心   down

      在下   down

介 ❶ 下, 在下 | He ran *down* the stairs.
方; 由上而下 | 他跑下樓梯。
❷ 沿著 (路等) | He walked *down* the street.
同 along | 他沿街道走。
形 向下的; 向 | a *down* train 下行列車／a *down*
下方的 | leap 下跳／a *down* slope 下坡
複合名 **dòwnfáll** (沒落, 滅亡)

downstairs [`daun`stɛrz; ˌdaun'stɛəz]
副 往〔在〕樓下 | He went *downstairs* to lunch.
 | 他下樓吃午餐。

downtown [`daun`taun; ˌdaun'taun]
副 往鬧區; 往商 | He went *downtown* for shopping.
業區 | 他去商業區購物。

► 名詞的 downtown 係對於住宅區而言, 指商店‧戲院等密集的鬧區。

doze [doz; dəuz] 動 **-s** [-ɪz] 獸 **-d** [-d]; **dozing** ► 注意勿與 dose [dos] 混淆。
動 不 打瞌睡 | He *dozed* while driving a car.
 | 他在開車的時候打瞌睡。

dozen [`dʌzn; 'dʌzn] 獸 **-s** [-z], **dozen**
名 ❶ 一打, 十二 | Pencils are sold by the *dozen*.
個 | 鉛筆按打出售。

► dozen 在數詞之後, 不加表複數的-s。
比較 { three *dozen* of socks 三打短襪
 { *dozens* of socks 一大堆的短襪
► 省略 of 而用作形容詞的句例亦不少。
three *dozen* bottles of beer 三打啤酒
❷ (口語) | *Dozens* of cars were parked in the
(用 dozens of | parking lot.
的句型) 數十的 | 數十輛車子停在停車場。
複合名 **bàker's dòzen** (十三個)

Dr. [`dɑktə; 'dɒktə(r)] <Doctor 獸 無
略 …博士 | *Dr.* Hu (Shih) 胡適博士
 | ► 冠於姓‧姓名之前。

► 英國有把 *Dr.* 後面的點(.)省略的趨勢。

draft, draught [dræft; drɑːft] 獸 **-s** [-s]
名 ❶ 草案; 草稿 | He's making a *draft* of his speech.
 | 他正在草擬演說稿。
❷ 風口 | He sat **in** a *draft*.
 | 他坐在風口的地方。
❸ 一飲 ► 通常 | He emptied the glass **at** one
用 draught。 | *draught*. 他一飲而乾。

drag [dræg; dræg] 獸 **-s** [-z] 獸 **dragged** [-d]; **dragging**
動 及 拖曳 (重 | The elephant *dragged* logs.
物), 拖 | 象拖著木頭。
不 (東西) 拖 | Her skirt *dragged* on the floor.
 | 她的裙子在地板上拖著。

dragon [`drægən; 'drægən] 獸 **-s** [-z]
名 (傳說) 龍 | ► 傳說中口中會
 | 噴火而且長有翅膀
 | 的怪獸。
複合名 **drágonflý** [-ˌflaɪ] (蜻蜓)   dragon

drain [dren; dreɪn] 獸 **-s** [-z]
獸 **-ed** [-d]; **-ing**
動 及 排水, 放水 | The overflowing water must be
 | *drained*. 溢出的水必須排出。
不 (水) 流洩, 排 | The flood took long in *draining*.
水 | 洪水很久才排掉。
名 陰溝; 水管 | The *drain* is blocked. 水管堵塞了。

drama [`drɑmə, `dræmə; 'drɑːmə] 獸 **-s** [-z]
名 戲劇, 戲曲; | a historical *drama* 史劇／a
演劇, 戲劇文學 | contemporary *drama* 現代劇／
同 play | Elizabethan *drama* 伊利莎白時代的
 | 戲劇
衍生 形 **dramátic** (戲劇的) 名 **drámatist** (戲劇作家) 動 **drámatíze**, 獸 **-tise** (編成戲劇; 戲劇性地表現)

draw [drɔ; drɔː] 獸 **-s** [-z] 獸 **drew** [dru]; **drawn** [drɔn]; **-ing**
動 及 ❶ 拉; 拖 | He *drew* his chair toward himself.
 | 他把椅子拉向自己。
❷ 拔出; 提取 (存 | He *drew* the sword.
款) | 他拔出劍。
❸ 吸引 (注意等) | Her beauty *drew* everybody's
 | attention.
 | 她的美麗吸引每個人的注意。
❹ 畫 (線); 畫 (素 | He *drew* a picture on the wall.
描) | 他在牆上畫畫。
 | ► 畫素描用 draw, 用顏料繪畫用
 | paint。
❺ 吸入 (空氣) | He *drew* a deep breath.
 | 他深深吸一口氣。
不 靠近 | Christmas is *drawing* near.
 | 聖誕節已近。
複合名 **dràwbáck** (缺點), **dràwbrídge** ((可放下收起的) 吊橋), **dràwing bóard** (畫板; 製圖板), **dràwing róom** (客廳)

drawer [drɔr; drɔː(r)] 獸 **-s** [-z]
名 抽屜; (用複 | It is in the top *drawer*.
數) 內褲 (古語) | 那是在最上面的抽屜裡。

drawing [`drɔɪŋ; 'drɔːɪŋ] 働 **-s** [-z]
　名 素描, 白描畫｜a *drawing* of Mt. Ali 阿里山的素描
　▶ 用顏料繪的畫稱爲 painting; picture 包括 drawing, painting, photograph(照片)。

dread [drɛd; dred] 🔄 **-s** [-z] 働 **-ed** [-ɪd]; **-ing**
　動 及 極害怕, 恐｜We *dread* death. 我們怕死。
　懼｜I *dread* going [to go] there alone.
　　　｜我害怕一個人去那裡。

　—— 復 無
　名 恐懼 ▶ 比｜He lives in constant *dread* of death.
　fear 強烈｜他生活在無休止的死亡恐懼之中。

dreadful [`drɛdfəl; 'dredfʊl]
　形 ❶可怕的｜a *dreadful* typhoon 可怕的颱風
　❷(口語)非常的｜He made a *dreadful* mistake.
　　　　　　　　｜他犯了大錯。
　衍生 副 **dreadfully**(可怕地; 可怖地; 非常地)

dream [drim; driːm] 働 **-s** [-z]
　名 夢｜I had a dreadful *dream*.
　　　｜我做了一個可怕的夢。
　┌—▶「我做了一個可怕的夢。」的英譯—
　│(正)I *had* a dreadful dream.
　│(正)I *dreamed* a dreadful dream.
　│(誤)I *saw* a dreadful dream.
　│　　▶但 "I *saw* her in a dream." 「我在夢裡看見
　│　　她」是正確的。
　└—————————————————

　—— 🔄 **-s** [-z] 働 **dreamed** [drimd], ⑦ **dreamt** [drɛmt];
　-ing
　動 不 ❶夢見; 做｜I *dreamed* of [about] him.
　夢｜我夢見他。
　❷夢想｜He *dreamed* of becoming a
　　　　｜scientist.
　　　　｜他夢想成爲科學家。
　❸想像｜I never *dreamed* of seeing you here.
　▶ 用於否定句｜我做夢也沒想到會在這裡遇見你。
　及 ❶做夢｜I *dreamed* a sweet dream.
　　　　｜我做了一個甜蜜的夢。
　▶ "dream a/an adj. dream" 此句中以名詞的 dream
　爲受詞。adj. 爲重音所在, 而受詞的 dream 要唸輕音。
　　　　　｜I *dreamed* (that) I was in America.
　　　　　｜我夢見身處美國。
　❷夢想｜I never *dreamed* that I should see
　用於否定句｜you again.
　　　　　　｜我做夢也沒想到會再見到你。
　衍生 名 **dreamer**(做夢者; 夢想家)形 **dreamy**(喜歡幻想
　的; 非現實性的; 如夢的)

dreary [`drɪrɪ; 'drɪərɪ] 🔄 **drearier** 働 **dreariest**
　形 凄涼的; 陰鬱｜on a *dreary* night 在凄涼的夜晚
　的｜a *dreary* day 陰鬱的日子

drench [drɛntʃ; drentʃ] 🔄 **-es** [-ɪz] 働 **-ed** [-t]; **-ing**
　動 及 使溼透｜I was *drenched* with rain.
　　　　　　｜我全身被雨淋透。
　　　　　　｜▶「全身溼透」亦可說作"I was soaked
　　　　　　｜to the skin."。

dress [drɛs; dres] 🔄 **-es** [-ɪz] 働 **-ed** [-t]; **-ing**
　動 及 ❶使穿衣｜She was *dressed* in black.
　　　　　　　｜她穿著黑色衣服。

❷裝飾｜The window was *dressed* **with**
　　　　｜flowers. 櫥窗裝飾著花朵。
❸整理(頭髮等)｜She *dressed* her hair.
　　　　　　　｜她梳理頭髮。
❹包紮｜*dress* a wound 裹傷
不 穿衣; 穿禮服｜She *dressed* for dinner.
　　　　　　　｜她穿晚禮服赴宴。

—— 働 **-es** [-ɪz]
　名 ❶洋裝; 外衣｜Try on this *dress*, please.
　　　　　　　　｜請試穿這件衣服。

dresses

suit

❷(男女的)禮｜**in** evening *dress* 穿著晚禮服／**in** full
服; 服裝｜*dress* 穿大禮服／change one's *dress*
　　　　｜換衣服
複合 名 **dress circle**(英 戲院的特別座), **dressmaker**(裁
縫師), **dressmaking**(裁縫), **dressing case**(旅行用的化
粧箱), **dressing table**(化粧台)
衍生 名 **dresser**(服飾考究的人; 劇場管服裝並幫演員換
裝者; 盛碗盤的橱櫃; (美)化粧台)，**dressing**(衣服; 裝飾; 修
整; 調味品)形 **dressy**(服飾考究的, 時髦的)

drift [drɪft; drɪft] 🔄 **-s** [-s] 働 **-ed** [-ɪd]; **-ing**
　動 不 漂流; 流浪｜He aimlessly *drifted* in the country.
　　　　　　　　｜他漫無目的地在國內流浪。

—— 働 **-s** [-s]
　名 ❶傾向; 潮｜The *drift* of the conversation was
　流; 趨勢｜toward religion. 話鋒朝向宗教。
　❷飄送來之物｜a *drift* of snow 飄來一陣雪花

drill [drɪl; drɪl] 働 **-s** [-z]
　名 ❶錐; 鑽｜I made a hole with a *drill*.
　　　　　　｜我用錐子鑽了一個孔。
　❷反覆練習, 練｜He had *drills* in English grammar.
　習｜他做英文文法練習。

—— 🔄 **-s** [-z] 働 **-ed** [-d]; **-ing**
　動 及 ❶鑽孔｜He *drilled* a hole in the metal
　　　　　　｜sheet.
　　　　　　｜他在金屬板上鑽了一個孔。
　❷訓練; 使練習｜He *drills* us in English
　　　　　　　　｜conversation.
　　　　　　　　｜他訓練我們學習英語會話。
　┌—▶「練習」的同義字—————————
　│drill　……使反覆練習, 強調重複。
　│　　　　　*drill* him in grammar
　│　　　　　(讓他練習文法)
　│exercise…爲鍛鍊心智和體力而使之練習。
　│　　　　　*exercise* a dog(訓練狗)
　│train　……針對某種目標而訓練。
　│　　　　　*train* nurses(培養護士)
　│practice…不斷地反覆練習, 暗示有規律或習慣地做。
　│　　　　　*practice* the piano(練習鋼琴)
　└—————————————————

drink [drɪŋk; drɪŋk] [三] **-s** [-s] [不] **drank** [dræŋk]; **drunk** [drʌŋk]; **-ing**

[動][及] ❶飲，喝 | She *drank* a bottle of beer. 她喝了一瓶啤酒。

► drink 以 water, tea, wine, milk, coffee 等飲料為受詞。soup 如 eat soup (喝湯)，用 eat 作動詞。

drink water　**eat** soup　**take** medicine

❷為…而乾杯 | Let's *drink* your health. 讓我們舉杯祝你健康。

[不] ❶飲 | We eat and *drink* to live. 我們吃喝是為了延續生命。

❷喝酒 | I don't *drink*. 我不喝酒。

❸飲酒祝賀 | Let's *drink* **to** our victory. 讓我們舉杯祝賀我們的勝利。

— [複] **-s** [-s]

[名] ❶飲料 | soft *drinks* 不含酒精的飲料／food and *drink* 飲食

❷酒 | He is fond of *drink*. 他愛喝酒。

❸一飲；一杯 | Let's have a *drink*. 我們喝一杯(酒等)吧。

[衍生][名] **drìnker** (飲者；飲酒者)，**drìnking** (飲，飲用；飲酒)

drip [drɪp; drɪp] [三] **-s** [-s] [規] **dripped** [-t]; **dripping**

[動][不] (水等)滴下，滴落 | Sweat was *dripping* 汗在滴落。

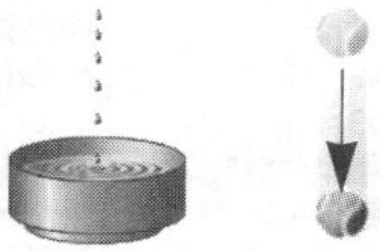

drip　drop

— [複] **-s** [-s]

[名] 水滴〔聲〕；涓滴；滴下的液體 | I heard the *drips* of the rain. 我聽到滴答雨聲。

[衍生][名] **drìpping** (水滴，點滴)

drive [draɪv; draɪv] [三] **-s** [-z] [不] **drove** [drov]; **driven** [ˋdrɪvən]; **driving**

[動][及] ❶駕駛；開車載送 | Can you *drive* a car? 你會開汽車嗎?

❷趕走，驅逐 | They *drove* foreign goods **out of** the market. 他們將外國貨排除出市場。

❸迫使，驅使 | The failure *drove* him **into** despair. 這次失敗使他絕望。 Despair *drove* him **to** suicide. 絕望迫使他自殺。

[不] 駕駛 | He *drives* to work. 他開車去上班。

— [複] **-s** [-z]

[名] 駕車出遊，駕駛 | Let's go for a *drive*. 我們開車出遊吧。 It's two hours' *drive* to the city. 到市內開兩個鐘頭的車。

[複合][名] **drìve-ín** ([美] 免下車餐館 ► 可坐在車上進餐或欣賞電影的餐館或電影院。)，**drìvewáy** ([美] (私邸的)車道)，**drìving schóol** (汽車駕駛學校)

[衍生][名] **drìving** (駕駛，開車)

driver [ˋdraɪvɚ; ˈdraɪvə(r)] [複] **-s** [-z]

[名] ❶開車的人，駕駛者 | He is a reckless *driver*. 他開車莽撞。

❷司機 | a taxi *driver* 計程車司機

►「私人雇用的司機」是 chauffeur [ʃoˋfɝ, ˋʃofɚ]。

droop [drup; druːp] [三] **-s** [-s] [規] **-ed** [-t]; **-ing**

[動][不] 下垂；枯 | The flowers *drooped* with the heat. 這些花因熱而枯萎。

[及] 低垂，低下(頭) | She *drooped* her head. 她低著頭。

drop [drɑp; drɒp] [三] -s [-s] [規] **dropped** [-t]; **dropping**

[動][及] ❶使掉下，使落下 | He *dropped* his glasses and broke them. 他一失手，眼鏡掉下來摔碎了。

❷(從車船)下來 | *Drop* me at the corner. 讓我在轉角處下車。

❸寫信 | *Drop* me **a line** when you get to Paris. 當你到達巴黎的時候，寫信給我。

❹捨棄(念頭) | He *dropped* the idea of going abroad. 他捨棄了出國的念頭。

[不] ❶(東西)落下 | A coin *dropped* out of his pocket. 一枚硬幣從他的口袋掉下。

❷(程度・數量)下降，減低 | The temperature has suddenly *dropped*. 氣溫突然下降。

❸跌倒；倒下 | He *dropped* dead. 他倒下死了。("Drop dead!"在口語用法上表示「去你的」。)

drop in 偶然過訪 | He *dropped* in **on** me. 他來拜訪我。

— [複] **-s** [-s]

[名] ❶滴 | a *drop* of water 一滴水

❷落下或下降的距離 | He had a *drop* of ten meters. 他下降十公尺。

drought [draut; draʊt] (注意發音) [複] **-s** [-s]

[名] 旱，乾旱 | There was a long *drought*. 久旱不雨。 ► [美] 亦用 drouth [drauθ]。

► 這兩個字不要混淆

drought [draut]　乾旱
draught [dræft]　一飲 ⇨ draft

drove [drov; drəʊv] [動] drive 的過去式

drown [draun; draʊn] (注意發音) [三] **-s** [-z] [規] **-ed** [-d]; **-ing**

[動][及] 使溺死 | He was *drowned* in the sea. 他在海裡淹死。

[不] 溺死，淹死 | Many people *drowned* this summer. 今年夏天很多人淹死。

► drown 係表「溺死」。 | ► 他殺用 [及] 的被動式，而「溺死」或投水自殺通常使用 [不]。 ► "He nearly *drowned*." 是「他幾乎淹死」。

---

drawn [drɔn]	動 draw (拉)的過去分詞
drown [draun]	動 溺死
drone [dron]	名 雄蜂

▶ 三個拼法近似的字

drowsy [`drauzı; 'drauzı] (注意發音) ⊕ **drowsier** ⊕ **drowsiest**

形 想睡的;昏昏 | I feel *drowsy* after a meal.
欲睡的 | 我飯後覺得昏昏欲睡。

drug [drʌg; drʌg] 複 **-s** [-z]
名 ❶藥 | an effective *drug* 有效的藥
❷麻醉藥;毒品 | a *drug* addict 有毒癮的人
衍生 名 **drùggist** (美 藥劑師;(美 drugstore 的老闆;藥 商) ⌐**-s** [-z]⌐

drugstore [`drʌg,stor, -,stɔr; 'drʌgstɔ:(r)] 複
名 (美 藥房;雜貨 | ▶除了藥品,還賣日常雜貨・化粧品・
店 | 香煙・雜誌・郵票等,有時並兼營速簡餐館。

drum [drʌm; drʌm] 複 **-s** [-z]
名 鼓 | He beat a *drum*.
 | 他打鼓。
衍生 名 **drùmmer** ((軍樂隊、樂團等的)鼓手)

drunk [drʌŋk; drʌŋk] 動 drink 的過去分詞
——形 (敘述用 | He got *drunk*.
法)醉的 | 他醉了。
▶ drunk 名詞是「醉酒者」, drúnkard 是「酒鬼, 醉漢」。

drunken [`drʌŋkən; 'drʌŋkən] ⇨ drunk
形 (限定用法) | a *drunken* man 醉漢 / *drunken*
酒醉的 | driving 醉後駕車

dry [draɪ; draɪ] ⊕ **drier** ⊕ **driest**
形 ❶乾的;不下 | *dry* air 乾燥的空氣 / *dry* weather 不
雨的 | 下雨的天氣 / a *dry* pond 乾涸的池塘
反 wet |
❷口渴的 | I feel *dry*.
 | 我覺得口渴。
❸枯燥無味的, | a *dry* book 枯燥無味的書
無趣味的 |
——三 **-s** [-z] 過 **dried** [-d]; **-ing**
動 反 使乾;晒 | I *dried* my hands on a towel.
乾;拭乾 | 我用手巾將手擦乾。
不 乾 | The cloth *dried*. 布已乾。
dry up | The lake has *dried* up.
乾涸 | 這湖已經乾涸。
複合 名 **drỳ bàttery** (乾電池 ▶有一個的與由兩個以上組合而成的), **drỳ cèll** (乾電池), **drỳ clèaning** (乾洗▶不用水而用揮發油等洗。)

duck [dʌk; dʌk] 複 **-s** [-s] 用作集合名詞時不加 **-s**。
名 鴨 | a wild *duck* 野鴨 / a domestic *duck*
 | 家鴨
 | ▶ a goose 是「鵝」, a wild goose 是「雁」。
衍生 名 **dùckling** (小鴨, 雛鴨)

due [dju; dju:]
形 ❶ (敘述用 | The rent is *due* tomorrow.
法)應該付給的; | 房租明天該付。
到期的 | Your report is *due* tomorrow.
 | 你的報告應於明天交。

❷(敘述用法)應 | Respect is *due to* the scholar.
受(尊敬等)的; | 那學者應受尊敬。
應歸於… | The credit was *due to* him.
 | 這榮譽應歸於他。
❸(限定用法)當 | He got his *due* reward.
然的;合宜的 | 他獲得應得的報酬。
❹(敘述用法)應 | The train is *due* at 3:30.
到的;預期的 | 火車三點半應該到達。
 | He is *due* to leave London
 | tomorrow. 他預定明天離開倫敦。

▶關於 due to
be due to ... (起因於…)
 The delay *was due to* power failure. (這延誤起因於停電。) ▶ 這種用法是正式的英語。
due to ... (由於…)
 Due to the storm they didn't go. (由於暴風雨, 他們沒去。) ▶ 這種作為介系詞的用法, 尤其置於句首的情形, 有人懷疑非正確的英語。用 because of 或 on account of 替代即可。

衍生 副 **dùly** (正式地;正當地;按時地)

dug [dʌg; dʌg] 動 dig 的過去式・過去分詞

duke [djuk; dju:k] 複 **-s** [-s]
名 (美 公爵 | the *Duke* of Wellington 威靈頓公爵
⇨ peer | ▶ (美 以外國家的公爵稱做 prince, 女公爵稱為 duchess [`dʌtʃıs]。

dull [dʌl; dʌl] ⊕ **-er** ⊕ **-est**
形 ❶腦筋笨的; | All work and no play makes Jack a
感覺遲鈍的 | *dull* boy. 只有工作沒有娛樂使傑克腦
反 bright | 筋遲鈍。〔過分勞累有害身心。〕(諺語)
❷不鋒利的 | a *dull* knife 鈍的小刀
反 sharp |
❸索然無味的, | a *dull* book 索然無味的書 / a *dull*
無趣味的 | lecture 索然無味的演講

dumb [dʌm; dʌm] (注意發音)
形 啞的;說不出 | He is *dumb* and deaf.
話的;愚笨的 | 他既啞又聾。
反 bright | He was struck *dumb* with
 | astonishment.
 | 他被嚇得說不出話來。

dump [dʌmp; dʌmp] 三 **-s** [-s] 過 **-ed** [-t]; **-ing**
動 反 倒下;卸下 | The truck *dumped* the coals.
 | 這貨車將煤炭卸下。
複合 名 **dùmp trùck** (車身可豎起而傾倒貨物的貨車 ▶不說 a dump car。)

duplicate [`djupləkıt; 'dju:plıkət] 複 **-s** [-s] ⌐樣。⌐
名 副本, 複本 | ▶指複製出的相同的東西, 正本的副

original 原本
duplicate 副本
triplicate 第三份複本

衍生 名 **dùplicàtor** (複寫器)

during [`djurıŋ; 'djuərıŋ]
介 在…的期間, | He came *during* your absence.
當…的時候 | 你不在的時候, 他來過。
 | The boys played *during* the
 | afternoon. 男孩子們整個下午都在玩。

▶ **during** 有兩種意義

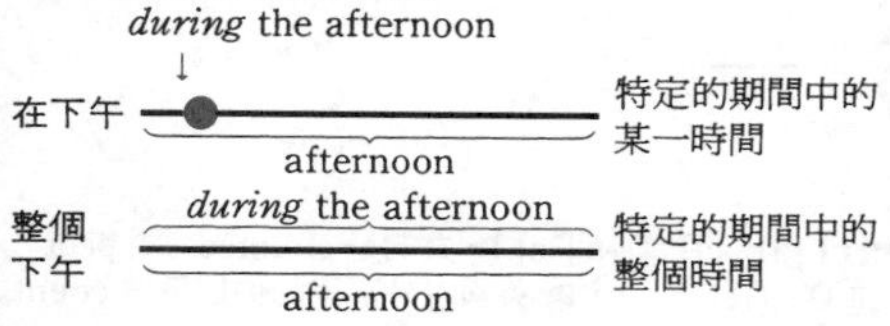
during the afternoon
在下午
afternoon
特定的期間中的某一時間
during the afternoon
整個下午
afternoon
特定的期間中的整個時間

▶ **during** 和 **for**

during ……後面連接表特定的期間的字。
for …………後面連接表不特定的時間或期間的字。

during { my absence (我不在的時候;我不在的整個期間) / the week (在這一週中〔整個星期〕) }

for { two hours (兩小時的時間) / a week (一週的時間) / a long time (很長的時間) }

dusk [dʌsk; dʌsk] [複] 無
[名] 傍晚, 黃昏, 薄暮 ¦ from dawn till *dusk* 從早到晚
▶ dark 也有「日暮」之義。「黎明」是 dawn, daybreak。twilight [ˋtwaɪˏlaɪt] 是日出前或日落後的微光。

dust [dʌst; dʌst] [複] 無 ▶ dirt 是「汚物」。
[名] 塵埃, 灰塵; [英] 垃圾, 廢物 ¦ The car raised a cloud of *dust*. 這車揚起一片塵埃。
— [三] **-s** [-s] [規] **-ed** [-ɪd]; **-ing**
[動] [及] 拂去灰塵; 打掃 ¦ *Dust* the living room. 把客廳打掃一下。
[複合] [名] **dùstpán** (畚箕)
[衍生] [名] **dùster** (撢子; 抹布)

dusty [ˋdʌstɪ; ˈdʌstɪ] [比] **dustier** [最] **dustiest**
[形] 滿是灰塵的; 灰塵厚積的 ¦ a *dusty* room 滿是灰塵的房間

Dutch [dʌtʃ; dʌtʃ]
[形] 荷蘭的; 荷蘭人〔語〕的 ¦ I have a *Dutch* dictionary. 我有一本荷蘭語辭典。
— [複] 無
[名] ❶荷蘭語 ¦ He speaks *Dutch*. 他會說荷蘭話。
❷荷蘭人 ¦ The *Dutch* are a brave people. 荷蘭人是個勇敢的民族。
▶ 加 the, 用作集合名詞。

荷蘭語	Dutch
荷蘭	**the** Dutch (集合稱)
	a Dutchman, **a** Hollander (個人)
荷蘭	the Netherlands (正式名稱)
	Holland (一般名稱)

go Dutch (口語) 各付各的帳 ¦ Let's *go Dutch*. 我們各人付各人的帳吧。

duty [ˋdjutɪ; ˈdju:tɪ] [複] **duties** [-z]
[名] ❶義務; 本分; 責任 ¦ He has no sense of *duty*. 他沒有責任感。
❷(用複數) 職務; 任務 ¦ We have to carry out our *duties*. 我們必須執行我們的任務。
(be) on duty 值班, 上班 ¦ You must not smoke while *on duty*. 你值班的時候不可抽煙。
▶ [反] 是 (be) off duty。

dwarf [dwɔrf; dwɔ:f] [複] **-s** [-s]
[名] 矮子, 侏儒; 小動物; 小植物 ¦ He is not a child but a *dwarf*. 他不是小孩而是侏儒。

dwell [dwɛl; dwel] [三] **-s** [-z] [不] **dwelt** [dwɛlt] [規] **-ed** [-d]; **dwelling**
[動] [不] (文語) 住 ¦ He *dwells* **in** the country. 他住在鄉下。
dwell on ...
❶深思… ¦ Don't *dwell on* your troubles. 不要老是想著你的苦惱。
❷詳述… ¦ He *dwelt on* the importance of education. 他詳論教育的重要性。
[衍生] [名] **dwèller** (居民, 居住者), **dwèlling** ((文語) 住宅, 家; 住所)

dwindle [ˋdwɪndl̩; ˈdwɪndl] [三] **-s** [-z] [規] **-d** [-d]; **dwindling**
[動] [不] 減少; 縮減 ¦ His savings *dwindled* away to nothing. 他的存款化爲烏有。
▶ 表「減少; 增加」的動詞。

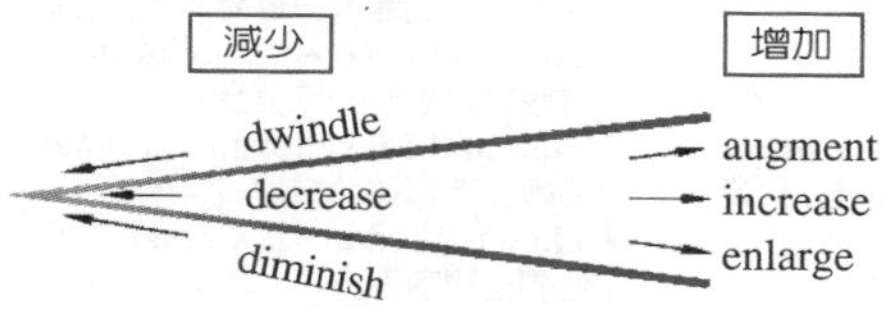
減少
增加
dwindle
decrease
diminish
augment
increase
enlarge

dye [daɪ; daɪ] [複] **-s** [-z] ▶ 與 die (死) 同音。
[名] 染料, 染色 ¦ The plant is used as a *dye*. 這植物被用作染料。
— [三] **-s** [-z] [規] **-d** [-d]; **dyeing** [ˋdaɪɪŋ]
[動] [及] 染色, 著色 ¦ She *dyed* her hair blonde. 她將頭髮染成金黃色。

▶ **dyeing** 和 **dying**
dyeing …… dye (染色) 的現在分詞。原則上, 以-e 爲字尾的字, 均去掉 e 加-ing, 但爲了要與 dying (die 的現在分詞) 有所區別, 故作 dyeing。
dying ……… die (死) 的現在分詞, 屬於不規則變化。a *dying* man (瀕死的人)

dynamic [daɪˋnæmɪk; daɪˈnæmɪk] [反] static (靜態的)
[形] ❶精力充沛的; 活躍的 ¦ a *dynamic* personality 充滿活力的性格
❷動力學的; 動態的 ¦ a *dynamic* current of air 動力學上的氣流
[衍生] [名] **dynàmics** (力學; 動力學; 動力)

dynamite [ˋdaɪnəˏmaɪt; ˈdaɪnəmaɪt] [複] 無
[名] 炸藥 ¦ They blew up the bridge with *dynamite*. 他們用炸藥炸毀了這橋。

— E —

each [itʃ; i:tʃ]
形 每;每個;各; | *Each* man has his own name.
各個 | 每個人都有他自己的名字。

個別的	個別的＋包括的	包括的
Ⓐ Ⓑ Ⓒ Ⓓ	Ⓐ Ⓑ Ⓒ Ⓓ	Ⓐ Ⓑ Ⓒ Ⓓ
↑ ↑ ↑ ↑	↑ ↑ ↑ ↑	⌒
each	every	all
各個	每一個	所有的

Every man has his own name.
All men have their own names.

► each 用於二個以上的物或人,強調團體中的各個個體,比 every 更具個別性。
► 被修飾的名詞都用單數,不加冠詞。
——代 ► 用作單數,既可用於人亦可用於物。
各個;每人;各人 | *Each* of them has his own duty.
 | 他們各有自己的責任。
——副 每人;每個 | I'll give you 100 dollars *each*.
 | 我將給你們每人一百元。
 | These books cost a dollar *each*.
 | 這些書每本值一塊美金。
each other | Tom and Mary love *each other*.
相互,彼此 | 湯姆和瑪麗彼此相愛。
 | They looked at *each other*.
 | 他們注視著對方。
 | ► 這個 at 不可省略。
► each other 不可用作主詞。
► 原則上,each other 用於二者之間,one another 用於三者以上之間,但常被混用。

eager [`igə; 'i:gə(r)]
形 ❶渴望的;熱 | He is *eager* to succeed.
切的 | 他渴望成功。
 | ► eager 是積極的渴望,anxious 是對結果懷有不安的渴望。
 | We are *eager* for [after] peace.
 | 我們渴望和平。
❷熱忱的 | an *eager* student
 | 熱忱的學生
衍生 副 **èagerly**(熱心地)名 **èagerness**(熱心)

eagle [`igl; 'i:gl] 復 -s [-z]
名(鳥)鷹 | The *eagle* has large wings.
 | 鷹有巨大的雙翼。

ear [ɪr; ɪə(r)] 復 -s [-z] ► 注意與 year [jɪr] 之間發音的差異。
名 ❶耳 | We have two *ears*.
 | 我們有兩個耳朵。
❷聽覺;音感,辨 | She has a good *ear* for music.
音力 | 她對音樂很有欣賞力。
複合 名 **èarrìng**(耳環)

earl [ɜl; ɜ:l] 復 -s [-z] ► 女的是 countess。⇨ peer
名俊 伯爵 | ► 英國以外國家的伯爵稱做 count。

early [`ɜlɪ; 'ɜ:lɪ] 比 **earlier** 最 **earliest**
形 ❶(時間‧時 | It is good for (the) health to keep
期)早 | *early* hours.
反 late | 早睡早起身體好。
► 「(動作‧速度)快」是 fast, quick。

時間 | early 早 | late 遲

fast,quick 快 | slow 慢

速度 動作

❷(限定用法)初 | in the *early* seventies 在七〇年代初
期的 | from the *earliest* times 從上古
——比 **earlier** 最 **earliest**
副(時間‧時期 | She came *early*, but he came late.
的)早 | 她來得早,但他來得晚。
 | I had breakfast *early* in the
 | morning.
 | 我很早就吃完早餐。

——— ► early 和 soon ———
early 是較通常或指定的時間為早之義。
soon 是現在或指定的時間之後「不久,立刻」之義。
I arrived *early* and had to wait for the others,
but *soon* after two o'clock they appeared. (我早到,必須等候其他的人,但兩點過後不久,他們都到了。)

複合 名 **èarly bírd**((口語)早起的人)

earn [ɜn; ɜ:n] 三 -s [-z] 過 -ed [-d]; -ing
動佼 ❶(憑勞 | He *earns* 2,000 dollars a day.
力)賺(錢);獲得 | 他一天賺兩千元。
(名譽) | He *earned* a reputation for
同 obtain | diligence.
 | 他獲得勤勉的聲譽。
❷(為某人)帶來 | His kind acts *earned* him the
(聲譽等) | respect of the people.
► 行為為主詞。 | 他的善行使他贏得眾人的尊敬。
衍生 名 **èarnings**(所得,收入)► 用作複數。

earnest [`ɜnɪst, -əst; 'ɜ:nɪst]
形 認真的;熱心 | an *earnest* student 用功的學生／an
的;誠懇的 | *earnest* Christian 熱忱的基督教徒
同 serious
——— 過 無
名認真 | ► 僅用於下面的成語。

in earnest | He works *in earnest*.
認真地,鄭重地; | 他認真做事。
懇摯地 |
衍生 名 **ẽarnestness**(認真) 副 **ẽarnestly**(認真地)

earth [ɜθ; ɜ:θ] 複 **-s** [-s]
名 ❶(加the)地 | The moon goes around **the** *earth*
球 | once a month.
| 月球每個月繞地球一周。

▶ **the globe**
亦作地球解。

the earth ❶   a globe 地球儀

❷大地;陸地 | Oysters are not found on the *earth*.
| 陸地上找不到牡蠣。
❸土 | Cover the roots with *earth*.
| 用土覆根。

on earth ▶ 附於疑問詞‧最高級之後,以強調語氣。
❶究竟;到底 | What *on earth* is it?
| 這究竟是什麼東西?
❷全世界,世界 | He is the greatest man *on earth*.
上 | 他是世界上最偉大的人。
複合 名 **ẽarthwórm**(蚯蚓)
衍生 形 **earthen** [`ɜθən] (陶製的) ▶ **ẽarthenwáre** 是瓦
器,陶器), **ẽarthy**(泥土的)

earthly [`ɜθlɪ; `ɜ:θlɪ] 同 worldly
形 地上的;塵世 | *earthly* pleasures 塵世的享樂
的 | ▶ 注意勿與 earthy [`ɜθɪ] 混淆。

earthquake [`ɜθˌkwek; `ɜ:θkweɪk] 複 **-s** [-s]
名 地震 | There was a big *earthquake* last
| night.
| 昨天晚上有大地震。
▶ ＜earth(地面)＋quake(震動)

ease [iz; i:z] 複 無
名 ❶舒適,安逸 | He is living a life of *ease*.
| 他過著舒適的生活。
❷容易,不費力 | He did it **with** *ease* (＝easily).
反 difficulty | 他輕輕鬆鬆地完成那件事。
| ▶ 若是「好不容易;困難地」就用 with
| difficulty。
at ease | I feel *at ease* here.
安逸;自在 | 我在這裡覺得很自在。
| ▶「覺得不自在」是 feel ill at ease。
| *At ease!* 稍息! ▶ 軍隊的口令
── 複 **-s** [-ɪz] 變 **-d** [-d]; **easing**
動 及 ❶使心安 | His success *eased* my mind.
| 他的成功使我心安。
❷減輕(痛苦) | The medicine *eased* her **of** the pain.
| 這藥減輕了她的疼痛。

easily [`izɪlɪ; `i:zɪlɪ] 同 with ease
副 容易地;輕易 | He swam across the river *easily*.
地 | 他輕易地游過河。

east [ist; i:st] 複 無
名 ❶(加the) | Japan is **to the** *east* of China.
東,東部 | 日本在中國以東。

Tokyo is **in the** *east* of Japan.
東京在日本的東部。
❷(加the)東方 | the *East* and the West 東方和西方
| ▶「東方和西方」亦稱做 the Orient
| and the Occident。
▶「東西南北」通常說作 north, south, east and west, 順
序與中國話不同。
▶「太陽從東邊升起」是 "The sun rises in the east.", 切
勿把 in 用作 from 或 to。
── 形 東的;自東 | on the *east* side of the street 在街道
方的 | 的東側／an *east* wind 東風
── 副 向東方地 | The ship sailed *east*.
| 船向東方航行。
衍生 形 **ẽastern**(東的;向東的) 形 副 **ẽastward**((向)東
方地;向東地)

Easter [`istə; `i:stə(r)]
名 復活節 | ▶ 為紀念基督被釘死在十字架後第三
| 天復活的節慶。此節日一般是指春分(三
| 月二十一日)月圓後的第一個星期日,因
| 此又稱為 **Easter Sunday**。可指這段期
| 間的假日,等於 **the Easter holidays**。
| ⇨ carnival

easy [`izɪ; `i:zɪ] 比 **easier** 最 **easiest**
形 ❶輕易的,容 | It is *easy* for me to swim across the
易的 | river.
反 difficult | 對我而言,游過那河是很容易的。

──▶ **easy** 和 **simple** ──
easy …… 不需要用勞力而能做到〔能理解〕。
Lunch was *easy* to prepare.
(做午餐是容易的。)
simple … 因內容不複雜,而做來簡單〔能理解、
能使用的〕。
a *simple* puzzle (簡單的謎)
in *simple* English (用簡易的英文)

❷安樂的,舒適 | He lives an *easy* life in the country.
的;輕鬆的 | 他在鄉下過著舒適的生活。
── 副 安樂地 | Take it *easy*!
| 放輕鬆一點!

eat [it; i:t] 三 **-s** [-s] 過 **ate** [et]; **eaten** [`itṇ]; **-ing**
動 及 吃,食;喝 | He *ate* two apples.
(湯) | 他吃了兩個蘋果。
| Don't make a noise when you *eat*
| soup. 喝湯時不要發出聲音。
不 吃,食;吃飯 | I *eat* to live, but you live to *eat*.
| 我吃東西是為了維生,而你活著却是為
| 了吃。
衍生 形 **ẽatable**(可吃的) 名 **ẽatables**(食品)

eaten [`itṇ] 動 eat 的過去分詞

ebb [ɛb; eb] 複 無 ▶ 注意勿與 web(蜘蛛網)混淆。
名 (加the) | the *ebb* and flow of the tide
退潮 | 退潮和漲潮;海潮的落漲

eccentric [ɪk`sɛntrɪk, ɛk-; ɪk`sentrɪk] (注意發音)
形 古怪的 | an *eccentric* person 古怪的人
── 複 **-s** [-s]
名 古怪的人 | ▶ 語源是「離中心的」。
衍生 名 **ẽccentrìcity**(古怪;奇行;怪癖)

echo [ˋɛko; ˈekəʊ] (注意拼法) 慶 **-es** [-z]
名 回音, 回聲 ｜ I heard an *echo* in the woods.
｜ 我聽到森林中的回聲。

—— 复 **-es** [-z] 慶 **-ed** [-d]; **-ing**
動 不 及 〔使〕發 ｜ The corridor *echoed* **with** my
回聲 ｜ footsteps.
｜ 我的腳步聲在走廊回響著。

economic [ˌikəˋnɑmɪk, ˌɛk-; ˌi:kəˈnɒmɪk] 形 ⇨參見下
表

economical [ˌikəˋnɑmɪk, ˌɛk-; ˌi:kəˈnɒmɪkl] 形

> ── economic 和 economical ──
> economic …… 經濟的；經濟學的
> 　　　　　　　an *economic* policy (經濟政策)
> economical … 節儉的；節省的
> 　　　　　　　an *economical* housewife (節儉的
> 　　　　　　　家庭主婦)，an *economical* heater
> 　　　　　　　(節省燃料的暖氣設備)

economy [ɪˋkɑnəmɪ; ɪˈkɒnəmɪ] 慶 **economies** [-z]
名 ❶經濟 ｜ the national *economy* 國家經濟
❷節約 ｜ Let's practice *economy*.
｜ 我們實行節約吧。
衍生 名 **èconòmics** (經濟學)，**ecònomist** (經濟學家)
副 **econòmically** (節儉地, 節省地)

ecstasy [ˋɛkstəsɪ; ˈekstəsɪ] 慶 **ecstasies** [-z]
► 注意-sy的拼法, 勿作-cy。
名 歡天喜地, 狂 ｜ She was **in** an *ecstasy* **over** his
喜；出神；恍惚 ｜ return.
｜ 她因他的回來而欣喜若狂。
衍生 形 **ecstatic** [ɛksˋtætɪk] (歡天喜地的, 狂喜的)

edge [ɛdʒ; edʒ] 慶 **-s** [-z]
名 ❶端、邊、緣 ｜ There is a house **on** the *edge* of the
｜ river. 有一座房子座落在河畔。
❷(刀劍的)刃；
銳利

blade

edge

edit [ˋɛdɪt; ˈedɪt] 复 **-s** [-s] 慶 **-ed** [-ɪd]; **-ing**
動 及 編輯 (報 ｜ *edit* a newspaper [magazine, film]
紙・雜誌) ｜ 編輯報紙〔雜誌；剪輯影片〕
｜ ► 字典等的「編輯」是 compile。

edition [ɪˋdɪʃən; ɪˈdɪʃn] 慶 **-s** [-z]
名 版；版本 ｜ a new *edition* 新版／the first *edition*
｜ 初版／a revised *edition* 修訂版／a
｜ cheap *edition* 廉價版

editor [ˋɛdɪtɚ; ˈedɪtə(r)] 慶 **-s** [-z]
名 編者 ｜ the chief *editor* 總編輯；主編

editorial [ˌɛdəˋtorɪəl, -ˋtɔr-; ˌedɪˈtɔ:rɪəl]
形 編輯的 ｜ the *editorial* office 編輯室；編輯部

—— 名 (美) (報紙的) ｜ ► 美 的社論稱做 a leading article 或
社論 ｜ 者 a leader。

educate [ˋɛdʒəˌket, ˋɛdʒʊ-; ˈedʒʊkeɪt] (注意發音) 复 **-s**
[-s] 慶 **-d** [-ɪd]; **educating**
動 及 教育 ｜ He was *educated* at college.
｜ 他在大學受過教育。

衍生 形 **èducáted** (受過教育的；有教養的)
名 **èducátor** (教師；教育家)

education [ˌɛdʒəˋkeʃən, ˌɛdʒʊ-; ˌedʒʊˈkeɪʃn] 慶 無
名 教育 ｜ compulsory *education* 義務教育／
｜ higher *education* 高等教育
衍生 形 **èducátional** (教育的)

effect [əˋfɛkt, ɪˋfɛkt, ɛ-; ɪˈfekt] 慶 **-s** [-s] ► 注意勿與
affect 混淆。
名 ❶結果 ｜ Study the cause and *effect* of the
反 cause ｜ matter.
｜ 要研究該問題的因果關係。
❷影響；效果 ｜ The medicine had no *effect* **on** him.
｜ 這藥對他無效。
｜ stage *effects* 舞台效果／sound *effects*
｜ 音響效果
to that effect ｜ I received his letter *to that effect*.
大意是這樣的 ｜ 我接到他的信, 大意如此。

effective [əˋfɛktɪv, ɪ-; ɪˈfektɪv]
形 ❶有效的；有 ｜ This medicine is *effective* **against**
用的 ｜ cancer. 這種藥能抗癌。
❷(法律)生效的 ｜ The law is not yet *effective*.
｜ 該法尚未生效。

efficient [əˋfɪʃənt, ɪ-; ɪˈfɪʃənt]
形 ❶有效率的 ｜ There must be a more *efficient*
｜ way.
｜ 一定有更具效率的方法。
❷有能力的 ｜ an *efficient* lawyer 能勝任的律師
衍生 名 **efficiency** (效能；效率) 副 **efficiently** (有效率
地；有效地)

effort [ˋɛfət; ˈefət] (注意發音) 慶 **-s** [-s]
名 努力, 奮力 ｜ He made an *effort* **to** finish his
⇨ endeavor ｜ work.
｜ 他努力完成他的工作。
｜ ► made efforts 亦可。
｜ ► endeavor 較 effort 爲正式, 指經過
｜ 一段長期激烈的努力。
衍生 形 **èffortless** (不須費力的；容易的)

egg [ɛg; eg] 慶 **-s** [-z]
名 蛋 ｜ a boiled *egg* 煮熟的蛋／a softboiled
► 青蛙・蝦・ ｜ *egg* 煮半熟的蛋／ ham and *eggs* 火腿
魚等的卵稱做 ｜ 蛋
spawn [spɔn]。 ｜ ►「僅煎一面的蛋」是 a sunny-side
｜ up。
｜ ►「蛋白」是 the white of an egg,「蛋
｜ 黃」是 the yolk [jok]。

Egypt [ˋidʒəpt, ˋidʒɪpt; ˈi:dʒɪpt]
名 (國名)埃及 ｜ ► 埃及人是 Egyptian [ɪˋdʒɪpʃən]。
｜ ► 首都是 Cairo (開羅)。

eight [et; eɪt] 慶 **-s** [-s]
名 形 八(個・ ｜ He came at *eight* (o'clock).
人・時・歲) ｜ 他在八點來。
(的) ｜ ► 由八個人組成一隊的划船選手稱做
｜ an eight。

eighteen [eˋtin, ˋeˋtin; ˌeɪˈti:n] 慶 **-s** [-z]
名 形 十八(個・ ｜ She got married at the age of
人・時・歲) ｜ *eighteen*.
(的) ｜ 她在十八歲時結婚。

▶序數是
eighteenth。
我們需要十八個人。
We need *eighteen* people.

eighth [etθ; ertθ] (注意發音) ▶略作 8th。
形 第八(號)的; the second half of the *eighth* inning
八分之一的 (棒球)第八局下半局
— 複 **-s** [-s]
名❶(加 the) He came on the *eighth* of June.
第八 他在六月八日來。
❷八分之一 three *eighths*
八分之三

eighty [`etɪ; 'eɪtɪ] 複 **eighties** [-z]
名形❶八十 She lived to be *eighty*.
(個・人・歲) 她活到八十歲。
(的)
❷(用複數)八○ in the *eighties* 在(一九)八○年代
年代;81〜89 歲 She is in her *eighties*.
她八十幾歲了。
▶序數是 **eightieth** [`etɪɪθ]。

either [`iðɚ, `aɪðɚ; 'aɪðə(r)]
形❶(二者之 You may take *either* seat.
中)任一;每一 (兩個座位)你可坐任何一個座位。
▶三者以上通常用 any。
❷二者 There is a window on *either* side of
the room.
這房間的每一邊(兩邊)都有窗戶。
▶通常作 on each side 或者 both
sides。
— 代 (二者之 *Either* will do.
中)任一 (二者之中)那一個都行。
He looked at two ties, but didn't
▶三者以上的 buy *either*.
場合是 any 他看了兩條領帶,但那一條也沒買。
one。
— 副❶ He is *either* lazy *or* sick.
(either...or〜的 他要不是偷懶,就是生病。
句型)不是…就
是〜

┌─ ▶ **either...or**〜和 **nither...nor**〜
He is *either* Japanese *or* Chinese.
(他要不是日本人,就是中國人。)
He is *neither* Japanese *nor* Chinese.
(他既不是日本人,也不是中國人。)

▶ either 連接主詞時,動詞與後面的主詞一致。
"Either he or **I am** right."(不是他對,就是我對。)但這
情形在口語中,通常說做"Either he is right or I am."。
❷(用於否定句) ┌─ ▶ **either** 和 **too**
也(不) I won't go *either*. ………否定句
(我也不去。)
▶肯定句用 I'll go *too*. ………………肯定句
too。 (我也去。)

elaborate [ɪ`læbərɪt, ə-, -`læbrɪt; ɪ'læbərət]
形 用心製作(計 *elaborate* plans 謹慎精密的計畫/
畫)的;精巧的 *elaborate* decorations 精緻的裝飾品
衍生 副 **elàborately**(用心製作地)
elapse [ɪ`læps; ɪ'læps] 三 **-s** [-ɪz] 過 **-d** [-t]; **elapsing**

動不 (時間)過 Many hours *elapsed*.
去 同 pass 好幾個小時過去了。
elastic [ɪ`læstɪk; ɪ'læstɪk]
形 有彈性的;可 Sponges are *elastic*.
伸縮的 海綿是有彈性的。
衍生 名 **elastìcity**(彈性;伸縮性)
elbow [`ɛl.bo; 'elbəʊ] 複 **-s** [-z]
名 肘

elbow 肘
wrist 腕
knee 膝
ankle 踝

— 三 **-s** [-z] 過 **-ed** [-d]; **-ing**
動 及 用肘推 He *elbowed* his way through the
[擠] crowd.
他從人群中擠過去。
elder [`ɛldɚ; 'eldə(r)] 形 old 的比較級之一 複 **eldest**
(限定用法)年紀 my *elder* brother 我的哥哥▶美 通常
較長的;資格較 用 my older brother, my big
老的 brother。
反 younger
▶中國話明確區分兄、弟、姐、妹,但英
語大都僅說 brother,sister,不特別加以
指明。
— 複 **-s** [-z]
名 年長的人 He is my *elder* [senior] by two
years. 他比我大兩歲。
衍生 形 **èlderly**(稍老的▶指比 old 稍為年輕,歲數約莫
六十上下的。)
eldest [`ɛldɪst; 'eldɪst] 形 old 的最高級之一
反 youngest
(限定用法)最年 my *eldest* son 我的長子
長的 ▶美 通常說做 my oldest son。
elect [ɪ`lɛkt, ə`lɛkt; ɪ'lekt] 三 **-s** [-s] 過 **-ed** [-ɪd]; **-ing**
動 及 選舉 They *elected* him President [**as**
their President, **to** the Presidency].
他選他為總統。
▶用「elect +人+職稱」的句型時,職
稱不需要冠詞。

┌─ ▶ **elect, choose, select**
elect …… 選舉;用投票選舉;選課。
choose … 從多數之中選擇,暗示自由選擇的權力。
select…… 從多數之中挑選,通常需要辨別力。

衍生 名 **eléctor**(有選舉權的人)
election [ɪ`lɛkʃən, ə`lɛkʃən; ɪ'lekʃn] 複 **-s** [-z]
名 選舉;選出 a general *election* 普選/
an *election* campaign 競選活動
electric [ɪ`lɛktrɪk, ə-; ɪ'lektrɪk] ▶勿與 electronic (電
子的)混淆。
形 電的 an *electric* current 電流/an *electric*
train 電動火車/an *electric* shaver
電鬍刀/an *electric* light 電燈
electricity [ɪ.lɛk`trɪsətɪ, ə-, .ɪlɛk`trɪsətɪ; .ɪlek'trɪsətɪ]
複 無

名 電 | This machine is run by *electricity*.
｜ 這部機器是用電發動的。

衍生 名 eléctrician（電機師）

electron [ɪˋlɛktrɑn, ə-; ɪˋlektrɒn] 複 -s [-z]
名 (物理)電子 | an *electron* microscope 電子顯微鏡
衍生 形 eléctrònic（電子的；由電子作用的）

elegant [ˋɛləgənt; 'eligənt]
形 文雅的；雅致 | *elegant* manners 文雅的舉止／
的 同 graceful | an *elegant* dress 雅致的衣服
衍生 名 élegance（高雅，優美）副 élegantly（高雅地）

element [ˋɛləmənt; 'elimənt] 複 -s [-s]
名 ❶要素；成分 | Is money an *element* of happiness?
｜ 金錢是幸福的一個要素嗎？
❷(化學)元素 | Oxygen is an *element*.
｜ 氧是一種元素。

elemental [ˏɛləˋmɛnt; ˏeliˈmentl] 形 ⇨參見下表
elementary [ˏɛləˋmɛntərɪ, -trɪ; ˏeliˈmentəri] 形 ⇨參
見下表

┌─── ► elemental 和 elementary ───
│ elemental …… 元素的；自然的
│ 　　　 an *elemental* force（自然力）
│ elementary … 初步的；基礎的
│ 　　　 *elementary* education（小學教育）
└

複合 名 élemèntary schóol（小學 ► 也有稱做 primary
school 的。⇨ primary）

elephant [ˋɛləfənt; 'elifənt]
名 (動物)象 | An *elephant*
► 象是美國共 | has a long
和黨的標誌。| trunk.
｜ 象有長鼻。

trunk
tusk

複合 名 white élephant（無用而又難以處置的東西）

elevate [ˋɛləˏvet; 'eliveit] 複 -s [-s] 過 -d [-ɪd];
elevating
動 及 舉起；使晉 | He was *elevated* to a higher rank.
升；提拔；提高 | 他晉級了。
► 比 raise 正式的字。
衍生 名 élevàtion（高度；海拔；高地）

elevator [ˋɛləˏvetɚ; 'eliveitə] 複 -s [-z]（注意發音）
名(美)電梯 | ► (英)稱做 lift。
► 「電扶梯」是 escalator。

eleven [ɪˋlɛvən, ɪˋlɛvn̩; ɪˈlevn] 複 -s [-z]
形 名 十一（個・ | He is *eleven* (years old).
人・時・歲)(的) | 他十一歲。
｜ She came here at *eleven*.
｜ 她在十一點來這裡。
► 足球・板球等由十一人組成的球隊
稱做 an *eleven*。
► 序數是 elèventh（第十一；十一日；十一分之一的）。

eliminate [ɪˋlɪməˏnet; ɪˈlimineit] 複 -s [-s] 過 -d [-ɪd];
eliminating
動 及 除去；刪去 | He *eliminated* unnecessary words
from the sentence.
｜ 他從句中刪掉不需要的字。
► exclude 是「除外；不使其進入」，eliminate 是「除去已
存在於其中之物」。⇨ exclude
衍生 名 elíminàtion（刪去，除去；淘汰（賽））

eloquent [ˋɛləkwənt; 'eləkwənt]（注意發音）
形 雄辯的 | He is an *eloquent* speaker.
｜ 他是個雄辯的演說家。
► fluent 是「流利的」。
衍生 副 éloquently（雄辯地）名 éloquence（雄辯）

else [ɛls; els]
副 ❶另外，別的 | Who *else* is going?
｜ 還有誰要去？
► 跟在疑問詞 | What *else* do you want?
或 no-,any-, | 你還要什麼東西？
some- 的結合 | Something *else* is wrong.
字之後。| 還有別的東西出了毛病。
► else 用於代 | It is somebody *else's* book.
名詞之後時，所 | 那是別人的書。
有格是…else's。
❷(用 or else | Get up early, **(or)** *else* you'll be late
的句型)否則 | for school.
同 otherwise | 早點起床，不然上學就要遲到了。

elsewhere [ˋɛlsˏhwɛr; ˏels'weə(r)]
副 在〔往〕別的 | Look *elsewhere*.
地方 | 在別的地方找找看。

emancipation [ɪˏmænsəˋpeʃən; ɪˏmænsɪ'peiʃn] 複 -s
[-z]
名 解放；解除 | the *emancipation* of slaves
｜ 奴隸的解放
衍生 動 emáncipáte（解放（奴隸等））

embarrass [ɪmˋbærəs; ɪm'bærəs]（注意發音）三 -es
[-ɪz] 過 [-t]; embarrassing
動 及 使困窘；使 | He *embarrassed* me **with** a difficult
侷促不安；使為 | question.
難 | 他出難題讓我難堪。
｜ I was *embarrassed* because I had no
money.
｜ 我因為沒錢而不知如何是好。
衍生 形 embárrassing（令人困窘的；困難的）
名 embárrassment（困窘；困惑）

embassy [ˋɛmbəsɪ; 'embəsi] 複 embassies [-z]
名 大使館 | the British *Embassy* 英國大使館
► 「大使」是 ambassador。

emblem [ˋɛmbləm; 'embləm] 複 -s [-z]
名 象徵；紋章 | an *emblem* of peace 和平象徵／
｜ the Imperial *emblem* 皇室的紋章

embody [ɪmˋbadɪ; ɪm'bɒdi] 三 embodies [-z] 過 -died
[-d]; -ing
動 及 使具體化； | He *embodied* his idea in the novel.
具體表現 | 他將他的思想具體表現在小說中。
衍生 名 embódiment（具體化；化身；賦與形體）

embrace [ɪmˋbres; ɪm'breis] 三 -s [-ɪz] 過 -d [-t];
embracing
動 及 不 抱，擁 | She *embraced* her child.
抱 | 她擁抱她的孩子。

embroider [ɪmˋbrɔɪdɚ; ɪm'brɔɪdə(r)] 三 -s [-z] 過 -ed
[-d]; -ing
動 及 刺繡 | She *embroidered* my shirt **with** my
name.
｜ 她在我的襯衫上面繡上我的姓名。
衍生 名 embróidery（刺繡）

emerge [ɪ`mɝdʒ; ɪ'mɜ:dʒ] ⊜ -s [-ɪz] ⊛ -d [-d]; **emerging**
動不 出現 | The moon *emerged* **from** behind a cloud. 月亮從雲後出現。
同 appear | ▶ merge 是 (合併)。

emergency [ɪ`mɝdʒənsɪ; ɪ'mɜ:dʒənsɪ] ⊛ **emergencies** [-z]
名 緊急事態；緊要關頭 | Open this door **in an** *emergency* [**in case of** *emergency*]. 在緊急時打開此門。
複合 名 em**è**rgency **é**xit (太平門)

emigrant [`ɛməgrənt; 'emɪgrənt] ⊛ -s [-s]
名 (遷居他國的) 移民

emigrants　　　immigrants

▶ 自外國移入的移民稱為 immigrant。

emigrate [`ɛmə,gret; 'emɪgreɪt] ⊜ -s [-s] ⊛ -d [-ɪd]; **emigrating**
動不 (向外國) 移居 | His family *emigrated* **from** Italy to America. 他的家族自義大利移居美國。
▶ 著重於自本國移出。 | ▶ 自他國移入本國稱做 immigrate。
衍生 名 **é**migr**à**tion ((向外國)移居 ▶ 自他國移入定居是 immigration。)

eminent [`ɛmənənt; 'emɪnənt] 同 prominent
形 聞名的；卓越的 | He is *eminent* **for** his research. 他因他的研究工作而聞名。
▶ 注意勿與 imminent (危險等)逼近的) 混淆。
衍生 副 **è**minently (卓越地；顯著地) 名 **è**minence, -cy (聞名，聲譽；高位，顯職)

emotion [ɪ`moʃən; ɪ'məʊʃn] ⊛ -s [-z]
名❶ (喜怒哀樂的)情感，情緒 | He is a man of strong *emotions*. 他是個感情強烈的人。
動 mind (知性)，heart (情) | ▶ passion (熱情) 是因其強烈的情緒，而往往使人失去理性的判斷。
❷ 感動；興奮 | We listened to his speech **with** *emotion*. 我們聽他的演講，都為之動容。
衍生 形 em**ò**tional (情感的；易動感情的；情緒激動的)

emperor [`ɛmpərɚ; 'empərə(r)] ⊛ -s [-z]
名 皇帝，君主 | Their Majesties the *Emperor* and Empress 皇帝皇后兩位陛下
動 empress
衍生 名 **è**mpire (帝國) 形 imp**è**rial (帝國的；皇帝的)

emphasis [`ɛmfəsɪs; 'emfəsɪs] ⊛ **emphases** [-ɪz]
名 強調；重點 | He put *emphasis* **on** English. 他注重英語。
衍生 形 emph**à**tic (強調的)

emphasize [`ɛmfə,saɪz; 'emfəsaɪz] ⊜ -s [-ɪz] ⊛ -d [-d]; **emphasizing**
動 強調，特別著重地說 | He *emphasized* the need for practical English. 他強調實用英語的必要。

empire [`ɛmpaɪr; 'empaɪə(r)] ⊛ -s [-z]
名 帝國 | the Roman *Empire* 羅馬帝國
衍生 形 imp**è**rial (帝國的；皇帝的)

employ [ɪm`plɔɪ; ɪm'plɔɪ] ⊜ -s [-z] ⊛ -ed [-d]; -ing
動⊗ ❶ 雇用 | The firm *employs* fifty people. 這公司雇用五十人。
❷ 使用 (東西) | He *employed* a knife **for** cutting it. 他用小刀切它。
同 use
❸ 花費 (精力・時間) | I *employed* my free time **in** reading. 我利用空閒時讀書。
衍生 名 employee, employe [,ɛmplɔɪ`i] (受雇者)，empl**ò**yer (雇主)

employment [ɪm`plɔɪmənt; ɪm'plɔɪmənt] ⊛ -s [-z]
名 ❶ 雇用；使用 | full *employment* 充分就業
❷ 職業；工作 | He got *employment* in a publishing company. 他在一家出版社工作。
▶ unemployment 是「失業」。

empress [`ɛmprɪs; 'emprɪs] ⊛ -es [-ɪz]
名 皇后；女皇 | Her Majesty the *Empress* 皇后(女皇)陛下
動 emperor

empty [`ɛmptɪ; 'emptɪ] ⊕ **emptier** ⊛ **emptiest**
形 ❶ 空的；沒人的 | an *empty* bottle 空瓶／an *empty* street 空無一人的街道
反 full

┌─ ▶ empty 和 vacant ─────────
The house was *empty*.
(屋裡的人都出去了；或屋裡空無一物。)
The house was *vacant*.
(這屋子沒有人住。)
└────────────────────

❷ 空虛的 | an *empty* promise 無法實現的諾言／an *empty* dream 虛幻的夢想

── ⊜ **empties** [-z] ⊛ **emptied** [-d]; -ing
動⊗ 不 使空；成空 | He *emptied* the drawers. 他把抽屜清得空無一物。
▶ 形容詞的 反 是 full，動詞的 反 是 fill。

enable [ɪn`eb1; ɪ'neɪbl] ⊜ -s [-z] ⊛ -d [-d]; **enabling**
動⊗ (主要指事物) 使 (人) 能夠 | Diligence *enabled* him **to** succeed. 勤勉使他能夠成功。
▶ 注意勿與 unable (不能的) 混淆。

enchant [ɪn`tʃænt; ɪn'tʃænt] ⊜ -s [-s] ⊛ -ed [-ɪd]; -ing
動⊗ ❶ (文語) 使著魔；對…施邪術 | The witch *enchanted* the prince. 巫婆對王子施魔法。
❷ 使迷醉；使著迷 | I was *enchanted* **with** [**by**] her song. 我被她的歌聲迷住。
衍生 形 ench**à**nting (迷人的，令人迷醉的) 名 ench**à**ntment (魔法，妖術；魅力)

encircle [ɪn`sɝk1; ɪn'sɜ:kl] ⊜ -s [-z] ⊛ -d [-d]; **encircling**
動⊗ ❶ 環繞 | The trees *encircle* the pond. 樹叢環繞池塘。

❷繞行 | The earth *encircles* the sun.
地球繞太陽運行。

enclose [ɪn`kloz; ɪn'kləʊz] ⊜ -s [-ɪz] ⊛ -d [-d]; enclosing

動⊛ **❶圍繞** | The garden is *enclosed* with a wall.
這花園被圍牆所環繞。

❷隨函附上 | I herewith *enclose* a check for $100.＝*Enclosed* please find a check for $100.
茲隨函附上一百元支票一張。
▶ 後者係正式商業書信的慣用語。

衍生 名 **enclōsure** [-ʒɚ]（圍繞；圍牆，圍籬；（信函中的）附件）

encounter [ɪn`kaʊntɚ; ɪn'kaʊntə(r)] ⊜ -s [-z] ⊛ -ed [-d]; -ing

動❶偶遇（友人）；遭受（困難） | I *encountered* him on the street.
我在街上偶然遇見他。

encourage [ɪn`kɝɪdʒ; ɪn'kʌrɪdʒ] ⊜ -s [-ɪz] ⊛ -d [-d]; encouraging

動⊛ **鼓勵；激勵；獎勵** | His success *encouraged* me.
他的成功激勵我。

⊛ discourage（使氣餒） | I *encouraged* him to study harder.
我鼓勵他更加努力讀書。

┌─▶ encourage 和 discourage ─┐
encourage ... to V（鼓勵（某人）做）
discourage ... from Ving（使（某人）不敢做）

衍生 名 **encōuragement**（鼓勵；激勵）

encyclop(a)edia [ɪnˌsaɪklə`pidɪə; ɪnˌsaɪkləʊ'piːdjə] ⊛ -s [-z]

名 **百科全書**⇨ dictionary | ▶ 語源出自希臘語，其義為 all-round education（通才的教育）。

end [ɛnd; end] ⊛ -s [-z]

名 **❶末尾；結局** close | at the *end* of the month 在月底／the *end* of a story 故事的結局

❷端；末端 | the *end* of a string 繩子的末端

❸死 | She is near her *end*.
她離死期不遠。

❹限度 limit | He is at the *end* of his resources.
他已到了山窮水盡的地步。

❺目的 purpose | He gained his *end*.
他達到了目的。

come to an end 結束，收場 | Their marriage *came to a* tragic *end*. 他們的婚姻以悲劇收場。

──⊜ -s [-z] ⊛ -ed [-ɪd]; -ing

動⊛ **結束** | They *ended* the argument.
他們結束了爭論。

不 結束 | The war ended in 1945.
戰事在 1945 年結束。

end in ... 終於… | The attempt *ended in* failure.
這嘗試終於失敗了。

衍生 形 **ēndless**（無止境的）副 **ēndlessly**（無止境地；永久地）名 **ēnding**（終結；結局）

endeavor, ⊛ **endeavour** [ɪn`dɛvɚ; ɪn'devə(r)]（注意發音）⊜ -s [-z] ⊛ -ed [-d]; -ing

動 不 **努力** exert | He *endeavored* to swim across the channel.
他努力地想游過海峽。

──⊛ -s [-z] ▶ endeavor 語意比 effort 強，指不斷的努力。

名 **努力；竭力** | He made a desperate *endeavor*.
他拚命努力。

endow [ɪn`daʊ; ɪn'daʊ]（注意發音）⊜ -s [-z] ⊛ -ed [-d]; -ing

動 ⊛ **（天）賦與（人才能等）；捐助** | Nature has *endowed* him [He is *endowed*] with literary talent.
天賦與他文學才能。

endurance [ɪn`djʊrəns; ɪn'djʊərəns] ⊛ 無

名 **忍耐；耐力** forbearance | The runner has great *endurance*.
這個賽跑選手有極大的耐力。
▶ endurance 係指忍受大而且持續的困難；patience 則指不發怒、不焦躁、冷靜地忍耐。

endure [ɪn`djʊr; ɪn'djʊə(r)] ⊜ -s [-z] ⊛ -d [-d]; enduring

動 ⊛ 不 **忍耐，忍受** | He *endured* many hardships.
他忍受很多困苦。

┌─▶「忍受」的同義字─────┐
bear ……… 「忍受」的一般用語。
He is *bearing* his grief.
（他忍受著悲傷。）
endure …… 長期地忍受困難或不幸。
The pioneers *endured* many hardships.
（那些開拓者忍受百般困苦。）
stand ……… 「忍受」之義的口語。
I can't *stand* that noise.
（我受不了那噪音。）
└──────────────────┘

不 **持久，持續** | His work will *endure* forever.
他的作品將永垂不朽。

衍生 形 **endūring**（持久的，耐久的；不朽的）

enemy [`ɛnəmɪ; 'enəmɪ] ⊛ **enemies** [-z]

名 **敵人；（集合稱）敵軍** | He has many *enemies*.
他樹立很多敵人。

energetic [ˌɛnɚ`dʒɛtɪk; ˌenə'dʒetɪk] ⊜ vigorous

形 **精力充沛的；有活力的** | He is always *energetic*.
他總是充滿活力。

衍生 副 **énergétically**（精力充沛地；充滿活力地）

energy [`ɛnɚdʒɪ; 'enədʒɪ]（注意發音）⊛ **energies** [-z]

名 **❶精力，活力；（用複數）活動力** | You have more *energy* than I.
你精力比我充沛。

❷（物理）能 | atomic *energy* 原子能／nuclear *energy* 核子能

enforce [ɪn`fors, -`fɔrs; ɪn'fɔːs] ⊜ -s [-ɪz] ⊛ -d [-t]; enforcing

動 ⊛ **❶執行實施（法律等）** | The law was rigidly *enforced*.
曾厲行過此法。

❷強迫，迫使 | He *enforced* obedience on his men.
他強迫他的部下服從。

engage [ɪn`gedʒ; ɪn'geɪdʒ] ⊜ -s [-ɪz] ⊛ -d [-d]; engaging

動 ⊗ ❶使從事；忙於	He is *engaged* in business. 他從事商業。
▶多用於被動語態。	They were *engaged* in conversation. 他們忙於交談。
❷訂婚	They are *engaged*. 他們訂了婚。 He is *engaged* to Betty. 他與貝蒂訂了婚。
❸雇；預定，訂	*engage* a clerk 雇辦事員／*engage* a room 訂房間
❹占去(時間)	Work *engages* much of my time. 工作占去我很多時間。
❺保證，答應	I will *engage* (myself) **to** be there. 我保證會去那裡。
不 從事；允諾	He *engaged* in politics. 他從事政治活動。
衍生 形 **engàging**(迷人的)	

ngagement [ɪnˈgedʒmənt; ɪnˈgeɪdʒmənt] 複 -s [-s]

名 約會；契約；訂婚	I have a previous *engagement*. 我有約在先。
複合 名 **engàgement rìng**(訂婚戒指)	

ngine [ˈɛndʒən; ˈendʒɪn] 複 -s [-z]

名 引擎；機車	a steam *engine* 蒸汽機 ▶「消防車」是 a fire *engine*。

ngineer [ˌɛndʒəˈnɪr; ˌendʒɪˈnɪə(r)] (注意發音) 複 -s [-z]

名 ❶工程師 ❷(船)輪機員；美 火車司機	an electrical *engineer* 電機工程師 ▶美 火車司機是 an engine driver。

ngineering [ˌɛndʒəˈnɪrɪŋ; ˌendʒɪˈnɪrɪŋ] 形 無

名 工程學	civil *engineering* 土木工程學

England [ˈɪŋglənd; ˈɪŋglənd]

名 ❶英格蘭 ▶從 Great Britain 島除掉 Scotland 和 Wales 剩下的部分。 ❷英國	NORTHERN IRELAND SCOTLAND WALES ENGLAND

▶「英國」的正式名稱是 the United Kingdom of Great Britain and Northern Ireland(聯合王國)，包括 Great Britain(包括 England, Scotland, Wales 等英國的主島)和 Northern Ireland。
▶「英國」一般多稱爲 Britain。

English [ˈɪŋglɪʃ; ˈɪŋglɪʃ]

形 英國(人)的；英語的	The *English* people 英國人／*English* grammar 英文文法／an English teacher ❶英國老師 ❷英文老師
── 複 無	
名 ❶英語 ❷(加 the 集合稱)英國人，英國人民	a teacher of *English* 英文老師 The *English* are a diligent people. 英國人是勤勉的民族。 ▶單數人稱是 an Englishman, an Englishwoman。

engrave [ɪnˈgrev; ɪnˈgreɪv] 三 -s [-z] 過 -d [-d]; **engraving**

動 ⊗ 雕刻；銘記(在心)	His poem is *engraved* **on** the monument. 他的詩被刻在紀念碑上。

engross [ɪnˈgros; ɪnˈgrəus] 三 -es [-ɪz] 過 -ed [-t]; -ing

動 ⊗ 使全神貫注 ⇨ absorb	She was *engrossed* **in** painting. 她全神貫注於繪畫。

enjoy [ɪnˈdʒɔɪ; ɪnˈdʒɔɪ] 三 -s [-z] 過 -ed [-d]; -ing

動 ⊗ ❶享受…之樂；喜歡；欣賞	Did you *enjoy* the drive? 駕車出遊快樂嗎？ *Enjoy* youself. 盡情地玩！

▶ enjoy 的受詞是動名詞，用不定詞是錯的：
I *enjoyed* **walking** [(誤)to walk]in the park.

❷享有(好的事物)	He *enjoys* good health. 他享有健康之福。
衍生 形 **enjòyable**(快樂的, 愉快的) 名 **enjòyment**(快樂；喜歡)	

enlarge [ɪnˈlɑrdʒ; ɪnˈlɑːdʒ] 三 -s [-ɪz] 過 -d [-d]; **enlarging**

動 ⊗ 增大，擴大；放大(照片)	I will have this picture *enlarged*. 我要將這張照片放大。 an *enlarged* edition 增訂版
衍生 名 **enlàrgement**(擴大；放大；擴充)	

enlighten [ɪnˈlaɪtn; ɪnˈlaɪtn] 三 -s [-z] 過 -ed [-d]; -ing

動 ⊗ 啓迪，教化，啓蒙	He *enlightened* the ignorant. 他教化愚昧的人。
衍生 名 **enlìghtenment**(啓迪, 教化, 啓蒙)	

enmity [ˈɛnmətɪ; ˈenmətɪ] 複 **enmities** [-z]

名 敵意 ⇔ hostility	the *enmity* between the two nations 兩國之間的不睦

enormous [ɪˈnɔrməs; ɪˈnɔːməs]

形 巨大的, 龐大的	an *enormous* building 大型的建築物／an *enormous* fortune 龐大的財產

▶ enormous 指大小或程度異常的巨大。
huge 指超過一定標準的大：a *huge* dog(極大的狗)。

衍生 副 **enòrmously**(非常地；可怕地；巨大地)

enough [əˈnʌf, ɪˈnʌf; ɪˈnʌf] (注意發音)

形 充分的, 足夠的 ⇔ sufficient	Ten dollars is *enough*. 十塊錢就夠了。

──── ▶置於名詞之前時，意義較強。 ────

「我們有足夠五人(吃)的食物。」
We have { *enough* food(強) / food *enough*(弱) } **for** five people.

「我們有充足的時間讀書。」
We have { *enough* time(強) / time *enough*(弱) } **to** read.

	I have *enough* money **to** buy food. 我有足夠的金錢購買食物。
── 名 複 無 足夠的(數)量	I've had *enough*, thank you. 我已(吃)夠了，謝謝你。

— [副] 足夠地；充分地 | The meat is cooked *enough*. 這肉煮得夠熟了。
The problem is easy *enough* for me **to** solve. (＝The problem is so easy that I can solve it.)
這問題很容易，我可以解決。

cannot* V *enough [同] cannot V too much
怎樣…都不夠 | I *cannot* thank you *enough*. 我對你感激不盡。

enrich [ɪnˋrɪtʃ; ɪn'rɪtʃ] [三] **-es** [-ɪz] [規] **-ed** [-t]; **-ing**
[動][及] 使富足；使充實 | Reading *enriches* the mind. 讀書可充實心智。

ensue [ɛnˋsu, -ˋsju; ɪn'sju:] [三] **-s** [-z] [規] **-d** [-d]; **ensuing**
[動][不] 繼而發生；因而產生 | He hit me, and a fight *ensued*. 他打了我，於是我們就打起來。

ensure [ɪnˋʃur; ɪn'ʃɔ:(r)] [三] **-s** [-z] [規] **-d** [-d]; **ensuring**
[動][及] ❶確保；保證 | Hard work *ensures* success. 努力工作必能成功。
❷擔保獲得 | This letter will *ensure* you an interview. 這封信必能使你獲得接見。
► insure 是「投保」。

entangle [ɪnˋtæŋgḷ; ɪn'tæŋgl] [三] **-s** [-z] [規] **-d** [-d]; **entangling**
[動][及] ❶使糾纏 | The string was *entangled*. 繩子糾纏在一起。
❷牽累 | They *entangled* him **in** their plot. 他們把他牽連在他們的陰謀中。

enter [ˋɛntɚ; 'entə(r)] [三] **-s** [-z] [規] **-ed** [-d]; **-ing** [ˋɛntərɪŋ]
[動][及] ❶進入 | He *entered* the room. 他進入那房間。
► go in, come in 是口語。 | ► 不可作 enter into。

►「進入房間」和「走出房間」的英文表達方式

He *went into* the room.	(他進去那房間。)
He *came into* the room.	(他進來這房間。)
He *left* the room.	(他離開房間。)
He *went out of* the room.	(他走出那房間。)
He *came out of* the room.	(他走出這房間來。)

❷入學；入會；參加 | He *entered* the school. 他進入該校就讀。
She *entered* the beauty contest. 她參加選美會。
[不] 進入 | He *entered* by the back door. 他從後門進來。

enter into … | We need not *enter into* details.
❶討論 | 我們無須討論細節。
❷開始 | They *entered into* a discussion. 他們開始辯論。

enterprise [ˋɛntɚˌpraɪz; 'entəpraɪz] [複] **-s** [-ɪz]
[名] ❶(艱鉅或冒險的)計畫；事業；企業 | Building the bridge was a great *enterprise*. 建造那座橋是一件大工程。
► undertaking (事業，承攬的工作) 是與個人有利害關係；enterprise 則與大多數的人有利害關係。
❷進取心；冒險心 | He is a man of great *enterprise*. 他是非常有雄心的人。
[衍生][形] **ènterprísing** (富有進取心的)

entertain [ˌɛntɚˋten; ˌentə'teɪn] [三] **-s** [-z] [規] **-ed** [-d]; **-ing**
[動][及] ❶使快樂；提供…娛樂 | The magician *entertained* the children. 這魔術師使小孩們快樂。
❷款待，招待 | She *entertained* them at dinner. 她請他們吃飯。
❸懷抱(感情・希望) | He still *entertains* a hope of success. 他仍抱著成功的希望。
[衍生][名] **éntertâinment** (款待；娛樂)，**éntertâiner** (藝人)[形] **éntertâining** (娛樂的；有趣的)

enthusiasm [ɪnˋθjuzɪˌæzəm; ɪn'θju:zɪæzəm] (注意發音)
[名] 狂熱；熱誠 | He was received **with** *enthusiasm*. 他受到熱烈的歡迎。
[衍生][名] **enthûsiást** (狂熱者；…迷)

enthusiastic [ɪnˌθjuzɪˋæstɪk; ɪnˌθju:zɪ'æstɪk]
[形] 狂熱的；熱中的 | an *enthusiastic* baseball fan 狂熱的棒球迷
[衍生][副] **enthúsiàstically** (狂熱地，熱心地)

entire [ɪnˋtaɪr; ɪn'taɪr]
[形] ❶整個的，全部的 [同] whole | the *entire* family 全家／an *entire* day 一整天
❷完全的 [同] complete | I was in *entire* ignorance of the matter. 我完全不知道那件事情。
[衍生][副] **entìrely** (全然，完全地)[名] **entìrety** (完全；全部)

entitle [ɪnˋtaɪtḷ; ɪn'taɪtl] [三] **-s** [-z] [規] **-d** [-d]; **entitling**
[動][及] ❶定(書籍的)名稱 | a book *entitled* "The Whale" 一本名叫《鯨》的書
❷給與權利〔資格〕 | He was *entitled* **to** attend the meeting. 他有資格參加那項會議。

entrance [ˋɛntrəns; 'entrəns] [複] **-s** [-ɪz]
[名] ❶入口；大門 [反] exit | **at** the front *entrance* **to** [**of**] the building 在那大廈的大門口
❷入；入學；入會；入場；進 | He passed the *entrance* examination **for** the college. 他通過了大學的入學考試。

entreat [ɪnˋtrit; ɪn'tri:t] [三] **-s** [-s] [規] **-ed** [-ɪd]; **-ing**
[動][及] 懇求 | He *entreated* me { **for** help. / **to** help him. } 他求我幫忙。
[衍生][名] **entrèaty** (懇求，乞求)

entrust [ɪnˋtrʌst; ɪn'trʌst] [三] **-s** [-s] [規] **-ed** [-ɪd]; **-ing**
[動][及] 委託；交託；保管 | He *entrusted* the money **to** her. ＝He *entrusted* her **with** the money 他把錢交給她保管。

entry [ˋɛntrɪ; 'entrɪ] [複] **entries** [-z]
[名] ❶進入；入場；入會 | He has free *entry* **to** the place. 他可以自由進入該場所。

❷參加競賽者 There were fifty *entries* **for** the race.
參加賽跑的有五十人。

❸記載;登錄 dictionary *entries*
字典的詞條

nvelop [ɪn`vɛləp; ɪn'veləp] (注意發音) ⊜ -s [-s] 徵 -ed [-t]; -ing
動⊛ 包圍;掩藏;籠罩 Fogs *enveloped* the hill.
霧籠罩那山。

nvelope [`ɛnvəˌlop, `ɑn-; 'envələʊp] 徵 -s [-s]
名信封 He sealed the *envelope*.
他把信封封上。

▶ 注意這兩個字的拼法和發音
envelop [ɪn`vɛləp] 動 包圍
envelope [`ɛnvəˌlop] 名 信封

nvious [`ɛnvɪəs; 'envɪəs] ▶ envy 的形容詞
形 嫉妒的;羨慕的 She is *envious* **of** your beauty.
她羨慕妳的美麗。
▶ enviable 是「令人羨慕的」,如 an *enviable* school record(令人羨慕的學業成績)。

nvironment [ɪn`vaɪrənmənt; ɪn'vaɪərənmənt] 徵 -s [-s]
名 環境 a perfect working *environment*
完善的工作環境
His home *environment* was good.
他的家庭環境很好。
衍生 形 envíronmèntal(環境的)

nvy [`ɛnvɪ; 'envɪ] ⊜ envies [-z] 徵 envied [-d]; -ing
動⊛ 嫉妒;羨慕 I *envy* you.
我羨慕你。
They *envied* him (**for**) his success.
他們嫉妒他的成功。
━━ 徵 envies [-z]
名❶嫉妒;羨慕 They looked at him **with** *envy*.
他們羨慕地看著他。
▶ 異性關係等的「妒忌」是 jealousy.
❷人所羨慕者 His success was the *envy* of us all.
他的成功是我們全體所羨慕的。

pic [`ɛpɪk; 'epɪk] 徵 -s [-s]
名 敘事詩 ▶ lyric [`lɪrɪk] 是抒情詩。

pidemic [ˌɛpə`dɛmɪk; ˌepɪ'demɪk]
形 傳染性的,流行性的 an *epidemic* disease 流行病
▶ 向廣大地區蔓延的流行性傳染病。

poch [`ɛpək; 'iːpɒk] 徵 -s [-s]
名 新紀元,新時代 The teaching method marked an *epoch* in education.
這教學法在教育史上開創了一個新紀元。
衍生 形 èpoch-máking(劃時代的,開新紀元的)

qual [`ikwəl; 'iːkwəl] (注意發音)
形❶相等的 They are *equal* in number.
⊗ unequal 他們的總數是相等的。
❷能勝任的;有…能力的 He is *equal* **to** the task.
他能勝任這工作。

工作
be equal to

━━ 徵 -s [-z]
名 對手;相匹敵之物 I am not his *equal* **in** English.
我的英語比不上他。
━━ ⊜ -s [-z] 徵 -ed, 徵 equalled [-d]; -ing, 徵 equalling
動⊛ 等於 Three plus seven *equals* ten.
3+7=10
衍生 副 èqually(相等地;同樣地;平等地)

equality [ɪ`kwɑlətɪ; ɪ'kwɒlətɪ] 徵 無
名 平等 *equality* **between** the sexes
男女平等

equator [ɪ`kwetæ; ɪ'kweɪtə(r)] 徵 無
名 (加 the)赤道

equip [ɪ`kwɪp; ɪ'kwɪp] ⊜ -s [-s] 徵 equipped [-t]; equipping
動⊛ 裝備 The ship is *equipped* **with** a radar.
那艘船裝有雷達設備。
衍生 名 equìpment(設備,裝備;備置的用具)

equivalent [ɪ`kwɪvələnt; ɪ'kwɪvələnt] (注意發音)
形 相等的;相當的 What is one dollar *equivalent* **to** in Japanese yen?
一塊美金相當於多少日圓呢?
━━ 徵 -s [-s]
名 相等物;相當的語句 the Chinese *equivalent* of the word
相當於該字的中文

era [`ɪrə, `irə; 'ɪərə] 徵 -s [-z]
名 時代;年代 the Victoria *era* 維多利亞時代／an *era* of science 科學的時代
⊚ age

erase [ɪ`res; ɪ'reɪz] ⊜ -s [-ɪz] 徵 -d [-t, 徵 -d]; erasing
動⊛ 擦掉 He *erased* the word.
他擦掉那個字。
衍生 名 eráser(橡皮擦;黑板擦)

erect [ɪ`rɛkt; ɪ'rekt]
形 直立的 The pole stands *erect*.
⊚ upright 這根竿子豎立著。
━━ ⊜ -s [-s] 徵 -ed [-ɪd]; -ing
動⊛ 建築;豎立 *erect* a house 建造房子／*erect* a flagpole 豎立旗竿
⊚ build
衍生 名 erèction(直立;豎起;建設;建築物)

err [ɜ; ɜː(r)] ⊜ -s [-z] 徵 -ed [-d]; -ing
動困 犯錯 He *erred* in his judgment.
⊚ make a mistake 他判斷錯誤。
To *err* is human, to forgive divine.
犯錯是人之常情,能寬恕是聖賢。(名言)
▶ 英詩人 A. Poe 的詩句。
衍生 形 erròneous(錯誤的) 名 èrror(錯誤)

errand [`ɛrənd; 'erənd] 徵 -s [-z]
名 (短程的)差事,跑腿工作 I sent him **on** an *errand*.
我派他去辦差事。

error [`ɛræ; 'erə(r)] 徵 -s [-z] ▶ err 的名詞式
名 錯誤;過失;謬誤 I made *errors* in spelling.
我拼字錯誤。
You are **in** *error*. 你錯了。

escape [ə`skep, ɪ-, ɛ-; ɪ'skeɪp] ⊜ -s [-s] 徵 -d [-t]; escaping
動困 逃走,逃脫 He *escaped* **from** (the) prison.
他從獄中逃出。

▶「逃走」亦說作 run away;「鳥從籠中逃掉」是 fly away;「逃呀!」是"Run!"。

The thief has *escaped*.
這賊逃掉了。

The bird has *flown away*.
鳥逃掉了。

⨂避免;免除;
逃脫 | He *escaped* punishment.
他逃脫了懲罰。

——圈 **-s** [-s]
图逃亡,逃脫;
免除 | I had a narrow *escape* **from** death.
我倖免於死。

escort [`ɛskɔrt; 'eskɔ:t] 圈 **-s** [-s] ▶ 與動詞重音位置不同。
图❶護花使者 | ▶陪同女人赴宴會等的男人。
❷護衛者,護衛隊 | The queen had a large *escort*.
女王有龐大的護衛隊。

——[ɪ`skɔrt; ɪ'skɔ:t] ⊜ **-s** [-s] 圈 **-ed** [-ɪd]; **-ing**
動⨂(男人)護送(女人);護衛 | He *escorted* her home.
他護送她回家。

especial [ə`spɛʃəl; ɪ'speʃəl] ▶多用 special。
形(限定用法)特別的,特殊的 | That is of no *especial* value.
那毫無特殊的價值。
衍生副 **espècially**(特別地;尤其)

essay [`ɛsɪ, `ɛse; 'eseɪ] 圈 **-s** [-z]
图論說文;散文,隨筆;評論 | a critical *essay* 文學評論／a contest *essay* 比賽論文

essence [`ɛsn̩s; 'esns] 圈 無 ▶ 是 being 的拉丁語。
图本質;精髓 | the *essence* of Christianity
基督教的本質

essential [ə`sɛnʃəl; ɪ'senʃl] ▶ essence 的形容詞
形❶不可或缺的;必要的 | Food is *essential* to life.
食物對於生物是不可或缺的。
❷本質的 | an *essential* difference 本質的不同
衍生副 **essèntially**(本質上;本來地)

establish [ə`stæblɪʃ; ɪ'stæblɪʃ] ⊜ **-es** [-z] 圈 **-ed** [-t]; **-ing**
動⨂❶建立;設立 | The college was *established* in 1940.
該學院設立於 1940 年。
❷確立 | He has *established* the theory.
他已確立那項學說。
衍生图 **estàblishment**(設立;制定)

estate [ə`stet; ɪ'steɪt] (注意發音) 圈 **-s** [-s]
图❶私有土地,莊園;地產 | He lives **on** a beautiful *estate* in the North of Italy.
他住在義大利北部的美麗莊園中。
▶指富人擁有的大宗地產。
❷(法律)財產 | She succeeded to the *estate*.
她繼承那筆財產。
同 property

esteem [ə`stim; ɪ'sti:m] ⊜ **-s** [-z] 圈 **-ed** [-d]; **-ing**
動⨂❶尊敬 | He is highly *esteemed* in business circles.
他在商業界極受尊敬。

❷認為…,以為 | I *esteem* the idea wonderful.
同 consider | 我認為這觀念非常好。
——圈 無
图尊敬,尊重 | Courage is held **in** (high) *esteem*.
勇氣極受人尊重。

estimate [`ɛstə,met; 'estɪmeɪt] ⊜ **-s** [-s] 圈 **-d** [-ɪd]; **estimating**
動⨂❶估計 | I *estimated* the loss **at** $1,000.
我估計那筆損失為一千元。
❷評價,評定 | He *estimated* the man's character.
他評定那人的人格。
——[`ɛstəmɪt; 'estɪmɪt] 圈 **-s** [-s]
图估計,預計;評價 | The carpenter gave an *estimate* of $5,000 for the job.
這木匠估計那工作需五千元。
——▶注意發音
動 estimate [`ɛstə,met] 图 [`ɛstəmɪt]

衍生图 **éstimàtion**(估計,評價)

etc. [ɛt`sɛtərə; it'setrə] 〈拉丁語 et cetera (＝and the rest)
略…等等 | They publish books, magazines, dictionaries, *etc*.
▶亦拼作&c.。 | 他們出版書籍、雜誌、字典等。
▶❶通常讀做 and so forth 或 and so on。
❷通常前面importante逗點(前面僅一字時可不必),不必加 and。
❸用於專門的・實用的文章。

eternal [ɪ`tɜn̩l; ɪ'tɜ:nl]
形永遠的,永恆的 | *eternal* life 永生／*eternal* happiness 永恆的幸福
——▶ eternal 和 everlasting——
eternal ……… 永遠不變的
at *eternal* truth (永恆的真理)
everlasting … 不滅而永續的
everlasting fame (不朽的名聲)

衍生副 **etèrnally**(永遠地)图 **etèrnity**(永恆)

ethics [`ɛθɪks; 'eθɪks] ▶用作單數。
图倫理學
——▶ -ics 的結合字——
econom*ics*(經濟學), gymnast*ics*(體操;體育)
mathemat*ics*(數學), phys*ics*(物理學)

etiquette [`ɛtɪ,kɛt; 'etɪket] 〈法語
图禮節,禮儀;成規;規矩 | It is not *etiquette* to do so.
這樣做是失禮的。

Europe [`jurəp; 'juərəp]
图(地名)歐洲 | I have never been to *Europe*.
我從未去過歐洲。
衍生形图 **Européan**(歐洲(人)的;歐洲人)

evaporate [ɪ`væpə,ret; ɪ'væpəreɪt] ⊜ **-s** [-s] 圈 **-d** [-ɪd]; **evaporating**
動不蒸發 | Alcohol *evaporates*.
酒精會蒸發。
衍生图 **eváporàtion**(蒸發)

eve [iv; i:v] 圈 **-s** [-z]
图(詩)傍晚; | Christmas *Eve* 平安夜／New Year's

(節日的)前夕, 前日	*Eve* 除夕 ►用作「前夕」之義時,要用大寫。

even [ˋivən; ˈiːvn]

形❶(表面)平 的,平坦的	an *even* surface 平滑的表面
❷同高的	The snow was *even* **with** the window. 雪積得和窗一樣高。
❸平穩的;均勻 的;一致的	**at** an *even* pace 以穩定的步調／an *even* temperament 平穩的性格
❹偶數的 反 odd(奇數的)	an *even* number 偶數
❺相等的	The teams are *even*. 兩隊同分。
──副❶甚至;即 使	*Even* a child can read it. 就連小孩也看得懂。 ►修飾名詞。 He didn't *even* look at it. 他連看都不看它一眼。 ►通常置於被修飾的字(句)之前。
❷(加強比較級) 更加,愈加 同 still	This is *even* better than that. 這個比那個還要好。 ►意思是「那個」也不錯,但「這個」更 好。

even if … = even though …

即使…也	*Even if* it rains, I will go. 即使下雨,我也要去。

evening [ˋivnɪŋ; ˈiːvnɪŋ] 變 **-s** [-z]

名 傍晚;晚間	Can you come this *evening*? 今晚你能來嗎?

►通常指從日落到入睡時的這段時間。

┌──►注意介系詞─────────────┐
in the evening ・・・・・・・・・・(在傍晚)
on Sunday evening ・・・・・・(在星期日晚上)
on the evening of the 12th(在十二日晚上)
He will come { this evening.(今晚)
{ tomorrow evening.(明天晚上)
►通常用 in,特定某一天的晚上用 on。與 this 或
tomorrow 連用時,不需要介系詞。
└────────────────────────┘

Good evening!

晚安!►"Good night!" 是晚間道別或就寢時的用語。	

複合 名 **ēvening pāper**(晚報)

event [ɪˋvɛnt; ɪˈvent](注意發音)變 **-s** [-s]

名❶發生的事, 事件 ⇨ incident	This is one of the chief *events* of this year. 這是今年的主要事件之一。 a historical *event* 歷史事件
❷比賽項目	field *events* 田賽項目

衍生 形 **evēntful**(事故的;多事的)

eventual [ɪˋvɛntʃʊəl; ɪˈventʃʊəl]

形 結果的;可能 發生的;最後的	His *eventual* success is certain. 他最後的成功是確定(無可置疑)的。

衍生 副 **evēntually**(結果,最後)

ever [ˋɛvɚ; ˈevə(r)]►加強語氣的副詞。

副❶曾,曾經; 任何時候 ►加強否定	Did you *ever* see a ghost? =Have you *ever* seen a ghost? 你曾經見過鬼嗎?

句・疑問句・條 件子句。	Nobody *ever* stepped in this cavern. 從未有人走進這個洞穴過。
►在此句中作 無論何時解。	If you *ever* go there,.... 不管什麼時候,如果你去那裡的話,…
❷(用以強調原 級・比較級・最 高級等)以往日 何時候	He is the **greatest** that *ever* lived. 他是前所未有的偉人。 It is **as** warm **as** *ever*. (天氣)還是跟以往一樣那麼暖和。
❸(文語)總是, 一直 同 always	They lived happily *ever* **after**. 此後他們一直過著幸福快樂的日子。
❹(加強疑問 詞))究竟	Where *ever* have you been? 你到底去了哪裡?
►也有疑問詞與 ever 結合成一字的。⇨ whatever	

ever since

自從	He's been ill *ever since*. 從那時起他一直生病。

ever so

英 非常	He is *ever so* rich. 他非常富有。

for ever

英 永遠	I'll remember him *for ever*. 我會永遠記得他的。
►亦說作 for ever and ever ►英 是 forever。	

everlasting [ˌɛvɚˋlæstɪŋ; ˌevəˈlɑːstɪŋ]

形 無盡的;永恆 的 ⇨ eternal	*everlasting* fame 不朽的名聲／that *everlasting* noise 不停的吵鬧聲

every [ˋɛvrɪ, ˋɛvərɪ; ˈevrɪ]►通常被 every 修飾的名詞
是單數。

形❶(限定用 法)每一個都…, 所有的,每一 ⇨ each	I locked *every* window. 我把所有的窗子都上了鎖。 *Every* boy and girl knows it. 每一個男孩和女孩都知道那件事。
❷(用於否定句) 不是每一個都…	**Not** *every* man can be a writer. =*Every* man **cannot** be a writer. 不是每一個人都能成為作家。 ►「無人能成為作家。」是: **Nobody** can be a writer.
❸每…	*every* day 每天／*every* morning 每天 早上／*every* week 每週

┌──►「每(隔)…」的說法─────────┐
「他每天都來。」
He comes *every day*.
「他每隔一天來。」
He comes *every other day*.
「他每三[四](=每隔兩[三])天來。」
He comes *every three [four] days*.
└────────────────────────┘

every time

每次 同 whenever	*Every time* I come here, I call on him. 每次我來這裡都去拜訪他。

everybody [ˋɛvrɪˌbɑdɪ; ˈevrɪˌbɒdɪ]►用作單數。

代 每個人都,人 人	*Everybody* admires him. 人人都欽佩他。 **Not** *everybody* went there. 並非人人都去那裡。 ► not everybody ... 是部分否定。 「無人去那裡。」是: **Nobody** went there.

► everybody, everyone, every one
everybody……最通用。(口語)
everyone ……比 everybody 正式。
every one ……通常合寫成 everyone 一個字。

►「人人都帶自己的午餐來。」之英文表達句

Everybody brought his lunch.

► 如圖所示,雖然包括女的,但可用 his 作代名詞。也有精確地用 his or her lunch, 口語中也有用 their 作代名詞的。

everyday [`ɛvrɪ,de; 'evrɪdeɪ] ► every day 是「每一天」。
形 (限定用法) | *everyday* life 日常生活／an *everyday*
每天的;平常的; | occurrence 平凡的事件
日常的

everyone [`ɛvrɪ,wʌn; 'evrɪwʌn] 代 =everybody
everything [`ɛvrɪ,θɪŋ; 'evrɪθɪŋ]
代 ❶凡事,一切事 | He knows *everything* about Paris.
物 | 他對巴黎瞭若指掌。
► 用作單數。 | I don't know *everything*.
| 我並非什麼事都知道的。
| ► 此句是部分否定。全部否定「我什麼
| 都不知道」是「I know **nothing**.」。

everywhere [`ɛvrɪ,hwɛr; 'evrɪweə]
副 處處,到處, | I looked *everywhere* for you.
各處 | 我到處找你。

evidence [`ɛvədəns; 'evɪdəns] 複 無 ► 用作單數時,
不加 an。
名 證據,證詞; | Running away was *evidence* of his
證明 | guilt. 逃跑就證明了他有罪。

evident [`ɛvədənt; 'evɪdənt]
形 明白的,顯然 | It is *evident* **to** everybody that she
的 | loves music.
同 obvious | 她愛好音樂,這是有目共睹的事實。
衍生 副 **èvidently**(明顯地)

evil [`ivl; 'iːvl] (注意發音)
形 ❶邪惡的,不 | He is leading an *evil* life.
善的 | 他過著邪惡的生活。
同 bad, wicked | *evil* deeds 邪行／*evil* thoughts 邪念
❷倒楣的,不幸 | I received *evil* news.
的;不吉的 | 我接獲惡耗。
── 複 -s [-z]
名 ❶惡,邪惡, | I returned good for *evil*.
罪惡 反 good | 我以德報怨。
❷災禍;壞事;弊 | Get rid of all social *evils*.
病 | 除去一切社會弊端。

evolution [,ɛvə`luʃən; ,iːvəˈluːʃn] 複 -s [-z]
名 ❶演化;發 | the *evolution* of the steamship
展;演進 | 汽船的演進
❷(生物)進化 | the theory of *evolution* 進化論

exact [ɪg`zækt; ɪgˈzækt] 反 inexact

形 ❶正確的 | Tell me the *exact* time, please.
同 accurate | 請告訴我正確的時間。
❷精確的 | What's the *exact* meaning of the
同 precise | word?
| 這個字確切的意義到底是什麼?
衍生 副 **exàctly**(正確地;完全地)名 **exàctness,
exàctitúde**(正確;精密)形 **exàcting**(嚴格的;嚴厲的;費
力的)► 動詞是「索取;硬是要求」之義。

exaggerate [ɪg`zædʒə,ret; ɪgˈzædʒəreɪt] 複 -s [-s]
鬱 -d [-ɪd] ; -ting
動 及 誇大;誇張 | He *exaggerated* the size of the fish
| he caught.
| 他把他捉到的魚吹噓得很大。
衍生 名 **exàggerátion**(誇張)

exalt [ɪg`zɔlt; ɪgˈzɔːlt] 複 -s [-s] 鬱 -ed [-ɪd] ; -ing
動 及 ❶提高地 | He was *exalted* **to** the highest
位〔聲譽〕 | position.
| 他升到了最高的職位。
❷讚揚;讚美 | They *exalted* his bravery.
| 他們讚揚他的勇敢。
衍生 名 **exàltátion** [,ɪgzɔlˈteʃən, ,ɛg-](擢升;讚揚;意氣
飛揚)

examination [ɪg,zæmə`neʃən; ɪg,zæmɪ'neɪʃn] 複 -s
[-z]
名 ❶考試 | an *examination* in history
► (口語)略作 | =a history *examination* 歷史測驗
exam。 | He took the entrance *examination*
| **for** the college.
| 他參加該學院的入學考試。
❷調查 同 | the *examination* of the evidence
investigation | 證據的調查
❸診察 同 (口 | a physical *examination*
語)checkup | 體格檢查;健康檢查

examine [ɪg`zæmɪn;ɪgˈzæmɪn] 複 -s [-z] 鬱 -d [-d] ;
examining
動 及 ❶調查;檢 | They *examined* my baggage.
查 | 他們檢查過我的行李。
❷診察 | I had my eyes *examined*.
| 我的眼睛接受過檢查。
❸考試, 測驗 | He *examined* the class **in** English.
| 他測驗該班的英文。
衍生 名 **exàminer**(主考者), **exáminèe**(應試者)

example [ɪg`zæmpl; ɪgˈzɑːpl] 複 -s [-z]
名 ❶例, 實例 | I'll give you an *example*.
同 instance | 我將給你舉一個例子。
❷樣本;標本 | an *example* of a rare insect
同 sample | 珍奇的昆蟲標本
❸榜樣, 模範 | Follow his *example*.
同 model | 以他為榜樣。
for example | I have many hobbies—fishing, *for*
例如 同 for | *example*.
instance | 我有很多的嗜好,例如釣魚。

exceed [ɪk`sid; ɪkˈsiːd] 複 -s [-z] 鬱 -ed [-ɪd] ; -ing
動 及 ❶超過(限 | His car *exceeded* the speed limit.
度) | 他的車子超速。
❷勝過 | His courage *exceeds* mine.
| 他的勇氣勝過我的。

▶ exceed 和 excel

excéed (超過限度) → 形 { excéssive (過度的)
                          excéeding (非常的) }
                       → 名 excéss (超過；過多)

excél (卓越) → 形 éxcellent (優秀的)
             → 名 éxcellence (優秀)

▶ 這兩個字都含有「勝過」的意思。

excel [ɪk`sɛl; ɪk'sel] ⊜ **-s** [-z] 過 **excelled** [-d];
excelling
動 不 擅長 | He *excels* in English.
          | 他擅長英文。
及 優於, 勝過 | She *excels* him in knowledge.
          | 她的學識勝過他。

excellent [`ɛksḷənt; 'eksələnt]
形 傑出的, 優秀 | He is an *excellent* swimmer.
的 | 他是個傑出的游泳選手。
衍生 名 **éxcellence** (優秀, 卓越) ▶ His Excellency 是
間接稱呼「閣下」之義。當面稱呼為 Your Excellency。

except [ɪk`sɛpt; ɪk'sept]
介 除了⋯之外 | He works every day *except*
          | Sunday.
          | 除了星期天以外, 他天天工作。

▶ 比介系詞的 but 所含的「除外」語氣較強。

▶ 發音近似的三個字

except	[ɪk`sɛpt]	介 除了⋯之外
expect	[ɪk`spɛkt]	動 期待；預期
accept	[ək`sɛpt]	動 接受；領受

▶ besides 是「除⋯之外, 還⋯」。

except for ... | He is a good man *except for* his hot
除去⋯之外 | temper. 他是個好人, 就是脾氣暴躁。
⊜ **-s** [-s] 過 **-ed** [ɪd]; **-ing**
動 及 除去, 除外 | They *excepted* him **from** the list.
             | 他們把他從名單上除去。

exception [ɪk`sɛpʃən; ɪk'sepʃn] 複 **-s** [-z]
名 例外 | There is no rule but has some
       | *exceptions*. 凡規則皆有例外。
衍生 形 **exceptional** (例外的；特殊的)

excess [ɪk`sɛs; ɪk'ses] 複 **-es** [-ɪz]
名 ❶超過；過 | He threw away the *excess*.
多；過剩 | 他把多餘的丟掉。
❷不節制；(常作 | Avoid (going to) *excess*.
複數) 暴飲暴食 | 避免飲食過度。

excessive [ɪk`sɛsɪv; ɪk'sesɪv] 反 moderate (適度的)
形 過度的 | *Excessive* drinking is bad for the
         | health. 過度的飲酒有害健康。

exchange [ɪks`tʃendʒ; ɪks'tʃeɪndʒ] ⊜ **-s** [-ɪz] 過 **-d**
[-d]; **exchanging**
動 及 ❶換取；兌 | I *exchanged* an apple **for** two
換 | oranges.
▶「以⋯換⋯」 | 我用一個蘋果換兩個橘子。
用 for。 | He *exchanged* dollars **for** yen.
             | 他將美元換成日幣。
❷交換, 互換 | *exchange* gifts 交換禮物
▶ 通常以複數 | *exchange* opinions 交換意見
名詞為受詞。

exchange gifts
交換禮物

▶ change trains (換火車)
不可用exchange。

過 **-s** [-ɪz]
名 交換；兌換 | We had an *exchange* of thoughts.
            | 我們交換了想法。
in exchange | Give me something *in exchange* **for**
交換 | this book. 拿樣東西跟我交換這本書。
複合 名 **bill of exchange** (匯票), **the rate of**
exchange (兌換率), **exchange professor** (交換教授)

excite [ɪk`saɪt; ɪk'saɪt] ⊜ **-s** [-s] 過 **-d** [-ɪd]; **exciting**
動 及 ❶使興奮； | The news *excited* me.
激動 | ＝I was *excited* **by** [**to** hear] the
             | news. 我因聽到這消息而感到興奮。
             | Don't get *excited*.＝Don't *excite*
             | yourself. 不要激動。
❷使引起 (情 | Her success *excited* envy in them.
緒)；招致 | 她的成功引起他們的羨慕。
衍生 形 **excitable** (易激動的), **exciting** (令人興奮的) 副
excitedly [-tɪdlɪ] (興奮地)

excitement [ɪk`saɪtmənt; ɪk'saɪtmənt] 複 無
名 興奮 | He cried in *excitement*.
       | 他興奮地叫喊。

exciting [ɪk`saɪtɪŋ; ɪk'saɪtɪŋ]
形 令人興奮的； | He told us an *exciting* story.
鼓舞的 | 他告訴我們一則很刺激的故事。

exclaim [ɪk`sklem; ɪk'skleɪm] ⊜ **-s** [-z] 過 **-ed** [-d];
-ing
動 不 及 呼喊 | She *exclaimed* in delight.
回 cry | 她歡呼。
▶ 因驚恐・喜悅・憤怒而高聲叫喊。
▶ scream, shriek 是發出尖銳的聲音。

exclamation [ˌɛksklə`meʃən; ˌeksklə'meɪʃn] 複 **-s**
[-z]
名 ❶呼喊；感嘆 | an *exclamation* mark 感嘆號(!)
             | ▶ 疑問號(?)是 a question mark。
❷ (文法) 感嘆詞, 驚嘆詞
衍生 形 **exclamatory** (感嘆的) ▶「感嘆句」是 an
exclamatory sentence。

exclude [ɪk`sklud; ɪk'sklu:d] ⊜ **-s** [-z] 過 **-d** [-ɪd];
excluding
動 及 排除；拒絕 | He was *excluded* **from** the team.
(入內) | 他被排拒在該隊之外。
反 include | The trees *excluded* light **from**
▶ exclude 是 | coming in. 樹木使光線不能進來。
「不使某人〔物〕
進去」。
eliminate 是
「除去已進去其
內的某物」。

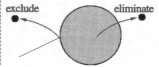

exclude   eliminate

衍生 名 **exclùsion** [-ʒən] (拒絕;排除)

exclusive [ɪk`sklusɪv; ɪk`sklu:sɪv] ▶動詞 exclude 的形容詞

形 ❶排他的;不容外人加入的;限制嚴格的 | an *exclusive club* 入會限制嚴格的俱樂部 ▶ 不具特殊資格,便不准進入的俱樂部。

❷獨占的;獨享的 | We have the *exclusive* right to sell them. 我們有出售它們的專有權。

exclusive of … 除外 | It cost 300 yuans, *exclusive of* postage. 郵費不計,要三百元。

衍生 副 **exclùsively** (排他地;專有地;獨占地)

excursion [ɪk`skɜʒən, -ʃən; ɪk`skɜ:ʃn] 變 **-s** [-z]

名 (通常指團體的)遠足;旅行 | Our class went **on** an *excursion* to Wulai. 我們班去烏來遠足。

excuse [ɪk`skjuz; ɪkskjʊ'u:z] 變 **-s** [-ɪz] 變 **-d** [-d]; **excusing**

動 及 ❶原諒, 寬恕 | He will *excuse* me. 他會原諒我。
▶注意與名詞發音不同。 | She *excused* his coming late. = She *excused* him **for** coming late. 她原諒他的遲到。

▶ **excuse, pardon, forgive**
excuse …… 原諒輕微的過失或冒犯,常用於談話或社交場合,例如原諒別人的半途退席、插嘴、借過等。
pardon …… 語氣較正式,用於赦免罪犯等。
forgive …… 暗示放棄報復與仇恨。
She *forgave* him for breaking his promise.(她原諒他的失約。)
---

❷為…提供理由;辯解 | This can't *excuse* her absence. 這不足以成為她缺席的理由。

Excuse me.
❶對不起, 抱歉
▶用於身體碰及對方,或打噴嚏,抑或離席的時候等。

❷對不起
▶後面多接but。 | *Excuse me* , (but) I must be going now. 對不起,我現在得走了。

▶「對不起。」
I beg your pardon. (請原諒我。)
表示歉意時的正式說法。也用於沒聽清楚對方的話,請對方再說一遍的場合。↪ pardon
I am very sorry. (真對不起。)
此句比「I beg your pardon.」更平易、更顯誠意。"I'm sorry."是用於打擾後的致歉,如尚未打擾,則採用"Excuse me."。
Please forgive me. (請原諒我。)
對方的怒氣難以平息的時候,請求原諒的說法。
---

excuse one*self*
請求原諒 | He *excused himself* **for** being late. 他因遲到而請求原諒。

— [ɪk`skjus; ɪk`skju:s] (注意發音) 變 **-s** [-ɪz]

名 申辯;辯解;藉口 | Don't make *excuses*. 不要申辯。▶ apology 是「道歉」。

execute [`ɛksɪ͵kjut; 'eksɪkju:t] 變 **-s** [-s] 變 **-d** [-ɪd]; executing

動 及 ❶實現(計畫);履行(義務);執行(命令) | We *executed* our plan at once. 我們立刻實現了我們的計畫。
The order was promptly *executed*. 該命令被即時執行。

❷處決, 處死 | The murderer was *executed*. 兇手被處死了。

衍生 名 **éxecùtion**(實現, 完成;執行死刑, 正法), **éxecùtioner**(行刑者)

executive [ɪg`zɛkjʊtɪv; ɪg'zekjʊtɪv] (注意發音)

形 ❶執行的;實施的;行政的 | an *executive* committee 執行委員會／*executive* ability 行政能力

❷行政上的;行政部門的 | The Prime Minister is the *executive* head of the State. 行政院長是國家的行政首長。

— 變 **-s** [-z]

名 ❶高級主管;董事 | He is an *executive* in this bank. 他是這家銀行的董事。
the chief sales *executive* 業務主任

❷行政官;執行委員 | the (Chief) *Executive* 行政首長 (總統或州長等)

exercise [`ɛksə͵saɪz;'eksəsaɪz] 變 **-s** [-ɪz]

名 ❶運動;體操 | He takes *exercise* every day. 他每天都做運動。
▶ take *exercise* 是「做運動」;do *exercises* 是「做練習」,「做習題」之義。

▶ **exercise** 的同義字

exercise
(保持和增進健康的運動)

sport
(以娛樂為主的運動競技)

athletics
(田徑賽等各種運動競技)
---

❷運用(意志力等) | The task requires the *exercise* of imagination. 這工作需要運用想像力。

❸練習;習題 | I did *exercises* **in** English grammar. 我做了英文文法的練習。

— 變 **-s** [-ɪz] 變 **-d** [-d]; exercising

動 及 ❶訓練, 操練 | He *exercised* the boys **in** swimming. 他訓練那些男孩游泳。

❷運用(注意力);使用(權力) | You have to *exercise* more caution. 你必須更加謹慎。
He *exercised* his rights. 他使用他的權利。

exert [ɪg`zɜt; ɪg'zɜ:t] 變 **-s** [-s] 變 **-ed** [-ɪd]; **-ing**

動 及 運用(力量);施加 | He *exerted* his influence. 他運用他的影響力。
They *exerted* pressure **on** him. 他們對他施壓力。

exert one*self*
努力 | He *exerted himself* **to** solve the problem. 他努力解決這問題。

衍生 名 **exèrtion**(努力；行使)

exhaust [ɪgˋzɔst; ɪgˈzɔːst] ⊜ **-s** [-s] 圐 **-ed** [-ɪd]; **-ing**

動 ⊗ ❶使疲憊	The game *exhausted* me.
	這比賽使我精疲力竭。
同 fatigue	I am tired, but not *exhausted*.
	我雖疲倦，但還沒有精疲力盡。
❷用盡；汲乾	He *exhausted* his money.
	他把錢花光了。
同 consume	They *exhausted* the well.
	他們把井水汲乾了。

衍生 名 **exhàustion** [-tʃən] (疲憊；用盡) 形 **exhàustive** (徹底的；無遺漏的)

exhibit [ɪgˋzɪbɪt; ɪgˈzɪbɪt] (注意發音) ⊜ **-s** [-s] 圐 **-ed** [-ɪd]; **ing**

動 ⊗ ❶展覽；陳列	His paintings are *exhibited* in the gallery.
	他的畫在美術館展出。
❷顯示，表現同 show	He *exhibited* courage.
	他展露了勇氣。
—— 圐 **-s** [-s]	
名 展覽品，陳列品；展覽	The *exhibits* were arranged artistically.
	展覽品很有美感地排列著。

exhibition [ˌɛksəˋbɪʃən; ˌeksɪˈbɪʃn] (注意發音) 圐 **-s** [-z]

名 展覽會，博覽會	We hold an *exhibition* every year.
	我們每年都舉行一次展覽會。

exile [ˋɛgzaɪl, ˋeksaɪl; ˈeksaɪl] 圐 **-s** [-z]

名 ❶放逐(國外)；(自己放棄國家的)流亡	He was sent into *exile*.
	他被放逐。
	He lived in *exile* in England.
	他在英國過著流亡生活。
❷被放逐者；流亡國外者	*Exiles* from the country have increased in number.
	該國的流亡者人數增多了。
—— ⊜ **-s** [-z] 圐 **-d** [-d]; **exiling**	
動 ⊗ 放逐；流放	He was *exiled* from his country.
	他被逐出國境。

exile
banish

exist [ɪgˋzɪst; ɪgˈzɪst] ⊜ **-s** [-s] 圐 **-ed** [-ɪd]; **-ing**

動 不 ❶存在，實有	Do you believe that God *exists*?
	你相信上帝存在嗎？
❷生存，活著	We cannot *exist* without food.
	沒有食物我們便不能生存。

existence [ɪgˋzɪstəns; ɪgˈzɪstəns] 圐 **-s** [-ɪz]

名 ❶存在	His *existence* was ignored.
同 being	他的存在被忽視了。
❷生活	He leads a miserable *existence*.
	他過著悲慘的生活。
❸生存	a struggle for *existence* 生存競爭

come into existence

產生；出現	The idea *came into existence* after the war.
	這觀念是在戰後產生的。

exit [ˋɛgzɪt, ˋeksɪt; ˈeksɪt] 圐 **-s** [-s]

名 出口	The building has no fire *exit*.
反 entrance	這大廈沒有太平門。
	an emergency *exit* 太平門

▶ 劇本中的舞台指示，爲「退場」之義："*Exit* Hamlet." (哈姆雷特下場)。反 是 enter (上場)。

expand [ɪkˋspænd; ɪkˈspænd] ⊜ **-s** [-z] 圐 **-ed** [-ɪd]; **-ing**

動 ⊗ ❶擴大；擴張；使膨脹；展開	The eagle *expanded* its wings.
	這隻鷹展開了牠的雙翼。
	Heat *expands* metals.
	熱使金屬膨脹。
❷使發展	He *expanded* the idea *into* a novel.
	他將這觀念發展成一部小說。

▶ **expand** 和 **extend**

expand 是「擴大」   extend 是「伸展」

extend the railway 延長鐵道
▶ 也有「擴大」的含意。

不 擴大；膨脹	Metals *expand* with heat.
	金屬因熱而膨脹。

expanse [ɪkˋspæns; ɪkˈspæns] 圐 **-s** [-ɪz]

名 廣大；寬闊的空間	There was a great *expanse* of desert before us. 在我們面前有一片大沙漠。

expansion [ɪkˋspænʃən; ɪkˈspænʃn] 圐 **-s** [-z] ▶ 動詞是 expand。

名 擴展；擴大；膨脹	trade *expansion* 貿易的擴張／ an *expansion* of food production 食物之增產

expect [ɪkˋspɛkt; ɪkˈspekt] ⊜ **-s** [-s] 圐 **-ed** [-ɪd]; **-ing**

動 ⊗ ❶預料…會發生(來到)	When do you *expect* him?
	你預料他何時可到？

▶ 確信「某事必將發生；某人必會到來」而等待著。多用於好的事物，但也可用於壞的事物。

▶ 特別以愉快的心情期待著的場合用 look forward to。"I'm *looking forward to* seeing you." (我期待著見你。)

❷期待；等待	I *expect* to take a vacation in May.
	我期望在五月休假。
	I'm *expecting* a letter from him.
	我正等待他的來信。
❸(視做當然而)希望	I *expect* your obedience.
	=I *expect* you *to* obey.
	我希望你服從。
	Don't *expect* too much of [from] me. 不要對我寄望太大。
❹(口語)認爲，想 同 suppose	I *expect* (**that**) it will be all right.
	我想事情會很順利的。

▶ **-spect** 是「看」

ex*pect*	(預期)	<ex (向外)＋*spect*
re*spect*	(尊敬)	<re (重新)＋*spect*
in*spect*	(視察)	<in (向內)＋*spect*
pro*spect*	(景色)	<pro (向前)＋*spect*
sus*pect*	(懷疑)	<sus (向下)＋*spect*

衍生 形 **expéctant**(期待的)副 **expéctantly**(期待地)

expectation [ˌɛkspɛk`teʃən; ˌekspek'teɪʃn] 名 **-s** [-z]
名 期待;預期 | It fell short of my *expectations*.
這不及我預期的好。
I did it **in** *expectation* **of** a reward.
我預料可獲得報酬才做那事的。
複合 名 the **éxpectátion of life**(平均壽命▶ 等於 life expectancy。)

expedition [ˌɛkspɪ`dɪʃən; ˌekspɪ'dɪʃn] 名 **-s** [-z]
名 ❶遠征;探險 | They went **on** an *expedition* to the Antarctic. 他們去南極探險。
❷遠征隊;探險隊 | He joined the *expedition*.
他加入探險隊。

expel [ɪk`spɛl; ɪk'spel] 三 **-s** [-z] 過 **expelled; expelling**
動 及 逐出;趕出;開除 | He was *expelled* **from** school.
他被學校開除。
▶ 逐出祖國時是 exile, banish。

┌──▶ -pel 是「力推」──────────┐
ex*pel*	(逐出)	<ex(向外) +*pel*
com*pel*	(強迫)	<com(共同)+*pel*
pro*pel*	(推進)	<pro(向前) +*pel*
└────────────────────────────┘

衍生 名 **expulsion** [ɪks`pʌlʃən](驅逐;開除)

expend [ɪk`spɛnd; ɪk'spend] 三 **-s** [-z] **-ed** [-ɪd]; **-ing**
動 及 消耗(金錢・勞力) | She *expends* her energy **on** parties.
同 spend | 她把精力消耗在舞會上。
▶ expend 是較正式的用語;spend 是普通用語。

expenditure [ɪk`spɛndɪtʃɚ; ɪk'spendɪtʃə(r)] 名 **-s** [-z]
名 經費;費用 | the monthly household *expenditure*
反 income (收入) | 每月的家庭費用
▶ expenditure 是較正式的用語; expense 是普通用語。

expense [ɪk`spɛns; ɪk'spens] 名 **-s** [-ɪz]
名 ❶開支;費用 | The bridge was built **at a** considerable *expense*.
該橋的造價高昂。
❷(通常用複數)經費 | Cut down your *expenses*.
縮減你的費用。
living *expenses* 生活費／housing *expenses* 住房的費用

at the expense of = ***at one's expense***
❶以(個人・團體的)費用 | He traveled *at the expense of* the company.
他用公司出的錢旅行。
❷犧牲(貴重的東西) | He succeeded *at the expense of* his health.
他雖成功,却犧牲了健康。

expensive [ɪk`spɛnsɪv; ɪk'spensɪv] 同 costly, dear
形 昂貴的;費用龐大的 | He has a very *expensive* watch.
他有一只很昂貴的手錶。
反 inexpensive, cheap

experience [ɪk`spɪrɪəns; ɪk'spɪərɪəns] 名 **-s** [-ɪz]
名 經驗;體驗;經歷 | He has no *experience* **in** teaching English.
他沒有教英文的經驗。
He had a pleasant *experience*.
他有過愉快的經驗。
── 三 **-s** [-ɪz] 過 **d** [-t]; **experiencing**
動 及 經驗;體驗;經歷 | I *experienced* a lot of difficulties.
我經歷很多困難。
衍生 形 **expèrienced**(經驗豐富的)

experiment [ɪk`spɛrəmənt; ɪk'sperɪmənt] 名 **-s** [-s]
名 實驗;試驗 | a physical *experiment* =an *experiment* **in** physics 物理實驗
I made *experiments* **on** animals.
我做動物實驗。
── [ɪk`spɛrəˌmɛnt; ɪk'sperɪˌment] ▶ 名詞的發音是 [-mənt]。 三 **-s** [-s] 過 **-ed** [-ɪd]; **-ing**
動 不 實驗;試驗 | We *experimented* **with** drugs.
我們實驗藥物。
衍生 形 **expèriméntal**(實驗的)名 **expèrimentátion**(實驗;試驗)

expert [`ɛkspɝt; 'eksps:t] 名 **-s** [-s]
名 專家;行家;高手 | He is an *expert* **at** mountain climbing. 他是登山高手。
He is an *expert* **in** economics.
他是經濟學專家。
── [`ɛkspɝt, ɪk`spɝt] ▶ 敘述用法讀作 [ɪk`spɝt]。
形 熟練的;專家的 | He is *expert* **at** driving a car.
= He is an *expert* driver.
他精於開車。

expire [ɪk`spaɪr; ɪk'spaɪə(r)] 三 **-s** [-z] 過 **-d** [-d]; **expiring**
動 不 滿期,屆滿 | The subscription *expires* next week
預約下週截止。
衍生 名 **expiration** [ˌɛspə`reʃən](期滿)

explain [ɪk`splen; ɪk'spleɪn] 三 **-s** [-z] 過 **-ed** [-d]; **-ing**
動 及 ❶說明,解釋 | Please *explain* the meaning of this poem. 請解釋這首詩的意義。
He *explained* **to** me **how to** get there.
他對我說明如何到達那裡。
He *explained* **that** he had to leave at once. 他解釋說他必須馬上離去。
❷解釋;辯解 | He *explained* his delay.
他辯明遲誤的理由。

explanation [ˌɛksplə`neʃən; ˌeksplə'neɪʃn] 名 **-s** [-z]
名 說明;辯明;辯解 | I could not get a satisfactory *explanation*.
我得不到一個滿意的解釋。
衍生 形 **explànatóry**(解釋的;說明的)

explode [ɪk`splod; ɪk'spləʊd] 三 **-s** [-z] 過 **-d** [-ɪd]; **exploding**
動 不 ❶爆炸 | The bomb *exploded*.
炸彈爆炸。

火藥 炸彈 瓦斯
炸彈 堤防 血管 氣球
火山

explode **burst** **erupt**

❷使(人情緒等)發作 | The children *exploded* with laughter.
小孩子們哄然大笑。
► burst out, burst into 是「突然開始…」之義：*burst out* laughing, *burst into* laughter「突然笑起來」。

──⑧ 使爆炸 | The pressure *exploded* the boiler.
這壓力使鍋爐爆炸。

衍生 名 **explòsion** [-ʒən] (爆炸) 形名 **explòsive** (富爆炸性的；爆炸物；炸藥)

xploit¹ [ɪk`splɔɪt; ɪk'splɔɪt] ⑧ **-s** [-s]
名 偉業；勳業 | The people admired his *exploits*.
人民讚美他的豐功偉業。

xploit² [ɪk`splɔɪt; ɪk'splɔɪt] ⊜ **-s** [-s] ⑧ **-ed** [-ɪd]; **-ing**
動 ⑧ 開發(資源等) | Taiwan has little natural resources to be *exploited*.
台灣缺乏可供開發的天然資源。

衍生 名 **exploitàtion** ((資源等之)開發)

xploration [ˌɛksplə`reʃən; ˌeksplə'reɪʃn] ⑧ **-s** [-s]
名 探險；探究 | an antarctic *exploration*
南極探險

xplore [ɪk`splor, -`splɔr; ɪk'splɔː(r)] ⊜ **-s** [-z] ⑧ **-d** [-d]; **exploring**
動 ⑧ 不 探險 | They *explored* the bottom of the sea.
他們探險海底。

衍生 名 **explòrer** (探險家)

xport [ɪks`port, -`pɔrt; ɪk'spɔːt] ⊜ **-s** [-s] ⑧ **-ed** [-ɪd]; **-ing**
動 ⑧ 輸出；外銷 | The United States *exports* soybeans.
美國輸出大豆。

── [`ɛksport; 'ekspɔːt](注意發音) ⑧ **-s** [-s]
名 輸出；輸出品 | They are manufactured for *export*.
這些東西是為外銷而生產的。

──► 注意發音──
export 名 [`ɛksport] 動 [ɛks`port] 輸出
import 名 [`ɪmport] 動 [ɪm`port] 輸入

衍生 名 **expòrter** (輸出業者；出口商)

xpose [ɪk`spoz; ɪk'spəʊz] ⊜ **-s** [-ɪz] ⑧ **-d** [-d]; **exposing**
動 ⑧ ❶曬 | Don't *expose* it **to** the sun.
不要將它曝曬於陽光下。
❷暴露；揭穿 | They *exposed* the secret.
他們揭穿那個秘密。

衍生 名 **expòsure** [-ʒɚ] (暴露；揭發)

xposition [ˌɛkspə`zɪʃən; ˌekspəʊ'zɪʃn] ⑧ **-s** [-z]
名 ⑧ 博覽會 | an international *exposition*
⑧ exhibition | 萬國博覽會；國際商展

xpress [ɪk`sprɛs; ɪk'spres] ⊜ **-es** [-ɪz] ⑧ **-ed** [-t]; **-ing**
動 ⑧ 表示；表達 | I *expressed* my gratitude **to** him.
我對他表達我的感激。
Words cannot *express* what I felt then.
言語無法表達出我當時的感受。

express one`self | Can you *express yourself* in English?
表達自己的意見 | 你能用英語表達你的意思嗎？

── 形 (限定用法)
❶特快車 | an *express* train 特快車
►「普通車；每站都停的慢車」是 a local train.
❷⑧ 限時的 | an *express* letter (⑧ a special delivery letter) 限時信

── ⑧ **-es** [-ɪz]
名 ❶(火車・汽車的)快車 | the 7:00 a.m. *express* **for** Taipei
上午七時開往台北的快車
❷⑧ 快遞；限時專送 | Send the parcel **by** *express*.
以快遞寄出這包裹。

複合 名 **exprèss còmpany** [**ágency**] (⑧ 運輸公司), **exprèss delìvery** (⑧ 限時專送，快遞) special delivery

expression [ɪk`sprɛʃən; ɪk'spreʃn] ⑧ **-s** [-z]
名 ❶表達；表達方式；措辭 | That's an interesting *expression*.
那是一個有趣的措辭。
❷(臉部的)表情 | He had a weary *expression*.
他有一種疲倦的表情。

beyond expression
非筆墨或言語所能形容的 | She was beautiful *beyond expression*.
她美得無法形容。

expressive [ɪk`sprɛsɪv; ɪk'spresɪv]
形 表現(情緒) | a look *expressive* **of** sadness
表現悲傷的神色

exquisite [`ɛkskwɪzɪt; 'ekskwɪzɪt] (注意發音)
形 ❶精美的；完美的 | This is an *exquisite* work of art.
這是一件精美的藝術品。
❷(感覺)敏銳的；高尚的 | He is a man of *exquisite* taste.
他是個有品味的人。

衍生 副 **èxquisitely** (精美地；完美地)

extend [ɪk`stɛnd; ɪk'stend] ⊜ **-s** [-z] ⑧ **-ed** [-ɪd]; **-ing**
動 ⑧ ❶延長(距離・期間) | They *extended* the railroad.
他們延長鐵道。
► expand 主要作「擴大」解。
❷擴大(領土・範圍) | He *extended* his power.
他擴大他的勢力。
❸伸出(手・腳) | He *extended* his arms.
他伸出他的雙臂。

不 伸延；擴大 | The farm *extends* for miles.
這農場綿延好幾英里。

extension [ɪk`stɛnʃən; ɪk'stenʃn] ⑧ **-s** [-z]
名 ❶延長；擴張；(鐵路)支線 | the *extension* of a railroad
鐵路的支線
❷(電話的)分機 | *extension* 547 547 號分機

extent [ɪk`stɛnt; ɪk'stent] (注意發音) ⑧ 無
名 ❶範圍；程度 | the *extent* of a judge's power
法官的權力範圍
❷寬度；大小；長度 | a vast *extent* of a farm
廣大的農場

exterior [ɪk`stɪrɪɚ; ɪk'stɪərɪə(r)] ⑧ interior (內部的)
形 外部的；外側的 | an *exterior* wall 外牆

external [ɪk`stɝnl; ɪk'stɜːnl] ⑧ internal

形 外的;外部的;外界的;外來的;外表的	the *external* world（對精神世界而言）外界／*external* pressure 外來的壓力／*external* politeness 表面的有禮

---► in-［im-］表「內」, ex-表「外」

*im*port	動 輸入	↔ export	動 輸出
interior	形 內部的	↔ exterior	形 外部的
internal	形 內的	↔ external	形 外的

extinguish [ɪk`stɪŋgwɪʃ; ɪk`stiŋgwiʃ] ⊜ **-es** [-ɪz] ⊛ **-ed** [-t]; **-ing**

動 ⊗ ❶熄滅	Water *extinguished* the fire. 水撲滅了火。
⊕ put out	
❷使消滅	The failure *extinguished* his hope. 這失敗使他的希望幻滅了。

► 注意勿與 distinguish（區別）混淆。

衍生 名 **extìnguisher**（滅火器）, **extìnction**（消滅）

extra [`ɛkstrə; 'ekstrə]（注意發音）

形 額外的;臨時的;追加的;貼補的	*extra* work 額外的工作／an *extra* edition 特刊／an *extra* charge 特別費

— ⊛ **-s** [-z]

名 額外之物;號外;增刊;臨時雇員	I bought an *extra* on the street. 我在街上買了一份號外。

extract [ɪk`strækt; ɪk`strækt] ⊜ **-s** [-s] ⊛ **-ed** [-ɪd]; **-ing**

動 ⊗ ❶拔取;摘取	The dentist *extracted* my tooth. 牙醫拔掉我的牙齒。
❷得到;取得	I *extracted* the information **from** him. 我從他口中得到這消息。
❸（從書上）摘錄（語句）	I *extracted* examples **from** the book. 我從那本書上摘錄例子。

— [`ɛkstrækt]（注意發音）⊛ **-s** [-s]

名 ❶提煉物	lemon *extract* 檸檬精
❷（書的）選粹	an *extract* **from** Bacon 培根作品選粹

衍生 名 **extràction**（摘出;拔出）

extraordinary [ɪk`strɔrdn͵ɛrɪ; ɪk`strɔ:dnri]（注意發音）

形 ❶非常的;非凡的	a man of *extraordinary* genius 具有非凡天才的人
⊗ ordinary	
❷臨時的;特別的	an *extraordinary* session of the Legislative Yuan 立法院的臨時會議

衍生 副 **extràordinárily**（異常地, 格外地）

extravagant [ɪk`strævəgənt; ɪk`strævəgənt]

形 ❶浪費的, 揮霍無度的	She married an *extravagant* man. 她嫁給一個揮霍無度的男人。
❷過度的	They asked us an *extravagant* price. 他們對我們索價過高。

衍生 名 **extràvagance**（揮霍無度, 浪費）

extreme [ɪk`strim; ɪk`stri:m] ⊕ **-r** ⊛ **-st**

形 ❶極端的, 極度的;偏激的	He is **in** *extreme* danger. 他陷於極度的危險中。
	extreme views 偏激的見解
❷頂端的;盡頭的	the *extreme* end of the pole 竿的頂端

— ⊛ **-s** [-z]

名 極端;極端的狀態	He is apt to **go to** *extremes*. 他容易走極端。

衍生 副 **extrèmely**（極端地）名 **extrèmist** [-ɪst]（過激論者）, **extremity** [ɪk`strɛmətɪ]（末端;極端）

exult [ɪg`zʌlt; ig`zʌlt] ⊜ **-s** [-s] ⊛ **-ed** [-ɪd]; **-ing**

動 ⊛ 狂喜;歡騰	They *exulted* **at** winning. 他們因獲勝而狂歡。

► exalt [ɪg`zɔlt] 是「提高地位〔聲譽〕」。

---► -sult 是「跳躍」

ex*ult*（歡騰）	<ex（向上） + *sult*
in*sult*（侮辱）	<in（在…內）+ *sult*
re*sult*（結果）	<re（返） + *sult*

衍生 形 **exùltant**（歡騰的）

eye [aɪ; ai] ⊛ **-s** [-z]

名 ❶眼睛;眼珠	

eyelid 眼皮
pupil 瞳孔
eyebrow ['aɪ͵brau] 眉毛
eyelash 睫毛
eyeball 眼球

	She has blue *eyes*. 她眼睛是藍色的。
❷鑑賞力;判斷力	He has an *eye* **for** pictures. 他對畫有鑑賞力。
❸視線;注視	He cast his *eye* about the room. 他環視室內。
❹（用複數）看法;見解;判斷	The Chinese are a kind people in the *eyes* of foreigners. 在外國人眼中, 中國人是親切的民族。

---► 與眼睛有關的英語

他有近視。He is nearsighted [shortsighted].
他有遠視。He is farsighted [longsighted].
他戴著眼鏡。
He wears glasses [eyeglasses, spectacles].
眼科醫生:an oculist, an eye doctor

catch one's eye

引人注目	Something strange *caught my eye*. 有件奇異的東西引起我的注目。

keep an eye on ...

留意看…, 照顧…	*Keep an eye on* the baby. 請照顧嬰兒。

keep one's eyes open

注意;留神	*Keep* your *eyes open* not to make a mistake. 請注意不要出錯。

複合 名 **èyewítness**（目擊者）, **`eyesore**（礙眼的東西）

eyesight [`aɪ͵saɪt; 'aisait] ⊛ 無

名 視力;視覺	The house is within *eyesight*. 他的家就在附近（在看得到的範圍之內）。

— F —

fable [`febl; 'feɪbl] 倒 -s [-z]
名 寓言
⇨ Aesop
Aesop's [`isəps] *Fables* 伊索寓言
▶ 將動物等擬人化,並寓以教誨的故事。

衍生 形 **fàbulous**(難以置信的;驚人的)

fabric [`fæbrɪk; 'fæbrɪk] 倒 -s [-s]
名 織物;布料
woolen [silk, cotton] *fabrics*
毛〔絲・綿〕織物

face [fes; feɪs] 倒 -s [-ɪz]
名 ❶臉;面部

eyebrow 眉毛
eye 眼睛
cheek 頰
chin 顎
hair 髮
forehead 前額
nose 鼻
mouth 嘴

She looked me **in** the *face*.
她直視我的臉。

❷票面價值;外表;表面
the *face* of a coin 硬幣的面值／the *face* of a clock 鐘面
❸顏面;面子
You'll lose your *face* if you break your promise.
你如果違背諾言,就丟臉了。

face to face
面對面
He sat *face to face* **with** me.
他和我面對面坐著。

in (the) face of ...
❶面臨…
He kept cool *in the face of* danger.
他雖面臨危險,却保持冷靜。
❷不顧…
He persevered *in the face of* difficulties. 他不顧困難而堅忍著。

make [pull] a face = make faces
扮鬼臉;裝怪相
The boy *made a face* at me.
這男孩對我扮鬼臉。

to one's face
當某人的面
I don't like to be praised *to my face*. 我不喜歡被當面稱讚。
⊗ behind one's back(暗中;在某人的背後)

—⊜ -s [-ɪz] 倒 -d [-t]; **facing**
動 ⊗ ❶面向;朝…的方向
The house *faces* the sea.
這房子面向海。
❷對付;面對
He dared to *face* the danger.
他敢面對危險。
⊜ confront
困 面向;朝
The window *faces* (**to** the) south.
這扇窗戶朝南。

衍生 形 **fàcial** [-ʃəl](臉部的;臉部用的)

facilitate [fə`sɪlə,tet; fə'sɪlɪteɪt] ⊜ -s [-s] 倒 -d [-ɪd]; **facilitating**
動 ⊗ 使容易;促進
The washing machine *facilitates* my housework.
洗衣機使我的家事輕鬆。

facility [fə`sɪlətɪ; fə'sɪlətɪ] 倒 **facilites** [-z]
名 ❶靈巧;熟練;流暢
⊜ skill
I admired his *facility* **in** playing the guitar. 我很欽佩他吉他彈得嫻熟流暢。
My sister writes with *facility*.
我的姐姐寫作流暢。
❷(用複數)設備;方便
public *facilities* 公共設施／*facilities* **for** study 研究的設備

衍生 形 **facile** [`fæsɪl] (容易的;靈巧的)

fact [fækt; fækt] 倒 -s [-s]
名 事實;真相
Few people know the *fact*.
幾乎沒有人知道這事實。
He confessed (the *fact*) **that** he had been there. 他承認他曾經到過那裡。

in fact = as a matter of fact
事實上;實際上;其實
He is, *in fact*, a hard worker.
事實上,他是個苦幹的人。

The fact is (that) ...
事實上是…
The fact is (that) I told a lie.
事實上是我說謊。

衍生 形 **fàctual** [`fæktʃuəl] (事實的)

factor [`fæktə; 'fæktə(r)] 倒 -s [-z]
名 (產生某種結果的)因素;原動力;(數學)因數
Health is a *factor* of happiness.
健康是幸福的一項因素。

factory [`fæktərɪ, `fæktrɪ; 'fæktərɪ] 倒 **factories** [-z]
名 工廠;製造廠
He works in a galss *factory*.
他在玻璃工廠做事。

▶ **factory** 的同義字
factory …… 為最常用的字,泛指一般工廠。
mill …… 通常為輕工業工廠,如麵粉、製紙等工廠。
plant …… 通常為較重型工業的工廠,如發電廠、造船廠等。

faculty [`fækltɪ; 'fækltɪ] 倒 **faculties** [-z]
名 ❶才能,能力
He has a *faculty* **for** mathematics.
他精於數學。
❷(身體・精神的)機能
the *faculty* of digestion
消化機能
❸(大學中的)院;(集合稱)一學院的全體教授
the *faculty* of engineering 工學院
The *faculty* of the college are all excellent.
該學院的教授都很優秀。

fade [fed; feɪd] ⊜ -s [-z] 倒 -d [-ɪd]; **fading**
動 困 ❶(色・光・聲)減退;漸漸失去
The color *fades* fast.
這種顏色褪得快。

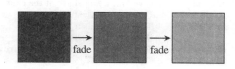
fade   fade

❷(情緒)消退；
(記憶)消失 ┆ His excitement has *faded*.
┆ 他的激動平息了。
❸(花)凋謝 ┆ The flowers have *faded*.
㊋ wither ┆ 花已凋謝。

Fahrenheit [`færən,haɪt; `færənhaɪt]
形 華氏寒暑 ┆ 32°F(華氏
表(的) ┆ 32 度)＝0°C
▶ Fahr.,略作㊍ F,㊎ F.
「攝氏」是 Centigrade 或
Celsius, 略作 C.

F	C
212°F	100°C
68°F	20°C
32°F	0°C

fail [fel; feɪl] ㊀ -s [-z] 働 -ed [-d]; ┌-ing
動不 **❶**失敗；不 ┆ The student
及格 ┆ *failed* in the
㊃ succeed ┆ examination.
┆ 這學生考試不及格。
❷沒有；不能；未 ┆ Tom often *fails* to keep his word.
能成功 ┆ 湯姆經常不守諾言。
┆ I *failed* to [could not] understand
┆ it. 我無法理解它。
❸(健康等)衰退 ┆ His eyesight is *failing*.
┆ 他的視力漸漸衰退。
❹不足；缺乏；沒 ┆ The water supply has *failed*.
有 ┆ 飲水供應不足。
㊃ 無助於；捨棄 ┆ His legs *failed* him.
┆ 他站不起來〔不能走動〕。
***never fail to* V** ┆ He *never fails to* come to see me
一定 ┆ every day. 他每天必來看我。
without fail ┆ I'll come here again *without fail*.
必定(做某事) ┆ 我一定再到這裡來。
▶ 此句中的 fail 是名詞用法。

failure [`feljə; `feɪljə(r)] 働 -s [-z] ▶ fail 的名詞
名 **❶**失敗㊃ ┆ All his experiments ended in
success (成功) ┆ *failure*. 他所有的實驗均告失敗。
❷失敗者；失敗 ┆ You are a *failure* as a doctor.
的事 ┆ 你是個失敗的醫生。
❸不足；缺乏；歉 ┆ the *failure* of crops 歉收／the
收；衰退 ┆ *failure* of one's sight 視力的衰退

faint [fent; feɪnt] 働 **-er** 働 **-est**
形 **❶**(音・色・ ┆ His breathing became *faint*.
思維・體力等) ┆ 他的呼吸變得微弱了。
微弱的；無力的； ┆ I haven't the *faintest* idea of it.
模糊的 ┆ 我對那事什麼也不知道。
❷(敘述用法)昏 ┆ The beggar was *faint* with hunger.
暈的 ┆ 這乞丐餓得發昏。
── ㊀ -s [-s] 働 -ed [-ɪd]; -ing
動不 昏厥 ┆ She *fainted* at the sight of a tiger.
┆ 她一看見老虎就昏倒。
衍生 副 **fàintly**(微弱地；無力地)

fair¹ [fɛr; fɛə(r)] 働 **-er** 働 **-est**
形 **❶**公平的,公 ┆ A judge must be *fair*.
正的 ㊋ just ┆ 法官必須公正。
㊃ unfair ┆ Give him a *fair* share of the cake.
┆ 請公平地分給他一份蛋糕。
❷相當的,頗 ┆ The lawyer has a *fair* income.
┆ 這律師有相當高的收入。
❸晴朗的 ┆ The weather will be *fair* tomorrow.
㊋ fine ┆ 明天將是好天氣。

▶ 口語中常用 fine,天氣預報常用 fair。
❹白皙的；金髮 ┆ He met a girl with *fair* hair and
的 ㊃ dark ┆ skin.
┆ 他遇見一位金髮白皙的少女。
❺(文語)美麗的 ┆ a *fair* maiden 美麗的少女
複合 名 **fàir plày**(光明正大),the **fàir sèx**(女性)
衍生 副 **fàirly**(公平地；相當地)名 **fàirness**(公正；公平)

fair² [fɛr; fɛə(r)] 働 **-s** [-z] ▶ 與 fare(車費)同音。
名 **❶**㊍ 博覽會； ┆ The World *Fair* was held in 1970.
展覽會 ┆ 萬國博覽會在 1970 年舉行。
❷㊍ 定期的市 ┆ A book *fair* is held here every year
集,…展 ┆ 每年都在這裡舉行書展。

fairly [`fɛrlɪ; `feəlɪ]
副 **❶**公平地；光 ┆ The prisoners were treated *fairly*.
明正大地 ┆ 這些俘虜受到公平地對待。
❷頗；相當地 ┆ He is a *fairly* good player.
┆ 他是個相當優秀的選手。

──── ▶ **fairly** 和 **rather** ────
fairly 通常作有可喜意味的「頗」；rather 則作有負面
意味的「頗」。
┌ This is a *fairly* easy question.
│ (容易而適當)
└ This is a *rather* easy question.
（過於容易而不適當）

fairy [`fɛrɪ; `feərɪ] 働 **fairies** [-z]
名形 小仙女 ┆ a snow *fairy* 雪仙／a *fairy* queen 小
(的) ┆ 仙后／a *fairy* tale 童話
複合 名 **fàirylánd**(仙國；仙境)

faith [feθ; feɪθ] 働 **-s** [-s]
名 **❶**相信；信 ┆ Children usually have *faith* in their
任；信念 ┆ parents. 小孩子通常信任父母。
❷諾言；誓約 ┆ You should keep *faith* with him.
┆ 你應該對他守信用。
❸信仰；信心 ┆ *Faith* can move mountains.
┆ 信仰可移山。(諺語)

faithful [`feθfəl; `feɪθful]
形 忠實的 ┆ a *faithful* dog 忠實的狗／his *faithful*
㊃ unfaithful ┆ wife 他的忠實妻子
衍生 副 **fàithfully**(忠實地；誠實地)

fall [fɔl; fɔːl] 働 **-s** [-z] 働 **fell** [fɛl]; **fallen** [`fɔlən]; **-ing**
──── ▶ 注意動詞變化 ────
不 fall(倒下) ──fell ──fallen
㊍ fell(砍伐) ──felled──felled

動不 **❶**落,落 ┆ An apple *fell* to the ground.
下；(雨等)降下； ┆ 一個蘋果掉到地上。
(花)落 ┆ The snow is *falling* heavily.
┆ 正下著大雪。
❷倒下；跌倒；因 ┆ Be careful on the ice or you will
受傷而倒下 ┆ *fall*. 在冰上要小心,否則你會跌跤。

❸(溫度)降低；
(物價)下跌；(風
等)減弱 | The temperature [Prices] *fell*.
溫度降低[物價下跌]。

❹成爲(某種狀
態)
⊜become | *fall* sick 生病／*fall* asleep 入睡／*fall*
in love with her 與她相戀

❺(都市等)
陷落 | The city *fell* to the enemy.
這城市已落入敵人手中。

❻(夜·寂靜等)
來到 | Night [Silence] has *fallen*.
夜來臨了[寂靜無聲]。

fall back on ...
依靠… | He could *fall back on* his uncle.
他可依靠他的叔叔。

fall behind
落後 | He *fell behind* in the race.
他在賽跑中落後。

fall into ...
成爲…；陷入… | The boy *fell into* a deep sleep.
這男孩睡熟了。

**fall on
[upon] ...**
❶攻擊 | The wolf *fell upon* the hunter.
狼攻擊獵人。

❷正是(…的日
子) | Christmas *falls on* Sunday this
year.
今年耶誕節正是星期日。

── 複 **-s** [-z]
名❶美 秋季
英 autumn | The war broke out in the *fall* of
1962. 戰事在 1962 年的秋天爆發。

❷(用複數)瀑布
⊜waterfall | The *falls* are forty feet high.
這瀑布高達四十英尺。

❸落下；跌倒；下
雨〔雪〕；滅亡；下
降；墮落 | The old man was injured by a *fall*.
這老人因跌倒而受傷。
There was a sudden *fall* in prices.
物價突然下跌。

false [fɔls; fɔːls] 比 **-r** 最 **-st**
形❶錯的，不對
的
反 true | He has a *false* idea of learning.
他對學習有錯誤的觀念。

❷虛偽的；不實
的；欺騙的 | The witness made a *false*
statement. 那證人作不實的陳述。

❸假的；僞造的；
人造的 | a *false* eye 義眼／*false* hair 假髮／
false tear 騙人的眼淚
▶僞幣是 counterfeit money。

衍生 名 **falsehood**(謊言；虛假)

falter [ˋfɔltɚ; ˋfɔːltə(r)] (注意發音) 三 **-s** [-z] 過 **-ed**
[-d]; **-ing** [ˋfɔlt(ə)rɪŋ]
動不 蹣跚而行；
支吾言；結結
巴巴地說；動搖 | She began to *falter* in her beliefs.
她的信念開始動搖了。

fame [fem; feɪm] 複 無
名 名聲；名氣；
聲譽 | He did not pursue *fame*.
他不求名。
▶ fame 的同義字有 renown, reputation, repute。

衍生 形 **famed, famous**(有名的)

familiar [fəˋmɪljɚ; fəˋmɪljə(r)] (注意發音)
──▶注意介系詞──
(人)be familiar **with** ❶(人)與…親近
❷(物)熟諳…
(物)be familiar **to** ❸(人)熟知…

形❶親密的；親
近的
⊜close | He is a *familiar* friend of mine.
他是我的親近友人。
I am *familiar* **with** her family.
我和她的家人很親。

❷熟諳的；通曉
的 | He is *familiar* **with** three
languages.
他通曉三種語言。

❸熟悉的；熟知
的 | His name is *familiar* **to** all of us.
他的名字爲我們大家所熟知。
a *familiar* scene 常見的情景

衍生 名 **familiarity**(親密；精通) 動 **familiarize**(使熟
習)

family [ˋfæmәlɪ; ˋfæmәlɪ] 複 **families** [-z]
名❶(集合稱)
家族；一家
▶表全體家族時，
用作單數；表家族
成員之意時，用作
複數。 | His *family* **is**
large. 他的家屬
很多。
His *family* **are**
all well. 他的
家屬都很好(無
恙)。
There are two *families* living in the
house. 這屋裡住有兩家人。
▶ a family＋a family＝two
families

❷一族；…家；
(生物)…科 | The lion belongs to the cat *family*.
獅子屬於貓科。

複合 名 **family name**(姓) ⇨ name

famine [ˋfæmɪn; ˋfæmɪn] (注意發音) 複 無
名 饑荒 | Many people died of *famine* in
Africa.
在非洲很多人死於饑荒。

famous [ˋfeməs; ˋfeɪməs]
形 有名的；著名
的 | Kyoto is *famous* **for** its temples and
shrines. (日本)京都以寺廟著名。

──▶ famous 的同義字──
famous ………「著名的」最普通的用語，用於正面的
描述。
famed…………比 famous 正式。
noted …………常用於地點，如名勝等。
well-known …「爲大家所熟知的」之義，口語。
notorious ……負面的「有名」，爲「惡名昭彰」之義。

fan¹ [fæn; fæn] 複 **-s** [-z]
名 扇；風扇 | He switched on the (electric) *fan*.
他開電風扇。

fan² [fæn; fæn] ＜*fanatic* 複 **-s** [-z]
名 (口語)迷；…
狂 | My brother is a baseball *fan*.
我弟弟是個棒球迷。

fanatic [fəˋnætɪk; fəˋnætɪk] 複 **-s** [-s]
名 盲信者；狂熱
者 | a religious *fanatic* 宗教狂熱信徒

衍生 形 **fanatical**(盲信的；狂熱的)

fancy [ˋfænsɪ; ˋfænsɪ] 複 **fancies** [-z]
名❶空想，幻
想；想像(力)；奇
想 | He indulged in idle *fancies*.
他沉溺於無謂的空想。
▶比 imagination 較爲自由而無根據
的虛幻想像。

❷想；以爲 I have a *fancy* **that** she will come.
我想她會來。

❸喜歡；愛好 She has a *fancy* **for** brown shoes.
她喜歡褐色的鞋子。

take a fancy to ...
喜歡起… He *took a fancy to* the old house.
他喜歡起那棟舊房子了。

— [比] **fancier** [最] **fanciest**

[形]（限定用法）
❶精心設計的；有裝飾的 He bought a *fancy* necktie.
他買了一條別致的領帶。
a *fancy* cake 花式蛋糕

❷（價錢）昂貴的 at a *fancy* price 以高昂的價格／a *fancy* restaurant 高級餐廳

❸[美]（商品）特選的[同] choice *fancy* fruits 特選的水果

— [三] **fancies** [-z] [規] **fancied** [-d]; **-ing**

[動] [及] ❶空想；想像 I can't *fancy* his telling a lie.
我無法想像他竟會撒謊。
My sister *fancies* herself beautiful.
我姐姐自以爲很美。

❷想，以爲；覺得 I *fancy* **that** I've met him somewhere.
我想我曾在什麼地方遇見過他。

❸（用命令式）竟… *Fancy* meeting you here!
竟然在這裡遇見你！

❹喜歡 [同] like He is not the kind of man I *fancy*.
他不是我喜歡的那種人。

fantastic [fæn`tæstɪk; fæn'tæstɪk]

[形] 空想的；怪誕的；奇特的 "Alice in Wonderland" is a *fantastic* story.《愛麗絲漫遊記》是一個虛構的故事。

[衍生] [名] **fântasy** [-sɪ, -zɪ]（空想，幻想）

far [fɑr; fɑ:] 1)[比] **farther** [`fɑrðɚ] [最] **farthest** [`fɑrðɪst]
2)[比] **further** [`fɝðɚ] [最] **furthest** [`fɝðɪst]

▶ 通常比較級・最高級 1)用於距離的意義；2)用於其他的意義。口語中，這兩種意義皆用 2)表示。

[副] ❶（地方）甚遠的 [反] near Did your father go *far*?
你父親走遠了嗎？

> ▶ **far 和 a long way**
> far 通常單獨地用於疑問句、否定句；肯定句用 a long way：
> He went *a long way*.（他走遠了。）
> He did not go *far*.（他沒走遠。）
> How *far* is it to the station?
> （到車站有多遠？）

❷（時間）久遠地；很晚地 I often read *far* **into** the night.
我常讀書到深夜。

❸（程度）甚；大大地 ▶ 常用 far 或 by far 加強比較級。 This shirt is (by) *far* [much] **better** than that.
這件襯衫比那一件好得多。
The work is *far* beyond my ability.
這工作遠超出我的能力範圍。

as* [*so*] *far as ...
❶到（某地點） I walked *as far as* the station.
我走到車站。

❷就…而言 *As far as* I know, he is a reliable person.
就我所知，他是個可靠的人。

by far
顯然地；很 He is *by far* the wisest boy in the class.
他顯然是班上最聰明的男孩。

▶ 用於加強比較級・最高級。

far from ...
一點也不…；決不… ▶ 接名詞・形容詞・動名詞 He is *far from* (being) rich.
他一點也不富有。
Far from reading his letter, she didn't open it.
別說讀他的信，她連信封都沒拆開。

so far
到目前爲止 I've finished half *so far*.
到目前爲止我只完成一半。

— [比] **farther, further** [最] **farthest, furthest**

▶ 比較級式的用法與副詞一樣。

[形] ❶（文語）遠的 [同] distant [反] near The stranger seems to have come from a *far* country.
這陌生人似乎來自遠方的國家。

❷（二者之中）較遠的 The man was on the *far* side of the street.
這人在街道的那邊（較遠的一邊）。

▶ the other side 亦可；「這邊」是 this side。

[複合] [名] **the Fàr Èast**（遠東 ▶ 中國・日本等。）

[衍生] [形] **fàrawày**（遙遠的；如在作夢的）

fare [fɛr; feə(r)] [複] **-s** [-z] ▶ 與 fair（公正的）同音。

[名] 車〔船〕費；旅客票價 How much is the *fare* **to** London?
到倫敦的票價是多少？

farewell [`fɛr`wɛl; ˌfeə'wel]

[嘆] 再會！祝你平安 *Farewell*, my friends.
朋友，再會了，祝你們平安！

▶ 比 good-bye 較爲正式的表現。

— [複] **-s** [-z]

[名] 告別（辭）；辭別 He bade us *farewell*, and went away. 他向我們告別，然後離去。
a *farewell* party 歡送會

farm [fɑrm; fɑ:m] [複] **-s** [-z]

[名] ❶農場；農田 His father runs a *farm*.
他的父親經營農場。

❷飼養場；養殖場 a chicken *farm* 養雞場／a dairy *farm* 酪農場／an oyster *farm* 牡蠣養殖場

farmer [`fɑrmɚ; 'fɑ:mə(r)] [複] **-s** [-z]

[名] 農場主人；農夫 ▶ farmer 是經營 farm（農場）的人，peasant 是小農地的農民或佃農。在 farmer 底下做工的人是 farm worker。

farther [`fɑrðɚ; 'fɑ:ðə(r)]

[副] far 的比較級之一，最高級是 farthest。

❶更遠地；進一步的 I can't go any *farther*.
＝I can go no *farther*.
我不能再往前走了。

❷更加地；進一步地 They inquired *farther* into the problem.
他們更進一步地調查這個問題。

──形更遠的;較遠的
► 作此意義時,通常用 further。
The *farther* hill is ten miles away.
更前面的山在十英里外。

fascinate [`fæsṇ‚et; 'fæsɪneɪt] ⊜ **-s** [-s] ⊕ **-d** [-ɪd]; fascinating

動⊗使迷惑;儅之使呆立不動
I was *fascinated* **by** [**with**] her beauty.
我被她的美麗迷住。
The frog was *fascinated* by the snake.
青蛙被蛇儅住呆立不動。

衍生 名 **fáscinátion**(迷惑) 形 **fàscináting**(迷人的)

fashion [`fæʃən; 'fæʃn] ⊕ **-s** [-z]

名❶流行;時尚
回 vogue
Long skirts are **in** [**out of**] *fashion*.
長裙正在[已不]流行。
► **in fashion**(流行中)= in vogue
out of fashion(不流行)= out of vogue

❷方式;作風
He does everything **in** [**after**] his own *fashion*.
他一切都照自己的方式做。

► *after* [*in*] *a fashion*
雖會…但不太高明;馬馬虎虎
He cooks *after a fashion*.
他的烹調技術不太高明。

fashionable [`fæʃənəbl; 'fæʃnəbl]

形流行的;時尚的
It is now *fashionable* among high school students.
現在高中學生正在流行這個。

fast¹ [fæst; fæst] ⊕ **-er** ⊕ **-est**

副❶快速地
回 quickly
He ran up the stairs *fast*.
他快速地奔上樓梯。

──► **fast, early, soon**
fast ……動作迅速地。He ran *fast*. (他跑得快。)
early …指時間上較通常爲早地。
He arrived *early*. (他到得早。)
soon …現在或指定時間之後不久。
He came back *soon*. (他立刻回來。)

❷牢固地;緊緊地 回 firmly
Hold *fast* to the rail.
抓緊欄杆。

❸熟睡地 回 sound
The baby was *fast* asleep.
嬰兒熟睡著。

──⊕ **-er** ⊕ **-est**
形❶快的
⊗ slow(慢的)
He is very *fast* in reading.
他的閱讀速度很快。
a *fast* worker 工作快的人

──► **fast 和 quick**
fast ……形容動作或速度快的。
I took a *fast* plane.
(我搭乘一架速度很快的飛機。)
quick …強調行動的機敏。
He is *quick* at figure.
(他敏於計算(計算很快)。)

❷(錶)快的
⊗ slow
My watch is a little *fast*.
我的錶稍快了一點。

❸牢固的;緊的
回 firm
The roots of the tree are *fast* in the ground. 樹根牢固附於土地中。

fast² [fæst; fæst] ⊜ **-s** [-s] ⊕ **-ed** [-ɪd]; **-ing**

動不斷食;齋戒;絕食
Some people *fast* during certain days of the year. 有些人在一年之中某些天齋戒。

──名 **-s** [-s]
名斷食;齋戒;絕食
During his *fast*, he ate no solid food.
他在齋戒期間,不吃固體食物。
► <breakfast(早餐)的語源是 break(開)+fast(齋)

fasten [`fæsṇ; 'fæsn] ⊜ **-s** [-z] ⊕ **-ed** [-d]; **-ing**

動⊗❶閂鎖;縛;繫
She *fastened* the doors and windows.
她把門窗鎖上。

回 fix firmly
He *fastened* the rope to the post.
他把繩子繫在柱上。

❷盯住
The child *fastened* his eyes **on** the toys.
這孩子的眼睛盯著玩具。

衍生 名 **fàstener**(使牢繫之物;牢繫者)

fat [fæt; fæt] ⊕ **fatter** ⊕ **fattest**

形胖的;肥的
If you eat so much, you will get *fat*.
你如果吃那麼多,一定會長胖。

fat ………過於肥胖的
stout ……肥肥壯壯的
plump …健康肥碩的
thin …瘦的
slim ⎫ 苗條的, 纖弱的
slender ⎭

──形 無
名脂肪;肥肉
I don't like the *fat* of meat.
我不喜歡吃肥肉。

fatal [`fetl; 'feɪtl]

形❶致命的;關乎生死的
The blow was *fatal* to him.
這對他是致命的打擊。
a *fatal* disease 不治之病

❷命運的;決定命運的
The *fatal* day has come at last.
決定命運的日子終於來臨了。

衍生 名 **fatality** [fe`tælətɪ, fə-](死亡;致命之災;宿命)

fate [fet; feɪt] ⊕ 無

名宿命;命運;死;毀滅
It was his *fate* to die young.
早夭是他的命。

father [`faðɚ; 'fɑːðə(r)] ⊕ **-s** [-z]

名❶父, 父親
⊗ mother
I told my *father* [*Father*] the truth.
我把實話告訴父親。
► 指自己父親時, 常用作專有名詞, 起首字母大寫, 省略 my。

father—grandfather—great-grandfather
(父) (祖父) (曾祖父)
mother—grandmother—great-grandmother
(母) (祖母) (曾祖母)

❷創始者;(通常用複數)祖先
Washington is called the *father* of the United States.
華盛頓被稱爲美國國父。

fatigue 154

❸(天主教的)神父 | *Father* Smith is respected by them.
史密斯神父受他們所尊敬。
複合 名 **father-in-law**(岳父;公公(夫之父))
衍生 形 **fatherly**(如慈父的;慈愛的)

fatigue [fə`tig; fə'ti:g] (注意發音) 無
名 (身心的)疲勞 | He was overcome by *fatigue*.
他筋疲力盡。

fault [fɔlt; fɔ:lt] -s [-s]
名 ❶缺點;短處 | Everybody has some *faults*.
同 defect | 人人都有一些缺點。
❷錯誤;過失 | There are a lot of *faults* in your paper.
同 mistake | 你的考卷中有很多錯誤。
❸過錯 | It is my *fault* that we are late.
我們遲到是我的錯。
衍生 形 **faultless**(無缺點的), **faulty**(有缺點的)

find fault with ...
挑剔…;批評… | Don't *find fault with* others.
不要挑剔別人的毛病。

favor, 英 **favour** [`fevɚ; 'feɪvə(r)] -s [-z]
名 ❶親切的行為;幫助 | Will you do me a *favor*?
=May I ask a *favor* of you?
你願意幫我一個忙嗎?
❷善意;恩寵;偏愛 | He won her *favor*.
他贏得她的芳心。

in favor of ... 同 for 反 against
❶支持…;贊成… | I am *in favor of* the proposition.
我贊成這項提議。
❷有利於… | I spoke *in favor of* Mr. Brown.
我幫布朗先生說話。

動 -s [-z] -ed [-d]; -ing [`fev(ə)rɪŋ]
❶表示好意;贊成 | Good weather *favored* our travel.
好天氣有利於我們的旅行。
❷偏愛 | Our teacher *favored* Mary.
我們老師偏愛瑪麗。
▶「他循私」是"He shows favoritism."。
❸賜與,給與 | Will you *favor* me **with** an answer?
請給我一個答覆,好嗎?

favorable, 英 **favourable** [`fevərəbl; 'feɪvərəbl]
形 ❶善意的;贊成的 | He took a *favorable* attitude to the plan.
他對這項計畫採取贊成的態度。
❷順利的;有利的 | The weather was *favorable* **for** our voyage.
天氣對我們的航行有利。
衍生 副 **favo(u)rably**(善意地;順利地)

favorite, 英 **favourite** [`fevərɪt; 'feɪvərɪt]
形 (限定用法) 最喜歡的 | What is your *favorite* color?
你最喜愛的顏色是什麼?
a *favorite* book 最喜歡的書

名 -s [-s]
名 最被喜愛的人或物 | This is my *favorite* among his novels.
他的小說中我最喜愛這一本。

fear [fɪr; fɪə(r)] -s [-z]
名 ❶恐懼,畏懼 | He is **in** *fear* of the dog.
他怕那條狗。

▶ fear 的同義字
fear………是「恐懼」的最普通用語。
fright ……突然的驚懼。
dread ……比 fear 較為強烈的恐懼。
terror ……形容最極度的驚慌恐懼。
horror …暗示令人毛骨悚然的恐怖。

❷憂慮;擔心;不安 反 hope | He has a *fear* **that** his brother will fail. 他擔心他的弟弟會失敗。
❸(壞的事發生的)可能性 | There is no *fear* **of** your failing.
你絕不可能失敗。

for fear of V*ing*
因恐;以免 | I drove slowly *for fear of causing* accidents.
我為了避免發生意外而慢慢開車。

for fear (that) ... should [*would, might*] V ⇨ lest
因恐;免得 | I took an umbrella with me *for fear (that)* it *should* rain.
我因為怕下雨而帶傘去。

▶「以免」的英文表現法
「為了怕…;以免…」這種表否定的目的之語句很多。
not to ..., in order *not* to ...
so as *not* to ..., *lest* ... should~
in case ... should~, *for fear* ... should~
「他拚命讀書以免考試不及格。」
He studied very hard *not* to fail in the entrance examination.

動 -s [-z] -ed [-d]; -ing
動 ❶懼怕 | He *fears* to die.=He *fears* dying.
他怕死。
❷擔心;憂慮 反 hope | I *fear* (**that**) my children will catch cold. 我擔心孩子們會感冒。
❸(言詞的內容不好時)恐怕 | I *fear* it will rain tomorrow.
我恐怕明天會下雨。
"Will he get well?" "I *fear* not."
「他會痊癒嗎?」「恐怕不會。」
▶ fear 是比較正式的字。口語通常用 be afraid。
衍生 形 **fearful**(可怕的), **fearless**(無畏的)

feast [fist; fi:st] -s [-s]
名 饗宴;祝宴 | He made a speech at the wedding *feast*. 他在結婚喜宴上致詞。

動 -s [-s] -ed [-ɪd]; -ing
動 款宴;宴請 | I *feasted* my friends on my birthday.
我在生日那天宴請我的朋友。

feat [fit; fi:t] -s [-s] ▶ 與 feet 同音。
名 偉業;功績;技藝 | The player performed a wonderful *feat*. 這選手演一項精彩的技藝。
▶ 肉體上與精神上兩方面。

feather [`fɛðɚ; 'feðə(r)] -s [-z]
名 (一片)羽毛;(集合稱)羽毛 | as light as a *feather* 輕如鴻毛

feather / wings

feature [`fitʃə; 'fi:tʃə(r)] (注意發音) 働 **-s** [-z]

名 ❶(用複數) 容貌;容貌的一部分 | Her mouth is her best *feature*.
她的嘴是五官最美的一個部位。
She has charming *features*.
她容貌迷人。

► 眼、鼻、嘴等容貌的個別部位是 a feature。

❷特徵;特色 | What are the geographical *features* of China?
中國的地理特徵是什麼?

❸最吸引人的部分,最精彩之處 | The *feature* of this show was the appearance of Michael Jackson.
這節目最精彩之處是麥可克森露臉。

—— ⊜ **-s** [-z] 働 **-d** [-d]; **featuring**

働 及 ❶爲…之特色 | Old temples and shrines *feature* the city.
古老的廟宇爲這城市之特色。

❷作爲號召 | All the papers *featured* the case.
所有的報紙都大肆渲染這事件。

February [`fɛbrʊ,ɛrɪ; 'februərɪ] 働 無

名 二月 | It is very cold here in *February*.
這裡的二月很冷。

► 略作 Feb.。

fed [fɛd; fed] 働 feed(餵養)的過去式・過去分詞

federal [`fɛdərəl; 'fedərəl]

形 ❶聯邦(制)的 | Switzerland is a *federal* state.
瑞士是聯邦國家。

❷(美)(用大寫)聯邦政府的 | the *Federal* Government (of the United States) 美國聯邦政府
the *Federal* Bureau of Investigation 聯邦調查局(略作 FBI)

► 別於 state(州)的字。

❸(用大寫)(美國史)北部聯邦的 | the *Federal* States (南北戰爭時代的) 北部聯邦諸州 ►「南部聯邦諸州」是 the Confederate States。

衍生 名 **federalist**(擁護聯邦主義者)

fee [fi; fi:]

名 ❶費(入場費・入會費等) | an entrance [admission] *fee* to the zoo 動物園的入場費

❷(付與醫生・律師等的)酬金;報酬 | He teaches at a *fee* of 10,000 dollars. 他以一萬元的報酬教學。

feeble [`fib; 'fi:bl] ⑭ **-r** 働 **-st**

形 ❶(身體・精神)衰弱的 | She was *feeble* with age.
她年老衰弱。

► 與 weak 同義,但 feeble 有憐憫或輕蔑的含意。

❷(光・聲音等)微弱的 | a *feeble* voice 微弱的聲音 / a *feeble* light 微弱的光線

衍生 副 **feebly**(微弱地)名 **feebleness**(微弱;衰弱)

feed [fid; fi:d] ⊜ **-s** [-z] 働 **fed** [fɛd]; **-ing**

► 注意不要混淆

food 名 食物 { feed 働 給以食物
{ feed 名 飼料

働 及 ❶給以食物;餵嬰兒吃奶 | *Feed* the baby first.
先餵嬰兒吃奶。

► food(食物)的動詞形態 | I *fed* { meat **to** the dog.
{ the dog **on** meat.
我用肉餵狗。

❷供養;飼養 | He has a large family to *feed*.
他必須養活一個大家庭。

不 (動物)吃草 | Cows are *feeding* in the pasture.
牛群正在牧場上吃草。

feed on ... (動物)以…爲食 | Cattle chiefly *feed on* grass. 牛主要以草爲食。

► 人類「以…爲食」是 live on。

—— 働 無

名 飼料;糧秣 | *feed* for horses 餵馬的飼料 / chicken *feed* 雞飼料

feel [fil; fi:l] ⊜ **-s** [-z] 働 **felt** [fɛlt]; **-ing**

働 及 ❶觸摸;摸看 | The doctor *felt* my pulse.
醫生把我的脈。

❷(肉體上或精神上的)感覺 | He *felt* the house shake.
他覺得房子震動。

❸以爲;想 | I *feel* that she will come soon.
我認爲她馬上就會來。

► 比 think 的根據少,「總覺得…」之義。 | He *felt* the work (**to** be) difficult.
他覺得這工作困難。

不 ❶(人)感覺;(東西)摸起來是 | I *felt* as if I were in hell.
我覺得彷彿置身地獄。
Velvet *feels* soft.
天鵝絨摸起來是柔軟的。

❷用手摸索 | I *felt* in my pocket **for** the key.
我用手在口袋裡找鑰匙。

► 用摸找是 look for。

feel like ... 想… | I *felt* like taking a walk.
我想想散步。

feel one's *way* 摸索著走 | He *felt* his *way* in the dark.
他在黑暗中摸索前進。

feeling [`filɪŋ; 'fi:lɪŋ] 働 **-s** [-z]

名 ❶感覺,感觸;(通常用複數)感情 | I have a *feeling* **that** he is right.
我覺得他是對的。
I tried not to hurt his *feelings*.
我設法不傷他的感情。

❷知覺;觸感 | I had no *feeling* **in** my fingertips.
我的指尖毫無知覺。

—— ► 表感覺・感情的字
feeling ……最普通的用語。
sense ………感覺;感官的感覺。
sensation …(聽、觸、視力的)感覺;(對外界刺激)感覺。
sentiment ……感情;情緒;傷感。
emotion ……(喜怒哀樂的)情感;情緒。
passion ……愛或怒的強烈情緒;激情。

feet [fit; fi:t] 名 是 foot(腳)的複數式 ► 與 feat 同音。

feign [fen; feɪn] ⊜ **-s** [-z] 働 **-ed** [-d]; **-ing**

働 及 假裝;裝作 ⑩ pretend | He *feigns* that he is deaf.
=He *feigns* himself (to be) deaf.
=He *feigns* deafness.
他裝聾。

fell¹ [fɛl; fel] 働 fall(落下)的過去式

—— ► 注意不要混淆
降下,降下 不 fall——**fell¹**——fallen
砍伐 及 **fell²**——felled——felled

fell² [fɛl; fel] ⊖ **-s** [-z] 働 **-ed** [-d]; **-ing**
動⑧砍伐(樹｜The woodcutter *felled* the tree.
木)　　　　｜樵夫砍伐那棵樹。
fellow [ˈfɛlo; ˈfeləʊ] 働 **-s** [-z]
名❶(口語)人；｜Joe is a fine *fellow*.
漢子(含有親｜喬是個好人。
暱・輕蔑意味)｜He's sick, poor *fellow*.
傢伙 ◉ chap｜他生病了,可憐的傢伙。
❷(通常用複數)｜They are my school *fellows*.
同事;同伴;同僚｜他們是我的同學。
　　　　　　｜a *fellow* traveler
　　　　　　｜旅伴
　衍生名 **fellowship**(友誼;同志)
felt [fɛlt; felt] 動 feel(感覺)的過去式・過去分詞
female [ˈfimel; ˈfiːmeɪl] 働 male(男的)
形女的,女性｜They had their first *female* child.
的;雌的　　　｜他們生下第一個女孩。
──働 **-s** [-z]
名女性;雌獸｜Is it a male or a *female*?
　　　　　　｜它是雄的還是雌的?
feminine [ˈfɛmənɪn; ˈfemɪnɪn]
形女性的;女人｜*feminine* beauty 女性美／*feminine*
似的;女性特有｜curiosity 女性特有的好奇心／the
的　　　　　　｜*feminine* gender(文法)(名詞的)陰性
働 masculine
　▶ female 僅強調性別(女性);而 feminine 則多指女性
特具的性質(如柔弱、溫柔等)。

```
female(女性的)      ↔   male(男性的)
feminine(女人似的)  ↔   masculine(男人似的)
  ▶ effeminate [əˈfɛmənɪt] ((男人)娘娘腔的)
```

fence [fɛns; fens] 働 **-s** [-ɪz]
名圍牆;籬笆;｜He set up *fences* around the farm.
柵欄　　　　｜他在農場四周設立柵欄。
fern [fɝn; fɜːn] 働 **-s** [-z]
名(植物)蕨;｜The ground was
(集合稱)羊齒植｜covered with *fern*.
物　　　　　　｜地上長滿羊齒植物。

fern

ferry [ˈfɛrɪ; ˈferɪ] 働 **ferries** [-z]
名❶渡頭;渡口｜We reached the *ferry* in a boat.
　　　　　　　｜我們乘船到達渡口。
❷渡船　　　　｜He went to the island by *ferry*.
　　　　　　　｜他乘渡船到那島。
ferryboat [ˈfɛrɪˌbot; ˈferɪbəʊt] 働 **-s** [-s]
名渡船　　　｜Have you ever boarded a *ferryboat*?
　　　　　　｜你曾經乘過這渡船嗎?
fertile [ˈfɝtl; ˈfɜːtaɪl] ▶注意勿與 futile(徒勞的)混淆。
形(土地)肥沃｜The land is *fertile*.
的;多產的　　｜這土地很肥沃。
働 barren,　　｜The rabbit is a *fertile* animal.
sterile(不毛的)｜兔子是很會繁殖的動物。
　衍生名 **fertility**(肥料)、**fertilizer**(肥沃)動 **fertilize**
(使土地肥沃)
festival [ˈfɛstəvl; ˈfestəvl] 働 **-s** [-z]
名❶節日;節｜a harvest *festival* 豐年祭／
慶;慶祝活動｜Dragon Boat *Festival* 端午節

❷(定期舉辦的｜They hold a music *festival* here
音樂・戲劇等｜every summer.
的)會　　　　｜他們每年夏天都在這裡舉行音樂會。
fetch [fɛtʃ; fetʃ] ⊖ **-es** [-ɪz] 働 **-ed** [-t]; **-ing**
動⑧去把(東｜
西)取(拿)來;把｜
(人)帶來　　｜
◉ go and　　｜
bring back　｜
　▶ bring 是東｜
西或人就在對方｜*Fetch* me my umbrella.
的附近,把東西｜=*Fetch* my umbrella **for** me.
拿來或把人帶｜請把我的雨傘拿來。
來。　　　　｜*Fetch* the doctor at once.
　⇨ bring　　｜馬上去把醫生請來。

fetch

feudal [ˈfjudl; ˈfjuːdl]
形封建制度的;｜the *feudal* system [times]
封建的　　　｜封建制度[時代]
　衍生名 **feudalism**(封建制度)
fever [ˈfivɚ; ˈfiːvə(r)] 名無　⇨ heat
名(疾病)發燒;｜The boy has a high [slight] *fever*.
發熱;熱病　｜這男孩發高燒[有點燒]。
　　　　　　｜I have (a) *fever*.
　　　　　　｜我發燒。
　▶ temperature 是「溫度」。
　衍生形 **feverish**(發燒的)
few [fju; fjuː] ⊕ **-er** 働 **-est**
形　▶ few 用於「數」,little 用於「量」。
❶(加 a)少數｜I have **a** *few* ties.
的;幾;數　　｜我有好幾條領帶。
　　　　　　｜He will be back in **a** *few* days.
　▶肯定的意味｜再過兩三天他就回來了。

a few （肯定的）	few （否定的）

He has *a few* friends.　｜He has *few* friends.
他有幾個朋友。　　　　　｜他幾乎沒什麼朋友。
　▶作 a few 或 few 係依據主觀的看法。對於希望有一百
個朋友的人而言,五個朋友也算是 few friends。
❷(不加 a)　｜*Few* people know his name.
很少的　　　｜沒有幾個人知道他的名字。
　▶否定的意味｜He is a man of *few* words.
　　　　　　｜他是個寡言的人。

┌───── ▶ less 和 fewer ─────
「他的書比我少。」
　(誤) He has *less* books than I have.
　(正) He has *fewer* books than I have.
　▶ less 用於量、金額、價值、程度,如 less water, less
food, less money, less education, less than five
pounds(金額)。fewer 用於數,如 fewer friends,
fewer books。

few or no　｜He has *few or no* books.
幾乎沒有　　｜他幾乎沒有書。

no fewer than ... 圇 as many as ...
約有…，不下於… | *No fewer than* 50 passengers were killed. 約有五十個乘客死亡。

▶ 用於數。no less than 則可用於數或量。

not a few
不少的；許多的 | *Not a few* people were present at the party. 有不少人出席那宴會。

only a few
只有幾個 | He has *only a few* books. 他只有數本書。

quite a few
(口語)相當多的 | She has *quite a few* good friends. 她有相當多的好友。

── 名 (用作複數) ▶ a few 和 few 之差異，與形容詞的情形一樣。

❶少數的人〔物〕 | I know a *few* of them. 我認識他們之中的幾個。

❷(加 the)少數人 | It is useful for **the** *few*. 那僅對少數人有用。

fiber, ⓐ **fibre** [`faɪbə; 'faɪbə(r)] 名 **-s** [-z]
名 纖維 | chemical *fiber* 化學纖維／cotton *fiber* 棉纖維

fickle [`fɪkl; 'fɪkl]
形 易變的；多變的 | We have *fickle* weather in fall. 秋天的天氣是多變的。

fiction [`fɪkʃən; 'fɪkʃn] 名 **-s** [-z]
名 ❶(作爲文學部分之一的)小說 ⇨ poetry, drama | He prefers poetry to *fiction*. 他喜歡詩甚於小說。
▶ 長篇小說是 a novel, 短篇小說是 a short story。
▶ 非小說性的散文文學稱爲 nonfiction。

❷虛構的事；杜撰的故事；虛構的 ⓕ fact(事實) | The story is pure *fiction*. 這故事純屬虛構。

⎧編造的；假的)⎫
衍生 形 **fictional**(虛構的；小說的) **fictitious**(虛構的；⎭

field [fild; fi:ld] 名 **-s** [-z]
名 ❶田地；田野 | He works **in** the *field* on Sunday. 他星期天在田裡工作。

❷(茫茫)一片；(油)田；(資源的)產地 | a *field* of snow＝a snow *field* 一片冰雪／oil *field* 油田

❸運動場；田賽場地；戰場 圇 battlefield

track
field
a football *field* 足球場
He was killed **in** [**on**] the *field*. 他死於戰場。

❹(研究・活動)範圍，領域 | What is your *field* of study? 你研究的範圍是什麼？

fiend [find; fi:nd] (注意發音) 名 **-s** [-z]
名 惡魔；魔鬼；窮兇極惡的人 | Do you believe in *fiends*? 你相信魔鬼的存在嗎？

fierce [fɪrs; fɪəs] ⓑ **-r** 圇 **-st**
形 ❶兇猛的 | The dog looks very *fierce*. 這狗看起來很兇猛。

❷猛烈的，狂暴的 | We were caught in a *fierce* storm. 我們受困於猛烈的暴風雨。

fiery [`faɪərɪ, `faɪrɪ; 'faɪərɪ] (注意發音) (常用) ⓑ
fierier 圇 **fieriest** ▶ fire(火)的形容詞
形 ❶火的；如火的；燃燒的 | She was watching the *fiery* furnace. 她注視著燃燒的火爐。
a *fiery* sky 火紅的天空

❷激昂的；激烈的 | He made a *fiery* speech. 他發表激昂的演說。

fifteen [fɪf`tin, `fɪf`tin; ,fɪf'ti:n] 圇 **-s** [-z] ▶ 序數是 **fifteenth**。
名 形 十五(個・人・時・歲)(的) | *Fifteen* people were killed in the accident. 十五人死於那意外事件。

fifth [fɪfθ; fɪfθ] ▶ 不是 fiveth。
形 第五(個)的；五分之一的 | Today is his *fifth* birthday. 今天是他的五歲生日。
── 圇 **-s** [-s] ▶ 略作 5th。
名 ❶(加 the)第五；(月的)五日 | Today is **the** *fifth* of May. 今天是五月五日。
❷五分之一 | four *fifths* 五分之四

fifty [`fɪftɪ; 'fɪftɪ] 圇 **fifties** [-z]
名 形 ❶五十(個・人・歲)(的) | He is *fifty* (years old). 他五十歲。
❷(用複數)五〇年代；51～59 歲 | **in the** early *fifties* 一九五〇年代初／She is **in her** *fifties*. 她五十幾歲。
▶ 年代加 the, 歲數加 one's。
▶ 序數是 **fiftieth**。

fig [fɪg; fɪg] 圇 **-s** [-z]
名 (植物)無花果(的樹或果實) | Some people don't like *figs*. 有些人不喜歡無花果。

fight [faɪt; faɪt] 圇 **-s** [-s]
名 ❶戰，戰鬥；格鬥；打鬥；爭鬥 | We will win [lose] the *fight*. 我們會戰勝[敗]。
The patient is exhausted with the *fight* against the disease. 這病人因與病魔搏鬥而疲憊。
▶ a fight 可以指打架或用嘴争吵，而 a quarrel 專指口角。
❷鬥志；戰鬥力 | He has a lot of *fight* in him. 他鬥志昂揚。

── ▶ 表「戰」之義的字 ──
war………特指國與國間的大戰。
battle……爲 war 中之個別的戰役。
combat …比 battle 規模小的戰役，或小隊間的小戰。
fight ……個人與個人之間的打鬥；打架；吵架。
struggle…可指肉體上或精神上的搏鬥；奮鬥；掙扎。

── 圇 **-s** [-s] 過 **fought** [fɔt]; **-ing**
動 不 戰爭；格鬥 | England *fought* **against** [**with**] Germany. 英國與德國打仗。
We have been *fighting* **for** freedom. 我們一直爲自由而戰。

及 ❶打仗；和…爭鬥 | They *fought* their enemies bravely. 他們英勇地與敵人打。
❷使戰鬥 | He *fought* a good **fight**.＝He *fought* well. 他打了漂亮的一仗。

figure

158

▶像 fight a … fight 這樣, 受詞與動詞是同系的, 這種受詞稱爲同系受詞。

I *dreamed* a strange **dream**.
(我做了一個奇異的夢。)
She *lives* a happy **life**.＝(She lives happily.)
(她過著幸福的生活。)

衍生 名 **fighter**(戰鬥者; 戰士; 戰鬥機)

figure [ˋfɪgjɚ, ˋfɪgɚ; ˈfɪgə(r)] 働 **-s** [-z]

名 ❶體態; 容貌;(溜冰・跳舞的姿態) | I saw the *figure* of a man.
我看見一個男人的身影。
She has a nice *figure*.
她有美麗的體態。

❷人物; 名人;(繪圖・雕刻的)像 | Napoleon is a well-known *figure* in history.
拿破崙是歷史上著名的人物。

❸圖形; 圖案 | a geometrical *figure* 幾何圖形

❹數字; 金額;(價格);(用複數)計算 | The child can add double *figures*.
這孩子能作二位數的加法。
He is good at *figures*.
他善於計算。

❶ ❷ ❸ ❹
```
            47
            38
            7
            29
            57
         +   9
```

cut [*make*] *a figure*
放異彩; 露頭角 | He *cut a figure* in society.
他在社交界很出風頭。

── ⊜ **-s** [-z] 働 **-d** [-d]; **figuring** [ˋfɪgərɪŋ]
働 ⊗ 美(口語)認爲; 想 | I *figure* (**that**) tomorrow will be fine. 我想明天是晴天。

figure out
理解; 想出 | I can't *figure* it *out* what he means.
我不能理解他的意思。

複合 名 **figure of spèech**(修辭方式, 如隱喻或明喻)

file[1] [faɪl; faɪl] 働 **-s** [-z]

名 ❶(文件・報章等的)合訂本 [簿]; 公文箱; 文件檔 | a *file* of documents 文件檔
I told him to keep it **on** *file*.
我叫他把它歸檔了。

❷縱隊 反 rank(橫隊) | They were marching in Indian [single] *file*. 他們成縱隊前進。

rank
file

── ⊜ **-s** [-z] 働 **-d** [-d]; **filing**
働 ⊗ 歸檔 | He *filed* (**away**) those letters.
他把那些信件歸檔。

不 排成縱隊前進 | The pupils *filed* **in** [**out**].
這些學生排隊進〔出〕去。

file[2] [faɪl; faɪl] 働 **-s** [-z]
名 銼刀; 銼子 | Please tell me how to use this *file*.
請告訴我這把銼刀的用法。

fill [fɪl; fɪl] ⊜ **-s** [-z] 働 **-ed** [-d]; **-ing**
動 ⊗ ❶使滿 | She *filled* a glass **with** water.
她用水把玻璃杯斟滿。

❷占滿; 充滿 | The room was *filled* **with** guests.
房間擠滿客人。

❸填塞 反 empty | He *filled* the hole **with** sand.
他用沙把洞口填塞起來。

働 *fill* a glass **with** water
用水斟滿玻璃杯

形 *full* **of** water
裝滿水

働形 *empty*
使空: 空的

不 充滿 | Her eyes *filled* **with** tears.
她的眼睛充滿淚水。

fill in
❶填寫(文件・空白) | *Fill in* the blanks.
填寫空白處。

❷暫代某人的職務 | I *filled* **in for** the teacher.
我暫時代理那位老師的職務。

fill out
❶使膨脹 | The boy *filled* *out* his cheeks.
這男孩的臉頰長豐滿了。

❷填好 | He *filled* *out* the form.
他填好這張表格。

filling station [ˋfɪlɪŋ ˋsteʃən; ˈfɪlɪŋ ˈsteɪʃn] 働 **-s** [-z]
名 美 汽車加油站 同 gas station | He stopped his car at a *filling station*.
他把車子停在加油站。

film [fɪlm; fɪlm] 働 **-s** [-z]
名 ❶膠捲; 軟片 | I found a roll [spool] of *film*.
我發現一捲膠捲。

❷影片; 電影 | an educational *film* 教育影片／a documentary *film* 記錄影片

❸薄膜; 皮面的一層 | There is a *film* of oil on the water.
水面浮著一層油。

filter [ˋfɪltɚ; ˈfɪltə(r)] 働 **-s** [-z]
名 過濾器; 濾紙;(照相機的)濾光鏡 | Clean the water with a *filter*.
用過濾器把水濾淨。

── ⊜ **-s** [-z] 働 **-ed** [-d]; **-ing**
動 ⊗ 過濾 | They *filtered* the water **through** the sand.
他們用沙濾水。

filth [fɪlθ; fɪlθ] 働 無 ▶ foul(污穢的)的名詞
名 污物, 不潔之物; 醜行 | The pond was filled with *filth*.
這池塘充滿了污物。

衍生 形 **filthy**(污穢的, 不潔的; 猥褻的)

fin [fɪn; fɪn] 働 **-s** [-z]
名 (魚的)鰭; 鰭狀物

fins
fin

final [ˋfaɪnl; ˈfaɪnl]
形 ❶最終的, 最後的 同 last | the *final* chapter of the book
這本書的最後一章

❷決定性的；終極的 — We have made a *final* decision. 我們已作最後的決定。

— [複] **-s** [-z]

[名] ❶(用複數) 決賽 — They played **in** the *finals*. 他們參加決賽。

❷(常用複數) 期末考試 — He failed **in** his *finals*. 他期末考試不及格。

[衍生] [名] **finàlity** (最後的事物；最後的決定)

[副] **fìnally** (最後地；最終地；終於)

finance [fəˋnæns, ˋfaɪnæns; faɪˈnæns] [複] **-s** [-ɪz]

[名] ❶財政；財政學 — the Ministry of *Finance* 財政部／the Minister of *Finance* 財政部長

❷(用複數) 財源；財政狀況；歲入 — He improved the *finances* of the city. 他改善該市的財政狀況。

[衍生] [形] **finàncial** (財政上的)

find [faɪnd; faɪnd] [三] **-s** [-z] [不] **found** [faʊnd]; **-ing**

► 注意動詞變化

find (發現)	—— [不] found	—— found
found (建立)	—— [規] founded	—— founded

[動] [及] ❶(偶然或經努力而) 發現；找到；撿到 — I *found* a coin on the street. 我在街上撿到一枚硬幣。 I can't *find* my watch. 我找不到我的手錶。

❷設法得到 — I finally *found* the courage to speak in public. 我終於鼓起勇氣對公眾演說。 I can't *find* the time to study. 我抽不出時間讀書。

❸幫某人找事或物 — Please *find* me a job. ＝Please *find* a job **for** me. 請幫我找個工作。

❹(當(做)…時) 發覺，得知；覺得 — We *found* him dead. ＝He was *found* dead. (過去一看) 我們發現他已死了。

I *found* { the book [**to** be] interesting. / **that** the book was interesting. }

(一讀這本書) 我發覺這本書很有趣。

He *found* **it** impossible **to** see her. 他覺得要見她是不可能的。

► discover 係指初次發現或發現不為人所知的事物，主要用於好的意味。detect 係指因詳細觀察始發現有意隱瞞的事物，多用於看穿壞事或瞞騙之事時。

find...in～ 發現 (某人為…) — I *found* a good friend *in* him. 我得到他這個好友。

find oneself 發現自己處身於 (某場所或狀態) — When he awoke, he *found himself* in a strange room. 當他醒來，他發現自己在一間陌生的房間裡。

find one's way 努力前進；尋路前往 — We *found* our *way* to the town. 我們找到了進城的路。

find out (經努力才將真相或不明之事) 發現；獲知 — He *found out* a new method. 他發現一個新方法。 I cannot *find out* where he has gone. 我不知道他上哪裡去。

— [複] **-s** [-z]

[名] 發現；發現物；便宜貨 — This painting is quite a *find*. 這幅畫真是便宜貨。

[衍生] [名] **fìnder** (發現者；(照相機上的) 檢視鏡)，**fìnding** (發現；拾得物)

fine[1] [faɪn; faɪn] [比] **-r** [最] **-st**

[形] ❶華麗的；優秀的；卓越的；漂亮的 — He is living in a *fine* house. 他住在一幢華麗的房子裡。 *fine* clothes 漂亮的衣服／a *fine* pianist 優秀的鋼琴演奏家

❷(天氣) 晴朗的 [同] clear, fair — What a *fine* day! 多麼好的天氣！

► 「晴天」的會話表現

「今天天氣很好，不是嗎？」
It's a *fine* day today, isn't it?／*Nice* day today, isn't it?
「天氣像是將要轉晴的樣子。」
Looks like it's going to *clear up*.
「根據天氣預報，今天將是好天氣。」
The weatherman says it's going to be *fair* today.

❸[美] 安好的 [同] well — "How are you?" "*Fine*, thank you." 「你好嗎？」「很好，謝謝你。」

❹優雅的；高尚的 — He is a man of *fine* manners. 他是個舉止優雅的人。

► 也被用於壞的意味。

❺微小的，細的；精製的；純良的 — *fine* sand 細沙／*fine* rain 細雨／a *fine* pen 細字筆／*fine* sugar 特製的細砂糖／*fine* gold 純金

❻纖細的；敏銳的；微妙的 — He has a *fine* ear for music. 他對音樂有敏銳的欣賞力。 a *fine* distinction 微妙的差異

— [副] (口語) 優美地；很好地 — Everything went *fine*. 一切都很順利。

[複合] [名] **the fìne àrts** (美術)

[衍生] [副] **fìnely** (良好地) [名] **fìneness** (優秀；精美；細緻；纖細)，**finery** [ˋfaɪnərɪ] (華麗的衣服)

fine[2] [faɪn; faɪn] [複] **-s** [-z]

[名] 罰金；罰款 — He paid a *fine* of 40,000 dollars. 他付了四萬元的罰款。

► fine 是處以罰款，而 penalty 是泛指一般刑罰的用語，也用於運動中犯規的處罰。

— [三] **-s** [-z] [規] **-d** [-d]; **fining**

[動] [及] 科以罰金；處以罰款 — He was *fined* 600 dollars for speeding. 他因超速被處罰款 600 元。

finger [ˋfɪŋgɚ; ˈfɪŋgə(r)] [複] **-s** [-z]

[名] 手指 — A hand has four *fingers* and a thumb. ＝A hand has five *fingers*. 一隻手有五根手指。

► 通常指大拇指 (thumb) 以外的手指，但有時也包括大拇指。腳趾是 toe。

1. the thumb (大拇指)
2. the index [first] finger＝the fore finger (食指)

3. the middle finger
(中指)

4. { the third finger (無名指)
{ the ring finger (左手的無名指)

5. the little finger (小指)

fingernail　　fingerprint

複合 名 **fingernáil**(手指甲), **fíngerprínt**(指紋)

finish [`fɪnɪʃ; `fɪnɪʃ] ⊖ **-es** [-ɪz] 匐 **-ed** [-t]; **-ing**
動 ⊗ ❶結束;完 | Have you *finished* your homework?
成 | 你已將家庭作業做完了嗎?
▶ finish 之後 | I *finished* the book.
用動名詞。 | =I *finished* reading the book.
| 我把那本書讀完了。

――― ▶ **finish to V** 是錯的―――
「他說完了。」▶ finish 之後不能用不定詞。
(誤) He *finished* to speak.
(正) He *finished* speaking.
「他開始說。」▶ begin 接不定詞或動名詞均可。
(正) He *began* to speak.
(正) He *began* speaking.

❷完成;修飾;給 | The building will soon be *finished*.
…最後加工;將 | 這建築物馬上就可完工。
…拋光 | He *finished* the table with varnish.
| 他用亮光漆將桌子拋光。
❸吃完;喝完 | We *finished* a dozen bottles of beer.
| 我們把一打啤酒喝完。
不 結束;終止 | I think his speech will soon *finish*.
| 我想他的演說馬上就要結束了。

finish with...
❶完成 | Have you *finished with* the paper?
| 你已看完報紙了嗎?
❷與…斷絕來 | I have now *finished with* her.
往;與…斷絕關 | 我現在已經跟她斷絕關係(絕交)了。
係

―― 匐 **-es** [-ɪz]
名 ❶終止, 結束 | The work has come to the *finish*.
囘 end | 這工作已完成。
❷最後的修飾 | He gave the (last) *finish* to his
| novel. 他給他的小說作最後的潤飾。

fir [fɝ; fɜː] 匐 **-s** [-z]
▶ 與 fur 同音。
名 (植物)樅樹; | The *fir* is an
樅木 | evergreen
| tree.
| 樅樹是一種常綠
| 的樹。

fir

fire [faɪr; `faɪə(r)] 匐 **-s** [-z]
名 ❶火 | There is no
| smoke
| without *fire*.
| 無火不起煙。〔無風不起浪。〕(諺語)
| Who set *fire* to the house?
| 是誰放火燒房子?

❷火災 | A *fire* broke out last night.
| =There broke out a *fire* last night.
| 昨晚發生火災。
❸爐火 | Make a *fire*.
| 生火吧!
❹砲火;射擊 | We opened *fire* at the enemy.
| 我們向敵人射擊。
| Cease *fire*! 停止射擊!
| ▶ 像 a fierce fire(猛烈的砲火)這樣
| 與形容詞連用時, 通常加 a。

catch (on) fire
著火;失火 | The house *caught (on) fire*.
| 這房子失火了。

―― ⊖ **-s** [-z] 匐 **-d** [-d]; **firing**
動 ⊗ ❶開(槍) | He *fired* his gun at the target.
| 他開槍打靶。
❷點火;使燃燒; | Someone *fired* the building.
激起 | 有人縱火燒那建築物。
| My imagination was *fired* by the
| story. 那故事激起我的想像力。
❸(口語)解僱 | He was *fired*.
囘 discharge | 他被解僱了。
不 射擊 | The criminal *fired* at the
| policeman. 罪犯對警察開槍。

複合 名 **fire éngine**(消防車), **fíreflý**(螢火蟲), **fíremar**
(消防隊員;管燒火的工人), **fíreplàce**(鑲在牆壁的)壁
爐), **fíre státion**(消防隊), **fírewórks**(煙火)
形 **fírepróof**(耐火的;防火的)
衍生 形 **fíery**(火的;如火的)

firm¹ [fɝm; fɜːm] 匬 **-er** 匭 **-est**
形 ❶堅實的;堅 | The runner has *firm* muscles.
固的 囘 solid, | 這跑壘員有堅實的肌肉。
strong and | The walls were (as) *firm* as rock.
hard | 這些圍牆穩如磐石。
❷堅定的;堅決 | I have a *firm* belief in his honesty.
的;不更改的 | 我堅信他是誠實的。
| You should be *firmer* with your
囘 steady, | children.
decided | 你應該對你孩子更加嚴厲。
―― 副 堅定地;牢 | I was holding *firm* to the saddle.
固地 ▶ 除如右 | 我牢牢抓住馬鞍。
例句的用法之 | He stands *firm* against any protest
外,副詞用 | 他堅持立場不屈服於任何抗議。
firmly。囘 fast
衍生 副 **fírmly**(堅定地;牢固地)

firm² [fɝm; fɜːm] 匐 **-s** [-z]
名 商店;公司 | an export *firm* 出口廠商

first [fɝst; fɜːst] ▶ 原本是 fore 的最高級。
形 ❶第一的, 最 | He took the *first* train for Paris.
先的;最初的 | 他乘開往巴黎的第一班火車。
囘 last | He was the *first* man to go there.
| 他是第一個去那裡的人。
| John is *first* in his class.
| 約翰是全班成績第一名。
❷最重要的;首 | He is the *first* actor of China.
要的;一流的; | 他是中國第一流的演員。
(職位・地位)最
高的

or the first time 第一次	I took an airplane *for the first time* in my life. 我有生以來第一次搭乘飛機。

▶ 注意勿與 at first (起初) 混淆。

——▶「我第一次來這裡。」——
I've come here for the first time.
This is the first time I have come here.
This is my first visit here.

n the first place 首先 ▶「其次」是 in the second place。	*In the first place*, fashions change very quickly. 第一，時尚變化得很快。
—**副** ❶ 首先地； 最初地	I'll tell you the truth *first*. 首先我要對你說實話。 Safety *first*! 安全第一！
❷(順序)第一； 首位	Tom came in *first*. 湯姆得到第一

——▶「我(得)第一。」的表現法——
(誤)I was first place.
(正)I was first.
(正)I took (the) first place.
(正)I won (the) first prize. ▶ (我得到第一獎。)

	First the program is dull; secondly it is not instructive. 第一，這節目很無趣；第二，它不具教育意義。
❸最初	I *first* met her five years ago. 我在五年前初次遇見她。
irst of all 首先	Do your own duty *first of all*. 首先要盡你自己的義務。
—**名** ❶(通常加 the)最初(的人)；開頭；第一(名・號・等)；(月的)第一日(略作 1st)	He was the *first* to come here. 他是最先來這裡的人。 The book was interesting from the *first*. 這本書從一開頭就有趣。 the *first* of May=May (the) *first* 五月一日
❷(用大寫加 the)一世	Elizabeth the *First*=Elizabeth I 伊利莎白一世
t first 最初；起初	No one listened to him *at first*. 起初沒有人注意聽他說。

——▶ 基數和序數——

one	first	(1st)	
two	second	(2nd)	▶ 注意拼法和簡寫。
three	third	(3rd)	
four	fourth	(4th)	▶ 但四十是 forty(40)。
five	fifth	(5th)	▶ 不是 fiveth。
six	sixth	(6th)	
seven	seventh	(7th)	
eight	eighth	(8th)	▶ 發音為 [etθ]。
nine	ninth	(9th)	▶ 不是 nineth。
ten	tenth	(10th)	
eleven	eleventh	(11th)	
twelve	twelfth	(12th)	▶ 不是 twelveth。

複合 **名** **fîrst àid**(急救), **fîrst náme**((對姓而言)名)
形 **fîrst-clàss**(第一流的;(火車等)頭等的), **fîrst-hànd**(直接的;第一手的), **fîrst-ràte**(第一流的)

fish [fɪʃ; fiʃ] **働** ⇨ 參見下圖

名 ❶(活著的) 魚	He caught a *fish* [two *fish(es)*]. 他捉到一〔兩〕條魚。
	{ many fish　　很多魚 { many fishes　很多種魚

▶ 種類相同的魚之複數為 fish；不同種類的魚之複數為 fishes。

three fish　　　three fishes

❷魚肉；(吃的)魚	I like *fish* better than meat. 我喜歡吃魚甚於吃肉。

▶ 不需要冠詞，用單數。

—(三)**-es** [-ɪz] **働** **-ed** [-t]; **-ing**

動 **及** 捕(魚);釣(魚)	He would *fish* trout with his father. 他常常同他父親一起釣鱒魚。
不 捕魚;釣魚	I went *fishing* **in** the river. 我去釣河裡的魚。

▶ 不可作 to the river。

angler
釣魚者
fishing rod
釣竿
fishing line
釣絲
fishhook
釣鉤
bait 餌

▶ **fisherman** 是「漁夫」。

衍生 **名** **fîshery**(漁業), **fîshing**(釣魚)

fist [fɪst; fist] **働** **-s** [-s]

名 拳;拳頭	He clenched his *fists*. 他緊握拳頭。

fit¹ [fɪt; fit] **比** **fitter** **最** **fittest**(注意拼法)

形 ❶合適的,適宜的 **同** suitable	The room was a *fit* place **for** study. 這房間是適合於讀書的地方。 This book is *fit* **for** children. 這本書適合於小孩子。 The water is *fit* **to** drink. 這水適合於飲用(=可以喝)。
❷適當的 **同** proper	It is not *fit* **that** you should meet them.=It is **not** *fit* **for** you to meet them. 你不應當見他們。
❸健康狀況良好的;健康的 **同** healthy	I feel *fit* **for** work [**to** work] today. 我覺得今天人很舒服,能做工作。

—(三)**-s** [-s] **働** **fitted** [-ɪd]; **fitting**

動 **及** ❶適合於 **同** suit	These shoes *fit* me perfectly. 這雙鞋很合我的腳。 The music will *fit* any ceremony. 這音樂適合任何儀典。

▶ 在衣服・帽子・鞋子等方面 fit 是尺寸、形狀合身(穿);suit 是打扮或顏色適合。

fit

fit²

❷使適合;安裝;做準備

I had my coat *fitted* (on).
我試穿了上衣。

He *fitted* the picture **into** the frame.
他把畫鑲上畫框。

Training *fitted* him { **for** / **to** do } the work.
訓練讓他足以勝任這工作。

衍生 形 名 **fitting**(適當的;試穿;(用複數)家具;辦公用具;裝備)名 **fitness**(適合性;適宜)

fit² [fɪt; fɪt] 戀 **-s** [-s]

名 ❶(疾病的)發作
He fell down in a *fit*.
他突然昏倒。

❷(情緒的)激發;一陣
In a *fit* of anger, he hit me.
他一氣之下揍了我。

衍生 形 **fitful**(斷斷續續的;一陣陣的)

five [faɪv; faɪv] 戀 **-s** [-z] ▶ 序數是 **fifth**。

名 形 五(個·人·時·歲)(的)
It is just *five* o'clock now.
現在正好五點。

fix [fɪks; fɪks] 戀 **-es** [-ɪz] 戀 **-ed** [-t]; **-ing**

動 及 ❶使固定;安裝
He *fixed* the post in the ground.
他把柱子固定在地上。

❷決定;確定
The price was *fixed* at two dollars.
這價格被定為二元。

❸注視;專注於
He *fixed* his eyes on the jewels.
他注視著珠寶。

❹美 修理;整理;整頓;準備(飯菜)
I had my tape recorder *fixed*(= repaired).
我將錄音機送修。
Have you *fixed* supper?
你已準備好晚餐了嗎?

衍生 名 **fixture** [-tʃɚ](裝置物;裝置)

flag [flæg; flæg] 戀 **-s** [-z]

名 旗;旗幟
The ship was flying a national *flag*.
這船懸掛著一面國旗。

flake [flek; fleɪk] 戀 **-s** [-s]

名 薄片;雪片;羽毛片
Snow was falling in *flakes*.
雪花霏霏。
▶ piece(片)係使用於任何形狀的東西;flake 則用於飄動的薄片。

flame [flem; fleɪm] 戀 **-s** [-z]

名 (常用複數)火焰;火舌
She gazed at the *flame* of the candle. 她凝視著燭火。
▶ blaze 是比較猛烈的火焰。
The house **burst into** *flame(s)*.
房子燃燒起來了。

— 戀 **-s** [-z] 戀 **-d** [-d]; **flaming**

動 不 燃燒;紅如火焰;(臉)發紅
Fire *flamed* up suddenly.
火突然燃燒起來。
Her cheeks *flamed* up.
她的雙頰發紅了。

flank [flæŋk; flæŋk] 戀 **-s** [-s] ▶ 注意勿與 frank(率直的)混淆。

名 腰窩;側腹;(山·建築等的)側面
The horse's *flanks* are hurt.
這馬的兩邊側腹受傷了。

flap [flæp; flæp] 戀 **-s** [-s] 戀 **flapped** [-t]; **flapping**

動 及 ❶(用扁平之物)拍打
He *flapped* the flies away.
他把蒼蠅拍走。

❷拍(翅膀)鼓(翼)
The dove *flapped* its wings.
鴿子振翼。

不 飄動;鼓翼
A flag is *flapping* in the wind.
一面旗子在風中飄動。

— 戀 **-s** [-s]

名 ❶拍擊〔聲〕;振翅〔聲〕
We heard the *flaps* of the sail against the mast.
我們聽見帆拍擊著船桅的聲音。

❷下垂而可以動的薄平之物;口蓋;垂下的耳朵
The pockets of this coat have no *flaps*.
這件上衣的口袋沒有蓋子。

▶ **flap** 的種種

flare [flɛr; flɛə(r)] 戀 **-s** [-z] 戀 **-d** [-d]; **flaring**

動 不 火焰閃爍;遽怒
The candle *flared* in the breeze.
燭火在微風中閃爍著。

— 戀 **-s** [-z]

名 閃光;閃爍
the *flare* of a match 火柴的閃光

flash [flæʃ; flæʃ] 戀 **-es** [-ɪz]

名 ❶閃光;閃爍
A *flash* of lightning frightened them. 閃電使他們吃驚。
▶ 突然閃亮而又馬上消失的光。

❷(機智·情感等的)閃現;突發
Suddenly I felt a *flash* of inspiration.
我突然覺得靈感的閃現。

❸瞬間 同 moment, instant
The boat sank in a *flash*.
這艘船轉瞬間下沉了。

— 戀 **-es** [-ɪz] 戀 **-ed** [-t]; **-ing**

動 不 ❶閃光;閃爍
Lightning *flashed* in the dark sky.
閃電在黑暗的天空中閃爍。

❷(念頭等)突然浮現
A good idea *flashed* **into** [**across, on**] my mind.
我突然想到一個好主意。

▶ **flash** 和 **flush**

flash	名 閃光
	動 閃爍
flush	名 臉紅
	動 (水)激流;(臉)發紅

複合 名 **flashgun**(攝影用的閃光裝置,閃光槍 ▶ 閃光燈泡是 flash bulb), **flashlight**(手電筒;攝影用的鎂光燈)

flat¹ [flæt; flæt] 戀 **flatter** 戀 **flattest**

形 ❶平坦的,平的;(盤碟等)淺的;(輪胎等)洩了氣的
Most farms are on *flat* land.
大多數的農場都在平坦的土地上。
She served the cake on a *flat* plate.
她把蛋糕放在淺盤裡待客。
I've got a *flat* tire. 我的輪胎漏氣了。

▶ flat 為表面平坦,沒有凹凸(反 rough)。是形容平面的用語,不形容曲面。level 為水平無傾斜,既可用於形容面,亦可用於形容線。

❷(敘述用法)倒下的 | The earthquake laid the city *flat*.
地震把這城市夷為平地。

❸斷然的;率真的 | I gave a *flat* refusal.
我斷然的拒絕了。

❹無味的;枯燥乏味的 @ dull | He always makes a *flat* speech.
他總是發表枯燥乏味的演說。

—— 副 ▶語氣比 flatly 強。

❶斷然地 @ bluntly | She told him *flat* that she would go.
她斷然告訴他說她要去。

❷正;恰 | He ran 100 yards in ten seconds *flat*.
他一百碼跑十秒鐘整。

—— ❸ -s [-s]

名 平的東西;平的部分;平面 | Set it on the *flat* of your hand.
把它放在你的手掌上。

衍生 動 **flátten**(使平) 副 **flátly**(斷然地)

flat² [flæt; flæt] ❸ -s [-s]

名 ❶一套房間;公寓 | The young couple live in a *flat*.
這一對年輕的夫婦住在公寓裡。

▶ flat 為一層公寓中供一家人租用的一個住房(美 apartment)。flats 為包括好幾間這種住房的一棟建築物(美 apartment house)。

flatter [`flætɚ; ˈflætə(r)] ❹ -s [-z] ❸ -ed [-d]; -ing [`flætərɪŋ]

動⊗❶阿諛;諂媚;巴結;奉承 | You must not *flatter* the rich.
你不可諂媚有錢人。
You are *flattering* me.
你是在奉承我。

❷取悅;使感覺得意 | I am [feel] *flattered* by your offer.
你的提議讓我受寵若驚。

┌──── ▶ flatter 和 flutter ────┐
flatter [`flætɚ] (奉承)
flutter [`flʌtɚ] (鼓翼;拍翅)
└───────────────────────────┘

衍生 名 **fláttery**(諂媚;奉承)

flavor, 英 flavour [`flevɚ; ˈfleivə(r)] ❸ -s [-z]

名 (獨特之)味 | She likes candy with a lemon *flavor*.
她喜歡吃有檸檬味的糖果。

▶ smell(氣味)+taste(味)=flavor

—— ❸ -s [-z] ❸ -ed [-d]; -ing [`flev(ə)rɪŋ]

動⊗ 加味於;調味 | The sauce is *flavored* with pepper.
這醬油調有胡椒。

flaw [flɔ; flɔ:] (注意發音) ❸ -s [-z]

名 (珠寶·陶器等之)瑕疵,裂縫;缺陷;毛病 | There are *flaws* in the jewel.
這寶石有一些瑕疵。
I found *flaws* in his character.
我發覺他人格上的缺陷。

flee [fli; fli:] ❸ -s [-z] ❸ fled [flɛd]; -ing

▶ flee 是文語用法,英國通常用 fled,現在式與現在分詞分別用 fly, flying。

動⊗ 逃開(追捕者);逃走 @ escape | They *fled* to America.
他們逃往美國。
▶與 flea(跳蚤)同音。

fleet¹ [flit; fli:t] ❸ -s [-s]

名 艦隊 | Our *fleet* won the victory.
我們的艦隊得勝。

fleet² [flit; fli:t]

形 (文語)快速的 @ swift | He is *fleet* of foot for his age.
以他的年齡而言,他算走得很快。

—— ❸ -s [-s] ❸ -ed [-ɪd]; -ing

動⊗ 疾馳;(時間)過得快 | Clouds were *fleeting* across the sky.
雲掠過天空。

衍生 形 **fléeting**(轉眼即逝的;短暫的)

flesh [flɛʃ; fleʃ] ❸ 無 ▶注意勿與 fresh 混淆。

名 ❶肉;肌肉 | He put on *flesh*.
他長胖了。

❷食用肉 ▶現在一般都用 meat。 | The hawk lives on *flesh*.
鷹以肉為食。

❸(加 the)肉體 | The *flesh* is mortal.
肉體是會死的。

flesh 肌肉
skin 皮膚
joint 關節
bone 骨

flexible [`flɛksəbl; ˈfleksəbl] ⊗ inflexible

形 ❶易彎曲的;柔軟的 | Copper wire is *flexible*.
銅絲是易於彎曲的。

❷有伸縮性的;易適應的 | Make a more *flexible* plan.
擬訂一個更有變通性的計畫。

衍生 名 **fléxibílity**(易屈性;柔軟性;融通性)

flicker [`flɪkɚ; ˈflɪkə(r)] ❸ -s [-z] ❸ -ed [-d]; -ing [`flɪkərɪŋ]

動⊗ (火光·希望)閃爍不定;明滅不定;搖曳;搖動 | The light *flickered* and then went out.
燈火明滅不定,然後熄滅了。
The leaves were *flickering* in the wind.
樹葉在風中搖曳著。

—— ❸ -s [-z]

名 閃動的火光;明滅不定;搖動 | I saw a *flicker* of hope in her eyes.
我看見她的眼中閃爍著希望的火花。

flight¹ [flaɪt; flait] ❸ -s [-s] ▶動 fly 的名詞式

┌──── ▶ flight 和 fright ────┐
flight { 名 飛行(fly(飛)的名詞式)
         名 逃亡(flee(逃走)的名詞式)
fright   名 驚駭
└───────────────────────────┘

名 ❶飛翔;飛行 | He made a round-the-world *flight*.
他作了一次環球飛行。

❷(時間)飛逝 | the *flight* of time
光陰飛逝

❸一段階梯 ▶階梯的一級是 a stair。 | He ran up a *flight* of stairs.
他跑上一段階梯。

landing
flight
stair

flight² [flaɪt; flait] ❸ -s [-s] ▶動詞 flee 的名詞式

名 逃走;敗走;逃亡 | We put the enemy to *flight*.
我們把敵人擊退。

fling [flɪŋ; flɪŋ] ❸ -s [-z] ❸ flung [flʌŋ]; -ing

動 (及) 投;擲;拋	He *flung* a stone **at** the snake. 他投擲石頭打蛇。
►比 throw 用力更強。	He *flung* himself **into** the chair. 他撲倒在椅上。
(不) 衝出〔進〕	He *flung* **out** of the house. 他衝出屋去。

―► -ung 的語尾變化―
cling (黏著) ――cl*ung*――cl*ung*
hang (懸;掛) ――h*ung*――h*ung*
swing (搖擺) ――sw*ung*――sw*ung*

―― (輿) -s [-z]	
名 一投;擲;猛 衝	I gave the stone a *fling*. 我把石頭扔出。

float [flot; fləʊt] (注意拼法) (三) -s [-s] (輿) -ed [-ɪd] ;
-ing

動 (不) ❶ 浮;浮起	Wood *floats* on water.
(反) sink	木頭浮在水上。
❷ 漂行;漂流	The boat *floated* down the stream. 船順流漂行。
(及) 使浮;使漂 動;使漂流	They *floated* a balloon in the sky. 他們放氣球漂浮於空中。

―― (輿) -s [-s]	
名 浮物;(釣具 的) 浮標;筏	This *float* is made of cork. 這個浮標是用軟木做的。

flock [flɑk; flɒk] (輿) -s [-s]

名 ❶ (羊・山 羊・鳥的) 群	A *flock* of sheep are feeding in the meadow. 一群羊在草地上吃草。

a sheep―

a flock of sheep

❷ (用複數) 人 群;群眾	Tourists came in *flocks*.
(同) crowd	觀光客成群結隊而來。

―― (三) -s [-s] (輿) -ed [-t] ; -ing	
動 (不) 成群地去; 聚集	People *flocked* to the theater. 人們成群地去戲院。

―► 表「動物群」的字―
flock:	sheep (羊), goats (山羊), birds (鳥), ducks (野鴨)
herd:	cattle (牛), horses (馬), elephants (象), pigs (豬)
pack:	hounds (獵狗), wolves (狼)
swarm:	ants (蟻), bees (蜂)

flood [flʌd; flʌd] (注意發音) (輿) -s [-z]

名 ❶ 洪水;水災	Many houses were carried away by the *flood*. 很多房子被洪水沖走。
❷ 漲 (反) ebb (退潮)	The tide is **at** the *flood*. 潮水正在上漲。
❸ (東西) 氾濫; 大量流出	There is a *flood* of weekly magazines. 市面上充斥著週刊。

―― (三) -s [-z] (輿) -ed [-ɪd]; -ing	
動 (及) 使 (河流) 氾濫;淹沒;(向 地方・人) 湧至	The heavy rain *flooded* the river. 豪雨使這條河流氾濫。 The river *flooded* so many houses. 這條河淹沒很多房子。 Letters *flooded* the office. 信件大量湧至辦事處。
(不) 氾濫;浸水; 蜂擁而來	This river *floods* every year. 這條河每年氾濫。 Spectators *flooded* in. 觀眾大量湧來。

floor [flor, flɔr; flɔː(r)] (輿) -s [-z]

名 ❶ 地板	There was a dog lying **on** the *floor*. 有一條狗躺在地板上。
❷ (建築物的) 樓 層	He lives **on** the third *floor*. 他住在三樓〔(英) 四樓〕。

► 美國和英國在樓層的表達方式上相差一層。
► 指幾層樓之房屋時,用 "story" 表「層」。「三層樓的房屋」是 "a house of three stories"。

(美)		(英)		a house of three stories [(英) storeys]
the third floor		3	the second floor	
the second floor		2	the first floor	
the first floor		1	the ground floor	

flour [flaʊr; 'flaʊə(r)] ►與 flower 同音。(輿) 無

名 麵粉	We make *flour* into bread. 我們將麵粉做成麵包。

flourish [ˈflɝɪʃ; ˈflʌrɪʃ] (注意發音) (三) -es [-ɪz] -ed
[-t]; -ing

動 (不) ❶ (植物) 茂盛	The plant *flourishes* in warm countries. 這種植物盛產在溫暖的國家裡。
❷ (事業等) 興隆	His business is *flourishing*. 他的生意很興隆。
❸ (人) 安好;活 躍	I hope your family are all *flourishing*. 我希望你們全家都很平安。
(及) 揮 (刀・手 等)	He began to *flourish* the sword. 他開始舞起劍來。

flow [flo; fləʊ] (三) -s [-z] (輿) -ed [-d]; -ing

動 (不) ❶ 流動;流 出	The river *flows* **into** the Pacific Ocean. 這條河注入太平洋。
(同) pour	
❷ (如流水般) 垂下,飄垂	Her hair *flowed* **down** her shoulders. 她的頭髮披肩。

―► 注意動詞變化―
flow (流動) ――(輿) flowed――flowed
blow (吹動) ――(不) blew ――blown
fly (飛) ――(不) flew ――flown

―― (輿) 無 ►加 a 或 the,僅用單數式。	
名 ❶ 流動;流 出;流量	I love the still *flow* of the river. 我喜歡河水靜靜的流。
❷ 漲潮 (反) ebb (退潮)	The tide is **on** the *flow*. 潮水正在上漲。

flower [`flauə; 'flauə(r)] ▶ 和 flour 同音。 復 **-s** [-z]
名 ❶花;草花　In spring many *flowers* bloom.
春天裡百花盛開。
▶「開(花)」亦稱爲 come out, 果樹的
「開花」是 blossom。

─────▶ flower, blossom, bloom────────
flower ……指「花」的常用字。
blossom …果樹的花,如櫻桃、梨子、桃子等的花。
櫻花是 cherry blossoms。
bloom ……是指玫瑰、菊等觀賞用的花。

❷開花;盛開　Roses will **come into** *flower* soon.
玫瑰馬上就要開花。
複合 名 **flòwer arrángement**(插花), **flòwer bèd**(花
壇), **flòwerpót**(花盆;花罐)

fluent [`fluənt; 'flu:ənt]
形 (說話)流利　He speaks *fluent* English.
的;流暢的　他說一口流利的英語。
He is a *fluent* speaker.
他是個口才便給的演說者。
衍生 名 **flùency**(流利;流暢)副 **flùently**(流利地)

fluid [`fluɪd; 'flu:ɪd] (注意發音) 複 **-s** [-z]
名 流體;液　*Fluid* includes both gases and
對 solid(固體),　liquids.
liquid(液體)　流體包括氣體和液體。
── 形 流質的　Blood is a *fluid* substance.
血液是一種流質。

flush [flʌʃ; flʌʃ] 三 **-es** [-ɪz] 過 **-ed** [-t]; **-ing**
動 不 ❶ (顏臉)　▶ flash 是「閃光」。
發紅　Her face *flushed*.＝She *flushed* **up**.
同 blush　她的臉發紅。
❷激流;湧　The tide *flushed* through the
narrow inlet.
潮水從狹窄的港口奔流而過。
及 ❶使(臉)發　I was *flushed* **with** shame.
紅　我因羞慚而臉紅。
❷(因勝利・榮　They were *flushed* **with** victory.
譽)使興奮　他們因勝利而感興奮。
❸沖洗;沖刷　Don't forget to *flush* the toilet.
不要忘了沖馬桶。

── 複 **-es** [-ɪz]
名 ❶臉紅　She showed a *flush* of shame.
她因羞慚而臉紅。
❷興奮;昂奮　They were **in** the full *flush* of
victory.
他們因勝利充滿興奮。
❸激流　a *flush* of water 一股激流的水

flute [flut; flu:t] 複 **-s** [-s]
名 笛;橫笛　He plays (on) **the** *flute*.
他吹笛。

flutter [`flʌtə; 'flʌtə(r)] 三 **-s** [-z] 過 **-ed** [-d]; **-ing**
[`flʌtərɪŋ]
▶ 注意勿與 flatter(諂媚)混淆。
動 不 ❶飄動;擺　The flag *fluttered* in the breeze.
動;鼓翼;拍翅　旗幟在微風中飄動。
The bird *fluttered* away.
鳥振翼飛去。

❷(脈搏等)不規　My heart *fluttered* when I received
則地跳動;急跳　the letter.
當我接到那封信時,我的心噗通地跳著。
及 使心亂;煩　The news *fluttered* me.
擾;使飄動　這消息使我心亂。
── 複 **-s** [-z]
名 ❶鼓翅;擺　He heard a *flutter* of wings.
動;心跳　他聽見鳥翼的拍動聲。
❷心亂;惱亂;煩　He was **in a** *flutter*.
擾　他心緒不寧。

fly¹ [flaɪ; flaɪ] 三 **flies** [-z] 過 **flew** [flu]; **flown** [flon];
-ing
動 不 ❶飛;乘飛　Some birds are *flying*.
機前往　有些鳥在飛。
He *flew* from Tokyo to London.
他從東京飛抵倫敦。
❷飛奔;飛馳;飛　I *flew* to see him.
逝　我飛快地跑去見他。
Time *flies* (like an arrow).
光陰似箭。(諺語)
▶ 英語通常不加 like an arrow。
❸隨風飄揚;飄　A flag was *flying*.
動　旗幟飄揚。
❹突然的變動　The door *flew* open.
門突然開了。
❺逃走　He *flew* for his life.
同 flee　他逃命。
▶ 作 ❺ 之義時・過去式・過去分詞通常用 fled (flee 的過
去式・過去分詞)。
及 ❶飛;(飛機)　They *flew* the Atlantic.
飛渡　他們飛渡大西洋。
❷懸掛(旗);使　My brother is *flying* a kite in the
飛;放(風箏)　park.
我弟弟在公園裡放風箏。
❸空運　The goods were *flown* to the
destination.
貨物被空運到目的地。
❹逃亡　He must have *fled* the country.
▶ 與不及動　他必定已經逃到了國外。
詞 ❺ 的說明同。
複合 名 **flỳing sàucer**(飛碟)
衍生 名 **flight**(飛行)

fly² [flaɪ; flaɪ] 複 **flies** [-z]
名 (昆蟲)蒼蠅　The *flies* are buzzing.
蒼蠅在嗡嗡作響。

dragonfly 蜻蜓　　fly 蒼蠅　　firefly 螢火蟲　　(美) lightning bug

foam [fom; fəum] (注意發音)復 無
名 泡沫;水泡　The waves break into *foam* against
▶大的泡沫是　the rocks.
bubble。　　海浪衝擊岩石而形成泡沫。
── 三 **-s** [-z] 過 **-ed** [-d]; **-ing**

動不 起泡 | The beer *foamed* in the glass.
啤酒在玻璃杯中起泡。

focus [`fokəs; 'fəʊkəs] 複 -es [-ɪz] , foci [`fosaɪ]
名❶(鏡頭的)
焦點;焦距 | Rays meet **in** a *focus*.
光線聚集於焦點。
▶像第二例的
語句,不加 a。 | This photograph is **in** [**out of**] *focus*.
這張照片的焦點是對準〔沒對準〕的。

focus
ray
lens

❷(興趣・活
動・地震的)中
心 | the *focus* of the trouble
紛爭的焦點

── 複 -es, 英 focusses [-ɪz] 過 -ed, 英 focussed [-t];
-ing
動及 調節(焦
點);使集中 | He *focused* the camera **on** her.
他將照相機的焦點對準她。
He *focused* his attention **on** it.
他集中注意力於這件事之上。

fog [fɑg, fɔg; fɒg] 複 -s [-z]
名霧,濃霧;煙
霧 | The town was enveloped in *fog*.
這城鎮被霧所籠罩。
London has a dense [thick] *fog* in
winter.
倫敦在冬季有濃霧。

──▶ fog, mist, haze, smog ──
fog ………霧(比 mist 為濃)
mist ……霧(比 fog 為稀薄;比 haze 為濃)
haze ……薄霧;陰靄(比 mist 為稀薄)
smog ……煙霧(<smoke+fog)

衍生形 **fòggy**(有濃霧的;朦朧的)
fold [fold; fəʊld] 複 -s [-z] 過 -ed [-ɪd]; -ing
動及❶摺疊;疊 | She helped her mother (to) *fold*
napkins.
她幫她母親摺疊餐巾。
❷(手・臂・腳)
交叉 | He was standing with his arms
folded.
他兩臂抱胸站著。
❸擁抱 | She *folded* the child in her arms.
她把孩子抱在懷裡。

foliage [`foliɪdʒ; 'fəʊliɪdʒ] 無
名 (集合稱)
樹葉 | autumn *foliage*
秋天的樹葉

a leaf
一片樹葉
foliage
two leaves
兩片樹葉

folk [fok; fəʊk] (注意發音) 複 -s [-s]
名❶人;人們
▶常用複數式。 | The *folks* in the town are friendly.
這鎮裡的人都很親切。

現在通常用
people。 | *Folks* say that he is very rich.
人們說他很富有。
young *folk(s)* 年輕人／country *folk*
鄉下人
❷(用複數)
(口語)家人 | How are all your *folks*?
你家裡的人都好嗎?
複合名 **fòlk dánce**(土風舞;民族舞蹈), **fòlklóre**(民間
傳說;民俗), **fòlk sóng**(民歌・民謠), **fòlk tále**(民間故
事)

follow [`falo; 'fɒləʊ] 複 -s [-z] 過 -ed [-d]; -ing
動及❶跟著…
去(來) | She *followed* him into the room.
她跟隨他進入房間。
同 go [come]
after 反 lead | A dog *followed* me home.
一隻狗跟隨我回家。
❷順著…走;沿
著 | *Follow* this road to the church.
沿著這條路去教堂。
❸接著來;跟在
後 | Monday *follows* Sunday.
星期一在星期日之後。
❹遵循(指示・
規則・習慣);遵
從 | *Follow* my advice.
聽我的忠告。
She always *follows* the fashion.
她總是趕時髦。
❺跟蹤;追趕 | We are being *followed*.
我們正被人跟蹤。
❻理解
同 understand | I don't quite *follow* you.
我不太懂得你的話。
❼從事(某種職
業) | He *followed* the law.
他從事法律工作(當律師)。
不 跟著走(來);
繼之而來 | You go first and I will *follow*.
你先走,我隨後跟去。
同 ensue | If you work hard, success will
follow.
你如果勤奮工作,成功會跟著來到。

as follows
如下 | They claimed *as follows*.
=Their claims were *as follows*.
他們的要求如下。

it follows that …
其結果是… | Because a man is rich, *it* does not
follow that he is happy.
人並不因有錢而幸福。

衍生名 **fòllower**(隨員;信徒;門徒)
following [`faləwɪŋ; 'fɒləʊɪŋ]
形 (通常加 the)
其次的;接著的;
下列的 | In **the** *following* year [In **the** year
following] the war came to an end.
第二年戰爭結束了。
同 next | Translate the *following* sentences
into Chinese.
把下列的句子譯成中文。

── 複 無 ▶單複數同形。
名 (加 the)如下
的事物 | **The** *following* is [are] important.
以下所述是重要的。

folly [`falɪ; 'fɒlɪ] 複 follies [-z]
名❶愚蠢 | It is an act of *folly*.
那是愚蠢的行為。
❷愚行;荒唐事 | He sometimes commits a *folly*.
他有時幹蠢事。

fond [fand; fɒnd] 比 -er 最 -est

形 ❶(用 be fond of 的句型)喜歡的, 喜愛的
I **am** *fond* **of** animals〔watching television〕.
我喜歡動物〔看電視〕。

▶作 be fond to V 是錯的。

❷(限定用法)深情的；溺愛的
He has a *fond* look.
他看起來有一種深情的神色。
fond parents 溺愛子女的父母

衍生 副 **fóndly**(慈愛地；摯愛地)名 **fóndness**(鍾愛；嗜好)

food [fud; fu:d]（注意發音）❸ **-s** [-z]
名 **❶**食物, 食糧
Do you like Japanese *food*?
你喜歡吃日本食物嗎?
food, clothing, and housing 食衣住／
food and drink 飲食(食物和飲料)

❷食品 ▶指個別的種類。
Milk is a good *food*.
牛奶是一種有營養的食品。
sea *foods* 海產食物

▶ -oo- 的發音
[u] food(食物), fool(愚人), tooth(牙齒)
[u] foot(腳), soot(煤煙), hook(鉤)
[ʌ] blood(血), flood(洪水)
[ɔ] floor(地板), door(門)
---

fool [ful; fu:l]（❸ **-s** [-z]
名 愚人；傻瓜
He is a *fool*.(＝He is foolish.)
他是個傻瓜。

make a fool of ...
愚弄…；戲弄…
Don't *make a fool of* him.
不要愚弄他。

複合 名 **Áll Fóols' Dáy**(愚人節 ▶ 亦稱做 **Ápril Fóols' Dáy**。)

foolish [ˋfulɪʃ; ˈfu:lɪʃ]（❸ stupid, silly ⇨ kind
形 愚笨的；愚蠢的；可笑的
You are *foolish* **to** say so.
＝It is *foolish* **of** you to say so.
你這樣說很笨。

foot [fʊt; fʊt]（注意發音）❸ **feet** [fit]
名 **❶**腳；足 ▶自足踝以下的部分。
He got hurt in the *foot*. 他的腳受傷。

❷英尺 ▶ 長度單位, 約三十公分。
Tom is six *feet* [*foot*] tall.
湯姆身高六英尺。

▶ 像 a ten-foot pole(十英尺長的竿)這種形容詞的用法, 常用 foot。

leg

foot

▶ inch, foot, yard, mile
inch……約 2.5cm
foot……約 30cm   1 foot＝12 inches
yard …約 91cm   1 yard＝3 feet
mile …約 1,609m
---

❸(東西的)足部；基部；底部；山腳；山麓
A small church stood at the *foot* of the mountain.
山腳下有有座教堂。
the *foot* of a page 頁底

foot

foot

❹步行；步態
He is slow〔quick〕of *foot*.
他走路很慢〔快〕。

囫 step

on foot
徒步；步行
He goes to school *on foot*.
他走路去上學。   〔為佳。
▶ "He walks to school." 較上句〕

複合 名 **fóotbáll**(橄欖球), **fóotnóte**(註腳), **fóotprínt**(足跡), **fóotstép**(腳步聲)

for [(強)ˋfor; fɔ:(弱)fɚ; fə]
介 **❶**(目的・意圖)為了；為求；為…準備
Let's go *for* a walk.
我們去散散步吧。
He prepared *for* the examination.
他準備考試。
What is this used *for*?
這是作什麼用的?

❷(利益)為；對
What can I do *for* you?
我能為你做什麼嗎?
Smoking is not good *for* the health.
抽煙對健康有害。

❸(用途)適於；適合；給；與
This is a book *for* children.
這是一本適於兒童閱讀的書。
This letter is *for* you.
這封信是給你的。

❹向；往(方向・目的地)
He left *for* New York.
他啓程前往紐約。
▶ 到紐約去是 "He went *to* New York."
This ship is *for* San Francisco.
這艘船是開往舊金山的。

❺(時間・距離)經過…之久
I have lived here *for* five years.
我在這裡已經住了五年了。
We walked *for* miles.
我們走了幾哩路。

▶ for 和 during
for …………表期間的長度, 大多接有數目字的時間。
during ……表特定的期間, 後面接沒有數目字的一段時間, 含有某種長度之義的名詞。

for		during	
	an hour (一小時)		the vacation (在休假中)
	three days (三天)		my absence (我不在的時候)
	years (好幾年)		the week (在該週的期間)
---

❻替代；代表
I wrote a letter *for* him.
我代他寫信。
"B.C." stands *for* "before Christ".
B.C.兩個字母代表 before Christ(紀元前)

❼以…作交換；…的補償；作為
He exchanged his horse *for* a cow.
他用他的馬換一頭牛。

…;用(多少)錢;
比例;對(表謝
意)

	He bought it *for* ten dollars.
	他用十塊錢買下它。
	Thank you *for* your letter.
	謝謝你的來信。

▶作價格之義的 **for** 和 **at**

「我用十塊錢買這本書。」
(誤) I bought this book *at* ten dollars.
(正) I bought this book *for* ten dollars.
「我用這樣的價錢買不到它。」
(誤) I cannot buy it *for* such a price.
(正) I cannot buy it *at* such a price.
▶僅在表示數目字時用 for。

❽(認識)視作;
是 囿 as ▶ 常
用形容詞或分詞
作爲受詞

| I know it *for* a fact. |
| 我知道那是事實。 |
| They gave him up *for* dead. |
| 他們當做他死掉而放棄他。 |

❾就…而論;比
較…而言

| He is young *for* his age. |
| 他看起來比實際年齡年輕。 |
| ⇨ considering |

❿在…方面;關
於

| He has an ear *for* music. |
| 他懂得欣賞音樂。 |
| So much *for* today. 今天到此爲止。 |

⓫贊成;支持
⊗ against

| Are you *for* or against this plan? |
| 你對這個計畫是贊成還是反對? |
| He voted *for* Mr. K. |
| 他投給 K 先生一票。 |

⓬(原因‧理由)
爲了;因爲

| He shouted *for* joy. |
| 他因高興而喊叫(歡呼)。 |
| He was punished *for* stealing. |
| 他因偷竊而受處罰。 |

▶「病‧事故」不可用 **for**

「他因爲生病而沒有來。」
(誤) He did not come *for* illness.
(正) He did not come *because of* [*on account of*, *owing to*] illness.

---

for all ... 囿 with all ..., in spite of ...
雖然…;儘管…

| *For all* his wealth, he is not happy. |
| 雖然他很富有,卻不快樂。 |

for ... to V
要(某人)做…;
由(某人)做…

| It is impossible *for* me *to* solve this problem. |
| 要我解決這個問題是不可能的。 |
| It is *for* you *to* decide. |
| 這事該由你決定。 |

▶與不定詞 to
V 連用,以表示
動作的主詞。

| This book is too difficult *for* him *to* read. 對他而言,這本書太難讀了。 |
| (內容太深,他看不懂。) |

——運(文語)因
爲

| It will rain, *for* the sky is dark. |
| 天將下雨,因爲天色很暗。 |
| ▶ for(對等連接詞)係引導說明理由的 |
| 子句,前面通常置以逗點。 |

▶ **for** 不可置於句首

「他因爲生病…」
(誤) *For* he was ill, he ...
(正) *Because* [*Since, As*] he was ill, he ...

▶ because, since, as, for

because 爲表因果關係最強烈的連接詞。since, as 則
較不強調理由,且常用於句首,而 since 又較 as 正式。
for 則爲補足地說明理由。
「他因爲生病,所以沒來。」
He did not come *because* he was ill.
He did not come, *for* he was ill.
Since he was ill, he did not come.
As he was ill, he did not come.

---

forbear [fɔr`bɛr, fɚ-; fɔːˈbɛə(r)] ⊖ -s [-z] ⑦ -bore
[-bɔr]; -borne [-bɔrn]; -ing

動⊗ 節制;控
制;容忍;避免

| He *forbore* to drink [drinking]. |
| 他節制喝酒。 |

囿 endure

| *Forbear* the use of spiteful words. |
| 避免使用含有惡意的言辭。 |

不 忍住;忍受

| He could not *forbear* from laughing. 他忍不住笑出來。 |
| I cannot *forbear* with his insult. |
| 我不能忍受他的侮辱。 |

衍生 名 forb**è**arance(忍耐;耐心;寬容)

forbid [fɚ`bɪd; fəˈbɪd] ⊖ -s [-z] ⑦ -bade [-`bæd] -bad
[-`bæd]; -bidden [-`bɪdn]; forbidding

動⊗ 禁止;不許

| Smoking is *forbidden* here. |
| 此地禁止吸煙。 |
| I *forbid* you **to** enter the room.=I |
| *forbid* your enter**ing** the room.= I |
| *forbid* **that** you ⊛ (**should**) enter |
| the room. 我不准你進入這房間。 |

▶ forbid 和 prohibit

forbid………指直接或私人下命,或制定規則加以禁
止。較 prohibit 通用。
His father *forbade* him to smoke.
(他父親不准他吸煙。)
prohibit ……以法律或正式的規則禁止。
Smoking is *prohibited* in theaters.
(戲院內禁止吸煙。)

---

force [fors, fɔrs; fɔːs] ⊛ -s [-ɪz]

名❶(物理上
的)力;威力

| the *force* of an explosion |
| 爆炸力 |

❷暴力;力量

| They took the man away **by** *force*. |
| 他們把人強行帶走。 |

❸(作共同作業
的)隊;(常用複
數)軍隊;部隊

| a member of the police *force* 警察隊 |
| 的一員╱the Air *Force* 空軍╱the |
| U.S. Armed *Forces* 美軍 ▶包括陸、 |
| 海、空三軍。 |

❹(精神上的)
力;氣力

| He lacks *force*. |
| 他缺乏氣力。 |

❺影響力;說服

| the *force* of public opinion |
| 輿論的力量 |

——⊖ -s [-ɪz] ⊛
-d [-t]; forcing

動⊗ ❶強迫;強
奪;強逼

| You should not *force* your opinion **on** others. |
| 你不應該逼人順從你的意見。 |
| The police *forced* a confession **from** him. 警察逼他招供。 |

❷強行通過 | I *forced* my way **through** the crowd.
我衝過人群。

❸迫使;使不能不做某事 | They *forced* me **to** go there.
= They *forced* me **into** going there.
他們強迫我去那裡。

同 compel, oblige | He was *forced* **to** resign.
他被迫辭職。

She was *forced* **to** study hard.
她被迫努力讀書。

衍生 形 **fórcible**(強行的;有力的) 副 **fórcibly**(強行地;有力地)

forecast [for`kæst, for-; 'fɔːkɑːst] ⊜ **-s** [-s] ⊗
forecast 働 **-ed** [-ɪd]; **-ing**

働 及 (天氣)預報;預測 | The weather is *forecasted* scientifically.
天氣預報是合乎科學的。

—— 働 **-s** [-s]

名 預報;預測 | What is the weather *forecast* for today?
今天的天氣預報如何?

forefather [`for,faðɚ, `fɔr-; 'fɔːfɑːðə(r)] 働 **-s** [-z]

名 祖先;祖宗 | His *forefathers* settled here in 1890's.
他的祖先於一八九○年代定居此地。

同 ancestor

forehead [`fɔrɪd, `fɑr-, `fɔr,hɛd; 'fɒrɪd] (注意發音) 働 **-s** [-z]

名 額,前額 | He has a broad *forehead*.
他的額頭寬闊。

同 brow

▶ forehead 為普通的用語,brow [braʊ] 多用於比喻上。

foreign [`fɔrɪn, `fɑr-; 'fɒrən] (注意發音和拼音)

形 **❶**外國的 | He lives in a *foreign* country.
他住在外國。

同 alien

—— ▶ **foreign** 的反義字 ——
a *foreign* language(外國語)
↔ one's *native* language(本國語)
foreign goods(外國貨)
↔ *domestic* goods, *home* products(國貨)
foreign affairs(外交事務)
↔ *domestic* affairs(內政)

❷(與…)無關連的;異質的 | It is *foreign* **to** this question.
那與這個問題無關。

複合 名 the **fóreign óffice**(外交部)

foreigner [`fɔrɪnɚ, `fɑr-; 'fɒrənə(r)] (注意發音和拼法) 働 **-s** [-z]

名 外國人 | A large number of *foreigners* visit Taiwan.
很多外國人遊覽台灣。

foremost [`for,most, `fɔr-, -məst; 'fɔːməʊst] ▶ 是 fore(前)的最高級。

形 最先的;第一流的;主要的 | one of the world's *foremost* composers 世界第一流的作曲家之一

—— 副 最前地 | I told it to my mother first and *foremost*.
我最先把那件事告訴我母親。

foresee [for`si, fɔr-; fɔː'siː] ⊜ **-s** [-z] ⊗ **-saw** [-sɔ];

-seen [-sin]; **foreseeing**

働 及 預知;先見 | We *foresaw* the war.
我們預知有戰爭。

foresight [`for,saɪt, `fɔr-; 'fɔːsaɪt] 働 無 ▶ foresee 的名詞

名 先見之明;遠見 | He is a man of *foresight*.
他是個有遠見的人。

forest [`fɔrɪst, `fɑr-; 'fɒrɪst] 働 **-s** [-s]

名 **❶**森林;山林 | They were lost in the *forest*.
他們在森林中迷路了。

—— ▶ **forest, wood(s), grove**
forest ……地域廣大,遠離人煙且有野獸的天然森林。
wood(s) …比 forest 為小的森林。離人煙較近。
grove ……小樹林,叢樹,公園或廟宇的樹林。

❷林立之物 | a *forest* of chimneys 煙囪林立

foretell [for`tɛl, fɔr; fɔː'tel] (注意發音) ⊜ **-s** [-z] ⊗ **foretold** [-told]; **-ing**

働 及 預告;預言 | No one can *foretell* the future.
無人能預言未來。

He *foretold* **that** she would fail.
他預言她會失敗。

forever [fɚ`ɛvɚ; fə'revə(r)] ▶ 英通常拼作 for ever。

副 永久地;永遠地;永恆地 | It will last *forever*.
這會永遠持續下去。

forfeit [`fɔrfɪt; 'fɔːfɪt] 働 **-s** [-s]

名 (因喪失‧犯罪‧疏忽等而)失去的東西;罰款;沒收物 | His life was the *forfeit* of his reckless climbing.
他因登山不慎而喪生。

—— ⊜ **-s** [-s] 働 **-ed** [-ɪd]; **-ing**

働 及 (作為處罰)被喪取;被沒收;喪失 | He *forfeited* his license by breaking the law.
他因違法而執照被吊銷。

forget [fɚ`gɛt; fə'get] ⊜ **-s** [-s] ⊗ **-got** ; **-gotten, -got** ; **forgetting**

働 及 **❶**忘記;想不起;忘却 | I *forget* his name.
我忘記他的名字。

He has *forgotten* how to do it.
他已經忘了該怎麼做。

I *forgot* **(that)** you were coming.
我忘了你要來。

—— ▶ **forget** 的時態 ——
I forget it. | 用現在式表「想不起來」之義:
"What was the title of the book?"
"I *forget* it."
▶ "I've forgotten it." 亦可。
I forgot. | 用過去式表「忘了」:
"Did you go to the party yesterday?" "Oh, I *forgot*."
▶「忘了去」之義。

❷怠忽；忘記（做某事） [反] remember — He never *forgets* his duties. 他從不怠忽他的職責。
Don't *forget* **to** meet me at six. 不要忘記六點鐘與我見面。
I *forgot* **to** lock the door. 我忘了鎖門。

❸遺忘；忘記帶 — He *forgot* his umbrella again. 他又忘了帶雨傘。
► He *left* his umbrella on the train.
「把東西留在某地」的句型涉及地方副詞，會使用 leave 表示遺留在某地。

[不]忘記 — I *forgot* **about** it. 那件事我記不得了。

[衍生][形] **forgètful**（健忘的；易忘的）**unfòrgettable**（忘不了的；令人難忘的）

forgive [fɚˋgɪv; fəˈgɪv] [三] **-s** [不] **forgave ; forgiven ; forgiving**

[動][及]原諒；寬恕 [同] pardon, excuse — Will you *forgive* my mistake? 你能原諒我的過錯嗎?
I *forgave* him **for** stealing [having stolen] the money.
► 通常用 stealing。
我原諒他偷錢的事。
They did not *forgive* him his offenses. 他們不寬恕他的罪。

fork [fɔrk; fɔ:k] [複] **-s** [-s] ► 注意勿與 folk（人們）混淆。

[名]叉子；耙，草叉；（路・河等的）分岔；分叉處 — They eat with (a) knife and *fork*. 他們用刀叉吃東西。
the *fork* of a road 路的分叉

forlorn [fɚˋlɔrn; fəˈlɔ:n]

[形]孤寂的；孤零的 — He felt *forlorn*. 他覺得孤寂。

form [fɔrm; fɔ:m] [複] **-s** [-z]

[名]❶形；形狀 [同] shape；外貌 — It took the *form* of a fish. 它變成魚的形狀。
❷（運動員等的）姿勢 — His *form* in swimming is bad. 他的游泳姿勢不佳。
❸（表面）形式 [反] content — It is only a matter of *form*. 那只是形式上的問題。
❹禮節；禮儀 [同] manners — It is good [bad] *form* to do so. 這樣做是〔不〕合乎禮節的。
❺形態；種類 [同] type, kind — a new *form* of government 一個新的政府形態
❻表格 — I filled in the application *form*. 我填寫申請書的表格。
❼[英]（中學的）級；年級 [美] grade — Tom is **in** the fourth *form*. 湯姆就讀四年級。► 通常 public school 是從 the first form（一年級）到 the sixth form（六年級）。

in the form of ... 用…的形式 — He expressed it *in the form of* fiction. 他用小說的形式表達它。

—— [三] **-s** [-z] [規] **-ed** [-d]; **-ing**

[動][及]❶形成；構成；充作 — Thirty pupils *form* a class. 三十個學生構成一班。
❷組織；變成 — Water *forms* ice when it freezes. 水凍結時就結成冰。
❸養成（精神・習慣） — His character was *formed* in his childhood. 他的性格是在他兒童時期養成的。

[衍生][名] **formâtion**（形成；設立）

formal [ˋfɔrml; ˈfɔ:ml] [反] informal

[形]❶正式的；禮儀的；拘泥形式的 — a *formal* party 正式的宴會／*formal* manners 禮節
❷形式上的；外表上的 — His obedience is merely *formal*. 他的服從只是表面上的。

[衍生][名] **formàlity**（拘泥形式；正式的手續）
[副] **fòrmally**（形式上地；正式地）

former [ˋfɔrmɚ; ˈfɔ:mə(r)]（限定用法）[反] letter

[形]前者；前任的；從前的；往昔的 — the *former* President 前任總統／in *former* time [day] 往昔

the former ... the latter 前者…後者 — Tom and John are good friends, and *the former* is older than *the latter*. 湯姆和約翰是好友，前者（湯姆）年紀較後者（約翰）大。

► 近的（後者）是 **this**，遠的（前者）是 **that**。
I study chemistry and physics, and *this* is more difficult than *that*.
我學習化學和物理，而後者（物理）比前者（化學）難。
this, that 這種用法現已少見，大多用 former 與 latter。

formerly [ˋfɔrmɚlɪ; ˈfɔ:məlɪ]

[副]從前；以前 — *Formerly* this harbor was prosperous. 從前這個港口很繁榮。

► **formerly** 和 **formally**
formerly（從前）……… former（從前的）之[副]
formally（正式地）…… formal（正式的）之[副]

forsake [fɚˋsek; fəˈseɪk] [三] **-s** [-s] [不] **-sook** [-sʊk]; **-saken** [-ˋsekən]; **forsaking**

[動][及]背棄；遺棄；放棄 — His friends *forsook* him. 他的朋友背棄他。

fort [fort, fɔrt; fɔ:t] [複] **-s** [-s]

[名]堡壘；砲台 ► 大的 fort 稱爲 fortress。

forth [forθ, fɔrθ; fɔ:θ] ► 注意勿與 fourth（第四的）混淆。

[副]❶向前；向前方 [同] forward — He stretched *forth* his arms. 他向前伸展雙臂。
❷向外；出現 — The trees are putting *forth* leaves. 樹木正在發芽。

and so forth …等等 — pens, pencils, books *and so forth* 鋼筆、鉛筆、書等等

fortnight [`fɔrtnaɪt, -nɪt; `fɔ:tnaɪt] 魍 無 ▶美 係 (文語)
名英 兩星期 │ a *fortnight* ago 兩週前

fortress [`fɔrtrɪs; `fɔ:trɪs] 魍 **-es** [-ɪz] ⇨ fort
名要塞(城市) ▶指包括城市的大要塞。

fortunate [`fɔrtʃənɪt; `fɔ:tʃnət] (注意發音)
形 幸運的,吉利 │ I am *fortunate* to have [**in** hav**ing**]
的 │ a good wife.
反 unfortunate │ 我很幸運有個好妻子。
(不幸的) │ a *fortunate* event 幸運的事
衍生副 **fòrtunately**(幸運地反 unfortunately)

fortune [`fɔrtʃən; `fɔ:tʃu:n] 魍 **-s** [-z]
名❶運氣;命 │ He had the (good) *fortune* to find a
運;幸運 同 │ job. 他幸運而找到工作。
luck │
反 misfortune, │ He had his *fortune* told.
ill fortune │ 他請人替他算過命。
❷財產;財富 │ He made a *fortune* out of sugar.
│ 他因糖而致富。

──── ▶ fortune 的否定 ────
名 fòrtune(幸運) │ *mis*fòrtune(不幸)
形 fòrtunate(幸運的) │ *un*fòrtunate(不幸的)

forty [`fɔrtɪ; `fɔ:tɪ] 魍 **forties** [-z] ▶ 不是 fourty。
名形 四十(個· │ a man in his *forties*
人·歲)(的) │ 四十多歲的男人
▶ 序數是 **fòrtieth**。

forward [`fɔrwəd; `fɔ:wəd]
形❶前方的;向 │ The *forward* part of the train
前的 │ caught fire.
反 backward │ 火車的前面部分著了火。
❷(較通常爲)早 │ Winter is *forward* this year.
的;進步的 │ 今年冬天(較往年)來得早。
│ He is *forward* **in** [**with**] English.
│ 他的英文有進步。
❸冒失的;大膽 │ a *forward* young woman
的 │ 冒失的少婦
❹熱心的 │ He is always *forward* to help [**in**
│ help**ing**] his friends.
│ 他總是熱心幫助他的朋友。
── 副 向前方;向 │ They went slowly *forward*.
前面;向未來 │ 他們向前慢行。
▶ 亦拼作 forwards。

forward ←→ backward

look forward to ...
期待…,盼望…
──── ▶ to 的後面接(代)名詞或動名詞 ────
「我盼望見到你。」
(誤)I'm looking forward to *see* you.
(正)I'm looking forward to *seeing* you.

── 㘴 **-s** [-z] 魍 **-ed** [-ɪd]; **-ing**
動㘴❶推進;促 │ The committee dicided to *forward*
進 │ the plan. 委員會決定推行這項計畫。

❷(郵件)轉遞; │ I *forwarded* his letter **to** his new
轉寄 │ address.
│ 我把他的信轉到新地址。

──── ▶ forward 和 foreword ────
forward [`fɔrwəd] 副 向前方
foreword [`fɔr,wɜd] 名序;前言

foul [faʊl; faʊl] (注意發音)㘴 **more**~ 魍 **most**~
形❶不潔的;污 │ *Foul* air injures the health.
穢的 同 dirty │ 污濁的空氣有害健康。
❷邪惡的;下流 │ What a *foul* crime it was!
的;(天氣)壞的 │ 那是多麼邪惡的罪行啊!
❸(比賽)犯規 │ He hit a *foul* ball.
的;界外球的 │ 他擊出一個界外球。
反 fair │ a *foul* play 犯規;不正當的行爲
── 魍 **-s** [-z]
名犯規;界外球 │ The players claimed a *foul*.
│ 這些選手聲稱對方犯規。

found [faʊnd] ⊖ **-s** [-z] 魍 **-ed** [-ɪd]; **-ing**
──── ▶ 注意動詞變化 ────
find(發現) │ ㊅──found──── found
found(創設) │ 魍──founded──founded

動㘴❶創設;建 │ They *founded* a college in Paris.
立 │ 他們在巴黎創辦一所學院。
❷以…爲基礎; │ This novel is *founded* **on** facts.
以…爲根據 │ 這本小說以事實爲根據。
衍生名 **foundàtion**(建立;基礎), **fòunder**(創設者)

fountain [`faʊntn, -tɪn; `faʊntɪn] 魍 **-s** [-z]
名❶泉水;水 │ a *fountain* in the woods 森林中的泉
源;(比喻上的) │ 水／a *fountain* of pleasure 快樂的泉
泉源 │ 源
❷噴泉;噴水池 │ The *fountain* is playing.
│ 噴泉正噴著水。
複合名 **fòuntain pén**(自來水筆 ▶ 僅說 pen 也可以。)

four [fɔr, for; fɔ:(r)] 魍 **-s** [-z]
名形 四(個· │ He will come at *four*.
人·時·歲) │ 他將在四點來。
(的)
▶ 序數是 │ She is *four* (years old).
fourth. │ 她四歲。

fourteen [for`tin, fɔr-; fɔ:`ti:n] 魍 **-s** [-z] ▶「四十」是 forty。
名形 十四(個· │ There were *fourteen* people.
人·時·歲) │ 有十四個人。
(的)
▶ 序數是 │ at (the age of) *fourteen*
fourtèenth。 │ 在十四歲的時候

fourth [forθ, fɔrθ; fɔ:θ] 魍 **-s** [-s] ▶ 注意勿與 forth
(向前)混淆。
形 第四(個)的; │ the *fourth* anniversary
四分之一的 │ 四周年紀念
── 魍 **-s** [-s] 魍 略作 4th。
名❶(加 the)第 │ Today is the *4th* of July.
四;(月的)四日 │ 今天是七月四日。
❷四分之一 │ three *fourths* 四分之三
複合名 **the Fòurth of Julý**(美 獨立紀念日,7 月 4 日)

fowl [faul; faʊl] (注意發音) [複] **-s** [-z] ► 與 foul 同音。
[名] (鳥)雞;家禽(鴨等) | They keep (domestic) *fowls.* 他們養雞(家禽)。
► 也含有「鳥類」之義。

fox [fɑks; fɒks] [複] **-es** [-ɪz]
[名] (動物)狐;狡滑的人 | We saw a *fox* in the wood(s). 我們在森林中看到一隻狐狸。

fraction [`frækʃən; 'frækʃn] [複] **-s** [-z]
[名] ❶部分;斷片;微量 | The cost is only a *fraction* of his salary. 這費用只是他薪水的一部分。
❷(數學)分數 | ⅓ (A third) is a *fraction.* 三分之一是分數。

fragile [`frædʒəl, -dʒɪl; 'frædʒaɪl] (注意發音)
[形] 易壞〔碎〕的;(體質)虛弱的 | Cups are *fragile.* 杯子是易碎的。

fragment [`frægmənt; 'frægmənt] [複] **-s** [-s]
[名] 破片;碎片;斷片 | The bottle broke into *fragments.* 瓶子破成碎片了。

fragrance [`fregrəns; 'freɪgrəns] [複] 無
[名] 香味;芳香;香氣 | This flower gives out *fragrance.* 這朵花散發香氣。

► **fragrance** 的同義字

fragrance ⋯特指花草等散發出之令人愉快的氣味。
perfume⋯⋯專指香水等的香氣。
smell ⋯⋯⋯氣味的普通用語,包括一切好壞的氣味。
odor ⋯⋯⋯類似 smell,常用於科學中。
scent ⋯⋯⋯微弱的氣味,多用於好的意味。

[衍生] [形] **fràgrant** (芳香的;愉快的)

frail [frel; freɪl]
[形] 虛弱的;脆弱的 [同] weak | a man of *frail* constitution 體質虛弱的人

[衍生] [名] **fràilty** (脆弱;虛弱)

frame [frem; freɪm] [複] **-s** [-z]
[名] ❶(建築物的)骨架;體格;骨骼;(組織的)構造;組織 | My bed has a wooden *frame.* 我的床架是木製的。
a man of large *frame* 骨架很大的人/the *frame* of society 社會組織
❷(窗等的)框架;框 | I bought a picture *frame.* 我買了一個畫框。

the frame of a house 房屋的骨架

picture frame 畫框

window frame 窗框

—— [三] **-s** [-z] [規] **-d** [-d]; **framing**
[動] [及] ❶構造;組織 | He is engaged in *framing* a house. 他忙著構建房子。
❷給⋯裝框 | He *framed* the picture. 他給圖畫裝框。

[衍生] [名] **fràmewórk** (骨架;體制;組織)

France [fræns; frɑːns]
[名] (國名)法國;法蘭西 | The capital of *France* is Paris. 法國的首都是巴黎。

frank [fræŋk; fræŋk] [比] **-er** [最] **-est**
[形] 率直的;老實的 | I like his *frank* manner. 我喜歡他那率直的態度。

to be frank with you [同] frankly speaking
老實對你說 | *To be frank with you,* you should work harder. 老實告訴你,你應該更加勤奮工作。

[衍生] [名] **frânkness** (率直)

frankly [`fræŋklɪ; 'fræŋklɪ]
[副] 率直地;坦白地;明白地 | *Frankly* speaking [To be frank with you], I cannot agree with you. 坦白地說,我的意見跟你不一致。

free [fri; friː] [比] **-r** [最] **-st**
[形] ❶自由的;不被束縛的;自發的 | The prisoner was set *free.* 那個囚犯被釋放了。
a *free* country 自由國家/*free* will 自由意志
❷隨便的;可自由(做)⋯的 | He is *free* { **to** enter the room. / **of** the room. } 他可以自由進入這房間。
❸有空的;空閒的 | I am *free* this afternoon. 我今天下午有空。
❹免費的;免稅的 | Admission *free.* 免費入場。/a *free* ticket 免費入場券

► free 是不受外界所束縛的狀態;liberal 是自己不受任何事物宰制的狀態;「自由主義」是 liberalism。

be free from ... 免⋯的;無⋯的 | The town *is free from* [**of**] thieves. 這個鎮裡沒有小偷。
set ... free 釋放⋯;解放 | They *set* the prisoner *free.* 他們將囚犯釋放了。

—— [副] 免費地;自由地 | This gallery is open *free.* 這個美術館可免費進去參觀。

—— [三] **-s** [-z] [規] **-d** [-d]; **-ing**
[動] [及] 釋放;使自由 | I *freed* him **from** [**of**] debts. 我免除了他的債務。

► from 著重於免除之義,of 則著重於救濟的意味。

[衍生] [副] **frèely** (自由地;率直地)

freedom [`fridəm; 'friːdəm] [複] 無 ► 表種類時加 **-s** [-z]。
[名] ❶自由(權) ► 意味比 liberty 為強。 | *freedom* of speech 言論自由
I have the *freedom* of the library. 我可以自由使用這個圖書館。
❷釋放;免除 | They had long enjoyed *freedom* from fear. 他們曾經長久享有免於恐懼的生活。

freeze [friz; friːz] [三] **-s** [-ɪz] [不] **froze** [froz]; **frozen** [`frozn̩]; **freezing**
[動] [不] ❶凍結;結冰 | Water *freezes* at 32°F. 水在華氏三十二度結冰。
❷(身體)凍僵;覺得奇冷 | I am *freezing.* 我凍僵了。
[及] ❶使凍結;使結冰 | The pond is *frozen* over. 水池的水結冰了。
❷使凍僵;使凍死 | They were *frozen* **to** death. 他們凍死了。
❸冰凍 | *frozen* food 冷凍食品

❹(因恐怖)使呆住;使驚愕 | She *froze* the mischievous boy with a single stare.
這瞪一眼就讓這頑皮的男孩不敢動。

衍生 名 **frēezer**(冷藏器), ► **frēezing póint**(冰點)

French [frɛntʃ; frentʃ] ► 國名是 France.
形 法國的;法國人的;法國語的 | That lady is *French*.
那位婦人是法國人。
French lessons 法文課

—— 複 無

名 ❶法語 | My mother speaks *French*.
我母親說法語。

❷(集合稱,加 the)法國人 | The *French* are said to have a sense of beauty.
據說法國人有欣賞美的感受力。

► 指個別的法國人時說作 a Frenchman。

Frenchman [ˈfrɛntʃmən; ˈfrentʃmən] 複 **Frenchmen** [-mən]

名 法國(男)人 | The singer is a *Frenchman*.
這歌手是法國人。
對 Frenchwoman

frequent [ˈfrikwɛnt; ˈfriːkwənt] (注意發音)
形 ❶時常的;屢次的 | We had *frequent* snowfalls last year.
去年這裡時常下雪。

❷經常的;慣常的 | a *frequent* visitor 常客

—— [frɪˈkwɛnt; fri (ː)ˈkwent] (注意發音) 三 -s [-s] 過 -ed [-ɪd]; -ing
動 對 常去 | He *frequented* the theater.
他常去戲院。

衍生 名 **frèquency**(頻繁;頻率) 副 **frèquently**(時常地;屢次地)

fresh [frɛʃ; freʃ] 比 -er 最 -est
形 ❶新鮮的 | *fresh* milk and vegetables
新鮮的牛奶和蔬菜

❷精神飽滿的;有生氣的 | I felt *fresh* after some exercise.
我作了些運動之後,覺得很爽快。

❸涼爽的;清爽的 | *fresh* air 涼爽的空氣

❹鮮明的;清新的 | memories *fresh* in the mind
記憶猶新

❺新的;重新的 | *fresh* news 新的消息/make a *fresh* start 再重頭做起;重新開始

❻新到的;剛出來的 | He is *fresh* from high school.
他剛從中學畢業。

freshman [ˈfrɛʃmən; ˈfreʃmən] 複 -men [-mən]
名 (大學或高中的)一年級學生
► 亦指女學生。

► 大學「…年級學生」的稱呼
大一學生…freshman
大二學生…sophomore [ˈsɑfə,mor, -,mɔr]
大三學生…junior
大四學生…senior

fret [frɛt; fret] 三 -s [-s] 過 **fretted** [-ɪd]; **fretting**
動 不 對 (使)煩躁 | Don't *fret*.
不要煩躁。

friction [ˈfrɪkʃən; ˈfrɪkʃn] 名 -s [-s]
名 摩擦;衝突 | the *friction(s)* between the two countries 兩國間的衝突

Friday [ˈfraɪdɪ; ˈfraɪdɪ] 名 -s [-z]
名 星期五 ► 通常無冠詞。► 略作 Fr., Fri.。 | We have six lessons **on** *Friday*.
我們星期五有六節課。

friend [frɛnd; frend] (注意拼法) 名 -s [-z]
名 ❶朋友 ► 比 acquaintance (熟人)親近的友人。 | They are good [great, close] *friends*.
他們是很要好的朋友。
a *friend* of mine 我的一位朋友/one of my *friends* 我的朋友之一

❷同黨;贊助者 | He was a *friend* of the poor.
他是窮人們的朋友。
反 enemy

be friends with ...
與…要好 | Tom *is friends with* John.
湯姆和約翰很要好。

make friends with ...
與…做朋友 ► 要用複數式。 | I *made friends with* him.
我與他結爲朋友。

friendly [ˈfrɛndlɪ; ˈfrendlɪ] 比 **friendlier** 最 **friendliest**
形 ❶親近的 | He is *friendly* with me.
他和我很要好。

❷友善的;親切的 | He is *friendly* to me.
他對我很親切。

friendship [ˈfrɛndʃɪp; ˈfrendʃɪp] 名 -s [-s]
名 ❶友情;友善 | He swore eternal *friendship*.
他誓守友情。

❷友誼;交誼 | a warm *friendship* of ten years
十年的溫暖友誼

fright [fraɪt; fraɪt] (注意發音) 名 -s [-s]
名 (突然的)驚懼;恐怖 | The sight gave him a *fright*.
=He took *fright* at the sight.
這情景使他大吃一驚。

► 表「恐怖」的字與其形容詞
fear → fearful/dread → dreadful/horror → horrible, horrid/terror → terrible, terrific

衍生 形 **frìghtful**(令人毛骨悚然的) 副 **frìghtfully**(可怕地)

frighten [ˈfraɪtn; ˈfraɪtn] 三 -s [-z] 過 -ed [-d]; -ing
動 對 ❶使害怕;使吃驚 | I was *frightened* at the sound.
我因聽到那聲音而吃驚。

❷恐嚇使(作某事) | They *frightened* him into confessing the robbery.
他們恐嚇他使他招認搶劫。

fro [fro; frəʊ]
副 向後地;回 | ► 僅用於下面的例句:

to and fro
往返地;來回地 | She walked *to and fro*.
她來回地走著。

swing to and fro

frog [frɑg, frɔg; frɒg] 名 -s [-z]
名 (動物)青蛙 | ► 蝌蚪是 tadpole。

from [(強)frɑm, frʌm; frɒm, frʌm(弱)frəm; frəm]

front

介❶(地方・時間)從…起;始於 | How far is it *from* here **to** the station? 從這裡到車站有多遠?
► from...to〜 句型的慣用句,不需要冠詞。 | *from* morning till [**to**] night 從早到晚
| I went *from* door **to** door. 我挨家挨戶的走去。

──► 「從…(到現在)」用 since
「他從上星期二起,便一直病著。」
(誤) He has been ill *from* last Tuesday.
(正) He has been ill *since* last Tuesday.
► 在現在完成式中,表「自…以來」的字不是 from。

❷(出處・來源)從…來,來自 | Where are you [do you come] *from*? 你是那裡人?
❸(原因・理由)因;因為 | He died *from* the wound. 他因傷而致死。
❹(分離・脫離)離 | Bill was absent *from* school. 比爾沒到學校。
❺(區別)…和… | Can you tell a wolf *from* a dog? 你能辨別狼和狗嗎?
❻用(原料) | Cheese is made *from* milk. 乳酪是用牛乳製成的。
► 用於材料失去原形而變化的場合。 | ► The desk is made **of** wood. (這桌子是木製的)。像這樣,在材料不變的情形下,用 of。

front [frʌnt; frʌnt](注意發音) ⑧ -s [-s]
名❶(加 the)前部;正面;前面 | He sat in **the** *front* of the class. 他坐在班上的前排。
⑫ back (用作形容詞)正面的;正面的 | the *front* of an envelope 信封的正面/a *front* view of the house 房子的正面圖
► 旅館的櫃台稱做 the front desk。
❷前線;戰地;戰線 | His son is **at** the *front*. 他的兒子在前線戰地。

in front of ... (場所)在…的前面 | There was a garden *in front of* the house. 屋前有個花園。
⑫ at the back of, behind
► 僅作爲場所或位置的「在…之前」,口語中通常用 in front of 表現,before 是文語用字。不一定是正面,係指「在…的前方」之義。

in [at] the front of

in front of

frontier [frʌnˋtɪr, frɑn-, ˋfrʌntɪr, ˋfrɑn-; ˈfrʌn,tɪə(r)] ⑧ -s [-z]
名國境;邊境 | *frontier* spirit 拓荒精神
frost [frɔst; frɔst] ⑧ 無
名霜 | The ground is covered with *frost*. 地上覆滿了霜。 ⌐[-d]; -ing
frown [fraʊn; fraʊn](注意發音) ⑤ -s [-z] ⑧ -ed ⌐
動不皺眉頭;蹙眉;表示不贊成 | He *frowned* **at** me. 他對我皺眉頭。

He *frowned* **upon** [**on**] our plan. 他不贊成我們的計畫。
frugal [ˋfrugl; ˈfruːgl] ⑩ thrifty
形節儉的;儉省的;儉樸的 | a *frugal* home 節儉的家庭/a *frugal* breakfast 節省的早餐
衍生名 **frugàlity**(節儉;儉樸)副 **frùgally**(節儉地)
fruit [frut; fruːt] ⑧ -s [-s]
名水果;果實 | "Do you like *fruit*?" "Yes, I eat a lot of *fruit*." 「你喜歡吃水果嗎?」「是的,我吃許多水果。」
► 通常用單數,集合稱。表種類時用複數。 | Apples and melons are my favorite *fruits*. 蘋果和甜瓜是我最愛吃的水果。
bear fruit 結果;產生效果 | His efforts *bore fruit*. 他的努力有了結果。
衍生形 **frùitful**(多實的;多產的)**frùitless**(無效果的;徒勞的)
fry [fraɪ; fraɪ] ⑤ **fries** [-z] ⑧ **fried** [-d]; -ing
動及油炸;油煎 | She is *frying* fish. 她正在煎魚。
複合名 **frȳing pán**(煎鍋;油炸鍋)
fuel [ˋfjuəl; fjʊəl] ⑧ 無 ► 表種類時加 -s [-z]。
名燃料 | I saved *fuel*. 我節省燃料。
fulfil(l), ⑧ **fulfil** [fulˋfɪl; fʊlˈfɪl](注意發音和拼法) ⑤ -s [-z] ⑧ **fulfilled** [-d]; -ing
動及盡;履行(諾言・義務) | He *fulfilled* his promise. 他實踐了他的承諾。
衍生名 **fulfil(l)ment**(履行;實踐;實現)
full [ful; fʊl] ► fill(使滿)的形容詞式
形❶滿的;裝滿的 | The bus is *full* (of people). 公共汽車全滿(載滿了人)。
⑫ empty | Don't speak with your mouth *full*. 嘴裡塞滿東西時不要說話。

──► full 和 fill──
full 形(be full of ...) 裝滿…的
The glass *is full* of water.
(玻璃杯裝滿了水。)
fill 動(fill ... with〜)用〜裝滿…,使…裝滿〜
He *filled* the glass *with* water.
(他以水斟滿玻璃杯。)

❷豐富的;充分的;飽食的 | They had a *full* meal. 他們飽餐了一頓。
❸完全的;全部的;滿的…;最大限度的 | He got a *full* mark. 他得到了滿分。
Run **at** *full* speed. 盡全速跑。
──副 無
名充分;全部;到達極點 | The moon is **at** (the) *full*. 月亮滿盈。
in full 不省略地;全部 | Write your name *in full*. 把你的全名寫出來。
to the full 完全地 | He enjoyed himself *to the full*. 他盡情享樂。
衍生副 **fùlly**(充足地;全部地;完全地)
fun [fʌn; fʌn] ⑧ 無 ► 注意勿與 fan [fæn](扇)混淆。
名❶玩笑;戲鬧 | He is full of *fun*. 他愛開玩笑。

❷樂趣；有趣；有趣的事或人 | We had a lot of *fun* at the party. 我們在宴會時玩得很開心。
►不加 a。 | It is *fun* to play cards. 玩紙牌是一件很有趣的事。

for* [*in*] *fun 玩笑地 | I have said it just *for* [*in*] *fun*. 我說這話只是玩笑而已。

***make fun of* ...=*poke fun at* ...** 對…開玩笑；嘲弄… | They *made fun of* him. 他們開他的玩笑。

function [ˋfʌŋkʃən; ˈfʌŋkʃn] [複] **-s** [-z]
[名] ❶機能；作用 | the *function* of the heart 心臟的機能
❷職責；職務 | the *functions* of a policeman 警察的職責

—— [三] **-s** [-z] [規] **-ed** [-d]; **-ing**
[動][不] 發揮機能；盡職 | This machine does not *function* well. 這部機器轉動不太靈活。

[衍生][形] **fùnctional**（機能的；關於機能的）

fund [fʌnd; fʌnd] [複] **-s** [-z]
[名] 資金；基金；大量貯藏 | the *fund* for the research 研究的基金

fundamental [ˏfʌndəˋmɛntl; ˌfʌndəˈmentl]
[形] 基本的；根本的 | the *fundamental* human rights 基本的人權

[衍生][副] **fúndamèntally**（基本上；本質上）

funeral [ˋfjunərəl; ˈfju:nərəl] [複] **-s** [-z]
[名] 葬禮；（用作形容詞）葬禮的 | He attended the *funeral*. 他參加葬禮。
| a *funeral* ceremony [service] 葬儀

funny [ˋfʌnɪ; ˈfʌnɪ] [比] **-ier** [最] **-iest** ► fun 的形容詞
[形] ❶有趣的；滑稽的 | What a *funny* story! 多麼有趣的故事啊！
❷（口語）奇妙的；古怪的 | That sounds *funny*. 那似乎有點怪。

fur [fɝ; fɜ:(r)] [複] **-s** [-z] 與 fir（樅樹）同音。
[名] ❶毛皮；軟毛 | Her coat is made of *fur*. 她的上衣是毛皮製的。
❷（常用複數）毛皮製品；裘；皮草 | expensive *furs* 昂貴的皮草

furious [ˋfjʊrɪəs; ˈfjʊərɪəs] ► fury 的形容詞
[形] ❶狂怒的 | He got *furious* **with** her [**at** her words]. 他對她〔她的言辭〕大為震怒。
❷猛烈的；狂暴的 | a *furious* storm 猛烈的暴風雨

furnace [ˋfɝnɪs, -əs; ˈfɜ:nɪs] [複] **-s** [-ɪz]
[名] 火爐；熔爐；灶 | This *furnace* is used to bake pottery. 這個火爐是供燒陶用的。

furnish [ˋfɝnɪʃ; ˈfɜ:nɪʃ] [三] **-es** [-ɪz] [規] **-ed** [-t]; **-ing**
[動][及] ❶供給 [同] supply, provide | He *furnished* the refugees **with** food. =He *furnished* food **to** the refugees. 他供給難民食物。
❷陳設；布置（房屋等） | He *furnished* his new house. 他布置他的新屋。

furniture [ˋfɝnɪtʃɚ; ˈfɜ:nɪtʃə(r)] [複] 無
[名]（集合稱）家具 | We don't have much *furniture*. 我們家具不多。
| a set of *furniture* 一套家具

►不加 a 用作單數。可數時用 a piece [an article] of ..., two pieces [articles] of ...。

further [ˋfɝðɚ; ˈfɜ:ðə(r)] ► 是 far 的比較級之一。
[形] ❶更遠的，較遠的 | the further side of the hill 山的那一邊
❷另外的；更進一層的 | I have nothing *further* to say. 我沒有別的話要說。

► **farther 和 further**
farther …指具體的距離。
further …程度等抽象的意味，但口語中亦常用於距離的意味。

—— [副] 較遠地；更進一步地 | The post office is a mile *further*. 郵局還有一英里遠。
| He inquired *further* into the accident. 他更進一步地調查這意外事件。

furthest [ˋfɝðɪst; ˈfɜ:ðɪst] [形][副] 是 far 的最高級之一。

fury [ˋfjʊrɪ; ˈfjʊərɪ] [複] **furies** [-z]
[名] ❶憤激；憤怒 | He was **in** a *fury*. 他狂怒。
❷狂暴；猛烈 | the *fury* of the storm 暴風雨之猛烈

► **anger, fury, rage**
[名] anger………忿怒；生氣→[形] angry
[名] rage ………用粗暴的動作或語言表現出來的憤怒→[形] raging
[名] fury ………近於發狂的憤怒→[形] furious

fuss [fʌs; fʌs] [複] 無 ► 常加 a。
[名] 大驚小怪；無謂的紛擾 | Don't make a *fuss* **about** [**over**] trifles. 不要小題大作。

[衍生][形] **fùssy**（愛挑剔的；難取悅的；繁瑣的）

futile [ˋfjutḷ, -tɪl; ˈfju:taɪl]（注意發音）
[形] 徒勞的；無益的；無用的 [同] useless | It seems to be a *futile* attempt. 這似乎是無益的嘗試。

[衍生][名] **futìlity**（徒勞；無用）

future [ˋfjutʃɚ; ˈfju:tʃə(r)] [複] **-s** [-z]
[名] ❶未來；將來 [對] past（過去），present（現在） | What will be the *future* of China? 中國的未來將會如何？
| He has a great *future*. 他有遠大的前程。
❷（用作形容詞）未來的；將來的 | She is my *future* wife. 她是我的未婚妻。
❸（文法）未來時態；未來式

in future 從此以後；今後 | I'll be more careful *in future*. 今後我會更加小心。

in the future 將來 | No one knows what will happen *in the future*. 沒有人知道將來會發生什麼事。

— G —

gaiety, gayety [`geəti; 'geiəti] ⑧ **gaieties, gayeties** [-z]
　名 熱鬧；華麗 ｜ the *gaiety* of the room 房間之華麗
　▶複數式爲「作樂；狂歡」之義。

gain [gen; gein] ⑤ **-s** [-z] ⑧ **-ed** [-d]; **-ing**
　動⑧ ❶得到；掙得 ⑩ get ｜ He *gained* his living as a clerk. 他當辦事員謀生。
　❷使獲得；使贏得 ｜ His efforts *gained* him a reputation. 他的努力使他獲得名聲。
　❸(鐘錶)走快 ⑩ lose ｜ My watch *gains* three minutes a day. 我的錶每天快三分鐘。
　❹(經努力而)到達；抵達 ⑩ reach ｜ At last he *gained* the top of the mountain. 他終於抵達山頂。
　❺增加(重量‧力量) ｜ The typhoon *gained* strength. 颱風增強。
　⊘ 增加；增進；得利 ｜ The singer is *gaining* in popularity. 這歌手漸漸受到歡迎。
　—— ⑧ **-s** [-z] ▶複數式爲「利潤」之義。
　名 利益；獲得 ⑩ profit ｜ He will do anything for *gain*. 他爲了獲利願做任何事。
　⑩ loss(損失) ｜ No *gains* without pains. 不辛勞，無所獲(沒有不勞而獲的)。

gale [gel; geil] ⑧ **-s** [-z]
　名 強風，疾風 ｜ The *gale* blew down a tree. 強風吹倒一棵樹。

　▶「風」的同義字
　wind ··········「風」的普通用語，最常使用。
　breeze ·········微風，輕風；風力最弱者。
　gale··········比 breeze 爲強，比 storm 爲弱。
　storm ·········暴風雨，或是暴風雪。
　squall ········短時間突起的暴風，多夾有雨、雪。尤指海上的 storm。

gallant [`gælənt; 'gælənt] ▶作❸之義時，亦讀作 [gə`lænt]。
　形 ❶英勇的；勇敢的 ｜ The *gallant* warrior died to save his friend. 這勇敢的戰士爲了救朋友而犧牲。
　▶較 brave 英勇高貴，爲較正式的文學用語。
　❷華麗的；壯麗的 ｜ *gallant* attire 華麗的衣裳／a *gallant* adventure 英勇的冒險
　❸(對女人)慇懃的 ｜ The gentleman was *gallant* to all the ladies. 這紳士對所有的女士都很慇懃。
　衍生 副 **gàllantly**(勇敢地)名 **gàllantry**(勇敢；慇懃)

gallery [`gæləri, -lri; 'gæləri] ⑧ **galleries** [-z]
　名 ❶美術館；畫廊 ｜ We visited a *gallery* of modern art. 我們參觀了現代藝術美術館。
　❷頂層樓座 ｜ ▶戲院中最高的地方，票價最低。
　paly to the gallery ｜ She is fond of *playing to the gallery*. 她喜歡作迎合大眾口味的表演。

迎合大眾口味；嘩眾取寵

gallon [`gælən; 'gælən] ⑧ **-s** [-z]
　名 加侖 ｜ a *gallon* of beer 一加侖啤酒
　▶液體容量的單位 ｜ 1 gallon＝㉖ 3.785 liters(公升)／㉕ 4.546 liters

gallop [`gæləp; 'gæləp] ⑧ **-s** [-z]
　名 疾馳；飛奔 ｜ The horse ran at full *gallop*. 馬盡全速奔馳。
　▶馬等最快速度的跑法，四腳瞬息全部離地。 ｜ ▶馬之跑法，速度依 gallop, canter, trot, amble, walk 之順序遞減。
　—— ⑤ **-s** [-z] ⑧ **-ed** [-t]; **-ing**
　動⊘ (馬等)疾馳 ｜ The white horse *galloped* across th field. 白馬馳過田野。

gallows [`gæloz, -əz; 'gæləʊz] ⑧ **gallows, -es** [-iz]
　名 絞架 ▶通常用作單數。 ｜ The murderer was sent to the *gallows*. 那個殺人犯被處以絞刑。

gamble [`gæmbl; 'gæmbl] ⑤ **-s** [-z] ⑧ **-ed** [-d]; **gambling**
　動⊘ 賭博；冒險 ｜ *gamble* at cards 賭紙牌／*gamble* on horses 賭賽馬
　—— ⑧ **-s** [-z]
　名 (口語)賭博；投機；冒險的事業 ｜ Putting money into that business is a *gamble*. 把錢投入那宗生意是一項賭博。
　衍生 名 **gàmbling**(賭博)，**gàmbler**(賭徒)

game [gem; geim] ⑧ **-s** [-z]
　名 ❶遊戲；娛樂；一局；一場 ｜ What *games* did you play at the party? 你在宴會時玩什麼遊戲？
　❷比賽；競技 ｜ I watched the baseball *game* on television. 我在電視上看棒球比賽。We will win [lose] the *game*. 我們會贏〔輸〕這場比賽。

　▶ 英文中的「比賽」

baseball, football 等與 -ball 結合的字之運動比賽等用 game。tennis, wrestling, boxing 等的比賽用 match。

　❸(用複數)競技會；運動會 ｜ the Olympic *Games* 奧林匹克世運會
　❹(集合稱)獵物；獵鳥獸 ｜ He is hunting *game* in the woods. 他正在森林中狩獵。

gang [gæŋ; gæŋ] ⑧ **-s** [-z]
　名 ❶(工人‧囚犯‧奴隸等的)隊；群 ｜ a *gang* of laborers 一群工人／a *gang* of prisoners 一群囚犯
　❷(惡徒等的)夥；黨；幫 ｜ A *gang* of robbers broke into the bank. 一幫強盜闖入銀行。

► 盜匪之一員稱做 gangster [`gæŋstɚ]。

ˈgangster [`gæŋstɚ; 'gæŋstə(r)] 🔵 **-s** [-z]

|名|盜匪集團之一員;歹徒 | The *gangster* was arrested by the police. 歹徒遭警察逮捕了。|

ˈaol [dʒel; dʒeɪl] (注意發音和拼法) 🔵 **-s** [-z] ► 🇺🇸 拼作 jail。

|名|🇬🇧 監獄;牢獄
🔵 prison | The murderer was sent to *gaol*.
那殺人犯被送進監獄。|

衍生|名|**gàoler**(獄卒, 🇺🇸 jailer)

ˈap [gæp; gæp] 🔵 **-s** [-s]

|名|❶(牆等的)裂縫;(樹籬等的)洞;缺口 | The cat went through a *gap* **in** the fence.
貓從圍牆的缺口跑出去。|
|❷(意見等的)差異;歧異 | There was a great *gap* **between** the views of the two.
他們兩人的意見有很大的差異。|

► 父與子或老年人與年輕人想法之不同稱爲 the generation gap(代溝)。

|❸(時間・空間的)間斷;空白 | a *gap* in a conversation 談話中的間斷／a *gap* in the traffic stream 川流車陣中的空隙|

ˈarage [gəˋrɑʒ, gəˋrɑdʒ; `gærɑdʒ; 'gærɑ:dʒ] (注意發音) 🔵 **-s** [-ɪz]

► 此字原是法語,所以作法國式的發音。

|名|車庫;修車廠 | I rented a house with a *garage*.
我租下一幢附有車庫的房子。|

ˈarbage [`gɑrbɪdʒ; 'gɑ:bɪdʒ] 🔵 無

|名|(廚房倒棄的)剩飯,剩菜 | Put the *garbage* in the can.
把剩菜放在桶內。|

┌─►「廢棄物」在英文中的用法────
垃圾 ……rubbish, trash ► dust 是「灰塵,塵埃」。
廢紙 ……waste paper
破爛物 ……junk(廢鐵,破布等)
廢物 ……waste(工廠的廢水等)
► 垃圾桶🇺🇸 稱做 trash can, 🇬🇧 dustbin。
└──────────────────────

ˈarden [`gɑrdn; 'gɑ:dn] 🔵 **-s** [-z]

|名|園;果園;花園;菜圃 | a rose *garden* 玫瑰花園／a roof *garden* 屋頂花園／a kitchen *garden* 菜圃|

► garden 通常指栽植花或樹木的庭園;yard 則指庭院或房屋周圍的空地。

衍生|名|**gàrdener**(園丁;花匠)**gàrdening**(園藝)

ˈarment [`gɑrmənt; 'gɑ:mənt] 🔵 **-s** [-s]

|名|(一件)衣服 | Her best *garment* is a white dress.
她最好的衣服是一件白色的洋裝。|

ˈas [gæs; gæs] 🔵 **-es** [-ɪz] ► 表種類時用複數。

|名|❶氣體;瓦斯 | Air is a mixture of several *gases*.
空氣是數種氣體的混合物。|

fluid (流體)	gas (氣體)	liquid (液體)	solid (固體)

|❷(燃料用的)煤氣 | We have *gas* laid on.
我們已裝好煤氣管了。|
|❸🇺🇸 (口語)汽油 🔵 gasoline | I've run out of *gas*.
我(車子)的汽油用完了。|

複合|名|**gàs státion**(🇺🇸 加油站)

衍生|形|**gaseous** [`gæsɪəs] (煤氣的;氣體狀態的)

gasoline, gasolene [`gæsə‚lin, ‚gæsə`lin; 'gæsəli:n] 🔵 無

|名|🇺🇸 汽油
► 口語稱爲 gas。
🇬🇧 pertrol | This car runs 25 miles **on** a gallon of *gasoline*.
這輛車子一加侖汽油可跑二十五哩。|

gasp [gæsp; gɑ:sp] 🔵 **-s** [-s] 🔵 **-ed** [-t]; **-ing**

|動|不|喘氣;喘息;(因驚訝等而)透不過氣 | He *gasped* **for** breath after a long run. 他長跑後喘息著。
She was *gasping* **with** rage.
她氣急敗壞地喘息著。|
|及|喘著氣說 | "Fire! Fire!" *gasped* the girl.
那女孩喘著氣說:「失火了!失火了!」|

—— 🔵 **-s** [-s]

|名|喘息;喘氣 | He was **at** his last *gasp*.
他只剩最後一口氣了。|

gate [get; geɪt] 🔵 **-s** [-s]

|名|門;門扉
► 門扉通常有兩片,所以也有用複數的。 | The *gates* of the school open at eight.
校門八點鐘打開。|

gate

gateway

► gateway 係指可用門扉開閉的通路。門扉本身稱爲 a gate。

gather [`gæðɚ; 'gæðə(r)] 🔵 **-s** [-z] 🔵 **-ed** [-d]; **-ing**

動	及	❶聚集;集合;收集	The teacher *gathered* the pupils about her. 老師把學生們集合在她的身邊。
► gather 是最普通的用語;collect 是「爲某目的而收集」。	The novelist *gathered* materials for his work. 這小說家收集寫作的材料。
❷採集(花等);收割(穀物)	*gather* flowers 摘花／*gather* crops 收割穀物／*gather* shells 收集貝殼
❸增加(速度・勢力等)	The train was *gathering* speed. 火車漸增速度。
❹推斷	I *gather* **that** you disagree to the plan. 我想你不贊成這計畫。
不	聚集;集合	A crowd *gathered* around the star. 一群人聚集在那明星的周圍。

gather 聚集   scatter 驅散

衍生|名|**gàthering**(集合;集會 ► 🇺🇸 (口語)稱爲 get-together。)

gave [gev; geɪv] 動|give(給予)的過去式

gay [ge; geɪ] 🔵 **-er** 🔵 **-est**

|形|❶快樂的;輕快的;歡愉的
🔵 merry | *gay* music 輕快的音樂／*gay* laughter 快樂的笑聲／a *gay* party 愉快的宴會|
|❷鮮艷的;華麗的 🔵 showy | *gay* colors 繽紛的色彩／*gay* garments 華麗的衣服|

衍生|副|**gàily**(歡樂地;華麗地)|名|**gàiety**(歡樂;華麗)

gaze [gez; geɪz] ⊜ **-s** [-ɪz] 働 **-ed** [-d]; **gazing**
圖困 凝視 | He *gazed* at the ceiling for a long time. 他凝視天花板有很長一段時間。

▶ **gaze** 和 **stare**
gaze ……由於興趣、驚奇或喜好而目不轉睛地凝視。
gaze at the stars (注視星群)
stare ……由於驚訝或傲慢而睜大眼睛凝望、盯視或瞪著眼看。
People *stared* at the foreigner.
(人們盯視那外國人。)

── 働 無
名 注視,凝視 | Her *gaze* was fixed on him.
她凝視著他。

gear [gɪr; gɪə(r)] (注意發音) 働 **-s** [-z]
名❶齒輪;聯動機;齒輪裝置 | When a car is in *gear*, the motor begins to turn the wheels. 當車子上檔(變速齒輪)時,引擎便開始驅動車輪。
❷(集合稱)整套用具 | fishing *gear* 整套釣魚用具／hunting *gear* 整套狩獵用具

geese [gis; giːs] 名 goose (鵝) 的複數

gem [dʒɛm; dʒem] 働 **-s** [-z]
名❶寶石;珠寶 圓 jewel | The crown sparkled with *gems*. 王冠因寶石而閃爍。
❷珍貴之物;傑作;精華 | It's the *gem* of his collection. 那是他蒐集物品中的精華。
── ⊜ **-s** [-z] 働 **gemmed** [-d]; **gemming**
圖及 飾以寶石 | a ring *gemmed* with diamonds 鑲有鑽石的戒指

general ['dʒɛnərəl; 'dʒenərəl]
形❶一般的;總括的 ⊗ special, particular (特殊的) | a *general* meeting 大會／*general* principles 通則;總則／a *general* election 大選／a *general* strike 全面罷工
❷普遍的;大眾的 | the *general* opinion 一般人的意見／a matter of *general* interest 一般人關心的問題
❸大體上的;概括的 ⊗ specific (明確的) | a *general* idea 概念／a *general* plan 大概的計畫／a *general* outline 概要
as a general rule 一般而言;通常 | As a *general* rule, rich men are stingy. 有錢人通常是吝嗇的。
in general 就一般而言 | I speak of the Japanese in *general*. 我是就一般的日本人而言。
── 働 **-s** [-z]
名 陸軍上將;(准將以上的)將軍 | He was a great *general*. 他是一位偉大的將領。
衍生 名 **géneràlity** (一般性) 圖 **gèneralíze** (概括;歸納)

generally ['dʒɛnərəlɪ; 'dʒenərəlɪ]
副❶通常;通例 圓 usually | I *generally* get up at seven. 我通常在七點鐘起床。
❷一般地;普遍地;廣泛地 | It is *generally* believed that smoking is bad for the health. 一般人相信吸煙有害於健康。

generally speaking = *speaking generally*
一般言之 | *Generally speaking*, man gets higher pay than woman. 一般而言,男性的薪水比女性高。

generate ['dʒɛnə,ret; 'dʒenəreɪt] ⊜ **-s** [-s] 働 **-d** [-ɪd]; **generating**
圖及 使發生;產生 | A dynamo *generates* electricity. 發電機發電。
衍生 名 **génerátor** (發電機)

generation [,dʒɛnə'reʃən; ,dʒenə'reɪʃn] 働 **-s** [-z]
名❶世代,一代 ▶ 約三十年。 | a *generation* ago 一代以前／for *generations* 一連數代／from *generation* to *generation* 世代相傳
❷(集合稱)同時代(世代)的人 ▶ 用作單數。 | Our *generation* has seen a lot of changes. 我們這一代的人曾經歷過許多變化。
❸發生;產生 | the *generation* of electricity 發電

generous ['dʒɛnərəs; 'dʒenərəs]
形❶大方的;慷慨的;不吝嗇的 | He was *generous* with his money. 他用錢大方。
❷寬大的 ⇨ kind | It was *generous* of you to forgive me. 你能原諒我,眞是寬大。
衍生 名 **géneròsity** (寬大;慷慨) 副 **gènerously** (慷慨;寬大地)

genial ['dʒinjəl; 'dʒiːnjəl]
形❶親切的;和藹的;慇懃的 | a *genial* welcome 慇懃的歡迎／a *genial* old woman 和藹的老婦人／*genial* disposition 和藹可親的性情
❷(氣候)溫和的;溫暖的 | a *genial* climate 溫暖的氣候／*genial* sunshine 和煦的陽光
衍生 副 **gènially** (親切地;和藹地) 名 **géniàlity** (親切)

genius ['dʒinjəs; 'dʒiːnjəs] 働 **-es** [-ɪz]
名❶天份;天賦;(加 a) 卓越的才能 | Everyone recognizes his musical *genius*. 人人都肯定他的音樂天賦。 She has a *genius* for mathematics. 她有數學的天分。
❷天才 | Mozart was a *genius*. 莫札特是一個天才。
❸特質;精粹 | the *genius* of the English language 英語的特性

gentle ['dʒɛntl; 'dʒentl] ⊕ **-r** 働 **-st**
形❶和善的;溫柔的;親切的 | She is *gentle* with animals. 她對待動物很和善。
❷徐緩的;溫和的;輕柔的 | a *gentle* breeze 和風／a *gentle* slope 傾斜度小的坡
衍生 副 **gèntly** (溫柔地;輕輕地) 名 **gèntleness** (溫順)

gentleman ['dʒɛntlmən; 'dʒentlmən] 働 **gentlemen** [-mən]
名❶紳士 働 lady (淑女) | A *gentleman* wouldn't use such a word. 紳士絕不會使用這樣的字眼。
❷男人 ▶ 尊稱,用來替代 man。 | A *gentleman* came while you were out. 你不在家的時候有位男士來過。
❸用複數 (稱呼)諸位先生 | *Gentlemen*, come this way, please. 諸位先生,請過來這裡。 Ladies and *Gentlemen*! 諸位女士,諸位先生! ⌐Sirs。
▶ 商業書信開頭的稱謂,働 用 Gentlemen 働 用 Dear

enuine [`dʒɛnjʊɪn; 'dʒɛnjʊɪn]

形 ❶真正的
反 false ┆ a *genuine* diamond 真鑽

❷真實的;誠實
的 同 sincere ┆ *genuine* sorrow 真正的悲傷／a
┆ *genuine* friend 真誠的朋友

衍生 副 **gènuinely**(誠實地) 名 **gènuineness**(真正;誠實)

eography [dʒɪˋɑgrəfɪ; dʒɪˋɒgrəfɪ] 複 **geographies**
[-z]

名 ❶地理學;地
理 ┆ I like *geography* and history.
┆ 我喜歡地理和歷史。

❷(某地區的)地
勢;地形 ┆ the *geography* of our city
┆ 我們城市的地形

▶ geo-是表「土地」之義

geography	(地理學) <*geo*+graphy(記述)
geology	(地質學) <*geo*+ology(…學)
geometry	(幾何學) <*geo*+metry(測量)
geophysics	(地球物理學) <*geo*+physics(物理學)

衍生 名 **geographer**(地理學家) 形 **géogràphic(al)**
┆ (地理學的)

erm [dʒɝm; dʒɜːm] 複 **-s** [-z]

名 ❶細菌;病菌 ┆ The wound must be free from
┆ *germs*. 傷口必須不受細菌侵入。

❷(生物)胚;根
源 ┆ The President destroyed the *germ*
┆ of a revolt. 總統消滅了叛亂的根源。

erman [`dʒɝmən;'dʒɜːmən]

形 德國(人・語)
的 ┆ The scientist is *German*.
┆ 這位科學家是德國人。

━ 複 **-s** [-z]

名 ❶德國人 ┆ the *Germans* 全國的德國人／some
┆ *Germans* 一些德國人

❷德語 ┆ He speaks *German* as well as
┆ French. 他會說法語和德語。

ermany [`dʒɝmənɪ;'dʒɜːmənɪ]

名 (國名)德國

erund [`dʒɛrənd, -ʌnd; 'dʒerənd] 複 **-s** [-z]

名 (文法)動名
詞 ┆ ▶「動詞+-ing」作名詞用者。
┆ I like *playing* tennis. 我喜歡打網球。

esture [`dʒɛstʃɚ; 'dʒestʃə(r)] 複 **-s** [-z]

名 ❶姿勢;手
勢;表情 ┆ She made a *gesture* of surprise.
┆ 她做出驚愕的表情。

❷(禮貌上的)表
示;姿態 ┆ His threat was a mere *gesture*.
┆ 他的威脅只不過是故作姿態。

et [gɛt; get] 三單現 **-s** [-s] 過去 **got** [gɑt]; **gotten** [`gɑtn], 英
got; getting

動 及 ❶獲得;得
到;替(某人)得
到(某事) ┆ How did you *get* this money?
┆ 你如何弄到這筆錢?
┆ I *got* him a job. =I *got* a job **for**
┆ him. 我替他找到一份工作。

▶ get 的同義字

get ………「獲得」的最普遍用語,無論是否經過努力
┆ 皆可使用此字。
┆ I *got* an idea. (我有個點子。)

obtain …經努力才獲得。
┆ He *obtained* the position.
┆ (他獲得那職位。)

acquire …經不斷的努力而獲得。
┆ He *acquired* fame. (他獲得名聲。)

attain ……達到目標。
┆ She *attained* success.
┆ (她終獲成功。)

gain ……經努力而獲得(利益)。
┆ They *gained* wealth. (他們獲得財富。)

procure …為了自己或他人,經努力而得到。
┆ I *procured* a nice position.
┆ (我謀得一個好職位。)

secure …暗示好不容易得到或穩穩地獲取。
┆ We have *secured* good seats.
┆ (我們弄到了很好的座位。)

earn ……暗示付出後得到相對的回報。
┆ He *earns* a lot of money.
┆ (他賺很多錢。)

❷購買;為某人
購買
同 buy ┆ Where did you *get* the sweater?
┆ 你在那裡買這件毛線衣?
┆ I *got* him a toy. =I *got* a toy **for**
┆ him. 我買給他一件玩具。

❸取來;為某人
取來
同 fetch ┆ She went back to *get* her handbag.
┆ 她回去拿她的手提包。
┆ *Get* me a chair. =*Get* a chair **for**
┆ me. 替我拿一張椅子來。

❹收到;領收
同 receive ┆ Did you *get* my letter?
┆ 你收到我的信了嗎?

❺(使役用法)使
某人做(某事),
請求(做) ┆ I'll *get* him **to** go (=have him go)
┆ instead of me.
┆ 我準備請他代我去。

▶「使…(請求(做))」

「使某人做某事」
get+人+**to** V=**have**+人+V
┆ ↑ ┆ ↑
┆ 需要 to ┆ 不需要 to
▶ make 不含「請求(做)」的意味,而有「使…」的強制
的意味。

❻(使役用法)使
得;令;把…(做)
┆ I *got* [had] my arm **broken**.
┆ 我的手臂斷了。
┆ I *got* [had] my hair **cut** at the
┆ barber's. 我在理髮店理了髮。
同 have ┆ *Get* [Have] the work **finished** by
┆ noon. 中午以前把這工作做完。

▶「使…;令…」

「使某物…」
get+物+過去分詞=**have**+物+過去分詞
▶ get 比 have 較為口語化。

❼準備;吃;喝 ┆ She is *getting* breakfast **ready**.
┆ 她正在準備早餐。

❽患(病);受到
(損害等) ┆ She *got* (a) cold. 她感冒了。
┆ I *got* a blow on the head.
┆ 我的頭挨了一擊。

不 ❶抵達;到達
⇨成語 get to ┆ I *got* home at eight.
┆ 我八點鐘到家。

❷變成;變得
同 become ┆ It is *getting* dark. 天漸漸黑了。
┆ I *got* tired. 我累了。
┆ He *got* drunk. 他醉了。

►「get＋過去分詞」也表示一種「被動語態」和「動作」：

I *got acquainted* with her.
　　　　　　(我認識了她。)──動作
I *am acquainted* with her.
　　　　　　(我認識她。)──狀態

❸(用 get＋過去分詞的句型)構成被動語態 | They *got* married. 他們結婚了。
►"They are married."是「他們已結婚。」

❹(用 get Ving 的句型)開始… | They *got* talk**ing**.
他們開始談話。

❺(用 get to V 的句型)逐漸做到, 能夠 | He *got* **to** like her.
他喜歡上她。

get about
走動 | It is hard for him to *get about*.
他外出走動很困難。

get across
渡過；越過 | We *got across* with difficulty.
我們好不容易渡過(對岸)。

get along (with ...)
❶生活；度日 | How are you *getting along*?
您好嗎?(日子過得如何?)

❷與…相處 | I'm *getting along* **with** my mother-in-law very well.
我同我的岳母(婆婆)相處得很好。

❸進步；進展 | How are you *getting along* **with** your study? 你的研究進展如何?

get at ...
拿到… | The baby tried to *get at* the toy.
嬰孩想要拿到那玩具。

get away
逃脫 | The criminal *got away* **from** the police. 罪犯擺脫警察逃掉了。

get back
回來
圓return | He will soon *get back*.
他會馬上回來。

get down
下來 | *Get down* **from** that table.
從那桌上下來。

get in ...
乘(車)；進入
⇨ get on | He *got in* the car. 他上了汽車。
►乘「計程車」等不是 get on, 而是 get in。

get into ...
進入…；成為某種狀態 | He *got into* the room.
他進入室內。
He *got into* trouble. 他陷入困境。

get off ...
(從…)下來 | He *got off* the train.
他下了火車。

───►「下車」的英文表現法───

get off a train [bus, boat, plane, horse]
►從火車〔巴士·船·飛機·馬〕上下來是 get off；從計程車〔汽車〕下來是 get out of a taxi [car]。

get on ...
❶搭乘(車)；騎(馬) | She *got on* the train.
她搭乘火車。
►乘火車〔巴士·船·飛機〕或騎馬是 get on；乘計程車〔汽車〕是 get in a taxi [car]。

❷過日；生活 | How are you *getting on*?
您好嗎?(日子過得如何?)

圓get along
❸成功；繁榮 | He will *get on* in the world.
他將成功。

get out (of) ...
從…出去；下(車) | He *got out of* the taxi.
他下計程車。
⇨ get off

get over ...
越過…；克服… | We had to *get over* many difficulties. 我們必須克服很多困難。

get through ...
穿過…；完成 | The train *got through* a tunnel.
火車穿過隧道。

get over
get through

He *got through* the work yesterday.
他昨天完成這項工作。

get to ...
抵達… | He will *get to* London tomorrow.
他將於明天抵達倫敦。

get up
❶起床
圓rise | I usually *get up* at seven.
我通常七點鐘起床。

❷站起來
圓stand up | He suddenly *got up* **from** his chair.
他突然從椅子上站起來。

have got
(口語)有
圓have | I've *got* no money with me.
我身上沒有帶錢。
►㊫ 在疑問句或否定句中, 比 have 較為常用。
►作此義時, ㊫ 也不可用 have gotten 的句型。

have got to V
(口語)必須 | You *have got to* leave right away.
你必須馬上出發。
►標準的文法句型是 You must .... 或 You have to ....。

ghastly [`gæstlɪ; 'gɑːstlɪ] ㊐ -lier ㊑ -liest
㊟**❶**可怕的；可怖的 | a *ghastly* murder 一件可怕的謀殺案／a *ghastly* story 一個令人毛骨悚然的故事

❷死人般的；面色慘白的 | She looked *ghastly*.
她面色慘白。

ghost [gost; gəʊst] ㊞-s [-s]
㊘幽靈；鬼 | They saw a *ghost* in this haunted house. 他們在這鬼屋看到鬼了。
衍生㊟**ghòstly**(幽靈一般的；模糊的)

giant [`dʒaɪənt; 'dʒaɪənt] ㊞-s [-s]
㊘**❶**(神話·童話中的)巨人 | Hercules was a *giant*.
海克力斯是個巨人。
❷巨大的男人
㊛giantess | The wrestler was a *giant*.
這摔角選手是個大塊頭。
❸偉人；大人物 | He is a *giant* in the business world.
他是商業界的鉅子。
►這個 giant 亦有用作形容詞的：a *giant* enterprise＝gigantic enterprise(龐大的企業)。
衍生㊟**gigàntic**(巨大的)

gift [gɪft; gɪft] ㊞-s [-s]
㊘**❶**禮物
►比 present 為文雅的字。 | a Christmas *gift* 聖誕禮物／birthday *gifts* 生日禮物

❷(天賦的)才能 | He has a *gift* **for** painting.
他有繪畫的天才。

衍生 形 **gìfted**(有天才的)

gigantic [dʒaɪˈgæntɪk; dʒaɪˈgæntɪk] (注意拼法)
形 巨人般的;巨大的;龐大的 ｜ a *gigantic* enterprise 龐大的企業／a *gigantic* ship 巨船
衍生 名 **gìant**(巨人;大塊頭)

giggle [ˈgɪgl; ˈgɪgl] 三 **-s** [-z] **-ed** [-d]; **giggling**
動 不 咯咯地笑 ｜ Young girls often *giggle*.
　　　　　　　｜ 少女們常咯咯地笑。

┌─▶「笑」的同義字─
laugh ………「笑」的一般用語, 出聲的笑。
smile ………微笑, 不出聲。
grin …………露齒地笑, 咧嘴而笑。
chuckle ……因得意而咯咯地笑。
└─────

── 复 **-s** [-z]
名 傻笑 ｜ ┌*giggling* girl。┐
▶少女特有的靦腆的笑。「愛傻笑的女孩」稱做 a ┘

gild [gɪld; gɪld] 三 **-s** [-z] 复 **-ed** [-ɪd] 冇 **gilt** [gɪlt]; **-ing**
動 及 貼金箔的;鍍金的;塗成金色的 ｜ a *gilded* picture frame 鍍金的畫框

ginger [ˈdʒɪndʒɚ; ˈdʒɪndʒə(r)] 复 無
名 (植物)薑 ｜ This cake is flavored with *ginger*. 這個蛋糕加了薑味。

girl [gɝl; gɜːl] 三 **-s** [-z]
名 女孩;少女;姑娘 对 boy ｜ I spoke to the pretty *girl*. 我同那漂亮的女孩說話。

a baby girl→a girl → a woman →an old woman
(女嬰)　　(少女)　　(女人)　　(老婦人)

▶ lady 是對 woman 的尊稱。
复合 名 **gìrl frìend**(女朋友;男人之情人);**the Gìrl Scòuts**(女童子軍隊▶隊員是 a girl scout。)
衍生 形 **gìrlish**(少女的;似女孩子的)

give [gɪv; gɪv] 三 **-s** [-z] 冇 **gave** [gev]; **given** [ˈgɪvən]; **giving**
動 及 ❶給予;贈予;供給 ｜ He *gave* the beggar some money. 他給那乞丐一些錢。

┌─────
○ ｜ ▶○是正確的用法, ×是不正確的用法。
○ ｜ I *gave* the boy a book.
○ ｜ I *gave* a book **to** the boy.
○ ｜ I *gave* it **to** the boy.
× ｜ I *gave* the boy it.
○ ｜ I *gave* it **to** him. 美 I *gave* it him.
○ ｜ (罕用)I *gave* him it.
○ ｜ The boy was *given* a book.
○ ｜ A book was *given* (**to**) the boy.
└─────

❷花去;支付 同 pay ｜ I *gave* 8000 dollars **for** this camera. 我花八千元買這架照相機。
❸讓渡;委託;交付 ｜ I *gave* the porter my baggage. 我把行李交給腳夫。

❹開(會等);上演 ｜ *give* a concert 開音樂會／*give* a party 開派對／*give* a lecture 作演講
❺(以動詞性質的名詞為受詞)做;發出(聲音) ｜ *give* a cry 叫一聲／*give* a push 推一把／*give* a leap 跳一下／*give* an order 下命令

give away 贈送 ｜ He has *given away* all his money to the beggar. 他把所有的錢都給了那乞丐。

give in 投降;屈服 ｜ He *gave in* **to** her request. 他對她的要求讓步。

give off ... 散發 ｜ The roses *gave off* a nice smell. 玫瑰散發出香氣。

give over ... 交給…;讓給… ｜ He *gave over* the old bicycle **to** his son. 他把舊腳踏車交給他的兒子。

give up ...
❶戒除… ｜ My father *gave up* smoking. 我父親戒煙了。
❷放棄… ｜ She *gave* him *up* **for** lost. 她認為他沒救了,而放棄希望。
❸投降 同 give in ｜ The enemy at last *gave up*. 敵人終於投降了。

give way 崩潰;崩塌 ｜ The floor *gave way*. 地板崩塌了。

复合 名 **gìven nàme**(美 名▶「姓」是 family name。)

glacier [ˈgleʃɚ; ˈglæsjə(r)] 复 **-s** [-z]
名 冰河

glad [glæd; glæd] 比 **gladder** 最 **gladdest**
形 ❶(敘述用法)高興的;歡喜的 ｜ He was *glad* **at** [**about**] the news. 他聽到那消息很高興。
I am very *glad* **to** see you. 見到你很高興。
I'm *glad* ┌ **of** your success. └ **that** you have succeeded. 我很高興你已成功。
❷(限定用法)令人高興的;可喜的 ｜ The *glad* news made me happy. 這好消息使我很快樂。

衍生 副 **glàdly**(高興地)動 **glàdden**(使快樂)名 **glàdness**(歡喜)

glance [glæns; glɑːns] 三 **-s** [-ɪz] 复 **-d** [-t]; **glancing** ⇨ glimpse
動 不 瞥見;約略看了一下 ｜ I *glanced* **at** her. 我看了她一眼。
He *glanced* **over** [**through**] the magazine. 他約略地看了一下雜誌。

── 复 **-s** [-ɪz]
名 一瞥;一見 ｜ He took [gave] a *glance* **at** her face. 他看了她的臉一眼。

at a glance 一眼,乍見之下 ｜ Can you tell *at a glance* what it is? 你能一眼看出那是什麼嗎?

┌─▶ glance 和 glimpse ─
glance ……匆匆的一瞥
I gave him a *glance*. (我匆匆看了他一下。)
glimpse ……匆匆一瞥中所看到的
I caught a *glimpse* of him. (我匆匆地瞥見他。)
└─────

glare [glɛr; gleə(r)] ⊜ **-s** [-z] ⊛ **-d** [-d]; **glaring**

動不 ❶發出強光;閃耀 ｜ The tropical sun *glared*.
熱帶的驕陽發出刺眼的光。

❷怒視 ｜ She *glared* **at** me.
她對我怒目而視。

—— ⊛ **-s** [-z]

名❶刺眼的強光 ｜ The *glare* of the sun blinded me.
太陽的強光使我目眩。

❷瞪視;怒目而視 ｜ She looked at him **with** an angry *glare*. 她對他怒目而視。

glass [glæs; glɑːs] ⊛ **-es** [-ɪz]

► 注意勿與 grass(草)混淆。

名❶玻璃 ► 不可數。｜ A mirror is made of *glass*.
鏡子是用玻璃做成的。

❷玻璃杯;酒杯 ｜ She broke a *glass*.
她打破了一個玻璃杯。

glasses　　cup　　a glass of juice 一杯果汁

❸(水・果汁等之)一杯的量 ｜ I drank a *glass* of juice.
我喝了一杯果汁。
two *glasses* of milk 兩杯牛奶

► 一杯咖啡是 a *cup* of coffee;用 glass(玻璃杯)抑或用 cup(杯),全看其所裝納的容器來決定。

❹鏡子 ｜ She looked herself **in** the *glass*.
她看著鏡中的自己。

❺(用複數)眼鏡 ｜ She has two pairs of *glasses*.
她有兩副眼鏡。

衍生形 **glàssy**(似玻璃的)動 **glaze**(裝玻璃)

gleam [glim; gliːm] ⊛ **-s** [-z]

名❶微光;閃光;一絲光線 ► 指微弱的光或金屬等的閃光。｜ A *gleam* of light shone through the window.
一絲微光從窗戶透入。
the *gleam* of the copper pan 銅鍋的閃光／the *gleam* of gold 黃金的閃光
a *gleam* of hope 一線希望

❷(希望・機智的)閃過;突然出現

—— ⊜ **-s** [-z] ⊛ **-ed** [-d]; **-ing**

動不 閃爍;閃閃發光;隱約閃光 ｜ The moon *gleamed* **upon** the lake.
月光在湖面上閃爍著。

glide [glaɪd; glaɪd] ⊜ **-s** [-z] ⊛ **-d** [-ɪd]; **gliding**

動不 ❶滑行;滑動;溜走 ｜ We *glided* **on** the ice.
我們在冰上滑行。

► 與 slip(滑倒)不同,是有意的滑。｜ She *glided* quietly out of the room.
她悄悄地溜出房間。

glide,slide

slip 滑倒

❷(時間等)不知不覺地溜過 ｜ Hours *glided* **by**.
好幾小時溜逝了。

衍生名 **glìder**(滑翔機)

glimpse [glɪmps; glɪmps] ⊛ **-s** [-ɪz] ⇨ glance

名 瞥見;一瞥 ｜ I caught a *glimpse* of the inside.
我瞥見內部。

—— ⊜ **-s** [-ɪz] ⊛ **-d** [-t]; **glimpsing**

動 及 瞥見;看一眼 ｜ I *glimpsed* a figure at the end of the corridor.
我在走廊的盡頭瞥見一個人影。

glisten [ˋglɪsn; ˈglɪsn] (注意發音) ⊜ **-s** [-z] ⊛ **-ed** [-d]; **-ing**

動不 閃爍;輝耀 ｜ Her eyes *glistened* with tears.
她的眼睛閃著淚水。

glitter [ˋglɪtɚ; ˈglɪtə(r)] ⊜ **-s** [-z] ⊛ **-ed** [-d]; **-ing** [ˋglɪtərɪŋ]

動不 閃爍;輝耀;燦爛 ► 珠寶或星辰的閃光。｜ The diamond in her ring *glittered*.
她戒指上的鑽石閃閃發光。

► 太陽等「強烈的閃光」是 glare。

—— ⊛

名 閃爍;輝燦;燦爛 ｜ Women love the *glitter* of jewels.
女人喜歡珠寶的燦爛。

globe [glob; gləʊb] ⊛ **-s** [-z]

—— ► 容易混淆的三個字 ——

globe [glob]　　glove [glʌv]　　grove [grov]
(地球儀)　　(手套)　　(樹叢)

名❶地球儀

❷(加 the)地球 ⑩ earth ｜ The *globe* is round.
地球是圓的。

❸球,球狀物 ⇨ bulb ｜ an electric light *globe* 電燈泡

衍生形 **glòbal**(全世界的;全球性的;球形的)

gloom [glum; gluːm] ⊛ 無 ► 注意勿與 groom 混淆。

名❶黑暗;幽暗 ｜ **in** the *gloom* of the forest
在森林的幽暗中

❷憂鬱;鬱悶 ► 也有加 a 的。｜ His death cast **a** *gloom* over us.
他的死使我們黯然神傷。

gloomy [ˋglumɪ; ˈgluːmɪ] ⑭ **gloomier** ⊛ **gloomiest**

形❶黑暗的;鬱悶的;悲觀的 ｜ a *gloomy* picture 陰鬱的畫／*gloomy* prospects 令人沮喪的展望

❷憂鬱的 ⑩ melancholy ｜ He was in a *gloomy* mood.
他心情憂鬱。

glorious [ˋglorɪəs, ˋglɔr-; ˈglɔːrɪəs]

形❶光榮的;榮譽的 ｜ We gained a *glorious* victory.
我們獲得光榮的勝利。

❷壯麗的;雄偉的 ｜ a *glorious* sunset 壯麗的落日／*glorious* music 雄壯的音樂

衍生副 **glòriously**(壯麗地;燦爛地)

glory [ˋglorɪ, ˋglɔrɪ; ˈglɔːrɪ] ⊛ 無

名❶光榮;榮譽 ｜ His acts of courage brought him *glory*. 他的勇敢行為帶給他榮譽。

❷壯觀;華麗 ｜ the *glory* of the woods in autumn
森林秋景的瑰麗

❸天國;(神的)榮耀;榮華;繁榮;全盛 | the saints in *glory* 在天國的諸聖徒／Solomon in all his *glory* 全盛時期的所羅門王

love [glʌv; glʌv] (注意發音) 働 **-s** [-z]
▶注意勿與 globe(地球儀)和 grove(樹叢)混淆。

|名|手套|❹各指分開的手套。 | put on one's *gloves* 戴手套／take off one's *gloves* 脫手套

a pair of gloves（一副） a glove

two pairs of gloves（兩副）

a mitten
除了拇指，其他四指連在一起的手套。

❷(棒球・拳擊的)手套 | a mitt and a *glove* 捕手用的手套和一般選手用的手套

low [glo; gləʊ] 㱑 **-s** [-z] 働 **-ed** [-d]; **-ing**
──▶這兩個字不要混淆──
glow(熾燃)　grow(生長)

|動|不| ❶熾燃;不發出火焰而熊熊燃燒 | The coals *glowed* in the stove. 煤炭在爐裡熾燃著。

❷(臉頰)泛紅 | Her cheeks *glowed* after exercise. 運動後，她的臉頰通紅。

❸(顏色)輝耀;紅如火 | The leaves *glowed* with autumn tints. 樹葉被秋色染紅了。

── 働 無 ▶此字常與 a 或 the 連用。

|名| ❶白熱,赤熱;燃燒般的光輝 | the *glow* of red-hot iron 赤熱的鐵發出的光／the *glow* of sunset＝the evening *glow* of sunset＝the evening *glow* 晚霞

❷(臉頰的)紅光;(身體)發熱 | the *glow* of health on the cheeks 兩頰紅光煥發

❸火一般的顏色 | the *glow* of the sky at sunset 日落時天空的光輝

|複合|名| **áfterglów**(晚霞)

lue [glu; glu:] 働 無
|名|膠 | He used *glue* to repair the chair. 他用膠修椅子。

── 㱑 **-s** [-z] 働 **-d** [-d]; **gluing**
|動|⊗ 用膠黏 | He *glued* the cover **to** the book. 他用膠把封面黏在書上。

naw [nɔ; nɔ:] (注意發音) 㱑 **-s** [-z] 働 **-ed** [-d]; **gnawn** [nɔn]; **-ing**

|動|⊗ ❶咬;嚙;咬去 | A mouse *gnawed* a hole through the wall. 老鼠把牆壁咬穿一個洞。

❷使苦惱;使痛苦;折磨 | Fear is *gnawing* his heart. 恐懼折磨著他的心。

|不|咬;啃 | The dog *gnawed* **at** a bone. 狗啃骨頭。

o [go; gəʊ] 㱑 **-es** [-z] 㝵 **went** [wɛnt]; **gone** [gɔn]; **-ing**

|動|不| ❶去;前往 ⊠ come | I'm *going* to the station. 我正要去車站。／*go* to school 上學去／*go* by bus 坐巴士去／*go* on a journey 去旅行

──▶ **come** 和 **go**──
向對方那裡走去時不是用 go，要用 come。

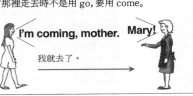

I'm coming, mother. 我就去了。　Mary!

──▶ **have gone** 和 **have been**──
He has [həz] *gone* to the station.
（他已去了車站(現在不在此)。）(結果)
I *have* [həv] *been* to the station.
（我去過車站。）(完成)
I *have* [hæv] *been* to Paris before.
（以前我曾到過巴黎。）(經驗)
▶ I have been to …這個句型有「去過」和「曾經去過」這兩種語意，口語中依照上列不同的發音加以區別。

❷(用 go Ving 的句型)去;(做某事) | *go* swimming 去游泳／*go* hunting 去狩獵／*go* fishing 去釣魚／*go* shopping 去購物

❸離去;出發 ⊜ leave, start | The train has *gone*. 火車已經開走了。
I think I must be *going* now. 我想現在我該走了。

❹(用完成式)消失;被花掉 | All my money has [is] *gone*. 我的錢全用盡了。

❺(機械等)發動;運行 ⊜ work | This machine *goes* by electricity. 這部機器用電發動。

❻變成(…的狀態) ⊜ grow | *go* mad 發瘋／*go* blind 變瞎／*go* bad 變壞;腐敗

❼(事物)進行 | How are things *going*? 一切情形如何?
Everything *went* well [badly]. 一切情形良好〔惡劣〕。

be going to V ▶働 用以替代 shall, will, 口語特別常用。也用於單純未來或意志未來。

❶快要;正要 | I'm (just) *going to* write a letter. 我正要寫封信。
It *is going to* snow. 快要下雪了。

❷(單純未來)將 | I'm sure he *is* not *going to* join. 我確信他不會參加。

❸(意志未來)打算;要 | I'm *going to* be a dentist when I grow up. 我長大後要做一個牙醫。
▶在非正式的働 口語中，後面可接用 go, come: "I'm going to go." (我正要去。)

go about ...
著手(工作) | *Go about* your business.
去做你自己的事。(不要多管閒事。)

go after ...
追求(名譽等) | He *went after* fame.
他追求名譽。

go away
離去;出去 | He *went away* for a change.
他出去散心。

go back
回去 | He *went back* empty-handed.
他空手回去。

go by
過去;逝去 | Many hours *went by*.
好幾個小時過去了。

go down
下降;下跌 | Prices are expected to *go down*.
物價可望下跌。

go for ...
出去(散步等) | *go for* a walk 去散步／*go for* a drive 開車兜風去

go in
進入 | Let's *go in*.
我們進去吧。

go in for ...
美 愛好… | He *goes in for* tennis.
他愛打網球。

go into ...
❶進入… | He *went into* the room.
他進入室內。
❷討論…;詳細調查… | Let's not *go into* that matter now.
我們現在不要討論那件事情吧。

go off
❶離去;逃走 | He *went off* with the money.
他捲款而逃。
❷被發射;(槍)響 | The gun *went off*.
槍響了。(走火了。)
❸(事情)進行 | The party *went off* well.
舞會進行得很順利。

go on
❶向前行 | Let's *go on* a little farther.
我們再稍向前行吧。
❷繼續 | *go on* with the work 繼續工作
go on speaking 繼續說

go out
❶出去 | He *went out* just now.
他剛剛出去。
❷熄滅 | The lights *went out*.
燈火熄滅了。(停電了。)

go over ...
檢查…;複習… | He *went over* the contract carefully.
他仔細查看契約。

go so far as to V
甚至 | He *went so far as to* say that she was stupid.
他甚至說她是愚蠢的。

go through ...
通過…;經歷… | He *went through* two wars.
他歷經兩次戰爭。

go through with ...
完成… | They will *go through with* the plan.
他們將完成這計畫。

go together
相配;調和 | These colors *go* well *together*.
這些顏色配得很調和。

go up
上升;上漲 | Prices *went up*.
物價上漲。

go with ...
與…調和 | This tie *goes with* this suit.
這條領帶與這套衣服很配。

go without ...
沒有… | He *went without* food for several days. 他好幾天沒有吃飯。

It goes without saying that ... 同 needless to say

不用說的 | It *goes without saying that* health above wealth.
不用說,健康當然勝於財富。

goal [gol; gəʊl] (注意拼法) 複 **-s** [-z]
名 ❶(賽跑的)終點;目的地 | He was the first to cross the *goal*.
他是第一個越過終點的。
❷目標,目的 | His *goal* in life is to be a great scientist. 他的人生目標是成爲一個偉大的科學家。

goat [got; gəʊt] 複 **-s** [-s]
名 (動物)山羊

{ goat (山羊)
  kid (小山羊) }   { sheep (綿羊)
                    lamb (小綿羊) }

god [gɑd; gɒd] 複 **-s** [-z]
名 ❶(用大寫)上帝;造物主 | Do you believe in *God*?
你信仰上帝嗎?
►一神教的神,尤指基督教的上帝,不加冠詞,用單數式代名詞之首字母用大寫,寫做 He [His, Him]。
❷神 陰 goddess(女神) | the *gods* of heaven 天國的諸神
►多神教的神,尤指希臘、羅馬神話中的神。

for God's sake
務請, 千萬 | *For God's sake*, stop quarreling.
求求你們不要爭吵了。

God knows ...
僅上帝知道…;沒人知道… | *God knows* where he has gone.
沒人知道他去了那裡。
同 Heaven knows ..., Who knows ...?

複合 名 **gòdfáther**(教父)

gold [gold; gəʊld] 複 無
名 ❶金,黃金 | a statue **in** *gold* 黃金的鑄像
❷(集合稱)金幣 | He paid 1,000 pounds **in** *gold*.
他用金幣支付一千磅。
──形 金的;金製的 | a *gold* watch 金錶／*gold* coins 金幣／a *gold* ring 金戒指

複合 名 **gòldfìsh**(金魚), **gòldsmíth**(金匠)

► gold 和 golden
golden 雖也含有「金製的」之意味,但原則上 gold 爲「黃金(製)的」,golden 爲「金色的」之義。
{ a *gold* brooch(用黃金製成的胸針)
  a *golden* brooch(金色的胸針) }

golden [`goldn; 'gəʊldən]
形 金色的 | *golden* hair 金髮／a *golden* sunset 耀金色光輝的落日

golf [gɑlf, gɔlf; gɒlf] 複 無
名 高爾夫球 | Many people play *golf* today.
現在有很多人打高爾夫球。
a *golf* course, *golf* links 高爾夫球場

衍生 名 **gòlfer**(打高爾夫球的人)

gone [gɔn; gɒn] 動 go(去)的過去分詞

good [gud; gʊd] 比 **better** [`bɛtɚ;] 最 **best** [bɛst]

形 ❶好的;優良的;上等的
反 bad
❷親切的;和善的 同 kind
⇨ kind

He is a man of *good* family.
他是個家世很好的人。
a *good* dictionary 好字典
It was *good* **of you to** help me.
承蒙幫助, 十分感激。
My neighbors were *good* **to** me.
我的鄰居都對我很好。

❸合適的;宜於
同 suitable

He is a *good* man **for** the position.
他適合這職位。
This water is not *good* **to** drink.
這水不宜飲用。

❹很行的;拿手的

He is a *good* swimmer.
他游泳很行。

▶ 在英文中「很行」和「差勁」的用法
「他英語說得很好〔差勁〕。」
　He is a *good* [*poor, bad*] English speaker.
「他精於〔拙於〕數學。」
　He is *good* [*poor, bad*] **at** mathematics.
▶ 在學科的情形下, 可用 in 替代 at。

❺快樂的;愉快的

We had a very *good* time.
我們玩得很快樂。

❻(加 a) 充分的;很

a *good* deal of oil 很多油／a *good*
long time 很長的時間

good many ...
很多的…

a *good many* Christmas cards
很多的聖誕卡

s good as ...
幾乎等於…;差不多…

He was *as good as* dead.
他簡直死了一樣。

e good for ...
❶適於…

His nephew *is good for* nothing.
他的姪兒 (外甥) 一無是處。
▶ a good-for-nothing (無用的人)

❷在…的期間內有效

This ticket *is good for* two days.
這張票兩天之內有效。

— 名 無

名 ❶善行;道德
反 evil

Do *good* **to** others.
做有利於他人的事。

❷利益;好處
反 harm

It **did** more harm than *good*.
那害多益少。

e no good
毫無用處;毫無價值

This dictionary *is no good*.
這本字典毫無價值。

o ... good = do good to ...
對某人有益

The medicine will *do* you *good*.
這藥會對你有益。

or good (and all)
永久地;永遠地

He left Taiwan *for good*.
他永遠離開台灣不再回去。

t is no good V ing
即使…也無益

It is no good trying to open the box.
就是打開箱子也沒有用。

複合 形 gòod-lòoking (容貌姣好的的), gòod-nátured (和藹的) 名 gòod will (善意)

ood-by(e), 美 **-bye** [gud`bai; gud'bai]
感 再見
▶ 是 God be with you! (願上帝與你同在) 的縮寫。

▶ 各種「再見」
晚安。　　　Good night.
再見。　　　So long./Good-bye.
改天見。　　I'll be seeing you.
待會兒見。　See you later.
明天見。　　See you tomorrow.

goodness [`gudnɪs; 'gudnɪs] 複 無
名 善;善良;仁慈
out of the *goodness* of heart
出於心地的善良

have the goodness to V
承蒙
He *had the goodness to* show me the way. 承蒙他為我指示方向。

goods [gudz; gudz] 複 無單數式, 僅有複數式。不可用數詞或 many 加以修飾。
名 ❶商品;貨物
leather *goods* 皮貨／canned *goods* 罐製貨物

❷財產;動產
Half his *goods* have been stolen.
他的一半財產被偷走了。

❸美 貨物
a *goods* train 英 運貨火車／a *goods*
英 freight
station 貨運車站

goose [gus; gu:s] 複 geese [gis]
名 鵝
▶ goose 原是雌鵝;雄鵝稱為 gander。
wild goose 是雁。

gorgeous [`gɔrdʒəs; 'gɔ:dʒəs]
形 豪華的;絢爛的;華麗的;漂亮的
The peacock spread his *gorgeous* tail.
孔雀展開牠華麗的尾巴。
衍生 副 gòrgeously (豪華地;華麗地)

gospel [`gɑspl; 'gɒspəl] 複 無
名 (加 the) 福音
▶ 基督教的教義
a minister of **the** *gospel* 福音傳道者

gossip [`gɑsəp; 'gɒsɪp] 複 -s [-s]
名 道人長短的閒話;(報紙等的) 隨筆;閒談, 聊天
同 chat
Her letters were full of *gossip* about her neighbors' troubles.
她的信盡是些張家長李家短的閒話。
I had a *gossip* with her.
我同她聊天。

— -s [-z] 複 -ed [-t]; -ing
動 不 說閒話;說人家的是非
The widow *gossiped* **about** her neighbors. 這寡婦說她鄰居的閒話。

got [gɑt; gɒt] 動 get (獲得) 的過去式・過去分詞
gotten [`gɑtn; 'gɒtn] 動 get 的美 過去分詞
govern [`gʌvən; 'gʌvən] 三 -s [-z] 複 -ed [-d]; -ing
動 及 ❶治理;統治
The President *governs* the country.
總統治理國家。

▶ govern 的同義字
govern ……為維持社會秩序和公共福利而行使權力, 並依國民的要求而執行國事。使用於好的意味上。
rule ……以絕對的、專制的權力, 直接掌握一切, 並強使服從。有時被用於壞的意味上。
reign ……居君主的地位, 但不一定意味著權力的行使。
In Great Britain the queen *reigns* but does not *govern*. (在英國, 女王君臨而不統治。)

❷管理；支配 | A principal *governs* a school. 校長管理學校。

❸影響(行動等)；左右；抑制(感情等) | Man is *governed* by circumstances. 人是受環境所左右的。／Try to *govern* your passions. 努力抑制你的情感。

不 統治；治理 | A king *governs* in that country. 國王統治那個國家。

衍生 名 **gòvernor**(統治者；州長；省主席), **gòverness**(女家庭教師▶被聘指導有錢人家子弟功課的女人。)

government [ˋgʌvənmənt; ˈgʌvnmənt] 複 **-s** [-s]
名 ❶政體；統治 | constitutional *government* 立憲政體／democratic *government* 民主政體

❷政府，內閣 | A new *government* has been established. 新政府已經成立。

▶美 在❷的意味上常用 administration。
衍生 形 **gòvernmèntal**(政治的；政府的)

gown [gaʊn; gaʊn] 複 **-s** [-z]
名 ❶(女人穿的)長服▶下襬寬鬆的長服，宴會時穿。 | an evening *gown* 晚禮服／a dinner *gown* 晚宴服／wedding *gown* 婚紗禮服
gown ❷

❷(大學教授・法官等在典禮時所穿的)長袍 | The students received their university degrees wearing a cap and *gown*. 學生們戴帽穿長袍接受他們的學士學位。

❸睡衣；晨袍 | a night *gown* 睡衣／a dressing *gown* 晨袍

grab [græb; græb] 三 **-s** [-z] 過 **grabbed** [-d]; **grabbing**
動 及 急抓；搶；奪 同 snatch | He *grabbed* my wallet. 他搶了我的皮夾。

不 企圖攫取 | The baby *grabbed* **at** the ball. 嬰兒企圖抓取那個球。

grace [gres; greɪs] 複 **-s** [-ɪz]
名 ❶優雅；優美 同 elegance | The princess danced **with** *grace*. 公主舞步優雅。
❷(通常用複數式)美麗；魅力 | She is full of *graces*. 她充滿了魅力。
❸善意；恩惠 同 favor | an act of grace 仁慈的行為

衍生 形 **gràceful**(優雅的；端莊的), **gràcious** [-ʃəs] (和藹的；親切的)

grade [gred; greɪd] 複 **-s** [-z]
名 ❶等級；階級；程度 | a high *grade* of intelligence 高度的智力／a poor *grade* of meat 品質不好的肉

❷美(小・中學和高中的)年級 美 form | What *grade* are you **in**? 你上幾年級？

▶美國通常可從小學算起一直算到中學和高中。

	grade school	junior high school	senior high school
	pupil	student	student
	1st 2nd 3rd 4th	5th 6th 7th 8th 9th	10th 11th 12th

❸美(學科成績的)評分；成績 同 mark | He always got good *grades*. 他總是得到好的成績。

—— 三 **-s** [-z] 過 **-d** [-ɪd]; **grading**
動 及 ❶分等級 | The farmer *graded* the eggs by size. 農夫將蛋依大小分出等級。
❷美 評分數 同 mark | He is busy *grading* the papers. 他忙於評閱試卷。

gradual [ˋgrædʒʊəl; ˈgrædʒʊəl]
形 漸漸的；逐漸的 | His English made *gradual* progress. 他的英文逐漸進步了。
衍生 副 **gràdually**(漸漸地；漸次地)

graduate [ˋgrædʒʊɪt, -,et; ˈgrædʒʊət] (注意發音) 複 **-s** [-s]
名 畢業生；美 大學畢業生 | a high school *graduate* 高中畢業生／a university *graduate* 大學畢業生／a *graduate* school (大學的)研究所

▶美 指一般畢業生，亦專指大學畢業生。

—— [ˋgrædʒʊ,et; ˈgrædʒʊeɪt] 三 **-s** [-s] 過 **-ed** [-ɪd]; **graduating** ▶注意動詞與名詞發音的不同。
動 不 畢業；美 自大學畢業 | I *graduated* **from** high school. 我高中畢業。
及 美(大學)准予畢業；授予學位 | Our university *graduates* 1,000 students every year. 我們那所大學每年有一千名學生畢業。／He was *graduated* **from** the college. 他畢業於那所大學。▶像這樣用被動語態的句子，是老式的。

衍生 名 **gràduàtion**(畢業；美 大學畢業；美 畢業典禮)

grain [gren; greɪn] 複 **-s** [-z]
名 ❶美(集合稱)穀物；穀類 美 corn | ▶各種 **grains**

wheat 小麥

rice 米　　corn 美 玉蜀黍

❷穀粒；(沙・糖等的)粒 | a few *grains* of rice 幾顆米
❸(通常用否定句)少許 | She has **not a** *grain* of common sense. 她一點常識都沒有。

gram, 美 gramme [græm; græm] 複 **-s** [-z]
名(重量的單位)公克 | I bought 500 *grams* of sugar. 我買了五百公克的糖。
▶略作 g., gm., gr.。

grammar [ˋgræmə; ˈgræmə(r)] (注意拼法) 複 **-s** [-z]
名 文法；文典；文法書 | English *grammar* 英文文法／mistakes in *grammar* 文法上的錯誤
▶ glamour 是「魅力；魔力」。

衍生形 **grammãtical**(文法的；文法上的)
副 **grammãtically**(文法上地)

rand [grænd; grænd] 比 -er 最 -est
形 ❶雄偉的；堂皇的 | He lives in *grand* style.
他過著豪華的生活。
❷主要的；重要的；重大的；偉大的 | the *grand* dining room of the hotel 旅館的大飯廳／a *grand* exhibition 大展覽會
❸(口語)很棒的 | *grand* weather 很好的天氣／have a *grand* time 玩得很痛快

衍生名 **grandeur** [`grændʒɚ] (壯大；偉大)
▶「祖父」「孫」
grandfather(祖父), grandmother(祖母),
grandparent(祖父, 祖母), grandchild(孫),
grandson(孫子), granddaughter(孫女)

ranite [`grænɪt; 'grænɪt] 無
名 (礦物)花崗石；花崗岩 | His grave is made of *granite*.
他的墓是用花崗石做的。

rant [grænt; grænt] 三 -s [-s] 過 -ed [-ɪd]; -ing
動 及 ❶答應(請求)；允許；准予 | God *granted* his wishes.
上帝實現了他的願望。
I *granted* him his request.
我答應他的請求。
❷承認 | I *grant* that your excuse is reasonable.
我承認你的辯解是合理的。
❸給與；授與 同 give | Mother *granted* me permission to stay overnight.
母親准許我(在外)過夜。

ranting that ...=**granted that** ... 同 if
假定…；就算… | *Granting (that)* you are telling the truth, can you prove it?
就算你說的是實話，你能證明嗎？

ake ... *for granted*
將…視做當然；認定… | I took it *for granted* that he knew me. 我認定他應當認識我。
▶例句中的 it 係指 that 以下的子句。

rape [grep; greɪp] 複 -s [-s]
名 (植物)葡萄 | a bunch of *grapes* 一串葡萄

rasp [græsp; grɑːsp] 三 -s [-s] 過 -ed [-t]; -ing
動 及 ❶抓；握 ▶ grip 是抓緊、緊握。 | He *grasped* my arm.=He *grasped* me by the arm.
他抓住我的手臂。

grasp ❷

grasp ❶

❷了解 同 understand 不 企圖抓住 | I could hardly *grasp* her meaning.
我不大懂得她的意思。
He *grasped* at the rope.
他企圖抓住繩子。
— 複 無 ▶有時也加 a。
❶握；抓 | He tried to get a *grasp* at the rope.
他企圖抓住繩子。

❷了解 同 understanding | He has a good *grasp* of the subject.
他對這題目充分了解。

grass [græs; grɑːs] 無 ▶注意勿與 glass 混淆。
名 ❶草；青草 | Cows feed on *grass*.
牛以草為食。
❷草地；草原 | Keep off the *grass*.
請勿踐踏草地(告示)。

grasshopper [`græs,hɑpɚ; 'grɑːs,hɒpə(r)] 複 -s [-z]
名 蚱蜢；蝗蟲；蟋蟀 | *Grasshoppers* die in fall.
蝗蟲死於秋天。

grateful [`gretfəl; 'greɪtful] ▶名詞是 gratitude。
形 ❶感謝的 同 thankful | I'm *grateful* to you for your kindness.
我對你的厚意甚為感激。
❷表示感謝的 | a *grateful* letter 致謝的信
衍生副 **grãtefully**(感謝地)

gratify [`grætə,faɪ; 'grætɪfaɪ] 三 **gratifies** [-z] 過 **gratified**; -ing
動 及 使高興；使滿足 | He was *gratified* with [at] the results.
他對於這結果感到滿意。
衍生名 **grãtificãtion**(滿足)

gratitude [`grætə,tjud; 'grætɪtjuːd] 無
名 感謝；感激(之意) 同 thanks | I wish to express my *gratitude* to you for your cooperation.
我要對你的合作表達感激之意。

grave[1] [grev; greɪv] 複 -s [-z] ⇨ cemetery
名 墳墓；墓穴 | She put some flowers on her mother's *grave*.
她供奉一些花在她母親的墳上。
複合名 **grãveyárd**(墓地)

grave[2] [grev; greɪv] 比 -r 最 -st
形 ❶重大的 | a *grave* error 重大的錯誤／a *grave* problem 重大的問題
❷莊重的；嚴肅的 同 serious | They looked *grave*.
他們露出嚴肅的表情。
a *grave* man 嚴肅的人
衍生副 **grãvely**(重大地；嚴肅地)

gravel [`grævl; 'grævl] 無
名 (集合稱)碎石 | The path is covered with *gravel*.
這小路鋪著碎石。

gravity [`grævətɪ; 'grævətɪ] 無 ▶ grave 的名詞
名 ❶重力，引力 ▶同義字 gravitation 通常指一般的引力；gravity 指地球的引力。
❷重大；嚴重 同 importance | He didn't realize the *gravity* of the situation.
他不知道情勢的嚴重。

gray, 美 grey [gre; greɪ] 比 -er 最 -est
形 ❶灰色的；鼠色的 | a *gray* dress 灰色的衣服
▶ greyhound 靈猩(一種獵犬)；Greyhound 則為灰狗巴士(美國的長途巴士)。
❷(髮毛)混有白髮的 | His hair has grown *gray*.
他鬢髮已白。
❸陰鬱的；陰沉的 | Life is *gray* for me.
對我而言，人生是灰色(了無生氣)的。

─働 無

图灰色；灰色的 | The man was dressed **in** gray.
衣服；灰色之物 | 這男人穿灰色衣服。

graze [grez; greɪz] 働 -s [-ɪz] 働 -d [-d]; **grazing**

動困(家畜)吃 | *graze* in the
(牧場等的)青草 | pasture
▶ 名詞是 | 在牧場中吃青草
grass。

grease [gris; gri:s] 働 無

图❶(融化而柔 | She spilled the *grease* on the range.
軟的)獸脂；脂肪 | 她把獸脂灑在牧場上。
▶ fat 為動物性的脂肪，呈固體，經融化而軟啪啪的油脂
為 grease; oil 是液體的油，泛指植物性、動物性或礦物性
的油。

❷潤滑油▶為 | His shirt was stained with *grease*
預防機器摩擦而 | from the car.
使用的油。 | 他的襯衫被汽車的潤滑油沾污了。

衍生形 **greasy** [ˈgrizɪ, -sɪ; ˈgri:zɪ, -sɪ](被油脂弄髒的；油
膩的)

great [gret; greɪt] 働 -er 働 -est

形❶偉大的 | a *great* statesman 大政治家／a *great*
| man 偉人

❷大的；巨大的； | a *great* city 大城市／a *great* success
非常的；重要的 | 很成功／a *great* earthquake 大地
| 震／a *great* reader 博覽群書的人

─▶ big, large, great
big ……容積、體積大的。
large ……長度、寬度大的。
great …與 big, large 不同，暗含有讚嘆、驚異、或敬
畏的感情。常用於抽象上、精神上的大。

❸(數量上)大的 | a *great* crowd 一大群人／a *great*
| distance 遠距離／a *great* deal of
| milk 大量的牛奶／a *great* many
| pencils 很多鉛筆

❹(口語)很好的 | That's *great*! 那太棒了！
| We had a *great* time.
| 我們玩得很開心。

同 splendid

衍生副 **greatly** (很；極)图 **greatness** (偉大)

Great Britain [ˈgret ˈbrɪtn; greɪt ˈbrɪtn] ⇨ England

图(地名)大不 | ▶英國的主島，包括 England,
列顛；(國名)英 | Scotland, Wales, 在政治上常用作「英
國 | 國」之義。

Greece [gris; gri:s] ⇨ Greek

图(國名)希臘 | The capital of *Greece* is Athens.
| 希臘的首都是雅典。

greedy [ˈgridɪ; ˈgri:dɪ] 働 **greedier** 働 **greediest**

形❶貪婪的；貪 | He is *greedy* **of** [**for**] money.
得的 | 他貪財。

❷貪吃的；嘴饞 | a *greedy* boy 嘴饞的男孩／
的 | a *greedy* dog 貪吃的狗

衍生图 **greed** (貪婪)副 **greedily** (貪婪地；貪吃地)

Greek [grik; gri:k]

形希臘(人‧ | *Greek* literature 希臘文學／a *Greek*
語)的 | playwright 希臘的劇作家

─▶ Greek 和 Grecian─
Grecian (希臘(式)的)主要僅用在建築或人的容貌,其
他方面則通常用 Greek。
Grecian architecture (希臘建築)
a *Grecian* profile (希臘式的側面像)

─働 -s [-s]

图希臘人；希臘 | He is **a** *Greek*. 他是個希臘人。
語 | ▶ **the** Greeks 是全體的希臘人。

green [grin; gri:n] 働 **-er** 働 **-est**

形❶綠色的；長 | *green* grass 綠草／a *green* hill 青翠
滿綠色植物的； | 的小山
青翠的 |

❷未成熟的；沒 | *green* fruit 未成熟的果實／a *green*
有經驗的 | youth 沒有經驗的小伙子

─働 無

图綠色；青色； | His wife was dressed **in** *green*.
綠色衣服 | 他太太穿綠色的衣服。

衍生形 **greenish** (帶綠色的)图 **greenhouse** (溫室)

greet [ˈgrit; ˈgri:t] 働 -s [-s] 働 -ed [-ɪd]; -ing

動囮向…致敬； | She *greeted* me 她向我打招呼。
向…打招呼；迎 | The star was *greeted* with cheers.
接；接受 | 這影星受到熱烈的歡呼。

衍生图 **greeting** (致意；問候)

grew [gru; gru:] 動 grow (生長)的過去式

grief [grif; gri:f] 働 -s [-s]

图悲傷；悲嘆 | When her mother died, she was
| almost mad with *grief*.
同 deep | 她母親去世的時候，她悲傷得幾乎發狂
sorrow | 了。

grieve [griv; gri:v] 働 -s [-z] 働 -d [-d]; **grieving**

動困悲傷 | We all *grieved* **at** [**for, over**] the
| death of the great statesman. 我們
| 大家都對這大政治家的死感到悲傷。

囮使悲傷 | His illness *grieved* her.
| 他的病使她悲傷。

衍生形 **grievous** (令人悲傷的)副 **grievously** (嚴重地)

grim [grɪm; grɪm] 働 **grimmer** 働 **grimmest**

形❶冷酷的；嚴 | The judge looked *grim*.
厲的 | 法官露出嚴峻的表情。

❷斷然的 | a *grim* determination 斷然的決定

❸險峻的 | a *grim* cliff 險峻的懸崖

衍生副 **grimly** (嚴厲地；可怕地)

grin [grɪn; grɪn] 働 -s [-z] 働 **grinned** [-d]; **grinning**

動困露齒而笑； | The boy *grinned* when I gave him
咧嘴而笑 | an ice cream. 當我給他一客冰淇淋
| 時，這男孩咧嘴笑了。

▶比 smile 嘴巴張得更大地笑，表示高興、有興趣、輕蔑
或滿足等。⇨ giggle

grind [graɪnd; graɪnd] 働 -s [-z] 働 **ground** [graʊnd];
-ing

動囮❶磨碎；使 | He *ground* wheat **into** flour.
成粉 | 他把麥磨成麵粉。

❷磨光；磨利 | *grind* a lens 磨鏡頭／*grind* a knife
| 磨小刀

❸磨擦 | He *ground* his teeth in anger.
| 他氣得咬牙切齒。

複合 名 **grìndstóne**(磨石;輪形磨石)

grip [grɪp; grɪp] ⊜ **-s** [-s] 働 **gripped** [-t]; **gripping**

動⑧ 握緊▶比 | The frightened girl *gripped* her
grasp 語意較 | mother's hand.
強。 | 這受驚的女孩緊緊抓住她母親的手。

— 働 無▶通常用單數加 a。

名 ❶緊握;握抓 | He lost his *grip* on the rope.
| 他鬆開握緊的繩子。

❷理解(力);控 | He has **a good** *grip* of the situation.
制力 | 他十分了解這情勢。

▶ grip 和 grasp

grip 緊緊握住   grasp 抓住

groan [gron; grəʊn] ⊜ **-s** [-z] 働 **-ed** [-d]; **-ing**

動不 呻吟;哼 | The injured man lay *groaning*.
| 這受傷的人躺著呻吟。

— 働 **-s** [-z]

名 呻吟 | The patient gave a *groan* of pain.
| 病人發出痛苦的呻吟。

grocery [ˋgrosərɪ; ˈgrəʊsərɪ] 働 **groceries** [-z]

名 ❶美 食品雜 | I bought sugar **at** the *grocery*.
貨店英 grocer's | 我在食品雜貨店買糖。

❷(通常用複數 | I bought enough *groceries*.
式)食品雜貨 | 我買了足夠的食品。

groom [grum, grʊm; gru:m] 働 **-s** [-z]

名 ❶新郎 | bride   groom
回 bridegroom | 新娘   新郎
❷馬夫
▶ 照料馬的人。

grope [grop; grəʊp] ⊜ **-s** [-s] 働 **-d** [-t]; **groping**

動不 摸索;摸索 | I *groped* **about** in the dark **for** the
著找 | light switch.
| 我在黑暗中摸索著找電燈開關。

gross [gros; grəʊs] (注意發音) ⊕ **-er** 働 **-est**

形 ❶粗鄙的;不 | *gross* language 粗鄙的言語／*gross*
雅的回 vulgar | manners 粗鄙的舉止
❷重大的;明顯 | a *gross* error 重大的錯誤／*gross*
的 | injustice 顯然的不公平
❸總體的 | *gross* national product 國民生產毛額
▶ gross 作名詞用時,為十二打(144 個)。

ground [graʊnd; graʊnd] 働 **-s** [-z]

名 ❶(加 the)地 | An apple fell to **the** *ground*.
面 | 蘋果落到地面上。
❷土地 回 | The farmer tilled the *ground*.
land;土 回 | 農夫耕地。
earth
❸(供特殊目的 | a parade *ground* 閱兵場／a football
之用的)場所;運 | *ground* 美 美式足球場／a fishing
動場;…場 | *ground* 釣魚場

❹(用複數)空 | The mansion has extensive
地;房地;庭園 | *grounds*.
| 這大廈有廣闊的庭園。
❺(常用複數)根 | We have good *grounds* **to** believe
據;理由 | his story.
回 basis, | 我們有充分理由相信他的說辭。
foundation | She was dismissed **on** the *ground*
| **that** she was dishonest.
| 她因為不誠實而遭解僱。

— ⊜ **-s** [-z] 働 **-ed** [-ɪd]; **-ing**

動⑧ 奠基(於); | His arguments are *grounded* **on**
以…為根據 | facts.
回 base | 他的議論是以事實為根據的。

group [grup; gru:p] 働 **-s** [-s]

名 群;集團;團 | The boys go to school **in** *groups*.
體 | 男孩子們成群地上學去。

grove [grov; grəʊv] 働 **-s** [-z] ⇨ globe

名 樹叢;小樹林 | There were *groves* of pines along
▶ 遠比 woods | the shore.
或 forest 為小。 | 沿岸有一些小松林。

grow [gro; grəʊ] ⊜ **-s** [-z] 過 **grew** [gru]; **grown**
[gron]; **-ing**

動不 ❶成長;長 | She has *grown* **into** a pretty girl.
大;增長 | 她已長成為亭亭玉立的少女。
| The city is *growing* rapidly.
| 這城市正在迅速地發展。
❷(植物)發育; | This kind of plant does not *grow*
生長 | here. 此地不長這種植物。
❸變成;漸漸 | He *grew* old. 他變老了。
回 become, get | It *grew* dark. 天色變暗了。
▶ 主要接形容 | She *grew* pale. 她面色轉為蒼白。
詞,有時伴隨不 | I *grew* to (=came to) like the dog.
定詞。 | 我漸漸喜歡上這條狗。
⑧ 栽培 | He *grows* roses in the garden.
回 cultivate | 他在花園裡栽培玫瑰。

grow up | The boy *grew up* (to be) a great
成人;長大 | musician. 這男孩長大後成為一個偉大
| 的音樂家。

衍生 名 **growth**(生長;發育;增大;發展)

growl [graʊl; graʊl] ⊜ **-s** [-z] 働 **-ed** [-d]; **-ing**

動不 (動物)咆 | The dog *growled* **at** the stranger.
哮 | 那狗向陌生人咆哮。

━━━━ ▶ 動物的叫聲 ━━━━
bark   …(狗・狐狸)吠叫
howl   …(狗・狼)在遠處吠, 叫
roar   …(獅等)吼

⑧ 咆哮著說;氣 | She *growled* (**out**) her answer.
沖沖地說 | 她氣沖沖著回答。

— 働 **-s** [-z]

名 咆哮聲 | The dog gave a low *growl*.
| 那狗發出低沉的咆哮聲。

grown-up [ˋgronˋʌp; ˈgrəʊnʌp]

形 成年的 | a *grown-up* woman 一個成年的女人
— 働 **-s** [-s] ▶ 比 adult 不正式的字。
名 成年人 | The boy looked like a *grown-up*.
| 這男孩看起來像個大人(少年老成)。

grudge [grʌdʒ; grʌdʒ] [三] **-s** [-ɪz] [規] **-d** [-d]; **grudging**

[動][及] ❶吝於給… | He *grudged* his dog the food it ate. 他吝於給他的狗吃食物。
❷嫉妒 | He *grudges* me my success. 他嫉妒我的成功。
► ❶❷均接兩個受詞。

— [複] **-s** [-ɪz]
[名] 怨恨;惡意 | He has [holds] a *grudge* **against** me. 他對我懷恨。

[衍生] [形] **grùdging** (勉強的) [副] **grùdgingly** (勉強地)

grumble [ˋgrʌmbḷ; ˈgrʌmbl] [三] **-s** [-z] [規] **-d** [-d]; **grumbling**

[動][不] 埋怨 [同] complain | He is always *grumbling* **about** food. 他總是埋怨食物不好。

— [複] **-s** [-z]
[名] 怨言;牢騷 [同] complaint | The fellow is full of *grumbles*. 那傢伙滿腹牢騷。

guarantee [ˌgærənˋti; ˌgærənˈti:] (注意拼法) [複] **-s** [-z]

[名] ❶保證;保證人;保證書 | a refrigerator with three years' *guarantee* 保用三年的冰箱
❷擔保;抵押品 [同] security | He offered his house as a *guarantee*. 他拿出他的房屋做抵押。

— [三] **-s** [-z] [規] **-d** [-d]; **-ing**
[動][及] 保證;擔保 | This insurance *guarantees* you **against** loss by fire. 這個保險保證你不因火災受損。

guard [gɑrd; gɑ:d] [複] **-s** [-z]

[名] ❶看守;監視;警戒 | The soldier was **on** *guard* all night. 這士兵徹夜戒守。
keep *guard* 守望;放哨／stand *guard* 站衛兵
❷守衛者;警衛員;獄吏;禁衛軍 | There was an armed *guard* at the gate of the palace. 宮庭門口有個武裝的衛兵。
❸[英] 列車長 [美] conductor | The *guard* whistled and the train began to move. 列車長鳴笛,火車便開動。
on* one's *guard 當心著;警戒著 | I was *on* my *guard* **against** pickpockets. 我防範扒手。

— [三] **-s** [-z] [規] **-ed** [-ɪd]; **-ing**
[動][及] 看守;看管;守衛;保衛 | Prisoners are *guarded* night and day. 囚犯被日夜看守著。
[不] 警戒;當心 | You must *guard* **against** errors. 你必須謹防犯錯。

[衍生] [名] **guàrdian** (保護人;監護人)

guess [gɛs; ges] [三] **-es** [-ɪz] [規] **-ed** [-t]; **-ing**

[動][及] ❶推測;猜測 | I *guess* **that** she is over thirty. =I *guess* her to be over thirty. 我猜她超過三十歲。
Guess my height. 猜猜我的身高。

► **guess** 的同義字
guess ………猜測簡單的事。
Guess what I have in my hand.
(猜一猜我手裡有什麼東西。)
conjecture…猜測複雜的事。
I can't *conjecture* his intentions.
(我猜不出他的意圖。)
surmise ……大致與 conjecture 同,比較文言。
We *surmised* his motive of suicide.
(我們猜測他自殺的動機。)

❷[美] 想 [同] think | I *guess* (**that**) I can get there before dark. 我想在天黑之前可以到達那裡。
[不] 猜測;猜想 | *Guess* **at** my weight. 猜一猜我的體重。

— [複] **-es** [-ɪz]
[名] 猜測;推量 | My *guess* was right. 我猜對了。

guest [gɛst; gest] [複] **-s** [-s]

[名] (受招待的)客人 ► 作東的主人是 host。 | We are having some *guests* for dinner tonight. 我們今晚將有一些客人來吃飯。

► 「客人」的同義字
visitor ……(交際、商務、觀光,或探望的)訪客。
guest ………受人款待的客人,或是飯店的客人。
customer …是指生意上的客人,去商店購物的顧客。
caller ………(禮儀上的)短暫的訪問者。較正式的字。
passenger …搭乘交通工具的客人,如飛機上、船上的旅客。

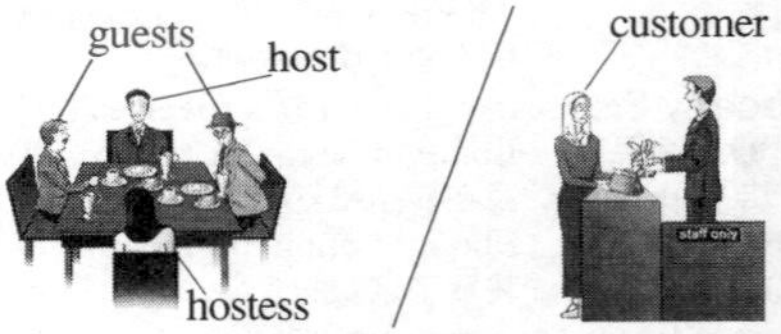

► guest 還可作收音機、電視等節目的來賓。

[複合] [名] **guèst of hònor** ((晚宴、儀式等的)主客、貴賓)

guide [gaɪd; gaɪd] [複] **-s** [-z]

[名] ❶引導者;嚮導 | A *guide* led us around the city. 嚮導帶領我們到市內各處遊逛。
❷(行為、思想等的)指南 | Your instincts are not always a good *guide* **to** behavior. 你的直覺不見得能正確地引導行為。
❸指南 | a traveler's *guide* 旅客指南

— [三] **-s** [-z] [規] **-d** [-ɪd]; **guiding**
[動][及] 引導;指導 | She *guided* them all over the city. 她帶他們遍遊全市。

► 「引導」的同義字
guide …始終片刻不離地(職業性的)引導,嚮導。
guide a tourist (帶觀光客遊玩)
lead …帶頭,通常控制跟隨者的秩序。
The teacher *led* her class.
(老師帶領全班學生。)
conduct …略為拘禮地在前帶路。
conduct a guest to the room (引導客人到室內)
show …指引方向,或是較不拘禮地在前帶路。
show a visitor to the door (送訪客到門口)
direct …指示路向而不跟著一起去。
direct a person to the post office
(指示某人去郵局的方向)

衍生 名 **guidance**(嚮導；指導)

guilty [ˋgɪltɪ; ˈgɪltɪ] 比 **guiltier** 最 **guiltiest**
形 ❶有罪的；犯罪的 ｜ The man was declared *guilty*. 這人被宣告有罪。
反 **innocent** ｜ He is *guilty* of murder. 他犯了殺人罪。
❷自覺有罪的；心虛的 ｜ She had a *guilty* look on her face. 她臉上有做賊心虛的表情。
衍生 名 **guilt**(罪；有罪), **guiltiness**(愧疚)

guitar [gɪˋtɑr; gɪˈtɑː(r)] (注意發音) 複 **-s** [-z]
名 吉他 ｜ He played the *guitar*. 他彈吉他。

gulf [gʌlf; gʌlf] 複 **-s** [-s]
名 海灣▶ bay 也是海，但 gulf 較大。 ｜ the *Gulf* of Mexico 墨西哥灣
▶ 東京灣稱作 the Bay of Tokyo＝Tokyo Bay。

gulp [gʌlp; gʌlp] 三 **-s** [-s] 過 **-ed** [-t]; **-ing**
動 反 吞飲；牛飲 ｜ He *gulped* water. 他大口喝水。
— 複 **-s** [-s]
名 吞飲 ｜ He emptied a glass of beer at a *gulp*. 他一口喝掉一杯啤酒。

gum[1] [gʌm; gʌm] 複 無
名 ❶樹膠 ｜ Arabic *gum* 阿拉伯樹膠
❷口香糖 ｜ Americans like to chew *gum*. 美國人愛嚼口香糖。
同 chewing gum

gum[2] [gʌm; gʌm] 複 **-s** [-z]
名 (通常用複數)齒齦 ｜ The *gums* hurt awfully. 齒齦痛很要命。

gun [gʌn; gʌn] 複 **-s** [-z]
名 大砲；槍；短槍 ｜ The *guns* destroyed the enemy's tanks. 大砲摧毀了敵人的坦克。
美 (口語)手槍 ｜ a machine *gun* 機關槍／an air *gun* 空氣槍
▶是指 cannon, rifle, 抑或 pistol, 要看上下文才能加以區別。

cannon 大砲　　　rifle 來福槍　　　pistol 手槍

gush [gʌʃ; gʌʃ] 三 **-es** [-ɪz] 過 **-ed** [-t]; **-ing**
動 不 (血‧水‧話等)湧出；傾流；滔滔不絕 ｜ Clear water *gushed* from the spring. 清水從泉中湧出。 Blood *gushed* out from the wound. 血從傷口湧出。
▶意味著水噴出的字還有 spout, squirt, spurt 等。
— 複 **-es** [-ɪz]
名 湧出；噴出；冒出 ｜ a *gush* of blood 血的冒出

gust [gʌst; gʌst] 複 **-s** [-s]
名 突起的風；一陣風 ｜ Fanned by a *gust*, the flames spread rapidly. 在一陣風的助長下，火舌迅速蔓延開來。

衍生 形 **gusty**(突起陣風的；突發的)

gusto [ˋgʌsto; ˈgʌstəʊ] 複 無
名 嗜好；愛好；趣味；妙趣 ｜ They ate with *gusto*. 他們吃得津津有味。

gut [gʌt; gʌt] 複 **-s** [-s]
名 ❶(用複數)腸；內臟 ｜ ▶是個不太文雅的字，一般用 bowels。
❷(口語)(用複數)膽量；內容 ｜ a man with plenty of *guts* 膽量很大的人／a speech with little *guts* in it 內容貧乏的演說

gutter [ˋgʌtɚ; ˈgʌtə(r)] 複 **-s** [-z]
名 ❶(車道和人行道之間的)排水溝 ｜

gutter ❶　　　gutter ❷
❷(屋簷的)導水溝 ｜ I took away the leaves in the *gutters*. 我清除掉導水溝內的樹葉。
❸(加 the)貧民區 ｜ He was bred in the *gutter*. 他生長在貧民區裡。
同 slums

guy [gaɪ; gaɪ] 複 **-s** [-z]
名 美 (口語)傢伙；人 ｜ a nice *guy* 好人／a tough [tʌf] *guy* 難纏的傢伙；強壯的人
┌─ 各種表「人」的字 ─────┐
1) 一般用語：man, person
2) 莊嚴的字：character, individual
3) 口語：fellow, chap, guy
└──────────────────┘

▶ guy 語出 Guy Fawks 這個人。Guy Fawks 為計畫於 1605 年 11 月 5 日炸毀英國國會的陰謀集團之主謀者。該日稱為 Guy Fawks Day。

gym [dʒɪm; dʒɪm] 複 **-s** [-z]
名 ❶(口語)體育館▶ gymnasium 的略寫。 ｜ We played basketball in the *gym*. 我們在體育館內打籃球。
❷(口語)體育 ▶ gymnastics 的略寫。 ｜ *Gym* is my favorite subject. 體育是我最喜愛的學科。

gymnasium [dʒɪmˋnezɪəm; dʒɪmˈneɪzjəm] 複 **-s** [-z]
名 體育館 ｜ Our school has a big *gymnasium*. 我們學校有一座大體育館。

衍生 名 **gymnast**(體操選手；體操老師)

gymnastic [dʒɪmˋnæstɪk; dʒɪmˈnæstɪk]
形 體操的；體育的 ｜ *gymnastic* training 體操的訓練

gymnastics [dʒɪmˋnæstɪks; dʒɪmˈnæstɪks]
名 (學科)體育；體操 ｜ *Gymnastics* is a required subject. 體育是必修的學科。
▶亦稱為 physical education(略作 P.E.)。

Gypsy, 英 **Gipsy** [ˋdʒɪpsɪ; ˈdʒɪpsɪ] 複 **Gypsies** [-z]
名 吉普賽人 ｜ ▶相傳出自印度的流浪民族，現在散居世界各地，以樂師或卜筮等為業，過著流浪的生活。

複合 名 **Gypsy girl**(吉普賽女郎)

habit [`hæbɪt; ˈhæbit] 名 -s [-s]
名 (個人的) 習慣;習性　He {is **in** the *habit* / has a *habit*} **of** reading in bed. 他有在床上讀書的習慣。
Habit is (a) second nature. 習慣是(人的)第二天性。(諺語)

━━▶ **habit** 和 **custom**━━
habit ……個人的習慣,習性。不用於團體。
custom …主要為社會或團體的習慣,習俗。也可用於個人。
the *custom* of bowing (鞠躬的習俗)

衍生 形 **habitual**(習慣的) 副 **habitually**(習慣地)

habitation [ˌhæbəˈteʃən; ˌhæbiˈteiʃn] 複 無
名 居住;(文語)住所　He has no fixed *habitation*. 他居無定所。

had [hæd; hæd]
動 have, has 的過去式・過去分詞 ⇨ have
及 有　He *had* a book. 他有一本書。
▶(美)疑問句・否定式通常用 "Did you have ...?", "I did not have ...", (英)用 "Had you ...?", "I had not ...." 的句型。
助 have, has 的過去式 ⇨ have
▶用 had+過去分詞,構成過去完成式。
When he came, we *had* eaten lunch. 他來的時候,我們已經吃過午餐。
已經…了;曾…過　I *had* met him before that time. 我在那時候之前就曾經見過他。

━━▶ 過去完成式(**had**+過去分詞)━━
較過去特定時間更早的過去時,使用過去完成式。
When I reached the station, the train *had* already *left*.
(當我到達車站的時候,火車已經開走了。)

更過去　　　　　　　過去　現在

the train *had* already *left* | when I reached the station

had to V　I *had* to get up early. (那時候)必須…　我以前必須早起。
(才行)
▶上句的現在式是 "I *have to* [must] get up early." (我必須早起。)

haggard [`hægəd; ˈhægəd]
形 憔悴的　She looked *haggard*. 她看起來一臉憔悴的樣子。

hail[1] [hel; heil] 自 -s [-z] 現 -ed [-d]; -ing
動 及 向…歡呼;大聲歡呼　The people *hailed* the hero. 人們向那英雄歡呼。

hail[2] [hel; heil] 複 -s [-z]
名 ❶ 雹;霰　*Hail* is frozen rain. 冰雹是結成冰的雨。
❷(如冰雹一般落下的)一陣　a *hail* of bullets 一陣槍彈

hair [hɛr; hɛə(r)] 複 -s [-z] ▶與 hare(野兔)同音。
名 毛;頭髮　She brushed her *hair*. 她梳頭髮。
▶一根一根的毛髮是 a hair, two hairs;所有的頭髮稱為 hair (集合稱)。
複合 名 **haircut**(理髮), **hairdresser**(美容師)
衍生 形 **hairy**(多毛的)　〔ˈhævz; hɑːvz〕

half [hæf; hɑːf] (注意發音和拼法) 複 **halves**
名 一半;二分之一　The *half* [*Half*] of eight is four. 八的一半是四。
Half of the apple is bad. 這個蘋果有一半是壞的。
Half of the six apples are bad. 六個蘋果中有一半是壞的。
━━形 一半的　a *half* moon 半月／a *half* mile (= *half* a mile) 半英里

━━▶ **half an hour** 和 **a half hour**━━
「我半小時走了半哩路。」
(一般)I walked *half* a mile in *half* an hour.
(主要美)I walked *a half* mile in *a half* hour.

━━副 半;一半地　It is *half* past five. 五點半了。
by halves 不完全地　Don't do things *by halves*. 做事情不要半途而廢。
half as many [*much*] **as** ...
數[量]僅…的一半之多　I have only *half* as many books as he. 我的書僅有他的一半。
in half = **into halves**
成半;成兩半　Cut the apple *in half*. 把這蘋果切成兩半。
複合 名 **halfpenny** [`hepnɪ] (半辨士銅幣) 副 **halfway** (中途地;在半路)　〔混淆。

hall [hɔl; hɔːl] 複 -s [-z] ▶注意勿與 hole [hol](洞)
名 大廳;門廳;會館;公共會堂;(美)走廊;通道　a dining *hall* 餐廳／a dance [dancing] *hall* 舞廳／a concert *hall* 音樂廳／a lecture *hall* 演講廳／a city *hall* 市政廳;市政府

halt [hɔlt; hɔːlt] (注意發音) 自 -s [-s] 現 -ed [-ɪd]; -ing
動 不 (文語)定 回 stop　*Halt*! (口令)立定!
━━複 -s [-s]
名 停止行進　The car came to a *halt*. 那汽車停了。

ham [hæm; hæm] 複 無
名 火腿　*ham* and eggs 火腿蛋

hammer [`hæmə; ˈhæmə(r)] 徽 **-s** [-z]

名 鐵鎚;鎚 | a *hammer* and nails 鐵鎚和釘子

—— 徽 **-s** [-z] 徽 **-ed** [-d]; **-ing** [`hæmərɪŋ]

動 及 鎚打;釘 | I *hammered* a nail **into** the board. 我將釘子釘進木板裡。

hamper [`hæmpə; ˈhæmpə(r)] 徽 **-s** [-z] 徽 **-ed** [-d]; **-ing** [`hæmpərɪŋ]

動 及 妨礙;阻擾 | His overcoat *hampered* his running. 他的外套妨礙他的跑步。

hand [hænd; hænd] 徽 **-s** [-z]

名 ❶手(腕以下的部分,包括手掌・手指頭) | She has a book **in** *hand*. 她手裡有一本書。
A bird **in** the *hand* is worth two in the bush. 一鳥在手勝於兩鳥在林。〔到手之物才是可靠的。〕(諺語)

arm　　hand

face　　hand

left　right
hand　hand

❷(鐘錶的)針 | the hour [minute, second] *hand* 時〔分,秒〕針

❸方面;方向 | You'll find the tower on your left *hand*. 你會發現那座塔在你左手邊。

at hand
臨近;即將來臨 | Christmas is (near) *at hand*. 耶誕節快到了。

by hand
用手工(做的) | He made the box *by hand*. 他用手工做成那箱子。

from hand to mouth
做一天吃一天;僅夠餬口 | He lives *from hand to mouth*. 他過著僅夠餬口的生活。

hand in hand
手牽手地 | The girls went *hand in hand*. 女孩子們手攜手走去。

on (the) one hand ... on the other (hand)
一方面…,另一方面… | He was praised by his teacher *on the one hand,* but blamed by his friends *on the other (hand)*. 一方面他受到老師讚揚,但另一方面,受到朋友的譴責。

—— 徽 **-s** [-z] 徽 **-ed** [-ɪd]; **-ing**

動 及 交給 | I *handed* him the letter. 我把信交給他。

hand in
提出;繳交 | He *handed* **in** his paper. 他繳交考卷。

複合 名 **hàndbág**(女用手提包), **hàndbíll**(宣傳單;傳單), **hàndbóok**(手冊;便覽), **hàndwriting**(筆跡)

handful [`hænd‚ful, `hæn-; ˈhændful] 徽 **-s** [-z]

名 一把;少數(的人或物) | a *handful* of people 少數人

handicap [`hændɪ‚kæp; ˈhændɪkæp] 徽 **-s** [-s]

名 障礙;不利的條件 | Lack of education is a *handicap* **to** him. 缺乏教育是他不利的條件。

—— 徽 **-s** [-s] 徽 **-capped** [-t]; **-capping**

動 及 使受不利 | His illness *handicaps* him. 他因病而蒙受不利。

handkerchief [`hæŋkətʃɪf; ˈhæŋkətʃɪf] (注意拼法) 徽 **-s** [-s]

名 手帕 | He lost his *handkerchief*. 他遺失了他的手帕。

handle [`hændl; ˈhændl] 徽 **-s** [-z]

名 把手;(容器等的)柄 | The *handle* of the pot is hot. 這鍋柄是熱的。
► 汽車的駕駛盤稱為 a (steering) wheel, 腳踏車的把手稱為 a handlebar, 船的舵稱為 a helm。

handlebar

handles

(steering)wheel

—— 徽 **-s** [-z] 徽 **-d** [-d]; **handling**

動 及 對付 | She is good at *handling* children. 她很會帶小孩子。

handsome [`hænsəm; ˈhænsəm] 比 **handsomer** 最 **handsomest**

形 漂亮的;美觀的;慷慨的 | He is a *handsome* man. 他是個美男子。
► 通常用於男性。女性的場合用 pretty 或 beautiful。
Handsome is that *handsome* does. 大方慷慨即為美。(諺語)
► 上句的意思是 "He who does handsomely is *handsome*."

衍生 副 **hándsomely**(優美地)

handy [`hændɪ; ˈhændɪ] 比 **-dier** 最 **-diest**

形 ❶在手邊的;方便的 | a *handy* book 手頭的書／a *handy* tool 方便的工具
❷敏捷的 | a *handy* man 多才多藝的人

hang [hæŋ; hæŋ] 徽 **-s** [-z] ❶ 不 ❷徽; **-ing**

► 注意動詞變化
❶掛　　hang—hung—hung [hʌŋ]
❷處以絞刑　hang—hanged—hanged [-d]

動 及 ❶掛;吊;懸 | Don't *hang* your overcoat here. 不要把你的外套掛在這裡。
❷處以絞刑;絞死 | The criminal was *hanged*. 囚犯被絞死。

hanger [`hæŋə; ˈhæŋə(r)] 徽 **-s** [-z]

名 掛東西的鉤;衣架 | ► 注意勿與 hangar [`hæŋə] (飛機庫)混淆。

happen [`hæpən; ˈhæpən] 徽 **-s** [-z] 徽 **-ed** [-d]; **-ing**

動 不 ❶(意外等)發生 | What *happened*? 發生了什麼事?
Accidents will *happen*. 意外的事總會發生。
❷偶然…;恰巧… | I *happened* **to** meet him. 我偶然遇見他。
回 chance | It *happened* **to** be a fine day. 那天恰巧是個晴天。

It (so) happens that ...
偶然;恰巧 | *It (so) happened that* I was in Paris then. 那時候我恰巧在巴黎。

衍生 名 **hǎppening**(事件;意外的事件)

happy [ˋhæpɪ; ˈhæpɪ] 比 **happier** 最 **happiest**
形 ❶幸福的;高　　I am *happy* to see you.
興的　　　　　　(我)很高興與你見面。
❷快樂的;幸運　　a *happy* ending 皆大歡喜的結局
的 同 lucky,　　　I wish you a *Happy* New Year.
fortune　　　　＝(口語)(A) *Happy* New Year!
　　　　　　　　祝你新年快樂。

衍生 名 **hǎppiness**(幸福) 副 **hǎppily**(幸福地)

harbor, 英 **harbour** [ˋhɑrbɚ; ˈhɑ:bə] 複 **-s** [-z]
名 港　　　　　　The island has a fine *harbor*.
　　　　　　　　這座島有一個良港。
　▶ harbor 是船隻停泊的地方, port 一般為有港的市或
　　商埠。

hard [hɑrd; hɑ:d] 比 **-er** 最 **-est**
形 ❶堅硬的　　　I slept on the *hard* bed.
反 soft　　　　　我睡在硬床上。
❷艱難的　　　　It is *hard* to keep a secret.
同 difficult　　　要保守秘密是很困難的。
反 easy　　　　　He is *hard* to please.
　　　　　　　　他是難以取悅的。
❸勤奮的;勤勉　He is a *hard* worker. (=He works
的　　　　　　　*hard*.) 他工作很勤奮。
❹嚴格的;激烈　The nation had a *hard* time.
的;艱困的　　　這個國家有過一段艱苦的時期。
be hard of hearing
重聽　　　　　　He *is* a little *hard of hearing*.
　　　　　　　　他有點重聽。
──副 努力地;拚　He worked *hard* for the test.
命地;猛烈地;堅　他為了考試而拚命用功。
牢地　　　　　　It is raining *hard*(=heavily).
　　　　　　　　雨下得很大。
　　▶ 避免與 **hardly** 混淆
　He works *hard*.　　　(他拚命工作。)
　He *hardly* works.　　(他幾乎不工作。)

衍生 名 **hǎrdness**(堅硬;硬度)

hardly [ˋhɑrdlɪ; ˈhɑ:dlɪ] 同 scarcely
副 (幾乎不…)　　I can *hardly* understand you.
　　　　　　　　我不太懂得你的意思。

　　▶ hardly, scarcely, barely
　hardly, scarcely 幾乎不…
　He *hardly* listened to me.
　(他幾乎不聽我的話。)
　There is *scarcely* any time left.
　(幾乎沒有剩餘的時間。)
　barely 差一點沒…
　I *barely* arrived in time.
　(我正好及時到達。)

hardly ... when [*before*]～
剛剛…就～　　　He had *hardly* left home *when* it
　　　　　　　　began to rain.
　　　　　　　　他剛出門, 雨就開始下了。
　　　　　　　　▶ 原義是「雨開始下的時候, 他幾乎沒
　　　　　　　　有出門。」
　　　　　　　　▶ 與 "**As soon as** he left home, it
　　　　　　　　began to rain." 意思一樣。

　　▶ hardly ... when～的代換句
　「我剛到達那裡, 雨就開始下了。」
　I had *hardly* reached there *when* [*before*] it
　began to rain.
　＝I had *scarcely* reached there *when* [*before*] it
　began to rain.
　＝*Hardly* had I reached there ...
　＝*Scarcely* had I reached there ...
　＝*No sooner* had I reached there *than* it began to
　rain.
　▶ 在 no sooner 的句型裡, 用 than。

hardship [ˋhɑrdʃɪp; ˈhɑ:dʃɪp] 複 **-s** [-s]
名 困苦;艱難　　He suffered all kinds of *hardships*.
　　　　　　　　他遭受種種苦難。

hardware [ˋhɑrd,wɛr; ˈhɑ:dweə(r)] 複 無
名 ❶金屬器具;　　Pots and pans are *hardware*.
五金　　　　　　鍋和平底鍋是金屬器具。
　▶ ware 用於複合字時, 作「…器」解:
iron*ware* 鐵器／silver*ware* 銀器／china*ware* 瓷器
❷(電子計算機　*Hardware* is the mechanical
的)硬體　　　　components of a computer.
反 software　　　硬體是電腦的機械之組成部分。
(軟體)

hare [hɛr; heə(r)] 複 **-s** [-z] ▶ 與 hair(毛)同音。
名 (動物)野兔　　▶ 比 rabbit 大, 耳朵較長, 腳較強壯。
　　　　　　　　無穴居的習性。

harm [hɑrm; hɑ:m] 複 無
名 傷害;損害　　The rain did much *harm* to the
同 damage　　　crops. 雨大大損害了農作物。
do ... harm=do harm to ...
對…有害　　　　Too much drinking will *do* you
反 do ... good　　*harm*. 喝太多的酒對你有害。

衍生 形 **hǎrmful**(有害的) **hǎrmless**(無害的)

harmony [ˋhɑrmənɪ; ˈhɑ:mənɪ] 複 **harmonies** [-z]
名 調和;和睦　　They lived **in** perfect *harmony*.
　　　　　　　　他們相處得很融洽。

衍生 形 **harmonious** [hɑrˋmonɪəs] (調合的;和睦的)

harness [ˋhɑrnɪs; ˈhɑ:nɪs]
名 (馬車的)馬　　複 無
具

reins 韁繩
bridle
馬勒
harness

harsh [hɑrʃ; hɑ:ʃ] 比 **-er** 最 **-est**
形 ❶刺耳的　　　He scolded me in a *harsh* voice.
反 mild　　　　　他以刺耳的聲音責罵我。
❷粗糙的　　　　It has a *harsh* surface.
反 rough　　　　它的表面粗糙。
❸嚴厲的　　　　He was *harsh* to me.
同 stern　　　　　他對我很嚴厲。

衍生 名 **hǎrshness**(粗糙) 副 **hǎrshly**(粗糙地)

harvest [ˋhɑrvɪst; ˈhɑ:vɪst] 複 **-s** [-s]
名 收穫;收穫　　A good *harvest* of rice is expected
量;收穫物;收穫　this year.
期　　　　　　　今年稻米可望豐收。

has [(強) hæz; hæz (弱) həz, əz; həz, əz] 勔勴 have 的第三人稱單數的現在式

hasn't [`hæznt; 'hæznt] has not 的縮寫

haste [hest; heɪst] 傹 無
图 急忙；性急   *Haste* makes waste.
圐 hurry   =More *haste*, less speed.
     欲速則不達。(諺語)

make haste 圐 hurry
趕快   *Make haste!* 趕快！

hasten [`hesṇ; 'heɪsn] (注意發音) 傹 -s [-z] 傹 -ed   [-d]; -ing
勔予 趕忙   He *hastened* **to** the post office.
傸 催促   他趕忙去郵局。

hasty [`hestɪ; 'heɪstɪ] 傺 **hastier** 傹 **hastiest**
形 ❶匆忙的   a *hasty* visit 匆忙的訪問
    ❷草率的   a *hasty* decision 草率的決定
衍生副 **hàstily**(匆忙地；慌忙地)

hat [hæt; hæt] 傹 -s [-s]
图 帽子   He took off his *hat*. 他脫帽。
▶ hat 為有邊的帽子。cap 為無邊的，或像棒球帽那種有帽簷的帽子。

hatch[1] [hætʃ; hætʃ] 傹 -es [-ɪz] 傹 -ed [-t]; -ing
勔予 孵(卵)；孵   Don't count your chickens before
(小雞)   they are *hatched*.
予 (卵的)孵化   不要在未孵出小雞之前先數小雞。
    〔別打如意算盤。〕(諺語)

hatch[2] [hætʃ; hætʃ] 傹 -es [-ɪz]
图 (甲板的)昇   Close all *hatches*!
降口(艙口)   把艙口全部關上！

hate [het; heɪt] 傹 -s [-s] 傹 -d [-ɪd]; **hating**
勔傸 很討厭；憎   She *hates* snakes.
惡；憎恨   她很討厭蛇。
▶ 此動詞無進   I *hate* **to** study.=I *hate* study**ing**.
行式。   我很討厭讀書。
     I *hate* { **him to** leave.
             { **that** he should leave.
     我不願讓他離開(這裡)。
衍生图 **hatred** [`hetrɪd](憎恨)形 **hàteful**(可憎的)

haughty [`hotɪ; 'hɔːtɪ] 傺 **haughtier** 傹 **haughtiest**
形 傲慢的；高傲   He is *haughty* **to** me.
的   他對我傲慢。
衍生副 **hàughtily**(傲慢地)

haul [hol; hɔːl] 傹 -s [-z] 傹 -ed [-d]; -ing
    ▶ 發音容易混淆的四個字
    haul [hol](拖)   hall [hol](大廳)
    hole [hol](洞)   whole [hol](全部的)
勔傸予 拉；拖；   We *hauled* in the fishing net.
運輸 圐 drag   我們將魚網拉進。

haunt [hont, hant; hɔːnt] 傹 -s [-s] 傹 -ed [-ɪd]; -ing
勔傸 ❶ 經常出   The house is *haunted* **by** the ghost
沒；常去   of a headless man.
     這房子常出現一個無頭男鬼。
圐 frequent   Birds *haunt* woods.
     鳥經常飛去那座森林。
❷(思想的)縈繞   She is *haunted* **by** that idea.
於心   那念頭經常縈繞在她心頭。

have [hæv; hæv] 傹 **has** 傹 **had**；**having**

▶ 縮寫：have not → haven't [`hævṇt] / has not → hasn't [`hæznt]/had not → hadn't [`hædṇt]

時態	現在式		過去式, 過去分詞
數 人稱	單數	複數	單數,複數
第一人稱	I have	We have	had
第二人稱	You have	You have	had
第三人稱	He She } has It	They have	had

勔傸 有；擁有   I *have* a large family.
     我有個大家庭(我的子女很多)。
     I *have* a book under my arm.
     我的腋下夾有一本書。
❷(存在)…有   I *have* an uncle in Hualien.
     我有一個叔叔在花蓮。
     Taiwan *has* many universities.
     台灣有很多所大學。
❸懷有(思想 ·   I *have* no sympathy with him.
感情等)   我不同情他。
    ▶ 疑問句 · 否定句(❶❷❸的情形下)
    「你〔他〕有姐妹嗎？」「沒有，我〔他〕沒有。」
    傻 *Do* you [*Does* he] *have* any sisters?
     No, I *don't* [he *doesn't*] (*have* any).
    傻 *Have* you [*Has* he] any sisters?
     No, I *haven't* [he *hasn't*] (any).
    ▶ ❹以下的疑問句和否定句，與一般動詞同。

❹吃；喝   Which do you *have*, tea or coffee?
圐 eat, drink   你要喝那一種，茶還是咖啡？
❺獲得；收到；接   He has many visitors.
受；拿到   他有很多訪客。
圐 get, receive   I *had* three letters yesterday.
     我昨天收到三封信。
❻經歷；遭受   I *had* much difficulty **in** reading the
     book. 我在讀這本書時遇到很多困難。
     Did you *have* a good time (of it)?
     你玩得痛快嗎？
     We *had* an earthquake last night.
     昨夜有地震。
❼(接名詞為受   { a bath 洗澡
詞)做(動作)；進   *have* { a talk 談話
行   { a walk 散步
▶ ❶❷❸無被動式和進行式，但❹❺❻❼可用被動式和進行式。
❽(用 have＋受   I *had* my son **go** instead.
詞＋V 的句型)   我讓我的兒子代我去。
使；令；讓 ⇨ get   ▶ have 要重讀。
     Have him **come** early. 叫他早來。
❾(用 have＋受   I want to *have* this letter **mailed**.
詞＋過去分詞的   我要派人把這封信寄出。
句型)請人做某   He *had* his wallet **stolen**.
事；被 ⇨ get   他的錢包被偷了。
     ▶ 過去分詞要重讀。
❿(用 have＋受   I can't *have* you **idle** every day.
詞＋形容詞的句   我不能讓你天天閒散著。

型)讓…
have ... on 戴(帽);穿(衣)	She *had* a bonnet *on*. (=She was wearing a bonnet.) 她戴著軟帽。
***have only to* V** 只須…即可	You *have only to* go there. 你只須到那裡就行了。
***have to* V** 圖 must V 必須(做)	You *have to* get up early. 你必須早起。

► have to 的否定式圉是 don't have to, 英為 haven't to, 意思是「不必」。

► have to 的疑問句用：圉"Do you have to ...?" 英 "Have you to ...?" 的句型。

***have something* [*nothing*] *to do with*~** 與(某人)有關 〔無關〕	He *has* something [nothing] *to do with* the affair. 他與那事有〔無〕關。

—— 三 **has** 禹 **had** ► 無過去分詞；**having**

助 ❶ have [has]＋過去分詞構成現在完成式	——現在完成式—— have [has]＋過去分詞

► 現在完成式與單純過去不同, 表過去與現在有關的事。

a.做完某事;已經(完成,結果)	I *have* just read the book. 我剛讀完這本書。 The dog *has* grown big. 這狗已經長大了。
b.曾經;…過(經驗)	*Have* you seen a whale? 你看過鯨魚嗎？ I *have* been to Italy before. 以前我到過義大利。
c.迄至目前一直(繼續)	I *have* known him since he was a boy. 自他還是小孩子時, 我就認識他了。 I *have* been in Paris since 1960. 自 1960 年起, 我便一直在巴黎。

► 現在完成式的繼續, 是表狀態的繼續。動作的繼續要用現在完成進行式："It *has been* raining since yesterday." (從昨天起便一直下雨。)

► have gone 和 have been (一)

He *has gone* to Paris.
{ 他去了巴黎(現在不在此。)(完成)
{ 英 (口語)他去過巴黎。(經驗)
He *has been* to [in] Paris.
他到過巴黎。(經驗)

► have gone 和 have been (二)

He *has gone* to the station. (他去了車站(因而現在不在這裡)。)	He *has been* to the station. (他到過車站。)

❷ had＋過去分詞＝過去完成式 ⇨ had

Hawaii [hə`waɪjə, hə`waɪɪ; hə`waɪi:]
名 (地名)夏威夷	► 亦稱爲 the Hawaiian Islands(夏威夷群島)。

衍生 形 名 **Hawãiian**(夏威夷的;夏威夷人)

hawk [hɔk; hɔ:k] 覆 **-s** [-s]
名 (鳥)鷹	► 鷲是 eagle。

hawthorn [`hɔ,θɔrn; `hɔ:θɔ:n] 覆 **-s** [-z]
名 (植物)山楂	► 在英國常用它當樹籬。

hay [he; heɪ] 覆 無
名 乾草	Make *hay* while the sun shines. 要把握時機。(諺語)

hazard [`hæzəd; `hæzəd] (注意發音) 覆 **-s** [-z]
名 危險;冒險 同 danger	The life of a sailor was full of *hazards*. 水手的生活充滿著危險。

衍生 形 **hãzardous**(冒險的;危險的)

haze [hez; heɪz] 覆 無
名 靄;薄霧	► 依 fog(霧)→ mist(薄霧)→ haze (靄)的順序漸薄。

衍生 形 **hãzy**(有薄霧的)

he [(強)hi; hi:(弱)hɪ; hɪ] 代 第三人稱單數的男性主格
他;彼	"Who is that boy?" "*He* is Tom." 「那個男孩是誰?」「他是湯姆。」

數 格	單數		複數	
主 格	he	他	they	他們
所有格	his	他的	their	他們的
受 格	him	他	them	他們

he who [that] ...
(文語)…凡是…的人 ► 口語是 those who。	*He who* was born a fool is never cured. 天生愚蠢的人無藥可醫。〔下愚不移。〕(諺語)

head [hɛd; hed] 覆 **-s** [-z]
名 ❶ 頭, (頸部以上的)頭部	He has a big *head*. 他的頭頗大。 The king cut off their *heads*. 國王砍下他們的頭。 ► 不可說爲 cut off their necks。
❷ 腦力;智力	You must use your *head*. 你必須運用你的腦筋。
❸ (東西的)頭部;前端部分;最前面;首位	the *head* of a golf club 高爾夫球桿頭／the *head* of a ship 船首
❹ (牛·馬等的)頭;頭數	A hundred *head* of cattle were killed. 一百頭牛被殺。 ► ❹的用法之複數式不加 s。

at the head of ...
居…首位	He is *at the head of* the class. 他在班上首屈一指。

keep one's head
保持冷靜	He could not *keep* his *head*. 他不能保持冷靜。

lose one's head
失去理智	You mustn't *lose* your *head*. 你不可衝動。

—— 三 **-s** [-z] 覆 **-ed** [-ɪd]; **-ing**
動 及 ❶ 帶領;率領	The parade was *headed* by the mayor. 遊行隊伍由市長帶領。

❷(用被動式)使朝向…而行　The car was *headed* **for** the seashore. 這輛車向海岸的方向行駛。

不 向…走去　He was *heading* **for** home. 他向家裡走去。

複合 名 **hèadland** [-lənd](岬；崎), **hèadlíght**(車的前燈), **hèadlíne**((報紙等的)標題), **hèadmàster**(美校長), **hèadstróng**(頑固的；任性的) 〔-s [-s]〕

eadache ['hɛd,ek; 'hedeɪk] (注意發音和拼法) 名

名 頭痛　I have a bad *headache*. 我頭痛得厲害。

► ache 是「痛」，與其他的字結合而成 toothache(牙痛), stomachache(胃痛), backache(背痛)等。

eadlong ['hɛd`lɔŋ; 'hedlɒŋ]

副 ❶頭朝下地　I dived *headlong* into the sea. 我頭朝下跳入海中。

❷鹵莽地　He dashed *headlong* in front of the car. 他鹵莽地衝到汽車的前面。
回 recklessly

─ 形 ❶頭向前的　a *headlong* dive 頭先入水的跳水

❷鹵莽的　a *headlong* decision 輕率的決定

eadquarters ['hɛd`kwɔrtɚz, -,kw-; 'hed`kwɔːtəz]

名 (單複兩用)總部；司令部；總公司　the general *headquarters* 總司令部

► 通常略作 GHQ。 〔-ing〕

eal [hil; hiːl] ► 與 heel 同音。⊜ -s [-z] 働 -ed [-d];

動 ⑧ 治好(傷)；治療　The wound is not *healed* yet. 傷口尚未痊癒。
回 cure　Time *heals* all sorrows. 時間會治癒一切哀慟。

不 治好；痊癒　The cut has *healed* **up**. 割傷已告痊癒。

ealth [hɛlθ; helθ] 働 無

名 健康；衛生　*Health* is better than wealth. 健康勝於財富。(諺語)
He is **in** good [poor, ill] *health*. 他身體[不]健康。

Here's to your health! = To your health! (舉杯)祝你健康！

── ► **healthful** 和 **healthy** ──
healthful(有益於健康的)
    a *healthful* food (有益於健康的食物)
healthy(健康的)
    He is *healthy*. (他很健康。)

► healthy ['hɛlθɪ] 形 的比較級和最高級為-ier, -iest。

eap [hip; hiːp] 働 -s [-s]

名 (東西的)堆　a *heap* of stones by the road 路邊的一堆石頭
回 pile

heap of … = heaps of …
許多的…；大量的…　a *heap* of time [money, books] 很多時間[錢, 書]

── ⊜ -s [-s] 働 -ed [-t]; -ing

動 ⑧ 堆積；裝滿　He *heaped* (up) stones. 他把石頭堆起來。
She *heaped* the basket **with** apples. 她把蘋果堆滿在籃子裡。

ear [hɪr; hɪə(r)] ⊜ -s [-z] ⑦ **heard** [hɝd]; -ing

動 ⑧ ❶聽見　I *heard* a strange sound. 我聽見一聲奇怪的聲音。
► 不可作進行式。

► 與 see(看見)一樣，含有被動的意味。　I can't *hear* you. Raise your voice. 我聽不見你的聲音，大聲一點。

──► **hear** 和 **listen** ──
通常 hear 是「聽見」，listen 是「注意聽」。

I *listened* but *heard* nothing.
(我聽了，但什麼也沒聽見。)

a.(＋受詞＋Ving)
b.(＋受詞＋V)　I *heard* him { laughing. / laugh.
(我聽見他 { 在笑。/ 笑。)

► 被動句中用 to 不定詞。　{ I *heard* a letter drop. / A letter was *heard* **to** drop. 我聽到一封信掉下來的聲音。

❷聽取；傾聽　We want to *hear* his explanation. 我們要聽取他的解釋。
Hear what he has to say. 傾聽他的辯解。

❸聽說；聞知　I have *heard* the news. 我聽到這消息。
I *hear* **(that)** he died last year. 我聽說他去年死了。

► I hear (that) …是「聽說得知…」。

不 聽；聽見　He doesn't *hear* well. 他的聽力不好。

hear from … 接到…的信息　I have *heard* nothing *from* him. 我全然沒有接到他的信息(他音信杳然)。
► 注意勿與 hear of 混淆。

hear of … 聽到…的事　I never *heard* of it. 我從未聽說過那件事。
► 注意勿與 hear from 混淆。

複合 名 **hèaring áid**(助聽器)

heart [hɑrt; hɑːt] (注意發音) 働 -s [-s]

名 ❶心臟　His *heart* stopped beating. 他的心臟停止了跳動。

❷(作為感情・精神之中心的)心；同情心；勇氣；精神　He is a man of *heart*. 他是個有愛心的人。
It came home to my *heart*. 這事深入我心。

► heart 著重於「感情」, head, mind 著重於「智能」。　The loss of her son broke her *heart*. 兒子的死使她心碎。
He lost *heart* at the news. 他因聽到那消息而灰心。

❸中心；核心　the *heart* of the city 城市的中心
回 center　get to the *heart* of the matter 觸及問題的中心

❹撲克牌的紅心；心形物　the queen of *hearts* 紅心牌的皇后

at heart
內心裡;根本地 | He is a good-natured man *at heart*.
他是個本性善良的人。

learn by heart
默誦 | He *learned* the poem *by heart*.
他默誦那首詩。

► ear- 發音

[ɜ] | *ear*th (地球), *ear*n (學習), h*ear*d (聽到),
*ear*ly (早), *ear*n (賺),

[ɑr] | h*ear*t (心臟), h*ear*th (爐床)

衍生 形 **hèartless** (殘酷的) 動 **hèarten** (鼓勵)

hearth [hɑrθ; hɑːθ] (注意發音) 變 **-s** [-s]
名 ❶爐床 | ► 壁爐前面用石或磚砌的部分。
❷壁爐邊;家庭

hearty [`hɑrtɪ; `hɑːtɪ] 比 **heartier** 最 **heartiest**
形 ❶由衷的 | a *hearty* welcome 竭誠的歡迎
❷豐盛的 | a *hearty* meal 豐盛的一餐
❸強健的 | a *hearty* old man 強健的老人
衍生 副 **hèartily** (由衷地;熱忱地;盡情地)

heat [hit; hiːt] 變 無 ► hot 的名詞
名 ❶熱,熱(溫) | The sun gives us *heat* and light.
度;暑氣 | 太陽給予我們熱與光。
► 火或太陽等 | We cannot bear the *heat*.
的「熱」。 | 我們不能忍受這酷熱。
► fever 是「疾病的熱」,temperature 是「氣溫;體溫」。

fever

heat

temperature

❷(情緒·憤怒 | He argued with much *heat*.
等的)激動 | 他很激昂地辯論著。
— 三 **-s** [-s] 變 **-ed** [-ɪd]; **-ing**
動 及 使熱;使暖 | She *heated* (up) some cold milk.
和 | 她把一些冷牛奶溫熱。
衍生 名 **hèater** (暖氣設備) **hèating** (暖氣(設備))

heave [hiv; hiːv] 三 **-s** [-z] 變 **-ed** [-d]; **heaving**
動 及 ❶舉起(重 | He *heaved* the desk onto the truck.
物) | 他把桌子扛到貨車上。
❷發出(嘆息) | He *heaved* a great sigh.
| 他大嘆了一口氣。
不 一上一下地 | Her bosom is *heaving*.
動;起伏 | 她的胸部起伏著。

heaven [`hɛvən; `hevn] 變 **-s** [-z]
名 ❶(通常用複 | the starry *heavens* 星空／in the blue
數)天空 | *heavens* 在藍天
同 sky
❷天國 反 hell | go to *heaven* 去天國(死了)
❸(通常用大寫) | *Heaven* helps those who help
上帝 | themselves. 天助自助者。(諺語)
| Thank *Heaven*! 謝天謝地!
衍生 形 **hèavenly** (天空的;天國的)

heavy [`hɛvɪ; `hevɪ] (注意拼法) 比 **heavier** 最 **heaviest**
形 ❶重的 | He carried a *heavy* bag.
反 light | 他帶了一個很重的袋子。
❷猛烈的;大量 | We had a *heavy* rainfall.
的;嚴重的;心情 | 下了一場大雨。

沉重的;(胃)難 | He received a *heavy* blow.
消化的 | 他挨了一記重擊。
| Her heart was *heavy*.
| 她的心情沉重。
衍生 副 **hèavily** (很重地;極) 名 **hèaviness** (重;重量)

he'd [hid, hɪd; hiːd, hɪd] he had, he would 的縮寫
| I didn't know *he'd* (=he had) gone
there. 我不知道他去了那裡。

hedge [hɛdʒ; hedʒ] 變 **-s** [-ɪz]
名 樹籬;圍牆 | There is a *hedge* in front of his
house. 他的屋前有樹籬。

heed [hid; hiːd] 變 無
名 注意;留心 | He gives no *heed* to my warning.
同 attention | 他不留意我的警告。
— 三 **-s** [-z] 變 **-ed** [-ɪd]; **-ing**
動 及 (文語)注 | He should *heed* my advice.
意到;留心到 | 他應該留意到我的忠告。
衍生 形 **hèedless** (不注意的), **hèedful** (注意的)

heel [hil; hiːl] 變 **-s** [-z] ► 與 heal (治癒) 同音
名 (腳的)踵;腳 | She was wearing high *heels*.
跟;(鞋的)跟 | 她穿著高跟鞋。

ankle 腳踝

toes 腳趾 ——heel

heel

on the heels of ... | Sorrow treads *on the heels* of joy.
緊跟…而來 | 悲哀緊跟著喜悅而來。

height [haɪt; haɪt] (注意發音) 變 **-s** [-s] ► high 的名
名 ❶高度;身高 | What is the *height* of the mountain
| (=How high is the mountain?)
| 這座山有多高?
| What is your *height*?
| (=How tall are you?) 你有多高?
height | The plane flew *at* a *height* of 8,000
同 altitude | meters. 飛機飛在八千公尺的高度。

► height 和 highness
height…東西的高度
the *height* of the mountain
(山的高度)
highness…高;高的狀態
the *highness* of the mountain =
(that the mountain is high)
(此山很高)

height
同 stature

❷高處;高地;高 | There is a temple *on* the *heights*.
崗;高原 | 高崗上有座廟。
❸(加 the) 最高 | She died at *the* *height* of her fame.
峰;頂點 | 她死於最享盛名的時候。
衍生 動 **hèighten** (提高;增高)

heir [ɛr; eə(r)] 變 **-s** [-z] ► 與 air 同音
名 繼承人 | He is the only *heir*.
| 他是唯一的繼承人。

► 注意發音

[ɛr] { heir (繼承人)
air (空氣) | [hɛr] { hair (髮)
hare (野兔)

衍生 名 **heiress** [ˈɛrɪs] (女繼承人)

hell [hɛl; hel] 働 **-s** [-z]
名 ❶地獄;地獄 │ It was a *hell* on earth.
似的地方 │ 那是人間地獄。
❷畜生! │ *Hell!* 畜生!
▶表憤怒等的 │ Go to *hell*! 滾蛋!該死!
感嘆詞。
❸究竟,到底 │ What the *hell* [in *hell*] are you
│ doing? 你究竟在幹什麼?

he'll [(強)hil; hi:l(弱)hɪl; hl] he will 的縮寫
│ I'm sure *he'll* come.
│ 我確信他會來。

hello [hɛˈlo, həˈlo, ˈhɛlo; həˈləʊ] ▶ 亦拼作 hallo(a),
hullo.
嘆(打招呼或呼 │ *Hello*, this is Mr. Wu speaking.
聲)喂;哈囉 │ 喂,我是吳先生。(電話)

helm [hɛlm; helm] 働 **-s** [-z]
名 (船的)舵 │ ▶ helm 相當於汽車的駕駛盤
│ (wheel);水中的舵是 rudder(方向
│ 舵)。

helmet [ˈhɛlmɪt; ˈhelmɪt] 働 **-s** [-s]
名 鋼盔;盔 │ The policeman was **in** a *helmet*.
│ 這個警察戴著一頂鋼盔。

help [hɛlp; help] 働 **-s** [-s] 働 **-ed** [-t]; **-ing**
動 ⦰ ❶幫忙;幫 │ May I *help* you?
助;援助 │ (店員對顧客)請問要買什麼?
│ I *helped* him **with** his homework.
│ 我幫他作功課。
│ I *helped* him **(to)** find his lost
│ watch. 我幫他找到遺失的手錶。
│ ▶働 通常不用 to。
❷拿(食物)給 │ He *helped* him **to** some cookies.
人;夾(菜);勸 │ 他給她一些餅乾。
(酒) │ Please *help* **yourself to** wine.
│ 要喝酒請自便。
│ ▶ "Please drink wine." 這種說法不
│ 是勸酒的適當表達語。
❸(與 can 連 │ He didn't speak more than he could
用)避免;阻止 │ *help*. 他能不說的就不說。
⇨ can
│ I can't *help* it. = It can't be *helped*.
│ 我無能為力。(那是沒辦法的。)
━ 働 **-s** [-s]
名 幫助;援助; │ She cried for *help*. 她大聲求救。
幫助者[物] │ Can I be **of** any *help* **to** you?
│ 我能幫你什麼忙嗎?
│ It's a great *help* **to** me.
│ 這對我有很大的幫助。

衍生 名 **hèlper** (幫忙的人;幫手)

helpful [ˈhɛlpfəl; ˈhelpfʊl]
形 有益的;有幫 │ You have been very *helpful*.
助的;有用的 │ 你幫了(我們)很多忙。

helpless [ˈhɛlplɪs; ˈhelplɪs]
形 無助的;無力 │ The injured man lay *helpless*.
的 │ 受傷的人無助地躺著。

hem [hɛm; hem] 働 **-s** [-z]
名 (布或衣服 │ the *hem* of a handkerchief
的)邊緣;縫邊 │ 手帕的邊

hemisphere [ˈhɛməsˌfɪr; ˈhemɪsˌfɪə(r)] 働 **-s** [-z]
名 半球 <hemi (=half)+sphere (=circle)

the Northern Hemisphere 北半球
the equator 赤道
the Southern Hemisphere 南半球

hen [hɛn; hen] 働 **-s** [-z] 働 rooster, cock
名 母雞 │ *Hens* lay eggs. 母雞生蛋。

hence [hɛns; hens]
副 ❶(文語)從 │ The vacation begins two weeks
現在起;今後 │ *hence*.
働 from now │ 從現在起再過兩個禮拜就開始休假。
on
❷因此;所以 │ His father died, *hence* he succeeded
│ to all his property. 他父親死了,所以
│ 他繼承了他父親所有的財產。

衍生 副 **hèncefòrth, hèncefòrward** (今後;自此以後)

her [(強)hɜ; hɜ:(弱)hə, ɚ, hə] 代 she 的所有格·受格
❶(所有格)她的 │ This is *her* book.
│ 這是她的書。
❷(受格)她 │ I'll go to see *her*.
│ 我去看她。

herald [ˈhɛrəld; ˈherəld] 働 **-s** [-z]
名 預兆;先驅 │ a *herald* of spring 春的前兆

herb [ɜb, hɜb; hɜ:b] 働 **-s** [-z]
名 草;草本植 │ a poisonous *herb* 毒草
物;藥草

herd [hɜd; hɜ:d] 働 **-s** [-z] ▶ 與 heard 同音。⇨ flock
名 (牛·馬等 │ A *herd* of cattle are coming.
的)群 │ 一群牛來了。

here [hɪr; hɪə(r)] ▶ 與 hear 同音。
副 在這裡;向這 │ *Here* is a book. 這裡有一本書。
裡 │ He lives *here* in Taipei.
働 there │ 他住在台北這裡。
│ ▶不是「在台北的這裡」。
│ Please come *here*. 請到這裡來。
│ *Here* we are. 我們到了。
│ *Here*, (sir). (點名時回答)有!到!
here and there │ I saw flowers *here and there*.
到處 │ 我到處看見花。
━ 名 這裡 │ from *here* 從這裡/It's warm in
│ *here*. (在室內)在這裡很暖和。

hereabout(s) [ˌhɪrəˈbaʊt, ˈhɪrəˌbaʊt; ˈhɪərəˌbaʊt]
副 在附近 │ I saw a car somewhere *hereabout*.
│ 我在附近某處看見一輛車子。

hereafter [hɪrˈæftɚ; ˌhɪərˈɑːftə(r)]
副 此後;將來 │ He'll study hard *hereafter*.
│ 他此後將努力讀書。

hereditary [həˈrɛdəˌtɛrɪ; hɪˈredɪtərɪ]
形 遺傳的 │ *hereditary* diseases 遺傳性疾病
衍生 名 **herèdity** (遺傳)

heritage [ˈhɛrətɪdʒ; ˈherɪtɪdʒ] 働 **-s** [-ɪz]
名 遺產;繼承物 │ This is my father's *heritage*.
│ 這是我父親的遺產。
働 inheritance

▶ heritage 和 heredity 的動詞

動 inhèrit
- 繼承 → { 名 inhèritance（繼承（財產））
- 名 hèritage （遺產）
- 由遺傳 → 名 herèdity （遺傳）
而得到

---

hermit [ˋhɝmɪt; ˈhɜːmɪt] 複 **-s** [-s]
名 隱士；隱居者 | The *hermit* lived a religious life.
這隱士過著虔誠的生活。

hero [ˋhɪro; ˈhɪərəʊ] 複 **-es** [-z]
名 ❶英雄，勇士 | He was a national *hero*.
他是個民族英雄。

❷（戲劇・小說 | The *hero* of this novel is a poor
等中的）男主角 | peasant.
這小說的男主角是個貧窮的農夫。

▶ 注意發音
hero [ˋhɪro]	（英雄；男主角）
heroine [ˋhɛro·ɪn]	（女英雄；女主角；女傑）
heroism [ˋhɛroˌɪzəm]	（英勇的行爲）

衍生 形 heròic, heròical [hɪˋro·ɪk] （英雄式的）
herring [ˋhɛrɪŋ; ˈherɪŋ] 複 **herring**
名（魚）鯡 | I don't like *herring*.
我不喜歡鯡魚。

hers [hɝz; hɜːz] 代 she 的所有代名詞
她的（所有物） | This book is *hers*（=her book）.
▶「他的（所有 | 這本書是她的。
物）」是 his。 | ▶不可拼作 her's。

herself [hɝˋsɛlf; hɜːˈself] 代 she 的反身代名詞
❶（反身用法）她 | She killed *herself*.
自己；平常的她 | 她自殺了。▶ herself 要輕讀。
She is not *herself* today.
她今天不太對勁。

❷（加重語氣用 | She *herself* wrote the letter.
法）她本人；她親 | =She wrote the letter *herself*.
自 | 她親自寫了這封信。
▶ herself 要重讀。

he's [（強）hiz; hiːz（弱）hɪz; hɪz] he is, he has 的縮寫
He's（He is）sleepy.
他昏昏欲睡。

hesitate [ˋhɛzəˌtet; ˈhezɪteɪt] 三單 **-s** [-s] 過去 **-d** [-ɪd];
hesitating
動 不 躊躇；猶 | He *hesitated* to come in.
豫；不願 | 他不願進來。
He *hesitates* where to go.
他不知該去那裡好。
He *hesitated* at nothing.
他毫不猶豫。

衍生 名 hésitátion（躊躇；遲疑）形 hèsitant（猶豫不決
的）副 hèsitátingly（支吾其詞地；猶豫不決地）
hide [haɪd; haɪd] 三單 **-s** [-z] 過去 **hid** [hɪd]; **hid, hidden**
[ˋhɪdn]; **hiding**
動 及 遮蔽；遮住 | The cloud *hid* the sun.
同 conceal | 雲將太陽遮住。
不 躲藏 | The child *hid* behind the tree.
這小孩躲在樹後。

複合 名 **hìde-and-sèek**（捉迷藏）
hideous [ˋhɪdɪəs; ˈhɪdɪəs]
形 可怕的；令人 | The animal was *hideous* to look at.
毛骨悚然的 | 這動物看起來好可怕。
衍生 副 **hìdeously**（可怕地） ʃ[-z]
hierarchy [ˋhaɪəˌrɑrkɪ; ˈhaɪərɑːkɪ] 複 **hierarchies**
名 等級制度 | the *hierarchy* of the civil service
公務員的等級制度
high [haɪ; haɪ]（注意拼法）比較 **-er** 最高 **-est**
形 ❶（高度）高 | The mountain is 2,000 meters *high*.
的 | 這座山有二千公尺高。
反 low 同 tall

▶ high 和 tall
high ……通常用於物之高。
a *high* building, a *high* mountain
▶「高鼻子」是 a *big* nose.
tall ……用於人的身材之高，和細長東西之高。不用於
山。
a *tall* man（高個子），a *tall* tower（高塔）
▶ building（建築物）和 pole（竿），既可用 high 也可
用 tall 來形容。

❷（地位・身分 | He is a *high* official.
等）高的；高級的 | 他是個高級官員。
❸（程度）高的； | He received *higher* education.
高度的 | 他受過高等教育。
❹（價格・溫 | Commodity prices are *high*.
度・速度等）高 | 物價高昂。
的；極大的 | The car ran at a *high* speed.
車子以高速行駛。
❺（聲音等）尖銳 | He spoke in a *high* voice.
的 | 他講話的聲音很尖。
it is high time | *It is high time* { to go to bed.
已經是該…的時 | he *went* to bed.
候了 | 已經是該就寢的時候了。
▶附屬子句的動詞用假設語氣過去式。
━━ 副 高地；奢侈 | We flew *high* in the sky.
地 | 我們在高空飛行。
複合 名 **hìghbrów**（知識分子）**hìgh fidèlity**（收音機等高
度傳眞性），**hìghland(s)**（高地），**hìghlíght**（精彩場面），
hìghróad（幹道；公路），**the hìgh sèas**（公海）
衍生 名 **hìghness**（高）副 **the highly**（高度地；非常地）
high school [ˋhaɪˌskul; ˈhaɪskuːl] 複 **-s** [-z]
名 中學 | ▶在美國通常分成 junior high
school（初級中學）和 senior high
school（高級中學）。
highway [ˋhaɪˌwe; ˈhaɪweɪ] 複 **-s** [-z]
名 公路；主要的 | There are many *highways* to
幹道 | Taipei. 很多條公路通往台北。
▶ highway 爲「公路；大道」。高速公路美 稱爲
expressway, freeway，英 稱爲 motorway。
hike [haɪk; haɪk] 三單 **-s** [-s] 過去 **-d** [-t]; **hiking**
動 不 徒步旅行 | We *hiked* in the country.
我們在鄉間徒步旅行。
及 提高（工資 | They *hiked* our wages.
等） | 他們提高了我們的工資。
━━ 複 **-s** [-s]

名❶徒步旅行　They went **on** a *hike*.
　　　　　　　(＝They went hiking.)
　　　　　　　他們出去徒步旅行。
❷提高　　　　a price *hike* 價格的上漲
衍生 名 **hìker**(徒步旅行的人), **hìking**(徒步旅行)

ill [hɪl; hɪl] 裸 **-s** [-z]
名 丘陵；小山　They went up a *hill*.
　　　　　　　他們登上一座小山。
▶ mountain 一般較 hill 為高。
複合 名 **hìllsíde**(山坡), **hìlltóp**(山頂)
衍生 形 **hìlly**(多小山的) 名 **hìllock**(小丘)

im [(強)hɪm; hɪm(弱)ɪm; ɪm] 代 he 的受格
他　　　　　　I like *him*.
　　　　　　　我喜歡他。
　　　　　　　We gave *him* some money.
　　　　　　　我們給他一些錢。

imself [hɪm`sɛlf; hɪm'self] 代 he 的反身代名詞
❶(反身用法)　He killed *himself*.
他自己；平常　他自殺了。▶ himself 要輕讀。
的他　　　　　He is not *himself* today.
　　　　　　　他今天不太對勁。
❷(加重語氣用　He *himself* did it.＝He did it
法)他本人；他親 *himself*. 他親自做那件事。
自　　　　　　▶ himself 要重讀。

ind [haɪnd; haɪnd] 比 **-er** 最 **hindmost, hindermost**
形 後面的 反 fore

forelegs 前腿 ─────── **hind legs** 後腿

inder [`hɪndɚ; 'hɪndə(r)] (注意發音) 裸 **-s** [-z] 過 **-ed**
[-d]; **-ing** [`hɪndərɪŋ]
動 及 ❶妨礙；阻　The accident *hindered* their work.
礙　　　　　　這意外阻礙了他們的工作。
同 prevent　　▶ 注意勿與 hind 的比較級混淆。
❷阻止　　　　Illness *hindered* her **from** going to
　　　　　　　the party. 她因病而不能去參加舞會。
衍生 名 **hìndrance**(妨礙)

inge [hɪndʒ; hɪndʒ] 裸 **-s** [-ɪz]
名 鉸鏈；樞紐　The door swings **on** *hinges*.
　　　　　　　這門是靠鉸鏈轉動的。

int [hɪnt; hɪnt] 裸 **-s** [-s]
名 提示；暗示　He gave me a *hint*.
同 suggestion　他給我一個暗示。
── 裸 **-s** [-s] 過 **-ed** [-ɪd]; **-ing**
動 及 暗示；示意 He *hinted* { her carelessness.
　　　　　　　　　　　　{ **that** she was careless.
同 suggest　　他暗示她的疏忽。
不 暗示；示意　*hint* **at** approval 暗示贊成

ip [hɪp; hɪp] 裸 **-s** [-s]
名 臀，屁股；腰　He put his hands on his *hips*.
　　　　　　　他兩手插腰。

ire [haɪr; 'haɪə(r)] 裸 **-s** [-z] 過 **-ed** [-d]; **hiring**
動 及 雇；租用　I *hired* a boat by the hour.
　　　　　　　我按鐘點租了一條船。

▶ employ 和 hire
employ …商店或公司長期雇用人手。
hire………日常用語。論工作量計酬的雇用人手。
　　　　　He *hired* a man to mow the lawn.
　　　　　(他雇用一個人割草。)

── 複 無
名 雇用；出租；　He lets out bicycles **on** *hire*.
租用；使用費　他出租腳踏車。

his [hɪz; hɪz] 代 he 的所有格‧所有代名詞
❶(所有格)他的　This is *his* hat. 這是他的帽子。
❷(所有代名詞)　That is *his*, not mine.
他的(所有物)　那是他的，不是我的。

historical [hɪs`tɔrɪk], -`tɑrɪk; hɪs'tɔrɪk]
形 歷史(上)的　a *historical* play 歷史劇
▶ historic 和 historical
historic [hɪs`tɔrɪk] …歷史上著名的;歷史上重要的
a *historic* event (歷史上著名的事件)
historical …………歷史的;有關歷史的

history [`hɪstrɪ, `hɪstərɪ; 'hɪstərɪ] 裸 **histories** [-z]
名 ❶歷史；歷史　He studies Chinese *history*.
學；歷史書　　他研究中國歷史。
❷經歷；履歷；來　I wrote my personal *history*.
歷　　　　　　我寫了我的履歷表。
衍生 名 **històrian**(歷史學家)

hit [hɪt; hɪt] 裸 **-s** [-s] 反 **hit; hitting**
動 及 ❶打；揍　He *hit* me **on the** head.＝He *hit* my
　　　　　　　head. 他打我的頭。
▶ beat 和 hit
beat　…是指連續的打擊。
hit　……僅一次的毆打或打擊。
❷碰撞；撞上　He *hit* his head **against** the wall.
　　　　　　　他的頭碰到了牆。
❸命中；擊中　The bullet *hit* the mark.
　　　　　　　這槍彈擊中目標。
❹(颱風‧地震)　The typhoon will *hit* Taitung.
侵襲　　　　　颱風將侵襲台東。
❺(偶然)發現；　He *hit* the right road.
碰見　　　　　他找到正確的道路。
不 撞上　　　　The car *hit* **against** the telephone
　　　　　　　pole. 汽車撞到了電話線桿。

hit on　　　　I *hit on* a good idea.
[*upon*] …　　我忽然想起一個好主意。
忽然想起…
── 裸 **-s** [-s]
名 ❶打擊；命中　It was a chance *hit*.
　　　　　　　那是碰巧擊中的。
❷成功　　　　The play was quite a *hit*.
　　　　　　　這齣戲相當成功。
複合 形 **hìt-and-rùn**((車子)撞倒人便逃走的)

hitch [hɪtʃ; hɪtʃ] 裸 **-es** [-ɪz] 過 **-ed** [-t]; **-ing**
動 及 ❶使勁一　He *hitched* **up** his trousers.
拉；急拉　　　他將褲子猛拉上來。
❷鉤住；繫住　She *hitched* her horse **to** a tree.
　　　　　　　她將她的馬繩繫在樹枝上。

不 被掛住;被繫
住 | His coat *hitched* **on** a nail.
他的外衣掛在釘子上。

hitchhike [`hɪtʃˌhaɪk; 'hɪtʃhaɪk] 三 **-s** [-s] 過 **-ed** [-t];
hitchhiking

動不 沿途搭乘
他人的便車旅行 | He went *hitchhiking*.
他搭便車旅行。

▶ 指不花錢而招手搭便車的旅行方式。

衍生名 **hitchhiker**(沿途搭乘他人車子旅行的人)

hither [`hɪðɚ; 'hɪðə(r)] 副 here
副 (美) 文語)向
這裡;到這裡 | Come *hither*!
到這裡來!

hitherto [ˌhɪðɚ`tu; ˌhɪðə'tuː] 副 till now
副 (文語)到現
在;迄今 | He has *hitherto* kept it secret.
他到現在還對那件事保守秘密。

hive [haɪv; haɪv] 名 **-s** [-z]
名 蜂巢箱
同 beehive | A *hive* is made of wood.
蜂巢箱是用木材做的。

hive —— honeycomb
[`hʌnɪˌkom]
蜂巢

hoard [hord, hɔrd; hɔːd] 名 **-s** [-z]
名 貯藏物;積蓄 | They have a *hoard* of food.
他們有儲藏的食物。

—— 三 **-s** [-z] 過 **-ed** [-ɪd]; **-ing**
動及 儲藏;積蓄 | Ants *hoard* their food for the
winter. 螞蟻儲藏食物過冬。

hoarse [hors, hɔrs; hɔːs] 比 **hoarser** 最 **hoarsest**
形 (聲音)嘶啞
的;刺耳的 | He shouted in a *hoarse* voice.
他以嘶啞的聲音喊叫。
He was *hoarse* from a cold.
他由於感冒而聲音沙啞。

┌─── ▶ 避免混淆 ───
hoarse [hors] ……聲音嘶啞的
horse [hɔrs] ……馬
hose [hoz] ……(灑水用的)橡皮管(注意發音)

衍生 副 **hoarsely**(嘶啞地)

hobby [`habɪ; 'hɒbɪ] 名 **hobbies** [-z]
名 嗜好,癖好 | Gardening is my *hobby*.
園藝是我的嗜好。

hockey [`hakɪ; 'hɒkɪ]
名 (競技)曲棍
球 | Do you play *hockey*?
你打曲棍球嗎?

hoe [ho; həʊ] 名 **-s** [-z]
名 鋤頭 | a *hoe* and a plow 鋤頭和犁

hog [hag, hɔg; hɒg] 名 **-s** [-z]
名(美)(長成而供
食用的)豬 | He is greedy like a *hog*.
他貪婪如豬。

┌─── ▶「豬」的同義字 ───
pig ……(美)主要指小豬;(英)豬。
hog ……(美)長成的豬;(英)豬;食用的或閹過的豬。
swine …文學上的用語,用作集合稱。

衍生 形 **hoggish**(貪婪的;如豬的)

hoist [hɔɪst; hɔɪst] 三 **-s** [-s] 過 **-ed** [-ɪd]; **-ing**
動及 升起(旗
等);(用繩或起
重機等)拉起;舉
起 | He told the boys to *hoist* the flag.
他叫男孩子們升旗。
hoist a sail 升帆

hold [hold; həʊld] 三 **-s** [-z] 過 **held** [hɛld]; **-ing**
動及 ❶(用手
等)拿;抱 | Shall I *hold* your bag?
我來幫你拿袋子好嗎?
She was *holding* her baby in her
arms. 她抱著她的嬰孩。

He is *holding*
a ball.
他拿著球。

He *has* a book
under his arm
他手夾著一本書

❷保持(某種狀
態・地位・場
所);支持
同 keep | He *held* his head up.
他抬起頭來。
I *held* my eyes steadily on him.
我目不轉睛地看著他。

❸占有(地位
等);守;保有(土
地等) | He *held* the office of mayor till
1970. 他擔任市長到 1970 年。
He *holds* shares in the business.
他擁有該企業的股份。

❹(容器)裝;容
納 | This bottle *holds* two pints.
這個瓶子有兩品脫容量。

❺克制;抑制 | She *held* her breath. 她摒住氣。

❻開(會);舉行 | They will *hold* a meeting
tomorrow. 他們明天要開會。

❼以為;認為
同 consider | They *hold* { **that** he is a fool.
him to be a fool.
他們認為他是個傻瓜。

不 ❶堅持;維
持;繼續 | This rope won't *hold*.
這條繩子支持不住。

❷有效 | The regulation still *holds* good.
這規則仍然有效。

hold back
❶隱瞞 | He *held back* the fact.
他隱瞞事實。
❷抑制;阻止 | I could not *hold* him *back*.
我不能阻止他。

hold off
使不接近;使遠
離 | Please *hold* the dog *off*.
請趕走你的狗。

hold on
❶(電話)不掛斷
地等候 | *Hold on* a minute.
稍候片刻,不要掛斷(電話)。
❷繼續(做) | I *held on* in my job.
我繼續擔任我的職務。

hold on to ...
抓緊… | He *held on to* the rope.
他抓緊繩子。

hold out
❶伸出 | He *held out* his hands to her.
他對她伸出雙手。
❷支持;維持;持
續 | Our oil supplies will not *hold out* a
month.
我們的石油供應將維持不到一個月。

old up

❶舉起(手等) | *Hold up* your hands.
          | 把手舉起來。(脅迫用語)
❷搶劫 | They *held up* the bank.
          | 他們搶劫銀行。
❸使停滯;阻止 | The train was *held up* by the
          | storm. 火車因暴風雨而停開。

—⑱ **-s** [-z]

名❶抓;握;掌 | Catch [Take] *hold* of this rope.
握 | 抓緊這條繩子。
❷支持物 | There were few *holds* on the rock
          | face. 岩石的表面幾乎沒有什麼可抓
衍生名 **h`o`lder**(所有人;支持物)　　└住的東西。┘

ole [hol; həʊl] ⑱ **-s** [-z] ▶勿與 hall [hɔl] 混淆。

名洞;孔;破洞; | The mouse made a *hole* in the wall.
坑窪;穴 | 老鼠在牆上挖了一個洞。

┌──────▶ hole 和動詞的搭配──────┐
挖一個洞	make a *hole*
在門上鑽一個洞	bore a *hole* in the door
用針刺一個洞	prick a *hole* with a pin
鑽一個洞	drill a *hole*
掘一個洞	dig a *hole*
堵塞一個洞	stop a *hole*

oliday [`halə,de; `hɒlɪdeɪ] <holy+day ⑱ **-s** [-z]

名❶假日;休假 | I spent my *holiday* in the village.
日 ⑲ work | 我在這個村裡渡假。
day |
❷節日 | national *holidays* 國定假日
❸英(用複數) | We are going to Hualien during the
休假;假期 | summer *holidays*.
⑳vacation | 在今年的夏日假期中,我們要去花蓮。
❹(用作形容詞) | They were in a *holiday* mood.
假日的;歡欣的 | 他們心情愉快。
n holiday | He is away *on holiday*.
⑳在假期中 | 他正在外度假。
⑳on vacation |

lolland [`halənd; `hɒlənd]

名(國名)荷蘭 ▶正式名稱爲 the Netherlands。

| 荷蘭人 | a Dutchman, a Hollander, the Dutch(集合稱) |
| 荷蘭語 | Dutch |

ollow [`halo; `hɒləʊ] ⑪ **-er** ⑫ **-est**

形❶中空的;空 | This is a *hollow* tree.
心的 | 這是一棵中空的樹。
❷凹陷的;凹下 | He has *hollow* cheeks.
去的 | 他兩頰凹陷。

—⑱ **-s** [-z]

名凹處 | a *hollow* in the road 路上的坑窪

olly [`halɪ; `hɒlɪ] ⑱ **hollies** [-z] ▶ holy(神聖的)

名(植物)多青
屬的喬[灌]木
▶供耶誕節裝
飾用。

---

holy [`holɪ; `həʊlɪ] ⑪ **holier** ⑫ **holiest**

形❶神聖的 | the *Holy* Bible 聖經／the *Holy*
囘sacred | Ghost [Spirit] 聖靈／the *Holy* Land
        | 聖地(即巴勒斯坦)
❷聖潔的;莊嚴 | He lived a *holy* life.
的 | 他過著聖潔的生活。
衍生名 **h`o`liness**(神聖)

home [hom; həʊm] ⑱ **-s** [-z]

名❶家;家庭 | My house in Ilan was burned, so I
囘house | made my *home* in the country.
▶⑳亦有「住 | 我宜蘭的房子被燒了,所以我同家人住
宅」(house)之 | 在鄉下。
義。 | He wears pajamas at *home*.
        | 他在家裡穿睡衣。
        | Be it ever so humble, there is no
        | place like *home*.
        | 金窩銀窩不如家裡的狗窩。

home (包括家和家庭) 　　　　house (指建築物)

❷家鄉;故鄉;祖 | She left *home* for America.
國;本國 | 她離開家鄉前往美國。
❸(動植物等的) | India is the *home* of tigers.
棲息或生長地; | 印度是老虎的本營。
產地;(活動・文 | Paris is the *home* of fashion.
化的)匯集地 | 巴黎是時裝最發達的地方。
❹收容所;療養 | a *home* for orphans 孤兒院
所;庇護所 |
❺終點;本壘 | a *home* base 本壘

at home

❶在家裡 | He is *at home*. 他在家。
❷舒適的;輕鬆 | Make yourself *at home*.
的;不拘束的 | 請不要拘束。
be at home | He *is at home in* American
in … | literature.
精通…;熟習… | 他精通美國文學。

—形❶家庭的; | *home* life 家庭生活／one's *home*
本地的 | town 家鄉 ▶把家鄉譯作 one's native
囘domestic | place 雖也可以,但不甚佳。
❷國內的;本國 | *home* products 國貨／*home*
的 ⑫foreign | industries 國內工業

—副❶向家;向 | He went *home*.
家鄉;向祖國 | 他回家〔家鄉;祖國〕。
        | I saw her on my way *home*.
        | 我在回家的途中看到她。
❷恰中(目標等) | Her words came *home* to my heart.
地;(比喩上的) | 她的話語使我深受感動。
深入地 |

複合名 **h`o`mec`o`ming**(回家), **h`o`mel`a`nd**(祖國),
h`o`mer`o`om(⑳同年級學生全體定期集會的教室),
h`o`mer`u`n(全壘打)形 **h`o`mesp`u`n**(手工紡織的)
衍生形 **h`o`meless**(無家可歸的), **h`o`mel`i`ke**(在家中似
的), **h`o`meward**(向家的;歸途的)名 **h`o`mer**(全壘打)

homely [`homlɪ; 'həʊmlɪ] ⊕ **homelier** ⊛ **homeliest**
形 ❶樸素的；家 | We took a *homely* meal.
常的；平凡的 | 我們吃了一頓家常便飯。
回 plain | a *homely* word 簡單的日常用語
❷似家的 | We enjoyed the *homely* atmosphere.
回 homelike | 我們享受家庭般的氣氛。
❸美 不標緻的 | a *homely* girl 面貌平庸的女孩
━━▶ homely 美 與 英 意義的不同━━
a *homely* woman
美 其貌不揚的女人（＝a plain woman）
英 樸實無華而看似喜愛家庭生活的女人

衍生 名 **hòmeliness**（樸素；容貌醜陋）

homesick [`hom,sɪk; 'həʊmsɪk]
形 想家的；害思 | I got *homesick*. 我想家了。
鄉病的 | ━━▶ sick 的複合字━━
| seasick …暈船的
| carsick …暈車的
| lovesick …害相思病的

衍生 名 **hòmesíckness**（思鄉病）

homework [`hom,wɜk; 'həʊmwɜːk] ⊛ 無
名 家庭作業 | I have finished my *homework*.
回 home task | 我已經做完家庭作業。

honest [`ɑnɪst; 'ɒnɪst] ⊗ dishonest
形 ❶正直的；率 | He is an *honest* boy.
直的 | 他是個正直的男孩。
❷公正的；誠實 | He leads an *honest* life.
的 回 fair | 他過著光明正大的生活。
to be honest with you [*about it*]
老實告訴你 | *To be honest with you*, he does not
| work hard.
| 老實告訴你，他工作不賣力。

衍生 名 **hònesty**（正直）副 **hònestly**（正直地）

honey [`hʌnɪ; 'hʌnɪ] ⊛ **-s** [-z]
名 ❶蜂蜜 | The juice is (as) sweet as *honey*.
| 這果汁甜如蜂蜜。
❷愛人，甜心 | Don't cry, *honey*. 別哭啦，甜心。
▶ 稱呼用語，用於夫妻・孩子・情人之間等。
複合 名 **hòneybèe**（蜜蜂） **hòneycómb**（蜂巢）

honeymoon [`hʌnɪ,mun; 'hʌnɪmuːn] ⊛ **-s** [-z]
名 蜜月；度蜜 | They went to Hawaii for their
月；蜜月假期 | *honeymoon*.
| 他們去夏威夷度蜜月。
▶ ＜honey＋moon 婚後頭一個月，夫妻間如膠如漆、甜
如蜜，此即本字之語源。

honor, 英 **honour** [`ɑnɚ; 'ɒnə] ⊛ **-s** [-z]
名 ❶名譽；榮 | He is a man of *honor*.
譽；面子 | 他是個注意名譽的人。
⊗ dishonor | a guest of *honor* 貴賓／a sense of
| *honor* 榮譽感
❷被引以為榮的 | She is an *honor* to our school.
物或人 | 她是我們學校引以為榮的人。
❸尊敬；敬意 | He was held in *honor* by
回 respect | everybody. 他受人人尊敬。
❹(用大寫)閣下 | Yes, Your *Honor*.
| 是的，閣下。

▶ 稱呼時，加 Your，一般與 His, Her 連用。用於對法
官・市長等的尊稱。
❺(用複數)(大 | He graduated **with** *honors*.
學的)成績優等 | 他以優等成績畢業。
in honor of … 回 for
紀念…；慶賀…； | A farewell party was held *in honor*
對…表示敬意 | *of* the Ambassador.
| 為大使舉辦了一個歡送會。
on [*upon*] *one's honor*
以名譽擔保；憑 | *On my honor*, it is true.
良心做事 | 憑良心說，那是真的。
━━ 三 **-s** [-z] ⊛ **-ed** [-d]; **-ing** [`ɑnərɪŋ]
動 ⊛ ❶尊敬；表 | He was *honored* as a man of
示敬意 | courage. 他被尊為勇者。
❷使光榮 | I was *honored* **with** (=I had the
| *honor* of receiving) an invitation t
| the wedding.
| 我以受邀參加那婚禮為榮。
▶ 比 "I was invited to the wedding." 鄭重。
━━▶ honor 的形容詞━━
honorable …高尚的, 光榮的
| *honorable* conduct（光明磊落的行為）
honorary …榮譽的；名譽的
| an *honorary* member（名譽會員）
▶「名譽教授」為 a professor emeritus [ɪ`mɛrɪtəs].

hood [hʊd; hʊd] ⊛ **-s** [-z]
名 ❶頭巾；兜帽

❷(汽車等的)車
篷；美 引擎上面
的覆蓋
英 bonnet

hood❶
美hood❷
英bonnet

hoof [huf, huf; huːf] ⊛ **-s** [-s], 罕用 **hooves** [-vz]
名 (牛・馬等 | A horse has *hoofs*.
的)蹄；有蹄動物 | 馬有蹄。
的足
衍生 形 **hoofed** [-t] (有…蹄的)

hook [hʊk; hʊk] ⊛ **-s** [-s]
名 (掛東西的)
鉤子；釣鉤

hook

hook

衍生 形 **hooked** [-t] (鉤狀的；鉤曲的)

hop [hɑp; hɒp] 三 **-s** [-s] ⊛ **hopped** [-t]; **hopping**
動 不 ❶單足 | (向前)跳躍；
(鳥・青蛙等雙
足齊向前)跳躍

hop

jump, leap

hope [hop; həʊp] ⊛ **-s** [-s]
名 ❶希望；期望 | He did not give up his *hopes*.
⊗ despair | 他並不放棄他的希望。

There's no *hope* **of** his success.
他沒有成功的希望。

❷被期望的人 He is the *hope* of his school.
〔物〕；所矚 他是學校眾望所歸的人。
目

yond [past] (all) hope He is *beyond (all) hope*.
沒有希望 他是沒有(成功或痊癒的)希望了。

─ -s [-s] **働 -d** [-t]; **hoping**
動⊗ ❶希望，期 We *hope* **to** see you again.=We
望 *hope* **(that)** we can see you again.
同 expect 我們希望能再見到你。
"Will he succeed?" "I *hope* **so**."
「他會成功嗎?」「我希望他會。」
▶ so 代表前文，否定句用 not.
❷(願望的)想， I *hope* it will be fine next Sunday.
盼望 我希望下個星期天能天晴。
▶ 不可說 "I *hope* it to be fine."

─▶ I hope 和 I am afraid
I hope 我希望(可喜的事)。
I am afraid } 我恐怕(不可喜的事)。
I fear }
I'm afraid it will rain tomorrow.
(明天恐怕會下雨。)

不 希望，期望 We *hope* **for** success.
我們希望能成功。
衍生形 hòpeful(有希望的), **hòpeless**(沒有希望的)
副 hòpefully(滿懷希望地), **hòpelessly**(沒有希望地)
orizon [hə`raɪzn; hə'raɪzn] (注意拼法) **働 -s** [-z]
名 地平線，水平 The sun rose above the *horizon*.
線 太陽升上地平線了。
orizontal [.hɔrə`zænt]., .har-; .hɒrɪ'zɒntl]
形 ❶水平的，橫 a *horizontal* line and a vertical line
的 水平線和垂直線

vertical
垂直的
❷水平〔地平〕線
的
horizontal
水平的
horizontal bar 單槓
複合名 hórizòntal bàr((做體操用的)單槓)
衍生副 hórizòntally(水平地，橫地)
orn [hɔrn; hɔ:n] **働 -s** [-z]
名 ❶(牛・鹿等 A cow has a pair of *horns*.
頭上的)角 牛有兩隻角。
❷(作材料用的) This penholder is made of *horn*.
角 這筆架是用動物的角做的。
❸角笛；(樂器) He blows the *horn* well.
號角 他號角吹得很好。
❹(車等的) 警笛 Sound the *horn*! 鳴警笛!
衍生形 hòrned(有角的)
orrible [`hɔrəb]., `har-; 'hɒrəbl]
形 ❶可怖的，可 That was a *horrible* sight.
怕的 那是個可怕的情景。
❷極可厭的 *horrible* weather 極可厭的天氣
衍生副 hòrribly(可怕地;極)
orrid [`hɔrɪd, `har-; 'hɒrɪd] **働 -er 働 -est**

形 ❶可怕的 the *horrid* look of the monster
同 horrible 怪物可怕的長相
❷(口語)極可厭 She was **in** a *horrid* dress.
的;很難看的 她穿著一件非常難看的衣服。
horror [`hɔrɚ, `har-; 'hɒrə(r)] **働 -s** [-z]
名 ❶恐怖 I was struck **with** *horror*.
同 fear 我大吃一驚。

─▶ horror 和 terror
horror …令人毛骨悚然的恐怖。
To my *horror*, a child fell from the roof.
(一個小孩子從屋頂上跌下來，使我大吃一驚。)
terror …感到身受危險的恐怖，是表達恐怖的字中意
味最強的。

❷極討厭 She has a *horror* **of** dogs.
她極討厭狗。
❸慘事；慘狀 We have not forgotten the *horrors*
of the war. 我們並未忘記戰爭的慘狀。
衍生動 hòrrify(使戰慄)
horse [hɔrs; hɔ:s] **働 -s** [-ɪz] **❷**不加表複數的 s
名 ❶馬 He can ride a *horse*. 他會騎馬。
❷(集合稱)騎兵 *horse* and foot 騎兵和步兵／200
同 cavalry *horse* 兩百個騎兵

─▶「馬」
pony ……小品種的馬
stallion …種馬
filly ……小雌馬
colt ………四・五歲以下的小雄馬
foal ………小馬 ▶包括 filly 和 colt。

複合名 dàrk hòrse(出乎人意外的得勝者;黑馬)
hòrsebáck(馬背) ▶「騎馬」是(horseback) riding,
hòrseman [-mən] (騎馬者), **hòrse rácing**(賽馬)
horsepower [`hɔrs.pauɚ; 'hɔ:s.pauə(r)] **働**
horsepower
名 馬力 a sixty *horsepower* engine
▶ 略作 h.p. 六十馬力的引擎
hose [hoz; həuz] (注意發音) **働 -s** [-ɪz] **❷** hose
名 ❶水管 a fire *hose* 救火用的水管
❷(集合稱)長統 a pair of nylon *hose*
襪 一雙尼龍長襪
hospital [`haspɪt]; 'hɒspɪtl, 'hɔs-] **働 -s** [-z]
名 醫院 a mental *hospital* 精神病院
He went to [entered] (美 the)
hospital. 他住院了。
He is **in** (美 the) *hospital*. 他正在住 }
▶ 英 通常略去冠詞。   院。}

─▶ 有關醫院的用語

醫生	doctor	牙科醫生	dentist
外科醫生	surgeon	內科醫生	physician
護士	nurse	藥劑師	druggist
病人	patient	住院病人	inpatient
病房	sickroom	處方箋	prescription
藥房	pharmacy	注射器	syringe
健康檢查	physical checkup [examination]		
X 光線照相	X ray		

衍生 動 **hòspitalíze**(使入院)

hospitality [ˌhɑspɪ`tælətɪ; ˌhɒspɪ`tæləti] 名
hospitalities [-z]
名 (對待來客) | I received the *hospitality* of the
慇懃;款待 | family. 我受到這一家人的款待。
衍生 形 **hòspitable**(招待慇懃的)

host¹ [host; həʊst] (注意發音) 名 **-s** [-s]
名 (招待客人 | He acted as *host* at the party.
的)主人;(會議 | 他充當這宴會的主人。
的)主辦者;(旅 | a *host* nation (國際會議等的)主辦國
館・飯店的)老
闆
衍生 名 **hòstess**(女主人;空中小姐)

host² [host; həʊst] 名 **-s** [-s]
名 (人)一大群; | I saw a *host* of daffodils.
(物)極多 | 我看到很多的水仙花。

hostel [`hɑstl; 'hɒstl] 名 **-s** [-z]
名 旅社;(英) 大學 | I stayed at a youth *hostel*.
的學生宿舍 | 我住在青年招待所。
► hostel 特指為自助旅行者、學生、年輕人等所設的價廉
招待所。注意與 hotel [ho`tɛl] 之間發音的不同。

hostile [`hɑstl; 'hɒstaɪl]
形 ❶敵對的;敵 | The *hostile* army began to attack.
國〔軍〕的 | 敵軍開始攻擊。
❷懷敵意的,反 | They are *hostile* to the reform.
對的 | 他們反對改革。
────── ile 的發音 ──────
host*ile* [`hɑstl]
doc*ile* [`dɑsl](聽話的)
fac*ile* [`fæsl](輕而易舉的)
fert*ile* [`fɜtl](肥沃的)

衍生 名 **hostílity**(敵意;(用複數)戰鬥)

hot [hɑt; hɒt] 比 **hotter** 最 **hottest** (注意拼法)
形 ❶熱的 | It's very *hot* today.
反 cold | 今天很熱。
► 通常不說 "I | This bottle is too *hot* to touch.
am hot." | 這個瓶子太燙了摸不得。
❷(舌・喉)辛辣 | This curry is *hot*.
的 | 這咖哩粉是辣的。
| ►「鹹的」是 salty。
❸激烈的,易怒 | She has a *hot* temper.
的 | 她是個脾氣暴躁的人。
──副 熱地 | The sun is shining *hot*.
| 陽光炎熱地照耀著。
複合 名 **hòt cáke**(薄餅), **hòt dóg**(熱狗), **hòt nèws**(最
新的消息), **hòt spríng**(溫泉), **hòt wàter**(熱水)
衍生 名 **hòtness**(熱;熱心)副 **hòtly**(熱地;熱心地)

hotel [ho`tɛl; həʊ'tel] (注意發音) 名 **-s** [-z]
名 旅館,旅社 | We stayed at a *hotel* for the night.
| 我們在旅館過夜。
► inn 一般指鄉村的小客棧。
複合 名 **hotèlkéeper**(旅館老闆或經理)

hotheaded [`hɑt`hɛdɪd; ˌhɒt'hedɪd]
形 性急的;易怒 | He is too *hotheaded*.
的 | 他太性急(他太暴躁)。
衍生 名 **hòthéad**(性急的人;暴躁的人)

hothouse [`hɑt,haʊs; 'hɒthaʊs] 名 **-s** [-zɪz] (注意發
音)
名 溫室 | The *hothouse* is full of cactuses.
同 greenhouse | 溫室裡充滿仙人掌。

hound [haʊnd; haʊnd] 名 **-s** [-z]
名 獵狗 | A *hound* hunts by scent.
| 獵狗靠嗅覺追尋獵物。

hour [aʊr; 'aʊə(r)] 名 **-s** [-z] ► 與 our(我們的) 同音。
名 ❶小時 | It takes two *hours* to go there by
► minute(分) | bus. 坐公車去那裡要兩個鐘頭。
second(秒) | half an *hour*, a half *hour* 半小時,30
| 分／a quarter of an *hour* 一刻鐘／
| for *hours* 好幾個小時／an *hour's*
| walk 一小時的散步,一小時的行程
| ► 會面的時間等,英美人士少用 10 分
| 20 分,大多用 15 分,30 分,45 分等為單
| 位。"Let's meet at 3:15 [three-fifteen]."
| (我們在 3 時 15 分見面吧。)
❷時,時刻;報時 | The tower clock strikes the *hours*.
| 塔鐘報時。
| He sits up till the small *hours*.
| 他到清晨還沒睡。
| He keeps early [late] *hours*.
| 他早睡早起〔晚睡晚起〕。

► hour 和 o'clock
{hour …一小時(=60分)
 o'clock… (鐘錶上的)
 點鐘;…時

three hours 三小時
three o'clock 三點鐘

❸(特定的)時間 | school *hours* 授課時間／business
| *hours* 營業時間／office *hours* 辦公時
| 間,營業時間,(美) 診察時間／the rush
| *hours* 尖峰時間
by the hour | We hired a boat *by the hour*.
以一小時為單位 | 我們按鐘點租了一條船。
複合 名 **hòurgláss**(沙漏(計時用))
衍生 形 副 **hòurly**(每小時的(地))

house [haʊs; haʊs] (注意發音)
────── ► 注意發音 ──────
house 的複數 ……houses [-zɪz]
house 動 (供給住宅) …… [hauz]
housing 名 (住宅) ……… [`hauzɪŋ]

名 ❶家,住宅, | He lives in a large *house*.
房屋 | 他住在一間大房子裡。
❷家庭 | She keeps *house*.
同 household | 她管理家務。
❸(貴族的)家 | the Royal *House* of England 英國皇
族;議院► 首字 | 室／the *House* of Winsor 溫莎皇族／
母要大寫。 | the *House* of Commons [Lords] 英
| 國下(上)議院／the *House* of
| Representatives (美) 眾議院;(日本的)
| 眾議院／the *House* of Councilors 日

本的參議院／the Upper [Lower] *House* 上(下)議院

— [haʊz; haʊz] (注意發音) ⊜ **-s** [-ɪz] 働 **-ed** [-d]; **housing**

働 ⊗ ❶供給房屋 | It is difficult to *house* all of them. 要給他們所有人找到地方住是很難的。

❷留宿, 供以住所 | We *housed* him for the night. 那晚我們留他住宿。

複合 名 **cóffee hóuse**(咖啡館), **còwhóuse**(牛舍), **hènhóuse**(雞舍), **pùblishing hóuse**(出版社), **wàrehóuse**(倉庫), **hòusecléaning**(大掃除), **hòusebréaker**(強盜), **hòusemáid**(女僕), **hòusewárming**(喬遷慶宴)

ousehold [ˈhaʊsˌhold; ˈhaʊshəʊld] 働 **-s** [-z]

名 ❶家屬, 家眷, 家庭 | Ten *households* live in this apartment house. 有十戶人家住在這幢公寓裡。

❷(用作形容詞)家庭的 | *household* expenses 家庭費用

衍生 名 **hòusehólder**(戶長; 家長)

ousekeeper [ˈhaʊsˌkipɚ; ˈhaʊsˌkipə(r)] 働 **-s** [-z]

名 (一家的)主婦, 女管家 | She is a good *housekeeper*. 她是個好主婦。

衍生 名 **hòusekéeping**(家事, 家政)

ousewife [ˈhaʊsˌwaɪf; ˈhaʊswaɪf] 働 **housewives** [-ˌwaɪvz]

名 主婦 | She is an excellent *housewife*. 她是個非常好的主婦。

ousework [ˈhaʊsˌwɝk; ˈhaʊswɜːk] 働 無

名 (烹調・掃除等的)家務 | She is good at *housework*. 她善於做家事。

ousing [ˈhaʊzɪŋ; ˈhaʊzɪŋ] (注意發音) 働 無

名 供給住宅, (集合稱)住宅 | Better *housing* for the poor! 供給貧民較好的住屋!

►也可用作形容詞。 | a *housing* development 働 住宅區／a *housing* estate 働 住宅區／a *housing* project (尤指政府興建低收入戶的)住宅區

over [ˈhʌvɚ; ˈhɒvə(r)] ⊜ **-s** [-z] 働 **-ed** [-d]; **-ing** ［ˈhʌvərɪŋ］

働 不 ❶翱翔; 盤旋 | A kite was *hovering* overhead. 風箏在頭頂上盤旋。

❷徘徊 | He *hovered* **around** the house. 他在房子的周圍徘徊著。

overcraft [ˈhʌvɚˌkræft; ˈhɒvəkrɑːft] 働 **hovercraft**

名 氣墊船(車) | ►一種水陸兩用的交通工具, 船(車)體可離地面或水面行駛, 並以高速前進。

ow [haʊ; haʊ]

副 ❶(方法・手段)怎樣, 如何 | *How* did you do it? 你怎麼做的？ Tell me *how* **to** solve the problem. 告訴我如何解決這問題。

❷(裝束・感受)如何, 怎樣 | *How* was she dressed? 她的穿著如何？ I know *how* you feel. 我知道你的內心感受(如何)。

►「你認爲這件事怎樣?」在英文中的用法
(誤) *How* do you think about it?
(正) *What* do you think about it?
► "How do you think?" 此句的意思是:「你怎麼想?」

❸(健康・狀態)如何, 怎樣; 身體怎樣 | *How* is your sister? 你妹妹好嗎？

❹(程度・量・範圍・價格)多少; 好多 | *How* many books do you have? 你有多少書？ *How* much is the book? 這本書要多少錢？ *How* old are you? 你幾歲？ *How* long are you going to stay here? 你準備在這裡待多久？ *How* often have you been here? 你多久到這裡一次？

❺(理由)爲什麼; 爲何 | *How* can you do such a thing? 你怎能做這種事？ *How* is it that you are late? 你爲什麼遲到？ ►在強調造 it is ... that 的疑問句型中, how 是加強語態。

❻(置於驚嘆句的句首)多麼, 何等 | *How* fast he runs! 他跑得多麼快呀！ *How* kind of you to say so! 你這麼說是多麼的好心啊！ *How* I wish I could speak English! 我多麼希望我會說英語啊！

►通常用 How 的驚嘆句都採用「How＋形容詞(副詞)＋主詞＋動詞」的句型。

──── ► How 和 What 的驚嘆句
「這朵花多麼美啊!」
How beautiful this flower is!
「這朵花多麼美啊!」
What a beautiful flower this is!

How about ...? …如何 | *How about* { taking a walk? / a cup of coffee? } 散步如何？〔喝杯咖啡怎麼樣？〕

How are you? 你好嗎？ ►用於日常的寒暄。 | "*How are you?*" "I'm fine, thank you." 「你好嗎？」「我很好, 謝謝你。」

How do you do? 你好, 幸會 ►用於初次見面的朋友之間。 | How do you do, Mr. Smith? 幸會, 幸會。

►必須在後面說出人名。 | How do you do, Mr. Sa? 請指教。

however [haʊˈɛvɚ; haʊˈevə(r)]

連 可是, 然而 | He was ill. *However*, he decided to go. 他病了, 然而他仍決定要去。

▶ however 的語氣比 but 弱, 但較正式, 可用於句首、句中或句尾。

—— 副 ▶ ❶被稱爲複合關係副詞。

❶(引領讓步子句)無論如何 | *However* hard he may try, he cannot do it in a week.(＝No matter how hard he may try, ...) 無論他怎麼努力工作, 也不能在一星期內做好。

▶ 在口語中不用 may, 要說 "However hard he tries, ..."

❷(口語)究竟如何, 到底怎樣 | *However* can I do the work in a day? 我到底如何能在一天之內做好那工作?

▶ 是 how 的加強語氣形, 有時 how 和 ever 不拼在一起。

howl [haʊl; haʊl] ⊜ -s [-z] ⊛ -ed [-d]; -ing

動 不 ❶(狗・狼)在遠處吠・嗥 | Wolves are *howling* in the distance. 狼在遠處嗥叫。

▶ 動物的叫聲
bark ………(狐狸・狗的)吠聲
roar ………(猛獸的)吼
growl ………(動物的)咆哮

❷(人)高聲叫 | The children *howled* with laughter. 孩子們縱聲大笑。

❸(風)怒號 | The wind *howled* through the street. 風在街道上怒號。

—— 働 -s [-z]
名 嗥叫;呼號 | We heard the *howls* of wolves. 我們聽到狼的嗥叫。

huddle [ˋhʌdl; ˈhʌdl] ⊜ -s [-z] ⊛ -d [-d]; huddling

動 働 ❶(匆忙地)推擠 | They were *huddled* into a bus. 他們擠進一部公共汽車裡。

❷(用 huddle oneself up 的句型)縮成一團 | He *huddled* **himself up** in the bed. 他在床上縮成一團。

不 (雜亂地)聚合;群集 | The children *huddled* together in the corner of the room. 孩子們在房間的角落裡擠成一團。

hue [hju; hju:] ⊛ -s [-z]

名 顏色, 色彩
同 color, tint | pale *hues* of red and yellow 紅和黃的淡顏色／a dark *hue* 暗黑色

hug [hʌg; hʌg] ⊜ -s [-z] ⊛ hugged [-d]; hugging

動 働 ❶緊抱 | She *hugged* her baby. 她緊抱著她的嬰孩。

同 embrace
❷固執;堅持 | He *hugged* the wrong belief. 他死守錯誤的信念。

—— 働 -s [-z]
名 緊抱 | She gave her son a *hug*. 她緊抱她的兒子。

huge [hjudʒ; hju:dʒ] ⊕ huger ⊛ hugest

形 巨大的;龐大的 反 tiny | The elephant is a *huge* animal. 象是一種巨型動物。
He has a *huge* sum of money. 他有一大筆錢。

▶ huge 的同義字
massive ……大而重的, 有分量的
huge ………巨大的, 強調體型而非重量
enormous ……超過尋常的巨大
immense …非一般標準所能衡量的巨大
vast…………廣大的, 如海或沙漠等

hum [hʌm; hʌm] ⊜ -s [-z] ⊛ hummed [-d]; hummin

動 不 ❶(蜜蜂・機械等)嗡嗡叫 | Bees are *humming* around me. 蜜蜂在我四周嗡嗡叫著。

❷以鼻音哼唱 | She *hummed* as she worked. 她一邊工作, 一邊哼哼唱唱。

❸(口語)活躍起來 | The room *hummed* with the soun of typewriters. 這房子因打字機的聲音而活躍起來。

働 哼唱 | She is *humming* a tune. 她在哼調子。

—— 働 -s [-z]
名 (蜜蜂・機械的)嗡嗡聲;哼曲子;遠處的噪音 | We heard the *hum* of the machine 我們聽到機械的嗡嗡聲。
The wind carried the *hum* of traffic. 風帶來了往來車輛的嘈雜聲。

human [ˋhjumən; ˈhju:mən]

形 ❶人的, 人類的 | I have no interest in *human* affair. 我對人事不感興趣。
a *human* being 人／the *human* rac 人種／*human* relations 人際關係

▶ 英文中相當於人的字有 a human being, man, a man, mankind, a human 等。

——a human being

God 神 / human beings 人 / animals 動物

❷人性的;有同情心的 | It is *human* nature to hope to live long. 希望長壽是人之常情。

複合 名 hùmankínd (人類)
衍生 名 humánitàrian (人道主義者), humánitàrianism (人道主義;博愛主義), humànity (人類;人性)
形 húmanìstic (人道的;人文學的)

humane [hjuˈmen; hju:ˈmeɪn] (注意發音)

形 ❶人道的, 慈悲的 | The *humane* treatment of prisoner is claimed. 有人要求以人道對待罪犯。

▶ human 和 humane
human ……(不是神或動物)人的, 人類的
a *human* being (人類)
humane ……仁慈的, 慈悲的, 人道的
humane treatment (人道的對待)

❷人文的;文雅的 | a professor of *humane* studies 人文學科的教授

humble [ˋhʌmbl; ˈhʌmbl] ⊕ -r ⊛ -st

形 ❶謙遜的;謙恭的 | He was very *humble*. 他很謙恭。

❷(地位・身分)
低的, 卑下的 | He is a man of *humble* birth.
他是出身微賤的人。

❸(住屋等)簡陋
的;寒傖 | I found a *humble* cottage on the seaside.
我在海邊發現一間粗陋的小屋。

衍生 副 **hùmbly**(謙遜地)名 **hùmbleness**(謙遜)

umiliate [hju`mɪlɪˌet; hju:'mɪlɪeɪt] ⊜ **-s** [-s] 過 **-d** [-ɪd]; **humiliating**

動 及 給予(人・
國)羞辱;恥笑 | He was *humiliated* by her.
他被她羞辱。
She was *humiliated* because her children behaved badly.
她因為孩子沒規矩而蒙羞。

衍生 名 **humíliàtion**(屈辱)形 **humíliàting**(屈辱的)

umor, 英 **humour** [`hjumɚ; 'hju:mə] 過 **-s** [-z]

名 ❶幽默;滑稽 | This is a novel full of *humor*.
這是一本很幽默的小說。

❷心情;心境;脾
氣 | He is **in a good** [**bad**] *humor*.
他很高興〔不高興〕。
Our teacher is **out of** *humor*.
我們的老師生氣了。
Every man has his *humor*.
人各有脾氣。〔各有天性。〕(諺語)

in a good humor 高興

in a bad humor 不高興
out of humor 不悅

衍生 形 **hùmorous**(滑稽的)名 **hùmorist**(富於幽默感的人;幽默作家)

undred [`hʌndrəd; 'hʌndrəd] 過 **hundred**, **-s** [-z] ► 前面接表數詞或數字時, 單複同式, 不用加 s。

名 ❶百;百個 | a *hundred* 100 ► one *hundred* 為加強語態／two *hundred* 200／several *hundred* 數百／eight *hundred* **and** twenty-three 823
► hundred 的後面連接數目字時要加 and。英 有時略去 and。
3,468 讀 three thousand four *hundred* and sixty-eight

❷(用
hundreds of…
的句型)好幾百
的 | *Hundreds* of people were killed in the earthquake.
在這次地震中有好幾百人死亡。

▶ 數十・數千等

好幾十人	*dozens* of people
好幾百人	*hundreds* of people
好幾千人	*thousands* of people
好幾萬人	*tens of thousands* of people
好幾十萬人	*hundreds of thousands* of people
好幾百萬人	*millions* of people

— 形 百(個・
人・歲)(的) | He has eight *hundred* books.
他有八百本書。

衍生 名 形 **hùndredth**(第一百(的);百分之一(的))

副 形 **hùndredfóld**(百倍地;百倍的)

hunger [`hʌŋgɚ; 'hʌŋgə(r)] 過 無 ► 形容詞是 hungry。

名 ❶餓;飢餓 | They died of *hunger*.
他們死於飢餓。
Hunger is the best sauce.
飢不擇食。(諺語)

▶ hunger, famine, starvation
hunger ………餓
famine ………飢荒;糧食極為缺乏
starvation ……飢餓;餓死

❷渴望;渴想 | He had a *hunger* for [**after**] fame.
他渴求名聲。

hungry [`hʌŋgrɪ; 'hʌŋgrɪ] 比 **hungrier** 最 **hungriest**

形 ❶飢餓的
▶ 名詞為
hunger。 | He is always *hungry*.
他總是覺得餓。
a *hungry* look 飢餓的樣子

I am hungry.
我好餓。

I am thirsty.
我好渴。

❷渴望的;渴想
的 | He is *hungry* for power.
他渴望得到權力。

衍生 副 **hùngrily**(飢餓地;渴望地)

hunt [hʌnt; hʌnt] ⊜ **-s** [-s] 過 **-ed** [-ɪd]; **-ing**

動 及 ❶狩獵 | They are *hunting* foxes.
他們在獵狐。
► 美 用於獵射鳥・獸等, 但 英 獵射鳥類用 shoot, hunt 主要用於獵狐或獵兔等。

❷搜尋, 追尋 | We are *hunting* the hidden treasure. 我們在尋找寶藏。

不 ❶狩獵 | We *hunted* in the woods.
我們在森林中打獵。

❷尋求 | They are *hunting* for the missing ring. 他們在尋找遺失的戒指。

— 過 **-s** [-s]

名 狩獵;尋索 | I took part in the tiger *hunt*.
我參加獵虎。
a *hunt* for lodgings 尋找寄宿的地方

衍生 名 **hùnter**(獵人), **hùnting**(狩獵), **hùntsman**(英 獵人)

hurl [hɝl; hɜ:l] ⊜ **-s** [-z] 過 **-ed** [-d]; **-ing**

動 及 用力投擲 | I *hurled* a stone **at** the dog.
我向那狗扔石頭。

▶「投擲」的同義字
throw …「投」最普通的用語
hurl ……用力投擲
cast ……一般用於投擲魚線・骰子・麵包屑等
toss ……輕輕舉起;投擲

hurrah [həˋrɔ, həˋrɑ, hʊ-; həˋrɑ:]

嘆 萬歲;歡呼聲 | *Hurrah* for the King!
同 hurray | 國王萬歲!

hurry [`hɝɪ; 'hʌrɪ] ⊜ **-ries** [-z] 過 **-ried** [-d]; **-ing**

動不 匆忙；趕快 | He *hurried* back **from** Hsinchu.
同 hasten | 他從新竹趕回來。
| We *hurried* **to** the station.
| 我們趕往車站。
| *Hurry* up! 趕快!
| Don't *hurry*. 不要急。
| ▶ 通常不說 "Don't *hurry* up."。
及 催促；催趕 | I *hurried* him to start.
| 我催他出發。

—— 動 無
名 匆忙；慌張 | There's no *hurry*. 不必匆忙。
in a hurry | He was *in a hurry* to go home.
急忙 | 他急著趕回家。
衍生 形 **hùrried**(匆忙的) 副 **hùrriedly**(匆忙地)

hurt [hɝt; hɜːt] (注意發音) 三 **-s** [-s] 冠 **hurt**; **-ing**
動及 ❶傷害；使 | He *hurt* his foot by jumping over a
受傷 | fence. 他跳過籬笆而傷了腳。

┌──▶「傷」的同義字──
hurt ……伴有痛苦的傷害。可用於大、小傷害，也
可用於精神上的痛苦。
injure ……凡破壞外表、健康、舒適或成功的傷害都
用此字。尤其常指不公平的傷害或委
屈。
wound ……指因槍砲或刀劍等而受的傷。

❷損害(物品等) | The wet weather will *hurt* the
| fruits. 多雨的天氣會損害果實。
❸傷(感情)；汚 | His words *hurt* me.
損(名譽) | 他的話使我傷心。
不 (手‧腳等) | My foot still *hurts*.
疼痛 | 我的腳還在痛。

—— **-s** [-s]
名 (肉體的)傷； | His *hurt* was serious [slight].
(物的)損害；(精 | 他的傷勢很嚴重〔輕微〕。
神上的)苦痛 | It is a *hurt* to his pride.
| 那有傷他的自尊。
衍生 形 **hùrtful**(有害的)

husband [ˋhʌzbənd; ˈhʌzbənd] 複 **-s** [-z]
名 丈夫 | a quarrel between *husband* and
對 wife | wife 夫妻之間的爭吵
| ▶ 並列時不用冠詞。
衍生 名 **hùsbandry**(節儉；耕種)

hush [hʌʃ; hʌʃ] 三 **-es** [-ɪz] 冠 **-ed** [-t]; **-ing**
動及 使靜寂，使 | He *hushed* their talk.
安靜 | 他使他們的談話肅靜下來。
| The matter was *hushed* up.
| 此事被隱瞞起來。
不 緘默，肅靜 | Everyone *hushed* to listen to me.
| 大家都安靜下來聽我說話。
| *Hush*! [ʃ, hʌʃ] 肅靜!不要吵!

—— 動 無
名 靜寂；靜默 | The *hush* of night has fallen over
同 silence | us. 夜的寂靜籠罩在我們的四周。

husky [ˋhʌskɪ; ˈhʌskɪ] 較 **huskier** 最 **huskiest** ⇨
hoarse
形 (聲音)沙啞 | His voice was *husky*.
的 | 他的聲音沙啞。

hustle [ˋhʌsl; ˈhʌsl] 三 **-s** [-z] 冠 **-d** [-d]; **hustling**
動不 ❶美 振奮 | I have to *hustle*.
起來 | 我必須振奮起來。
❷硬擠 | The crowd *hustled* **into** the
| building.
| 群眾擠進這建築物。
❸趕快 | He *hustled* to go out of the rain.
| 他爲要避雨而急走。
及 ❶推擠 | I was *hustled* **into** the car.
| 我被擠進車內。
❷強迫(某人) | He *hustled* me **into** a decision.
做… | 他強迫我下決定。

—— 動 無
名 美 積極的活 | I wish to escape from the *hustle*
動；互相推擠(的 | and bustle of the city.
狀態) | 我希望逃離都市的忙亂。

hut [hʌt; hʌt] 複 **-s** [-s] ▶ 注意勿與 hat 混淆。
名 (簡陋的)小 | We built a *hut* by the pond.
屋；茅舍 | 我們在池畔建了一間小屋。

hydrogen [ˋhaɪdrədʒən, -dʒɪn; ˈhaɪdrədʒən] (注意發
音) 複 無
名 (化學)氫 | a *hydrogen* bomb (＝an H-bomb)
| 氫彈
| ▶ oxygen(氧)，nitrogen(氮)，
| carbon(碳)

hygiene [ˋhaɪdʒin, ˋhaɪdʒɪ,in; ˈhaɪdʒiːn] (注意拼法) 複 無
名 衛生；衛生學 | school *hygiene*
| 學校衛生
衍生 形 **hygiènic**(衛生的；衛生上的)

hymn [hɪm; hɪm] ▶ 和 him 同音。複 **-s** [-z]
名 讚美詩；聖歌 | They are singing a *hymn*.
同 psalm | 他們正在唱聖歌。

hyphen [ˋhaɪfən; ˈhaɪfn] 複 **-s** [-z]
名 連字符號 | A *hyphen* is necessary here.
| 在這裡連字符號是必要的。

┌──▶ 連字符號──
All compound numbers from 21 to 99 are
hyphenated.(自 21 至 99 所有的複合數字均用連字符
號連接。)
54 fifty-four
238 two hundred and thirty-eight

衍生 動 **hýphenàte**(用連字符號連接) [-z]

hypocrisy [hɪˋpɑkrəsɪ; hɪˈpɒkrəsɪ] 複 **hypocrisies**
名 偽善；偽善的 | *Hypocrisy* is a vice.
行為 | 偽善是一種罪惡。
衍生 名 **hýpocrite**(偽善者) 形 **hýpocrítical**(偽善的)

hypothesis [haɪˋpɑθəsɪs; haɪˈpɒθɪsɪs] 複 **hypotheses**
[-,siz]
名 假說；假設 | This is a pure *hypothesis*.
| 這完全是一種假設。
衍生 形 **hýpothètical**(假說的)

hysteria [hɪsˋtɪrɪə; hɪˈstɪərɪə] 複 無
名 歇斯底里症 | She is suffering from *hysteria*.
| 她患歇斯底里症。
衍生 形 **hystèric(al)**(患歇斯底里症的；病態興奮狀的)
名 **hystèrics**(歇斯底里的發作)

— I —

ˈ[aɪ; aɪ] 代 **we** 代 第一人稱・單數・主格。
我　　　　｜ *I* am a student. 我是個學生。

格 \ 數	單數		複數	
主格	I	我	we	我們
所有格	my	我的	our	我們的
受格	me	我	us	我們

► I am 的縮寫是 I'm。
►「那是我」，口語說為 "It's me."。

e [aɪs; aɪs] 名 **-s** [-ɪz]
名 ❶冰　　　　｜ He slipped **on** the *ice*. 他在冰上滑
❷英 雪糕　　　 ｜ He had two *ices*.　　　　 ⎰倒。
美 冰淇淋　　｜ 他吃了兩份雪糕。
複合 名 **the ˋice ˊage**(冰河時代), **ˊiceˋberg**(冰山), **ˊiceˋbox**
(冰櫃), **ˊice ˋcream**(冰淇淋)
衍生 形 **iced**(冰凍的；覆以冰的)

ˊicle [ˋaɪsḷ; 'aɪsɪkl] (注意發音) 名 **-s** [-z]
名 冰柱

ˊy [ˋaɪsɪ; 'aɪsɪ] 形 **icier** 形 **iciest**
形 冰的；如冰 ｜ an *icy* film 薄冰／an *icy* wind 冷
的；覆蓋著冰 ｜ 風／an *icy* road 覆蓋著冰的道路

d [aɪd; aɪd] I had, I would, I should 的縮寫
｜ I'd (I would) like to go there.
｜ 我想去那兒。

ea [aɪˋdɪə, aɪˋdɪə; aɪ'dɪə] 名 **-s** [-z]
名 ❶思想；概念 ｜ He has a strange *idea* **of** beauty.
同 thought,　　｜ 他對美的觀念很奇特。
conception　｜ I have no *idea* (**of**) what death is
｜ like. 我對死毫無所知。
❷主意　　　　｜ An *idea* occurred to my mind.
｜ 我想起一個主意。
❸意見　　　　｜ I forced my *idea* on him.
｜ 我強迫他接受我的意見。

eal [aɪˋdɪəl, aɪˋdil, aɪˋdɪəl; aɪ'dɪəl] 名 **-s** [-z]
名 ❶理想　　　｜ He has a lofty *ideal*.
｜ 他有崇高的理想。
❷典型；理想的 ｜ The singer is her *ideal*.
人或物　　　 ｜ 這歌手是她理想中的人物。
——形 理想的；｜ She married an *ideal* husband.
觀念的　　　 ｜ 她嫁給一個理想的丈夫。
衍生 名 **idealˋism**(理想主義) 形 **idealˋistic**(理想主義的)

entical [aɪˋdɛntɪkḷ; aɪ'dentɪkl]
形 ❶(加 the)同 ｜ This is **the** *identical* ring I lost.
一的　　　　 ｜ 這正是我遺失的那枚戒指。
❷完全相同的；｜ The fingerprints were *identical*
完全一樣的 ｜ **with** his.
｜ 這指紋與他的(指紋)完全相同。
複合 名 **idenˋtical twins**(同卵雙胞胎)
衍生 副 **idenˋtically**(完全相同地)

identify [aɪˋdɛntəˏfaɪ; aɪ'dentɪfaɪ] 名 **identifies** [-z]
形 **-fied** [-d]; **-ing**
動 及 ❶辨識, 認 ｜ We could not *identify* the stray
出(人或物的身 ｜ child.
分)　　　　 ｜ 我們不能找出這走失兒童的身分。
❷視為同一；認 ｜ They *identify* their interests **with**
為係同一的 ｜ those of the nation. 他們將自己的利
｜ 益與國家利益視為一體。
衍生 名 **identification** [aɪˏdɛntəfəˋkeʃən] (同一(人)之
確認；認明(身分)) 形 **idenˋtifiable**(可確認身分的)

identity [aɪˋdɛntətɪ; aɪ'dentətɪ] 名 **identities** [-z]
名 ❶同一, 一致 ｜ the *identity* of the two crimes
｜ 兩件犯罪性質之相同
❷身分；本身 ｜ The *identity* of the author is
｜ unknown. 該作家的身分不詳。
複合 名 **idenˋtity card**(身分證, 同 ID card)

idiom [ˋɪdɪəm; 'ɪdɪəm] 名 **-s** [-z]
名 熟語；成語；｜ a dictionary of American *idioms*
慣用語；語法 ｜ 美國成語辭典

idiot [ˋɪdɪət; 'ɪdɪət] 名 **-s** [-s]
名 白癡；(口語) ｜ What an *idiot* I am!
傻瓜　　　　｜ 我笨死了!

idle [ˋaɪdḷ; 'aɪdl] 形 **idler** 形 **idlest** ► idol 同音。
形 ❶懶惰的　　｜ He is an *idle* student.
同 lazy　　　　｜ 他是個懶惰的學生。
❷閒散的；不做 ｜ He is *idle* because he is out of
事的；悠閒的 ｜ work. 他失業了, 所以賦閒著。
｜ He spent *idle* hours (in) reading.
｜ 他以讀書打發閒暇。

────► idle 和 lazy
idle 不一定都是壞的意味, 而 lazy 則常用於「懶惰的」
之壞的意味。

──── 名 **-s** [-z] 形 **-d** [-d]; **idling**
動 及 (時間等) ｜ I *idled* **away** my time.
浪費　　　　｜ 我浪費光陰。
不 遊手好閒 ｜ Don't *idle* **about**.
｜ 不要遊手好閒。
衍生 名 **idleness**(懶惰), **idler**(偷懶的人)

idol [ˋaɪdḷ; 'aɪdl] 名 **-s** [-z] ► 與 idle 同音。
名 ❶偶像　　　｜ The tribe worships *idols*.
｜ 這部落崇拜偶像。
❷被崇拜(尊敬) ｜ He is an *idol* of the young.
的人或物　　｜ 他是年輕人的偶像。

if [ɪf; ɪf]
連 ❶(條件・假 ｜ *If* you want to go, you may go.
定)如果　　｜ 如果你要去, 你就去。
► if 的後面跟 ｜ *If* it is fine tomorrow, I will go.
隨假設語氣的動 ｜ 如果明天天晴, 我一定去。
詞。　　　　｜ ►即使表未來, 其副詞子句也不可用
｜ "If it *will* be. ..." 這種未來助動詞。

If it **should** rain tomorrow, I will not go. 如果明天下雨, 我就不去了。
► If ... should 是表「不能確定」。

━━━► 假設語氣━━━
假設語氣過去式(與現在的事實相反的假設)
If I were rich, I *would* help you.
(如果我有錢的話, 我就幫你了。)
► 意思是「事實上我沒錢, 所以不能幫你。」
假設語氣過去完成式(與過去的事實相反的假設)
If I had been rich, I *would have helped* you.
(那時候我如果有錢, 我就幫你了。)
► 意思是「事實上那時候我沒錢, 所以不能幫你。」

❷縱使;即使 囘though, even if	*If* I had enough money, I would not buy it. 就算我有足夠的錢, 也不會買這東西。 I'll buy the book, **even** *if* it is expensive. 即使這本書貴, 我也要買。
❸(引領名詞子句)是否 囘whether	I don't know *if* the news is true. 我不知道這消息是否確實。 I wonder *if* he is at home. 我不知道他是否在家。
❹無論何時;一…就 囘whenever	My mother comes *if* I need her. 我一需要母親, 她就會來。

as if ⇨ as
if it were not for ... ► 用於與現在的事實相反的假設。
如果沒有…的話
► Were it not for…亦可。
| *If it were not for* (But for, Without) air, we could not live. 如果沒有空氣的話, 我們便無法生存。 |

if it had not been for ... ► 與過去事實相反的假設。
要不是…的話
► Had it not been for ... 亦可。
| *If it had not been for* (But for, Without) your help, he could have died. 要不是你救了他, 他已經死了。 |

if only ...!
要是…就好了!
| *If only* I had known! (=I wish I had known!) 要是我知道那就好了! |

ignoble [ɪg`nobḷ; ɪg`nəʊbḷ] ► <ig(不)+noble(高尚的)
形卑鄙的;不名譽的 | She married an *ignoble* man. 她嫁給一個卑鄙的人。

ignorant [`ɪgnərənt; `ɪgnərənt] ► ignore 的形容詞
形❶未受教育的;無知的 | He was an *ignorant* man. 他是個無知的人。
❷不知道…的 | I am quite *ignorant* of the plan. 我完全不知道該計畫。 | He was *ignorant* **that** you had bought a car. 他不知道你已經買了一部汽車。
衍生名**ignorance**(無知;不知)

ignore [ɪg`nor, -`nɔr; ɪg`nɔː(r)] ⊜ -s [-z] 過 -d [-d]; **ignoring**
動反不理睬;忽視 | He *ignored* the doctor's advice. 他不理會醫生的忠告。

━━━► ignore 和 disregard━━━
ignore…………指有意地從開頭就不理會。
disregard ……語氣沒 ignore 那麼強, 指經思索後始加以忽視。

ill [ɪl; ɪl] 比 worse [wɜs; wɜːst] 最 worst [wɜst; wɜːst]
形❶(敘述用法)生病的 囘 sick 反 well | She was *ill* in bed. 她臥病在床。 He fell *ill*. 他病了。
► 美 ill 是略為正式的說法, 通常用 sick。英 如果說 "He is *sick*." 意思便是「他想吐。」
► 與名詞連用時(限定用法), 美英 都用 sick 形容, 如 a *sick* person(病人)。

英She is *ill*. 美She is *sick*.　英She is *sick*. 美She is *sick* (at her stomach).
(她病了。)　　　　　　　(她想吐。)

❷(限定用法)(道德上)邪惡的 囘bad 反good	He is a man of *ill* fame. 他是個惡名昭彰的人。 He corrected his *ill* habits. 他改正了他的壞習慣。
❸(限定用法)有害的;危險的	*Ill* weeds grow apace. 莠草長得快。〔討人厭的人反而有出息。〕(諺語)
❹(限定用法)有惡(敵)意的;不仁慈的	► apace [ə`pes] (文語)急速地。 They have *ill* feeling toward him. 他們對他懷有敵意。
❺(限定用法)不幸的;不走運的	*Ill* fortune fell upon him. 他遭遇不幸。

━━ 副 比 worse 最 worst 反 well
❶懷有惡意地 | He behaves *ill*. 他行為為惡意。
❷不仁慈地;懷有惡意地;嚴酷地 | They speak [think] *ill* of him. 他們說他的壞話〔對他不滿〕。

I'll [aɪl; aɪl] I will, I shall 的縮寫
| *I'll* go with you. 我要和你一起去。

illegal [ɪ`lig]; ɪ`liːgḷ] 反legal
形不合法的, 違法的;犯法的 | He committed an *illegal* act. 他犯了違法的行為。
衍生副**illegally**(不法地)名**illegality**(不合法)

illiterate [ɪ`lɪtərɪt; ɪ`lɪtərət] 反literate
形不能讀寫的;文盲的 | *Illiterate* people are at a disadvantage. 不能讀寫的人處於不利的地位。

illness [`ɪlnɪs; `ɪlnɪs] 複 -es [-ɪz]
名疾病 | He didn't come because of *illness*. 他因病沒來。
反health ► 美 多用 sickness。

illuminate [ɪ`lumə͵net, ɪ`ljum-; ɪ`luːmɪneɪt] ⊜ -s [- 過 -d [-ɪd]; **illuminating**
動反❶照亮;照明 | A lot of electric lamps *illuminated* the stage. 很多電燈照亮了舞台。

❷袋 (用電燈等)照明裝飾 ｜ an *illuminated* Christmas tree 以燈火裝飾的耶誕樹
衍生 名 **illúminàtion**(照明)

lusion [ɪ`luʒən, ɪ`lɪuʒən; ɪ`luːʒn] 復 **-s** [-z]
名 ❶幻想;誤認 ｜ She has *illusions* about love. 她對愛情懷有幻想。
❷幻覺;錯覺 ｜ an optical *illusion* 眼睛的錯覺

衍生 形 ὄptical(視覺的)

lustrate [`ɪləstret, ɪ`lʌstret; `ɪləstreɪt] 回 **-s** [-s] 機 **-d** [-ɪd]; **illustrating**
動袋 ❶(以實例‧圖表等)說明 ｜ I *illustrated* the function of the organization **by** facts. 我以事實說明該機構的功能。
❷(在書‧論文等內)插圖;作圖解 ｜ The book is *illustrated* **with** excellent pictures. 此書有極精美的插圖。
衍生 名 **íllustràtion**(實例;插圖), **ìllustrátor**(畫插圖者;說明書)

nage [`ɪmɪdʒ; `ɪmɪdʒ] (注意發音) 復 **-s** [-ɪz]
名 ❶像;雕像;畫像 ｜ a wooden *image* 一尊木雕像
❷酷似的人或物 ｜ He is the very *image* of his father. 他的長相酷似他的父親。
❸(因想像或記憶而起的)概念;印象 ｜ They have a good *image* of Taiwan. 他們對台灣有良好的印象。

━━▶ 形象━━
「那有助於增進對台灣的形象。」
That helped to **improve** Taiwan's *image*.
「那有損於台灣的形象。」
That hurt Taiwan's *image*.

nagination [ɪ,mædʒə`neʃən; ɪ,mædʒɪ`neɪʃn] 復 **-s** [-z]
名 想像;想像力;想像的東西 ｜ You cannot write a novel without *imagination*. 如果沒有想像力,你就無法寫小說。
衍生 形 **imàgináry** [-nɛrɪ](想像的;假想的), **imàginative**(想像的;富於想像的) 「**imagining**」

nagine [ɪ`mædʒɪn; ɪ`mædʒɪn] 回 **-s** [-z] 機 **-d** [-d];
動袋 想像;認為;想;猜想 ｜ I can't *imagine* such a life. 我不能想像這種生活。
I *imagined* him { **to** be an enemy. / **as** an enemy.
我認為他是個敵人。
I *imagine* **that** you are tired. 我猜想你疲倦了。

nitate [`ɪmə,tet; `ɪmɪteɪt] 回 **-s** [-s] 機 **-d** [-ɪd]; **imitating**
動袋 ❶模仿 ｜ He *imitates* his big brother. 他模仿他的大哥。
━━▶ (為了好玩)模仿他人的聲音或姿勢等稱為 mimic。
❷仿製;仿造 ｜ He *imitated* the works of Picasso. 他仿製畢卡索的作品。
衍生 名 **imitàtion**(模仿;仿製品)

immediate [ɪ`midɪɪt; ɪ`miːdɪət]
形 ❶即刻的,立刻的 ｜ He took *immediate* action. 他採取緊急行動。
❷直接的;最近的 ｜ an *immediate* cause 直接原因／in the *immediate* future 在最近的將來
衍生 副 **immèdiately**

immense [ɪ`mɛns; ɪ`mens] 同 huge
形 巨大的;極廣大的 ｜ an *immense* statue 巨大雕像／an *immense* fine 巨額的罰鍰
衍生 副 **immènsely**(極廣大地;龐大地;(口語)非常地) 名 **immènsity**(廣大;無際)

immigrant [`ɪməɡrənt, -,ɡrænt; `ɪmɪɡrənt] 復 **-s** [-s]
名 (自外國移入的)移民 ｜ European *immigrants* in America 在美國的歐洲移民
━━▶ 本國往外國的移民是 emigrant。

本國   外國

immigrant   emigrant

衍生 動 **ìmmigráte**(自外國移入) 名 **ímmigràtion**((自外國)移居入境)

immoral [ɪ`mɔrəl, ɪm`mɔrəl, -`mɑr-; ɪ`mɔ(ː)rəl, -`mɑr-; ɪ`mɔːrəl] 「ɪ`mɑrəl] 反 **moral**
形 不道德的;不檢點的;品性不端 ｜ He was forced to resign because of his *immoral* conduct. 他因為不道德的行為被迫辭職。

immortal [ɪ`mɔrt!; ɪ`mɔːtl] 反 **mortal**
形 不死的;不朽的;永遠的 ｜ Byron wrote *immortal* poems. 拜倫寫下不朽的詩篇。
衍生 名 **ímmortálity**(不死;不朽;不朽的名聲)

immovable [ɪ`muvəb!; ɪ`muːvəbl] 反 **movable**
形 不動的;固定的;堅定不移的 ｜ His resolution is *immovable*. 他的決定是堅定不移的。

impact [`ɪmpækt; `ɪmpækt] 復 **-s** [-s]
名 衝突;衝擊;影響 ｜ the *impact* of new ideas **on** the race 新思想對種族的影響

impair [ɪm`pɛr; ɪm`peə(r)] 回 **-s** [-z] 機 **-d** [-d]; **-ing**
動袋 損害;傷害 ｜ Overwork *impaired* his health. 工作過度損害了他的健康。

impartial [ɪm`pɑrʃəl; ɪm`pɑːʃl] 同 fair 反 **partial**
形 不偏不倚的;公平的 ｜ The judges were *impartial*. 法官是公平無私的。

impatient [ɪm`peʃənt; ɪm`peɪʃnt]
形 ❶不能忍耐的;焦急的;不耐煩的 ｜ He was *impatient* **at** the rate of progress. 他對進展的速度感到不耐煩了。
反 patient ｜ She was *impatient* **with** the children. 她對孩子們很不耐煩。
❷等不及的 ｜ I am *impatient* **for** the vacation. 我迫不及待的盼著假期。
He is *impatient* **to** go there. 他急著要去那裡。
❸性急的;急躁的 ｜ She has an *impatient* temper. 她性子很急。 「急地」
衍生 名 **impàtience**(焦躁;性急) 副 **impàtiently**(焦

imperative [ɪm`pɛrətɪv; ɪm`perətɪv]

[形] ❶命令式的 — an *imperative* tone 命令式的語氣
❷不可避免的 — It is *imperative* **for** [([美]口語) **on**] you to come. 你無論如何一定要來。
❸(文法)祈使法的 — the *imperative* mood (文法)祈使語氣

imperfect [ɪm`pɝfɪkt; ɪm'pɜ:fɪkt] [反] perfect
[形] 不完全的;不足的 — He left the work *imperfect*. 他把那件工作擱下沒有完成。
[衍生] [副] **imperfectly** (不完全地) [名] **imperfection** (不完全)

imperial [ɪm`pɪrɪəl; ɪm'pɪərɪəl]
[形] 帝國的;皇帝的;皇室的 — the *Imperial* Household 皇室／the *Imperial* Palace 皇宮

▶ **The Imperial Household** (皇室)

皇帝	the Emperor
皇后	the Empress
皇太子	the Crown Prince
皇太子妃	the Crown Princess

[衍生] [名] **imperialism** (帝國主義)

impersonal [ɪm`pɝsn̩l; ɪm'pɜ:snl] [反] personal
[形] 與個人無關的 — My remarks were *impersonal*. 我的話並非指個人而說的。

implement [`ɪmpləmənt; 'ɪmplɪmənt] [複] **-s** [-s]
[名] 器具;工具 — A spade is a useful *implement*. 鏟子是一種有用的工具。

▶「工具」的同義字

implement …泛指各種工具或用具。
agricultural *implements* (農具)
tool …………用手能使用的工具, 如木匠用具等。
instrument …指使用於精密工作的儀器、器械等。
surgical *instruments* (外科器械)

implicit [ɪm`plɪsɪt; ɪm'plɪsɪt] [反] explicit
[形] 暗含的;絕對的 — an *implicit* agreement 默許／*implicit* obedience 絕對服從;盲從

▶ **-plicit**「摺疊」

im*plicit* (暗含的) < im (在內) + *plicit* (摺疊) = 摺起
ex*plicit* (明確的) < ex (在外) + *plicit* (摺疊) = 打開

implore [ɪm`plor, -`plɔr; ɪm'plɔ:(r)] [三] **-s** [-z] [規] **-d** [-d]; **imploring**
[動] [及] 懇求 [同] beg — He *implored* his mother's forgiveness. = He *implored* his mother **for** her forgiveness. 他懇求他母親的原諒。
He *implored* her **to** forgive him. 他懇求她原諒他。

imply [ɪm`plaɪ; ɪm'plaɪ] [三] **implies** [-z] [規] **implied** [-d]; **implying**
[動] [及] ❶意含;含…的意思 — Cheerfulness does not always *imply* happiness. 快樂並不見得意味著幸福。
❷暗示 [同] suggest — Her frown *implies* **that** she does not agree with us. 她的蹙額暗示她不同意我們的意見。
▶ imply 一如上例, 通常以物、事做為主詞。
[衍生] [名] **implication** (含意;暗示)

import [ɪm`port, -`pɔrt; ɪm'pɔ:t] [三] **-s** [-s] [規] **-ed** [-ɪd]; **-ing**
[動] [及] 輸入;進口 [反] export — Taiwan *imports* crude oil from Arab countries. 台灣自阿拉伯國家輸入原油。

▶ 注意重音

import	[動]	[ɪm`port]	輸入
	[名]	[`ɪmport]	輸入
export	[動]	[ɛks`port]	輸出
	[名]	[`ɛksport]	輸出

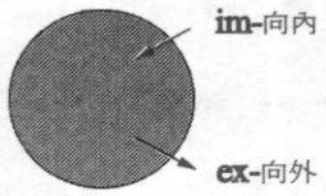

—— [`ɪmport; 'ɪmpɔ:t] (注意發音) [複] **-s** [-s]
[名] 輸入;輸入品 — the *import* of wine 酒的輸入

importance [ɪm`pɔrtn̩s; ɪm'pɔ:tns] [複] 無
[名] ❶重要;重要性 — It's a matter **of** great *importance*. 這是極重要的事。
❷重要的地位 — He is a man **of** *importance*. 他是一個重要的人物。

important [ɪm`pɔrtənt; ɪm'pɔ:tnt]
[形] ❶重要的;要緊的;重大的 — It is an *important* event. 這是重大的事件。
The work is very *important*. 這工作非常重要。
❷位尊的;顯要的 — He is a very *important* person. 他是個很顯要的人。
▶「要人, 大人物」稱為 VIP (very important person)。

impose [ɪm`poz; ɪm'pəʊz] [三] **-s** [-ɪz]; [規] **-d** [-d]; **imposing**
[動] [及] ❶課(稅) — They *imposed* a fine [tax, new duty, task] **on** him. 他們對他課以罰金〔稅金, 新的義務, 工作〕。
❷強迫;強使 — She *imposed* her opinion **on** him. 她強迫他接受她的意見。
[衍生] [名] **imposition** (負荷;課稅;科罰) [形] **imposing** (堂皇的)

impossible [ɪm`pɑsəbl̩; ɪm'pɒsəbl]
[形] ❶不可能的 [反] possible — That is an *impossible* plan. 那是個行不通的計畫。
It is *impossible* to do the task. 要做這工作是不可能的。

▶ **impossible 和 unable**

「要你做這件事是不可能的。」
(誤) You are *impossible* to do it.
(正) It is *impossible* for you to do it.
(正) You are *unable* to do it.
▶ impossible 當「不可能的」之義時, 不可接人為主詞, 以人為主詞時要用 unable。
第一例在口語中的意思是「要做那事, 你是令人無法忍受的。」

❷不可能有的;令人難以相信的 — an *impossible* story 令人難以置信的故事
❸令人無法忍受的 — He is an *impossible* person. 他是個令人無法忍受的人。
[衍生] [名] **impossibility** (不可能)

impress [ɪm`prɛs; ɪm'pres] [三] **-es** [-ɪz] [規] **-ed** [-t]; **-ing**
[動] [及] ❶使感動;使…得深刻印象;給予印象 — The picture *impressed* me very much. 這張畫使我深受感動。
He *impressed* me **with** its

importance. = He *impressed* its importance **on** me. 他使我深深記住它的重要性。

❷蓋(印) He *impressed* a mark **on** the plate. 他把一個標誌蓋在盤子上。

npression [ɪm`prɛʃən; ɪm'preʃn] [複] **-s** [-z]

[名] ❶印象;感動 The movie made little *impression* **on** me. 這部電影給我的印象不深。

❷感想 I have a vague *impression* **that** I left it in the train. 我依稀記得我把它放在火車上忘了拿。

npressive [ɪm`prɛsɪv; ɪm'presɪv]

[形] 感人的;給人深刻印象的 He made an *impressive* speech. 他發表一篇感人的演說。

nprison [ɪm`prɪzn̩; ɪm'prɪzn] [三] **-s** [-z] [規] **-ed** [-d]; **-ing**

[動][及] 下獄;監禁 They *imprisoned* me. 他們把我監禁起來。

[衍生][名] **imprísonment** (下獄;監禁)

nproper [ɪm`prɑpɚ; ɪm'prɒpə(r)] [反] proper

[形] 不適當的;錯誤的;下流的 Laughing aloud is *improper* **for** a serious occasion. 重大的場合不宜大聲嘻笑。

nprove [ɪm`pruv; ɪm'pru:v] [三] **-s** [-z] [規] **-d** [-d]; **improving**

[動][不] 改良;進步;改善 His health is *improving*. = He is *improving* **in** health. 他的健康在進步中。

▶ **improve in 和 improve on**

improve in ... (在…方面有進步)
He *improved* **in** English.
(他在英文方面已有進步。)
improve on ... (使…變得更好;改良…)
It is hard to *improve* **on** the plan.
(要改進這計畫是很難的。)

[及] 改良;增進 He *improved* that machine. 他改良了那部機器。

***nprove on* [*upon*] ...**

對…加以改良;改進 He *improved on* his performance. 他改進了他的表現。

[衍生][名] **imprȍvement** (改良;進步)

mprudent [ɪm`prudn̩t; ɪm'pru:dənt]

[形] 不謹慎的;草率的 [反] prudent It was *imprudent* **of** you to go there alone. 你一個人去那裡是很輕率的。

mpudent [`ɪmpjədənt; 'ɪmpjʊdənt]

[形] 厚顏的;鹵莽的 The salesman is *impudent*. 這推銷員很鹵莽。

[衍生][名] **ìmpudence** (厚顏)

mpulse [`ɪmpʌls; 'ɪmpʌls] (注意發音) [複] **-s** [-ɪz]

[名] ❶(情感的)衝動;一時的感情衝動 She acts **on** [**from**] *impulse*. 她意氣用事。
He did it **on** the *impulse* of the moment. 他因一時衝動而做了那件事。

❷推進;刺激 Competition is a powerful *impulse* **to** trade. 競爭是推動貿易的有力刺激。

[衍生][形] **impùlsive** (易衝動的) [名] **impùlsion** [-ʃən] (推動力;刺激) [副] **impùlsively** (衝動地)

in [ɪn; ɪn] ▶與 inn (客棧) 同音。

[介] ❶(場所・位置)在…之中;在…之內 The children are playing *in* the park. 孩子們在公園裡遊戲。

▶ **in the street 和 on the street**

in the street (主要用於英國)
on the street (主要用於美國)

I met him *on* [[英] *in*] the street. 我在街上遇見他。

❷(狀態;環境)在…的狀態之中 My father is *in* good health. 我父親身體很健康。
Long skirts are now *in* fashion. 長裙現在正在流行。

❸於…(活動,行動) I spend much time *(in)* reading. 我花了很多時間讀書。

❹(時間,期間;經過)在…以內;在…之際 The war broke out *in* 1941. 戰爭在 1941 年爆發。
He is still *in* his teens. 他還是十幾歲。
He will be back *in* a week. 他會在一星期內回來。

❺(運動;行動的方面)進入;入 He put his hand *in* his pocket. 他把手插進口袋裡。

❻(材料,工具,手段)用 He always talks *in* a low voice. 他總是低聲地說話。
He wrote the letter *in* English. 他用英文寫這封信。

❼(服裝)穿;戴著 She was dressed *in* black. 她穿著黑色衣服。
My father is a man *in* the top hat over there. 我父親就是那邊戴著高禮帽的人。

❽(形狀,配置)成…的形式 The soldiers sat *in* a circle. 士兵們圍個圈坐著。

❾(比率;比例)在…以內;每 The mailman comes round three times *(in)* a week. 郵差每週來三次。

❿(程度,範圍)在…上 Fish are caught *in* great quantities. 捕到大量的魚。

⓫(關係,觀點)在…的方面,就…而論 He is inferior *in* wisdom but superior *in* courage. 他智慧較差,但勇氣較佳。
The country is rich *in* natural resources. 這個國家富有天然資源。

— [副] ❶在內,向內 He came *in*. 他進來了。
▶「進入室內」不是 come in the room, 而是 come into the room。

❷在家 Is anybody *in*? 有人在家嗎?

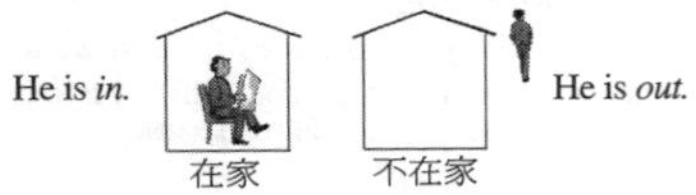

—形 ❶到達	Is the train *in*? 火車到了嗎？
❷上市	Apples are *in* now. 蘋果現在正是季節。
❸流行中	It's the *in* thing to dye your hair. 染髮現在很流行。
be in for ... (口語)定會發…； 不可避免…	We *are in for* a quarrel. 我們一定會發生口角。 ▶ 在 for 後面的名詞，表主詞有不快經驗的事物。
be in on ... 與…有關	We *are in on* the project. 我們與該計畫有關。
be in with ... 與…親密	He *is in with* many influential people: 他和許多有勢力的人過從甚密。
have it in ***for ...*** 對…懷恨	He *has it in for* me. 他對我懷恨在心。

inability [ˌɪnəˋbɪlətɪ; ˌɪnəˈbiliti] 第 無

名 無力量；無能 力；不可能 反 ability	I must admit my *inability*. 我必須承認我的無能。 You must confess your *inability* to pay. 你必須承認你沒有能力付錢。

▶ **inability** 和 **disability**

inability …是指沒有做某件事的能力。
disability …因意外、生病而使能力喪失。
　　　　　a *disability* pension(傷病養老金)

---

inaccessible [ˌɪnəkˋsɛsəbl, ˌɪnæk-; ˌɪnækˈsesəbl] 反 accessible

形 難以接近的； 難得到的	The fort was *inaccessible*. 那碉堡很難接近。

inactive [ɪnˋæktɪv; inˈæktiv] 反 active

形 不活動的	Don't lead an *inactive* life. 不要過著賦閒的生活。

inadequate [ɪnˋædəkwɪt; inˈædikwət]

形 不充分的；不 適當的 反 adequate	His income is *inadequate* to meet the expense. 他入不敷出。

衍生 名 **inadequacy**(不充分；不適當)

inanimate [ɪnˋænəmət; inˈænimət]

形 ❶無生命的； 無生物的 反 animate ❷沒活力的；無 生氣的	*inanimate* rocks and stones 無生命的岩石／such *inanimate* creatures as stones 像石頭般的無生物 *inanimate* conversation 無生氣的談話／*inanimate* market 不活躍的市場

inasmuch [ˌɪnəzˋmʌtʃ; ˌinəzˈmʌtʃ] ▶ 與 as 運用，用作連接詞，=because, since

(文語)因…之 故, 既然	*Inasmuch as* you are young, you should do it yourself. 你既然年輕，就該自己做。

inaugurate [ɪnˋɔgjəˌret; inˈɔːgjureit] 三單現 **-s** [-s]
現分 **-d** [-d]; **inaugurating**

動 及 使就任，舉 行就職〔通車· 落成〕典禮	Mr. Clinton was *inaugurated* as President of the United States. 柯林頓先生就職美國總統。

inborn [ɪnˋbɔrn; inˈbɔːn]

形 天生的；先天 性的	an *inborn* love of music 天生喜歡音樂

▶ **inborn** 的同義字

natural ………*natural* ability(先天的能力)
innate ………an *innate* talent for drawing
[ɪˋnet] 　　　(天賦的繪畫才能)
inbred ………an *inbred* kindness
[ˋɪnˋbrɛd] 　(天生的和藹親切)
▶「後天的」是 acquired。

---

incapable [ɪnˋkepəbl; inˈkeipəbl]

形 ❶無能的；無 能力的 ❷不能的	*incapable* workers 沒有能力的工作者／*incapable* official 無能的官員 He is *incapable* of performing his duty. 他不能履行他的義務。 The distance is *incapable* of accurate measurement. 這距離無法準確地測量出來。

衍生 名 **incapability**(無能力；不能)

incessant [ɪnˋsɛsn̩t; inˈsesnt] (注意發音)

形 不絕的	the *incessant* noise of trains 火車不絕的噪音

inch [ɪntʃ; intʃ] 複 **-es** [-ɪz] 略作 in.。

名 (長度單位) 吋, 英寸	I am five feet six *inches* tall. 我身高五呎六吋。

▶ 記號是 10″=10 英寸。

▶ 長度的單位

1 inch		=約	2.5 公分
1 foot=12 inches		=約	30 公分
1 yard=3 feet		=約	91 公分
1 mile		=約	1,609 公尺

---

every inch 徹頭徹尾地	He is *every inch* a gentleman. 他是個十足的紳士。
inch by inch 漸漸地，一步步 地	I crawled *inch by inch* into the dark corner. 我一步步地爬進黑暗的角落。
within an inch of ... 差一點就…；幾 乎…	I came *within an inch of* falling from the cliff. 我差一點就從懸崖上跌下來。

incident [ˋɪnsədənt; ˈinsidənt] 複 **-s** [-s]

名 ❶事件 ❷(戰爭·暴動 等的)事變	Strange *incidents* happened successively. 奇怪的事件接二連三地發生。 An *incident* occurred. 發生了事變。

▶ **incident** 的同義字

event ………指重要的、應以注意的事件。
incident ……指附隨於某事、重要性不大的事件。
accident……指不預知的意外事件。
occurrence, happening…指日常的事件。

—形 附帶的；易 於發生的	There are many evils *incident* to human society. 人類的社會裡有很多弊端是不可避免的。　　(偶然地)

衍生 形 **incidental**(附隨的)副 **incidentally**(附帶地)

inclination [ˌɪnkləˈneʃən; ˌɪnklɪˈneɪʃn] ⑩ **-s** [-z]

名❶傾向；趨勢 | She has an *inclination* to become fat. 她有發胖的趨勢。

❷愛好；癖好 | She has a strong *inclination* for [*toward*] sports. 她酷愛運動。

❸傾斜；傾斜度 | the *inclination* of a roof 屋頂的傾斜度　　　　　　　〔**clining**〕

incline [ɪnˈklaɪn; ɪnˈklaɪn] ⊜ **-s** [-z] ⑭ **-d** [-d]; **in-**

動⑫❶使(頭)低；屈(身) | She *inclined* her body to embrace the boy. 她彎下身擁抱男孩。

❷使相信；使有…的傾向 | The information *inclined* me to believe it. 這情報使我相信那事是真的。

❸(用 be inclined to V 的句型)想…；有…的傾向 | I am *inclined* to go there. 我想去那裡。 She is *inclined* to agree with me. 她傾向支持我的意見。

不傾向；性近 | We *incline* to luxury. 我們容易流於奢侈。

include [ɪnˈklud; ɪnˈkluːd] ⊜ **-s** [-z] ⑭ **-ed** [-ɪd]; **including**

動⑫❶包括 ⑫exclude | The price *includes* the tax. 這價錢包括稅金。

❷把…包括在內 | You are *included* **among** my friends. 你包括在我的朋友之中。

▶ include 和 contain

The tour *includes* a visit to Paris. (這旅行包括遊覽巴黎。)

The basket *contains* a variety of fruits. (這籃子裝有多種水果。)

▶ 包括做為整體的一部分或要素。

▶ 某物容納在比其更大的東西之內。

衍生名 **inclusion**(包含)形 **inclusive**(包含的)

income [ˈɪnˌkʌm, ˈɪŋˌkʌm; ˈɪŋkʌm](注意發音)⑩ **-s** [-z]

名(一定的)收入，所得 | I have an *income* of 50,000 dollars a month. 我每月有五萬元的收入。

▶⑫「支出」很少用 outgo，通常都用 expense, expenditure.

inconceivable [ˌɪnkənˈsivəbl; ˌɪnkənˈsiːvəbl]

形不可想像的；不可思議的；難以令人相信的 | *inconceivable* power 不可想像的力量／*inconceivable* quickness 不可思議的迅速　　　　〔**consistent**〕

inconsistent [ˌɪnkənˈsɪstənt; ˌɪnkənˈsɪstənt] ⑫

形不一致的；矛盾的 | His actions are *inconsistent* **with** his words. 他的言行不一致。

衍生名 **inconsistency**(矛盾；言行不一致)

inconvenience [ˌɪnkənˈvinjəns; ˌɪnkənˈviːnjəns] ⑩ **-s** [-ɪz]

名不便；為難；困難 | I caused *inconvenience* to him. 我使他不便。

⑫convenience | I suffered a slight *inconvenience*. 我受到一點不便。　　　〔**convenient**〕

inconvenient [ˌɪnkənˈvinjənt; ˌɪnkənˈviːnjənt] ⑫

形不便的；有困難的；錯誤的 | Come, if it is not *inconvenient* to you. 假如你方便的話就來吧。

incorrect [ˌɪnkəˈrɛkt; ˌɪnkəˈrekt] ⑫ correct

形不正確的；錯誤的 | He gave an *incorrect* answer. 他做了一個錯誤的答覆。

increase [ɪnˈkris; ɪnˈkriːs] ⊜ **-s** [-ɪz] ⑭ **-d** [-t]; **increasing**

動不(大小；數量；程度等)增加；增多；增大 | The number of cars is *increasing*. =Car are *increasing* in number. 汽車的數量越來越多。

⑫增加 | The rich diet *increased* his weight. 大魚大肉使得他發福。

── [ˈɪnkris; ˈɪnkriːs](注意發音)⑩ **-s** [-ɪz]

名增加；增大 | the *increase* in population 人口增加

on the increase 在增加中 | The number of cars is *on the increase*. 汽車的數量在增加中。

▶ 增加和減少

increase 動 增加　　decrease 動 減少
increase 名 增加　　decrease 名 減少

衍生副 **increasingly**(漸增地；逐漸地)

incredible [ɪnˈkrɛdəbl; ɪnˈkredəbl] ⑫ credible

形難以置信的；可疑的 | an *incredible* story 難以置信的故事／an *incredible* sum 難以置信的金額

▶ 容易混淆的五個字

incredible　(難以置信的)
incredulous　(不相信的) He is *incredulous* of the news.(他不相信這消息。)
credible　(可信的) a *credible* witness(可信的證人)
creditable　(值得稱讚的) a *creditable* record(值得稱讚的成績)
credulous　(輕信的；容易受騙的)

incur [ɪnˈkɜ; ɪnˈkɜː(r)] ⊜ **-s** [-z] ⑭ **incurred** [-d]; **incurring**

動⑫招致；惹起(不愉快的事) | My mistake *incurred* his anger. 我的錯誤惹起了他的憤怒。

▶ **-cur** 是「跑」

incur (招致)　＜in(向內)＋*cur*
occur (發生)　＜of(向)＋*cur*
recur (再發生)　＜re(返)＋*cur*
concur (同意)　＜com(共同)＋*cur*

incurable [ɪnˈkjurəbl; ɪnˈkjuərəbl]

形不能治療的；不治的 | an *incurable* disease 不治之症

⑫curable | His ignorance is *incurable*. 他的無知是無可救藥的。

indecent [ɪnˈdisnt; ɪnˈdiːsnt] ⑫ decent

形猥褻的；下流的 | Don't use *indecent* language. 不要使用下流的語言。

indeed [ɪn`did; ɪn'diːd]
- 副 ❶實在;的 | He is *indeed* an honest man.
確;確實 | 他的確是個誠實的人。
❷(表讓步)誠 | *Indeed* he is rich, **but** he is a miser.
然;的確(…但) | 他的確很富有,但却是個守財奴。
❸(表驚異,關 | "He spoke ill of you." "Oh, *indeed*."
心)的確!眞的! | 「他說你的壞話。」「噢!眞的。」

indefinite [ɪn`dɛfənɪt; ɪn'definət]
- 形 模糊的;不明 | I have only an *indefinite* plan.
確的;不定的 | 我只有一個籠統的計畫。
- 反 definite | an *indefinite* article (文法)不定冠詞
- 衍生 副 **indéfinitely**(漠然地)

independence [ˌɪndɪ`pɛndəns; ˌɪndɪ'pendəns] 複 無
- 名 自立;獨立 | The United States of America
- 反 dependence | declared her *independence* in 1776.
| 美國於 1776 年宣布獨立。
- 複合 名 **Índependence Dáy**(美國獨立紀念日▶ 7 月 4 日;亦可稱做 the Fourth of July。)

independent [ˌɪndɪ`pɛndənt; ˌɪndɪ'pendənt]
- 形 ❶獨立的 | an *independent* country 獨立的國家
❷自主的 | *independent* thinking 獨立思考
- **be [become] independent of ...**
脫離…而獨立 | The colony *became independent of* Britain. 這殖民地脫離英國而獨立。
- 衍生 副 **índepéndently**(獨立地;自主地)

index [`ɪndɛks; 'ɪndeks] 複 -es [-ɪz], indices [`ɪndəˌsiz]
- 名 ❶(書籍的) | Look up the word **in** the *index*.
索引 | 此字請查索引。
❷指數 | the wholesale price *index* 批發的物
| 價指數▶ wholesale 是「批發的」。

contents——目錄　　index 索引　　index finger 食指

India [`ɪndɪə, `ɪndjə; 'ɪndjə] 複 無
- 名 (國名)印度 | ▶ 正式名稱爲印度共和國。
- 複合 名 **Índia ínk**(墨,墨汁)**Índia páper**(聖經紙,薄而質地很好的紙,用於字典等。)

Indian [`ɪndɪən, `ɪndjən; 'ɪndjən] 複 -s [-z]
- 名 ❶美洲印地 | ▶❶亦可稱爲 American Indian。
安人 | ▶形 有「①印地安(人)的;②印度(人)
❷印度人 | 的」這兩種意義。
- 複合 名 **the Índian Òcean**(印度洋)

indicate [`ɪndəˌket; 'ɪndɪkeɪt] 三 -s [-s] 複 -d [-ɪd]; **indicating**
- 動 及 ❶表示;指 | The sign *indicates* the way to go.
出;指示 | 這標誌指出路的方向。
| The thermometer *indicates* 35 degrees. 溫度計指示 35 度。
❷顯示…的徵兆 | A sore throat *indicates* a cold.
| 喉痛是感冒的徵兆。
- 衍生 名 **índicátion**(指示;徵兆)**índicátor**(指示者〔物〕;指示針)形 **indícative**(指示的,(文法)直述法的)

indifferent [ɪn`dɪfərənt; ɪn'dɪfərənt]

- 形 漠不關心的, | She is *indifferent* **to** the new
冷淡的 | religion. 她對於新宗教漠不關心。
| ▶ 此字不是 different(不同的)的反義字, different 的反義字是 same(相同的)。(不關心地;冷淡地)
- 衍生 名 **indífference**(漠不關心)副 **indífferently**(漠)

indignant [ɪn`dɪgnənt; ɪn'dɪgnənt]
- 形 (對惡・不平 | 　　　　　　　　　at the blame.
等)憤怒的;憤慨 | I am *indignant* 　with the man.
的 | 　　　　　　　　　about the fact.
| 我對這譴責〔這個人・這事實〕憤憤不平。▶ 用「at＋事, with＋人」的句型。
- 衍生 名 **índignátion**(憤怒)

indirect [ˌɪndə`rɛkt; ˌɪndɪ'rekt] 反 direct
- 形 ❶迂迴的 | an *indirect* route 迂迴的道路
❷間接的;不得 | an *indirect* object (文法)間接受詞/
要領的 | an *indirect* answer 不得要領的答覆
- 衍生 副 **índiréctly**(間接地;次要地;迂迴地)

indispensable [ˌɪndɪ`spɛnsəbl; ˌɪndɪ'spensəbl] 反 dispensable
- 形 不可缺少的, | Water is *indispensable* **to** life.
不可缺的 | 水對生命是不可缺少的。
| ▶ 語氣比 necessary 爲強。

individual [ˌɪndɪ`vɪdʒʊəl; ˌɪndɪ'vɪdʒʊəl]
- 形 ❶個別的 | an *individual* word 個別的字
❷個人的 | *individual* differences 個人的差異
❸獨特的;有特 | an *individual* opinion 獨特的意見/
性的 | an *individual* style 獨特的風格
- —— 複 -s [-z]
- 名 (對社會・家 | Every *individual* has a right to
族而言)個人;個 | vote. 每個人都有投票權。
體;人 | (別地;個人地)
- 衍生 名 **índivídualísm**(個人主義)副 **índivídually**(個)

individuality [ˌɪndəˌvɪdʒʊ`ælətɪ; 'ɪndɪˌvɪdʒʊ'ælətɪ]
- 複 -ties [-z]
- 名 個性;個體; | We should respect *individuality*.
個人 | 我們應該尊重個人。

indolent [`ɪndələnt; 'ɪndələnt]
- 形 怠惰的;懶惰 | an *indolent* man 懶惰的人
的 同 lazy

indoors [`ɪn`dorz; 'ɪn'dɔːz]
- 副 在屋內;在室 | He ran *indoors*. 他跑進屋內。
內 | The children played *indoors*.
- 反 outdoors | 小孩子們在室內玩。
- 衍生 形 **índóor**(室內的)▶像 an indoor game(室內遊戲)這樣用於修飾名詞。(inducing)

induce [ɪn`djus; ɪn'djuːs] 三 -s [-ɪz] 複 -d [-t];
- 動 及 ❶勸誘;說 | We *induced* him **to** come with us.
服 同 persuade | 我們說動他和我們同行。
❷引起;招致 | Excessive drinking *induces* (中毒。
同 cause | alcoholism. 過度的飲酒引起酒精

	-duce 是「引導」	
in*duce*	(勸誘)	<in(在內)＋*duce*
re*duce*	(減少)	<re(返)＋*duce*
pro*duce*	(生產)	<pro(向前)＋*duce*
intro*duce*	(介紹)	<intro(向內)＋*duce*
de*duce*	(推論)	<de(在下)＋*duce*

[衍生] 名 **indúcement**(誘因;刺激;動機)

ndulge [ɪn`dʌldʒ; ɪn'dʌldʒ] ⊜ **-s** [-ɪz] 働 **-d** [-d]; **indulging**

動 及 ❶放任;縱 | She *indulges* her only son.
容 | 她縱容她的獨子。
❷使(感情‧慾 | I *indulged* my appetite for cookies.
望等)滿足 | 我大吃餅乾解饞。
不 放恣;沉溺 | She *indulged* in cake and ice
| cream. 她大吃特吃餅乾和冰淇淋。

[衍生] 名 **indúlgence**(耽溺;放縱;放任)
形 **indúlgent**(放縱的,寬大的;溺愛的)　「的形容詞」

ndustrial [ɪn`dʌstrɪəl; ɪn'dʌstrɪəl] ► industry ❶

形 產業的;工業 | an *industrial* nation 工業國家
的 |

► 勿與 industrious(勤勉的)混淆。

[複合] 名 **the Indústrial Revolútion**(工業革命)

ndustrious [ɪn`dʌstrɪəs; ɪn'dʌstrɪəs] ► industry ❸ 的形容詞

形 勤勉的 | He is an *industrious* worker.
同 diligent | 他是個勤勉的工作者。

► 不可與 industrial(產業的,工業的)混淆。

ndustry [`ɪndəstrɪ; 'ɪndəstrɪ] 働 **industries** [-z]

名 ❶工業;產業 | the rise of *industry* 工業的勃興
❷(產業各部門 | the automobile *industry* 汽車工業／
的)…業 | the iron *industry* 鐵工業／the
| broadcasting *industry* 廣播事業
❸勤勉 | His teacher praised his *industry*.
同 diligence | 他的老師稱讚他的勤勉。

工業 名 **industry** 勤勉

形 **industrial** 工業的　　形 **industrious** 勤勉的

nevitable [ɪn`ɛvətəbl; ɪn'ɛvɪtəbl] 同 unavoidable

形 必然的;不可 | The war was *inevitable*.
避免的 | 戰爭是不可避免的。

[衍生] 名 **inévitability**(不可避免的)副 **inèvitably**(一定
發生地) 　　　　　　　　　　　　　　　「expensive」

nexpensive [͵ɪnɪk`spɛnsɪv; ͵ɪnɪk'spensɪv] 反

形 費用低廉的; | The car was *inexpensive*.
價廉的 | 這車不貴。

► **inexpensive** 和 **cheap**
inexpensive …僅指價錢便宜的意味。
cheap …………除了「價廉的」之義,另有「沒什麼價值
的」之義,請注意。

nfamous [`ɪnfəməs; 'ɪnfəməs] (注意發音)

形 ❶聲名狼藉 | The town is *infamous* for the
的 | polluted air.
同 notorious | 這城市因空氣污染而惡名在外。
❷不名譽的;敗 | *infamous* conduct 不名譽的行為
德的 |

[衍生] 名 **infamy**(惡名;醜名)

nfant [`ɪnfənt; 'ɪnfənt] 働 **-s** [-s]

名 幼兒 ► 通常 | He was holding an *infant* in his
指未滿七歲的。 | arms. 他抱著幼兒。

[衍生] 名 **infancy**(幼年)時代;初期

infantry [`ɪnfəntrɪ; 'ɪnfəntrɪ] 働 **infantries** [-z]

名 (集合稱)步 | ► 騎兵隊稱為 cavalry,砲兵隊稱為
兵 | artillery.

[複合] 名 **infantryman**((一個個的)步兵)

infect [ɪn`fɛkt; ɪn'fekt] ⊜ **-s** [-s] 働 **-ed** [-ɪd]; **-ing**

動 及 ❶(疾病) | All the members of my family were
傳染;使感染 | *infected* with influenza.
| 我們全家人都感染了流行性感冒。
❷(因病菌)使污 | The water was *infected* with
染 | germs. 此水受細菌所污染。
❸(以壞思想等) | He *infects* young people with his
感化;給與影響 | radical thoughts.
| 他以偏激的思想影響年輕人。

[衍生] 名 **infection**(傳染;傳染病)形 **infectious**(傳染的;
易傳染的) 　　　　　　　　　　　　　　「inferring」

infer [ɪn`fɜ; ɪn'fɜː] ⊜ **-s** [-z] 働 **inferred** [-d];

動 及 不 推斷出 | I *inferred* that he was telling a lie.
► 從證據或事 | 我推斷他在說謊。
實中推斷。 |

[衍生] 名 **inference**(推量;推論;推斷)

inferior [ɪn`fɪrɪɚ; ɪn'fɪərɪə(r)]

形 (身分‧階 | *inferior* classes 下層階級／*inferior*
級)下級的;下層 | rank 下級的地位
的;(品質‧程 | He is *inferior* to you in all respects.
度)較劣的 | 他在各方面都比你差。
反 superior | ► 用於比較時,用 inferior **to** … 不用
| inferior **than** …。
── 働 **-s** [-z] | He is generous **to** his *inferiors*.
名 部下;屬下; | 他對他的部屬很慷慨。
晚輩;劣品 |

inferiority [ɪn͵fɪrɪ`arətɪ, ͵ɪnfɪr-; ɪn͵fɪərɪ'ɒrətɪ] 働 無
名 下等;低劣 | He has a sense of *inferiority*.
| 他有自卑感。► 自卑感亦稱為
反 superiority | *inferiority* complex。

infinite [`ɪnfənɪt; 'ɪnfɪnət] (注意發音)
形 無限的;無窮 | *infinite* time [space, distance] 無限
的;極大的 | 的時間〔空間‧距離〕／*infinite*
反 finite | wisdom 無窮的智慧

[衍生] 副 **infinitely**(無限地)名 **infinity**(無限)

infinitive [ɪn`fɪnətɪv; ɪn'fɪnətɪv] 働 **-s** [-z]

名 (文法)不定 | ► 動詞的一種形式,不受人稱‧數或時
詞 | 態等的限制。"I must go." 的 go 是不
| 用 to 的不定詞,"I want to go." 的 to
| go 是有 to 的不定詞。　　「flaming」

inflame [ɪn`flem; ɪn'fleɪm] ⊜ **-s** [-z] 働 **-d** [-d]; **in-**
動 及 使激動 | His words *inflamed* the students.
| 他的話煽動了學生。

[衍生] 名 **inflammátion**(發炎)形 **inflámmable**(易燃的;
易激動的)

inflict [ɪn`flɪkt; ɪn'flɪkt] ⊜ **-s** [-s] 働 **-ed** [-ɪd]; **-ing**
動 及 ❶給予(打 | He *inflicted* a heavy blow **on** me.
擊等) | 他給了我嚴重的打擊。
❷課以(工作‧ | The judge *inflicted* a harsh
罰等) | sentence on him. 法官判他重刑。

衍生 名 **inflĭction**(給予(痛苦・打擊等);痛苦;刑罰)

influence [`ɪnfluəns; `ɪnfluəns] (注意發音) 復 無
名 ❶影響〔力〕;
作用 | The teacher has a great *influence* **on** his pupils.
這位老師對學生有很大的影響力。

❷勢力;權勢 | He has little *influence* **over** Congress. 他對國會幾乎沒有勢力。
He has great *influence* **with** lower classes. 他對下層階級有很大的勢力。

—— 三 **-s** [-ɪz] 過 **-d** [-t]; **influencing**
動 及 給予影響 | The typhoons *influenced* the crops of the country.
颱風影響了該國的農作物。

influential [ˌɪnfluˈɛnʃəl; ˌɪnfluˈɛnʃl]
形 有勢力的;有 | He knows many *influential* people.
影響力的 | 他認識許多有權勢的人。

inform [ɪnˈfɔrm; ɪnˈfɔːm] 三 **-s** [-z] 過 **-ed** [-d]; **-ing**
動 及 通知;報告 | He *informed* me **of** the event.
► 後面跟著 of, | 他通知我這件事。
that 子句,或 | He *informed* me **that** she had left
wh-子句。 | for Europe.
他通知我說她已前往歐洲。
► 不說 "He informed me that ..."。

┌─► **inform** 和 **notify**─────
inform ……將事實、情報、知識傳達給某人。
notify ……以正式書信、公告通知。
The college *notified* him that he had passed the examination.
該大學通知他考試及格了。
└──────────────────────────

衍生 名 **infôrmant**(提供情報者;告密者)

informal [ɪnˈfɔrml; ɪnˈfɔːml] 反 formal
形 ❶非正式的 | an *informal* party 非正式的宴會
❷通俗的 | *informal* English 通俗的英語
► 合乎文法的正式英語是 formal English。

information [ˌɪnfɚˈmeʃən; ˌɪnfəˈmeɪʃən] 復 無
名 情報;知識; | He wants to get new *information*
報導;通知;資料 | **on** the subject.
他想要得到關於那議題的新資料。
Further *information* **about** the event may be obtained.
可能獲得這事件更進一步的情報。

► 在任何情況下,均不加表示複數的 s,也不加不定冠詞。可數時,作 a piece [bit] of information。

ingenious [ɪnˈdʒinjəs; ɪnˈdʒiːnjəs]
形 ❶靈敏的;有 | an *ingenious* man [craftsman,
發明天才的 | engineer] 有發明天才的人〔工匠,工程師〕
❷巧妙的,精巧 | an *ingenious* machine 精巧的機器/
的 | an *ingenious* toy 精巧的玩具

┌─► **ingenious** 和 **ingenuous**─
ingenious [ɪnˈdʒinjəs]……靈敏的
ingenuous [ɪnˈdʒɛnjuəs]…天真無邪的
└──────────────────────────

衍生 名 **íngenùity**(發明之才,智巧) ⌐**-ing**⌐
inhabit [ɪnˈhæbɪt; ɪnˈhæbɪt] 三 **-s** [-s] 過 **-ed** [-ɪd];

動 及 居住 | The district is densely *inhabited*.
這地區的人口密度很高。
► 用於種族或家族的居住,不可用於個人。所以不可作 "Tom inhabits the house."(湯姆住在那間房子。)

┌─►「居住」的同義字───────
reside ……最正式的用語。有住在華麗的房屋之含意。
live ………最普通的用語。
dwell ………詩或文章用語。
inhabit ……人和動物居住於廣大地區。
└──────────────────────────

衍生 名 **inhàbitant**(居民;居住者)

inherent [ɪnˈhɪrənt; ɪnˈhɪərənt] ► inherit 的形容詞
形 固有的,與生 | her *inherent* modesty
俱來的 | 她天生的謙虛

inherit [ɪnˈhɛrɪt; ɪnˈherɪt] 三 **-s** [-s] 過 **-ed** [-d]; **-ing**
動 及 ❶繼承(財 | He *inherited* the family estate **from**
產;權利;頭銜) | his father. 他繼承了他父親的家產。
❷承繼(遺傳的 | He *inherited* good health **from** his
特質等) | father.
他由他父親那裡遺傳到健康的身體。

► inherit 的名詞式

❷heredity（遺傳）
❶inheritance（繼承）

inhuman [ɪnˈhjumən; ɪnˈhjuːmən]
形 殘忍的;冷酷 | an *inhuman* leader 殘忍的領導人/
的;不人道的 | an *inhuman* word 冷酷的話

initial [ɪˈnɪʃəl; ɪˈnɪʃl]
形 最初的;開始 | the *initial* letter of a word 一字開頭
的 | 的字母

—— 復 **-s** [-z]
名 (通常用複 | Richard Smith's *initials* are R. S.
數)(姓名等的) | 理查・史密斯的姓名的起首字母是 R.
起首字母 | S.

initiative [ɪˈnɪʃɪˌetɪv; ɪˈnɪʃɪətɪv] 復 無
名 主動,首創; | He took the *initiative* **in** the
發端 | movement. 他發起該運動。

衍生 動 **inìtiáte**(創始) ⌐**[-d]; injuring**⌐
injure [`ɪndʒɚ; `ɪndʒə(r)] (注意發音) 三 **-s** [-z] 過 **-d**
動 及 ❶傷害;使 | The player was *injured* **in** his right
受傷 | leg. 這選手的右腿受傷。

► **injure** 與 **wound**

injure 用於各種傷害。

wound 指因刀劍或槍砲等而受的傷。

❷傷害;損害 | The rumor *injured* his pride.
| 這謠言傷了他的自尊心。

injurious [ɪn`dʒʊrɪəs; ɪn'dʒʊərɪəs] 圈 harmful
形 有害的 | Smoking is *injurious* **to** the health.
| 抽煙有害於健康。

injury [`ɪndʒərɪ; 'ɪndʒərɪ] 復 injuries [-z]
名 負傷;傷害; | He received a slight *injury* **to** his
損害 | head. 他的頭部受了輕傷。

injustice [ɪn`dʒʌstɪs; ɪn'dʒʌstɪs] 復 -s [-ɪz]
名 不公平;不公 | the *injustice* of punishment
正的行為;不正 | 懲罰之不當

▶ **un-** 和 **in-**
| 形 just(公平的) | ↔ **un**just(不公平的)
| 名 justice(公平, 公正) | ↔ **in**justice(不公平)

ink [ɪŋk; ɪŋk] 復 無
名 墨水 | He wrote a letter in red *ink*.
| 他用紅墨水寫信。

▶ 用墨水;通常用 in ink 也可稱為 with ink。
複合 名 **ìnk bóttle**(墨水瓶), **ìnkpót**(墨水壺), **ìnkstánd**
(墨水瓶架)

inland [`ɪnlənd, `ɪn,lænd; 'ɪnlənd, -lænd]
形 ❶內陸的;遠 | an *inland* state 內陸的州／an *inland*
離海(邊境)的 | port 內陸港口
❷國內的 | *inland* trade 國內貿易
— 復 -s [-z]
名 內陸 | The *inland* consists of moors and
| hills. 內陸的區域包括荒野和丘陵。

inlet [`ɪn,lɛt; 'ɪnlet] 復 -s [-s] ⇨ bay, gulf
名 (海·湖等 | There are many *inlets* in this
的)海口湖岔;灣 | seacoast. 在這海岸線有許多海口。

inn [ɪn; ɪn] 復 -s [-z] ▶與 in 同音。
名 旅館;客棧 | An innkeeper is a person who
| keeps an *inn*.
| 客棧老板就是經營客棧的人。

▶ 兼營旅館飲食業的小旅館, 沒有 hotel 那樣豪華。

inner [`ɪnɚ; 'ɪnə(r)] 復 inmost, innermost(限定用法)
形 ❶內部的,裡 | an *inner* room 內室／an *inner*
面的 反 outer | angle (三角形等的)內角
❷(精神上)親密 | the *inner* circle of one's friends 某
的,精神的 | 人的密友／the *inner* life 精神生活

innocent [`ɪnəsənt; 'ɪnəsənt]
形 ❶無辜的;清 | He is an *innocent* victim.
白的,無罪的 | 他是個無辜的受害者。
反 guilty | He is *innocent* of the murder.
| 他沒犯殺人罪。
| ▶「他犯了殺人罪。」是
| He is *guilty* of the murder.
❷天真無邪的; | an *innocent* child 天真無邪的孩子／
純真的 | an *innocent* look 天真的神態
❸無害的 | *innocent* tricks 不含惡意的詭計／
圈 harmless | *innocent* vanity 無害的虛榮
衍生 名 **ìnnocence**(無罪;天真無邪)副 **ìnnocently**(天真
無邪地) [`ɪnju:mərəbl]

innumerable [ɪ`njumərəbl, ɪn`n-, -`num-;
形 數不清的;無 | *innumerable* bees 數不清的蜜蜂／
數的 | *innumerable* stars 無數的星星

▶ 「無數的」同義字
| numberless | <number(數)+less(不能)
| countless | <count(數)+less(不能) 「的)
| innumerable | <in(不)+numer(數)+able(能夠)
| ▶ numerous 是「無數的」之義。

inquire [ɪn`kwaɪr; ɪn'kwaɪə(r)] 三 -s [-z] 過 -d [-d];
inquiring
動 反 詢問 | He *inquired* when the museum
▶比 ask 更正 | would be open.
式。 | 他詢問博物館何時開放。
不 詢問;探問 | I *inquired* of the newsmen about
| the decision. 我向新聞記者詢問這)
| He *inquired* about you. 「項決定。)
| 他問到了你。
inquire after | He *inquired* *after* the patient.
... 問候… | 他問候那病人。
inquire into ... | We *inquired* *into* the accident.
調查… | 我們調查這意外事件。

inquiry [ɪn`kwaɪrɪ, `ɪnkwərɪ; ɪn'kwaɪərɪ] 復 inquiries
[-z]
名 詢問;調查 | *inquiries* **about** stock prices
| 詢問證券價格

▶ 從單指 question(質問)迄至大規模的調查。

insane [ɪn`sen; ɪn'seɪn] 比 -r 最 -st
形 ❶瘋狂的;患 | an *insane* person 瘋子／an *insane*
精神病的 | hospital 精神病院▶這個 insane 是
反 sane | 「為精神病人而設的」之義。
▶ 口語中 mad, crazy 常被使用。lunatic 現在幾乎已不
被使用。
❷極愚蠢的,毫 | an *insane* attempt 極愚蠢的嘗試
無道理的
衍生 名 **insànity**(瘋狂;極愚蠢的行為) 「inscribing)

inscribe [ɪn`skraɪb; ɪn'skraɪb] 三 -s [-z] 過 -d [-d];)
動 反 登記;題 | He *inscribed* her name on the wall.
記;刻銘 | 他把她的名字刻在牆上。

▶ **-scribe** 是「書寫」
| a*scribe* | (歸因於) | <ad(向) + *scribe*
| de*scribe* | (描寫) | <de(向下) + *scribe*
| in*scribe* | (登記) | <in(在內) + *scribe*
| pre*scribe* | (規定) | <pre(預先) + *scribe*
| sub*scribe* | (捐助) | <sub(在下) + *scribe*
| ▶ scribble 是「潦草書寫、塗鴉」之義。

inscription [ɪn`skrɪpʃən; ɪn'skrɪpʃn] 復 -s [-z]
名 銘;碑文;碑 | The *inscription* on the tomb is very
銘 | clear. 墓碑上的碑文很清晰。

insect [`ɪnsɛkt; 'ɪnsekt] 復 -s [-s]

| insects 昆蟲 | | worms 蟲 |

beetle 甲蟲

butterfly 蝴蝶

cricket 蟋蟀

earthworm 蚯蚓

caterpillar 毛蟲

名 昆蟲 | There are many kinds of *insects* in this area. 在這地區有很多昆蟲。

► 「昆蟲學家」是 éntomòlogist。

複合名 **insècticîde** [-saɪd] (殺蟲劑) ⇨ suicide

insert [ɪn`sɜt; ɪn'sɜ:t] ⊝ **-s** [-s] 働 **-ed** [-ɪd]; **-ing**
動 ⊗ 插入;填入 | *Insert* a word in the blank. 在空白處填入一字。

inside [`ɪn`saɪd; ˌɪn'saɪd] 働 **-s** [-z] 反 outside
名 (加 the) 內側;內部 | The *inside* of my coat has two pockets. 我外套的內側有兩個口袋。

inside out 裡面翻外地 | I put my coat on *inside out*. 我把外套翻面穿。

► 「上下顛倒」是 upside down。

── 形 (限定用法) 內側的;有內應的 | the *inside* seat 裡面的座位
The theft was an *inside* job. 這竊盜案是內賊所爲。

── 副 在內部,在內側;在屋內 | He went *inside*. 他走進裡面。

inside of ... (口語) 在…以內 | He will leave hospital *inside of* a week.
働 within | 他將在一星期內出院。

── 介 在…的內部;在…裡面 | The children played *inside* the fence. 孩子們在籬笆內玩。

insight [`ɪn,saɪt; 'ɪnsaɪt] 働 **-s** [-s]
名 (看透眞相的) 洞察力;見識 | He has an *insight* into human nature. 他有洞察人性的能力。

insignificant [ˌɪnsɪg`nɪfəkənt; ˌɪnsɪg'nɪfɪkənt] 反 significant
形 不足取的;微不足道的 | He is an *insignificant* fellow. 他是個無足輕重的傢伙。
働 trifling | an *insignificant* sum 微不足道的金額

insist [ɪn`sɪst; ɪn'sɪst] ⊝ **-s** [-s] 働 **-ed** [-ɪd]; **-ing**
動 不 堅持;強調;堅決主張;一定要 | He *insists* on his innocence. 他堅稱他是無辜的。
He *insisted* on going there. 他一定要去那裡。
► He *insisted* on **my** going there. 他一定要我去那裡。
⊗ 強調;堅持;堅決主張;一定要 | I *insisted* that she was innocent. (=I *insisted* on her innocence.) 我堅持她是無罪的。

衍生 名 **insìstence** (強調, 堅持) 形 **insìstent** (堅持的)

inspect [ɪn`spɛkt; ɪn'spɛkt] ⊝ **-s** [-s] 働 **-ed** [-ɪd]; **-ing**
動 ⊗ ❶ 調查;檢查 | He *inspected* every part of the machine. 他檢查該機器的每一部分。

────「調查」的同義字────
examine ……最普通的用語。
inspect ……搜尋過失及缺陷;視察。
investigate …調查事件或身分等。

❷ (正式的) 視察 | The governor *inspected* the new power plant. 省主席視察新的發電廠。

衍生 名 **inspèction** (調查;視察), **inspèctor** (檢查官;視察官;巡官)

inspiration [ˌɪnspə`reʃən; ˌɪnspə'reɪʃn] 働 無
名 靈感 | Genius is 1 percent of *inspiration* and 99 percent of perspiration. 天才是百分之一的靈感加上百分之九十九的流汗(努力)。

inspire [ɪn`spaɪr; ɪn'spaɪə(r)] ⊝ **-s** [-z] 働 **-d** [-d]; inspiring
動 ⊗ ❶ (精神的) 鼓舞;激發 (感情・思想等) | His speech *inspired* the crowd. 他的演說感動了群眾。
The officer's courage *inspired* confidence in his soldiers. 這軍官的勇敢獲得士兵們對他的信任。
Her encouragement *inspired* him to work hard. 她的鼓勵激發他努力地工作。

❷ 注入;給與 | His words and deeds *inspired* his party with hope. 他的言行給他的同伴帶來希望。

❸ 給與靈感 | The poet was *inspired* by God. 這詩人受上帝賜與靈感。

──── ► -spire 是「呼吸」────
in*spire*	(鼓舞)	<in(向內)+*spire*
ex*spire*	(到期)	<ex(向外)+*spire*
a*spire*	(熱望)	<ad(向)+*spire*
per*spire*	(流汗)	<per(完全)+*spire*

install [ɪn`stɔl; ɪn'stɔ:l] ⊝ **-s** [-z] 働 **-ed** [-d]; **-ing**
動 ⊗ ❶ 裝設, 安裝(設備) | We *installed* a telephone. 我們安裝了一部電話。
❷ 使就任 | A new professor was *installed*. 新教授就任了。

衍生 名 **ínstallàtion** (就任;裝設)

installment, 英 **-stal-** [ɪn`stɔlmənt; ɪn'stɔ:lmənt] 働 **-s** [-s]
名 分期付款 | I paid for the car **by** *installments*. 我分期付款給付這部汽車的錢。
She bought a washing machine **on** the *installment* plan. 她用分期付款買了一部洗衣機。

► the installment plan 在英國稱爲 hire-purchase 或 hire system。

instance [`ɪnstəns; 'ɪnstəns] 働 **-s** [-ɪz]
名 例證, 實例 | I'll give you an *instance* of it. 我將爲你們舉出這事的實例。
働 example |
for instance 例如 | How about making a foreign tour, Rome or Paris, *for instance*? 去外國旅行如何, 例如羅馬或巴黎?

instant [`ɪnstənt; 'ɪnstənt]
形 ❶ 立刻的 | The medicine gave *instant* relief. 這藥立刻減輕了病情。
働 immediate |
❷ 緊急的 | I have *instant* need of money. 我急需錢。
働 urgent |
❸ 可速食的;即溶的 | a cup of *instant* coffee 一杯即溶咖啡

── 働 **-s** [-s]
名 瞬間;剎時 | Come this *instant*. 立刻就來。
働 moment |

► minute, moment, instant

minute ……有「分」和「片刻」之義。
    Wait a *minute*. (稍等一下。)

moment ……有「瞬間」和「片刻」之義。
    I'll be there in a *moment*.
    (我即刻就到那裡。)

instant 意思與 moment 大致相同。

---

in an instant
立刻, 馬上 | He told me to leave *in an instant*.
他叫我馬上離開。

the instant (that) …
—…就… | *The instant (that)* he heard the
囫 as soon as | news, he told it to me.
他一聽到這消息, 就馬上告訴了我。

衍生 副 **instantly**(立即地)

instantaneous [ˌɪnstən'teniəs; ˌɪnstən'teɪnɪəs]
形 即時的 | an *instantaneous* photograph 快照／
an *instantaneous* death 立即死亡

instead [ɪn'stɛd; ɪn'sted]
副 代替 | Let him go *instead*. 讓他代你去。

instead of …
❶代替…;而不 | He went there *instead of* his father.
是… | 他代他父親去那裡。
He went there by ship *instead of* by
plane.
他是坐船而不是搭飛機去那裡的。
► 後面不只可以跟著名詞單字或片語,
有時亦接名詞子句。

❷不…而… | He spent his time idly *instead of*
working. 他不工作而荒廢光陰。

► 避免混淆

instead of … | (代替…;不…而…)
► 不作 in stead of。

in spite of … | (雖然…仍…)
► 不作 inspite of, 但可用 despite
代之。

---

instinct ['ɪnstɪŋkt; 'ɪnstɪŋkt] 複 **-s** [-s]
名 ❶本能;直覺 | Animals know their enemies **by**
instinct. 動物靠本能認出敵人。
❷天性;天分 | He has an art *instinct*.
他有藝術天分。

衍生 形 **instinctive**(本能的的)副 **instinctively**(本能地)

institute ['ɪnstəˌtjut; 'ɪnstɪtjuːt] 複 **-s** [-s]
名 研究所;協會 | the American *Institute* of Nutrition
美國營養研究所
► 理工科的專科學校或大學亦稱爲 an institute。

institution [ˌɪnstə'tjuʃən; ˌɪnstɪ'tjuːʃn]
名 ❶設立;制定 | the *institution* of the society 協會的
設立
❷制度;慣例 | a religious *institution* 宗教的制度
❸社會設施;公 | Public libraries, public parks and
共設施〔機構〕 | museums are all *institutions*.
公共圖書館、公立公園和博物館, 都是公
共設施。 ⌐**-ing**

instruct [ɪn'strʌkt; ɪn'strʌkt] 複 **-s** [-s] 過 **-ed** [-ɪd];
動 及 ❶教授 | He *instructed* them **in** chemistry.
囫 teach | 他教他們化學。

---

❷指示;命令 | He *instructed* them **to** start.
他命令他們動身。

instruction [ɪn'strʌkʃən; ɪn'strʌkʃn] 複 **-s** [-z]
名 ❶教授;教育 | His *instruction* is given in English.
他以英文教學。
❷(用複數)指 | We carried out his *instructions*.
令;命令 | 我們實行了他的命令。

instructive [ɪn'strʌktɪv; ɪn'strʌktɪv] 囫 useful
形 有益的;給予 | The book is *instructive*.
知識的 | 這本書是有教育意義的。

instructor [ɪn'strʌktɚ; ɪn'strʌktə(r)] 複 **-s** [-z]
名 ❶教師;指導 | an *instructor* in swimming = a
者 | swimming *instructor* 游泳教練
❷美(大學的) | An *instructor* is below an assistant
專任講師 | professor. 講師的職位低於副教授。

instrument ['ɪnstrəmənt; 'ɪnstrʊmənt] 複 **-s** [-s]
名 ❶器具;器械 | a surgical *instrument* 外科用具
► a tool 是木匠用具等。an
instrument 係用於更精密的工作。
❷樂器 | A violin is a musical *instrument*.
小提琴是一種樂器。

► 各種 instruments

surgical | microscope | violin | compass
knife | 顯微鏡 | 小提琴 | 指南針
手術刀

❸手段;工具;方 | The newspaper is an *instrument* of
法 | mass communication.
囫 means | 報紙是一種大眾傳播工具。

instrumental [ˌɪnstrə'mɛntl̩; ˌɪnstrʊ'mentl̩]
形 有功用的;有 | He was *instrumental* in getting me
幫助的 | a job. 他幫助我得到一份工作。

insult ['ɪnsʌlt; 'ɪnsʌlt] 複 **-s** [-s] ► 與動詞發音不同。
名 侮辱;侮辱的 | Your remark is an *insult* **to** him.
言行 | 你的話對他是一種侮辱。

► insult 是「侮辱人家的 | ► scorn, contempt 是
話或態度」。 | 「輕蔑的情緒」。

—— [ɪn'sʌlt; ɪn'sʌlt] (注意發音) 三 **-s** [-s] 過 **-ed** [-ɪd];
-ing
動 及 侮辱 | The teacher *insulted* him.
老師侮辱了他。

insurance [ɪn'ʃurəns; ɪn'ʃɔːrəns] 複 無
名 保險;保險金 | accident *insurance* 意外保險／life
囫 assurance | *insurance* 人壽保險

insure [ɪn'ʃur; ɪn'ʃɔː(r)] 複 **-s** [-z] 過 **-d** [-d]; **insuring**
動 及 ❶投以保 | He *insured* himself **against** death
險 | [accident] for ten million dollars.
他投保了一千萬元的壽險〔意外險〕。

❷保證
同 ensure

He *insured* his house **against** fire.
他的房子保了火險。
The building structure *insures* privacy and quietude. 這建築物的構造保證隱密和安靜。

> ► **insure, ensure, assure**
> insure …(對生命財產)投以保險 ⎫
> ensure …使確實;確保   ⎬ 是主要的意義。
> assure …保證;使確信   ⎭
> ►「保險」是美 insurance, 英 assurance。

衍生 **名** the ins**ù**red(被保險者), ins**ù**rer(保險業者)

integrity [ɪn`tɛgrətɪ; ɪn'tegrəti] **榮** 無
名 誠實;清廉; | He is a man of *integrity*.
正直 | 他是個正直的人。

intellect [`ɪntḷ͵ɛkt; 'ɪntəlekt] **榮** -s [-s]
名 ❶(對意志或 | Appeal to feelings instead of
感情而言)智能; | *intellect*.
智力 | 訴諸感情而非智能。
❷(用複數,集合 | the *intellect(s)* of the country
稱)知識分子 | 該國的知識分子
衍生 **形** **名** **ì**ntell**è**ctual(有智能的;智力的;知識分子)

intelligence [ɪn`tɛlədʒəns; ɪn'telɪdʒəns] **榮** 無
名 ❶智力;理解 | He lacks *intelligence*.
力;才智 | 他缺乏智力。
► 智商 IQ 是 intelligence quotient 之縮寫。
❷情報 | the Central *Intelligence* Agency 中
同 information | 央情報局 ► 略作 CIA。

intelligent [ɪn`tɛlədʒənt; ɪn'telɪdʒənt]
形 聰明的 | an *intelligent* boy 聰明的男孩
► 表「聰明」之義的形容詞有 bright, brilliant, clever, quick-witted, sharp, smart 等。

intend [ɪn`tɛnd; ɪn'tend] **榮** -s [-z] **榮** -ed [-ɪd]; -ing
動 **及** ❶打算 | I intend { **to** do the work.
           {   { **doing** the work.
我打算做這工作。
► intend 比 be going to 口語化。
I *intended* to have bought the new car.
我本來打算買新車(但沒買)。
► 完成式的不定詞係表意圖未實現 ⎫
❷計畫使…,打 | I intend   ⎬的意思。⎭
算使某人做… | { him **to** be a physician.
           { him **for** a physician.
           { **that** he shall be a physician.
我打算讓他當醫生。
❸意欲 | The gift was *intended* **for** you.
同 mean | 這禮物是準備送給你的。

intense [ɪn`tɛns; ɪn'tens] **榮** -r **榮** -st
形 ❶激烈的 | *intense* heat [cold] 酷暑〔寒〕／an
           | *intense* pain 劇痛
❷(感情)熱烈 | *intense* passion 強烈的情感／an
的,熱情的 | *intense* person 熱情的人

> ► **intense 和 intensive**
> intènse ………激烈的 | *intense* heat 酷暑
> intènsive ……集中的 | *intensive* reading 精讀

衍生 **副** int**è**nsely(激烈地;熱心地) **名** int**è**nsity(激烈;強烈)
榮 -fied [-d]; -ing

intensify [ɪn`tɛnsə͵faɪ; ɪn'tensɪfaɪ] **弖** -fies [-z]
動 **及** **不** 使(變) | The vast valley *intensified* his
強烈;增大 | loneliness.
           | 這廣大的山谷讓他更覺得孤寂。

intensive [ɪn`tɛnsɪv; ɪn'tensɪv]
形 集中的;透徹 | an *intensive* study of a few books
的 | 數本書的徹底研究
反 extensive | *intensive* agriculture 集約農業
衍生 **副** int**è**nsively(集中地;加強地)

intent [ɪn`tɛnt; ɪn'tent] **榮** -s [-s]
名 意圖;意向 | He shot at me with *intent* to kill.
目的 | 他有意義我而向我射擊。

to all intents and purposes
事實上;實際上 | He was *to all intents and purposes*
           | deceived. 事實上他受騙了。

— **榮** -er **榮** -est
形 專心的;專注 | He is *intent* **on** the problem.
的 | 他專注於這問題。
           | an *intent* gaze 目不轉睛地盯著

intention [ɪn`tɛnʃən; ɪn'tenʃn] **榮** -s [-z]
名 意思;意圖 | Do you have any *intention* of going
           | there? 你有去那裡的意思嗎?
衍生 **形** int**è**ntional(故意的;有意的)

intercourse [`ɪntɚ͵kors, -͵kɔrs; 'ɪntəkɔːs] **榮** 無
名 ❶交際;交流 | They don't have much *intercourse*
► 因含有❷之 | **with** him. 他們和他沒什麼交往。
義,故在會話中 | a commercial *intercourse* with
要注意。 | Japan 和日本的通商
❷肉體關係 | sexual *intercourse* 性交

interest [`ɪntərɪst; 'ɪntrəst] **榮** -s [-s]
名 ❶興趣;關心 | He shows no *interest* **in** politics.
           | 他對政治不表興趣。
           | I have a great *interest* **in** poetry.
           | 我對詩有濃厚的興趣。
► 不定冠詞不與形容詞連用時也跟隨的情形不少:take [feel, have] an *interest* in …(對…有興趣)
❷愛好;嗜好 | Flower arrangement is one of her
           | *interests*. 插花是她的愛好之一。
❸(常用複數)利 | He always seeks his own *interests*.
益 | 他總是追求他自己的利益。
           | I did my best **in** the *interest(s)* of
           | your firm.
           | 我為你公司的利益盡力。
❹利息 | capital and *interest* 本金和利息
❺(法律上的)所 | He has a financial *interest* in the
有權;股份 | company.
           | 他在公司有股份。

— **弖** -s [-s] **榮** -ed [-ɪd]; -ing
動 **及** 使感興趣; | He *interested* me **in** outdoor sports.
使關心 | 他使我對戶外運動發生了興趣。

interested [`ɪntərɪstɪd, `ɪntrɪstɪd; 'ɪntrəstɪd]
形 ❶(人)感興 | I am *interested* **in** fishing.
趣的 | 我對釣魚感興趣。
❷有利害關係 | the *interested* persons
的;有關係的 | 有利害關係的人;當事者

► **uninterested** 和 **disinterested**

uninterested…沒興趣的, 不關心的
He is *uninterested* in politics.
(他對政治不關心。)
disinterested…沒有私心的, 公平的
a *disinterested* judgment (公平的判斷)

interesting [`ɪntərɪstɪŋ, `ɪntrɪstɪŋ; `ɪntrəstɪŋ]
► 注意勿與 interested 混淆。
形 有趣味的 | The movie was *interesting*.
| 這部電影是有趣的。
► interesting 和 amusing:這兩字均為「有趣的」之義；
但 interesting 係引人興趣的「有趣」, 應與引人發噱的
amusing 加以區別。
► 以人為主語時, 不可說 "I am interesting." 但若是引
起他人興趣或關心時可以說 "He is *interesting*." (他很
有趣)。   ʃ[-d]; **interfering**⟩

interfere [ˌɪntə`fɪr; ˌɪntə`fɪə(r)] ⊜ -s [-z] 過 -ed
動不 ❶干涉;干 | Don't *interfere* in my affairs [with
預 | me]. 不要干涉我的事情。
同 meddlee | He *interfered* **between** us.
| 他干涉我們的事。
❷(事物)妨害 | The event *interfered* with **his** work.
| 這件事妨礙了他的工作。

interference [ˌɪntə`fɪrəns; ˌɪntə`fɪərəns] 過 -s [-ɪz]
名 干涉;妨害 | personal *interference* in the
| management of the company
| 對該公司經營的個人干預

interior [ɪn`tɪrɪə; ɪn`tɪərɪə(r)] 過 -s [-z]
名 ❶內部 | the *interior* of the court
反 exterior | 法庭的內部
❷內陸;內地 | The *interior* of the country is
| abundant in minerals.
| 這個國家的內陸礦產豐富。
❸(加 the)內政 | the Department [Secretary] of the
| *Interior* 美 內政部〔部長〕
── 形 ❶內部的 | the *interior* part of a house
反 exterior | 房屋的內部
❷內陸的, 內地 | the *interior* features of the country
的 | 該國內陸的地勢
❸國內的 | *interior* trade 國內貿易

► **in-** 是「在內」, **ex-** 是「在外」─

ex-   in-   ⎧ **in**hale   (吸入)
               ⎪ **in**terior   (內部的)
               ⎨ **im**port   (輸入)
               ⎪ **ex**hale   (呼出)
               ⎪ **ex**terior (外部的)
               ⎩ **ex**port   (輸出)

interjection [ˌɪntə`dʒɛkʃən; ˌɪntə`dʒekʃn] 過 -s [-z]
名 (文法)感嘆 | "Ah" is an *interjection*.
詞 | 「啊」是個感嘆詞。
衍生 動 **ínterjèct**(突然插入(話等)) ⎧音⟩

intermediate [ˌɪntə`midɪɪt; ˌɪntə`miːdjət] (注意發
形 (時間・場所 | an *intermediate* course [color,
等)中間的 | rank] 中級的課程〔顏色, 階級〕
► 表學力等的程度時, 意思為「中級的」。

---

intermediate English (中級英語), introductory(=
beginner's) English(初級英語), advanced English ⎫
                             (高級英語)⎭

internal [ɪn`tɜn]; ɪn`tɜ:nl]
形 ❶內部的; | *internal* organs 內臟／*internal*
(藥) 內服用的 | bleeding 內出血
反 external
❷國內的;內政 | The ministry administers the
的 反 foreign | *internal* affairs.
同 domestic | 這個部掌管內政事務。

international [ˌɪntə`næʃən]; ɪn`tə(:)næʃənl]
形 國際的, 國際 | The United Nations is an
上的 | *international* organization.
| 聯合國是一個國際組織。
衍生 名 **ínternátionalísm**(國際主義) ⎧(國際化)⎫
副 **ínternátionally**(國際性的) 動 **ínternátionalíze** ⎭

interpret [ɪn`tɜprɪt; ɪn`tɜ:prɪt] (注意發音) ⊜ -s [-s]
過 **-ed** [-ɪd]; **-ing**
動及 ❶解釋;說 | How do you *interpret* this sentence?
明 | 你如何解釋這個句子？
❷理解;認為(有 | I *interpreted* his remark **as** a threat.
…的意思) | 我認為他的話是一種威脅。
不 通譯 | He *interpreted* **for** me.
| 他為我翻譯。

interpreter 通譯員   translator
                                   翻譯家

interpret 通譯   **translate** 翻譯

衍生 名 **intérpretátion**(解釋;判斷;翻譯)
intèrpreter(解釋者;通譯員)

interrupt [ˌɪntə`rʌpt; ˌɪntə`rʌpt] ⊜ -s [-s] 過 **-ed**
[-ɪd]; **-ing**
動及 ❶使中斷 | The landslide *interrupted* traffic.
| 山崩使交通中斷。
❷打擾;打斷(談 | Don't *interrupt* your father **in** his
話等) | talk. 不要打斷你父親的談話。
衍生 名 **ínterrúption**(妨害;打擾;中斷)

interval [`ɪntəv]; `ɪntəvl] (注意發音) 過 -s [-z]
名 (時間・場所 | He did it **in** the *intervals* of his
的)間隔;空檔 | business. 他在業餘做了那事。
(英) (劇場的)兩 | The trains start **at** *intervals* of two
幕之間的間隔時 | hours. 火車每隔兩小時一班。
間 ► 美 稱為 | The trees are planted **at** *intervals*
intermission。 | of fifty meters.
| 這些樹每隔 50 公尺種一株。
| I saw him **after a long** *interval*.
| 我隔了很久才見到他。

intervene [ˌɪntə`vin; ˌɪntə`viːn] ⊜ -s [-z] 過 **-d** [-d];
intervening
動不 ❶介於其 | A week *intervenes* **between** the two
間;插入 | parties. 兩個宴會之間相距一個禮拜。
❷仲裁, 調停;干 | I *intervened* **in** the quarrel between
涉 | my father and mother.
| 我調停了我父母親之間的爭吵。

衍生 名 **íntervèntion**（調停；干涉）　〔-d]; -ing〕
interview [`ɪntɚ.vju; ˈɪntəvjuː] ⊜ -s [-z] 魎 -ed
動及 接見；會見 ｜ He formally *interviewed* the
　　　　　　　　 President. 他正式謁見了總統。
━ 魎 -s [-z]
名 會見；接見；｜ I had an *interview* with the Mayor.
訪問　　　　　　 我會見了市長。
　　　　　　　　 The Prince gave [granted] an
　　　　　　　　 interview to the reporters.
　　　　　　　　 王子答應接見新聞記者。
intimate [`ɪntəmɪt; ˈɪntɪmət]（注意發音）
形 ❶親密的　　 ｜ They are *intimate* friends.
　　　　　　　　 他們是密友。
▶ 異性之間如用 intimate 恐遭誤解；所以「親密的好朋
友」最好說爲 a good friend, a close friend 比較恰當。

━━▶ familiar 和 intimate━━

familiar

familiar…由於長時間的交往, 而變得如同親人般的
　　　　　 融洽和熟悉。
intimate…由於深知對方的心意和感情而親密。

❷詳盡的；精通 ｜ He has an *intimate* knowledge of
的　　　　　　　 fine arts. 他非常熟悉美術。
❸私人的；隱密 ｜ Don't ask a stranger about his
的　　　　　　　 *intimate* affairs.
囘 private　　　 不要向陌生人詢問他的私事。
❹內心的　　　　 He recorded his *intimate* feelings in
　　　　　　　　 his diary.
　　　　　　　　 他把自己內心的感情記錄在日記上。
衍生 名 **ìntimacy**（親密, 親近）副 **íntimately**（親密地；熟悉地）

into [`ɪntʊ, `ɪntə, `ɪntu; ˈɪntu] ▶ 母音之前讀作 [`ɪntu],
在子音之前讀作 [`ɪntə], 在句尾時讀作 [`ɪntu]。
介 ❶（運動・方 ｜ He went *into* the room.
向）到…之內, 向 ｜ 他走進室內。
…之中　　　　　▶「他在室內」是一種靜止的狀態, 像
囘 out of　　　 "He was in the room." 這樣用 in。
　　　　　　　　 A frog jumped *into* the pond.
　　　　　　　　 一隻青蛙跳進池塘。
　　　　　　　　 He went *into* teaching.
　　　　　　　　 他從事教學。

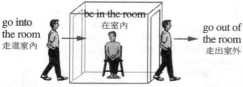
go into the room 走進室內　be in the room 在室內　go out of the room 走出室外

❷（變化・結果）｜ She burst *into* tears.
成爲（…的狀況）｜ 她突然哭了起來。

We divided the cake *into* four
pieces. 我們將蛋糕分成四塊。
The rain changed *into* snow.
雨變成了雪。
He talked her *into* marriage.
他勸她結婚。

intolerable [ɪn`tɑlərəbl; ɪnˈtɒlərəbl] 囘 unbearable
形 無法忍受的 ｜ an *intolerable* pain 無法忍受的疼痛
intolerant [ɪn`tɑlərənt; ɪnˈtɒlərənt]
形 偏執的；不容 ｜ He is *intolerant* of lazy people.
忍的　　　　　　 他不能容忍懶惰的人。
intoxicate [ɪn`tɑksə.ket; ɪnˈtɒksɪ.keɪt] ⊜ -s [-s]
魎 -d [-ɪd]; intoxicating
動及 ❶使醉　　 ｜ He *intoxicated* her with wine.
　　　　　　　　 他用酒把她灌醉。
❷使陶醉；使欣 ｜ He was *intoxicated* with success.
喜若狂　　　　　 他因成功而欣喜若狂。
衍生 名 **intóxicàtion**（醉；極度興奮）
intricate [`ɪntrəkɪt; ˈɪntrɪkət] 囘 complicated
形 複雜的；紛繁 ｜ He cannot manage this *intricate*
的　　　　　　　 system. 他無法管理這個複雜的系統。
intrigue [ɪn`trig; ɪnˈtriːg] ⊜ -s [-z] 魎 -d [-d];
intriguing
動不 設陰謀；密 ｜ I *intrigued* with him against her.
謀　　　　　　　 我和他設陰謀對付她。
及 激起…的好 ｜ The plot of the play *intrigued* me.
奇心　　　　　　 這戲劇的情節引起我的興趣。
━ 魎 -s [-z]
名 陰謀　　　　 ｜ political *intrigues* 政治陰謀
introduce [.ɪntrə`djus; .ɪntrəˈdjuːs] ⊜ -s [-ɪz] 魎 -ed
[-t]; introducing
動及 ❶介紹　　 ｜ I *introduced* my father to the
　　　　　　　　 teacher. 我介紹父親給老師認識。
　　　　　　　　 I *introduced* myself to them.
　　　　　　　　 我向他們自我介紹。
━━▶「介紹」的英文表現━━
「這位是王先生, 這位是張先生。」
　This is Mr. Wang, and this is Mr. Chang.
「張先生, 讓我介紹史密斯先生和你認識。」
　Mr. Chang, let me introduce (to you) Mr.
　Smith.
「這是我兒子大衛。」
　This is my son, David.

❷輸入, 引進　 ｜ They *introduced* this theory *into*
　　　　　　　　 Taiwan. 他們把這個理論傳入台灣。
introduction [.ɪntrə`dʌkʃən; .ɪntrəˈdʌkʃn] 魎 -s [-z]
名 ❶介紹　　　 ｜ She was shy on her first
　　　　　　　　 introduction to him. 初次經人引薦認識他時, 她很害羞。
❷導入, 傳入　 ｜ the *introduction* of Christianity
　　　　　　　　 基督教的傳入
❸序言；入門書
衍生 形 **íntrodùctory**（介紹的；導引的）　　〔intruding
intrude [ɪn`trud; ɪnˈtruːd] ⊜ -s [-z] 魎 -d [-ɪd]
動不 打擾；闖入 ｜ He *intruded* upon my time.
　　　　　　　　 他打擾我的時間。

　　　　　　　　　　　　　　　　　　　　　　　　　　　　Irishman

® 強使；迫使 | He *intruded* his views **upon** me.
　　　　　　 | 他硬要我採納他的意見。〔者〕}

衍生 名 **intrùsion** [-ʒən] (闖入；侵擾)，**intrùder** (闖入

nvade [ɪn'ved; ɪn'veɪd] ⊜ -s [-z] ® -d [-ɪd]; **invading**

動 ® ❶侵犯；侵 | The enemy *invaded* our country.
略 | 敵軍侵犯我國。

❷湧入 | Thousands of tourists *invaded* the old town.
　　 | 數以千計的觀光客湧入這古城。

❸侵害 (權利‧ | The king *invaded* our private
自由等) | rights. 國王侵害了我們的私人權益。

衍生 名 **invàsion** [-ʒən] (侵入；侵略)，**invàder** (侵入
　　　　　　　　　　　　　　　　　　　　　　〔者；侵略者〕}

nvalid [ˈɪnvəlɪd; ˈɪnvəlɪd]

形 病弱的；生病 | She cared for her *invalid* son.
人用的 | 她照顧她病弱的兒子。

── ® -s [-z]

名 病人 | He was an *invalid* confined to bed.
® patient | 他臥病在床。

├─ ▶ 兩個 invalid ─
| [ˈɪnvəlɪd] | (病弱的, 有病的) |
| [ɪnˈvælɪd] | (無效的 ® not valid) |

nvaluable [ɪn'væljəb; ɪn'væljʊəbl] ® priceless

形 無價的；極貴 | His advice is *invaluable* to me.
重的 | 他的忠告對我是極珍貴的。

® valuable (貴重的) 的否定。

nvariable [ɪn'vɛrɪəb; ɪn'vɛərɪəbl]

形 不變的 | The value of gold is not always
® variable | *invariable*.
　　　　　 | 黃金的價值並非固定不變的。

衍生 副 **invàriably** (一定地；不變地)

nvent [ɪn'vɛnt; ɪn'vent] ⊜ -s [-s] ® -ed [-ɪd]; -ing

動 ® ❶發明；創 | Edison *invented* the electric bulb.
造 | 愛迪生發明了電燈泡。

❷虛構 | She *invented* false news.
　 | 她捏造假消息。

├─ ▶「發明」和「發現」─
發明	invent		發現	discover
發明	invention		發現	discovery
發明者	inventor		發現者	discoverer
▶ inventor 與 discoverer 的字尾不同請注意。

衍生 名 **invèntion** (發明 (物)，**invèntor** (發明家)
形 **invèntive** (發明的；有發明才智的)

nvest [ɪn'vɛst; ɪn'vest] ⊜ -s [-s] ® -ed [-ɪd]; -ing

動 ® ❶投資 | He *invested* a million in trade.
　　　　　 | 他投資了一百萬元在生意上。
　　　　　 | ▶ 介系詞用 in, 不作 on, 但 spend a million on trade (把一百萬元用在生意上) 介系詞要用 on。

❷花費 (時間等) | He *invested* his spare time in
　　　　　　 | learning English.
　　　　　　 | 他把閒暇的時間用在學習英文上。

❸授與；使穿著 | The king *invested* him with a
　　　　　　 | decoration. 國王授給他勳章。

衍生 名 **invèstment** (投資, 出資)，**invèstor** (投資者)

nvestigate [ɪn'vɛstə‚get; ɪn'vestɪgeɪt] ⊜ -s [-s]

® -d [-ɪd]; **investigating**

動 ® 調查；研究 | They *investigated* the cause of the
　　　　　　 | collision. 他們調查車子相撞的原因。

├─ ▶ investigate 和 examine ─
| investigate | …刑案、疑點等之調查，強調尋求真相，並揭發背後的事實。 |
| examine | ……健康檢查等，強調調查狀態或價值。 |

衍生 名 **invèstigàtion** (調查；研究)**invèstigátor** (調查

invisible [ɪn'vɪzəb; ɪn'vɪzəbl]　　　　　　〔者〕}

形 看不見的 | The star is *invisible* **to** the naked
® visible | eye. 這顆星是肉眼所看不見的。
　　　　　 | the *invisible* man 隱形人
　　　　　 | ▶ 可置於名詞的前後。the *invisible* stars 是「看不見的星辰」, 如果是 the stars *invisible*, 後面則須接 to the
　　　　　 | ▶「聽不見」是 inaudible。　　　　〔naked eye。

invitation [‚ɪnvə'teʃən; ‚ɪnvɪ'teɪʃn] ® -s [-z]

名 邀請；請帖 | Formal *invitations* are written or
　　　　　 | printed.
　　　　　 | 正式的請帖是書寫或印刷的。

invite [ɪn'vaɪt; ɪn'vaɪt] ⊜ -s [-s] ® -d [-ɪd]; **inviting**

動 ® ❶邀請 | I *invited* him **to** the party.
　　　　 | 我邀請他參加宴會。

❷請求, 要求；徵 | *invited* bids for this contract
求；歡迎 | 為這合約招標／*invite* questions 歡迎
　　　　 | 提出問題

❸招致；引起 | Carelessness *invites* danger.
　　　　 | 疏忽會招致危險。

衍生 形 **invìting** (吸引人的；引人入勝的；誘人的)

involuntary [ɪn'vɑlən‚tɛrɪ; ɪn'vɒləntərɪ]

形 無意的；不由 | He gave an *involuntary* cry.
自己的 | 他不知不覺的叫出來。

involve [ɪn'vɑlv; ɪn'vɒlv] ⊜ -s [-z] ® -d [-d]; **involving**

動 ® ❶捲入；牽 | He was *involved* in the crime.
涉 | 他涉及這不法案件。

❷(必然的) 包 | The exploration *involves* danger.
括；伴隨 | 這探險帶有危險。

衍生 名 **invòlvement** (捲入；牽連；混亂)

inward [ˈɪnwəd; ˈɪnwəd] ® outward

形 內部的；內心 | *inward* parts of the body 內臟／
的 | *inward* peace 內在的恬靜

衍生 副 **ìnwardly** (在內心；暗自地)

Ireland [ˈaɪrlənd; ˈaɪələnd] ⇨ Irish

名 (地名‧國 | *Ireland* consists of Northern
名)愛爾蘭島, 愛 | *Ireland* and the Republic of
爾蘭共和國 | *Ireland*.
　　　　　 | 愛爾蘭由北愛爾蘭和愛爾蘭共和國組
　　　　　 | 　　　　　　　　　　　　　　〔成。}

Irish [ˈaɪrɪʃ; ˈaɪərɪʃ] ® 無

名 ❶愛爾蘭語 | We cannot speak *Irish*.
　　　　 | 我們不會說愛爾蘭語。

❷(加 the) 愛爾 | The *Irish* are religious.
蘭國民 (整體) | 愛爾蘭人是篤信宗教的。
　　　　 | ▶ 用作複數。

── 形 愛爾蘭 | He speaks *Irish* English.
(人) 的 | 他說愛爾蘭式的英語。

Irishman [ˈaɪrɪʃmən; ˈaɪərɪʃmən] ® **Irishmen** [-mən]

名 愛爾蘭人	► 女性是 Irishwoman, 集合稱是 the Irish。

iron [`aɪən; 'aɪən] 徾 **-s** [-z]

名 ❶(金屬)鐵	This tool is made of *iron*. 這個工具是鐵製的。
❷熨斗;鐵器	An *iron* is used for smoothing clothes. 熨斗是用來燙平衣服的。

—— 形 (限定用法)

❶鐵(製)的	an *iron* fence 鐵柵欄
❷堅強如鐵的	He has an *iron* will. 他有堅強意志。

—— (三) **-s** [-z] 徾 **-ed** [-d]; **-ing**

動 (及) 燙衣服	*Iron* my trousers. 請將我的褲子燙平。

irony [`aɪrənɪ; 'aɪərənɪ] 徾 **ironies** [-z]

名 諷刺;反常的事情;反語	He called the foolish boy "Genius" **in** *irony*. 他戲呼這愚笨的男孩為「天才」。

► irony 是幽默的諷刺;sarcasm 是敵意或惡意的諷刺。

衍生 形 **irònic(al)** (諷刺的;反語的)

irrational [ɪ`ræʃənl, ɪr`æʃ-; ɪ`ræʃənl] (反) rational

形 不合理的;愚妄的	They have an *irrational* belief. 他們的信仰是愚昧的。

irregular [ɪ`rɛɡjələ,ɪr`rɛɡ-; ɪ`regjʊlə(r)] (反) regular

形 不規則的;不一致的	They lined up in *irregular* order. 他們沒有好好按照順序排隊。

衍生 形 **irrègularly** (不規則地) 名 **irrègulàrity** (不規則)

irresistible [ˌɪrɪ`zɪstəbl, ˌɪrrɪ-; ˌɪrɪ`zɪstəbl] (反)
{resistible}

形 不可抵抗的,不能壓制的;極誘人的	an *irresistible* impulse 不能壓制的衝動 She has an *irresistible* charm. 她有不可抗拒的魅力。

衍生 副 **irresìstibly** (不可抵抗地;不容反駁地)

irresponsible [ˌɪrɪ`spɑnsəbl, ˌɪrrɪ-; ˌɪrɪ`spɒnsəbl]

形 無責任感的;不須負責的	I don't believe his *irresponsible* words. 我不相信他那毫無責任感的話。
(反) responsible	

衍生 名 **irrespónsibìlity** (無責任)

irritate [`ɪrəˌtet; 'ɪrɪteɪt] (三) **-s** [-s] 徾 **-ed** [-ɪd]; **irritating**

動 (及) ❶使發怒	His insistence *irritated* me. 他的固執使我發怒。
(同) annoy	
❷使感不適	The smog *irritated* my eyes. 煙霧使我眼睛感到不適。

衍生 名 **irritátion** (激怒;刺激) 形 **irritáting** (使憤怒的)

is [(強)ɪz; ɪz(弱)z, s; z, s] be 的第三人稱·單數·現在式
(分) **was; been; being**

動 (不) 是	He [She] *is* a student. 他〔她〕是個學生。
(⇨) be	It *isn't* my hat. 這不是我的帽子。 *Is* he in? 他在家嗎?

island [`aɪlənd; 'aɪlənd] (注意發音) 徾 **-s** [-z]

名 島	The ship reached an *island*. 船駛達一個小島。

► 發音近似的三個字

island	[`aɪlənd]	(島)
Ireland	[`aɪrlənd]	(愛爾蘭)
Iceland	[`aɪslənd]	(冰島)

isle [aɪl; aɪl] (注意發音) 徾 **-s** [-z]

名 (文語) 島,嶼	The British *Isles* are in the Atlantic. 不列顛群島在大西洋。

► 多與專有名詞連用。 {isolating}

isolate [`aɪslˌet; 'aɪsəleɪt] (三) **-s** [-s] 徾 **-d** [-ɪd]

動 (及) ❶使孤立;使隔絕	The village was *isolated* by the flood. 這村莊因水災與外界隔絕。
❷使隔離	The infected girl was *isolated* **from** the rest of her family. 這受傳染的女孩和家人隔離。
(同) separate	

衍生 名 **ìsolátion** (孤立;隔離) 形 **ìsoláted** (孤立的)

issue [`ɪʃʊ, `ɪʃjʊ; 'ɪʃuː] 徾 **-s** [-z]

名 ❶發行	The *issue* of the book was prohibited. 此書被禁止發行。
(同) publication	
❷期;版	the March *issue* of the magazine 該雜誌的三月份版
❸問題;(爭論的)議題	They debated political *issues*. 他們討論政治問題。
❹(演變的)結果	The *issue* is doubtful. 這結果是難以預測的。

at issue 爭論中的 | The point is now *at issue*. 此點正在爭論中。

—— (三) **-s** [-z] 徾 **-d** [-d]; **issuing**

動 (及) ❶發行	The magazine is *issued* today. 這雜誌於今天發行。
(同) publish	
❷發放;配給	Food rations were *issued* **to** the soldiers. 將配給的食物發給士兵們。
(不) 冒出;流出	Mineral water *issued* **forth from** the spring. 礦水從泉中湧出。

it [ɪt; ɪt] (代) 第三人稱·單數·中性·主格·受格

格 \ 數	單數		複數	
主 格	it	它	they	他(它)們
所有格	its	它的	their	他(它)們的
受 格	it	它	them	他(它)們

❶它;牠 ► 指前述的事物,或不知性別的小孩和動物。	Where is my hat? *It* is on your desk. 我的帽子在那裡? 它在你的桌上。 I bought a book the other day, but I've lost *it* today. 我幾天前買了一本書,但今天我把書弄丟了。
❷那個,這個 ► 指成為問題或話題之對象的人或事物。	*It* is not so easy. 這個並不那麼容易。 What is that noise? *It* is a cat. 那聲音是什麼? 那是一隻貓。
► it 從所指的事物,可從句子的上下文中看出。	
❸它,牠	He pretended to study, for he thought *it* would please his mother

►指先行的子句或文句。

他假裝讀書,因爲他認爲那樣做可使他母親高興。► it 代替前面之 "He pretended to study"。

❹作爲無人稱動詞和無人稱結構
a. 指天氣,氣溫,距離,時間等

► 此用法中的 it 中文不譯出。
It is raining today. 今天下著雨。
It is cold. 天冷。
It is ten past three. 三點十分了。
"How far is it to the station?" "It's three miles." 「這裡離車站有多遠?」「有三英里遠。」

►「今天下雨」不是 "Today is raining." 應說爲 "It is raining today."。

►「今天是星期日。」可說爲 "Today is Sunday." 或 "It is Sunday today."。

b. 指不清楚的情況等

How is it in the market?
市場(的情況)如何?
Whose turn is it next?
下次輪到誰?

❺(指後述的片語或子句)
a. 用作形式主詞

►和 it 同格的不定詞・動名詞・子句等,稱做眞主詞。

► 此用法中的 it 中文不譯出。
It is kind of you to help me.
承蒙你好意幫助我。

► 此句中的 It 是指 to help me.
It is no good asking for his help.
求助於他也是無益的。
It was too bad that you couldn't come.
你不能來眞是遺憾。
It doesn't matter to me whether he goes or not.
他去不去與我無關。

b. 用作形式受詞

► 用作 make, take, feel, find, think, consider, suppose 等動詞的受詞補語。
I feel it difficult to do the work by myself.
我覺得我獨自做那件事是很困難的。
I make it a rule to take a walk in the morning.
我養成早晨散步的習慣。
I thought it strange that he failed to call me.
我覺得奇怪他沒打電話給我。

►例句中粗體字的部分是眞受詞。

❻(用作加強語氣結構主詞)

It is ~ that ...

►在這種結構,除了 that 之外,人常用 who,人以外常用 which,在強調時間或場所等的句中用 when,

It was [is] he that [who] broke the window yesterday.
昨天打破窗戶的是他。

►把應強調的字放在 it is 和 that 之間。

It was [is] the window that [which] he broke yesterday.
他昨天打破的是這個窗戶。

where。

It was yesterday that he broke the window.
他打破窗戶的是在昨天。

►最後的例句若用 "It is ...." 是錯誤的。

Italian [ɪˋtæljən; ɪˈtæljən] 働 **-s** [-z]
名 ❶義大利人
He is an Italian. 他是義大利人。
the Italians (集合稱)義大利人
❷義大利語
He can speak Italian.
他會說義大利語。
── 形 義大利(人、語)的
"Pizza" is an Italian word.
"pizza" 是個義大利字。

Italy [ˋɪtəlɪ; ˈɪtəlɪ] (注意發音)
名 (國名)義大利
I have never been to Italy.
我從未到過義大利。

item [ˋaɪtəm; ˈaɪtəm] 働 **-s** [-z]
名 ❶項目
You can buy these items through the catalogue.
你可以從目錄中買到這些項目。
❷新聞的一則
There are no interesting news items. 沒有什麼有趣的新聞。

it'll [ˋɪtl; ˈɪtl] it willl 的縮讀
It'll snow tomorrow.
明天將下雪。

its [ɪts; ɪts] 代 it 的所有格
它的;牠的
The cat licked the milk from its dish. 貓舔它碟子上的牛奶。
► its 和 it's 常被混淆,須注意。

it's [ɪts; ɪts] it is, it has, it was 的縮寫
It's going to snow.
快要下雪了。

itself [ɪtˋsɛlf; ɪtˈself] 代 it 的反身代名詞
❶(加強語氣)它本身
Life itself is a mystery.
生命本身就很神秘。
►常重讀。
►有時與抽象名詞連用藉以強調。
He is diligence itself.
他極勤勉。
❷(反身用法)它自己
History repeats itself.
歷史會重演。
►不強調,要輕讀。

by itself
單獨地;自行
The machine works by itself.
這機器是自行運轉的。

in itself
本來;本質上
Our existence is a miracle in itself.
我們的存在本質上是一種奇蹟。

of itself
自行
The light went out of itself.
燈光自行熄滅。
►在此種意義上也常用 by itself。

I've [aɪv; aɪv] I have 的縮寫
I've often met him.
我常常遇到他。

ivory [ˋaɪvərɪ; ˈaɪvərɪ] 働 無
名 象牙;(用作形容詞)象牙的
I saw his image carved in ivory.
我看到用象牙刻成的他的雕像。

ivy [ˋaɪvɪ; ˈaɪvɪ] 働 無
名 (植物)常春藤
a wall covered with ivy
爬滿常春藤的牆

— J —

Jack [dʒæk; dʒæk]
名 (人名)傑克
► John 的暱稱。
Jack of all trades and master of none. 多師多藝藝不專。(諺語)
before you can say *Jack* Robinson 立時;馬上

jacket [`dʒækɪt; 'dʒækɪt] 徽 -s [-s]
名 ❶短上衣;夾克
► 指西裝或婦女套裝的上衣等開前襟的短上衣。

life jacket 救生衣

suit 套裝

jacket

trousers 褲子

❷(書籍的)書衣;(唱片的)封套 ► 亦稱為 paper wrapper。

cover 封面

jacket   jacket

jack-in-the-box [`dʒækɪnðə,bɑks; 'dʒækɪnðəbɒks]
徽 -boxes [-ɪz], jacks-in-the-box
名 嚇人盒

jack-o'-lantern [`dʒækə,læntən, `dʒæk,l-; 'dʒækə ʊ,læntən] 徽 -s [-z]
名 ❶鬼火
❷(雕成人面形的)空心南瓜燈
► ❷是在 Halloween(10 月 31 日的晚上,萬聖節的前夕)小孩子把南瓜挖空,並雕成人臉的提燈。

jack-o'-lantern   jack-in-the-box
                       嚇人盒

jail, 徽 **gaol** [dʒel; dʒeɪl] 徽 -s [-z]
名 監獄;監牢
send to *jail* = put in *jail* 下獄╱be in *jail* 在獄中╱break *jail* 越獄
衍生 名 **jailor,** 徽 **gaoler**(獄卒)

jam¹ [dʒæm; dʒæm] 徽 無
名 果醬
strawberry *jam* 草莓醬

jam² [dʒæm; dʒæm] 徽 -s [-z] 徽 **jammed** [-d]; **jamming**
動 不 ❶塞入;塞滿
He *jammed* the clothes **into** a bag. 他把衣服塞入袋中。
❷擠;擠滿
The train was *jammed* **with** passengers. 火車擠滿了旅客。
❸妨害(交通等)
The accident *jammed* the traffic. 這意外事件使交通發生阻塞。

—— 徽 -s [-z]
名 擁擠;群集
a traffic *jam* 交通的擁塞

January [`dʒænju,ɛrɪ,`dʒænjʊərɪ; 'dʒænjʊərɪ]
名 一月 ► 略作 Jan.
I was born **on** *January* 1, 1950. 我生於 1950 年 1 月 1 日。

► date 的寫法
1976 年 1 月 1 日有下列三種寫法;
1) January 1, 1976 ► 最普通的寫法。
2) January 1st, 1976
3) January the 1st, 1976
► 1) 2) 3)都讀做 January the first, nineteen seventy-six。

► January 的語源 Janus 出自羅馬神話中,有前後兩副面孔,掌「事之始」的神。

Japan [dʒə`pæn, dʒæ-; dʒə'pæn]
名 (國名)日本
He came to *Japan* three times. 他去過日本三次。

► Japan 和 japan
| China | 中國 | Japan | 日本 |
| china | 陶器;瓷器 | japan | 漆;漆器 |

Japanese [,dʒæpə`niz,dʒæpə'ni:z]
形 日本的;日本人〔語〕的
Japanese custom 日本的風俗
—— 徽 **Japanese**
名 ❶日本人
a [four] *Japanese* 一個〔四個〕日本人
the *Japanese* 全體日本人,日本國民
► 用作複數。
❷日語;日文
I can't speak *Japanese*. 我不會說日語。

jar¹ [dʒɑr; dʒɑ:(r)] 徽 -s [-z] ► jar 沒有把手。
名 甕;壺;大口瓶

jar² [dʒɑr; dʒɑ:(r)] ㊀ -s [-z] 徽 **jarred** [-d]; **jarring**
動 不 作軋櫟聲
The brakes *jarred*. 剎車器發出吱吱聲。

jaw [dʒɔ; dʒɔ:] 徽 -s [-z]
名 顎
the lower [upper] *jaw* 下〔上〕顎
► chin 指下巴。 ➪ chin

jealous [`dʒɛləs; 'dʒeləs] ➪ envious
形 嫉妒的;妒忌的;吃醋的
She is *jealous* **of** her sister. 她嫉妒她的妹妹。
a *jealous* woman 妒忌的女人
衍生 名 **jealousy**(嫉妒;妒忌)

jeer [dʒɪr; dʒɪə(r)] ㊀ -s [-z] 徽 -ed [-d]; -ing
動 不 嘲弄;揶揄
They *jeered* **at** him. 他們嘲笑他。

jelly [`dʒɛlɪ; 'dʒelɪ] 徽 **jellies** [-z]
名 果子凍 ► 一種用植物膠把果汁等熬成半固體狀的食品。
複合 名 **jellyfish**(海蜇;水母)

jerk [dʒɝk; dʒɜ:k] ㊀ -s [-s] 徽 -ed [-d]; -ing

動及 急拉；急 | He *jerked* the rope. 他急拉繩子。
動；急推 | I *jerked* the door open.
 | 我突然把門推開。

── 名 **-s** [-s]

名 急動；急拉 | A fish gave the line a *jerk*.
 | ＝A fish pulled the line **with** a *jerk*.
 | 魚突然扯動釣魚線。

est [dʒɛst; dʒest] 名 **-s** [-s] ▶ 比 joke 語氣更強。
名 笑話，玩笑 | He said that **in** *jest*.
 | 他開玩笑地說那話。

Jesus [`dʒizəs; 'dʒiːzəs]
名 耶穌，耶穌基 | *Jesus* Christ is the founder of
督；上帝 | Christianity.
 | 耶穌基督是基督教的創始人。

et [dʒɛt; dʒet] 名 **-s** [-s]
名 ❶噴出 | a *jet* of water 噴出的水
❷噴射機 | The *jet* went behind the clouds.
 | 那噴射機消失在雲層後面。
複合 名 **jètlìner** [-laɪnə](噴射客機), **jèt plàne**(噴射式
飛機) | [`dʒues]。

Jew [dʒu, dʒiu; dʒuː] 名 **-s** [-z] ▶ 女性是 jewess
名 猶太人
衍生 形 **Jèwish**(猶太人的；猶太的)

jewel [`dʒuəl, `dʒiuəl; 'dʒuːəl](注意發音) 名 **-s** [-z]
名 ❶珠寶 | The gold necklace is in my *jewel*
同 gem | case. 金項鍊在我的珠寶盒內。
❷像珠寶一般貴 | Mary is a *jewel* of a child to her.
重的物或人 | 瑪莉是她的掌上明珠。
 | ▶ 注意不定冠詞 an angel of **a** girl 天
 | 使般的少女。
▶ 鐘錶的 jewel 是「嵌鑽或寶石軸承」。

┌─ ▶ 誕生石(象徵出生月份的寶石)─┐
garnet	1 月	ruby(紅寶石)	7 月
(石榴石)		sardonyx	8 月
amethyst	2 月	(紅紋瑪瑙)	
(紫水晶)		sapphire(藍寶石)	9 月
bloodstone(血石)	3 月	opal(蛋白石)	10 月
diamond(鑽石)	4 月	topaz(黃晶)	11 月
emerald(翡翠)	5 月	turquoise	12 月
pearl(珍珠)	6 月	(土耳其玉)	

衍生 名 **jèweler**, 英 **-eller**(珠寶商)；**jèwelry**, 英 **-ellery**
((集合稱)珠寶類)

jingle [`dʒɪŋgl; 'dʒɪŋgl] 名 **-s** [-z]
名 鈴聲，叮噹聲 | I heard the *jingles* of sleigh bells.
 | 我聽見雪橇的鈴聲。

── 自 **-s** [-z] 動 **-d** [-d]; **jingling**
動 不 作叮噹聲 | The sleight bells were *jingling*.
 | 雪車的鈴聲在叮噹地響。

job [dʒɑb; dʒɒb] 名 **-s** [-z]
名 ❶工作，零工 | The *job* doesn't pay.
 | 這工作沒有報酬。
❷職業，工作 | I got a *job* with the company.
 | 我在該公司得到一個職位。
 | He is out of (a) *job*. 他失業了。
❸完成的工作 | You've done a good *job*.
 | 你做得很好。

 | ▶ 在別人完成某件工作後,用以讚
 | 美的話語。
衍生 形 **jòbless**(失業的)

join [dʒɔɪn; dʒɔɪn] 自 **-s** [-z] 動 **-ed** [-d]; **-ing**
動 及 ❶連接，結 | *Join* this pole **to** that one.
 | 把這根竿子和那根連結起來。
❷加入，伴同 | He *joined* the tennis club.
 | 他加入網球俱樂部。
 | Won't you *join* us **in** the play?
 | 你不來和我們一起玩嗎?
不 接連；參加； | The two rivers *join* **at** the bridge.
加入 | 這兩條河在橋的地方匯流。
 | He *joined* **in** the game.
 | 他加入比賽。

┌─ ▶「連接」的同義字 ─
| join ············是把兩件東西接合在一起,但沒
| unite 那樣的一致性。
| unite ········一致性較 join 為強。
| link ············是指如連環般地連結。
| *link* arms(挽臂)
| attach ······是指把小的東西繫於大的東西上。
| connect ······把顯然不同的東西連結在某一點上。
| The two cities are *connected* by a
| bridge. (這兩個城市由橋樑相連。)

joint [dʒɔɪnt; dʒɔɪnt] 名 **-s** [-s]
名 ❶接合處,接 | the *joint* of two pipes 兩管的接合
縫 | 處／bamboo *joints* 竹節
❷關節 | finger *joints* 指關節／out of *joint* 脫
 | 臼;紛亂
── 形 (限定用 | This book is a *joint* work with him.
法)共同的,連合 | 此書是與他合著的。
的,共有的；連帶 | We have *joint* liability for the debt.
的 | 我們對該債務負有連帶責任。
衍生 副 **jòintly**(共同地；連帶地)

joke [dʒok; dʒəʊk] 名 **-s** [-z] ⇨ jest
名 玩笑,笑話； | I had a *joke* with him about it.
戲言 | 我對那事和他開了一個玩笑。
 | That's a good *joke*.
 | 那是個有趣的笑話。
 | a practical *joke* 惡作劇 ▶ 指傷害到別
 | 人的惡作劇。
 | That's no *joke*.
 | 那不是鬧著玩的(是要緊的)。
in joke | He said so **in** *joke*.
開玩笑地 | 他開玩笑地這麼說。

┌─ ▶ joke 的一個例子
| "When I was your age," Father said, "I
| *thought nothing of* running ten miles."
| "You *thought nothing of* it?" Junior replied,
| "Well, I don't think much of it myself."
| 父親說:「我在你這個年紀時, 我認為跑十英里是輕
| 而易舉的。」
| 兒子說道:「你認為那是輕而易舉的?那麼, 我也覺得
| 那沒有什麼了不起。」
| ▶ think nothing of ... 有兩種意思, 一是「認為⋯
| 是輕而易舉的」, 一是「並不覺得⋯了不起」。

— ㊀ -s [-s] ㊁ -d [-t]; joking
動㊂ 開玩笑;說 | He is good at *joking*.
笑話 | 他善於說笑話。
衍生 名 jóker(說笑者;紙牌中的丑角牌)副 jókingly(玩笑地)

jolly [`dʒɑlı; 'dʒɒlı] ㊫ jollier ㊬ jolliest
形 ❶(口語)愉 | We had a *jolly* time.
快的,歡樂的 | 我們過得很快樂。
❷(英)(口語)宜 | *jolly* weather 宜人的天氣
人的,爽快的

jolt [dʒolt; dʒəʊlt] ㊀ -s [-s] ㊁ -ed [-ıd]; -ing
動㊃㊂ (使)顛 | The turning mill *jolted* the hut.
簸;搖動 | 轉動的磨粉機使小屋搖動。
— ㊁ -s [-s]
名 (車子等的) | A *jolt* flung me out of the carriage.
顛簸,搖動;震 | 一個顛簸把我拋出馬車外。
驚

jostle [`dʒɑsl; 'dʒɒsl] ㊀ -s [-z] ㊁ -ed [-d]; jostling
動㊃ 擠;推 | He *jostled* his way **into** the train.
| 他擠進火車。

journal [`dʒɜnl; 'dʒɜ:nl] ㊁ -s [-z]
名 ❶報紙;定期 | How many weekly *journals* do you
刊物;雜誌 | read?
| 你閱讀幾種週刊?
❷日記 | ▶ 也有航海日記,會議記錄,細目帳等
同 diary | 的意思。
衍生 名 jóurnalìsm(新聞(雜誌)業), jóurnalist(從事新聞(雜誌)的工作者)

journey [`dʒɜnı; 'dʒɜ:nı] ㊁ -s [-z]
名 旅行 | I made a *journey* to Taichung on
| business.
| 我到台中出公差。

▶「旅行」的同義字
journey ……主要指陸上的長途旅行。
travel ………「旅行」的最普通的用語。
tour ……指觀光或視察而周遊各地的長途旅行。
excursion …指遊玩或觀光的短期團體旅行。
trip …………指短期間來回的商業旅行或觀光旅行。

joy [dʒɔı; dʒɔı] ㊁ -s [-z]
名 ❶歡喜,快樂 | **To** my great *joy*, he passed the
| examination.
| 他考試及格使我大為高興。
| She wept for *joy*.
| 她喜極而泣。
❷喜事;快樂 | *joys* and sorrows of life
| 人生的悲歡
衍生 形 jóyful(快樂的,愉快的,歡喜的)
副 jóyfully(歡喜地)

judge [dʒʌdʒ; dʒʌdʒ] ㊁ -s [-ız]
名 ❶審判官,法 | a *judge* of the Supreme Court
官 | 最高法院的法官
❷評判員;鑑定 | a *judge* of the dog show
家 | 狗展的評審
— ㊀ -s [-ız] ㊁ -d [-d]; judging
動㊃ ❶裁判,判 | He was *judged* guilty [not guilty].
決 | 他被判有罪〔無罪〕。

❷判斷 | Don't *judge* a man by his
| appearance.
| 不可以貌取人。
㊂ 判斷 | *Judging* **from** what you say, he
| must be a reliable man.
| 由你的話看來,他一定是個可靠的人。
| *judge* **of** a man 論人品
衍生 名 jùdg(e)ment(裁判,判決;判斷;判斷力)

judicial [dʒu`dıʃəl; dʒu:'dıʃl]
形 裁判的;法庭 | a *judicial* decision
的 | 法官的判決
| ▶ 注意勿與 judicious 混淆。

judicious [dʒu`dıʃəs; dʒu:'dıʃəs]
形 深思遠慮的; | a *judicious* use of time
賢明的 | 善用時間

jug [dʒʌg; dʒʌg] ㊁ -s [-z]
名 (美)壺,瓶;(英) |
水壺 |
▶(美)「水壺」稱 |
為 pitcher。 | (美)jug   (英)jug

juice [dʒus; dʒu:s] ㊁ -s [-ız]
名 (水果‧蔬菜 | I like tomato *juice*.
的)汁,液 | 我喜歡番茄汁。
| canned fruit *juices*
| 罐頭果汁
衍生 形 jùicy(多汁液的)

July [dʒu`laı; dʒu:'laı] ▶ 略作 Jul.。
名 七月 | *July* the 4th is Independence Day of
| America.
| 七月四日是美國獨立紀念日。

jump [dʒʌmp; dʒʌmp] ㊀ -s [-s] ㊁ -ed [-d]; -ing
動㊂ ❶跳 | *jump* **into** the water 跳進水中／
| *jump* **across** a stream 跳過溪流／
| *jump* **over** a hedge 跳過樹籬／*jump*
| **down** the stairs 跳下階梯／*jump*
| **onto** a table 跳上桌子
❷(驚嚇等)猛然 | You made me *jump*.
一跳 | 你讓我嚇了一跳。
㊃ ❶跳過;使跳 | He *jumped* the puddle.
過 | 他跳過水窪。
❷跳讀;略去 | He *jumped* three pages.
同 skip | 他略去三頁(不讀)。

▶ jump, leap, spring
jump ………從地面或其他表面跳起。
| *jump* from the roof(從屋頂跳下)
leap ………動作比 jump 更優美敏捷地跳。
| watch a dancer *leap*
| (注視舞蹈者跳躍)
spring ……暗示快速而突然地躍起。
| *spring* to his feet(他突然站起來)

jump at ... | The burglar *jumped* **at** me.
向…猛撲 | 強盜向我猛撲過來。
— ㊁ -s [-s]

名 跳, 躍 | the broad *jump*, 美 the long *jump* 跳遠／the high *jump* 跳高
▶「撐竿跳」是 the pole vault, the pole jump, 美 the pole jumping。

the broad jump　　the high jump　　the pole voult

複合 名 **jùmp rópe**(跳繩;跳繩用的繩子)

nction [`dʒʌŋkʃən; 'dʒʌŋkʃn] 複 -s [-z]
名 ❶結合;會合點 | There's a bridge **at** the *junction* of the two rivers.
在那兩條河流的匯流處有座橋。
❷(鐵路的)交叉站,連絡車站 | Taichung Station is the *junction* where three lines meet.
台中車站是三條路線的交叉站。

une [dʒun; dʒuːn] ▶ 略作 Jun.
名 六月 | The rainy season sets **in** *June*.
雨季從六月開始。

ungle [`dʒʌŋgl; 'dʒʌŋgl] 複 -s [-z]
名 叢林 | Many kinds of animals live in *jungles*.
叢林裡住著許多種動物。

unior [`dʒunjɚ; 'dʒuːnjə(r)] 複 senior
形 ❶指孩子的 | John Green, *Jr*. 小約翰・格林
▶ 略作 Jr.用來與同名的父親區別。
❷年紀小的 | He is two years *junior* **to** me.
他小我兩歲。
❸下級的 | a *junior* high school 美 初級中學
▶ 相當於我國的國民中學。
a *junior* college 二年制的專科學校
——複 -s [-z]
名 ❶年少者 | He is two years my *junior*.
閔 senior | = He is my *junior* **by** two years.
他小我兩歲。
▶ 與 "He is two years younger than I." 或 "He is younger than I by two years." 意思一樣。
❷美 大學三年級學生;高二 | ▶ 比最高學年低一學年的學生。

大學的學年
freshman(大一) → sophomore(大二) → junior(大三) → senior(大四)

unk [dʒʌŋk; dʒʌŋk] 複 無
名 破爛物;垃圾 | The *junk* in the warehouse is for sale.
倉庫中的破爛物要出售。
▶ 指廢鐵・破布・舊衣服等大的破爛物。零碎的廢物是 rubbish, trash, 廚房的殘羹剩飯是 garbage。

ury [`dʒʊrɪ; 'dʒʊərɪ] 複 **juries** [-z]
名 陪審團 | The *jury* announced that he was innocent.
陪審團宣布他無罪。

▶ 個別的「陪審員」稱為 juror, juryman。
衍生 名 **jùrist**(法律學者,法學家)

just [dʒʌst; dʒʌst] 也有比 **-er** 最 **-est**
形 ❶公正的,公平的 | a *just* price 公平的價格／a *just* decision 公正的決定
❷正當的;應當的 | a *just* claim 正當的要求／*just* anger 該有的憤怒
❸對的,正確的
同 right | My suspicion is *just*.
我的懷疑是沒有錯的。
——副 ❶剛好,正好 | It's *just* ten.
剛好十點。
▶ 亦可說為 "It's ten sharp."。
❷剛才 | I have *just* finished breakfast.
我剛吃完早餐。

─── ▶ just 與 just now ───
just 用於完成式, just now 用於過去式。
「他剛到這裡。」
1) He has *just* arrived here.
2) He arrived here *just* now.
▶ 但美 口語中, 多用 1), 說為 "He *just* arrived here."。

❸僅僅地, 勉強 | He was *just* in time for the train.
他剛好及時趕上火車。
❹僅, 只 | Give me *just* a little bit.
給我一點點就好。
❺(緩和命令句)…看 | *Just* think of it.
想想看。
❻(附於疑問字等之前)正確地(究竟) | *Just* how many were present?
究竟出席人數有多少?
衍生 副 **jùstly**(公正地, (作為文章的修飾語)當然)

justice [`dʒʌstɪs; 'dʒʌstɪs] 複 -s [-ɪz] ▶ 「法官」的複數。
名 ❶公正, 正義 | He has no sense of *justice*.
他沒有正義感。
❷公道, 公理 | the *justice* of our cause
我們所追求的公道
❸審判;法官 | They brought him to *justice*.
他們把他送法院審判。
do ... justice
公平對待… | To *do* him *justice*, he is equal to the job.
平心而論, 他能勝任這職位。

justification [.dʒʌstəfə`keʃən; ,dʒʌstɪfɪ'keɪʃn] 複 無
名 辯護;口實, 正當的理由 | There is no *justification* **for** a willful murder.
無法替蓄意殺人辯解。

justify [`dʒʌstə.faɪ; 'dʒʌstɪfaɪ] 三 **-fies** [-z] 過 **-fied** [-d]; **-ing**
動 及 證明為正當, 辯明, 合理化 | You cannot *justify* his conduct.
你無法替他的行為自圓其說。
衍生 形 **jùstifiable**(可認定為正當的;合理的)

juvenile [`dʒuvən!, -.naɪl; 'dʒuː-vənaɪl]
形 適於少年的;少年的 | *juvenile* books 少年讀物／*juvenile* literature 兒童文學
複合 名 **jùvenile delìnquency**((未滿18歲的)少年犯罪
▶ delinquency 是「未成年者的不法行為, 犯罪」。)

— K —

kangaroo [ˌkæŋgəˈru; ˌkæŋgəˈruː] (注意發音) 複 **-s** [-z]

名 (動物)袋鼠 | The female *kangaroo* has a pouch.
雌袋鼠有一個肚袋。

Kansas [ˈkænzəs; ˈkænzəs] ▶略作 Kan., Kans.。

名 (地名)堪薩斯州 | ▶ 美國中部的一州。

keen [kin; kiːn] 比 **-er** 最 **-est**

形 ❶鋒利的;銳利的 同sharp | This knife has a *keen* edge.
這把小刀刀鋒很利。

❷敏感的;敏銳的 | The dog has a *keen* sense of smell.
狗的嗅覺很敏銳。

❸激烈的;強烈的 | The wind was *keen* at the top of the mountain. 山頂風很強勁。

❹熱心的;渴望的 | He is *keen* on stamp collecting.
他熱中於集郵。
They were *keen* to finish the work soon. 他們渴望早一點完成工作。

衍生 副 **kèenly**(銳利地;激烈地;熱心地)

keep [kip; kiːp] 三 **-s** [-s] 過 **kept** [kɛpt]; **-ing**

動 及 ❶保持;保留 | You may *keep* the book.
你可以留下此書。
He tried to *keep* his job.
他極力想保住他的飯碗。

Keep the change.
不用找錢了。

❷保存;收藏 | I *keep* every letter and post card.
我把每一封信和明信片都保存起來。
Where do you *keep* your jewels?
你把你的珠寶藏在何處?

❸養(家);飼養(動物);擁有(車子等);雇用(僕人) | He *keeps* a large family.
他養活一個大家庭。
I *keep* two dogs. 我養兩隻狗。
▶ 請用人會用 have 表示,若用 keep 聽起來就帶有輕蔑的意味。

❹經營(商店等) | She *keeps* a bookstore.
她經營一家書店。

❺遵守(諾言等) | *Keep* your word. 遵守你的諾言。

❻保守(秘密),隱藏 | ▶「食言;違約」是 break one's word。
Nothing must be *kept* from him.
一定要對他知無不言。
Keep the secret. 要保守秘密。

❼不離 | She has *kept* her bed for more than a week.
她已經臥床一個多星期了。

❽記(日記簿) | I *keep* a diary in English.
我用英文記日記。

▶「我昨天沒寫日記。」是 "I didn't write in my diary yesterday."。日記的記載用 write。

❾(接受格補語)保持(某種狀態) | *Keep* your hands **clean**.
使你的手保持乾淨。
Keep the door **closed**.
使門關著(不要打開)。
I'm sorry to have *kept* you **waiting**.
對不起,讓你久等了。

不 ❶(食物等)能保持 | The fish won't *keep* long.
這魚不能保存得很久。

❷(接主格補語)保持(某種狀態) | He *kept* **cool**.
他保持冷靜。

一直… | I *kept* **standing** in the train all the way. 在火車上,我一路都是站著。

keep away (from …)

❶不使接近 | *Keep* the aspirin *away from* the children. 要把阿司匹靈放在小孩無法接近的地方。

❷不接近 | He *keeps* *away from* drinking.
他戒酒了。

keep back
阻止;抑制;不使接近 | The police had difficulty in *keeping back* the crowd.
警察很難阻止群眾。

keep … from~
使…不能~ | Rain *kept* him *from* going there.
他因雨不能去那裡。

keep in
困居 | I was *kept in* all day by the rain.
我因雨整天不能出門。

keep off …
遠離… | *Keep off* the grass.
請勿踐踏草地。

keep on V ing
繼續(做某事) | He *kept on* telling the same story over and over.
他不斷地反覆述說同一故事。

▶ **keep talking 和 keep on talking**

keep talking ………繼續說。和 go on talking, continue talking 意思一樣。

keep on talking ……喋喋不休地說。暗示令人厭煩,但 keep talking 則無令人不快之感。
▶ on 是副詞。

Keep to the right. 靠右邊走。(標示)

keep up

❶繼續下去 | You have been working hard, *keep* it *up*. 你工作一直很勤勉,要繼續保持下去。

❷維持 | It costs a lot of money to *keep up* a car. 要維持一部車子需要很多錢。

keep up with …
趕上… | We must study to *keep up with* the times. 我們必須用功,以趕上時代。

衍生 名 **kèeper**(看守人;飼主), **kèeping**(保管;保持)

keg [kɛg; keg] 图 -s [-z]
图 小桶
► 10加侖以下。
► barrel 是可容 31.5 加侖的大桶。
► cask 是比 keg 大的桶。

barrel 大桶
keg 小桶

kennel [`kɛnl; ʼkenl] 图 -s [-z]
图 狗舍
► 亦稱爲 doghouse。
► 複數常指飼狗場的意思。

Kentucky [kənˋtʌkɪ; kenˈtʌkɪ]
图 (地名)肯塔基州
► 美國中東部的一州,略作 Ky., Ken.。

kept [kɛpt; kept] 動 keep 的過去式 · 過去分詞

kerosene, kerosine [`kɛrəˏsin, ˏkɛrəˋsin; ʼkerəsi:n] 图 無
图 煤油;火油 ┊ a *kerosene* lamp 煤油燈
► ㊤稱爲 paraffin (oil)。

kettle [`kɛtl; ʼketl] 图 -s [-z]
图 茶壺,開水壺 ┊ The *kettle* is boiling.
茶壺裡的水煮開了。

key [ki; ki:] 图 -s [-z]
图 ❶鑰匙

key 鑰匙   lock 鎖

He turned the *key* in the lock.
他用鑰匙開鎖(或上鎖)。
►「他鎖門。」是 "He locked the door."
a *key* **to** the door 此門的鑰匙
► 介系詞不是 of 而是 to。
a master *key* 萬能鑰匙
❷(解答問題的) ┊ the *key* **to** a puzzle 謎底
關鍵;答案
❸(用作形容詞) ┊ *key* industries 最主要的工業／a *key* position 機要的職位
重要的
[複合]图 **kéybóard**(鋼琴的鍵盤;打字機的鍵盤), **kèyhóle**((鎖上的)鑰匙孔), **kèy wórd**(解答的關鍵語)

kick [kɪk; kɪk] 图 -s [-s] 動 -ed [-t]; -ing
動 ㊀ 不 踢,踹 ┊ He *kicked* the ball.
他踢了球。
I was *kicked* **in** the stomach.
我的肚子被踢。

━━ 图 -s [-s]
图 踢
He gave a *kick* **at** the barking dog.
他對那吠叫的狗踢了一下。

kid [kɪd; kɪd] 图 -s [-z]
图 ❶小山羊;小 ┊ a goat and a *kid* 山羊和小山羊
山羊皮

━━避免混淆━━
goat(山羊) ━━━kid(小山羊)
sheep(綿羊) ━━━lamb(羔羊)

❷(口語)小孩 ┊ Many *kids* were playing in the
回 child   park. 很多小孩在公園裡玩。
► 亦稱爲 kiddy, kiddie。

kidnap [`kɪdnæp; ʼkɪdnæp] 图 -s [-s] 動 -ed [-t]
㊤ -napped [-t]; -ing, ㊤ -napping
動 ㊀ 誘拐,綁架 ┊ A boy was *kidnaped*.
一個男孩被綁架。
衍生图 **kìdnap(p)er**(綁架者), **kìdnap(p)ing**(綁架)

kill [kɪl; kɪl] 图 -s [-z] 動 -ed [-d]; -ing
動 ㊀ ❶殺;使死 ┊ The lion *killed* a zebra.
獅子咬死一匹斑馬。
He was *killed* **in** the accident.
他在意外事件中喪生。
► 不作 by the accident, 而且不可譯爲「被殺害」。

kill one*self* 回 commit suicide
自殺
He *killed himself* in despair.
他絕望地自殺了。

━━━► be killed 和 die━━━
be killed ……一如上例,死於意外時,多用 be killed, 少用 die。
die …………「死」的一般用語。
He *died* of cancer. 他死於癌症。

━━━►「殺」的同義字━━━
kill ……………「殺」的一般用語。
murder …………指有計畫地謀害某人,屬於殘忍的 ┊殺害。
slay …………文學上的用語,用於戰爭與殺人。
slaughter ……屠宰供食用的動物,或一次屠殺很多的人或動物。

❷摧毀 ┊ A long drought *killed* all the crops.
回 destroy ┊ 久旱毀壞了一切農作物。
❸打發(時間) ┊ I'm just *killing* time.
我只是在打發時間。
衍生图 **kìller**(殺人者)

kin [kɪn; kɪn] 图 無
图 (集合稱)親 ┊ All our *kin* got together.
屬,親戚 ┊ 我們所有的親戚聚首了。
► 最後例句中 ┊ next of *kin* 最近親
的 kin 是形容 ┊ She is *kin* **to** him.
詞。 ┊ 她是他的親戚。

kind¹ [kaɪnd; kaɪnd] ㊣ -er 图 -est
形 親切的,和善 ┊ The landlady is very *kind*.
的 ㊤ unkind ┊ 這位房東很和善。
━━━► It is kind of you to say so.━━━
kind, good(親切的), wise(聰明), foolish(愚笨的), careless(粗心的)等用「It is ＋形容詞＋of＋人＋to 原形動詞」的句型。不可用 for 替代 of。
It is kind **of** you to say so.
(你這麼說,真是好意。)
It was good **of** you to send me the gift.
(承您送我禮物,不勝感激。)
It was careless **of** him to leave the gas on.
(他讓瓦斯開著(沒關上),真是粗心。)

be kind enough to V = **be so kind as to** V
承⋯的好意　He *was kind enough to* show me
▶亦可稱爲　the way. = He *was so kind as to*
have the　show me the way.
kindness to V。承蒙他好意指示我路。

kind² [kaɪnd; kaɪnd] 图 **-s** [-z]
名種類　I don't like this *kind* of apple.
同 sort　我不喜歡這種蘋果。
　　What *kind* of cat is this?
　　這是哪一種貓?

　　▶── **kind** 的用法
　　1)「這種帽子(一種)」
　　┌ this *kind* of hat(寫作上最好用此種)
　　│ = a hat of this *kind* (標準的英語)
　　│ this *kind* of a hat (少用)
　　└ these *kind* of hats (口語)
　　2)「這些種類的帽子(兩種以上)」
　　these *kinds* of hats
　　▶動詞❶前三例用作單數❷用作複數。

kind of　He looks *kind* of pale.
(口語)稍稍有點　他臉色有點蒼白。
　　▶亦拼作 kinda, kinder。

kindergarten [ˈkɪndəˌgɑrtn; ˈkɪndəˌgɑːtn] <德語
图 **-s** [-z]
名幼稚園　My son goes to *kindergarten*.
　　我兒子上幼稚園。

kindle [ˈkɪndl; ˈkɪndl] 图 **-s** [-z] 图 **-d** [-d]; **kindling**
動 ⑧❶使着火,　We *kindled* the dry grass.
焚　我們焚燒乾草。
❷激起(情緒)　His insult *kindled* her anger.
　　他的侮辱激起了她的憤怒。
不❶燃燒　The dry paper *kindled* at once.
　　乾紙立刻燃燒了起來。
❷興奮;激動　His eyes *kindled with excitement*.
　　他的兩眼顯出興奮的神色。

kindly [ˈkaɪndlɪ; ˈkaɪndlɪ] 比 **kindlier** 最 **kindliest**
形 和善的;體貼　a *kindly* interest 好意的關懷/ *kindly*
的　advice 善意的忠告
　　▶ kind 與 kindly 指人和性質時,意思大致相同,但指行
　　爲時通常用 kindly。
── 比 **-lier** 最 **-liest**
副 ❶和善地,親　She spoke to me *kindly*.
切地　她親切地同我說話。
❷請　Would you *kindly* refrain from
　　smoking? 請不要吸煙好嗎?

kindness [ˈkaɪndnɪs; ˈkaɪndnɪs] 图 **-es** [-ɪz]
名親切;親切的　They imposed on his *kindness*.
行爲　他們利用他的善良。
　　She showed me many *kindnesses*.
　　她幫了我不少忙。

kindred [ˈkɪndrɪd; ˈkɪndrɪd] 图 無
名親戚;親屬;　All his *kindred* are at the party.
(用作形容詞)同　他所有的親戚都參加宴會。
類的;同源的　*kindred* languages 同源的語言

king [kɪŋ; kɪŋ] 图 **-s** [-z]
名❶君王,國王　the *King* of Belgium 比利時國王/

對 queen　*King* Henry IV (讀作 the fourth) (英
　　王)亨利四世

the King	國王	the Queen	女王
the Prince	王子	the Princess	公主

❷最高者　the *King* of beasts 萬獸之王(獅子)
複合 名 **kìngdom** (王國;⋯界,領域), **the Kìng's**
[**Quèen's**] **Ènglish** (標準英語)
衍生 形 **kìngly** (國王的;適合於國王的;堂堂的)

kiss [kɪs; kɪs] 图 **-es** [-ɪz] 图 **-ed** [-t]; **-ing**
動 ⑧ 不 吻,與　Mother *kissed* me **on** the cheek.
⋯接吻　母親吻我的臉頰。
── 图 **-es** [-ɪz]
名吻;接吻　a *kiss* **on** the cheek 親吻臉頰

kit [kɪt; kɪt] 图 **-s** [-s]
名一套工具　a sewing *kit* 縫紉用的一套工具/
⟹ kitten　carpenter's *kit* 木匠用的一套工具

kitchen [ˈkɪtʃɪn, -ən; ˈkɪtʃɪn] 图 **-s** [-z]
名廚房　She is cooking in the *kitchen*.
　　她正在廚房燒菜。
　　▶「飯廳」是 a dining room。
　　▶拼法勿與 chicken (雞肉)混淆。

kite [kaɪt; kaɪt] 图 **-s** [-s]
名❶(鳥)鳶　▶鷹族的肉食鳥。
❷風箏　He is flying a *kite*.
　　他在放風箏。

kitten [ˈkɪtn; ˈkɪtn] 图 **-s** [-z]
名小貓　▶亦稱爲 kit; kitty 是 kitten 的暱稱。

cat 貓　kitten 小貓　dog 狗　puppy 小狗

knee [ni; niː] (注意發音) 图 **-s** [-z]
名膝;膝蓋　He prayed **on** his *knees*.
　　他跪下祈禱。
▶ knee 是「膝
蓋」, lap 是坐的
時候從腰部到膝
蓋的部分。on
the lap 是「在大
腿上」。

on the knees　on the lap
跪下　在大腿上
knee 膝　la

kneel [nil; niːl] (注意發音) 图 **-s** [-z] 古 **knelt** [nɛlt]
图 **-ed** [-d]; **-ing**
動 不 跪下　He *knelt* **down** and prayed.
　　他跪下祈禱。

knew [nju, nu; njuː] 動 know 的過去式 ▶與 new 同
音。

knife [naɪf; naɪf] (注意拼法) 图 **knives** [naɪvz]
名小刀;餐刀　Is that *knife* sharp or dull?
　　那把刀很利還是很鈍?

knight [naɪt; naɪt] 图 **-s** [-s] ▶與 night 同音。
名❶(中世紀　the *knights* of the Round Table
的)騎士;武士　圓桌武士 ▶英國傳說中的國王亞瑟麾
　　下的騎士團。

❷(英國的)爵士 ▶低於 baronet(從男爵)的爵位,擁有此爵位者限於一代,不可世襲;在他的姓名或姓氏之前,可冠以 Sir 的頭銜。

nit [nɪt; nɪt] (注意發音) ⊜ **-s** [-s] ⊛ **knitted** [-ɪd] ㊺ **knit;knitting**

動⊛編織 | She is *knitting* wool **into** gloves. =She is *knitting* gloves **out of** wool.
她編織毛線手套(用毛線編織手套)。

不 編織 | She is *knitting* in her room.
她在她的房間裡編織衣物。

▶「縫紉」是 sew [so]。

複合名 **knìtting néedle**(織針)

衍生名 **knìtting**(編織物)▶「縫製物」是 sewing。

nives [naɪvz; naɪvz] 名 knife 的複數式

nob [nɑb; nɒb] (注意發音) ⊛ **-s** [-z]

名❶(門等的)柄 | He turned the door *knob*.
他轉動門柄。

❷(樹幹上的)節;瘤

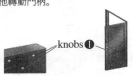

knobs❶

nock [nɑk; nɒk] ⊜ **-s** [-s] ⊛ **-ed** [-t]; **-ing**

動⊛❶打;敲 | I *knocked* him down.
我把他打倒。

❷撞 | He *knocked* his head **against** a post.
他的頭撞到柱子。

不❶敲;打 | He *knocked* **on** [**at**] the door.
他敲門。

❷互撞 | I *knocked* **against** her.
我和她相撞。

━ ⊛ **-s** [-s]

名 敲;打;敲門聲 | I heard a *knock* **on** [**at**] the door.
我聽到敲門聲。

▶ rap 的敲擊比 knock 為輕。

衍生名 **knòcker**(門環)

knot [nɑt; nɒt] (注意發音) ⊛ **-s** [-s]

名❶結 | He made a *knot*.
他打了一個結。

❷(木頭的)節

knot❶ knot❷

know [no; nəʊ] ⊜ **-s** [-z] ㊺ **knew** [nju; kn`own** [non]; **knowing**

動⊛❶知道;懂得 | I *know* him by name.
我知其名(但未見其人)。
Do you *know* Italian?
你懂得義大利語嗎?
I don't *know* **what to** do next.
我不知道接下來要做什麼。
I *know* **that** he loves you.
我知道他愛你。

I *know* him **to** be an honest man.
=I *know* (**that**) he is an honest man.
我知道他是個誠實的人。
▶用 to be 比用 that 正式。

❷認識;識別 | I *knew* her among the crowd.
我在人群中認出她。
How did you *know* him **to** be the leader?
你怎麼知道他是領導者?

❸知道;結識 | I want to *know* her address.
我想知道她的住址。
I'd like to *know* her.
我很想認識她。

不❶知道 | How should I *know*?
我怎麼知道?

❷知道;聞知 | I *know* **of** it, but I don't know it well. 我知道那件事,但我知道得不很清楚。
I *knew* **about** [**of**] it long ago.
我很久以前就聽說過這件事。

be known to ...
為⋯所熟知 | He *is known* **to** everybody.
他是眾人所熟知的人物。

▶這是 know 的被動語態,通常表行為者時不用 by 而用 to。

▶下句中的 by 不是表行為者的 by,係表判斷的基準:
"A tree is known **by** its fruit."
(由其果實便知其樹。)

God [***Heaven***] ***knows ...***
沒人知道⋯ | *God knows* where he has gone.
沒人知道他去了那裡。

know better than to V
不會傻到⋯ | He *knows* *better* *than* **to** go there alone.
他不會傻到一個人去那裡。

you know
不是嗎;嘛 | ▶常用於會話,使話語有間歇。
I have to wear more. It's very cold, *you know*.
我必須多加衣服。因為天氣很冷嘛。

衍生形 **knòwing**(博學的;精明的)

knowledge [`nɑlɪdʒ;'nɒlɪdʒ] (注意發音) ⊛ 無

名 知識,知曉 | He has a good *knowledge* of science. 他通曉科學。

▶ know 的名詞式 | ▶是 "He knows science well." 的正式說法。
I don't have much *knowledge* of French.
我對法文所知不多。

known [non; nəʊn] 動 know 的過去分詞

knuckle [`nʌkl; 'nʌkl] ⊛ **-s** [-z]

名 指關節;(加 the,用複數)拳頭

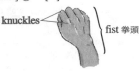

knuckles

fist 拳頭

— L —

label [`lebəl; 'leɪbl] (注意發音) 復 **-s** [-z]
名 標籤, 籤條 | She put a *label* on the bottle.
| 她貼標籤於瓶子上。
—— 三 **-s** [-z] 過 **-ed** [-d], **-ing**, 英 **labelling**
動 及 貼標籤於 | He *labeled* the bottle "Poison".
| 他將寫有「毒藥」的標籤貼在瓶上。

labor, 英 **-bour** [`lebə; 'leɪbə(r)] 復 **-s** [-z]
名 ❶勞動;(辛 | The task requires much *labor*.
苦的)工作 | 這工作需要很多勞力。
▶ 通常指艱苦的體力工作, 但亦指艱難的腦力工作。
❷勞動力;(集合 | *labor* and capital [management] 勞
稱)勞工 | 工和資本家
—— 三 **-s** [-z] 過 **-ed** [-d]; **-ing**
動 不 勞動;勞 | He *labored* on the book.
作;努力 | 他辛苦地寫作那本書。
| He *labored* at the problem.
| 他努力地解決那問題。
複合 名 **hàrd làbor**((作為刑罰的)勞役), **làbor únion**
(工會 英 trade union)
衍生 名 **làborer,** 英 **làbourer**(勞動者;勞工)

laboratory [`læbrə,torɪ, `læbərə-, -brɪ-, -,tɔrɪ;
lə'bɒrətərɪ]
名 研究所, 實驗 | a chemical *laboratory* 化學研究所〔實
室, 研究室 | 驗所〕/a *laboratory* rat 供實驗用的
| 老鼠 ▶ 亦可用作形容詞。
▶ 口語略作 lab 後面不加縮寫的標點。

laborious [lə`borɪəs; lə'bɔːrɪəs]
形 ❶艱難的, 辛 | Writing a novel is *laborious*.
苦的 | 寫小說是很辛苦的。
❷勤勞的;努力 | Ants are *laborious* insects.
的 | 螞蟻是勤勞的昆蟲。
衍生 副 **labòriously**(艱難地;辛苦地)

lace [les; leɪs] ▶ race 是「人種・賽跑」。
名 ❶蕾絲花邊 | *lace* curtains 飾有花邊的窗簾
❷(鞋子等的)帶 | shoe *laces* 鞋帶
| ▶ shoelaces, shoestrings

lack [læk; læk] 三 **-s** [-s] 過 **-ed** [-t]; **-ing**
動 及 缺乏 | He *lacks* decision. 他缺乏決心。
▶ 這個動詞不可作被動態。
不 (通常用進行 | He is *lacking* in (=lacks) courtesy.
式)缺乏 | 他沒有禮貌。
▶ 這種句型用於有關人・物・事, 本身缺乏某種性質時。
因而不可說做 "He is *lacking* in money [time]."(他金
錢〔時間〕不足。)要說做:"Money [Time] is *lacking*."。
—— 復 無
名 不足;缺乏 | This item was not explained for
同 want | *lack* of time. 此項因時間不足而未予
| 以說明。
——————▶ lack 和 shortage——————
lack ………指東西不足或完全沒有。
| for *lack* of money(因缺乏錢;因金錢

shortage …是指東西缺乏、不足。
| 不足)
| a *shortage* of milk(牛奶缺乏)

lad [læd; læd] 復 **-s** [-z] 對 lass
名 青年(男性), | The *lad* fell in love with the lass.
少年 | 這少年和那少女相戀。
▶ 文學用語。口語稱為 boy, young man。

ladder [`lædə; 'lædə(r)] 復 **-s** [-z]
名 梯

ladder 梯   stepladder
                 四腳梯

lady [`ledɪ; 'leɪdɪ] 復 **ladies** [-z]
名 ❶淑女, 貴 | A *lady* would not do such a thing.
婦;女士, 小姐 | 淑女不會做這種事的。
▶ 和男性的 gentleman 相對的字, 原指有教養, 社會地位
高的女性, 但現在不太使用於這種意味。
❷女人;婦人 | Do you know the *lady*?
▶ 比 woman | 你認識那位婦人嗎?
為尊敬的用語
❸(用複數)諸位 | *Ladies* and gentlemen!
女士 | (演講會等)各位女士, 各位先生!
❹(用大寫, 冠於 | *Lady* Macbeth 馬克白夫人/*Lady*
姓氏之前)…夫 | Elizabeth 伊莉莎白小姐 ▶ 英國對貴
人;小姐 | 族的夫人或女兒的尊稱。
複合 名 **the fìrst làdy**(美國總統夫人), **làdybírd,**
làdybúg(瓢蟲)
衍生 形 **làdylíke**(似貴婦的;似淑女的)

lag [læg; læg] 三 **-s** [-z] 過 **lagged** [-d]; **lagging**
動 不 慢慢地走; | He was tired and began to *lag*.
落後 | 他疲勞而開始落後。
| The runner *lagged* behind the
| others. 這賽跑選手落在其他人的後面

laid [led; leɪd] 動 lay(置放)的過去式・過去分詞
lain [len; leɪn] 動 lie(躺)的過去分詞
lake [lek; leɪk] 復 **-s** [-s]
名 湖 | Sun Moon *Lake* 日月潭 ▶ 湖名不加
| the。　　　┌邊界的五個大湖。)
複合 名 **the Grèat Làkes**(五大湖)▶ 在美國和加拿大

lamb [læm; læm] (注意發音) 復 **-s** [-z]
名 (動物)羔羊; | ▶ 避免混淆
羔羊肉 ▶ 羊肉 | sheep(羊)—lamb(羔羊)
是 mutton。 | goat(山羊)—kid(小山羊)

lame [lem; leɪm] 比 **-r** 最 **-st**
形 跛足的 | He is *lame* in the right leg.
| 他右腳是跛的。

lament [lə`mɛnt; lə'ment] 三 **-s** [-s] 過 **-ed** [-ɪd]; **-ing**

動⑧下 哀悼悲嘆 | He *lamented* the death of his son. 他哀悼兒子的死。
| He *lamented* **over** his folly. 他悲嘆自己的愚行。
名 悲傷, 哀悼 | Her face showed *lament*. 她的臉上露出悲傷的樣子。
衍生 形 **láment able**(可悲的) 名 **lamentátion**(哀傷; 哀悼) 副 **lámentably**(悲慘地; 慘痛地)

amp [læmp; læmp] 徴 **-s** [-s]
名 ❶ 燈 | an electric *lamp* 電燈／street *lamps* 街燈／a spirit *lamp* 酒精燈

ance [læns; lɑ:s] 徴 **-s** [-ɪz]
名 長矛
▶「矛」的同義字
lance ……… 古時候的騎士在馬上所用的長矛。
spear ……… 「矛」的一般用語。原始人所用的矛; 和羅馬士兵所用的長矛都是 spear。
javelin ……運動等所用的標槍。

and [lænd; lænd] 徴 **-s** [-z]
名 ❶ 陸, 陸地 | We sighted *land* in the distance. 我們看見遠處有陸地。
動 | by *land* 由陸路 ▶「由海路」是 by sea。
❷ 土地; 田地 | rich *land* 肥沃的土地／barren *land* 不毛之地／waste *land* 荒地
❸(文語) 國家; 國土 | He returned to his native *land*. 他回到祖國。
─ 徴 **-s** [-z] 徴 **-ed** [-ɪd]; **-ing**
動 下 登岸; 著陸 | We *landed* on the island. 我們在該島登陸。
▶「起飛」是 take off | The jet *landed* at Paris. 噴射機在巴黎降落。

andlady [ˋlænd,ledɪ, ˋlæn,ledɪ] 徴 **landla-** 名 (公寓, 旅館 的) 女主人; 女房東 | 徴 **-dies** [-z] She is the *landlady* of this inn. 她是這家旅館的老闆娘。

andlord [ˋlænd,lɔrd, ˋlæn-; ˋlænlɔ:d] 徴 **-s** [-z]
名 (公寓, 旅館 的) 主人; 房東 | The *landlord* is greedy. 這房東很貪婪。

andscape [ˋlænskep, ˋlænd-; ˋlænskeɪp] (注意發音) 徴 **-s** [-s]
名 風景, 景色; 風景畫 | a spring *landscape* 春天的景色／a *landscape* of snow 雪景

ane [len; leɪn] 徴 **-s** [-z]
名 ❶(籬笆, 房屋間的) 小道; 鄉村小道 | There were two women gossiping in the *lane*. 兩個女人在小路上閒聊。
❷ 車道 | The road is divided into three *lanes*. 此路被分成三線道。

anguage [ˋlæŋgwɪdʒ; ˋlæŋgwɪdʒ] 徴 **-s** [-z]
名 ❶ 語言; 文字 | *Language* is a means of communication. 語言是一種溝通的工具。

▶ 各國的國語
英語	English	法語	French
德語	German	西班牙語	Spanish
俄語	Russian	義大利語	Italian
中國語	Chinese	荷蘭語	Dutch

❷(一國的) 語言 | a foreign *language* 外語／the Chinese *language* 中文 ▶ 口語中說 Chinese 即可。
複合 名 **lánguage làboratóry**(語言訓練教室; 略作 LL)

languid [ˋlæŋgwɪd; ˋlæŋgwɪd]
形 倦怠的; 無精打采的 | On a hot day we feel *languid*. 在悶熱的天氣, 我們覺得無精打采。

languish [ˋlæŋgwɪʃ; ˋlæŋgwɪʃ] 徴 **-es** [-ɪz] 徴 **-ed** [-t]; **-ing**
動 下 失去生氣; 凋萎 | The flowers *languished*. 花凋萎了。
衍生 形 **lánguishing**(渴望的; 漸漸憔悴的)

lantern [ˋlæntɚn; ˋlæntən] 徴 **-s** [-z]
名 提燈; 燈籠 | a Chinese *lantern* 中國燈籠

lap[1] [læp; læp] 徴 **-s** [-z]
名 膝部和大腿部分 | She held her baby in [on] her *laps*. 她把她的嬰兒放在大腿上。
▶ 指坐下時從腰到膝蓋的部分。 knee 是膝蓋 ⇨ knee

lap[2] [læp; læp] 徴 **-s** [-s] 徴 **lapped** [-t]; **lapping**
動⑧ ❶ 舐(液體); 盡情地吃(喝) | The dog *lapped* up all the water in the basin. 狗把盆內的水全部喝光了。
❷(海浪) 輕拍(海岸等) | Small waves were *lapping* the shore. 小浪輕拍著海岸。

lap[3] [læp; læp] 徴 **-s** [-s] 徴 **lapped** [-t]; **lapping**
動⑧ 包裹 | He *lapped* himself in a blanket. 他把自己裹在毛毯中。

lapse [ˋlæps; ˋlæps] 徴 **-s** [-ɪz] ▶ 動詞是 elapse。
名 (時日的) 流逝, 經過 | a short *lapse* of time 經過短暫的時間

large [lɑrdʒ; lɑ:dʒ] 徴 **-r** 徴 **-st**
形 ❶ 大的 ⓐ small | a *large* family 子女很多／a *large* crowd 一大群人／a *large* animal 一頭巨獸
❷ 廣博的; 大規模的; 廣闊的 | *large* views 廣博的見解／*large* experience 豐富的經歷
at large
❶ 未被捕的(犯人等) | The murderer is still *at large*. 該兇手仍逍遙法外。
❷ 一般的 | The people *at large* are against war. 一般人都反對戰爭。
衍生 副 **lárgely**(主要地)

lark [lɑrk; lɑ:k] 徴 **-s** [-s]
名 (鳥) 雲雀

lash

whip 鞭

lash [læʃ; læʃ] 徴 **-es** [-ɪz]
名 ❶ 鞭上的皮條部分
❷ 鞭撻 | The convict was given fifty *lashes*. 罪犯被鞭撻五十下。
─ 徴 **-es** [-ɪz] 徴 **-ed** [-t]; **-ing**
動⑧ ❶ 用鞭打 | She *lashed* the lion with the whip. 她用鞭打獅子。
❷ 猛烈搖動 | The horse *lashed* its tail. 那匹馬猛搖著牠的尾巴。

lass [læs; læs] 徴 **-es** [-ɪz] ⓐ lad
名 少女, 女孩 | a lad and a *lass* 少年和少女
▶ lass 是文章用語, 口語用 girl。

last¹ [læst; lɑːst] 形 late 的最高級之一
- ❶最後的, 最終的 ｜ I paid my debt to the *last* cent.
  - 反 first ｜ 我付清債務, 一文也不拖欠。
  - ｜ the *last* man in the line
  - ｜ 行列的最後一人

> ► last, latest, final
> last ………指一連串同類事物的最後一個。
> latest ……「最近的, 最新的」的意思。
> 　　　　the *latest* news(最新的消息)
> final 　……意味著「完結, 終結」。
> 　　　　a *final* decision(最後的決定)

- ❷最近的; 昨…; ｜ The meeting was held *last* Friday
  上一個的, 上一 ｜ [on Friday *last*].
  次的 反 next ｜ 會議是上星期五召開的。
  ｜ It has been raining for the *last* few
  ｜ days. 最近數日一直下著雨。
  ｜ The *last* time I saw him, he was
  ｜ quite well.
  ｜ 上次我看到他時, 他很健康。

> ► last Sunday 或 on Sunday last 是「(在)上星期天」
> 的意思, 但亦指「那週的星期天」。last 是「上次的, 最近
> 的」之義, 如果說話的那一天是星期三, 那 last Sunday 便
> 是:「剛過去的星期天」。

```
　上週的　　　　　　　最近的　　　　說話的日子
●───┬─────────●───┬────────●───────→
　　 last Sun.　　　　 last Sun.　　　　 Wed.
　(= on Sunday last week.)
```

> 意思有點含糊, 因此要想清楚的表達「上週的星期天」說
> on Sunday *last* week 即可。

> 去年 *last* year—今年 this year—明年 next year,
> 上週 *last* week—本週 this week—下週 next week,
> 昨夜 *last* night—今夜 tonight—明天晚上
> tomorrow night, 昨天早上 yesterday morning—
> 今早 this morning—明天早上 tomorrow morning
> ► *last* night 不可作說 yesterday night。相反地, 不
> 可把 yesterday morning [afternoon] 說作 last
> morning [afternoon]。

- ❸最不可能的; ｜ He is the *last* man to steal.
  最不適的 ｜ 他是最不可能偷東西的一個人。
  ｜ This is the *last* thing I want.
  ｜ 這是我最不想要的東西。

the last … but one 回 the second … from the tail
- 倒數第二個的 ｜ My cousin is the *last* man *but one*
  ► 這種表現法, ｜ in the line.
  通常不使用於倒 ｜ 我的表弟是在行列中的倒數第二個。
  數第三個以上。
  「倒數第四位」稱
  做 the fourth
  man from the
  tail。

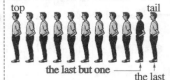
the last but one
top / tail
the last

—— 副 late 的最高級
- ❶最後地 ｜ Who arrived *last*? 誰最後到達?
  反 first
- ❷最近一次地 ｜ When did you see her *last*?
  ｜ 你最近一次是什麼時候見到她的?

—— 代 無
- 名 ❶最後的人 ｜ He was the *last* to leave.
  或事物 ｜ 他是最後離去的。
  ｜ the night before *last* 前天晚上／the
  ｜ year before *last* 前年
- ❷最後; 最終 ｜ That was the *last* of the explorer.
  ｜ 那是該探險家的最後一次探險。

at last
- 終於; 到底 ｜ *At last* I reached the summit.
  ｜ 我終於到達頂峰。
  ► 不可用於否定句。
  衍生 副 **làstly**(最後地)

last² [læst; lɑːst] 三 -s [-s] 過 -ed [-ɪd]; -ing
- 動 不 ❶延續 ｜ The rain *lasted* for three days.
  回 continue ｜ 雨連下了三天。
- ❷維持 ｜ The food will *last* through the
  ｜ winter. 這食糧可維持整個冬季。

lasting [`læstɪŋ; `lɑːstɪŋ]
- 形 持久的; 永久 ｜ a *lasting* friendship 永恆的友誼
  的, 永恆的

latch [lætʃ; lætʃ] 複 -es [-ɪz]
- 名 門閂

late [let; leɪt] (表時間)
- 比 -r 最 -st(表順序)
- 比 latter 最 last
- 形 ❶(比指定時 ｜ The bus was *late* (**in**) coming.
  間)遲的, 晚的 ｜ 公共汽車來晚了。
  反 early ｜ I was *late* **for** school this morning.
  ｜ 我今天早晨上學遲到了。

> ► late 和 slow
> late …指較一定的時間為遲的。反 early
> slow …指速度、動作等慢的。反 quick, fast

- ❷(時間)晚的; ｜ He keeps *late* hours.
  將盡的; 晚年的 ｜ 他晚睡晚起。
  ｜ *late* spring 暮春／in the *late* 18th
  ｜ century 18 世紀末葉 ► 在 18 世紀初期
  ｜ 是 in the early 18th century。
- ❸已故的, 亡故 ｜ the *late* Mr. Frost 故佛洛斯特先生／
  的 ｜ her *late* husband 她的亡夫
- ❹前任的 ｜ the *late* professor 前任教授 ► ❸也有
  ｜ 「已故的教授」之義。
- ❺最近的; 近時 ｜ the *late* storm 不久之前的暴風雨／
  的 ｜ my *late* illness 我最近的病
- 比 -r 最 -st 反 early
- 副 ❶遲 ｜ He arrived *late* **for** the party.
  ｜ 他宴會遲到了。
- ❷(時間)晚, 遲 ｜ She had her breakfast *late* in the
  ｜ morning. 她早上很晚才吃早餐。
  ｜ He sat up (**till**) *late* last night.
  ｜ 他昨晚很晚睡。

—— 名 ► 僅用於下面的片語。

of late
- 最近, 近來 ｜ They got married *of late*.
  ｜ 他們最近結婚了。

lately [`letlɪ; `leɪtlɪ]

副 近來, 最近 | I haven't seen him *lately*.
| 我近來未曾見到他。

▶ 口語中有一種傾向, 通常肯定句用 recently; lately 則
用於疑問句・否定句中。

ater [`letə˞; `leɪtə(r)] 副 late 的比較級之一
稍後, 隨後 | I'll see you *later*. 待會兒見。
ater on | I'll explain it to you *later on*.
後來, 待會兒 | 待會兒我會對你說明。
ooner or later | *Sooner or later*, she will show up.
遲早 | 她遲早會出現的。

atest [`letɪst; `leɪtɪst] 形 late 的最高級之一
最近的; 最新的 | This hat is of the *latest* fashion.
| 這頂帽子是最新式樣的。
t (the) latest | He'll come by six *at (the) latest*.
最遲, 最晚 | 他最遲六點以前會來。

▶ 結構相同的片語 at (the) best(充其量), at (the) least
(至少), at (the) most(甚多)。

atin [`lætṇ, `lætɪn; `lætɪn] 名 無
名 拉丁語 | ▶ 古羅馬時代所使用的語言。
— 形 拉丁語的; | *Latin* words 拉丁字／the *Latin*
拉丁民族的 | races 拉丁民族
複合 名 **Làtin América**(拉丁美洲 ▶ 說西班牙語和葡萄
牙語的中南美地區。)

atitude [`lætə,tjud; `lætɪtju:d] 名 **-s** [-z]
名 緯度
▶ *Lat*. 50°N.
讀作 latitude
fifty degrees
north.
對 longitude

longitude
經度

latitude
緯度

atter [`lætə˞; `lætə(r)] 形 late 的比較級之一, 但僅用於
特殊用法, 多與 than 連用。
❶後期的; 後半 | the *latter* half of the year
的 | 下半年
❷(加 the) 後者 | I have a brother and a sister; the
| former is in Taipei, but **the** *latter* is
反 the former | in Ilan.
| 我有一個哥哥和一個姐姐, 前者(哥哥)
| 是在台北, 但後者(姐姐)是在宜蘭。

augh [læf; læf] 名 **-s** [-s] 動 **-ed** [-t]; **-ing**
動 不 (出聲地) | They **burst out** *laughing*.
笑 ⇨ giggle | 他們突然笑了起來。
ugh at ...
❶見(聽)…而笑 | He *laughed* at my joke.
| 他聽到我的笑話就笑了起來。
❷嘲笑 | He was *laughed* at by everybody.
| 他受大家的譏笑。

— 名 **-s** [-s]
名 笑; 笑聲 | He gave a hearty *laugh*.
| 他縱情大笑。

aughter [`læftə˞; `læftə(r)] 名 無
名 笑; 笑聲 | The audience **burst into** *laughter*.
| 聽眾突然笑了起來。
| ▶「突然笑起來」也說作 burst out
| laughing。

launch [lɔntʃ, lɑntʃ; lɔ:ntʃ] 名 **-es** [-ɪz] 動 **-ed** [-t]; **-ing**
動 及 ❶使(船) | The ship will be *launched* next
下水 | Monday. 這船將於下星期一下水。
❷發射(衛星・ | An artificial satellite was *launched*
火箭) | **into** orbit. 人造衛星被射入軌道了。
❸開辦, 創辦 | He *launched* a new enterprise.
同 begin | 他創辦一個新企業。
複合 名 **làunching pád**(火箭等的發射台)

laundry [`lɔndrɪ, `lɑn-; `lɔ:ndrɪ] 名 **laundries** [-z]
名 ❶洗衣店 | She sent the washing to the
| *laundry*.
| 她把要洗的衣服送到洗衣店去。
❷(加 the) 送洗 | She brought **the** *laundry* back.
的衣服 | 她把洗好的衣服帶回來了。

laurel [`lɔrəl, `lɑr-; `lɒrəl] 名 **-s** [-z]
名 (植物) 月桂 | ▶ 歐洲所產的一種常綠亞喬木, 古希
樹 | 臘、羅馬人編桂葉為冠授予勝利者, 以示
| 榮譽。

lava [`lɑvə, `lævə; `lɑ:və] 名 無
名 (火山的) 熔 | ▶ larva [`lɑrvə] 是「昆蟲的幼蟲」。
岩

lavish [`lævɪʃ; `lævɪʃ]
形 浪費的, 濫用 | He is *lavish* of [in spending]
的; 豐富的 | money. 他花錢如流水。
| *lavish* gifts 豐富的禮物
— 動 **-es** [-ɪz] 動 **-ed** [-t]; **-ing**
動 及 濫用 | She *lavished* kindness **on** them.
| 她對他們過和善。

law [lɔ; lɔ:] 名 **-s** [-z]
名 ❶法, 法律 | Everybody is equal before the *law*.
| 法律之前人人平等。
| the commercial *law* 商法
❷法學 | He studied *law*. 他唸法律。
❸法律行業, 律 | He followed the *law*.
師業 | 他從事法律工作。
❹(學問・藝術 | the *law* of supply and demand 供
上的) 法則, 原理 | 需原則
複合 名 **làwsúit**(訴訟)
衍生 形 **làwful**(合法的), **làwless**(違法的; 目無法紀的;
非法的), **lègal**(法律的, 合法的)

lawn [lɔn; lɔ:n] 名 **-s** [-z] ⇨ turf
名 草地 | I mow the *lawn* once a month.
| 我一個月剪一次草。
複合 名 **làwn mówer**(割草機)

lawyer [`lɔjə˞; `lɔ:jə(r)] 名 **-s** [-z]
名 律師 | The tenant consulted a *lawyer*.
⇨ counselor | 那房客請教律師。

lay [le; leɪ] 動 **-s** [-z] 過 **laid** [led]; **-ing**
| ▶ 避免混淆
| 躺 | 不 | lie—lay— | lain; lying |
| 置放 | 及 | lay—laid— | laid; laying |

動 及 ❶放置, 橫 | He *laid* the vase **on** the table.
置 | 他將花瓶放在桌上。
❷鋪設; 覆蓋; 砌 | *lay* the floor **with** a carpet 用地毯鋪
| 地板／*lay* tiles 砌瓷磚／*lay* bricks
| 砌磚

❸準備, 擺設 | She *laid* the table **for** dinner.
她擺餐具準備開飯。

lay aside ...
❶擱置… | *Lay* that problem *aside* for a while.
暫時把那問題擱在一邊。
❷儲蓄… | I *lay aside* five thousand dollars each month. 我每月儲蓄五千元。

lay off ...
㊤暫時解雇… | The plant *laid off* some workers.
這工廠將幾個工人暫時解雇。
▶㊤稱作 stand off。

lay out ...
設計… | The city is *laid out* with beautiful regularity.
這城市被設計得整齊美觀。

lay up ...
儲蓄… | You must *lay up* some of your income. 你必須將收入的一部分儲存起來。

layer [ˋleɚ; ˋleɪə(r)] 働 -s [-z]
㊒層;重;塗層 | The rock has three *layers*.
這岩石有三層。

lazy [ˋlezɪ; ˋleɪzɪ] 迅 **lazier** 働 **laziest**
㊫❶(人)懶惰的, 怠惰的 | *Lazy* people seldom succeed.
懶人很少成功。

▶ **lazy 和 idle**
lazy … 指不喜歡工作的懶惰(壞的意味)。
idle … 指沒工作做而賦閒(不一定有壞的意味)。

❷(物)不活潑的;令人懶惰的 | a *lazy* river 流動緩慢的河／a *lazy* day 令人無精打采的日子
衍生 働 **làzily**(懶惰地, 懶洋洋)㊒ **làziness**(懶惰)

lead¹ [lid; liːd] 働 -s [-z] ㊦ **led** [lɛd]; -ing
▶注意動詞變化
引導 lead—led [lɛd] —led [lɛd]
閱讀 read—read [rɛd] —read [rɛd]

働㊛❶引導; | She *led* the blind man into the hall.
她引導這盲人進入大廳。

▶「引導」的同義字
lead………指在前引領, 維持隨從者的秩序。
guide ……(常是一種職業的)嚮導, 尤指諳熟路況與危險。
conduct …比 lead 稍含拘泥形式的引導。
show …口語的說法。通常指在前帶路。
direct ……不隨行而以話語指示道路。

❷(路等)通到 | This road will *lead* you **to** the parking lot.
你從這條路去就可到停車場。
❸領導, 率領;居首 | The mayor *led* the procession.
該行列由市長帶頭。
He *leads* his class **in** English.
英文方面, 他是全班第一。
❹誘引;使想(做)… | His trouble *led* him **to** drink.
他因煩惱而喝酒。
❺過(生活) | The couple *leads* a happy **life**.
這對夫婦過著快樂的日子。
㊦❶帶路;做嚮導 | You *lead*, and I'll follow.
你帶路, 我跟著來。
❷領先 | Oxford *led* **by** three lengths.
牛津大學隊領先三個船身的距離。

▶ by 是「至於…程度」。
❸(路等)通;達 | This road *leads* **to** the city.
這條路通往該市。
❹導致 | His failure *led* **to** his resignation.
他的失敗導致他辭職。
—— 働 無 ▶加 a 或 the。
㊒領導;榜樣;指揮, 指導 | We followed the *lead* of our teacher. 我們依從教師的指導。
衍生 ㊒ **lèader**(領導者), **lèadership**(領導地位)
㊫ **lèading**(領導的;指導的;主要的;一流的)

lead² [lɛd; lɛd] (注意發音) 働 無
㊒鉛 | This box is made of *lead*.
這個盒子是鉛製的。

leaf [lif; liːf] 働 **leaves** [-z]
㊒葉, 樹葉 | *Leaves* fall in autumn.
秋天樹葉掉落。

leak [lik; liːk] 働 -s [-s]
㊒❶漏洞, 漏隙 | a *leak* in the pipe 導管的漏洞
❷漏洩 | gas *leak* 瓦斯漏氣
—— (㊂ -s [-s] 働 -ed [-t]; -ing
働㊦漏, 洩漏 | The roof *leaks*. 屋頂漏水。
Gas is *leaking*. 瓦斯正在漏。
The secret *leaked out*.
秘密洩漏出去了。

lean¹ [lin; liːn] 迅 -er 働 -est
㊫瘠瘦的;無油脂 | a *lean* boy 瘠瘦的男孩／*lean* meat 瘦肉
▶「瘦的」的同義字
lean …………指天生瘦削的, 沒有病態的感覺。
thin …………多指因病或過勞而消瘦的。
slim
slender } ……高而細, 但其比例是均稱的。
skinny ………指瘦得僅剩皮包骨的。

lean² [lin; liːn] (㊂ -s [-z] 働 -ed [-d]; ㊦ **leant** [lɛnt]; -ing
働㊦❶倚靠 | He *leaned* **against** the tree.
他靠在樹上。
lean **on** the desk 靠在桌上
❷傾身(向前或向後) | He *leaned* **back** in the chair.
他將身子向後靠在椅上。
He *leaned* **over** the table.
他身體前俯在桌上。

❸傾斜 | The tower *leans* a little.
這塔有點傾斜。
❹依靠 | He *leaned* **on** me **for** help.
他依靠我的幫助。
㊛❶使傾斜 | He *leaned* his head forward.
他將頭向前傾。
❷使靠;倚著 | The gardener *leaned* the ladder **against** the tree. 園丁將梯靠在樹上。

ap [lip; li:p] [三] **-s** [-s] [規] **-ed** [-t], [不] **leapt** [lɛpt]; **-ing**
動[不] **跳, 躍** | He *leapt* **from** the horse. 他從馬上跳下。
▶[美]過去式和過去分詞一般都作 leaped。 | Look before you *leap*. 跳躍前要先看清楚。〔三思而後行。〕(諺語)
▶ leap 是文學上和比喻上的用語，有跳躍時輕捷優美的含意。 jump 是一般用語。
複合 [名] **lèap yéar** (閏年)

arn [lɜn; lɜ:n] [三] **-s** [-z] [規] **-ed** [-d] [不] **learnt** [lɜnt]; **-ing**
動[及] ❶**學習；學** | I am *learning* French. 我正在學法文。
⇨ unlearn | He is *learning* **(how) to** drive a car. 他正在學開車。

——▶ **learn, study, work**
learn …指從研究、練習、或他人的教授中而獲得知識或技能。
study …指努力讀書，研究學問。
work …可指勞動；亦可指學生的學習。

❷**學會** | He has *learned* patience. 他已學會忍耐。
❸**獲悉, 聞及** | We *learned* **that** the writer had died. 我們獲悉該作家已經去世了。
[不] **學, 學習** | It is never too late to *learn*. 要做學問永不會太遲。
| He *learns* very quickly. 他學得很快。

arn ... by heart
背誦…, 默誦… | I have *learned* the poem *by heart*. 我已經會背這首詩了。
▶「在背誦」是 know ... by heart。
衍生 [名] **lèarning** (學問), **lèarner** (學習者)

arned [`lɜnɪd; 'lɜ:nɪd] (注意發音)
[形] **有學問的；博學的** | He was a *learned* professor. 他是個博學的教授。

ase [lis; li:s] [複] 無
[名] **租約；租期** | I took the house **on** a *lease* **of** ten years. 我以十年的租約租下此屋。

ast [list; li:st] [形] little 的最高級
(通常加 the) **最小的；最少的；最不重要的** | He did the work without **the** *least* difficulty. 他毫不困難地做了該工作。
[反] most | He does not have **the** *least* knowledge of physics. 他連一點物理學的知識都沒有。

— [複] 無
[名] (通常加 the) **最少；最小；最小量** | He did **the** *least* of the work and got the most of the money. 他事情做得最少，而錢拿得最多。

(the) least
❶**至少** | A child must sleep *at least* eight hours a day. 小孩每天至少必須睡八小時。
❷**無論如何** | You should *at least* go there. 你無論如何應該去那裡。

in the least ▶通常用否定句。
一點也不 | It does **not** matter *in the least*. 這毫無關係。
[同] at all

— [副] little 的最高級
❶**最少** | He worked **(the)** *least*. 他做得最少。
❷**最沒有** | Math is the *least* interesting subject. 數學是最無趣的學科。

least of all
最不 | I like carrots *least of all*. 我最不喜歡胡蘿蔔。

leather [`lɛðɚ; 'leðə(r)] (注意發音) [複] 無
[名] **皮革；(用作形容詞)皮製的** | This belt is made of *leather*. 這條帶子是皮製的。
| a *leather* bag 皮手提包

——▶「皮」的同義字
skin …指人的皮膚，或其他動物(尤指小動物)的外皮。
hide …指大型動物的外皮。
fur ……毛皮，用於服飾。

leave[1] [liv; li:v] [三] **-s** [-z] [不] **left** [lɛft]; **leaving**
動[及] ❶**離開, 出發** | He *left* Paris **for** New York. 他離開巴黎，前往紐約。

離開巴黎 [及] {(正)leave Paris / (誤)leave from Paris}
前往巴黎 [不] {(正)leave for Paris / (誤)leave to Paris}

❷**脫離(團體等)** | *leave* a club 離開俱樂部／*leave* one's job 辭職／*leave* school 畢業；退學
❸**遺置, 丟下…忘記拿** | He *left* his gloves in the hotel. 他把手套放在旅館忘了拿。

——▶ **leave 和 forget**
「忘了拿」用 leave 或 forget, leave 多與表場所的副詞(子句)連用，forget 通常不與表場所的副詞連用。外出時把東西忘記在家裡的時候通常用 forget 表示。
I've *left* my umbrella in the train.
(我把我的傘遺留在火車上了。)
I've *forgotten* the driver's license.
(我忘了帶駕駛執照。)

❹**遺棄, 丟棄** | He *left* his cat in the wood. 他把他的貓遺棄在樹林裡。
❺**剩餘；(死後)遺留** | Five from seven *leaves* two. 七減五剩二。
| There is little time *left*. 時間所剩不多。
| He *left* his son a fortune. 他留給他的兒子一筆財產。
❻(與補語連用) **保持某種狀態**

leave ＋ 受詞 ＋ 補語
He *left* the door open. 他讓門開著。 Please *leave* me alone. 請不要管我。

❼付託;委託 | *Leave* it **to** me.
這事交給我辦好了。

不 前往, 出發 | The train *left* **for** Kaohsiung at six.
火車在六點開往高雄。
▶ 不可說作 leave to。

leave behind
忘記攜帶 | The bag has been *left behind*.
袋子忘記帶了。

leave off
停止;結束 | They *left off* talking when I approached.
當我走近時, 他們停止了談話。

leave out
遺漏 | He *left out* a word.
他漏掉一個字。

leave² [liv; li:v] 働 **-s** [-z]
名 ❶許可,同意 | He gave his daughter *leave* **to** take a trip alone.
他允許他的女兒一個人去旅行。
❷休假;假期;請假 | I had a two weeks' *leave*.
我有兩個星期的假。
He went home **on** *leave*.
他請假回家。

take leave of = ***take*** one's ***leave***
向…告別 | He *took leave* **of** her.
他向她告別。
He *took* his *leave* and went home.
他告辭回家。

leaves [livz; li:vz] 名 leaf(樹葉)的複數式
lecture [`lɛktʃɚ; 'lektʃə(r)] 働 **-s** [-z]
名 ❶演講 | He gave [delivered] a *lecture* **on** history. 他做有關歷史的演講。
❷訓誡;責罵 | His father gave him a *lecture* **on** his conduct. 他父親責罵他的行為。

──⊜ **-s** [-z] 働 **-d** [-d]; **lecturing**
動 不 演講;講演 | He *lectured* **on** modern art.
他發表有關現代藝術的演講。
衍生 名 **lécturer** (講演者;(大學的)講師)

led [lɛd; led] 動 lead(引導)的過去式・過去分詞
ledge [lɛdʒ; ledʒ] 働 **-s** [-ɪz]
名 ❶架;突出的部分;暗礁 | He lay on the *ledge* facing the sea.
他躺在臨海的礁石上。

left¹ [lɛft; left] 動 leave(離開)的過去式・過去分詞
left² [lɛft; left] (限定用法)
形 ❶左的,左手的,左側的 | The office is **on** the *left* side of the street. 這公司在街道的左邊。
❷左派的,左翼的 | the *left* faction of the party
該黨的左派

──働 無
名 (加 the)左, 左方,左側 | Turn to **the** *left*, please.
請轉向左方。
──働 無
副 在左邊,向左邊 | Turn *left*, and you'll find the building.
向左轉, 你將發現那間房子。
複合 形 **léft-hánded** (慣用左手的)
衍生 名 **léftist** (左派的人)

leg [lɛg; leg] 働 **-s** [-z] ⇨ foot
名 ❶腿;足 | He crossed his *legs*.
他蹺著腳。
▶ leg 是由腳跟到腰的部分, foot 是由腳跟到腳尖的〔部分。〕

❷((桌・椅)等的)腳 | the *legs* of a table 桌腳

legacy [`lɛgəsɪ; 'legəsɪ] 働 **legacies** [-z]
名 遺產 | He left a *legacy* to his son.
他把遺產留給他的兒子。

──▶ 「遺產」的同義字──
legacy ………依遺言留給某人的財產, 文化遺產。
heritage ……祖先或社會遺留下來的遺產或一切文化遺產(如特性、文化、傳統等)。
inheritance …父母傳給兒女繼承的財產或遺傳特質。

legal [`lig; 'li:gl] ▶ law 的形容詞
形 ❶法律的,法律上的 | *legal* terms 法律名詞/a *legal* holiday 法定假日
❷合法的 | a *legal* act 合法的行為

──▶ legal 的同義字──
lawful ………合法的,法律所許可的。
legal …………雖也用於與 lawful 同義, 但多用於「法律上的,法律所規定的」這種被限定的意味上。
legitimate …指資格或權利為法律所認可的。

衍生 副 **lègally** (合法地;在法律上)

legend [`lɛdʒənd; 'ledʒənd] 働 **-s** [-z]
名 傳說, 傳奇故事 | There are a lot of *legends* in China
中國有很多傳奇故事。
衍生 形 **lègendáry** [-dɛrɪ] (傳說的, 傳奇的)

legislation [ˌlɛdʒɪs'leʃən; ˌledʒɪs'leɪʃn] 働 無
名 立法 | It is contrary to the spirit of *legislation*. 這是違反立法精神的。
衍生 名 **lègislátor** (立法者;立法委員), **lègisláture** (立法機關;議會)

legislative [`lɛdʒɪsˌletɪv; 'ledʒɪslətɪv]
形 立法的;有權制定法律的 | the *legislative* body 立法機構

legitimate [lɪ'dʒɪtəmɪt; lɪ'dʒɪtɪmət]
形 ❶合法的;正當的 | the *legitimate* heir to the throne
王位的合法繼承人
❷合理的 | a *legitimate* argument
理由充足的議論

leisure [`liʒɚ; 'leʒə(r)] (注意發音) 働 無
名 閒暇, 空閒 | I have no *leisure* to read [**for** reading]. 我沒有閒暇讀書。

at leisure
❶閒暇的 | I am *at leisure* now.
我現在有空閒。
❷慢慢地 | Do your work *at leisure*.
慢慢地做你的工作。

at one's ***leisure***
當…空閒的時候 | I paint *at* my *leisure*.
我空閒時繪畫。
衍生 形 副 **lèisurely** (不匆忙地;悠閒地)

emon [ˋlɛmən; ˈlemən] 働 **-s** [-z]

名❶檸檬;檸檬樹 | I like *lemon* in my tea.
我喜歡在茶裡加檸檬。
❷檸檬色(的) ► 淡黃色。

end [lɛnd; lend] ⊜ **-s** [-z] 丙 **lent** [lɛnt]; **-ing**
働⊗❶借出 | I *lent* him some money.
⊗borrow | =I *lent* some money **to** him.
我借給他一些錢。
❷幫助;給與(援助) | I *lent* my aid **to** the project.
我幫助這計畫。

───「借出」的同義字───
lend ……「借」的一般用語。免費借與。
loan ……向機構貸款，不大用於個人之間的貸借關係。
let ………出租房屋或土地等。主要用於英國。
lease ……根據契約，出租房屋、土地等。也含有「租得」的意思。
rent ……出租房屋、房間、土地、車子等。也含有「租用」的意思。

ngth [lɛŋkθ, lɛŋθ; leŋθ] ► long 的名詞式
名長;長度 | The *length* of the bridge is 200 meters.＝The bridge is 200 meters **in** *length*.
這橋的長度是二百公尺(這橋有二百公尺長)。
► 上例如用 long 通常作 "The bridge is 200 meters long."。
► 「長度」是 length,「寬度」是 width 或 breadth,「高度」是 height,「深度」是 depth。
at full length | He lay on the mat *all full length*.
全身伸展地 | 他伸直身體躺在蓆上。
at length ► 「費了長時間終於」之義。
❶最後,終於 | *At length* the work was finished.
回at last | 這工作終於完成了。
❷詳細地;時間很長地 | He explained it *at length*.
他將那事講得很詳盡。
衍生形 **lèngthy** (時間長的;冗長的)

ngthen [ˋlɛŋkθən, ˋlɛŋθən; ˈleŋθən] ⊜ **-s** [-z]
丙 **-ed** [-d]; **-ing**
働⊗丙使長,變長 | She *lengthened* the skirt.
她將裙子放長。

───字尾的-en───
形容詞或名詞的字尾加-en 時構成動詞：dark*en*(使黑暗), hard*en*(使硬), heigh*ten*(增高), shor*ten*(縮短), streng*then*(使強)

ns [lɛnz; lenz] 働 **-es** [-ɪz]
名透鏡

concave lens   convex lens
凹透鏡   凸透鏡

nt [lɛnt; lent] 働 lend 的過去式‧過去分詞
形 little 的比較級 ► 與不可數的名詞(物質名詞‧抽象名詞)連用。可數名詞通常用 fewer, 但有時也用 less。

❶(量)較少的 | She bought *less* butter and fewer
反more | eggs **than** usual.
她買的奶油和蛋比平常少。
Less(＝Fewer) people go to church **than** formerly.
上教堂的人比以前少。
► 通常用 fewer。

less   fewer

❷(大小)較小的 | He has *less* land **than** I do.
他的土地比我的小。
形 無
名較少的量或額 | It took me *less* than ten minutes to get there.
我花不到十分鐘便到了那裡。
副 little 的比較級
較少;不及 | It is *less* cold today **than** yesterday.
今天沒有昨天冷。
He is *less* clever **than** I thought.
他不及我想像的那樣聰明。
much [*still*] *less* | I can't speak English, *much less*
(文語)(在否定句之後)…更不用說了 | French.
我不會說英語, 更不必說法語了。
► much less, still less 都接否定句。口語多用 let alone, 在肯定句之後用 much more, still more。

───► **no less than** 和 **not less than**───
1) no less than … 「不少於…」
► 強調數量之大。
He has *no less than* a million dollars.
(他的錢不少於一百萬元。)
2) not less than … 「至少有…」
► 不像 no less than 那樣帶有驚歎的意味。
He has *not less than* 1,000 dollars.
(他至少有一千元。)

no less … | She is *no less* beautiful *than* her
than~ | sister.
(文語)同…一樣 | 她同她姐姐一樣的美。
► no less … than 含有驚歎或強調的意味。
none the less | He has faults, but I like him *none*
仍然 | *the less*.
他有缺點, 但我仍然喜歡他。
not less than … ⇨參見上表。
not less … than~ ⇨ no less … than~
同…一樣~ | She is *not less* beautiful *than* her
| sister.
她同她姐姐一樣的美。
衍生 形 **lèsser** ((文語)較少的;較小的)

lessen [ˋlɛsn; ˈlesn] ⊜ **-s** [-z] 働 **-ed** [-d]; **-ing**
働⊗丙使小;變小 | *lessen* the noise of planes
減少飛機的噪音
lesson [ˋlɛsn; ˈlesn] 働 **-s** [-z]

[名] ❶功課;課程 | He is not good at *lessons* at school. 他在學校功課不好。
an English *lesson* 英文課
❷(教科書中的)一課 | *Lesson* 5 第五課 ▶ 讀作 Lesson five。
❸(通常用複數)上課;學習 | take *lessons* **in** piano＝take piano *lessons* (跟老師)學鋼琴
❹教訓, 訓誡 | This experience will be a good *lesson* **to** you.
這次經驗對你將是一個好教訓。

lest [lɛst; lest] ▶ 此係文學用語, 不用於日常會話中。▶ lest 之後的子句, ❶❷[英] 都用 should, [美] 都用假設語氣現在式(動詞原形)。

[連] ❶以免;以防 | He walked slowly *lest* he (**should**) slip. 他慢慢地走, 以免滑倒。
▶ 不可作 lest he slips。
He took an umbrella with him *lest* he (**should**) be caught in a shower.
他帶了把傘, 以防被陣雨淋溼。

> ▶ 口語的表現法
> 文語用 lest, 但口語的說法如下:「他慢慢地走, 以免滑倒。」
> He walked slowly *so as not to* slip.
> He walked slowly *so (that)* he *would not* slip.
> 「帶把傘出去, 以防下雨。」
> Take an umbrella with you *in case* it rains.

❷(用於 be afraid, fear 之後)恐怕;怕…會 | I was afraid *lest* he (**should**) be involved in the scandal.
我怕他會受那醜聞的牽累。
▶ 口語說作 "I was afraid (that) he might be ..."。

let [lɛt; let] [三] **-s** [-s] [不] **let; letting**

[動] [及] ❶讓;允許 | Mother *let* me go to camp.
母親讓我去露營。
He *let* his hair grow.
他任由頭髮留長。

> ▶ **make 和 let**
> make 是強迫性的, let 不是強迫性的。
> He *made* her go. (他叫她去。)
> He *let* her go. (他讓她去。)
> ▶「使…」的表現其他還有 "He *had* her go." "He *got* her *to* go."。兩者都是「他使(令)她去」的意思, 但沒有 make 那樣的強迫性。

❷讓
▶ 對於第一・第三人稱的間接命令句。 | *Let* me know by telephone.
打電話告訴我。
Let him not go there. (文語)
Don't *let* him go there. (口語)
不要讓他去那裡。
❸(用 Let's V 的句型)我們… | *Let's* go to the park.
我們去公園吧。
▶ "Let us go." 有時也表同樣的意思, 但通常是❶的意思:「讓我們去吧。」, ❷的意思時讀作 [ˌlɛtˋʌs], 作❸的意思時讀作 [lɛts]。
Let's have a rest, shall we?
我們休息一下吧!好不好?
Let's not go.＝([美] 口語・[英]) Don't *let's* go.＝([美] 俚語) *Let's* don't go.
我們不要去。
❹表示(假定・條件)假設 | *Let* A be equal to B, **and** A^2 must be equal to B^2.
假設 A 等於 B, 則 A^2 必等於 B^2。
▶ A^2 讀作 the second power of A。
❺[英] 出租(房子・土地等) [美] rent | This house is **to** *let* [**to be** *let*].
此屋要出租。
▶ [美] 稱爲 "This house is for rent."

let go 放掉 | The girl *let* the bird *go*.
女孩將鳥放走。
let go an arrow 射箭

▶ "Let me go." 有下面兩種意思:

let in ... 讓…進來 | *Let* me *in*. 讓我進來。
Let in fresh air.
讓新鮮的空氣進來。
let ... out of ～ 從～放出… | He *let* the cat *out of* the box.
他把貓放出箱子。

letter [ˋlɛtɚ; ˈletə(r)] [複] **-s** [-z]

[名] ❶書信;函牘 | Will you mail this *letter*?
你把這封信寄出好嗎?
by *letter* 用書信
❷字母 ⇨ character | a capital *letter* 大寫字母／a small *letter* 小寫字母
▶「中國字」是 a Chinese character, 「數字」是 figure。
❸(用複數)文學 | a man of *letters* 文學家;文人／the world of *letters* 文學界
to the letter 不折不扣地 | I carried out his orders *to the letter*. 我嚴格地執行他的命令。
[複合] [名] **lètter bôx** ([英] 郵筒;信箱 ▶ [美] 兩者都稱爲 mailbox。)

level [ˋlɛvl; ˈlevl] [複] **-s** [-z]

[名] ❶水平, 水平面, (水平面的)高度 | The rising water is **on** a *level* **wit**[h] the banks of the river.
河水漲到與河岸同高。
▶ sea level 不用冠詞。 | The mountain is 8,000 feet above sea *level* (＝above the sea).
此山海拔爲八千英尺。
❷水準, 標準 | The nation is **at** a high *level* of culture. 這國文化水準很高。

—— [形] 平坦的;水平的 | *level* ground 平坦的地面

—— [三] **-s** [-z] [規] **-ed** [-d]; [英] **levelled** [-d]; **-ing**, [英] **levelling**

[動] [及] 使平, 使平坦 | The builders *leveled* the ground.
建築工人把地面弄平。

liable [ˋlaɪəbl; ˈlaɪəbl] (敍述用法)

[形] ❶易於…的 [同] apt | He is *liable* **to** catch a cold.
他容易感冒。

❷ 易患的 | He is *liable* **to** diseases.
| 他容易生病。
❸ 有責任的,應 | He is *liable* **to** pay the debts.
負責的 | ＝He is *liable* **for** the debts.
| 他有償還債務的責任。
| He is *liable* **to** a heavy fine.
| 他要付一筆很重的罰鍰。

衍生 名 **liability**(易患;有責任;(用複數)負債)

ar [`laɪə; ˈlaɪə(r)] (注意拼法) 變 **-s** [-z] ▶ lie² 的名詞式
名 (習慣)說謊 | He is a *liar*.
的人 | 他是個愛說謊的人。

——▶ **-ar** 是「…的人」
begg*ar*(乞丐), li*ar*(說謊者), pedl*ar*(小販),
schol*ar*(學者), vic*ar*(教區牧師)

beral [`lɪbərəl, `lɪbrəl; ˈlɪbərəl]
形 **❶** 慷慨的,大 | He is *liberal* **of** [**with**] his money.
方的 反 stingy | 他用錢很大方。
❷ 寬大的;無偏 | He is *liberal* **in** thought.
見的 | 他的思想沒有偏見。
❸ 自由主義的 | *liberal* views 自由主義的見解
複合 名 **the liberal arts**(大學的文理科), **the Liberal Party**(英 自由黨)

衍生 副 **liberally**(寬大地;慷慨地;豐富地)名 **liberalism**(自由主義), **liberalist**(自由主義者), **liberality**(慷慨,寬大)動 **liberate**(使獲自由)

berty [`lɪbətɪ; ˈlɪbətɪ] 變 **liberties** [-z]
名 **❶** 自由;自由 | There is no political *liberty* in that
權 | country.
| 在那個國家裡沒有政治自由。
| You have the *liberty* **to** use my car.
| 你可以自由使用我的車子。
❷ 隨便;冒昧(的 | I took the *liberty* **to** borrow your
行為) | pen.
| 我冒昧地借用了你的鋼筆。
t liberty | The prisoner was set *at liberty*.
❶ 釋放 | 那個囚犯被釋放了。
❷ 閒暇的 | Are you *at liberty* tomorrow?
同 free | 你明天有空嗎?

brary [`laɪ,brɛrɪ, -brərɪ; ˈlaɪbrərɪ] 變 **libraries** [-z]
名 **❶** 圖書館 | a public *library* 公共圖書館
❷ 藏書 | a *library* of ten thousand books
| 一萬册的藏書

衍生 名 **librarian** [laɪˈbrɛrɪən] (圖書館員)

cense, 英 **licence** [`laɪsn̩s; ˈlaɪsəns] 變 **-s** [-ɪz]
名 **❶** 許可;特許 | She sells cigarettes **under** *license*.
| 她被許可販賣香煙。
❷ 執照;特許證 | a driver's *license* 駕駛執照

ck [lɪk; lɪk] 變 **-s** [-s] 變 **-ed** [-t]; **-ing**
動 反 舐 | The cat *licked* itself.
| 貓舐著自己的身體。

▶ lick 也用於人, 但 lap 則通常用於動物。 suck 是「吸,吮」。

d [lɪd; lɪd] 變 **-s** [-z]
名 (箱・茶壺等 | the *lid* of a box 箱蓋／a pot *lid* 鍋
的)蓋子 | 蓋

 lid 蓋子   eyelid 眼瞼

lie¹ [laɪ; laɪ] 變 **-s** [-z] 過 lay [le]; lain [len]; **lying**
動 不 **❶** 躺;臥 | We *lay* down on the grass.
| 我們躺在草地上。

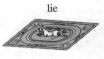
lie   lay

| The cat *is lying* on the carpet. 貓正躺在地毯上。 The cat *lay* on the carpet. 貓躺在地毯上。 | He *is laying* a carpet. 他正在鋪地毯。 He *laid* a carpet. 他鋪上地毯。 |

▶ 避免混淆
不 躺	lie— lay—	lain; lying
及 置放;鋪設	lay—laid—	laid; laying
不 說謊	lie— lied—	lied; lying

❷ 位於 ▶ 山或 | Chicago *lies* (to the) west of
房屋等用 | Detroit.
stand。 | 芝加哥位於底特律之西。
❸ 處於某種狀 | He *lay* asleep on the floor.
態;以某種狀態 | 他睡在地板上。
躺著 | The snow *lies* deep. 雪積得很深。
❹ (物)存在 | The trouble *lies* in the battery.
| 毛病出在電池。

lie² [laɪ; laɪ] 變 **-s** [-z] 過 **-d** [-d]; **lying**
動 不 撒謊 | You are *lying*. 你撒謊!
—— 變 **-s** [-z] 反 truth(實話)
名 謊言 | It is not good to tell *lies*.
同 falsehood | 撒謊是不好的。
複合 名 **white lie**(善意的謊言), **lie detector**(測謊器)
衍生 名 **liar**(說謊者)

life [laɪf; laɪf] 變 **lives** [laɪvz] ▶ 動詞是 live.
名 **❶** 生 | It is a matter of *life* and death.
反 death | 此事攸關生死。
❷ 生命;人 | Many *lives* were lost in the
| accident.
| 那次意外事件造成很多人喪生。
❸ 一生, 終身 | He devoted all his *life* to the work.
| 他一生致力於這件工作。
❹ 稱(集合) | Is there *life* on Mars?
| 火星上面有生物嗎?

▶ animal life 是「動物」而非「動物的生活或一生」;
plant life(植物)也是一樣。

❺ 人生, 真實生 | enjoy *life* 享受人生／my view of *life*
活 | 我的人生觀
❻ 生活 | She leads [lives] a happy *life*.
| 她過著快樂的生活。
❼ 活力, 精神, 生 | The young people were full of *life*.
氣 | 年輕人充滿著活力。

❽傳記
⑩ biography | I read a *life* of Kennedy.
我讀了甘迺迪傳。
all one's *life* | He has been rich *all* his *life*.
一生, 終身 | 他一生都很富有。
come to life | She fainted but soon *came to life*.
恢復知覺, 甦醒 | 她昏過去, 但很快又甦醒過來了。
► 「恢復知覺」亦可稱爲 come to oneself, recover consciousness。
for one's *life* = *for dear life* | I ran *for* my *life*. 我逃命。
爲了活命 |
in all one's *life* | I've never been abroad *in all* my *life*. 我生平從未出過國。
在…的一生中 |
複合 名 life expéctancy (平均壽命), life insúrance (人壽保險), life jácket (救生衣), life presérver (美) (救生工具)), lifetíme (一生, 終身) 形 lifelóng (畢生的, 終身的), life-sìze(d) (與實物大小一樣的)
衍生 形 lifeless (無生命的;無生氣的)

lift [lɪft; lɪft] ⊜ **-s** [-s] 過 **-ed** [-ɪd]; **-ing**
動 ⊗ ❶舉起, 抬起 | He *lifted* a heavy stone.
| 他抬起一塊很重的石頭。
不 (霧)消散 | The mist *lifted*. 霧消散了。

► raise, lift, elevate
raise ……是「舉起」的最普通用語。
Raise your hand. (舉起你的手。)
lift ………通常指將重物舉起。
elevate …「提高」, 常用於比喻的意味。

—— 图 **-s** [-s]
名 ❶使乘坐(汽車等) | Will you give me a *lift* to the city?
| 可否用車子帶我到該市去?
❷英 電梯 | I took the *lift* to the 5th floor.
⑩ elevator | 我乘電梯上五樓。

light¹ [laɪt; laɪt] 图 **-s** [-s]
名 ❶光, 光線; 光亮 | The *light* in this room is poor.
| 這房間的採光不良。
| *light* and shade 光和影
❷天明;日光 | We got up before *light*.
| 我們在破曉之前起來。
❸電燈;信號燈; 蠟燭 | He turned on [off] the *light*.
| 他打開[關掉]電燈。
| the traffic *light* 紅綠燈, 交通燈號

traffic light

light ❹

light ❶
shade
light ❶

❹(香煙・火柴的)火 | Give me a *light*, please.
| 請借個火(點煙)。
❺見解 | Look at it from a different *light*.
| 請從不同的觀點看它。

—— 图 **-er** 图 **-est**
形 ❶明亮的 | This room is very *light*.
反 dark | 這個房間光線很充足。
❷(顏色)淺色的 | The dress is *light* blue.
反 dark | 這件衣服是淺藍色的。

—— ⊜ **-s** [-s] 過 **-ed** [-ɪd], 過 **lit** [lɪt]; **-ing**
動 ⊗ ❶點燃;點著 | He *lighted* the cigarette.
| 他點燃香煙。
⑩ kindle | *Light* the fire, please.
| 請點火。 ⌐on fire。
► 「放火燒屋」稱作 set fire to a house, set a house
❷使光明;照耀 | The building was *lighted* up brightly. 這建築燈火通明。
❸容光煥發 | A smile *lit* up her face.
| 微笑使她容光煥發。
衍生 名 lighter (打火機), lightness (明亮) 動 lighten (使光明)

light² [laɪt; laɪt] 图 **-er** 图 **-est**
形 ❶輕的 | Is the parcel *light* or heavy?
| 這包裹很輕還是很重?
❷輕微的;清淡的, 容易的, 輕易的 | a *light* rain 一場小雨/a *light* supper 清淡的晚餐/a *light* task 輕鬆的工作/*light* punishment 輕微的懲罰
❸輕快的;愉快的 | walk with *light* steps 以輕快的腳步走路/with a *light* heart 愉快地心情
衍生 副 lightly (輕地;輕薄地;輕快地;輕率地) 名 lightness (輕;輕快) 動 lighten (使輕)

lighthouse ['laɪt,haʊs; 'laɪthaʊs] 图 **-s** [-hauzɪz]
名 燈塔 | a *lighthouse* keeper 燈塔看守人

lightning ['laɪtnɪŋ; 'laɪtnɪŋ] (注意發音) 图 無
名 閃電 | *Lightning* is usually followed by thunder.
| 閃電之後常緊跟著打雷。

like¹ [laɪk; laɪk] ⊜ **-s** [-s] 過 **-d** [-t]; **liking**
動 ⊗ ❶愛好, 喜歡;感覺 | I *like* tea better than coffee.
⑩ be fond of | 我喜歡茶甚於咖啡。
反 dislike, hate | How do you *like* this car?
| 你喜歡這部車嗎?(中不中意?)

► 修飾 like 的副詞
I like this *very much*. (► very 不可省略。)
I like this *better* (than that).
I like this *best* (of all).
修飾 like 的副詞通常不是 much—more—most 或well—better—best, 而是 very much—better—best

❷喜歡(做某事) | I don't *like* reading, but I *like* to read magazines in bed.
| 我不喜歡看書, 但我喜歡在床上看雜誌
► 通常 like doing 係指一般的喜愛, like to do 則是指人特別的愛好。
❸特別喜歡 | I *like* my coffee *hot* [*strong*].
| 我喜歡喝熱的[濃的]咖啡。
❹想;願意 | I don't *like* to disturb you.
| 我不願意打擾你。
❺欲, 要 | I *like* him to go there.
| 我要他去那裡。
不 喜歡;希望 | Do as you *like*.
| 照你的意思去做。

would [*should*] *like to* V
想;願意 | I *would* [*should*] *like to* go there.
| 我想去那裡。

Would you like me to stay here?
你要我留在這兒嗎?

▶ would like 用於所有的人稱。[英] should like 用於第一人稱。兩者常縮寫作 'd like。

— [複] **-s** [-z]

[名] (用複數) 愛好 — my *likes* and dislikes 我的愛好和憎惡

ike[2] [laɪk; laɪk]

[介] ❶似;像 ⇨ alike — She is *like* her mother. 她像她的母親。 What is he *like*? 他是什麼樣的人?

❷如同 — I wish I could swim *like* a fish. 我眞希望我能游得很好(像魚一樣)。

❸像…的樣子;表現出某種特徵 — Such behavior is just *like* him. 他就是會做出這種行為。

— [比] **more~** [最] **most~**

[形] 相似的 — They are as *like* as two peas. 他們像極了。

— [連] (口語)如同;簡直像… [同] as if
▶ like 用於連結子句時,較不正式。通常用於口語中。

> ▶ **like 和 as**
> 「照我說的做。」
> Do *like* I say. (口語)
> Do *as* I say. (一般用法)

> ▶ **like 和 as if**
> 看他的舉止,好像是害怕的樣子。
> He acts *like* he is afraid. (口語)
> He acts *as if* he were afraid. (一般用法)

[衍生] [名] **likeness** (相似;類似) [副] **likewise** (同樣地;也)

kely [ˋlaɪklɪ; ˈlaɪklɪ] [比] **likelier** [最] **likeliest**

[形] ❶(敘述用法)有可能的 — She is *likely* **to** succeed. / **It is** *likely* **that** she will succeed. 她可能會成功。

> ▶ **likely, apt, liable**
> likely …有可能的。
> It is *likely* **to** rain. (可能會下雨。)
> apt ……與生俱來或習慣上的傾向,常有負面的意味。有時可替代 likely。
> He is *apt* **to** catch (a) cold. (他易患傷風。)
> liable …易陷的;易患的。
> Beginners are *liable* to make mistakes. (初學者易犯錯誤。)

❷有可能的 — This is a *likely* story. 這是個有可能發生的故事。

❸合適的 — This is a *likely* place **to** fish. 這是個適合釣魚的地方。

— [副] ▶ 通常與 most, very 連用。
或許 — **Most** *likely* she is over thirty. 她很可能已過三十了。

[衍生] [名] **likelihood** (可能性)

king [ˋlaɪkɪŋ; ˈlaɪkɪŋ] [複] 無 ▶ 通常與 a 連用。

[名] 嗜好;愛好 — She has **a** *liking* **for** apples. 她愛吃蘋果。

lily [ˋlɪlɪ; ˈlɪlɪ] [複] **lilies** [-z]

[名] (植物)百合(花) — ▶ a water lily 是「睡蓮」, a lily of the valley 是「鈴蘭」。

limb [lɪm; lɪm] [複] **-s** [-z] ▶ ❶一般多用 leg。

[名] ❶(人・動物的)手足;(鳥的)翼 — He lost a *limb* in the battle. 他在戰爭中失去一隻手(腳)。

❷(樹的)大枝 [同] bough

trunk 軀幹
limbs
手足
limb 枝
trunk 幹

limit [ˋlɪmɪt; ˈlɪmɪt] [複] **-s** [-s]

[名] ❶限度;界限;限制 — There seems to be no *limit* **to** his patience. 他的耐性似乎是沒有限度的。 His car exceeded the speed *limit*. 他的車子超過速率限制。

❷(用複數)境界 — within the *limits* of the school grounds 在校園範圍之內

within limits 在限度內地 — I'll lend you money *within limits*. 我會在限度以內借錢給你。

off limits [美] 禁止入內的

— [三] **-s** [-s] [規] **-ed** [-ɪd]; **-ing**

[動] [及] 限制;限定 — We *limited* the expense **to** $200. 我們把費用限於 200 元以內。

[衍生] [名] **limitation** (限制;限度;界限) [形] **limited** (限制的), **limitless** (無限的, 無限度的)

limp[1] [lɪmp; lɪmp] [三] **-s** [-s] [規] **-ed** [-t]; **-ing**

[動] [不] 跛行, 瘸著走 — He is *limping* **in** the right leg. 他跛著右腳走。 ▶ [形]「跛足的」是 lame。

limp[2] [lɪmp; lɪmp] [比] **-er** [最] **-est** [反] stiff

[形] 柔軟的, 易曲的 — A collar gets *limp* if you sweat. 出汗時衣領會變得柔軟。

Lincoln [ˋlɪŋkən; ˈlɪŋkən], **Abraham**

[名] (人名)林肯 — ▶解放黑奴的美國第十六任總統(1809-65)。

line[1] [laɪn; laɪn] [複] **-s** [-z]

[名] ❶線 — Draw a *line* on the paper. 在紙上畫一條線。

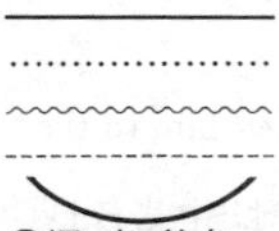

a straight *line* 直線
a dotted *line* 點線
a wavy *line* 波線
a broken *line* 虛線
a curved *line* 曲線

❷繩, 索;釣魚線;電線;電話線 — Hang the washing on the *line*. 將洗過的衣物掛在繩上。 Hold the *line*, please. 請不要掛斷電話。 a fishing *line* 釣魚線

❸(印刷物)一行 — Write on every other *line*. 隔行寫。

❹(人;物的)行列, 列 — The passengers are waiting **in** a *line* to get on the train. 乘客排隊等著上火車。

❺(船・火車・飛機的)線路 | the Tamsui *line* 淡水線／the up [down] *line* 上行〔下行〕線
❻致函, 消息(用單數) | Drop me a *line*, please. 請寫信來。
❼皺紋;掌紋;紋路 | the *lines* in my palm 我的掌紋
❽(口語)行業, 本行 | What *line* (of business) are you **in**? 你是幹哪一行的?

—— [三] **-s** [-z] [規] **-d** [-d]; **lining**
[動][及] ❶畫線於 | *Line* the paper. 畫線於紙上。
❷(沿著…)並列 | Cars *lined* the road. 汽車在路上排成行列。
❸使生皺紋 | Care *lined* her face. 憂慮使她臉上生出皺紋。

line² [laɪn; laɪn] [三] **-s** [-z] [規] **-d** [-d]; **lining**
[動][及] 襯裡於(衣服・箱子等) | She *lined* her skirt **with** nylon. 她以尼龍布作爲她裙子的襯裡。
[衍生][名] **lìning**(襯裡;加襯裡)

linen [ˋlɪnɪn, -ən; ˈlɪnɪn] [複] **-s** [-z]
[名] ❶亞麻布 | two meters of *linen* 二公尺的亞麻布
▶用 flax(亞麻)的纖維織成的布, 用來作床單等。
❷(集合稱)亞麻布製品 | ▶包括床單・桌布・襯衫等。 ▶[美] 常作複數式。

liner [ˋlaɪnɚ; ˈlaɪnə(r)] [複] **-s** [-z]
[名] 定期船;定期飛機 | an ocean *liner* 遠洋客輪;郵輪

linger [ˋlɪŋgɚ; ˈlɪŋgə(r)] [三] **-s** [-z] [規] **-ed** [-d]; **-ing** {[ˋlɪŋgərɪŋ]}
[動][不] 逗留;拖延 | He *lingered* after the others had gone. 在其他人都已離去之後, 他仍逗留徘徊。 She *lingered* **over** the work till late. 她把工作拖到很晚。

▶ **linger, loiter, lag**
linger ……因不願離去而逗留徘徊。
loiter ……漫無目的地走動。
lag ………工作或比賽等, 趕不上別人而落後。

link [lɪŋk; lɪŋk] [複] **-s** [-s]
[名] 鏈環;連結物

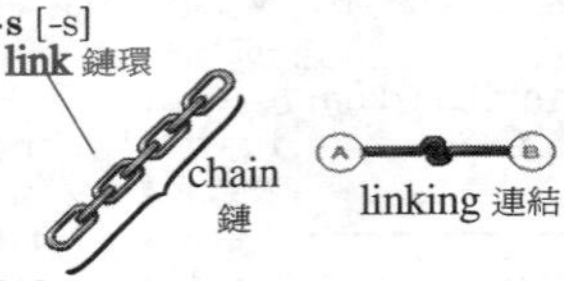
link 鏈環
chain
鏈
linking 連結

—— [三] **-s** [-s] [規] **-ed** [-t]; **-ing**
[動][及] 繫;連結 | A strong chain *linked* him **to** the rock. 有一條強固的鏈子將他綁在岩石上。

lion [ˋlaɪən; ˈlaɪən] [複] **-s** [-z]
[名] (動物)獅 | The *lion* is the king of beasts. 獅爲萬獸之王。
▶「雌獅」是 lioness,「幼獅」稱爲 cub。

lip [lɪp; lɪp] [複] **-s** [-s]
[名] 唇;(用複數)口

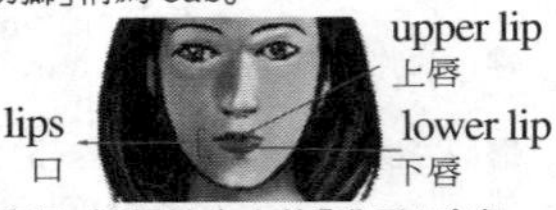
upper lip
上唇
lips
口
lower lip
下唇

▶英文的 lip 所涵蓋的意思, 範圍較中文的「嘴唇」爲廣。

[複合][名] **lipstíck**(口紅)

liquid [ˋlɪkwɪd; ˈlɪkwɪd] [複] **-s** [-z]
[名] 液體 | small particles in a *liquid* 液體中的微粒子

gas(氣體), liquid(液體), fluid(流體), solid(固體)

—— [形] 液體的, 液狀的 | He took (a) *liquid* diet today. 他今天吃的是流質食物。

liquor [ˋlɪkɚ; ˈlɪkə(r)] (注意拼法) [複] **-s** [-z]
[名] 酒精飲料;酒;烈酒 | He drove under the influence of *liquor*. 他在酒後駕車。
▶尤指 whisky, brandy, gin 等蒸餾過的酒。

list [lɪst; lɪst] [複] **-s** [-s]
[名] 表;一覽表;名冊;目錄 | He made a *list* of new members. 他將新會員列成名冊。

—— [三] **-s** [-s] [規] **-ed** [-ɪd]; **-ing**
[動][及] ❶編目錄;列舉 | He *listed* the books he had bought last year. 他將去年所買的書編成一份目錄。
❷列於〔名冊, 目錄上〕 | He forgot to *list* my name. 他忘記將我的名字列於名冊上。

listen [ˋlɪsn̩; ˈlɪsn] [三] **-s** [-z] [規] **-ed** [-d]; **-ing**
[動][不] ❶注意聽, 傾聽 | I *listened* but heard nothing. 我注意聽, 但什麼也沒聽見。 Now *listen* **to** me. (現在)聽我說。

▶ **hear 和 listen**
hear …指聲音自然地進入耳中。
▶係表狀態故不可用進行式。
listen …指想聽而注意地聽。▶係表動作, 故可用進行式。

speech
advice
listen
sound
voice
hear

▶電話中要表達「我聽不見你的話」應說作 "I can't *hear* you."。若說作 "I can't listen." 意思就變成「我不能傾聽」了。同時, 對方如果說「是的, 那麼…」而你要表示「正在聽著」時, 常會在話語中插進 "I'm listening."(↗)要對方繼續講。
❷聽從, 服從 | Anyhow I *listened* **to** her request. 無論如何我還是聽從了她的要求。
listen in 偷聽(電話等) | He *listened in* on their conversation. 他偷聽他們談話。
[衍生][名] **lìstener**(聽者;聽眾)

liter, [英] **litre** [ˋlitɚ; ˈliːtə(r)] [複] **-s** [-z] ▶略作 lit., l.。
[名] (液體容量的單位)公升;立升 | three *liters* of water 3 公升的水

literal [ˋlɪtərəl; ˈlɪtərəl] ▶ letter(字母)的形容詞
[形] ❶字母的 | three *literal* errors 三個排字錯誤的字
❷逐字的 | He made a *literal* interpretation. 他作逐字的解釋。
[衍生][副] **lìterally**(按照字面地;逐字地)

▶不要混淆
literal………(字母的;逐字的)
literary……(文學的;文言的)

iterary [`lɪtə,rɛrɪ; 'lɪtərərɪ] ▶ letter 的形容詞
形❶文學的｜the *literary* column of the newspaper 報紙的文藝欄
❷文言的;文語的｜The letter is written in *literary* style.
反colloquial｜這封信是用文言文寫的。

iterature [`lɪtərətʃə; 'lɪtərətʃə(r)] 微 無
名❶文學｜I major in American *literature*. 我主修美國文學。
❷文獻｜government *literature* 政府發行的文獻

itter [`lɪtə; 'lɪtə(r)] ⊜ -s [-z] 微 -ed [-d]; -ing [`lɪtərɪŋ]
動反 使雜亂｜The children *littered* the garden **with** cans and bottles. 孩子們把花園弄得滿地都是瓶罐。

— 微 無
名❶雜物,垃圾｜They come to collect the *litter* in the park once a day. 他們一天來收集一次公園裡的垃圾。
❷(加 a)零亂,雜亂｜The house was **in a** *litter*. 這房子很零亂。

ittle [`lɪtl; 'lɪtl] 微 less [lɛs] 微 least [list] ▶ ❶的意思通常用 smaller, smallest。
形❶小的;可愛的｜What a pretty *little* house it is! 多麼小巧玲瓏的房子啊!
反big, large｜The poor *little* boy walked on and on. 這可憐的小男孩不停地走著。
｜How are your *little* children? 你的小孩子們好嗎?

▶ little, small, tiny
little……多帶有感情的意味.常置於 poor, pretty 等形容詞之後。
small……指「極小的」,係口語用語。
tiny………指「較尋常為小」,不帶感情的色彩。

▶ few 和 little
few 用於「數」, little 用於「量」。
a few }
few } +普通名詞複數
a little }
little } +物質名詞,抽象名詞

❷(加 a)少許的,有一點｜I have **a** *little* money with me. 我身上有少許的錢。
▶肯定的意味。｜There is **a** *little* milk left in the bottle. 瓶子裡還剩下一點牛奶。
❸(不用 a)很少的,幾乎沒有的｜I have *little* money. 我沒什麼錢(僅有一點錢)。
▶否定的意味。｜There is *little* hope of his success. 他成功的希望不大。

I gave him **the** *little* money **(that)** I had.=I gave him **what** *little* money I had. 我把我僅有的一點錢給了他。

There is *a little* milk.　　There is *little* milk.
(有一點牛奶。)　　　　　(沒什麼牛奶。)
▶作 a little 抑或 little 全依據主觀的看法。因為在同一數量的情況下,對於期待較多的人來說是 little,但對於不抱有多少期待的人來說,却是 a little。
⇨ few

— 微 less 微 least
副❶很少;幾乎沒有｜I slept *little* last night. 我昨晚幾乎沒睡。
▶用於動詞之後。
❷完全不｜They *little* know what his agony was. 他們完全不知道他痛苦的原因。
▶用於動詞之前。使用於這種句型的動詞是 know, think, imagine, guess, suspect, dream, expect 等。
❸(加 a)稍微地,有點｜She felt **a** *little* tired. 她覺得有點疲倦。

— 微 無
名❶(加 a)少量,少許｜We know **a** *little* of the event. 我們對那個事件知道一點。
❷(不用 a)很少;僅有一點點;幾乎沒有｜He has done *little* for us. 他沒有為我們做什麼。
｜Very *little* is known about the monster. 那怪物鮮為人知。
▶本是形容詞,故受 very, so, how, too 等副詞的修飾。

little by little
漸漸地｜The patient got better *little by little*. 病人漸漸康復了。

not a little
❶不少的｜He has *not a little* tact. 他很有機智。
❷相當多的｜He is *not a little* tired. 他相當疲倦。

live¹ [lɪv; lɪv] ⊜ -s [-z] 微 -d [-d]; living
動不❶住｜"Where do you *live*?"
▶指暫時的住所或加強語氣時,使用進行式。｜"I *live* in Paris." 「你住在哪裡?」「我住在巴黎。」
｜I have been *living* here for the last three years. 三年來我一直住在這裡。
▶用於此義時,必須伴以表場所的副詞(子句)。

▶「住」的同義字
live………最普通的用語。
dwell………古文的和文學上的用語。
abide………很古式的用法。
reside………指居於豪華住宅。
inhabit……特指占住建築物或某區,也用於動物。

live²

❷活;繼續生存 ⊗die — Man can't *live* without water.
沒有水，人不能生存。
He *lived* to be ninety years old.
他活到九十歲。
He is still *living* [alive].
他還活著。

❸生活;過活 — I *live* happily with my wife.
我和我妻子生活得很快樂。
He has no house to *live* in.
他沒有房子住。

⊗(用 live a ... life 的句型)過著…的生活 — He *lives* an idle *life* (＝He *lives* idly).
他過著閒散的生活。
▶ 因使用與 live 同源的 life 為受詞,故稱此受詞為同源受詞。

live on ...
❶以…為食 — The Chinese *live on* rice.
中國人以米為主食。
❷靠…過活 — He *lives on* his salary.
他靠薪水過活。

live² [laɪv; laɪv] (注意發音) ⊕-r ⊛-st
形 活的 ⊗dead — Have you ever seen a *live* whale?
你曾經看過活鯨魚嗎?

▶ live 和 alive
live …(限定用法)a *live* [living] crocodile
(活鱷魚)
alive …(敘述用法)The crocodile is *alive* [living].
(這隻鱷魚是活的。)

livelihood [`laɪvlɪ,hʊd; 'laɪvlɪhʊd] (注意發音) ⊛無
名 生計;謀生 ⊜living — He earns [gains, gets, makes] his *livelihood* by writing.
他以寫作為生。

lively [`laɪvlɪ; 'laɪvlɪ] ⊕livelier ⊛liveliest
形 有生氣的;活潑的;輕快的 — a *lively* girl 活潑的女孩／a *lively* dance 輕盈的舞蹈
衍生 名 **liveliness** (有精神;活潑)

liver [`lɪvɚ; 'lɪvə(r)] ⊛-s [-z] ⇨ 腎臟為 kindney。
名 ❶肝臟;(用作形容詞)肝臟的 — He has *liver* trouble.
他患有肝病。
❷肝 — ▶作為食用的動物肝臟。

living [`lɪvɪŋ; 'lɪvɪŋ] ⊛無
名 ❶生活,生存 ⊜life — plain *living* 樸素的生活／the standard of *living* 生活水準
❷生計,過活 ⊜livelihood — He earns [gains, gets, makes] a *living* as a salesman.
他當推銷員以謀生。
— 形 ❶活的 ⊗dead — *living* creatures 生物／the *living* and the dead (複數的)生者與死者
▶意義與用法比 live [laɪv] 和 alive 為廣。
❷現行的,現代的 — a *living* language 現行語言／*living* English 現代英語
❸生活的 — *living* expenses 生活費
複合 名 **lìving róom**(客廳;起居室⊛sitting room)

load [lod; ləʊd] ⊛-s [-z]
名 ❶負荷(物) — A tanker carries a *load* of oil.
油輪裝載油。
❷(精神上的)負擔 — His success took a *load* off my mind. 他的成功使我心安。

▶ load 和 burden
load …表人、動物、車輛、船隻、飛機等所「負荷」之物的一般用語。也借喻為精神上的「負擔」。
burden …比所能負擔的分量多,尤指精神上的「負擔」解。

— ⊜-s [-z] ⊛-ed [-ɪd]; -ing
動 ⊗ ❶裝載(貨物) — He *loaded* the truck with the coal. 他把煤炭裝上卡車。
❷裝彈藥於(槍) — He *loaded* the gun.
他把槍裝上子彈。

loaf [lof; ləʊf] ⊛loaves [lovz]
名 (麵包·砂糖等的)一塊

two loaves of bread
兩塊麵包
a slice of bread
一片麵包

loan [lon; ləʊn] ⊛-s [-z]
名 ❶借出;借入 — the *loan* of a book 書的借出／have a book on *loan* 借入一本書
❷貸款;借出物 — Our firm had a *loan* of a million dollars from the bank.
我們公司向銀行貸款一百萬元。
— ⊜-s [-z] ⊛-ed [-d]; -ing
動 ⊗ 貸款給;被借用作 ⊛lend — The bank *loaned* a million dollars to the company.
銀行貸款一百萬元給該公司。
▶⊛會計用語

loath, loth [loθ; ləʊθ]
形 (敘述用法)不願意的 — He was *loath* to go there.
他不願去那裡。
衍生 動 **loathe** [loð](厭惡)形 **loathsome** [`loðsəm](令人作嘔的;可厭的)

lobby [`labɪ; 'lɒbɪ] ⊛lobbies [-z]
名 廳;廊 — ▶指旅館·戲院·國會等的大廳·走廊·休息室等。常用於指休息室·接待室等。

lobster [`labstɚ; 'lɒbstə(r)] ⊛-s [-z]
名 (動物)龍蝦 — ▶有一對大鉗腳的大蝦。
▶(食用的)小蝦是 shrimp,「明蝦」是 prawn。

local [`lok!; 'ləʊk!]
形 ❶地方的,一地區的;當地特有的 — We have a *local* newspaper in our city. 本市有一份地方報。
a *local* custom 地方風俗
❷⊛每站都停的(火車) — The express train does not stop here, but the *local* train does.
快車在這裡不停,但普通列車停。
衍生 副 **lòcally**(局部地)名 **locàlity** [-kæl-] (場所,位置), **lòcalìsm** (土話;方言)

locate [`loket, lo`ket; ləʊ'keɪt] ⊜-s [-s] ⊛-d [-ɪd]; locating

動及 ❶找出位置｜Can you *locate* the city on the map? 你能在地圖上指出該市的位置嗎？

I *located* the hole in the roof. 我找出屋頂上的破洞。

❷(將商店,工廠等)設於｜We *located* our laboratory in the north of the city. 我們將實驗室設在這個城市的北方。

❸(用被動語態)位於;在｜The college is *located* in Tainan. 這個學院在台南。

同 be situated｜The bookstore is conveniently *located*. 這書店位於交通便利的地方。

衍生 名 locàtion(位置, 場所;外景拍攝地)

ock [lɑk; lɒk] 働 -s [-s]

名 鎖 ⇨ latch｜He opened the *lock* with a key. 他用鑰匙打開了鎖。

lock 鎖　　　key 鑰匙

— 働 -s [-s] 働 -ed [-t]; -ing

動及 ❶上鎖｜He *locked* the door. 他鎖上了門。

❷將…關起來;深藏｜The jailer *locked* the prisoner **in** the cell. 獄卒把犯人關在牢房裡。

He *locked* the jewels in the safe. 他把珠寶鎖在保險箱裡。

ock out …｜She came home late and was *locked*
將…鎖在外面｜out. 她很晚才回家而被鎖在門外。

衍生 名 lòcker((有鎖的)櫥櫃, 碗櫥)

ocomotive [‚lokə`motɪv; ‚ləʊkə‚məʊtɪv] 働 -s [-z]

名 火車頭｜▶ a steam *locomotive*(蒸汽火車頭)
同 locomotive engine

odge [lɑdʒ; lɒdʒ] 働 -s [-ɪz]

名 ❶(鄉下供獵者・滑雪者等住宿的)小屋｜We stayed at a *lodge*. 我們停留在一間小屋。

❷門房｜▶大戶的看門人・園丁等居住的地方, 通常位於門邊。也作「工廠守衛或學校的門警值勤的地方」解。

— 働 -s [-ɪz] 働 -d [-d]; lodging

動不 ❶投宿;美寄宿｜I am *lodging* at Mr. Chen's [**with** Mr. Chen]. 我寄宿在陳先生家裡。

▶ lodge 和 board
lodge …僅指住宿的寄宿。
board …附膳食的寄宿。

❷(子彈等)射入(體內)｜The bullet *lodged* **in** his thigh. 子彈嵌在他的大腿內。

美 使臨時住於｜The refugees were *lodged* **in** the school. 難民臨時住在學校裡。
美 使寄宿

衍生 名 lòdger(寄宿者), lòdgment, 美 lòdgement(住宿;文件等的提出)

odging [`lɑdʒɪŋ; `lɒdʒɪŋ] 働 -s [-z]

名 ❶住宿, 寄宿｜He asked me for a night's *lodging*. 他求我讓他住一夜。

❷(用複數)租來的公寓｜I live in *lodgings*. 我住在租來的公寓裡。

lofty [`lɔftɪ, `lɑf-; `lɒftɪ] 働 loftier 働 loftiest

形 ❶(山・塔等)高的｜a *lofty* tower 聳立的塔／a *lofty* mountain 高山
▶不用於人。

▶ high 和 lofty
high …「高的」, 一般用語, 適用範圍很廣。
lofty …文學用語, 指「非常高超的;堂皇而高的」。

❷(思想的)高超的;高尚的｜*lofty* aims 高超的目標

log [lɔg, lɑg; lɒg] 働 -s [-z]

名 圓木｜The truck was loaded with *logs*. 貨車裝載著圓木。
▶ lumber 是鋸成材料的木材。｜I slept like a *log*. 我睡得很沉(像木頭一樣)。

複合 名 lòg cábin(小木屋)

logic [`lɑdʒɪk; `lɒdʒɪk] 働 無

名 論理學;邏輯｜His argument lacks *logic*. 他的辯論缺乏邏輯。
▶「論理學」是 logic, 「理論」是 a theory。

衍生 形 lògical(邏輯的) 副 lògically(邏輯上地)

loiter [`lɔɪtɚ; `lɔɪtə(r)] 働 -s [-z] 働 -ed [-ɪd]; -ing [`lɔɪtərɪŋ]

動不 閒蕩｜She *loitered* downtown. 她在市區閒蕩。

London [`lʌndən; `lʌndən] (注意發音) ▶英國的首都。

名 (地名)倫敦｜*London* is on the Thames. 倫敦位於泰晤士河畔。

衍生 名 Lòndoner(倫敦人)

lone [lon; ləʊn] ▶與 loan 同音。

形 (限定用法)(文語)孤單的;孤立的｜a *lone* traveler 單獨旅行的人／a *lone* wolf (美 口語)孤獨的人;特立獨行的人
▶敘述用法用 alone。
▶比 lonely 含詩意。

▶四個語音近似的字
lone ……文語。為「孤單的」, 置於名詞之前。
lonely. ……是指「孤獨的, 寂寞的」。
　　　　　I feel *lonely*. (我覺得寂寞。)
lonesome …文語。為「寂寞的」。
　　　　　I feel *lonesome*. (我覺得寂寞。)
alone ………是「單獨的(地)」。用於修飾或用作副詞。
　　　　　He came *alone*. (他一個人來。)

lonely [`lonlɪ; `ləʊnlɪ] 働 lonelier 働 loneliest

形 孤獨的, 寂寞的｜I was alone, but not *lonely*. 我獨自一人, 但並不覺得寂寞。

衍生 名 lòneliness(孤獨;寂寞)

lonesome [`lonsəm; `ləʊnsəm]

形 (文語)孤獨的, 寂寞的｜I felt *lonesome* in the strange land. 我在異鄉甚感孤寂。

long¹ [lɔŋ, lɑŋ; lɔːŋ, lɒŋ] 働 longer [`lɔŋgɚ] 働

longest [ˋlɔŋgɪst] ►⊞粵加入 [g] 音，須注意。
形❶長度，距離 │ She has *long* hair.
│ 她蓄長髮。

long 長
short 短　　　tall 高　　stort 矮

► short 也用於身高，但 long 却不用於身高。
❷(時間上)長的 │ I was standing there for a *long*
反 short │ time. 我在那裡站了很久。
❸有…之長 │ The river is thirty miles *long*.
│ 這條河有三十英里長。
│ The vacation is three weeks *long*.
│ 這假期有三星期之久。

five feet **long**　　　two feet **wide**
五英尺長　　　　　　二英尺寬
one inch **thick**
一英寸厚

► 長度用 long，寬度用 wide、broad，厚度用 thick，周圍用 around，直徑用 across，深度用 deep。
——⊞ **longer** [ˋlɔŋgɚ]粵 **longest** [ˋlɔŋgɪst]
副❶長久地，長 │ I have *long* wanted to visit
期地 │ Chinmen. 我想要遊覽金門已很久了。
│ How *long* are you going to stay
│ here? 你將在這裡停留多久?
│ Wait a little *longer*, please.
│ 請再多等一下子。

► "He was *long* (**in**) coming." 這種句型，乍見似乎是形容詞用法，但却是副詞用法，意思是「他來得很慢」。形容詞用法是 "Don't be *long*."(早點回來;別拖得太久)。
⇨ late 形
❷整(天) │ The painter worked all day *long*.
│ 油漆匠終日工作。
❸很久(以前或 │ It happened *long* after.
以後) │ 那事發生在很久以後。
│ *Long, long* ago, there lived an old
│ man.
│ 很久很久以前，那裡住了一個老人。
│ He had left *long* before you came.
│ 他早在你來之前就離開了。
as long as … │ I'll work *as long as* I live.
❶只要 │ 只要我活著，我就會工作下去。
❷有…之久 │ He has been ill *as long as* five
│ years. 他已經病了五年之久。
no longer … =*not* … *any longer*
不再 │ You are *no longer* a child.
│ =You are *not* a child *any longer*.
│ 你不再是一個小孩子了。
So long! ►用於朋友等親近的人們之間。
(口語)再見! │
so long as … │ You may go out *so long as* you
只要…的話 │ come back soon.
│ 只要你早點回來，你就可以出去。

——粵無
名長期間 │ ►用於下面的成語。
before long │ She will be back *before long*.
不久 │ 她不久就會回來的。
for long │ She won't be away *for long*.
長久地 │ 她不會離開很久的。　┌疑問句。
│ ►意思與 for a long time 相同，但口語多用於否定和
take long │ It will *take long* to compile a
費很久的時間 │ dictionary.
│ 編輯一本字典要費很久的時間。
the long and (the) short of it is that …
總之;要之 │ *The long and the short of it is tha*
│ you are wrong.
│ 直截了當地說，你錯了。
衍生 名 **lèngth**(長度)
long² [lɔŋ, lɑŋ; lɔːŋ, lɒŋ] 粵 -**s** [-z] 粵 -**ed** [-d]; -**ing**
動不 熱望，渴望 │ We are *longing* for peace.
│ 我們渴望和平。
│ He *longed* to see her again.
│ 他渴望再見到她。
longing [ˋlɔŋɪŋ; ˋlɔːŋɪŋ, ˋlɒŋɪŋ] 粵 -**s** [-z]
名願望;羨慕; │ He has a great *longing* for home.
(通常加 a)渴 │ 他很懷念家鄉。
望;熱望 │
longitude [ˋlɑndʒəˏtjud; ˋlɒndʒɪtjuːd]
名經度 ►略作 │ *Long.* 50°E. 東經 50 度 ►讀作
long.。 │ longitude fifty degrees east。⇨
│ latitude(緯度)的圖表
look [lʊk; lʊk] 粵 -**s** [-s] 粵 -**ed** [-t]; -**ing**
動不❶看，望 │ *Look* at the stars. 看那星辰。
│ She *looked* at herself *in* the glass.
│ 她注視鏡中的自己。

──► **see, look, watch**──
see ……自然而然地看。不可用進行式。
look …想看而向目標看去。可用進行式。
│ I *looked* but saw nothing.
│ (我注意看了，但什麼也沒看見。)
watch …注意看，尤指看動的東西。

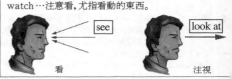
see　　　look at
看　　　　　注視

❷看起來似乎; │ He *looked* tired.
顯出…的樣子 │ 他看起來似乎疲倦了。
│ You *look* pale.
│ 你的臉色看起來很蒼白。

──► **look 和 seem**──
look …從外表看去似乎是…。
seem …看的人內心覺得似乎是…。
│ It *seems* impossible. (那事似乎是不可能的。)

❸面向;朝向 │ The window *looks* (**to** the) east.
│ 這窗戶朝東。
► 不用進行式。 │ My house *looks on* the river.
│ 我家面向河。

⊗ 凝視, 注視	The girl *looked* me **in** the face. 這女孩凝視著我的臉。
look after ... 同 take care of ... 照料…	The nurse *looked after* the babies. 護士照料著嬰兒。
look as if [**as though**]... 看起來像是…	He *looks as if* he had been ill. 他看起來像是生過病。(事實上沒有)
look down on [**upon**]... ⊗ look up to ... 輕視…, 看不起…	Don't *look down on* him. 不要輕視他。
look for ... 尋找…	What are you *looking for*? 你在尋找什麼？
look forward to ... 盼望…；期望…	I'm *looking forward to* see**ing** you. 我盼望能見到你。
► look forward to ... 多用進行式。	

```
▶ to 的後面是動名詞或名詞
(誤) I'm looking forward to see you.
(正) I'm looking forward to { seeing you.
                              the party.
```

Look here! 喂!	*Look here!* What are you doing? 喂!你在做什麼?
look into ... ❶窺視…；朝…裡面看	The child *looked into* the toy shop. 那孩子往玩具店裡看。
❷調查…	The police *looked into* the case. 警察調查該案件。
look like ... ❶看來來像是…	You *look like* your father. 你看起來像是你父親。

```
▶ 看起來很像
be like ………… 長相或性格相似。
look like ……… 面貌相似。
resemble ……… 面貌或性格相似。
take after ……… 臉或性格像父母親或親戚。
```

❷像是要…的樣子	It *looks like* rain. 看起來像是要下雨的樣子。
look on [**upon**]... *as~* 把…看成是~ 同 regard	They *looked on* me *as* their leader. 他們把我看做是領導者。
look out ❶向外看	He was *looking out* (of) the window. 他正向窗外看。
❷當心	*Look out!* The ladder is shaking. 當心!梯子在搖動。

Look out !
Watch out !
Watch it !
Be careful !

都是「當心」的意思。

look over ... 核閱…；從…看過去	The teacher *looked over* the papers. 老師看考卷。 *look over* one's shoulder 回頭看

look up (在字典等中)查考；仰視	*Look up* the word in the dictionary. 在字典裡查一查這個字。 *look up* at it 抬頭看它
look up to ... ⊗ look down on ... 尊敬 同 respect	She *looked up to* me as her teacher. 她把我尊為她的老師。
—— ⑧ -s [-s] ❶(加 a) 看	I had a *look* at the scene. 我看了一下那情景。
❷(加 a) 神色；表情	She had a puzzled *look* on her face. 她的臉上現出困惑的神色。
❸(用複數) 容貌	The typist has good *looks*. 這打字員長得很漂亮。
❹樣子, 外觀	from the *look* of the sky 從天色看來
複合 名 l**ó**oking gl**á**ss(鏡子)	

looker-on [ˌlʊkə`ɑn; ˌlʊkə`ɒn] 複 **lookers** [-z] **-on**
名 觀者；旁觀者 同 spectator

```
▶ 注意複數式
觀者  { looker-on  →複 lookers-on
      { onlooker   →複 onlookers
行人    passer-by  →複 passers-by
旁觀者  bystander  →複 bystanders
```

lookout [`lʊkˌaʊt; `lʊkaʊt] 複 無 同 watch 名 守望；警戒	They are **on** the *lookout* **for** a storm. 他們正在注意著暴風雨。
loom [lum; luːm] 名 **-s** [-z] 名 織布機	She is weaving cloth on the *loom*. 她正用織布機織布。
loop [lup; luːp] 複 **-s** [-s] 名 (金屬線·細繩等繞成的)環	The magician made a *loop* with a string. 魔術師用繩子做一個環。
複合 名 l**ó**oph**ó**le(牆上供射擊·瞭望的)孔眼；(法律上的)漏洞	
loose [lus; luːs] (注意發音) 比 **-r** 最 **-st** 形 ❶鬆的 ⊗ tight	She is wearing a *loose* dress. 她穿著一件寬大的衣服。

```
▶ 拼法·發音避免混淆
loose [lus] …… 動 鬆的
lose [luz] …… 動 遺失；輸掉
```

❷釋放的	He set his dog *loose*. 他把狗釋放了。
❸沒固定的；散置的；解開的；不牢的	*loose* papers 沒裝訂的文件／*loose* hair 鬆散的頭髮／a *loose* leg of a table 搖動的桌腳
❹不嚴謹的；散漫的；放蕩的	a *loose* translation 不嚴謹的翻譯／lead a *loose* life 過放蕩的生活
衍生 副 l**ó**osely(鬆弛地；散漫地)	
loosen [`lusn; `luːsn] 三 **-s** [-z] 過 **-ed** [-d]; **-ing** 動 ⊗ 不 放鬆；鬆弛	He *loosened* the tie. 他把領帶鬆開。
lord [lɔrd; lɔːd] 複 **-s** [-z] 名 ❶領主；君主；首長；主人	a feudal *lord* 封建君主／the *lord* of creation 萬物之靈；人類
❷(用大寫)主；上帝	*Lord*, have mercy on us. 主啊, 憐憫我們吧。

❸(英)貴族;上議院議員｜the House of *Lords* and the House of Commons (英國的)上議院與下議院

❹(用大寫)閣下｜*Lord* Russell 羅素閣下

衍生 形 **lòrdly**(似貴族的;堂皇的)

lorry [ˈlɔrɪ, ˈlɑrɪ; ˈlɔ:rɪ, ˈlɒrɪ] 復 **lorries** [-z]

名 (英)卡車► (美)稱爲 truck.

lose [luz; lu:z] 三 **-s** [-ɪz] 過 **lost** [lɔst]; **losing**

動 及 ❶遺失｜I've *lost* my pen. 我的鋼筆掉了。

❷不能維持｜He *lost* his temper [patience]. 他發脾氣。

❸迷失｜She *lost* her way. 她迷路了。

❹浪費(時間)｜There is no time to *lose* [to be lost]. 沒有多少時間可浪費了。

❺失去機會｜*lose* an opportunity 失去機會／*lose* a prize 未能得獎

同 miss

❻輸掉｜We *lost* the game. 我們那場比賽輸了。

反 win

❼(鐘錶)走慢｜My watch *loses* two minutes a day. 我的手錶每天慢兩分鐘。

―► 鐘錶的快與慢―

「這個錶走快了。」
This watch gains [is fast].
「這個錶快三分鐘。」
This watch is three minutes fast.
「這個錶走慢了。」
This watch loses [is slow].
「這個錶慢三分鐘。」
This watch is three minutes slow.

不 ❶虧損｜Our firm *lost* by the contract. 我們公司因那個合約而虧損了。

❷輸;失敗｜The candidate *lost* by 205 votes. 這候選人以 205 票之差落選了。

反 win

❸(鐘錶)走慢｜Does your watch *lose*? 你的手錶慢了嗎？

反 gain

be lost* = *lose oneself

迷途｜He *was lost* in the mountains. 他在山裡迷途了。

衍生 名 **lòser**(輸者;失敗者)

loss [lɔs; lɒs] 複 **-es** [-ɪz] 反 gain

名 ❶喪失｜She suffered the *loss* of sight. 她眼睛失明。

❷虧損, 損失｜I sold it *at the loss* of $1,000. 我虧本一千元賣掉它。

反 profit

❸失敗;輸｜the *loss* of a game 比賽的失敗

❹浪費｜We started without *loss* of time. 我們即刻出發。

at a loss

困惑, 爲難｜He was *at a loss* for an answer. 他不知道如何回答才好。

I was *at a loss* what to do. 我不知道該做什麼。

► 上句是 "I was *at a loss* and didn't know what to do." 的省略寫法。

lost [lɔst; lɒst] 動 lose 的過去式・過去分詞

形 ❶遺失的｜*lost* articles 遺失的物品

❷迷途的｜a *lost* child 迷路的孩子

❸浪費的｜*lost* time 浪費的時間

lot [lɑt; lɒt] 複 **-s** [-s]

名 ❶籤;抽籤決定｜It was decided **by** *lot*. 那是抽籤決定的。
draw *lots* 抽籤

❷運, 命運;分得的一份｜Her *lot* was not a happy one. 她的命運不佳。

❸(土地的)一塊;一地區｜a parking *lot* 停車場／an empty *lot* 一塊空地

❹很多｜Thanks a *lot*. 多謝。

► 這裡 a lot 是用作副詞。

a lot of …* = *lots of … 形 many, much

(指數或量均可)許多的;很多的｜*a lot of* books 很多的書／*lots of* money 許多錢

► many, much 多被用於否定句和疑問句中, 但 a lot of, lots of 多用於肯定句中。

衍生 名 **lòttery**(獎券;彩票)

loud [laud; laʊd] 比 **-er** 最 **-est**

形 ❶大聲的｜He always speaks **in** a *loud* voice. 他總是大聲說話。

❷吵鬧的, 喧鬧的｜a *loud* street 嘈雜的街道／a *loud* party 熱鬧的宴會

❸俗麗的｜a *loud* tie 花俏的領帶

―― 比 **-er** 最 **-est**

副 大聲地, 高聲地｜Don't speak so *loud*. 不要說得這麼大聲。

―► loud, loudly, aloud―

loud 是 形副, loudly 和 aloud 僅是 副。
loud 的 副「大聲地」, 意思與 **loudly** 一樣, 但 loud 較爲口語, 而且較強有力。
aloud 主要的意義是「發出聲音地」。

衍生 副 **lòudly**(大聲地;吵鬧地)

lounge [laundʒ; laʊndʒ] 三 **-s** [-ɪz] 過 **-d** [-d]; **lounging**

動 不 漫步;閒蕩｜They *lounged* on the beach. 他們在海灘上漫步。

―― 複 **-s** [-ɪz]

名 休息室｜► 旅館或船等的休息室, 娛樂室, 交誼廳。

louse [laus; laʊs] 複 **lice** [laɪs]

名 (蟲)蝨｜► 因作複數而與本字變化同樣者, 有 mouse, 複 mice(鼠)。

love [lʌv; lʌv] 複 **-s** [-z] ► 口語是比 affection 強。

名 ❶愛, 愛情｜a mother's *love* for her children 母親對孩子的愛

反 hatred

► 常有人在信末寫著, 如 Love, Mary 等的語句, 這是 With my love, Mary(瑪莉敬上)的簡略語。

❷愛好;摯愛｜a *love* of fame 愛護名聲／a *love* of learning 愛好學問

❸戀愛｜He is [fell] **in** *love* **with** her. 他們倆墜入情網。

―― 三 **-s** [-z] 過 **-d** [-d]; **loving**

動 及 ❶愛｜He *loves* his parents. 他愛他的父母親。

反 hate

❷戀愛｜I *love* you. 我愛你。

❸愛好, 喜歡｜He *loves* music. 他愛好音樂。

衍生 形 **lòvable**(可愛的), **lòving**(親愛的)

ovely [`lʌvlɪ; 'lʌvlɪ] 比 **lovelier** 最 **loveliest**

形 ❶美麗的;可愛的 | a *lovely* girl 美麗的女孩／*lovely* hair 美麗的頭髮
❷(口語)愉快的,有趣味的 | I had a *lovely* time. 我玩的很愉快。

衍生 名 **lòveliness**(美麗, 動人)

over [`lʌvɚ; 'lʌvə(r)] 複 **-s** [-z]

名 ❶愛好…的人,愛好者 | a *lover* of music 愛好音樂的人
❷(指女性的)愛人,情人;(用複數)情侶
▶男人稱愛人為 a love.

▶「愛人」的英語
一般年輕人所說的愛人係指 a steady, a boy [girl] friend。a lover 易被作「情夫」解;a sweet heart 則很少人使用。

ow [lo; ləʊ] 比 **-er** 最 **-est** ▶注意勿與 law [lɔ](法律)混淆。反 high

形 ❶(位置・高度)低的 | a *low* hill 低丘／*low* ceiling 低的天花板

high   low

tall   short

❷(價格・程度・量・聲音)低的;低弱的 | a *low* price 廉價／a *low* estimate 低的評價／a *low* voice 低聲／a *low* temperature 低溫
❸(階級・地位)低微的,微賤的;低級的 | a man of *low* birth 出身微賤的人／*low* manners 粗鄙的舉止／*low* tastes 低級趣味
❹消沉的 | He is in *low* spirits. 他意志消沉。

— 比 **-er** 最 **-est**
副 低地 | fly *low* 飛得低／speak *low* 低聲說話／buy *low* 賤買
反 high

ower [`loɚ; 'ləʊə(r)] 三 **-s** [-z] 過 **-ed** [-d]; **-ing** [`loərɪŋ]

動 及 ❶降低,降下;放下 | The sailors *lowered* a lifeboat. 水手們把救生艇放下。
反 raise | She *lowered* her eyes. 她的眼睛往下看。
❷(價格・量・聲音・程度等)低;減低 | *lower* the volume of the radio 降低收音機的音量
反 raise | He *lowered* his voice. 他降低他的聲音。
❸貶低(人情・品性等) | His conduct *lowered* him. 他的行為降低了他的身分。

raise

lower

— 形 low 的比較級 反 upper
下層的;下部的 | the *lower* classes 下層階級／the *lower* lip 下唇

oyal [`lɔɪəl, `lɔjəl; 'lɔɪəl] 反 disloyal

形 ❶(對國家,國王)忠貞的,忠誠的 | He is *loyal* to his country. 他忠於國家。

❷(對人・信條・義務等)忠實的 | He was *loyal* to his creed. 他忠於他的信條。

▶ **faithful** 和 **loyal**
faithful ……對責任、義務忠實的。
loyal ………除 faithful 的意義之外, 另可指對制度、主義、國家一以貫之的忠誠。

▶ **loyal** 和 **royal**
形 loyal(忠貞的)──名 loyalty(忠貞)
形 royal(王室的)──名 royalty(王位;版稅)

衍生 副 **lòyally**(忠實地;忠貞地) 名 **lòyalty**(忠貞)

luck [lʌk; lʌk] 複 無
名 運氣;幸運 | I'll try my *luck*. 我要碰碰運氣。
It will bring good [bad] *luck*. 它將帶來好〔壞〕運。
I had the *luck* to win the prize. 我運氣好得了獎。

▶「運氣, 命運」的同義字
fortune ……指努力或偶然而得到的運氣。
luck ………意義與 fortune 同, 尤指好運氣。
lot …………天命, 定數。
destiny ……預先注定的命運, 宿命。
fate …………不可避免的命運, 尤指不幸的命運。

lucky [`lʌkɪ; 'lʌkɪ] 比 **luckier** 最 **luckiest**
形 幸運的 | He was *lucky* enough to marry a daughter of a millionaire.
同 fortunate | 他和大富翁的女兒結婚眞夠幸運。
反 unlucky

衍生 副 **lùckily**(幸運地;幸虧)

ludicrous [`ludɪkrəs; 'luːdɪkrəs] 同 ridiculous
形 可笑的, 滑稽的 | a *ludicrous* idea 可笑的觀念

luggage [`lʌɡɪdʒ; 'lʌɡɪdʒ] 複 無
名 (集合稱)行李 | three pieces of *luggage* 三件行李
⇨ baggage | ⇨ baggage 和 luggage 意義相同。

lull [lʌl; lʌl] 三 **-s** [-z] 過 **-ed** [-d]; **-ing**
動 及 ❶使(嬰兒)入睡 | The mother *lulled* her baby to sleep. 母親將嬰兒哄睡了。
❷使祛除 | My suspicions were *lulled*. 我的疑慮祛除了。
不 平息, 停息 | The wind *lulled*. 風已停。

lullaby [`lʌlə,baɪ; 'lʌləbaɪ] 複 **lullabies** [-z]
名 搖籃曲 | sing a *lullaby* 唱搖籃曲

lumber [`lʌmbɚ; 'lʌmbə(r)] 複 無 ▶「木板」是 board.
名 木材, 木料
同 timber

log 圓木   **lumber** 木材

tree
樹木

複合 名 **lùmberyárd**(木材堆置場)

luminous [`lumənəs; 'luːmɪnəs]
形 發光的 | a *luminous* watch 夜光錶
複合 名 **lùminous pàint**(螢光塗料)

lump [lʌmp; lʌmp] 働 -s [-s]
名❶(形狀沒有一定的)小塊 | a *lump* of clay 一塊黏土／some *lumps* of coal 幾塊煤
❷腫疱;傷腫 | I've got a *lump* on the forehead. 我的前額腫了一塊。

▶「腫塊」稱 lump, bump, swelling。疾病的「瘤」是 tumor。

❸一塊方糖 | How many *lumps* in your coffee? 你的咖啡裡放了幾塊糖?

lunar [`lunə; ˈluːnə(r)] ▶ 相當於 moon(月亮)的。
形月的;陰曆的 | the *lunar* orbit 月球的軌道／a *lunar* calendar 陰曆

```
the moon(月亮)── 形 lunar(月的)
the sun(太陽)──── 形 solar(太陽的)
```

複合 名 **lùnar eclipse** [ɪkˋlɪps](月蝕)▶「日蝕」稱作 solar eclipse。

lunatic [`lunə,tɪk; ˈluːnətɪk] 働 -s [-s]
名 瘋人 ▶ 因古時人們認為「發瘋」係受月亮的影響。moonstruck 是「發狂」之義。
── 形 瘋顛的
複合 名 **lùnatic asỳlum**(精神病院)▶ 現在稱作 mental hospital。

lunch [lʌntʃ; lʌntʃ] 働 -es [-ɪz]
名❶午餐,便餐 | We have [eat] *lunch* at noon.
▶ 通常不用冠詞,但與形容詞連用時,要加 a。| 我們在中午進午餐。
▶ 英 認為 eat 不雅,要避免。
| I had a light *lunch*. 我吃了一頓清淡的午餐。

```
        ▶ 一天的餐食
        (早餐)      (午餐)       (晚餐)
A 型   breakfast ──lunch    ──dinner
B 型   breakfast ──dinner   ──supper
```
▶ dinner 是一日中菜肴最豐盛的主餐,可指午餐,也可指晚餐。

❷便當;(用作形容詞)便當的 | a *lunch* box 便當盒／take a *lunch* to school 帶便當上學

luncheon [`lʌntʃən; ˈlʌntʃən] 働 無
名❶午餐 | We took a substantial *luncheon*. 我們吃了一頓豐盛的午餐。
▶ 較 lunch 正式。
❷午宴 | The ambassador asked us to *luncheon*. 大使請我們吃午宴。

lung [lʌŋ; lʌŋ] 働 -s [-z]
名 肺 | the left *lung* 左肺
── ▶ 主要的內臟 ──
heart(心臟), stomach(胃), intestines(腸), liver(肝臟), kidney [ˈkɪdnɪ](腎臟)

lure [lur, ljur; ljuə(r)] ⊝ -s [-z] 働 -d [-d]; **luring**
動 及 引誘,誘惑 | Television *lures* children **away** **from** their studies. 電視把小孩子迷得不念書。

▶「誘惑」的同義字
tempt …強烈的誘惑,使人失去戒心和判斷力。
She *tempted* him **into** following her. (她引誘他跟隨她。)
lure …… 多用於壞的意義。指用圈套等誘人做壞事。
She *lured* him into the woods and her confederate kidnaped him. (她誘他到樹林去,讓同夥綁架他。)
allure …多用於好的意義。
He was *allured* by Hawaii. (他沉醉在夏威夷的風光中。)

── 働 -s [-z]
名 誘惑物;誘惑 | the *lure* of the sea 海的誘惑

lurk [lɝk; lɜːk] ⊝ -s [-s] 働 -ed [-t]; -ing
動 不 潛伏;躲藏 | The criminal *lurked* **in** the forest. 犯人躲藏在森林裡。

lust [lʌst; lʌst] 働 -s [-s]
名 強烈的慾望;色慾 | He was possessed by the *lust* of conquest. 他被征服慾沖昏頭了。
── ⊝ -s [-s] 働 -ed [-ɪd]; -ing
動 不 貪求;有強烈的色慾 | The politician *lusted* **for** fame. 這政客貪求名譽。
The man *lusted* **after** this pretty woman. 這個人貪戀這美女。
衍生 形 **lùsty**(精力充沛的;強壯的)

luster, 英 **lustre** [`lʌstɚ; ˈlʌstə(r)] 働 無
名❶光澤,光彩 | He gave *luster* to the vase. 他把花瓶擦亮。
同 gloss
❷(比喻上的)光彩,榮譽 | His achievements added *luster* to his fame. 他的成就使其聲名更增光彩。

luxuriant [lʌgˋʒurɪənt, lʌkˋʃur-; lʌgˈʒuərɪənt]
形 繁茂的;豐富的 | *luxuriant* foliage 繁茂的樹葉
衍生 副 **luxùriantly**(繁茂地;豐富地)

luxurious [lʌgˋʒurɪəs, lʌkˋʃur-; lʌgˈʒuərɪəs]
形 奢侈的;豪華的 | He lives in a *luxurious* residence. 他住在一間豪華的寓所裡。
▶ 注意勿與 luxuriant 混淆。
衍生 副 **lùxuriously**(奢侈地;豪華地)

luxury [`lʌkʃərɪ, ˋlʌgʒ-; ˈlʌkʃərɪ] 働 **luxuries** [-z]
名❶奢侈;奢華 | The millionaire lives in *luxury*. 這大富翁生活奢侈。
❷奢侈品 | This jewel is a *luxury* to me. 這珠寶對我而言是一種奢侈品。
❸(用作形容詞)豪華的 | a *luxury* hotel 豪華旅館
▶ 當形容詞比 luxurious 更著重於表面的豪華。

lying[1] [`laɪɪŋ; ˈlaɪɪŋ] 動 lie[1](躺)的現在分詞
▶ lay(置放;鋪設)的現在分詞是 laying。

lying[2] [`laɪɪŋ; ˈlaɪɪŋ] 動 lie[2](撒謊)的現在分詞
── 働 無 ▶ 名詞用法。
名 撒謊 | I hate *lying*. 我憎恨撒謊。

lyric [`lɪrɪk; ˈlɪrɪk] ▶「敘事詩(的)」是 epic。
形名 抒情詩(的);抒情的 | a *lyric* poem 抒情詩／a *lyric* poet 抒情詩人
衍生 形 **lỳrical**(抒情詩的)

― M ―

ma'am [mæm, mɑm; mæm] 冠 無
名 女士；夫人 ┃ What can I do for you, *ma'am*?
(口語)▶ ┃ 夫人，我能為您效勞嗎?
madam 的簡寫 ┃ Yes, *ma'am*. 是的，夫人。
▶ ma'am 同時可用於已婚和未婚的女性，是一種尊稱。
相當於稱呼男性 sir 一樣。通常都附在字尾，發輕音
[məm]。如 "Excuse me, *ma'am*." 現在大多用 Mrs. ... 或
Miss ...。

machine [mə`ʃin; mə`ʃi:n] (注意發音) 冠 -s [-z]
名 (單台的)機 ┃ The washing *machine* broke down.
械▶「工具」是 ┃ 洗衣機壞了。
instrument。 ┃ a sewing *machine* 縫衣機
複合 名 **machine gún**(機關槍)

machinery [mə`ʃinəri; mə`ʃi:nəri] 冠 無
名 (集合稱)機 ┃ the *machinery* of the new factory 新
械(類)；機械裝 ┃ 工廠的機械／the administrative
置；機構 ┃ *machinery* 行政機構

mad [mæd; mæd] 比 **madder** 最 **maddest**
形 ❶激動的；瘋 ┃ He went *mad* when he lost his son.
狂的 ┃ 他失去兒子時近乎瘋狂。
❷(美)口語)生 ┃ Don't be *mad* with [at] her.
氣的 ┃ 不要跟(對)她發脾氣。
同 angry ┃ ▶❷用敍述用法。

┌──「瘋狂」的同義字──────────────
│ mad ········「瘋狂的」之一般用語，有「狂熱的」,「完
│ ┃ 全失去自我控制」,「狂怒」,「胡言亂語」
│ ┃ 之義。
│ crazy ········比 mad 緩和一點的用語。通常是年老、
│ ┃ 疾病而引起的精神失常，或是因強烈情
│ ┃ 緒引起的激動。
│ insane ········法律用語，指「喪失理智」的狀態。
│ lunatic ········這個字現在已很少使用了。
│ mental ········用於精神病方面。
│ ┃ a *mental* patient(精神病人)
└────────────────────────────

衍生 副 **madly**(氣極敗壞地；瘋狂地)名 **madness**(瘋狂；
瘋狂的行為)

madam [`mædəm; `mædəm] 冠 無
名 女士；夫人 ┃ May I help you, *madam*?
┃ 我能為您效勞嗎，夫人?(店員招呼女客
┃ 人)
▶對女士的尊稱，相當於稱呼男性為 sir。

made [med; meɪd] 動 make 的過去式・過去分詞

magazine [,mægə`zin, `mægə,zin; ,mægə,zi:n] 冠 -s
[-z]
名 雜誌；彈藥 ┃ I buy this *magazine* every month.
庫；軍火庫 ┃ 我每個月都買這種雜誌。

magic [`mædʒɪk; `mædʒɪk] 冠 無
名 ❶魔法；魔術 ┃ The child was turned into an ass **by**
┃ *magic*.
┃ 這個小孩被魔法變成一隻驢子。

❷變戲法；魔術 ┃ He made the money disappear **by**
┃ *magic*. 他施戲法將錢變走。
❸魔力，不可思 ┃ The *magic* of his words attracted
議的力量；魅力 ┃ the audience.
┃ 他用字遣詞的魅力吸引了聽眾。
──形 魔法的；不 ┃ a *magic* wand 魔術棒／her *magic*
可思議的 ┃ beauty 她那種不可思議的美貌
┃ ▶男巫是 a wizard, 女巫是 a witch。
衍生 形 **magical**(魔法的, 不可思議的)名 **magician**(魔
術師)

magnet [`mægnɪt; `mægnɪt] 冠 -s [-s]
名 磁鐵；有吸引 ┃ The *magnet* has the shape of a
力的人或物 ┃ horseshoe.
┃ 這塊磁鐵是馬蹄形的。
衍生 形 **magnetic**(磁鐵的, 磁性的；吸引力的)名
magnetism(磁性, 磁引力)

magnificent [mæg`nɪfəsnt; mæg`nɪfɪsnt] (注意發
音)
形 壯麗的；堂皇 ┃ We visited the *magnificent*
的；(口語)極美 ┃ cathedral.
的 ┃ 我們參觀那座宏偉的教堂。
┃ a *magnificent* sunset
┃ 美不勝收的日落景象

┌──── magnificent 的同義字 ──────
│ magnificent ····指風景、寶石、建築物的壯麗堂皇。
│ splendid ·····輝煌的物、人、事。
│ ┃ a *splendid* record(輝煌的記錄)
│ superb ·········至高無上的。
│ ┃ a *superb* view(高超的見解)
└────────────────────────────

衍生 副 **magnificently**(壯麗地；宏偉地)
名 **magnificence**(壯麗；堂皇)

magnify [`mægnə,faɪ; `mægnɪfaɪ] 三 **magnifies** [-z]
過 **magnified** [-d]; **-ing**
動 及 放大，擴大 ┃ This microscope *magnifies* an
┃ object by 200 times.
┃ 這個顯微鏡能把物體放大 200 倍。
┃ a *magnifying* glass 放大鏡
┃ ▶也可以用 a magnifier 或 a
┃ magnifying lens。
衍生 名 **magnifier**(放大鏡), **magnification**(放大；放大
率)

magnitude [`mægnə,tjud; `mægnɪtjuːd] 冠 -s [-z]
名 大小；重要性 ┃ It is a matter of great *magnitude*.
┃ 這是一件很重要的事情。

maid [med; meɪd] 冠 -s [-z]
名 女僕；少女；┃ She was a *maid* for the family.
未婚的女性 ┃ 她是這家的女僕。
┃ an old *maid* 老處女
┃ ▶假如兩字都發重音時，則是「年老的
┃ 女僕」。

maiden [`medn; `meɪdn] 冠 -s [-z]

名 少女;處女
(文語)
He fell in love with a *maiden*.
他愛上了一個少女。

── 形 ❶(指女
性)未婚的
❷初次的
his *maiden* aunt 他那個未婚的姑母／
her *maiden* name 她娘家的姓氏
a *maiden* work 處女作／a *maiden*
voyage 處女航

mail [mel; meɪl] 複 無 ▶ 英 常用 post。
名 ❶郵寄
I sent the parcel **by** *mail*.
我郵寄這個包裹。

❷(集合稱)信件
Is there any *mail* [英 post] today?
今天有信件嗎？

── 三-s [-z] 過 -ed [-d]; -ing
動 及 郵寄
英 post
He *mailed* the parcel last Monday.
他上個星期一寄出包裹。

mailbox [`mel,bɑks; 'meɪlbɒks] 複 -es [-ɪz]
名 美 郵筒;
(私人的)信箱
▶ 英 郵筒是 a
pillar box,私
人的信箱是 a
letter box。

{ 美 mailbox
{ 英 pillar box

{ 美 mailbox
{ 英 letter box

mailman [`mel,mæn; 'meɪlmæn] 複 **mailmen**
[`melmən]
名 美 郵差
美 postman
The *mailman* comes once a day.
郵差每天來一趟。

main [men; meɪn] 同 chief
形 (限定用法)
主要的
What is the *main* purpose of your
visit?
你來訪的主要目的是什麼？

衍生 副 **mainly**(主要地)

mainland [`men,lænd, `menlənd; 'meɪnlænd] 複 -s
[-z]
名 (前面通常都
加上冠詞 the)
(除了離島·半
島以外的國土)
本土

mainland 本土
island 島
peninsula 半島

maintain [men`ten, mən`ten; meɪn'teɪn] 三 -s [-z]
過 -ed [-d]; -ing
動 及 ❶維持,保
持;擁護
Japan *maintains* friendly relations
with the United States.
日本和美國保持友好關係。

❷贍養
同 support
He *maintains* a large family.
他扶養著一個大家庭。

❸堅持,主張
同 assert
He *maintains* { that he is innocent.
                { his innocence.
他堅持說他是無辜的。

maintenance [`mentənəns, -tɪn-; 'meɪntənəns] 複 無
名 ❶維持,保
存;主張,支持
the *maintenance* of roads 道路的保
養〔補修·管理〕／the *maintenance* of
one's innocence 對自己清白的堅持

❷撫養費;生活
費
Sufficient *maintenance* was left to
me. 有足夠的生活費留給我。

majestic, -cal [mə`dʒɛstɪk (l); mə'dʒestɪk (əl)]
形 莊嚴的,堂皇
的
The procession was *majestic*.
這行列非常壯觀。

衍生 副 **majèstically**(莊嚴地,堂皇地)

majesty [`mædʒɪstɪ, `mædʒəstɪ; 'mædʒəstɪ] 複
majesties [-z]
名 ❶威嚴,莊
嚴,尊嚴;威風
the *majesty* of law 法律的威嚴

❷(第一個字母
大寫)陛下
His[**Her**] *Majesty* 皇帝〔女王〕陛下／
Their *Majesties* the Emperor and
Empress 皇帝伉儷

▶ 對皇帝的直接稱呼是 Your Majesty。

major [`medʒɚ; 'meɪdʒə(r)] 反 minor
形 (限定用法)
❶較大的,較多
的(數量·程度
等)
The *major* part of the town was
burnt down.
市區的大部分都被燒毀了。

minor
較小的
名 minority
少數

major 較大的
名 majority
大多數

❷主要的;重要
的
It's a *major* scientific discovery.
這是科學上一個重要的發現。

── 複 -s [-z]
名 ❶陸軍少校
❷成年人
反 minor
❸美 主修科目
▶ 陸軍少將是 a *major* general。
A *major* is a person of full age.
所謂成年人是達到法定年齡的人。
What is your *major*?
你的主修科目是什麼？

── 三-s [-z] 過 -ed [-d]; -ing [`medʒərɪŋ] 美 specialize
動 不 美 主修
He *majors* **in** civil engineering.
他主修土木工程。

majority [mə`dʒɔrətɪ, -`dʒɑr-; mə'dʒɒrətɪ] 複
majorities [-z]
名 ❶大多數,過
半數,大部分
反 minority
The *majority* of the people
supported the party.
大多數的人民都支持這個黨派。

▶ 100 個人當中 51 人就可稱為 a
majority,但不可說 most。
gain a *majority* 贏得大多數人的支持

▶當集合體時,則使用單數形動詞,若是著重團體中的每
一個分子,則動詞使用複數形如:"The *majority* **is** [**are**]
against the plan."(大多數人都反對這個計畫。)

❷票數差
The bill was passed by a large
majority.
法案以多數票通過了。

make [mek; meɪk] 三 -s [-s] 過 **made** [med]; **making**
動 及 ❶做
Mother *made* a big cake.
媽媽做了一個大蛋糕。
We are *making* a plan.
我們正在擬定計畫。

▶「替某人做
…」的二種說法
如右。
She *made* a dress **for** me.
＝She *made* me a dress.
她做了一件衣服給我。

❷使變成
▶ 後面接名
The lecture *made* me **sleepy**.
這個演講使我昏昏欲睡。

詞・形容詞・過去分詞。	The news *made* me **disappointed**. 這個新聞使我大失所望。 They *made* him **captain**. 他們擁立他爲隊長。 ► 在此句不加上冠詞 **a** 或 **the**。
❸使…做 ► 祈使句中不用 to，但被動式中須用。	He *made* me repeat it. 他令我重述一遍。 → I was *made* **to** repeat it. 我奉令重述一遍。

┌─ **make** 和 **let** ─┐

make 有強制的意味，而 let 則由接受者的自由意志決定。

喝下去　　　　請喝水

| make | | | let |

He *made* me drink it.
他強迫我喝下這杯東西。
He *let* me drink it.
他讓我喝下這杯東西。

❹使它發生；引起，帶來	Don't *make* a noise. 不要發出噪音。 He always *makes* trouble. 他老是帶來麻煩。
❺準備；整理	Shall I *make* tea? 要我泡茶嗎? She *makes* her bed every morning. 她每天早上都整理床舖。
❻使成爲	She will *make* him a good wife. 她將成爲他的好妻子。 He will *make* a good wrestler. 他將成爲一個好的摔角選手。
❼得到，獲得	He *made* a fortune by diligence. 他因勤奮而發財。
❽做，實行，掙	He is *making* progress in English. 他的英文有進步。 She *made* a moving speech. 她發表了一篇極感人的演講。
❾等於（…數目字）	Two and two *make(s)* four. 2 加 2 等於 4。
❿當作，認爲；估計	I *make* its height about 50 feet. 據我估計，其高度大約爲 50 呎。
⓫(以…的速度前進)走	The ship *makes* 20 knots an hour. 這艘船每小時航速爲 20 海里。
⓬到達；來得及	She will never *make* the summit. 她永遠到不了山頂。
make for ... ❶朝…進行	The boat *made* for the open sea. 這艘船駛向外海。
❷以…爲目的 ► 這裡的 make 是不及物動詞。	The conference *made* for better understanding between the two countries. 該會議促進了那兩個國家間更進一步的了解。
make ... *from*～ …用～做成的	Wine is *made* from grapes. 酒是葡萄釀成的。

┌─ **made from** 與 **made of** ─┐

from　　　　　　of

► 製造的原料已產生變化，而無法復原的用 from（化學變化）；該原料未改變，可分辨出來的用 of（物理變化）。

make ... *of*～ ⇨上圖	
❶…用～做成的	The house is *made of* wood. 這棟房子是木造的。
❷使～成爲…	He wants to *make* a doctor *of* his son. 他想造就他的兒子成爲一個醫生。
❸對…獲得結論，對…的看法	What do you *make of* this strange letter? 你對這封怪信有何看法?
make out ...	
❶書寫…	He *made out* a check for $1,000. 他開出一張美金一千元的支票。
❷看出來…，認出來…	I couldn't *make out* who the woman was. 我認不出那女人是誰。
make up	
❶補償	He *made up* (for) the loss. 他彌補了損失。
❷編排	He *made up* the list. 他編排了那份名單。
❸化妝	She *made up* her face. 她在臉上上妝。
❹編造	He *made up* the story. 他編造了這個故事。
❺和好	We shook hands and *made up*. 我們握手言和了。
── 働 **-s** [-s] 名 製造方法；型，樣式	What *make* of car is this? 這輛車是什麼型的?

maker [`mekə; 'meɪkə] 働 **-s** [-z]

名 製造者	He is a porcelain *maker*. 他是一個製造磁器的人。

► 大規模的製造廠商爲 a manufacturer。

malady [`mælədɪ; 'mælədɪ] 働 **maladies** [-z]

名 (根深的)痼疾；弊端	She suffers from a chronic *malady*. 她因患了慢性疾病而苦不堪言。

► 生病的一般用語有 disease, sickness, illness。

male [mel; meɪl] 働 **-s** [-z] 反 female(女性)

名 男性；(動植物的)雄性	Is the horse a *male* or a female? 這匹馬是雄馬還是雌馬?
── 形 男性的；雄性的	He is a member of the *male* chorus. 他是男聲合唱團中的一員。

┌─ **male, masculine, manly** ─┐

male	單指性別而言。 a *male* servant（男僕）
masculine	除了指性別外，還有「男子氣概」或指「不讓鬚眉」的女性而言。
manly	男子氣概的；勇敢的。

malice [`mælɪs; 'mælɪs] (注意發音) 働 無

名 惡意 | I bear him no *malice*.
我對他並沒有什麼惡意。

衍生 形 **malicious** [mə`lɪʃəs] (惡意的) 〔(善良的)
malignant [mə`lɪgnənt; məˈlɪgnənt] 反 benignant 〕

形 ❶滿懷惡意 | a *malignant* plot 惡毒的陰謀
的 | ▶比 malicious 的語氣更強。
❷(醫學)惡性的 | a *malignant* growth 惡性的腫瘤
mamma [`mɑmə, mə`mɑ; mə`mɑː] 名 -s [-z]
名 (兒語)媽媽; | Daddy wants you, *mamma*.
母親 | 媽媽!爸爸叫你。
mammal [`mæml; `mæml] 名 -s [-z]
名 哺乳動物 | The whale is a *mammal*.
鯨魚是一種哺乳動物。

man [mæn; mæn] 名 **men** [mɛn]

名 ❶(指成年 | The *man* was in love with the
人)男人 | woman. 那個男人和那個女人在戀愛。
| *Man* is different from woman.
| 男人和女人不同。
| ▶「女人」「男人」相提並論時, 視爲單
| 數, 不加冠詞。
❷人類(與神・ | *Man* is mortal. 人都難免一死的。
動物相對) | ▶僅用單數, 不加冠詞。
❸人(包含男女 | A *man* cannot live alone.
在內) | 人不能離群獨居。▶在此句中的 A
| *man* 是指「人人」, 通常使用 people。
❹(常用複數)部 | The officer ordered his *men* to fire.
下; 從屬 | 軍官命令他的部下開火。

━━▶ man 的相對字━━━

a man ┤ 男人 / 成年人 ↔ ┤ a woman(女人) / a boy(男孩)

man(男性)▶不加冠詞 ↔ woman(女性)

man(人類) ↔ ┤ animals(動物) / God(神)
▶不加冠詞

衍生 形 **mànly** (有男子氣概的)
manage [`mænɪdʒ; `mænɪdʒ] (注意發音) 三 -s [-ɪz]
名 -d [-d]; **managing**

動 及 ❶管理, 經 | He *manages* a store in the town.
營 | 他在城裡經營了一個店鋪。
❷操縱, 控制 | This teacher knows how to *manage*
(人・物・工具 | his students when they are naughty.
等) | 當學生搗蛋時, 這老師知道如何管住他
| 們。
| He *managed* the car with skill.
| 他開車技術很熟練。
❸設法; 完成 | The job is difficult, but I can
| *manage* to do it.
| 這工作雖困難, 但我仍可勉力完成。

衍生 形 **mànageable** (能處理的; 容易管理的) 名
mànagement (控制; 經營; 管理; (加 the) 資方) **mànager**
(經理; 管理人) 〔(r) 名 -s [-z]〕
maneuver, 英 **manoeuvre** [mə`nuvə; məˈnuːvə]

名 ❶戰略, 戰略 | Our *maneuver* was to explode the
行動; (複數形) | bridge.
軍事演習 | 我們的戰略是炸毀這座橋。
| political *maneuvers* 政治的策略
❷策略
manger [`mendʒə; `meɪndʒə(r)] (注意發音) 名 -s [-z]

名 飼養動物的 | He is a dog in the *manger*.
飼料桶, 馬槽 | 他是占著茅坑不拉屎的人。
▶ a dog in the *manger* 睡在飼料桶中的狗, 妨礙馬或
其他動物食用飼料(伊索寓言中的故事)。
manhood [`mænhʊd; `mænhʊd] 名 無

名 ❶成年; 成人 | He died in the prime of *manhood*.
| 他英年早逝。
❷男子氣質; 勇 | He praised his son's *manhood*.
氣 | 他稱讚兒子的勇氣。
❸(集合稱)男人 | the *manhood* of the country 這個國
的總稱 | 家的男子

━━▶ -hood 的字根━━━
baby*hood*(嬰兒時期), child*hood*(童年時代)
girl*hood*(少女時代), boy*hood*(少年時代)

mania [`menɪə; `meɪnjə] (注意發音) 名 -s [-z]
名 狂熱的愛好 | He has a *mania* for golf.
| 他熱中於高爾夫球。
衍生 名 **mànìác** (瘋子; 狂熱者)
manifest [`mænə,fest; `mænɪfest] 同 evident
形 明顯的 | a *manifest* lie **to** me 我能洞穿的謊話
━━ 三 -s [-s] 名 -ed [-ɪd]; -ing
動 及 明白地顯 | He *manifested* interest in the plan.
示 | 他對這個計畫表示興趣。
manifold [`mænə,fold; `mænɪfəʊld]
形 多樣的; 多方 | his *manifold* hobbies
面的 | 他廣泛的嗜好
manipulate [mə`nɪpjə,let; mə`nɪpjʊleɪt] 三 -s [-s]
名 -d [-ɪd]; -ting
動 及 (用手)巧 | He *manipulated* the boat like a
妙地處理[操 | sailor.
縱]; 精巧地製造 | 他像個水手般熟練地操縱這艘船。
衍生 名 **manìpulàtion** (靈巧的控制, 熟練的操縱)
mankind [mæn`kaɪnd; mæn`kaɪnd] 名 無 ▶作單數。
名 人, 人類 | a great contribution to *mankind*
| 對人類的一項偉大貢獻
▶如果重音在前面, 則其意思爲「男性, 男士們」。
manner [`mænə; `mænə(r)] 名 -s [-z]
名 ❶方法, 方式 | They prepared the meal **in** the
同 way | French *manner*.
| 他們以法式手法來準備這一餐。
| What is the best *manner* **of** doing
| it? 做這件事的最佳方法是什麼?
❷(對待他人的) | She has a charming *manner* **of**
態度, 樣子 | speaking. 她的談吐很迷人。
| ▶常用單數形。
| His *manner* is offensive.
| 他的態度很沒禮貌。
❸禮儀(用複數) | He has good [bad] *manners*.
| 他的禮貌好[惡劣]。
❹(用複數)風俗 | He got accustomed to the *manners*
習慣 | and customs of the country. 他對這
| 個國家的風俗習慣已經習以爲常。
衍生 名 **mànnerism** (特殊的習性; 怪癖)
mansion [`mænʃən; `mænʃn] 名 -s [-z]
名 大廈, 巨宅 | The old *mansion* was built in 1850.
| 這棟古老的大廈建於 1850 年。
▶英 常在公寓的名稱後面加用 mansions 這個字。

mantelpiece [ˋmæntl͵pis; ˈmæntlpiːs] 働 **-s** [-ɪz]

图 壁爐架, 爐架
► 壁爐上放東西用的平台。

mantelpiece

mantle [ˋmæntl; ˈmæntl] 働 **-s** [-z]

图 斗篷, 無袖外套; 覆蓋物
He wore a large *mantle*.
他穿了一件大斗篷。

manual [ˋmænjuəl; ˈmænjuəl] ► manu- 是「手」的意思。

形 手的; 手製的; 體力勞動的
manual crafts 手工藝／*manual* labor 手工

— **-s** [-z]

图 手冊
a *manual* of golf 高爾夫球手冊

衍生 副 **mànually** (手工地, 用手地)

manufacture [͵mænjəˋfæktʃə; ͵mænjuˈfæktʃə(r)] 働 **-s** [-z]

图 ❶ (大規模的) 製造; 製造業
The steel *manufacture* is one of the basic industries.
鋼鐵工業是基本工業之一。

❷ (常用複數形) 製造品
We export silk *manufactures*.
我們出口絲製品。

— 🈩 **-s** [-z] 働 **-d** [-d]; **manufacturing** [ˋmænjəˋfæktʃərɪŋ]

動 製造
The factory *manufactures* television sets. 這家工廠製造電視機。
同 produce

衍生 图 **mánufàcturer** (製造業者) 形 **mánufàcturing** (製造的; 製造業的, 從事製造業的)

manure [məˋnjur, məˋnur; məˈnjuə(r)] 働 無

图 肥料
Manure is used to fertilize soil.
肥料是用來使土壤肥沃的。
同 fertilizer

manuscript [ˋmænjə͵skrɪpt; ˈmænjuskrɪpt] 働 **-s** [-s], 略作 MSS.。

图 草稿, 原稿
He has finished his *manuscript*.
他的草稿已經完成了。
► 略作 MS.。

many [ˋmɛnɪ; ˈmenɪ] 働 **more** [mɔr] 働 **most** [most]

形 許多的; 多數的 反 few
Many people think so.
很多人都認為如此。
► 除了在句首以外, 在口語的肯定句中常以 lots of 來代替。
How *many* books do you have?
你有幾本書?
He doesn't have *many* friends.
他沒幾個朋友。

► **many 和 much**
many 是用來形容可數的名詞(數), much 則用來形容不可數的名詞(量)。

many apples

much money

a lot of | apples money

— 働 無

图 多數的 (東西‧人)
Did *many* oppose it?
很多人反對嗎?

► 複數形
Many came here. 有許多人來這裡。

a good many 許多
A good many people supported him. 許多人支持他。
► a great many 是「非常多」的意思。

as many 同數的
He made five mistakes in *as many* lines. 他在五行裡犯了五個錯。
► 和上面所說的數目一樣多的意思。

as many as ...
❶ 全部
Take *as many as* you want.
你要多少就拿多少。
❷ 和…一樣多
She has *as many as* he has.
她擁有的和他一樣多。
❸ 有…多少
He has *as many as* one thousand books. 他擁有的書多達一千本。

as many ... as~ …和～一樣多
I have *as many* books *as* you have. 我的書跟你的一樣多。

─── ► 倍數的說法
他的書有我的兩倍〔三倍, 一半〕多。
He has **twice** [**three times, half**] **as many** books **as** I have.

like so many ... 就像(同數)…一樣
The servants worked *like so many* ants. 有多如螻蟻般的僕役工作。► 如果有 10 個僕人的話, 是指「就像十隻螞蟻一樣」, 翻譯時不必特地說明數目。

many a ... (文語) 許多…
Many a man believes the story.
許多人都相信這個故事。
► 後面加單數名詞。
many (and many) *a* time 屢次(=many times)

map [mæp; mæp] 働 **-s** [-s]

图 (單數的) 地圖
a *map* of Japan 日本地圖／a world *map* 世界地圖
► 將 maps 裝訂成冊的, 稱為 an atlas(地圖集)。

map 地圖   atlas 地圖集

maple [ˋmepl; ˈmeɪpl] 働 **-s** [-z]

图 (植物) 楓樹
Maples turn red in fall.
楓葉到了秋天就變成紅色。

mar [mar; mɑː(r)] 🈩 **-s** [-z] 働 **marred** [-d]; **marring**

動 損傷, 毀損
His reputation was *marred*.
他的名聲受損。
同 injure

marble [ˋmarbl; ˈmɑːbl] 働 **-s** [-z]

图 ❶ 大理石
Marble is used for sculpture.
大理石用於雕刻。

❷ (用複數) 彈珠
Let's play *marbles*. 我們來玩彈珠。

march [martʃ; mɑːtʃ] 🈩 **-es** [-ɪz] 働 **-ed** [-t]; **-ing**

動 前進, 使行軍
The troops *marched* into the city.
那支軍隊開進了城市。

— 働 **-es** [-ɪz]

图 ❶ 進行; 行軍
a line of *march* 行軍路線
❷ (事物的) 進步; 進展
the *march* of civilization 文明的進步／the *march* of events 事情的進展
❸ (音樂) 進行曲
a funeral *march* 送葬曲／a wedding *march* 結婚進行曲

March [martʃ; mɑ:tʃ] 働 無 ▶ 略作 Mar.。

名 三月 | In *March* many flowers come out.
到了三月許多花兒都開了。

▶ 英國的三月常颳強風,他們有一句俗語:"*March* winds and April showers bring forth May flowers." (三月風,四月雨,帶來五月花。)

mare [mɛr; meə(r)] 働 -s [-z]

名 雌馬 | Money makes the *mare* to go.
有錢能使鬼推磨。(諺語)

▶ 在 make 後面的不定詞都省略 to,但在這句俗語中由於韻律的關係而例外。

margin [ˋmardʒɪn; ˈmɑ:dʒɪn] 働 -s [-z]

名 ❶邊緣,邊際 同 border,edge | I stood at the *margin* of the lake for about an hour.
我在湖邊站了差不多一個小時。

❷書頁邊的空白處 | in the *margin* of the page 在書頁邊的空白處

❸(時間・金錢方面的)餘裕,餘地 | I allowed a *margin* of ten minutes. 我留有十分鐘的空檔。

衍生 形 màrginal(邊緣的,欄外的;限界的)

marine [məˋrin; məˈri:n] (注意發音)

形 ❶海的,海洋的 | a *marine* fish 海水魚／*marine* products 海產

❷海運的;船舶的;海軍的 | *marine* insurance 海險／a *Marine* Corps [kor] 働 海軍陸戰隊

— 働 -s [-z]

名 働 海軍陸戰隊官兵 働 船隻 | The *marines* are going home. 海軍陸戰隊的官兵們都要回家了。

衍生 名 màriner((文語)水手,船員)

mark [mark; mɑ:k] 働 -s [-s]

名 ❶痕跡,斑點,污點 | *marks* on the tablecloth 桌布上的污點

❷符號;記號;印 | a question *mark* 問號／a trade *mark* 註冊商標

❸(用複數)分數,成績 | I got full *marks* [100 *marks*] in mathematics. 我的數學得到滿分〔100 分〕。
My *marks* in history were good. 我的歷史成績很好。

❹目標,靶 同 target | He fired a shot and hit the *mark*. 他開了一槍且正中目標。

❺特徵,象徵,表徵 | as a *mark* of friendship 友誼的象徵

be beside the mark

不對;未成功 | Your guess *is beside the mark*. 你沒有猜對。

▶ be wide of the mark(太離譜的)

— 働 -s [-s] 働 -ed [-t]; -ing

動 ❶加上記號 | *Mark* the name with a cross. 在他的名字上打一個×號。

❷留下痕跡 | He is *marked* with the smallpox. 他臉上留有天花的痕跡。

❸作標幟 | The cross *marks* the park. 這個×號把公園的位置標了出來。

❹爲…的特色 | Long ears *mark* a rabbit. 長耳朵是兔子的特色。

❺注意 | *Mark* my words. 注意我所說的話。

❻批分數,評成績 | He *marked* all the papers. 他將所有的卷子都評上成績。

marked [markt; mɑ:kt]

形 ❶爲攻擊目標的 | a *marked* man 要對付的對象(此名詞具特殊意義,指他人狙殺或傷害的對象。)

❷明顯的,易辨別的 | a *marked* difference 一個明顯的差別／a *marked* increase 明顯的增加

衍生 副 markedly [ˋmarkɪdlɪ] (明顯地,顯著地)

market [ˋmarkɪt; ˈmɑ:kɪt] 働 -s [-s]

名 ❶市場,市集 | He went to the *market* to buy fish. 他去市場買魚。

▶ go to market 指「去購物」。

❷(營銷上的)市場,銷路 | The firm controls the corn *market*. 這國公司控制了穀類市場。

❸行情,市況 | the stock *market* 股票行情

marquis, 働 marquess [ˋmarkwɪs; ˈmɑ:kwɪs] 働 -es [-ɪz]

名 侯爵 ⇨ peer | ▶ 侯爵在英國是介於 duke(公爵)與 earl(伯爵)之間的爵位。

marriage [ˋmærɪdʒ; ˈmærɪdʒ] 働 -s [-ɪz]

名 ❶婚姻;結婚 | Their *marriage* was a happy one. 他們的婚姻是美滿幸福的。

❷結婚典禮 同 wedding | The bride wore white at her *marriage*. 在結婚典禮上,新娘穿著白色的禮服。

> ── ▶ marriage 和 wedding ──
> marriage …婚姻,婚姻生活,結婚典禮
> wedding …結婚典禮,結婚紀念日
> ▶ 有關結婚的其他用語有 wedlock(法律上的婚姻關係), matrimony(宗教上的婚姻關係)與 nuptials(結婚典禮(文言))等。

衍生 形 màrriageable(適婚的,可結婚的)

marry [ˋmærɪ; ˈmærɪ] 働 marries [-z] 働 married [-d]; -ing

動 ❶結婚 | She *married* a sailor. 她嫁給一個水手。

❷使結婚,使嫁娶 | He *married* his son to the actor's daughter. ▶ 不能用 with。
他讓他的兒子娶那個演員的女兒。

❸牧師主持婚禮 | The old priest *married* the young man and the young girl. 老牧師爲這對年輕的男女主持婚禮。

❹ 不 結婚 | She wouldn't *marry* again. 她不會再婚了。
marry for money 爲了金錢而結婚

> ── ▶「結婚」在英文中的用法 ──
> 「我們結婚吧!」Let's get married.
> 「他結過婚。」He was married.＝He married.
> ▶ 但是,be married 是表示「已經結婚」的狀態。
> 「他已經結婚了。」He is married.
> 「我們已經結婚了。」We are married.
> 「跟我結婚吧!」Marry me.
> 「他跟張小姐結婚了。」He married Miss Chang.

衍生 形 **mãrried**(已婚的;夫妻的)

marsh [marʃ; mɑːtʃ] 徵 **-es** [-ɪz]
名 沼澤,溼地
⑩ swamp
There are a lot of frogs in the *marsh*.
沼澤地有許多青蛙。

衍生 形 **mãrshy**(沼澤的;沼澤地帶的)

marshal [`mɑrʃəl; 'mɑːʃl] 徵 **-s** [-z]
名 ❶高級軍官;警官
a field *marshal* 美 陸軍元帥
► 美 a general of the army ⇨ general
❷美 地方法律執行官;(都市的)警長;消防隊長
The actor played the role of the *marshal*.
這個演員扮演警長的角色。

martyr [`mɑrtɚ; 'mɑːtə(r)] (注意拼法) 徵 **-s** [-z]
名 殉道者► 忠於主義的烈士。
a Christian *martyr*
基督教殉道者

marvel [`mɑrvl; 'mɑːvl] 徵 **-s** [-z]
名 奇異的事物;景色
The pyramid is one of the *marvels* of the world.
金字塔是世界上的奇景之一。

──㊂ **-s** [-z] 徵 **-ed**,美 **marvelled** [-d]; **-ing** 美 **marvelling**
動 不 驚訝,(大為)驚歎
We *marveled* at the speed.
我們對這種速度感到驚訝。

marvelous, 美 **marvellous** [`mɑrvləs; 'mɑːvələs]
形 ❶不可思議的;奇異的
He did a *marvelous* trick.
他變了不可思議的魔術。
❷(口語)絕妙的
a *marvelous* view
絕妙的景觀

mascot [`mæskət; 'mæskət] 徵 **-s** [-s]
名 吉祥之物,開運的護符
►一般認為會帶給人們好運的動物〔人或物體〕。
This baseball team's mascot is an elephant.
這支棒球隊的吉祥物是大象。

masculine [`mæskjəlɪn; 'mæskjʊlɪn] 反 feminine
形 ❶男人的
a *masculine* voice 男人的聲音
❷男性的;(文法)陽性的
a *masculine* name 男性的名字／the *masculine* gender(文法)陽性的名詞
► manly 意為「男子氣概的」、「有氣魄的」,male 意為「男性的」,專門指示性別。⇨ male

mask [mæsk; mɑːsk] 徵 **-s** [-s]
名 面具,假面具;口罩
He wears a *mask* when he rides a motorcycle.
他騎摩托車時都戴口罩。
a flu *mask* 衛生口罩／a gas *mask* 防毒面具

mask
gas mask
flu mask

mass [mæs; mæs] 徵 **-es** [-ɪz]
名 ❶堆,集合體;多數,多量
A *mass* of people gathered.
一大堆人聚在一起。
masses of dark clouds
大片的烏雲
❷(加定冠詞 the)大部分,大半
The *mass* of the audience supported him.
大部分的聽眾都擁護他。
❸(加 the 於複數形)大眾,民眾
He was liked by the *masses*.
他為大眾所喜愛。

複合 名 **mãss commúnicátion**(大眾傳播► 利用收音機、電視機、報紙等所做的大眾傳播),**mãss mèdia**(大眾傳播工具► 報紙、雜誌、電影等的傳播工具),**mãss próduction**(大量生產)

massive [`mæsɪv; 'mæsɪv] ⑩ bulky
形 巨大的,大量的;又大又重的
a *massive* desk 大而重的桌子／a *massive* man 巨人

mast [mæst, mɑst; mɑːst] 徵 **-s** [-s]
名 船桅,檣
The ship has three *masts*.
這艘船有三根船桅。

master [`mæstɚ; 'mɑːstə(r)] 徵 **-s** [-z]
名 ❶主人,雇主;老闆
► 美 等於 boss。
反 mistress
They are loyal to their *master*.
他們對主人很忠心。
Like *master*, like man.
有其主必有其僕。
❷名人;大家,高手,大師
He is a *master* of chess.
他是西洋棋的高手。
❸美 (小學・中學的)老師
He is our music *master*.
他是我們的音樂老師。

──㊂ **-s** [-z] 徵 **-ed** [-d]; **-ing** [`mæstərɪŋ]
動 及 ❶控制,統御
You have to *master* your temper.
你必須克制自己的脾氣。
❷精通;克服
He *mastered* several foreign languages.
他精通數國的語言。

複合 名 **Mãster of Ãrts**(文科碩士► 縮寫是 MA, M.A.),**Mãster of Scìence**(理科碩士► 縮寫是 M.Sc., MSc 或 M.S., MS),**màster of cèremonies**(司禮者,司儀► M.C.)

衍生 名 **màstery**(支配;優越;老練)

masterpiece [`mæstɚ,pis; 'mɑːstəpiːs] 徵 **-s** [-ɪz]
名 名著,傑作
Hamlet is one of Shakespeare's *masterpieces*.
哈姆雷特是莎士比亞的傑作之一。

mat [mæt; mæt] 徵 **-s** [-s]
名 墊子,草蓆,草簾,(日本的)榻榻米,(大門口的)鞋墊
We had the *mats* re-covered.
我們重新鋪了墊子。
Wipe your shoes on the *mat*.
把你的鞋子在鞋墊上擦乾淨。

match¹ [mætʃ; mætʃ] 徵 **-es** [-ɪz]
名 火柴
He struck a *match*.
他點了一根火柴。

複合 名 **mãtchbóx**(火柴盒),**mãtchwóod**(火柴棒)

match² [mætʃ; mætʃ] 徵 **-es** [-ɪz]
名 ❶(美 專用)比賽
I saw the boxing *match* on television.
我在電視上看到了那場拳擊賽。

▶ ⓐ **match** 與 **game**

match 用於拳擊、網球、板球、高爾夫球等個人競技的場合。

game 是用於棒球、籃球、足球等,語尾是 ball 的場合。

---

❷對手, 敵手 | The north wind was **no match for** the sun. 北風難敵艷陽。

❸婚姻, 匹配, 配偶 | The *match* was arranged by Mr. Chang. 這個良緣是張先生一手安排的。

❹(一對中的一個)相配的人(或物);好搭檔 | It is a good *match* for her dress. 這和她的衣服很相配。
They are a good *match*. 他倆是很相配的一對。

—— (三)-es [-ɪz] ⓖ -ed [-t] -ing

動 ⓐ ❶(顏色·質料等)的調和 | The tie *matches* your suit. 這條領帶與你的西裝很相配。

❷與…匹敵, 是…對手 | He can *match* you **in** tennis. 在網球方面他可與你匹敵。

不 調和, 配合 | This ribbon *matches* **with** your dress. 這條絲帶與你的衣服很配。

衍生 形 **mátchless**(無比的)名 **mátchmáker**(媒人)

mate [met; meɪt] ⓖ -s [-s]

名 ❶伙伴, 朋友 | We are school *mates* [school*mates*]. 我們同校。
▶ 有很多像 class*mate*(同學)等的複合名詞。

❷配偶, 伴侶 | One's wife is a lifelong *mate*. 妻子是一生一世的伴侶。

❸(一對或一雙的)其中之一 | the *mate* of this glove 與這隻手套成對的那一隻

material [mə`tɪrɪəl; mə`tɪərɪəl] ⓖ -s [-z]

名 ❶原料, 材料 | Taiwan is lacking in raw *materials*. 台灣缺乏原料。

▶ **material** 與 **matter**

material …材料, 原料
matter ……物質, 物體
Matter occupies space.
(物體占有空間。)

---

❷(衣服的)布料, 紡織品 | We import textile *materials* from Britain. 我們從英國進口紡織原料。

❸資料, 題材 ⓐ data | He collected *material* for the history of Taiwan. 他蒐集台灣史的資料。

—— 形 物質的, 屬於物質方面的 ⓐ spiritual | The *material* world seems boundless. 物質世界似乎是無窮的。
a *material* noun (文法)物質名詞

衍生 名 **matèrialísm**(唯物論,物質主義,實利主義)
動 **matèrialíze**(使具體化)

maternal [mə`tɜnl; mə`tɜ:nl]

形 ❶母性的, 似母親的 ❷母系的 ⓐ paternal | Every woman has *maternal* instincts. 每個女人都有母性的本能。
He is my *maternal* uncle. 他是我舅舅。

衍生 名 **matérnity**(爲人之母;母性)

mathematics [ˌmæθə`mætɪks; ˌmæθə`mætɪks]

ⓖ 無 ⇨ arithmetic
名 (單數型)數學 | *Mathematics* is my favorite subject. 數學是我最喜歡的科目。

▶ 以 -ics 結尾的字
mathemat*ics*(數學)	—mathematician (數學家)
polit*ics*(政治)	—politician (政治家)
econom*ics*(經濟學)	—economist (經濟學家)
mechan*ics*(機械學)	—mechanician (機械師)

衍生 形 **máthemàtical**(數學的;精確的)

matter [`mætɚ; `mætə(r)] ⓖ -s [-z]

名 ❶事情, 事件 | It is a *matter* of importance. 那是一件很重要的事情。
We had a lot of *matters* to talk about. 我們有許多事情可以談。

❷毛病, 問題(前面加 the) ⓐ wrong | What's **the matter** (**with** you)? 你怎麼了?(是否不舒服?)
▶ 這裡的主詞是 What, the matter 在下面這個例句中被形容詞化了。
There is nothing **the matter** (= wrong) **with** the car. 這輛車子並沒有毛病。

❸(用複數)事態, 情勢 | That will make *matters* worse. 那會使事態變得更糟。

❹物質;物體;成分;因素 | *Matter* is the opposite of mind. 物質與精神是對立的。

as a matter of course
理所當然之事 | You are expected to do your homework *as a matter of course*. 你本來就應該做你的功課。

as a matter of fact
(用於句首)事實上 | He is not stupid. *As a matter of fact*, he's an intelligent student. 他不笨。事實上, 他是個聰明的學生。

no matter …
無論如何 | ▶ 後面接以 what、where、who、how 等爲首的副詞子句。
No matter **what** he says, I will do it. (=Whatever he says, ...) 無論他怎麼說我還是要做。

—— (三)-s [-z] ⓖ -ed [-d] -ing [`mætərɪŋ]
動 不 要緊;事關重要 | It does not matter who wins. 誰勝誰敗並沒有什麼關係。
What does it *matter* where he goes 他去哪裡又有什麼關係呢?

mattress [`mætrɪs, `mætrəs; `mætrɪs] ⓖ -es [-ɪz]

名 (床的)墊子 | We made a *mattress* of straw. 我們用稻草做了一個床墊。

mature [mə`tjur, -`tur; mə`tjuə(r)]

形 熟的, 成熟的, 充分發展的 ⓐ ripe | The apples are not yet *mature*. 蘋果尚未成熟。
a *mature* mind 成熟的心智／*mature*

囡 immature ┊ judgment 成熟的判斷力
━ ㊂ **-s** [-z] ㊤ **-d** [-d]; **maturing**
動㊐ 成熟;充分 ┊ These cows *mature* fast.
發展 ┊ 這些母牛成長得很快。
㊤ 使成熟;使充 ┊ Experiences *matured* him.
分發展 ┊ 經驗使他成熟。
衍生囡 **matúrity**(成熟;完成)

maxim [ˋmæksɪm; ˋmæksɪm] ㊤ **-s** [-z]
囡 格言,箴言 ┊ "Strike while the iron is hot" is a
㊎ wise saying ┊ *maxim*.「打鐵趁熱」是一句格言。

maximum [ˋmæksəməm; ˋmæksɪməm] ㊤ **-s** [-z],
maxima [ˋmæksɪmə]
囡 最大量;最高 ┊ Today's *maximum* temperature will
點,極點 ┊ be 90°F.
囡 minimum ┊ 今天的最高氣溫可能達到華氏 90°。

May [me; meɪ] ㊤ 無
囡 五月 ⇨ ┊ *May* Day 五月節;㊤ 勞動節;五朔節
March ┊ (英國在五月一日舉行的春天祭典。)

may [me; meɪ] ㊂ **may** ▶ 過去式是 **might**, 無過去分
詞・現在分詞・不定詞。
助 ❶(許可)可 ┊ *May* I go to see a movie?
以 ┊ 我可以去看電影嗎?
▶ 在口語中, ┊ Yes, you *may*. 好的, 你可以去!
may 常可用 ┊ No, you *may* not [cannot].
can 來代替。 ┊ 不行, 你不可以去!
┊ You *may* come any time.「以來。
▶ 在實際會話中, 對 "May I go …?" 詢問句的回答, 若說
"Yes, you may."(是的, 你可以去)是不禮貌的, 最好是用
"(Yes,)please./(Yes,)certainly./(No,)please not." 等
方式來回答。
❷(推量)或許, ┊ The news *may* be true.
恐怕 ┊ 這個消息或許是真的。
┊ He *may* have arrived there by now.
┊ 他現在可能已經到達那裡了。

對現在事情的 推測	The rumor *may* **be** true. 這個謠言很可能是真的。
對過去事情的 推測	The rumor *may* **have been** true. 當時那個謠言或許是真的。

▶ 對過去事情的推測要用「may＋have＋過去分詞」的句
型。
❸即使…也 ┊ I will come, no matter what *may*
┊ happen. 無論發生任何變故, 我一定來。
▶ no matter what happens 是較口語化的說法。
❹(表示目的)俾 ┊ Work hard so that you *may*
可, 以求 ┊ succeed. 你須努力工作以求成功。
▶ can 比 may 更口語化些。
❺(希望・願望) ┊ *May* the queen live long!
祝福… ┊ 女王萬歲!
may as well V ┊ We *may as well* go home.
最好… ┊ 我們應該回家了。
may well V ┊ He *may well* be proud of his good
有很好的理由… ┊ grades.
┊ 他有足夠的理由以他的好成績為傲。

maybe [ˋmebɪ, ˋmebɪ; ˋmeɪbiː]
副 也許,可能 ┊ *Maybe* it will rain tonight.
㊎ perhaps ┊ 今晚也許會下雨。

mayor [ˋmeə, mɛr; meə(r)] (注意發音) ㊤ **-s** [-z]
囡 市長 ┊ He is the *mayor* of this city.
┊ 他是這個市的市長。

maze [mez; meɪz] ㊤ **-s** [-ɪz]
囡 錯綜複雜的 ┊ I was lost in the *maze* of narrow
曲徑;迷宮 ┊ streets. 我在狹窄又錯綜複雜的街道上
㊎ labyrinth ┊ 迷了路。

me [(強)mi; miː(弱)mɪ; mɪ] ㊤ us代 I 的受格 ⇨ I
我 ┊ Lend *me* the book, please.
┊ 請把這本書借給我。

┌─ ▶ I 或 me(其一)─────────
在英語中「It's me.」是較口語化的說法, 正式的說法
是 "It is I."。但 "It's me." 已成為普遍用法。

It's me. 是我啦!
It is I. 是我。

┌─ ▶ I 或 me(其二)─────────
「他比我高。」
He is taller than *I* (am).
▶ 正式的說法用 I, 但在口語會使用 me。

┌─ ▶ I 或 me(其三)─────────
「在你我之間」是 between you and *me*。
▶ you, me 是 介 between 的受格, 用 I 是錯誤的。

meadow [ˋmɛdo; ˋmedəʊ] (注意發音) ㊤ **-s** [-z]
囡 草地;牧草地 ┊ They picked flowers in the
⇨ pasture ┊ *meadow*. 他們在草地上摘花。

meal [mil; miːl] ㊤ **-s** [-z]
囡 餐,頓 ┊ I have four *meals* a day.
┊ 我一天吃四餐。

mean[1] [min; miːn] ㊂ **-s** [-z] ㊐ **meant** [mɛnt]; **-ing**
動㊤ ❶意味,含 ┊ What does this word *mean*?
有…意思 ┊ 這字是什麼意思?
❷意指 ┊ I don't *mean* **that** you are a
┊ coward. 我並不是說你是懦夫。
❸意欲,企圖 ┊ He *meant* no harm. 他並無惡意。
┊ I didn't *mean* **to** hurt you.
┊ 我並非有意要傷害你。
┊ I did not *mean*
┊ { you **to** go.
┊ { **that** you should go.
┊ 我並不是非要你去不可。
❹對…是重要的 ┊ Your cooperation *means* a great
┊ deal to me.
┊ 你的合作對我而言是很重要的。
mean … by〜 ┊ What do you *mean* **by** that?
說〜是…意思 ┊ 你的言下之意是什麼?(你是什麼意思?)
mean … for〜 ┊
❶將…當作〜 ┊ He *meant* it **for** a joke.
(意思・用途) ┊ 他只是開個玩笑而已。

This room is *meant for* storage.
這房間是作為貯藏之用的。

❷打算讓…成 / I *meant* my son *for* an engineer.
為～ / 我要使我的兒子成為一個工程師。

mean² [min; miːn] ⊕ **-er** ⊛ **-est**

[形]❶卑劣的；惡 / Don't be *mean* to her.
意的，故意為難 / 不要對她這麼刻薄。
的 / a *mean* remark 故意為難的言辭

❷吝嗇的，自私 / He was too *mean* to give a tip.
的 / 他太吝嗇了，不肯給小費。
[同] stingy

❸卑下的，低賤 / He is a man of *mean* birth.
的 / 他是出身寒微的人。

meaning [`miniŋ; 'miːniŋ] ⊛ **-s** [-z]

[名]❶意義，意思 / Do you know the *meaning* of this
word? 你知道這個字的意義嗎?

❷意義，目的 / What is the *meaning* of life?
人生的意義何在?

[衍生][形] mèaningful(有意義的, 意義深遠的),
mèaningless(毫無意義的)

means [minz; miːnz] ⊛ **means**

[名]❶方法，方 / There are [is] no *means* of getting
式；工具 / there. 沒有方法去到那裡。
▶可視為單數 / A car is a *means* of transportation.
或複數。 / 汽車是一種交通工具。
❷財力,財產 / He is a man of *means*.
▶複數形 / 他是一個有錢人。

by all means / Read the book *by all means*.
無論如何, 必須 / 你無論如何都要讀讀這本書。

by means / We express our feelings *by means*
of ... / *of* words.
用…的方式 / 我們藉言語來表達感情。

by no means / Translation is *by no means* easy.
絕不… / 翻譯絕不是一件容易的事。

meant [mɛnt; ment] (注意發音)[動] mean 的過去式‧
meantime [`min.taɪm; 'miːn.taɪm] 過去分詞

[名](加定冠詞 / He will be back in the *meantime*.
the)其時, 此際 / 那時他就會一起回來。

meanwhile [`min.hwaɪl; 'miːn.waɪl]

[副]在那段期間； / The train will arrive later.
同時 / *Meanwhile*, let's have lunch.
[同] meantime / 火車待會兒會來, 我們趁火車來之前吃
午餐吧!
She was making tea; *meanwhile*,
her husband was serving the
dessert. 她正在泡茶, 她先生同時在這
時候上點心。

measure [`mɛʒə; 'meʒə(r)] ⊛ **-s** [-z]

[名]❶尺寸, 大 / The tailor took my *measure* for a
小；寬窄；體型 / coat. 裁縫師量我的尺寸做外套。

❷尺…等度量器 / a pint *measure* 一品脫的量器/a
tape *measure* 捲尺

❸(度量的)單位 / Inch, pound, and hour are *measures*.
吋、磅、與小時都是度量衡單位。

❹措施,方法(複 / The government took strong
數形) / *measures* to keep prices down.
政府採取強硬的措施來降低物價。

━(三) -s [-z] ⊛ **-d** [-d]; **measuring** [`mɛʒərɪŋ]

[動]⊗ 測量 / He *measured* me for a suit.
他為我量身做套裝。

I *measured*
his height.
我量他的身高。

I *weighed* myself.
我自己量體重。

[不](大小‧數量 / The circle *measures* five inches in
的)測量 / diameter.
這個圓圈的直徑為五吋。

[衍生][名] mèasurement(量得的尺寸; 測量方法)

meat [mit; miːt] ⊛ 無

[名](食用的)肉 / You eat too much *meat*.
類 / 你肉吃得太多了。

▶家禽肉是 poultry, 魚肉是 fish, 人的肉是 flesh。

mechanic [mə`kænɪk; mɪ'kænɪk] ⊛ **-s** [-s]

[名]機械師, 技師 / He wants to be a motor *mechanic*.
他想成為一個汽車機械師。

[衍生][名] mechànics(力學；機械學)

mechanical [mə`kænɪkl; mɪ'kænɪkəl] ▶ machine
的形容詞

[形]機械的, 機械 / a *mechanical* doll
方面的 / 裝有機械的娃娃

mechanism [`mɛkə.nɪzəm; mekənɪzm] ⊛ **-s** [-z]

[名]❶機械；機件 / the *mechanism* of this watch
這隻手錶的機件

❷機構；構造；組 / the complex *mechanism* of the
織 / United Nations 聯合國複雜的組織

medal [`mɛdl; 'medl] ⊛ **-s** [-z] ▶勿與 metal(金屬)混
淆。

[名]獎牌；勳章 / The runner won a gold *medal*.
這個賽跑選手贏得了一面金牌。

meddle [`mɛdl; 'medl] (三) **-s** [-z] ⊛ **-d** [-d]; **meddling**

[動][不]干預, 介入 / Don't *meddle* in his affair.
不要干預他的事情。

medical [`mɛdɪkl; 'medɪkl]

[形]醫學的, 醫療 / *medical* knowledge 醫學知識/
的 / *medical* treatment 醫療

medicine [`mɛdəsn; 'medsɪn] ⊛ **-s** [-z]

[名]❶醫學；醫療 / He majors in *medicine*.
他主修醫學。

❷藥物, 內服藥 / The doctor gave me *medicine* to
[同] drug / treat my cough.
醫生給我治療咳嗽的藥。

[衍生][形] mèdical(醫學的), **medìcinal**(藥用的)

❶醫學

❷藥

pills 藥丸 tablets 藥片 powder 藥粉

edieval [ˌmidɪˋivl, ˌmɛd-; ˌmedrˊiːvl]
形 中世紀的;中世紀風格的
a marvel of *medieval* architecture 中世紀建築的奇觀
「古代的」是 ancient, 「現代的」是 modern。

editate [ˋmɛdəˌtet; ˈmedɪteɪt] ⊜ **-s** [-s] 逻 **-d** [-ɪd]; **meditating**
動 受 想到,考慮
He is *meditating* a tour in Hawaii. 他正考慮前往夏威夷旅行。
不 沉思,回想
She is *meditating* **on** her past life. 她正回想著她過去的日子。
衍生 名 **méditátion**(沉思;冥想,靜坐)

editerranean [ˌmɛdətəˋrenɪən; ˌmeditəˈreinjən]
名 (加定冠詞 the) ► the *Mediterranean* Sea 地中海
地中海

edium [ˋmidɪəm; ˈmiːdjəm] 逻 **-s** [-z], **media**
名 ❶媒體;方法
an advertising *medium* 廣告媒體／mass *media* 大眾傳播媒體
❷媒體;媒介物
Air is a *medium* **for** [**of**] sound. 空氣是傳導聲音的媒介物。
❸中庸,適度
His opinion is the *medium* **between** the extremes. 他的意見合乎中庸,不偏不倚。
一 形 中間的
a shirt of *medium* size 中號的襯衫

eek [mik; miːk] 逻 **-er** 逻 **-est**
形 溫馴的
A lamb is a *meek* animal. 羔羊是溫馴的動物。

eet [mit; miːt] ⊜ **-s** [-s] 玉 met [mɛt]; **-ing**
動 受 ❶遇見,碰到
I *met* your sister on the way. 我在半路上遇見你的妹妹。
► 事先約好或偶然遇見都可用此字。
❷迎接
She *met* me at the station. 她在車站接我。
反 see off
她在車站接我。

meet 迎接

see...off 送行

I *saw* her *off*. 我送她走。

❸結識;引見
I'd like you to *meet* my wife. 我向您介紹一下我內人(這一位是我內人)。
❹面對
He *met* the misfortunes with courage. 他勇敢地面對惡運。
❺接觸,碰到
My hand *met* hers. 我的手觸碰到她的手。
❻滿足;符合;支付
I wish I could *meet* your wishes. 我希望我能使你滿足。
His father *meets* the bills. 他父親付帳。
不 ❶碰面;集合
We *meet* every Thursday. 我們每星期四都會碰面。
❷相識
They *met* at the party. 他們在宴會中相識。
❸接觸;碰觸
Our eyes *met*. 我們的目光相遇。

meet with ...
❶偶然遇到…
I *met with* him on the train. 我在火車上偶然遇到他。
同 meet by chance, happen to meet, come across, run into ...►美 也說成 meet up with。
❷遭遇到…
Our plan *met with* strong opposition. 我們的計畫遭到強烈的反對。
❸美 與…會晤
We *met with* the manufacturer to talk about the prices. 我們和廠商會晤談價錢。

—— 逻 **-s** [-s]
名 美 運動會
美 meeting
The athletic *meet* will be held next week. 運動會將在下星期舉行。

meeting [ˋmitɪŋ; ˈmiːtɪŋ] 逻 **-s** [-z]
名 會議;聚會
We had a *meeting* this afternoon. 我們今天下午開會。

melancholy [ˋmɛlənˌkɑlɪ; ˈmelənkəlɪ]
形 憂鬱的,悲傷的
She is never *melancholy*. 她從來就不會憂鬱。
同 depressed

mellow [ˋmɛlo; ˈmeləʊ] 逻 **-er** 逻 **-est**
形 ❶熟的
This peach is too *mellow*. 這個桃子熟透了。
❷(音・色等)柔美的
She spoke in a clear *mellow* voice. 她以清脆悅耳的聲音說話。

melody [ˋmɛlədɪ; ˈmelədɪ] 逻 **melodies** [-z]
名 旋律,曲調
The song has a beautiful *melody*. 這首歌的旋律很美。
衍生 形 **melódious**(優美的,悅耳的;旋律的)

melon [ˋmɛlən; ˈmelən] 逻 **-s** [-z]
名 (植物)瓜

melon 瓜   watermelon 西瓜

melt [mɛlt; melt] ⊜ **-s** [-s] 逻 **-ed** [-ɪd]; **-ing**
動 不 ❶融化
Butter *melts* in a warm place. 牛油遇熱就會融化。

► melt, dissolve, thaw
melt ········固體加熱而融化,如奶油。
dissolve ······固體溶解於水中,如鹽。
thaw ········結冰的物體融化,如冰、雪。

❷消散
My anger *melted*. 我的怒氣已經消了。
受 ❶熔解
The iron was *melted* by the heat. 鐵在高溫之下熔解。
❷軟化
His apology *melted* her heart. 他的道歉軟化了她的心。

member [ˋmɛmbɚ; ˈmembə(r)] 逻 **-s** [-z]
名 會員,構成分子
He is a *member* of the club. 他是這個俱樂部的會員。
衍生 名 **mèmbership**(會員的身分,地位;會員人數) 逻 **-s** [-z]

memoir [ˋmɛmwɑr, -wɔr; ˈmemwɑː(r)] <法語

名 (學會等的)論文,研究報告;(用複數)回憶錄,自傳 | Have you ever read Sir Winston Churchill's *memoirs*? 你看過邱吉爾回憶錄嗎?

memorandum [,mɛmə`rændəm; ,memə`rændəm]
複 **-s** [-z], **memoranda** [,mɛmə`rændə]
名 備忘錄;記錄 ► 可縮寫成 memo。| The fact is written down on my *memorandum*. 這件事記在我的備忘錄上。

memorial [mə`morɪəl, -`mɔr-; mə`mɔːrɪəl] 複 **-s** [-z]
名 紀念物;紀念館;紀念碑 | We visited the Lincoln *Memorial*. 我們參觀林肯紀念堂。

memorize [`mɛmə,raɪz; 'meməraɪz] 三 **-s** [-ɪz] 過 **-d** [-d]; **-zing**
動 及 記住 | *Memorize* these sentence patterns. 把這些句型記下來。

> ► memorize 和 remember
> memorize …記住,熟記 同 learn ... by heart
> remember …想得起來,記得
> Do you *remember* me?
> (你還記得我嗎?)
> ►「熟記」是 know ... by heart。

memory [`mɛmərɪ, -mrɪ; 'memərɪ] 複 **memories** [-z]
名 ❶ 記憶,記憶力 | He drew a map from *memory*. 他憑著記憶畫出一幅地圖。
He has a good [poor] *memory*. 他的記憶力很好〔差〕。
❷ 回憶 同 recollection | I have pleasant *memories* of our friendship. 對於我們的友誼,我有許多愉快的回憶。

❶ 記憶(力)　memory　❷ 回憶

in memory of ...
爲了紀念… | This statue was erected *in memory of* Dr. Sun Yat-sen. 豎立這座雕像是爲了紀念孫逸仙博士。

men [mɛn; men] 名 man 的複數

menace [`mɛnɪs; 'menəs] 複 **-s** [-ɪz]
名 威脅 ► 比 threat 較爲文語化。| The destruction of rain forests is a *menace* to wildlife. 雨林的破壞是對野生動植物的一大威脅。
── 三 **-s** [-ɪz] 過 **-d** [-t]; **menacing**
動 及 威脅 | The typhoon *menaced* the district. 颱風威脅了這個地區。

mend [mɛnd; mend] 三 **-s** [-z] 過 **-ed** [-ɪd]; **-ing**
動 及 ❶ 修補,修理 | He *mended* the broken toy. 他修理壞了的玩具。
► 和 repair 不同,多用於修補構造簡單的小東西。
❷ 改善;修改 | He wouldn't *mend* his ways. 他根本不想改善他的作法。
不 (疾病)好轉,康復 | He is *mending* quickly. 他康復得很快。

mental [`mɛntl; 'mentl]
形 精神的;心理的;智力的 | He has better *mental* powers than I have. 他的智力比我高。
反 physical | a *mental* hospital 精神病院
衍生 名 **mentàlity**(心智,智力) 副 **mèntally**(心理地)

mention [`mɛnʃən; 'menʃn] 三 **-s** [-z] 過 **-ed** [-d]; **-in**
動 及 提及,寫到 | He often *mentioned* his wife to me 他常跟我提到他的妻子。
You must *mention* that you have met him before. 你必須把以前認識的事說出來。

Don't mention it. 反 You are welcome.
反 小事情!不值一提! | ► 對道歉或感謝的回答。

not to mention ...= without mentioning ...
更不用說… | She does all the housework, *not to mention* cooking. 她做所有的家事,煮飯更不用說了。

── 複 **-s** [-z]
名 言及,陳述 | The newspaper made no *mention* of him. 報紙上沒有提到他。

menu [`mɛnju, `menju, `mɛnu, `menu; 'menjuː] 複 **-s** [-z]
名 菜單;飲食;飯菜 | Show me the *menu*. 把菜單拿給我看。

merchandise [`mɝtʃən,daɪz; 'mɜːtʃən,daɪz] 複 無
名 (集合詞)商品,雜貨 | He deals in general *merchandise*. 他經營一般雜貨的買賣。

merchant [`mɝtʃənt; 'mɜːtʃənt] 複 **-s** [-s]
名 商人 ► 英 批發商,特指貿易商,美 零售商 | He is a leather goods *merchant*. 他是一個皮貨商。

mercury [`mɝkjərɪ, `mɝkərɪ, -krɪ; 'mɜːkjʊrɪ] 複 無
名 ❶ 水銀;(溫度計上的)水銀柱 | The *mercury* stood at 90°F. 溫度計上的水銀柱顯示華氏 90°。
❷ (天文)水星(字首大寫) | *Mercury* has a diameter of 3,000 miles. 水星的直徑爲三千哩。

> ── 行星(planets)
> 水星 Mercury　　　　金星 Venus
> 地球 the earth　　　　火星 Mars
> 木星 Jupiter　　　　　土星 Saturn [`sætən]

mercy [`mɝsɪ; 'mɜːsɪ] 複 無
名 仁慈;憐憫;寬恕 | The judge showed *mercy* on him. 法官對他施以仁慈。
at the mercy of ...
任由…擺佈 | Our ship was *at the mercy of* the waves. 我們的船任由海浪擺佈。
衍生 形 **mèrciful**(慈悲爲懷的)副 **mèrcifully**(慈悲地)
形 **mèrciless**(毫無憐憫的)副 **mèrcilessly**(毫無憐憫地)

mere [mɪr; mɪə(r)] 比 **merer** [`mɪrə] 最 **merest** [`mɪrɪst]
形 (限定用法)只是,僅是 | He was a *mere* child (=only a child) when his father died. 他父親去世時,他還只是個孩子。
► an only child(獨生子)
衍生 副 **mèrely**(僅僅,只是)

ıerge [mɝdʒ; mɜːdʒ] [三] **-s** [-ɪz] [規] **-d** [-d]; **merging**
[動][不][及] 合併, 混合 — The two companies *merged* last month.
這兩家公司在上個月合併了。

ıerit [ˋmɛrɪt; ˈmerɪt] [複] **-s** [-s]
[名] ❶價值 — The picture has artistic *merit*.
這幅畫具有藝術價值。
❷優點 — His novel has lots of *merits*.
他的小說有許多優點。
[反] demerit

ıerry [ˋmɛrɪ; ˈmerɪ] [比] **merrier** [最] **merriest**
[形] 高興的, 愉快的, 快活的 — A *merry* Christmas to you!
祝你聖誕快樂!

► **merry 和 gay**
merry …愉快的大笑、狂歡、或快樂的樣子。
gay ……心中沒有煩惱而覺得愉快。

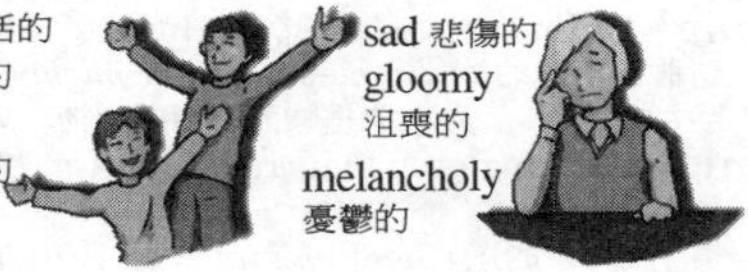
merry 快活的
gay 高興的
cheerful
興高采烈的
sad 悲傷的
gloomy
沮喪的
melancholy
憂鬱的

ake merry 作樂, 行樂 — They *made merry* last night.
他們昨天晚上開懷作樂。
[複合][名] **mèrrymáking** (行樂)
[衍生][副] **mèrrily** (快樂地, 愉快地)

ıesh [mɛʃ; meʃ] [複] **-es** [-ɪz]
[名] 網孔 — The fish got through a *mesh* in the net.
那條魚穿過漁網的網孔逃掉了。

ıess [mɛs; mes] [複] **-es** [-ɪz]
[名] ❶(加 a) 雜亂的狀態, 混亂 — The room is **in a** *mess*.
這個房間眞是一團糟。

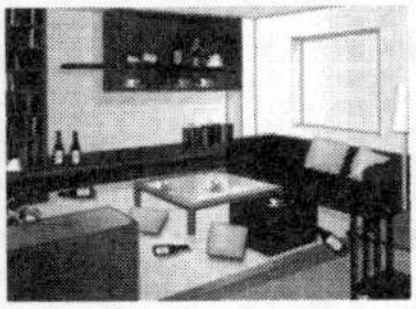
in a mess 一團糟

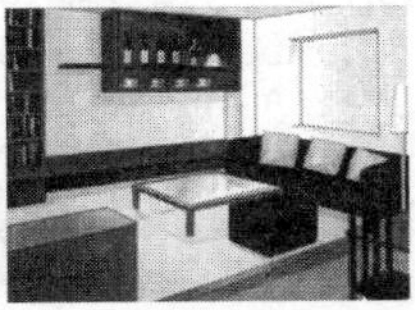
neat, tidy 井然有條 整整齊齊

❷(加 a) 紊亂的局面; 困境 — Study hard, or you will be **in a** *mess*.
用功點, 否則你到時會弄得焦頭爛額。

ake a mess of … 把…弄糟 — He *made a mess of* the plan.
他把這個計畫弄糟了。

— [三] **-es** [-ɪz] [規] **-ed** [-t]; **-ing**
[動][及] 弄亂 — He *messed* **up** the room.
他把房間弄亂了。

ıessage [ˋmɛsɪdʒ; ˈmesɪdʒ] (注意發音) [複] **-s** [-ɪz]
[名] ❶消息, 音信 — I received a *message* from him.
我接到他的一封信。
❷咨文, 文告 — I heard the President's *message*.
我聽到了總統的文告。

ıessenger [ˋmɛsndʒɚ; ˈmesɪndʒə(r)] (注意發音) [複] **-s** [-z]
[名] 使者; 傳令者 — She is a *messenger* of friendship.
她是一個親善使節。

met [mɛt; met] [動] meet 的過去式・過去分詞

metal [ˋmɛtḷ; ˈmetl] [複] **-s** [-z] ► 注意不要與 medal 混淆。
[名] 金屬; 金屬元素 — Iron, silver and copper are *metals*.
金、銀、銅都是金屬。
[衍生][形] **metàllic** (金屬的)

meter[1], [英] **metre** [ˋmitɚ; ˈmiːtə] (注意發音) [複] **-s** [-z]
[名] ❶(長度的單位) 公尺 — The river is ten *meters* across.
這條河寬 10 公尺。
❷(詩的) 韻律 — ► 詩的節奏(rhythm)是依其音之強弱、長短做規則的變化。英詩的韻律可分爲四種: iambus(抑揚格), trochee(揚抑格), anapaest(抑抑揚格), dactyl(揚抑抑格)。
[衍生][形] **mètric** (十進制的), **mètrical** (用詩體寫的)

meter[2] [ˋmitɚ; ˈmiːtə(r)] [複] **-s** [-z]
[名] 量表, 計量器 — a gas *meter* 煤氣量表／a parking *meter* 停車計時表

method [ˋmɛθəd; ˈmeθəd] [複] **-s** [-z]
[名] ❶方法, 方式 — a new *method* of teaching English
英語教學的新方法
❷規律, 秩序; 計畫 — You should work **with** *method*.
你做事情應該要有計畫。
a man of *method* 有條理的人
[衍生][形] **methòdical** [məˋθɑdɪkl] (按秩序的, 有條理的)

metropolis [məˋtrɑplɪs; mɪˈtrɒpəlɪs] [複] **-es** [-ɪz]
[名] 大城市, 大都會, 主要城市 — New York is one of the business *metropolises* of the world.
紐約是世界商業大都會之一。
[衍生][形] **métropòlitan** (主要城市的, 大都市的)

mice [maɪs; maɪs] [名] mouse 的複數形
► lice 是 louse (蝨) 的複數形。

microphone [ˋmaɪkrə͵fon; ˈmaɪkrəfəʊn] [複] **-s** [-z]
[名] 麥克風, 擴音器 — He is testing the *microphone*.
他正在試麥克風。
► <micro (微小) + phone (音)

microscope [ˋmaɪkrə͵skop; ˈmaɪkrəskəʊp] [複] **-s** [-s]
[名] 顯微鏡

► **-scope** 是指「看東西的器具」
micro*scope* (顯微鏡) <micro (微小) + *scope*
tele*scope* (望遠鏡) <tele (遠的) + *scope*
peri*scope* (潛望鏡) <peri (周圍的) + *scope*

[衍生][形] **míicroscòpic** (極微小的; 顯微鏡的)

midday [ˋmɪd͵de, -ˋde; ˈmɪddeɪ] [複] 無
[名] 正午, 日中 — They used to fire a gun **at** *midday*.
他們以往都在正午時開砲。
[對] midnight
[複合][名] **mìddáy mèal** (午餐)

middle [ˋmɪdḷ; ˈmɪdl] [複] **-s** [-z]
[名] (加定冠詞 the) 中央, 當中, 中間; 最盛時期 — Fold the paper **in the** *middle*.
把紙從正中間對摺起來。
He telephoned me **in the** *middle* **of** (the) night.
他在半夜裡打電話給我。

middle 和 center
middle …長形物體的中間, 道路的中間, 一段時間的中間。
center …指圓形、球形、或市區等的中間。

—— 形 中央的, 中間的, 位於中間的 | I cut my *middle* finger. 我割傷了中指。
middle age 中年▶指 45〜60 歲之間。

midnight [`mɪd,naɪt; 'mɪdnaɪt] 反 無 同 noon, midday
名 半夜;午夜, 十二點 | She went out **at** *midnight*. 她半夜裡跑出去。
▶ at midnight 指的是「深夜」或「夜裡十二點」。如果要表示「在深夜的那段期間內」, 則以 in the middle of (the) night 比較適合。

burn the midnight oil
熬夜, 開夜車 | Don't *burn the midnight oil*. 不要工作(讀書)到深夜。

midst [mɪdst; mɪdst] 反 無
名 (文語)中央;當中 | He was **in the** *midst* of his work. 他正在工作中。

midsummer [`mɪd`sʌmɚ; ,mɪd,sʌmə(r)] 反 無
名 仲夏 | Today is as hot as *midsummer*. 今天就跟仲夏一樣酷熱。

midwinter [`mɪd`wɪntɚ; ,mɪd'wɪntə(r)] 反 無
名 隆冬 | He swims even **in** *midwinter*. 他連嚴冬都照常游泳。

might¹ [maɪt; maɪt] 助 may 的過去式
❶▶在句子中為使動詞時式一致, 此時 might 的意思與 may 相同。 | He says that I may go. (現在式)
→ He said that I *might* go. (過去式) 他說我可以去。
現在 I *work* hard so that I *may* ↓ ↓ 過去 **worked** **might** pass the examination. 我很努力以求能通過考試。
❷(用於假設語氣的條件子句)能, 會 | If I *might* give my opinion, I should say that he is unreliable. 如果要我說出我的觀點, 我會說他是個不可靠的人。
❸(用於假設語氣的結論子句)可能會 | You *might* succeed if you tried. 如果你試了的話, 你可能會成功。
(might V 的句型是與現在事實相反的假設) | I *might* go if I wanted to. 如果我想去的話, 我可能會去。
(might have+ p.p. 的句型是與過去事實相反的假設) | You *might* **have succeeded** if you had tried. 你要是當初試一試的話, 可能已經成功了。
| I *might* **have gone** if I had wanted to. 如果我當時想去的話, 我可能已經去了。
❹徵詢, 請求…的許可 | *Might* I ask your name? 我可以請教大名嗎?
▶等於 "May I … ?" 但較客氣。
❺請求(幫忙) | You *might* post this letter for me. 你可以幫我把信寄出去嗎?

▶用 you 做主詞。
❻可能(表示猜測) | The rumor *might* be [*might* have been] true. 這個謠言可能是真的。
❼(用於婉言責備或請求)應該;請 | You *might* **at least** apologize. 你至少也得道個歉。
▶除❶以外, 其餘都是假設法。

might as well V ***as …***
做這種事不如做…一樣 | You *might* **as well** throw your money into the sea *as* lend it to him. 與其把錢借給他, 你不如把錢丟到大海裡。

might² [maɪt; maɪt] 反 無
名 力量, 勢力 | I pulled the cart **with all** my *might*. 我使出所有的力量來拉手推車。
同 strength

mighty [`maɪtɪ; 'maɪtɪ] 比 **mightier** 最 **mightiest**
形 強而有力的;巨大的 | An elephant is a *mighty* animal. 大象是強而有力的動物。

migrate [`maɪgret; maɪ'greɪt] 三單 **-s** [-s] 過 **-d** [-ɪd] 現分 **migrating**
動 不 (人的)移居, 遷移 | They *migrated* **to** Britain. 他們移居英國。
▶指大規模的移居。⇨ emigrate, immigrate
❷(鳥魚)定期的遷移 | Ducks *migrate* southward in the fall. 在秋季裡, 野鴨都移棲南方了。
衍生 名 **migrátion**(移居)形 **mìgratóry**(遷移性的;遊牧的)

mild [maɪld; maɪld] 比 **-er** 最 **-est**
形 ❶(指氣候)穩定的, 暖和的 | We had a *mild* winter this year. 今年的冬天很暖和。
❷(指人)溫柔的, 和善的 | He has a *mild* disposition. 他的個性很融和。
❸(指味道)不強烈的;較淡的 | I smoke only *mild* cigars. 我只抽味道較淡的雪茄。
衍生 副 **mìldly**(柔和地, 和善地)

mile [maɪl; maɪl] 複 **-s** [-z]
名 哩;(作複數形)很大的距離 | I walked four *miles* along the path. 我沿著小路走了四哩。
For *miles* and *miles* there was nothing but snow. 只見白雪綿延一片。

長度的單位
1 吋＝2.54 公分
1 呎＝12 吋＝30 公分
1 碼＝3 呎＝91 公分
1 哩＝1,609 公尺

military [`mɪlə,tɛrɪ; 'mɪlɪtərɪ]
形 ❶軍事的;軍隊的;軍人的 | The *military* training was hard. 軍事訓練很嚴格。
❷陸軍的 | He worked for a *military* hospital. 他在一家陸軍醫院裡服務。
反 naval
衍生 名 **militarísm**(軍國主義;軍國精神)

milk [mɪlk; mɪlk] 反 無
名 牛奶, 奶類;乳 | He drank a glass of *milk*. 他喝了一杯牛奶。

▶泛指哺乳類動物的奶，但通常都指牛奶。

複合 名 **milkman** (賣牛奶的人;送牛奶的人)

衍生 形 **milky** (乳狀的;乳白的;混濁的)

Milky Way [ˋmɪlkɪˏwe; ˈmɪlkɪˊweɪ] 動 無

(天文)銀河 | **The Milky Way** consists of
(加定冠詞 the) | countless stars.
| 銀河由無數的星星組成。

mill [mɪl; mɪl] 動 **-s** [-z]

名 ❶磨粉機;磨 | A *mill* grinds grain into flour.
粉場,磨坊 | 磨粉機把小麥磨成麵粉。

coffee mill　　windmill　　water mill
磨咖啡機　　　風車　　　　水車

❷工廠 | She works in the cotton *mill*.
| 她在棉花工廠裡工作。

衍生 名 **miller** (磨坊主人)

million [ˋmɪljən; ˈmɪljən] 動 **-s** [-z]

名 一百萬 | three *million* 三百萬

1 萬	ten thousand
10 萬	one hundred thousand(s)
100 萬	one million
1,000 萬	ten million(s)
1 億	one hundred million(s)
10 億	one billion

millionaire [ˏmɪljənˋɛr; ˏmɪljəˈneə(r)] 動 **-s** [-z]

名 百萬富翁 | She wants to marry a *millionaire*.
▶ billionaire | 她想嫁給百萬富翁。
億萬富翁 |

mimic [ˋmɪmɪk; ˈmɪmɪk] 動 **-s** [-s]

名 善於模仿的 | He is a good *mimic*.
人;表演模仿的 | 他是個善於模仿的人。
角色 |

— 動 **-s** [-s] 動 **mimicked** [-t]; **mimicking** (注意拼法)

動 ⊗ 模仿 | He *mimicked* our teacher.
| 他模仿我們老師。

衍生 名 **mimicry** (模仿;模擬;生物的偽裝色)

mince [mɪns; mɪns] 動 **-s** [-ɪz] 動 **-d** [-t]; **mincing**

動 ⊗ 切碎,剁碎 | *Mince* the meat and the onion.
| 把肉和洋蔥剁碎。

mind [maɪnd; maɪnd] 動 **-s** [-z]

名 ❶心,精神; | He has a scientific *mind*.
智力,智能,頭腦 | 他富有科學的精神。
動 body(肉體) | He turned the problem over in his
| *mind*.
| 他再三思考這個問題。

▶ mind 著重於「知」，heart 著重於「情」。

❷想法;意向,企 | He changed his *mind* and did not
圖,目的;嗜好; | go there.
心情 | 他改變心意,決定不去了。

| I have a good *mind* to buy a car.
| 我很想要買輛車子。

❸記憶 | keep in *mind* 牢牢記住／pass [go]
| out of *mind* 忘記了

be of the same mind = **be of a [one] mind**

意見相同 | We *are* both *of the same mind*.
| 我們兩個人的意見一致。

make up one's **mind** 動 decide

下定決心 | I have *made up* my *mind* to go to
| France. 我下定決心要去法國。

— 動 **-s** [-z] 動 **-ed** [-ɪd]; **-ing**

動 ⊗ ❶留神,注 | (英 *Mind* [美 Watch] your step.
意 | 小心走。
▶ 多用於命令 | *Mind* your head.
句。 | 注意你的頭。
❷介意,在乎 | I don't *mind* cold weather.
| 我並不在乎冷天氣。
▶ 多用於疑問 | Do [Would] you *mind* my
句與否定句。 | smoking? (= Do you *mind* me
| smoking?) 你介意我抽煙嗎?

——▶ 注意句中是否有 **my**

Do [Would] you *mind* **my** opening the window?
你在意我把窗子打開來嗎?
(在口語或現代英語常有 mind **me** opening … 的用
法。)
Would you *mind* opening the window?
你能為我打開那扇窗子嗎?

❸照顧,留心 | I'll *mind* the children while you are
| away.
| 你出去的時候,我會照顧小孩的。
| *mind* the store 照顧店裡的生意
❹聽從,仔細聽 | *Mind* what I say. 仔細聽我說。
| You must *mind* your parents.
| 聽從你父母所說的。
❺顧慮 | Never *mind* the expense.
| 不要顧慮費用。

不 ❶介意,在意 | "Do you *mind* if I smoke?"
| "Certainly not."
| 「我抽煙的話,你會介意嗎?」
| 「當然不會。」
❷顧慮 | Never *mind* **about** that.
| 不要顧慮那件事情。

Mind (you)! | It's very dangerous, *mind you*!
(口語)小心! | 這很危險,要小心哪!

Mind your own business!

少管閒事 | "Who was the girl that you were
動 That's none | talking to?" "*Mind your own*
of your | *business!*" 「跟你說話的那個女孩
business! | 誰?」「不關你的事!」

Would you mind V**ing** …?

可否麻煩您…⇨ | *Would you mind* mailing this
⊗ ❷ | letter?
| 可以麻煩你幫我寄封信嗎?

▶ 回答「不介意,好的」時,除了用 "No, I don't." 和 "Not
at all." 以外,還可以用 "Certainly (not).", "Sure.", "Of
course (not)." 來回答,not 可用可省。

mine[1] [maɪn; maɪn] [複] **ours** [代] 第一人稱單數的所有代名詞

❶我的東西 ▶可代表單數與複數形的名詞。 | This umbrella is not *mine*. 這把雨傘不是我的。
His eyes are blue, but *mine* are brown. 他的眼睛是藍色，而我的是棕色。

❷我的 ▶若說 "He is my friend." 則易被認爲你只有一個朋友，故應避免用之，但若在介紹朋友時則可說"This is my friend, Tom Brown."(這是我的朋友，湯姆・布朗。) | He is a friend of *mine*. 他是我的一個朋友。
▶ a my friend 是錯的。

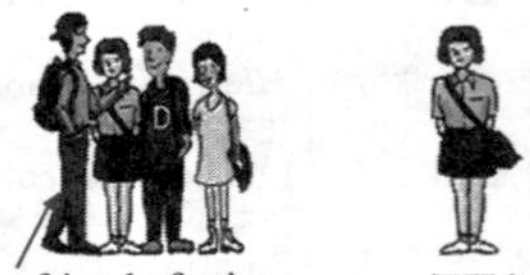

mine[2] [maɪn; maɪn] [複] **-s** [-z]
[名] ❶礦；礦坑 | Many miners were killed in the *mine*. 許多礦工死在礦坑裡。
❷地雷；水雷 | A lot of *mines* were laid. 安置了許多地雷。
[衍生] [名] **mìner** (礦工 ▶ [美] 多使用 a mine worker。)

mineral [ˋmɪnərəl; ˈmɪnərəl] [複] **-s** [-z] ▶ metal 是金屬。
[名] 礦物，礦石 | Iron, copper, and gold are *minerals*. 鐵、銅和金都是礦物。

mingle [ˋmɪŋgl; ˈmɪŋgl] [三] **-s** [-z] [規] **-d** [-d]; **mingling**
[動] [及] 混合 [同] mix | Joy was *mingled* **with** sorrow. 悲喜交加。
[不] 相混；交往 | He *mingles* **with** important people. 他與許多大人物交往。

miniature [ˋmɪnɪətʃɚ; ˈmɪnətʃə(r)] [複] **-s** [-z]
[名] ❶小型畫像 | a *miniature* of Mary 瑪麗的小型畫像
❷縮小模型 | a *miniature* of the National Palace Museum 故宮博物院的縮小模型

minimum [ˋmɪnəməm; ˈmɪnɪməm] [複] **-s** [-z], **minima** [ˋmɪnəmə]
[名] 最低限度 [反] maximum | with a *minimum* of effort 用最低限度的努力
── [形] 最小的；最低的 | the *minimum* wage 最低工資／the *minimum* temperature 最低溫度

minister [ˋmɪnɪstɚ; ˈmɪnɪstə(r)] [複] **-s** [-z]
[名] ❶部長 | the *Minister* of Justice 司法部長
❷牧師 | The *minister* preached a sermon. 牧師在證道。
❸公使 ▶比大使 ambassador 低。 | He is the American *minister* at Tokyo. 他是美國駐東京的公使。
── [三] **-s** [-z] [規] **-ed** [-d]; **-ing** [ˋmɪnɪstərɪŋ]
[動] [不] 照料，照顧，服侍 | His wife *ministered* **to** his needs. 他的妻子照料他的需要。

ministry [ˋmɪnɪstrɪ; ˈmɪnɪstrɪ] [複] **ministries** [-z]
[名] [英] 部 ▶ [美] 使用 department。

▶中華民國各部名稱

法務部	*Ministry* of Legal Affairs
外交部	*Ministry* of Foreign Affairs
財政部	*Ministry* of Finance
教育部	*Ministry* of Education
經濟部	*Ministry* of Economic Affairs
交通部	*Ministry* of Communications
內政部	*Ministry* of Interior
國防部	*Ministry* of National Defense

minor [ˋmaɪnɚ; ˈmaɪnə(r)] [反] major
[形] (限定用法) ❶較小的；次要的 | I'll give him a *minor* share in the profits. 我給他較少部分的紅利。
❷較不重要的；較輕的；二流的 | a *minor* incident 小事件／*minor* injuries 輕傷／a *minor* writer 次要的作家／a *minor* official 低層官員
── [複] **-s** [-z]
[名] 未成年者 | A *minor* is a person under the age of 20. 二十歲以下的人都是未成年者。
[衍生] [名] **minòrity** (少數，少數派；未成年)

minority [məˋnɔrətɪ, maɪ-; maɪˈnɒrətɪ]
[名] 少數；少數黨 [反] majority | Such persons are **in the** *minority*. 這種人是少數的。

mint [mɪnt; mɪnt] [複] **-s** [-s]
[名] 造幣廠 | Coins are made at the *mint*. 硬幣是在造幣廠造的。

minus [ˋmaɪnəs; ˈmaɪnəs]
[介] 減 [反] plus | Seven *minus* four is three. 七減四等於三。

minute[1] [ˋmɪnɪt; ˈmɪnɪt] (注意發音) [複] **-s** [-s]
[名] ❶(時間單位)分 | It is five *minutes* after [[英] past] ten. 現在是十點五分。
❷短時間 [同] moment | Wait a *minute*, please. 請等一下。

▶「等一下」的說法

Wait { a minute. / a second. / a moment. }　▶少許時間之義，用 minute(分)與 second(秒)及 moment(瞬間)大致相同。

the minute (that) … [同] as soon as …
一…就… ▶連接詞用法 | I'll tell her *the minute* she gets here. 她一來我就會告訴她。

to the minute 準時 | The meeting began at ten o'clock *to the minute*. 會議在十點鐘準時開始。

minute[2] [məˋnjut, maɪ-; maɪˈnju:t] (注意發音)
[形] ❶極小的，細小的 | *minute* particles of sand 細小的砂粒

●詳細的;縝密 | He made *minute* researches on the subject.
| 他對這個題目做了詳細的研究。

racle [`mɪrək]; `mɪrəkl] ⑧ -s [-z]
名奇蹟;奇蹟般 | It was a *miracle* that he survived.
| 他能生還是一項奇蹟。
派生 形 **mirãculous**(奇蹟的)

rror [`mɪrə; `mɪrə(r)] ⑧ -s [-z]
名鏡子 | She looked into the *mirror*.
□口語中常用 | 她照著鏡子。
ooking glass. | ▶「三面鏡」是 a three-way mirror。

hand mirror   side mirror   rearview mirror
手鏡   側視鏡   後照鏡

比喻用法 | Fashion is a *mirror* of the times.
| 流行反映了時代潮流。
動 ⊜ -s [-z] ⑧ -ed [-d]; -ing [`mɪrərɪŋ]
動映出 | The lake *mirrored* the mountain.
| 湖面映出山的倒影。

irth [mɜθ; mɜ:θ] ⑧ 無
名快樂,歡樂, | His joke caused *mirth* in the audience.
大笑 | 他的笑話使聽眾歡笑起來了。

iscellaneous [,mɪsə`lenɪəs; mɪsə`leɪnjəs]
形各式各樣的 | The room was full of *miscellaneous* things.
| 這個房間裡充滿了各式各樣的東西。
派生 名 **mìscellãny**(雜文)(複數形為雜文集)

ischief [`mɪstʃɪf; `mɪstʃɪf] (注意發音) ⑧ -s [-s]
名調皮,淘氣, | The boys are fond of *mischief*.
頑皮 | 男孩子們都喜歡調皮搗蛋。

ischievous [`mɪstʃɪvəs; `mɪstʃɪvəs] (注意發音)
形 naughty
形胡鬧的,淘氣 | He is a *mischievous* boy.
的,頑皮的 | 他是個頑皮的男孩。

iser [`maɪzə; `maɪzə(r)] ⑧ -s [-z]
名吝嗇的人,守 | A *miser* dislikes spending money.
財奴 | 守財奴都不喜歡花錢。

iserable [`mɪzrəbl], -zərə- ; `mɪzərəbl]
形可憐的;不幸 | The child was *miserable* from hunger.
的,悲慘的;惱人 | 這個小孩因飢餓而顯得可憐兮兮的。
的 | It was a cold, wet and *miserable* day. 那天天氣又冷又溼,令人心情不好。
派生 副 **mìserably**(可憐地)

isery [`mɪzərɪ; `mɪzərɪ] ⑧ **miseries** [-z]
名不幸,可憐, | The war caused terrible *misery*.
悲慘;窮困;痛 | 戰爭導致極大的苦難。
苦;苦惱;痛苦的 | He is in *misery* with debts.
事情 | 他因負債而苦惱不堪。

isfortune [mɪs`fɔrtʃən; mɪs`fɔ:tʃu:n] ⑧ -s [-z]
名❶不幸,倒楣 | I had the *misfortune* to break my leg. 我不幸弄斷了我的腿。
反 fortune

❷不幸的事情 | *Misfortunes* never come singly.
| 禍不單行。(諺語)

▶注意 mis-與 un-
名 fôrtune(幸運) ↔ misfôrtune(不幸)
形 fôrtunate(幸運的) ↔ unfôrtunate(不幸的)

misgiving [mɪs`gɪvɪŋ; ˏmɪs`gɪvɪŋ] ⑧ -s [-z]
名(常以複數形 | He had *misgivings* about her safety.
出現)懷疑,疑慮 | 他對於她的安全滿懷憂慮。
不安

mislead [mɪs`lid; ˏmɪs`li:d] ⊜ -s [-z] ⑥ **misled**
[mɪs`lɛd]; -ing
動 ⑧ 使生錯誤, | I was entirely *misled* about it.
使入歧途;欺騙 | 那件事情我完全被誤導了。

misprint [mɪs`prɪnt, `mɪsˏprɪnt; `mɪsprɪnt] ⑧ -s [-s]
名誤印,印刷錯 | This book has no *misprints*.
誤 | 這本書沒有印錯的地方。

Miss [mɪs; mɪs] ⑧ -es [-ɪz]
名…小姐 | *Miss* Brown 布朗小姐
▶未婚女性(或 | the *Miss* Browns＝the *Misses*
不知道是否結婚 | Brown 布朗家的姐妹們
時),後面加上姓
氏。
▶未婚或已婚的女性都可使用 Ms.,這是女權運動者將 Miss 和 Mrs.合併起來新創的字。

miss [mɪs; mɪs] ⊜ -es [-ɪz] ⑧ -ed [-t]; -ing
動 ⑧ ❶漏掉;漏 | He *missed* the ball.
接;漏打 | 他漏接(沒打中)那個球。
反 catch | I ran fast but *missed* the bus.
| 我很快地跑,但還是錯過了巴士。

miss the train   catch the train 剛好趕上火車
錯過火車

❷錯過〔聽‧ | I *missed* part of your speech.
看‧理解〕的機 | 你的演講我有一部分沒聽到。
會
❸懷念(不在的 | I'll *miss* you.
人);發覺東西遺 | 我會懷念你。
失了;困惑 | I *missed* my wallet.
| 我的皮夾子掉了。
❹倖免 ▶後面 | I barely *missed* being killed in the
接動名詞。 | battle.
| 在那次戰役中我倖免一死。
❺遺漏 | He *missed* a period.
| 他遺漏了一個句點。

missile [`mɪs]; `mɪsaɪl] (注意發音) ⑧ -s [-z]
名飛彈 | a guided *missile* 導向飛彈／a
| surface-to-air *missile* 地對空飛彈

missing [`mɪsɪŋ; `mɪsɪŋ]
形(應有的東 | Several pages were *missing* in it.
西)欠缺;行蹤不 | 這裡面缺了好幾頁。
明 | Eight people were *missing*.
| 有八個人行蹤不明。

mission [ˋmɪʃən; ˈmɪʃn] 働 **-s** [-z]
名 ❶使節團；代 | a cultural *mission*
表團 | 文化代表團
❷(使節團的)任 | They accomplished the *mission*.
務，使命 | 他們完成了他們的使命。
❸傳教機構，佈 | The *mission* settled among the
道團 | savages.
| 這佈道團設在未開發地區。

missionary [ˋmɪʃənˌɛrɪ; ˈmɪʃnərɪ, mɪʃnərɪ] 働
missionaries [-z]
名 傳教士 | The *missionary* comforted the
| orphans. 這傳教士慰問了孤兒。

mist [mɪst; mɪst] 働 **-s** [-s]
名 薄霧 | The *mist* has cleared off.
| 霧已經散了。

▶ **fog, mist, haze, smog**
fog ……霧。通常會阻礙視線。
mist …比 fog 稍薄的霧。
haze …比 mist 更薄的霧。
smog …煙霧(<smoke+fog)；通常指工業區的煙
霧。

衍生 形 **mìsty**(模糊不清的)

mistake [məˋstek; mɪˈsteɪk] 働 **-s** [-s] 丙 **mistook**
[mɪsˋtʊk; mɪsˈtʊk]; **mistaken** [məˋstekən; mɪsˈteɪkən]; **mistaking**
動 及 錯認；誤會 | I *mistook* the house.
| 我認錯了房子。
| I *mistook* you **for** an American.
| 我誤認你是個美國人。

──── 働 **-s** [-s]
名 犯錯；誤會 | Don't be afraid of making *mistakes*.
| 不要怕犯錯。
| He hit me **by** *mistake*.
| 他誤打了我。

mistaken [məˋstekən; mɪsˈteɪkən] 動 mistake 的過去
分詞
──── 形 錯誤的 | That's a *mistaken* idea.
| 那是個錯誤的觀念。

mister [ˋmɪstɚ; ˈmɪstə(r)] 働 **-s** [-z]
名 (口語)先生 | Give me a light, *mister*?
| 先生，借著火好嗎？

▶ 用於稱呼不認識的人。如果後面跟著姓氏的話，略作
Mr.，如：Mr. Smith。

mistress [ˋmɪstrɪs; ˈmɪstrɪs] 働 **-es** [-ɪz]
名 ❶主婦；女主 | a dress for a young *mistress*
人 對 master | 屬於年輕主婦的服裝
❷情婦 | She is not his wife but his *mistress*.
| 她並不是他的妻子，而是他的情婦。

misunderstand [ˌmɪsʌndɚˋstænd; ˌmɪsʌndəˈstænd]
働 **-s** [-z] 丙 **misunderstood** [ˌmɪsʌndɚˋstʊd; ˌmɪsʌndəˈstʊd]; **-ing**
動 及 丙 誤解， | He *misunderstood* me.
誤會 | 他誤會了我。
及 understand |

衍生 名 **mísunderstànding**(誤解，誤會)

misuse [mɪsˋjus; ˌmɪsˈjuːs] (注意發音) 働 **-s** [-ɪz]
名 誤用，濫用 | the *misuse* of power 權力的濫用
──── [mɪsˋjuz] (注意發音) 働 **-s** [-z] 働 **-d** [-d]; **misusing**

動 及 誤用；虐待 | He *misused* the idiom.
| 他用錯了這個成語。

mitigate [ˋmɪtəˌget; ˈmɪtɪgeɪt] 働 **-s** [-s] 働 **-d** [-ɪd];
mitigating
動 及 (感情·痛 | Time *mitigated* my sorrow.
苦)緩和，減輕 | 時間緩和了我的悲傷。

mitt [mɪt; mɪt] 働 **-s** [-s]
名 (棒球)手套

mitten [ˋmɪtn; ˈmɪtn] 働 **-s** [-z]
名 手套 ▶ 拇指分開，其他
四指併在一起的手套

a pair of mitt
一雙手套

mix [mɪks; mɪks] 働 **-es** [-ɪz]
働 **-ed** [-t]; **-ing**
動 及 ❶混合 | I *mixed* hot milk **and** cocoa.
| 我把熱牛奶和可可混在一起。
| He *mixed* his tea **with** some suga
| 他在茶裡加點糖。

▶ **mix** 和 **blend**
mix ……把兩個以上不同的東西混合起來。
blend …把兩個以上近似的東西混合起來，另外調製
出新的東西。

❷調和 | She *mixed* me a drink.
| 她爲我調了一杯飲料。
丙 混合 | Oil does not *mix* **with** water.
| 油和水無法相混合。

be [*get*] *mixed up*
混淆；弄不清 | We *were mixed up* in our
| directions. 我們弄不清楚方向了。

mix up
❶混合，拌合 | *Mix up* this salad.
| 把沙拉拉一拌。
❷搞混 | The teacher always *mixes* me *up*
| **with** another student.
| 老師總是把我跟另一位學生搞混。

衍生 名 **mìxture**(混合；混合物)

mixer [ˋmɪksɚ; ˈmɪksə(r)] 働 **-s** [-z]
名 混合機，攪拌 | an electric *mixer* 電動攪拌機／a
機 | concrete *mixer* 混凝土攪拌機

moan [mon; məʊn] 働 **-s** [-z]
名 (痛苦，悲傷 | I heard a woman's *moans*.
的)呻吟聲；嗚咽 | 我聽到一個女人的呻吟聲。
聲；(風的)嘯聲 | the *moan* of the wind 風的呼嘯聲
──── 働 **-s** [-z] 働 **-ed** [-d]; **-ing**
動 丙 呻吟 | The sick woman *moaned*.
| 這個女病人呻吟著。

moan 呻吟   **mourn** 哀悼 (死者)

mob [mɑb; mɒb] 働 **-s** [-z]
名 (集合名詞) | The *mob* was excited.
暴徒；群聚之民 | 群眾的情緒很激昂。
眾；(加 the)大 | *Mobs* gathered round the building
眾 | 暴徒聚在這棟建築物的四周。

►「群眾」一般都使用 crowd。

ock [mak; mɒk] [三] **-s** [-s] [規] **-ed** [-t]; **-ing**

[動][及] ❶愚弄, 嘲弄 | They *mocked* his ideas. 他們嘲弄他的構想。
❷模仿 | He *mocked* the actor's way of speaking. 他模仿著那個演員的說話方式。

— [形] 模擬的;假的 | a *mock* battle 模擬戰/*mock* horror 假害怕/*mock* trial 模擬審判

[衍生][名] **mòckery** (愚弄, 嘲弄;笑話)

ode [mod; məʊd] [複] **-s** [-z]

[名] ❶方法, 方式 | They have a different *mode* of life from ours. 他們的生活方式與我們不同。
❷流行 | She likes to follow the *mode*. 她喜歡追隨流行。

odel [`madl; 'mɒdl] [複] **-s** [-z]

[名] ❶模型;格式;(雕刻的)原型 | I bought him a *model* of a ship. 我買了一艘船的模型給他。
❷模範 [同] example | The student is a *model* of diligence. 這個學生是勤勉的模範。
❸(汽車的)款式 | This car is a 1976 *model*. 這輛車子是 1976 年型的。
❹(美術・服裝的)模特兒 | She is a good *model* for painters. 她是一個很好的繪畫模特兒。

— [三] **-s** [-z] [規] **-ed**, [英] **modelled** [-d]; **-ing**, [英] **modelling**

[動][及] ❶塑造模型 | He *modeled* a vase **in** clay. 他用黏土塑造花瓶的模型。
❷照…的模式 | Their education system was *modeled* **after** that of the United States. 他們的教育制度是模仿美國的。

oderate [`madərɪt, `madrɪt; 'mɒdərət] [反] immoderate

[形] 適度的;節制的;不極端的;中庸的 | He is *moderate* **in** everything. 他對每件事情都適可而止。
We should take *moderate* exercise. 我們應該做適當的運動。

► temperate「自制的, 節制的」

[衍生][副] **mòderately** (適度地, 有節制地) [名] **mốderàtion** (適度)

odern [`madən; 'mɒdən]

[形] ❶現代的, 近代的;最近的 | the *modern* architecture of China 中國的近代建築
❷最新的, 最流行的 | The house has all the *modern* conveniences. 這個房子包羅了所有最新式的設備。

[衍生][動] **mòdernízе** (使現代化) [名] **mốdernizàtion** (現代化)

odest [`madɪst; 'mɒdɪst]

[形] ❶謙虛的, 謙讓的;客氣的 | He is *modest* **about** his high intelligence. 他對自己傑出的才智很謙虛。
❷適度的;節制的 | Her *modest* request was granted. 她的合理之請獲得了准許。

[衍生][副] **mòdestly** (謙虛地;適度地;節制地) [名] **mòdesty** (謙虛, 客氣)

modify [`madə,faɪ; 'mɒdɪfaɪ] [三] **modifies** [-z] [規] **modified** [-d]; **modifying**

[動][及] ❶緩和;降低 | He *modified* his demands. 他降低了他的要求。
❷修正, 部分更改 | He was forced to *modify* his plan. 他不得不變更他的計畫。
❸(文法)修飾 | Adverbs *modify* verbs. 副詞修飾動詞。

[衍生][名] **mốdificàtion** (修正;變更;修飾), **mòdifíer** (修正者;修飾語)

moist [mɔɪst; mɔɪst] [比] **-er** [最] **-est**

[形] 溼潤的, 含有溼氣的;含淚的 | He watered the flowers to keep them *moist*. 他為花兒澆水以保持水分。
her *moist* eyes 她淚汪汪的眼睛

► 同義字 damp 是指使人覺得不舒服的溼度, 而 wet 是指比 moist 或 damp 更溼的溼度。

[衍生][動] **moisten** [`mɔɪsn] 潮溼的

moisture [`mɔɪstʃə; 'mɔɪstʃə(r)] [複] 無

[名] 溼氣, 水分 | Keep it from *moisture*. 請保持乾燥。

mold[1], [英] **mould**[1] [mold; məʊld] [複] **-s** [-z]

[名] 型, 鑄型 | ► 做蛋糕・小點心用的鐵製模型。

— [三] **-s** [-z] [規] **-ed** [-ɪd]; **-ing**

[動][及] 仿照 | He *molded* a cup **out of** clay. 他用黏土做出杯子的模型。

mold[2], [英] **mould**[2] [mold; məʊld] [複] 無

[名] 霉, 黴 | *Mold* grew on the bread. 麵包已發霉了。

►「長黴的」英文是 moldy, musty。

mole[1] [mol; məʊl] [複] **-s** [-z]

[名] (動物)鼴鼠 | *Moles* cannot see well. 鼴鼠的視力很差。

mole[2] [mol; məʊl] [複] **-s** [-z]

[名] 黑痣 | She has a *mole* on her chin. 她的下巴有一顆黑痣。

moment [`momənt; 'məʊmənt] [複] **-s** [-s]

[名] ❶瞬間, 片刻 | Please wait a *moment*. 請稍候片刻。
► 和 wait a minute [second] 同義。
❷(特定的)時機, 時刻 | Both of them arrived at the same *moment*. 他倆同時到達。
❸重要 [同] importance | This is a matter of *moment*. 這是重大事件。

► ❸的形容詞是 momentous (重要的), ❶❷的形容詞是 momentary (片刻的, 瞬間的), 請勿混淆。

at any moment 隨時 | A fire may happen *at any moment*. 火災隨時可能發生。

the moment (that) … 當時, 一…就 ⇨ minute | He hid himself *the moment* he saw me. 他一看到我就躲藏起來。

momentary [`momən,tɛrɪ; 'məʊməntərɪ]

[形] 瞬間的, 片刻的 | There was a *momentary* silence. 有片刻的沉寂。

[衍生][副] **mốmentàrily** (一瞬間地, 片刻地)

monarch [`mɑnɚk; 'mɒnək] 爵 **-s** [-s]
名 君主〔皇帝‧ | A *monarch* is a ruler, such as a
女王等〕 | king or queen.
| 君主即是統治者,如國王或女王等。
衍生 名 **mònarchy**(君主政體,王國), **mònarchísm**(君主制度)

Monday [`mʌndɪ; 'mʌndɪ] 爵 **-s** [-z]
名 星期一 略 | See you **on** *Monday*.
作 Mon.。 | 星期一見。

monetary [`mʌnə͵tɛrɪ, `mɑnə-; 'mʌnɪtərɪ]
形 貨幣的,金錢 | a *monetary* unit 貨幣單位／the
的 | *monetary* system 貨幣制度

money [`mʌnɪ; 'mʌnɪ] 爵 無
名 金錢;財富 | He has a lot of〔a little〕 *money*.
| 他很有〔沒什麼〕錢。

▶ 與 money 有關的英文	
紙幣	美 a bill, 英 a note
硬幣	a coin
外幣	foreign currency
偽鈔	counterfeit money, bogus money
千元偽鈔	a bogus〔false〕1,000 dollar bill
零錢;小錢	change, small money

make money | He *made money* at his new job.
賺錢 | 他的新工作讓他賺了錢。

monitor [`mɑnətɚ; 'mɒnɪtə(r)] 爵 **-s** [-z]
名 級長,班代表 | He is the *monitor* of this class.
| 他是這班的班長。

monk [mʌŋk; mʌŋk] 爵 **-s** [-s]
名 修道士 | ▶ 在修道院生活的天主教修士。

monkey [`mʌŋkɪ; 'mʌŋkɪ] 爵 **-s** [-z] ▶ ape 猿,類人猿。
名 猴子;頑皮的 | He looks like a *monkey*.
人 | 他長得像隻猴子。

monopolize [mə`nɑpl͵aɪz; mə'nɒpəlaɪz] 自 **-s** [-ɪz]
他 **-d** [-d]; **monopolizing**
動 及 獨占,壟斷 | The company *monopolized* the
| market.
| 那家公司壟斷市場。

monopoly [mə`nɑplɪ, -`nɑplɪ; mə'nɒpəlɪ] 爵
monopolies [-z]
名 獨占權,專賣 | The company has a *monopoly* of
權 | the trade.
| 這公司獨占該行業。

▶ mono- 單一的	
*mono*cle 單眼鏡	*mono*maniac 偏執狂者
*mono*rail 單軌鐵路	*mono*syllable 單音節字

monotonous [mə`nɑtnəs; mə'nɒtnəs]
形 單調的,無聊 | I'm tired of this *monotonous* life.
的 | 我討厭這個單調的生活。
衍生 名 **monòtony**(單調,無變化)

monster [`mɑnstɚ; 'mɒnstə(r)] 爵 **-s** [-z]
名 怪物,怪獸, | He saw the *monster* in the
巨物 | mountains.
| 他在山裡見到怪獸。
衍生 形 **mònstrous**(畸形的;巨大的;可怕的)

month [mʌnθ; mʌnθ] 爵 **-s** [-s]

名 (日曆的)月 | last *month* 上個月／next *month* 下
| 個月／this day *month* 上(下)個月的
| 今日

monthly [`mʌnθlɪ; 'mʌnθlɪ]
形 每月的,每月 | I take two *monthly* magazines.
一次的 | 我訂兩種月刊。
── 副 每月一次 | I pay my rent *monthly*.
地 | 我每月付一次房租。
── 爵 **monthlies** [-z]
名 月刊雜誌 | This magazine is a *monthly*.
| 這雜誌是月刊。

日報 daily	月刊 monthly
週刊 weekly	季刊 quarterly [`kwɔrtəlɪ]

monument [`mɑnjəmənt; 'mɒnjʊmənt] 爵 **-s** [-s]
名 紀念碑;紀念 | a *monument* **to** Beethoven
塔;紀念建築物 | 貝多芬的紀念雕像
衍生 名 **mònumèntal**(紀念碑的;紀念的:不朽的)

moo [mu; mu:] 爵 **-s** [-z] 爵 **-ed** [-d]; **-ing**
動 不 牛叫聲 | The cow *mooed* when she saw a
| dog. 牛看到狗時哞哞叫。

mood [mud; mu:d] 爵 **-s** [-z] ▶ 注意勿與 mode 混淆。
名 (一時的)情 | I am in the *mood* **to** sing [**for**
緒;心情;鬧脾 | **singing**].
氣, 壞脾氣(複數 | 我有想唱歌的情緒。
形) | He is a man of *moods*.
| 他脾氣不好。
衍生 形 **mòody**(易怒的, 喜怒無常的)

moon [mun; mu:n] 爵 無
名 ❶(加定冠詞 | The spaceship landed on **the** *moon*.
the)月球 | 太空船登陸月球。
❷月 | a full *moon* 滿月／a half *moon* 半
| 月／a new *moon* 新月

moonlight [`mun͵laɪt; 'mu:nlaɪt] 爵 無
名 月光 | We were walking **in** the *moonlight*.
| 我們在月光下散步。

moor [mur; mɔː(r)] 爵 **-s** [-z]
名 荒地,沼澤 | There are a lot of wild geese in the
(主要用於英式 | *moor*.
英語) | 這沼澤區有許多野雁。

mop [mɑp; mɒp] 爵 **-s** [-s]
名 拖把 ▶ 有柄 | Clean the floor with a *mop*.
的拖把。 | 用拖把拖地板。
── 自 **-s** [-s] 爵 **mopped** [-t]; **mopping**
動 及 ❶用拖把 | The maid *mopped* the floor.
拖 | 那女傭拖過地板了。
❷擦 | He *mopped* his forehead **with** a
| towel. 他用毛巾擦前額。

floorcloth
擦地板布

mop 拖把

broom
掃把

oral [`mɔrəl, `mɑr-; 'mɒrəl]
形 ❶道德上的, 道義上的
　　moral sense 道德觀念
❷道德的;品行端正的
　　a *moral* man 有德之人(尤指坐懷不亂的君子)／a *moral* act 合乎道德的行為
❸具道德教育意義的
　　a *moral* book 有道德教育意義的書
複 -s [-z]
名 ❶教訓,寓意
　　What's the *moral* of this story? 這個故事的寓意是什麼？
❷(用複數)道德,品行
　　She is a woman of loose *morals*. 她是品行不端的婦人。
衍生 名 **moràlity** (道德;敎訓;倫理)

orbid [`mɔrbɪd; 'mɔ:bɪd]
形 (精神性的)病態的,不健全的
　　I don't like his *morbid* way of thinking. 我不喜歡他病態的想法。
衍生 副 **mòrbidly** (病態的) 名 **morbìdity** (病態)

ore [mor, mɔr; mɔ:(r)] 形 much, many 的比較級
(數・量)更多的
反 fewer, less
　　Put more water on the flowers. 花上多澆些水。
　　He has *more* money **than** I do. 他比我有錢。
　　I want *more* eggs. 我還要些蛋。

more water

more apples

――► **more than one** 是「二人以上」――
More than one person was injured. (兩人以上受傷。)
►在意義上是複數,但動詞用單數。

―複 無
名 (使用單數)更多的量〔程度〕;(使用複數)更多的人〔物〕
　　He spends *more* **than** he earns. 他入不敷出。
　　I need no *more* of them. 我不再需要他們。
　　There is [are] *more* in it **than** you imagine. 那裡面的東西比你想像的還多。

―副 much 的比
❶更多地
　　You should talk *more* about it. 你該多談談這件事。
❷再
　　I will see him **once** *more*. 我要再見他一次。
❸(加 than) 比…更
　　She is *more* beautiful **than** her sister. 她比她妹妹漂亮。
　　►上句具有兩種意義,若重音放在 beautiful 時, sister 可能並不漂亮;若重音放在 more 時, sister 可能也漂亮。
　　He works *more* earnestly **than** Tom. 他比湯姆更認真工作。

❹(主詞補語的比較)倒是,而是
　　He was *more* frightened **than** angry. 他倒不是生氣,而是嚇了一跳。
all the more 格外, 越發
　　He loved her *all the more* **for** her faults. 他因她的缺點反而格外愛她。
more and more 越來越…
　　He became *more and more* excited. 他越來越興奮。
more or less 多少有點;左右, 大約
　　I was *more or less* tired after the trip. 旅行後我多少有點疲勞。
　　The trip will take ten days *more or less*. 這旅行約需十天左右。
no more 不再;不會比…多
　　I saw her *no more*. 我再也沒見過她。
　　I have *no more* money. 我再也沒有錢了。

no more ... than～ 和～一樣不…
　　A whale is *no more* a fish *than* a horse is. 鯨魚和馬一樣不是魚類(鯨魚絕非魚類)。

――►對 **no more ... than** 的分析――
上句的直譯為「鯨魚比馬更不可能是魚類」。而馬根本不可能是魚類,所以鯨魚當然也不會是魚類。總而言之,鯨魚和馬一樣都不是魚類。

no more than ... 只不過…
同 only
not more than ... 至多…
　　He wrote *no more than* three novels. 他只不過才寫了三部小說。
　　He wrote *not more than* three novels. 他至多才寫了三部小說。
　　► *no more than* 是「只不過…」之義。

the more ..., the more～ ► the＋比較級 …, the＋比較級～。
越…,越～
　　The more you have, *the more* you want. 你擁有越多,想得到的越多。
　　The more, the merrier. 多多益善。

moreover [mɔr`ovɚ, mor-; mɔ:'rəʊvə(r)] 同 besides, furthermore
副 此外,況且
　　He is brave; *moreover*, he is kind. 他既勇敢又仁慈。

morning [`mɔrnɪŋ; 'mɔ:nɪŋ] 複 -s [-z]
名 早晨
　　►介系詞一般用 in,在特定的早晨則用 on。
　　I take exercise in the *morning*. 我早上做運動。
　　on Monday *morning* 星期一早上／on the *morning* of the fifth 在五號早上／this *morning* 今天早上／tomorrow *morning* 明天早上

――►注意介系詞――
at dawn(在黎明)→ **in** the morning(在早晨)→ **at** noon(在中午)→ **in** the afternoon(在下午)→ **at** dusk [twilight](在傍晚)→ **in** the evening(晚上)→ **at** night(在夜裡)→ **at** midnight(在深夜)

mortal [`mɔrtl; 'mɔ:tl] 反 immortal(不死的;不朽的)
形 ❶不免一死的
　　All men are *mortal*. 人皆有一死。
❷致命的
　　Cholera is a *mortal* disease. 霍亂是致命的疾病。

—— [複] **-s** [-z]
[名] 人,人類 | *Mortals* cannot command nature. 人不能支配自然。
[衍生][名] **mortàlity**(死亡的命運;死亡數;死亡率)

mortgage [`mɔrgɪdʒ; 'mɔːgɪdʒ] (注意發音) [複] **-s** [-ɪz]
[名] (法律)抵押,擔保 | My house is now **in** *mortgage*. 我的房子現在已抵押。
—— [三] **-s** [-ɪz] [規] **-d** [-d]; **mortgaging**
[動][及] 抵押 | He *mortgaged* his estate to borrow money. 他抵押產業去借錢。

mosquito [mə`skito; mə'skiːtəʊ] [複] **-es** [-z]
[名] (蟲)蚊子 | I was bitten by a *mosquito*. 我被一隻蚊子咬了。

moss [mɔs, mɑs; mɒs] [複] **-es** [-ɪz]
[名] (植物)苔蘚 ► moth 爲蛾 | A rolling stone gathers no *moss*. 滾石不生苔,轉業不聚財。► 經常改變行業無法累積錢財或專門知識。a rolling stone 常用來比喻無法定下來的人。
[衍生][形] **mòssy**(生苔的;似苔的)

most [most; məʊst] [形] many,much 的最高級
❶(通常加 the)最多的 | Who has **(the)** *most* books [money] among you? 你們之中誰擁有最多的書〔錢〕?
❷(不加 the)大多數的 | *Most* flowers are beautiful. 大多數的花都是漂亮的。
Most people know his name. 大多數的人都知道他的名字。
► [美] 口語 most 和 almost 往往可通用,如:"*Most* everybody likes it."(幾乎每個人都喜歡它。)
—— [名] ❶(通常加 the)最多的數量 | This container holds **the** *most*. 這容器的容量最大。
This is **the** *most* I can do. 這是我所能做的最大限度。
❷(通常不加 the)大部分,大部分人 | *Most* of my friends went on to college. 我大部分的朋友都上大學了。

注意 **Most of ...** 的動詞
Most of the apples **were** rotten.
大部分的蘋果是爛的。► 使用複數。
Most of the apple **was** eaten by a rat.
這蘋果的大半被老鼠吃掉了。► 使用單數。

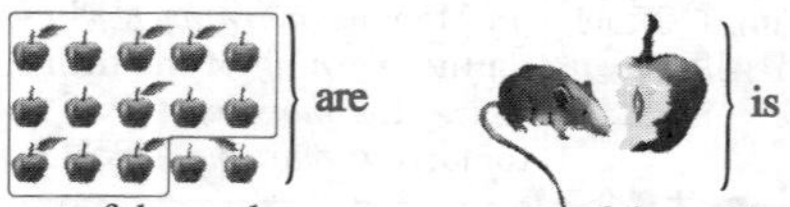

most of the apples　most of the apple

at (the) most
至多,充其量 | There were fifty people *at the most*. 至多不過五十人而已。

make the most of ...
充分利用… | They decided to *make the most of* the opportunity. 他們決定充分利用這個機會。
► make the best of ... 盡最大可能利用某種不利的事情或環境。

—— [副] much 的最高級
❶(修飾動詞)最 | That problem troubles him *most*. 那問題最困擾他。
► 通常不加 the。 | He worked (the) *most*. 他工作得最多。
► 加 the 有加強語氣的意味。
❷(加在多音節的形容詞和副詞之前形成最高級)最 | She is **the** *most* beautiful girl in the class. 她是班上最美麗的女孩。
The lake is *most* beautiful in autumn. 這湖在秋天時最美。
He did it *most* excellently. 他做那事做得最好。
► 形容詞如用於某限定的場合時,通常要加 the;但自己跟自己比較,或是最高級副詞時,就不必使用 the。
❸(文章用語,修飾形容詞・副詞時,不加 the)非常,很 | She is **a** *most* beautiful woman. 她是個很美的女人。
► **the** most beautiful woman 是「最美的女人」的意思。

mostly [`mostlɪ; 'məʊstlɪ]
[副] 大部分的 | It is *mostly* made of iron. 這東西大部分由鐵製成。

moth [mɔθ, mɑθ; mɒθ] [複] **-s** [mɔðz, -θs; -θs]
[名] (蟲)蛾 ► moss 爲苔。

mother [`mʌðɚ; 'mʌðə(r)] [複] **-s** [-z]
[名] 母親 [對] father | My *mother* is 60 years old. 家母今年六十歲。
[複合][名] **mòther tòngue**(母語)
[衍生][形] **mòtherly**(母愛的;如母親般的)

mother-in-law [`mʌðərɪn,lɔ, `mʌðən,lɔ; 'mʌðərɪnlɔː] [複] **mothers** [-z] **-in-law**
[名] (夫或妻的)母親 | My *mother-in-law* is kind. 我的岳母(婆婆)很慈祥。

motion [`moʃən; 'məʊʃn] [複] **-s** [-z] ► move 的名詞之一
[名] 運動;移動;動作 | Every *motion* of the dancer was beautiful. 那舞者的每一個動作都很優美。
—— [三] **-s** [-z] [規] **-ed** [-d]; **-ing**
[動][及] 以手或頭示意 | I *motioned* him (to come) in. 我打手勢要他進來。
[複合][名] **mòtion pìcture**([美] 電影)
[衍生][形] **mòtionless**(不動的;靜止的)

motive [`motɪv; 'məʊtɪv] [複] **-s** [-z]
[名] 動機;(藝術作品的)主題 | I don't know his *motive* **for** going there. 我不知道他去那裡的動機。
[衍生][動] **mòtivàte**(刺激;誘導)

motor [`motɚ; 'məʊtə(r)] [複] **-s** [-z]
[名] 發動機;馬達 | A washing machine is run by an electric *motor*. 洗衣機是靠電動馬達運轉。
[複合][名] **mòtorbòat**(汽艇), **mòtorcỳcle**(摩托車), **mòtorist**(駕汽車者), **mòtorman**(電車司機)

motorcar [`motɚ,kɑr; 'məʊtəkɑː(r)] [複] **-s** [-z] [美] automobile
[名][英] 汽車 | He is a salesman of *motorcars*. 他是汽車推銷員。

motto [`mɑto; 'mɒtəʊ] [複] **-(e)s** [-z]

名 座右銘, 標語 │ His *motto* is ,"Be patient."
　　　　　　　　│ 他的座右銘是「要有耐心」。

ould [mold; məʊld] 名 動 ⇨ mold¹,mold²

ound [maʊnd; maʊnd] 名 **-s** [-z]
名 堤;小丘 │ The boy made a *mound* of sand.
　　　　　　│ 那男孩堆一個沙丘。

ount¹ [maʊnt; maʊnt] 動 **-s** [-s] 動 **-ed** [-ɪd]; **-ing**
動 及 ❶登,上; │ He *mounted* the stairs to go to bed.
乘騎 │ 他上樓睡覺。
　　　　　　│ *mount* a hill 爬小山／*mount* a horse
　　　　　　│ 騎馬
❷鑲, 裱 │ *mount* a picture **on** silver paper
　　　　　│ 把照片裱在銀紙上。
不 登;騎 │ He *mounted* **to** the top of the
　　　　　│ mountain. 他爬上山頂。

ount² [maʊnt; maʊnt] 名 **-s** [-s] ▶ 通常略作 Mt.。
名 (文語)山 │ *Mt*. Ali 阿里山

ountain [`maʊntn̩, -tɪn, -tən; 'maʊntɪn] 名 **-s** [-z]
名 山,(複數)山 │ The *mountains* were covered with
脈 │ snow. 山脈被雪覆蓋了。

ountaineering [ˌmaʊntn̩`ɪrɪŋ, -tɪn-, -tən-; ˌmaʊ
ntɪˈnɪərɪŋ] 名 無
名 登山 │ I like *mountaineering*.
　　　　│ 我喜好登山。
衍生 名 **móuntainèer**(住在山上的人;登山家)

ountainous [`maʊntn̩əs, -tɪn-, -tən-; 'maʊntɪnəs]
形 山地的,多山 │ He lived in a *mountainous* area.
的 │ 他住在山區。

ourn [morn; mɔːn] 動 **-s** [-z] 動 **-ed** [-d]; **-ing**
▶ 注意勿與 moan 混淆。
動 不 及 悲傷, │ The people *mourned* **over** the death
(對死者)哀悼 │ of the king. 人民悲悼國王的逝世。
衍生 名 **móurning**(哀悼;服喪)形 **móurnful**(極悲傷的,
使人傷心的)

ouse [maʊs; maʊs] 名 **mice**
▶ 複數的變化同 louse 名 lice 蝨子。
名 小老鼠 │ The cat caught a *mouse*.
　　　　　│ 那貓抓到一隻老鼠。
▶ rat 指大的老鼠。

outh [maʊθ; maʊθ] 名 **-s** [maʊðz] (注意發音) ▶
month(月)的複數發音為 months [-θs]。
名 ❶口, 嘴 │ He kept his *mouth* shut.
　　　　　　│ 他閉口不說話。
❷河口;口狀物; │ the *mouth* of a river 河口／the
出入口 │ *mouth* of a bag 袋口

ove [muv; muːv] 動 **-s** [-z] 動 **-d** [-d]; **moving**
動 及 ❶搬動,移 │ He *moved* the sofa **to** the left.
動;使行動 │ 他把沙發移到左邊。

move 移動　　　　　　**remove** 除去,搬走

move the table　　remove the dishes from the table
移動桌子　　　　　　收走桌上的盤子

❷感動 │ The speech *moved* them **to** tears.
　　　　│ 那演說使他們感動得落淚。
不 ❶走動 │ The snail *moved* slowly.
　　　　　│ 蝸牛慢慢地爬動。
❷搬遷 │ He recently *moved* **to** Taipei.
　　　│ 他最近搬去台北。

movement [`muvmənt; 'muːvmənt] 名 **-s** [-s]
名 ❶動作, 移動 │ every *movement* of the dancer
　　　　　　　　│ 舞者的每一個動作
❷(政治的·社 │ a political *movement* 政治運動／a
會的)運動 │ student *movement* 學生運動

movie [`muvɪ; 'muːvɪ] 名 **-s** [-z]
名 (口語)電影 │ Let's go to see a *movie*.
　　　　　　　│ 我們去看電影吧!
　　　　　│ ▶ 電影的字有 a film, a motion
　　　　　│ picture, a moving picture, 而最常用
　　　　　│ 的口語為 a movie.
▶ the movies │ I often go to the *movies*.
和 the cinema │ 我常常去看電影。
是電影的總稱。

　　　┌─── 與電影有關的英文 ───┐
　　　│ 電影演員…… film actor(男), film actress(女)
　　　│ 電影院…… a movie theater
　　　│ 導演………… director
　　　│ 新聞影片…… newsreel
　　　│ 卡通影片…… an animated cartoon
　　　└───────────────────┘

複合 名 **móviegòer**(常看電影的人;電影觀眾)

mow [mo; məʊ] 動 **-s** [-z] 動 **-ed** [-d]; **-ing** ▶ 過去分詞
亦作 **mown** [mon]。
動 及 (把草)割 │ He *mowed* the grass with the lawn
　　　　　　　│ mower. 他以割草機割草。
衍生 名 **mòwer**(除草機;割草的人)

Mr. [`mɪstə; 'mɪstə(r)] 名 **Messrs.** [`mɛsɚz]
名 (男)…先生 │ *Mr*. Jones has two sons.
　　　　　　　│ 瓊斯先生有兩個兒子。
　　　　　　　│ *Mr*. Smith teaches us English.
　　　　　　　│ 史密斯先生教我們英文。
▶ 在電話中告訴對方自己的姓名時如用"This is Mr.
Jones speaking ."時, Mr.可加在自己姓前;若用"My
name is .... "時, 則不冠 Mr.在自己姓前。
▶ 英 ⇨ etc.

Mrs. [`mɪsɪz; 'mɪsɪz] 名 **Mmes.** [me`dɑm]
名 …夫人 │ *Mrs*. Jones 瓊斯夫人
　　　　　│ *Mrs*. Tom Jones 湯姆瓊斯夫人
　　　　　│ ▶ 意味著…的太太。
▶ 美國人在公開場面裡經常稱呼自己太太為 Mrs.。

Mt. [maʊnt; maʊnt] 名 無 ▶ 用在山名。
名 山 │ *Mt*. Ali 阿里山

much [mʌtʃ; mʌtʃ] 比較 **more** 最 **most**
形 多量的, 很多 │ We had too *much* rain this week.
的 │ 本週雨量太多。
　　　　　　　　│ He doesn't eat *much*. 他吃得不多。
▶ 通常肯定句用 a lot of (lots of), 否定或疑問句則用
much.如:"He has *lots of* money." 很少講 "He has
much money."(他有很多錢。)
──── 名 無

名 多量, 高額 | There wasn't very *much* left.
餘留下來的東西不多。

── ⊕ **more** ⊛ **most**
副 非常, 很; 更 | Thank you very *much*.
非常謝謝您。
She is *much* **more** beautiful than her sister. 她比她妹妹漂亮多了。
He was *much* **puzzled** with it.
他對此事覺得很困惑。

▶ 如果修飾過去分詞時可用 much, 但過去分詞作爲形容詞用時則用 very: "I am *very* tired."(我很疲倦。)

as much
同樣地 | I thought *as much*.
正是我所預料的。

as much as ...
盡…那樣多 | Eat *as much as* you like.
你要吃多少就吃多少。

as much ... as～
和～同樣…地多 | He drinks *as much* milk *as* I do.
他喝的牛奶和我喝的一樣多。

be too much for ...
讓人應付不來 | She *is too much for* him.
他應付不了她。

how much
多少 | *How much* do you want?
你要多少?
How much is this tie?
這領帶多少錢?

make much of ...
重視… | The report *made much of* the fact.
那報告重視該事實。

not so much ... as～
❶不要太多…以致於～ | Don't work *so much as* to tire yourself. 不要過度工作以致累壞自己。
❷與其說是～不如說是～ | He is *not so much* a teacher *as* a scholar.
與其說他是老師, 不如說他是學者。

not so much as V
甚至於不… | He can*not so much as* write his own name.
他甚至於不會寫自己的名字。

without so much as V*ing*
甚至於不 | He left *without so much as* say*ing* goodbye. 他走時甚至不說句再見。

mud [mʌd; mʌd] ⊛ 無
名 泥, 泥沼 | The car got stuck in the *mud*.
那汽車陷入泥沼裡。

muddy [`mʌdɪ; 'mʌdɪ] ⊛ **muddier** ⊛ **muddiest**
形 ❶多泥的 | The boy's pants were *muddy*.
那男孩的褲子沾了很多泥。
❷污濁的, 髒的 | *muddy* water 污濁的水

muffle [`mʌfl; 'mʌfl] ⊜ **-s** [-z] ⊛ **-d** [-d]; **muffling**
動 ⊛ ❶(爲禦寒而)包 | He *muffled* **up** the baby in a blanket. 他把嬰孩包在毯子裡。
❷(把音)壓低, 使發不出聲音 | *muffled* noises 壓抑後低沉的聲音
衍生 名 **múffler**(圍巾, 領巾; (汽車的)滅音器)

mug [mʌg; mʌg] ⊛ **-s** [-z]
名 有柄的杯子

mule [mjul; mju:l] ⊛ **-s** [-z]

名 (動物)騾子
▶ 母馬和雄驢交配而生的動物, 常用來拉車或荷重物。

multiply [`mʌltə,plaɪ; 'mʌltɪplaɪ] ⊜ **multiplies** [-z] ⊛ **multiplied**; **-ing**
動 ⊛ 乘 | 3 *multiplied* by 4 equals 12.
三乘以四等於十二。
不 繁殖; 增長 | Rats *multiply* very quickly.
老鼠繁殖得很快。
衍生 名 **múltiplicátion**(增長; 增殖; 乘法)

multitude [`mʌltə,tjud, -,tud; 'mʌltɪtju:d] ⊛ **-s** [-z]
名 ❶多數; 多 | a *multitude* of questions
很多的問題
❷群眾(要加 the) | The book appealed to **the** *multitude*.
這本書大受大眾所好。

mumble [`mʌmbl; 'mʌmbl] ⊜ **-s** [-z] ⊛ **-d** [-d]; **mumbling**
動 不 (在嘴裡)嘀咕 | The old man *mumbled* **to himself**.
那老人家自個兒在嘀嘀咕咕。
⊛ (在嘴裡)嘟噥, 囁嚅 | The shy girl *mumbled* something.
那害羞的少女嘴裡嘟噥著事情。

▶ **mu-** 爲字首的字
*mu*mble ……閉著嘴咕嚕咕嚕地說
*mut*ter ⎫
*mur*mur ⎬ …(心裡不平而)嘟噥, 牢騷
*mu*nch ……大聲咀嚼

mummy [`mʌmɪ; 'mʌmɪ] ⊛ **mummies** [-z]
名 木乃伊 | ▶ mammy 是「媽咪」。

munch [mʌntʃ; mʌntʃ] ⊜ **-es** [-ɪz] ⊛ **-ed** [-t]; **-ing**
動 ⊛ 不 大聲咀嚼 | *munch* an apple 大聲嚼蘋果

municipal [mju`nɪsəpl; mju:'nɪsɪpl]
形 市的; 市立的 | a *municipal* park 市立公園

murder [`mɜdɚ; 'mɜ:də(r)] ⊛ **-s** [-z]
名 殺; 殺人事件, 謀殺 | The police investigated the *murder*.
警察調查這宗殺人案件。
── ⊜ **-s** [-z] ⊛ **-ed** [-d]; **-ing** [`mɜdərɪŋ]
動 ⊛ 謀殺, 殺死 | He was *murdered* last night.
他昨晚被人謀殺了。

▶ kill 爲殺死的一般用語。而 murder 是「謀殺, 殺人」。
衍生 名 **múrderer**(殺人者)形 **múrderous**(殺人的)

murmur [`mɜmɚ; 'mɜ:mə(r)] ⊛ **-s** [-z]
名 ❶潺潺聲, 低語聲 | I heard the *murmur* of a stream.
我聽到小河潺潺的流水聲。
❷怨言 | He did it without a *murmur*.
他毫無怨言地做這事。
── ⊜ **-s** [-z] ⊛ **-ed** [-d]; **-ing** [`mɜmərɪŋ]
動 不 低聲而言, 發怨言; 抱不平 | The children *murmured* **against** their homework.
小孩抱怨他們的家庭作業。

muscle [`mʌsl; 'mʌsl] (注意發音) ⊛ **-s** [-z]

名 肌肉;肌;臂 | He has strong *muscles*.
力 | 他有強健的肌肉。
衍生 形 **mùscular**(肌肉的;肌肉發達的)

useum [mju`zɪəm, -'zɪəm, mju`zɪəm; mju:'zɪəm] 複 **-s** [-z]
名 博物館, 美術 | the British *Museum* 大英博物館
館 | ► gallery 是美術館,畫廊。

ushroom [`mʌʃrum, -rʊm; 'mʌʃrʊm] 複 **-s** [-z]
名 蕈, 蘑菇

usic [`mjuzɪk; 'mju:zɪk] 複 無
名 音樂;樂譜 | She likes every kind of *music*.
| 她喜好各種音樂。
| read *music* 看樂譜
複合 名 **mùsic bóx**(美 音樂盒,英 用 musical box),
mùsic hàll(美 音樂廳,英 雜耍戲院)
衍生 形 **mùsical**(音樂的,音樂性的;愛好音樂的)

usician [mju`zɪʃən; mju:'zɪʃən] 複 **-s** [-z]
名 音樂家

► 字尾爲 **-cian** 的字
magi*cian*(魔術師),physi*cian*(醫生,內科醫生)
techni*cian*(技師,技術人員;專家)
---

ust [mʌst; mʌst] ► 無人稱・數的變化,無過去分詞・現在分詞・不定詞。
助 ❶必須(命 | You *must* tell your reason.
令,義務,必要) | 你必須說出你的理由。
同 have to (do) | "*Must* I do it?" "Yes, you *must*."
| "No, you need not."
| 「我一定要做這件事嗎?」
| 「是的,你一定要做。」「不,你不必做。」

► **must** 的時態
過去 I *had to* go.(我必須去。)
現在 I *must* go.(我必須去。)
未來 I *will have to* go.(我必須去。)
---

❷(用作 must | You *must* **not** go there.
not 的形式)不 | 你不准去那裡。
准,不許 | "May I go there?" "No, you *must*
⇨ may | **not**." 「我可以去那裡嗎?」「不,你不准去。」
❸(推斷)必定 | It *must* be true.
| 那必定是真的。
| It *must* **have been** true.
| 那必定已被證實是真的了。
| He *must* succeed. 他必會成功。
| He *must* **have arrived** there.
| 他八成已經到達那裡了。

ustache, mous- [`mʌstæʃ, mə`stæʃ; mə'stɑ:ʃ, 'mʌstæʃ] 複 **-s** [-ɪz]
名 髭

► 鬍子的名稱 ⇨ **beard**
大鬍子,山羊鬍 | 鬐;動物的鬃
beard | whiskers
小鬍子,八字鬍 | 鬢邊
mustache | sideburns
---

ustn't [`mʌsnt; 'mʌsnt] (注意發音) must not 的縮寫

---

musty [`mʌstɪ; 'mʌstɪ] 比 **mustier** 最 **mustiest**
形 發霉的,陳腐 | The closet smelled *musty*.
的;過時的 | 那櫃子有霉味。
同 moldy | *musty* ideas 陳腐的觀念

mute [mjut; mju:t]
形 ❶沉默的,無 | The old man sat *mute* on the bench.
言的 | 那老人沉默的坐在長椅上。
❷啞的 | He pretends to be *mute*.
| 他裝做啞巴。

mutter [`mʌtɚ; 'mʌtə(r)] 三單現 **-s** [-z] 過 **-ed** [-d]; **-ing** [`mʌtərɪŋ]
動 不 喃喃而言; | He is always *muttering* to himself.
出怨言 | 他常常一個人喃喃自語。

mutton [`mʌtn; 'mʌtn] 複 無
名 羊肉 | I like beef better than *mutton*.
| 我喜歡牛肉甚於羊肉。

mutual [`mjutʃuəl; 'mju:tʃuəl]
形 ❶相互的 | a *mutual* assistance pact 互助條約／
| *mutual* dislike 互相討厭
❷共同的,共通 | He is our *mutual* friend.
的 | 他是我們共同的友人。

muzzle [`mʌzl; 'mʌzl] 複 **-s** [-z]
名 ❶(狗・馬等 | The dog has a
之)口絡;鼻籠 | black *muzzle*.
❷(狗・馬等之) | 那隻狗鼻端是黑的。
口,鼻之部分
❸槍口,砲口

muzzle

my [maɪ; maɪ] 複 **our** 代 I 的所有格
我的 | This is *my* book. 這是我的書。

myself [maɪ`sɛlf; maɪ'self] 代 I 的反身代名詞
❶(加強語氣)我 | I did it *myself*. = (文語)I *myself* did
自己 | it. ► 發音要稍加重。
| 我自己做了這件事。
❷(反身用法)我 | I could have made *myself*
自己 | understood.
| 我本來可以把話說清楚的。
⇨ oneself | I always take care of *myself*.
| 我總是自己照顧自己。

mysterious [mɪs`tɪrɪəs, mɪ`stɪrɪəs; mɪ'stɪərɪəs]
形 神秘的,不可 | His *mysterious* death surprised
思議的 | everyone.
| 他的離奇死亡令大家爲之震驚。

mystery [`mɪstrɪ; 'mɪstərɪ] 複 **mysteries** [-z]
名 ❶神秘,不可 | It's a *mystery* to me how he could
思議 | escape. 他是怎樣能逃脫的,對我來說
| 是件不可思議的事。
❷懸疑故事;偵 | I like reading *mysteries*.
探(推理)小說 | 我喜歡讀推理小說。

myth [mɪθ; mɪθ] 複 **-s** [-s]
名 (個別的)神 | He is interested in the Greek *myths*.
話;虛構的故事 | 他對希臘神話有興趣。
衍生 形 **mýthical**(神話(上)的;虛構的)

mythology [mɪ`θɑlədʒɪ; mɪ'θɒlədʒɪ] 複 **mythologies** [-z]
名 神話;神話 | He is studying Greek *mythology*.
學;神話集 | 他正在研究希臘神話。
衍生 形 **mýthológical**(神話的;神話學的)

— N —

nail [nel; neɪl] 働 **-s** [-z]

名❶(人的)指 | Don't have your finger *nails* long.
甲⇨ claw | 不要把指甲留長了！
❷釘子 | We need *nails* to build a house.
| 我們蓋房屋需要釘子。

— 働 **-s** [-z] 働 **-ed** [-d]; **-ing**

動働 釘牢, 釘好 | He *nailed* a notice on the door.
| 他釘了份告示在門上。

naïve, naive [nɑˋiv; naɪˋiːv] 法語

形❶天真的, 純 | She is a *naive* girl.
真的 | 她是個純真的女孩。
❷幼稚的；容易 | That's a *naive* idea.
相信的 | 那是幼稚的想法。

naked [ˋnekɪd; ˋneɪkɪd] (注意發音)

形❶裸露的 | The natives go *naked* there.
圓 bare | 那裡的土著仍然裸體。

┌───── **naked** 和 **bare** ─────┐
| naked …裸體的
| a *naked* boy 裸體的男孩
| bare …露出身體的一部分
| *bare* shoulders 露出來的肩部
└──────────────────────────┘

❷未遮蓋的；出 | a *naked* sword 出鞘的劍／a *naked*
鞘的；光禿禿的 | *field* 荒地, 不毛之地
複合 名 **the nàked éye**(肉眼)

name [nem; neɪm] 働 **-s** [-z]

名❶名字, 名 | My *name* is John.
稱, 姓名 | 我的名字叫約翰。
| May I ask your *name*?
| 請問尊姓大名？

┌──► 詢問名字的各種說法──┐
| *Your* name?
| *What's your* name?
| *May I ask [have] your* name?
| *Excuse me, but might I ask your* name?
| ► 越下面越客氣。
└────────────────────────┘

┌──────────────────────────┐
| ► 英語中, 名在姓前, 兩者之間若有中間名, 則中間名
| 多用簡寫。
| John F. Kennedy
| → John   Fitzgerald   Kennedy
| ↑   ↑   ↑
| (名字)   (中間名)   (姓)
| given name middle name family name
| Christian name   surname
| (美) first name   (美) last name
| ► Christian name 不常用。
└──────────────────────────┘

❷(加 a)名聲, | Brown has **a** *name* **for** honesty.
名望 | 布朗由於誠實而博得名聲。

by name | I know him only *by name*.
就名字上, 名字 | 我只知他的名字。
叫做；名義上 | He is a professor *by name*.
| 他名義上是教授。

by [*under*] *the name of* …
以…為名字 | She wrote *under the name of*
| George Eliot.
| 她以喬治‧艾略特的名字寫作。

in the name of …
以…之名 | *in the name of* God
| 以上帝之名起誓

— 働 **-s** [-z] 働 **-d** [-d]; **naming**

動働❶取名, 名 | They *named* the baby Elizabeth.
叫 | 他們為嬰孩取名伊莉莎白。
| I know a girl *named* Betty.
| 我認識一個名叫貝蒂的女孩。
❷說出名字, 稱 | Can you *name* the star?
呼 | 你能說出那顆星的名字嗎？
❸提名, 任命 | He was *named* mayor.
| 他被任命為市長。

name … after [(美) *for*] ～
依某人之名而命 | The boy was *named* Tom *after* his
名為… | grandfather. 那男孩依他祖父的名字
| 被命名為湯姆。
複合 名 **nàmeplàte**(名牌；標有名字或名稱的門牌)

nameless [ˋnemlɪs; ˋneɪmlɪs]

形 不具名的, 匿 | This poem was written by a
名的；不知名的 | *nameless* poet.
| 這首詩是位不知名的詩人寫的。
► 不曉得作者為誰時則用 anonymous。 ſ(to say).

namely [ˋnemlɪ; ˋneɪmlɪ] ► 文章中常用 that is
副 即, 就是► | Two boys, *namely* George and
常當插入句使 | Tom, were absent. 兩個男孩缺席, 就
用。 | 是喬治和湯姆。

namesake [ˋnem͵sek; ˋneɪmseɪk] 働 **-s** [-s]

名 同名的人；從 | They are *namesakes*. 他們同名。
他人的名字而命 | his *namesake* 和他同名的人；依他的名
名的人 | 字而取名

nap [næp; næp] 働 **-s** [-s]

名 小睡, 午睡 | He takes a *nap* every afternoon.
| 他每天下午都小睡一會兒。

— 働 **-s** [-s] 働 **napped** [-t]; **napping**

動不 小睡；打盹 | Grandfather is *napping* on the sofa.
| 祖父正在沙發上小睡。

napkin [ˋnæpkɪn; ˋnæpkɪn] 働 **-s** [-z]

名(餐桌上用 | Show me how to use a *napkin*.
的)餐巾 | 教教我如何使用餐巾。
► (美) napkin 也有「尿布, 尿片」((美) diaper)的意思, 為了
區別起見, 指餐桌上的餐巾時用 table napkin 或
serviette。 ſ[-ɪd]; -ting

narrate [næˋret, ˋnæret; nəˋreɪt] 働 **-s** [-s] 働 **-d**

動⑧敘述, 說明 | The captain *narrated* his adventures. 船長敘述他的冒險經歷。

衍生名 **narration**(敘述;故事;敘事文), **nàrrative**(敘述;故事), **narràtor, -er**(敘述者, 說明者)

arrow [`næro; 'nærəʊ] ⊕ **-er** 最 **-est**

形❶(寬度)狹窄的 | This bridge is too *narrow* for two cars to pass each other. 這座橋太窄, 不能同時通過二部車子。

⊗ broad, wide

▶ narrow 指寬度狹的。「地方小」時則不用, 如小屋為 a small room。

narrow street 窄的 small room | 寬的 broad street large room

❷有限制的;範圍小的;勉強的;很險的 | They had a *narrow* escape. 他們在千鈞一髮間逃脫了。
We won a *narrow* victory. 我們僅獲險勝。

❸偏狹的 | He has a *narrow* mind. (= He is *narrow*-minded.) 他的心胸狹窄。

❹精密的, 嚴密的 | a *narrow* inspection 嚴密的檢查

複合形 **nàrrow-mìnded**(度量狹小的)

衍生副 **nàrrowly**(狹窄地, 精密地)名 **nàrrowness**(狹小, 度量狹小)

asty [`næsti; 'nɑ:sti] ⊕ **nastier** 最 **nastiest**

形❶髒亂的;不愉快的 | This fish has a *nasty* smell. 這條魚有一股令人作嘔的氣味。

回 unpleasant | *nasty* weather 壞天氣

❷卑鄙的, 齷齪的, 卑劣的 | He played a *nasty* trick on me. 他以卑劣的詭計愚弄我。

ation [`neʃən; 'neɪʃn] 複 **-s** [-z]

名❶國民(集合名詞・單數形) | He is loved by the whole *nation*. 他備受全體國民所愛戴。

❷國家, 國 | Each *nation* has a flag of its own. 每個國家都有自己的國旗。

ational [`næʃən!; 'næʃənl]

形❶國民的;民族的 | *national* pride 民族的尊嚴 / *national* sentiment 民族的情感 / *national* characteristics 國民的特性

❷國家的;全國的 | a *national* flag 國旗 / a *national* holiday 國定假日 / *national* and local elections 全國與地方選舉

❸國立的;國有的 | a *national* university 國立大學 〔「公園」〕

複合名 **nàtional ànthem**(國歌) **nàtional pàrk**(國家)

衍生名 **nàtionalísm**(國家主義;民族主義) **nàtionalist**(國家主義者;愛國主義者;民族主義者)

ationality [͵næʃə`nælətɪ; ͵næʃə'nælətɪ] 複 nationalities [-z]

名 國籍 | What is your *nationality*? 你是哪一國人?

native [`netɪv; 'neɪtɪv]

形❶故鄉的;本國的;生於…的, 故國的 | She returned to her *native* land. 她回她的祖國去了。
He is a *native* speaker of English. 英語是他的母語。

▶⑧故鄉不用 my native place, 用 my hometown。

❷自然的;天賦的;原產的 | He has *native* ability as an actor. 他具有當演員的天賦。

—— 複 **-s** [-z]

名本地人, 土生土長的人 | She is a *native* of Tainan. 她是台南人。

natural [`nætʃərəl; 'nætʃrəl]

形❶自然的, 天然的;順乎自然的 | He admired the *natural* beauty of Taiwan. 他很欣賞台灣的自然美景。
They lived a *natural* life. 他們順其自然地生活。

⊗ artificial

❷當然的 | It is *natural* that he should say so. 他當然會這麼說。

❸天賦的, 本能的 | He is a *natural* poet. 他天生是個詩人。

▶ naturalistic 是「自然主義的」。

複合名 **nàtural hìstory**(博物學), **nàtural resòurces**(天然資源), **nàtural scìence**(自然科學)

naturally [`nætʃərəlɪ, ͵nætʃrəlɪ; 'nætʃrəlɪ]

副❶自然地, 天然地 | Speak more *naturally*. 更自然地說。

❷天賦地;天生地 | She is *naturally* shy (= shy by nature). 她天生就害羞。

❸(修飾句子)必然地, 當然地, 自然地 | *Naturally* they got angry. (= They got angry, *naturally*.) 當然他們會生氣。

nature [`netʃɚ; 'neɪtʃə(r)] 複 **-s** [-z]

名❶自然 | You must know the laws of *nature*. 你必須知道自然界的法則。

▶如作「造化之神」解, 字首須大寫且視為陰性。

❷本質;性質;天性 | He has a gentle *nature*. 他具有溫和的天性。
Habit is (a) second *nature*. 習慣是第二天性。

by nature 天生地, 天性地 | She is musical *by nature*. 她天生愛好音樂。

衍生形 **nàtural**(自然的, 當然的)

naught, nought [nɔt; nɔ:t]

名零, 無 | One and three *naughts* make a thousand. 一加上三個零就是一千。

come to naught 徒勞無功 | His efforts *came to naught*. 他的努力徒勞無功。

naughty [`nɔtɪ; 'nɔ:tɪ] ⊕ **naughtier** 最 **naughtiest**

形頑皮的, 淘氣的 | It's *naughty* of you to pull the dog's tail. 你拉這隻狗的尾巴, 真是頑皮。 〔[-ɪd]; navigating〕

navigate [`nævə͵get; 'nævɪgeɪt] ⊜ **-s** [-s] 現 **-d**

動⑧駕駛(船・飛機);航行;操縱 | He *navigated* the ship across the Pacific. 他駕船橫渡太平洋。

同 steer | The ship *navigated* the Atlantic.
| 這船在大西洋上航行。

衍生 名 **návigàtion**(航行, 航空, 航海), **nàvigátor**(領航員) 形 **návigable**(可通航的)

navy [`nevɪ; 'neɪvɪ] 復 **navies** [-z]
名 海軍 | The country has a powerful *navy*.
| 這國家有強大的海軍。
對 army(陸軍), air force(空軍)
複合 名 **nàvy blùe**(深藍色)
衍生 形 **nàval**(海軍的)

near [nɪr; nɪə(r)] 比 **-er** 最 **-est**
副 ❶(空間)近地 | The train came *nearer* and *nearer*.
| 火車越來越近了。
❷(時間)近地 | Christmas is drawing *near*.
| 耶誕節在即。
—— 形 ❶(空間・時間)近的 | Tell me the *nearest* way to Taipei.
| 請告訴我去台北最近的路。
❷(關係)親近的 | He is my *near* relative.
| 他是我的近親。
—— 介 接近 | The lake is *near* our school.
| 這湖就在我們學校附近。

The lake is *near* our school.

near 接近

反 far from 遠離

The lake is *far from* my house.

come near | He *came near* being killed in the
V *ing* 差不多 | accident.
…, 幾乎… | 他差點死於這場意外。

————▶「幾乎…」在英文中的用法————
「他幾乎淹死。」
He *nearly* drowned.
He *almost* drowned.
He *came near* drowning.
「他差一點就死了。」
He *came close to* death.

near at hand | Is there a post office *near at hand*?
在近旁, 近在咫尺 | 這附近有郵局嗎?

near by | There was no house *near by*.
近旁的, 附近的 | 附近沒有房子。

nearby [`nɪr`baɪ; 'nɪəbaɪ] 美 用 near by。
形 美 近旁的, 附近的 | I went fishing in the *nearby* river.
| 我去附近的河流釣魚。

nearly [`nɪrlɪ; 'nɪəlɪ]
副 ❶將近 | It is *nearly* nine o'clock.
| 將近九點鐘了。
❷幾乎, 近乎 | The child slipped and *nearly* fell.
同 almost | 那小孩滑跤, 幾乎跌倒。

nearsighted [`nɪr`saɪtɪd; 'nɪə'saɪtɪd] 反 farsighted
(遠視的)
形 近視的;短視的 | Most of the students in Taiwan are
| *nearsighted*.
| 台灣大多數的學生都近視。

neat [nit; ni:t] 比 **-er** 最 **-est**
形 乾淨的, 整齊的 | His house is always *neat*.
| 他家總是乾乾淨淨的。
同 tidy, clean | She wore a *neat* dress.
| 她穿了一件乾淨的衣服。
衍生 副 **nèatly**(乾淨地) 名 **nèatness**(整潔)

necessarily [`nɛsə,sɛrəlɪ; 'nesəsərəlɪ]
副 必要;必然地 | War *necessarily* causes
| unhappiness. 戰爭必然會導致不幸。
not necessarily | Leaves are *not necessarily* green.
未必, 不一定地 | 樹葉未必都是綠的。

necessary [`nɛsə,sɛrɪ; 'nesəsərɪ]
形 ❶必要地 | Sleep is *necessary* to good health.
反 needless | 睡眠對健康是必要的。
▶「你必須…」要用 "It's necessary that you. ..." 句型, 而不能用 "You're necessary. ...". | It is *necessary* { that you should / for you to } sleep. 你必須要睡覺。

It is necessary that......

❷必然的, 無法避免的 | Is war a *necessary* evil?
| 戰爭是無法避免的災禍嗎?
if necessary | I'll go there again, *if necessary*.
如果有必要 | 如有必要, 我會再去那裡。
衍生 名 **necèssity**(必需(品))

necessitate [nə`sɛsə,tet; nɪ'sesɪteɪt] 三 **-s** [-s] 過 **-[-ɪd]**; **necessitating**
動 需要 | His arm *necessitated* an operation.
| 他的手臂需要動手術。

necessity [nə`sɛsətɪ; nɪ'sesətɪ] 複 **necessities** [-z]
名 ❶必要;必要性 ▶比 need 的意思更強。 | *Necessity* is the mother of invention. 需要是發明之母。(諺語)
❷必要的東西, 必需品 | These are *necessities* of life.
| 這些是生活必需品。

neck [nɛk; nek] 複 **-s** [-s]
名 頸 ▶「斬首」用 cut off one's head。

head 頭部
neck 頸部
necklace 項鍊
necktie 領帶
(常用tie表示)

need [nid; ni:d] 複 **-s** [-z]
名 ❶必要;缺乏 | There's no *need* { for [of] your anxiety. / for you to be anxious. } 你的焦慮是不必要的。
| I felt the *need* of exercise.
| 我覺得缺乏運動。
❷(常用複數)需要;基本需求(物) | The sum is not adequate for his *needs*.
| 這筆錢不夠他買日常必需品。
❸困境, 困難之時 | A friend in *need* is a friend indeed.
| 患難見真情。(諺語)

❹貧困 | Many families are **in** great *need*. 許多家庭處於非常貧困的狀況。
▶ 貧困的意思,形容詞為 needy。

— [三] **-s** [-z] [規] **-ed** [-ɪd]; **-ing**

[動][及] ❶必要, 需要 | I *need* some money. 我需要一些錢。
This house *needs* repair**ing**.
這房子需要修理。
▶ need 這類的動詞後面接現在分詞 (Ving), 代表被動的意思。上句與 "This house *needs* to be repaired." 意思相同。

❷必要, 必須 | We *need* to work hard.
我們必須努力工作。

— [助] ▶ 因無過去式和未來式, 故分別用 had to, will have to 來代替。

❶必要, 必須 (用在否定・疑問句中) | He *need* not (=doesn't need **to**) come at once. 他用不著馬上來。
▶ need not (=needn't) 是 must 的否定。
Need he (=Does he need **to**) come at once? 他必須馬上來嗎?
▶ ( ) 中的 need 有動詞的作用。

❷(need not have P.P.的形式) (本來) 不必…也行 | You *needn't* **have hurried**.
你(本來)用不著那麼趕的。

[衍生][形] **nèedy** (貧窮的)

needle 縫針

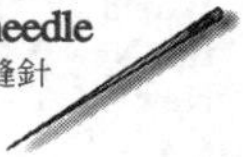

hook 鉤

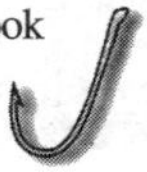

eedle [ˋnidl̩; ˈni:dl] [複] **-s** [-z]

[名] 針; 縫針; 織針 | *Needles* are used for sewing.
針是用來縫衣服的。

[複合][名] **nèedlewórk** (縫紉, 刺繡; 女紅)

eedless [ˋnidlɪs; ˈni:dlɪs]

[形] 不必要的 | *needless* work 不必要的工作

eedless to say 無庸贅言, 不必說 | *Needless to say*, water is important.
無庸贅言, 水是重要的。

egative [ˋnɛgətɪv; ˈnegətɪv]

[形] ❶否定的; 拒絕的
[反] affirmative | She gave me a *negative* answer.
她給我一個否定的答覆。

❷消極的; 負的
[反] positive | She has a *negative* attitude toward life. 她對人生抱著消極的態度。

eglect [nɪˋglɛkt; nɪˈglekt] [三] **-s** [-s] [規] **-ed** [-ɪd]; **-ing**

[動][及] ❶疏忽, 忽略 | Don't *neglect* your duty.
不要忽略你的職責。

❷遺忘; 遺漏; 不重視 | Don't *neglect* **to** brush your teeth.
你不要漏了刷牙。
She *neglected* writ**ing** to me.
她沒寫信給我。

▶ neglect 有故意怠慢的意思, 而 forget 則較無這種意味。

— [複] 無

[名] 疏忽, 忽略; 不留心 | The garden showed *neglect*.
這花園看來疏於照料。

[衍生][名] **nègligence** (疏忽) [形] **nègligent** (疏忽的, 粗心的), **nègligible** (可忽略的)

egotiate [nɪˋgoʃɪˌet; nɪˈgəʊʃɪeɪt] [三] **-s** [-s] [規] **-d** [-ɪd]; **negotiating**

[動][不] 交涉, 談判 | The captain is *negotiating* **with** them for the use of the gym.
隊長和他們交涉使用體育館之事。

[及] 商訂; 商議 | They *negotiated* a treaty.
他們商訂了條約。

[衍生][名] **negòtiàtion** (交涉), **negòtiàtor** (談判者)

Negro, negro [ˋnigro; ˈni:grəʊ] [複] **-es** [-z]

[名] 黑人 | *Negro* English 黑人英語 ▶ 稱呼黑人時, negro 含有輕蔑之意, 宜用 black。

▶ 普通大寫時指美國的黑人。
▶ 女黑人用 Negress 有侮辱味道, 一般用 colored lady。

neigh [ne; neɪ] [三] **-s** [-z] [規] **-ed** [-d]; **-ing**

[動][不] (馬) 嘶 | The horse *neighed*.
那匹馬嘶鳴。

neighbor, [英] -bour [ˋnebɚ; ˈneɪbə(r)] [複] **-s** [-z] (注意拼法)

[名] 鄰居, 鄰人 | Love your *neighbors* as yourself.
應當愛你的鄰人如愛自己。

neighborhood, [英] -bour- [ˋnebɚˌhʊd; ˈneɪbəhʊd] [複] **-s** [-z]

[名] (通常加 one's) 鄰近地區; (集合的) 鄰居之人 | She lives **in** my *neighborhood*.
她住在我家附近。
the kind *neighborhood* 和善的鄰居

neighboring, [英] -bour- [ˋnebərɪŋ, ˋnebrɪŋ; ˈneɪbərɪŋ]

[形] 鄰近的, 鄰界的 | the *neighboring* house 隔壁的房子/*neighboring* countries 鄰國

neither [ˋniðɚ; ˈnaɪðə(r)] ▶ neither ... nor～與 both ... and～, either ... or～均為相關連接詞。

[副] ❶ neither ... nor～兩者皆非; 既不是…也不是… | He *neither* drinks **nor** smokes.
他不喝酒也不抽煙。
It is *neither* green **nor** blue.
它不是綠的, 也不是藍的。
Neither you **nor I am** right.
你和我都不對。

▶ 以 neither ... nor 連接兩個主詞時, 句子的動詞須與 nor 後面的主詞一致。

❷也不
[同] nor
▶ 和否定句連用。 | If you wo**n't** go, *neither* will I.
如果你不去, 我也不去。
"I do**n't** like it." "*Neither* do I."
「我不喜歡它。」「我也不喜歡。」

▶ **neither, either, both**

neither A nor B 非 A 亦非 B	● ● ↓ *Neither* she *nor* **I am** right. 她和我都不對。
either A or B 非 A 即 B	● ○ ○ ● ↓ *Either* she *or* **I am** right. 我和她必有一人對。
both A and B AB 兩者都	○ ○ ↓ *Both* she *and* **I are** right. 她和我都對。

— [形] ▶ 和單數名詞連用。

皆不, 兩者皆非 | *Neither* story is interesting.
兩個故事都沒有趣味。

I like *neither* flower.
兩朵花我都不喜歡。
► 在這種場合口語多用 "I don't like either flower."

—— 代 主詞視爲單數,但在口語也有當做複數的情形。
Neither of the stories was [were] true. 兩個故事都不是眞實的。

neon [`niɑn; ni:ɒn] 形 無
名 (化學)氖► *Neon* is used for *neon* signs.
氣體元素 氖被使用在霓虹燈上。

nephew [`nɛfju; 'nevju:, 'nefju:] (注意發音) 形 -s [-z]
名 姪子, 外甥 Father's *nephews* are our cousins.
動 niece 父親的甥姪是我們的表(堂)兄弟。

nerve [nɜv; nɜ:v] 形 -s [-z]
名 ❶神經 Her *nerves* were on edge.
她神經緊張。
❷(用複數)神經 He got *nerves* before the final
質, 神經過敏 exam. 他期末考前神經很緊張。
He tried to steady his *nerves* by
breathing deeply.
他深呼吸, 想穩定緊張的情緒。
❸勇氣, 膽量 a man of *nerve* 有勇氣的男人
get on one's nerves
刺激人, 使人不 The sound *is getting on* my *nerves*.
安 這聲音惹得我不安。

nervous [`nɜvəs; 'nɜ:vəs]
形 ❶神經質的, I got *nervous* on the stage.
緊張的 我在舞台上很緊張。
❷神經的 a *nervous* breakdown 精神崩潰

nest [nɛst; nest] 形 -s [-s]
名 巢 The birds are busy building their
nests. 鳥兒正忙著築牠們的巢。

—— ⊜ -s [-s] 形 -ed [-ɪd]; -ing
動 不 築巢 Robins *nest* in (the) spring.
知更鳥在春天築巢。 ⎰**nestling**⎱

nestle [`nɛsl; 'nesl] (注意發音) ⊜ -s [-z] 形 -d [-d];
動 不 舒適地坐, The puppies *nestled* **against** their
依偎 mother.
那些小狗依偎在母狗身邊。
及 緊抱 The girl *nestled* her doll in her
arms. 那女孩把洋娃娃抱在懷裡。

net [nɛt; net] 形 -s [-s]
名 網 They caught fish with a *net*.
他們用網捕魚。

—— ⊜ -s [-s] 形 netted [-ɪd]; netting
動 及 用網捕捉 He *netted* a lot of butterflies.
他網到了很多蝴蝶。

Netherlands [`nɛðələndz; 'neðələndz] ► 加 the 視
爲單數。
名 (國名)尼德 The capital of the *Netherlands* is
蘭(即荷蘭) Amsterdam.
荷蘭的首都是阿姆斯特丹。
► 此爲正式名稱, 一般多用 Holland。

network [`nɛt.wɜk; 'netwɜ:k] 形 -s [-s]
名 網狀組織;廣 a *network* of roads [railroads] 道路
播網 〔鐵路〕網

neutral [`njutrəl; 'nju:trəl] (注意發音)

形 中立的, 公平 Switzerland remained *neutral*
的 during World War II.
瑞士在第二次世界大戰時保持中立。

never [`nɛvə; 'nevə(r)]
副 ❶從不, 從未 She *never* sings in public.
她從來不在公開場合唱歌。
► 比 not 更強 I shall *never* forget your kindness.
的否定。 我決不會忘記你對我的好。
► 上文中的 shall 表強烈的決心。
❷未曾, (到現在 He *has never been* abroad.
爲止)從未… 他未曾出過國。
► 多與現在完 We (**have**) *never* **had** any trouble
成式連用。 with them.
我們從未和他們有過紛爭。

nevertheless [.nɛvəðə`lɛs; ,nevəðə'les]
副 不過, 依然 It may rain; *nevertheless*, I will go.
可能會下雨, 不過我還是會去。

new [nju, nu; nju:] 比 **-er** 形 **-est**
形 ❶新的 Is this camera *new* or secondhand?
反 old 這架照相機是新的還是二手貨?
❷新任的 a *new* teacher 新的老師
❸生手的, 不熟 She is still *new* **to** the work.
練的 她對這工作仍是生手。
複合 名 the **Nèw Tèstament**(新約聖經), **the Nèw
Wòrld**(新大陸, 新世界), **the nèw yèar**(新年, 明年),
the Nèw Yèar(新年期間), **Nèw Yéar's Dày**(元旦),
Nèw Yéar's Ève(除夕)

newly [`njulɪ; 'nju:lɪ]
副 最近, 近來 They are a *newly* wedded couple.
他們是對新婚夫婦。

news [njuz, nuz; nju:z] (注意發音) 形 無
名 ❶新聞, 報導 I like reading international *news*.
我喜歡閱讀國際新聞。
front-page *news* 頭版新聞／headline
news 頭條新聞
► 計數時用 a piece [an item] of *news* 的形式。
├─► 作爲單數使用
The *news* **was** sent to the head office.
那新聞被送到了總社。
❷消息; 報導 No *news* is good *news*.
沒有消息就是好消息。(諺語)
複合 名 **nèws ágency**(通訊社), **nèwsbóy**(報童),
nèwscást(新聞報導;新聞廣播)

newspaper [`njuz.pepə, 'njus-, `nu-; 'nju:z.peɪpə(r)]
形 -s [-z]
名 新聞報, 報紙 What *newspaper* do you take?
► 通常可稱爲 你訂什麼報?
paper。 an evening *newspaper* 晚報
複合 名 **nèwspápermán**(報社記者;報社從業人員)

New York [nju`jɔrk; nju:'jɔ:k]
名 ❶(地名)紐 ► 美國 New York 州西南部的港口城
約市 市, 也說成 New York City。
❷(地名)紐約州 ► 美國東北部的一州, 首府爲 Albany
略作 N.Y.。
衍生 名 **Nèw Yòrker**(紐約市人, 紐約州人)

next [nɛkst; nekst]

[形] ❶(時間・順序)其次的;最近的;下一個的 | He will be ten years old *next* year. 明年他就十歲了。
He came to see me the *next* day. 隔天他來看我了。

▶ 注意 the 的有無
Let's start *next* Sunday. 下個星期日我們出發吧。
We started *the next* Sunday. 我們在當時的下一個星期日出發了。
▶ 以過去某一時間爲基準,說〔下週(月・年)〕時要加 the。

❷(場所)最近的;其次的 | He is in the *next* room. 他在隔壁房間。
— [副] 其次地,最近地 | What shall I do *next*? 接下來我該做什麼?
— [介] ▶ next to 的 to 如省略掉是介系詞用法。
相鄰;次於 | He sat *next* me. 他坐在我旁邊。
— [複] 無
[名] 下一個人(物) | Mary was the *next* to come in. 瑪麗是下一個進來的人。
ext door 鄰家,次於 | They live *next door*. 他們住在隔壁。
ext door to … 在…隔壁 | He lives *next door to* us. 他住在我們隔壁。
ext to … 在…旁邊;幾乎…,次於… | He sat *next to* me. 他坐在我旁邊。
It is *next to* impossible. 這幾乎是不可能的。
ext to none 不比別人差 | He is *next to none* **in** mathematics. 他數學並不比別人差。

ice [naɪs; naɪs] [比] **-r** [最] **-st**
[形] ❶悅人的;好的;美的 [同] good, pleasant | It's a very *nice* day, isn't it? 今天天氣眞好,可不是嗎?
We had a very *nice* time. 我們玩得很愉快。
❷美味的 [同] delicious | This apple is very *nice*. 這個蘋果味道好極了。
❸親切的,關心的,好意的⇨kind | It's *nice* **of** you **to** invite us to the party. 謝謝你好意邀我們參加這聚會。
❹精細的,微妙的 [同] nicely | a *nice* difference of meaning 意義上微妙的差異
[衍生] [副] **nìcely** (好的;愉快的) [名] **nìcety** (精確;精細)

ickel [ˋnɪkḷ; ˈnɪkl] [複] **-s** [-z]
[名] ❶鎳 | This pan is coated with *nickel*. 這鍋子鍍了鎳。
❷(美國・加拿大的)五分鎳幣 | My mother gave me five *nickels*. 我母親給了我五個五分鎳幣。
▶ dime 是十分的銀幣。

ickname [ˋnɪk,nem; ˈnɪkneɪm] [複] **-s** [-z]
[名] 綽號,暱稱 | "Tom" is a *nickname* for "Thomas". 「湯姆」是「湯瑪斯」的暱稱。

iece [nis; ni:s] [複] **-s** [-ɪz]
[名] 姪女,甥女 [對] nephew (姪・甥) | A *niece* is the daughter of one's brother or sister. 姪(甥)女是一個人的兄弟或姐妹的女兒。

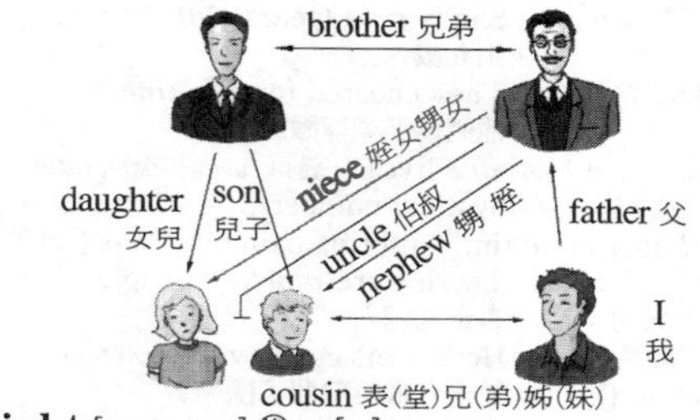

brother 兄弟
niece 姪女甥女
daughter 女兒
son 兒子
uncle 伯叔
nephew 甥 姪
father 父
I 我
cousin 表(堂)兄(弟)姊(妹)

night [naɪt; naɪt] [複] **-s** [-s]
[名] 夜,晚 | In winter the *nights* are long. 冬天夜長。
▶ night 指日落到日出之間的時間(但注意下表 **at night** 2);evening 是日落到就寢之間的時間。
▶「今夜」是 tonight 而不是 this night。
all night (long) 整夜 | Mother sat up *all night long*. 母親整夜沒有睡覺。
at night 在晚上,夜晚 | We arrived there late *at night*. 我們深夜才到達那裡。

1) in the night ↔in the daytime
(在夜間,在晚上) (白晝時光)
2) at night(夜裡)↔in the morning(早上)
(日落到半夜零時) (半夜零時到正午)
3) during the night ↔during the day
(整個夜間,在夜間) (在白天)
4) by night(在夜晚)↔ by day(在白天)
▶ 以 3),4)代替 1)的用法較多。

by night 在夜間 | They slept by day and traveled *by night*. 他們白天睡覺,夜晚旅行。
last night 昨夜 | There was a big fire *last night*. 昨夜發生大火。
▶ yesterday night 是錯誤的用法。
night and day = ***day and night*** 日以繼夜,晝夜不停 | We worked *night and day*. 我們日以繼夜地工作。

nightfall [ˋnaɪt,fɔl; ˈnaɪtfɔ:l] [複] 無 [對] daybreak
[名] 黃昏,傍晚 | You can see the star **at** *nightfall*. 黃昏時你能看到那顆星星。

nightingale [ˋnaɪtn̩,gel, ˋnaɪtɪn-, ˋnaɪtɪŋ-; ˈnaɪtɪŋgeɪl] [複] **-s** [-z]
[名] 夜鶯 | We heard *nightingales* last night. 我們昨晚聽到夜鶯聲。

nightmare [ˋnaɪt,mɛr; ˈnaɪtmeə(r)] [複] **-s** [-z]
[名] 惡夢,可怕的夢 | The girl had a *nightmare*. 那女孩做了一場惡夢。

nimble [ˋnɪmbḷ; ˈnɪmbl] [比] **-r** [最] **-st**
[形] 敏捷的;迅速的;機敏的 | Squirrels are *nimble*. 松鼠行動敏捷。
a *nimble* mind 敏銳的頭腦
[衍生] [副] **nìmbly** (敏捷地) [名] **nìmbleness** (敏捷)

nine [naɪn; naɪn] [複] **-s** [-z]
[名] [形] ❶九(個・人・時・歲)(的) | I'll come here at *nine*. 我將在九點來到這裡。

▶ 序數爲 ninth [naɪnθ]。 | She is *nine* (years old). 她九歲大。
❷棒球隊；壘球隊 | They cheered for the *nine*. 他們爲那棒球隊加油。
▶ 如“A cat has *nine* lives.”(貓有九命。)之例，nine 九爲一個神秘數字(mystical number)。

nineteen [naɪn`tin, `naɪn`tin; ˌnaɪn'tiːn] [複] **-s** [-z]
[名][形] 十九；十九個；十九的 | There were *nineteen* people. 有十九個人。
▶ 序數爲 **nineteenth**。 | He left his country **at** *nineteen*. 他十九歲時離開了國門。

ninety [`naɪntɪ; 'naɪntɪ] [複] **nineties** [-z]
[名][形] ❶九十；九十個；九十的 | He lived to be *ninety*. 他活到九十歲。
▶ 序數爲 **ninetieth**。 | There are *ninety* people in the room. 房間裡有九十個人。
❷(複數形)九〇年代；90～99 歲之間 | He is **in his** early *nineties*. 他是九十出頭的人。
▶ 表示年代加 the，表示年歲加 one's。

ninth [naɪnθ; naɪnθ] (注意拼法) ▶ nineth 不對。
[形] 第九，第九的；九分之一的 | They celebrated his *ninth* birthday. 他們慶祝他的九歲生日。
▶ 縮寫爲 9th。 | I got a *ninth* share of the money. 我得到那些錢的九分之一。

—— [複] **-s** [-s]
[名] ❶(加 the)第九號；(月的)第九日 | Who is **the** *ninth*? 誰是第九號?
| Today is **the** 9*th* of March. 今天是三月九日。
▶ 縮寫爲 9th。
❷九分之一 | five *ninths* 九分之五

nip [nɪp; nɪp] [三] **-s** [-s] [規] **nipped** [-t]; **nipping**
[動][及] ❶箝，挾 | The puppy *nipped* the cuffs of my pants. 那小狗咬住了我的褲腳。
❷傷害 | The heavy frost *nipped* the flowers. 嚴霜摧殘了花兒。
❸箝去，摘 | She is *nipping* the buds. 她正在摘花芽。

nitrogen [`naɪtrədʒən, -dʒɪn; 'naɪtrədʒən]
[複] 無
[名] (化學)氮氣

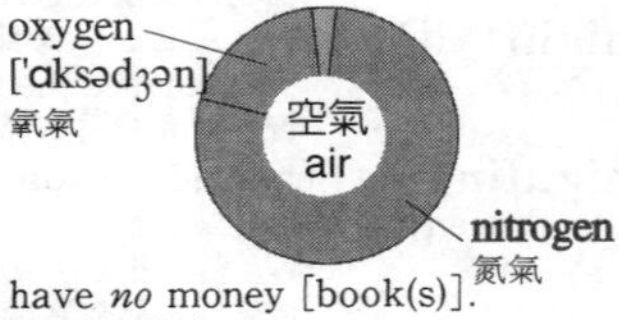
oxygen
['ɑksədʒən]
氧氣
空氣
air
nitrogen
氮氣

no [no; nəʊ]
[形] (限定用法) ❶沒有；不；少 [同] not any | I have *no* money [book(s)]. 我沒有錢〔書〕。
▶ no 所修飾的可數名詞，可爲單數也可爲複數。
| There was *no* water in the pond. 那水池裡沒有水。
▶ 在 have, there is [are]後面之名詞用 no 來修飾而不用 not。

> ▶ **Any ... not** 是錯誤的
> 沒有一本書比這本有趣。
> (正) **No** book is so interesting as this one.
> (誤) **Any** book is **not** so interesting as this one.

❷不；否認；絕非 | He is *no* poet. 他根本稱不上是詩人。
▶ He is *not* a poet. 他不是詩人。(只是單純的否定。)
| It is *no* easy task. 這絕不是容易的工作。

—— [副] ❶不(對肯定疑問句的回答)；是(對否定疑問句的回答) | “Did you go to the concert?” “No, I didn't.”「你參加音樂會嗎?」「不，我沒參加。」
| “Can't you speak English?” “No, I can't.”「你不會說英語嗎?」「是，我不會。」
▶ 回答疑問否定句的方法，英文和中文正好相反。

Can't you swim? 你不會游泳嗎？

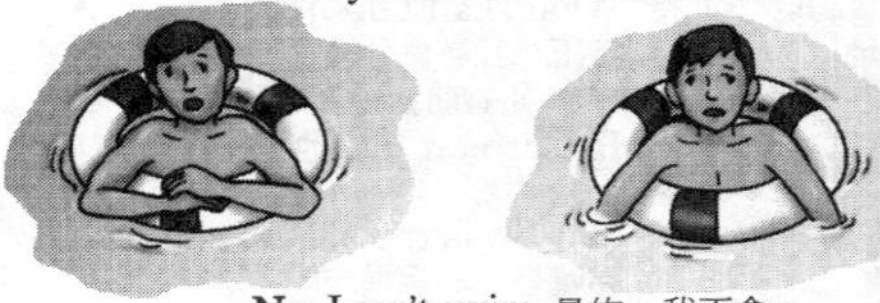

No, I can't swim. 是的，我不會。

❷一點兒，很少，不再(用在比較級前) | We can go *no* **further**. 我們不能再往前走了。
| He is *no* **better** yet. 他仍未好轉。

No., no. [`nʌmbɚ; 'nʌmbə] [複] **Nos., nos.** [-z]
[名] 第幾號，第…個 | *No.*2 第二〔第二號，門牌的二號〕
| Nos.1, 2 and 3 第一，第二和第三

Nobel prize [no`bɛl `praɪz, `nobɛl `-; nəʊ'bel 'praɪz, 'nəʊbel '-]
[名] (加 the)諾貝爾獎金 | He was awarded **the** *Nobel prize* **for** physics. 他獲得諾貝爾物理獎。

noble [`nobl̩; 'nəʊbl] [比] **-r** [最] **-st**
[形] ❶高貴的，高尚的 | He is respected for his *noble* character. 他由於高尚的人格而受尊敬。
❷貴族的；社會階級高的 | He is a man of *noble* birth. 他出身貴族。
[複合][名] **nòbleman**(貴族)
[衍生][副] **nòbly**(高尚地；高貴地) [名] **nobìlity**(高貴)

nobody [`noˌbɑdɪ, `noˌbʌdɪ, `nobədɪ; 'nəʊbədɪ]
[代] 無人 ▶ 視爲單數，比 no one 更口語化。 | There was *nobody* in the room. 房間裡沒有人。
| *Nobody* knows where she lives now. 沒人知道她如今住在那裡。

nod [nɑd; nɒd] [三] **-s** [-z] [規] **nodded** [-ɪd]; **nodding**
[動][不] ❶(表示同意或承認)點頭；打招呼 | She *nodded* and smiled. 她點頭微笑。
| He *nodded* in agreement. 他點頭表示同意。
❷打盹，(睡著後)點頭 | She sat *nodding* by the fire. 她坐在火旁打著盹。
| Even Homer sometimes *nods*. 智者千慮必有一失。(諺語)
[及] ❶點頭 [反] shake | He *nodded* his head. 他點頭。
▶ He shook his head. (他搖頭。)

nod
(表示 yes)

shake
(表示 no)

❷點頭以表示 | The teacher *nodded* approval.
那老師點了頭表示讚許。

衍生 图 -s [-z]

图 點頭示意；點 | She greeted her neighbor **with a**
頭 | *nod*. 她向鄰人點頭招呼。

noise [nɔɪz; nɔɪz] 图 -s [-ɪz]

图 聲音；噪音 | I heard a *noise* in the next room.
我聽到隔壁房間有聲音。

make a noise
發出噪音 | The baby is asleep. Don't *make a noise*. 嬰兒睡了，不要弄出聲音來。

衍生 形 **nòiseless**(寂靜的)

noisy [`nɔɪzɪ; `nɔɪzɪ] 比 **noisier** 最 **noisiest**

形 喧鬧的；吵鬧的 | Don't be *noisy*! 別吵鬧!
We went along the *noisy* street.
我們順著那條喧鬧的街道走。

反 quiet

nominal [`nɑmən! ; `nɔmɪnl]

形 名字的；名義上的；極微薄的 | the *nominal* head of the club 俱樂部名義上的老板／a *nominal* rent 意思意思的〔微少的〕房租

nominate [`nɑmə,net; `nɔmɪneɪt] 三 -s [-s] 現 -d [-ɪd]; **nominating**

動 ❶提名為…候選人 | He was *nominated* **for** President.
他被提名為總統候選人。

❷任命 | He was *nominated* **as** Secretary of
同 appoint | State. 他被任命為國務卿。

衍生 图 **nòminàtion**(提名；任命)

none [nʌn; nʌn] (注意發音) < no + one

代 (人或物) 無一人，無一物，〔什麼都〕沒有，一點也沒有 | *None* of them have come back yet.
他們之中還沒有人回來。
"Is there any sugar?" "No, there's *none*." 「還有糖嗎?」「不，一點也沒有。」

► no one 只以人為對象，但比 none 的意思強。

► 指不可數名詞時，用單數；指可數名詞時，常用複數。

none but ...
只有…，除了… | *None but* the brave deserve(s) the fair. 只有英雄才配得上美人。
She chose *none but* the best.
她只選好的。

— 副 ❶(雖有此事實)但一點也不 | He is *none* the happier for his
wealth. 他並不因為他的財富而比較快樂。
I like him *none* the less for ⌐his faults.⌐
雖然他有缺點，但我依然喜歡他。

❷毫不，一點也不 | The pay is *none* **too** high.
酬金一點也不高。

► 放在 too, so 之前。

nonsense [`nɑnsɛns; `nɔnsəns] 图 無

图 無意義的事 | He is always talking *nonsense*.
他老是胡扯。

► 無冠詞，無複數形。

— 嘆 胡說!亂來!胡鬧! | *Nonsense*! I don't believe it.
胡扯，我才不相信。

衍生 形 **nonsènsical**(無意義的，無聊的)

nook [nʊk; nʊk] 图 -s [-s]

图 (屋子的)屋隅，角落 | We searched **every** *nook* **and corner**. 我們搜遍了每個角落。

noon [nun; nuːn] 图 無

图 正午(中午 12 時) | We have lunch **at** *noon*.
我們在正午吃午飯。

┌──── ► 注意介系詞 ────┐
(在正午) | **at** noon
(在下午) | **in the** afternoon

no one, no-one [`no‚wʌn; `nəʊwʌn]

代 (視為單數) 無人 | *No one* is at home.
沒人在家。

► 口語用 nobody。

► no one 比 none 意思較強，只限於用在人。

nor [nɔr, nɚ; nɔː(r)]

連 ❶也不… | I had **neither** time *nor* money.
我既無閒又無錢。

► nor 為對等連接詞，neither ... nor〜連接的詞要同為名詞、同為形容詞或動詞片語。⇨ neither

┌──── ► 注意動詞 ────┐
Neither you *nor* **I was** right.
你不對，我也不對。

►動詞不是和 you 而是和 I 一致。口語常用
"*Neither* you were right *nor* was I."

❷也不，又不 | He doesn't want to go there, *nor*
同 and not | do I.

► 用在 not, never, no 等否定句之後。 | 他不想去那裡，我也不想去。
He didn't smoke, *nor* did he drink.
他不抽煙，也不喝酒。

同 neither | "I **can't** speak English." "*Nor* can
⇨ neither | I." 「我不會說英語。」「我也不會。」

normal [`nɔrml ; `nɔːml] 反 abnormal

形 正常的，標準的，普通的 | the *normal* temperature of the
human body 人體的正常溫度

— 图 無

图 標準，正常，常態，普通 | Everything has returned to *normal*.
所有事情都已恢復正常了。

衍生 副 **nòrmally**(正常地，常態地)图 **norm**(標準，規範)
normàlity(正常，常態)動 **nòrmalìze**(正常化)

north [nɔrθ; nɔːθ] 图 無

图 (加the)北，北方，北部 | His house looks **(to the)** *north*.
他的房子朝北。

反 south | It is cold **in the** *north*. 北方是寒冷的。

in the north of ... 在…的北部

► 美 用 in the northern part of。
Taipei is *in the north of* Taiwan.
台北在台灣的北部。

(to the) north of ... 在…以北
Taipei is *(to the) north of*
Taichung. 台北在台中以北。

on the north of ... = *on the northern border of ...* 鄰接…的北方
Keelung is *on the northern
border* of Taipei county.
基隆鄰接台北縣的北境。

基隆
台北
台中
N

—形 北方的;向北的;北部的;在北方 | I live on the *north* side of the city. 我住在此城北區。
A cold *north* wind has begun to blow. 寒冷的北風已開始吹起。

—副 向北方 | These birds fly *north* in spring. 這些鳥春天飛向北方。　｢極星）

複合 **名** **the Nòrth Pòle**(北極), **the Nòrth Stàr**(北 ｝

衍生 **形副** **nòrthward**(向北方的;向北方地)

northern [`nɔrðən; 'nɔːðn] (注意發音)
形 北部的,北方的;向北的 | Our office is on the *northern* side of the building. 我們的辦公室在此大樓的北側。

▶ ｢南的｣是 southern [`sʌðən] (注意發音)。

Norway [`nɔrwe; 'nɔːweɪ]
名 (國名)挪威 | ▶ 位於斯堪地那維亞半島西部的王國。

衍生 **形名** **Norwègian**(挪威的;挪威語〔人〕)

nose [noz ; nəʊz] **働 -s** [-ɪz]
名 鼻子 | He often blows his *nose*. 他經常擤鼻子。

┌──── ｢他的鼻子是高的。｣ ────
(誤) His nose is high.
(誤) He has a high nose.
(正) He has a big nose.

poke one's ***nose into ...***
干涉… | He *pokes* his *nose into* everything. 他每件事都要干涉〔多管閒事〕。

turn up one's ***nose at ...***
瞧不起…,鄙視… | She *turned up* her *nose at* our offer. 她鄙視我們的貢獻。

nostril [`nɑstrəl, -trɪl; 'nɒstrəl] **働 -s** [-z]
名 鼻孔 | We usually breathe through the *nostrils*. 我們通常藉由鼻孔呼吸。

not [nɑt; nɒt]
副 不,未 | He is *not* [isn't] honest. 他不誠實。

▶ 在 be 動詞或助動詞的否定式中,not 要置於其後。 | ▶ 通常 can not 不分開。
I cannot [can't] swim. 我不會游泳。
I have *not* [haven't] been there. 我沒去過那裡。

▶ 在一般動詞的否定式中,要用 do not [don't], does not [doesn't], did not [didn't]。 | I do *not* [don't] know his name. 我不知道他的名字。
He does *not* [doesn't] take exercise. 他不做運動。
They did *not* [didn't] attend the conference. 他們沒出席會議。

┌──── **注意 not 的用法** ────
not 通常是修飾用的字,但要否定句子中某一詞語時,則要注意:
1) He didn't go to the station.
(他沒去車站。)
2) He didn't go to the station at nine.
(他九點時沒去車站(別的時間去了)。)
3) He didn't go to the station at nine yesterday.
(他昨天早上九點沒去車站(不是昨天去的)。)

▶ 2) 3)如不用上述的說法。則如下:
2) He went to the station, *not* at nine (but at eight).
3) He went to the station at nine, *not* yesterday (but the day before).

▶ 否定不定詞‧分詞‧動名詞時 not 要放在前面。 | Tell her *not* to come. 告訴她不要來。
I am ashamed of *not* knowing it. 不知道此事我很覺羞慚。
I do*n't* know all the boys. 這些男孩我沒有全部都認識(但也許認得一些)。

▶ not 在 all, always, necessarily, both, every, quite altogether 前面的用法通常表示部分否定。 | ▶ "All the boys don't know me." 是｢所有的男孩都不認識我｣的意思。
I do*n't* know both of them. 這兩個人我不是全都認識(表示認識一方)。
It is *not* always true. 這並不見得是真實的。
Not everybody likes reading. 並非所有的人都喜歡讀書。

┌──── ｢我想不會下雨｣在英文中的用法 ────
(較佳的用法) I don't think it will rain.
(不好的用法) I think it will *not* rain.
▶ 用 I think ... 時,要用否定的主要子句,但用 He thinks, I consider 時,可以不用否定的主要子句。

▶ "Will he get well?"(他會痊癒嗎?),如回答｢我想他不會痊癒｣的否定回覆時,用"I am afraid *not*."是"He will *not* get well."的代用語。如回答是肯定的｢我想他會痊癒｣時,則回答"I hope so."。

▶ 敘述句為肯定的附加問句,若希望對方的回答為 yes,則用下降調的發音。
"It's a very fine day, *isn't it*?"(⌢)"**Yes**, we've had beautiful days lately."｢天氣很好,不是嗎?｣｢是的,最近天氣都很好。｣

▶ 如果是用上升調,表示不確定而輕聲的探詢。這種場合可以用 No 回答:
"It's raining, *isn't it*?"(⌣)"**No**, the rain has stopped now."｢正下著雨,不是嗎?｣｢不,雨現在已經停了。｣

not ... at all
毫不…一點也不… | I don't like it *at all*. 我一點兒也不喜歡它。

***not ... but*~**
不是…而是 | He is *not* a poet *but* a writer. 他不是詩人而是作家。

***not only ... but (also)*~**
不但…而且 | He is *not only* brave *but* wise. 他不但勇敢而且聰明。

notable [`notəbl; 'nəʊtəbl] ▶ note(注意) + able
形 值得注意的;著名的 | His lecture was a *notable* success. 他的演講大獲成功。

衍生 **副** **nòtably**(著名地;顯著地;重要地)

notch [nɑtʃ; nɒtʃ] **働 -es** [-ɪz]
名 (V字型的)刻痕,切痕 | He cut *notches* on a stick. 他在一根木棍上刻下了V字型的刻痕。
美 山谷,峽谷 | The sun set in the *notch* between the mountains. 夕陽在高山間落下。

ote [not; nəʊt] 働 **-s** [-s]

名 ❶摘要, 筆記 | He made a speech **without** *notes*.
他作了一次不用講稿的演講。

notebook
筆記簿, 帳簿

note
摘記, 筆記

❷注意, 注目 | This invention is worthy of *note*.
這發明值得注意。

❸註釋, 注意事項 | It is explained in the *note*.
在注意事項上有解釋。

❹短箋 | She sent me a *note* of thanks.
她寄給我一張謝函。

❺紙幣 | Give me change for this *note*.
美 bill | 請替我把這張鈔票換成零錢。

ke note of ...
留心…, 注意… | You must *take note* of the warning.
你必須留心這警告。

ke notes
記筆記 | They *took notes* of [美 on] his lecture. 他們記下了他的演講。

働 〈三〉 **-s** [-s] 働 **-d** [-ɪd]; **noting**

動 ⑧ ❶注意, 留心 | The policeman *noted* some footprints. 警察注意到一些腳印。

❷記下 | He *noted* **down** my phone number.
他記下了我的電話號碼。

複合 名 **nōtebook**(筆記簿)

衍生 形 **nōtable**(值得注意的), **nōted**(著名的)

oteworthy [`not,wɜðɪ; `nəʊt,wɜːðɪ]
形 值得注意的; 顯著的 | This is a *noteworthy* achievement.
這是一項值得注意的成就。

othing [`nʌθɪŋ; `nʌθɪŋ]
代 沒有什麼 | *Nothing* pleased him.
沒有什麼使他快樂的。
She said *nothing*. 她什麼都沒說。

▶ 在否定句中, *anything* 不能當主詞, 只可當受詞。

Nothing.....
Anything.....not

▶ 形容詞・不定詞等修飾詞語要放在 nothing 之後。 | She said *nothing* **interesting**.
她說過的話毫然無味。
I have *nothing* **to do** now.
我現在沒什麼事可做。
I have *nothing* **to boast of**.
我沒什麼值得吹噓的。

働 **-s** [-z]

名 ❶無; 零 | *Nothing* comes of *nothing*.
無中不能生有。〔不種其因不得其果。〕(諺語)

❷無足輕重的物或人 | She is *nothing* to me.
對我而言, 她是無足輕重的。

• nothing but
只… | The girl *did nothing but* cry.
那女孩只是一味地哭著。

r nothing
❶免費 | She got the ticket *for nothing*.
她免費得到那張票。

❷無用, 白費 | He did not go to college *for nothing*. 他上了大學並沒白費。

❸無緣無故 | They quarreled *for nothing*.
他們無緣無故地爭吵。

have nothing to do with ...
和…沒有關係 | I *have nothing to do with* the accident. 我和這外事件沒有關聯。

make nothing of ...
❶(常和 can 一起用)不理解… | I could *make nothing of* the passage. 我不了解這一章節。

❷不重視…, 輕視… | He *makes nothing of* working ten hours a day.
他不在乎一天工作十小時。

nothing but ...
除了, 只不過… | We could see *nothing but* fog.
除了霧之外我們什麼也看不見。
同 only | She is *nothing but* a child.
她只不過是個孩子而已。

▶ **nothing but** 和 **anything but**

| nothing but | ……but 是 except(…除外)的意思, 所以 nothing but ... 是「除了無他, 只有這個, 不過如此」的意思 |
| anything but | …「除了這個什麼都可」。I will do *anything but* that.(除了那件事之外, 我什麼都做。)▶ 也有「完全不是這樣子」的意思。 |

to say nothing of ... 同 not to mention＝without mentioning
更不用說…, 更何況… | To *say nothing of* English, he can speak French very well. 他法語講得很好, 英語更不待言了。

—— 副 一點也不 | I care *nothing* about the result.
我一點也不在乎結果。

notice [`notɪs; `nəʊtɪs] 働 **-s** [-ɪz]

名 ❶注意, 注目 | He paid no *notice* **to** her.
同 attention | 他對她毫不注意。

❷公告 | Don't put a *notice* on the wall.
不要在牆上張貼公告。

❸通知; 通告; 預告 | He was dismissed **at** ten days' *notice*. 他被通知在十天之內解雇。

take notice of ... 注意… | They *took* no *notice* of what he said. 他們沒注意他說過什麼。

without notice
沒預先通知 | He was fired *without notice*.
他在事先沒被通知的情況下被解聘了。

—— **-s** [-ɪz] 働 **-d** [-t]; **noticing**

動 ⑧ 注意 | She didn't *notice* me. 她沒注意到我。

noticeable [`notɪsəbl; `nəʊtɪsəbl]
形 顯著的, 值得注意的 | The class made *noticeable* improvement. 這班有顯著的進步。

notify [`notə,faɪ; `nəʊtɪfaɪ] 〈三〉 **notifies** [-z] 働 **notified** [-d]; **notifying**

動 ⑧ 通知; 發表 | We *notified* him **of** it in writing.
我們用書面通知他那件事。

同 inform | I *notified* the bank
{ **of** the change of my address.
{ **that** my address had changed.
我通知了銀行, 我的地址變更。

衍生 名 **nótificátion**(通知)
notion [`noʃən; 'nəʊʃn] 獨 **-s** [-z]
名 ❶觀念；理解 | I have no notion of what he is
力；概念 | talking about.
| 我完全不知道他在講什麼。
❷意見，想法 | His notion is that planes are safer
| than cars.
| 他的看法是飛機比汽車安全。

notorious [no`torɪəs; nəʊ'tɔːrɪəs]
形 (含有不良意 | The notorious gangster was
味)有名的；惡名 | arrested yesterday.
昭彰的 | 這個惡名昭彰的歹徒昨天被捕了。
| He is notorious for being late.
| 他是遲到出了名的。

┌── ▶ **famous** 和 **notorious** ──
│ famous ……(含有好的意思)有名的
│ a famous writer (名作家)
│ notorious …(含有壞的意思)有名的
│ a notorious gangster
│ (惡名昭彰的幫派分子)

notwithstanding [ˌnɑtwɪθ`stændɪŋ, -wɪð-; ˌnɒtwɪθ'stændɪŋ]
介 (文語)雖然， | The house was sold
縱使 | notwithstanding its high price.
同 in spite of | 這房子價錢雖高，還是賣掉了。

noun [naʊn; naʊn] 獨 **-s** [-z]
名 (文法)名詞 | a common noun 普通名詞

nourish [`nɝɪʃ; 'nʌrɪʃ] 三 **-es** [-ɪz] 獨 **-ed** [-t]; **-ing**
動⊗❶滋養，提 | Food and drink nourish a person.
供營養 | 食物和飲料提供人養分。
❷(心)懷有 | She nourishes the dream of
| studying abroad.
| 她懷有出國深造的美夢。
衍生 形 **nóurishing**(滋養的)

nourishment [`nɝɪʃmənt; 'nʌrɪʃmənt] 獨 無
名 營養品，營養 | take nourishment 攝取營養
食物

novel[1] [`nɑvl; 'nɒvl] 獨 **-s** [-z]
名 長篇小說 | This novel is full of adventures.
| 這小說充滿冒險事蹟。

novel[2] [`nɑvl; 'nɒvl] ▶ 名詞為 novelty。
形 新奇的；異常 | She has a novel idea for saving
的 | money. 她有一個新奇的省錢方法。

novelist [`nɑvlɪst; 'nɒvəlɪst] 獨 **-s** [-s]
名 小說家 | I want to be a novelist.
| 我想成為小說家。

novelty [`nɑvltɪ; 'nɒvltɪ] 獨 **novelties** [-z]
名 ❶新奇的東 | Diving is quite a novelty to me.
西〔事〕 | 潛水對我而言是十分新鮮有趣的事。
❷新奇；新鮮；珍 | It has lost its novelty.
奇 | 它已失去新鮮感了。
衍生 形 **nóvel**(新奇的；異常的)

November [no`vɛmbɚ; nəʊ'vembə(r)]
名 十一月 | They will get married in
▶ 略作 Nov.。 | November.
| 他們要在十一月結婚。

novice [`nɑvɪs; 'nɒvɪs] 獨 **-s** [-ɪz]
名 生手，新手 | He is a novice in baseball.
| 他是個棒球新手。

now [naʊ; naʊ]
副 ❶現在 | What time is it now?
| 現在幾點鐘?
❷如今，目前 | He is now a grown-up.
| 他如今已經是成人了。
❸好；喏(用於承 | Now, let's play baseball.
接下面的句子， | 嗨，讓我們來打棒球吧。
加強命令、警告、 | Now, stop laughing.
責備等語氣，或 | 好了，不要笑了。
改變語氣，表示
安慰，驚奇等。)
❹馬上 | Do it now.
| 馬上做這件事。

(every) now and then = now and again
有時，偶然 | I see my uncle now and then.
| 我偶爾去看看我叔叔。
just now | He left for Tokyo just now.
❶剛才 | 他剛才啓程前往東京去了。
┌── ▶ **just now** 不能用於現在完成式 ──
│「他剛剛離開。」
│ (誤) He has left just now.
│ (正) He has just left.

❷現在，目前 | I'm free just now. 我現在有空。
right now | Do your homework right now.
美 立刻 | 立刻做你的家庭作業。
── 獨 無
名 現在 | He will be there by now.
| 他現在應該到達那裡了。
| From now on, I'll never tell a lie.
| 今後我決不說謊。
── 連 既然，因為 | Now that you are a big boy, don't
同 since | do such a thing. 既然你已是個大男
| 孩了，就不要做這種事。

nowadays [`naʊəˌdez; 'nəʊədeɪz]
副 現在，當今 | Nowadays a lot of young men like
| to have their hair dyed.
| 當今有許多年輕人喜歡染頭髮。

nowhere [`noˌhwɛr; 'nəʊweə(r)]
副 無處，無地 | He was nowhere to be found.
| 他杳無蹤跡。
| He goes nowhere on a rainy day.
| 下雨天他什麼地方也不去。

noxious [`nɑkʃəs; 'nɒkʃəs]
形 有害的，有毒 | The exhaust from a car is noxious.
的 | 汽車的廢氣是有毒的。

nuclear [`njuklɪɚ, `nu-; 'njuːklɪə(r)]
形 核子的 | nuclear weapons 核子武器／a
| nuclear war 核子戰爭

nucleus [`njuklɪəs, `nu-; 'njuːklɪəs] (注意發音) 獨
nuclei [`njuklɪaɪ, `nu-], **-es** [-ɪz]
名 核；中心；原 | The family is the nucleus of the
子核 | community. 家庭是社會的核心。

nude [njud, nud; njuːd]

形 裸的, 裸體的 | We are *nude* when we take a bath.
同 naked | 我們洗澡時是裸體的。

nudge [nʌdʒ; nʌdʒ] ⊜ **-s** [-ɪz] 働 **-d** [-d]; **nudging**
動 ⊛ (為引起注意而)以肘輕觸 | She *nudged* me in the ribs. 她以肘輕觸一下我的肋骨。 ⌈[-ɪz]｜

nuisance [ˋnjusn̩s, ˋnu-; ˋnjusns] (注意發音) 働 **-s**
名 討厭的行為; 討厭的人〔物〕 | It is a *nuisance* to have a cold. 感冒是一件討厭的事。

numb [nʌm; nʌm] (注意發音)
形 麻木的; 失去知覺的 | My hands are *numb* with cold. 我的手凍僵了。
—— ⊜ **-s** [-z] 働 **-ed** [-d]; **-ing**
動 ⊛ 使麻木, 使昏迷 | I was *numbed* with fear. 我因恐懼而昏迷。

number [ˋnʌmbɚ; ˋnʌmbə(r)] 働 **-s** [-z]
名 ❶數目 | The *number* of the students in our class is forty-five.
我們班上學生人數是四十五人。
Cars are increasing in *number*.
汽車的數目在增加中。
❷數字 | 9 is an odd *number* and 10 is an even *number*. 九是奇數, 十是偶數。
同 figure |
❸號碼, (雜誌的)…號 | What is your telephone *number*?
你的電話號碼是多少?
❹節目 | His next *number* is a folk song.
他的下個節目是一首民謠。

a large [*a great*] *number of* …
很多的… | He has *a large number of* books.
他擁有很多書。

a large number of (apples) 很多的(蘋果)

用在可數的名詞

用在不可數的名詞

a great deal of (work)
大量的（工作）

a number of … | *A number of* books are missing.
有一些書掉了
❶一些… | There are *a number of* places to see in Taipei.
❷很多… | 台北有很多地方可以看。
▶❶❷的分別要看上下文。

─── ▶ a number of 和 the number of ───
A number of men **were** called in.
(很多男人被找了過來。)
The number of cars **is** increasing.
(汽車的數目正在增加。)
▶ a number of 的動詞是複數, 而 the number of 的動詞是單數。

—— ⊜ **-s** [-z] 働 **-ed** [-d]; **numbering** [ˋnʌmbərɪŋ]
動 ⊛ ❶編以號碼 | The cards were *numbered* from 1 to 50. 這些卡片從一號編到五十號。
❷計入, 算作 | He is to be *numbered* **among** the greatest men in China.
他被稱為中國最偉大的人物之一。

numberless [ˋnʌmbɚlɪs; ˋnʌmbəlɪs]
形 無數的 | *numberless* stars 不計其數的星星

numeral [ˋnjumərəl; ˋnjuːmərəl] 働 **-s** [-z]
名 數字 | Arabic *numerals* 阿拉伯數字(1, 2, 3)／Roman *numerals* 羅馬數字(I, II, III)
同 figure |

numerous [ˋnjumərəs; ˋnjuːmərəs]
形 多數的, 極多的 | He has *numerous* telephone calls every day.
同 many | 他每天有很多電話。
▶ 也可修飾單數名詞。 | a *numerous* collection of books 大量的藏書

nun [nʌn; nʌn] 働 **-s** [-z] 相 monk
名 修女; 尼姑 | a *nun* and a monk 尼姑與和尚

nurse [nɝs; nɜːs] 働 **-s** [-ɪz]
名 ❶護士; 看護人 | Several *nurses* assisted the doctor.
有好幾位護士協助那醫師。
❷褓姆, 奶媽 | The parents left their child with the *nurse*. 這對父母把孩子託付給奶媽。
—— ⊜ **-s** [-ɪz] 働 **-d** [-t]; **nursing**
動 ⊛ ❶看護, 照顧(小孩) | She *nursed* the sick boy back to health. 她看護那病童而使他復元。
❷(心裡)懷著 | She is *nursing* a grudge **against** him. 她對他懷著恨意。
衍生 名 **nùrsling**(特指由奶媽撫養的嬰兒)

nursery [ˋnɝsərɪ; ˋnɜːsərɪ] 働 **nurseries** [-z]
名 育兒室; 托兒所; 嬰兒室 | A lot of children are brought up in a *nursery* in Taiwan.
台灣有許多的小孩在托兒所長大。

nut [nʌt; nʌt] 働 **-s** [-s]
名 ❶果核; 堅果 | The boys gathered *nuts* in the woods. 男孩們在樹林裡收集堅果。
▶ 柔軟的果實是 berry。

acorn 橡子   chestnut 栗子

walnut 胡桃子

❷螺帽 | fasten a bolt with a *nut*
用螺帽栓緊螺絲

nutrition [njuˋtrɪʃən, nu-; njuːˋtrɪʃn] 働 無
名 營養; 食物 | Proper *nutrition* is important for good health.
適當的營養對健康很重要。
衍生 形 **nutrìtious**(滋養的)

nutshell [ˋnʌt͵ʃɛl; ˋnʌtʃel] 働 **-s** [-z]
名 堅果之殼 | I cannot crack this *nutshell*.
我無法打破這個果殼。

in a nutshell 簡述 | I'll tell you the story *in a nutshell*.
我簡單地告訴你這故事。

nylon [ˋnaɪlɑn; ˋnaɪlɒn] 働 無
名 尼龍 | *Nylon* dries easily.
尼龍容易乾。

nymph [nɪmf; nɪmf] 働 **-s** [-s]
名 (神話)女神 | ▶ 希臘‧羅馬神話中居住在山‧川‧森林‧泉水的年輕女神。

─O─

O [o; əʊ] ▶ 常用大寫, 不加逗點。
感嘆詞 啊; 喂 | *O* Bill! 喂, 比爾!
| *O* no! 啊, 不!

oak [ok; əʊk] 複 **-s** [-s] ▶ 果實是 acorn [`ekən]。
名 橡樹; 橡木 | An *oak* is a noble tree.
| 橡樹是一種高雅的樹。
▶ 為堅實的木材用於製家具或船。

oar [or, ɔr; ɔː(r)] ▶ 和 or 同音。
名 槳 | I don't know how to use *oars*.
| 我不知道怎樣用槳。
▶ paddle 是指划獨木舟時所用的寬而短的槳。

oasis [o`esɪs, `oəsɪs; əʊ'eɪsɪs] (注意發音) 複 **oases**
[o`esiz]
名 綠洲 | Travelers in the desert often stop
▶ 沙漠中的綠 | at an *oasis*.
地。 | 沙漠中的旅客經常停留在綠洲上。

oat [ot; əʊt] 複 **-s** [-s]
名 燕麥 | *Oats* provide nutritious food for
| people and animals.
| 燕麥提供了人類與動物營養的食物。
複合 名 **ōatméal** (麥片粥 ▶ 碾碎做成粥, 早餐食用。)

oath [oθ; əʊθ] 複 **oaths** [oðz, oθs]
名 誓; 誓言 | He made an *oath* **that** he would not
| tell lies. 他發誓決不說謊。

obedient [ə`bidɪənt; ə'biːdjənt] 反 disobedient
形 順從的, 服從 | She is *obedient* **to** her parents.
的 | 她很順從父母。
衍生 副 **obèdiently** (順從地) 名 **obèdience** (順從)

obey [ə`be, o`be; ə'beɪ] 三 **-s** [-z] 過 **-ed** [-d]; **-ing**
動 及 不 服從, | You should *obey* your parents.
遵從, 順從 | 你應該服從你的父母。

動 obèy 服從	↔ dísobèy 不服從
形 obèdient 服從的	↔ dísobèdient 不服從的
名 obèdience 服從	↔ dísobèdience 不服從

object [`ɑbdʒɪkt; 'ɒbdʒɪkt] 複 **-s** [-s]
名 ❶物, 物體 | I saw a strange *object* in the sky.
| 我看見天空有一個奇怪的物體。
❷目的, 目標 | He has no definite *object* in life.
同 purpose | 他沒有確定的人生目標。
❸(⋯的)對象 | She is an *object* **of** admiration.
| 她是別人讚賞的對象。
❹(文法)受詞 | a direct *object* 直接受詞／an
| indirect *object* 間接受詞
━━[əb`dʒɛkt; əb'dʒekt] (注意發音) 三 **-s** [-s] 過 **-ed** [-ɪd];
-ing
動 不 反對, 提出 | They all *objected* **to** the plan.
異議 | 他們都反對這計畫。
同 oppose | He *objected* **to** wor**k**ing on
| Sundays. 他反對星期天工作。

▶━━後面要加 to━━
(誤) They *objected* the plan.
(正) They *objected* **to** the plan.
▶ oppose(反對)用 "They *opposed* the plan." 時
不要加 to。

及 反對; 有異議 | They *objected* **that** the plan was
| risky.
| 他們反對說這計畫是危險的。
衍生 形 **objèctive** (客觀的), **objèctionable** (不愉快的)

objection [əb`dʒɛkʃən; əb'dʒekʃn] 複 **-s** [-z]
名 反對, 反對的 | We have no *objection* **to** your
理由 | marriage.
| 我們沒有反對你的婚姻。
衍生 形 **objèctionable** (不愉快的, 可反對的)

obligation [ˌɑblə`geʃən; ˌɒblɪ'geɪʃn] 複 **-s** [-z]
名 ❶義務 | fulfill one's *obligation* 完成某人的義
| 務
| I have an *obligation* [I am under
| (an) *obligation*] **to** help my students.
| 我有義務幫助我的學生。
❷恩惠 | I feel an *obligation* **to** him **for** his
| help.
| 對於他的幫忙, 我很感激。
衍生 形 **oblìgatóry** (義務的)

oblige [ə`blaɪdʒ; ə'blaɪdʒ] 三 **-s** [-ɪz] 過 **-d** [-d];
obliging
動 及 ❶強制; | Bad health *obliged* him **to** retire.
(用於被動語態) | 健康情況不佳使他不得不退休。
不得不 | I was *obliged* **to** give up the plan.
| 我不得不放棄那計畫。
▶━━「不得不⋯」的同義字━━
「我不得不去。」
⎰ I *was forced* **to** go.
⎱ I *was compelled* **to** go.
⎰ I *was obliged* **to** go.
▶ force 語氣最強, 而 oblige 最弱。

❷恩賜, 賜與 | Could you *oblige* me **with** a few
| dollars?
| 你能賞給我幾塊錢嗎?
be obliged to ... for~
因~而感激⋯ | I'm much *obliged* **to** you **for** your
| kindness.
| 我非常感激你的好意。
衍生 形 **oblìging** (親切的) 副 **oblìgingly** (親切地)

obliterate [ə`blɪtəˌret; ə'blɪtəreɪt] 三 **-s** [-s] 過 **-d**
[-ɪd]; **obliterating**
動 及 消除 | The rain *obliterated* the footprints.
| 雨水沖去了腳印。
衍生 名 **oblíterātion** (消除, 去除)

oblivion [əˋblɪvɪən; əˊblɪvɪən] 働 無
名 忘記；湮沒 | His name has long since **passed into** *oblivion*.
他的名字早已被人遺忘。
衍生 形 **oblìvious**(忘記的；昏沉的)

obscure [əbˋskjʊr; əbˊskjʊə(r)] 働 -r 働 -st
形 ❶朦朧的；陰暗的 | an *obscure* corner of the room
房間陰暗的一角
❷含糊的，不清的 | His explanation is *obscure* to me.
我覺得他的解釋很含糊。
衍生 名 **obscùrity**(不明瞭) 副 **obscùrely**(不明瞭地)

observance [əbˋzɝvəns; əbˊzɜːvəns] 働 -s [-ɪz] ⇨ observe ❸
名 (對法律・義務・習慣)遵守；慶祝典禮 | the *observance* of the traffic rules
交通規則的遵守
the *observance* of the Emperor's Birthday
皇帝壽誕的慶祝大典

observation [ˌɑbzɚˋveʃən; ˌɒbzəˊveɪʃn] 働 -s
名 ❶觀察；觀察力 | This experiment requires careful *observation*.
這實驗需要仔細的觀察。
❷(經觀察或思索後所得到的)意見，言論 | his *observations* **about** the play
他對這齣戲的意見

observatory [əbˋzɝvəˌtorɪ, -ˌtɔrɪ; əbˊzɜːvətrɪ] 働 **observatories** [əbˋzɝvətorɪz]
名 觀測所；天文台 | an astronomical *observatory* 天文台

observe [əbˋzɝv; əbˊzɜːv] 働 -s [-z] 働 -d [-d]; **observing**
動 ⊗ ❶觀察；注意 | He *observed* her come across the street.
他注意到她穿越馬路而來。
▶ 和 see, hear 一樣，後接不加 to 的不定詞片語做受詞補語。
❷陳述(意見) | "Bad weather," the farmer *observed*.
那農夫說：「天氣不好」。
❸遵守(法律・義務・習慣)；慶祝(慶典)；舉行 | They *observe* the fourth of July as Independence Day in the United States. 美國人慶祝七月四號的獨立紀念日。

▶ observe 的名詞
obsèrve { ❶❷ **óbservàtion** (觀察；注意；意見)
❸ **obsèrvance** (遵守；慶祝)

衍生 形 **obsèrvant**(觀察敏銳的；嚴守的) 名 **obsèrver**(觀察者，觀察家)

obstacle [ˋɑbstək!; ˊɒbstəkl] 働 -s [-z]
名 障礙(物) | A fallen tree across the road was an *obstacle*.
橫倒在路上的樹是障礙物。
an *obstacle* race 障礙賽跑

obstinate [ˋɑbstənɪt; ˊɒbstənət] 働 stubborn
形 頑固的，固執的 | He is *obstinate* and will not change his mind.
他很頑固，不會改變心意。
衍生 名 **òbstinacy**(頑固) 副 **òbstinately**(頑固地)

obstruct [əbˋstrʌkt; əbˊstrʌkt] 働 -s [-s] 働 -ed [-ɪd]; **-ing**
動 ⊗ 妨礙；阻塞 | Fallen rocks *obstructed* the traffic.
落石妨礙交通。
衍生 名 **obstrùction**(妨害，障礙)

obtain [əbˋten; əbˊteɪn] 働 -s [-z] 働 -ed [-d]; **-ing**
動 ⊗ (努力)得到；獲得；達成 | He studied hard and *obtained* his degree.
他用功讀書，取得學位。
⇨ acquire | They tried to *obtain* their object.
他們企圖達成他們的目標。
衍生 形 **obtàinable**(可能得到的)

obvious [ˋɑbvɪəs; ˊɒbvɪəs] ⊗ ambiguous
形 明白的，明顯的 | It is *obvious* **that** (=Obviously) he was murdered.
很明顯的，他是被謀害的。
▶ 比 apparent 和 evident 的語氣更強。
衍生 副 **òbviously**(明顯地 ▶ 常置於句首修飾全句。)

occasion [əˋkeʒən; əˊkeɪʒn] (注意發音) 働 -s [-z]
名 ❶場合，時機 | I met her **on** several *occasions*.
我在一些場合遇見她。
❷機會，良機 通 chance | This is a good *occasion* to congratulate him.
這是向他賀喜的好機會。
❸大事；盛會 | The anniversary was quite an *occasion*.
週年紀念是一場盛會。

on occasion 同 occasionally
不時地；偶爾 | I meet him *on occasion*.
我偶爾遇見他。

occasional [əˋkeʒən, əˊkeɪʒənl]
形 隨時的；偶爾的 | She pays an *occasional* visit to me.
她偶爾來拜訪我。
衍生 副 **occàsionally**(不時地；偶爾)

Occident [ˋɑksədənt; ˊɒksɪdənt]
名 (加 the)西洋，歐美 働 the Orient | He is more interested in the Orient than **the** *Occident*.
他對東方比對西方更有興趣。
衍生 形 名 **Òccidèntal**(西洋的；西洋人)

occupation [ˌɑkjəˋpeʃən; ˌɒkjʊˊpeɪʃn] 働 -s [-z]
名 ❶職業 | His *occupation* is selling encyclopedias.
他的職業是銷售百科全書。

▶ 問職業的各種說法
1) What do you do?
2) Where do you work?(你在哪裡高就?)
3) What is your occupation?
4) What line (of business) are you in?

❷占領，占有；居住 | His country is under enemy *occupation*.
他的國家目前被敵人占領。
衍生 形 **òccupàtional**(職業的；(美)占領的)

occupy [`ɑkjə,paɪ; `ɔkjʊpaɪ] ⊜ **occupies** [-z] 働 **occupied** [-d]; **-ing**
動㉑ ❶占領 | The enemy *occupied* the fort.
敵人占據了碉堡。
❷據有(場所・地位等) | The building *occupies* an entire block.
那建築物獨占街道一方。
❸(被動式或用 oneself 作受詞)忙於 | He was *occupied* with [in] writing a novel. 他忙於寫小說。
衍生名 **ṓccupant** (居住者)

occur [ə`kɜ; ə`kɜ:(r)] ⊜ **-s** [-z] 働 **occurred** [-d]; **occurring**
動不 ❶(事情偶然地)發生 | The accident *occurred* on Sunday. 這意外事件發生於星期日。
❷(思想等)突然浮在心頭 | A good idea *occurred* to me. 我想到一個好主意。
| It *occurred* to me that he was jealous. 我突然發覺他在嫉妒。

──▶ 注意名詞的拼法──
動 occùr 發生 →名 occùrrence 事件
動 recùr 再發生→名 recùrrence 再發生

衍生名 **occùrrence** (發生;事件)

ocean [`oʃən; `əʊʃn] 働 **-s** [-z]
名海洋,大海 | the Atlantic *Ocean* 大西洋／the Pacific *Ocean* 太平洋
▶本來應較 sea 大,但在㊤ 却可代替 sea。因此,有時以 go to the ocean 來代替 go to the sea (到海邊去)。
複合名 **ṓcean líner** (遠洋客船;遠洋班輪)

o'clock [ə`klɑk; ə`klɒk]
副…點鐘 | I got up at six *o'clock* this morning. 今晨我六點起床。
▶❶ of the clock 的縮寫,❷ o'clock 經常可以省略,❸在「…時…分」的場合 o'clock 要省略,如 "It's a quarter past [㊤ after] three." (現在是三點一刻),口語通常是說 3:15 (three-fifteen)。

October [ɑk`tobə; ɒk`təʊbə(r)] 働 無
名十月 | It is neither too hot nor too cold in *October*.
▶縮寫爲 Oct.。| 十月天既不太熱也不太冷。
▶ octo-這個字首代表「八…」的意思,古代羅馬曆 October 是八月的意思。

octagon
[`ɑktə,gan]
八角形

octave
[`ɑktɪv]
八度音階

octopus
[`ɑktəpəs]
章魚

odd [ɑd; ɒd]
形 ❶奇怪的,異常的 | It is *odd* that he is so late. 他遲到這麼久真是奇怪。
❷(雙的)剩下的,單隻的 | I threw away the *odd* glove. 我把剩下的一隻手套丟掉。
❸(在數字的後面)…餘的,以上的 | I spent ten *odd* years in Spain. 我在西班牙住過十餘年。
❹臨時的 | I did many *odd* jobs. 我幹過許多臨時的工作。
❺奇數的 | Five is an *odd* number. 五是奇數。
反 even | 五是奇數。
衍生 副 **ṓddly** (奇怪地)名 **ṓddity** (奇怪;怪癖), **odds** (勝算;預計)

odor, ㊤ **odour** [`odə; `əʊdə(r)] 働 **-s** [-z]
名氣味 | A rose has a pleasant *odor*. 玫瑰花香氣怡人。
同 smell
▶香味和臭味都用此字。

of [(強) ɑv, ʌv; ɒv (弱) əv, ə, v; əv, v]
介 ❶(表示所有・屬於)…的 | The legs of the table are short. 這桌子的腳是短的。
❷(of 後的受詞爲意義上的主格)所著的;所作的 | the plays *of* Shakespeare(= Shakespeare's plays) 莎士比亞的戲劇
▶表示行爲者。
▶受格關係或主格關係根據上下文來判斷。 | the love *of* God
| 1)神(對人)的愛…主格關係
| 2)(人)對神的愛…受格關係
❸(of 後的受詞表示動作的對象)…的 | his knowledge *of* English (=that he knows English) 他的英語知識

──▶ of 和受格關係──
(主格)　　　　　(受格)
He discovered America. (他發現了美洲。)
　↓　　　　　　　　↓
his discovery *of* America (他的發現美洲)
▶「發現」和「美洲」是主格和受格的關係,用 of 連接起來。其他例子:
your publication *of* the book (=that you published the book) 你對這本書的出版(=你出版本書)

❹(同位關係)叫做…的 | the city *of* Taipei 台北市
❺(表示材料・構成要素)由…製成,由…組成 | This desk is made *of* wood. 這桌子是木頭做的。 ⇨ make
──▶ of ＋抽象名詞＝形容詞──
a man *of* ability ＝an able man (有能力的人)
a matter *of* importance
　　＝an important matter (重要的事)
a stone *of* much value
　　＝a very valuable stone (非常珍貴的寶石)

❻(部分)…之中的 | John is the tallest *of* all. 約翰是所有人之中最高的。
❼(表示主題・關係)關於 | He spoke *of* this book the other day.
同 about | 他前幾天提起這本書。
| He is sure *of* success. 他確定會成功。

❽（容器・分量）…的，…（分量）的 | I'd like to have a cup *of* coffee.
我想喝一杯咖啡。
He bought a bag *of* potatoes.
他買了一袋馬鈴薯。

❾（起源・出身）從… | men *of* Tainan 台南人
She was born *of* a royal house.
她出生皇室。

❿（原因・動機）因…，由於… | My father died *of* cancer.
我父親死於癌症。

⓫（從…（除去，剝奪） | He was deprived *of* all his rights.
他被剝奪了所有的權利。

──▶ 除去・剝奪的 of──
rob ... *of* +(money)　奪去…的（金錢）
cure ... *of* +(a disease)　治好…的（病）
clear ... *of* +(suspicion)除去…的（嫌疑）

──▶ of 的副詞片語──
of late＝lately（近來）　*of course*（當然）
all of a sudden（突然地）*of an evening*（在傍晚時）

off [ɔf; ɒf]
副 ❶離去；…掉 | The bird flew *off*.
▶ 跟表示動作的動詞連用。 | 那鳥飛走了。
Take *off* your hat in the room.
在屋內要脫帽。

──▶ 注意介系詞和副詞的關係──
Take your hat *off* your head. （介系詞）
Take *off* your hat. （副詞）

❷（距離・時間）距，離 | The school is about a mile *off*.
學校離這裡約一哩遠。

❸（動作完了）用盡了，完了；完全地 | He drank it *off*.
他喝光了它。
She paid *off* her debts.
她償清了債務。

❹（電燈・水等的）停止，關掉 | She turned *off* the lights.
她關了燈。
反 on | ▶ 開電燈・水龍頭等用 turn on。
The lights were *off*.
燈熄了。

The radio is *on*.　收音機開著。　　　The radio is *off*.　收音機關掉了。

turn off

the light　　the gas

the radio　　　the water

be badly off（生活）窮苦，窮困 | He *is badly off*, but I *am worse off*.
他生活很窮苦，但我更苦。

be well off 富有的 | She *is well off*, but I *am better off*.
她有錢，但我更富有。

on and off＝*off and on* 斷斷續續 | It has been raining *on and off*.
雨一直斷斷續續下著。

──介 ❶自…離開，自…脫離 | The cat jumped *off* the table.
貓跳下桌子。
The picture fell *off* the wall.
圖片從牆上掉下來。

❷…的外海 | The ship sank *off* Kaohsiung.
船沉在高雄外海。

❸下班，不值班 反 on | I am *off* duty tonight.
今晚我不值班。

──形 休閒的；下班的 | She spent her *off* hours in the park.
她在公園裡打發她的閒暇時間。

offend [ə'fɛnd; ə'fend] 三 -s [-z] 過 -ed [-ɪd]; -ing
動 反 ❶傷感情，觸怒，得罪 | She was *offended* at [**by**] my words.
我的話得罪了她。

❷使不舒適，不愉快 | These colors *offend* the eyes.
這些顏色頗刺眼。

衍生 名 **offender**（犯規者）

offense, 英 offence [ə'fɛns; ə'fens] 複 -s [-ɪz]
名 ❶罪，犯罪；違規 | Robbery is a criminal *offense*.
搶劫是一種刑事罪。

❷傷人感情，觸怒 | He takes *offense* easily.
他易於被觸怒。

❸攻擊 反 defense | The most effective defense is *offense*.
攻擊是最有效的防禦。

offensive [ə'fɛnsɪv; ə'fensɪv] 反 defensive
形 ❶令人不快的；討厭的 | The smell of the plant is *offensive*.
這植物的氣味很難聞。
同 unpleasant, disagreeable | *offensive* words 無禮的言辭

❷攻擊性的 | *offensive* weapons 攻擊性武器

offer [`ɔfɚ, `ɑfɚ; ɒfə(r)] 三 -s [-z] 過 -ed [-d]; offering [`ɔfərɪŋ]
動 反 ❶提供；提出 | The president *offered* a bribe.
董事長提出賄賂。

❷提議；出價 | The boy *offered* **to** carry my bag.
那男孩提議要替我拿袋子。

❸奉獻；讓 | The boy *offered* the old woman his seat.
那男孩讓座給老婦人。

──▶ 注意重音和拼法──
字尾以 -**er**, -**it** 結尾，且重音在最後一音節的動詞，必須重複子音字尾，再加上動詞變化的字根。
｛ ˈðffer（提供）　　→ offered
　 lˈimit（限制）　　→ limited
｛ reˈfer（提及）　　→ referred
　 oˈmit（省略）　　→ omitted

— [複] -s [-z]
[名] 提議, 提案 | She refused the *offer*. 她拒絕這個提議。

[衍生][名] **òffering** (貢品;贈品;獻金)

offhand [ˋɔfˋhænd; ˈɒfˈhænd]
[形] 未準備的, 即時的 | his *offhand* remark 他的即席評論
— [副] 即席地, 未準備地 | He replied *offhand*. 他當場答覆。

office [ˋɔfɪs, ˋɑfɪs; ˈɒfɪs] [複] -s [-ɪz]
[名] ❶辦公室;公司, 事務所;政府機關;[美] 大學的研究室 | He goes to the *office* by train. 他坐火車上班。 a head *office* 總公司/a branch *office* 分公司/a doctor's *office* 診所/*office* of Science and Technology (美國)科技局/a post *office* 郵局
❷官職, 地位 | He is no longer **in** *office*. 他不再任公職。

officer [ˋɔfəsɚ, ˋɑf-; ˈɒfɪsə(r)] [複] -s [-z]
[名] ❶軍官 | He wished to be an army *officer*. 他希望成為陸軍軍官。
❷公務員, 官吏 [同] official | public *officers* 公務員 ▶ 警官也是用 *officer*。

official [əˈfɪʃəl; əˈfɪʃəl]
[形] ❶公家的;公務的 [反] private | the *official* residence of the President 總統官邸/his *official* duties 他的公務
❷官式的;正式的 | They made an *official* visit to the King. 他們向國王作官式拜訪。
— [複] -s [-z]
[名] 公務員, 官吏;職員 [同] officer | The President is the most powerful government *official*. 總統是權力最大的政府官員。

[衍生][副] **offìcially** (正式地;官方地;公開地)

offspring [ˋɔfˌsprɪŋ; ˈɒfsprɪŋ] [複] **offspring**
[名] ❶子孫, 子女;後裔 | He has no *offspring*. 他沒有子女。
❷結果;產物 | the *offspring* of imagination 想像的產物

often [ˋɔfən, ˋɔftən; ˈɒfn] [比] -er [最] -est
[副] 經常地 [反] seldom | He *often* has a headache. 他時常頭痛。
▶比 frequently 更常用的字。
how often 多少時候一次 | *How often* do you go there? 你多久去那裡一次?

▶ **often** 的位置
和 always, usually, sometimes 的位置相同。

在 be 動詞和助動詞之後	He is *often* busy. (他經常很忙。) I don't *often* come here. (我不常來此。)
在一般動詞之前	He *often* goes there. (他經常去那裡。) They *often* quarreled. (他們常吵架。)

oh [o; əʊ] ▶和 O 不同, 寫 **oh** 時一定要加逗點。
[嘆] 啊, 喔 | *Oh*, how cold it is! 喔, 好冷啊!

Ohio [oˋhaɪo; əʊˈhaɪəʊ]
[名] 俄亥俄州 | ▶美國東北部伊利湖南岸的州。

oil [ɔɪl; ɔɪl] [複] -s [-z] ▶如表示種類時, 往往用複數形態。
[名] 油;石油;(複數)油畫顏料 | *Oil* does not mix with water. 油不和水混合。 She is good at *painting* **in** oils. 她擅長油畫。

[衍生][形] **òily** (油的;油質的;圓滑的)

OK, O.K. [ˋoˋke; ˈəʊˈkeɪ] [複] **OK's, O.K.'s** [-z]
[名][形][副] 好 | Everything is *OK*. 一切都很順利。
— [三] -'s [-z] [規] -'d [-d]; -'ing
[動][及] 認可 | They *OK'd* my plan. 他們認可我的計畫

▶ all correct (全部都好了), 讀作 oll korrect 的音, 其字首為 OK 這個字的字源。可是也有別的說法。

old [old; əʊld] [比] -er [最] -est ▶表示長幼次序時用 elder, 有時也用 eldest。
[形] ❶年老的;老的 [反] young | I gave my seat to an *old* woman. 我讓位給一位老婦人。 one's *older* sister (=[英] one's elder sister) [美] 姐姐
❷…歲的, …年的 | "How *old* are you?" "I'm ten years *old*." 「你幾歲了?」「我十歲。」 My sister is three years *older* than I.=My sister is *older* than I by three years. 我姐姐比我大三歲。
❸舊的;從前的 [反] new | *Old* shoes are better for a picnic. 穿舊鞋去野餐比較好。 He is my *old* boyfriend. 他是我以前的男友。

▶ an old book 是「古老的或從前的書」, 而「舊書」為 a used book, a secondhand book。

[複合][名] **the Òld Tèstament** (舊約聖經), **the Òld Wòrld** (舊世界) ▶與 the New World (新世界, 即美洲大陸)相對的是指歐洲·亞洲和非洲。

old-fashioned [ˋoldˋfæʃənd; ˈəʊldˈfæʃnd]
[形] 舊式的, 古風的 | He has a very *old-fashioned* watch. 他有一只極舊式的手錶。

olive [ˋɑlɪv; ˈɒlɪv] [複] -s [-z]
[名] 橄欖樹 | An *olive* is a symbol of peace. 橄欖樹是和平的象徵。

Olympic Games [oˋlɪmpɪkˋgemz; əʊˈlɪmpɪkˈgeɪmz]
▶通常加 the 而視為複數。
[名] 奧林匹克運動大會 | **The** *Olympic Games* **are** held every four years. 奧運每四年舉行一次。

▶奧林匹克運動大會也可稱為 the Olympics, the Olympiad [oˋlɪmpɪˌæd]

omen [ˋomɪn, ˋomən; ˈəʊmen, -mən] [複] -s [-z]
[名] 前兆, 徵兆, 預兆 | This is an *omen* **of** good luck. 這是個好運的預兆。

minous [`amənəs; 'ɒmɪnəs]

形 不吉的, 不利 | There was an *ominous* silence in
的 | the room.
| 房間裡出現不祥的寂靜。

mit [o`mɪt, ə`mɪt; ə'mɪt] ⊜ **-s** [-s] ⊛ **omitted** [-ɪd];
omitting

動 ⊗ ❶省略, 刪 | You may *omit* these words.
除 | 你可以省略這些字。
❷疏忽, 忽略;遺 | She *omitted* **to** do [do**ing**] her
忘 | homework. 她忘了做她的家庭作業。
衍生 名 **omission** (省略;遺漏;刪除;忽略)

mnibus [`amnə‚bʌs, `amnəbəs; 'ɒmnɪbəs] ⊛ **-es**
[-ɪz]

名 公共汽車, 巴 | ► 通常略作 bus。
士;選集;普及版 | ► 一個作家作品選集成一冊是 an
| omnibus (book)。

mnipotent [am`nɪpətənt; ɒm'nɪpətənt]

形 全能的 | the *omnipotent* God 全能的神
► <omni- (全) +potent (有能力的)
衍生 名 **omnìpotence** (全能)

n [ɑn, ɔn; ɒn, ən, n]

介 ❶(位置)在 | There are five books *on* the desk.
…之上面;附在 | 桌上有五本書。
…的表面 | There's a fly *on* the ceiling.
► above 是離 | 天花板上有隻蒼蠅。
開而在上方之一 | He hung the picture *on* the wall.
點。 | 他把畫掛在牆上。

❷接近, 接觸, 靠 | London is *on* the Thames.
近;面對;沿著 | 倫敦在泰晤士河畔。
…;向…方;在旁 | The hotel is *on* the lake.
邊 | 旅館在湖畔。

on the lake

on the river

❸在(特定的日 | We have no school *on* Sunday.
子) | 我們星期天不上學。
| I was born *on* January 18, 1960.
| 我生於 1960 年一月十八日。

►表示時間用 on, in, at

on	日	It happened *on* Monday.
		這件事發生在星期一。
in	年或月	I was born *in* June.
		我在六月出生。
at	點鐘	I got up *at* six.
		我六點起床。

► 早上用 *in* the morning, 下午用 *in* the
afternoon, 晚上用 *in* the evening, 夜晚用 *at* night；
特定日的上述時間都用 on。
on the morning of July 1 (七月一日早上)
on the afternoon of last Sunday (上星期日下午)
on a starless night (在一個沒有星星的晚上)
on Sunday evening (星期日晚上)

❹關於, 論及 | He has written a lot of books *on*
| the history of China.
| 他寫很多有關中國歷史的書。
❺在…中的(狀 | The building is *on* fire.
態) | 那棟建築物著火了。
❻爲…, 因…(目 | My father went to Taipei *on*
的) | business.
| 我父親因事前往台北。
❼在(理由・根 | The theory is based *on* facts.
據)基礎上 | 這理論以事實爲根據。
❽以(手段・方 | I watched the game *on* television.
法), 藉 | 我從電視上看了這場比賽。
| The Chinese live *on* rice.
| 中國人以米爲主食。
❾對著, 對…(動 | I'd like to call *on* her some day.
作的對象) | 我希望有一天去拜訪她。
| She smiled *on* him.
| 她向他微笑。
── 副 ❶(物的) | She put the tablecloth *on* the table.
上方 | 她把桌布鋪在桌上。
❷在身上 | She put her gloves *on*.
⊗ off | 她戴上手套。
❸(電燈・收音 | Please turn *on* the radio.
機)開著 | 請打開收音機。
⊗ off | He left the faucet *on*.
| 他讓水龍頭開著。

turn on

the light

the gas

the radio

the water

❹繼續 | They walked *on* (and on).
| 他們繼續走下去。
on and on | She talked *on and on*.
繼續不斷地 | 她一直講個沒完。
on V**ing** | *On* arriv**ing** at the station, I
── …就… | telephoned her.
| 一到車站, 我就打電話給她。

once [wʌns; wʌns]

副 ❶一次, 一回 | She writes to her mother *once* a
► 表示一次時, | month.
發音較強。 | 她一個月寫一封信給她母親。

```
━━▶ 回數・倍數的表示方法 ━━
once 一回〔倍〕        │ four times 四回〔倍〕
twice 二回〔倍〕       │ five times 五回〔倍〕
three times 三回〔倍〕 │ many times 很多回〔倍〕
```

❷從前，以前▶ | This novel was *once* very popular.
發音較輕。 | 這小說一度很流行。

once and again
一再地，重複地 | She was late *once and again*.
一再地，重複地 | 她一再遲到。

once (and) for all
堅決地，最終地 | Stop calling me *once and for all*.
堅決地，最終地 | 再也不要打電話給我！

once in a while
有時，偶爾 | I hear from her *once in a while*.
有時，偶爾 | 我偶爾會聽到她的消息。

once more＝once again
再次，再一次 | Write it *once again*.
再次，再一次 | 重寫一遍。

▶對方的英語聽不清楚時，不是用"Once more."而是用
"Pardon?", "I beg your pardon?"或"Excuse me?"。

once upon a time
從前▶故事的 | *Once upon a time* there was a
開頭語。 | giant.
開頭語。 | 從前有一個巨人。

━━ 連 一旦，當…
時 | *Once* you have heard the song, you
時 | will never forget it.
時 | 一旦你聽到這歌，你會永遠忘不了它。

━━ 複 無
名 一次，一回 | *Once* is not enough.
名 一次，一回 | 一次是不夠的。

all at once
❶突然 | *All at once* we heard a loud noise.
❶突然 | 突然間我們聽到一聲巨響。

❷完全同時 | He was happy and sad *all at once*.
❷完全同時 | 他悲喜交集。

at once
❶立刻 | Do it *at once*.
❶立刻 | 立刻做這件事。

❷同時 | We can't do two things *at once*.
❷同時 | 我們不能同時做兩件事。

be at once ... and～(＝both ... and～)
不但…而且～ | This book *is at once* interesting
不但…而且～ | *and* instructive.
不但…而且～ | 這本書不但有趣而且很有啓發性。

for this once
只此一次 | Please let me go alone *for this*
只此一次 | *once*. 請讓我單獨去，只此一次。

one [wʌn; wʌn] 複 **-s** [-z]
名 一(個・人・ | *One* plus two equals three.
時・歲) | 一加二等於三。

one by one
逐一，陸續 | They came in *one by one*.
逐一，陸續 | 他們陸續進來。

one of these days
近日中的某一 | I'd like to call on you *one of these*
天；有天，不久的 | *days*.
將來 | 我想在最近幾天拜訪你。

形 ❶單一的，一 | I have *one* apple and he has two
個的，一人的 | apples.
▶比 a 更強調 | 我有一個蘋果而他有兩個。
數目。 | They have only *one* grandchild.
數目。 | 他們只有一個孫子。

❷某一(天) | I'll see you again *one* day.
▶修飾時間名 | 我改天再來看你。
詞。 | *one* Sunday 某一個星期天

for one thing
理由之一是，一 | I cannot go. *For one thing* I have
則 | no money.
則 | 我不能去，理由之一是我沒錢。

one and the same
同一的 | Mark Twain and Samuel Clemens
同一的 | were *one and the same* person.
同一的 | 馬克吐溫和山姆克里門斯是同一個人。

━━ 代 **-s** [-z]
代 ❶(不加冠詞 | *One* must do *one's* duty.
表示不特定的 | 每個人必須盡本分。
人)人，每個人 | ▶原則上用 one's 作爲 one 的所有格
❷ a.(無冠詞， | 形容詞，但在(美) 口語中也可用 his。
避免同一名詞的 | I have lost my watch. I think I must
重複)一個，一人 | buy *one*.
| 我掉了錶，我想我必須再買一隻。

━━▶ one 和 it ━━
one 指不特定的東西；it 指特定的東西。
I don't have *a knife*. Lend me *one*.
(我沒有刀，借我一把。)
I want *your knife*. Lend *it* to me.
(我要你的刀，把它借給我。)

b.(避免名詞的 | I don't like this hat. Show me **a**
重複使用時，但是 | **bigger** *one* [**the other** *one*].
需伴隨一限定 | 我不喜歡這頂帽子，拿一頂大點的給我
語)…物；…人 | 看〔拿另外一頂給我看〕。
| **Which** *one* is yours, **this** *one*, **that**
| *one* or **the** *one* **on the table**? 哪一個
| 是你的，這個，那個，還是桌上那個？
▶在 b.也成爲 | Give me apples. I want big **ones**.
複數形。 | 拿蘋果給我，我要大的。
| ▶不可數的物質名詞不用 one；I like red wine better
| than white. (我比較喜歡紅酒，較不喜歡白酒。)

one after another
一個接一個 | They came in *one after another*.
一個接一個 | 他們陸陸續續地進來。

one another
彼此，互相 | They helped *one another*.
彼此，互相 | 他們互相幫忙。
▶以代名詞處 | They talked **with** *one another*.
理。 | 他們彼此談話。

one ..., the other～
一個是…，另一 | *One* is red and *the other* is white.
個是～ | 一個是紅的，另一個是白的。

複合 形 **ǒne-wày**(單行的，單向的；(美) (車票)單程的)反
round-trip (來回的)

oneself [wʌn`sɛlf; wʌnˈself]
代 ❶(加強語 | *One* has to do it *oneself*.
氣)自行 | 每一個人必須自行做這件事。
▶發音較強。

❷(反身用法)自己, 本身
▶作爲及物動詞和介系詞的受詞.不加強發音。

At the age of six one ought to dress *oneself*.
到六歲大，每人應該自己穿衣服了。
It is hard to make *oneself* understood in a foreign language.
用外語清楚表達自己的意思是很困難的。

▶ oneself 很少用, 而是根據主詞的人稱而作右表所列的種種變化。

數 人稱	單數	複數
第一人稱	myself	ourselves
第二人稱	yourself	yourselves
第三人稱	himself herself itself	themselves

beside oneself
《(喜・怒時)發狂;忘形

She *was beside herself* with joy.
她欣喜若狂。

by oneself
獨自;獨力

He lives *by himself* in the woods.
他獨自一個人住在森林裡。

for oneself
爲了自己;代表自己;親自

He built a new house *for himself*.
他爲自己蓋一間新房子。
I came here *for myself*.
我是爲了自己來的。

have ... to oneself
獨占…

He *has* the large room *to himself*.
他獨占那個大房間。

of oneself
自行

The door opened *of itself*.
門自動地開了。

▶上句的 of oneself 多用 by oneself 代替。

by oneself
獨自的

for oneself
親自：爲自己

of oneself
自行

onion [ˋʌnjən; ˋʌnjən] ⑧ **-s** [-z]
名 洋葱

We grow *onions* in the backyard.
我們在後院種洋葱。

only [ˋonlɪ; ˋəunlɪ]
形 (限定用法)
❶唯一的, 單獨的, 僅有一人的

He is their *only* son.
他是他們的獨子。

❷最佳的, 無比的, 最適合的

He is the *only* man for the position.
他是這個職位的最佳人選。

一 副 只;才

He was *only* five years old.
他只有五歲大。
I will tell it *only* to you.
這件事我只告訴你一個人。

▶原則上放在所修飾的字・片語或句子之前 (有時也可在後面)。

He left Taipei *only* yesterday.
他昨天才離開台北。

▶由於 **only** 的位置變動, 意思也不同

1) *Only* I gave a pencil to him.
(只有我給了他一枝鉛筆。)
2) I gave *only* a pencil to him.
(我只給他一枝鉛筆而已。)
3) I gave a pencil *only* to him.
(我只給他一個人一枝鉛筆。)

have only to V
只須…即可

You *have only to* come here.
你只須來此即可。

If only ...
只要…就好了, 但願…
同 I wish ...

If only I were younger! (=I wish I were younger.) 要是我年輕點兒就好了(=我希望我還年輕)。
Oh, *if* today were *only* the payday!
啊, 今天如果是發薪日該有多好!

not only ..., but (also)〜
不但…而且〜
同 〜as well as ...

I can speak *not only* English *but also* French.
我不但會說英文,也會說法文。

only too ...
❶非常
❷很遺憾地…

I am *only too* glad to go with you.
我非常樂意和你一道去。
It is *only too* true.
(很遺憾的是)這是千眞萬確的。

onomatopoeia [ˌɑnəˌmætəˋpiə, o,nɑmətə-; ˌɒnəʊmætəʊˋpiːə] ⑧ **-s** [-z]
名 (語言)擬聲, 擬聲字

"Cuckoo" is an *onomatopoeia*.
"Cuckoo" 是一個擬聲字。

onto [(母音前)ˋɑntu; ˋɒntuː, ˋɒntʊ(子音前)ˋɑntə; ˋɒntə] ▶⑧ on to
介 在…之上,向…上

He jumped *onto* the shore.
他跳上岸。

onward [ˋɑnwəd, ˋɔn-; ˋɒnwəd]
副 向前地,前進地

(向前)
onward

The crowd began to move *onward*.
群眾開始向前移動。

一 形 向前的,前進的

They continued their *onward* march.
他們繼續向前行進。

open [ˋopən; ˋəupən] ⊜ **-s** [-z] ⑧ **-ed** [-d]; **-ing**
動 ⑧ ❶開, 展開
反 shut, close

She *opened* the door to let him in.
她開門讓他進去。
Open your book **to** [⑧ **at**] page 25.
翻到書本的第 25 頁。

❷開始；開業

She is going to *open* a small shop.
她即將開設一家小店。

❸開闢(路)

They *opened* a way through the forest.
他們開了一條穿過森林的路。

❹開放；使開闊, 使接受

She didn't *open* her mind **to** new ideas. 她不接受新的想法。
They won't open their markets **to** foreign countries.
他們不把市場開放給外國。

不 ❶開,打開

This door will not *open*.
這扇門打不開。

❷展開;開放;盛開 | The buds are *opening*.
花蕾正綻放著。
❸開始;開張,開店 | The story *opens* **with** a murder.
這故事從一件謀殺案開始。
❹展現 | A wonderful view *opened* before our eyes.
一片美景展現在我們眼前。
❺通向,面向 | This door *opens* **into** the kitchen.
這門通向廚房。

► be opened 通常不是「開著」的意思,而是「被打開」。

The door was *open*. | The door was *opened* by her.
這門開著。 | 這門被她打開了。

──**形 ❶**開的;打開的 | We left the door *open*.
我們讓門開著。
❷開闊的;無遮蓋的 | an *open* field 開闊的田野／an *open* car 敞篷車／an *open* drain 不加蓋的水溝
❸公開的;開放的;開著的(店等) | The swimming pool is *open* **to** the public. 這個游泳池是對公眾開放的。
The store is *open* from 10 to 6.
這商店從上午十時到下午六時營業。
❹易接受…的;有…的餘地 | Children are *open* **to** various influences.
孩子們容易受到各種影響。
❺坦白的,率直的 | I will be *open* **with** you about it.
這件事我會向你坦白。

複合 名 the **ò**pen **à**ir(戶外;野外)
衍生 副 **ò**penly(率直地;公然地)名 **ò**pening(開始;開店,開放;開通;初步)

opener [`opənə; `əupənə(r)] 名 -s [-z]
名 開罐器;肇始者 | a can *opener* (英 a tin *opener*) 開罐器

opera [`apərə; `ɒpərə] 名 -s [-z]
名 歌劇 | An *opera* is a play in which the actors sing instead of speaking.
歌劇是演員以唱代說的戲劇。

operate [`apə,ret; `ɒpəreɪt] 🔄 -s [-s] 🔄 -d [-ɪd]; operating
動 ⊗(機械的)操作 | Can you *operate* a sewing machine? 你會使用縫紉機嗎?
不 ❶(機械等)轉動,運轉 同 work | This machine does not *operate* smoothly.
這機器運轉不順。
❷動手術 | The doctor *operated* **on** my father.
醫生替家父動手術。

►動手術一定要加 on。

⊗ operate a machine　不 operate **on** a person

operation [,apə`reʃən; ,ɒpə`reɪʃn] 名 -s [-z]
名 ❶操作;運轉;作用 | The machine was **in** *operation*.
這機器在運轉中。
❷(法律)實施,生效 | The law has been put into *operation*.
這法律已經實施了。
❸影響 同 influence | the *operation* of alcohol **on** the mind
酒精對精神的影響
❹手術 | He had an *operation* **for** appendicitis.
他動過盲腸手術。

operator [`apə,retə; `ɒpəreɪtə(r)] 名 -s [-z]
名 ❶(機械的)工作者,操縱者 | I want to be a computer *operator*.
我想做個電腦操作員。
❷(電話的)接線生,總機 | *Operator*, I want to make a long distance call.
接線生,我要打個長途電話。

opinion [ə`pɪnjən; ə`pɪnjən] 名 -s [-z]
名 ❶意見,見解;信念;判斷;評價 | **In** my *opinion* [I'm **of** (the) *opinion* **that**, It's my *opinion* **that**], he will lose the race.
依我之見,他會輸掉這場比賽。
❷輿論,評論 | Public *opinion* is in favor of the plan.
輿論贊成這計畫。

複合 名 op**ì**nion p**ó**ll(民意調查)

opium [`opɪəm, `ɒpjəm; `əupjəm] 名 無
名 鴉片,麻藥 | smoke *opium* 抽鴉片
the *opium* of the people 人民的鴉片
(出自馬克思,指的是宗教)

opponent [ə`ponənt; ə`pəunənt] 名 -s [-s]
名(比賽‧議論的)對手 | She defeated her *opponent* in the tennis match.
她在網球賽中擊敗對手。

opportunity [,apə`tjunətɪ, -`tun-; ,ɒpə`tju:nətɪ] 名 opportunities [-z]
名 機會,時機 | We have few *opportunities* of speaking Russian.
我們沒什麼機會說俄語。

► { opportunity …強調機會是很恰當的。
　 chance ………強調偶然性。

衍生 名 **ó**pport**ù**nist(機會主義者,投機者)

oppose [ə`poz; ə`pəuz] 🔄 -s [-ɪz] 🔄 -d [-d]; opposing
動 ⊗ 反對;對抗 同 object to | He got angry when I *opposed* (= objected to) his plan.
當我反對他的計畫時,他很生氣。

► object 後面一定要加 to。

be opposed to V*ing*
反對… | He *was opposed* to her going there alone.
他反對她單獨去那裡。

pposite [ˋɑpəzɪt; ˈɒpəzɪt] (注意發音)

形 ❶(位置)相對的;對立的 | They live on the *opposite* side of the street.
他們住在這條街道的對面。

❷(意見・方向)相反的 | The gentleman went in the *opposite* direction.
那位紳士往相反的方向走。

━ 複 **-s** [-s]

名 相反的物〔人・話〕 | She expected quite the *opposite*.
這和她所期待的正好相反。

━ 介 在…對面 | We live *opposite* the school.
我們住在學校對面。

pposition [ˌɑpəˋzɪʃən; ˌɒpəˈzɪʃn] 複 無

名 反對;對立 | Mother was **in** *opposition* **to** my plan. 母親反對我的計畫。

ppress [əˋprɛs; əˈpres] 三單現 **-es** [-ɪz] 過去 **-ed** [-t]; **-ing**

動 及 ❶(心情)重壓;使煩惱;使難受 | My father was *oppressed* by worry.
我的父親因煩惱而憂愁。
The gloomy weather *oppressed* us.
陰沉的氣候讓人心情不好。

❷(不當的)壓迫,壓制 | High prices are *oppressing* our daily life. 高物價壓迫著我們的日常生活。

──▶ **oppress** 和 **suppress**──
oppress ……壓迫,壓制
    oppress the poor (壓迫窮人)
suppress ……抑制,忍住
    suppress a laugh (忍住不笑)

ppression [əˋprɛʃən; əˈpreʃn] 複 **-s** [-z]

名 ❶壓迫,壓制 | The people are groaning under *oppression*.
人民在壓迫中呻吟。

❷抑壓,鬱悶 | Tears relieved the *oppression* of my heart.
眼淚解除我心裡的鬱悶。

▶ suppression 是(對暴徒的)壓制,鎮壓;(出售,發表的)禁止。

ptimism [ˋɑptəˌmɪzəm; ˈɒptɪmɪzəm] 複 無

名 樂觀主義,樂觀 | *Optimism* is sometimes dangerous.
樂觀有時候是危險的。

反 pessimism

衍生 名 **óptimist** (樂觀者) 形 **óptimístic** (樂觀的, 樂觀主義的)

r [ɔr; ɔ:(r)] ▶ 強音和 oar (槳) ore (含有金屬的岩石)同音。

連 ❶或, 抑 | Which do you like better, summer *or* winter?
你比較喜歡夏天或是冬天?

▶ 發音要注意:
(1) Do you want two (⌣) *or* three? (⌢)
你要兩個還是三個?
(2) Do you want two *or* three? (⌣)
你需要兩個三個嗎?

❷不然, 否則
▶ 用於命令句 | Hurry up, *or* (=If you don't hurry,) you will miss the train.
快點, 不然你就會趕不上火車。

❸是…或… | I don't care **whether** she stays *or* goes. 我不管她是留下或是離去。
⇨ either

──▶ **or** 和 **nor**──
不是 A 就是 B (○●)
Either you *or* he **is** wrong.
你或他有一個人錯了。

A, B 兩者皆非 (●●)
Neither you *nor* he **is** right.
你和他都不對。

❹即, 就是, 換句話說 | It is zoology *or* the study of animals.
這是動物學, 也就是關於動物的研究。

...or so
大約… | We cannot master a foreign language in a year *or so*.
我們無法在一年左右精通一種外語。

oracle [ˋɔrək!, ˋɔrɪk!, ˋɑr-; ˈɒrəkl] 複 **-s** [-z]

名 (古希臘的)神諭 | An *oracle* is a message from a god.
神諭是神的意旨。

oral [ˋorəl, ˋɔrəl; ˈɔ:rəl] 反 written (書面的)

形 口頭的, 口述的 | an *oral* examination 口試
▶ 作名詞表示口試的意思。

orange [ˋɔrɪndʒ, ˋɑr-, -əndʒ; ˈɒrɪndʒ] 複 **-s** [-ɪz]

名 橙(樹);柑橘類;橙色 | *Oranges* are produced in warm districts. 柑橙產於溫帶。
▶ tangerine [ˏtændʒəˋrin] 是一種外皮易剝的橘子。

orator [ˋɔrətɚ, ˋɑrətɚ; ˈɒrətə(r)] 複 **-s** [-z]

名 演說家, 雄辯家 | He was a great *orator*.
他是個偉大的演說家。

衍生 名 **orátion** (演說, 演講), **óratóry** (演說法, 雄辯術)

oratorical [ˌɔrəˋtɔrɪk!; ˌɒrəˈtɒrɪkl]

形 演說的, 雄辯的 | An *oratorical* contest will be held next Sunday.
一場辯論比賽將在下星期天舉行。

orbit [ˋɔrbɪt; ˈɔ:bɪt] 複 **-s** [-s]

名 軌道 | They succeeded in putting a satellite **in** *orbit*. 他們成功地把一顆人造衛星射入軌道。

the moon — orbit
the earth

orchard [ˋɔrtʃɚd; ˈɔ:tʃəd] (注意發音) 複 **-s** [-z]

名 果園 | He has sent us apples from his *orchard*.
他送我們他果園的蘋果。

orchestra [ˋɔrkɪstrə; ˈɔ:kɪstrə] 複 **-s** [-z]

名 管絃樂團 | He plays the violin in the *orchestra*.
他在管絃樂團拉小提琴。

ordain [ɔrˋden; ɔ:ˈdeɪn] 過去 **-ed** [-d]; **-ing**

動 及 (神・命運・法律)命定;規定 | He was *ordained* by fate **to** be their leader.
命運注定他當他們的領袖。

order [ˋɔrdɚ; ˈɔ:də(r)] 複 **-s** [-z]

名 ❶命令, 指令 | You must obey my *order*.
你必須服從我的命令。

❷訂購, 訂貨	He placed an *order* with the company **for** the books. 他向那公司訂購這些書。
❸順序	The books are arranged **in** *order* **of** size. 這些書照大小順序排列。
❹秩序	There is no peace and *order* in this town. 這城鎮無和平與秩序。
in order 整齊地	Put the books *in order*. 把書放整齊。
in order that ... = **in order to** V 爲的是要…	He worked hard *in order* $\begin{cases} to succeed. \\ that he could succeed. \end{cases}$ 他努力工作, 爲的是要成功。
made to order 訂做的	Is your suit *made to order* or ready-made? 你的衣服是訂做的還是成衣?
make ... to order 訂做…	This store can *make* shoes *to order* for clients. 這家店能讓客戶訂做鞋子。
out of order 故障;不整齊;失 常態	The clock is *out of order*. 這鐘故障了。 ⊗ in order

—— ⊜ **-s** [-z] ㊞ **-ed** [-d]; **-ing** [`ɔrdərɪŋ]

動⊗ ❶命令	The doctor *ordered* her **to** stay in bed. 醫生叫她在床上養病。
❷訂購	He *ordered* some new books **from** America. 他從美國訂購一些新書。 ▶ 不說成 order ... to。

orderly [`ɔrdəlɪ; `ɔːdəlɪ]

形 ❶整齊的	His desk drawers are always *orderly*. 他的抽屜總是整整齊齊的。
❷有秩序的;守 秩序的	The crowd was quiet and *orderly*. 群衆們安靜而且守秩序。

ordinary [`ɔrdn̩ˏɛrɪ; `ɔːdnrɪ]

形 通常的;正常 的;平常的	*ordinary* people 平常人 Her *ordinary* attitude is kind. 她的態度通常很和善。 The design is rather *ordinary*, nothing special. 這設計很普通, 沒什麼特別的。

衍生 副 **ordinarily**(正常地, 平常地;規律地)

ore [or, ɔr; ɔː(r)] ▶ 和 oar(槳), or 同音。

名 礦石, 礦砂	iron *ore* 鐵礦砂

organ [`ɔrgən; `ɔːgən] ㊞ **-s** [-z]

名 ❶(樂器)風 琴	He played a beautiful tune on the *organ*. 他用風琴彈了一首美妙的曲子。
❷機關, 組織; (人體的)器官	Parliament is the chief *organ* of government. 國會是政府的主要機關。

衍生 形 **organic**(器官的;有機的;組織的)名 **organism** (生物, 有機物)

organization [ˏɔrgənə`zeʃən, -aɪˊz-; ˏɔːgənaɪˋzeɪʃn] ㊞ **-s** [-s]

名 ❶組織, 構造	the *organization* of the human body 人體的構造
❷團體, 機構;協 會;組合	The United Nations is a large *organization*. 聯合國是個大機構。

organize [`ɔrgənˏaɪz; `ɔːgənaɪz] ⊜ **-s** [-ɪz] ㊞ **-d** [-d] **organizing**

動⊗ ❶組織, 編 組	They *organized* a new political party. 他們組成一個新政黨。
❷安排, 使有系 統	*Organize* your work carefully. 細心安排你的工作。

Orient [`orɪˏɛnt, `ɔr-, -ənt; `ɔːrɪent] ㊞ the Occident (西洋)

名 (加 the) 東方	China and Japan are parts of **the** *Orient*. 中國和日本是東方的一部分。

衍生 形 名 **Oriental**(東方的, 東方人)

orientation [ˏorɪɛn`teʃən, ˏɔr-, -ɪc; ˏɔːrɪenˋteɪʃn] ㊞ 無

名 (對新環境 的) 適應;(新 生 · 新會員的) 指導	They give new students a one-day *orientation* session. 他們給新生作爲期一天的新生訓練。 ▶「適應新環境」的動詞是 orient, orientate。

origin [`ɔrədʒɪn, `ɑr-; `ɒrɪdʒɪn] ㊞ **-s** [-z]

名 ❶起源, 發 端;出處, 源頭	Nobody knows the *origin* of the rumor. 沒人知道這謠言的來源。
❷出身, 血統	He is a man of noble *origin*. 他是一個出身高貴的人。

original [ə`rɪdʒənl; əˋrɪdʒənl] ▶ origin 的形容詞

形 ❶最初的, 最 早的	Our *original* plan wasn't very good. 我們最初的計畫不太好。
❷獨創的, 新穎 的	He is an *original* composer. 他是個富有獨創力的作曲家。

—— ㊞ **-s** [-z]

名 原物;原文; 原作;原畫	I want the *original*, not a copy. 我要眞品, 不要複製品。 He cannot read Shakespeare **in the** *original*. 他看不懂莎士比亞的原文作品。

衍生 副 **originally**(原始地;獨創地)

originality [əˏrɪdʒə`nælətɪ; əˏrɪdʒɪˋnælətɪ] ㊞ 無

名 ❶獨創性, 創 造力	His *originality* is seen in his novels. 他的獨創力可從他的小說中看出。
❷新鮮, 新穎	The idea has great *originality*. 這個意見很新穎。

originate [ə`rɪdʒəˏnet; əˋrɪdʒəneɪt] ⊜ **-s** [-s] ㊞ **-d** [-ɪd]; **originating**

動⊗ 創始, 發明	The Chinese *originated* fireworks. 中國人發明鞭炮。
不 起自, 始於	The fire *originated* in his room. 火起自他的房間。

:nament [`ɔrnəmənt; 'ɔ:nəmənt] [複] **-s** [-s]
[名] 裝飾；裝飾品，飾物 | This store has all kinds of Christmas tree *ornaments*. 這家店有各式各樣的耶誕樹裝飾品。

— [`ɔrnə͵mɛnt; 'ɔ:nəment] (注意發音) [三] **-s** [-s] [現] **-ed** [-ɪd]; **-ing**
[動][及] 修飾，裝飾 [同] decorate | The room was *ornamented* **with** a lot of flowers. 這房間用很多花來裝飾。

[衍生][形] **ornamèntal** (裝飾用的)

:phan [`ɔrfən; 'ɔ:fn] [複] **-s** [-z]
[名] 孤兒 | A child whose parents are dead is called an *orphan*. 雙親去世的小孩叫做孤兒。

[衍生][名] **òrphanage** [-ɪdʒ] (孤兒的總稱；孤兒院)

:thodox [`ɔrθə͵dɑks; 'ɔ:θədɒks]
[形] ❶傳統的，慣常的 | That is an *orthodox* method. 那是傳統的方法。
❷正統的(宗教)；思想正確的 | the *Orthodox* Church 東方正教，希臘正教

:trich [`ɔstrɪtʃ, `ɑs-; 'ɒstrɪtʃ] [複] **-es** [-ɪz]
[名] 駝鳥 | *Ostriches* cannot fly. 駝鳥不會飛。

:her [`ʌðɚ; 'ʌðə(r)]

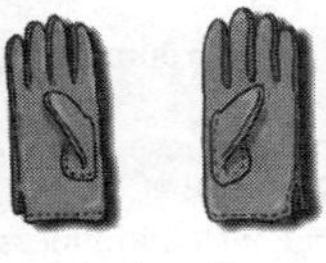

the other glove
另一個手套

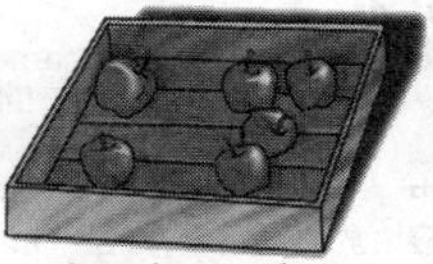

the other apples
其餘的蘋果

[形] ❶(二者之中)另一方的；(三者以上之中)其餘的 ▶ 通常加 the。⇨ another | Where is **the** *other* glove? 另一隻手套在那裡？
These two apples are rotten, but **the** *other* ones are all good. 這兩個蘋果爛了，可是其他的都是好的。

❷不同的，別的，其他的 | Come some *other* day. 改天再來。
▶ 右例是用比較級形式，却相當於最高級。 | He is tall**er than any** *other* boy in his class. 他比班上任何男孩都高。

▶ 注意「比較級＋than＋any other＋單數名詞」。

——▶ 像下面的情形 **other** 不能省略
「荷馬是最偉大的希臘詩人。」
Homer was greater than all the *other* Greek poets.
▶ 如果刪除 other, Homer 就變成不是希臘人了。

❸另一側，對側的 | They live on the *other* side of the street. 他們住在這條街的另一側。

ery other
❶每隔一個的 | Please write on *every other* line. 請隔行寫。
❷所有其餘的 | *Every other* boy was present. 所有其餘的男孩都出席了。

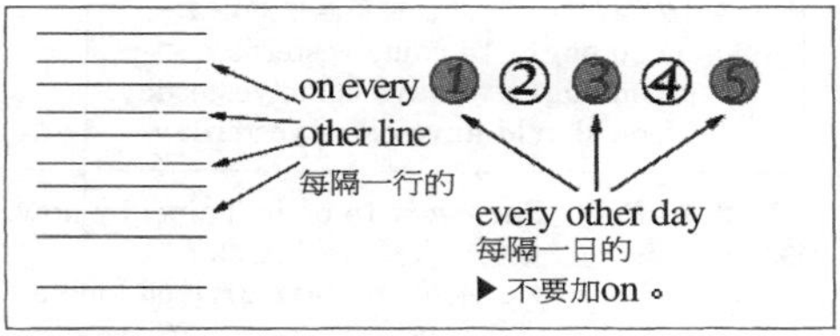

the other day
幾天前 | I saw them *the other day*. 我幾天前看到他們。

— [代] ❶(加 the)(二者之中)另一的；(三者以上)其餘的 | I don't like this one. Show me **the** *other*. 我不喜歡這個，讓我看另一個。
▶ the others 表其餘的。 | Two children left, but **the** *others* stayed. 兩個小孩走了，但其他的都留下來。
❷其他的物〔人〕 | I have no *others*. 我沒有其他的東西了。
▶ 第二例中要注意 some 和 others 的對應。 | **Some** people believe it, *others* don't. 有些人相信它，有些人不信。
❸(複數形)他人 | Be kind to *others*. 要親切對待他人。

among others
除了別的之外；包括(對其他不加贅述) | He liked, *among others*, science fiction. 他喜歡的讀物尚有科幻小說。
There are a lot of flowers in this garden—*among others*, roses and tulips. 這花園有許多花——包括玫瑰和鬱金香。

each other
互相，彼此 | They looked at *each other*. 他們互相注視。
▶ 原則上 each other 是用在「兩個人互相」，one another 是「三人以上的互相」，可是有時並沒有區別。

one after the other
交互地 | He lifted his feet *one after the other*. 他交互抬腳。
▶ one after another 是「一個接一個地，連續地」，one after the other「二人或二物輪替」。

otherwise [`ʌðɚ͵waɪz; 'ʌðəwaɪz]
[副] ❶用不同方法地，不同地 | He should have done it *otherwise*. 他應該用別的方法做這件事。
❷否則，不然 | *Otherwise* he might have won. 不然的話他可能會贏。
❸在其他方面，除了這點之外 | He is slow, but *otherwise* he is a good worker. 他雖慢，但是在其他方面來說却是個好工人。

— [形] (敍述用法)不同的，別的 | I know that the facts are *otherwise*. 我知道事實不是這樣子的。

ought [ɔt; ɔ:t] (注意發音) ▶ 通常連用 to。
[助] ❶應該…，必須…(以 ought to have done 的形式表示過去應該做而沒做。) | Children *ought* **to** obey their parents. 孩子應該聽從父母。
You *ought* **to have seen** the doctor. 你應該去看醫生的(實際上沒去看醫生)。

──────►「你應該昨天來的。」在英語中的用法──────
(誤)　You **ought to come** yesterday.
(正) { You **ought to have come** yesterday.
　　 { You **should have come** yesterday.

❷大概是(表可
能性),應該
She **ought** to be in Taipei by now.
她現在大概已經到台北了。
He *ought* **to have arrived** long ago.
他早到了。

ounce [auns; auns] (注意發音) 働 **-s** [-ɪz]
名**❶**盎司(重
量・液量的單
位)
Woolen yarn is sold **by the** *ounce*.
毛紗是以盎司為單位出售的。
❷(否定用法)少
量,些許
He doesn't have **an** *ounce* of
common sense.
他一點常識都沒有。

our [aur; 'auə] 代 we 的所有格
我們的
This is *our* school.
這是我們的學校。
►"This is my school." 聽起來似乎有「這是我經營的學
校」的意思。

ours [aurz; 'auəz] ►和 hours 同音。
代 we 的所有格代名詞

人稱 數	第一人稱	第二人稱	第三人稱
單數	mine 我的	yours 你的	his, hers, its 他的, 她的, 它的
複數	ours 我們的	yours 你們的	theirs 他們的

❶我們的東西
His family is larger than *ours*.
他的家族比我們的大。
This is *ours*.
這是我們的東西。
❷我們的
She is a friend of *ours*.
她是我們的朋友。
this house of *ours*
我們的房子
►this our house 和 our this house
是錯的。

ourselves [aur'sɛlvz; auə'selvz] 代 we 的反身代名詞
❶(加強語)我們
自己
We *ourselves* painted the roof red.
我們自己把屋頂漆成紅色。
❷(反身用法)對
我們自己
We dressed *ourselves*.
我們自己穿衣服。

人稱 數	第一人稱	第二人稱	第三人稱
單數	myself	yourself	himself herself itself
複數	ourselves	yourselves	themselves

between ourselves 回 between you and me
只有我兩人知道
的(話)
Between ourselves, he is going to
resign.
不要跟別人講,他要辭職了。

out [aut; aut]
副**❶**向外地,在
外地
反 in
They went *out* for a walk.
他們外出散步。
He is *out* in the garden.
他到花園去了。
►注意先指出籠統的地點,再指出具體
地點的說法。
❷不在 反 in
Did anyone come while I was *out*?
我不在的時候有沒有人來?
❸出現地,顯現
地
The moon came *out* from behind
the clouds.
月亮從雲層後露出了。
❹完全地,徹底
地
⇨ up
I was tired *out*.
我累死了。
You had better speak *out*.
你最好說出來。
❺消失地;用完
地
The wind blew the candle *out*.
風把燭火吹熄了。
The oil has run *out*.
油已經用完了。

out of ...
❶(某場所)
從…裡而出
He came *out of* the room.
他從房間裡出來。
❷(數目)從…之
中
Choose one *out of* these ten books.
從這十本書裡選一本出來。
❸由於, 出於(原
因・動機)
They helped us *out of* kindness.
他們出於好心而幫忙我們。
❹用…, 由…(材
料)
What did you make it *(out) of*?
你用什麼東西做這個?
❺離, 脫離(狀
態・形式)
The patient is *out of* danger.
病人已脫離險境。
❻不足,缺少
He is *out of* breath.
他上氣不接下氣。
❼在…範圍之外
反 in
The ship was soon *out of* sight.
船很快就看不見了。

outbreak [`aut͵brek; 'autbreɪk] 働 **-s** [-s]
名 爆發, 發生
He was born just before the
outbreak of the war.
他就在戰爭爆發前出生。
►動詞 break out (爆發)的名詞。

outburst [`aut͵bɝst; 'autbɜːst] 働 **-s** [-s]
名 爆發;噴出
an *outburst* of temper 發脾氣╱an
outburst of laughter 爆笑,大笑出來
►動詞 burst out (突然開始…)的名詞。

outcome [`aut͵kʌm; 'autkʌm] 働 **-s** [-z]
名 結果,成果
同 result
What's the *outcome* of their
discussion?
他們討論的結果是什麼?

outdo [aut`du; ͵aut'duː] 回 **-does** [aut`dʌz] ㊟ **-did**
[aut`dɪd]; **-done** [aut`dʌn]; **-ing**
動 反 勝過,戰
勝;超越
The swimmer *outdid* his previous
record.
那游泳選手打破他先前的紀錄。

utdoor [`aʊt͵dor, -͵dɔr; ˈaʊtdɔː(r)]
形 (限定用法) 戶外的 | Children like to play *outdoor* games.
反 indoor | 孩子們喜歡玩戶外遊戲。

utdoors [ˈaʊtˈdorz, -ˈdɔrz; ͵aʊtˈdɔːz]
副 在戶外 | He takes exercise *outdoors* every morning.
反 indoors | 他每天早晨在戶外運動。

iter [`aʊtə; ˈaʊtə(r)] 反 inner
形 外的;外部的;外側的 | *outer* garments (與內衣相對的)外衣／*outer* space 外太空;(地球的)大氣層以外

itfit [`aʊt͵fɪt; ˈaʊtfɪt] 複 -s [-s]
名 工具;衣裝;裝備,用具 | She put on a bride's *outfit*. 她穿新娘禮服。 a carpenter's *outfit* 一套木匠工具

itlaw [`aʊt͵lɔ; ˈaʊtlɔː] 複 -s [-z]
名 不法之徒,歹徒 | The police are seeking that *outlaw*. 警察在搜尋那不法之徒。
▶ 原意是「被剝奪法律保護的人」。

itlet [`aʊt͵lɛt; ˈaʊtlet] 複 -s [-s]
名 ❶出口,出路 反 inlet | There must be an *outlet* for the smoke. 那裡應當會有排煙口。
❷(感情的)發洩 | He wants an *outlet* for his energy. 他想使他的精力有所發洩。

itline [`aʊt͵laɪn; ˈaʊtlaɪn] 複 -s [-z]
名 ❶輪廓,外形;略圖 | In the dim light I saw only the *outline* of a woman's figure. 在微暗的光線中,我只看到一個女人的輪廓。
❷概要,大綱 | He gave an *outline* of the plan. 他說明那計畫的概要。
— 複 -s [-z] 過 -d [-d]; outlining
動 及 ❶描繪輪廓 | He *outlined* the ship in red. 他用紅色畫出那船的輪廓。
❷陳述要點 | He *outlined* his plans to the workers. 他向工作人員陳述他計畫中的要點。

itlive [aʊtˈlɪv, ͵aʊtˈlɪv] 複 -s [-z] 過 -d [-d]; outliving
動 及 ❶比…長壽 | He *outlived* his brothers. 他比他的兄弟們長壽。
❷比…持久;倖免於死
動 survive

itlook [`aʊt͵lʊk; ˈaʊtlʊk] 複 -s [-s]
名 ❶景色,眺望 | The room has a fine *outlook*. 這房間外面的景色很好。
❷展望,預料;見解 | The business *outlook* for next year is gloomy. 明年商業的展望並不樂觀。

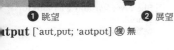

❶ 眺望 ❷ 展望

itput [`aʊt͵pʊt; ˈaʊtpʊt] 複 無

名 生產量 | the annual *output* 年度生產量
▶ 電子計算機的「輸出」也叫 output。反 input

outrage [`aʊt͵redʒ; ˈaʊtreɪdʒ] 複 -s [-ɪz]
名 迫害,暴行;令人憤慨的行為 | Many *outrages* against [on] humanity were seen. 違反人道的暴行時時可見。
It is an *outrage* on decency. 那是不顧廉恥的行為。
衍生 形 **outrágeous**(暴亂的;侵害的)

outside [`aʊtˈsaɪd; ͵aʊtˈsaɪd] 反 無
名 (加the為)外面,外部 反 inside | Her purse is leather on the *outside* and cloth on the inside. 她的錢包外面是皮的,裡面是布的。
—— 形 (限定用法)外面的,外部的;從外部的 反 inside | All the *outside* doors have locks. 所有的外門都裝了鎖。
They needed the *outside* help. 他們需要外界的援助。
—— 副 外面,外部 反 inside | The car is waiting *outside*. 車在外面等著。
—— 介 在…的外面 反 inside | They stood *outside* the door. 他們站在門外。
衍生 名 **óutsider**(局外人,無關的人)

outskirts [`aʊt͵skɝts; ˈaʊts͵kɜːts] ▶ 常用複數。
名 郊外,市郊 | We live on [in, at] the *outskirts* of the town. 我們住在那城市的郊外。

outstanding [aʊtˈstændɪŋ; ͵aʊtˈstændɪŋ]
形 顯著的,著名的 | He is an *outstanding* figure in Japanese politics. 他是日本政界的名人。
▶ 動詞 stand out(顯著)的形容詞。

outward [`aʊtwəd; ˈaʊtwəd]
形 ❶外部的,表面的 反 inward | That's only *outward* cheerfulness. 那只是表面的歡樂。
❷向外的;朝外走的 | The *outward* flow of money was very rapid. 資金的外流非常快速。
—— 副 在外,向海外 反 inward | The door opens *outward*. 這門向外開。

oven [`ʌvən; ˈʌvn] (注意發音) 複 -s [-z]
名 竈,烤爐,烤箱 | She is baking bread in the *oven*. 她正用烤箱烤著麵包。

over [`ovə; ˈəʊvə(r)]
介 ❶在…之上 | There is a bridge *over* the river. 河上有一座橋。

▶ over, above, on

over 有蓋在… 上面的感覺   above 是離… 上面一點   on 是附著接觸 在…上面

❷覆蓋 | He put his coat *over* her shoulders. 他把他的外套披在她的肩上。
❸越過;橫過;在對面 | The horse jumped *over* the fence. 馬跳越過柵欄。

❹遍歷, 到處 | He traveled all *over* Europe. 他遍遊歐洲。

❺支配, 統治; 在…之上位 | Who ruled *over* the country? 誰統治那個國家?

❻多於; 高於 [同] more than | *Over* forty boys and girls came to see me. 四十個以上的少年男女來看我。

❼以, 用(電話・收音機等) | I heard the news *over* the radio. 我在收音機廣播中聽到那消息。

❽在…的時間內 | I stayed home *over* the holidays. 假期中, 我一直在家裡。

❾對於, 關於 | Let's talk *over* the matter. 我們談談那問題吧!
It's no use crying *over* spilt milk. 錯誤既已鑄成, 悔之無益。

❿一面… | We had a chat *over* a cup of coffee. 我們一面喝咖啡一面聊天。

— [副] ❶在上方 | We heard a plane flying *over*. 我們聽到飛機從頭上飛過。

❷越過; 在彼方 | He went *over* to America last month. 他上個月到美國去了。

❸重複 | There are too many mistakes. Do it *over*. 錯誤太多了, 重做一次。

❹結束, 終了 | Winter is *over* and spring has come. 冬去春來。

❺全面, 到處 | The pond is frozen *over*. 池塘整個結冰了。

❻翻倒, 弄倒; 顛倒; 反轉 | He fell *over* on the ice. 他在冰上栽了個筋斗。
Turn the tablecloth *over*. 把桌巾翻過來。

❼交給, 讓給 | I handed the money *over* to her. 我把錢交給她。 筋

(all) over again 再一次 | Read it *over again*. 再讀一遍。

over and over (again)
一再反覆, 再三 | She read the letter *over and over again*. 她把那封信反覆地讀了好幾遍。

over there 在那邊 | You'll see a tall building *over there*. 在那裡你會看見一棟很高的建築物。

overboard [ˋovɚˌbord, -ˌbɔrd; ˈəuvəbɔːd]
[副] 在船外; 從船上落水 | He fell *overboard*. 他從船上掉入水中。

overcast [ˋovɚˌkæst; ˈəuvəkɑːst] [同] cloudy
[形] 多雲的; 鬱悶的 | It was a rainy, *overcast* day. 那天天氣多雨, 雲層密佈。

overcoat [ˋovɚˌkot; ˈəuvəkəut] [複] -s [-s]
[名] 大衣 | We wear *overcoats* in cold weather. 我們在冷天穿大衣。

overcome [ˌovɚˋkʌm; ˌəuvəˈkʌm] [三] -s [-z] [不] **overcame** [ˋovɚˌkem]; **overcome; -coming**
[動] [及] ❶戰勝, 征服 | They *overcame* a lot of difficulties. 他們克服了許多困難。
❷(被動語態)使軟弱, 受不了 | He was *overcome* by the heat. 他熱壞了。

overeat [ˋovɚˋit; ˌəuvərˈiːt] [三] -s [-s] [不] **overate, overeaten; -ing**
[動] [不] 吃得過多 | Don't *overeat*. 不要暴飲暴食。

overflow [ˌovɚˋflo; ˌəuvəˈfləu] [三] -s [-z] [規] -ed [-d **-ing**
[動] [不] ❶(河流)氾濫; (由容器)溢出 | The river *overflows* every year. 這河流每年氾濫。
The glass was *overflowing*. 這杯子裡的東西溢出來了。
❷(場所・心情)充滿 | She is *overflowing* **with** sympathy. 她充滿同情心。
[及] (河流・水)向外氾濫(指洪水) | The river *overflows* its banks every year. 那河流每年都決堤氾濫。

overhear [ˌovɚˋhɪr; ˌəuvəˈhɪə(r)] [三] -s [-z] [不] **overheard; -ing**
[動] [及] 無意中聽到(別人的話等); 竊聽 | I *overheard* their conversation by chance. 我無意中聽到他們的對話。
► 故意竊聽爲 èavesdrо́p。

overlook [ˌovɚˋlʊk; ˌəuvəˈlʊk] [三] -s [-s] [規] -ed [-t] **-ing**
[動] [及] ❶看漏; 寬恕; 忽略 | His ability has been *overlooked* by his boss. 他的能力被他的上司忽略了。
❷俯視, 遠望, 眺望 | The top of the hill *overlooks* the whole city. 從這山頂上可以俯視全市。
❸監督, 管理 | His work was to *overlook* men at work. 他的工作是監督現場工作的工人。

overnight [ˋovɚˋnaɪt; ˈəuvəˈnaɪt]
[副] 在夜裡; 一夜間; 昨晚; 突然 | The weather changed *overnight*. 天氣在夜裡變了。
He became famous *overnight*. 他一夕成名。
stay *overnight* 留宿一晚
— [ˋovɚˌnaɪt; ˌəuvəˈnaɪt]
[形] 一夜的 | an *overnight* trip 一日外宿的旅行
an *overnight* success 突然的成功

overrun [ˌovɚˋrʌn; ˌəuvəˈrʌn] [三] -s [-z] [不] **-ran** [ˌovɚˋræn]; **-run** [ˌovɚˋrʌn]; **overrunning**
[動] [及] 覆蓋; 蔓延(含有傷害之意) | Weeds *overrun* the garden. 花園中雜草蔓生。
► run over ... 是「溢出; 乘(馬・車)前往」。

overseas [ˋovɚˋsiz; ˌəuvəˈsiːz]
[副] 在海外 [同] abroad | Many soldiers were sent *overseas*. 很多士兵被送往海外。
[形] 海外的 | an *overseas* broadcast program 對海外廣播的節目

oversee [ˌovɚˋsi; ˌəuvəˈsiː] [三] -s [-z] [不] **oversaw** [ˌovɚˋsɔ]; **overseen** [ˌovɚˋsin]; **-ing**
[動] [及] 監督; 看守 | He *oversees* the workmen. 他監督工人。
► overlook 也有「監督」的意思。

oversleep [ˋovɚˋslip; ˌəuvəˈsliːp] [三] -s [-s] [不] **overslept; -ing**
[動] [不] 睡過頭 | She *overslept* and was late for school. 她睡過了頭而且上學遲到了。

► **over-** 是「過度…」的意思。

Don't *oversleep*.
不要睡過頭。

Don't *overeat*.
不要吃過量。

Don't *overwork*.
不要工作過度。

愬 睡過頭而錯過…	She *overslept* her English class. 她睡過了頭而沒有趕上英文課。

vertake [ˌovɚˋtek; ˌəʊvəˋteɪk] ⊜ **-s** [-s] 伞
overtook [ˌovɚˋtuk]; **overtaken** [ˌovɚˋtekən]; **overtaking**

動愬 追及;趕上 圊 catch up with ...	We could not *overtake* him. 我們無法追上他。

verthrow [ˌovɚˋθro; ˌəʊvəˋθrəʊ] ⊜ **-s** [-z] 伞
overthrew [ˌovɚˋθru]; **overthrown** [ˌovɚˋθron]; **-ing**

動愬 翻倒,弄倒;打破,打倒	They tried to *overthrow* the government. 他們企圖推翻政府。 He stumbled and *overthrew* the chair. 他跌了一跤,把椅子弄倒了。

verturn [ˌovɚˋtɝn; ˌəʊvəˋtɜːn] ⊜ **-s** [-z] 働 **-ed** [-d]; **-ing**

動愬 推翻;使翻覆	The kitten *overturned* the ink bottle. 小貓把墨水瓶弄翻了。 The parliament planned to *overturn* the decision. 國會計畫推翻這決定。
不 翻覆;顛覆	The ship *overturned* in the rough sea. 那船在洶湧的海中翻覆了。

verwhelm [ˌovɚˋhwɛlm; ˌəʊvəˋwelm] ⊜ **-s** [-z] 働 **-ed** [-d]; **-ing**

動愬 壓倒;使痛苦;使慌張,使困惑	We *overwhelmed* them by numbers. 我們的人數超過他們。 She was *overwhelmed* by grief. 她不勝悲傷。

verwork [ˌovɚˋwɝk; ˌəʊvəˋwɜːk] ⊜ **-s** [-s] 働 **-ed** [-t]; **-ing**

動不愬 工作過度	He has been *overworking*. 他一直工作過度。

— [ˋovɚˌwɝk; ˋəʊvəwɜːk] 働 無

名 過度的勞累,過度的工作	He became ill from [through] *overwork*. 他由於過度的勞累而病倒了。

we [o; əʊ] ⊜ **-s** [-z] 働 **-d** [-d]; **owing**

動愬 ❶欠(某人)債;負債	I *owe* him 1,000 dollars. ＝I *owe* 1,000 dollars to him. 我欠他一千元。
❷歸功於…	I *owe* what I am to my parents. 我有今天應歸功於父母。

────►「我有今天應歸功於你。」在英文中的用法────
I *owe* what I am to you. (正確)
I *owe* you what I am. (雖然沒有錯但不好)
I *owe* it to you what I am. (生硬的說法)
I *owe* you for what I am. (錯誤)

❸負有(義務),理應	I *owe* you an apology. 我理應向你道歉。

owing [ˋoɪŋ; ˋəʊɪŋ]

形 應該付的;未付的	He paid all that was *owing*. 他付清所有應付的錢。
owing to ... 由於…;因為…	The crop was poor *owing to* the drought. 由於久旱,農作物收成不好。 The fire was *owing to* their carelessness. 那場火災是由於他們的疏忽而引起的。

owl [aul; aʊl] 働 **-s** [-z]

名 (鳥)貓頭鷹	*Owls* fly mostly at night. 貓頭鷹大多在夜間飛行。

owl 貓頭鷹

horned owl
鴟鵂

own [on; əʊn]

形 ❶自己的,屬於自己的;特有的 ►用於所有格之後以加強語氣。	I have my *own* car. 我有我自己的車。 Every country has its *own* products. 各國都有其特有的產物。
❷(名詞用法)自己的東西	This book is my *own*. 這本書是我自己的。 a room of my *own* 我自己的房間
of one's own ❶自己獨有的 ❷自己做的	He has a room *of his own*. 他有自己專用的房間。 This is a picture *of my own* painting. 這是我自己畫的圖畫。

—— ⊜ **-s** [-z] 働 **-ed** [-d]; **-ing**

動愬 ❶擁有,持有	He used to *own* a lot of houses. 他曾擁有許多房子。
❷承認(犯罪,錯誤)	I *own that* I was wrong. 我承認我錯了。

owner [ˋonɚ; ˋəʊnə(r)] 働 **-s** [-z]

名 持有人,所有者	He is the *owner* of the store. 他是這間店舖的店主。

ox [ɑks; ɒks] 働 **oxen** [ˋɑksən]

名 (動物)公牛	It is easy to tell an *ox* from a cow. 公牛和母牛很容易區別。

► ox 是已閹割而用於拉車或食用之公牛;未閹割的是 bull。➩ cow

oxygen [ˋɑksədʒən, -dʒɪn; ˋɒksɪdʒən] 働 無

名 (化學)氧氣 ►氫氣是 hydrogen。	No living things could live without *oxygen*. 沒有氧氣,生物無法生存。

oyster [ˋɔɪstɚ; ˋɔɪstə(r)] 働 **-s** [-z]

名 (貝殼)牡蠣,蠔	An *oyster* is a kind of shellfish. 牡蠣是蚌殼類的一種。

— P —

pace [pes; peɪs] 图 **-s** [-ɪz]
　名 ❶一步；步幅　Walk ten *paces* forward.
　同 step　　　　向前走十步。
　❷步伐；速度　He walked **at** a fast *pace*.
　同 speed　　　他快步行走。
keep pace with ...
　與…並進　　　I could not *keep pace with* him.
　　　　　　　　我跟不上他。
　—— 三 **-s** [-ɪz] 過 **-d** [-t] ; **pacing**
　動 不 慢行　　He *paced* to and fro in the room.
　　　　　　　　他在房間裡走來走去。
　及 踱來踱去　His anxious mother *paced* the floor.
　　　　　　　　他那憂慮的母親在地板上踱來踱去。
Pacific [pəˋsɪfɪk; pəˈsɪfɪk]
　形 太平洋的　The *Pacific* (Ocean) is the largest
　反 Atlantic　ocean in the world.
　(大西洋的)　　太平洋是世界上最大的海洋。
　▶ 也可加 the 作名詞「太平洋」。
　┌─ 世界的大洋 ─────────────────┐
　│ the Pacific Ocean(太平洋), the Atlantic Ocean(大 │
　│ 西洋), the Indian Ocean(印度洋), the Arctic │
　│ Ocean(北極海), the Antarctic Ocean(南極海) │
　└─────────────────────────────┘
pacify [ˋpæsəˌfaɪ; ˈpæsɪfaɪ] 三 **pacifies** [-z] 過
　pacified [-d]; **-ing**
　動 及 安撫, 使平　She *pacified* her crying baby.
　靜　　　　　　　她安撫她哭泣的嬰孩。
　衍生 名 **pàcifísm**(和平主義), **pàcifist**(和平主義者)
pack [pæk; pæk] 複 **-s** [-s]
　名 ❶包裹, 行李　He was carrying a *pack* on his
　同 package　　　back. 他背著行李。

pack 包裹　　parcel 包裹　　a packet of letters
　　　　　　　　　　　　　　　　　　一疊信

　❷一套；一組；一　a *pack* of cigarettes 一包香煙／a
　包；一箱　　　　*pack* of cards 一副紙牌
　❸一團；一群　　a *pack* of wolves [hounds]一群狼(獵
　　　　　　　　　犬)／a *pack* of thieves 一群賊
　—— 三 **-s** [-s] 過 **-ed** [-t]; **-ing**
　動 及 ❶包裝　　They *packed* their suitcases for the
　　　　　　　　　trip.
　　　　　　　　　他們為這趟旅行收拾行李。
　❷擠滿　　　　　The room was *packed* **with** people.
　　　　　　　　　房間裡擠滿了人。
　衍生 名 **pàcking**(包裝, 打包; 裝填物)
package [ˋpækɪdʒ; ˈpækɪdʒ] 複 **-s** [-ɪz]
　名 包裹；小包；　She bought a *package* of cookies.
　包裝箱　　　　　她買了一盒餅乾。

packet [ˋpækɪt; ˈpækɪt] 複 **-s** [-s]
　名 (小的)包；捆　a *packet* of cigarettes 一包香煙／
　　　　　　　　　a *packet* of letters 一捆信
pact [pækt; pækt] 複 **-s** [-s]
　名 (國家間的)　A peace *pact* was signed **between**
　條約, 協定　　　the two countries.
　同 agreement　兩國互相簽訂了和平條約。
　▶ pact 多用於國家間的協定。
pad [pæd; pæd] 複 **-s** [-z]
　名 ❶墊物；填裝　the shoulder *pads* of suit 西裝的墊
　物　　　　　　　物
　❷(活頁式)信紙　a writing *pad* 活頁式信紙
　　　　　　　　　a drawing *pad* 活頁素描簿
　—— 三 **-s** [-z] 過 **padded** [-ɪd]; **padding**
　動 及 裝填　　　Her winter coat is *padded* heavily.
　　　　　　　　　她的冬裝填得厚厚的。
paddle [ˋpædl; ˈpædl] 複 **-s** [-z]
　名 (寬的)槳　　▶ oar 是架在船緣用兩手划的。
　　　　　　　　　paddle 是末端扁平以單手划的, 用於
　　　　　　　　　木舟。

paddle
oars

page[1] [pedʒ; peɪdʒ] 複 **-s** [-ɪz]
　名 (書的)頁　　Open your book **to** [英 **at**] *page* 1
　　　　　　　　　打開書本第十頁。
　▶ page 5 縮寫為 p. 5, 讀做 page five「第五頁」, pp.
　5-10 讀做 pages five to ten「從第五頁到第十頁」之義。
page[2] [pedʒ; peɪdʒ] 複 **-s** [-ɪz]
　名 (飯店·俱樂　The *pages* were dressed in
　部的)侍者　　　uniforms. 服務生們穿著制服。
pail [pel; peɪl] 複 **-s** [-z] ▶ 和 pale(蒼白)同音。
　名 ❶桶　　　　a milk *pail* 牛奶桶
　同 bucket
　❷一桶的量　　a *pail* of milk 一桶牛奶
pain [pen; peɪn] 複 **-s** [-z]
　名 ❶(肉體的,　I feel a *pain* **in** my chest.
　精神的)痛苦, 苦　我覺得胸部疼痛。
　惱　　　　　　　Her words eased his *pain*.
　⇨ ache　　　　她的談話減輕了他的苦惱。
　❷(以複數表示)　He spares no *pains*.
　苦心, 辛勞　　　他不辭辛勞。
take pains
　下苦功　　　　　He *took pains* to win the prize.
　　　　　　　　　他為得獎而努力。
　—— 三 **-s** [-z] 過 **-ed** [-d]; **-ing**
　動 及 使痛苦；使　The cut *pained* him.
　擔心　　　　　　這割傷使他痛苦。
painful [ˋpenfəl; ˈpeɪnfʊl]

形 ❶痛的;痛苦的 | The bruise was *painful*.
瘀傷令人疼痛。

❷辛苦的 | a *painful* duty 艱苦的任務

衍生 副 **pàinfully**(辛苦地)

ainstaking [`penz,tekɪŋ; 'peɪnz,teɪkɪŋ]
形 ❶不辭辛勞的,勤勉的 | He is a *painstaking* student.
他是個勤勉刻苦的學生。

❷辛勞的;小心的 | Writing is a *painstaking* task.
寫作是件辛苦的工作。

aint [pent; peɪnt] 複 **-s** [-s]
名 ❶油漆;塗料 | I want a lot of red *paint*.
我要大量的紅油漆。

Wet [美 Fresh] *paint*! 油漆未乾!

❷繪畫顏料 | ►「油畫顏料」是 oils 或 oil paint,水
同 colors | 彩叫 watercolors。

─ 三 **-s** [-s] 過 **-ed** [-ɪd]; **-ing**
動 及 ❶油漆 | The wall was *painted* white.
那牆壁被漆成白色。

❷(用繪畫顏料)畫,彩繪 | He *painted* this picture.
他畫了這幅圖畫。

複合 名 **pàintbrúsh**(畫筆;油漆用的刷子)

ainter [`pentɚ; 'peɪntə(r)] 複 **-s** [-z]
名 畫家,油漆店 | a water-color *painter* 水彩畫家

ainting [`pentɪŋ; 'peɪntɪŋ] 複 **-s** [-z]
名 ❶畫圖,繪畫 | He took up *painting* as a hobby.
他將繪畫當作一種嗜好。

❷圖畫 | There's a *painting* on the wall.
牆上有一幅畫。

► a painting 是油畫或水彩畫等彩繪的畫,用鉛筆畫的
素描叫 a drawing。

air [pɛr; peə(r)] 複 **-s** [-z] ► 很少用複 **pair**。
名 ❶一組;一雙;一對;一套 | I have three *pairs* of shoes.
我有三雙鞋子。

► pair 是由兩個組成的一組,或者由兩個不能分離的部分組成的工具、衣服等。

socks 襪子

shoes 鞋

gloves 手套

a pair of ...

glasses 眼鏡

scissors 剪刀

trousers 褲子

►不必特別指明是一雙時,用 **some** shoes, **any** stockings。

❷一對男女;一對 | Look at that happy *pair*.
看那一對快樂的男女。

┌─ ► pair 的同音字 ─┐
pare [pɛr] 動 剝皮
pear [pɛr] 名 梨

ajamas, 英 **pyjamas** [pə`dʒæməz, pə`dʒɑməz; pə'dʒɑːməz] ►此字常用複數形,計數時特別冠上 a pair of ..., two pairs of ...; a suit of ... 等。
名 睡衣,(上下一套的)睡衣 | He bought a pair of *pajamas*.
他買了一套睡衣。

pal [pæl; pæl] 複 **-s** [-z]
名 (口語)朋友 | a pen *pal* 筆友

palace [`pælɪs; 'pælɪs] 複 **-s** [-ɪz]
名 宮殿 | Buckingham *Palace*(英國)白金漢宮

pale [pel; peɪl] 比 **-r** 最 **-st** ►和 pail(提桶)同音。
形 ❶(臉色)蒼白的 | He has a *pale* face.
他臉色蒼白。

❷(顏色,光線)暗淡的 反 dark | A *pale* moon is above the forest.
朦朧的月亮掛在樹林上空。

衍生 名 **pallor** [`pælɚ]((臉色)蒼白)

palette [`pælɪt; 'pælət] 複 **-s** [-s]
名 調色板,顏料盤 | A *palette* is a thin board for mixing colors on.
調色板是調和顏色用的薄板。

palm¹ [pɑm; pɑːm](注意發音) 複 **-s** [-z]
名 手掌 | read his *palm*
看他的手相

衍生 名 **pàlmist**(看手相的人), **pàlmistry**(手相術)

palm² [pɑm; pɑːm](注意發音) 複 **-s** [-z]
名 (植物)棕櫚;椰子 | The fruit of a *palm* tree is a coconut. 椰子樹的果實叫椰子。

pamphlet [`pæmflɪt; 'pæmflɪt] 複 **-s** [-s]
名 小冊子 | Many *pamphlets* are published on it.
關於那件事,出版了許多小冊子。

pan [pæn; pæn] 複 **-s** [-z]
名 (無蓋的)平鍋 | leap [jump] out of the frying *pan* into the fire 從煎鍋跳到火中〔每況愈下,愈弄愈糟〕

pane [pen; peɪn] 複 **-s** [-z] ►和 pain(苦痛)同音。
名 窗戶的一塊玻璃 ► 也叫做 windowpane。

panel [`pænl; 'pænl] 複 **-s** [-z]
名 方格板;討論會 | This *panel* has a crack on it.
這方格板有裂痕。

pang [pæŋ; pæŋ] 複 **-s** [-z]
名 劇痛;激烈的感情 | He had a *pang* of grief to hear it.
他聽到了那消息後非常悲痛。

panic [`pænɪk; 'pænɪk] 複 **-s** [-s]
名 恐慌,驚惶;經濟恐慌 | The explosion caused a *panic* among the people.
爆炸使人們驚慌失措。

panorama [,pænə`ræmə; ,pænə'rɑːmə] 複 **-s** [-z]
名 全景 | The hill commands a *panorama* of the city.
從那山崗可以眺望城市的全景。

pansy [`pænzɪ; 'pænzɪ] 複 **pansies** [-z]
名 (植物)三色紫羅蘭 | *Pansies* are lovely flowers.
三色紫羅蘭是美麗的花。

pant [pænt; pænt] 複 **-s** [-s] 過 **-ed** [-ɪd]; **-ing**
動 不 喘息,喘氣 | The runner *panted* after the race.
跑者賽跑後,上氣不接下氣的喘著。

pants [pænts; pænts] ►原為複數形,是 pantaloons 的簡寫。
名 (複)(口語)褲子 | He put on his *pants*.
他穿上了褲子。

papa [`papə, pə`pɑ; pə`pɑ:] 徽 **-s** [-z]
名 (兒語) 爸爸 ▶ 幼兒雖用 papa, 但上小學以後用
dad, daddy 比較多。
同 mamma 另外稱呼媽媽時, 通常稱 mom, 英 通常
稱 mummy, 美 mommy。

paper [`pepə; `peɪpə(r)] 徽 **-s** [-z]
名 ❶紙 a sheet of *paper* 一張紙／a bit
[piece] of *paper* 一張紙片／a strip
of *paper* 一張長的紙條
❷報紙 How many *papers* do you subscribe
同 newspaper to?
你訂了幾份報紙?
❸ (以複數表示) I had my important *papers* stolen.
文件 我的重要文件被偷了。
❹論文 He is writing a *paper* on the
subject.
他正寫這個題目的論文。
❺答卷 Hand in your *papers* now.
現在把答案紙交上來。

▶ paper 的數量
a paper, two papers
紙
a {sheet / piece} of paper　papers (複數形)

複合 名 **pàperbáck**(平裝書)

parade [pə`red; pə`reɪd] 徽 **-s** [-z]
名 行列, 行進; I saw a big *parade* on the street.
誇耀 我在街上看到一列龐大的遊行隊伍。
— 徽 **-s** [-z] 徽 **-d** [-ɪd]; **parading**
動 不 (在街道) They *paraded* the streets.
行進, 遊行 他們沿街遊行。

paradise [`pærə,daɪs; `pærədaɪs] 徽 **-s** [-ɪz]
名 天堂; 樂園 Hong Kong is a *paradise* for
shoppers.
香港是購物者的天堂。

paradox [`pærə,dɑks; `pærədɒks] 徽 **-es** [-ɪz]
名 似非而是的 "More haste, less speed" is a
雋語; 矛盾的說 *paradox*.
法; 怪事 「欲速則不達」是似非而是的雋語。
His story is full of *paradox*.
他的說詞充滿矛盾。
It's a *paradox* that a gangster can
be a lawmaker.
黑道分子能成為立法委員真是怪事。
▶ paradox 是乍看之下似乎矛盾, 其實是可能含有真理
的論調。

paragraph [`pærə,græf; `pærəgrɑ:f] 徽 **-s** [-s]
名 (文章的) 節; Each *paragraph* begins on a new
段落 line. 每段以新的一行開始。

parallel [`pærə,lɛl; `pærəlel] (注意發音)
形 平行的; 相同 This road runs *parallel* to [with]
的 the railroad. 這條道路和鐵路平行。
▶ 通常用 to。
— 徽 **-s** [-z]
名 平行(線); 類 The town has a close *parallel*.
似物 這個鎮有個跟它很類似的鎮。

paralyze, 英 **paralyse** [`pærə,laɪz; `pærəlaɪz] 徽
[-ɪz] 徽 **-d** [-d]; **-ing**
動 及 使麻痺 His left leg is *paralyzed*.
他的左腳麻痺了。
衍生 名 **paralysis** [pə`ræləsɪs](麻痺)

paraphrase [`pærə,frez; `pærəfreɪz] 徽 **-s** [-ɪz]
名 解義; 意譯; The *paraphrase* of this poem is
改述 difficult.
這首詩很難用其他字句表達。
▶ paraphrase 的例子
把 A 句 paraphrase 成 B 句。
A. He did not fail to keep his word.
↓
B. He kept his word. (他履行了約定。)

— 徽 **-s** [-ɪz] 徽 **-d** [-d]; **paraphrasing**
動 及 解義; 意譯 *Paraphrase* this poem **into** prose.
把這首詩改寫成散文。

parasol [`pærə,sɔl; `pærəsɒl] 徽 **-s** [-z]
名 陽傘 ▶ 用 sunshade 較好。
▶「海濱洋傘」用 a beach umbrella,
而不用 a beach parasol。

▶ para- 意指「迴避」和「防護」
*para*pet(欄杆) ＜*para*＋pet(胸)
*para*chute(降落傘) ＜*para*＋chute(落下)
*para*sol(陽傘) ＜*para*＋sol(太陽)

parcel [`pɑrsl; `pɑ:sl] 徽 **-s** [-z]
名 包裹, 小包 I sent a *parcel* to my mother at
同 package home. 我寄了個包裹給在家鄉的母親
複合 名 **pàrcel post**(郵政包裹 ▶ by parcel post 以包
裹寄出。)

pardon [`pɑrdn; `pɑ:dn] — 徽 **-s** [-z] 徽 **-ed** [-d]; **-ing**
動 及 原諒, 饒恕 *Pardon* me **for** being late.
請原諒我的遲到。
— 徽 無 ⇨ excuse
名 寬恕, 原諒, I begged his *pardon* for being late.
饒恕 我請他原諒我的遲到。
▶ 三種 "I beg your pardon."
1) I bèg your párdon. (請原諒我, 對不起。)
2) I bèg your pàrdon. (請再說一遍。)
▶ 2) 可簡略為 Beg pardon? 或 Pardon?
3) I bèg your pardon,.... (對不起, …)
▶ 3) 用於起話頭時, 或評論他人意見時。

parent [`pɛrənt; `peərənt] 徽 **-s** [-s]
名 父或母; (以 a single *parent* 單親父母
複數表示) 父母 My *parents* are both quite well.
我的父母親都很健康。

Paris [`pærɪs; `pærɪs] ▶ 法語 s 不發音
名 (地名) 巴黎 *Paris* is the capital of France.
巴黎是法國的首都。

park [pɑrk; pɑ:k] 徽 **-s** [-s]
名 ❶公園; 遊園 Let's take a walk in the *park*.
地 我們去公園散步吧!

❷停車場 | I'm looking for a *park*.
㊣ car park | 我正在找停車場。
▶㊣ 通常叫 a parking lot。
— ㊂ -s [-s] ㊧ -ed [-t]; -ing
動㊣ 停車 | Where did you *park* your car?
你把車停在哪裡?
No *parking* (here). 禁止停車。

arliament [ˈpɑrləmənt; ˈpɑːləmənt] (注意發音)
㊧ -s [-s]
名 議會;國會; | a Member of *Parliament* ㊤ 下院議
英國國會 | 員▶簡稱為 an M.P.。
┌──「國會」的名稱 (⇨ **Diet**)──
│ 英國的國會 Parliament (大寫, 無冠詞)
│ ┌ 上議院 the House of Lords
│ └ 下議院 the House of Commons
│ 美國的國會 Congress (大寫, 無冠詞)
│ ┌ 參議院 the Senate
│ └ 眾議院 the House of Representatives
│ 日本的國會 the Diet
│ ┌ 參議院 the House of Councilors
└ └ 眾議院 the House of Representatives

衍生 形 **párliamèntary** (國會的;議會的)
arlor, ㊧ **parlour** [ˈpɑrlə; ˈpɑːlə(r)] ㊧ -s [-z]
名 ❶起居室 | ▶㊎ 一般多用 living room, ㊧ 多用 a
sitting room。
❷(飯店‧俱樂 | ▶㊧ 用於「營業場所」: a beauty
部的)會客室;談 | *parlor* 美容院/a fruit *parlor* 冰果
話室;休息室 | 店。

arrot [ˈpærət; ˈpærət] ㊧ -s [-s]
名 (鳥)鸚鵡 | *Parrots* can imitate human speech.
鸚鵡會學人類講話。

art [pɑrt; pɑːt] ㊧ -s [-s]
名❶部分,一部 | I spent the greater *part* of the day
分 | in London.
㊤ whole | 我那天花了大部分時間在倫敦。
❷任務;本分;職 | Who plays the *part* of Ophelia?
務;角色 | 誰飾演奧菲莉亞的角色?
㊌ role | The Internet has played an
important *part* in modern society.
網際網路已在現代社會扮演了重要角
色。
I want no *part* in this terrible plan.
我不想涉入這糟糕的計畫。
❸(機械等的)零 | spare *parts* of a car 汽車的備用零件
件
❹(書的)部,卷 | *Part* One 第一部(卷)
❋ *part of* ... | I went *part* of the way with him.
…的一部分 | 我陪他走了一程。
❋ *r my part* | *For my part*, I have no objection.
對我來說 | 對我來說,我不反對。
❋ *r the most* | The audience were, *for the most*
part | *part*, girls. 聽眾大部分是女孩子。
大部分是
❋ *part* | His success was *in part* due to
一部分是 | luck. 他的成功一部分是由於幸運。
❋ *one's part* = *on the part of* ...

在某一邊 | There were no faults *on our part*.
我們這邊沒有錯。
take part | I *took part in* the game.
in .... | 我參加了這場比賽。
參加…
㊌ join in, participate in
take part with ... = *take the part of* ... = *take*
站在某一邊,擁 | He always *takes part with* her. ┌ *one's part* ┐
護某一方 | 他總是站在她那一邊。
— ㊂ -s [-s] ㊧ -ed [-ɪd]; -ing
動㊣ 分開 | He *parted* his hair in the middle.
他把頭髮中分。
㊍ ❶分開 | The road *parts* there.
道路在那裡分岔。
❷(與人)分手 | We *parted* at the street corner.
我們在街角分手。
┌──▶ **part from** 和 **part with**──
│ part from ... | I *parted from* him at noon.
│ 與…(人)分別 | (我中午和他分別。)
│ part with ... | It was intolerable to *part with*
│ 把…(物)放棄 | the book. (真捨不得放棄那本書。)

partake [pəˈtek, pɑr-; pɑːˈteɪk] ㊂ -s [-s] ㊨ **partook**;
partaken; partaking
動㊍ 分擔;參與 | He *partook* **in** the activities of the
school. 他參加了學校的活動。
▶通常作 take part (in), participate (in)。
partake of ... | Let's *partake of* supper this
❶一起做 | evening. 今晚我們一起吃晚飯吧!
❷有…的氣質 | He *partakes of* the artist.
他有幾分藝術家的氣質。

partial [ˈpɑrʃəl; ˈpɑːʃl]
形 ❶部分的 | We suffered a *partial* loss.
㊤ total | 我們遭到部分的損失。
❷不公平的,偏 | My father is *partial* **to** my sister.
愛的 | 我父親偏愛我妹妹。
㊤ impartial
衍生 副 **pàrtially** (部分地;不公平地) 名 **partiality**
[ˌpɑrʃiˈæləti] (偏袒;不公平)
participate [pəˈtɪsəˌpet, pɑr-; pɑːˈtɪsɪpeɪt] (注意發
音) ㊂ -s [-s] ㊧ -d [-ɪd]; **participating**
動㊍ 參加 | He didn't *participate* in the game.
㊌ take part | 他沒有參加比賽。
衍生 名 **partícipàtion** (參加)
participle [ˈpɑrtəsəpl, ˈpɑrtsəpl, ˈpɑrtəˌsɪpl;
ˈpɑːtɪsɪpl] ㊧ -s [-z]
名 (文法)分詞 | a present *participle* 現在分詞/a
past *participle* 過去分詞

┌─────────────────────────────┐
│ ▶現在分詞是在動詞語尾加 -ing, 可當形容詞用, 含 │
│ 有主動之義;過去分詞除不規則變化的以外, 是在動詞 │
│ 語尾加 -ed, 可當形容詞用, 含有被動之義。 │
│   a *sleeping* baby (睡著的嬰兒) │
│   └───┘   (現在分詞) │
│   a man *respected* by all (被大家尊敬的人) │
│   └────┘   (過去分詞) │
└─────────────────────────────┘

衍生 形 **párticìpial**(分詞的)

particle [`pɑrtɪkl; 'pɑːtɪkl] 複 **-s** [-z]
名 微粒；微量，微小 | There's not a *particle* of truth in his story.
他的故事沒有一點真實性。

particular [pəˈtɪkjələ, pɑr-; pəˈtɪkjulə] (注意發音)
形 ❶特定的；特別的 | He didn't come on that *particular* day.
他就是那天沒來。
❷難以取悅的，不和悅的；考究的 | She is *particular* **about** her clothes.
她對服裝很講究。
—— 複 **-s** [-z]
名 項目；(以複數表示)詳細 | The report is exact in every *particular*.
這報告的每一個項目都很正確。

in particular
(置於名詞之後) | She likes fruit and tomatoes *in particular*.
尤其 | 她喜歡水果，尤其是番茄。
衍生 副 **particularly**(特別，尤其)

partly [`pɑrtlɪ; 'pɑːtlɪ]
副 部分地，一部分 | I study English *partly* because I like it and *partly* because it is useful.
反 wholly | 我研讀英文一方面是由於喜好，另一方面也因為它很實用。

partner [`pɑrtnə; 'pɑːtnə(r)] 複 **-s** [-z]
名 ❶(比賽等的)同伴，伙伴 | I am often his tennis *partner*.
我常和他搭檔打網球。
❷合夥人 | He is my business *partner*.
他是我生意上的合夥人。

part-time [`pɑrt`taɪm; 'pɑːt'taɪm] 與 full-time
形 (限定用法)兼任的；非固定的 | I'm looking for a *part-time* job.
我正在找兼任的工作。
衍生 名 **pàrt-tìmer**(兼職者，非固定工作者)

party [`pɑrtɪ; 'pɑːtɪ] 複 **parties** [-z]
名 ❶(社交的)宴會；舞會 | I was invited to his birthday *party*.
我被邀請參加他的生日舞會。
▶舞會不是 a dance party 而是 a dance。
❷黨派，政黨 | the Democratic *Party* 美 民主黨
❸一夥，一隊 | The search *party* found the lost person.
搜索隊發現了那個失蹤的人。
❹關係人，當事人 | Both of the *parties* agreed to the arrangement.
雙方都同意這安排。

pass [pæs; pɑːs] 複 **-es** [-ɪz] 過 **-ed** [-t]；**-ing**
動 不 ❶前進；通過 | The parade *passed* down the street.
遊行隊伍通過了這條街。
❷通過；超過 | Let me *pass*, please.
請讓我通過。
❸(時間)經過 | Two years have *passed* since then.
從那時起已過了兩年。
❹(狀態)消失；結束 | The fever has *passed*.
燒退了。
❺交到(…之手) | The property *passed* **to** his son.
財產交到他兒子手上。

及 ❶通過；經過；超過 | The train *passed* the station.
火車經過那車站(沒有停車)。
We *passed* his car.
1)我們和他的車交錯而過。[⇄]
2)我們超過他的車。[⇉]
❷及格；合格 | He *passed* the examination.
他考試及格。
❸通過(議案等)；(議會等)通過 | Congress *passed* the bill.(＝The bill *passed* Congress.)
國會通過那議案。(＝這個議案被國會通過。)
❹(時間)度過 | Where are you going to *pass* the summer?
你去哪裡度過這個夏天?
❺交付；傳遞 | *Pass* me the pepper, please.
請把胡椒遞給我。
▶在英・美依慣例不站起來拿別人面前的東西，而是請別人遞給他。
❻陳述(意見)；下(評斷) | I can't *pass* any judgment yet.
我還不能下任何評斷。

pass the baton *pass* the Diet *pass* the station
傳遞接力棒 議會通過 通過車站

pass away ▶是避免說到 die 字的委婉說法。
死亡 | The king *passed away* last night.
國王昨晚逝世了。

***pass for* [*as*] ...**
被視為… | He *passes for* a poet.
他被視為是詩人。

pass through ...
❶穿過…，貫穿… | The bullet *passed through* his arm.
子彈穿過了他的手臂。
❷經歷… | He *passed through* many hardships.
他經歷了許多苦難。

—— 複 **-es** [-ɪz] ▶ **pass** 和 **path**
名 ❶山路，山口；山道；入口通路 |
❷通行，通過 |
❸免費乘車[入場]券 |

pass 山道 path 小道

come to pass
發生(事情) | I don't know how it *came to pass*.
我不知道何以會發生那件事。
衍生 名 **pàssing**(通過；合格)

passable [`pæsəbl; 'pɑːsəbl] <pass+able(可能性)
形 ❶還過得去的；相當的 | He has a *passable* knowledge of English.
他的英文程度還過得去。
❷可通行的 | The road is not *passable*.
這條路不能通行。

passage [`pæsɪdʒ; 'pæsɪdʒ] 複 **-s** [-ɪz]

名❶通行, 通過;(時間的)經過 | I felt the *passage* of time too slow. 我覺得時間過得太慢了。
❷(文章的)一節, 一段 | Read this *passage*. 讀這一節。
❸旅行, 航海 | The ship had a rough *passage*. 這船曾在大風大浪中航行。
❹通路, 水路 | The ship sailed through a narrow *passage* into the bay. 船航行通過一條狹窄的水路, 進了海灣。

複合 名 **bìrd of pàssage**(候鳥), **pàssagewáy**(通路)

assenger [`pæsṇdʒɚ; `pæsɪndʒə(r)] (注意發音) 複 **-s** [-z]
名乘客, 旅客;船客 | There were few *passengers* on the bus. 公共汽車裡沒有幾個乘客。

複合 名 **pàssenger tráin**(客運列車)

asser-by [`pæsɚ`baɪ; `pɑːsə`baɪ] 複 **passers** [-z]**-by**
名過路人, 行人 | He begged from *passers-by*. 他向路人乞討。

▶ 複合詞要注意複數形
looker-on(旁觀者)→複 lookers-on
editor-in-chief(總編輯)→複 editors-in-chief

assion [`pæʃən; `pæʃn] 複 **-s** [-z] 回 strong emotion
名❶熱情, 情慾 | I couldn't control my *passions*. 我不能控制自己的感情。
He has a *passion* **for** fishing. 他熱中於釣魚。
❷激怒 | fly into a *passion* 勃然大怒

▶ passion 的同義字
passion ………… 失去理智似的強烈感情或慾望
enthusiasm ……對政治或宗教等的熱忱
ardor, fervor …如烈火般的熱情, 熱忱

assionate [`pæʃənɪt, -ṇɪt; `pæʃənət]
形❶熱烈的;熱情的 | She made a *passionate* speech. 她做了一場熱烈的演講。
❷暴躁的 | a man of *passionate* nature 熱情的人

衍生 副 **pàssionately**(熱烈地)

assive [`pæsɪv; `pæsɪv] 反 active(主動的)
形❶被動的, 消極的 | He has a *passive* disposition. 他有被動的性格。
❷(文法)被動態的, 被動的 | The verb "surprise" is often used in the *passive* voice. 動詞 surprise 常作被動式使用。

▶「be＋過去分詞」叫做被動語態(the passive voice)。

assport [`pæs.port, -.pɔrt; `pɑːspɔːt]
名護照 | You need a *passport* to enter a foreign country. 到外國入境必須要有護照。

ast [pæst; pɑːst] ▶ pass 的過去分詞之一, 但現在很少作動詞使用。
形❶過去的, 以往的 | His *past* life was a happy one. 他過去的生活是很幸福的。

反 future | in times *past* 往昔／in *past* years 前幾年
❷剛過去的, 最近的 | It has been warm for the *past* few days. 最近幾天很暖和。
❸(文法)過去式 | the *past* tense 過去式／the *past* participle 過去分詞

—— 複 **-s** [-s]
名❶(加 the)過去, 過去的事 | When I think of **the** *past*, I feel happy. 一想起往事我就覺得很快樂。

| in the past (過去) | at present (現在) | in the future (未來) |

❷過去的歷史;(不好的)經歷 | The city has a glorious *past*. 那城市有輝煌的歷史。
—— 介❶(美)(時間)過, after | It is half *past* [(美) after] ten. 現在十點過 30 分了(十點半)。
過了(…歲) | He is *past* sixty. 他已過了六十歲。
❷超過(場所的)前面 | I went *past* his house. 我經過他家。
—— 副過, 通過 | A car ran *past* at full speed. 一輛汽車全速通過。

paste [pest; peɪst]
名漿糊;糊狀物, 膏狀物 | He sealed the envelope with *paste*. 他用漿糊封好信封。
tooth *paste* 牙膏
—— 三 **-s** [-s] 複 **-d** [-ɪd]; **pasting**
動 用漿糊貼 | Don't *paste* posters **on** the wall. 不要在牆上貼海報。

pastime [`pæs.taɪm; `pɑːstaɪm] 複 **-s** [-z]
名消遣, 娛樂 | Jogging is my favorite *pastime*. 慢跑是我最喜愛的休閒活動。

▶ <pass(度過)＋time(時間)

pastoral [`pæstərəl, -trəl; `pɑːstərəl]
形樸素的;田園的;牧師的 | I like *pastoral* poetry. 我喜歡田園詩。

pasture [`pæstʃɚ; `pɑːstʃə(r)] 複 **-s** [-z]
名草原;牧草 | Cows are grazing in the *pasture*. 牛正在草原吃草。

▶ pasture 和 meadow
pasture … 放牧的牧場
meadow … 種植牧草以做乾草的草地

pat [pæt; pæt] 三 **-s** [-s] 複 **patted** [-ɪd]; **patting**
動 輕拍, 拍;撫摸 | He *patted* me **on the** shoulder. ＝He *patted* my shoulder. 他拍我的肩膀。
—— 複 **-s** [-s]
名輕拍;輕撫 | The girl gave the dog a *pat*. 那女孩輕撫著狗。

patch [pætʃ; pætʃ] 複 **-es** [-ɪz]

[名] ❶(衣服上)補丁,縫補的布片 | She sewed a *patch* **on** the skirt. 她在裙子上縫了一個補丁。
❷(土地・田地的)一塊;田地 | a *patch* of cabbage＝a cabbage *patch* 甘藍菜(或包心菜)園
❸絆創膏;眼罩 | She is wearing an eye *patch*. 她戴著一隻眼罩。
❹斑點;斑紋 | a dog with a white *patch* on the back 背上有白色斑點的狗

—— [三] **-es** [-ız] [規] **-ed** [-t]; **-ing**
[動][及] 縫補,修補 | She *patched* my pants. 她縫補我的褲子。

patent [ˋpetn̩t, ˋpætn̩t; ˈpeɪtənt, ˈpætənt] [複] **-s** [-s]
[名] 專利權;專利品 | He applied for a *patent* **on** his invention. 他為他的發明申請了專利。

—— [形] 明顯的 [同] evident | *patent* dishonesty 明顯的不誠實 *patent* impossibility 明顯的不可能
[衍生][副] **pàtently** (明顯地)

path [pæθ; pɑːθ] [複] **paths** [-ðz, -θs]
[名] ❶(只能供人行走的)小路;(公園等的)人行道 | An old man was taking a walk along a *path* in the park. 一個老人在公園裡沿著小路散步。
▶ 相似詞有 alley, lane 等,但 alley, lane 另外有「巷道」的意思,aisle [aɪl] 是指劇場等的「通道」。
❷途徑,軌道 [同] course | the earth's *path* around the sun 環繞太陽的地球軌道

pathetic [pəˋθɛtɪk; pəˈθetɪk]
[形] 悲慘的;引人哀憐的 | She wept at the *pathetic* scene. 她看到那幅悲慘的情景而哭泣。
[衍生][名] **pathos** [ˋpeθɑs] (悲哀,哀愁)

patience [ˋpeʃəns; ˈpeɪʃns] [複] 無 [反] impatience
[名] 忍耐,容忍;耐心,耐性 | I have no *patience* **with** such an unreasonable man. 我無法容忍這種不講理的人。

▶「忍耐」的同義字
patience ………不著急的忍耐
perseverance …失敗也不退縮而繼續努力的耐性
endurance ……耐久,持久力

patient [ˋpeʃənt; ˈpeɪʃnt] [反] impatient
[形] 能忍耐的,有耐性的 | He is *patient* **with** others. 他很能容忍別人〔對人寬大〕。

▶ **patient** 和介系詞
「be patient with＋人」(容忍他人)
She *is patient* **with** her difficult husband.
(她一直容忍著難以取悅的丈夫。)
「be patient of ＋物」(容忍事物)
He *is patient* **of** noises.
(他一直忍耐著噪音。)

—— [複] **-s** [-s] ▶ 醫生眼裡的「患者」。
[名] 患者 | The *patient* is getting better. 那位患者漸漸好轉。
▶ 普通的「病人」叫做 a sick man。

patriot [ˋpetrɪət, ˋpetrɪ͵ɑt; ˈpætrɪət, ˈpeɪt-] [複] **-s** [-s]
[名] 愛國者 | He is an ardent *patriot*. 他是個熱忱的愛國志士。

patriotic [͵petrɪˋɑtɪk; ͵pætrɪˈɒtɪk]
[形] 愛國的;有愛國心的 | He is truly *patriotic*. 他真心愛國。
[衍生][名] **pàtriotísm** (愛國精神)

patrol [pəˋtrol; pəˈtrəʊl] [複] **-s** [-z]
[名] 巡邏;巡查者 | A policeman **on** *patrol* found the fire. 警察在巡邏途中發現火災。

—— [三] **-s** [-z] [規] **patrolled** [-d]; **patrolling**
[動][及] 巡邏 | Watchmen *patrol* the campus. 守夜者巡邏校園。

patron [ˋpetrən; ˈpeɪtrən] (注意發音) [複] **-s** [-z]
[名] ❶主顧,常客 | He is a *patron* of that store. 他是那家店舖的主顧。
❷支援者;保護者;贊助人 | The artist has a wealthy *patron*. 那藝術家有一個富有的贊助人。
[衍生][動] **pàtroníze** (惠顧) [名] **pàtronage** (惠顧)

pattern [ˋpætən; ˈpætən] [複] **-s** [-z]
[名] ❶模範,榜樣;(作形容詞用)理想的 | She is a *pattern* **for** other women. 她是其他婦女們的榜樣。 a *pattern* wife 理想的妻子
❷花樣,樣式 [同] design | Her dress has a flower *pattern*. 她的衣服有花卉圖樣。
❸(裁衣服用的)紙型;樣式;型 | a paper *pattern* **for** the dress 裁衣服的紙型／the sentence *pattern* 句型

pause [pɔz; pɔːz] [複] **-s** [-ɪz]
[名] (工作・談話・行走等的)中斷休止 | After a *pause* he continued his story. 休息一下後,他繼續說他的故事。
▶ 句子的「段落」也叫 pause。

—— [三] **-s** [-ɪz] [規] **-d** [-d]; **pausing**
[動][不] 中斷(行動) | He *paused* and looked about. 他停頓一下,接著環顧四周。

pave [pev; peɪv] [三] **-s** [-z] [規] **-d** [-d]; **paving**
[動][及] 鋪設 | The street is *paved* **with** asphalt. 這條街被鋪上了柏油。

***pave the way to* [*for*] …**
為…鋪路 | This *paves the way to* further progress. 這是為更進一步的發展而鋪路。

pavement [ˋpevmənt; ˈpeɪvmənt] [複] **-s** [-s]
[名] ❶鋪設;鋪設的材料 | brick *pavement* 鋪設紅磚
▶ 亦指鋪紅磚的道路〔[英] 人行道〕。
❷(鋪設的)人行道;[美] (鋪設的)汽車道 | 鋪設的人行道 { [英] *pavement* / [美] sidewalk } 鋪設的汽車道 { [英] roadway / [美] *pavement* }

paw [pɔ; pɔː] [複] **-s** [-z]
[名] (有爪的哺乳動物的)爪子 | The cat rolled a ball with her *paw*. 貓用爪子滾球。

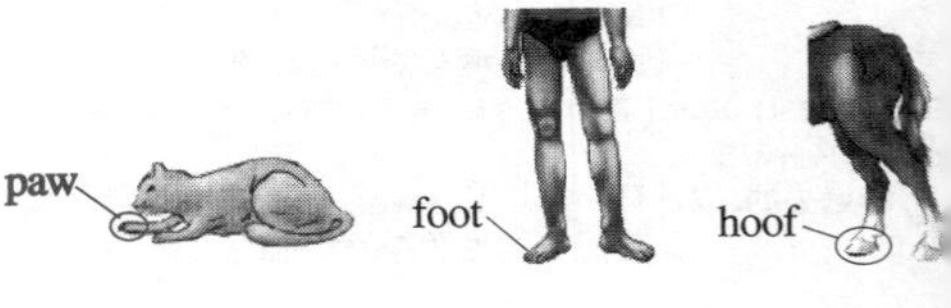

ay [pe; peɪ] ⊜ **-s** [-z] ⑦ **paid** [ped]; **-ing**

動⑧❶(錢)支付,花費	I *paid* ten dollars **for** the book. 我花了十元買那本書。
❷加強注意;表示敬意	*Pay* more attention **to** your work. 要加強注意你的工作。
	I *paid* my *respect* **to** the brave man. 我對那勇敢的人致上我的敬意。
❸報酬,有辛苦的價值	The laborer was *paid* a low salary. 這勞工的薪資很低。
	It *paid* him to study hard. 他努力讀書有了代價。
不❶付款	I have already *paid* **for** the car. 我已把車款付清了。
❷(壞事等的)報應,懲罰	You'll have to *pay* **for** this. 你將因此得到報應。
❸有酬勞;值得	It will *pay* to follow his advice. 聽他的勸告是值得的。
▶以事物作主語。	This job *pays* well. 這個工作獲利豐厚。

ay a visit to ... = **pay ... a visit**

訪問;探視	I *paid* a visit **to** him yesterday. 我昨天去看他。

━⑧ 無

名租金,薪俸	I get my *pay* every Friday. 我每星期五領薪水。

複合 名 **pàydáy**(發薪日)
衍生 形 **pàyable**(應支付的;期滿的)

ayment [`pemənt; 'peɪmənt] ⑧ **-s** [-s]

名❶支付;支付款	*payment* in cash 現金支付／monthly *payment* 每月支付款
❷報酬;賠償	Her welcome was sufficient *payment* for my trouble. 她的善待使我的辛苦有了代價。

ea [pi; piː] ⑧ **-s** [-z]

名(植物的)豌豆 ⇨ bean	

seed 種子   vine 蔓鬚   pod 豆莢

pea

e (as) like as two peas

長得一模一樣 (長得很像)	The sisters *are (as) like as two peas*. 那兩姐妹長得一模一樣。

eace [pis; piːs] ⑧ 無 ▶與 piece 同音

名❶和平 ⑥ war	The Chinese love *peace*. 中國人愛好和平。
❷(社會的)安寧,安定	break [keep, preserve] the *peace* 擾亂[維持]安寧
❸安心,沉著,平安	He is sleeping **in** *peace*. 他安詳地睡著。

t peace ▶ **in peace**(安詳的,靜謐的)

和平的,友善的 ⑥ at war	He lives at *peace* **with** his neighbors. 他與鄰居和睦相處。

複合 名 **pèacetíme**(和平時期), **pèacemáker**(調停人)
衍生 形 **pèaceable**(和平的)

peaceful [`pisfəl; 'piːsfʊl]

形和平的,安寧的 ⑥ calm	The village looked very *peaceful*. 這村莊看起來很寧靜。

衍生 副 **pèacefully**(和平地,安寧地)

peach [pitʃ; piːtʃ] ⑧ **-es** [-ɪz]

名(植物)桃(樹);桃色	I like *peaches* better than apples. 我喜歡桃子勝於(喜歡)蘋果。

peacock [`pi,kɑk; 'piːkɒk] ⑧ **-s** [-s]

名(鳥)(雄的)孔雀 陰 peahen	A *peacock* is more beautiful than a peahen. 雄孔雀比雌孔雀更漂亮。

peak [pik; piːk] ⑧ **-s** [-s]

名❶(山,屋頂,鬚的)尖端;山頂,山峰	The *peak* of the mountain can be seen from here. 從這裡可以看見那座山的山頂。
❷最高潮;絕頂	He has passed the *peak*. 他已過了巔峰時期。

peal [pil; piːl] ⑧ **-s** [-z]

名(鐘,雷,大笑的)轟隆聲	I heard a *peal* of thunder overhead. 我聽到頭頂上轟隆的雷聲。

peanut [`pinət, `pi,nʌt; 'piːnʌt] ⑧ **-s** [-s]

名(植物)花生,落花生	*Peanuts* yield *peanut* oil. 花生可以製造花生油。

pear [pɛr; peə(r)] ⑧ **-s** [-z] 和▶ pair(一對)同音

名(植物)梨樹;梨子	*Pears* have cores like apples. 梨和蘋果一樣有果核。

pearl [pɜl; pɜːl] ⑧ **-s** [-z]

名珍珠	*Pearls* are used for necklaces. 珍珠是做項鍊用的。

衍生 形 **pèarly**(珍珠般的)

peasant [`pɛzṇt; 'peznt] (注意發音) ⑧ **-s** [-s]

名佃農,農夫;鄉下人	▶在英、美、加拿大、澳大利亞等地經營大規模農場的主人稱 farmer。

pebble [`pɛbḷ; 'pebl] ⑧ **-s** [-z]

名(由於水的作用而成圓形光滑的)小圓石,鵝卵石	I used to collect fine *pebbles*. 我以前經常收集漂亮的小圓石。

pebbles 小圓石   stones 石   rocks 岩石

peck [pɛk; pek] ⊜ **-s** [-s] ⑧ 不 **-ed** [-t]; **-ing**

動⑧不以喙啄食;啄食	The hens are *pecking* (**at**) the corn in the garden. 母雞在院子裡啄食穀粒。
	▶ woodpecker 是「啄木鳥」; henpecked 是「懼內」的意思。

peculiar [pɪ`kjuljɚ; pɪ'kjuːljə(r)] (注意發音)

形❶獨特的;特有的,專有的	the character *peculiar* **to** the Chinese 中國人特有的性格
❷奇妙的;奇怪的 ⑥ strange	There is something *peculiar* about him. 他有點兒古怪。

衍生 副 **pecùliarly**(特別地;奇妙地)

peculiarity [pɪ,kjulɪ`ærətɪ; pɪ,kjuːlɪ'ærətɪ] ⑧

peculiarities [-z]
名 特性;特點 ┊ The acute sense of smell is a dog's *peculiarity*.
敏銳的嗅覺是狗的特性。

pedal [`pɛdḷ; 'pedl] 變 **-s** [-z] ► ped=foot
名 踏板 ┊ ►腳踏車、風琴、鋼琴、縫紉機等踏腳的地方。

pedantic [pɪ`dæntɪk; pɪ'dæntɪk] ►名詞是 pèdant(迂腐的人,學究)。
形 賣弄學問的, ┊ Don't be so *pedantic*.
炫耀學問的 ┊ 不要那樣賣弄學問。

peddle [`pɛdḷ; 'pedl] 變 **-s** [-z] 變 **-d** [-d]; **peddling**
動不及 沿街叫 ┊ He *peddles* vegetables.
賣,作小販 ┊ 他沿街叫賣蔬菜。
衍生 名 **pèddler, pèdlar**(小販)

pedestrian [pə`dɛstrɪən; pɪ'destrɪən]
形 行人的;步行 ┊ a *pedestrian* crossing 行人穿越道
者的

pedestrian 行人   pedestrian bridge 人行陸橋

pedestrian crossing 行人穿越道

── 變 **-s** [-z]
名 步行者,行人 ┊ *Pedestrians* should be careful in crossing the street.
┊ 行人在穿越道路時應該要小心。

peel [pil; pi:l] 變 **-s** [-z] 變 **-ed** [-d]; **-ing**
動及不 剝(皮 ┊ *peel* a banana [an apple]
等);削(皮);去 ┊ 剝(削)香蕉[蘋果]皮
(皮) ┊ ► peelings 是「剝下的皮」。

peep [pip; pi:p] 變 **-s** [-s] 變 **-ed** [-t]; **-ing**
動不 窺視 ┊ He *peeped* into the room.
┊ 他窺視房間。

── 變 **-s** [-s]
名 (加 a)窺視 ┊ Get [Take] a *peep* inside.
┊ 窺視一下裡面。

peer[1] [pɪr; pɪə(r)] 變 **-s** [-z]
名 ❶貴族► ┊ ──►英國貴族的五個階級──
peeress(貴族的 ┊ 1. duke(公爵)
夫人或有爵位的 ┊ 2. marquis(侯爵)
婦女) ┊ 3. earl(伯爵)
❷同輩,伙伴 ┊ 4. viscount [`vaɪkaunt] (子爵)
►在美國通常 ┊ 5. baron(男爵)
做❷的意思。 ┊ ►英國以外的國家公爵叫 prince, 伯爵叫 count。

peer[2] [pɪr; pɪə(r)] 變 **-s** [-z] 變 **-ed** [-d]; **-ing**
動不 凝視,細看 ┊ He *peered* at me over his spectacles.
┊ 他從眼鏡上面凝視我。

peg [pɛg; peg] 變 **-s** [-z]
名 掛釘;曬衣夾 ┊ a coat *peg* 掛衣釘/美 a clothes-*peg* 曬衣夾 ►美 clothespin

pen[1] [pɛn; pen] 變 **-s** [-z]

名 原子筆,鋼筆 ┊ a fountain *pen* 鋼筆/a ball-point *pen* 原子筆/a *pen* name 筆名

pen[2] [pɛn; pen] 變 **-s** [-z]
名 (關家畜的) ┊ The boy drove the pigs into the *pen*.
圍欄,檻 ┊ 這男孩把豬趕進豬圈。

penalty [`pɛnltɪ; 'penltɪ] 變 **penalties** [-z]
名 刑罰;罰款, ┊ The *penalty* for this offense is three
違約罰款 ┊ years in prison.
┊ 這種罪行的刑罰是三年徒刑。
複合 名 **pènalty kìck**((足球等的)處罰規則,罰球)

pence [pɛns; pens] ►英貨幣單位 penny 的複數形之一,表「金額」。若是硬幣「個數」的複數形則是 pennies。
名 ⇨ penny ►可在數字後加 p.來表示。

pencil [`pɛnsl; 'pensl] 變 **-s** [-z]
名 鉛筆 ┊ write **with** a *pencil* 用鉛筆寫
┊ ► **in** pencil ⇨ write
複合 名 **pèncil càse**(鉛筆盒), **pèncil shárpener**(削鉛筆機)

penetrate [`pɛnə,tret; 'penɪtreɪt] 變 **-s** [-s] 變 **-d** [-ɪd]; **-ting**
動及不 ❶滲 ┊ Rain *penetrated* my shoes.
透,滲入 ┊ 雨水滲進我的鞋子。
❷貫穿;刺穿 ┊ A bullet *penetrated* his chest.
┊ 子彈貫穿他的胸膛。
衍生 名 **pénetràtion**(貫穿;滲透;洞察力)形 **pènetràting**(貫穿的,看透的)

penguin [`pɛngwɪn, `pɛŋgwɪn; 'peŋgwɪn] 變 **-s** [-z]
名 (鳥)企鵝 ┊ *Penguins* can't fly.
┊ 企鵝不會飛。

peninsula [pə`nɪnsələ, -sjulə, -ʃulə; pə'nɪnsjulə] 變 **-s** [-z]
名 半島 ┊ the Balkan *Peninsula*
┊ 巴爾幹半島
衍生 形 **penìnsular**(半島的)

penny [`pɛnɪ; 'penɪ] 變 (貨幣的個數)**pennies** [-z]; (金額)**pence** [pɛns] ►英貨幣單位,可以 p 表示。
名 ❶(貨幣的個 ┊ Give me five *pennies*.
數)一辨士 ┊ 給我五個一辨士的銅幣。
❷(金額)一辨士 ┊ I paid fifty *pence* (50p) for the
►一鎊是一百 ┊ apple.
辨士。 ┊ 我花了五十辨士買這個蘋果。

個數   金額

5 pennies   5pence

衍生 形 **pènniless**(沒錢的,身無分文的)

pension [`pɛnʃən; 'penʃn] 變 **-s** [-z]
名 養老金;撫卹 ┊ live **on** a *pension* 靠養老金過活
金

pensive [`pɛnsɪv; 'pensɪv]
形 憂慮的;憂思 ┊ a *pensive* mood 憂心忡忡/a *pensive*
的;悲愴的 ┊ poem 悲愴的詩

people [`pipḷ; 'pi:pl] 變 **-s** [-z]
名 ❶人們,世人 ┊ There are many *people* who say so
┊ 有許多人這麼說。

▶以單數形式做複數處理。 *People* say that there was a big fire in Tainan. 據說台南發生了大火。

❷(加 a)一國人民;一個民族 The Chinese are **a** diligent *people*. 中國人是勤勞的民族。

▶ people 的用法

three people 三個人   **three peoples** 三個民族

❸(附在 one's 之後)(口語)家族的人們 I want you to meet **my** *people*. 我要你見我的家人。

pepper [`pɛpɚ; 'pepə(r)] 粵 **-s** [-z]
名(調味品)胡椒(植物);胡椒(的果實) Add some *pepper* to the dish. 在這菜餚上加點胡椒。 red *pepper* 紅辣椒
複合名 **pèppermínt**(薄荷)

per [pɚ; (強) pɝ:; (弱) pə] ▶語氣比 a [an] 正式。
介每一;經由 at 50 kilometers *per* (=an) hour 時速五十公里

perceive [pɚ`siv; pə'si:v] 粵 **-s** [-z] **-d** [-d]; perceiving
動⑧❶(由五官)感覺,知覺;察覺 I *perceived* a slight change in color. 我察覺到顏色有變化。
❷理解,領會 I couldn't *perceive* the truth. 我無法滲透這真理。
衍生形 **percèptible**(能感覺的), **percèptive**(有洞察力的)副 **percèptibly**(相當地)

percent, per cent [pɚ`sɛnt; pə'sent] 粵 無
名百分比 ▶記做%,5%爲百分之五。

perception [pɚ`sɛpʃən; pə'sepʃn] 粵 無
名(透過眼,耳,鼻等)感覺,知覺;理解 the *perception* of a strange sound 聽到奇怪聲音／a man of keen *perception* 感覺敏銳的人

perch [pɝtʃ; pɜ:tʃ] 粵 **-es** [-ɪz] 粵 **-ed** [-t]; **-ing**
動不停在,坐在(高處) A crow *perched* on the treetop. 一隻烏鴉棲在樹梢上。
粵 **-es** [-ɪz]
名(鳥的)樓木;高處 Look at the bird on the *perch*. 看棲息在樹上的鳥。

perfect [`pɝfɪkt; 'pɜ:fɪkt] (注意發音)
形❶完美的,無欠缺的;(文法)完成(式)的 She is a *perfect* wife. 她是一位好得不能再好的太太。 the *perfect* tense 完成式
❷(限定用法)完全的 He is a *perfect* stranger to me. 對我來說他完全是個陌生人。

▶ perfect 和 complete
perfect ……無缺點的(flawless);優秀的(excellent) 反 imperfect(不完全的)
complete …全部齊備的,完成的 反 incomplete(不完備的)

— [pɚ`fɛkt; pə'fekt](注意發音) 粵 **-s** [-s] 粵 **-ed** [-ɪd]; **-ing**
動⑧使完全,完成;增進 He endeavored to *perfect* his ability. 他爲增進實力而努力。
衍生副 **pèrfectly**(完全地;無可挑剔地;全然地)

perfection [pɚ`fɛkʃən; pə'fekʃn] 粵 無
名完全,完美;完成 He aims at *perfection* in everything. 他做任何事都力求完美。

perform [pɚ`fɔrm; pə'fɔ:m] 粵 **-s** [-z] 粵 **-ed** [-d]; **-ing**
▶此字大體上爲 do 的文章用語。
動⑧❶(應完成的事)做;完成 He *performed* (=did) his duty faithfully. 他忠實地執行任務。
❷(戲等)演,上演 He *performed* a piece of music. 他演奏了一曲。
不演,上演 She *performed* (=did) wonderfully on the stage. 她在舞台上演得好極了。
衍生名 **perfórmer**(表演者;藝人;演奏者;執行者)

performance [pɚ`fɔrməns; pə'fɔ:məns] 粵 **-s** [-ɪz]
名❶(約定・工作的)執行,實行 He was faithful in the *performance* of his duties. 他忠於職守。
❷表演;演奏;演技;演出 His first *performance* in China will be given tonight. 他在中國的首次演出將在今晚舉行。

perfume [`pɝfjum, pɚ`fjum; 'pɜ:fju:m](注意發音) 粵 **-s** [-z]
名❶香,芳香 It has the *perfume* of roses. 它有薔薇的香味。
❷香水;香料 She sprayed *perfume* over her chest. 她在胸前撒上香水。

perhaps [pɚ`hæps, pɚ`æps, præps; pə'hæps, præps]
副大概,或許 *Perhaps* it will rain in the afternoon. 下午大概會下雨吧!

▶表示「大概」的同義字
maybe (<may+be) …美 會話常用
probably …………………十之八九,大概
▶ ten to one, in nine cases out of ten, in all probability, in all likelihood 等也用以表示「很有可能」。

peril [`pɛrəl; 'perəl] 粵 **-s** [-z]
名危險,危難;冒險 The burning ship was **in** *peril*. 那艘失火的船處於險境。
▶ peril 比 danger 表示更迫近的危險, risk 是自己去冒的危險。
衍生形 **pèrilous**(危險的)

period [`pɪrɪəd, 'pɪərɪəd] 粵 **-s** [-z]
名❶期間 I will stay here for a short *period*. 我將在此做短暫的停留。
❷時代 the Renaissance *period*
同 age 文藝復興時代

❸(標點符號)終止符, 句點 | Put a *period* at the end of a sentence. 句子結束要加句號。

[衍生][形][名] **periódical**(定期的;定期刊物)

perish [\`pɛrɪʃ; 'perɪʃ] [三] **-es** [-ɪz] [規] **-ed** [-t]; **-ing**

[動][不] 死亡;毀滅 | The city *perished* in the fire. 那城市毀於火災。

► 表示由火災、飢荒、戰爭等外在的災害而死絕。

permanent [\`pɜmənənt; 'pɜːmənənt] [反] temporary

[形] 永久的, 不變的;持久的 | We all hope for *permanent* peace. 我們大家都希望永久和平。

► **permanent** 的同義字
- permanent …與「暫時的」相對, 強調「不變的」。
- perpetual ……有不斷出現的含意, 表示持續不斷或永久的。
- eternal ………強調「無始無終的」,「永恆的」。
- everlasting …是指「永遠持續的」或「永遠的, 永久的」。

[衍生][名] **pèrmanence**(永恆)

permission [pə\`mɪʃən; pə'mɪʃn] [複] 無 ► permit 的名詞形

[名] 許可, 允許 | I asked his *permission* **to** use the car. 我請求他允許我使用汽車。

►「壞事, 罪行」的寬恕為 pardon, forgiveness。

[衍生][形] **permìssible**(允許的), **permìssive**(放縱的)

permit [pə\`mɪt; pə'mɪt] [三] **-s** [-s] [規] **permitted** [-ɪd]; **permitting** ► allow 語氣較強。

[動][及] 許可, 允許 | I *permitted* him **to** go home. 我允許他回家。

[不] (事物)許可;有…餘地 | if time *permits* 假如時間許可的話 His late arrival *permits* **of** no excuse. 他的遲到不容辯解。

weather permitting

天氣好的話 | *Weather permitting*, I will go. 天氣好的話我會去。

—— [\`pɜmɪt, pə\`mɪt; 'pɜːmɪt] [複] **-s** [-s]

[名] 許可證 | a *permit* **to** hunt 狩獵的許可證

perpendicular [ˌpɜpən\`dɪkjələ; ˌpɜːpən'dɪkjʊlə(r)] (注意發音)

[形] 垂直的 [同] upright | The cliff rose in a *perpendicular* line. 這絕壁筆直地向上聳立著。

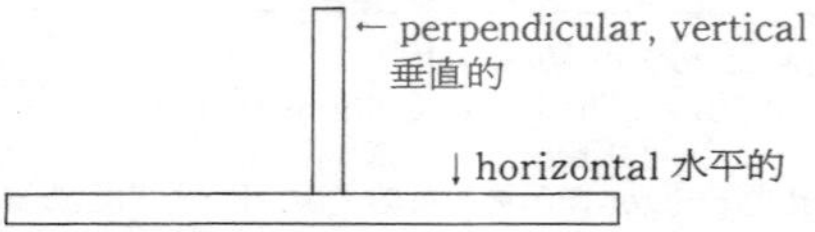

perpetual [pə\`pɛtʃʊəl; pə'petʃʊəl]

[形] ❶不停的 [同] continuous | I am bored of his *perpetual* talking. 我對他不停的說話感到厭煩。

❷永久的, 永遠的 [同] eternal | Do you believe in *perpetual* life? 你相信永生嗎?

perplex [pə\`plɛks; pə'pleks] [三] **-es** [-ɪz] [規] **-ed** [-t]; **-ing**

[動][及] 使困惑;使混亂 | Her silence *perplexed* me. 她的沉默令我困惑。

[衍生][形] **perplèxed**(困惑的;複雜的), **perplèxing**(令人困惑的)

perplexity [pə\`plɛksətɪ; pə'pleksətɪ] [複] **perplexities** [-z]

[名] 困擾, 困惑;糾紛, 麻煩的事 | He was **in** *perplexity* at the question. 這問題讓他很困惑。

persecute [\`pɜsɪˌkjut; 'pɜːsɪkjuːt] (注意發音) [三] **-s** [-s] [規] **-d** [-ɪd]; **persecuting**

[動][及] 使困擾;迫害 | He was *persecuted* by incessant telephone calls. 他為不停來的電話感到煩厭。

[衍生][名] **pèrsecûtor**(迫害者), **pérsecûtion**(迫害)

perseverance [ˌpɜsə\`vɪrəns; ˌpɜːsɪ'vɪərəns] [複] 無

[名] 堅持, 耐性, 毅力 | He is a man of *perseverance*. 他是個有毅力的人。

persevere [ˌpɜsə\`vɪr; ˌpɜːsɪ'vɪə(r)] [三] **-s** [-z] [規] **-d** [-d]; **persevering**

[動][不] 堅持;堅忍 | She *persevered* **in** [**with**] her lessons. 她孜孜不倦地學習。

persist [pə\`zɪst, -\`sɪst; pə'sɪst] [三] **-s** [-s] [規] **-ed** [-ɪd]; **-ing**

[動][不] ❶堅持到底 | He *persists* **in** his opinion. 他固執己見。

► **persist in** 和 **insist on**
- persist **in**＋名詞・動名詞…貫徹某事, 不停止, 繼續
- insist **on**＋名詞・動名詞… 強調, 要求
- ► persist 有時以「物」為主詞, insist 慣例用「人」為主詞。persist 大致上多用於壞事。

❷繼續存在 | The snow *persists* in the valley. 山谷中的雪仍未溶解。

[衍生][名] **persìstence**(頑固, 固執;持續性)[形] **persìstent**(頑固的;始終)[副] **persìstently**(頑固地, 持續地)

person [\`pɜsn; 'pɜːsn] [複] **-s** [-z]

[名] ❶(具有人格的)人, 人類, 人物 | ► person 個別的感覺較強, 雖也用於少數人, 多數則用 people。

❷身體 [同] body | He had no money **on his** *person*. 他身上沒帶錢。

❸(文法)人稱 | "I" is the first *person* singular. I 是第一人稱單數。

in person*＝*in* one's *own person

本人, 自己 | You had better go *in person*. 你最好親自去。

[衍生][名] **pèrsonage**(偉人, 名人;人)

personal [\`pɜsn̩l, \`pɜsnəl; 'pɜːsnl] [複] 無

[形] ❶個人(的);私人的 [同] private | In my *personal* opinion I am against the plan. 依我個人的意見我反對那計畫。

❷本人的, 直接的 | I want to have a *personal* interview with him. 我想和他直接面談。

❸身體的;容貌的 | She is proud of her *personal* beauty. 她以她的美麗外貌為傲。

❹(文法)人稱的 | the *personal* pronoun 人稱代名詞

衍生 副 **pèrsonally**（自己地, 個人地；對自己而言）

◆**ersonality** [ˏpɜsnˋælətɪ; ˏpɜ:səˋnælətɪ] 覆
personalities [-z]
名 ❶人格；個性 ┊ He is a man of fine *personality*.
┊ 他是位具有高尚人格的人。
❷名人 ┊ I met a lot of stage *personalities*.
┊ 我遇到許多戲劇界的名人。

◆**ersonification** [pɚˏsɑnəfəˋkeʃən; pəˏsɒnɪfɪˋkeɪʃn] 覆 無
名 人格化；化身 ┊ She is the *personification* of beauty.
┊ 她是美的化身。

◆**ersonnel** [ˏpɜsnˋɛl; ˏpɜ:səˋnel] 覆 無 ▶ 用複數。
名 (集合的) 職 ┊ All the *personnel* of this factory
員；人員 ┊ have gathered in the hall.
┊ 這工廠全體的職員已在會場集合。
▶ 公文裡代替 staff, members 使用。

◆**erspective** [pɚˋspɛktɪv; pəˋspektɪv] 覆 -s [-z]
名 透視法；(將 ┊ We must see the matter in its
來的) 預料；展 ┊ proper *perspective*. 我們必須以正確的
望, 前途 ┊ 看法來看這個問題。

◆**erspire** [pɚˋspaɪr; pəˋspaɪə(r)] ⊜ -s [-z] 覆 -d [-d];
perspiring
動 不 流汗 ┊ Fat people *perspire* heavily.
▶ 比 sweat 高 ┊ 肥胖的人汗流得厲害。
雅的話。
衍生 名 **pèrspirátion**（汗；冒汗）

┌─▶ **-spire** 是「喘氣」
in*spir*ation…靈感；吸入；吸氣
re*spir*ation…呼吸作用

◆**ersuade** [pɚˋswed; pəˋsweɪd]（注意發音）⊜ -s [-z]
覆 -d [-ɪd]; **persuading**
動 及 說服；勸服 ┊ I *persuaded* him
反 dissuade ┊ { of my innocence.
⇨ convince ┊ { that I was innocent.
┊ 我說服他相信我是無辜的。
┊ I *persuaded* him { to buy it.
┊ { into buying it.
┊ 我說服他買那東西。
┊ I *persuaded* him { to stop smoking.
┊ { out of smoking.
┊ 我勸服他戒煙。
衍生 名 **persuasion** [pɚˋsweʒən]（說服(力)；確信）形
persuàsive（有說服力的）副 **persuàsively**（善於詞令地）

◆**ert** [pɜt; pɜ:t] 比 **more~** 最 **most~**
形 活潑的 ┊ a *pert* girl 活潑的女孩

◆**ertinent** [ˋpɜtnənt; ˋp:ɜtɪnənt] 反 impertinent
形 適切的 ┊ a *pertinent* word 適切的用字

◆**ervade** [pɚˋved; pəˋveɪd] ⊜ -s [-z] 覆 -d [-ɪd];
pervading
動 及 普遍, 普 ┊ The room was *pervaded* with the
及；滲透；充滿 ┊ scent of perfume.
┊ 房間瀰漫著香水的味道。
衍生 名 **pervasion** [pɚˋveʒən]（瀰漫；充滿）

◆**essimist** [ˋpɛsəmɪst; ˋpesɪmɪst] 覆 -s [-s] 反 optimist
名 悲觀論者, 厭 ┊ I'm not such a *pessimist*.
世主義者 ┊ 我不是那樣的悲觀主義者。

衍生 名 **pèssimísm**（悲觀論, 厭世主義）形 **péssimìstic**（悲觀的, 厭世的）

pest [pɛst; pest] 覆 -s [-s]
名 有害之物；惡 ┊ Kangaroos can become *pests* to
性疫病；鼠疫 ┊ farmers.
┊ 袋鼠有可能危害農作物。

pestilence [ˋpɛstləns; ˋpestɪləns] 覆 -s [-ɪz]
名 惡性疫病；鼠疫 ▶ pest 是 pestilence 的簡稱。
衍生 形 **pèstilent**（致命的；(口語)討厭的）

pet [pɛt; pet] 覆 -s [-s]
名 寵物, 供玩賞 ┊ They keep a dog as a *pet*.
的動物；受寵之 ┊ 他們養狗當寵物。
物

petal [ˋpɛtl; ˋpetl] 覆 -s [-z]
名 花瓣 ┊ flower 花
▶ 注意勿與 ┊ pistil 雌蕊
pedal(踏板)混 ┊ stamen 雄蕊
淆。 ┊ petal 花瓣
┊ calyx 花萼

petition [pəˋtɪʃən; pəˋtɪʃn] 覆 -s [-z]
名 請願(書), 陳 ┊ They signed a *petition* to protect
情(書) ┊ birds.
┊ 他在保護鳥類的請願書上簽字。

petrol [ˋpɛtrəl; ˋpetrəl] 覆 無
名 美 汽油 ┊ We need more *petrol*.
美 gasoline ┊ 我們需要更多的汽油。

petroleum [pəˋtroljəm; pəˋtrəʊljəm] 覆 無
名 石油 ┊ ▶ 通常稱 oil。

┌─▶ 從 **petroleum** 提煉的油──────
gasoline((口語)gas) …汽油   美 petrol
kerosene ……………煤油   美 paraffin

petty [ˋpɛtɪ; ˋpetɪ] 比 **pettier** 最 **pettiest**
形 些微的, 不足 ┊ I don't like such *petty* gossip.
取的 ┊ 我不喜歡這種無聊的閒話。

phase [fez; feɪz] 覆 -s [-ɪz]
名 ❶(發達, 變 ┊ We entered upon the second *phase*
化的)階段, 時期 ┊ of the research.
┊ 我們的研究進入第二階段。
❷(問題等的) ┊ I found an unexpected *phase* of her
面, 方面 ┊ character.
┊ 我發現她的性格中令人意想不到的一
┊ 面。

pheasant [ˋfɛznt; ˋfeznt] 覆 -s [-s]
名 (鳥)雉 ┊ ▶ 注意勿與 peasant [ˋpɛznt] (小佃
┊ 農)混淆。

phenomenon [fəˋnaməˏnɑn; fəˋnɒmɪnən] 覆 ❶
phenomena [fəˋnamənə], ❷-s [-z]
名 ❶現象 ┊ A rainbow is one of the most
┊ beautiful *phenomena* of nature.
┊ 虹是最美麗的自然現象之一。
❷不平凡的人； ┊ A child who can read at the age of
珍品 ┊ two is a *phenomenon*.
┊ 兩歲即能識字的孩子是神童。

philosopher [fəˋlɑsəfɚ; fɪˋlɒsəfə(r)] 覆 -s [-z]
名 哲學家 ┊ Socrates was a great *philosopher*.
┊ 蘇格拉底是一位偉大的哲學家。

▶各種「學者」
scientist（科學家）, chemist（化學家）, physicist（物理學家）, economist（經濟學家）, political scientist（政治學家）, psychologist（心理學家）

philosophy [fə`lɑsəfɪ; fɪ'lɒsəfɪ] 複 **philosophies** [-z]
名 ❶哲學 ┊ He majors in *philosophy*.
┊ 他主修哲學。
❷人生觀 ┊ His *philosophy* is not sound.
┊ 他的人生觀不健全。
衍生 形 **phìlosóphic(al)**（哲學的；哲學性的）

phone [fon; fəʊn] 複 **-s** [-z] ▶ telephone 的縮寫
名 （口語）電話 ┊ You are wanted **on** the *phone*.
（機） ┊ 你的電話。
━ **-s** [-z] 複 **-d** [-d]; **phoning**
動 及 不 打電話 ┊ She *phoned* me yesterday.
┊ 她昨天打電話給我。

┌── ▶電話的對話方式 ─────────────
│ 請問您是哪一位? Who is this speaking, please?
│ 我是李先生。 This is Mr. Lee speaking.
│ 麻煩您請楊先生聽電話。I wish to speak to Mr.
│   Yang./May I speak to Mr. Yang?
│ 您電話號碼打錯了。You have the wrong number.
│ 請稍等一下。 One moment, please.
│   Hold on (a moment), please.
│ 請問他什麼時候會回來?When is he expected back?
└──────────────────────────────

phonetic [fo`nɛtɪk, fə-; fəʊ'netɪk]
形 聲音的；發音 ┊ *phonetic* symbols 音標
的

phonograph [`fonə,græf; 'fəʊnəɡrɑ:f] 複 **-s** [-s]
名 留聲機 同 ┊ Who invented the *phonograph*?
gramophone ┊ 誰發明了留聲機?

photo [`foto; `fəʊtəʊ] 複 **-s** [-z] ▶ photograph 的縮寫
名 （口語）照片 ┊ I had my *photo* taken by my
同 picture ┊ brother. 我讓哥哥幫我照相。

photograph [`fotə,græf; `fəʊtə,ɡrɑ:f] 複 **-s** [-s]
名 照片 ┊ This is a *photograph* of my family.
┊ 這張是我們全家福的照片。

▶會話裡常用 photo 或 picture。
衍生 名 **photògrapher**（攝影師）, **photògraphy**（攝影術）
形 **phótográphic**（攝影的）

phrase [frez; freɪz] 複 **-s** [-ɪz]
名 ❶（文法）片 ┊ ▶兩個字以上結合, 沒有主語和述語,
語；成語, 慣用語 ┊ 為句子的一個單元。
┊ "He is a man **of merit**." (他是個優秀
┊ 的人才。) 中 of merit 是形容 man 的形
┊ 容詞片語。
❷措詞, 說法 ┊ That's his favorite *phrase*.
┊ 那是他最喜愛的文句。

physical [`fɪzɪkl; 'fɪzɪkl]
形 ❶肉體的；身 ┊ He is in good *physical* condition.
體的 ┊ 他的身體狀況良好。
反 spiritual ┊ *physical* strength 體力
❷物質（界）的； ┊ The *physical* world is full of
自然（界）的 ┊ wonders. 自然界裡有許多奇妙的事。
同 material

❸物理學的；自 ┊ *physical* therapy 物理治療／*physical*
然科學的 ┊ science 自然科學 ▶物理、化學、天文學
┊ 等。

physician [fə`zɪʃən; fɪ'zɪʃn] 複 **-s** [-z]
名 內科醫師； ┊ *Physicians* are usually distinguished
（一般的）醫師 ┊ from surgeons.
┊ 內科醫師通常與外科醫師有所區別。
▶ doctor 較普遍, physician 是正式的說法。

physics [`fɪzɪks; 'fɪzɪks] 複 無 ⇨ physical ❸
名 物理學 ┊ I like both *physics* and chemistry.
▶用作單數。 ┊ 我喜歡物理和化學。

physicist [`fɪzəsɪst; 'fɪzɪsɪst] 複 **-s** [-s]
名 物理學家

physician
內科醫師

physicist
物理學家

physiology [,fɪzɪ`ɑlədʒɪ; ,fɪzɪ'ɒlədʒɪ] 複 無
名 生理學
衍生 名 **phýsiólogist**（生理學家）

physique [fɪ`zik; fɪ'zi:k] 複 無 ⇨ physical ❶
名 體格；體力 ┊ He is a man of strong *physique*.
┊ 他是一個體格強壯的男人。

pianist [pɪ`ænɪst, `pɪənɪst; pɪ'ænɪst, 'pɪənɪst] 複 **-s** [-s]
名 鋼琴家；鋼琴 ┊ She is a famous *pianist*.
彈奏者 ┊ 她是著名的鋼琴家。

piano [pɪ`æno; pɪ'ænəʊ] 複 **-s** [-z]
名 鋼琴 ┊ She plays **the** *piano* very well.
┊ 她鋼琴彈得很好。

▶有時候也說 play on [at] the *piano*。

grand piano
平台鋼琴

upright piano
直立鋼琴

pick [pɪk; pɪk] 三 **-s** [-s] 複 **-ed** [-t]; **-ing**
動 及 ❶摘, 採 ┊ She was *picking* flowers in the
（花・果實等） ┊ field. 她在野外摘花。
┊ *pick* apples 摘蘋果
❷挑選 ┊ She *picked* a quiet dress.
┊ 她挑選了一件樸素的衣服。
❸剔；挖 ┊ He is always *picking* his teeth with
┊ a toothpick. 他常常用牙籤剔牙。
❹扒竊 ┊ I had my pocket *picked* in the train.
┊ 我在火車裡遭扒了。
▶慣例以 ┊ ▶「錢包被扒走」是 "I had my wallet
pocket 為對象。 ┊ lifted." 這情況不用 pick。
pick out ┊ She *picked* out the best bag.
選擇 ┊ 她選擇了最好的袋子。
pick up ┊ *Pick up* that bag on the floor.
❶拾起 ┊ 把地板上的袋子拾起來。
❷接送 ┊ I'll come to *pick* you *up*.
┊ 我會開車去接你。

❸學會(自聽自會) He *picked up* French while living in France.
他在旅法期間學了法語。

icket [ˋpɪkɪt; ˈpɪkɪt] [複] **-s** [-s]
[名] (一端尖的)木樁 A *picket* is a pointed stake.
picket 是一端尖銳的木樁。

ickle [ˋpɪkl; ˈpɪkl] [複] **-s** [-z]
[名] (以複數表示)泡菜, 醃菜 I like hot *pickles*.
我喜歡辣的泡菜。

ickpocket [ˋpɪkˌpɑkɪt; ˈpɪkˌpɒkɪt] [複] **-s** [-s]
[名] 扒手 The *pickpocket* was arrested.
那扒手被捕了。

icnic [ˋpɪknɪk; ˈpɪknɪk] [複] **-s** [-s]
[名] 野餐, 遠足 We went **on** [**for**] a *picnic* to the hill. 我們到那山上去野餐。
▶ 另外, 不一定到遠地而在家裡的庭院一起吃飯也叫 picnic。

— [三] **-s** [-s] [規] **picnicked** [-t]; **picnicking**
[動] [不] 去野餐 They *picnicked* in the woods.
他們到森林裡去野餐。

▶ 注意拼法
picnic(去野餐) → picnic*ked*; picnic*king*
traffic(交易) → traffic*ked*; traffic*king*

ictorial [pɪkˋtorɪəl, -ˋtɔr-; pɪkˈtɔːrɪəl]
[形] 繪畫的; 有插圖的 a *pictorial* record 以圖畫記錄; 以照片記錄

icture [ˋpɪktʃɚ; ˈpɪktʃə(r)] [複] **-s** [-z]
[名] ❶圖畫 Who painted the *picture* on the wall?
牆上的畫是誰畫的?
❷照片 I took a *picture* of my family.
[同] photograph 我給(我的)家人照了一張相。

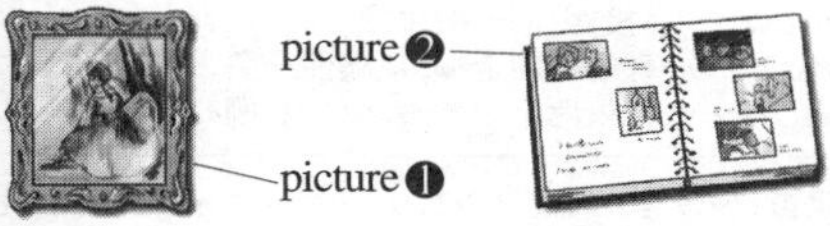

❸[美] 電影 I have seen the *picture* before.
[同] movie 我看過那部電影。
❹(加 the) 寫生; 肖像; 化身 She is **the** *picture* of health.
她很健康。

icturesque [ˌpɪktʃəˋrɛsk; ˌpɪktʃəˈresk] (注意發音)
[形] 如畫般地漂亮的 a *picturesque* village
風景如畫的村莊

ie [paɪ; paɪ] [複] **-s** [-z]
[名] 餅 a meat *pie* 肉餅 / a fruit *pie* 水果派

iece [pis; piːs] [複] **-s** [-ɪz] ▶ 與 peace(和平)同音。
[名] ❶部分; 片, 碎片 She cut the pie into five *pieces*.
她把餅切成五片。
❷…個 a *piece* of chalk 一枝粉筆 / three *pieces* of chalk 三枝粉筆 / a *piece* of paper 一張紙 / a *piece* of coal 一塊煤炭 / a *piece* of furniture 一件家具 / a *piece* of good luck 一次幸運 / a *piece* of advice 一個忠告
▶ 若要將不能計數的物質名詞・抽象名詞等加以計數時則須用此字。
❸(圖畫, 雕刻, 音樂, 詩等的)作品 This is a wonderful piano *piece*.
這是一首傑出的鋼琴曲。
in [***into***] ***pieces*** 破碎地; 粉碎地 The cup broke *in pieces*.
杯子破得粉碎。
to pieces 破碎的 She tore the letter *to pieces*.
她把信撕成碎片。

pier [pɪr; pɪə(r)] [複] **-s** [-z]
[名] 碼頭 They waited for the ship on the landing *pier*.
他們在碼頭等船。

pierce [pɪrs; pɪəs] [三] **-s** [-ɪz] [規] **-d** [-t]; **piercing**
[動] [及] ❶刺穿, 貫穿 The bullet *pierced* his arm.
子彈貫穿了他的手臂。
❷滲入 The icy wind *pierced* him.
刺骨的寒風吹襲著他。

pig [pɪg; pɪg] [複] **-s** [-z] ⇨ swine, hog
[名] (動物)豬 ▶ 在美國 pig 是「小豬」的意思。「長成的豬」多用 hog 表示。

pigeon [ˋpɪdʒən, ˋpɪdʒɪn; ˈpɪdʒɪn] [複] **-s** [-z]
[名] (鳥)鴿子 a carrier *pigeon* = a homing *pigeon* 傳信鴿
▶ pigeon 是比 dove 較大品種的鴿子。

pile [paɪl; paɪl] [複] **-s** [-z]
[名] ❶堆疊, …堆 She put the lemons **in** a *pile*.
她將檸檬堆成一堆。

▶ pile 和 heap

同樣物品整齊堆放的「堆」 雜亂地堆積物品的「堆」

❷大量的… I have a *pile* of [*piles* of] books to read. 我有一大堆的書要讀。

— [三] **-s** [-z] [規] **-d** [-d]; **piling**
[動] [及] 堆疊, 堆積 They *piled* the boxes in the corner.
他們把箱子堆在角落。

pilgrim [ˋpɪlgrɪm; ˈpɪlgrɪm] [複] **-s** [-z]
[名] 朝聖者 the *Pilgrim* Fathers 清教徒

▶ 1620 年, 乘 Mayflower 號離開英國而在美國現在的 Massachusetts 州的 Plymouth 登陸的 102 個清教徒。左邊照片中岩石是紀念他們之物, 稱爲 Plymouth Rock, 成爲美國民主主義的象徵。

pill [pɪl; pɪl] [複] **-s** [-z]
[名] 藥丸 I can't sleep without sleeping *pills*.
我沒有安眠藥就睡不著覺。
▶「藥片」叫做 tablet。

pillar [ˋpɪlɚ; ˈpɪlə(r)] [複] **-s** [-z]
[名] 圓柱, 柱; 石柱 The roof was supported by stone *pillars*.
這屋頂是用石柱支撐住的。

pillow [`pɪlo; 'pɪləʊ] 图 **-s** [-z]
　图 枕頭
pilot [`paɪlət; 'paɪlət] 图 **-s** [-s]
　图 (飛機的) 駕 | The *pilot* landed the airplane.
　駛員,飛行員 | 飛行員將飛機著陸。
　──▶ 請勿混淆 ──
　　pilot [`paɪlət] 飛行員
　　pirate [`paɪrət] 海盜

pin [pɪn; pɪn] 图 **-s** [-z]
　图 別針,大頭針 | A *pin* might have been heard to
　　　　　　　　 drop.
　　　　　　　　 靜得連別針掉落的聲音都聽得到。

　pin 大頭針　　needle 針　　nail 釘　　thumbtack 圖釘

── 图 **-s** [-z] 图 **pinned** [-d]; **pinning**
　動 图 以別針別 | He *pinned* a flower on the coat.
　住 | 他把花別在外套上。
pinch [pɪntʃ; pɪntʃ] 图 **-es** [-ɪz] 图 **-ed** [-t]; **-ing**
　動 图 ❶捏,挾 | The boy *pinched* my arm.
　 | 那孩子捏我的手臂。
　❷ (鞋,帽) 弄緊 | My new shoes *pinch* my feet.
　 | 我的新鞋會夾腳。
── 图 **-es** [-ɪz]
　图 ❶捏,挾 | I gave her a *pinch* on the cheek.
　 | 我捏她的臉頰。
　❷痛苦;困難;危 | He will stand by you when you are
　機 | **in a** *pinch*.
　 | 當你陷入危機時他會幫助你。
pine [paɪn; paɪn] 图 **-s** [-z]
　图 (植物)松 | The hill is covered with *pines*.
　(樹) | 山上長滿了松樹。
　複合 图 **pìne cóne** (松毬), **pìne nèedle** (松針), **pìne trèe**
　(松樹)
pineapple [`paɪn‚æpl; 'paɪn‚æpl] 图 **-s** [-z]
　图 鳳梨(植物・ | A *pineapple* looks like a large pine
　果實) | cone. 鳳梨看起來像大松毬。
ping-pong [`pɪŋ‚pɑŋ, -‚pɔŋ; 'pɪŋpɒŋ] 图 無
　图 乒乓球;桌球 | We play *ping-pong* after school.
　 | 我們放學後打桌球。
　──▶ 也拼為 Ping-Pong。
　──▶ 也稱為 table tennis。
pink [pɪŋk; pɪŋk] 图 無
　图 桃色,粉紅色 | My favorite color is *pink*.
　 | 我最喜愛的顏色是粉紅色。
pint [paɪnt; paɪnt] 图 **-s** [-s]
　图 品脫(容量單 | There is a *pint* of milk left.
　位) | 剩下一品脫牛奶。
　──▶ 美 約 0.47 公升, 英 約 0.57 公升。
pioneer [‚paɪə`nɪr; ‚paɪə'nɪə(r)] 图 **-s** [-z]
　图 開拓者,先驅 | The *pioneers* met with many
　者 | dangers. 開拓者遇到許多危險。
pious [`paɪəs; 'paɪəs]

　形 虔誠的,篤信 | He is known as a *pious* farmer.
　的 | 他以一個虔誠的農夫而聞名。
　──▶ **pious** 的相反詞和名詞 ──
　　反 impious [`ɪmpɪəs] 無宗教信心的, 不虔誠的
　　图 piety [`paɪətɪ] 虔誠

pipe [paɪp; paɪp] 图 **-s** [-s]
　图 ❶(瓦斯・自 | The main gas *pipe* burst.
　來水的)管子,筒 | 瓦斯的主要導管破裂。
　❷煙斗 | a collection of rare *pipes*
　 | 珍奇煙斗的收集品

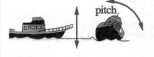

　pipe　　　　　　cigarette holder
　煙斗　　　　　　煙嘴

pirate [`paɪrət, -rɪt; 'paɪərət] 图 **-s** [-s]
　图 海盜 | The *pirates* attacked the ship.
　 | 海盜襲擊那艘船。
pistol [`pɪstl; 'pɪstl] 图 **-s** [-z]
　图 手槍 | The robber had a *pistol*.
　 | 那強盜持有手槍。
　──▶ 自動手槍是 automatic (pistol), 連發手槍叫
　revolver, 會話常用 handgun, gun。
pit [pɪt; pɪt] 图 **-s** [-s]
　图 (地面的)洞, | The miners went down the *pit*.
　窪,坑 | 礦工進入坑道。
pitch[1] [pɪtʃ; pɪtʃ] 图 無
　图 瀝青 | ──▶ 煤焦油或石油蒸餾後殘留的黑色物
　 | 質, 做鋪設道路之用。
pitch[2] [pɪtʃ; pɪtʃ] 图 **-es** [-ɪz] 图 **-ed** [-t]; **-ing**
　動 图 ❶投(球 | He *pitched* the letter into the fire.
　等) | 他把信投入火中。
　──▶ **throw, toss, pitch**
　　throw ……「投擲」的一般用語。
　　toss ………輕輕地向上拋, 或隨便一丟。
　　pitch ……把東西小心地投向目標, 例如投球等。
　❷張掛(帳篷等) | We *pitched* our tent near the river.
　 | 我們把帳篷搭在河邊。
　不 (船)上下搖 | The ship rolled and *pitched*.
　晃 | 船向上下左右搖晃。

　　　　　　　　　　pitch
　　　　　　　　　　　　　　　roll 左右搖晃

── 图 **-es** [-ɪz]
　图 ❶調子, 聲音 | She sings **at a** high *pitch*.
　的高低 | 她以高調子唱歌。
　❷程度;頂點 | Their excitement reached its
　 | highest *pitch*. 他們興奮到極點。
pitcher[1] [`pɪtʃɚ; 'pɪtʃə(r)] 图 **-s** [-z]
　图 水罐 | She poured water out of the
　 | *pitcher*.
　 | 她把瓶子裡的水倒出來。

► [美]雖用於日常會話，但[英]則用於較古式，而以 jug 代替。⇨ jug

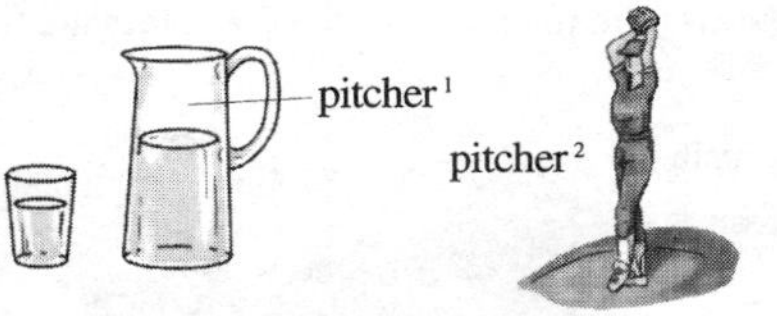

itcher[2] [ˋpɪtʃɚ; ˈpɪtʃə(r)] [複] **-s** [-z]
[名] (棒球)投手 | He is the *pitcher* of our team. 他是我們隊的投手。

itiful [ˋpɪtɪfəl; ˈpɪtɪfʊl]
[形] 可憐的；令人同情的 | The thin girl was a *pitiful* sight. 那個瘦女孩令人看起來覺得可憐。

itiless [ˋpɪtɪlɪs; ˈpɪtɪlɪs] [同] cruel
[形] 不慈悲的，無情的 | He was a *pitiless* tyrant. 他是個無情的暴君。

ity [ˋpɪtɪ; ˈpɪtɪ] [複] **pities** [-z]
[名] ❶可憐，同情 | People felt *pity* **for** the match girl. 人們對那賣火柴的女孩產生同情。

► **pity, compassion, sympathy**
pity …………對痛苦的人或悲哀的人心生憐憫之情，但有時略帶優越感的含意。
compassion …比 pity 更強烈，想給予慰藉或幫助的感情。
sympathy ……是最常用的字，從理解、同情到認同，皆有包括。

❷可惜，遺憾 | It is a *pity* **that** you can't swim. 可惜你不會游泳。

— [三] **pities** [-z] [規] **pitied** [-d]; **-ing**
[動][及] 覺得可憐 | She *pitied* the unfortunate people. 她爲那些不幸人們感到可憐。

lace [ples; pleɪs] [複] **-s** [-ɪz]
[名] ❶場所；地方 | Keep it in a cool *place*. 把東西放在陰涼的地方。
❷地區 | It is a very hot *place* here. 這個地方很熱。
❸座位 | The people took their *places*. 大家就座。
❹立場；處境 | I'd take the job if I were **in** your *place*. 我要是站在你的立場，就接受這工作。
❺住宅；住所；房屋 | He has a nice *place* in the country. 他在鄉下有個很舒適的住所。
❻地位；職務，差事 | She got a *place* in the bank. 她在銀行裡得到一個職位。

ive place to … 讓位給…；…取而代之 | His happiness *gave place to* a feeling of despair. 他的快樂消失，代之出現的是絕望。

n place of … 代替… | I went there *in place of* my mother. 我代替母親到那裡去。

n the first place 首先… | *In the first place*, you must apologize. 首先，你必須道歉。

take place 發生，舉行 | When did the party *take place*? 舞會什麼時候舉行？
► 用於歷史上的事件，集會等，而不用於地震等自然界的現象。

take the place of … = ***take one's place***
代理… | Who will *take the place of* the chairman? 誰將代理主席？

— [三] **-s** [-ɪz] [規] **-d** [-t]; **placing**
[動][及] 放置 | Don't *place* the bottle near the fire. 不要把瓶子放在火旁邊。

placid [ˋplæsɪd; ˈplæsɪd]
[形] 安靜的；安詳的 | a *placid* lake 一個寧靜的湖

plague [pleg; pleɪg] [複] **-s** [-z]
[名] ❶瘟疫，傳染病；鼠疫 | Hundreds of people died of the *plague*. 好幾百人死於瘟疫。
❷災害，災難 | Floods are a *plague* in this district. 洪水是這一地區的災害。

plain [plen; pleɪn] [比] **-er** [最] **-est**

► 請勿混淆
plain [plen] …[形] 明顯的 [名] 平原
plane [plen] …[名] 飛機；平面

[形] ❶明顯的，清楚的 | His voice was clear and *plain*. 他的聲音清楚明白。
❷易解的，平易的 | The book is written in *plain* English. 這本書是用平易的英文寫成的。
❸簡素的，簡樸的，樸素的 | I am used to *plain* food. 我習慣於簡單的食物。
❹率直的，據實的 | I'll be *plain* **with** you. 我會對你坦白的。
❺(女人)不漂亮的，不標緻的 | She is a *plain* girl. 她是個相貌平凡的女孩。

— [複] **-s** [-z]
[名] 平原，原野 | Tainan is **in** the Chianan *Plains*. 台南位於嘉南平原。

[衍生] [副] **plàinly** (明顯地；率直地；樸素地)

plaintive [ˋplentɪv; ˈpleɪntɪv] [同] mournful
[形] 悲哀的；可憐的 | She sang a *plaintive* song. 她唱了一首哀傷的曲子。

plan [plæn; plæn] [複] **-s** [-z]
[名] ❶計畫；方案 | Have you made *plans* for the holidays? 你爲假期做好計畫了嗎？
❷設計圖；平面圖 | the *plan* of a house 房子的設計圖

— [三] **-s** [-z] [規] **planned** [-d]; **planning**
[動][及] ❶訂立計畫 | *Plan* your work before you start it. 開始工作前先做好計畫。
❷畫設計圖 | They *planned* the streets of the town. 他們設計了城裡的街道圖。
❸[美] 打算 | I am *planning* **to** go to San Francisco. 我正打算到舊金山去。

plane¹

不 美 (口語)打算 | I *planned* **on** climb**ing** the mountain.
我打算攀登那座山。

plane¹ [plen; pleɪn] 图 **-s** [-z] ▶不要與 plain 混淆。
名 飛機 | Have you ever traveled by *plane*?
你曾搭飛機旅行過嗎?

▶ airplane,美 aeroplane 的縮寫

plane² [plen; pleɪn] 图 **-s** [-z]
名 ❶平面,面 | an inclined *plane* 斜面
❷鉋刀 | A *plane* is used for smoothing wood. 鉋刀是用來鉋平木材的。

planet [`plænɪt; 'plænɪt] 图 **-s** [-s]
名 (天文)行星 | A *planet* is a heavenly body that moves around the sun.
行星是環繞太陽運行的天體。

──▶ 行星的英文──
Mercury(水星),Venus(金星),the earth(地球),Mars(火星),Jupiter(木星),Saturn [`sætən] (土星),Uranus [`jurənəs] (天王星),Neptune(海王星),Pluto(冥王星)

plant [plænt; plɑ:nt] 图 **-s** [-s]
名 ❶植物,草木 | Most *plants* need water and sunshine.
大多數的植物需要水分和陽光。
❷工廠 | He works for an automobile *plant*.
他在一家汽車工廠工作。

── 三 **-s** [-s] 圈 **-ed** [-ɪd]; **-ing**
動 及 種植 | Elm trees were *planted* along the road. 沿著路種有榆樹。

plantation [plæn`teʃən; plæn'teɪʃn] 图 **-s** [-z]
名 大農地 | They work on the coffee *plantation*.
他們在咖啡園工作。

▶特別指熱帶地方種植棉花,菸草,咖啡,橡樹等只栽培單一作物的農園。

plaster [`plæstɚ; 'plɑ:stə(r)] 图 無
名 灰泥 | The *plaster* on the wall is still wet.
牆壁上的灰泥還沒有乾。

衍生 名 **plàsterer** [`plæstərɚ] (泥水匠)

plastic [`plæstɪk; 'plæstɪk] 图 **-s** [-s]
名 塑膠 | This toy is made of *plastic*.
這玩具是塑膠做的。

── 形 ❶塑膠(製)的 | These *plastic* plates are light.
這些塑膠碟子很輕。
❷造形的,塑造的 | *plastic* arts 造形美術(尤指繪畫,雕刻等) / a *plastic* material 可塑性的材料

plate [plet; pleɪt] 图 **-s** [-s]
名 ❶(淺的)盤子 ⇨ dish | He ate two *plates* of spaghetti.
他吃了兩盤通心粉。

dish
(數人共用的大盤)

plate
(個人使用的淺盤)

❷(金屬,玻璃的)板 | a door *plate* 門牌 / a license *plate* (汽車的)牌照

plateau [plæ`to; 'plætəʊ] 图 **-s** [-z], **plateaux** [-z]
名 高原,台地

mountain 山
plateau 高原
plain 平原
sea 海

platform [`plæt,fɔrm; 'plætfɔ:m] 图 **-s** [-z]
名 ❶(車站的)月台 | I'll wait for you on the *platform*.
我會在月台上等你。
❷台,講台 | A hall has a *platform* for speakers.
禮堂有為演講者設的講台。

plausible [`plɔzəbl; 'plɔ:zəbl]
形 似真實的,似可信的 | a *plausible* lie 似真實的(幾可亂真的)謊言 / a *plausible* excuse 似可信的藉口

play [ple; pleɪ] 三 **-s** [-z] 圈 **-ed** [-d]; **-ing**
動 不 ❶玩 | The children were *playing* in the garden.
孩子們在花園裡玩。
❷比賽;演奏;演戲 | He *played* in the game.
他參加了比賽。
They *played* in Taipei for a month.
他們在台北公演一個月。
及 ❶競技,比賽 | They *play* tennis after school.
他們放學後打網球。
Let's *play* cards.
來玩牌吧!

──▶ play 的誤用──
play 是用於球賽,或撲克牌,麻將等在桌上的比賽。
「摔柔道」 | (誤)play judo
| (正)practice judo
「滑雪」 | (誤)play skiing
| (正)ski
▶「去滑雪」go skiing,「溜冰」skate,「拳擊」box,「摔跤」wrestle,「滾球」bowl,「去玩保齡球」go bowling。

❷演奏(樂器,音樂) | She *plays* **the** piano very well.
她鋼琴彈得很好。
▶演奏樂器時必須在樂名之前加 the。
❸演(戲,角色) | He *played* (the role of) Hamlet.
他飾演哈姆雷特。

── 图 **-s** [-z]
名 ❶劇,戲劇 | She played Cinderella in our class *play*.
她在班上的戲劇裡飾演灰姑娘。
❷遊玩,遊戲 | All work and no *play* makes Jack a dull boy.
盡是讀書不遊戲就造成了書呆子。(諺語)

複合 名 **plàymáte** (玩伴),**plày-óff** (決賽),**plàywríght** [-raɪt] (劇作家,劇本家)

衍生 名 **plàyer** (選手;演員;演奏者) 形 **plàyful** (詼諧的,玩笑的,戲弄的)

layground [`ple,graʊnd; 'pleɪgraʊnd] 徵 -s [-z]
名 運動場;遊戲 | The students gathered in the
場 | *playground*.
| 學生們在運動場集合。

lea [pli; pli:] 徵 -s [-z]
名 ❶陳情;請願 | a *plea* for help
| 請求援助
❷辯解, 藉口 | His *plea* was that he had a
同 excuse | headache.
| 他辯稱他頭疼。

lead [plid; pli:d] 三 -s [-z] 徵 -ed [-ɪd]; -ing
▶美 過去式・過去分詞也做 **pled** [plɛd]。
動 不 ❶辯護 | He is going to *plead* for me.
| 他將替我辯護。
❷陳情 | The criminal *pleaded* for mercy.
| 犯人陳情懇求寬恕。
及 ❶辯護 | The lawyer will *plead* my case.
| 律師將爲我的案件辯護。
❷提出…爲理 | The thief *pleaded* his illness.
由;以…爲藉口 | 竊賊以生病作託詞。

leasant [`plɛznt; 'pleznt] (注意發音) 徵 -er
徵 -est
┌──▶ 請勿混淆
| pleasant [`plɛznt] | 形 愉快的
| present [`prɛznt] | 形 出席 名 禮物

形 ❶快樂的, 愉 | I had a *pleasant* time.
快的 | 我有過一段快樂的時光。
❷感覺舒服的 | He is a *pleasant* person.
| 他是個令人喜歡的人。
衍生 副 **pleasantly** (快樂地, 愉快地)

lease [pliz; pliz] 三 -s [-ɪz] 徵 -d [-d]; pleasing
動 不 ❶(作副 | *Please* sit down.= Sit down, (if you)
詞)請;對不起; | *please*.
拜託 | 請坐。
▶ 命令句置於句頭句尾均可, 但如果是貌性地引起別人
注意, 如「對不起, 史密斯先生…」的情形時, 不可說成
"Mr. Smith, please." 而應說 "Please, Mr. Smith."。
❷愛好, 想望 | Take as much as you *please*.
| 你高興拿多少就拿多少。
及 取悅, 使中意 | It is difficult to *please* him.
| 要取悅他很難。
| She looked *pleased*.
| 她看起來很高興。
* **pleased** | He will be *pleased* to help you.
to V | 他會樂於幫助你。
樂於…
* **pleased with ...** |
中意…, 滿足… | She is *pleased with* the gift.
| 她很滿足那件禮物。
* **you please** | I'd like to see you, *if you please*.
如果你願意 | 如果你願意的話, 我想去見你。

leasure [`plɛʒɚ; 'pleʒə(r)] 徵 -s [-z]
名 快樂, 喜悅, | Reading gives me great *pleasure*.
樂趣 | 讀書帶給我很大的快樂。
| It is my *pleasure* to talk to her.
| 我很榮幸能和她談話。

┌──▶ pleasure, delight, joy
| pleasure …表示滿意、喜悅, 而非明顯的雀躍。
| delight ……強調興奮、雀躍, 顯現明顯的高興。
| joy …………強調內心更深的歡喜, 比 pleasure 強,
| 比 delight 持久。

with pleasure | "Will you come with us?"
樂意 | "*With pleasure*."
| 「你也一起來吧?」
| 「我很樂意。」

pledge [plɛdʒ; pledʒ] 徵 -s [-ɪz]
名 ❶抵押;典 | I hold his car as a *pledge*.
當;抵押品 | 我留下他的車當作抵押品。
❷保證;證物 | as a *pledge* of friendship
| 友誼的保證
❸誓約;約定 | I give my *pledge* that I will quit
| smoking. 我發誓戒煙。
── 三 -s [-ɪz] 徵 -d [-d]; pledging
動 及 發誓, 保證 | They *pledged* their loyalty.
| 他們宣誓效忠。

plentiful [`plɛntɪfəl; 'plentɪfʊl]
形 豐富的, 多的 | a *plentiful* supply of rice
| 米的豐富供應

plenty [`plɛntɪ; 'plentɪ] 徵 無
名 ❶多 | There's *plenty* of time.
| 時間充裕的很。

┌──▶ 否定和疑問
| 否定句的 plenty of 用 much 或 many 代替, 疑問句
| 用 enough 代替。
| 「時間不多了。」 There's not *much* time.
| 「時間充裕嗎?」 Is there *enough* time?

▶ plenty of 比「充裕」更具有「已足夠達到目的」的意思。
❷多量, 多數 | No, thank you. I've had *plenty*.
| 謝謝, 我已經有很多了。
| She had money in *plenty*.
| 她有很多錢。

plight [plaɪt; plaɪt] 徵 -s [-s]
名 (不好的)狀 | He is in a miserable *plight*.
態, 困境 | 他陷入淒慘的狀態。

plod [plɑd; plɒd] 三 -s [-z] 徵 plodded [-ɪd]; plodding
動 不 蹣跚地走 | He *plodded* along.
| 他蹣跚地走著。
▶ 是指腳部沉重, 也可說 trudge。

plot [plɑt; plɒt] 徵 -s [-s]
名 ❶陰謀, 密謀 | His *plot* against [to murder] the
| King was discovered.
| 他反對〔想謀殺〕國王的陰謀被發覺了。
❷(小說, 戲劇 | the *plot* of a novel 小說的情節
的)情節;構想
┌──▶ plot 和 conspiracy
| plot …………個人或團體爲達到不法目的所設的陰
| 謀。
| conspiracy …多數人的陰謀。plot 也可用於小奸小
| 壞, 而 conspiracy 主要用於重大的犯
| 罪。

—— [三] **-s** [-s] [規] **plotted** [-ɪd]; **plotting**

[動][不] 圖謀(壞事) | They *plotted* **to** rob a bank. 他們企圖搶劫銀行。

plow, [英] plough [plău; plaʊ] (注意發音) [複] **-s** [-z]

[名] 犁

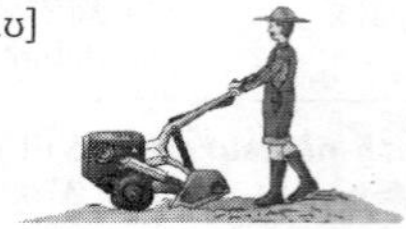

—— [三] **-s** [-z] [規] **-ed** [-d]; **-ing**

[動][及] ❶用犁耕 | The farmer was *plowing* the field. 農夫正耕著田。

❷撥開前進 | She *plowed* her way **through** the crowd. 她撥開人群前進。

pluck [plʌk; plʌk] [三] **-s** [-s] [規] **-ed** [-t]; **-ing**

[動][及] ❶拔(毛) | He *plucked* the chicken. 他拔了雞毛。

❷摘(花・果實等) [同] pick | She *plucked* apples **from** the tree. 她從樹上摘了蘋果。

pluck up 振作 | *Pluck up* your courage. 拿出勇氣來。

plug [plʌg; plʌg] [複] **-s** [-z]

[名] ❶(瓶・木桶的)栓子, 塞子 | She pulled out the *plug* of the bathtub. 她拔出浴缸的塞子。

❷(電器的)插頭, 插座

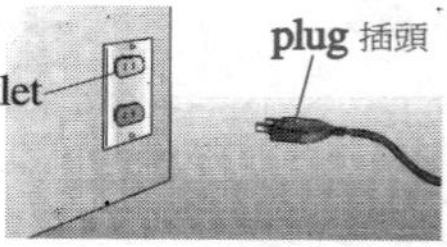

plum [plʌm; plʌm] [複] **-s** [-z]

[名] (植物)李(樹) | ▶果實有紅色、綠色、紫色、黃色等。

plumb [plʌm; plʌm] (注意發音) [複] **-s** [-z]

[名] (測量水深的)鉛錘;金屬探測球

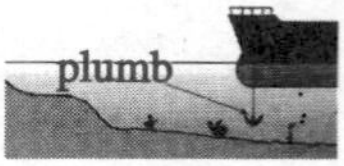

plumber [`plʌmɚ; 'plʌmə(r)] (注意發音) [複] **-s** [-z]

[名] 修水管的工人, 水電工 | The *plumber* fixed the faucet. 那水電工修理了水龍頭。

plume [plum; plu:m] [複] **-s** [-z]

[名] 羽;羽飾 ▶指大、長、漂亮的羽毛。

plump [plʌmp; plʌmp]

[形] 圓胖的 | The baby is *plump* and very cute. 那嬰兒圓圓胖胖的好可愛。

▶不像 fat(胖的, 臃腫的)含有不好之意, 而是指胖而健康的。

plunder [`plʌndɚ; 'plʌndə(r)] [三] **-s** [-z] [規] **-ed** [-d]; **plundering** [`plʌndərɪŋ]

[動][及] 搶奪 | They *plundered* the ship **of** her cargo. 他們搶奪那艘船的貨物。

—— [複] 無

[名] 搶奪, 掠奪品 | The robbers shared the *plunder*. 強盜們瓜分了贓物。

plunge [plʌndʒ; plʌndʒ] [三] **-s** [-ɪz] [規] **-d** [-d]; **plunging**

[動][及] ❶刺入 | She *plunged* the knife **into** his chest. 她把刀刺進了他的胸膛。

❷陷入(某種狀態) | The news *plunged* the family **into** sadness. 那消息使全家陷入愁雲慘霧中。

[不] 跳入, 衝入 | He *plunged* **into** the water. 他跳入水中。

—— [複] **-s** [-ɪz]

[名] 跳入, 衝入;貫穿 | He took a *plunge* **into** the water. 他跳入水中。

plural [`plʊrəl; 'plʊərəl] [反] singular(單數的)

[形] (文法)複數的 | the *plural* number(文法)複數

—— [複] **-s** [-z]

[名] 複數(形);複數形的字 | The *plural* of "child" is "children". child 的複數形是 children。

▶ 單數和複數意思不同的名詞

content(滿足) / contents(內容;目錄)	day(日) / days(時代)
letter(文字;信) / letters(文學)	manner(方法) / manners(禮貌)
pain(痛;苦) / pains(辛勞)	spirit(精神) / spirits(心境)

plus [plʌs; plʌs]

[介] 加 [反] minus | Two *plus* five is [equals] seven. 二加五等於七。

ply [plaɪ; plaɪ] [三] **plies** [-z] [規] **plied** [-d]; **-ing**

[動][不] (車, 船)定期往返 | The bus *plies* between the school and the station. 公共汽車往返於學校和車站之間。

P.M., p.m. <拉丁語 *p*ost(後)+*m*eridiem(中午)

[略] 下午 [反] A.M., a.m. | I took the 7:30 *p.m.* express. 我搭了下午七點半的快車。

pocket [`pɑkɪt; 'pɒkɪt] [複] **-s** [-s]

[名] 口袋 | He was standing with his hands in his *pockets*. 他兩手放在口袋裡站著。

pocketbook [`pɑkɪt͵bʊk; 'pɒkɪtbʊk] [複] **-s** [-s]

[名] ❶[美] (女性的)手提包(爲老式用法) | A lady's handbag is often called a *pocketbook*. 女性的手提包常被稱爲 pocketbook。

❷錢包, 皮夾子 | ▶[英] a pocketbook 也有「小記事本」的意思, [美]「小記事本」通常不說 a pocketbook 而說 a notebook, an address book 等。而 pocket book 兩個字分開時, 意思是「袖珍本」。

poem [`poɪm, -əm; 'pəʊɪm] [複] **-s** [-z]

[名] (一篇)詩 | I know the *poem* by heart. 我熟背這首詩。

▶ **poem 和 poetry**

poem ………(一篇)詩, 可以數成 a poem, two poems。

poetry ……做爲文學的一個領域(詩學), 或者詩的總稱, 無複數形。

poet [`poɪt, -ət; 'pəʊɪt] [複] **-s** [-s]

[名] 詩人 | The *poet* wrote many poems. 這詩人寫了許多詩。

poetic [po`ɛtɪk; pəʊ'etɪk]
形 詩的, 詩一般 | His speech was very *poetic*.
的; 詩人的 | 他的演說非常富有詩意。

poetry [`poɪtrɪ, -ətrɪ; 'pəʊɪtrɪ] 名 無 ⇨ **poem**
名 (呈現文學的 | *Poetry* is different from prose.
形態之一) 詩學; | 詩與散文不同。
詩的總稱 | Chinese *poetry* 中國詩

poignant [`poɪnənt, -njənt; 'poɪnjənt] (注意發音)
形 刺痛的; 強烈 | *poignant* sarcasm 刻薄的諷刺
的; 辛酸的 | *poignant* experiences 辛酸的經歷

point [poɪnt; poɪnt] 名 **-s** [-s]
名 ❶點; 地點 | The two lines cross *at* this *point*.
| 兩線相交於此點。
❷得分 | The team won *by* three *points*.
| 那隊贏了三分。
❸意義, 重要性 | I see no *point* in talking to him.
| 我認為沒有必要跟他說話。
❹要點, 語意 | They did not see the *point* of his joke.
| 他們不了解他的笑話的妙處。
❺特徵, 特點 | He has many good *points*.
| 他有許多優點。
❻(尖物的)端, | This stick has a sharp *point*.
尖端 | 這棒子有個銳利的尖端。

● on the point of V ing
正要 | I *was on the point of* telephon*ing* you.
| 我正要打電話給你。

● the point | Your answer is not *to the point*.
得到要領 | 你的回答不得要領。
動 不 指, 指示 | He *pointed at* [to] the forest.
| 他指著森林〔那邊〕。

point { **to** / **at** } the map 指地圖

及 ❶指示 | He *pointed* the way *to* the church.
| 他指引往教堂的路。
❷(把槍・照相 | He *pointed* a toy gun *at* me.
機)對著 | 他用玩具槍指著我。
●int out ... | My teacher *pointed out* my
指出… | mistakes.
| 老師指出我的錯誤。

pointed [`poɪntɪd; 'poɪntɪd]
形 ❶尖的 | a *pointed* stone
| 尖銳的石頭

pointed
尖的

sharp 銳利的

❷敏銳的 | She made a *pointed* remark on the plan.
| 她對這計畫提出一針見血的意見。

point of view [`poɪnt əv `vju; 'poɪnt əv 'vju:]
複 **points** of view [`poɪnts əv vju]
名 見解, 觀點, | You should study it **from** the
想法, 意見 | practical *point of view*.
同 viewpoint | 你應當從實際的觀點去研究它。

poise [poɪz; poɪz] 名 無
名 沉著, 平靜; | She has fine *poise*.
姿態 | 她有優美的姿態。

poison [`poɪzn̩; 'poɪzn] 名 **-s** [-z]
名 毒, 毒素; 毒 | One man's meat is another man's
物, 毒藥 | *poison*. 對某人是好事, 對另一個人卻有
| 壞處。〔利於甲的, 未必利於乙。〕(諺語)

```
┌──▶ poison 和 venom──────────
│ poison ……「毒」的一般用語。
│ venom ……是指「(蛇、蠍、蜂等分泌的)毒液, 毒」。
```

● ═三 -s [-z] 動 **-ed** [-d]; **-ing**
動 及 毒殺, 下毒 | I *poisoned* every rat in my house.
| 我把家裡所有老鼠全部毒死。

poisonous [`poɪznəs, `poɪznəs; 'poɪznəs]
形 ❶有毒的 | He was bitten by a *poisonous* snake.
| 他被毒蛇咬到。
❷有害的; 充滿 | a *poisonous* rumor
惡意的 | 一個惡毒的謠言

poke [pok; pəʊk] 動 **-s** [-s] **-d** [-t]; **poking**
動 及 ❶刺, 衝, | He *poked* me **in** the ribs with his
碰 | elbow.
| 他用手肘撞我的肋骨。
❷伸出 | She *poked* her head **out of** the
| window.
| 她把頭伸出窗外。
衍生 名 **pòker** (撥火鐵棒)

Poland [`polənd; 'pəʊlənd]
名 (國名)波蘭 | *Poland* is between East Germany
| and Russia.
| 波蘭位於東德和蘇俄之間。

```
波蘭人   a Pole, (總稱) **the** Poles
波蘭語   Polish [`polɪʃ]
```

pole[1] [pol; pəʊl] 名 **-s** [-z]
名 棒子, 竿; 柱 | a telephone *pole* 電線桿／a flag *pole*
子 | 旗竿／a tent *pole* 帳篷支柱

pole[2] [pol; pəʊl] 名 **-s** [-z]
名 極地; 電極, | The earth has the North *Pole* and
磁極 | the South *Pole*.
| 地球有北極和南極。
複合 名 **pòlar béar** (北極熊)
衍生 形 **pòlar** (北極的; 磁極的)

police [pə`lis; pə'li:s] 名 無 ▶ 用作複數。
名 (加 the)警 | **The** *police* **are** looking for the man.
察, 警官們 | 警察正在搜索那男子。
▶ 個別的警官是 a policeman.
複合 名 **políce bóx** (警察崗亭), **políce dóg** (警犬),
políce ófficer (警官), **políce státion** (派出所)

policeman [pə`lismən; pə'li:smən] 複 **policemen**
[pə`lismən]

名 警官, 警察
同 (口語)cop | A *policeman* asked me several questions.
有個警察問了我幾個問題。

► 稱呼警察時, 是用 officer。

► 巡邏的警察是 a patrolman。

policy [ˈpɑləsɪ; ˈpɒlɪsɪ] 複 **policies** [-z]
名 政策, 方針 | a foreign *policy* 外交政策

Polish [ˈpolɪʃ; ˈpəulɪʃ] (注意發音)
形 波蘭(人・語)的 | He is a famous *Polish* composer.
他是有名的波蘭作曲家。

► 「波蘭」是 Poland,「波蘭人」是 a Pole。

—— 複 無
名 波蘭話 | He can speak *Polish*.
他會說波蘭話。

polish [ˈpɑlɪʃ; ˈpɒlɪʃ] 三 **-es** [-ɪz] 過 **-ed** [-t]; **-ing**
動 及 ❶擦亮, 磨光 | He *polishes* his shoes every day.
他每天擦皮鞋。

❷使洗鍊, 使完美 | He is *polishing* **up** his French.
他正在精進他的法文。

—— 複 無
名 光澤, 光亮劑 | a tube of shoe *polish* 一條鞋油

polite [pəˈlaɪt; pəˈlaɪt] 比 **-r** 最 **-st** 反 impolite
形 客氣的, 有禮貌的 | Be *polite* **to** others.
對人要有禮貌。

衍生 副 **politely**(客氣地)名 **politeness**(客氣)

political [pəˈlɪtɪk]; pəˈlɪtɪk]]
形 政治的, 政治上的; 政治學的 | a *political* party 政黨／*political* science 政治學

衍生 副 **politically**(政治上, 政治性地; 政策上)

politician [ˌpɑləˈtɪʃən; ˌpɒlɪˈtɪʃn] 複 **-s** [-z]
名 政治家, 政客 | He is a dishonest *politician*.
他是個狡詐的政客。

► **politician** 和 **statesman**

politician …雖用於一般的「政治家」, 但含有以黨謀私利的「政客」之義。

statesman …為有才幹、有先見之明、獻身於國家利益的「大政治家」。

politician
政客

Lincoln 林肯
statesman
政治家
---

politics [ˈpɑləˌtɪks; ˈpɒlətɪks] (注意發音) 複 無
名 政治; 政治學 | He is not interested in *politics*.

► 用作單數。 | 他對政治不感興趣。

poll [pol; pəul] 複 **-s** [-z]

► 請勿混淆
poll [pol] 投票
pole [pol] 棒; 極

名 ❶投票, 選舉; 投票數 | The *poll* will be taken tomorrow.
明天將舉行選舉投票。

❷(加the並用複數形) 投票所 | I went to **the** *poll***s** to vote.
我到投票所去投票。

❸輿論調查 | a public opinion *poll* 輿論調查

—— 三 **-s** [-z] 過 **-ed** [-d]; **-ing**
動 不 投票 | They *polled* **for** the new law.
他們投票贊成新法律。

及 ❶獲得(選票) | The candidate *polled* 20,000 votes.
那位候選人獲得兩萬張票。

❷調查民意 | The newspaper *polled* young peop[
on their lives. 那家報社向年輕人作[
活的意見調查。

pollution [pəˈluʃən; pəˈluːʃn] 複 無
名 骯髒, 污染; 公害 | environmental *pollution* 環境污染; 公害／air *pollution* 空氣污染

衍生 動 **pollute** [pəˈlut] (玷污; 污染)

pompous [ˈpɑmpəs; ˈpɒmpəs]
形 誇大的, 說大話的; 傲慢的 | *pompous* language 誇張的話／a *pompous* man 自命不凡的人

衍生 名 **pomp**(壯觀, 華麗)

pond [pand; pɒnd] 複 **-s** [-z]
名 池塘 | A frog jumped into the *pond*.
一隻青蛙跳進水池。

ponder [ˈpandə; ˈpɒndə(r)] 三 **-s** [-z] 過 **-ed** [-d]; **-ing**
[ˈpandərɪŋ]
動 及 仔細考慮, 深思熟慮 | She *pondered* how to finish her work.
她仔細地考慮該如何完成工作。

不 仔細考慮 | He *pondered* **over** the problem.
他仔細地考慮過這個問題。

pony [ˈponɪ; ˈpəunɪ] 複 **ponies** [-z]
名 (動物)駒, 小馬

► **pony** 和 **colt**
pony …迷你馬; 是指體型較矮小的。
colt …未滿四歲的小雄馬, 小雌馬叫做 filly。
---

pool[1] [pul; puːl] 複 **-s** [-z]
名 ❶水窪, 小水池 | He fell into the *pool* in the field.
他掉進曠野上的小水池裡。

► 雨後的「水窪」是 a puddle。

❷(游泳)池 | I swam in the swimming *pool*.
我在游泳池裡游泳。

pool[2] [pul; puːl] 複 **-s** [-z]
名 (共同出資的)資金 | We bought the car by the *pool*.
我們合出錢買了這輛車。

—— 三 **-s** [-z] 過 **-ed** [-d]; **-ing**
動 及 共同出資 | They *pooled* their money to buy a gift. 他們共同出錢買禮物。

poor [pur; pɔː(r)] 比 **-er** 最 **-est**
形 ❶貧窮的, 貧乏的 反 rich | a *poor* man 一個窮人／**the** *poor* (= *poor* people)貧窮的人們

❷貧弱的; 不足的, 笨拙的 反 good | I have a *poor* memory.
我的記性不好。
I am *poor* **at** [**in**] mathematics.
我的數學很差。

► 「我數學很拿手。」是 "I am *good* **at** [**in**] mathematics."

❸可憐的; 不幸的 | The *poor* little girl began to cry.
那可憐的小女孩哭了起來。

► poor box 濟貧箱; 慈善箱
poorhouse 貧民院; 救濟院

► **poor** 和 **rich** 的名詞─

| 形 poor | 貧窮的 | 形 rich | 富有的 |
| 名 poverty | 貧困 | 名 richness | 富裕 |

衍生 副 **pòorly**（貧窮地, 貧乏地；不好地；笨拙地）

op [pɑp; pɒp] ⊜ **-s** [-s] 働 **popped** [-t]; **popping**
動不 發出爆裂
聲 | The balloon *popped*.
氣球砰的一聲破了。

opular [`pɑpjələ; 'pɒpjʊlə(r)]
形 ❶受歡迎的 | Baseball is a *popular* sport in Taiwan.
棒球在台灣是一項很受歡迎的運動。
He is *popular* **with** [**among**] girls.
他很受女孩子歡迎。
❷大眾化的, 通俗的 | a master of *popular* novels 通俗小說的大師／a *popular* edition 普及版
❸民眾的, 民間的 | *popular* government 民治的政府／*popular* representatives 人民的代表／*popular* ballads 民謠

opularity [.pɑpjə`lærətɪ; .pɒpjʊ'lærətɪ] 働 無
名 人緣；聲望；流行 | The dictionary won great *popularity*.
這本字典頗受好評。

opulation [.pɑpjə`leʃən; .pɒpjʊ'leɪʃn] 働 **-s** [-z]
名 人口 | The *population* of Taiwan is increasing.
台灣的人口正在增加當中。

► **population** 與冠詞─
「台灣的人口」the *population* of **Taiwan**
「二千一百萬人口」a *population* of twenty-one millions

opulous [`pɑpjələs; 'pɒpjʊləs]
形 人口多的 | a *populous* city 人口眾多的都市

orch [pɔrtʃ, pɔrtʃ; pɔ:tʃ] 働 **-es** [-ɪz]
名 ❶門廊；入口 | ► 教會或房舍等建築物, 正門口前有突出加蓋屋頂的門廊。
❷美 陽台
同 veranda | Let's have a cup of coffee on the *porch*. 到陽台上喝杯咖啡吧!

ore [por, pɔr; pɔ:(r)] ⊜ **-s** [-z] 働 **-d** [-d]; **poring**
動不 沉思；仔細研究；凝視 | He has been *poring* **over** the book for hours.
他已花了好幾個鐘頭研讀那本書。

ork [pork, pɔrk; pɔ:k] 働 無
名 豬肉

► 各種肉類─
beef(牛肉), veal(小牛肉), mutton(羊肉), lamb(小羊肉), chicken(雞肉)

ort [port, pɔrt; pɔ:t] 働 **-s** [-s]
名 港口；港都 | The ship entered the *port* at dawn.
船在黎明時進港。

► **harbor** 和 **port**─
harbor ……有防波的山或防波堤的港口。
port……不僅具有各種港口設備, 還有都市為其腹地的港都。

---

portable [`portəbl, 'por-; 'pɔ:təbl]
形 攜帶用的 | a *portable* radio 手提收音機
porter [`portə, 'por-; 'pɔ:tə(r)] 働 **-s** [-z]
名 搬運行李的人, 腳夫 | The *porter* carried our baggage.
腳夫提我們的行李。
portion [`porʃən, 'por-; 'pɔ:ʃn] 働 **-s** [-z]
名 部分, 一部分
同 part；(食物)一人份 | A great *portion* of the corn was destroyed.
玉蜀黍被毀了一大部分。
portrait [`portret, 'por-, -trɪt; 'pɔ:treɪt] 働 **-s** [-z]
名 肖像畫(照片)；肖像 | This *portrait* looks real.
這肖像看起來栩栩如生。

───► 請勿混淆─
a *portrait* of my father …「父親的肖像畫」
a *portrait* of my father's…「父親持有的肖像畫」或「父親畫的肖像畫」

portrait
肖像畫

bust
半身雕塑像

portray [por`tre, pɔr-; pɔ:'treɪ] ⊜ **-s** [-z] 働 **-ed** [-d]; **-ing**
動及 ❶畫；畫肖像畫 | The picture *portrays* a beautiful sunset.
那幅畫是描繪落日的美景。
❷(以文詞)描寫 | The book *portrays* the life of an actor.
那本書描寫一個男演員的一生。
Portugal [`portʃəgl, 'por-; 'pɔ:tʃʊgl]
名 (國名)葡萄牙 | ► 位於歐洲南部的共和國, 首都是里斯本(Lisbon)。
Portuguese [`portʃə.giz, 'por-; .pɔ:tʃʊ'giːz]
形 葡萄牙(人・語)的 | Macao is a *Portuguese* colony.
澳門是葡萄牙的殖民地。
─ 働 **Portuguese** ► 葡萄牙語不用複數形。
名 葡萄牙人(語) | Do you speak *Portuguese*?
你會說葡萄牙語嗎?
pose [poz; pəʊz] ⊜ **-s** [-ɪz] 働 **-d** [-d]; **posing**
動不 ❶擺姿勢 | The actress *posed* **for** photographers.
那個女演員為攝影師擺姿勢。
❷矯作, 裝模作樣, 假裝 | He *posed* **as** a rich man.
他裝成富翁的樣子。
─ 働 **-s** [-ɪz]
名 姿勢；偽裝 | His cheerfulness is a *pose*.
他的快樂是偽裝的。
position [pə`zɪʃən; pə'zɪʃn] 働 **-s** [-z]
名 ❶位置；場所 | The captain checked the ship's *position*.
船長查看船的位置。
❷地位, 身分 | He holds a high *position* in the Government.
他在政府機構裡有很高的職位。

❸立場,境遇 | What *position* do you take on this issue?
你對這議題採取什麼立場呢?
❹差事,職務 | He got a *position* in the company.
他在那個公司謀得一職。
❺姿勢 | The girl is drawn **in** a standing *position*.
描繪這女孩的站姿。

be in a position to V
能夠… | I *am* not *in a position to* help you.
我不能夠幫你。

▶ position, job, situation
position …主要指薪水階級的職位。
job …………非常普遍的用法,強調所從事的工作。
situation …強調「正在徵求人才的工作」或「人求事的工作」。

positive [`pazətɪv; 'pɒzətɪv] ⊗ negative
形 ❶明白的;明 | This is a *positive* fact.
確的 | 這是個明顯的事實。
❷確信的 | I am *positive* **that** I heard his voice.
我確信聽到他的聲音。
❸積極的;建設 | He gave me *positive* help.
性的 | 他給予我積極的援助。
❹肯定的 | a *positive* answer 肯定的答案
❺正片的;陽性 | a *positive* pole 陽極
的;正電的

possess [pə`zɛs; pə'zes] ⊜ -es [-ɪz] 働 -ed [-t]; -ing
動⊗ ❶持有 | He *possesses* a large house.
⊜ own | 他擁有一棟大房子。
❷(為惡魔等)附 | He is *possessed* **by**〔**with**〕a devil.
身;發瘋似的 | 他被魔鬼附身。

be possessed of ...
具有… | He *is possessed of* intelligence.
他具有聰明智慧。

▶ possess 與介詞
「具有」 | be *possessed of* ...
「被…所迷住(纏住)」 | be *possessed* **by**〔**with**〕...

possession [pə`zɛʃən; pə'zeʃn] 働 -s [-z]
名 ❶所有,持有 | The jewels are **in** my *possession*〔**in** the *possession* of my father〕.
那些寶石為我〔我父親〕所有。
❷所有物;(複 | Knowledge is a valuable *possession*.
數)財產 | 知識是一種珍貴的資產。

in possession of ...
擁有… | I am *in possession of* a pasture.
我擁有一個牧場。

衍生 形 **possessive**(所有格的)名 **possessor**(所有者)
possibility [ˌpasə`bɪlətɪ; ˌpɒsə'bɪlətɪ] 働 possibilities [-z]
名 可能性;可能 | There is little *possibility* of〔**for**〕his success.
的事 | 他成功的可能性很小。
A trip to the moon is a *possibility*.
到月球去是一件可能的事。

possible [`pasəbl; 'pɒsəbl] ⊗ impossible

形 ❶可能的;可 | It is not *possible* for a man to be t
能實行的 | meters tall.
一個人不可能有十公尺高。
❷可能是真的 | It is *possible* that he went there.
他可能到那兒去了。
▶ 用 "It is *probable* that...." 則表示
可能性較高。

as ... as possible
儘可能地… | Do it *as* quickly *as possible*.
儘快地做吧。
▶ *as* quickly as you can 亦可。

if possible
如果可能的話 | Do so *if possible*.
如果可能的話就這樣做。

possibly [`pasəblɪ; 'pɒsəblɪ]
副 ❶可能地;或 | *Possibly* you are right.
許 | 或許你是對的。
❷怎麼也(和 | I cannot *possibly* go to the party.
can 合用) | 我怎麼也不能去參加宴會。

post¹ [post; pəust] 働 無
名 ❶ ⊛ 郵件,書 | The *post* came late this morning.
信 ⊛ mail | 郵件今早來遲了。
I sent the book **by** *post*.
我把那本書郵寄出去。
❷ ⊛ 郵筒 | I took the letter to the *post*.
⊛ mailbox | 我將那封信投進郵筒。
— ⊜ -s [-s] 働 -ed [-ɪd]; -ing
動 ⊛ 郵寄; | *Post* this letter, please.
投郵 | 請將這封信寄出去。
複合 名 **pòst óffice**(郵局)

▶ 有關郵政的名詞
郵件 | ⊛ mail, ⊛ post
航空郵件 | air mail
快遞 | ⊛ special delivery, ⊛ express delivery
明信片 | a post(al) card
信封 | an envelope
郵票 | a stamp
地址 | an address
收信人 | an addressee [ˌædrɛ`si], a receiver
發信人 | an addresser, a sender
郵差 | ⊛ a mailman, ⊛ a postman

post² [post; pəust] 働 -s [-s]
名 柱;支柱 | a finger *post*(指示方向的)道路標誌
a lamp*post* 路燈柱
— ⊜ -s [-s] 働 -ed [-ɪd]; -ing
動 ⊗ ❶貼(佈告 | Who *posted* this warning notice?
等) | 這警告標示是誰貼的?
❷提供…最新消 | **Keep** me *posted* **on** the
息,使通曉(常用 | development. 請通知我進展如何。
被動)

post³ [post; pəust] 働 -s [-s]
名 地位;職位; | He resigned his *post* because of
工作,崗位,部署 | illness. 他因病辭職了。

postage [`postɪdʒ; 'pəustɪdʒ] (注意發音)働 無
名 郵資;郵費 | How much is the *postage* **on** this package?
這個包裹需要多少郵資?
複合 名 **pòstage stámp**(郵票)

postal [`post]; 'pəʊstəl]
形 郵政的 | I sent 3,000 N.T. **by** *postal* order.
我用匯票寄了三千元。
複合 名 **pòstal cárd** (美) (專指官製明信片)

postcard, post card [`post,kard; 'pəʊstkɑ:d] 名 **-s** [-z]
名(美) (私製・圖 | He sent me a picture *postcard*.
畫)明信片 | 他寄給我一張圖畫明信片。
▶ 在英國,不分官製、私製。

posterity [pas`tɛrətɪ; pɒ'sterətɪ] 名 無
名子孫(集合名 | The story will be handed down to
詞) | *posterity*.
反 ancestry | 這個故事將流傳給子孫。
────▶「子孫」與「祖先」────
子孫… { a descendant(個人)
posterity(總稱)
祖先… { an ancestor(個人)
ancestry(總稱)

postman [`postmən; 'pəʊstmən] 名 **postmen**
[`postmen]
名 郵差 | The *postman* didn't come.
郵差沒有來。

postpone [post`pon; ,pəʊst'pəʊn] 名 **-s** [-z] 名 **-d** [-d];
postponing
動 及 延期 | The party was *postponed* **to** the
▶ put off 的正 | 10th [**until** next week].
式用語。 | 集會延期至十日(至下週)舉行。
衍生 名 **postpònement**(延期, 延遲)

postscript [`pos(t),skrɪpt; 'pəʊs,skrɪpt]
▶(美) 名 通常 [t] 都不發音。名 **-s** [-s]
名(信內的)附 | P.S. stands for "*postscript*".
註;又啓 | P.S. 是 postscript 的意思。

posture [`pastʃə; 'pɒstʃə(r)] 名 **-s** [-z]
名 姿勢;形勢 | She has good **good posture**
posture. 好姿勢
她有良好的姿勢。

postwar [`post`wɔr; ,pəʊst'wɔ:(r)]
形 戰後的 | a *postwar*
反 prewar | problem
戰後的問題 **壞姿勢**
bad posture

pot [pat; pɒt] 名 **-s** [-s]
名 壺, 鍋, 盆 | a tea*pot* 茶壺／a kitchen *pot* 炒菜
鍋／a flower*pot* 花盆

sugar pot 糖罐　**coffee pot** 咖啡壺　**flowerpot** 花盆

potato [pə`teto; pə'teɪtəʊ] 名 **-es** [-z]
名(植物)馬鈴 | *Potatoes* grow under the ground.
薯 | 馬鈴薯長在地下。
▶ 甘藷是 a sweet potato, 爲了與之區別, (美) 稱馬鈴薯爲
a white potato 或 an Irish potato。

potent [`potnt; 'pəʊtənt]

形 強力的;有效 | He was once a *potent* ruler.
的 | 他曾是個強而有力的統治者。
衍生 名 **pòtency**(力量;權力;效力)

potential [pə`tɛnʃəl; pəʊ'tenʃl]
形 可能的;潛在 | Education develops *potential*
的 | abilities.
教育能開發潛在的能力。

pottery [`patərɪ; 'pɒtərɪ] 名 **potteries** [-z]
名 陶器的總稱; | He is interested in *pottery*.
陶器場 | 他對陶器很有興趣。
衍生 名 **pòtter**(製陶工人)

pouch [pautʃ; pautʃ] 名 **-es** [-ɪz]
名 小袋, 裝小物 | He keeps his tobacco in a leather
的袋子 | *pouch*.
他把煙草裝在皮製的小袋裡。

poultry [`poltrɪ; 'pəʊltrɪ] 名 無
名 家禽的總稱 | *Poultry* are chickens, ducks, or
| turkeys that are raised for food.
▶ 通常當作複 | 家禽是指爲供食用而飼養的雞、鴨、火雞
數使用。 | 等。

pounce [pauns; pauns] 名 **-s** [-ɪz] 名 **-d** [-t]; **pouncing**
動 不 飛撲 | The dog *pounced* **on** the cat.
狗撲向貓。

pound[1] [paund; paund] (注意發音) 名 **-s** [-z]
名 ❶磅 | She bought a *pound* of sugar.
▶ 重量單位, 約 | 她買了一磅砂糖。
453.6 克。 | two *pounds* of wool 二磅毛線
────▶ 磅的換算法────
磅換算爲公斤…減百分之十再除以二。
公斤換算爲磅…加百分之十再乘以二。

❷英鎊 | She paid 200 *pounds* for the suit.
她花了兩百英鎊買那件套裝。
▶ 英國的貨幣單位, 1971 年以來, 一鎊等於一百辨士。
────▶ *pound* 的記號────
£…貨幣單位英鎊的記號:£3.70(三鎊七十辨士)
lb..重量單位的記號:5 lbs.(五磅)

pound[2] [paund; paund] 名 **-s** [-z] 名 **-ed** [-ɪd]; **-ing**
動 及 重擊 | He *pounded* the nail **into** the wall.
他把釘子釘入牆上。
不 連續敲擊 | He *pounded* **on** the door.
他呼呼地敲門。

pour [por, pɔr; pɔ:(r)] 名 **-s** [-z] 名 **-ed** [-d]; **-ing**
動 及 澆;倒, 使 | She *poured* some milk from the pot.
流 | 她從罐子裡倒出了一些牛奶。
不 ❶流出;溢出 | Tears *poured* down her cheeks.
眼淚流到她的臉頰。
❷傾盆大雨 | It never rains but it *pours*.
不雨則已,一雨如注。〔好事接踵而至;禍
不單行。〕(諺語)

pour 倒

It is pouring.
傾盆大雨。

poverty [ˋpɑvətɪ; ˈpɒvətɪ] 働 無
名 ❶貧窮;貧困 | He does not mind his *poverty*.
他不在乎貧窮。

❷缺乏;不足,貧 | *poverty* of thought 思想貧乏／the
弱 | *poverty* of the soil 土壤的貧瘠

powder [ˋpɑudə; ˈpaudə(r)] 働 無
名 粉;火藥 | baking *powder* 發酵粉
tooth *powder* 牙粉

━━▶ powder 和 flour ━━━━━━━━━
powder ……粉,粉末;(烹調用的)粉;(化粧用的)白
粉;火藥
flour ………小麥粉;麵粉

power [ˋpɑuə; ˈpauə(r)] 働 無
名 ❶力;能力; | I will give you all the help in my
權力;勢力 | *power*.
我會盡可能地幫助你。
The country has *power* in
international affairs.
那個國家有力量左右國際問題。
❷動力 | Water *power* creates electric
power. 水力可以發電。
power failure 停電

powerful [ˋpɑuəfəl; ˈpauəful]
形 強大的;有力 | a *powerful* army 強大的陸軍
的

powerless [ˋpɑuəlɪs; ˈpauəlɪs]
形 無力的;無能 | I was *powerless* to prevent it.
力的 | 我沒有力量阻止它。

practicable [ˋpræktɪkəbl; ˈpræktɪkəbl]
形 可行的;實際 | That is a *practicable* plan.
的 | 那是可行的計畫。

practical [ˋpræktɪkl; ˈpræktɪkl]
形 ❶有益的;實 | He is studying *practical* English.
用的 | 他正在學習實用英語。
❷實際上的,現 | He is a *practical* man.
實的 | 他是個現實的人。
複合名 **pràctical jòke**(惡作劇)

practically [ˋpræktɪklɪ, -ɪklɪ; ˈpræktɪkəlɪ, -ɪklɪ]
副 ❶實際地,事 | He is *practically* the boss of the
實上 | group.
他是那個團體實際上的領導人。
❷幾乎 | The work is *practically* finished.
那工作幾乎可以說是完成了。
❸從實際的立場 | *Practically* speaking, the plan is not
看;實用的 | good.
老實說,那個計畫並不好。

practice [ˋpræktɪs; ˈpræktɪs] 働 -s [-ɪz]
名 ❶實行;實施 | He put the idea into *practice*.
他把那想法付諸實行。
❷練習,學習 | *Practice* makes perfect.
熟能生巧。(諺語)
He is badly out of *practice*.
他久不練習已極爲生疏了。
❸慣例;習慣 | The *practice* still prevails in this
district.
那個習慣至今仍風行於此地。

━━ 三 -s [-ɪz] 働 -d [-t]; practicing
▶ 英 拼爲 practise。
動 及 ❶練習 | He *practices* batting every day.
他每天練習揮棒。
❷行,實行 | He *practices* economy.
他崇行節約。
❸(醫生;律師) | He *practices* law [medicine].
開業 | 他執業當律師(醫生)。
衍生名 **practitioner**(開業醫生;律師)

━━▶ 英 拼字和 美 拼字 ━━━━━━━━
	美	英
練習	practi*ce*	practi*se*(只有動詞)
防禦	defen*se*	defen*ce*
許可	licen*se*	licen*ce*

prairie [ˋprɛrɪ; ˈpreərɪ] 働 -s [-z]
名 (密西西比河 | Trees do not grow on *prairies*.
沿岸的)草原 | 大草原中不長樹木。

━━▶ 各個「大草原」 ━━━━━━━━━
「西伯利亞大草原」……steppe
「阿根廷大草原」………pampas

praise [prez; preɪz] 働 無
名 讚美;稱讚 | The book received much *praise*.
那本書頗受讚美。

━━ 三 -s [-ɪz] 働 -d [-d]; praising
動 及 讚揚;讚美 | The teacher *praised* his
composition.
老師讚美他的作文。

praiseworthy [ˋprez͵wɜðɪ; ˈpreɪz͵wɜːðɪ]
形 值得稱讚的; | a *praiseworthy* idea 值得稱讚的構想
好的

pray [pre; preɪ] 働 -s [-z] 働 -ed [-d]; -ing
動 不 祈禱;祈求 | She *prayed* for her son's return.
她祈禱她兒子的歸來。
▶ 下例三字很相像,注意不要混淆。

| pray 祈禱 | play 遊戲 | prey 獵獲物 |

prayer [prɛr; preə(r)] 働 -s [-z]
名 祈禱;許願 | The minister offered a *prayer*.
牧師做了禱告。

━━▶ 注意發音 ━━━━━━━━━━
prayer [prɛr] 祈禱
prayer [ˋpreə] 祈禱的人

preach [pritʃ; priːtʃ] 三 -es [-ɪz] 働 -ed [-t]; -ing
動 不 傳教;教誨 | The minister *preaches* every
Sunday. 那牧師每星期日講道。
及 勸說;倡導 | He *preached* economy to the
people. 他呼籲大眾節約。
preach a sermon 佈道
衍生名 **preacher**(傳教師;傳道者;牧師)

recarious [prɪˋkɛrɪəs; prɪ'kɛərɪəs]
形 不安定的；不 | They were going to cross a
確定的；危險的 | *precarious* suspension bridge.
| 他們要渡過一座危險的吊橋。

recaution [prɪˋkɔʃən; prɪ'kɔːʃn] ⊜ **-s** [-z]
名 ❶防備；警戒 | He turned off the gas by way of
| *precaution*.
| 他關緊瓦斯以防意外。
❷預防的辦法 | Taking exercise is a *precaution*
| **against** a cold.
| 運動可以預防感冒。

recede [priˋsid, prɪ-; ˌpriː'siːd] ⊜ **-s** [-z] 過 **-d** [-ɪd];
preceding
動 ⑧ 先行；在先 | In Japanese the object *precedes* the
⑨ follow | verb. 日文裡的受詞放在動詞之前。

──▶ -cede 是〈去〉──
pre*cede*（先行） | ＜pre（在前）＋*cede*
re*cede*（後退） | ＜re（向原處）＋*cede*
con*cede*（給予；承認）| ＜con（共同）＋*cede*

recedence [priˋsidn̩s, ˋprɛsədəns; 'presidəns] ⑭ 無
名 在先；較高之 | He works very hard, but he doesn't
位置 | let work take *precedence* **over**
| family.
| 雖然他工作非常努力，但他不讓工作比
| 家人優先。

recedent [ˋprɛsədənt; 'presidənt] ⑭ **-s** [-s]
名 先例，前例 | There is no *precedent* **for** such a
| case. 這種情形沒有前例。

receding [priˋsidɪŋ, prɪ-; ˌpriː'siːdɪŋ]
形 在前的，前面 | It is mentioned in the *preceding*
的 | chapter. 這在上一章已講過了。

recept [ˋprisɛpt; 'priːsept] ⑭ **-s** [-s]（注意發音）
名 教導；教訓；| "Look before you leap," is a
格言 | *precept*.「三思而後行」是句格言。

recious [ˋprɛʃəs; 'preʃəs]
形 ❶貴重的；昂 | The necklace is set with *precious*
貴的 | stones. 那項鍊鑲有寶石。
❷重要的 | The children are *precious* **to** me.
| 孩子們對我來說很重要。

複合 名 **prècious mètal**（貴重金屬），**prècious stòne**（寶石）

recipice [ˋprɛsəpɪs; 'presipis] ⑭ **-s** [-ɪz]
名 絕壁，斷崖 | He fell over the *precipice*.
同 cliff | 他從斷崖上掉下去。

recise [prɪˋsaɪs; prɪ'sais] ⑪ **-r** 最 **-st** 同 exact
形 正確的；明確 | The *precise* sum was 63 cents.
的；精密的 | 正確的總數為 63 分。
衍生 副 **precìsely**（正確地；明確地）

recision [prɪˋsɪʒən; prɪ'siʒn] ⑭ 無
名 正確；明確；| We guarantee the *precision* of the
精密 | watch.
| 我們可保證這個錶的準確性。

redecessor [ˋprɛdɪˌsɛsɚ, ˌprɛdɪ'sɛsɚ; 'priːdisesə(r)]
⑭ **-s** [-z]
名 前任者，前輩 | Mr. Smith is my *predecessor*.
⑧ successor | 史密斯先生是我的前輩。

predict [prɪˋdɪkt; prɪ'dikt] ⊜ **-s** [-s] 過 **-ed** [-ɪd]; **-ing**
動 ⑧ 預言 | Some scientists *predict* **that** there
| will be a great earthquake in the
| near future. 有些科學家預言不久的將
| 來會發生大地震。

──▶ predict 的同義字──
predict ………根據事實做精密的預測。
forecast ………主要用於天氣預報。
prophesy ……憑藉神佛的力量所做的神秘預言。
foretell ………利用任何資訊或任何方式，對未來所
做的預言。
Who could have *foretold* that ...?
（誰能預料會…）

衍生 名 **predìction**（預言；預報）

predominant [prɪˋdɑmənənt; prɪ'dominənt]
形 優勢的；有力 | Love of liberty is the *predominant*
的；主要的；卓越 | feeling of many people.
的 | 愛好自由是多數人最深切的感覺。

preface [ˋprɛfɪs; 'prefis]（注意發音）⑭ **-s** [-ɪz]
名 （書的）序文；| In the *preface*, he explains why he
（演說的）緒論 | wrote the book. 他在序文中說明他如
| 何以要寫這本書。

prefecture [ˋprifɛktʃɚ; 'priːfek,tjuə(r)] ⑭ **-s** [-z]
名 （日・法等地 | Yamagata *prefecture* is north of
的）縣 | Tokyo. 山形縣位於東京之北。

prefer [prɪˋfɝ; prɪ'fɜː(r)] ⊜ **-s** [-z] 過 **preferred** [-d];
preferring
動 ⑧ 比較喜 | I *prefer* bananas **to** apples.
歡… | 香蕉和蘋果比起來，我比較喜歡香蕉。
▶ 後接不定詞 | I *prefer* walking [**to walk**].
to 時，與 rather | 我比較喜歡步行。
than 或 instead | He *preferred* to die **rather than**
of 連用。 | (**to**) steal [**instead of** stealing].
| 他寧可死也不願偷。

──▶ 注意介詞──
「和溜冰比起來，我較喜歡游泳。」
I *prefer* swimming **to** skating.
＝I *like* swimming *better* **than** skating.

preferable [ˋprɛfrəbl̩, ˋprɛfərə-; 'prefərəbl]（注意發音）
形 比…可取的 | Hunger is *preferable* **to** death.
| 飢餓比死亡好。
▶ preferable than 是錯的。
衍生 副 **prèferably**（寧可，可能的話，盡可能）

preference [ˋprɛfrəns, ˋprɛfərəns; 'prefərəns] ⑭ **-s**
[-ɪz]
名 較喜歡；嗜好 | My *preference* is **for** beef rather
物 | than pork.
| 我愛吃牛肉甚於豬肉。

pregnant [ˋprɛgnənt; 'pregnənt]
形 懷孕的 | She is six months *pregnant*.
| 她懷了六個月的身孕。
衍生 名 **prègnancy**（懷孕；懷孕期間）

prehistoric, -cal [ˌprihɪsˋtɔrɪk(l̩);
ˌpriːhɪs'tɔːrɪk(əl)]

[形] 史前的 | The animal lived in *prehistoric* times. 這種動物生在史前時代。

prejudice [`prɛdʒədɪs; 'predʒʊdɪs] [複] **-s** [-ɪz]

[名] 偏見, 成見 | He has a *prejudice* **against** [**for**] foreigners. 他對外國人有偏見〔好感〕。
▶用 against 是基於成見的反感, 用 for 是表示好感。

—— [三] **-s** [-ɪz] [規] **-d** [-t]; **prejudicing**

[動][及] 持有偏見 | He is *prejudiced* on this subject. 他對這個問題持有偏見。

preliminary [prɪ`lɪmə͵nɛrɪ; prɪ'lɪmɪnərɪ]

[形] 預備的; 初步的 | a *preliminary* examination 初試

premature [͵primə`tjʊr, -`tʊr, `primə͵t-, -͵tʃʊr; 'premə͵tjʊə(r)], ͵pri:mə'tjʊə(r)

[形] 過早的; 早產的; 早熟的 | The *premature* baby is doing well. 那個早產嬰兒很健康。

premier [`primɪɚ, prɪ`mɪr; 'premjə(r)] [複] **-s** [-z]

[名] 首相; 總理, 行政院長 | The people cheered the *premier*. 大家向首相歡呼。

premise [`prɛmɪs; 'premɪs] [複] **-s** [-ɪz]

[名] ❶(邏輯)前提 | the major *premise* 大前提／the minor *premise* 小前提

❷(複數形)房屋住宅; 建築物 | Keep off the *premises*. 請勿入內。

premium [`primɪəm; 'pri:mjəm] [複] **-s** [-z]

[名] ❶獎金; 獎品, 獎狀; 報酬 | I got a *premium* **for** subscribing to the magazine. 我因訂閱那雜誌而獲得贈品。

❷額外的費用; 保險費 | I pay *premiums* **on** my life insurance. 我付人壽保險的保險費。

preparation [͵prɛpə`reʃən; ͵prepə'reɪʃn] [複] **-s** [-z]

[名] 準備; 預備 | They are making *preparations* **for** the trip. 他們正在做旅行的準備。

preparatory [prɪ`pærə͵torɪ, -͵tɔrɪ; prɪ'pærətərɪ]

[形] 準備的; 預備的 | They finished the *preparatory* training. 他們結束了預備訓練。

prepare [prɪ`pɛr; prɪ'peə(r)] [三] **-s** [-z] [規] **-d** [-d]; **preparing**

[動][及] ❶準備; 預備 | He is *preparing* his lessons. 他正在預習功課。

❷調製; 配製, 製作 | She is *preparing* lunch. 她正在準備午餐。

❸精神準備; 心理準備 | You must be *prepared* **for** [**against**] the worst. 你必須做最壞的打算。

▶❸用被動式的情形很多。

[不] 準備; 預備 | She is busy *preparing* **for** the trip. 她正忙著準備旅行。

preposition [͵prɛpə`zɪʃən; ͵prepə'zɪʃn] [複] **-s** [-z]

[名] (文法)介系詞 | ▶ <pre(在前)＋position(位置)

prescribe [prɪ`skraɪb; prɪ'skraɪb] [三] **-s** [-z] [規] **-d** [-d]; **prescribing**

[動][及] ❶開(藥方) | The doctor *prescribed* some medicine **for** me. 醫生開了一些藥給我。

❷命令〔指示〕 | The doctor *prescribed* a change (of air) **to** me. 醫生指示要我易地療養。

[衍生][名] **prescription** (處方箋, 藥方)

presence [`prɛzn̩s; 'prezns] [複] 無

[名] ❶出席, 在場 | They did not welcome his *presence*. 他們不歡迎他在場。

❷面前 | He felt shy **in** the *presence* **of** the ladies. 他在女士們的面前覺得害羞。

[複合][名] **prèsence of mìnd** (平靜; 沉著, 鎮定)

present[1] [`prɛzn̩t; 'preznt]

[形] ❶(敘述用法)出席的 [反] absent | All the students were *present*. 所有的學生都出席了。
▶「出席的學生」的譯法。
(誤) the present pupils
(正) the pupils who were present

▶點名時回答「有」

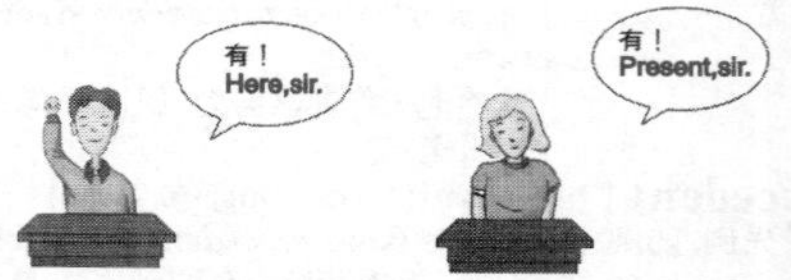

❷(限定用法)現在的; 目前的 | The *present* king is loved by the people. 現任的國王受人民的愛戴。

❸(文法)現在的 | the *present* participle 現在分詞／the *present* perfect 現在完成式／the *present* tense 現在時態

—— [複] 無

[名] (加 the)現在 | the past, **the** *present*, and the future 過去, 現在與未來

at present 目前; 現在 | We are very busy *at present*. 我們目前很忙。

present[2] [prɪ`zɛnt, prɪ'zent] [三] **-s** [-s] [規] **-ed** [-ɪd]; **-ing**

▶ **present** 的發音
[`prɛzn̩t] [名] 出席的; [名] 現在; 禮物
[prɪ`zɛnt] [動] 贈送

[動][及] ❶贈送 | I *presented* { an camera **to** her. / her **with** an camera. } 我送她一台相機。

❷介紹 [同] introduce | Mr. Smith, may I *present* Mr. White? 史密斯先生, 向你介紹懷特先生, 好嗎?

❸呈遞; 呈現, 提出, 表示 | The town *presented* a wretched appearance. 這市鎮呈現一片淒涼景色。

❹(與 oneself 連用)報到; 去 | He *presented* **himself at** the police station. 他到警察局報到。

— [`prɛzn̩t; 'preznt] (注意重音) [複] -s [-s]
[名] 禮物 | I have a *present* **for** you. 我有一份禮物送給你。

► gift 和 present
gift ………對個人、團體、組織, 比較鄭重地贈送的禮物。
present …通常是指表達感情或敬意的實質禮物。

[衍生][名] **presentation** (贈送, 授與; 提出; 介紹)

presently [`prɛzn̩tlɪ; 'prezntlɪ]
[副] ❶不久 | She will be home *presently*. 她不久將會回家。
❷[美] 現在 | He is *presently* staying with my aunt. 他現在住在我姑媽家。

preserve [prɪ`zɝv; prɪ'zɜ:v] [三] -s [-z] [規] -d [-d]; **preserving**
[動][及] ❶保存 | They canned the fruits to *preserve* them. 他們把水果裝罐, 以便保存。
❷保護; 守護 [同] protect | We must *preserve* the animals of Africa. 我們必須保護非洲的動物。

[衍生][名] **preservation** [ˌprɛzɚ`veʃən] (保護, 保存)

preside [prɪ`zaɪd; prɪ'zaɪd] [三] -s [-z] [規] -d [-ɪd]; **presiding**
[動][不] 當主席 | *preside* **at** [**over**] a meeting 當會議的主席

president [`prɛzədənt; 'prezɪdənt] [複] -s [-s]
[名] ❶總統 | *President* Lee 李總統

►「總統夫人」是 the first lady。

► 英語中的「第幾任總統」
「林肯是第幾任總統?」
What number *President* is Lincoln?
Which *President* is Lincoln?
How many *Presidents* were there before Lincoln?

❷總經理; 大學校長, 總裁 | He is the *president* of our college. 他是我們大學的校長。

[衍生][名] **presidency** 總統的職位(任期); 董事長(大學校長)的職位(任期)) [形] **presidential** (總統的)

press [prɛs; pres] [三] -es [-ɪz] [規] -ed [-t]; -ing
[動][及] ❶壓 | *Press* the button. 請按鈕。
❷燙(衣服) | He had his trousers *pressed*. 他請人燙他的長褲。
❸催促; 強迫 | He *pressed* the man **to** pay his debt. 他催那個人還債。
❹(被動態) 受困; 缺少 | He is hard *pressed* **for** money. 他很缺錢。

— [複] -es [-ɪz]
[名] ❶壓 | He gave it a light *press*. 他輕輕地壓它。
❷印刷機; 印刷術; 壓榨機 | a printing *press* 印刷機
❸(加 the) 報紙, 雜誌; 記者們 | The *press* influenced the public opinion. 報紙(或雜誌)影響了公眾輿論。 a *press* conference 記者招待會

► -press 是「壓」
com*press* (壓縮) <com (共同) + *press*
de*press* (憂鬱) <de (向下) + *press*
ex*press* (表現) <ex (向外) + *press*
im*press* (給予印象) <im (= in 向內) + *press*
sup*press* (壓抑) <sup (= sub 向下) + *press*

pressing [`prɛsɪŋ; 'presɪŋ]
[形] 迫切的; 急需的 | The matter is not *pressing*. 那件事不急。

pressure [`prɛʃɚ; 'preʃə(r)] [複] 無
[名] ❶壓力 | atmospheric *pressure* 氣壓/high blood *pressure* 高血壓
❷壓迫; 強迫 | She married because of the *pressure* of her parents. 她受父母的壓迫而結婚。

presume [prɪ`zum, -`zjum; prɪ'zju:m] [三] -s [-z] [規] -d [-d]; **presuming**
[動][及] ❶假定 | Don't *presume* **that** he is guilty. 不要假定他有罪。
❷想 | I *presume* you are tired. 我想你一定累了。
❸擅敢; 敢於 | May I *presume* **to** ask where you work? 可否冒昧請問你在哪兒高就?

[衍生][名] **presumption** [prɪ`zʌmpʃən] (推測; 冒昧)

pretend [prɪ`tɛnd; prɪ'tend] [三] -s [-z] [規] -ed [-ɪd]; -ing
[動][及] ❶佯裝 ► 比 feign 還口語化。 | She *pretended* { innocence. / **to** be innocent. / **that** she was innocent. } 她假裝她是無辜的。
❷自命, 自稱 | I don't *pretend* **to** be a poet. 我不敢自命為詩人。

pretense, [英] **pretence** [prɪ`tɛns; prɪ'tens] [複] -s [-ɪz]
[名] ❶藉口; 掩飾; 偽裝 | His religion is a mere *pretense*. 他的信仰是偽裝的。
❷矯作, 虛假 | He talked **without** *pretense*. 他實話實說了。

pretension [prɪ`tɛnʃən; prɪ'tenʃn] [複] -s [-z]
[名] 主張, 要求; 自命, 自負 | She makes no *pretensions* **to** beauty. 她並不自命是美人。

[衍生][形] **pretentious** (裝模作樣的; 誇耀的)

pretext [`pritɛkst; 'pri:tekst] [複] -s [-s]
[名] 藉口 [同] pretense | He did not come **on** [**under**] the *pretext* of illness. 他藉口生病而不來。

pretty [`prɪtɪ; 'prɪtɪ] [比] **prettier** [最] **prettiest**
[形] 漂亮的; 可愛的 | He has a *pretty* daughter. 他有一個可愛的女兒。

► **pretty** 和 **beautiful**：
pretty 是「單純而可愛的美」，beautiful 是「華麗而高尚的美」。

pretty flower

beautiful lady

pretty girl

——副 (肯定句) | It's *pretty* cold today.
相當地 | 今天相當冷。

prevail [prɪ`vel; prɪ'veɪl] ⊜ **-s** [-z] 輿 **-ed** [-d]; **-ing**
動不 ❶勝利;勝過,占優勢 | Good will *prevail* **over** evil.
善良將戰勝邪惡。
❷流行;普及 | That superstition still *prevails*.
那種迷信至今仍很流行。

衍生 形 **prevailing**(普及的;優勢的)

prevalent [`prɛvələnt; 'prevələnt]
形 普遍的;流行的 | Cholera was *prevalent*.
霍亂曾很流行。
衍生 名 **prevalence**(普遍, 流行) 「 **-ing** 」

prevent [prɪ`vɛnt; prɪ'vent] ⊜ **-s** [-s] 輿 **-ed** [-ɪd];
動及 ❶妨礙;阻礙 | The rain *prevented* him **from** going there. 那場雨使他無法去那裡。

prevent... from going

阻止前往

——► **prevent** 的三個構句——
「生病使我不能到那裡去。」
1) Illness *prevented* **me from** going there.
2) Illness *prevented* **me** going there.
3) Illness *prevented* **my** going there.
► 1) 是最普遍的說法, 2) 口語。

❸防止;預防 | We could have *prevented* the accident.
我們原本可以防止這意外的發生。

prevention [prɪ`vɛnʃən; prɪ'venʃn] 輿 **-s** [-z]
名 防止, 預防;預防物 | *Prevention* is better than cure.
預防勝於治療。(諺語)

previous [`priviəs; 'priːvjəs]
形 在前的;先前的 | I met her on the *previous* day.
我在幾天前遇見她。
Previous **to** (=Before) his departure, they gave a party.
在他出發之前,他們舉行了一個聚會。

衍生 副 **previously**(以前, 之前)

prewar [pri`wɔr; ˌpriː'wɔː(r)]
形 戰前的 反 postwar | Many people read the book in the *prewar* days.
戰前有許多人讀那本書。

prey [pre; preɪ] 輿 無

——► 三個相近的字——
pray(祈禱), prey(獵獲物), play(遊戲)

名 ❶(肉食動物的)獵獲物 | Mice are the *prey* of hawks.
老鼠是老鷹的獵捕對象。
❷犧牲品,被害者 同 victim | She fell a *prey* **to** a swindler.
她上了騙子的當。

—— ⊜ **-s** [-z] 輿 **-ed** [-d]; **-ing**
動不 ❶當作獵獲物 | Eagles *prey* **upon** hares.
老鷹捕捉野兔。
❷困擾 | Worries *preyed* **upon** her mind.
憂鬱困擾著她。

複合 名 **beast of prey**(食肉獸), **bird of prey**(食肉鳥

price [prais; praɪs] ⊜ **-s** [-ɪz]
名 ❶價格;價錢 | *Prices* are rising.
物價正在上漲。
at a low *price* 以低價
► cost 是「費用」「成本」。
❷代價;犧牲 | Loneliness is the *price* of his success. 孤獨是他成功的代價。

at any price
不惜任何代價 | I'll do it *at any price*.
我將不惜任何代價地去做。

衍生 形 **priceless**(無價的;極貴重的)

prick [prɪk; prɪk] ⊜ **-s** [-s] 輿 **-ed** [-t]; **-ing**
動及 ❶刺 | She *pricked* her finger with a needle.
她用一根針刺她的手指頭。
❷使困擾;使悔恨 同 bother | Her conscience *pricked* her.
她的良心使她不安。

prick up one's *ears*
豎起耳朵 | The dog *pricked up* his *ears* at the sound.
那隻狗聽見聲音便將耳朵豎了起來。

—— 輿 **-s** [-s]
名 ❶(針尖等所穿刺的)小洞;刺傷 | The needle left a *prick* in his arm. 那隻針在他的臂上留下了一個刺孔。
❷刺痛;劇痛 同 pain | I felt a *prick* when the bee stung me. 當那隻蜜蜂螫到我的時候,我感覺一陣刺痛。
❸刺 | I've got a *prick* in my finger.
我的手指被刺傷了。

pride [praid; praɪd] 輿 **-s** [-z] ► 形容詞是 proud。
名 ❶自豪;得意;自尊心, 自負 | He takes (a) *pride* **in** his work.
他對他的工作感到自豪。
❷驕傲;傲慢 | *Pride* goes before a fall.
驕者必敗。(諺語)
❸引以自豪之人(物) | He is the *pride* of the family.
他的家人以他為榮。

—— ⊜ **-s** [-z] 輿 **-d** [-ɪd]; **priding**
動及 使自負;驕傲 | Don't *pride* **yourself on** your success. 不要因成功而自傲!

——► 注意介詞——
「以…自豪」
名 take (a) *pride* **in** ...
動 *pride* oneself **on** ...
形 be *proud* **of** ...

·iest [prist; pri:st] 働 **-s** [-s]

名 (基督教的)牧師;(一般的)僧侶 | There once lived a holy *priest* in an old temple in the village.
在這村裡的古廟中曾住過一位高僧。

► 在英國，clergyman 較 *priest* 通用;美以美會、浸信會等其他教派則用 minister。

imary [ˋpraɪ͵mɛrɪ, -mərɪ; ˋpraɪmərɪ]

形 ❶第一的;主要的 | That is his *primary* goal in his life.
那是他一生中主要的目標。
❷初步的;初級的 | He had only *primary* education.
他只受過小學教育。
❸基本的;根本的 | *primary* colors 原色(紅、黃、藍)

複合 名 **prìmáry àccent**(主重音), **prìmáry schóol**(美)五至十一歲兒童所上的小學 ► 美 等於 elementary school(小學)。

衍生 副 **primarily** [͵praɪˋmɛrəlɪ] (主要地;根本地)

·ime [praɪm; praɪm]

形 第一的;主要的 | My *prime* concern is my health.
我最關心的就是我的健康。
名 全盛時期 | He died in the *prime* of life.
他英年早逝。

複合 名 **príme mìnister**(總理，首相)

imitive [ˋprɪmətɪv; ˋprɪmɪtɪv]

形 ❶原始的;上古的 | *Primitive* people lived in caves.
原始人住在洞穴中。
❷簡陋的;簡單的;樸實的 | *primitive* straw huts
簡陋的茅屋

imrose [ˋprɪm͵roz; ˋprɪmrəʊz] 働 **-s** [-ɪz]

名 (植物)櫻草;櫻草花

primrose

·ince [prɪns; prɪns] 働 **-s** [-ɪz]

名 王子;皇子 | the Crown *Prince*
皇太子

incess [ˋprɪnsɪs; ˋprɪnses] 働 **-es** [-ɪz]

名 公主 | The queen is the mother of the *princess*. 皇后是公主的母親。

incipal [ˋprɪnsəp!; ˋprɪnsəpl]

形 主要的;重要的 | That's the *principal* cause of the accident.
那是這次意外事件的主因。
同 main
名 **-s** [-z] ► 注意不要與 principle(主義)混淆。
名 校長 | He is the *principal* of this school.
他是這所學校的校長。

衍生 副 **prìncipally**(主要地)

·inciple [ˋprɪnsəp!; ˋprɪnsəpl] 働 **-s** [-z]

名 ❶原理，原則 | the basic *principles* of grammar
文法的基本原則
❷主義，方針;節操 | It is against my *principle* to tell a lie.
說謊違背我個人的操守。

──► 不要混淆──
principal(校長) ↔ principle(主義)

int [prɪnt; prɪnt] ⊜ **-s** [-s] 働 **-ed** [-ɪd]; **-ing**

動 ❶印刷;出版 | I want to *print* this story.
我要出版這本小說。
❷以印刷體書寫 | *Print* your address.
用印刷體寫下你的住址。

── 働 **-s** [-s]
名 ❶印刷,印刷字體 | The *print* is too small.
這個印刷字體太小。

fingerprint 指紋

❷印跡;痕跡 | *footprint* 腳印

in print
印刷中;印好的 | The book is not yet *in print*.
這本書尚未付印。

out of print
絕版 | The book is *out of print*.
這本書絕版了。

衍生 名 **prìnter**(印刷者,印刷業者;排版工人)

printing [ˋprɪntɪŋ; ˋprɪntɪŋ] 働 **-s** [-z]

名 印刷;印刷術;印刷業 | When was *printing* invented?
印刷術是什麼時候發明的?

複合 名 **prìnting ínk**(印刷用油墨), **prìnting óffice**(印刷廠), **prìnting préss**(印刷機)

prior [ˋpraɪɚ; ˋpraɪə(r)] 反 posterior

形 在前的;較先的 | I have a *prior* engagement.
我已經與人有約在先。

prior to ...
在⋯之前 | She traveled in America *prior to* her marriage.
她在結婚之前先到美國旅行。

priority [praɪˋɔrətɪ, -ˋɑr-; praɪˋɒrətɪ] 働 **priorities** [-z]

名 優先權;應先做之事 | Old people have *priority* over young people in taking seats.
老年人比年輕人有優先入座之權。

prism [ˋprɪzəm; ˋprɪzəm] 働 **-s** [-z]

名 (光學)三稜鏡;(數學)稜柱

triangular prism
三稜鏡

prison [ˋprɪzṇ; ˋprɪzn] 働 **-s** [-z]

名 監獄;牢 | He is in *prison*.
他正在坐牢。

► jail 是指拘留所、看守所。
► prison 指建築物時要加冠詞 a, 當「監禁」用時不要加冠詞。

prisoner [ˋprɪznɚ, ˋprɪznɚ; ˋprɪznə(r)] 働 **-s** [-z]

名 囚犯;俘虜 | Two *prisoners* have escaped.
有二個犯人逃跑了。
She was a *prisoner* of love.
她是個愛情的俘虜。

複合 名 **prìsoner of wàr**(戰俘)(縮寫為 POW)

private [ˋpraɪvɪt; ˋpraɪvɪt] (注意發音)

形 ❶私有的;私立的 反 public | The car is his *private* property.
這輛車是他的私有財產。
❷個人的 | She takes *private* lessons in piano.
她接受鋼琴個別指導。
❸機密的 同 secret | This telegram is strictly *private*.
這封電報極為機密。

複合 名 **prìvate detéctive**(私家偵探), **prìvate schóol**(美 私立學校)

衍生 名 **prìvacy**(與他人隔離;秘密)

privilege [`prɪvlɪdʒ, `prɪv|ɪdʒ; 'prɪvɪlɪdʒ] 釁 **-s** [-ɪz]
名 特權;恩典, These are the *privileges* **to** the
特殊利益 members. 這些是會員的特權。

▶── 注意拼法 ────
cour*age*(勇氣)─coll*ege*(學院)
langu*age*(語言)─privil*ege*(特權)

衍生 形 **prìvileged**(有特權的)

prize [praɪz; praɪz] 釁 **-s** [-ɪz]
名 ❶獎品 He took (the) first *prize*.
他得到第一獎。
❷貴重的物品 Good health is a *prize*.
健康即是福。

── 🔺 **-s** [-ɪz] 釁 **-d** [-d]; **prizing**
動 及 認爲有大 We *prize* honor more than money.
的價值;珍視 我們認爲名譽重於金錢。

probability [ˌprɑbə`bɪlətɪ; ˌprɒbə'bɪlətɪ] 釁
probabilities [-z]
名 機會;可能性 There is no *probability* of his
success. 他沒有成功的希望。

▶ certainty(確實性)＞probability(機會)＞
possibility(可能性),機率依前式之順序由大而小。
▶ 因此,可說成「有發生戰爭的possibility,但不說成有
發生戰爭的probability」。

probable [`prɑbəbl; 'prɒbəbl]
形 大概的;有… His success is not impossible but
的可能性 hardly *probable*.
他的成功不是不可能,但是機會很少。

probable ▬▬▬▬▬▭ 十之八‧九的概率
likely ▬▬▬▭▭▭▭ 十之五‧六‧七的概率
possible ▬▭▭▭▭▭▭ 十之一‧二‧三的概率

probably [`prɑbəblɪ; 'prɒbəblɪ]
副 或許地;大概 It will *probably* rain.
地 大概要下雨了。

▶ probably 比 perhaps 概率高。

probe [prob; prəʊb] 釁 **-s** [-z] 釁 **-d** [-d]; **probing**
動 及 細察,探求 They *probed* his past.
他們探究他的過去。

problem [`prɑbləm, -lɛm; 'prɒbləm] 釁 **-s** [-z]
名 問題;難解之 He solved all the *problems*.
事物 他解決了所有的問題。
a social *problem* 社會問題

▶── **problem** 和 **question** ────
problem……困難問題,社會問題
動詞是 solve(解決)
question……詢問,質問
動詞是 answer(回答)

procedure [prə`sidʒɚ; prə'si:dʒə(r)] 釁 **-s** [-z]
名 手續;程序 He is familiar with export
procedure. 他很熟悉出口手續。

proceed [prə`sid; prə'si:d] 🔺 **-s** [-z] 釁 **-ed** [-ɪd] -ing
動 不 ❶進行 The work is *proceeding* (＝going)
rapidly. 這工作正在急速進行。
❷(事情)繼續進 They *proceeded* **with** (＝continued)
行 the work. 他們繼續進行工作。

She *proceeded* (went on) **to** the nex
problem. 她繼續著手下一個問題。
❸發出;出自 My criticism *proceeds* (＝comes)
from a wish to help you.
我的批評出自於希望幫助你。

▶ proceed 有很多種名詞。process(過程), procedure
(程序), procession(進行)。

衍生 名 **procèeding**(進行;開會記錄(用複數))

proceeds [`prosidz; 'prəʊsi:dz] (注意發音)
名 銷售額;所得

process [`prɑsɛs, `prosɛs; 'prəʊses] 釁 **-es** [-ɪz]
名 ❶過程;經 It hastened the *process* of growth.
過, 進行 它加速了成長的過程。
❷製法, 方法 a new *process* of digging tunnels
一個挖隧道的新方法
be in process The house is *in process* of
進行中 construction. 這房子正在建築中。

procession [prə`sɛʃən, pro-; prə'seʃn] 釁 **-s** [-z]
名 行列;(行列 There goes a lantern *procession*.
的)進行 一個提燈遊行隊伍經過了。

proclaim [pro`klem; prə'kleɪm] 🔺 **-s** [-z] 釁 **-ed** [-d]
-ing
動 及 宣言 The colony *proclaimed* its
independence. 殖民地宣佈獨立。

proclamation [ˌprɑklə`meʃən; ˌprɒklə'meɪʃn]
名 宣言,公佈; the Potsdam *Proclamation*
聲明書 波茨坦宣言

procure [pro`kjur; prə'kjʊə(r)] 🔺 **-s** [-z] 釁 **-d** [-d];
procuring
動 及 (努力)獲 It is hard to *procure* water in a
得 desert.
同 obtain 在沙漠裡很難得到水。

衍生 名 **procùrement**(獲得;供給)

prodigal [`prɑdɪg|; 'prɒdɪgl]
形 揮霍的;浪費 He is *prodigal* **with** his money.
的 他揮金如土。

produce [prə`djus; prə'dju:s] 🔺 **-s** [-ɪz] 釁 **-d** [-t];
producing
動 及 ❶產出;產 These plants *produce* good fruit.
生 這些植物能結出好的果實。
This medicine will *produce* some
side effects.
這種藥會產生一些副作用。
❷生產 This factory *produces* tires.
這家工廠生產輪胎。
❸取出 She *produced* a comb out of her
handbag.
她從她的手提包裡取出一把梳子。
❹導致 Hard work *produces* success.
努力工作可導致成功。
❺(戲劇‧電影 The play was *produced* by him.
的)製作;創作 這齣戲是由他製作的。

── [`prɑdjus, 'prɒdju:s] (注意發音) 釁 無
名 農產品 farm *produce* 農產物

衍生 名 **prodùcer**(生產者;美 影劇製作人);導演爲
director, 美 影劇製作人爲 proprietor 或 manager;導
爲 producer

roduct [`prɑdəkt, -dʌkt; `prɒdʌkt] (注意發音)

名 ❶產物；製品 | factory *products* 工廠製品／farm *products* 農業產品
▶ produce 是產品·農產品的總稱。

❷結果 | His failure is a *product* of ignorance. 他的失敗是由於無知。

roduction [prə`dʌkʃən; prə`dʌkʃn] 複 **-s** [-z]

名 ❶生產；製作；生產額 | *production* and consumption 生產與消費

❷產物；作品，演出，上演 | an artistic *production* 藝術作品

roductive [prə`dʌktɪv; prə`dʌktɪv]

形 ❶生產性的 | Farming is *productive* labor. 農業是生產性的勞動。

❷產生；導致 | A hasty decision is *productive* of errors. 倉促決定會導致錯誤。

衍生 名 **próductìvity**(生產性；生產力；多產性)

rofane [prə`fen; prə`feɪn]

形 ❶褻瀆的；汙神的 | He used *profane* language. 他說下流的話。
▶ 例如說出 "God damn!" 那種對神不敬的話。

衍生 名 **profánity** [prə`fænətɪ] (褻瀆的言語或行為)

rofess [prə`fɛs; prə`fes] 三 **-es** [-ɪz] 過 **-ed** [-t]; **-ing**

動 及 ❶聲言；公開承認 | He *professed* his loyalty. 他公開聲明他的忠誠。

❷自稱 | He *professed* to be an expert. 他自稱是專家。

▶ -fess 有「承認」的意思： con*fess* (自白)。

rofession [prə`fɛʃən; prə`feʃn] 複 **-s** [-z]

名 職業 | He is a doctor by *profession*. 他的職業是醫生。

▶ 指法律、醫學或建築方面的知識性與專業性的職業。

rofessional [prə`fɛʃən]; prə`feʃnl]

形 ❶(具專門知識的)職業的 | Doctors and lawyers are *professional* people. 醫生和律師是專業人員。

❷專門職業的 | He is a *professional* wrestler. 他是個職業摔角家。

反 amateur

rofessor [prə`fɛsɚ; prə`fesə(r)] 複 **-s** [-z] ▶ 講師是 nstructor。

名 大學教授 | He is a *professor* of psychology. 他是一個心理學教授。

▶ 在人名的前面用 Prof. 以表示頭衛。

── ▶ 注意稱呼 ──

| university (大學) college (獨立學院) | →professor─student (教授) (學生) |
| school (學校) | teacher_pupil (教師) (小學生) |

▶ student 在美 指中學以上的學生，英 指大學生。

rofit [`prɑfɪt; `prɒfɪt] 複 **-s** [-s]

名 ❶(金錢上)利潤 | We made a *profit* of $50,000. 我們獲得五萬元的利潤。

❷(獲得)利益 | This experience is to your *profit*. 這經驗對你有益。

── 三 **-s** [-s] 過 **-ed** [-ɪd]; **-ing**

動 不 獲得利益；賺 | I *profited* by [**from**] the deal. 我從這交易中獲得利潤。

及 對…有利 | It will *profit* you to know foreign languages. 懂得外國語言將對你有利。

profitable [`prɑfɪtəb]; `prɒfɪtəbl]

形 有利益的；有利的，會賺錢的 | It was a *profitable* speech. 那是一個有益的演說。

profound [prə`faund; prə`faund] 比較 **-er** 最 **-est**

形 ❶極深的 | She gave a *profound* sigh. 她做了一個深長的嘆息。

❷深遠的；深奧的，令人莫測的；難解的 | a *profound* scholar 學識淵博的學者／*profound* wisdom 淵博的智慧／a *profound* novel 深奧的小說

衍生 副 **profòundly**(深遠地；奧妙地)名 **profúndity** [prə`fʌndətɪ] (深遠；深奧；深刻；深度)

profuse [prə`fjus; prə`fju:s] (注意發音)

形 非常豐富的；大量的；浪費的 | They were *profuse* in their praise. 他們不吝於稱讚別人。

衍生 名 **profusion** [prə`fjuʒən] (大量，豐富)

program, 英 programme [`progræm, -grəm; `prəʊgræm] 複 **-s** [-z]

名 ❶(娛樂，活動，廣播的)節目；節目表 | I enjoyed the radio *program*. 我欣賞收音機的節目。
▶ a program 是全部的節目表，亦指個別的節目。

❷計畫；預定表 | a business *program* 商業計畫

progress [`progrɛs, `pro-, -grɪs; `prəʊgres] (注意發音) 複 無

名 ❶進行，前進 | We made no *progress* in the heavy snow. 我們在大雪中無法前進。

❷進步；發達，發展 | He is making rapid *progress* in English. 他在英文方面進步得很快。
▶ rapid progress 不要加 a。

You are making good progress in English.
你在英文方面有令人滿意的進步。

── [prə`grɛs; prəʊ`gres] ▶ 不同於名詞的重音位置。 三 **-es** [-ɪz] 過 **-ed** [-t]; **-ing**

動 不 前進；進行；進步 | The work is *progressing* step by step. 這工作逐步地在進行。
Science has greatly *progressed*. 科學已有很大的進步了。

progressive [prə`grɛsɪv; prəʊ`gresɪv]

形 進步的；前進的；漸進性的 | a *progressive* party 革新派 ▶ a conservative party 保守派, a radical party 激進派

prohibit [pro`hɪbɪt; prə`hɪbɪt] 複 **-s** [-s] 過 **-ed** [-ɪd]; **-ing**

動 及 禁止 | Alcohol is *prohibited* here. 在這裡是禁酒的。

同 forbid

▶ prohibited (被禁止的) 不能接 against 或 to 不定詞,

而是接「from＋動名詞」, 例如: "We are *prohibited* from smoking." (我們被禁止抽煙。)但是名詞的 prohibition 後面就必須連接 against。

prohibition [ˌproə`bɪʃən; ˌprəʊɪ`bɪʃn] (注意發音)
⑧ **-s** [-z]
名 禁止, 禁令 ┊ the *prohibition* **against** smoking
┊ 禁煙

project [`pradʒɛkt; `prɒdʒekt] ⑧ **-s** [-s]
名 計畫;企畫; ┊ They formed a *project* to build a
美 (國家的)開 ┊ new school building.
發事業 ┊ 他們擬定蓋一幢新校舍的計畫。
—— [prə`dʒɛkt; prə`dʒekt](注意發音)⑨ **-s** [-s] ⑧ **-ed** [-ɪd]; **-ing**
動⑥ ❶計畫做 ┊ They are *projecting* a new dam.
┊ 他們正計畫建一座新水壩。
❷放映;投射 ┊ The slide was *projected* **on** the screen.
┊ 這幻燈片被投射在銀幕上。
不 突出 ┊ He has a *projecting* forehead.
┊ 他的額頭突出。
衍生 名 **projectile** [prə`dʒɛktɪl, -tɪl] (拋射物),
projection (計畫;投射;發射), **projector** (影像放映機)

prolific [prə`lɪfɪk; prəʊ`lɪfɪk]
形 多產的;肥沃 ┊ He was a *prolific* writer.
的 ┊ 他是個多產作家。

prologue, prolog [`prɔlɔg, -lag; `prəʊlɒg] ⑧ **-s** [-z]
名 (戲劇的)序 ┊ ►戲劇開演時, 由一名演員上場敘述的
幕, 序言, 開場白 ┊ 開場白。⑥ epilogue (收場語)

prolong [prə`lɔŋ, -`laŋ; prəʊ`lɒŋ] ⑨ **-s** [-z] ⑧ **-ed** [-d]; **-ing**
動⑥ (時間的, ┊ *prolong* a visit 延長訪問／*prolong* a
空間的)延長 ┊ conversation 延長交談時間
►「延期」postpone, put off
►＜pro(向前)＋long(長)

prominent [`pramənənt; `prɒmɪnənt]
形 ❶卓越的;著 ┊ He is a *prominent* scholar.
名的 ┊ 他是一個卓越的學者。
❷顯著的;醒目 ┊ The building is *prominent*.
的 ┊ 這建築物很顯眼。
❸突出的;隆起 ┊ The insect has *prominent* eyes.
的 ┊ 這昆蟲的眼睛外突。
衍生 名 **prominence** (顯著, 卓越, 突出物)

promise [`pramɪs; `prɒmɪs] ⑧ **-s** [-ɪz]
名 ❶諾言;約定 ┊ He always keeps [breaks] his
┊ *promise*. 他總是履行〔違背〕諾言。
►「允諾」make a *promise*
► keep one's word (遵守諾言), break one's word (食言)
❷有成功希望的 ┊ She shows *promise* as a pianist.
預示 ┊ 她有望可成為一個鋼琴家。
—— ⑨ **-s** [-ɪz] ⑧ **-d** [-t]; **promising**
動⑥不 答應; ┊ She *promised* (me) assistance.
允諾 ┊ 她答應幫助我。
┊ He *promised* (me) **to** come.＝He
┊ *promised* (me) **that** he would come.
┊ 他答應我要來。

I *promise* you not **to** say that.
我答應你不說那件事。

promising [`pramɪsɪŋ; `prɒmɪsɪŋ]
形 有前途的;有 ┊ He is a *promising* young man.
希望的 ┊ 他是一位有前途的青年。

promote [prə`mot; prə`məʊt] ⑨ **-s** [-s] ⑧ **-d** [-ɪd]; **promoting**
動⑥ ❶擢升;晉 ┊ He was *promoted* **to** (be) manager
級 ┊ 他被升為經理。
⑥ demote
❷促進, 增進 ┊ We should *promote* world peace.
┊ 我們應該促進世界和平。
衍生 名 **promotion** (昇進, 晉級;增進), **promoter** (促進者, 獎勵者;贊助者;創立者)形 **promotive** (促進的;獎勵的)

prompt [prampt; prɒmpt] ⊕ **-er** ⑧ **-est**
形 ❶敏捷的 ┊ He is always *prompt* **to** praise.
┊ 他總是毫不猶豫地讚美。
❷迅速的 ┊ She made a *prompt* reply.
┊ 她很快地回答。
—— ⑨ **-s** [-s] ⑧ **-ed** [-ɪd]; **-ing**
動⑥ 喚起;激勵 ┊ Her curiosity *prompted* her to
┊ follow the girl.
┊ 她的好奇心促使她去跟蹤那個女孩。
衍生 副 **promptly** (敏捷地)名 **promptitude** [`pramptə,tjud] (敏捷)

prone [pron; prəʊn]
形 易於… ┊ She is *prone* **to** forget people's
┊ names.
┊ 她易於忘記別人的名字。
——►「易於」的同義字———
inclined ……She is *inclined* to be lazy.
她生性懶散。
liable ………We are *liable* to make mistakes.
我們大家都會犯錯。
apt …………He is *apt* to be careless.
他易於疏忽。

pronoun [`pronaun; `prəʊnaʊn] ⑧ **-s** [-z]
名 (文法)代名 ┊ ►代名詞有:人稱 (I, we), 反身
詞 ┊ (myself), 所有 (mine), 疑問・關係
┊ (who, which), 指示 (this) 等種類。

pronounce [prə`nauns; prə`naʊns] ⑨ **-s** [-ɪz] ⑧ **-d** [-t]; **pronouncing**
動⑥ ❶發音 ┊ *Pronounce* your words clearly.
┊ 咬字要清晰。
❷(正式, 官式) ┊ The judge *pronounced* the sentence.
宣佈 ┊ 法官宣佈了判決。
❸斷言;宣稱;表 ┊ The doctor *pronounced* her (**to** be)
示 ┊ cured.＝The doctor *pronounced*
┊ **that** she was cured.
┊ 醫生宣稱她已痊癒了。
不 ❶發音 ┊ He *pronounces* well.
┊ 他的發音很好。
❷判決 ┊ The judge *pronounced* against him.
┊ 法官做了對他不利的判決。
衍生 形 **pronounced** (確切的;明白的)

onunciation [prəˌnʌnsɪˈeʃən, -ˌnʌnʃɪ-; ɔrəˌnʌnsɪˈeɪʃn] ⑧ **-s** [-z]

名 發音;發音法 | Your *pronunciation* is very good.
你的發音非常好。

——▶ 注意動詞和名詞的拼字不同——

動 pronounce	→名 pronunciation
argue 議論	→ argument 議論
judge 判決	→㈎ judgment 判決
	㈎ judgement
maintain 維持	→ maintenance 維持

oof [pruf; pruːf] ⑧ **-s** [-s] ▶ 動詞為 prove。

名 ❶證據;物證 | Give me some *proof* of what you say. 提出一些證據來證明你的話。

❷證明;證實 | The truth of her story is not capable of *proof*.
她的故事是真是假無法證明。

❸驗證 | The *proof* of the pudding is in the eating.
布丁美不美味一吃便知。〔如人飲水,冷暖自知。〕(諺語)

—形 耐火(水,震)的 | This building is *proof* against fire.
這幢建築物具有耐火性。

複合形 fíreproóf(耐火),sóundproóf(隔音),wáterproóf(防水),búlletproóf(防彈)

opaganda [ˌprɑpəˈgændə; ˌprɒpəˈgændə] ⑧ 無

名 宣傳(活動) | the *propaganda* against smoking
反對吸煙的宣傳

▶ propaganda 推廣意見或思想的宣傳
advertisement 商品的宣傳廣告
commercial 在電視機或收音機上的廣告

opagate [ˈprɑpəˌget; ˈprɒpəgeɪt] ㊀ **-s** [-s] ⑧ **-d** [-ɪd]; propagating

動 ❶㊀㈎(動植物的)繁殖 | Rats *propagate* quickly.
老鼠繁殖得很快。

❷㈎傳導;傳播 | They are *propagating* humanism.
他們宣傳人道主義。

衍生名 própagátion((動植物的)繁殖;(思想的)普及)

opeller [prəˈpelə; prəˈpelə(r)] ⑧ **-s** [-z]

名 螺旋槳;推進器 | ▶ 飛機的螺旋槳,船的螺旋槳都可以用。

衍生動 propèl(推進)

oper [ˈprɑpə; ˈprɒpə(r)] ⊗ improper

形 ❶適當的;適宜的;正確的,良好的 | He is a *proper* boy for the job.
他是個適合做這個工作的男孩。
You can come at the *proper* time and in the *proper* way.
你可以在適當的時機用適當的方式來。

同 fit

❷正式的;整齊的;有禮貌的 | It is not *proper* to be late for a dinner party.
參加晚宴遲到是不禮貌的。

❸妥當的;得當的 | It is *proper* that he (㈎ should) refuse. 他理應拒絕。

❹固有的;特有的 | This is a custom *proper* to Taiwan.
這是台灣固有的風俗。

複合名 próper nóun(專有名詞)

衍生副 pròperly(適當地;正確地;當然地)

property [ˈprɑpətɪ; ˈprɒpətɪ] ⑧ **properties** [-z]

名 ❶財產;資產;所有物 | He is a man of *property*.
他是個有錢人。

❷房地產 | He has a small *property*.
他有些房地產。

❸特性;特質 | Soap has the *property* of removing dirt. 肥皂有去污的特性。

prophecy [ˈprɑfəsɪ; ˈprɒfɪsɪ] (注意發音) ⑧ prophecies [-z]

名 預言 | The *prophecy* came out true.
預言應驗了。

prophesy [ˈprɑfəˌsaɪ; ˈprɒfɪsaɪ] ㊀ prophesies [-z] ⑧ prophesied [-d]; prophesying

動㈎ 預言 | He *prophesied* an earthquake.
他預言將有地震。

同 predict

——▶ 注意發音和拼字——

| prophesy [ˈprɑfəˌsaɪ] | 動 預言 |
| prophecy [ˈprɑfəsɪ] | 名 預言 |

prophet [ˈprɑfɪt; ˈprɒfɪt] ⑧ **-s** [-s]

名 預言家 | The *prophet* warned that the end of the world would come.
預言家警告世界末日即將來臨。

proportion [prəˈporʃən, -ˈpɔr-; prəˈpɔːʃn] ⑧ **-s** [-z]

名 ❶比率 | the *proportion* of boys **to** girls
男孩對女孩的比率

同 ratio

❷均衡;相稱 | His expenditure is **out of** *proportion* **to** his income. 他入不敷出。

❸部分;所分得的分 | A large *proportion* of Nevada is deserts.
內華達州一大部分是沙漠。

in proportion to ...
與…成比例 | Are men wise *in proportion to* their age? 人的智慧和年齡成正比嗎?
▶ in proportion as 亦是同樣意思,但後面須連用子句。

衍生形 propórtional, propórtionate(成比例的)

proposal [prəˈpoz; prəˈpəʊzl] ⑧ **-s** [-z]

名 ❶提議;建議;提案 | The *proposal* was turned down.
這個建議被否絕了。

❷求婚 | She had a *proposal* from a millionaire.
有一位百萬富翁向她求婚。

propose [prəˈpoz; prəˈpəʊz] ㊀ **-s** [-ɪz] ⑧ **-d** [-d]; proposing

動㈎ 提議;請求 | He *proposed* a new plan **to** her.
他向她提一個新計畫。
He *proposed* **to** go there.
=He *proposed* going there.
=He *proposed* **that** we (㈎ should) go there.
他提議到那裡去。
▶ ㈎ 在 that 子句的後面,不用 should。

㊀ 求婚 | He *proposed* **to** the girl.
他向這女孩求婚了。

```
─────► -pose 是「放置」的意思
compose(組成)    <com(共同)+pose
expose(揭露)     <ex(往外)+pose
oppose(反對)     <op(=ob 相反的)+pose
impose(強使)     <im(=in 在…上)+pose
propose(提議)    <pro(往前)+pose
```

proposition [ˌprɑpə`zɪʃən; ˌprɒpə'zɪʃn] 图 **-s** [-z]
名 提議;計畫　│ It is an impossible *proposition*.
　　　　　　　│ 那是個不可能實現的計畫。
► 比 proposal 更明確的提案。

proprietor [prə`praɪətɚ; prə'praɪətə(r)] 图 **-s** [-z]
名 所有人;業主　│ I would like to speak to the
　　　　　　　│ *proprietor* of this store.
　　　　　　　│ 我想和這家店的主人談談。

propriety [prə`praɪətɪ; prə'praɪətɪ] (注意發音)
图 **proprieties** [-z]
名 禮節,正當的　│ He has no sense of *propriety*.
　行為;適宜　　│ 他毫不懂得禮節。
　　　　　　► property(財產), prosperity(繁
　　　　　　　榮), 注意不要相混。

prose [proz; prəʊz] 图 無 图 verse(韻文)
名 散文　　　　│ He writes clear and simple *prose*.
　　　　　　　│ 他寫簡明的散文。
衍生 形 prosaic [pro`zeɪk] (平凡的,平淡無奇的)

prosecute [`prɑsɪˌkjut; 'prɒsɪkjuːt] 图 **-s** [-s] 图 **-d**
[-ɪd]; **prosecuting**
動 (及) ❶起訴　│ He was *prosecuted* for theft.
　　　　　　　│ 他因偷竊而被起訴。
❷從事;著手　　│ They *prosecuted* the investigation.
　　　　　　　│ 他們著手調查。
► 注意不要和 persecute(迫害)相混。
衍生 名 prósecútion (進行;告發), pròsecútor (檢察官)

prospect [`prɑspɛkt; 'prɒspekt] 图 **-s** [-s]
名 ❶景色;景象　│ That hotel has a good *prospect*.
　　　　　　　│ 從那旅館可看到很好的景色。
❷期望;期待　　│ There is no *prospect* of your
　　　　　　　│ success. 你沒有成功的希望。
衍生 形 prospéctive (有望的;預期的;未來的)

prosper [`prɑspɚ; 'prɒspə(r)] 图 **-s** [-z] 图 **-ed** [-d];
-ing
動 (不) 興隆;成功　│ The country is *prospering*.
　　　　　　　│ 該國國運昌盛。

prosperity [prɑs`pɛrətɪ; prɒ'sperətɪ] 图 無
名 繁榮;成功　　│ The business restored *prosperity*.
　　　　　　　│ 商業恢復了繁榮。

prosperous [`prɑsprəs, -pərəs; 'prɒspərəs]
形 繁榮的　　　│ He was *prosperous* in his time.
　　　　　　　│ 他有過一段輝煌時期。

prostrate [`prɑstret; 'prɒstreɪt]
形 俯臥的;倒臥　│ He lay *prostrate* before the king.
　的　　　　　　│ 他拜倒在國王的面前。　　 ⌐-ing
　　　　　　　　　　　　　　　　　　　　　⌐

protect [prə`tɛkt; prə'tekt] 图 **-s** [-s] 图 **-ed** [-ɪd];
動 (及) 保護;防禦　│ I will *protect* you from danger.
　　　　　　　│ 我將保護你不受危險。
► 除了 from 以外亦可用 against。
衍生 形 protéctive (保護的) 名 protéctor (保護者;保護
物)

protection [prə`tɛkʃən; prə'tekʃn] 图 **-s** [-z]
名 保護;保護　　│ Old people need the *protection* of
　者;防禦的東西│ the state. 老年人需要國家的保障。

protest [`protɛst; 'prəʊtest] (注意發音) 图 **-s** [-s]
名 抗議,異議　　│ They made a *protest* against the
　　　　　　　│ hike. 他們抗議漲價。
── [prə`tɛst; prə'test] (注意發音) 图 **-s** [-s] 图 **-ed** [-ɪd];
-ing
動 (不) 抗議　　│ They *protested* against the
　　　　　　　│ decision. 他們抗議這個決定。

┌────► 注意用法
│ He *objected* to the plan. ⎫
│ He *opposed* the plan.　 ⎬ (他反對這個計畫。)
└　　　　　　　　　　　　⎭

衍生 名 prótestàtion [ˌprɑtəs`teʃən] (主張,聲明;抗議)

proud [praud; praʊd] 图 **-er** 图 **-est** ► pride 的形容詞
形 ❶驕傲的　　│ He is *proud* of the prize.
　　　　　　　│ 他以得獎為榮。
► 因優越而自　│ He is *proud* of being the champion
豪。　　　　　│ = He is *proud* that he is the
　　　　　　　│ champion. 他因得到冠軍而自豪。
　　　　　　　│ I'm *proud* to be a friend of yours.
　　　　　　　│ 我以當你的朋友為榮。

┌────► 注意介系詞
│ be proud of ... = take (a) pride in ...
│ = pride oneself on ...
└

┌────► boast 和 brag
│ boast ……向人誇耀。He *boasts* of his wealth.
│　　　　　 (他誇耀自己的財富。)
│ brag ……強調信口開河, 缺乏技巧地亂吹噓。
│　　　　　 He *brags* about [of] his skill.
│　　　　　 (他吹噓自己的技術。)
└

❷自尊心強的,　│ He is too *proud* to ask for help.
好強的　　　　│ 他因自尊心太強以致於不求助於人。
衍生 副 próudly (自豪地)

prove [pruv; pruːv] 图 **-s** [-z] 图 **-d** [-d]; **proving**
動 (及) ❶證明　│ He *proved* that lightning is
　　　　　　　│ electricity. 他證明閃電是帶電的。
❷驗證　　　　│ I must *prove* his honesty.
　　　　　　　│ 我必須考驗他的誠實。
► 過去分詞一般常用 proved, 而較少用 proven, 在(美)不
用 proven。
(不) ❶結果顯示為…;│ The report *proved* (to be) true.
結果是…　　　│ 這報告結果是真的。

proverb [`prɑvɝb, -əb; 'prɒvɜːb] 图 **-s** [-z]
名 諺語;格言　　│ "Seeing is believing" is a *proverb*.
　　　　　　　│ 「百聞不如一見」是一句諺語。
衍生 形 provérbial [prə`vɝbɪəl] (諺語的;有名的;世所
公認的)　　　　　　　　　　　　　　　⌐providing
provide [prə`vaɪd; prə'vaɪd] 图 **-s** [-z] 图 **-d** [-ɪd];
動 (及) 供給　　│ She *provided* the beggar with food
　　　　　　　│ 她供給乞丐食物。
(不) ❶準備　　│ *Provide* for your old age.
　　　　　　　│ 為你將來年老而準備吧!

rovided [prə`vaɪdɪd; prə'vaɪdɪd] ► if 的文語
運 假如, 以…為條件
I will go, *provided* (**that**) you go.
假如你去，我就去。

roviding [prə`vaɪdɪŋ; prə'vaɪdɪŋ] ► if 的文語
運 假如
I will go, *providing* you go.
假如你要去，我就去。

rovince [`prɑvɪns; 'prɒvɪns] 愛 -s [-ɪz]
名❶(一國的, 一地方的)州；省
Many countries are divided into many provinces.
很多國家將全國劃分成許多省分。
❷地方　　► the provinces 指首都以外的各地。

rovincial [prə`vɪnʃəl; prə'vɪnʃl]
形 地方的；鄉下的；有鄉下味道的，偏狹的
the *provincial* government 地方政府／*provincial* English 帶鄉音的英文／a *provincial* person 見解偏狹的人

rovision [prə`vɪʒən; prə'vɪʒn] 愛 -s [-z]
名❶準備，供給
We should make *provision* for the future.
我們必須為將來做準備。
❷(複數形)糧食；食物
We need a week's *provisions*.
我們需要一個拜的食物。
❸(法律的)規定；條款
There are severe *provisions* in the law for drunken driving.
法律上對酒後駕車有嚴厲的處罰條款。
衍生 形 provisional(暫時性的；臨時的)

rovocation [ˌprɑvə`keʃən; ˌprɒvə'keɪʃn] 愛 -s [-z]
名 激怒；刺激
She was calm on *provocation*.
她雖受到刺激但仍冷靜。
衍生 形 provocative [prə`vɑkətɪv] (刺激的；挑釁的)

rovoke [prə`vok; prə'vəʊk] 三 -s [-s] 愛 -d [-t]; rovoking
動 愛 ❶激怒(人・動物)
His rude answer *provoked* her.
他鹵莽的回答激怒了她。
❷惹起(感情)
His remark *provoked* anger in her.
他的評論引起她的憤怒。
❸刺激(人)
He was almost *provoked* to shout.
他被刺激得幾乎要大叫起來。

ow [prau; prau] 愛 -s [-z]
名 船首；飛機首　► 一般用 bow [bau]。
動 bow　　　　 愛 stern(船尾, ；飛機尾部)

owl [praul; praul] (注意發音) 三 -s [-z] 愛 -ed [-d]; ing
動 下 (為搜尋獵物而)徘徊逡巡
The wolf *prowled* in the forest.
狼在森林裡逡巡著。

rudent [`prudnt; 'pru:dnt]
形 審慎的；節儉的
It's *prudent* to shop around when you buy a computer.
買電腦的時候，貨比三家較為審慎。
衍生 名 prudence(審慎；節儉)

ry [praɪ; praɪ] 三 pries [-z] 愛 pried [-d]; -ing
動 下 打聽；探查
He's always *prying* into other people's affairs.
他常打聽別人的閒事。　　　　愛 無

sychology [saɪ`kɑlədʒɪ; saɪ'kɒlədʒɪ] (注意發音)
名❶心理學
She is studying child *psychology*.
她正在研究兒童心理學。
❷心理(狀態)
female *psychology* 女性心理
► psycho-是「靈魂」，「精神」，「心理作用」的意思。
psýchoanálysis(精神分析)
psýchothèrapy(精神療法)

psycho-　精神　靈魂　心理作用

衍生 名 psychologist(心理學家) 形 psychológical(心理學的；心理的)

public [`pʌblɪk; 'pʌblɪk] 愛 private
形❶公的；公眾的, 公共的；公開的
public welfare 公共的福利／a *public* official 官吏／a *public* library 公立圖書館
❷公然的；眾所周知的；公開的
Soon these facts became *public*.
不久，這些事實便成為眾所皆知的了。
── 愛 無
名❶一般的人, 大眾, 民眾
The collection is open to the *public*.
這些收藏品開放給民眾參觀。
► 加 the 當集合名詞用。
❷…界；…大眾
the buying *public* 消費大眾／the novel-reading *public* 小說的讀者群

in public
公開地；公然地
He hates to be seen *in public*.
他討厭公開露面。

publication [ˌpʌblɪ`keʃən; ˌpʌblɪ'keɪʃn] 愛 -s [-z]
名❶出版, 發行；發表
They began its *publication* in 1970.
他們在 1970 年開始發行那份刊物。
❷出版物
new *publications* 新的出版物

publicity [pʌb`lɪsətɪ, pə'blɪs-; pʌb'lɪsətɪ] 愛 無
名❶引人注意；眾所周知
The matter received wide *publicity*.
這件事情已是眾所周知。
❷宣傳；廣告
The newspaper gave much *publicity* to the concert.
報紙大肆報導這場音樂會。

形 public → 名 publicity
(公共的；公然的)
動 publish → 名 publication
(發表, 出版)

---

publish [`pʌblɪʃ; 'pʌblɪʃ] 三 -es [-ɪz] 愛 -ed [-t]; -ing
動 愛 ❶發表；公開
The news of his death was *published*.
他死亡的消息被發佈了。
❷出版；發行
The book was *published* in 1971.
這本書在 1971 年出版。
a *publishing* company 出版社
衍生 名 publisher(出版業者；發行者；出版社)

pudding [`pudɪŋ; 'pudɪŋ] 愛 -s [-z]
名 布丁
The proof of the *pudding* is in the eating. 布丁美不美味一吃便知。〔如人飲水, 冷暖自知。〕(諺語)

puff [pʌf; pʌf] 愛 -s [-s]
名 噴出(空氣, 煙等)
A sudden *puff* of wind blew off the papers on the desk.
一陣突然的風把桌上的文件吹掉了。
── 三 -s [-s] 愛 -ed [-t]; -ing

動 及 不 一吹（煙等） | The kettle is *puffing* steam.
水壺正噴出蒸汽。

pull [pʊl; pʊl] ⊜ -s [-z] 過 -ed [-d]; -ing
動 及 ❶拉, 拖 | He *pulled* the door open.
他拉開門。

❷拔(齒, 蓋子) | He had a bad tooth *pulled* out.
他去拔掉一顆壞的牙齒。

不拉, 拖 | The child *pulled* at my sleeve.
那小孩拉我的袖子。

pull down
❶拉下 | She *pulled down* the blinds.
她拉下百葉窗。

❷破壞, 拆除(房子等) | They *pulled down* the old house.
他們拆掉這幢舊房子。

—— 過 -s [-z]
名拉, 拖 | I gave a *pull* at the rope.
我拉繩子。

──────► pull, draw, drag, haul──────
pull ………是「拉」的最普通用語。
draw ……不像 drag 或 haul 那麼吃力。
　　　　 He *drew* a chair to the table.
　　　　 (他把椅子拉向桌子。)
drag ……用於拉很重的東西。
　　　　 He *dragged* the sofa.
　　　　 (他拖那沙發。)
haul ……比 drag 更需要很大的力量。
　　　　 The horse *hauled* the wagon.
　　　　 (那馬拖拉篷車。)

pulley [`pʊlɪ; `pʊlɪ] 過 -s [-z]
名滑輪 | a belt *pulley* 皮帶滑輪

pulp [pʌlp; pʌlp] 過 無
名 ❶果肉 | the *pulp* of the orange 柳橙的果肉
❷(製紙用的)紙漿 | The trees were cut down for *pulp*.
那樹木被砍下做紙漿。

pulse [pʌls; pʌls] (注意發音) 過 -s [-ɪz]
名脈搏, 跳動 | feel the patient's *pulse*
按診病人的脈搏

—— ⊜ -s [-ɪz] 過 -d [-t]; pulsing
動 不 脈動, 跳動 | My heart *pulsed* fast.
圓 throb | 我的心臟跳動得很快。
衍生動 pùlsate [`pʌlset](脈搏跳動)名 pulsàtion(脈搏)

pump [pʌmp; pʌmp] 過 -s [-s]
名唧筒, 泵, 幫浦 | What works the *pump*?
這部幫浦是用什麼驅動的呢?

—— ⊜ -s [-s] 過 -ed [-d]; -ing
動 及 用幫浦打〔抽〕(空氣, 水) | She *pumped* some water from the well. 她用幫浦從井裡打出一些水。
Pump air into the tire.
將氣打入輪胎。

pumpkin [`pʌmpkɪn, `pʌŋkɪn; `pʌmpkɪn] 過 -s [-z]
名(植物)西洋南瓜 | ►-kin 是表示「小東西」的字尾。
lambkin 小羊;愛兒／manikin 侏儒, 矮人 |

punch[1] [pʌntʃ; pʌntʃ] 過 -es [-ɪz]
名打洞器 | We use *punches* to make holes.
我們用打孔機打洞。

—— ⊜ -es [-ɪz] 過 -ed [-t]; -ing

動 及 (用打洞器)打洞 | The shoemaker *punched* a hold in the leather.
那鞋匠在皮革上打了一個洞。

複合名 pùnch líne(笑話、故事等)妙語
衍生名 pùncher(打洞的人;穿孔機)

punch[2] [pʌntʃ; pʌntʃ]
名以拳重擊 | He gave me a *punch* on the jaw.
他以拳重擊我的下頜。

—— ⊜ -es [-ɪz] 過 -ed [-t]; -ing
動 及 打 | He *punched* me on the jaw.
他重擊我的下頜。

punctual [`pʌŋktʃʊəl, -tʃʊl; `pʌŋktʃʊəl]
形 準時的;守時的 | He is *punctual* to the minute.
他非常準時。
衍生名 pùnctuàlity(守時)副 pùnctually(守時地)

punctuation [͵pʌŋktʃʊˋeʃən; ͵pʌŋktʃʊˋeɪʃn] 過 -s [-z
名標點(使用法) | ►逗點、句點等標點;用標點來劃分文句。

──────► punctuation marks(標點符號)──────
period …………句點, 亦稱 full stop〔.〕
comma …………逗點〔,〕
colon …………冒號〔:〕
semi-colon ……分號〔;〕
hyphen …………連字符號〔-〕
dash …………破折號〔—〕

punish [`pʌnɪʃ; `pʌnɪʃ] ⊜ -es [-ɪz] 過 -ed [-t]; -ing
動 及 處罰, 懲罰 | He *punished* his son for lying.
他因兒子說謊而處罰他。
衍生形 pùnishable(該處罰的)

punishment [`pʌnɪʃmənt; `pʌnɪʃmənt] 過 -s [-s]
名懲罰;刑罰 | the *punishment* for [of] murder
⊕ crime(罪) | 謀殺罪的刑罰

pup [pʌp; pʌp], **puppy** [`pʌpɪ; `pʌpɪ] 過 -s [-s], puppies [-z]
名(兒語)小狗, 幼犬 | This *puppy* is three months old.
這隻小狗有三個月大。

──────► 動物的幼子的稱呼名──────
小狗……puppy　　　　　　 小羊 ……………lamb
小貓……kitten　　　　　　 虎〔獅, 熊〕的幼獸…cub
小馬……colt

pupil[1] [`pjupl; `pju:pl] 過 -s [-z]
名學生, 學童; (與 one's 連用) 門生 | She has to take care of her 30 *pupils*.
她必須照顧她的三十個學生。
►(美)小學生, (英)小學、中學、高中的學生。
student (美)中學以上的學生, (英)大學生。

pupil[2] [`pjupl; `pju:pl] 過 -s [-z]
名瞳孔, 瞳仁 | iris [`aɪrɪs] 虹膜

iris [`aɪrɪs] 虹膜
pupil 瞳孔

puppet [`pʌpɪt; `pʌpɪt] 過 -s [-s]
名傀儡, 木偶 | ►亦可以用 marionette, 是 puppet show(木偶戲)所用的木偶。

I am a mere *puppet* in their hands.
我只是他們手中的傀儡。

urchase [ˋpɝtʃəs, -ɪs; ˈpɜ:tʃəs] (注意發音) ⊜ **-s** [-ɪz]
働 **-d** [-t]; **purchasing**
動及 ❶ 買▶ | I *purchased* this book at the store.
比 buy 正式。| 我在這家店裡買到這本書。
❷ (努力) 得到 | success *purchased* with toil 以辛勞
— 働 **-s** [-ɪz] | 獲得的成功
名 購買 (物品) | the *purchase* of a car 購買一輛車子
衍生 名 **pùrchaser** (購買者, 同 buyer)

ure [pjʊr; pjʊə(r)] 働 **-r** 働 **-st**
形 ❶ 純粹的 | *pure* gold 純金
❷ 純淨的, 純的 | He is *pure* in heart. 他心地純潔。
❸ 只是, 單純的 | I met him by *pure* chance.
同 mere | 我遇到他只是出於偶然的機會。
衍生 名 **pùrity, pùreness** (單純; 純潔)

urely [ˋpjʊrlɪ; ˈpjʊəlɪ]
副 全然地; 僅僅 | It was *purely* accidental.
是; 單單地 | 那純屬意外。

urge [pɝdʒ; pɜ:dʒ] ⊜ **-s** [-ɪz] 働 **-d** [-d]; **purging**
動及 ❶ (心, 身 | He was *purged* of sin.
體) 使清滌 | 他被洗除了罪惡。
❷ (不良分子的) | The undesirable persons were all
整肅, 排除 | *purged*. 不良的分子全被整肅了。

urify [ˋpjʊrəˌfaɪ; ˈpjʊərɪfaɪ] ⊜ **purifies**[-z] 働
purified [-d]; **-ing**
動及 淨化; 使純 | The air in the room was *purified*.
淨 | 這房間的空氣被淨化了。
衍生 名 **pùrificàtion** (洗淨, 淨化)

urple [ˋpɝpl; ˈpɜ:pl] 働 無
名形 紫色 (的) | *Purple* is a noble color.
| 紫色是一種高貴的顏色。

urpose [ˋpɝpəs; ˈpɜ:pəs] (注意發音) 働 **-s** [-ɪz]
名 ❶ 目的 | For what *purpose* did you go there?
同 object | = What was the *purpose* **of** your
| going there?
| 你到那裡去是為了什麼目的呢?
❷ 意志; 意向 | He is weak **of** *purpose*. 他的意志薄
r the purpose of ... | 弱。
為了…目的 | He went to Austria *for the purpose
| of* study**ing** music.
| 他到奧國是為了研究音樂。

──▶ 表示「目的」的其他例子──
「為了要賺錢」

with the object of
with { a view to } earning money
{ the view of }

a purpose | He said so *on purpose*.
故意地 | 他故意這樣說的。
働 by accident (偶然地)
no [*little*] **purpose**
毫無 (很少有) 效 | I advised him *to no purpose*.
果 | 我勸告過他, 但毫無結果。
the purpose | His answer was *to the purpose*.
中肯的 | 他的回答是中肯的。

purse [pɝs; pɜ:s] 働 **-s** [-ɪz]
名 ❶ 小錢袋; 金錢
美 皮夾子
⇨ wallet

wallet 皮夾

purse 錢袋

pursue [pɚˋsu, -ˋsju; pəˈsju:] ⊜ **-s** [-z] 働 **-d** [-d];
pursuing
動及 ❶ 追捕; 追 | The policeman *pursued* the thief.
逐 同 chase | 警察追捕小偷。
❷ 追求, 求 | He *pursues* pleasure.
同 seek | 他追求歡樂。
❸ 從事 (工作‧ | He has been *pursuing* the study of
研究等) | English for 20 years.
| 他研究英文已有二十年了。
❹ 繼續做 | He *pursued* his studies after leaving
| the university.
| 他離開大學後仍繼續他的研究。

pursuit [pɚˋsut, -ˋsɪu-, -ˋsju-; pəˈsju:t] 働 **-s** [-s]
名 ❶ 追逐; 追 | We gave up the *pursuit* of hares.
求; 尋求 | 我們放棄追逐野兔。
❷ 從事 (研究‧ | She is engaged in scientific *pursuits*.
學業‧娛樂) | 她從事於科學的研究。
| Fishing is my favorite *pursuit*.
| 釣魚是我愛好的娛樂。

push [pʊʃ; pʊʃ] ⊜ **-es** [-ɪz] 働 **-ed** [-t]; **-ing**
動及 ❶ 推 | I *pushed* the car but it didn't move.
反 pull | 我推了車, 但車子並沒有移動。
❷ 推開; 推動 | She *pushed* the door **open** [**shut**].
| 她把門推開〔關上〕。
❸ 催促, 迫使 | I was *pushed* { to pay.
同 press | { for payment.
| 我被迫付錢。
❹ 力求, 爭取; 推 | The old man *pushed* his own
行 | interests.
| 那老人大力爭取他自己的利益。
不 推; 推開; 突 | I *pushed* and he pulled.
出 | 我推而他拉。
push on | He *pushed on* with the work.
with ... | 他繼續進行他的工作。
繼續…
push* one's *way | He *pushed* his *way* **through** them.
推開而進 | 他推開他們而前進。
── 働 **-es** [-ɪz]
名 奮力, 用力一 | I gave the door a *push*.
推, 一口氣 | 我用力推那門。
反 pull | Finish the work **at** one *push*.
| 一口氣把那工作做完。

push

pull

put [put; pʊt] [三] **-s** [-s] [不] **put; putting**

[動] [及] ❶置, 放; 裝在, 裝入, 安裝; 取出 [同] place
I *put* the book **on** the desk. 我把那本書放在桌上。
He *put* his hand **in** his pocket. 他把手放進口袋裡。
▶ 在後面連用副詞子句。
Put the cat **out of** the house. 把貓放到屋子外面去。

❷(某狀態)使之
She *put* the child **to** sleep [bed]. 她哄小孩睡覺。
▶ 在後面連用副詞子句。
Her words *put* him **into** rage. 她的話使他非常生氣。

❸記錄; 表現 [同] write, express
Put your name here, please. 請把你的名字寫在這裡。
I can't *put* it **in** words. 我無法用言語來表達這意思。
To *put* it briefly, he is a traitor. 簡而言之, 他是一個背叛者。

❹翻譯 [同] translate
Put this sentence **into** English. 把這句子翻成英文。

❺(責任, 原因)歸於…
She *put* it **to** his ignorance. 她把原因歸咎於他的無知。
He *put* the blame **on** me. 他歸咎於我。

❻(…稅)課
They *put* a tax **on** these goods. 他們課這些貨物的稅。

❼評價 [同] estimate
I *put* Keats **above** Byron as a poet. 就詩人而論, 我認為濟慈在拜倫之上。

❽提出(問題)
She *put* a question **to** him about it. 她向他提出了一個有關於這件事的問題。

put aside 儲蓄; 留出
Put your money *aside* for a rainy day. 儲蓄金錢以便未雨綢繆。

put away
❶儲存
He *puts* his money *away* for a tour. 他為旅行而存錢。
❷收拾
Put away these dishes. 請收拾這些盤子。

put back 放回原處
Put back the book in the bookcase. 請將這本書放回書架上。

put dowm
❶放下; 使下
The bus *put down* some passengers. 公共汽車讓一些乘客下車。
❷鎮壓
The army *put down* the rebellion. 軍隊弭平了叛亂。
❸寫下
Put down your name and address. 寫下你的名字和住址。

put forth 長出, 發出; 發表, 出版
put forth new buds 長出新芽／*put forth* all one's power 使出全力／*put forth* a new book 出版一本新書

put off (銜接名詞或動名詞)延期
Don't *put off* writing to him. 不要拖延, 寫信給他吧!
▶ put off to write 是錯誤的, 不得接不定詞。

put on 穿著; 戴; 覆蓋 [反] take off
I *put on* my clothes in a hurry. 我匆促地穿上我的衣服。

> **▶ put on, wear, have on**
>
> put on ………表「穿戴」的動作。
> *Put on* your hat.
> (戴上你的帽子。)
>
> wear / have on } ……表「穿著」的狀態。
> She was *wearing* a new dress.
> ＝She *had* a new dress *on*.
> (她穿著一件新衣服。)

▶ *put on* weight 體重增加／*put on* speed 加速／*put on* an air of innocence 裝出一副天真的樣子

put out
❶伸出; 逐出
He *put out* his arms to welcome me. 他伸出雙臂來歡迎我。
❷熄滅(燈火等)
Put out the light [fire] at once. 請立刻熄燈〔火〕。

put together 組合; 綜合; 聚集
Put all these parts *together* and make something. 把所有這些零件組合成一樣東西。

put up
❶住宿
put up **at** a hotel 住宿在旅館
❷舉起; 抬起
put up one's hands 舉起雙手
put up a flag 舉起旗子

put up with … 忍受…
I can't *put up with* the insult. 我不能忍受這侮辱。

puzzle [ˋpʌzl; ˈpʌzl] [複] **-s** [-z]

[名] ❶難解的事〔人〕; 難題; 謎
It is a *puzzle* **to** me how he could come here. 他如何能到這裡來, 對我來說是個難解的謎。
a crossword *puzzle* 填字遊戲
❷(加 a)困惑
I am **in a** *puzzle* about it. 那件事讓我覺得困惑。

—— [三] **-s** [-z] [規] **-d** [-d]; **puzzling**

[動] [及] ❶困惑, 迷惑
The question *puzzled* me.＝I was *puzzled* **with** the question. 那個問題使我很困惑。
❷使傷腦筋, 絞盡腦汁
He *puzzled* his brains [himself] **over** the matter. 他對於那件事絞盡腦汁。

[不] 傷腦筋, 絞盡腦汁
I *puzzled* **over** the problem. 我為那個問題傷腦筋。

pyramid [ˋpɪrəmɪd; ˈpɪrəmɪd] [複] **-s** [-z]

[名] (埃及的)金字塔
The *pyramids* were built about 4,500 years ago. 金字塔大約是在 4500 年前建造的。

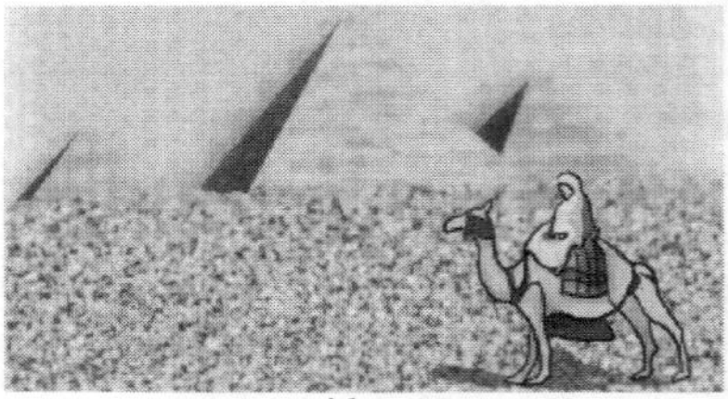

pyramids 金字塔

— Q —

quaint [kwent; kweɪnt] 比 **-er** 最 **-est**
形 古怪的;奇特 | She put on one of her
而有趣的;老式 | grandmother's *quaint* dresses.
而別致的 | 她穿上她祖母一件古雅別致的衣服。

quake [kwek; kweɪk] 三 **-s** [-s] 過 **-d** [-t]; **quaking**
動不 ❶震動;戰 | He *quaked* with fright.
慄 | 他由於驚嚇而戰慄。
❷震動 | The house *quaked*.
 | 房子震動了。 ⎱-s [-z]⎰

qualification [ˌkwɑləfəˈkeʃən; ˌkwɒlɪfɪˈkeɪʃn] 複
名 ❶資格;能力 | He has no *qualification* **for** this job.
 | 他沒有資格擔任這工作。
❷限制;限定條 | I can recommend the book without
件 | any *qualification*.
 | 我能毫無條件地推薦這本書。

qualify [ˈkwɑləˌfaɪ; ˈkwɒlɪfaɪ] 三 **qualifies** [-z] 過
qualified [-d]; **qualifying**
動及 ❶給與資 | He is *qualified* **to** teach [**for**
格(能力);使適 | teaching] French. =He is *qualified*
任 | **as** [**to be**] a teacher of French.
 | 他有資格教法文。
❷限制;緩和;修 | She *qualified* her earlier remark.
正 | 她修正她先前所說過的話。
不 取得資格〔執 | He *qualified* **as** a dentist.
照〕 | 他取得牙醫師的資格。 ⎱的⎰
衍生 形 **quàlifíed** (合格的;有能力的;限制的;附帶條件

quality [ˈkwɑlətɪ; ˈkwɒlətɪ] 複 **qualities** [-z]
名 ❶品質;性質 | I prefer *quality* to quantity.
反 quantity | 我較重質不重量。
❷好品質;優秀 | That shop sells goods of *quality*.
 | 那家店賣品質良好的貨品。
❸特質;特性 | One *quality* of sugar is that it is
 | sweet. 糖的特性之一是它是甜的。

▶ 注意不要混淆
quality　[ˈkwɑlətɪ]　質
quantity　[ˈkwɑntətɪ]　量

quantity [ˈkwɑntətɪ; ˈkwɒntətɪ] 複 **quantities** [-z]
名 量 | Quality is more important than
反 quantity | *quantity*. 質比量更重要。
a large [small] quantity of ...
多〔少〕量的… | We need *a small quantity of* ice.
 | 我們需要少量的冰。
quantities of ...
多量〔多數〕的 | We've had *quantities of* rain this
 | month. 這個月下了大量的雨。

quarrel [ˈkwɔrəl, ˈkwɑr-; ˈkwɒrəl] 複 **-s** [-z]
名 ❶口角;爭吵 | I had a *quarrel* **with** him.
 | 我和他吵了一架。
▶ 打架時用 fight.
❷責難的緣由; | I have no *quarrel* **with** [**against**]
爭論的原因 | your proposal.
 | 我對你的提議沒有意見。

―― 三 **-s** [-z] 過 **-ed** [-d] 英 **quarrelled** [-d]; **-ing**, 英
quarrelling
動不 ❶爭吵 | He always *quarreled* **with** her.
 | 他老是和她吵架。
❷抱怨 | A bad workman *quarrels* **with** his
 | tools. 笨拙的工人抱怨他的工具不好。
 | 〔不怨人笨,而怨刀鈍。〕(諺語)
衍生 形 **quàrrelsome** (愛爭吵的)

quarter [ˈkwɔrtɚ; ˈkwɔːtə(r)] 複 **-s** [-z]
名 ❶四分之一 | The boy ate a *quarter* of the apple.
 | 這男孩吃了四分之一的蘋果。
 | ▶ ¼是 a quarter 或 one quarter, 2/4
 | 是 two quarters 或 a half, ¾是 three
 | quarters。
❷(時間)一刻鐘 | It is **a** *quarter* after [英 past] five.
 | 五點一刻了。
 | It is **a** *quarter* to ten. 九點三刻了。
 | ▶ 在英 口語中常省略 a。
❸兩角五分的硬 | She gave me a *quarter*.
幣 ⇨ cent | 她給我一個兩角五分的硬幣。
❹方向(東西南 | From what *quarter* is the wind
北的)方位 | blowing? 風從哪個方向吹來?
❺一年的四分之 | We pay our taxes every *quarter*.
一, 季 | 我們每季納稅。
❻地域, 地區 | This city has a busy Chinese
 | *quarter*. 這城市有一個熱鬧的華人區。
衍生 形 名 **quàrterly** (每季的;季刊)

queen [kwin; kwiːn] 複 **-s** [-z] 對 king
名 ❶女王(一國 | Britain has a *queen* now.
的統治者) | 英國現有女王在位。
❷王妃(國王的 | The young king has a pretty *queen*.
妻子) | 那年輕的國王有個美麗的王妃。

queer [kwɪr; kwɪə(r)] 比 **-er** 最 **-est**
形 ❶奇怪的;奇 | He has a *queer* way of talking.
妙的同 strange | 他有一種奇怪的談話方式。
❷可疑的 | I heard some *queer* footsteps.
 | 我聽到某種可疑的腳步聲。

quench [kwɛntʃ; kwentʃ] 三 **-es** [-ɪz] 過 **-ed** [-t]; **-ing**
動及 ❶(口渴) | A glass of water *quenched* my
解除 | thirst. 一杯水解了我的渴。
❷(火,光)熄滅 | The fire was *quenched* **with** water.
同 put out | 火被水熄滅了。

query [ˈkwɪrɪ; ˈkwɪərɪ] (注意發音) 複 **queries** [-z] 同
名 問題, 疑問 | He put several *queries* **about** the
(含有懷疑或反 | budget.
對的意義) | 他對這項預算提出若干質疑。

quest [kwɛst; kwest] 複 **-s** [-s]
名 探求;搜尋 | He devoted his life to the *quest* **for**
 | gold. 他畢生都在探尋黃金。
in quest of ...
尋求, 尋找… | The scientist worked hard *in quest*
 | *of* a breakthrough.
 | 這位科學家努力研究, 尋求突破。

question [`kwɛstʃən; 'kwestʃən] 働 **-s** [-z]
名 ❶質問, 問題｜May I ask you a *question*?
反 answer｜我能問你一個問題嗎？
❷疑問, 懷疑｜There is no *question* **about** his
回 doubt｜abilities. 他的能力沒問題。
❸問題｜The *question* **is** who will go there.
回 problem｜問題是誰願去那裡。

beyond (all) question
無疑地, 確定地｜*Beyond question* he is wrong.
｜無疑地, 他錯了。

out of the question
不可能的｜That is *out of the question*.
｜那是不可能的。

—— 億 **-s** [-z] 働 **-ed** [-d]; **-ing**
動 及 ❶質問, 詢｜He was *questioned* by the police.
問｜他被警察盤問。

► ask 和 question
ask ⋯⋯⋯⋯「詢問」的最常用字。
question⋯⋯為了解真相而進行一連串詳細的質問。

❷懷疑｜I *question* the truth of her story.
｜我懷疑她的故事是真是假。
複合 名 **quèstion márk** (問號)
衍生 形 **quèstionable** (可疑的) 名 **questionnaire**
[ˌkwɛstʃən`ɛr] (問卷)

quick [kwɪk; kwɪk] 億 **-er** 働 **-est** 反 slow
形 ❶(速度, 運｜He is a *quick* walker.
動)迅速的｜他走路很快。
❷敏捷的, 理解｜He is *quick* **to** learn [**at** learning].
快的｜他學東西學得快。
❸急躁的｜Her father has a *quick* temper.
｜她父親性子很急。
—— 副 (用在動詞｜Come *quick*!
之後)快速地｜快來！
反 slow, slowly

quicken [`kwɪkən; 'kwɪkən] 億 **-s** [-z] 働 **-ed** [-d];
動 及 不 ❶加｜He *quickened* his pace. **-ing**
速, 使加快｜他加快了步伐。
❷鼓舞；刺激｜The story *quickened* his
｜imagination.
｜這故事刺激了他的想像力。

► 形容詞＋en 成為動詞的字
以 quicken 為例，「形容詞＋en」就成為「動詞」：
broad, * sad, * red, wide, weak, black, thick,
sick, dark, cheap, deep, ripe, sharp, loose, soft,
straight, light, bright, tight, white, short.
► 加 * 者要重複字尾再加 -en, 字尾是 e 者只加 n。

quickly [`kwɪklɪ; 'kwɪklɪ] ⇨ quick
副 快地, 迅速地｜She dressed *quickly* and went out.
反 slowly｜她很快地穿好衣服便出門了。

quiet [`kwaɪət; kwaɪət] 億 **-er** 働 **-est**
形 ❶靜的｜Be *quiet*.(＝Don't be noisy.)
回 silent, still｜安靜。(不要吵鬧。)
❷平靜的；平穩｜She spent a *quiet* evening reading
的 回 calm,｜at home.
peaceful｜她在家裡讀書, 度過一個平靜的夜晚。

❸溫和的；安詳｜He was as *quiet* as a lamb.
的｜他如同羔羊一般溫和。
—— 億 無
名 ❶安靜｜We enjoyed the *quiet* of the
回 silence｜country. 我們享受鄉間的寧靜。
❷(心的)平靜；｜He lived in *quiet* for the rest of hi[s]
安詳｜life. 他在平靜中度過餘生。
衍生 副 **quìetly** (靜地, 安靜地)

quilt [kwɪlt; kwɪlt] 働 **-s** [-s]
名 棉被｜I put two *quilts* on the bed in
｜winter. 冬天時我在床上放兩條棉被。

quilt 被　　　blanket 毯　　　cushion 墊

quit [kwɪt; kwɪt] 億 **-s** [-s] 奧 乔 quit 也有 働 **quitted**
[-ɪd] 奧 働 **quitted; quitting**
動 及 ❶離開｜She *quit* the room in anger.
(人, 場所)｜她憤然離開這房間。
❷消除(與動名｜*Quit* worrying about me, please.
詞連用)｜請不要為我擔心。

quite [kwaɪt; kwaɪt]
副 ❶完全地, 絕｜She is *quite* right.
對地｜她完全正確。
｜That's not *quite* what I want.
｜那並不完全是我所要的。
｜► not quite 是「不完全是那樣子」的
｜意思, 表示部分否定。
❷(口語)相當｜She is *quite* pretty.
地, 的確｜她相當漂亮。
► 由於前後關係的不同, 可表示種種強弱不同的意思, 所
以要注意「完全, 相當」的差別。　　f-ing [`kwɪvərɪŋ]

quiver [`kwɪvɚ; 'kwɪvə(r)] 億 **-s** [-z] 働 **-ed** [-d];
動 不 (人, 葉子,｜She was *quivering* **with** [**in** the]
聲)震動｜cold. 她冷得發抖。
及 使振動｜The butterfly was *quivering* its
｜wings. 蝴蝶振動著翅膀。
—— 働 **-s** [-z]
名 (聲, 樹葉, 手｜Can't you see a *quiver* of her lips?
的)震動｜你沒有看到她嘴唇的顫抖嗎？

quiz [kwɪz; kwɪz] 働 **quizzes** [-ɪz]
名 ❶(簡單的)測｜We had a *quiz* **in** English today.
驗, 口試, 筆試；｜我們今天有英文小考。
問題；謎題｜

quotation [kwo`teʃən; kwəʊ'teɪʃn] 働 **-s** [-z]
名 引用；引用句｜*quotations* **from** Shakespeare
(文·字)｜從莎士比亞作品中引用的文句
複合 名 **quotàtion márks** ((通常為複數形)引號""或''
都可以, 句點應放在引號內側。)

quote [kwot; kwəʊt] 億 **-s** [-s] 働 **-d** [-ɪd]; **quoting**
動 及 ❶引用｜This passage is *quoted* **from** the
｜Bible. 這一段是引自聖經的。
❷引證｜*Quote* me an instance.
｜舉個例子給我看。

— R —

abbit [ˋræbɪt; ˈræbɪt] [複] **-s** [-s]
[名] (動物)兔子 ▶比 hare(野兔)小, 常指人所養的家兔。

ace[1] [res; reɪs] [複] **-s** [-ɪz]
[名] ❶競賽; 賽跑; 賽馬; 賽車; 賽船 　Who won the *race*? 誰贏得了這場比賽? / a ten-mile *race* 十哩的賽跑

▶「賽跑」在英文中的用法
百米賽跑(a 100-meter dash), 馬拉松賽跑(a marathon), 長距離接力賽(a long-distance relay), 跳欄賽跑(a hurdle race, the hurdles), 萬米競走(a 10,000-meter walk)

❷競爭, 競賽 　an armament *race* 軍備競賽
— [三] **-s** [-ɪz] [規] **-d** [-t]; **racing**
[動][及][不] 賽跑 　I *raced* **with** him. 我和他賽跑過。 / I'll *race* you **to** the gate. 我和你賽跑到大門。
[複合][名] **hòrse ráce**(一場賽馬) ▶賽馬用 horse racing。 **bòat ráce**(一場)船賽 ▶船賽大會則用 regatta。
[衍生][名] **ràcer**(賽跑的人或動物; 競賽用汽車), **ràcing**(賽馬; 賽車; 賽船)

ace[2] [res; reɪs] [複] **-s** [-ɪz]
[名] ❶人種, 民族 　the white *race* 白種人／the yellow *race* 黃種人
❷(生物)種族 　the human *race* 人類

acial [ˋreʃəl; ˈreɪʃl]
[形] 人種的; 民族的; 種族的 　*racial* traits 人種的特性／*racial* discrimination 種族歧視
[衍生][名] **ràcialísm**(種族主義; 種族歧視)

ack [ræk; ræk] [複] **-s** [-s]
[名] ❶架 　a hat *rack* 帽架／a towel *rack* 毛巾架
❷網狀架子

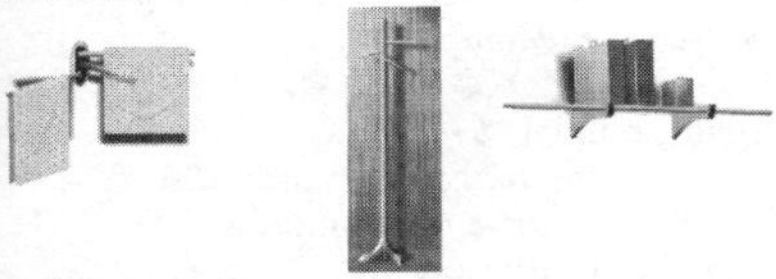

— [三] **-s** [-s] [規] **-ed** [-t]; **-ing**
[動][及] 使痛苦 　He was *racked* **with** a bad toothache. 他的牙痛得很厲害。

acket [ˋrækɪt; ˈrækɪt] [複] **-s** [-s]
[名] (網球等的)拍子 　▶字源是從阿拉伯語「手掌」而來。

adar [ˋredɑr; ˈreɪdɑ:(r)] [複] **-s** [-z]
[名] 雷達 　They found the ship by *radar*. 他們用雷達發現這艘船。
▶ <**ra**(dio)＋**d**(etecting)＋**a**(nd)＋**r**(anging)

adiant [ˋredɪənt; ˈreɪdjənt]
[形] 明亮的; 洋溢著喜悅的 　the *radiant* sun 燦爛的太陽／a *radiant* smile 嫣然微笑

radiate [ˋredɪˌet; ˈreɪdɪeɪt] [三] **-s** [-s] [規] **-d** [-ɪd]; **radiating**
[動][及][不] 發射; 散發 　The sun *radiates* heat. 太陽放射出熱能。
[衍生][名] **radiàtion**((光・熱等的)放射, 散發)

radical [ˋrædɪkḷ; ˈrædɪkl]
[形] ❶根本的 　He made a *radical* change in the plan. 他徹底改變了這個計畫。
❷過激的, 激進的 　His ideas are very *radical*. 他的思想很激進。
— [複] **-s** [-z]
[名] 激進論者 ▶「保守主義者」是 a conservative。

radio [ˋredɪˌo; ˈreɪdɪəʊ] (注意發音) [複] **-s** [-z]
[名] ❶(加 the)無線電 　He is listening to **the** *radio*. 他正在收聽無線電廣播。

▶「無線電」在英文中的用法
「我從無線電聽到他的演說。」
(誤)I heard his speech **by** the *radio*.
(正)I heard his speech **on** the *radio*.
▶ broadcast by *radio*(用無線電廣播)是正確的, 此處不必加 the。

▶ **radio** 和 **television** 的冠詞
the

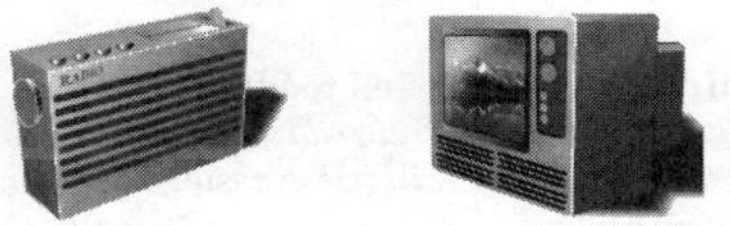

▶ radio 要加 the。 listen to the *radio* (聽收音機)
▶ television 不加 the。 watch television (看電視)

❷收音機; 無線電訊 　I have two *radios* [two *radio* sets]. 我有兩架收音機。
❸無線電 　He sent a message by *radio*. 他用無線電發出消息。
[複合][名] **ràdioactívity**(放射性), **ràdio sét**(收音機)
[衍生][名] **ràdiogrăm**(無線電報)

radish [ˋrædɪʃ; ˈrædɪʃ] [複] **-es** [-ɪz]
[名] 蘿蔔

radium [ˋredɪəm; ˈreɪdɪəm] (注意發音) [複] 無
[名] (化學)鐳 　*Radium* is used in treating cancer. 鐳被用來治癌。

radius [ˋredɪəs; ˈreɪdɪəs] [複] **radii** [ˋredɪˌaɪ], **-es** [-ɪz]
[名] 半徑 ▶直徑是 diameter。

raft [ræft; rɑ:ft] [複] **-s** [-s]
[名] 筏, 橡皮艇 　He went down the river on a *raft*. 他坐橡皮艇往河的下游而去。

rag [ræg; ræg] [複] **-s** [-z]

名❶破布,碎布	He cleaned his shoes with a *rag*. 他用破布擦鞋。
❷(複數形)破衣服	He was dressed **in** *rags*. 他衣著襤褸。

rage [redʒ; reidʒ] 變 **-s** [-ɪz]

名❶激怒,盛怒;憤怒	He broke the vase **in** a *rage*. 他一怒之下打破了花瓶。

> ► **rage** 和 **fury**
> rage …陷入失控狀態而做出狂暴行為的激怒。
> fury …瀕臨瘋狂的暴怒,比 rage 強烈。

❷(風,浪之)狂暴,猛烈	We could hardly walk **in** the *rage* of the wind. 在狂風中我們寸步難行。
── 🔄 **-s** [-ɪz] 變 **-d** [-d]; **raging**	
動不❶激怒,發怒	He *raged* **at** the man. 他對那男人發怒。
❷肆虐,蔓延	The storm *raged* for three days. 風暴肆虐達三天之久。

ragged [`rægɪd; 'rægɪd] (注意發音)

形❶破爛的	a *ragged* coat 破爛的外衣／a *ragged* man 衣著襤褸的男人
❷嶙峋的	*ragged* rocks 嶙峋的岩石

► rough 指表面粗糙的。

raid [red; reid] 變 **-s** [-z]

名襲擊	an air *raid* 空襲

rail [rel; reil] 變 **-z**

名❶橫木,欄桿	a *rail* fence 欄柵
❷鐵軌	The train went off the *rails*. 火車出軌了。

rail

railroad [`rel,rod; 'reil,rəʊd] 變 **-s** [-z]

名(美)鐵路;(用作形容詞)鐵路的 ► (美) railway	a *railroad* accident 鐵路事件／a *railroad* crossing 鐵路平交道

railway [`rel,we; 'reilwei] 變 **-s** [-z]

名(英)鐵路 ► (美)用 railroad。	

rain [ren; rein] 變 **-s** [-z]

名雨	We had a lot of *rain* last month. 上個月下了很多雨。 It looks like *rain*. 看來好像要下雨。 a light *rain* 一場小雨

rain or shine
不論晴雨,風雨無阻

	Rain or shine, I'll go there. 不論晴雨,我都要去那裡。
── 🔄 **-s** [-z] 變 **-ed** [-d]; **-ing**	
動不下雨 ► 主詞為 It。	It will *rain* in the afternoon. 下午會下雨。 It never *rains* but it pours. 不雨則已,一雨傾盆。〔禍不單行。〕(諺語) ►但在少數場合也可以表示喜事接踵而來。

[複合] 名 **ràindróp**(雨滴,雨點), **ràinfáll**(降雨;雨量)

rainbow [`ren,bo; 'reinbəʊ] 變 **-s** [-z]

名彩虹	A *rainbow* appeared. 一道彩虹出現了。

rainy [`reni; 'reini] 🔼 **rainier** 最 **rainiest**

形下雨的;多雨的	It was *rainy* that day. 那天是雨天。 the *rainy* season 雨季

for [*against*] *a rainy day*
未雨綢繆

	You must save money *for a rainy day*. 你必須儲蓄,以備不時之需。

raise [rez; reiz] 🔄 **-s** [-ɪz] 變 **-d** [-d]; **raising**

動⊗❶舉起;提高	*raise* one's hand 舉手／*raise* prices 漲價／*raise* one's voice 提高音量
❷種植;飼育;養育	*raise* wheat 種小麥／*raise* cattle 養牛／*raise* a family 養家
❸籌募,募集	*raise* money 募款／*raise* an army 徵募軍隊

> ► 請勿混淆
> raise [rez] ⊗ (升高)—raised—raised
> rise [raɪz] 不 (上升)—rose—risen

rake [rek; reik] 變 **-s** [-s]

名耙子	
── 🔄 **-s** [-s] 變 **-d** [-t]; **raking**	
動⊗ 耙;聚攏	He *raked* fallen leaves. 他把落葉耙集在一起。

rally [`rælɪ; 'rælɪ] 🔄 **rallies** [-z] 變 **rallied** [-d]; **-ing**

動⊗不重整;集合,召集	He *rallied* the workers. 他召集工人。
── 🔄 變 **rallies** [-z]	
名大會,集會	► 為了推動和鼓吹某種運動而舉行的大會

ramble [`ræmbl; 'ræmbl] 🔄 **-s** [-z] 變 **-d** [-d]; **rambling**

動不漫步,漫遊	I *rambled* here and there. 我隨處漫步。

ranch [ræntʃ; rɑːntʃ] 變 **-es** [-ɪz]

名大牧場	► 指美國和加拿大的牧場,包括飼養家畜的建築物和牧地。

random [`rændəm; 'rændəm] (限定用法)

形隨意地;無目的的	a *random* choice 隨意的選擇／*random* sampling (統計)隨機取樣

at random
隨意地;無目的地

	He picked several books *at random*. 他隨意拿了幾本書。

range [rendʒ; reindʒ] 變 **-s** [-ɪz]

名❶範圍	the *range* of a voice 聲域,音域
❷列,行;山脈	a *range* of mountains 山脈
── 🔄 **-s** [-ɪz] 變 **-d** [-d]; **ranging**	
動⊗排列	He *ranged* the books according to size. 他照大小順序排列這些書。
不❶延伸,展延	The trees *ranged* along the road. 樹木沿著路成排地延伸。
❷從…到…	Their ages *range* **from** six **to** twelve. 他們的年齡從六到十二歲。

rank [ræŋk; ræŋk] 變 **-s** [-s]

名❶階級	people of all *ranks* 社會各階層人士／an artist of the first *rank* 第一流的藝術家

❷(軍隊等的)排, 橫列 | soldiers in the front *rank* 前排的士兵

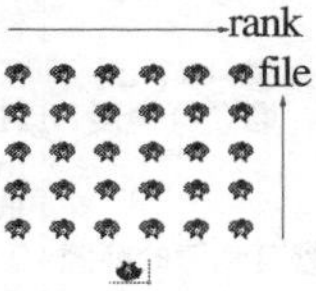

▶ rank 主要是指橫列, 縱行則用 file 或 column; 一般的行列用 line 或 row。

— ㊂ **-s** [-s] ㊔ **-ed** [-t]; **-ing**

動 及 排列; 將…分等級; 排名 | The books are *ranked* in good order. 這些書排列得井然有序。
This tennis player is *ranked* Number 1 in the world.
這網球選手是世界排名第一。

不 位於, 列於 | He *ranks* **as** one of the most important writers in this century.
他躋身於本世紀最重要的作家之一。
Their prices *rank* high **among** those of other competitors.
跟其他競爭者比起來, 他們的價位算是高的。

ap [ræp; ræp] 複 **-s** [-s]

名 敲擊〔聲〕 | I was awakened by a *rap* on the window. 我被窗上的敲擊聲吵醒。

— ㊂ **-s** [-s] ㊔ **rapped** [-t]; **rapping**

動 及 不 敲 | He *rapped* (**at**[**on**]) the door.
他敲門。

▶ 和「敲」有關的字
knock …敲擊的一般用語
▶ knock **on** [**at**] the door
pat ………輕拍肩膀等
slap ……掌擊
tap, rap ……輕敲

apid [ˋræpɪd; ˈræpɪd] 比 **-er** 最 **-est**

形 快的, 急促的 同 quick, fast 反 slow | a *rapid* stream 湍流／a *rapid* worker 工作迅速的人／a *rapid* train 快車

— 複 **-s** [-z] ▶ 通常用複數形。

名 急流 ▶ 視爲單數使用。 | We went down the *rapids* in a boat. 我們乘船沿急流而下。

衍生 副 **ràpidly** (快速地) 名 **rapìdity** (迅速, 急促)

apture [ˋræptʃɚ; ˈræptʃə(r)] 複 **-s** [-z]

名 歡欣雀躍 | She gazed at him **with** *rapture*.
她歡欣雀躍地看著他。
He was **in** *raptures*. 他欣喜若狂。

衍生 形 **râpturous** (狂喜的; 狂熱的)

are [rɛr; reə(r)] 比 **r** 最 **-st**

形 珍奇的, 罕見的 同 unusual | a *rare* butterfly 罕見的蝴蝶／*rare* books 珍本

衍生 名 **rarity** [ˋrɛrətɪ] (稀少, 珍奇)

arely [ˋrɛrlɪ; ˈreəlɪ] 同 seldom

副 罕有地 | He *rarely* comes here.
他很少來此。
▶ 最好不用 "He scarcely comes here."。

rascal [ˋræskḷ; ˈrɑːskəl] 複 **-s** [-z]

名 惡棍, 流氓 同 rogue | He is quite a *rascal*.
他是道地的惡棍。

rash [ræʃ; ræʃ] 比 **-er** 最 **-est** ▶ rush 衝進

形 輕率的, 不留心的 | You've made a *rash* promise.
你輕許了一個諾言。

衍生 副 **ràshly** (輕率地)

rat [ræt; ræt] 複 **-s** [-s]

名 (動物)老鼠 ▶ rat 是比 mouse 大的老鼠。

rate [ret; reɪt] 複 **-s** [-s]

名 ❶比率, 率 | the death *rate* 死亡率／the *rate* of interest 利率

▶ **rate 和 ratio**
rate ……通常用來指各種百分率或「率」。
ratio ……通常指如 A:B 的數學上的比例。

❷速度 ▶ 加 the 或 a。 | She was driving at **the** *rate* of 60 miles an hour.
她正以六十哩的時速開車。

❸價格, 費用 | a gas *rate* 瓦斯費

❹等級 | a hotel of the first *rate* 第一流的旅館 ▶「一流的」是 first-rate。

at any rate 無論如何 | *At any rate*, it will be a good experience for you.
無論如何, 這對你會是個好的經驗。
▶ 加重 rate 的音調時, 是指「什麼比率都可以」的意思。

at that [***this***] ***rate*** 照那(這)種情形 | *At this rate*, I'll be able to finish this work tomorrow.
在這種情形下, 我明天就能完成這工作。

— ㊂ **-s** [-s] ㊔ **-d** [-ɪd]; **rating**

動 及 認爲 | She *rated* the movie dull.
她認爲這部電影很沉悶。

rather [ˋræðɚ; ˈrɑːðə(r)]

副 ❶相當地 ▶ 常用來形容不好的情況, 若用於形容好的情況時則用 fairly。 | It's *rather* cold today.
今天相當冷。

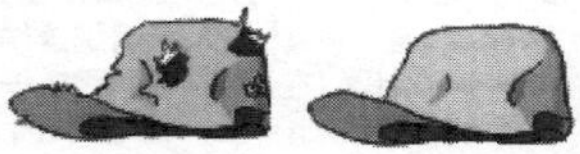

❷寧可, 不如 | He is *rather* wise **than** honest.
說他誠實不如說他聰明。
▶ 用 rather ... than 的形式。

would [***had***] ***rather*** ＋原形 V 寧願 | I *would rather* stay here.
我寧願留在這裡。

ratio [ˋreʃo; ˈreɪʃɪəʊ] 複 **-s** [-z]

名 比例, 比 ⇨ rate | There is a *ratio* **of** two boys **to** three girls in the club.
這個俱樂部裡男孩和女孩的比例是二比三。
in the *ratio* **of** 10 **to** 3
以十比三的比例

ration [ˋræʃən, ˋreʃən; ˈræʃn] 複 **-s** [-z]

名 配給量; 一日的口糧 | *rations* of gasoline 石油的配給量

rational [ˋræʃən]; ˈræʃənl] ⊗ irrational
形 ❶合理的 | She thinks in a *rational* way.
  她以合理的方式思考。
❷有理性的 | Man is a *rational* animal.
  人是理性的動物。

rattle [ˋrætl; ˈrætl] ⊜ -s [-z] ⊛ -d [-d]; **rattling**
動 不 嘎嘎響 | The window *rattled*.
  窗戶嘎嘎作響。

複合 名 **ràttlesnáke** 響尾蛇

ravage [ˋrævɪdʒ; ˈrævɪdʒ] ⊜ -s [-ɪz] ⊛ -d [-d]; ⌜ravaging⌝
動 ⊗ 荼毒;破 | The fire *ravaged* the forest.
壞;蹂躪 | 那場火災燒毀森林。

raw [rɔ; rɔː] ⊞ -er ⊛ -est ► 注意勿與 row[ro] 混淆。
形 ❶生的 | The Japanese often eat fish *raw*.
  日本人常吃生魚。
❷未精錬過的; | *raw* materials 原料
未加工的 | ► 原油是 crude oil.
❸不熟練的;無 | a *raw* beginner 新手
經驗的

ray [re; reɪ] ⊛ -s [-z]
名 光線,放射線 | the sun's *rays* 太陽光

beam
ray

► ray 指太陽或月亮放射狀的光線, beam 指手電筒等發
出的束狀光線。

a ray of ... | There's not a *ray* of hope.
一絲的… | 了無希望。

razor [ˋrezɚ; ˈreɪzə(r)] ⊛ -s [-z]
名 剃刀,刮鬍刀 | He shaved with an electric *razor*.
  他用電鬍刀刮鬍子。

reach [ritʃ; riːtʃ] ⊜ -es [-ɪz] ⊛ -ed [-t]; -ing
動 ⊗ ❶(人,列 | He *reached* London before dark.
車等)到達 | 他天黑前到達倫敦。

━━►「到達」在英文中的用法 ━━
「到達」reach＝arrive at [in]＝get to
reach   reach
arrive in ⎱ Taipei   arrive ⎱ there
get to   ⎰   get   ⎰
(到達台北)   (到達那裡)

❷達,達到 | Your letter didn't *reach* me.
  我沒有收到你的信。
  | Can you *reach* the ceiling?
  你摸得到天花板嗎？
  | The expense will *reach* millions of
  dollars. 費用將達到數百萬元。
❸(用手)遞;交 | Please *reach* me the newspaper.
給 | ＝Please *reach* the newspaper for
  me. 請把報紙遞給我。
不 ❶(物、事)伸 | His land *reaches* as far as the river.
展,達到 | 他的土地遠到河邊。
► 不以人當主 | His income *reaches* to a consider-
詞。 | able sum. 他的收入達到可觀的數目。

❷(人)伸手 | He *reached* for the gun.
  他伸手去取槍。

━━ ⊛ -es [-ɪz]
名 ❶(手)伸展 | He got a book on the shelf by a
  long *reach*.
  他伸長了手到架上拿一本書。
❷可到達的範圍 | The lake is **within** easy *reach* of
  the hotel. 這湖就在旅館附近。

react [rɪˋækt; rɪˈækt] ⊜ -s [-s] ⊛ -ed [-ɪd]; -ing
動 不 ❶反應 | The eye *reacts* to light.
  眼睛對光有反應。
❷起作用,影響 | His speech *reacted* **upon** prices.
  他的演說影響了物價。
衍生 名 **reàction**(反動;反作用;反應)

read [rid; riːd] ⊜ -s [-z] ⊗ read [rɛd]; -ing
━━► 注意動詞變化的發音 ━━
讀   read [rid]──read [rɛd]──read [rɛd]
領導 lead [lid]── led [lɛd] ──led [lɛd]
► lead 作「鉛」解則讀作[lɛd]。

動 ⊗ ❶讀,閱讀 | I like *reading* books.
  我喜歡讀書。
❷誦,朗讀 | I *read* him the letter.
  ＝I *read* the letter **to** him.
  我讀這封信給他聽。 ⌜的意思。
  | ► to him 改為 for him 變成「替他讀」
❸理解,了解 | I can *read* your heart.
  我能了解你的心情。
❹(計器)指示, | The thermometer *reads* 70 degrees.
表示 | 溫度計指著七十度。
不 ❶閱讀,讀書 | Can he *read* and write?
  他有讀寫能力嗎？
❷朗讀 | Mother used to *read* **to** us.
  母親經常朗讀給我們聽。
❸寫著…;讀 | The letter *reads* as follows.
如… | 這封信內容如下。

read between the lines
讀行間的意義 ► 表示尋求其言外之意。
read through | I read the book *through*.
從頭到尾讀一遍 | 我從頭到尾看完了這本書。
複合 名 **rèading róom**(圖書閱覽室,讀書室)
衍生 名 **rèader**(讀書者,讀者;讀本), **rèadership**(新聞、
雜誌的)讀者數目, **rèading**(讀書;朗讀)

ready [ˋrɛdɪ; ˈredɪ] ⊞ **readier** ⊛ **readiest** ► 從❶到❺
是敍述用法。
形 ❶預備好的, | Are you *ready* **for** the trip?
準備就緒的 | 你準備好這次旅行了嗎？
  | We are *ready* to start.
  我們準備好出發。
❷樂意 | I am *ready* to go with you.
  我很樂意與你同行。
❸願意的,已有 | I am *ready* **for** anything.
心理準備 | 我已準備好面對任何事情。
❹易於,有…的 | She is always *ready* to argue.
傾向 | 她總是喜歡爭論。
❺隨時的 | She was *ready* to burst into tears.
  她隨時會哭。

❻(敘述、限定用法)即時的 | give a *ready* answer 當場立即回答／*ready* wit 急智, 機智
| She is *ready* **with** excuses. 她隨時都有藉口。

et ready 準備 | Let's *get ready* at once. 我們馬上做好準備。

衍生 副 **rèadily**(迅速地;喜歡地;容易地;很快地) 名 **rèadiness**(預備好的狀態;敏捷)

eady-made [`rɛdɪ`med; `redɪ`meɪd]
形 現成的, 做好的 | a *ready-made* suit 成衣
► 美 也說 ready-to-wear;「訂做的」是 custom-made, made-to-order。

eal [`riəl, ril, `rɪəl; `rɪəl] 比 **-er** 最 **-est**
形 ❶眞實的 反 false | What's his *real* name? 他的眞名叫什麼?
❷純粹的 同 genuine | Is this *real* gold? 這是純金嗎?
❸現實的;實在的 | The story was taken from *real* life. 這故事取材於現實生活。

┌──「眞的」的表示語─────┐
| 形 real(實際的) ── 名 reality(現實)
| 形 true(眞實的) ── 名 truth(眞實;眞理)
| 形 actual(現實的) ── 名 actuality(現實)
| 形 genuine(眞正的) ── 名 genuineness(眞實)
└────────────────────┘

衍生 形 **rèalistic**(寫實主義的;實際的;逼眞的) 名 **rèalist**(寫實主義者;務實的人)

eality [rɪ`ælətɪ; rɪ`æləti] 複 **realities** [-z]
名 ❶眞實, 眞實性 | She doubted the *reality* of what she had heard. 她懷疑她所聽到事情的眞實性。
❷現實, 實體 | the grim *realities* of war 戰爭的冷酷現實

▪ *reality* 實際上, 事實上 | She looks young, but *in reality* she is over forty. 她看來年輕, 實際上她已年逾四十。

ealize [`riə‚laɪz, `riə-; `rɪəlaɪz] 三 **-s** [-ɪz] 過 **-d** [-d]; ┌**realizing**┐
動 及 ❶了解, 領悟;體會;認知 | At first I did not *realize* **that** I had succeeded. 起初我不知道我已經成功了。
❷實現 | He *realized* his ambition to be a doctor. 他實現他當醫生的雄心。

聽到的(知識等) — realize 認為有道理 ❶ → 領悟
想到的(計畫,希望) — realize 成為事實 ❷ → 實現

衍生 名 **rèalizàtion**(了解, 認識;實現;達成)

eally [`riəlɪ, `rilɪ, `rɪəlɪ, `rɪlɪ; `rɪəli]
副 ❶實際地 | She isn't *really* smart. 她實際上並不聰明。
❷眞實地 | Did he *really* say so? 他眞的這麼說嗎?

❸(感嘆)果然地 | Oh, *really*? 哦!眞的嗎?
►音調前低後高, 表示驚訝或贊同。

realm [rɛlm; relm] (注意發音) 複 **-s** [-z]
名 ❶王國;國土 | the *realm* of England 英格蘭王國
❷領域, 範圍 同 sphere, scope | the *realm* of science 科學的領域

reap [rip; ri:p] 三 **-s** [-s] 過 **-ed** [-t]; **-ing**
動 及 (農作物的)收獲, 刈割 | They *reaped* the wheat. 他們收割小麥。 ┌大麥┐
| *reap* a field of barley 收割田裡的 ┘

►「刈割」的同義字:

reap 收割

trim 剪平

mow 除草

rear¹ [rɪr; rɪə(r)] 複 **-s** [-z]
名 ❶(通常加 the)後部 | They moved to **the** *rear* of the bus. 他們移向巴士的車尾。
❷(人, 物的)背後 同 back | The garage is at **the** *rear* of the house. 車庫在這屋子背後。

rear² [rɪr; rɪə(r)] 三 **-s** [-z] 過 **-ed** [-d]; **-ing**
動 及 ❶(文語)養育 同 bring up;飼養(栽培) 同 raise | He *reared* his children in America. 他在美國養育子女。
| *rear* cattle 養牛／*rear* crops 栽培農作物
❷抬起, 揚起 | The snake *reared* its head. 蛇抬起 ┌頭。┐

reason [`rizn; `ri:zn] 複 **-s** [-z]
名 ❶理由, 動機, 原因 | Tell me the *reason* **for** your absence. 告訴我你缺席的理由。
| You have *reason* **to** get angry. 你有生氣的理由。
| The *reason* **why** [**that**] he has resigned is ill health. 他辭職的理由是健康不佳。

┌──「那是他做這件事情的理由」在英文中的用法
► That is, This is 後面用 reason 時, 常將 why, that 省略以求語調的平易。以下四種用法中, 越下面的越口語化。
1) That is the *reason* **why** he did it.
2) That is the *reason* **that** he did it.
3) That is the *reason* he did it.
4) That is **why** he did it. ► 第四種不可用 that。

┌── **because** 和 **that**─────
「那是我生氣的理由。」
(美)(口語) The *reason* is **because** I was angry.
(理論上) The *reason* is **that** I was angry.

┌── **cause** 和 **reason**─────
cause ………原因   the *cause* of a fire
　　　　　　　　　　 (火災的原因)
reason ……理由   the *reason* **for** his refusal
　　　　　　　　　　 (他拒絕的理由)

❷理性, 理智；判斷力 — People have the power of *reason*. 人類有智力。

❸道理 — There is some *reason* in what you say. 你說的話有點道理。

by reason of ... [同] on account of ...
由於…, 基於…理由 — He was excused *by reason of* his age. 看在他年齡的份上而原諒了他。

in reason
合理的；合情合理的 — It is not *in reason* to make him go alone. 要他單獨去是不合理的。

out of all reason
全無理由 — The cost was *out of all reason*. 這費用高得毫無道理。

with reason
理直氣壯地, 理所當然地 — He complained *with reason* that he had been punished too severely. 他理直氣壯地抱怨說被處罰得太嚴厲了。► that 以下爲受詞子句。

—— [三] **-s** [-z] [規] **-ed** [-d]; **-ing**

[動][不][及]思考, 推理, 推論 — You must learn to *reason*. 你必須去學習如何推理。

reason ... into～
說服…使接受～ — I *reasoned* him **into** accepting the idea. 我說服他接受這個觀念。

reason ... out of～
向…解釋使消除～ — He *reasoned* her *out of* her fear. 他向她解釋使她消除恐懼。

reasonable [\`riznəbḷ, \`riznə-; 'ri:znəbl]

[形]❶合理的 — Your answer is not *reasonable*. 你的回答不合理。

❷通人情的；通情達理的 — Why aren't you more *reasonable*? 你爲什麼不能合情達理些呢?

❸合理的, 正當的, 不無道理 — a *reasonable* excuse 合理的藉口

❹公道的；低廉的 — a *reasonable* price 公道的價格

rebel [\`rɛbḷ; 'rebl] (注意發音) [複] **-s** [-z]

> ► 注意發音
> rebel [名] [\`rɛbḷ]　[動] [rɪ\`bɛl]

[名]叛徒, 謀反者 — All the *rebels* have been captured. 所有的謀反者都被逮捕了。

—— [rɪ\`bɛl; rɪ'bel] [三] **-s** [-z] [規] **rebelled** [-d]; **rebelling**

[動][不]反叛 — They *rebelled* **against** the Government. 他們反叛政府。

rebellion [rɪ\`bɛljən; rɪ'beljən] [複] **-s** [-z]

[名]叛亂 — They raised a *rebellion* **against** the king. 他們作亂反叛國王。

> ► **rebellion 和 revolt**
> rebellion …武裝的叛亂, 常指流於失敗者；成功則稱爲 revolution (革命)。
> revolt ………指不再效忠而拒絕接受現狀。

[衍生][形] **rebèllious** (反叛的)

rebuke [rɪ\`bjuk; rɪ'bju:k] [複] **-s** [-s]

[名]指責, 非難 [同] reproof — The boy was given a gentle *rebuke*. 這男孩受到溫和的訓戒。

—— [三] **-s** [-s] [規] **-d** [-t]; **rebuking**

[動][及]指責, 非難 [同] reprove — The teacher *rebuked* the boy **for** throwing paper on the floor. 教師指責這男孩將紙頭丟在地板上。

recall [rɪ\`kɔl; rɪ'kɔ:l] [三] **-s** [-z] [規] **-ed** [-d]; **-ing**

[動][及]❶回想, 回憶 — I *recalled* my last evening with he 我回憶和她在一起的最後一晚。

❷記起, 憶起 — The picture *recalled* { **to** me my school days. / my school days **to** my mind. } 這相片使我想起我的學生時代。

► ❶是以人爲主詞, ❷是以物爲主詞。

> ► **recall 和 remember**
> remember 是表示「憶起, 記得當時的狀態」, 通常指自然而然想起。recall 是有意地想起, 喚回某種記憶。

> ► **recall 和 remind**
> 使人想起…(事)
> {「remind＋人＋**of**＋事」 / 「recall＋事＋**to**＋人」}　► 注意介系詞與受詞的不同。

❸召回 — The Prime Minister *recalled* the ambassador to Japan. 首相召大使回日本。

—— [\`riˌkɔl, rɪ\`kɔl; 'ri:kɔl, rɪ'kɔ:l]

[名]召回, 回喚 — the *recall* of the ambassador 召回大使

recede [rɪ\`sid; rɪ'si:d] [三] **-s** [-z] [規] **-d** [-ɪd]; **receding**

[動][不]後退, 退出 — The waves *receded*. 浪退了。

► <re(再)＋cede(走)

> ► **-cede 和 -ceed**
> -cede: re*cede* (退去), con*cede* (讓與(權利)) pre*cede* (在前, 高於)
> -ceed: suc*ceed* (成功), pro*ceed* (前進)

receipt [rɪ\`sit; rɪ'si:t] (注意發音) **-s** [-s] ► receive ❶的名詞

[名]收到；收據 — **On** *receipt* **of** the article, I will ser you money. 東西一收到, 我就寄錢給你。

receive [rɪ\`siv; rɪ'si:v] [三] **-s** [-z] [規] **-d** [-d]; **receiving**

► believe 的拼音是 ie, receive 是 ei。⇨ ceiling

[動][及]❶收到, 接到 — She *received* his invitation, but di not accept it. 她收到他的請帖, 但不接受邀請。

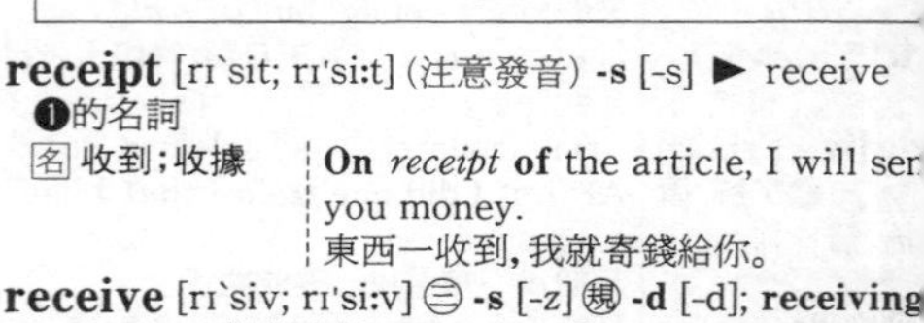

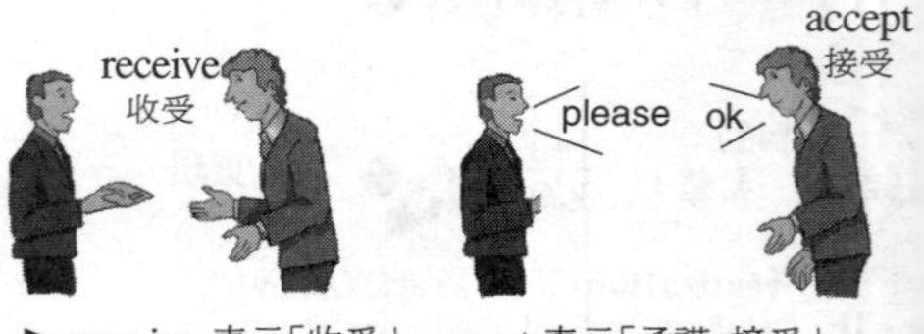

► receive 表示「收受」, accept 表示「承諾、接受」。

❷得到；遭受；招待 — She *received* us warmly. 她熱烈地歡迎我們。 He never *received* formal education. 他從未受過正式教育。

❸接受 ▶在此場合與 accept 同意義。 | Any suggestion will be *received* with thanks. 任何建議我們都欣然接受。

eceiver [rɪˋsivɚ; rɪ'siːvə(r)] [複] **-s** [-z]

[名] ❶接受者 [對] sender | the *receiver* of a letter 收信人

❷收話器;收信機;聽筒 | He picked up the *receiver*. 他拿起話筒。

ecent [ˋrisn̩t; 'riːsnt]

[形] 最近的 | a *recent* event 最近的事件

ecently [ˋrisn̩tlɪ; 'riːsntlɪ]

[副] 最近地, 近來 [同] lately | I have not heard from her *recently*. 我最近沒聽到她的消息。

eception [rɪˋsɛpʃən; rɪ'sepʃn] [複] **-s** [-z] ▶ receive ❷ 的名詞

[名] ❶歡迎會 | They gave a *reception* in honor of the Ambassador. 他們為大使開了個歡迎會。

❷歡迎, 招待 | I was given a warm *reception*. 我受到熱烈的招待。

[衍生] [名] **recèptionist**((公司, 辦公室, 醫院的)接待員)

ecess [rɪˋsɛs, ˋrisɛs; rɪ'ses] (注意發音) [複] **-es** [-ɪz]

[名] ❶休閒時間 | We have a *recess* of ten minutes. 我們有十分鐘的休息。 at a noon *recess* 在中午休息時

❷深幽之處(常用複數) | He lives in the *recesses* of the mountain. 他住在此山深處。

ecipe [ˋrɛsəpɪ, -ˏpi; 'resɪpɪ] (注意發音) [複] **-s** [-z]

[名] 烹飪法, 食譜;製法 | the *recipe* **for** the sauce 這種醬料的作法

ecipient [rɪˋsɪpɪənt; rɪ'sɪpɪənt] [複] **-s** [-s]

[名] (獎賞等的)接受者 | the *recipients* **of** the prizes 受獎人

ecite [rɪˋsaɪt; rɪ'saɪt] [三] **s** [-s] [規] **-d** [-ɪd]; **reciting**

[動] [及] 背誦 | He *recited* the long poem. 他背誦這首長詩。

[衍生] [名] **recìtal**(獨奏會, 獨唱會;詳述), **recitation** [ˏrɛsəˋteʃən]((在聽眾之前作)背誦, 朗讀, 吟唱;朗誦會)

eckless [ˋrɛklɪs; 'reklɪs]

[形] 魯莽的, 不顧一切的 | *reckless* driving 開車莽撞 He was *reckless* **of** consequences. 他不顧一切後果。

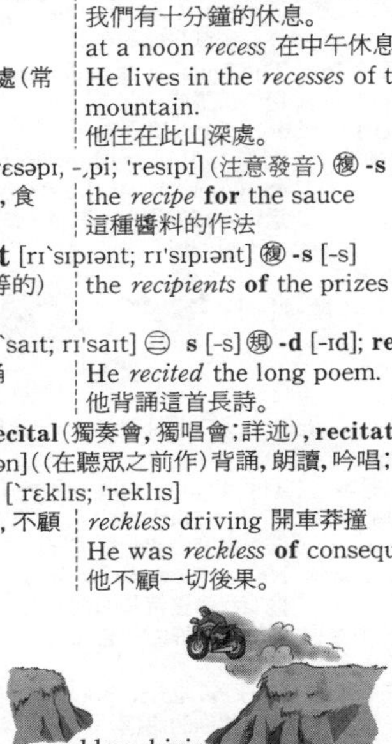

reckless driving

[衍生] [副] **rècklessly**(魯莽地, 不顧一切地, 輕率地)

eckon [ˋrɛkən; 'rekən] [三] **-s** [-z] [規] **-ed** [-d]; **-ing**

[動] [及] ❶計算 [同] count | *Reckon* the cost. 計算成本吧。

❷推定;公認;認為 | He is *reckoned* **(as)** an honest man. 他被認為是個誠實的人。

[衍生] [名] **rèckoning**(計算)

ecognition [ˏrɛkəgˋnɪʃən; ˏrekəg'nɪʃn] [複] 無

[名] ❶認出, 認得 | He has changed **beyond** *recognition*. 他變得認不出來了。

❷承認(功績等) | The world has paid due *recognition* to her ability. 世人給予她能力應有的肯定。

recognize [ˋrɛkəgˏnaɪz; 'rekəgnaɪz] [三] **-s** [-ɪz] [規] **-d** [-d]; **recognizing**

[動] [及] ❶認出, 認得 | He has changed but I could still *recognize* him at once. 他變了, 但我還是立刻認出他來。

▶認出曾見過或聽過的人或事物。

❷承認 | They *recognized* the new government. 他們承認這個新政府。

recollect [ˏrɛkəˋlɛkt; ˏrekə'lekt] (注意發音) [三] **-s** [-s] [規] **-ed** [-ɪd]; **-ing**

[動] [及] 記起, 憶起 [同] recall | Now I *recollect* what he said. 現在我想起他說的話了。

> ▶ **recollect** 和 **remember**
> recollect …經過努力以後才想起
> remember …自然而然地想起來
> I suddenly *remembered* what he had said.
> (我突然想起他所說的話。)

▶ re-collect [ˏrikəˋlɛkt] 是「再收集, 重新收集」的意思。

[衍生] [名] **récollèction**(回想, 想起;記憶, 記憶力)

recommend [ˏrɛkəˋmɛnd; ˏrekə'mend] [三] **-s** [-z] [規] **-ed** [-ɪd]; **-ing**

[動] [及] ❶介紹, 推薦 | He *recommended* {me this book. / this book **to** me.} 他向我推薦這本書。 I *recommended* him **as** a manager. 我推薦他當經理。 I *recommended* him **for** the job. 我推薦他擔任那個工作。

> ▶ **recommend** 和 **commend**
> recommend …推薦
> commend ……稱讚 ▶ 也有推薦的意思。

❷勸告(做…) | I *recommended* him **to** go by ship. 我勸他坐船去。

[衍生] [名] **récommendàtion**(介紹(信);忠告, 勸告)

recompense [ˋrɛkəmˏpɛns; 'rekəmpens] (注意發音) [三] **-s** [-ɪz] [規] **-d** [-t]; **recompensing**

[動] [及] ❶償付, 賠償 | The company *recompensed* him **for** his injury. 公司賠償他的負傷。

❷酬報, 報答 | *Recompense* her **for** her services. 酬謝她的服務。

—— [複] **-s** [-ɪz]

[名] 報酬;賠償 | He got no *recompense* **for** his trouble. 他的辛勞未得回報。

reconcile [ˋrɛkənˏsaɪl; 'rekənsaɪl] (注意發音) [三] **-s** [-z] [規] **-d** [-d]; **reconciling**

[動] [及] ❶復交, 和解 | I *reconciled* him **with** his friend. 我使他和他的朋友言歸於好。

❷調停, 調和 | Can you *reconcile* study **with** exercise? 你能兼顧學習和運動嗎?

reconcile one*self to ...*
…使滿足, 使安 ┆ I *reconciled myself to* the loss.
於… ┆ 我對這損失看開了。
衍生 名 **réconciliàtion**(和解, 調停)

reconstruct [ˌrikən'strʌkt; ˌri:kən'strʌkt] 動 -s [-s]
-ed [-ɪd]; -ing
動 及 再建, 改造 ┆ The collapsed building was
┆ *reconstructed*.
┆ 倒塌的建築物已經重建了。
衍生 名 **réconstrùction**(重建; 改造; 復興)

record ['rɛkəd; 'rekɔ:d] (注意發音) 動 -s [-z]
名 ❶唱片 ┆ Will you play the *record*?
┆ 你能替我放唱片嗎?
❷記錄 ┆ the *records* of their lives
┆ 他們的生活記錄
❸最高記錄 ┆ He holds the *record for* the high
┆ jump. 他保持跳高記錄。
❹經歷; 成績 ┆ She has a good school *record*.
┆ 她學業成績優良。 ┌-ing
━━ [rɪ'kɔrd; rɪ'kɔ:d](注意發音) 動 -s [-z] 動 -ed [-ɪd];
動 及 ❶記錄, 錄 ┆ I'll *record* his speech.
音 ┆ 我要將他的演說記錄(錄音)下來。
❷(溫度計等)指 ┆ The thermometer *records* 70°F.
示 ┆ 這溫度計顯示華氏七十度。
複合 名 **récord pláyer**(電唱機)
衍生 名 **recórder**(錄音機; 記錄者)

recover [rɪ'kʌvə; rɪ'kʌvə(r)] 動 -s [-z] 動 -ed [-d];
recovering [rɪ'kʌvərɪŋ]
動 及 ❶回復, 恢 ┆ He *recovered* his health.
復 ┆ 他恢復健康。
❷(recover ┆ He stumbled but *recovered* himself.
oneself 的形 ┆ 他絆了一下, 但又站定了。本句亦可作
式)恢復原來的 ┆ 「他一時說不出話, 但隨即恢復正常。」
狀況
▶用在恢復平衡或心情上的平靜。
不 恢復; 痊癒, ┆ He *recovered from* his illness.
復元 ┆ 他的病復元了。
衍生 名 **recovery** [rɪ'kʌvərɪ; rɪ'kʌvərɪ] 名 recoveries [-z]
名 ❶恢復, 回 ┆ He made a quick *recovery* from his
復, 復元 ┆ illness. 他的病很快地復元了。
❷復得 ┆ the *recovery* of the lost wallet
┆ 皮夾失而復得 ┌-s [-z]┐
recreation [ˌrɛkrɪ'eʃən; ˌrekrɪ'eɪʃn] (注意發音) 動 ┘
名 娛樂, 消遣 ┆ His only *recreation* is watching TV.
┆ 他唯一的消遣就是看電視。
▶ re-creation [ˌrikrɪ'eʃən] 是「再創造」。

rectangle ['rɛktæŋgl; 'rek,tæŋgl] 動 -s [-z]
名 長方形

rectangle
長方形

square
正方形

triangle
三角形

▶ <rect(正)+angle(角)
衍生 形 **rectángular**(長方形的)

recur [rɪ'kɜ; rɪ'kɜ:(r)] 動 -s [-z] 動 recurred [-d];
recurring

動 不 ❶再發生, ┆ His fever *recurred*.
重現 ┆ 他又發燒了。
❷(話·思想)再 ┆ He *recurred to* the matter of cost.
回到 ┆ 他再回到成本的問題。
衍生 名 **recurrence** [rɪ'kɜəns] (再發生, 重現)

red [red; red] 形 **redder** 形 **reddest**
形 紅的, 紅色的 ┆ *red* ink 紅墨水
━━ 動 無
名 ❶紅色; 紅色 ┆ She was dressed in *red*.
的衣服 ┆ 她穿紅衣服。
❷(加 the)赤 ┆ The company is in the *red*.
字, 虧損 ┆ 這公司有虧損。
複合 名 **rédcáp**(美) (車站等的) 腳夫), **the Rèd Cròss**(紅
十字會), **rèd líght**(紅燈, 危險信號) ┌(紅的)
衍生 動 **rèdden**(變紅, 使紅)形 **rèddish**(帶紅色的, 微

redeem [rɪ'dim, rɪ'di:m] 動 -s [-z] 動 -ed [-d]; -ing
動 ❶買回, 贖 ┆ She *redeemed* her ring.
回 ┆ 她贖回她的戒指。
❷回復 ┆ He *redeemed* his honor.
┆ 他恢復他的名譽。
衍生 名 **redèmption**(買回; 贖回; 補償)

reduce [rɪ'djus, -'dus; rɪ'dju:s] 動 -s [-ɪz] 動 -d [-t];
reducing
動 及 ❶減少, 縮 ┆ You must *reduce* your expenses.
減 ┆ 你必須減少你的花費。
❷使成爲, 使變 ┆ The house was *reduced to* ashes.
成(某種狀態) ┆ 房子被燒成灰燼。

reduction [rɪ'dʌkʃən; rɪ'dʌkʃn] 動 -s [-z]
名 減少, 縮減 ┆ They sell everything at a *reduction*
┆ of 10 percent at the store.
┆ 這家店每種貨品都減價一成出售。

reed [rid; ri:d] 動 -s [-z]
名 (植物)蘆葦

reel [ril; ri:l] 動 -s [-z]
名 線軸; 捲線筒

reels

refer [rɪ'fɜ; rɪ'fɜ:(r)] 動 -s [-z] 動 referred [-d];
referring
動 及 ❶(將事件 ┆ The dispute was *referred to* the
問題)交給, 委託 ┆ United Nations.
┆ 這爭議交由聯合國處理。
❷指引以去查詢 ┆ He *referred* me *to* the receptionist.
(參考) ┆ 他叫我到接待員那裡去。
▶對於前來查詢或請求協助的人, 告知人名、場所、參考
籍。
不 ❶言及; 提及 ┆ He *referred to* your illness.
┆ 他提起你的病情。
❷參照, 參考 ┆ I often *refer to* the dictionary.
┆ 我常查閱字典。

reference ['rɛfrəns, 'rɛfərəns; 'refərəns] 動 -s [-ɪz]
名 ❶言及 ┆ No *reference* was made to it in the
┆ paper. 報上沒有提到這件事。
❷參照, 參考 ┆ a *reference* book 參考書▶如字典、百
┆ 科全書, 地圖, 年鑑等。
❸保證書(人) ┆ Who are your *references*?
┆ 你的保證人是誰?

fine [rɪˋfaɪn; rɪˈfaɪn] ⊜ **-s** [-z] ⊛ **-d** [-d]; **refining**
動 ⊗ 精製, 提煉 | Oil and sugar are *refined*.
油和糖都是經過提煉的。

衍生 形 **refined**(精製的, 精煉的; 文雅的, 高尚的) 名
refinement(精製, 精煉; 高尚, 優雅)

flect [rɪˋflɛkt; rɪˈflekt] ⊜ **-s** [-s] ⊛ **-ed** [-ɪd]; **-ing**
動 ⊗ ❶反射 | The mirror *reflected* the light.
鏡子能反射光線。
❷(鏡)反映 | The hills were *reflected* in the
water. 山倒映在水中。

reflect ❶
反射

reflect ❷ 反映

不 ❶反射 | Light *reflects*. 光線會反射。
❷考慮, 思考 | He *reflected* **on** the matter.
他考慮了這件事。

衍生 名 **reflection**(反射, 反映; 映像, 倒影; 思考)

form [rɪˋfɔrm; rɪˈfɔːm] ⊜ **-s** [-z] ⊛ **-ed** [-d]; **-ing**
動 ⊗ ❶修正; 改 | He *reformed* the education system.
良; 改革 | 他改革了教育制度。

───▶ **reform** 和 **improve**───
reform ……除去缺點或錯誤並加以改正。
improve ……將原本不算太差的東西改得更好。

❷改造(人), 改 | I tried to *reform* him, but in vain.
過自新 | 我想使他改過自新, 但徒勞無功。
━ ⊛ **-s** [-z]
名 改善, 改正 | social *reforms* 社會改革
衍生 名 **reformation** [͵rɛfəˋmeʃən](改正; (加 the 大寫)
宗教改革)

frain [rɪˋfren; rɪˈfreɪn] ⊜ **-s** [-z] ⊛ **-ed** [-d]; **-ing**
動 不 抑制, 克制 | Please *refrain* **from** smoking.
請勿吸煙。

───▶ **refrain** 和 **abstain**───
refrain ……只在某場合克制某行為(如暫不抽煙)。
abstain ……長期抑制某種行為(如戒煙)。

fresh [rɪˋfrɛʃ; rɪˈfreʃ] ⊜ **-es** [-ɪz] ⊛ **-ed** [-t]; **-ing**
動 ⊗ ❶使振作 | A cup of coffee *refreshed* him.
精神, 使恢復活 | 一杯咖啡使他恢復了精神。
力
❷(記憶的)恢 | I *refreshed* my memory by reading
復; 使得到補充 | the book.
我讀了那本書就重新喚起記憶。

衍生 形 **refreshing**(令人精神爽快的, 提神的; 清新而悅
人的)

freshment [rɪˋfrɛʃmənt; rɪˈfreʃmənt] ⊛ **-s** [-s]
名 ❶(複數)點 | *Refreshments* will be served at the
心 | party. 宴會中會有點心供應。
❷提神之物 | A cup of tea is just the *refreshment*
I need.
我需要的提神之物就是一杯茶。

frigerator [rɪˋfrɪdʒə͵retə; rɪˈfrɪdʒəreɪtə(r)] ⊛ **-s**
[-z]

名 冷藏庫, 冰箱 | ▶以冰塊冷藏的冰箱叫 an icebox。
a freezer 是含有冷藏庫的冷凍裝置, 冷
凍室。

refuge [ˋrɛfjudʒ; ˈrefjuːdʒ] (注意發音) ⊛ **-s** [-ɪz]
名 避難; 避難所 | She took *refuge* in a friend's house.
她在朋友家避難。

衍生 名 **refugee**(難民; 避難者)

refusal [rɪˋfjuzl; rɪˈfjuːzl] ⊜ 無
名 (有時加 a) | She gave me **a** flat *refusal*.
拒絕 | 她斷然地拒絕我。

refuse [rɪˋfjuz; rɪˈfjuːz] ⊜ **-s** [-ɪz] ⊛ **-ed** [-d]; **refusing**
動 ⊗ ❶拒絕, 謝 | He *refused* my offer.
絕 | 他拒絕我的提議。
I was *refused* admittance.
我被拒絕入場。

───▶ **reject, refuse, decline**───
reject ………斷然拒絕, 打回票。
refuse ……明確的拒絕, 比 reject 客氣。
decline ……委婉地謝絕。

❷不願, 不肯 | He *refused* to (=would not) take
同 will not | any money. 他拒絕收取分文。

───▶ 注意發音───
refuse [rɪˋfjuz] 動 拒絕
refuse [ˋrɛfjus] 名 垃圾, 廢物

regain [rɪˋgen; rɪˈgeɪn] ⊜ **-s** [-z] ⊛ **-ed** [-d]; **-ing**
動 ⊗ 復得; 回復 | He *regained* his health.
他恢復了健康。

regard [rɪˋgɑrd; rɪˈɡɑːd] ⊜ **-s** [-z] ⊛ **-ed** [-ɪd]; **-ing**
動 ⊗ ❶認為 | I *regard* him **as** the best speaker of
English.
我認為他英語說得最好。
❷(帶有某種情 | She *regarded* him **with** respect.
感的)注視, 看 | 她以尊敬的眼光看著他。
❸尊重, 敬重 | We *regard* this scholar highly.
我們極為尊重這位學者。

as regards ... | *As regards* the protest, he believes
至於, 關於… | in nonviolent ways.
至於抗爭方面, 他相信要用非暴力的方
式。

━ ⊛ **-s** [-z]
名 ❶注意, 關心 | He paid no *regard* **to** it.
他對那事毫不關心。
❷尊敬, 敬重 | He is held **in** high *regard*.
他深受敬重。
❸方面, 點 | You are right **in** this *regard*.
關於這一點你是對的。

give one's regards to ... ▶注意複數形。
代某人問候… | Please *give* my *regards* **to** your
mother. 請代我問候令堂。

───▶ 「問候」在英文中的用法───
「請代向令尊請安。」
Please remember me **to** your father.
「問候瑪麗。」
Say hello **to** Mary.

in [*with*] *regard to* ...

關於…, 對…　Let me hear your opinion *in regard to* this problem.
讓我聽聽你對這個問題的意見。

──▶「關於…」在英文中的用法
用 regard ……in regard to, with regard to, regarding, as regards
用 respect ……in respect to, in respect of, with respect to, respecting
其他…………as to, concerning
▶ 口語則多用 about。

regarding [rɪˋgɑrdɪŋ; rɪˈgɑːdɪŋ]
介 …關於…　I know nothing *regarding* the future. 對於未來我毫無所知。

──▶ 由動詞衍生的介系詞
concerning(關於…), excepting(除了…)
regarding(關於…), considering(就…而論)

regardless [rɪˋgɑrdlɪs; rɪˈgɑːdlɪs]
形 不顧…, 不管…　He is *regardless* of his appearance.
他不在乎自己的外表。
regardless of ... 不顧…, 不管…　He went out, *regardless* of her objection.
他不顧她的反對而出去了。

region [ˋridʒən; ˈriːdʒən] 複 **-s** [-z]
名 ❶地方, 區域
▶ 用於比 area 更廣的地域。　rural *regions* 農業區／an oil *region* 油田區／tropical *regions* 熱帶地方
❷領域, 範圍　the *region* of physics 物理學的領域

register [ˋrɛdʒɪstɚ; ˈredʒɪstə(r)]
名 ❶登記簿, 名簿　a hotel *register* 住宿登記簿／a *register* of attendance 出席登記簿
❷收銀機　a cash *register* 收銀機
── 複 **-s** [-z] 過 **-ed** [-d]; **-ing** [ˋrɛdʒɪstərɪŋ]
動 及 ❶登記; 記錄　*register* one's birth 登記某人的出生
❷掛號　I want to have this letter *registered*.
這封信我要寄掛號。
❸(溫度計等的)指示　The thermometer *registered* 62 degrees F. 溫度計上顯示華氏六十二度。
不 登記, 記錄　*register* for voting 選舉人登記
衍生 名 **régistràtion**(登記; 註冊; 掛號)

regret [rɪˋgrɛt; rɪˈgret] 複 無
名 ❶後悔; 遺憾　I felt no *regret* for it.
這件事我不覺得後悔。
To my *regret* I cannot accept your invitation.
很遺憾, 我不能接受你的邀請。
❷悲傷, 哀悼　I express my *regret* for his death.
我對他的去世表示哀悼。
── 複 **-s** [-s] 過 **regretted** [-ɪd]; **regretting**
動 及 ❶後悔　You will *regret* your decision.
你會後悔你所作的決定。
❷遺憾, 抱歉　I *regret* (to say) **that** I cannot help you. 我很抱歉不能幫忙你。

▶ 口語則說 "I am sorry (to say that) I can't help you."。

──▶ regret 的造句
「我後悔過去懶惰。」
I *regret* having been idle.(動名詞)
I *regret* that I was idle.(that 的子句, 名詞子句)

──▶ 兩種形容詞
regrètful ………(人) 覺得後悔的
regrèttable ……(行為, 事件) 使人覺得後悔的; 不幸的

regular [ˋrɛgjələ; ˈregjʊlə(r)] 反 irregular
形 ❶通常的; 正常的; 規律的　You must keep *regular* hours.
你必須保持規律的生活。
❷一定的, 固定的　He has no *regular* work.
他沒有固定的工作。
❸正規的　I had no *regular* education.
我未受過正規教育。
衍生 名 **régulàrity**(規律, 規則)副 **règularly**(規律地; 定期地)

regulate [ˋrɛgjə‚let; ˈregjʊleɪt] 複 **-s** [-s] 過 **-d** [-ɪd] **regulating**
動 及 ❶管制; 節制　*regulate* the traffic 交通管制
❷調節, 調整　*regulate* the temperature of the room 調節室內溫度
衍生 名 **régulàtion**(管制, 規定; 調整, 調節)

reign [ren; reɪn] (注意發音) 複 **-s** [-z]
名 ❶統治, 支配　the *reign* of the King 國王的統治
❷統治時代　in the *reign* of Henry III 亨利三世統治的時代
── 複 **-s** [-z] 過 **-ed** [-d]; **-ing** ⇨ govern
動 不 統治, 君臨　The king *reigned* **over** the kingdom. 國王統治這個王國。

──▶ 三個同音異義的字
rain(雨), reign(統治), rein(韁繩)

rein [ren; reɪn] 複 **-s** [-z]
名 ❶(用複數) 韁繩

reins
韁繩

❷支配, 控制　hold the *reins* 執掌政權

reinforce [‚riɪnˋfors, -ˋfɔrs-; ‚riːɪnˈfɔːs] 複 **-s** [-ɪz] 過 **-d** [-t]; **reinforcing**
動 及 增強, 加強　*reinforce* a wall 加強一座牆壁的強[度]
衍生 名 **reínfòrcement**(增強; 增援; 強化)

reject [rɪˋdʒɛkt; rɪˈdʒekt] 複 **-s** [-s] 過 **-ed** [-ɪd]; **-ing**
動 及 拒絕　He *rejected* our proposal.
⇨ refuse　他拒絕了我們的建議。
衍生 名 **rejèction**(拒絕; 否決; 推却)

rejoice [rɪˋdʒɔɪs; rɪˈdʒɔɪs] 複 **-s** [-ɪz] 過 **-d** [-t]; **rejoicing**
動 及 使喜歡, 使快樂　The gift *rejoiced* her.
這禮物使她高興。

[不] 喜歡, 高興 | I *rejoice* {**that** you have succeeded. / **to** hear of your success.} 我很高興你成功了。

▶普通用 be glad [pleased] 來表示。

elate [rɪ`let; rɪ'leɪt] ㊂ **-s** [-s] (規) **-d** [-ɪd]; **relating**

[動][及] ❶敘述, 說 | *Relate* **to** us your adventures. 告訴我們你的冒險故事。

❷使有關聯 (同) connect | It is difficult to *relate* the two cases. 這兩個案件很難扯上關係。

❸有親戚關係 | He is *related* **to** my family. 他和我家有親戚關係。

elation [rɪ`leʃən; rɪ'leɪʃn] (複) **-s** [-z]

[名] ❶關係, 關聯 | the *relation* **between** the two countries 兩國的關係

❷親戚 | ▶普通用 relative 來表示。

[衍生] [名] **relàtionshìp** (關係; 關聯)

elative [`rɛlətɪv; 'relətɪv] (複) **-s** [-z]

[名] 親戚 | He is a *relative* of mine. 他是我的一個親戚。

— [形] ❶有關係的 | This is not *relative* **to** the accident. 這和那意外事件無關。

❷相對的; 比較的 | East is a *relative* term. 「東」是個相對的名詞。▶一個地點的東方即爲另一地點的西方。

[複合] [名] **rèlative prònoun** (關係代名詞)

[衍生] [名] **rélatìvity** (相對論) [副] **rèlatively** (相關地)

elax [rɪ`læks; rɪ'læks] ㊂ **-es** [-ɪz] (規) **-ed** [-t]; **-ing**

[動][及][不] ❶放鬆; 鬆弛 | *Relax* your muscles. 放鬆你的肌肉。

❷使輕鬆 | A bath *relaxes* us. 沐浴使我們放鬆。

[衍生] [名] **relaxation** [ˌrilæks`eʃən] (放輕鬆)

elay [`rile, rɪ`le; 'ri:leɪ, ˌri:'leɪ] (複) **-s** [-z]

[名] (工作等的) 交替, 輪班; 接力 | We worked **in** *relays*. 我們輪班工作。

elease [rɪ`lis; rɪ'li:s] ㊂ **-s** [-ɪz] (規) **-d** [-t]; **releasing**

[動][及] ❶解放, 釋放 | They *released* the prisoners. 他們釋放了囚犯。

❷解除, 免除 | He *released* me **from** a promise. 他免除我實踐承諾。

— (複) 無

[名] 解放, 釋放; 免除 | He obtained a *release* **from** his debt. 他的債務償清了。

eliable [rɪ`laɪəbḷ; rɪ'laɪəbl] (同) trustworthy

[形] 可信賴的 | a *reliable* man 可靠的男人

[衍生] [名] **relíabìlity** (可信度)

eliance [rɪ`laɪəns; rɪ'laɪəns] (複) 無

[名] 信賴, 信用; 依賴 | He places *reliance* **on** my judgement. 他信賴我的判斷。

elic [`rɛlɪk; 'relɪk] (注意發音) (複) **-s** [-s]

[名] (過去的) 遺跡, 遺物; (人的) 骨骸 | *relics* of early civilization 早期文明的遺跡／ancestor's *relics* 祖先的遺骨

elief [rɪ`lif; rɪ'li:f] (複) 無 ▶在❷的解釋有時會加 a。

[名] ❶除去, 減輕; 安心 | He gave a sigh of *relief*. 他如釋重負地鬆了一口氣。

❷解除, 慰藉 | A shower is **a** *relief* on a hot day. 在大熱天下一陣雨令人輕爽愉快。

❸救助, 救援 | They are in need of *relief*. 他們需要救援。

relieve [rɪ`liv; rɪ'li:v] ㊂ **-s** [-z] (規) **-d** [-d]; **relieving**

[動][及] ❶除去; 減輕 | The medicine will *relieve* your pain. 這種藥能止你的痛。

❷使安心 | I was *relieved* **to** hear it. 聽到這件事之後我很安心。

❸救濟 | The doctor *relieved* the poor. 這醫生救濟貧民。

religion [rɪ`lɪdʒən; rɪ'lɪdʒən] (複) **-s** [-z]

[名] ❶宗教; 信仰 | He does not believe in *religion*. 他不信宗教。

❷宗派 | the Christian *religion* 基督教

[衍生] [形] **relìgious** (宗教的; 虔誠的)

relish [`rɛlɪʃ; 'relɪʃ] (複) **-es** [-ɪz]

[名] ❶美味, 滋味 | Dangers give *relish* to an adventure. 危險可增加冒險的樂趣。

❷喜好, 興味 | He has no *relish* **for** jokes. 他不喜歡笑話。

reluctant [rɪ`lʌktənt; rɪ'lʌktənt] (同) unwilling

[形] 勉強的; 不願的 | She was *reluctant* **to** marry. 她不願結婚。

[衍生] [名] **relùctance** (勉強) [副] **relùctantly** (勉強地)

rely [rɪ`laɪ; rɪ'laɪ] ㊂ **relies** [-z] (規) **relied** [-d]; **-ing**

[動][不] 信賴; 依賴 | We *relied* **on** him **for** help. 我們依靠他的協助。

(同) depend | He cannot be *relied* **upon**. 他無法令人信賴。

remain [rɪ`men; rɪ'meɪn] ㊂ **-s** [-z] (規) **-ed** [-d]; **-ing**

[動][不] ❶留下, 停留 | They left, but I *remained*. 他們走了, 但我留下來。

❷繼續, 保持 | He *remained* single all his life. 他終生未娶。

▶作❷解釋時, 後面要接名詞、形容詞或分詞。

❸餘留 | Not so much *remains* to be done. 沒剩多少事需要做。

[衍生] [名] **remàinder** ((加 the) 殘餘, 剩餘, 餘物)

remark [rɪ`mɑrk; rɪ'mɑ:k] ㊂ **-s** [-s] (規) **-ed** [-t]; **-ing**

[動][及][不] 談起, 述及 | He *remarked* **that** I had better stay. 他說我最好留下來。

— (複) **-s** [-s]

[名] ❶話語; 評論; 談論 | his *remark* **about** it 他對那件事的評論

❷注目, 注意 (同) notice | It is worthy of special *remark*. 那事值得特別注意。

remarkable [rɪ`mɑrkəbḷ; rɪ'mɑ:kəbl]

[形] 顯著的, 值得注意的 | a *remarkable* memory 驚人的記憶力 / a *remarkable* change 顯著的變化

remedy [`rɛmədɪ; 'remədɪ] (複) **remedies** [-z]

[名] ❶治療 (法); 治療藥 | There is no *remedy* **for** that. 那種病沒有辦法治療。

❷矯正; 補救方法 | This is an effective *remedy* **for** crime. 這是防止犯罪的有效對策。

remember [rɪ`mɛmbɚ; rɪ'membə(r)] ㊂ **-s** [-z] (規) **-ed** [-d]; **remembering** [rɪ`mɛmbərɪŋ]

動⊗ ❶想起, 記起　｜ I can't *remember* his name.
　　　　　　　　　我想不起他的名字。
　　　　　　　memorize 記憶

remember
記得
━━━ memorize 記憶
━━━ remember 想起
recall ⎫ 努力追憶
recollect ⎭

▶ remind 使人想起…。

❷記得, 記住　｜ I *remember* his phone number.
　　　　　　　我記得他的電話號碼。
　　　　　　　I *remember* { **that** I wrote to him.
　　　　　　　　　　　　　 writing to him.
　　　　　　　我記得我寫過信給他。
❸不忘, 牢記　｜ ▶ 很少用 remember havi**ng done**。
　　　　　　　Remember **to** lock the door.
　　　　　　　別忘了鎖門。

━━▶ remember Ving 和 remember to V━━
I *remember* **mailing** the letter.
（我記得把信寄了。）
Remember **to mail** the letter.
（別忘了要寄信。）

remember

| +Ving | +to V |
| 做過的事 | 將要做的事 |

過去　　　　未來

❹問候, 致意　｜ *Remember* me **to** your parents.
　　　　　　　請向你父母問候。
不 記憶, 記得　｜ He was in Tokyo then, if I
　　　　　　　remember correctly. 如果我沒記錯,
　　　　　　　那時他是在東京。

remembrance [rɪˋmɛmbrəns; rɪˈmembrəns]（注意拼法）➋ **-s** [-ɪz]
名 ❶記憶　｜ I have no *remembrance* of the fact.
　　　　　　我記不起那件事的真相。
❷紀念；紀念品　｜ I keep it **in** *remembrance* of her.
　　　　　　　　我收藏這東西紀念她。 ⌐ˊ-ing⌐

remind [rɪˋmaɪnd; rɪˈmaɪnd] ➋ **-s** [-z] ➋ **-ed** [-ɪd];
動⊗ ❶使憶起　｜ The picture *reminds* me **of** my
　　　　　　　school days.
▶ 把能夠引起　這張相片使我想起了學生時代。
回憶的東西當作　That *reminded* me **that** I must go
主詞。　　　　 to see him.
　　　　　　　那使我想起我必須去看他。
❷提醒, 注意　｜ I *reminded* him { **to go**
　　　　　　　　　　　　　　　 that he must go }
▶ 以人為主詞。　home before dark.
　　　　　　　我提醒他必須在天黑前回家。
衍生 名 remín**der**（助人記憶之人（物）；注意）
reminiscence [͵rɛməˋnɪsns̩; ͵remiˈnisns̩]（注意拼法）
➋ **-s** [-ɪz]
名 回想, 追憶；
憶起　　｜ a book of *reminiscences* 回憶錄

衍生 形 rémin**ìscent**（回憶的；追憶的；喜回憶的）
remnant [ˋrɛmnənt; ˈremnənt] ➋ **-s** [-s]
名 殘餘　｜ the last *remnant* of his courage
　　　　　　他最後的勇氣
remorse [rɪˋmɔrs; rɪˈmɔːs] ➋ 無 ▶ 比 regret 的語氣強。
名 後悔, 悔恨　｜ I felt *remorse* **for** what I had don
　　　　　　　我對自己所做過的事覺得後悔。
remote [rɪˋmot; rɪˈməʊt] ⊕ **-r** ➋ **-st**
形 遠的, 遠離　｜ the *remote* future 遙遠的未來 ▶ 通
的；偏僻的　　 用 a far country／a *remote* villag
　　　　　　　偏遠的鄉村
remove [rɪˋmuv; rɪˈmuːv] ➋ **-s** [-z] ➋ **-d** [-d];
removing
動⊗ ❶移動, 除　｜ She *removed* the dishes **from** the
去　　　　　　 table. 她取走了桌上的盤碟。
❷脫去　｜ She *removed* her coat.
⑪ take off　她脫下了外衣。
❸免職　｜ He was *removed* **from** the post.
　　　　　　他被免除這個職位。
不 搬遷, 搬家　｜ He *removed* **from** Taipei to
　　　　　　　Kaohsiung.
　　　　　　　他從台北搬到高雄。
▶ 一般用 move。
衍生 名 remóv**al**（移動；搬家；除去；免職）
rend [rɛnd; rend] ➋ **-s** [-z] ⊕ rent [rɛnt]; **-ing**
動⊗ 撕裂　｜ Lightning *rent* the tree.
　　　　　　閃電劈裂了這棵樹。
render [ˋrɛndɚ; ˈrendə(r)] ➋ **-s** [-z] ➋ **-ed** [-d];
rendering [ˋrɛndərɪŋ]
動⊗ ❶（後接受　｜ The news *rendered* her **happy**.
詞補語）使　　 這消息使她快樂。
⑪ make
❷給　｜ He *rendered* us a great service.
⑪ give　他給了我們很大的幫忙。
renew [rɪˋnju, -ˈnu; rɪˈnjuː] ➋ **-s** [-z] ➋ **-ed** [-d]; **-in**
動⊗ ❶更新；重　｜ *renew* a carpet 換一塊新地毯／
訂（合約）　　 *renew* a contract 重訂一合約
❷恢復　｜ *renew* one's health 恢復健康
❸再開始　｜ *renew* an attack 重新攻擊
衍生 名 renêw**al**（使新, 更新；再生）
renounce [rɪˋnaʊns; rɪˈnaʊns] ➋ **-s** [-ɪz] ➋ **-d** [-t];
renouncing
動⊗ 放棄（權　｜ *renounce* one's claim 放棄請求／
利, 請求權）；否　 *renounce* one's faith 捨棄一個人的
認　　　　　　 仰／*renounce* the world 棄絕塵世
衍生 名 renúncià**tion**（放棄；棄權；否認）
renown [rɪˋnaʊn; rɪˈnaʊn]
名 名聲, 有名　｜ a novelist of *renown* 著名的小說家
renowned [rɪˋnaʊnd; rɪˈnaʊnd]
形 有名的　｜ a *renowned* writer 著名的作家
━━▶ famous 和 renowned━━
famous ………「有名的」的一般用字。
renowned ……意味著比 famous 更長久、更大、更光
榮的名譽。

rent [rɛnt; rent] ➋ **-s** [-s]

名 租金, 地租, 房租	The *rent* **for** the room is eight thousand dollars a month. 這房間的租金是一個月八千元。
For Rent. 吉屋出租	an apartment *for rent* 出租的公寓 ▶ 在英國稱爲 to let。
—— 🈩 **-s** [-s] 働 **-ed** [-ɪd]; **-ing** 動 ⊗ 租出, 租入	She *rented* the room **to** a student. 她把這房間租給一個學生。

tenant 房客　　　　　landlord 房東

rent 租入　　　　　rent 租出

不 租出, 出租	The house *rents* **at** 500 dollars a month. 這房子以月租五百美元出租。

衍生 名 **rèntal**(租金, 房租, 地租)

epair [rɪ`pɛr; rɪ'peə(r)] 🈩 **-s** [-z] 働 **-ed** [-ɪd]; **-ing**
動 ⊗ ❶修理	He *repaired* his house. 他修理了他的房子。

```
      ▶ repair 和 mend
▶ repair 和 mend 比較, repair 通常用在修理比較
大的東西和比較複雜的東西。
```

repair	a car a road a house a watch	*mend*	a sock a window a coat a broken doll

❷賠償	He *repaired* the loss. 他賠償了損失。
—— 働 **-s** [-z] 名 修理	The watch is in need of *repair*. 這個錶需要修理。

epay [rɪ`pe; ˌriː'peɪ] 🈩 **-s** [-z] 団 **repaid** [-d]; **-ing**
動 ⊗ ❶付還(金錢等)	I *repaid* { him the money. the money **to** him. 我把錢還他。
❷報答(恩惠等)	We must *repay* (him **for**) his kindness. 我們必須報答他的好心。

epeat [rɪ`pit; rɪ'piːt] 🈩 **-s** [-s] 働 **-ed** [-ɪd]; **-ing**
動 ⊗ ❶重複	Don't *repeat* the same error. 不要再犯同樣的錯誤。
❷背誦, 複誦	She *repeated* the poem. 她複誦這首詩。

衍生 副 **repèatedly**(重複地, 再三地)

epel [rɪ`pɛl; rɪ'pel] 🈩 **-s** [-z] 働 **repelled** [-d]; **repelling**
動 ⊗ 擊退	We *repelled* the enemy. 我們擊退了敵人。

衍生 形 **repèllent**(使人不快的; 不透水的)

epent [rɪ`pɛnt; rɪ'pent] 🈩 **-s** [-s] 働 **-ed** [-ɪd]; **-ing**
動 ⊗ 後悔, 懊悔 ⑥ regret	I *repent* having refused the offer. =I *repent* **that** I refused the offer. 我後悔拒絕了那項提議。
不 後悔	He *repented* **of** his mistake. 他後悔犯了錯。

衍生 名 **repèntance**(後悔) 形 **repèntant**(後悔的)

repetition [ˌrɛpɪ`tɪʃən; ˌrepɪ'tɪʃn] 名 **-s** [-z]
名 重複; 背誦	*Repetition* helps learning. 反覆練習有助於學習。

replace [rɪ`ples; rɪ'pleɪs] 🈩 **-s** [-ɪz] 働 **-d** [-t]; **replacing**
動 ⊗ ❶放回原處	*Replace* the book where it was. 將這本書放回原處。
❷代替, 接任, 更換	He was hurt, and another player *replaced* him. 他受傷了, 所以由別的選手接替他。
▶ take the place of 比 replace 更通俗。	
❸更換	*replace* a worn tire **with** a new one 換掉舊輪胎改用新的。

```
      ▶ replace 和 displace
replace ……用新的來代替舊的或壞的。
displace …用強迫方法代替。
         Many employees were *displaced* by
         computers.
         (電腦取代了許多員工。)
```

reply [rɪ`plaɪ; rɪp'aɪ] 🈩 **replies** [-z] 働 **replied** [-d]; **-ing**
動 不 ⊗ 回答, 應答 ⑥ answer	He *replied* **to** my question. 他回答了我的問題。 He *replied* **that** he had overslept. 他答說他睡過頭了。
▶ reply 比 answer 更文言。	
—— 働 **replies** [-z] 名 回答; 答案	She waited for his *reply*. 她等他的回答。

Yes.

3X7=21

▶「回答」可用 answer 或 reply。
▶「解答」不叫做 reply, 而叫做 answer。

report [rɪ`port; rɪ'pɔːt] 🈩 **-s** [-s] 働 **-ed** [-ɪd]; **-ing**
動 ⊗ ❶(正式的) 報告, 通知	He *reported* the accident **to** the police. 他向警察報告這意外事件。
❷報導; 傳言	The newspapers *report* his death. 報紙報導他的死亡。 He is *reported* **to** be in Paris. 據說他在巴黎。
❸告發	I'll *report* you **to** the police. 我要向警察告發你。
不 ❶報告	*report* **on** one's trip to America 報告旅美見聞
❷(報社新聞的) 採訪	He *reported* **for** the New York Times. 他替紐約時報採訪新聞。
—— 働 **-s** [-s] 名 ❶報告(書); 記錄	an investigation *report* 調查報告／a newspaper *report* 報紙的報導
❷傳聞	*Report* **has it that** he is alive. 據說他還活著。

衍生 名 **repòrter**(採訪記者; 訪員; 通訊員)

repose [rɪ`poz; rɪ'pəuz] 🈩 **-s** [-ɪz] 働 **-d** [-d]; **reposing**

動不(文語)休息;橫臥	He *reposed* **on** the grass. 他躺在草地上休息。
及 休息	She *reposed* herself **on** the sofa. 他躺在沙發上休息。

represent [ˌrɛprɪ`zɛnt; ˌreprɪ'zent] ⊜ **-s** [-s] ꊵ **-ed** [-ɪd]; **-ing**

動及 ❶描寫,表示;描繪	This picture *represents* the battle of Waterloo. 這幅畫描繪滑鐵盧之役。
❷象徵;意味	The dove *represents* peace. 鴿子象徵和平。
❸說;陳述;聲稱	He *represented* { himself **as** [to be] { **that** he was } an engineer. 他聲稱他自己是工程師。
▶ 經常用在比較正式方面。	
❹代表	He *represented* Taiwan in the conference. 他代表台灣參加了這個會議。
衍生 名 répreséntátion(表現;說明;代表;記號)	

representative [ˌrɛprɪ`zɛntətɪv; ˌreprɪ'zentətɪv] ꊵ **-s** [-z]

名 代表	He was the first American *representative* **to** China. 他是美國第一位駐華代表。
— 形❶表示的;表現的;描寫的;象徵的	This painting is *representative* **of** city life. 這幅畫表現出城市生活。
❷代表的;代議的	Congress is *representative* **of** the people. 國會代表人民。

reproach [rɪ`protʃ; rɪ'prəʊtʃ] ⊜ **-es** [-ɪz] ꊵ **-ed** [-t]; **-ing**

動及 斥責,責罵,非難	I *reproached* her { **with** laziness. { **for** being lazy. 我責備她的懶惰。

> ▶ blame, censure, reproach
> blame………對一個人行為錯誤加以責難或非難。
> censure ……公開地指責或非難。
> reproach …對人加以無情地指責。

— ꊵ **-es** [-ɪz] ▶ 用複數作「責備的言辭」。	
名 指責,非難	You must bear the *reproach*. 你必須忍受非難。

reproduce [ˌriprə`djus, -`dus; ˌri:prə'dju:s] ⊜ **-s** [-ɪz] ꊵ **-d** [-t]; **reproducing** <re(再)＋produce(生產)

動及 (音,狀況的)再生,重現	The tape recorder *reproduced* the symphony. 錄音機可重現這首交響曲。
不 生殖;繁殖	Most plants *reproduced* by seeds. 大部分的植物以種子繁殖。
衍生 名 réprodúction(重現,再生;生殖作用)	

reproof [rɪ`pruf; rɪ'pru:f] ꊵ **-s** [-s]

名 非難;責罵	He received a *reproof*. 他受到責罵。

reprove [rɪ`pruv; rɪ'pru:v] ⊜ **-s** [-z] ꊵ **-d** [-d]; **reproving**

動及 斥責,責罵	He *reproved* me { **for** my mistake. { **for** making mistakes. 他責罵我的過錯(犯錯)。

republic [rɪ`pʌblɪk; rɪ'pʌblɪk] ꊵ **-s** [-s]

名 共和國	France is a *republic*. 法國是個共和國。
衍生 形 repúblican(共和國的), **Republican**(共和黨的) ▶ 共和黨是 the Republican Party。	

repulse [rɪ`pʌls; rɪ'pʌls] ⊜ **-s** [-ɪz] ꊵ **-d** [-t]; **repulsing**

動及 ❶擊退	We *repulsed* the enemy. 我們擊退敵人。
❷拒絕	*repulse* an offer 拒絕某種提議
衍生 形 repúlsive(擊退的;討厭的)	

reputation [ˌrɛpjə`teʃən; ˌrepjʊ'teɪʃn] ꊵ 無

名 名聲;聲譽,美名,好評	He has a good *reputation* **as** a teacher. 他是一個名聲很好的老師。

repute [rɪ`pjut; rɪ'pju:t] ⊜ **-s** [-s] ꊵ **-d** [-ɪd]; **reputi**

動及 批評	He is *reputed* (to be) a good doct. 他被認為是一位良醫。
▶ 通常是被動語態。	「-in

request [rɪ`kwɛst; rɪ'kwest] ⊜ **-s** [-s] ꊵ **-ed** [-ɪd];

動及 (很客氣地)要求,請求 ▶ 比 ask 更客套的請託。	We *request* the honor of your company. 我們期待大駕光臨。 He *requested* me **to** go there.＝He *requested* **that** I (should) go ther 他請求我去那裡。 ▶ 美 通常不用 should。
— ꊵ **-s** [-s]	
名 要求;請求,懇求;需求	We received many *requests* for th book. 很多人向我們要這本書。 He did it **at** my *request*. 他應我的要求做那件事。 She sang **by** *request*. 她應邀唱歌。 「requirin

require [rɪ`kwaɪr; rɪ'kwaɪə(r)] ⊜ **-s** [-z] ꊵ **-d** [-d];

動及 ❶需要	This matter *requires* haste. 這件事需要趕快做。

> ┌── **require** 的同義字 ──┐
> need < require < demand
> 需要 < 因需要而請求 < 強烈的請求

❷要求;命令;規定	The police *required* { my appearance. { **(of)** me to appear. { **that** I (should) appear. 警方要求我出面。
▶ 右邊的例子中 美 不用 should。	
衍生 名 requírement(需要;要求;必要條件)	

requisite [`rɛkwəzɪt; 'rekwɪzɪt]

形 必要的	the qualities *requisite* **for** a teach 作為一個教師所必備的資質
— ꊵ **-s** [-s]	
名 必需品;必要條件	Air and water are *requisites* for life. 空氣和水是生命的必需品。

rescue [`rɛskju; 'reskju:] ⊜ **-s** [-z] ꊵ **-d** [-d]; **rescui**

▢⊗ 救助
⊕ save
▶ 用於指從緊急危險中救出的「拯救, 救助」。

救命啊！
Help !

rescue , save
救助，解救

⊗ 無
救援，救助 | He came to my *rescue*.
他來幫助我。

search [`rɪsɜtʃ, rɪ`sɜtʃ; rɪ`sɜːtʃ] ⊛ **-es** [-ɪz]
調查, 研究 | His *research* findings are
▶ 經常用複數, | admirable.
冠詞。 | 他的研究成果令人讚賞。

semble [rɪ`zɛmbl; rɪ`zembl] ⊜ **-s** [-z] ⊛ **-d** [-d];
esembling
相似, 相像 | You *resemble* your father.
你像你的父親。▶ 和 "You are like
your father." 意思相同。可用在表示相
貌, 或性格相似時。若只有面貌相似時,
可用 "You look like...."。

──▶ resemble 的進行式妥當嗎？
(誤) You *are resembling* your father.
(誤) You *resemble to* your father.
▶ resemble 是持續的狀態, 故不用進行式。
▶ 爲及物動詞, 不加介系詞 to。

生 名 **resèmblance**(類似)

sent [rɪ`zɛnt; rɪ`zent] ⊜ **-s** [-s] ⊛ **-ed** [-ɪd]; **-ing**
⊗ 憤慨, 怨恨 | He *resented* his friend's remark.
他怨恨他朋友所說的話。

▶ 因爲是及物動詞, 所以不用 resent to。
生 名 **resèntment**(憤慨, 怨恨) 形 **resèntful**(憤慨的)

serve [rɪ`zɜv; rɪ`zɜːv] ⊜ **-s** [-z] ⊛ **-d** [-d];
eserving
⊗ ❶保留 | *Reserve* some milk **for** tomorrow.
留一些牛奶明天喝。

預訂(座位 · | It this table *reserved*?
子) | 這張桌子(的座位)有人訂了嗎？

⊛ **-s** [-z]
❶貯藏, 保存 | He has a rich *reserve* of food.
他有豐富的存糧。

拘謹；寡言；自 | She speaks **without** *reserve*.
| 她暢所欲言。 ┌拘謹
| overcome one's *reserve* 克服某人的┘

生 名 **reservation** [ˌrɛzə`veʃən](保留；預訂)
resèrved(謹慎的；保存著的；預定的)

servoir [`rɛzə.vɔr, `rɛzə-, -vwɔr, -.vwɑr;
ezəvwɑː(r)] 法語源 **-s** [-z]
貯水池, 水庫 ▶ 亦指其他儲藏物品的地方。

side [rɪ`zaɪd; rɪ`zaɪd] ⊜ **-s** [-z] ⊛ **-d** [-ɪd]; **residing**
居住 | The President *resides* in the White
⊕ live | House. (美國的) 總統住在白宮。

▶ 法律上是指「居住」的意思, 但一般也常有住在很優雅房子的意思。

residence [`rɛzədəns; `rezɪdəns] ⊛ **-s** [-ɪz]
名 住宅, 邸宅 | the mayor's *residence* 市長的官邸
▶ 針對 house 表示「堂皇優雅的房屋」。
❷居住；駐紮, 駐 | a British diplomat **in** *residence* here
在 | 一位駐在此地的英國外交官

resident [`rɛzədənt; `rezɪdənt] ⊛ **-s** [-s]
名 居住者, 居民 | a *resident* of Paris 一個巴黎的居民
生 形 **résidèntial**(居住的；關於居民的)

resign [rɪ`zaɪn; rɪ`zaɪn] ⊜ **-s** [-z] ⊛ **-ed** [-d]; **-ing**
⊗ ❶辭去(職 | He *resigned* his position as
位等) | chairman. 他辭去了主席的職位。

──▶ resign 和 retire───
resign……辭去職位。
retire ……因屆齡、年資已滿而退休。

❷放棄(權利, 希 | He *resigned* all hopes.
望等) | 他放棄了全部希望。
⊗ (從公司, 會 | He *resigned* **from** the club.
等)辭職；退出 | 他退出俱樂部。
resign one*self* **to** ...= be resigned to ...
順從, 聽任 | She *resigned herself* **to** her fate
| [going]. 她聽天由命。
▶ 美 都說 "She resigned herself to
go."。

生 名 **resignation** [ˌrɛzɪg`neʃən](辭職；辭呈)

resist [rɪ`zɪst; rɪ`zɪst] ⊜ **-s** [-s] ⊛ **-ed** [-ɪd]; **-ing**
⊗ ❶反抗, 抵 | *resist* the enemy 抵拒敵人／*resist*
抗 | the attack 抵抗攻擊
❷(化學作用) | *resist* rust 防銹
耐, 防
❸(通常用否定 | *resist* temptation 抗拒誘惑
句)抗拒, 忍住, | I can't *resist* sweets.
按捺 | 我看到甜食就想吃。
| I couldn't *resist* telling her the
| truth. 我忍不住告訴她眞相。

resistance [rɪ`zɪstəns; rɪ`zɪstəns] ⊛ 無
名 抵抗(力) | He made no *resistance* **against** it.
他沒有向它作任何抵抗。

resolute [`rɛzə.lut, -.ljut; `rezəluːt](注意發音)
形 堅決的, 斷然 | He was *resolute* **in** carrying out his
的 | plan. 他堅決地實行他的計畫。

resolution [ˌrɛzə`luʃən; ˌrezə`luːʃn] ⊛ **-s** [-z]
名 ❶決心, 決意 | He made a *resolution* **to** keep a
| diary. 他決心寫日記。
| a New Year's *resolution* 新年新希望
❷果斷, 決斷力 | He lacks *resolution*.
| 他缺乏決斷力。
❸決議(案) | The committee passed the
| *resolution*. 委員會通過這個決議。

resolve [rɪ`zɑlv; rɪ`zɒlv] ⊜ **-s** [-z] ⊛ **-d** [-d];
resolving
⊗ ⊕ ❶決 | ┌ **to** do it.
心, 決定 | He *resolved* ┤ **on** doing it.
| └ **that** he would do it.
他決心做這件事。

▶「決心」的同義字
decide ……經過討論或深思而獲得結論。
determine …用法爲 be determined to,表示確定的
　決心。
resolve ……比 be determined to 更具強烈的決心。

---

❷解決(問題, 疑問) | The mystery was *resolved*.
這個秘密被解開了。
▶解答數學問題等用 solve。
❸分解 | *resolve* water **into** oxygen and hydrogen 把水分解成氧和氫

▶ resolve 和 solve
resolve ……決心;解決;分解。
solve ………主要意思在解答數學問題或難題。
▶注意 [rɪ`zɑlv] 和 [sɑlv] 的發音不同。

---

resort [rɪ`zɔrt; rɪ'zɔ:t] ⊜ **-s** [-s] ⊛ **-ed** [-ɪd]; **-ing**
動不 ❶去;常去 | Many people *resort* to mountains in hot weather. 許多人天氣熱時到山區去。
❷訴諸, 依靠(某種手段) | He *resorted* to force. 他訴諸暴力。
—— ⊛ **-s** [-s]
名 ❶遊樂地 | at a summer *resort* 在避暑勝地
❷(依靠)手段 | in the last *resort* 作爲最後的手段

resource [rɪ`sors, `risors; rɪ'sɔ:s] ⊛ **-s** [-ɪz]
名 ❶(複數形)資源;財源 | America is rich in natural *resources*. 美國天然資源豐富。
❷(萬一的)手段, 對策 | They appealed to the last *resource*. 他們訴諸最後手段。

respect [rɪ`spɛkt; rɪ'spekt] ⊜ **-s** [-s] ⊛ **-ed** [-ɪd]; **-ing**
動⊗ ❶尊敬(人) | He *respects* his parents. 他尊敬他的雙親。
❷尊重(物) | *Respect* other people's feelings. 尊重別人的感情。
—— ⊛ **-s** [-s]
名 ❶尊敬, 敬意 | They have high *respect* for him. 他們對他懷有很高的敬意。
❷尊重, 重視 | Show *respect* for other people's feelings. 對別人的感情表示尊重。
❸點, 方面 | He excels others **in** every *respect*. 他在每一方面都超過別人。
give one's respects to ... ▶要用複數。
問候…, 向…致意 | *Give* my best *respects* to your parents. 請代我向你父母致最高敬意。
in respect to [of] ... = with respect to ...
關於… | He is my senior *in respect to* this. 關於這一點他是我的前輩。

respectable [rɪ`spɛktəbl]; rɪ'spektəbl]
形 ❶有好名聲的;值得尊敬的 | a *respectable* man 正派的人／a *respectable* profession 正業

▶ respectable 和 respectful

respect
受人尊敬

respect
表示尊敬

respect*able*(值得尊敬的)　respect*ful*(很有禮貌的)

---

❷(服裝, 言行)不錯的 | She was wearing a *respectable* dress. 她穿一件不錯的衣服。
❸相當多的 | He has a *respectable* income. 他有相當多的收入。
同 considerable

respectful [rɪ`spɛktfəl; rɪ'spektfʊl]
形 表示敬意的, 恭敬的 | He is *respectful* to [**toward**] his elders. 他對長輩很恭敬。
衍生 副 respéctfully (恭敬地, 慇懃地)

respective [rɪ`spɛktɪv; rɪ'spektɪv]
形 各自的, 各個的 | They sat on their *respective* chair 他們各自坐在自己的椅子上。
▶和 each 不同, 後面連用複數名詞。

▶ respectfully 和 respectively
respéctfully ……恭敬地
respéctively ……各自地, 分別地
　Betty and Mary picked roses and tulips *respectively*. (貝蒂和瑪麗分別選擇了玫瑰和鬱金香。)

---

respond [rɪ`spɑnd; rɪ'spɒnd] ⊜ **-s** [-z] ⊛ **-ed** [-ɪd]; **-ing**
動不 ❶回答 | He *responded* to my question. 他回答了我的問題。
▶比 answer, reply 更正式。
❷回應 | He *responded* to her kindness. 他感謝她的仁慈。
同 react

response [rɪ`spɑns; rɪ'spɒns] ⊛ **-s** [-ɪz]
名 ❶回答, 應答 | He made no *response* to my question. 他對我問題置而不答。
▶比 answer, reply 更正式。
❷反應 | a stimulus and a *response* 刺激和反應

responsibility [rɪ,spɑnsə`bɪlətɪ; rɪ,spɒnsə'bɪlətɪ] ⊛ **-ties** [-z]
名 責任 | He has no *responsibility* for the accident. 他不用對這件意外事件負責。

responsible [rɪ`spɑnsəbl; rɪ'spɒnsəbl]
形 ❶有責任的 | Who is *responsible* for the accide 誰該對這件意外事件負責？
I am not *responsible* to you for m behavior. 我的行爲並不對你負責。
❷可信賴的 | a *responsible* person
同 reliable | 可靠的人
❸責任重的 | a *responsible* position 責任重大的職位
—— ▶ -ible 是指「能…」
vis*ible*(可看見的) permiss*ible*(可允許的)
▶語尾用-able 比用-ible 多得多。
comfort*able*(舒適的) suit*able*(適合的)

rest¹ [rɛst; rest] ⊛ **-s** [-s]
名 休息;休養;睡眠 | Let's have a *rest* from work. 讓我們暫停工作, 休息一下。
You need enough *rest*. 你需要足夠的休息。
—— ⊜ **-s** [-s] ⊛ **-ed** [-ɪd]; **-ing**

動不 ❶休息；睡眠 | He *rested* for an hour.
他休息了一個小時。

▶ rest 通常不是「不到學校上課」的意思；曠課要用"He was absent from school."（他曠課。）

❷靜止 | The ball *rested* **on** the grass.
球靜止在草地上。

❸長眠, 死 | May he *rest* in peace!
願他安息！

❹擱在, 放在 | The ladder *rested* **against** the wall.
這梯子靠在牆上。

❺（視線）指向, 看向, 停向 | My eyes *rested* **on** her ring.
我的眼睛看著她的戒指。

❻繫於 | Success *rests* **on** your efforts.
成功有賴你的努力。

同 depend

及 ❶使休息 | You had better *rest* your horse.
你最好讓你的馬休息。

❷使倚在；把…靠在 | He *rested* his head **on** the pillow.
他把頭靠在枕頭上。

est² [rɛst; rest] 働 無

名(加 the)其餘, 其餘的人 | The *rest* of the money is to be sent to him. 剩下的錢要送給他。

▶ 用 remainder 比較正式。 | The *rest* is up to you.
剩下的事情就看你了。

estaurant [ˋrɛstərənt, -ˏrɑnt; ˈrestərɒnt] 働 -s [-s]

名餐廳, 飯店 | We had dinner at a *restaurant*.
我們在一家餐廳吃飯。

estless [ˋrɛstlɪs; ˈrestlɪs]

形不安定的 | She passed a *restless* night.
她一夜未眠。

estore [rɪˋstor, -ˋstɔr; rɪˈstɔː(r)] 働 -s [-z] 働 -d [-d]; restoring

動 及 ❶把…放回原處；歸還 | I *restored* the book **to** its place.
我把那本書放回原處。

❷使復職 | We *restored* him **to** his post.
我們使他恢復原職。

❸使復原；修復 | They *restored* the old church.
他們修復這個古老的教堂。

❹回復（健康・秩序） | The town *restored* order.
這個城市恢復了秩序。

衍生名 **restoration** [ˏrɛstəˈreʃən]（回復）

estrain [rɪˋstren; rɪˈstreɪn] 働 -s [-z] 働 -ed [-d]; -ing

動 及 抑制, 遏止 | I could not *restrain* my temper.
我怒不可遏。
He *restrained* her **from going** there.
他制止她去那裡。

衍生名 **restraint**（抑制；束縛）   ⌐-ing

estrict [rɪˋstrɪkt; rɪˈstrɪkt] 働 -s [-s] 働 -ed [-ɪd]; ⌐

動 及 限制, 限定 | My doctor *restricted* me **to** a light diet.
我的醫生限制我只能吃清淡的食物。

衍生名 **restriction**（限制, 限定）

esult [rɪˋzʌlt; rɪˈzʌlt] 働 -s [-s]

名 ❶結果 | The *result* was quite unexpected.
結果相當出人意料之外。

反 cause

❷（通常用複數）（測驗等的）成績 | The *results* will be published tomorrow. 成績明天會公佈。

as a result of … …的結果 | Many people were injured *as a result of* the accident.
意外事件的結果有很多人受傷。

▶注意加 a。

without result 徒勞地, 無效地 | He worked hard *without result*.
他努力地工作卻徒勞無功。

働 -s [-s] 働 -ed [-ɪd]; -ing

動不 ❶發生, 引起（主詞為結果） | The confusion *resulted* **from** the strike. 混亂是由於罷工而引起的。

❷造成, 終致（主詞為原因） | The strike *resulted* **in** confusion.
罷工結果造成了混亂。

┌──── ▶注意介系詞 ────
注意上例的 from 和 in 的不同
              results from
The confusion ◀──────────the strike.
              results in
The strike ──────────▶ confusion.

resume [rɪˋzum, -ˋzjum; rɪˈzjuːm] 働 -s [-z] 働 -d [-d]; -ing

動 及 ❶（一旦中斷之事）重新開始, 繼續 | He *resumed* his talking.
他繼續他的談話。

❷重獲 | He *resumed* his seat.
他重回到他的座位。

┌──── ▶ -sume 是表示「取」────
as*sume* …（採取（態度）) ＜as(向…)＋*sume*
pre*sume*…（推定) ＜pre(預先)＋*sume*
con*sume* （消費) ＜con(共同)＋*sume*
re*sume* …（再開始) ＜re(再)＋*sume*

衍生名 **resumption**（再開始；繼續）

retail [ˋritel; ˈriːteɪl]

形零售的 | a *retail* price 零售價／*retail* sales 零售

反 wholesale

retain [rɪˋten; rɪˈteɪn] 働 -s [-z] 働 -ed [-d]; -ing

動 及 保留, 保持（不失去） ▶比 keep 正式。 | She *retained* her balance.
她保持著平衡。

retire [rɪˋtaɪr; rɪˈtaɪə(r)] 働 -s [-z] 働 -d [-d]; retiring

動不 ❶退, 退去 | He *retired* **to** his room.
他回到自己的房間。

❷退休 | He *retired* **from** public life.
他從公職退休。

⇨ resign

❸就寢 | I usually *retire* before ten o'clock.
我通常在十點前就寢。

▶ go to bed 的正式用法。

衍生名 **retirement**（退職, 退休；隱居處）

retort [rɪˋtɔrt; rɪˈtɔːt] 働 -s [-s] 働 -ed [-ɪd]; -ing

動 及 不 回嘴, 反駁 | "Mind your own business," he *retorted*.
他回嘴說：「少管閒事」。

働 -s [-s]

名反駁 | She gave a sharp *retort*.
她提出嚴厲的反駁。

retreat [rɪ`trit; rɪ'tri:t] [三] **-s** [-s] [規] **-ed** [-ɪd]; **-ing**

[動][不] 退卻, 撤退 | The enemy *retreated* **from** the city. 敵人從城市中撤退。

—— [複] **-s** [-s]

[名] 退卻, 撤退 | order a *retreat* 下令撤退

return [rɪ`tɜn; rɪ'tɜ:n] [三] **-s** [-z] [規] **-ed** [-d]; **-ing**

[動][不] 回, 歸 | He *returned* home **from** school. 他放學回家。

► 用在「回去」之義時 return 是比較正式的用法。

► 「歸」在英文中的用法

「他回家去了。」	He went home.
「他回家來了。」	He came home.
「他很快就會回來。」	He will be back soon.
「他回來了。」	He came back.

[及] ❶歸還 | I *returned* {him the book. / the book **to** him. 我把那本書還給他。

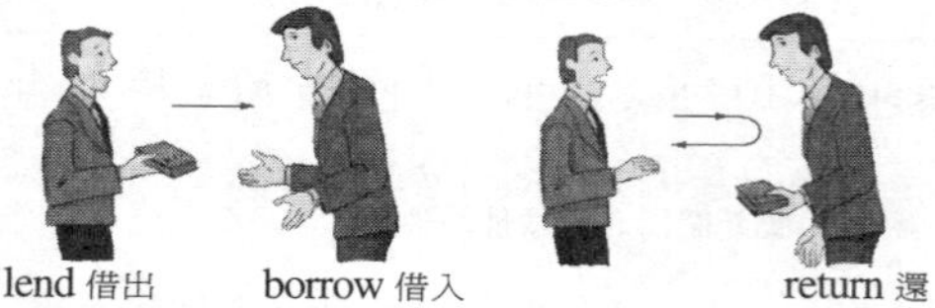

❷(回答, 回禮, 報復)歸還 | "No!" she *returned* sharply. 她斷然地回答:「不!」 He *returned* the visit. 他也回拜了對方。

—— [複] **-s** [-z]

[名] ❶回, 歸, 返回 | I am waiting for her *return*. 我正等她回來。

❷歸還 | I asked him for the *return* of the book. 我請他把那本書歸還。

❸再來;回復;復歸 | Many happy *returns* of the day. 祝你長命百歲, 萬壽無疆。 ► 原意是「但願這種日子能夠再度來臨」。

❹回禮, 報答 | She made a *return* **for** his kindness. 她回報了他的好意。

in return 作報答, 作回報 | Give him something *in return*. 給他一些東西作爲回報。

reveal [rɪ`vil; ri:'vi:l] [三] **-s** [-z] [規] **-ed** [-d]; **-ing**

[動][及] ❶顯露;(看不見的東西)顯現 | He *revealed* a talent for music. 他展露出音樂的天分。

❷透露, 洩露 | He *revealed* his secret **to** me. 他把他的秘密透露給我。

[衍生][名] **revelation** [,rɛvḷ`eʃən] (暴露;意外的新事實)

revenge [rɪ`vɛndʒ; rɪ'vendʒ] [三] **-s** [-ɪz] [規] **-d** [-d]; **revenging**

[動][及] ❶(用反身代名詞 oneself 作受詞或用被動式)復仇, 報復 | I *revenged* **myself** {**for** the insult. / **on** him. 我報復我所受的侮辱(我向他報復)。 They **were** *revenged* **on** their enemy. 他們向敵人報復。

❷(對某種行爲)報復 | He *revenged* his father's murder. 他報了殺父之仇。

► **revenge 和 avenge**

revenge ……通常指爲洩私憤而作的報仇。
avenge ……通常指爲別人打抱不平的報仇。

—— [複] 無

[名] 復仇, 報復 | He took *revenge* **on** the man. 他向那個人報復。 get [have] one's *revenge* 報仇, 報復

revenue [`rɛvə,nju, -,nu; 'revənju:] [複] 無

[名] (國家的)歲收;(個人的)收入 | The government gets *revenue* from taxes. 政府由稅金中得到收入。

reverence [`rɛvərəns; 'revərəns] [複] 無

[名] 尊敬, 敬意 [同] respect | They had *reverence* **for** the professor. 他們對這位教授存有敬意。

[衍生][形] **rèverent** (尊敬的)

reverse [rɪ`vɜs; rɪ'vɜ:s] [三] **-s** [-ɪz] [規] **-d** [-t];

reversing

[動][及] ❶顚倒;翻轉;使反向 | That *reversed* our positions. 那件事使我們的立場反過來。 *reverse* a glass 倒置玻璃杯 *reverse* the order 顚倒順序

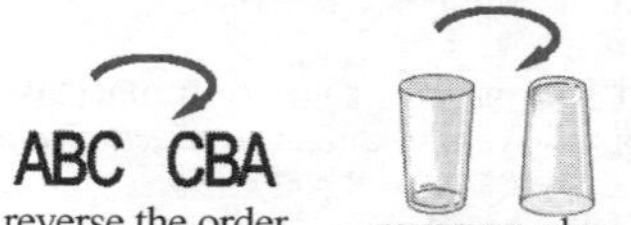

❷使倒退 | Please *reverse* the car. 請倒車。

—— [形] 相反的;反面的 | in (the) *reverse* order 順序顚倒地, 後往前/the *reverse* side of the record 唱片的反面

—— [複] **-s** [-ɪz]

[名] ❶(通常加 the)相反;反對 | He did **the** *reverse* of what I told him to do. 他做的和我要他做的相反。

❷(錢幣等的)反面, 背面 | the *reverse* of a coin 硬幣的反面 ► 「正面」則爲 ðbverse。

[衍生][形] **revèrsible** (可逆的;表裡兩面都可用的)

review [rɪ`vju; rɪ'vju:] [三] **-s** [-z] [規] **-ed** [-d]; **-ing**

[動][及] ❶複習;詳察, 細審 | *Review* your lessons every day. 要每天複習你的功課。 *review* the situation 詳細檢查狀況

❷評論 | His new book is well *reviewed*. 他的新書受到好評。

—— [複] **-s** [-z]

[名] ❶複習;檢討;回顧;審核 | a *review* of lessons 複習功課/und *review* 審核中

❷批評, 論評 | *reviews* of new books 新書的書評

► **review 和 criticism**

review ………針對書的內容、優缺點而發表的個人見解或看法。
criticism ……針對音樂、繪畫、文學作品的缺點, 作深入批評之文章。

vise [rɪˈvaɪz; rɪˈvaɪz] ⊜ **-s** [-ɪz] ⊛ **-d** [-d]; **revising**
動及 ❶修訂(書、字典) | The dictionary was *revised* in 1997.
　　　　　　　　| 這本字典是在 1997 年修訂的。
❷更改;改正 | He *revised* his opinion.
　　　　　　　　| 他修正他的意見。
衍生名 **revìsion** [rɪˈvɪʒən] (修訂;改變)

vive [rɪˈvaɪv; rɪˈvaɪv] ⊜ **-s** [-z] ⊛ **-d** [-d]; **reviving**
動及 ❶使甦醒 | He *revived* a senseless child.
　　　　　　　　| 他救醒那個失去知覺的小孩。
❷使重新流行 | She *revived* the old fashion.
　　　　　　　　| 她使舊式樣重新流行起來。
❸使精神振作 | A cup of coffee *revived* me.
　　　　　　　　| 一杯咖啡使我精神振作起來。
❹使重新上演(戲劇,電影) | The film was *revived* on the screen.
　　　　　　　　| 這電影重新上演。
⊜ ❶甦醒,復活 | The roses *revived* after the rain.
　　　　　　　　| 玫瑰花在雨後復生。
❷重新流行 | The old songs have *revived*.
　　　　　　　　| 老歌又重新流行起來了。
衍生名 **revìval**(甦醒;再興;復活)

volt [rɪˈvolt; rɪˈvəʊlt] ⊛ **-s** [-s] ⇨ rebellion
名 叛亂,暴動 | The people rose in *revolt* against the governmemt.
　　　　　　　　| 民眾掀起暴動反抗政府。
⊜ **-s** [-s] ⊛ **-ed** [-ɪd]; **-ing**
動不 謀反 | They *revolted* against their ruler.
　　　　　　　　| 他們反叛他們的統治者。

volution [ˌrɛvəˈluʃən; ˌrevəˈluːʃn] ⊛ **-s** [-z]
名 ❶革命;大改變;大變革 | Many people were killed in the *revolution*.
　　　　　　　　| 很多人在革命中喪生。
　　　　　　　　| a *revolution* in physics
　　　　　　　　| 物理學上的一大改變
❷旋轉 | the *revolution* of the earth **around** the sun
　　　　　　　　| 地球繞太陽的旋轉(公轉)
▶ 表示以軸或點作中心的旋轉。

地球 | the sun 太陽

衍生形 **révolùtionáry** [-ˌnɛrɪ] (革命的)
volve [rɪˈvolv; rɪˈvolv] ⊜ **-s** [-z] ⊛ **-d** [-d]; **evolving**
動不 旋轉 | The earth *revolves* **around** the sun.
　　　　　　　　| 地球繞著太陽旋轉。
　　　　　　　　| A wheel *revolves* **on** its axle.
　　　　　　　　| 輪子以輪軸為中心旋轉。
複合名 **revòlving dòor**(旋轉門)
衍生名 **revòlver**(連發手槍,左輪槍)
ward [rɪˈwɔrd; rɪˈwɔːd] ⊛ **-s** [-z]
動名 ❶報酬;報答;酬勞 | The promotion was the *reward* of [for] his hard work.
　　　　　　　　| 這次的升遷是他努力工作的報償。
❷懸賞 | a *reward* of $500 五百美元的懸賞

╭─── ▶ **reward, award, prize** ───╮
| reward ……提供給協助破案或尋回失物者的賞金。 |
| award ⎫ |
| prize ⎭……比賽等所頒發的獎品或獎金。 |
╰───────────────────────────────╯

── ⊜ **-s** [-z] ⊛ **-ed** [-ɪd]; **-ing**
動及 報答;獎賞 | They *rewarded* him **for** saving the child.
　　　　　　　　| 他們因為救了那個小孩而獎賞他。

rewrite [riˈraɪt; ˌriːˈraɪt] ⊜ **-s** [-s] ⊛ **rewrote** [riˈrot]; **rewritten** [riˈrɪtn̩]; **rewriting**
動及 重寫,改寫 | *Rewrite* the following **into** a simple sentence. 把下列句子改寫為簡單句。

rhyme [raɪm; raɪm] ⊛ **-s** [-z]
名 韻,押韻;同韻語 | ▶ 詩篇中每行末字的尾音相一致, 諸如:
　　　　　　　　| ⎧ say [se] ⎫ ⎧ vanity [ˈvænətɪ]
　　　　　　　　| ⎩ day [de] ⎭ ⎩ sanity [ˈsænətɪ]

rhythm [ˈrɪðəm; ˈrɪðəm] ⊛ **-s** [-z]
名 韻律;節奏 | He played **in** quick *rhythm*.
　　　　　　　　| 他用快節奏來演奏。

rib [rɪb; rɪb] ⊛ **-s** [-z]
名 肋骨 | He fell and broke three *ribs*.
　　　　　　　　| 他跌倒而摔斷了三根肋骨。

ribbon [ˈrɪbən; ˈrɪbən] ⊛ **-s** [-z]
名 絲帶 | She had a pink *ribbon* in her hair.
　　　　　　　　| 她在頭髮上梨了一條粉紅色的絲帶。

rice [raɪs; raɪs] ⊛ 無
名 米 | We Chinese live **on** *rice*.
　　　　　　　　| 我們中國人以米為主食。

╭─── ▶ **rice** 和 **lice** ───╮
| rice ……「米」▶ 發音時捲舌, 舌尖不與口腔上部接觸。 |
| lice [laɪs]……「蝨」▶ louse 的複數, 將舌尖頂在上牙床而發音。 |
╰────────────────────────╯

rich [rɪtʃ; rɪtʃ] ⊕ **-er** ⊛ **-est**
形 ❶富有的 | He has a *rich* uncle.
反 poor | 他有一個有錢的叔叔。

╭─── ▶ **rich** 和 **wealthy** ───╮
| rich ……一般用語, 指擁有超乎正常所需的財富。 |
| wealthy ……強調擁有龐大的財富。 |
╰─────────────────────────╯

❷(加 the)富人們 | The *rich* (= *Rich* people) are not always happy.
　　　　　　　　| 富人並非都是快樂的。
❸(收穫等)豐富的 | We had a *rich* harvest this year.
　　　　　　　　| 今年我們豐收。
　　　　　　　　| He is *rich* **in** experience.
　　　　　　　　| 他經驗豐富。
❹(物品)高價的, 昂貴的 | She put on *rich* jewels.
　　　　　　　　| 她戴上了昂貴的珠寶。
❺(土地)肥沃的 | The soil here is *rich*.
反 sterile | 這裡的土地很肥沃。

riches [ˈrɪtʃɪz; ˈrɪtʃɪz] ⊛ 無
名 財富,財產 | He piled up great *riches*.
▶ 用複數。 | 他積聚了龐大的財富。

rid [rɪd; rɪd] ⊜ **-s** [-z] ⊘ **rid** ⊛ **ridded** [-ɪd]; **ridding**
動 ⊗ 除去，驅除 ⇨ of | The pesticide *ridded* the garden of pests.
這種殺蟲劑除掉了花園裡的害蟲。

be rid of ... = *rid oneself of ...*
除去…，免於… | It is not easy to *rid oneself of* a bad habit.
革除自己的壞習慣是不容易的。

get rid of ...
除去…；驅除… | I cannot *get rid of* this cold.
我無法治好這感冒。

riddle [`rɪdl]; 'rɪdl] ⊛ **-s** [-z]
名 謎語；不能解的事 | He solved the *riddle*.
他解開了這謎語。

ride [raɪd; raɪd] ⊜ **-s** [-z] ⊘ **rode** [rod]; **ridden** [`rɪdn]; **riding** ► 過去式 rode 和 road 同音。
動 不 ❶搭乘 (馬・汽車等交通工具) | I *rode* in [on] a bus [train].
我搭巴士〔火車〕前往。
ride on a bicycle 騎自行車去／*ride* on horseback 騎馬去

── ► ride 和 get on ──
ride 並不只是「乘坐」，多指「乘坐而去」，如果單指「上車」，則用 get on。
1) I *rode* on a train.
(我乘坐火車。)
2) I *got on* a train.
(我上火車。)

► 1) 的 on a train 是副詞片語，修飾 rode。
2) 的 get on 是動詞片語，a train 是受詞。

❷騎馬 | Can you *ride*?
你會騎馬嗎？
⊗ 騎(馬等)；乘(車等) | He was *riding* a bicycle.
他騎著自行車。

── ⊛ **-s** [-z] ► 飛行是 flight。
名 ❶乘坐 | I had a *ride* on a horse for an hour.
我騎了一小時的馬。
❷(騎馬或乘車的)旅行(的路程) | He enjoyed this bus *ride*.
他坐這一趟的公車讓他很愉快。

ridge [rɪdʒ; rɪdʒ] ⊛ **-s** [-ɪz]
名 ❶山脊，稜線 | the *ridge* of a mountain 山脊
❷(屋頂的)脊；鼻梁 | the *ridge* of a roof 屋脊／the *ridge* of a nose 鼻梁

ridges

ridicule [`rɪdɪ͵kjul; 'rɪdɪkju:l] ⊛ 無
名 譏笑；嘲弄 | He was made an object of *ridicule* in the class.
他成為全班嘲弄的對象。

ridiculous [rɪ`dɪkjələs; rɪ'dɪkjʊləs]
形 可笑的，荒謬 | You look *ridiculous* in such a dress.
你穿這樣的服裝看起來很可笑。

rifle [`raɪfl; 'raɪfl] ⊛ **-s** [-z]
名 來福槍，步槍 | He shot the bear with his *rifle*.
他用來福槍射殺那隻熊。

right [raɪt; raɪt] ► 和 rite (儀式)，write (寫) 同音。
形 ❶(限定用法)右方的 ⊗ left | Hold a pen in your *right* hand.
用右手拿一枝筆。
❷(行為・思想等)對的，正當的 | You did the *right* thing.
你做得很對。
❸正確的；準確的 ⊗ wrong | What's the *right* time?
正確的時間是幾點？
a *right* answer 正確的答案
❹適切的，適當的 ⊗ wrong | He is the *right* man for the job.
他是這個工作的適當人選。
❺恰當的；正常的 | If the weather is *right*, I'll go.
如果天氣適宜，我就會去。
❻健全的；健康的 | He is not in his *right* mind.
他處於神智不清的狀態。

all right
❶適宜的；順利的 | Everything is *all right*.
一切都很順利。
❷健康的；不礙事的 | He'll be *all right* again.
他會再恢復健康。
❸(用於感嘆)好；是；對 | *All right*. Come again.
好，再來一次。

── 副 ❶直接地 | He went *right* home.
他直接回家。
❷正好地；恰好地 | The accident occurred *right* here.
這意外事件就在這裡發生。
❸正確地 ⊜ correctly | I guessed *right*.
我猜對了。
❹向右地 | Turn *right*. 向右轉。

right away = *right off* ► 比 at once 更口語。
立刻，即時 | He dashed to the station *right away*.
他立刻趕去車站。

── ⊛ **-s** [-s]
名 ❶(通常加 the)右，右側 ⊗ left | In the United States traffic keeps to the *right*.
在美國車輛靠右行駛。
on the *right* 在右側
❷正確，對；道理；正當 ⊗ wrong | He is too young to know the difference between *right* and wrong.
他年紀太輕，無法分辨是非好壞。
in the *right* = right 有道理；正當
❸權利 | You have the *right* to demand payment.
你有權要求付款。

複合 名 **rìght ángle** (直角) 形 **rìght-hánd** (右手的；右

勺), rìght-hànded(慣用右手的)

衍生 形 **rìghtful**(正當的, 合法的)副 **rìghtly**(正確地, 正當地, 當然地)

ghteous [ˋraɪtʃəs; ˋraɪtʃəs]

形 公正的, 正義 | a *righteous* act 正義的行為
勺

gid [ˋrɪdʒɪd; ˋrɪdʒɪd]

形 ❶硬直的, 僵 | The body became *rigid* after death.
便的 | 軀體在死後會變得僵硬。
❷嚴格的 | They are subject to *rigid* discipline.
| 他們服從嚴格的紀律。

衍生 副 **rìgidly**(嚴格地;僵硬地)

m [rɪm; rɪm] 變 **-s** [-z] 同 border, edge, verge

名 邊, 緣 | the *rim* of a cup
| 杯子的邊緣

▶ **rim 和 brim**

rim ……圓形物、圓筒狀物體突出而隆起的邊緣。

brim …多指食器(杯子、飯碗、盤碟等)的邊緣。

rims   brims

ng¹ [rɪŋ; rɪŋ] 變 **-s** [-z]

名 ❶戒指;環狀 | He gave her an engagement *ring*.
勺首飾 | 他送給她一枚訂婚戒指。
❷輪, 環;圓形 | They were dancing in a *ring*.
同 circle | 他們圍成圓圈跳著舞。
❸(圓形的)競技 | The boxing *ring* is square.
場;(拳擊的)賽 | 拳擊比賽場地是四方形的。
易 | ▶ 本來是圓形的。

ng² [rɪŋ; rɪŋ] 變 **-s** [-z] 不 **rang** [ræŋ]; **rung** [rʌŋ]; **ing**

動不 ❶(鈴· | The telephone is *ringing*.
鐘)鳴 | 電話鈴正在響。
❷鳴響 | The classroom *rang* with laughter.
| 教室裡傳出笑聲。
動及 ❶鳴(鈴· 鐘 | She *rang* the bell.
等) | 她按鈴。
❷按鈴鳴叫 | He *rang* (**for**) his servant upstairs.
| 他按鈴叫僕人上樓。
| ▶ 常用加 for 的用法。

g up | I'll *ring* him *up*.
同 打電話 | 我會打電話給他。
同 call up | ▶「我會打電話給你」在英文中的用法

I will call you (up) (on the phone).
I will telephone you.
I will phone you.
I will give you a phone call.
I will ring you up (on the phone).
I will give you a ring.

- 變 **-s** [-z]

名 ❶(鐘, 鈴的) | There is a *ring* at the door.
聲;鐘聲 | 門鈴在響。

❷弄出的聲音; | He gave three *rings*.
發出的聲音 | 他按了三聲鈴響。
❸電話 | Give me a *ring* this evening.
| 今晚打個電話給我。

riot [ˋraɪət; ˋraɪət] (注意發音) 變 **-s**

名 暴動 | A *riot* broke out. 暴動發生了。

衍生 形 **ríotous**(騷動的, 暴動的)

rip [rɪp; rɪp] 變 **-s** [-s] 變 **ripped** [-t]; **ripping**

動及 撕裂;撕 | I *ripped* my coat on the nail.
| 我的外衣被釘子扯破了。

▶ **rip 和 tear**

rip ………沿著裂部分的「撕裂」。

tear ……強行扯破而留下參差不齊痕跡的「撕裂」。

rip   tear

不 撕裂, 破裂 | This sort of cloth *rips* easily.
| 這種布容易破裂。

ripe [raɪp; raɪp] 比 **-r** 最 **-st**

形 ❶(果實等) | These grapes are *ripe*.
成熟的 | 這些葡萄已經成熟了。
❷成熟老練的 | He is *ripe* in judgement.
| 他的判斷力很成熟。
❸時機成熟的 | The time was *ripe* for taking action.
| 採取行動的時機已經成熟了。

▶ ❷❸是❶的比喻用法。

ripen [ˋraɪpən; ˋraɪpən] 變 **-s** [-z] 變 **-ed** [-d]; **-ing**

動不 成熟 | Apples *ripen* in autumn.
| 蘋果在秋天成熟。

ripple [ˋrɪpl; ˋrɪpl] 變 **-s** [-z]

名 漣漪;聲浪 | The moon danced on the *ripples*.
| 月光點點隨波盪漾漣漪。

— 變 **-s** [-z] 變 **-d** [-d]; **rippling**

動及 使起漣漪; | The breeze *rippled* the pond.
生波紋 | 微風吹皺池水。

rise [raɪz; raɪz] 變 **-s** [-ɪz] 不 **rose** [roz]; **risen** [ˋrɪzn]; **rising**

動不 ❶(太陽· | The sun *rises* in the east and sets in
月亮)升起 | the west.
反 set | 太陽從東方升起,向西方落下。
| ▶「從東方」不用 from the east;「向西方」也不能說成 to the west。

❷站起, 起立 | He fell, but he soon *rose* **to his feet**.
同 stand up | 他跌倒了,但很快地又站起來。
❸起床 | He *rises* early.
同 get up | 他起得早。
❹聳立 | The peak *rises* above the clouds.
| 山頂高聳入雲。
❺(物價)上漲 | Prices have *risen* surprisingly.
| 物價上漲得很驚人。
❻出頭, 發跡 | Do you want to *rise* in the world?
| 你想在世上出人頭地嗎?
❼(水)高漲 | The river *rose* after the rain.
| 雨後河流水位上漲。

❽(河流)起源 | The Rhine *rises* **in** the Alps. 萊茵河起源於阿爾卑斯山。
❾反叛, 反抗 | The slaves *rose* **against** him. 這些奴隸起來反抗他。

► rise 和 raise		
rise	不(上升)	㋺ rise—rose—risen
raise	及(舉起)	規 raise—raised—raised

🅑 -s [-ɪz]
名❶斜坡 | The car went up the *rise*. 車開上坡。
❷英 加薪 | We asked for a *rise*. 我們要求加薪。
美 raise |
❸上升, 增加 | a *rise* in prices 物價的上漲
give rise to ... 引起… | His words *gave rise to* doubts. 他的話引起了疑惑。
risk [rɪsk; rɪsk] 🅑 -s [-s]
名危險, 冒險 | The project involves great *risks*. 這個計畫有著很大的風險。
| He **ran the** *risk* of losing his life. 他冒著喪失生命的危險。

► danger, peril, risk	
danger	……為「危險」的一般用語。
peril	……指迫在眼前的災難。
risk	……「自己有決心向危險挑戰」或是「有遇上危險的可能性」。

at one's *own risk* 自行負責 | He did it *at his own risk*. 他做這件事由自己負責。
at the risk of ... 冒…之險 | He rescued the drowning child *at the risk of* his life. 他冒著生命的危險拯救了那個落水的小孩。
—— 🅑 -s [-s] 🅑 -ed [-t]; -ing
動 及 (生命)冒險 | He *risked* his fortune to complete his lifework. 他冒著喪失財產的危險要完成他的終身志業。
衍生 形 **risky**(危險的, 冒險的)
rite [raɪt; raɪt] 🅑 -s [-s] ► 和 right, write 同音。
名儀式, 典禮 | *rites* of baptism 洗禮
rival [`raɪvl; 'raɪvl] 🅑 -s [-z]
名❶對手, 競爭者 | The two boys are *rivals* in chess. 這兩個孩子棋逢對手。
❷匹敵的(人) | As a poet he was the only *rival* to Wordsworth. 就詩人而論, 只有他能和華滋華斯分庭抗禮。
衍生 名 **rivalry**(對抗, 競爭)
river [`rɪvə; 'rɪvə(r)] 🅑 -s [-z]
名河川 | I fished in the *river*. 我在河中釣魚。

► 表示河流名稱時, 美 為 the *River* Thames(泰晤士河), 而美 為 the Hudson *River*(哈得遜河), 可是通常都把 River 省略, 而說成如 the Thames 等。

road [rod; rəʊd] 🅑 -s [-z] ► 和 rode 同音。
名❶道路, 路 | The *road* leads to Taipei. 這條路通往台北。

► road, street, path, way	
road	………車輛通過的大馬路, 若有人行道(sidewalk)時則指車道。
street	………兩側有建築物、商店的市內道路。
sidewalk	……和車道相對的人行道。英 pavement。
path	………小路。
way	………抽象意義的道路。

road 路
street 市街道
sidewalk 人行道
street 市街
town 城鎮
city 都市
path 小路

❷(比喻用法)途徑, 手段, 方法 | There is no royal *road* to learning 求學之路無捷徑可循。
複合 名 **roadside**(路旁)
roam [rom; rəʊm] 🅑 -s [-z] 🅑 -ed [-d]; -ing
動不 徘徊, 漫遊 | She *roamed* **about** [**through**] the world. 她漫遊世界。
roar [ror, rɔr; rɔ:(r)] 🅑 -s [-z] 🅑 -ed [-d]; -ing
動不❶(猛獸)咆哮 | The lion *roared*. 那獅子咆哮了。

roar（咆哮）   bark（狗吠）

❷(人)呼號;大笑 | He *roared* **with** pain. 他痛苦地呼號。
| *roar* **with** laughter 哈哈大笑
❸呼嘯 | The wind was *roaring* outdoors. 風在門外呼嘯。
—— 🅑 -s [-z]
名(猛獸的)吼叫聲;呼號;大笑聲 | the *roars* of a lion 獅子的吼叫／the *roar* of the waves 波浪的怒號／*roars* of laughter 大笑聲
roast [rost; rəʊst] 🅑 -s [-s] 🅑 -ed [-ɪd]; -ing
動 及 烤(肉等) | She is good at *roasting* beef. 她很會烤牛肉。

► 「烤」的同義字	
roast	………直接用火烤「肉」。
broil	………直接用火或放於鐵網上烤「肉」。
grill	………把「肉」放在鐵網上烤。
bake	………烤製「麵包(糕餅等)」。

—— 形 紅燒的 | *roast* beef 紅燒牛肉
rob [rɑb; rɒb] 🅑 -s [-z] 🅑 **robbed** [-d]; **robbing**
動 及 ❶搶劫;剝奪 | He *robbed* me **of** my wallet. 他搶我的皮夾。
| I was *robbed* **of** my wallet. 我的皮夾被搶走了。

▶注意 rob 與 steal 的用法

rob ……強行奪取:「rob＋人＋of＋物」

steal …趁人不備偷取:「steal＋物＋from＋人」

▶ "He robbed my wallet." "I was stolen." 都是錯誤的。

●(從…)盜取物 | My house was *robbed* while I was on vacation. 我去渡假時我家遭了小偷。

衍生 名 **ròbbery**(搶奪;盜案)

bber [ˈrabə; ˈrɒbə(r)] 働 **-s** [-z]

名盜賊, 強盜 | The *robber* was arrested on the spot. 強盜當場被捕。

▶ robber, thief, burglar

robber …拿出武器威脅當面強行奪走財物的強盜。

thief …趁人不備竊走財物的小偷。

burglar …晚上侵入家中的竊賊。

be [rob; rəʊb] 働 **-s** [-z]

名寬鬆的外袍;(常用複數)禮服, 官服 | a baby's *robe* 嬰兒袍／a judge's *robe* 法官的外袍／bishop's *robes* 主教的長袍

複合 名 **āthróbe** 浴衣

bin [ˈrabɪn; ˈrɒbɪn] 働 **-s** [-z]

名(鳥)知更鳥, 鳥的一種 | How does a *robin* sing? 知更鳥的叫聲是什麼樣子呢?

bust [roˈbʌst; rəʊˈbʌst] 比 **-er** 働 **-est**

形健壯的, 強壯的 | He is a *robust* man. 他是個強壯的人。

ck[1] [rak; rɒk] 働 **-s** [-s]

名❶岩石, 岩壁 | I sat on a large flat *rock*. 我坐在一塊大而平坦的岩石上。

❷岩石;石;石頭 | He threw a *rock* at the dog. 他丟一塊石頭打那狗。

❸(複數形)暗礁 | The ship ran against the *rocks*. 這條船觸礁了。

衍生 形 **rócky**(岩石的;多岩石的)

ck[2] [rak; rɒk] 働 **-s** [-s] 働 **-ed** [-t]; **-ing**

動 不 前後[左右]地擺動 | The earthquake *rocked* the house. 地震使房屋晃動。

及搖動 | The trees *rocked* in the wind. 樹木在風中搖動。

同 shake

▶ rock, swing, sway

rock
劇烈的搖動

swing
垂下來的東西擺動

sway
樹枝等搖動

複合 名 **ròcking cháir**(搖椅)

rocket [ˈrakɪt; ˈrɒkɪt] 働 **-s** [-s]

名火箭 | The *rocket* was launched to the moon. 火箭向月球發射。

▶掛在項鍊下的墜子叫做 locket。

rod [rad; rɒd] 働 **-s** [-z]

名❶棍, 棒 | a fishing *rod* 釣竿

❷鞭子;(加 the)(形罰的)鞭打 | Spare the *rod* and spoil the child. 省了鞭子, 害了孩子。〔不打不成器。〕(諺語)

rogue [rog; rəʊg] 働 **-s** [-z]

名❶歹徒, 流氓 | The *rogue* deceived her. 那個流氓欺騙了她。

❷淘氣鬼 | The boy is a little *rogue*. 那個男孩是個小淘氣。

role [rol; rəʊl] 働 **-s** [-z] ▶與 roll(滾)同音。

名(演員的)角色;作用;任務 | He played the *role* of Hamlet. 他扮演哈姆雷特的角色。

同 part | a mother's *role* 母親的任務

roll [rol; rəʊl] 自 **-s** [-z] 働 **-ed** [-d]; **-ing** ▶與 role(角色)同音。

動 不 ❶滾 | The ball *rolled* down the hill. 那球滾下了山。

❷(車)前進 | A carriage *rolled* down the street. 一部馬車在街上奔馳前進。

❸旋轉;跟蹌 | The hog *rolled* in the mud. 豬在泥濘中打滾。

❹(時間)過去 | The years *rolled* on. 歲月流逝。

❺(船)左右地搖擺

▶「前後地搖擺」是 pitch。

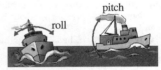

The ship *rolled* in the waves. 船在浪中左右搖晃。

❻(雷, 大鼓)隆隆作響 | The thunder *rolled* in the distance. 雷在遠處隆隆作響。

及 ❶滾動 | He *rolled* a snowball. 他滾一個雪球。

❷捲繞 | She *rolled* the string **into** a ball. 她把線捲成了一個球。

❸壓平;輾平 | *roll* a tennis court 輾平網球場

roll up
捲;捲起 | He *rolled up* the carpet. 他捲起地毯。

—— 働 **-s** [-z]

名❶出席簿;名簿;名單 | He called the *roll*. 他點名。

❷捲著的東西 | a *roll* of cloth 一捲布

❸隆隆聲 | the *roll* of thunder 雷聲隆隆

❹(船)左右搖擺 | The *roll* of the ship made me sick. 船搖來搖去讓我想吐。

▶前後搖擺是 pitch。

複合 名 **ròll cáll**(點名, 查堂)

roller [ˈrolɚ; ˈrəʊlə(r)] 働 -s [-z]
名 滾筒 ▶ 用來壓路、印刷、壓平。
複合名 ròller cóaster((遊樂場所的)雲霄飛車), ròller skáting((運動的)用輪式溜冰鞋溜冰)

Roman [ˈromən; ˈrəʊmən]
形 古代羅馬的; *Roman* numerals 羅馬數字／*Roman*
羅馬(人)的　　Catholicism 羅馬天主教, 天主教
—— 働 -s [-z]
名 羅馬人　　▶ 用於古代羅馬人或現代的羅馬人。

┌─── ▶ **Roman numerals** 羅馬數字 ───┐
普通的計算用字叫做 Arabic numerals(阿拉伯數字)

Arabic	Roman	Arabic	Roman
1	I	30	XXX
2	II	40	XL
3	III	50	L
4	IV	60	LX
5	V	70	LXX
6	VI	90	XC
7	VII	100	C
8	VIII	200	CC
9	IX	400	CD
10	X	500	D
11	XI	600	DC
20	XX	900	CM
21	XXI	1,000	M

複合名 the Ròman Émpire(古代羅馬帝國), the Ròman Càtholic Chùrch(羅馬天主教會)

romance [roˈmæns, ˈromæns; rəʊˈmæns]
名 ❶中世紀的 *romances* about King Arthur
騎士故事 亞瑟王的騎士故事
❷浪漫故事;浪 The novelist wrote several
漫作品 *romances*.
這個小說家寫了一些浪漫作品。
❸浪漫事跡;風 Their meeting was quite a *romance*.
流韻事;傳奇事 他們的相遇是一段非常浪漫的韻事。
件;戀愛
衍生形 romàntic(羅曼蒂克的;空想的)

Rome [rom; rəʊm]
名 (地名)羅馬 Do in *Rome* as the Romans do.
入鄉隨俗。
▶ 義大利的首 *Rome* was not built in a day.
都 羅馬不是一天造成的。〔大事業並非一朝
一夕造成。〕(諺語)

roof [ruf; ru:f] 働 -s [-s]
名 ❶屋頂 the *roof* of a house
房子的屋頂
❷頂部, 最高處 the *roof* of a building
建築物的頂樓

roof ❶

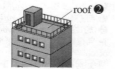
roof ❷

room [rum; ru:m] 働 -s [-z]
名 ❶房間, 室 They went from the living *room*
the dining *room*.
他們從客廳走到餐廳。
❷空間 Will you make *room* for me?
▶ 不加冠詞。 能不能讓個位子給我?
▶ 在公車, 火車上找到座位想坐下時
只要向旁邊的人說 "Is this seat
taken?" 即可達意。
❸餘地;可能性 There is no *room* for doubt.
沒有質疑的餘地。
There is much *room* to improve
the plan.
這個計畫還大有改善的餘地。
衍生形 ròomy(寬敞的;廣大的)

rooster [ˈrustɚ; ˈru:stə(r)] 働 -s [-z]
名美 雄雞 ▶ 在美國 rooster 較 cock 常被使用
働 hen

root [rut; ru:t] 働 -s [-s] ▶ 與 route 同音。
名 ❶根 ▶ 包括 We dug up the *root* of the tree.
地下莖。 我們挖起了這棵樹的根。
❷根源;根基 the *root* of evil
罪惡的根源
—— 働 -s [-s] 働 -ed [-ɪd]; -ing
動及 ❶植根於 It is *rooted* in experience.
它是根植於經驗的。
❷根除 We *rooted* up weeds.
我們把雜草連根除掉。
❸使固定 He was *rooted* to the spot by fear.
他嚇得動彈不得。
不 生根 The plant *roots* quickly.
這種植物生根生得很快。

rope [rop; rəʊp] 働 -s [-s]
名 繩索 Grasp the *rope*.
抓住繩索。

┌─── ▶ **rope** 的同義字 ───┐
thread ……線, 指較細的線, 如縫紉用的線。
string ……繩子, 比 cord 細, 比 thread 粗。
cord ……繩索, 比 rope 細, 比 string 粗。
rope ……繩索, 比 cord 粗而結實。
cable ……二條以上的金屬絞合而成的電纜或鋼
索。

rose[1] [roz; rəʊz] 働 -s [-ɪz]
名 (植物)玫瑰; Every *rose* has its thorn.
玫瑰樹 =No *rose* without a thorn.
玫瑰都有刺。〔人生沒有十全十美。〕(諺語)

rose[2] [roz; rəʊz] 動 rise 的過去式

rosy [ˈrozɪ; ˈrəʊzɪ] 働 rosier 働 rosiest
形 ❶玫瑰色的; She has *rosy* cheeks.
紅潤的 她的雙頰紅潤。
❷光明的;樂觀 a *rosy* future 光明的前途
的

rot [rɑt; rɒt] 働 -s [-s] 働 rotted [-ɪd]; rotting
動 不 ❶腐爛; The fruit *rotted*.
使腐爛 這果實腐爛了。

▶「腐爛」在英文中的用法

rot …………相當程度的腐爛。
spoil ………開始腐爛。
decay ………完全腐爛掉了。
▶ 表示食物腐敗時也可用 go bad。

•tate [`rotet; rəʊ'teɪt] ㊂ **-s** [-s] ㊍ **-d** [-ɪd]; **rotating**

動㊅ ❶旋轉	A top *rotates* on its axis.
㊂ revolve	一隻陀螺以軸爲中心而旋轉。
▶像車輪、陀螺、地球等以軸爲中心的旋轉。	
❷(輪流)交替	The seasons *rotate*.
	四季交替。

spring春

多winter   summer夏

fall
(autumn) 秋

衍生 名 **rotâtion**(旋轉;(天體的)自轉)

•tten [`rɑtn; 'rɒtn] ㊎ **-er** ㊏ **-est**

形 腐敗的	*rotten* meat 腐爛的肉

•ugh [rʌf; rʌf] ㊎ **-er** ㊏ **-est**

形 ❶(表面)粗 糙的,不平的	The paper feels *rough*. 這種紙摸起來很粗糙。 a *rough* road 崎嶇的道路
❷粗魯的,粗野 的	She is *rough* in speech. 她言行粗鄙。
❸概略的,大體 的	He made a *rough* sketch. 他畫了一張概略的草圖。
❹洶湧的;狂暴 的	a *rough* sea 波濤洶湧的海／*rough* weather 狂風暴雨的天氣

衍生 副 **roughly**(概略地;粗魯地;草率地)

•und [raʊnd; raʊnd] ㊎ **more~** ㊏ **most~**

形 ❶圓的	It is neither *round* nor square. 它旣不是圓,也不是方的。
▶ 用於表示圓的、球形、圓筒狀的東西。	

round orange

round post

round table

❷肥胖的,豐滿 的 ㊐ plump	He has *round* arms. 他的雙臂圓滾肥胖。
─ 名 **-s** [-z]	
❶旋轉	the earth's yearly *round* 地球的公轉
❷(用複數)巡邏	The policeman is **on** his *rounds*. 警察正在巡邏。
❸(比賽的)一回 合	a match of ten *rounds* 十回合的比賽
─ 副 ▶ 在英國表示靜態用 around, 表示動態用 round; 且在美國幾乎都用 around。	
❶環繞	He looked all *round*. 他環顧四周。
❷周而復始地, 循環地	Winter will soon come *round*. 冬天馬上就要來臨了。

❸圓周地,周圍 地	The tree is 50 inches *round*. 這棵樹的圓周是五十吋。
❹四處地;在各 處	He showed me *round*. 他帶我到四處看看。
❺普及地	There is just enough wine to go *round*. 酒正好分給每一個人。
❻繞遠路地	They went home **a long way** *round*. 他們繞遠路回家。

all the year round

一年到頭	They can swim in the sea *all the* *year round*. 他們一年到頭都能在海裡游泳。
─ 介 在美國日常生活中都用 around。⇨副	
❶繞著	The earth goes *round* the sun. 地球繞著太陽旋轉。
❷繞行	He walked *round* the corner. 他拐過轉角處。
❸到…的各處	She took me *round* the town. 她帶我到城裡各處逛。
❹在…的周圍	We sat *round* the fire. 我們圍坐在火旁。
❺約在	He called on her *round* noon. 他在中午左右去拜訪她。

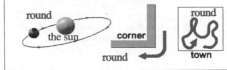

round   the sun   corner   round   round   town

─ ㊂ **-s** [-z] ㊍ **-ed** [-ɪd]; **-ing**	
動㊅㊅ ❶使成 圓形;變圓	The stream *rounded* the stones. 河水把石頭沖成圓形。
❷繞行	The ship *rounded* the cape. 那條船繞過海角。

複合 形 **roundabóut**(間接的;繞遠路的)名 **róund trìp**
(㊍ 來回旅行㊂ return trip)

rouse [raʊz; raʊz] ㊂ **-s** [-ɪz] ㊍ **-d** [-d]; **rousing**

動㊅ ❶弄醒,叫 醒	I was *roused* by the telephone. 我被電話鈴聲吵醒。
❷鼓舞;激起(感 情)	His performance *roused* the audience **to** enthusiasm. 他的表演激起群眾的熱情。

---▶ 注意動詞變化---

rouse	㊅ (喚醒)—roused	—roused
arouse	㊅ (喚醒)—aroused	—aroused
rise	㊅ (上升)—rose	—risen
arise	㊅ (發生)—arose	—arisen
raise	㊅ (舉起)—raised	—raised

▶ rouse 當㊅ 時動詞爲(清醒;振作)。

route [rut, raʊt; ru:t] ㊏ **-s** [-s] ▶ 與 root 同音。

名 路線;航路; 航線 ㊐ course	It's the quickest *route* **to** Europe. 這是到歐洲最快的路線。

routine [ru`tin; ru:'ti:n] ㊏ **-s** [-z]

名 例行公事;日 常工作	I am tired of my daily *routine*. 我對每天的例行公事感到厭煩。

rove [rov; rəʊv] ⊜ **-s** [-z] ⊛ **-d** [-d]; **roving**
動不 漂泊, 流浪 ｜ They *roved* in distant lands.
同 wander ｜ 他們在遠方漂泊。

row[1] [ro; rəʊ] ⊛ **-s** [-z]
名 列, 橫列 ｜ The students stood **in** a *row*.
｜ 學生站成一列。

stand in a row　a row of trees　the front row
站成一列　　一排樹木　　　前排

row[2] [ro; rəʊ] ⊜ **-s** [-z] ⊛ **-ed** [-d]; **-ing**
動及 ❶划(船) ｜ We *rowed* a boat on the lake.
｜ 我們在湖上划船。
❷(用船)划運 ｜ He *rowed* us across the river.
(人・物) ｜ 他划船渡我們到河的對岸。
不 划船 ｜ He *rowed* **to** the island.
｜ 他划向那島。

━━ ⊛ **-s** [-z]
名 划船 ｜ We had a *row* on the lake.
｜ 我們在這個湖上划過一次船。

row[3] [raʊ; raʊ] (注意發音) ⊛ **-s** [-z]
名 (口語)❶口 ｜ He had a *row* **with** his brother.
角, 爭吵 ｜ 他和弟弟發生口角。
❷吵鬧, 騷動 ｜ kick up a *row* 引起騷動

▶━━ 注意 row 的發音━━━━
列 …… [ro] 　　　划船… [ro]
吵鬧 …… [raʊ]

royal ['rɔɪəl; 'rɔɪəl] ▶ loyal(忠誠的, 忠實的)
形 ❶國王的;女 ｜ the *royal* family 王室, 王族／ *royal*
王的;王室的;高 ｜ power 國王〔女王〕的權力／ *royal*
貴的;容易的 ｜ road 捷徑 ⇨ road ❷
❷(大寫)皇家 ｜ the *Royal* Academy (of Arts) (英國
的;王國的 ｜ 的)皇家美術學院
❸君王般的 ｜ *royal* dignity
｜ 君王般的威嚴

royalty ['rɔɪəltɪ; 'rɔɪəltɪ] ⊛ **royalties** [-z]
名 ❶(常用複 ｜ The author receives a *royalty* of six
數)版稅 ｜ percent of the price.
｜ 作者抽取書款百分之六的版稅。
❷王位, 王權; ｜ Kings, queens, princes, and
(總稱)王族;王 ｜ princesses are *royalty*.
室 ｜ 國王、皇后、王子和公主都是王室。

rub [rʌb; rʌb] ⊜ **-s** [-z] ⊛ **rubbed** [-d]; **rubbing**
動及 ❶擦, 揉 ｜ He *rubbed* his sleepy eyes.
｜ 他揉了惺忪的雙眼。
❷摩擦 ｜ He *rubbed* his hands.
｜ 他摩擦雙掌。

▶━━ rub 和 stroke━━━━
rub …………擦, 摩擦
stroke ……撫摸:He *stroked* the kitten.
　　　　　　(他撫摸小貓。)

rubber ['rʌbɚ; 'rʌbə(r)] ⊛ **-s** [-z]
名 ❶橡膠 ｜ a *rubber* band
｜ 橡皮圈, 橡皮帶
❷橡皮擦 ｜ This pencil has a *rubber*.
｜ 這隻鉛筆帶有橡皮擦。
❸(常用複數)膠 ｜ Wear *rubbers* over your shoes wh
鞋, 鞋套 ｜ it is raining.
｜ 下雨時, 在你的鞋上套上一雙膠鞋。

rubbish ['rʌbɪʃ; 'rʌbɪʃ] ⊛ 無
名 ❶垃圾, 廢物 ｜ a pile of *rubbish* 垃圾堆
❷無聊的想法 ｜ He talked a lot of *rubbish*.
同 nonsense ｜ 他說了一大堆廢話。

ruby ['rubɪ; 'ru:bɪ] ⊛ **rubies** [-z]
名 紅寶石 ｜ a *ruby* ring
｜ 紅寶石的戒指

rude [rud; ru:d] ⊕ **-r** ⊛ **-st**
形 無禮的;粗陋 ｜ Don't be *rude* **to** the guests.
的 ｜ 不要對客人無禮。
反 polite ｜ It is *rude* **of** you to say such a
｜ thing.＝You are *rude* **to** say such
｜ thing.
｜ 你說這種事是沒有禮貌的。
衍生 副 **rùdely**(無禮地;粗陋地)

rudiment ['rudəmənt; 'ru:dɪmənt] ⊛ **-s** [-s]
名 (用複數)初 ｜ the *rudiments* of arithmetic
步;基礎 ｜ 算術的基本原理
衍生 形 **rúdimèntary**(初步的;未發達的;發育未全的)

rug [rʌg; rʌg] ⊛ **-s** [-z]
名 地毯 ｜ A *rug* is used to cover a portion
⊛ 圍毯 ｜ a floor.
｜ 地毯是用來鋪蓋地板的一部分。

▶ carpet 是鋪
滿整個房間, 而
rug 是鋪在桌下
或火爐前, 或是
地板的一部分。
｜ rug

rugged ['rʌgɪd; 'rʌgɪd] (注意發音) ⊕ **-er** ⊛ **-est**
形 ❶崎嶇的 ｜ They went over a *rugged* mounta
｜ 他們爬越一座崎嶇的山。
❷(面貌)有皺紋 ｜ The old fisherman had *rugged*
的 ｜ features.
｜ 這個老漁夫皺紋滿面。

ruin ['ruɪn; 'rʊɪn] ⊛ **-s** [-z]
名 ❶毀滅, 滅 ｜ Gambling brought about his *ruin*
亡;衰敗 ｜ 賭博招致他的毀滅。
❷荒廢;(用複 ｜ the *ruins* of Rome 羅馬的廢墟
數)廢墟

▶━━ ruin 和 destruction━━━━
ruin ………任何破壞力引起的傾毀, 或因墮落、
　　　　　　疏忽等導致的毀滅敗亡。
destruction ……為最普通的字, 指外力帶來的摧毀
　　　　　　或破壞。

━━ ⊜ **-s** [-z] ⊛ **-ed** [-d]; **-ing**
動及 使毀滅;破 ｜ The rain *ruined* our plan.
壞 ｜ 這場雨破壞了我們的計畫。

[衍生][形] **rùinous** (毀壞的；荒廢的)

le [rul; ru:l] [複] **-s** [-z]

[名] ❶規則，規定	We must obey the school *rules*. 我們必須遵守校規。
❷(世間一般的)慣例；習慣	Failure is the *rule*, success the exception. 失敗是司空見慣的，成功是例外的。
❸支配，統治	His *rule* **over** the country lasted for fifty years. 他統治這個國家持續了五十年之久。

a rule*＝*as a general rule

通常地，照例地	I get up at five *as a rule*. 我通常在五點起床。

ke it a rule to* V＝*make a rule of* V*ing

養成…的習慣；照例要…；總是…	I *make it a rule to* read before going to bed. 我養成睡前看書的習慣。

- [三] **-s** [-z] [規] **-d** [-d]; **ruling**

[動][及] ❶統治	The queen *ruled* the country. 女王統治這個國家。

—▶ **govern 和 rule**

govern ……爲了維持社會秩序或大眾的利益等而運用權力。
govern with the consent of the majority (由大多數的同意而治理)

rule ………指擁有絕對而專制的權力。

❷(被動式)順從	Don't be *ruled* by your passions. 不要感情用事。
❸控制；抑制	His reason *ruled* his anger. 他的理性抑制了他的憤怒。
❹(線)畫	He *ruled* lines **on** the paper.＝He *ruled* the paper **with** lines. 他在紙上畫線。
[不]統治；支配(國家，國民)	The king *ruled* **over** the country. 那國王統治這個國家。

ler [ˋrulɚ; ˈru:lə(r)] [複] **-s** [-z]

[名] ❶支配者，統治者	There was once a cruel *ruler* in the country. 這國家以前有過一個殘酷的統治者。
❷尺	

尺 ruler　三角板 triangle

mor, [英] **rumour** [ˋrumɚ; ˈru:mə] [複] **-s** [-z]

[名] 謠言，傳說	There is a *rumor* **that** the Cabinet will soon resign. 謠傳內閣很快就要辭職。

- [三] **-s** [-z] [規] **-ed** [-d]; **-ing** [ˋrumərɪŋ]

[動][及] 謠傳…	It is *rumored* **that** he is ill. ＝He is *rumored* **to** be ill. 謠傳說他生病了。
▶大多用被動語態。	

n [rʌn; rʌn] [三] **-s** [-z] [不] **ran** [ræn]; **run**；**running**

[動][不] ❶奔跑；奔馳	Let's *run*. 讓我們跑吧。 He *ran* up the steps. 他跑上台階。 The car *ran* 50 miles an hour. 這汽車以時速五十哩的速度奔馳。 *Run!* 跑！▶也有「快逃吧」的意思。
❷逃跑，逃亡	He *ran* for his life. 他拚命逃脫。
❸(機器)轉動	The engine stopped *running*. 引擎停止轉動了。
❹(河流・液體)流動	The river *runs* into the sea. 這條河流入大海。 Tears *ran* down her cheeks. 眼淚從她雙頰流下。

❺(交通工具定期的)行駛；往來	Buses *run* every ten minutes. 巴士每隔十分鐘開一班。
❻變成…的狀態；成爲 ▶用在情況變壞的時候。	The oil is *running* **short**. 油快用光了。 The river *ran* **dry**. 這條河變乾了。
❼延續；繼續	This road *runs* **to** the lake. 這條路一直通向湖邊。 The play *ran* for two years. 這齣戲連續演了兩年之久。
[及] ❶經營(商店等)	His father *runs* a restaurant. 他的父親經營一家餐館。
❷使跑；騎(馬)奔馳	He *ran* his horse up and down. 他策馬跑來跑去。
❸以奔跑進行；像是以奔跑完成，跑腿	*run* a race 賽跑／*run* **errands** for someone 幫某人跑腿
❹冒著(危險)	He *ran* **the risk of** losing his life. 他冒著喪失生命的危險。
❺開動；操作	*run* a machine 操作機器

***run across* …** [同] come across ...

偶遇…；邂逅…	I *ran across* my old teacher yesterday. 我昨天遇到我以前的老師。

***run after* …** 追趕…	He *ran after* the thief. 他追趕這個小偷。
***run against* …** 撞上…	The car *ran against* the wall. 這部汽車撞上牆壁。
run away 逃跑	The thief *ran away*. 這小偷逃跑了。

run down

❶流下	Tears *ran down* her cheeks. 眼淚由她的雙頰流下來。
❷(鐘錶等)停止	The clock has *run down*. 時鐘已經停了。

❸(車)撞倒(人)   He was *run down* by a car.
他被汽車撞倒。

run into ...

❶撞上…   His car *ran into* the fence.
他的汽車撞進籬笆裡。

❷偶遇…   I *ran into* my old friend Tom.
我偶然遇見我的老友湯姆。

run out

❶用盡   Our money *ran out*.
我們的錢用光了。

❷(期限)結束   The lease of the house had *run out*.
這房子租約已經到期了。

run out of ...
耗盡…   I have *run out of* sugar.
我已經把糖用光了。
▶ 通常用被動語態。

run over ...
(車)壓過…, 輾   He was *run over* by a truck.
過…(人等)   他被卡車輾過。

— 複 **-s** [-z]

名 ❶跑; 賽跑   He had a good *run*.
他跑了一次好成績。

❷連續演出   The play had a two-year *run*.
這齣戲連續演出了兩年。

❸(棒球, 壘球   He made three *runs*.
等)得分   他得了三分。

in the long run   Honesty will pay *in the long run*.
終究   誠實終究會得到報償。
▶ after all 是「最後變成…」, in the long run 是「經過一段時間以後, 會變成…」。

runner [ˋrʌnɚ; ˊrʌnə(r)] 複 **-s** [-z]
名 跑者, 跑的人   He is a fast *runner*.
(＝He runs fast.) 他跑得很快。

running [ˋrʌnɪŋ; ˊrʌnɪŋ]
副 連續地   He won for five years *running*.
他連續五年獲勝。
▶ 也可寫成 five years **in a row**。

runway [ˋrʌnˏwe; ˊrʌnˏweɪ] 複 **-s** [-z]
名 (飛機的)跑   The plane left the *runway*.
道   飛機離開跑道。

rural [ˋrʊrəl; ˊrʊərəl]
形 田園的, 鄉村   He lived a *rural* life.
的   他過著田園生活。

rural 田園的   urban 都市的

┌──▶ **rural** 和 **rustic**──────
rural ………客觀地指與「都市的」相對之「鄉村的」。
rustic ………強調鄉村的粗野、樸素。
└─────────────────────────

rush [rʌʃ; rʌʃ] 三 **-es** [-ɪz] 過 **-ed** [-t]; **-ing**
動 不 急奔, 衝回   He *rushed* **out of** the store.
dash   他從店裡衝了出來。

及 ❶急促進行;   They *rushed* the injured boy **to** the
急送   hospital.
他們把受傷的男孩火速送到醫院去。

❷催促   His mother *rushed* him.
他母親催促他。

❸急速做; 趕緊   I have to *rush* this work.
做   我必須趕快做這個工作。

— 複 **-es** [-ɪz]
名 突進; 衝向   He made a *rush* for the door.
他衝向門口。

複合 名 **rùsh hóur**(通常指上下班的尖峰時間) ▶ 常用
the rush hours。

Russia [ˋrʌʃə; ˊrʌʃə]
名 ❶(蘇聯加盟   ▶1991年, 前蘇聯(U.S.S.R.)瓦解後
共和國的)俄羅   成為獨立國協(C.I.S.)的一員, 亦作 t
斯   Russian Federation(俄羅斯聯邦)。
❷俄羅斯帝國   ▶是東歐帝國, 於 1917 年大革命中滅
亡。

Russian [ˋrʌʃən; ˊrʌʃən]
形 俄國的   the *Russian* Revolution 俄國革命
— 複 **-s** [-z] ▶❷不用冠詞且為單數。
名 ❶俄羅斯人   He is a *Russian*.
他是一個俄國人。
▶俄羅斯人的總稱 the Russians。
❷俄語   He speaks *Russian*.
他說俄語。

rust [rʌst; rʌst] 複 無
名 銹   The knife was covered with *rust*.
這把刀生滿了鐵銹。

— 三 **-s** [-s] 過 **-ed** [-ɪd]; **-ing**
動 不 及 生銹;   My knife *rusted*.
腐朽   我的刀生了銹。

rustic [ˋrʌstɪk; ˊrʌstɪk]
形 鄉村的; 質樸   The cottage has a *rustic* charm.
的   這間小屋帶有樸素之美。
▶比 rural 更強調粗野、樸素。

rustle [ˋrʌsl; ˊrʌsl] (注意發音) 三 **-s** [-z] 過 **-d** [-d];
rustling
動 不 (衣服・樹   Her dress *rustled* as she walked.
葉)沙沙作響   她走動時衣服沙沙作響。
The leaves *rustled*.
樹葉沙沙作響。

— 複 無
名 沙沙聲   I heard the *rustle* of the leaves.
我聽到樹葉的沙沙聲。

衍生 形 名 **rùstling**(沙沙聲的; 沙沙聲)

rusty [ˋrʌstɪ; ˊrʌstɪ] 比 **rustier** 最 **rustiest**
形 生銹的   The sword got *rusty*.
這把劍生銹了。

rut [rʌt; rʌt] 複 **-s** [-s]
名 車轍; 溝槽;   I don't like to go on in the same
常規   *rut*. 我不喜歡墨守成規。

rye [raɪ; raɪ] 複 無
名 (植物)黑麥   ▶類似大麥, 通常做為家畜的飼料。
┌──▶麥的種類──────────
wheat(小麥), barley(大麥), rye(黑麥)
└─────────────────────────

— S —

Sabbath [`sæbəθ; 'sæbəθ] 图 **-s** [-s] ► 美 通常用小寫。

图 安息日 ┊ Real Christians keep the *Sabbath*. 眞正的基督徒守安息日。

► 停止工作與遊戲,爲休息與禱告的日子,基督徒以星期日爲安息日,猶太教以星期六爲安息日。

sack [sæk; sæk] 图 **-s** [-s]

图 大袋子;一袋 ┊ He bought a *sack* of potatoes. 的量 ┊ 他買了一袋馬鈴薯。

► sack 和 bag

sack ……比 bag 大,由粗布等製成,多用於裝穀物或食糧。

bag ……由皮革或紙等製成,用來裝錢、糖果、化粧品等。

---

sacred [`sekrɪd; 'seɪkrɪd] ► 注意勿與 secret (秘密的) 混淆。

形 ❶ 神聖的;宗 ┊ a *sacred* building 宗教建築物(敎會、教的 ┊ 寺院等)/the *sacred* altar 聖壇
同 holy

❷ 不可違背的; ┊ They made a *sacred* promise. 不可侵犯的;莊 ┊ 他們定下不可違背的諾言。嚴的

❸ 獻給…的,紀 ┊ This is a monument *sacred* to 念…的 ┊ Nelson. 這是獻給納爾遜的紀念碑。

衍生 副 **sācredly** (神聖地) 图 **sācredness** (神聖)

sacrifice [`sækrə‚faɪs, -‚faɪz; 'særɪfaɪs] 图 **-s** [-ɪz]

图 ❶ 犧牲;(棒 ┊ He made great *sacrifices* to educate 球) 犧牲打 ┊ his son. ┊ 他爲敎育兒子而作了很大的犧牲。

❷ 祭品;犧牲 ┊ animal *sacrifices* 牲畜的祭品

at [by] the sacrifice of …
以…爲犧牲 ┊ He saved her *at the sacrifice of* his life. ┊ 他爲救她而犧牲自己的生命。

— 三 **-s** [-ɪz] 過 **-d** [-t]; **sacrificing**

動 及 ❶ 犧牲 ┊ He *sacrificed* himself *for* [*to*] his country. ┊ 他爲國家而犧牲自己。

❷ 獻祭 ┊ They *sacrificed* an ox *to* Jupiter. ┊ 他們以一隻公牛向朱比特(羅馬的主神)獻祭。

sad [sæd; sæd] 比 **sadder** 最 **saddest**

形 ❶ (人) 悲傷 ┊ He felt *sad* because he lost his 的 ┊ mother. ┊ 他因喪母而覺得悲傷。

► sad 和 sorrowful

sad …………… 表「悲哀的」之義的一般用語。

sorrowful …… 意思稍强的字。

---

❷ (表情) 悲哀的 ┊ She gave me a *sad* look. ┊ 她以悲傷的眼光看我。

❸ (事物) 使人悲 ┊ *sad* news 噩耗 傷的

衍生 動 **sādden** (使悲傷) 副 **sādly** (悲傷地) 图 **sādness** (悲傷)

saddle [`sædl; 'sædl] 图 **-s** [-z]

图 (馬的) 鞍; ┊ The groom put a *saddle* on the (腳踏車的) 車座 ┊ horse. 馬夫置鞍於馬上。

saddle

safe [sef; seɪf] 比 **-r** 最 **-st**

形 ❶ 安全的 ┊ We are *safe* **from** the storm here. 反 dangerous ┊ 我們在這裡沒有受暴風雨傷害的危險。

❷ 無恙的,平安 ┊ He came home *safe*. 的 ┊ 他平安回家。

► 作爲補語,多用於「無恙的」之義。比 "He came home safely." 正式。

safe and sound
平安無恙地 ┊ He returned home *safe and sound*. ┊ 他平安無恙地回來了。

— 图 **-s** [-s]

图 保險箱 ┊ He kept the papers in the *safe*. ┊ 他把文件鎖在保險箱裡。

衍生 副 **sāfely** (安全地,無恙地)

safety [`sefti; 'seɪftɪ] 图 **safeties** [-z]

图 安全;平安 ┊ She was anxious for his *safety*. ┊ 她擔心他的安全。
┊ He came home in *safety*. ┊ 他平安地回家了。

複合 图 **sāfety zōne** ((道路的)安全地帶)

sagacious [sə`geʃəs, ‚se-; sə'geɪʃəs] (注意發音)

形 敏銳的;聰慧 ┊ He was a *sagacious* statesman. 的 同 wise ┊ 他是個賢明的政治家。

衍生 图 **sagacity** [sə`gæsətɪ] (聰慧,敏銳;洞察力)

sail [sel; seɪl] 图 **-s** [-z]

图 ❶ (船的) 帆 ┊ The captain ordered the sailors to ► 不用冠詞,也 ┊ hoist the *sails* [hoist *sail*]. 作「一艘船所有 ┊ 船長命令水手升帆。的帆」解。

sail 帆船

sail 帆

❷ (一艘) 帆船; ┊ There was not a *sail* in sight. (爲集合名詞) 船 ┊ 看不到一艘船。

❸(通常用單數) | 15 days' *sail* 15 天的航程／go for a
航程,航行 | *sail* 出外航行
set sail for … | We *set sail for* San Francisco.
啓航去… | 我們坐船啓程到舊金山去。
━━ ㊂ -s [-z] ㉺ -ed [-d] ; -ing
動㊀❶揚帆而 | A yacht is *sailing* on the lake.
行;航行 | 遊艇在湖上航行。
❷啓航 | The ship *sailed* **for** [**to**] Europe.
㊂ set sail | 這船駛往歐洲去。
㉺ ❶渡(海);航 | He was the first man to *sail* the
行 | Antarctic Ocean.
 | 他是第一個航行南極海的人。
❷駕駛(船) | Can you *sail* a yacht?
 | 你會駕駛遊艇嗎?
衍生 名 **sàilor**(船員,水手;海軍士兵), **sàiler**(帆船)
saint [sent; seint] ㉺ **-s** [-s]
名❶聖人,聖 | The boy was named after a *saint*.
者;聖徒 | 這男孩取了聖人的名字。
❷(用大寫)聖… | *St.* Luke 聖路加／*St.* Paul 聖保羅／
▶通常略作 | *Saint* Valentine's Day 情人節(2 月
St.,置於聖者名 | 14 日)
字之前。
衍生 形 **sàintly**(似聖人的,品德高尚的)
sake [sek; seik] ▶僅用於下列成語。
for the sake of … = for one's sake
爲了… | They fought *for the sake of* their
 | country. = They fought *for* their
 | country's *sake*. 他們爲國而戰。
┌──▶ 避免混淆──────
│ for the sake of…表「利益,目的」,意思是「爲了…」。
│ owing to …   ┐
│ on account of … ├ 表「原因,理由」,意思是「因爲…」。
│ because of …   ┘
│   He didn't come *because of* illness.
│   (他因病而沒來。)
└──────────────────

for God's [goodness', heaven's, mercy's] sake
看在上帝的份 | Save me *for God's sake*!
上;務請 | 務請救我!
▶ sake 之前的字以 s 爲最後一個字母時,則省略's 的 s,
如 for goodness' sake。
salad [`sæləd; 'sæləd] ㉺ **-s** [-z]
名沙拉;涼拌食 | a vegetable *salad* 生菜沙拉
品
salary [`sælərɪ; 'sæləri] ㉺ **salaries** [-z]
名(職員,公務 | I live only on my *salary*.
員等的)薪水 | 我只靠薪水過活。

┌──────────────────
│ salary………公務員或公司職員的月薪或年薪。
│ wage(s) ……按日、週、小時計的報酬。
│ fee …………律師或醫生等所收的費用。
│ pay …………報酬,爲最常用的字。
└──────────────────

複合 名 **sàlaried mán**(靠薪水生活的人)
sale [sel; seil] ㉺ **-s** [-z] ▶ sell(賣)的名詞
名❶販賣;銷路 | There was no *sale* yesterday.
 | 昨天沒有賣出任何東西。

❷廉售,大賤賣 | The store is having a *sale* on shoe
 | 這店正舉行鞋子大拍賣。
for sale | This car is *for sale*.
待售 | 這部汽車要出售。
on sale | Summer wear is *on sale*.
廉價出售 | 夏裝已經打折了。
複合 名 **salesman** [`selzmən](店員), **sàlesgírl**(女店員
salmon [`sæmən; 'sæmən](注意發音) ㉺ **salmon**
名 (魚)鮭魚
┌──▶ 魚有很多是單複同形的──
│ salmon(鮭魚)   trout(鱒魚)
│ carp(鯉魚)   tuna(鮪魚)
│ ▶ 動物中 deer(鹿)或 sheep(羊)是單複同形。
└──────────────────
saloon [sə`lun; sə'lu:n] ㉺ **-s** [-z]
名❶(船・旅館 | A concert was given in the *saloon*
等的)大廳 | of the ship.
 | 音樂會在船上的大廳中舉行。
❷㊍ 酒店 | He goes to the *saloon* every
㊂ bar | Saturday. 他每星期六去酒店。
㊐ public | 在我國也有直接譯爲「沙龍」的。
house
salt [sɔlt; sɔ:lt](注意發音) ㉺ 無
名鹽;食鹽 | Pass me the *salt*, please.
㋐ sugar | 請把鹽遞給我。
衍生 形 **sàlty**(有鹽味的,鹹的) ▶「辛辣的」稱爲 hot。
salute [sə`lut; sə'lu:t] ㉺ **-s** [-s]
名❶(以語言・ | He raised his hand in a *salute*.
動作的)致意 | 他舉手致意。
❷(軍隊的)敬禮 | The officer returned the *salute*.
 | 軍官回了禮。
━━ ㊂ -s [-s] ㉺ -d [-ɪd] ; saluting
動㉺ 打招呼;敬 | The students *saluted* each other.
禮 | 學生們互相打招呼。
衍生 名 **sàlutàtion**(致意;敬禮)
salvation [sæl`veʃən; sæl'veɪʃn] ㉺ **-s** [-z]
名救濟;救助的 | Christ was the *salvation* of my so
人或物 | 基督是我心靈的救主。
same [sem; seim] ▶常和 the, this, that 連用。
形相同的,同一 | We are **the** *same* age.
的,同樣的 | 我們同齡。
㋐ different | He wears **the** *same* suit every day
 | 他天天穿同樣的服裝。
 | Let's meet at **the** *same* place **as**
 | yesterday.
 | 我們在昨天同一地方見面吧。
 | Mark Twain and Samuel Clemen
 | were **one and the** *same* person.
 | 馬克吐溫和山姆克里門斯是同一個人
┌──▶ same 的同義字──
│ same ……指程度、質、量一樣的,若要加強語氣可作
│   the very *same*, one and the *same*,
│   self*same*。
│   We were born on the *same* day.
│   (我們是同一天生的。)
│ identical…連微細的地方也相同的。
│   two *identical* fingerprints(兩個一模一樣的指紋
└──────────────────

similar…大致相似的。
　　two *similar* fingerprints（兩個相似的指紋）
equal……指在程度、量、大小、價值上的完全相同。
　　of *equal* importance（同等重要的）
equivalent…指在價值、力量、意義等方面相等的。
　　One dollar is *equivalent* to about NT$ 31.5
　　（美金一元相當於新台幣 31.5 元左右。）

―――▶ the same ... that 和 the same ... as―――
This is *the same* pen *that* I lost.
（這就是我遺失的那枝筆。）
This is *the same* pen *as* I lost.
（這枝筆和我遺失的那枝筆一樣。）
▶ 但也有例外，下面的例句意義相同。
I use *the same* books *that* [*as*] you do.
我用的書和你用的書一樣。

▶ *the same time*
| ❶同時 | They began to laugh *at the same time*. 他們同時笑了起來。 |
| ❷可是 | She hates him, but *at the same time*, she pities him. 她討厭他，可是她又可憐他。 |

▶ 通常與 the 連用。
| 代 同樣的事〔物〕 | I'll do **the** *same* as you. 我將做同你一樣的事。 |

▶ *all the same*
| ❶儘管；仍然 | He has faults, but I like him *all the same*. 他有缺點，但是我仍然喜歡他。 |
| ❷無關緊要；沒兩樣 | It's *all the same* **to** me, whether it rains or not. 下雨或不下雨，對我都無關緊要。 |

▶ *just the same = all the same* ❶

sample [`sæmpl; 'saːmpl] 覆 -s [-z]
| 名 樣品，樣本 | Show me the *samples* of sweaters. 把毛衣的樣品給我看看。 |

sanction [`sæŋkʃən; 'sæŋkʃn] 覆 -s [-z]
名 ❶（法令等）准許；許可	We have the *sanction* of the law to play golf here. 法律准許我們在這裡打高爾夫球。
❷承認；支持；鼓勵	He needs the sanction of public opinion to carry out his plan. 他需要輿論的支持，實行他的計畫。
❸制裁，賞罰	social *sanction* 社會制裁

sanctuary [`sæŋktʃʊˏɛrɪ; 'sæŋktʃʊərɪ] 覆 sanctuaries [-z]
| 名 ❶神聖的場所 | A temple or church is a *sanctuary*. 寺廟或教堂是神聖的場所。 |
| ❷聖地（中世紀時法所不能及的教堂等）；避難所 | He sought *sanctuary* in a church. 他隱匿在教堂裡（以求庇護）。 |

sand [sænd; sænd] 覆 -s [-z]
| 名 ❶沙 | Mix *sand* and cement. 把沙和水泥混合起來。 |
| ❷（用複數）沙岸；沙漠 | Several children are playing on the *sands*. 有幾個小孩在沙灘上玩。 |

衍生 形 **sàndy**（沙的；多沙的）

sandwich [`sændwɪtʃ, ˏsæn-; 'sænwɪdʒ] 覆 -es [-ɪz]
| 名 三明治 | ham *sandwiches* 火腿三明治 |

▶ 十八世紀時，英國的 Sandwich 伯爵嗜賭，因捨不得離開賭桌用餐，而想出這種吃法。此字的語源即出於此。
――㉓ -es [-ɪz] 覆 -ed [-t]; -ing
| 動 ⑧ 夾在中間 | I was *sandwiched* **between** two big men. 我被夾在兩個大漢中間。 |

複合 名 **sàndwich mán**（胸前背後掛有廣告板，在街道做廣告的人）

sane [sen; seɪn] 比 -r 覆 -st
| 形 ❶頭腦清楚的；心智健全的 反 insane | The court judged him *sane* and responsible for his acts. 法官斷定他神志清楚，應對他的行為負責。 |
| ❷穩健的 | I think that is a *sane* policy. 我認為那是一種穩健的政策。 |

衍生 名 **sànity**（心智健全）

San Francisco [ˏsænfrən`sɪsko; ˏsænfrən'sɪskəʊ]
| 名 (地名)舊金山；三藩市 | ▶ 美國加州的港口城市。 |

sanitary [`sænəˏtɛrɪ; 'sænɪtərɪ]
| 形 ❶公共衛生的 | *sanitary* laws　公共衛生法／*sanitary* science 公共衛生學 |
| ❷合乎衛生的，清潔的 | The kitchen was not *sanitary*. 這廚房不乾淨。 |

衍生 名 **sánitàtion**（（公共）衛生）

Santa Claus [`sæntɪˏklɔz, `sæntə-; 'sæntə 'klɔːz, ˏsæntə 'klɔːz]
| 名 聖誕老人 ▶ St. Nicholas 的別稱。 | *Santa Claus* is believed to come through a chimney. 大家相信聖誕老人從煙囪進來。 |

sap [sæp; sæp] 覆 無
| 名 ❶樹的汁液 | Rubber is made from the *sap* of a tree. 橡膠是由樹的汁液製成的。 |
| ❷元氣，精力 同 vigor | The *sap* of youth made him do so. 青春的活力使他這樣做。 |

sarcasm [`sɑrkæzəm; 'saːkæzəm] 覆 無
| 名 譏諷，諷刺 | He said so in *sarcasm*. 他諷刺地這樣說。 |

衍生 形 **sarcàstic**（諷刺的）
―――▶「譏諷、諷刺」的同義字―――
irony	………因真正意思與字面意思相反，產生滑稽、譏諷的效果。
sarcasm	……指著意傷人的尖酸嘲弄，並且語帶輕視。
satire	………指挖苦或批評（特別是官員的）敗德、蠢事、習慣等的文章。

sash [sæʃ; sæʃ] 覆 -es [-ɪz]
| 名 窗框 | This *sash* is made of aluminum. 這個窗框是鋁製的。 |

Satan [`setn̩; 'seɪtən]（注意發音）
| 名 (基督徒所指的)魔鬼，魔王 | ―――▶ 避免混淆―――
Satan　[`setn̩]撒旦<br>Saturn　[`sætən](天文)土星 |

satellite [`sætl͵aɪt; 'sætəlaɪt] 愈 -s [-s]
名❶(天文學上的)衛星 ┊ The moon is the earth's *satellite*.
┊ 月球爲地球的衛星。
▶ 行星稱爲 planet。
❷人造衛星 ┊ a manned *satellite* 有人駕駛的人造衛星
▶ 人造衛星又稱 an artificial satellite, 或 a man-made satellite。
複合 名 **commúnicátion sàtellite**(通訊衛星)

satire [`sætaɪr; 'sætaɪə(r)](注意發音)愈 -s [-z]
名❶諷刺作品；諷刺文學 ┊ *Satire* flourished in the 18th century. 諷刺文學盛行於十八世紀。
❷譏諷, 挖苦 ┊ She is a stranger to *satire*.
┊ 她不曾諷刺過人。
衍生 名 **satirist** [`sætərɪst](諷刺文作者)

satisfaction [͵sætɪs`fækʃən; ͵sætɪs'fækʃn] 愈 無
名 滿足 ┊ She smiled **with** *satisfaction*.
┊ 她滿足地笑了。

satisfactory [͵sætɪs`fæktrɪ, -ərɪ; ͵sætɪs'fæktərɪ]
形 滿足的, 令人滿意的 ┊ The work was *satisfactory*.
┊ 這工作令人滿意。
─▶ 避免與 satisfied 混淆─
「他滿意了。」
(誤) He is satisfactory.
(正) He is *satisfied*.

衍生 副 **sátisfàctorily**(滿足地, 滿意地；充分地)

satisfy [`sætɪs͵faɪ; 'sætɪsfaɪ] ⊜ **satisfies** [-z] 愈 **satisfied** [-d]; **-ing**
動 ⊛ 使滿足；(用被動語態)滿足, 滿足的 ┊ The water *satisfied* his thirst.
┊ 水使他解渴。
┊ He was *satisfied* **to** know that.
┊ 他知道那事後, 感到滿意。
┊ She is *satisfied* **with** her son's progress.
┊ 她對於她兒子的進步感到滿意。
衍生 形 **sátisfýing**(滿足的)

Saturday [`sætədɪ, -de; 'sætədɪ] 愈 -s [-z] ▶ 略作 Sat.。
名 星期六 ┊ on *Saturday* 在星期六
▶ < Saturn's day(土星之日)

sauce [sɔs; sɔːs] 愈 -s [-ɪz]
名 調味汁 ▶ 淋在菜餚上的種種調味醬 ┊ The food was served **in** tomato *sauce*.
┊ 這食物淋上番茄醬上桌。
┊ strawberry ice cream **with** chocolate *sauce*
┊ 淋上巧克力醬的草莓冰淇淋

saucer [`sɔsɚ; 'sɔːsə(r)] 愈 -s [-z]
名 (咖啡杯或花盆等的)托碟

a cup and ✗ saucer ['kʌpən'sɔsɚ]
a saucer

複合 名 **flýing sàucer**(飛碟)
sausage [`sɔsɪdʒ, `sɑs-; 'sɒsɪdʒ] 愈 -s [-ɪz]
名 臘腸

savage [`sævɪdʒ; 'sævɪdʒ](注意發音)比 -r 最 -st
形 ❶野蠻的, 未開化的 ┊ a *savage* tribe 蠻族／a *savage* country 未開化的國家
❷粗魯的, 無禮的 ┊ He made a *savage* reply.
┊ 他粗魯地回答。
❸兇猛的；殘酷的 同 cruel ┊ They shot a *savage* lion.
┊ 他們射死一隻兇猛的獅子。
── 愈 -s [-ɪz]
名 野蠻人, 未開化的人；粗暴的人, 殘酷的人 ┊ There lived *savages* on the island.
┊ 那島上住著野蠻人。
衍生 名 **sàvagery, sàvageness**(未開化；野蠻)

save¹ [sev; seɪv] ⊜ **-s** [-z] 愈 **-d** [-d]; **saving**
動 ⊛ ❶救, 救助 ┊ You have *saved* my life.
┊ 你救我的命。
┊ They *saved* the old man **from** the fire.
┊ 他們從火場救出那個老人。
❷儲存, 貯蓄；節省 ┊ He *saved* a lot of money.
┊ 他存了很多錢。
┊ Save $5. 節省五元。
▶ 商品等的廣告用語。意思是「便宜五塊錢。」
❸節省(勞力・時間・費用等) ┊ *Save* some cakes **for** your sister.
┊ 留幾塊餅給妳妹妹吃。
▶ 可接兩個受詞。 ┊ This machine will *save* us a lot of trouble.
┊ 這部機器將使我們省去許多麻煩。
❹守護, 保護 ┊ God *save* the Queen!
┊ 上帝保佑女王!
不 儲蓄 ┊ He *saved* **for** the future.
┊ 他存錢以備將來之用。
衍生 名 **sàvings**(儲金), **sàvior**, 英 **sàviour**(救濟者), **the Sàvio(u)r**(救世主)

save² [sev; seɪv] ▶ 通常用 but, except。
介 (文)除…外 ┊ I go to school *save* (on) Sundays.
┊ 除了星期天外, 我都上學。
─▶ 「除…外」的同義字 ─
but ……… All *but* John were present.
(除約翰之外全都出席了。)
except … He did everything *except* begging.
(除了乞討之外他什麼都做了。)

savor, 英 **savour** [`sevɚ; 'seɪvə(r)] 愈 -s [-z]
名 味, 風味；趣味 ┊ The soup has a *savor* **of** onions.
┊ 這湯有洋蔥味。

saw [sɔ; sɔː] 愈 -s [-z] ▶ 拼法同 see 的過去式一樣。
名 鋸 ▶ 注意下面相近的字。

saw [sɔ] 鋸	sow [so] 播種	sew [so] 縫

——㈢ -s [-z] ㊹ -ed [-d] ㊅ 過去分詞是 **sawn** [sɔn]; -ing

動㊺ 鋸

He *sawed* a log **into** planks.
他把木頭鋸成厚板。

say [se; seɪ] ㈢ **says** [sɛz] ㊅ **said** [sɛd] (注意發音); -ing

▶ **say** 的同義字

speak	……口中說出話語;說某一國的話。如:speak English (說英文)
talk	……與人交談;談話。如:talk with me (和我談話)
say	……發出聲音說出來;說。如:say "English" (說 English 這個字)
tell	……對人說話;告知某事情。如:tell me the story of his life (告訴我他的生平事蹟)

動㊺ ❶說, 講

What did you *say*?
你說什麼?
Say "Please."
說「請」。
He *said* **that** he was tired.
他說他很疲倦。
He *said* **that** the earth is round.
他說地球是圓的。
▶ that 子句表眞理或至今尚未改變的事時,不變動時態。

❷(用被動語態)據說

He is *said* to be rich. = **It is** *said* **that** he is rich.
據說他很富有。

❸載(於書等上面)

The newspaper *says* [(口語)It *says* in the newspaper] **that** there was an accident on the Tamsui Line.
報上稱淡水線發生車禍。
▶ 以物作主詞。

㊅說, 講

Do just as I *say*.
照我說的去做。

ot to say …
即使不算…

It is warm, *not to say* hot.
即使不算熱,也很暖和了。

ay to one*self*
(內心)想;自言自語

"She is a pretty girl," *said* the boy *to himself*.
這男孩暗忖:「她是個美麗的女孩」。

hat is to say
即;換言之
㊟ that is

His whole family, *that is to say*, four persons were staying there.
他全家,也就是說,四個人住在那裡。

o say nothing of …
更不用說…

He can speak French, *to say nothing of* English.
他連法語都會說,更何況是英語。

What do you say to …?

❶你認爲…怎樣?

What do you say to his plan?
你認爲他的計畫怎樣?

❷你以爲…如何?

What do you say to a game of cards?
打打紙牌,你覺得怎樣?

▶ **What do you say to** 後接名詞或動名詞
「出去散散步,你覺得怎樣?」
(誤) What do you say to go for a walk?
(正) What do you say to going for a walk?

aying [`seɪŋ; 'seɪɪŋ] ㊹ -s [-z]

名❶言語;陳述

his *sayings* and doings 他的言行

❷諺語, 格言
㊟ proverb

"Practice makes perfect," as the *saying* is [goes].
常言道:「熟能生巧」。

scale[1] [skel; skeɪl] ㊹ -s [-z]

名❶刻度;尺度

This ruler has the *scale* **in** millimeters.
這把尺有公釐的刻度。

❷階級, 等級

He is living the lowest *scale* of life.
他過著水準最低的生活。

❸規模, 程度

on a large [small] *scale*
大〔小〕規模地

❹縮尺, 比例

This is a map **with** [**on**] the *scale* of one-millionth.
這是一幅按照百萬分之一比例繪成的地圖。

scale[2] [skel; skeɪl] ㊹ -s [-z]

名(常用複數)天平;秤

The butcher weighed the meat **on** the *scales*.
這屠夫用秤來秤肉。

scandal [`skændl; 'skændl] ㊹ -s [-z]

名醜聞;醜行

His career is marked by a lot of *scandals*.
他的事業頻傳醜聞。

衍生形 **scándalous** (可恥的;丟臉的)

scanty [`skæntɪ; 'skæntɪ] ㊹ **scantier** ㊹ **scantiest**

形❶不足的, 缺乏的

Crops were very *scanty* that year.
那一年農作物收成很少。

▶「不足的」同義字

scanty	……… a *scanty* stock (一點點的庫存)
inadequate	…*inadequate* protection (不夠的保護)
insufficient	…*insufficient* evidence (不足的證據)
scarce	……… Sugar was *scarce* during the war. (戰時砂糖缺乏。)

❷(衣服等)緊的;狹小的

She was wearing a *scanty* dress.
她穿著一件過緊的洋裝。

scar [skɑr; skɑ:(r)] ㊹ -s [-z]

名傷疤;疤

He has a *scar* on his chin.
他下顎有一塊疤。

scarce [skɛrs; skeəs] ㊹ -r ㊹ -st (敘述用法)

形❶缺乏的, 不充足的

Sugar was *scarce* during the war.
戰時砂糖缺乏。

❷稀罕的
㊟ rare

He likes to collect *scarce* books.
他喜歡收集珍本書。

衍生名 **scárcity** (缺乏, 不足)

scarcely [`skɛrslɪ; 'skeəslɪ]

副❶幾乎不
㊟ hardly

I could *scarcely* sleep last night.
昨晚我幾乎睡不著。
There is *scarcely* any milk left.
牛奶幾乎告罄。

❷將近
㊟ barely

She was *scarcely* twenty years old.
她將近二十歲。

scarcely … when [*before*] ~
一…就…;剛…就…

I had *scarcely* got home *when* [*before*] it began to rain. = *Scarcely* had I got home *when* [*before*] it

began to rain.
我一到家，就下起雨來。
► 原意是「下雨時，我險些沒到家」。

───► 「剛…就」的其他三種說法
「我一到家，就下起雨來。」
1) *As soon as* I got home, it began to rain.
   ► as soon as 是最普通的說法。
2) I had *no sooner*
   No sooner had I } got home *than* it began to rain.
   ► 注意要用 than。
3) I had *hardly*
   Hardly had I } got home { *when* *before* } it began to rain.

scare [skɛr; skeə(r)] ⊜ **-s** [-z] ⊛ **-d** [-d]; **scaring**

動 ⊗ ❶使吃驚；使驚嚇	The sudden noise *scared* the boy. 這突如其來的聲音嚇了那男孩一跳。
(用被動語態)害怕	Don't be *scared* **of** him. 不要怕他。 ► 意義比 be afraid of 強。
❷嚇跑	They *scared* the sparrows **away** from the field. 他們把麻雀從田裡嚇跑。

───── ⊛ **-s** [-z]

名 恐慌，驚恐	The news gave us a *scare*. 這消息使我們恐慌。

scarf [skɑrf; skɑ:f] ⊛ **-s** [-s] ⊛ **scarves** [skɑrvz]

名 圍巾；頸巾	She was wearing a green *scarf*. 她圍著一條綠色圍巾。

scarlet [`skɑrlɪt; `skɑ:lət] ⊛ 無

名 形 深紅色(的)	Alice is wearing a *scarlet* dress. 愛麗絲穿著一件深紅色洋裝。

───► 與「紅色」相類似的顏色
red ·········普通的紅色
crimson [`krɪmzn] ·········深紅色
scarlet ·········猩紅
vermillion [vɚ`mɪljən] ···朱紅色

scatter [`skætɚ; `skætə(r)] ⊜ **-s** [-z] ⊛ **-ed** [-d]; **-ing** [`skætərɪŋ]

動 ⊗ ❶撒播；散佈	The farmer *scattered* seed(s). 農夫播種。 Farmhouses are *scattered* here and there. 農舍四處星散。
❷驅散	The police *scattered* the crowd. 警察將群眾驅散。

scene [sin; si:n] ⊛ **-s** [-z] ► 與 seen 同音。

名 ❶景色；風景	It was a beautiful *scene*.
⊜ view	這是美麗的景色。

───► scene 和 scenery
scene ·········(普通名詞)展現於眼前的景象，不限於自然的風景。
scenery ······(集合名詞)不是個別的風景，而是該地區全體的風景。

❷(戲劇，小說等中的)一場	I like the trial *scene* in "The Merchant of Venice". 我喜歡《威尼斯商人》一劇中審判的那場戲。
❸出事地點，現場	The police quickly reached the *scene* of the crime. 警察很快到達犯罪現場。
❹(戲劇的)景	Act III, *Scene* I of "Hamlet" 《哈姆雷特》的第三幕第一景

衍生 形 **scènic**(風景的)

scenery [`sinərɪ, `sɪnrɪ; `si:nərɪ] ⊛ 無

名 (集合稱)風景；景色	The *scenery* of this national park is beautiful. 這國家公園的風景很美。

scent [sɛnt; sent] ⊛ **-s** [-s] ► 與 cent(分)同音。

名 ❶香	the *scent* of flowers 花的芬芳

► 飄漾於房間或空氣中的幽微的香味。

───► scent 的同義字
smell ·········「氣味」最普通的用語。
odor ·········藥或香水等的強烈氣味。
perfume·········香水等的強烈芳香。
fragrance ······花或草的悅人香氣。

❷嗅覺	a keen *scent* 敏銳的嗅覺
❸(通常用單數)臭跡，遺臭	The hunting dogs followed the *scent* of the fox. 獵犬聞狐狸的遺臭追趕。

schedule [`skɛdʒʊl; `ʃedju:l](注意發音)

名 ❶預定(表)；目錄；行程安排	I have a heavy *schedule* **for** tomorrow. 我明天的時間排得很緊。
❷時間表 ⊜ timetable	a train *schedule* 火車時間表／a TV *schedule* 電視節目表
on schedule 美 按時；如期	The strike will begin *on schedule*. 罷工將如期開始。

───── ⊜ **-s** [-z] ⊛ **-d** [-d]; **scheduling**

動 ⊗ 預定	The meeting was *scheduled* **for** that evening. 會議定於那天晚上舉行。 He was *scheduled* **to** attend the party. 他預定出席這宴會。

scheme [skim; ski:m] ⊛ **-s** [-z]

名 ❶計畫	They did their best to carry out their *scheme*. 他們盡全力實行計畫。

───► 「計畫」的同義字
plan ·········計畫的常用字。
design·········常指有明確樣式的設計，而可達到和諧、秩序，如藝術品或產品的設計。
project ······實驗性的計畫，有時不能實行。
scheme ······為達到某種目的而精心安排的計畫，可指為謀私利或狡詐的計畫。

❷陰謀,策動 [同] plot | He revealed a *scheme* to kill the king. 他透露謀殺國王的陰謀。

scholar [ˋskɑlɚ; ˈskɒlə(r)] [複] **-s** [-z]
[名] ❶學者 | He is something of a *scholar*. 他可以說是個不錯的學者。
❷學生;學習者 [同] student | a Sunday school *scholar* 主日學校的學生
▶ 現在已很少用於此義。
[衍生] [形] **scholàstic** (學校的), **schòlarly** (學問的;博學的)
[名] **schòlarshíp** (學識;獎學金)

school [skul; skuːl] [複] **-s** [-z]
[名] ❶(純指建築物意義的)學校 | Our *school* stands on a hill. 我們的學校建於小山上。 He is **at** *school*. 他在上課。

▶ 各種「學校」
school……………………小、中、高等學校的通用字。
public school ……[美] (小、中學的)公立學校。
[英] (中學的)私立學校, 學費高昂而有名氣, 學生多富豪或世家子弟。
state school ………[英] 公立學校。
private school ……私立學校([英] =public school)。
college ……………學院, 分科大學。
university …………綜合大學。
graduate school …研究院。

❷(不用冠詞)(用以代表學校教育的)學校;授課時間 | I left *school* last year. 我去年畢業〔退學〕。 In winter *school* begins at nine. 在冬天九點開始上課。 He is still **at** *school*. ❶他仍在就學(未踏進社會)。 ❷他還在上課。

▶ **go to school** 和 **go to the school**
go to *school* 是爲了上課而去學校。go to the *school* 是爲其他的目的而去學校。

❸(加 the・集合稱)全校學生 | **The** whole *school* has gone on an excursion. 全校學生都去遠足。
❹(學問・藝術的)派;學派 | the classical *school* 古典派/the Dutch *school* of painting 荷蘭畫派
[複合] [名] **schòolhóuse** (校舍), **schòolbóy** (男學生), **schòolgírl** (女學生)

science [ˋsaɪəns; saɪəns] [複] **-s** [-ɪz]
[名] 科學(尤指)自然科學 | *Science* has made remarkable progress. 科學有了顯著的進步。
[複合] [名] **scìence fìction** (科幻小說, 簡寫爲 SF)
[衍生] [形] **scíentìfic** (科學的) [名] **scìentist** (科學家)

scissor [ˋsɪzɚ; ˈsɪzə(r)] ▶ 常作複數。
[名] (用作複數)剪刀 | Where are my *scissors*? 我的剪刀在哪裡?

▶ **scissors** 的數法
a pair of scissors　一把剪刀
two pairs of scissors　兩把剪刀
▶ 近來在口語中也有說 a scissors, two scissors。

scold [skold; skəʊld] [三] **-s** [-z] [規] **-ed** [-ɪd]; **-ing**
[動] [及] 責罵 | He *scolded* his son **for** not having good grades. 他責罵他兒子成績不好。

scope [skop; skəʊp] [複] 無
[名] ❶(理解・能力・活動等的)範圍 | The problem is beyond the *scope* of my understanding. 這問題超出我的理解範圍。
❷(活動的)餘地;機會 | In composing the poem he gave full *scope* to his imagination. 創作這首詩時, 他充分發揮了想像力。

scorch [skɔrtʃ; skɔːtʃ] [三] **-es** [-ɪz] [規] **-ed** [-t]; **-ing**
[動] [及] ❶使焦;燒焦 | Mother *scorched* my shirt while ironing it. 母親在燙我襯衫的時候把它燙焦了。
❷(太陽的熱等)曬枯 | The sun *scorched* the flowers. 太陽把花曬枯了。
[不] 使枯;使焦 | The cake is *scorching* in the oven. 蛋糕在烤爐裡烤焦了。

score [skor, skɔr; skɔː(r)] [複] **-s** [-z]
[名] ❶(比賽的)得分;得分表 | Our team won by a *score* of 5 to 2. 我們這一隊以五比二的比數獲勝。
❷(文語)二十 ▶ 數詞之後不作複數。 | A man's life is but three *score* and ten years. 人終其一生不過七十年。(聖經, 詩篇)
scores of … 許多的 | *scores of* books 許多書/*scores of* people 許多人
── [三] **-s** [-z] [規] **-d** [-d]; **scoring**
[動] [及] 得分 | Our team *scored* five points. 我們這一隊得五分。
[複合] [名] **scòrebóard** (記分板)
[衍生] [名] **scòrer** (記分員)

scorn [skɔrn; skɔːn] [複] **-s** [-z]
[名] ❶輕蔑 [同] contempt | He felt *scorn* **for** the thief. 他瞧不起小偷。
❷輕蔑的對象 | He is the *scorn* of the class. 他是全班嘲弄的對象。
── [三] **-s** [-z] [規] **-ed** [-d]; **-ing**
[動] [及] 輕視;輕蔑 | He *scorned* cowards. 他瞧不起懦夫。

▶「輕蔑」的同義字
despise ……暗示對嫌惡、鄙視的對象有強烈的反感。
scorn ………憤慨地瞧不起, 尤其可從聲音、言語等察覺出。
disdain ……傲慢地瞧不起較自己低微、卑賤者。

[衍生] [形] **scòrnful** (輕視的)

Scotch [skɑtʃ; skɒtʃ]
形 蘇格蘭(人‧語)的 | *Scotch* whisky 蘇格蘭出產的威士忌
—— 働 無
名 (加 the‧集合稱)蘇格蘭人 | ▶個體的蘇格蘭人稱為 a Scot, a Scotch(wo)man, a Scots(wo)man, 但最好用 a Scots(wo)man。

Scotland [`skɑtlənd; 'skɒtlənd]
名 (地名)蘇格蘭

複合 名 **Scòtland Yàrd**(倫敦警察廳, 蘇格蘭警場▶現在已遷址, 正式名稱爲 New Scotland Yard。)

scout [skaut; skaut] 働 **-s** [-s]
名 ❶斥候;偵察兵(機) | The *scouts* went out during the night. 斥候在夜間出巡。
❷童子軍的一員 | a boy *scout* 男童子軍／a girl *scout* 女童子軍▶團體是 the Boy [Girl] *Scouts*。

scowl [skaul; skaul] 働 **-s** [-z] 働 **-ed** [-d]; **-ing**
動 不 繃著臉;皺眉 | He *scowled* **at** me. 他對我繃著臉(表示不悅)。

scramble [`skræmbl; 'skræmbl] 働 **-s** [-z] 働 **-d** [-d]; **scrambling**
動 不 ❶爬;攀登 | He *scrambled* up the hill. 他爬上小山。
❷爭奪 | The children *scrambled* **for** the toys. 孩子們搶玩具。
—— 働 **-s** [-z]
名 爭奪;攀登 | There was a *scramble* **for** seats. 有人搶座位。

scrap [skræp; skræp] 働 **-s** [-s]
名 ❶小片;剪下的碎片 | He wrote it on a *scrap* of paper. 他把它寫在紙片上。
❷廢物,廢料;廢五金 | My uncle deals in metal *scrap*. 我叔叔經營廢五金生意。
❸(用複數形)剪報 | These are the *scraps* of the newspaper. 這些是報紙的剪報。

▶兩個發音接近的字
scrap [skræp] 名 剪下的碎片;廢鐵;剪報
scrub [skrʌb] 動 名 用力擦洗

scrape [skrep; skreip] 働 **-s** [-s] 働 **-d** [-t]; **scraping**
動 & ❶刮淨,擦淨;刮下(污物) | She *scraped* the floor. 她把地板擦淨。
| He *scraped* the paint **from** the wall. 他把牆上的油漆刮掉。
❷聚集 | They had to *scrape* money. 他們必須積聚金錢。

❸擦傷 | My car *scraped* hers. 我的車將她的車擦損。
衍生 名 **scràper**(刮除用具)

scratch [skrætʃ; skrætʃ] 働 **-es** [-ɪz] 働 **-ed** [-t]; **-ing**
動 & ❶(用爪等)挖掘,扒 | The dog *scratched* the ground. 那隻狗扒土。
❷抓(癢處等) | *Scratch* my back, please. 請抓抓我的背。
❸潦草書寫 | I *scratched* a few lines. 我潦草寫了數行。
不 ❶(用爪)抓;扒 | The hens *scratched* about in the henhouse. 這些母雞在雞舍裡東抓西扒。
❷(鋼筆等)刮(紙) | My old pen *scratches* badly. 我的舊鋼筆刮紙刮得厲害。
—— 働 **-es** [-ɪz]
名 ❶抓痕,搔痕 | There was a deep *scratch* on the wall. 牆上有一道很深的抓痕。
❷沙沙聲 | The *scratch* of a needle was heard. 聽到唱針的沙沙聲。

scream [skrim; skri:m] 働 **-s** [-z] 働 **-ed** [-d]; **-ing**
動 不 ❶尖聲叫喊 | She *screamed* when she saw the robber. 她看到強盜時,尖聲地叫起來。

▶ scream 的同義字
cry ·············「大聲地叫喊」的常用字。
shout ········大聲地喊,叫,喊出。
scream ······由於痛苦或驚嚇而突然大聲尖叫。
shriek········比 scream 發出更尖銳的叫聲。
exclaim······爲表現強烈的感情而大叫。

❷(風)作呼嘯 | The wind was *screaming* outside. 風在外面呼嘯。
& 尖聲而叫 | She *screamed* **that** there was a mouse under her bed. 她尖叫說她床底下有一隻老鼠。
名 尖聲叫喊;尖叫聲 | I heard a woman's *scream* last night. 昨晚我聽到一聲女人的尖叫聲。

screen [skrin; skri:n] 働 **-s** [-z]
名 ❶簾;幕;屏 | The bed was hidden by a *screen*. 床被簾子所遮蔽。
❷銀幕,螢光幕;(加 the)電影(界) | I saw her on **the** TV *screen*. 我在電視螢幕上看見她。
❸紗網 | a window *screen* 紗窗

screw [skru; skru:] (注意發音) 働 **-s** [-z]
名 ❶螺絲釘;螺旋 | Turn the *screw* **to** the left. 把螺絲釘向左旋轉。
❷(船的)螺旋槳

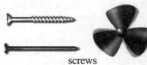

screws

—— 働 **-s** [-z] 働 **-ed** [-d]; **-ing**

[動][及] 用螺絲釘釘住 | He *screwed* the hinges to the door. 他用螺絲釘把鉸鏈釘在門上。

[複合][名] **scrèwdríver** (螺絲起子)

scribble [ˋskrɪbḷ; ˈskrɪbl] [三] **-s** [-z] [規] **-d** [-d]; **scribbling**

[動][及] 潦草書寫；亂寫 | He *scribbled* his name on the card. 他在卡片上潦草地寫著他的名字。

scribe [skraɪb; skraɪb] [複] **-s** [-z]

[名] (印刷術發明前的)抄寫員 | There were many *scribes* in those days. 當時有很多抄寫員。

script [skrɪpt; skrɪpt] [複] **-s** [-s]

[名] ❶手跡，筆跡；書寫體 [同] hand writing | He wrote the letter in his old-fashioned *script*. 他用他那老式的書寫體寫了那封信。

❷腳本 | The actors studied the *script*. 演員們研究這腳本。

Scripture [ˋskrɪptʃɚ; ˈskrɪptʃə(r)] [複] **-s** [-z]

[名] 聖經 ⇨ testament | (The) *Scripture* says, "Thou shalt not steal." 聖經上說：「汝不得偷竊。」

► 常用複數說成(the) (Holy) Scriptures。

► 表示「聖經」的字

the Bible / the Scripture ………含新約和舊約
the Old Testament ……舊約聖經
the New Testament …新約聖經

scrub [skrʌb; skrʌb] [三] **-s** [-z] [規] **scrubbed** [-d]; **scrubbing**

[動][及] (用力)擦洗 | She *scrubs* the floor once a week. 她每星期擦洗一次地板。

scruple [ˋskrupḷ; ˈskru:pl] (注意發音) [複] **-s** [-z]

[名] 躊躇；顧忌 | She tells a lie **without** *scruple*. 她毫無顧忌地說謊。

[衍生][形] **scrùpulous** (多顧慮的)

scrutiny [ˋskrutṇɪ; ˈskru:tɪnɪ] [複] **scrutinies** [-z]

[名] 仔細檢查；仔細觀察 | He gave the papers *scrutiny*. 他仔細察看了這些文件。

[衍生][動] **scrùtiníze** (仔細檢查；仔細觀察)

sculpture [ˋskʌlptʃɚ; ˈskʌlptʃə(r)] [複] **-s** [-z]

[名] ❶雕刻(術) | He is skilled in *sculpture*. 他精於雕刻。

❷雕刻(作品) | This is a *sculpture* by Rodin. 這是一件羅丹的雕刻品。

— [三] **-s** [-z] [規] **-d** [-d]; **sculpturing** [ˋskʌlptʃərɪŋ]

[動][及] 雕刻 | He *sculptured* a statue out of marble. 他用大理石雕了一座像。

[衍生][名] **scùlptor** (雕刻家) [形] **scùlptural** (雕刻的)

sea [si; si:] [複] **-s** [-z] ► 與 see (看)同音。

[名] ❶(加 the) 海 | I swam in **the** *sea* [ocean]. 我在海裡游泳。

► [美] 現在「海」通常作 ocean, sea 多用作詩的用語。

[反] land (陸地) | The town is on the *sea*. 這城鎮臨海。

❷海(的狀態) | a rough *sea* 洶湧的海／a calm *sea* 平靜的海

at sea | The ship is *at sea*.

❶航行中 | 這船已航行海上。

❷迷惑 | She was all *at sea*.

[同] at a loss | 她全不知所措。

by sea 由海路，坐船 | We traveled *by sea*. 我們坐船旅行。

► 「由陸路」是 by land，「航空」是 by air，全都不加冠詞，請注意。

go to sea 當海員 | He *went to sea* when young. 他年輕時就當海員。

► 注意冠詞的有無

go to sea ………當海員
go to **the** sea …去海邊 ► [美] 稱為 go to the ocean [beach]。

seal[1] [sil; si:l] [複] **-s** [-z]

[名] (動物)海豹

► 海驢、海狗、海豹類的總稱。

海豹　海驢

seal[2] [sil; si:l] [複] **-s** [-z]

[名] ❶印章，圖章 | There was no official *seal* on the document. 這公文上沒有公印。

► 西方人通常用簽名而不用印章於文書上。公文上不用印泥，而是把捺印於封蠟或鉛上的東西附於文書上。

❷封；封緘；封條；封蠟 | I broke the *seal* and read the letter. 我拆開信的封緘讀信。

❸密封裝置(防水或空氣滲入) | Break the *seal* on the bottle. 打開瓶子的封口。

— [三] **-s** [-z] [規] **-ed** [-d]; **-ing**

[動][及] ❶蓋章，蓋印 | They *sealed* the treaty. 他們蓋印於條約上。

❷封緘 | *Seal* the letter and mail it. 把信封好郵寄出去。

seam [sim; si:m] [複] **-s** [-z] ► 與 seem 同音。

[名] (衣服等的)接縫 | The sleeve tore at the *seam*. 袖子在接縫處破裂。

— [三] **-s** [-z] [規] **-ed** [-d]; **-ing**

[動][及] 縫合 | She *seamed* two curtains together. 她把兩塊窗帘縫在一起。

[衍生][形] **sèamless** (無縫的)，**sèamy** (有縫的；黑暗(面)的)

search [sɝtʃ; sɜ:tʃ] [三] **-es** [-ɪz] [規] **-ed** [-t]; **-ing**

[動][及] 搜查；搜身 | The police *searched* his house. 警察搜查他的房屋。
The policeman *searched* her **for** the stolen ruby. 警察在她身上搜查那顆失竊的寶石。

[不] 搜索；尋找 | She *searched* **for** the key. 她尋找鑰匙。

► look for 是比較口語的說法。

— [複] **-es** [-ɪz]

名 搜索；探求 | They made a careful *search* **for** the lost boy.
他們仔細地搜尋那走失的男孩。

in search of ... | He is now *in search of* a house.
尋找… | 他現在正在找房子。

複合 名 **sěarchlíght**(探照燈)

seashore [`si,ʃor, -,ʃɔr; 'si:ʃɔ:(r)] 複 **-s** [-z]
名 海岸；海濱 | The girls were playing on the *seashore*.
女孩子們在海濱玩著。

seaside [`si,saɪd; 'si:saɪd] 複 無
名 (加 the)海濱 | We are thinking of going to **the** *seaside* for the summer.
我們正想去海濱避暑。

▶ seashore 和 seaside
seashore ……漲潮時受海水沖洗的部分。
seaside ………尤指療養地、觀光地區的海岸。

season [`sizn; 'si:zn] 複 **-s** [-z]
名 ❶(四季之中的)一季 | There are four *seasons* in a year.
一年有四季。

▶ four seasons(四季)

| spring | 春 | summer | 夏 |
| fall, 美 autumn | 秋 | winter | 冬 |

❷季節；時節 | the rainy *season* 雨季／the harvest *season* 收穫季節

── 三 **-s** [-z] 變 **-ed** [-d]; **-ing**
動 及 調味 | She *seasoned* the meat **with** salt and pepper.
她在肉裡放鹽及胡椒調味。

複合 名 **sěason tìcket**(美 月季車票，美 commutation ticket)

衍生 形 **sěasonal**(季節的) 名 **sěasoning**(調味品；佐料)

seat [sit; si:t] 複 **-s** [-s]
名 ❶座位，席位 | So saying, he left his *seat*.
他這樣說了之後，便離席了。

▶ seat 是 chair(椅子)，bench(長椅)，stool(凳子)等的座位部分。
❷(戲院等的)座位 | I reserved a *seat* by telephone.
我用電話預定一個座位。
❸席位，議員等的席次 | He lost his *seat* in the last election.
在上次選舉中他丟了他的席次了。

── 三 **-s** [-s] 變 **-ed** [-ɪd]; **-ing**
動 及 使就座 | The usher *seated* me in a vacant seat.
(用 be seated, 或 seat oneself 的句型) | 服務員讓我坐在空位上。
Please be *seated*.
=Please *seat* yourself.
請坐。
▶ sit down 正式的說法。

複合 名 **sěat bělt**(安全帶)

seclude [sɪ`klud; sɪ'klu:d] 複 **-s** [-z] 變 **-d** [-ɪd]
secluding
動 及 隔開，隔離 | His father *secluded* him **from** his
同 separate | bad friends.
他父親不讓他接觸那些損友。

▶ -clude 表示「關閉」的意思
se*clude*(隔離) ＜se(分離去)＋*clude*
con*clude*(下結論) ＜con(＝com 共同)＋*clude*
in*clude*(包括) ＜in(向內)＋*clude*
ex*clude*(除外) ＜ex(向外)＋*clude*

衍生 形 **seclůded**(隱退的；隔離的) 名 **seclůsion** [-ʒən]
(隔離；隱退)

second[1] [`sɛkənd; 'sekənd] (注意發音)
形 ❶(通常加 the)第二的 | February is **the** *second* month of the year.
二月是一年的第二個月。
She was **the** *second* person to go out.
她是第二個出去的人。
❷(加 a)又一的，另一的 | I need **a** *second* car.
我需要另一部車子。

be second to none
不亞於，首屈一指 | He *is second to none* **in** biology.
他在生物學方面是首屈一指的。
▶ 原意是對任何的對手也不會居次。

── 副 ❶第二地，次要地 | Alice came *second*.
愛麗絲第二個來。
❷(用於形容詞的最高級之前)第二 | Jack is **the** *second* tallest boy in the class.
傑克是班上第二高的男孩。

── 複 無
名 ❶(通常加 the)第二位〔號〕的人〔物〕 | He was **the** *second* in the race.
他在賽跑中得第二。
I saw **the** *second* in command.
我見了副司令。
❷(通常加 the)(月的)二日；初二 | I arrived there on **the** *second* of May [May **the** *second*].
我在五月二日到達那裡。
▶ 通常寫作 May 2, May (the) second。
❸(加 the, 用大寫)二世 | Elizabeth **the** *Second* 伊莉莎白二世
▶ 略作 Elizabeth II。

複合 名 **sěcond clàss**(二等) 形 **sěcond-clàss**(二等的；二流的)

衍生 形 **sěcondáry**(次要的) 副 **sěcondly**(第二地)

second[2] [`sɛkənd; 'sekənd] (注意發音) 複 **-s** [-z]
▶ 時間的單位
an hour(1 小時)＝60 minutes
a minute(1 分)＝60 seconds
a second(1 秒)

名 ❶(時間的單位)秒；片刻 | There are forty *seconds* left.
還剩四十秒。
Just a *second*.
稍候片刻。
❷(角度的單位)秒 ▶ 在數字之後以"表示。 | 5°8′30″▶ five degrees, eight minutes, thirty *seconds* 讀作五度八分三十秒。

secondhand [`sɛkənd'hænd, -ənt-; ,sekənd'hænd]
▶ a second hand 是「秒針」。
形 舊的；二手的 | a *secondhand* book 舊書／
同 used 反 new | *secondhand* clothes 舊衣服

a $\left\{ \begin{array}{l} secondhand \\ used \end{array} \right\}$ book	an *old* book
舊書	古書

secret [`sikrɪt; 'si:krɪt]
形 秘密 : Can you keep it *secret*?
: 你能保守秘密嗎?
—— 名 **-s** [-s]
名 ❶秘密 : You can't keep a *secret*.
: 你不能保守秘密。
❷秘訣;秘傳 : What is the *secret* **to** [**of**] his
: success in business?
: 他在商場上成功的秘訣是什麼?
衍生 名 **sēcrecy**(秘密) 副 **sēcretly**(秘密地)
secretary [`sɛkrə͵tɛrɪ; 'sekrətrɪ] 複 **secretaries** [-z]
名 ❶秘書 : He is *secretary* **to** the president.
: 他是董事長的秘書。
: ▶注意介系詞用 to, secretary 前面不
: 加冠詞。
❷(協會等的)書 : He is the *secretary* **of** the
記,幹事 : association.
: 他是該協會的幹事。
: ▶介系詞和❶不同,請注意。
❸(用大寫)(美) : the Foreign *Secretary* 外交部長／
部長;(美)國務卿 : the *Secretary* of State [of the
: Treasury] 國務卿(財政部長)
section [`sɛkʃən; 'sekʃn] 複 **-s** [-z]

a section

名 ❶部分 : He cut the cake into four equal
同 part : *sections*.
: 他把餅切成四等分。
❷區域 : a residential *section* 住宅區
❸部門;(公司等 : The accountant *section* is over
的)課 : there. 會計課在那邊。
❹(書等中的)節 : *Section* Three (= § 3) 第三節
衍生 形 **sēctional**(部分的) 名 **sēctionalism**(地方主義)
secure [sɪ`kjur; sɪ'kjuə(r)] 比 **-r** 最 **-st**
形 ❶安全的 : This is a *secure* hiding place.
同 safe : 這是一個安全的藏匿處所。
❷無憂慮的;安 : The castle was *secure* **from**
心的;無恐懼的 : [**against**] attack.
: 這城堡固若金湯。
❸堅固的 : It is on a *secure* foundation.
同 firm : 它在於穩固的基礎之上。
❹確實的 : His success is *secure*.
同 sure : 他必會成功。
—— 三 **-s** [-z] 過 **-d** [-d]; **securing**
動 (及)❶使安全; : The walls *secured* the town **from**
保護 : attack.
: 城牆使該城免受攻擊。
❷得到,獲得 : He *secured* a position in a library.
同 get : 他在圖書館裡找到一個職位。

security [sɪ`kjurətɪ; sɪ'kjuərətɪ] 複 **securities** [-z]
名 ❶安全 : We want to live **in** *security*.
反 insecurity : 我們希望生活於安全中。
❷保護[防衛] : His dog is his *security* **against**
(的手段) : burglars.
: 他的狗可以防賊。
❸擔保;(複數) : He pledged his land as *security* for
有價證券 : a loan.
: 他抵押土地,作為貸款的擔保。
see [si; si:] 三 **-s** [-z] 過 **saw** [sɔ]; **seen** [sin]; **-ing**
動 (及)❶看⇨ : He looked but *saw* nothing.
look : 他注意看但什麼也沒看見。
: I *saw* him running.
: 我看到他在跑。
▶和 hear 一樣,不作進行式。
▶可明確的表示有可能時,要加 can。
I can see it well.(我能看得很清楚。)
—— ▶注意有無 to ——
「我看見他逃跑。」
(誤)I *saw* him to run away.
(正)I *saw* him run away.
▶但被動語態「他逃跑時被人看到」是:
He was *seen* **to** run away.

❷明白,了解 : He *saw* **that** he was wrong.
: 他發覺他錯了。
❸會見,訪晤 : He came to *see* me yesterday.
: 他昨天來看我。
▶此句可用進行式 "See you tomorrow." = "Seeing
you tomorrow."(明天見。)
—— ▶ see 和 meet ——

see
meet

到對方的地方去　　　會見;會合

❹遊覽,觀光 : I *saw* the sights of Kyoto.
: 我遊覽了(日本的)京都。
▶這個意思可用進行式。
❺經驗 : She has *seen* two wars.
: 她經歷過兩次戰爭。
❻送(人) : I'll *see* you home [**to** the station].
: 我送你回家[到車站]。
不 ❶看見 : Owls can *see* at night.
: 貓頭鷹晚上看得見東西。
❷明白 : I *see*. 我明白了。
let me see : *Let me see*, where did I put my
我想想看 : glasses?
同 Let's see : 我想想看,我把眼鏡放在那裡呢?
see much [*nothing, something*] *of* ...
常常見到[完全 : I have *seen much of* Kate recently.
沒見到,很少見 : 我最近常常見到凱蒂。
到]...
see ... off : I have been to the station to *see* my
為...送行 : uncle *off*.

反 meet | 我到過車站送我叔叔。
 | ► 可說作 see off my uncle。

see through ... | I soon *saw through* the man.
看透… | 我立刻看穿了這個人。

see (to it) that ... |
務必照管… | Please *see (to it) that* the door is
 | locked.
 | 請務必把門鎖上。

► 說 see to it that 時, that 可以省略, 但說 see that 時,
則不能省略。

you see | He is insane, *you see*.
❶已經知道的 | 他神經不正常, 你知道的。
❷注意; 仔細聽 | *You see*, I don't want a cap.
著 | 聽好, 我不要帽子。

seed [sid; si:d] 複 **-s** [-z], (集合名詞) seed
名 ❶種子 | This plant grows from a small
 | *seed*.
 | 這棵植物是由一粒小種子長成的。
❷(通常用複數) | That sowed the *seeds* of discord.
(爭執的)原因 | 那件事種下爭執之因。
—— 複 **-s** [-z] 動 **-ed** [-ɪd]; **-ing**
動 及 播種 | He *seeded* the field **with** corn.
同 sow | = He *seeded* corn **in** the field.
 | 他在田裡播下玉蜀黍的種子。

seeing [`siɪŋ; 'si:ɪŋ] 複 **-s** [-z]
名 見到 | *Seeing* is believing.
 | 百聞不如一見〔眼見為實〕。
 | ► 這句諺語, 尤用於否認謠言。
—— 連 因為; 既然 | *Seeing* (**that**) he says so, it must be
 | true.
同 since | 他既然這樣說, 那一定是真的。

seek [sik; si:k] 複 **-s** [-s] 過 sought [sɔt]; **-ing**
動 及 ❶尋找 | My brother is *seeking* a job.
 | 我哥哥正在找工作。
同 look for |

———► 「尋找」的同義字 ———
look for ············ 係口語, 為最常用字。
search ············ 稍正式的字。
seek ············ 古雅的字。

❷請求 | The student *sought* my advice.
同 ask for | 這學生請我給他忠告。
不 追求 | He is always *seeking* **for** wealth.
 | 他總是追求財富。

seem [sim; si:m] 複 **-s** [-z] 動 **-ed** [-d]; **-ing**
———► 「似乎是; 看似」的動詞 ———
appear ······表面上看似如此, 但有時事實並非如此。
 | He *appears* rich.(他似乎富有。)
seem ······指事實上似乎是那樣的。
look ······意謂看起來似的。
 | He *looks* pale.(他的臉色看起來很蒼
 | 白。)

動 不 似乎是; 看 | She *seems* [**to be**] happy.
似; 似乎 | = It *seems* **that** she is happy.
 | 她似乎很快樂。
 | She *seems* to have been poor.

 | = It *seems* **that** he was [has been]
 | poor. 他以前似乎很窮。
 | Mother *seemed* **to** know that.
 | = It *seemed* **that** Mother knew that.
 | 母親似乎知道那事。
 | He *seemed* **to** have met her before.
 | = It *seemed* **that** he had met her
 | before.
 | 他以前似乎遇見過她。

seemingly [`simɪŋlɪ; 'si:mɪŋlɪ]
副 表面上地; 外 | *Seemingly* she is unaware of the
表上地 | fact. (= She seems (to be) unaware
同 apparently | of the fact.)
 | 表面上她似乎不知道那個事實。
衍生 形 s**èeming** (表面上的, 外表上的)

seize [siz; si:z] (注意拼法和發音) 複 **-s** [-ɪz] 動 **-d** [-d];
seizing
動 及 ❶(突然而 | He *seized* me **by the** arm.
用力地)抓(捉) | = He *seized* my arm.
住 同 grasp | 他抓住我的手臂。
❷(疾病・恐怖 | A fever *seized* the child.
等)侵襲 | 這孩子發燒了。
 | He was *seized* **with** [**by**] terror.
 | 他感到驚駭。
❸了解(意義); | I can't *seize* your meaning.
把握(機會) | 我無法了解你的意思。
 | He failed to *seize* the opportunity.
 | 他沒把握住那個機會。
衍生 名 **seizure** [`siʒɚ] (捕獲; 奪取)

seldom [`sɛldəm; 'seldəm]
———► 避免混淆 ———
seldom }
rarely } 很少 | hardly }
 | scarcely } 幾乎沒有

副 很少; 不常 | I *seldom* visit him.
► 通常置於一 | 我很少去看他。
般動詞之前, be | He is *seldom* late for school.
動詞之後。 | 他上學很少遲到。

select [sə`lɛkt; sɪ'lekt] 複 **-s** [-s] 動 **-ed** [-ɪd]; **-ing**
動 及 選擇, 挑選 | He *selected* a birthday present **for**
 | his wife.
 | 他選了一件生日禮物給他的妻子。
———► select 的同義字 ———
choose ······ 「選擇」的常用字。
select ······ 慎重地選擇最適切的東西。
elect ······ 投票選舉、選課等正式活動的選擇。

—— 形 精選的, 挑 | He always drinks *select* wine.
選出來的; 優等 | 他總是喝上選的酒。
的
衍生 名 sel**èction** (選擇) 形 sel**èctive** (選擇的)
self [sɛlf; self] 複 selves [sɛlvz]
名 自己, 自我, | He does not look like his old *self*.
自身 | 他不像從前的他了。
 | She cares for nothing but *self*.
 | 她只顧自己。
複合 形 s**èlf-cònscious** (自我意識強烈的; 自覺的)

名 **sèlf-contròl**（自制；克己）

lfish [`sɛlfɪʃ; ˈselfɪʃ]
形 自私的，自我
本位的 | She is rather *selfish*.
她頗爲自私。
衍生 名 **sèlfishness**（利己主義，自私）

ll [sɛl; sel] 三 **-s** [-z] 丞 **sold** [sold]; **-ing**
動 及 ❶售賣；出
售 | He tried to *sell* his house.
他想要把他的房子賣出去。
反 buy | I *sold* { him my car.
     my car to him.
我把車子賣給他。
❷販賣（物品） | That store *sells* shoes.
= They *sell* shoes at that store.
那家店舖賣鞋。
不 ❶售賣（物品） | My uncle *sells* at the market.
我叔叔在那市場賣東西。
❷（與副詞連用）| This magazine *sells* well.
暢銷 | 這種雜誌銷路很好。
衍生 名 **sale**（售賣），**sèller**（售賣人）

micolon [`sɛmə,kolən; ,semɪˈkəʊlən] **-s** [-z]
名 分號（;） ⇨ punctuation

(,)	(;)	(:)	(.)
comma	semicolon	colon	period
			(full stop)

nate [`sɛnɪt; ˈsenɪt] **-s** [-s]
名 ❶（用大寫）| The *Senate* opens this week.
參〔上〕議院 | 參議院的會期本週開始。
▶指美國、加拿大和法國等國家的參議院或上議院。
❷（古羅馬的）元 ▶古代羅馬的最高立法機構，其議員
老院 | 爲終身職。

nator [`sɛnɪtɚ, -nətɚ; ˈsenətə(r)] **-s** [-z]
名（美國・加拿 | His uncle is a *senator*.
大・法國等的）| 他叔叔是位參議員。
參議員 | ▶眾議員爲 a Congressman。

nd [sɛnd; send] 三 **-s** [-z] 丞 **sent** [sɛnt]; **-ing**
動 及 ❶寄；發送 | I *sent* the parcel by post.
反 receive | 我郵寄包裹。
I'll *send* { you a book.
     a book to you.
我會寄給你一本書。
❷使（人）去；派 | I will *send* my son to you with my
遣 | message.
我會派我兒子帶口信給你。

nd away ...
解雇… | He *sent away* his servant.
他把他的僕人解雇了。

nd for ...
派人把…請〔取〕| You had better *send for* a doctor.
來 | 你最好派人去請個醫生來。
▶ *send someone for* a doctor 的
someone 習慣上被省略。
I *sent* him *for* my bag.
我派他去把我的袋子取來。

nd forth ...
發出（光・香氣 | The flower *sends forth* fragrance.
等）；生出（葉・ | 這花散發出香氣。
芽等）| The tree began to *send forth* its
buds. 這樹開始萌芽。

send in ...
提出… | He *sent in* his resignation.
他提出辭呈。

send ... off
送別… | I have just been to the station to
同 see ... off | *send* him *off*.
我剛才到車站給他送行。
衍生 名 **sènder**（送者；寄件人）

senior [`sinjɚ; ˈsiːnjə(r)]
形 ❶歲數大的；| My brother is *senior* **to** me by two
年長的 | years.
反 junior | 我哥哥比我大兩歲。
━━▶「他比我大兩歲」的英文表達法━━
1) He is *senior to* me by two years.
2) He is two years *senior to* me.
3) He is *older than* me by two years.
4) He is two years *older than* I am.

❷同名父子之長 | Alfred Kennedy, *Sr.* = 英 Alfred
者；較年長的 | Kennedy, *Sen.*
老阿佛列・甘迺迪（即阿佛列・甘迺迪
之父）
▶ 父子同名時，爲要加以區別而附於父名之後。美略作
Sr., sr.,英作 Sen.,Sr.,sr.。
❸地位（等級）較 | He is a *senior* member of the club.
高的；資深的 | 他是這俱樂部的資深會員。
━━ **-s** [-z]
名 ❶年長者 | He is your *senior* by five years.
他比你大五歲。
❷前輩；較資深 | He was my *senior* at college.
者；地位較高者 | 他是我大學的學長。
❸（美）（大學・高 | He is a *senior*.
中）最高年級學 | 他是（大學）四年級的學生。
生
━━▶ 美國高中和大學的年級

	4 年制	3 年制
一年級學生	freshman	freshman
二年級學生	sophomore	junior
三年級學生	junior	senior
四年級學生	senior	

衍生 名 **seniòrity**（年長；資深）

senior high school [`sinjɚ`haɪ,skul; ˈsiːnjəˈhaɪ,skuːl] **-s** [-z]
名（美）高中 | ▶美國通常把 high school 分爲
同 junior high | junior high school 和 senior high
school（初中）| school, 大體上 senior high school 相
當於我國的高中。

sensation [sɛnˈseʃən; senˈseɪʃn] **-s** [-z]
名 ❶感覺；…感 | I felt a *sensation* of happiness.
我有了一種幸福的感覺。
▶指透過（五官）的官能而給予人的感覺。
❷轟動的事件 | The show was a *sensation* for
weeks.
這演出轟動了好幾個禮拜。
衍生 形 **sensâtional**（感情激動的；轟動的）

sense [sɛns; sens] **-s** [-ɪz]
名 ❶感官；官能 | A dog has a keen *sense* of smell.
狗有靈敏的嗅覺。

▶ **five senses**(五感)
sight(視覺)　　　　hearing(聽覺)
smell(嗅覺)　　　　taste(味覺)
touch(觸覺)　　▶「第六感」是 the sixth sense。

❷感覺;…感 | a *sense* of hunger 飢餓感／a *sense* of uneasiness 不安的感覺
❸(僅用單數)意識;觀念 | He has a *sense* of humor.
他有幽默感(懂得幽默)。
She has no *sense* of time.
她沒有時間觀念。
❹判斷力;見識 | You are a man of *sense*.
你是個有見識(判斷力)的人。
There is no *sense* in what he says.
他所說的話毫無見識。
❺(與 one's 連用,用複數)健全的神智 | He is out of his *senses* now, but he will come to his *senses* soon.
他現在神智不清,但馬上會恢復知覺的。
❻意味,意義 ⑥meaning | I used the word in a narrow *sense*.
我將此字用於狹義上。
in a sense
就某種意義來說 | He is right *in a sense*.
就某種意義來說,他是對的。
make sense
合理;理解 | What you say does not *make sense*.
你所說的話毫無意義。

▶ sense 的各種形容詞
sènsible(有見識的)　　sènsitive(敏感的)
sènsory(感覺的)　　　　sènsual(官能的)
sènsuous(訴諸感覺的;感覺敏銳的)

sensibility [ˌsɛnsəˋbɪlətɪ; ˌsensiˋbɪlətɪ] ⑧
sensibilities [-z]
名❶(通常用複數)感受性 | He is a man of refined *sensibilities*.
他是個感受細膩的人。
❷(通常用複數)敏感;神經質 | Don't hurt her *sensibilities*.
別傷了她敏感的感情。

sensible [ˋsɛnsəb!; ˋsensəbl]
形❶有見識的;通達的 | Dr. Bush is a *sensible* man.
布西博士是個通達的人。
❷可感覺到的;顯著的 | There was a *sensible* fall in temperature. 氣溫顯著的下降了。
衍生 副 sènsibly(顯著地)

| sensible (通達的) | sensitive (敏感的) |

名 sensibility　　　　名 sensitivity

sensitive [ˋsɛnsətɪv; ˋsensitɪv]
形❶易感的;敏感的;敏銳的 | The eyes of a cat are *sensitive* to light.
貓的眼睛對光敏感。
❷神經過敏的 | Writers are usually *sensitive* to criticism.
作家通常對於批評很敏感。

衍生 名 sènsitìvity(敏感;感受性), sènsitiveness(敏感;神經過敏)

sentence [ˋsɛntəns; ˋsentəns] ⑧ -s [-ɪz]
名❶文句;句 | Usually a *sentence* consists of more than one word. 一個句子通常由兩個以上的字組合而成。
❷判決,宣判 | The judge passed a *sentence* of death upon him.
法官判他死刑。
— ⑤ -s [-ɪz] -d [-t]; sentencing
動⑧ 宣判;判決 | The judge *sentenced* him **to** two years in prison.
法官判他兩年監禁。

sentiment [ˋsɛntəmənt; ˋsentɪmənt] ⑧ -s [-s]
名❶感情;情緒 | There was no time for *sentiment*.
那不是閒情緒的時候。

▶ 表「感情」的字
feeling ………常用字。
emotion ………愛、懼、喜、悲等強烈的情緒。
passion ………對異性的愛或激怒等,使人失去理性的熱情。
sentiment ……較細膩或較為浪漫的感情,有時也指造作的感情、感傷。

❷感傷;善感 | I have no *sentiment* **for** [**about**] things of the past.
我對於過去的事不懷傷感。
❸(常用複數)意見 | He expressed his *sentiments* **on** air pollution.
他對空氣污染表達他的意見。
▶ 與 opinion 不同,帶有感情的色彩。 | the *sentiments* of the people 民族的感情
衍生 形 sèntimèntal(感傷的)

separate [ˋsɛpərɪt; ˋsepərit; ˋsepərət](注意發音)
形❶分開的,不相連的 | They are two *separate* houses.
這是兩幢不相連的房子。
❷個別的;不同的 | The boys have *separate* rooms.
男孩子們都有各自的房間。
衍生 副 sèparately(個別地)
— [ˋsɛpəret; ˋsepəreit] ⑤ -s [-s] -d [-ɪd]; separating
動⑧ ❶分開,分離 | He *separated* the engine **from** the car.
他把引擎從車上卸下來。

▶ separate 的同義字
separate……指把統一或結合在一起的人或物分開。
divide………用分割或分配等,分成一個個小部分。
part…………將密切結合著的人或物分開。
sever ………強行將一部分或一分子分開。

❷使(人)分開 | They *separated* the baby **from** its mother.
他們把嬰兒和母親分離。
❸隔開 | England is *separated* **from** France by the sea.
英國與法國被海所隔開。
不 分開,分離 | The family *separated*.
這家人分散在各處。

衍生 名 **séparàtion**（分離）

eptember [sεp`tεmbɚ, səp-; sep'tembə] 複 無 ▶ 略 作 Sep., Sept.。

名 九月 | In America school begins **in** *September*.
在美國,學校在九月開學。

quence [`sikwəns; 'si:kwəns] 複 **-s** [-ɪz]

名 ❶連續;順序 | **in** alphabetical *sequence*
依字母順序地

❷連續的事物; 《相關事物的》一 連串 | They suffered **a** *sequence* of defeats.
他們遭遇到一連串的失敗。

複合 名 **the sèquence of tènses**（時態的關聯）

▶ **the sequence of tenses** 的例子

「我想他病了。」
I *think* that he *is* sick.（現在）
　↓　　　　　↓
I *thought* that he *was* sick.（過去）
「我以為他病了。」

rene [sə`rin, sɪ`ri:n]（注意發音）比 **-r** 最 **-st**

形 ❶《天空》晴 朗的;清澄的 同 clear | The sky was *serene* yesterday.
昨天天空晴朗。

❷《海》平靜的 同 calm | The sea is *serene* today.
今天海面平靜。

❸安詳的,沉著 的 | My grandfather lived a *serene* life.
我祖父過著安詳的生活。

衍生 名 **serenity** [sə`rεnətɪ]（平靜;沉著）

rgeant [`sardʒənt; 'sɑ:dʒənt]（注意發音）複 **-s** [-s]

名 《陸軍》中士; 警官 | ┌──▶ 避免混淆──
sergeant [`sardʒənt] 中士
surgeon [`sɝdʒən] 外科醫生

ries [`sɪriz; 'sɪəri:z] 複 **series**

名 ❶《同種類的 事物之》一系列; 連續 | Napoleon won **a** *series* of victories.
拿破崙贏得一連串的勝利。
A *series* of lectures is scheduled.
一系列的《學術》演講已排定日期了。

▶ 用「a series of＋複數名詞」的句型。

❷叢書;系列;一 連串的比賽 | the Crime Story *Series* 偵探小說系列／the World *Series* 世界職棒錦標賽（為美國兩大職棒聯盟為爭冠軍所進行的一連串比賽）／publish a *series* on Chinese history 出版中國歷史的叢書

series 雖帶有複數的字尾,但與 a 連用時成單數。這種字還有 species（種）, summons（召喚）等。

rious [`sɪrɪəs; 'sɪərɪəs]

形 ❶認真的;嚴 肅的 同 earnest | He was *serious* about the matter.
他對於那件事情很審慎。
a *serious* look 嚴肅的面容

❷重大的;嚴重 的 同 grave | He is suffering from a *serious* illness.
他患重病。

衍生 副 **sèriously**（嚴肅地;嚴重地）名 **sèriousness**（嚴肅,認真;嚴重性）

sermon [`sɝmən; 'sɜ:mən] 複 **-s** [-z]

名 講道;說教; 訓誡 | The minister preached a *sermon*.
牧師佈道。

serpent [`sɝpənt; 'sɜ:pənt] 複 **-s** [-s]

名《動物》蛇 | The *serpent* enticed Eve to eat the apple.
蛇引誘夏娃吃蘋果。

┌──▶ **snake** 和 **serpent**──
snake ………表「蛇」之義的常用字。
serpent ……尤指大的蛇, 係文學用字。

servant [`sɝvənt; 'sɜ:vənt] 複 **-s** [-s]

名 ❶僕人;佣人 | The duke had ten *servants*.
這公爵有十個僕人。

❷公僕, 公務員 | a public *servant* 公務員

serve [sɝv; sɜ:v] 三 **-s** [-z] 過 **-d** [-d]; **serving**

動 ❶服務《於 人》;服役 | The cook *served* the family for many years.
這廚子在這家服務很多年了。

❷《為國家等》盡 職;侍奉《神》 | His father *served* his country **as** a policeman.
他父親當警察,為國效命。

❸作…之用;合 乎《目的》 | That box *served* us **as** a table.
那箱子供我們作為桌子之用。

❹侍候;供應《飲 食等》 | Tea is *served* at four-thirty.
茶在四點半供應。

❺侍候《顧客》; 拿東西給顧客看 | There was no one to *serve* me.
（店舖裡）沒有人來接待我。
What can we *serve* you **with**?
我們能為你效勞嗎?

❻供給《必需 品》;給予方便 | The company *serves* the city **with** gas.
這公司以煤氣供應這個城市。

不 ❶服役;服務 | He *served* in the navy for three years.
他在海軍服役三年。

❷可作…之用 | This sofa *serves* **as** a bed.
這個沙發可作床用。
This tool *serves* **for** many purposes.
這個工具可用作很多的用途。

serve ... right
（口語）…給予某 人應受的處罰 | It *serves* you right!
你活該!

衍生 名 **sèrver**（服務者,服役者）

service [`sɝvɪs; 'sɜ:vɪs] 複 **-s** [-ɪz]

名 ❶《常用複 數》助力;幫忙; 照顧 | He has rendered me *services*.
他幫過我忙。

❷《通信・交 通・水道等的》 公共設施;服務 業 | The bus *service* to the village was good.
到那村莊的公車服務很便利。
the telephone *service* 電話設施／postal *service* 郵政服務

❸服務;服侍;款 待 | The restaurant gives good *service*.
這餐館服務周到。

❹公職;職務;軍務 | My uncle is **in** government *service.*
我叔叔任公職。

❺禮拜式;儀式 | We attended morning *service.*
我們去做了早禮拜。

❻雇傭人;佣人 | I took her into my *service.*
我雇她爲傭人。

at one's service
任憑某人使用
(差遣) | The car is *at* your *service.*
這車子聽憑你使用。

be of service to ...
對…有用的;對…有幫助的 | Can I *be of* any *service to* you?
我能幫你什麼忙嗎？

session [ˋsɛʃən; ˈseʃn] 图 **-s** [-z]
图(議會的)開會;(法庭的)開庭;開會〔庭〕期 | The congress is **in** *session.*
國會在開會中。
The committee had a long *session.*
委員會的會期很長。

set [sɛt; set] 🔄 **-s** [-s] 🔁 **set** [sɛt]; **setting**

┌─► sit 和 set───────
sit—sat—sat | 丕坐
set—set—set | 及置
└──────────

動 及 ❶置;安放 | She *set* the fan on the table.
她把電風扇放在桌子上。

同 put | The mechanic *set* a ladder against the wall.
這技工把梯子靠在牆上。

❷安置 | They *set* a guard **on** the minister.
他們派一名護衛保護這部長。

❸對準(鐘錶等);裝設(裝置) | He *set* his watch **by** the time signal.
他依照(收音機等的)報時將錶對時。
He *set* a trap. 他設置一個陷阱。

❹點火使某物燃燒 | He *set* fire **to** his own house.
他縱火焚燒他自己的房子。

❺(set＋受詞＋補語的句型)釋放;使人或物… | The captain *set* the prisoners **free.**
隊長釋放了囚犯。
She *set* the room **in order.**
她整理了房間。
They *set* the machine **going.**
他們發動機器。

❻指定 | They *set* her **to** do the work.
他們派她做這工作。

❼(接兩個受詞)使從事(工作等);樹立(榜樣) | They *set* him a hard job.
他們讓他做一件辛苦的差事。
The teacher *set* the students a good example.
老師給學生樹立了一個好榜樣。

丕(太陽、月亮等)沉落 | The sun *sets* **in** the west.
太陽在西方落下(日落西山)。

───► 注意介系詞───
「太陽從東方升起而向西方落下。」
(誤) The sun rises **from** the east and *sets* **to** the west.
(正) The sun *rises* **in** the east and *sets* **in** the west.

sunrise (日出)　　sunset (日落)

set about V*ing*
開始做… | He *set about* wash*ing* his car.
他著手洗他的車子。

set aside ...
保留…;貯存… | She *set aside* part of the money.
她把這筆錢的一部分存起來。

set in
開始 | The rainy season has *set in.*
已進入雨季了。

set out
❶出發 | We *set out* **on** a trip.
我們出發旅行。

❷企圖;著手 | They *set out* **to** examine the ship.
他們著手檢查那艘船。

set to ...
開始積極… | They *set to* work at once.
他們馬上展開工作。

set up
設立;裝設 | They *set up* a tent near the strea.
他們在溪流附近搭起一個帳篷。

──图 **-s** [-s]
图❶(收音機或電視機的)電氣器械,…機 | I bought a new television *set.*
我買了一部新的電視機。

❷一組;一套 | a tea *set* 一套茶具／ten books in a *set* 一套十本的書

❸一夥;一班 | a *set* of burglars 一夥竊賊

──形固定的;不變的 | a *set* order 固定不變的順序
School usually begins at a *set* tim.
學校通常在固定的時間開始上課。

settle [ˋsɛtl; ˈsetl] 🔄 **-s** [-z] 🔁 **-d** [-d]; **settling**
動 及 ❶使坐定;設定;安置 | He *settled* himself **in** the armchai.
他安坐在扶手椅上。

❷移民;殖民 | Some Japanese *settled* the island.
一些日本人移民到該島。

❸使定居;使就職;安頓 | They are *settled* in their new hou.
他們遷入新居。
He *settled* his son in business.
他使他的兒子從商。
They *settled* their daughter by marriage.
他們把女兒嫁出。

❹鎮定(心神・神經) | *settle* my disturbed mind
安定我紛亂的心神
She took some medicine to *settle* her *nerves.*
她服一些藥鎮定神經。

❺解決(問題・爭論等);決定 | They *settled* the controversy by mutual concession.
他們相互讓步而解決了爭論。

丕❶定居;移居 | He *settled* in the village.
他定居在這村落。

❷安定;安身 | You had better get married and *settle* **down.**
你最好結婚安定下來。

❸(天氣‧狀態等)穩定;平定;(興奮等)鎮靜 | The weather has *settled* at last.
天氣終於穩定下來了。
The excitement will soon *settle* down.
興奮會很快平靜下來。

❹決定 | Have you *settled* **on** the day for departure?
你已決定離去的日期了嗎?

衍生 名 **sèttlement**(殖民地;移民;解決), **sèttler**(殖民者;移住者)

even [ˋsɛvən; ˈsevn] 數 **-s** [-z]

名 形 7(個‧人‧時‧歲)(的) | We have a boy of *seven*.
我們有一個七歲的兒子。
the *Seven* Wonders of the World
世界七大奇觀

eventeen [ˌsɛvənˋtin, ˈsɛvənˋtin; ˈsevnˈtiːn] 數 **-s** [-z]

名 形 17(個‧人‧時‧歲)(的) | My brother is *seventeen* years old.
我哥哥十七歲了。
sweet *seventeen*
妙齡十七

▶ 序數是 seventeenth。

eventh [ˋsɛvənθ; ˈsevnθ] ▶ 略作 7th。

形 (加 the)第七(號)的;七分之一的 | Saturday is **the** *seventh* day of the week.
星期六是一星期的第七天。

━ 數 **-s** [-s]

名 ❶(加 the)第七;七日 | Today is July 7 (**the** *seventh*).
今天是七月七日。

❷七分之一 | two-*sevenths* 七分之二

eventy [ˋsɛvəntɪ; ˈsevntɪ] 數 **seventies** [-z]

名 形 ❶ 70(個‧人‧歲)(的) | Seven times ten equals *seventy*.
七乘十等於七十。

❷(用複數)七〇年代;70~79 歲 | **in the** *seventies*
在七〇年代
He is **in his** *seventies*.
他七十多歲了。

▶ 序數是 seventieth。

everal [ˋsɛvrəl, ˋsɛvərəl; ˈsevrəl]

形 幾個的;數〔人〕個的 | *several* men 幾個人／for *several* days 數天

━▶ **several** 和 **some**━
several ……意味著三至六個。
some ……比 several 更沒有一定的數目。
a few ……與 many 相對,為「少數的」之義。

evere [səˋvɪr; sɪˈvɪə(r)] 比 **-r** 最 **-st**

形 ❶(人‧紀律等)嚴厲的;嚴格的 | *severe* parents 嚴厲的父母／a *severe* rule 嚴厲的規則／a *severe* criticism 嚴厲的批評

❷(寒暑‧痛感等)酷烈的;劇烈的;嚴重的 | a *severe* winter 嚴冬／a *severe* illness 重病

衍生 副 **sevèrely**(嚴厲地;酷烈地)名 **severity** [səˋvɛrətɪ](嚴厲, 苛刻)

ew [so; səʊ] (注意發音) 三 **-s** [-z] 過 **-ed** [-d]; **-ing** ▶ 過去分詞亦作 **sewn** [son] ▶ 與 sow 同音。

━▶ 拼法與發音近似的字━
saw [sɔ] 名 鋸; 或 動 see 的過去式
sew [so] 動 縫紉
sow [so] 動 播種

動 及 不 縫, 縫合;縫紉 | She *sewed* a button on my coat.
她在我外衣上面縫上一個鈕扣。
The doctor *sewed* up the wound.
醫生將傷口縫合。

複合 名 **sèwing machíne**(縫紉機)
衍生 名 **sèwing**(縫紉;縫補之物)

sex [sɛks; seks] 複 **-es** [-ɪz]

名 ❶性, 性別 | What *sex* is the cat?
這隻貓是公的還是母的?

❷(集合稱)男性或女性 | the male *sex* 男性／the female *sex* 女性

▶ 文法上的「性」稱為 gender, 以與生物學上的「性」(sex)有所區別。

sexual [ˋsɛkʃʊəl; ˈsekʃʊəl]

形 性的 | *sexual* desire
性慾

▶ sexy 係口語,指「性感的」。

shabby [ˋʃæbɪ; ˈʃæbɪ] 比 **shabbier** 最 **shabbiest**

形 (衣服‧住宅等)襤褸的;破舊的 | He lives in a *shabby* house.
他住在一幢破舊的房子。
I saw a *shabby* boy in the park.
我在公園看到一個衣著襤褸的男孩。

shade [ʃed; ʃeɪd] 複 **-s** [-z]

名 ❶(通常加 the)日蔭;物體的陰影 | I took a rest **in the** *shade* of a tree.
我在樹蔭下歇了一會兒。

shade 陰

shadow 影

❷遮陽窗簾;幔簾;燈罩 | The window *shade* was made of green cloth.
這窗簾是用綠布做的。

❸色度;顏色之濃淡 | several *shades* of green 數種濃淡不同的綠

❹(加 a)少許;些微 | It is **a** *shade* too long.
這稍微長了一點。

衍生 形 **shàdy**(多蔭的)

shadow [ˋʃædo, -ə; ˈʃædəʊ] 複 **-s** [-z]

名 ❶影 | The *shadow* of the pole lengthened.
竿影伸長了。

❷(比喻用法)陰影 | The scandal **cast** a *shadow* **over** his career.
這醜聞讓他的事業蒙上了陰影。

shadow❶

shadow❷

❸蔭;幽暗;(用複數)日落後的陰暗 | The garden was **in** deep *shadow*.
這花園在濃蔭之中。
The *shadows* of evening are falling.
夜幕低垂了。

衍生 形 **shadowy** [ˋʃædəwɪ](影子一般的;朦朧的)

shaft [ʃæft; ʃɑːft] 图 **-s** [-s]

名 ❶軸;車軸;轅;矛柄;箭幹 | The broken *shaft* of the car was repaired in the garage.
車子的斷軸在修車廠修理。

❷豎坑;井狀通道;礦井 | The men went into the mine through the *shaft*.
這些人從礦井進入礦坑內。

shake [ʃek; ʃeɪk] ㊂ **-s** [-s] ㊅ **shook** [ʃʊk]; **shaken** [ˋʃekən]; **shaking**

動 他 ❶搖,搖動 | She is *shaking* a bottle of milk.
她正在搖一瓶牛奶。

❷動搖;使吃驚;使感動 | The news *shook* his faith.
這消息動搖了他的信心。

不 ❶搖動,震動 | I felt the earth *shake*.
我覺得地面震動。

❷(人因寒冷或恐懼等而)顫抖 | We were *shaking* with cold.
我們因冷而發抖。

┌─►「顫抖」的同義字

shake………「顫抖」的常用字。
His voice *shook* when he spoke.
(他說話時聲音顫抖。)

tremble………身體因恐懼或寒冷而不由自主地抖顫。
She was *trembling* with fear.
(她因恐懼而發抖。)

quake………因極驚愕或興奮而劇烈地顫抖。
He *quaked* with excitement.
(他因興奮而發抖。)

quiver………輕微的顫抖。
His lips *quivered* with emotion.
(他的嘴唇激動而顫動。)

shiver………身體因恐懼或寒冷而突然顫抖。
I *shivered* with cold.
(我冷得發抖。)

shudder……因恐懼或痙攣而引起的全身突然而猛烈的顫抖。
She *shuddered* at the sight of a snake.
(她看到了蛇而全身戰慄。)

shake hands (with ...)
(與某人)握手 | I *shook hands with* him and parted.
我與他握別。

►「我與他握手」亦可說為 "I shake his hand."。

shake one's **head** ► 表示 no 的動作。
搖頭 | He *shook* his head.
他搖頭。

►點頭(表示 yes 的動作)是 nod。

── ㊅ **-s** [-s]

名 ❶搖動;搖一下 | He gave the tree a *shake*.
他將樹搖了一下。

❷震動;動搖 | I noticed the *shake* of his hand.
我注意到他的手抖動。

衍生 图 **shaker**(搖動者)形 **shaky**(搖動的)

Shakespeare [ˋʃek͵spɪr; ˋʃeɪk͵spɪə(r)]
图 莎士比亞 ► William Shakespeare(1564-1616)是國著名的詩人兼戲劇家。他的主要作品有 Hamlet, Macbeth, King Lear, Romeo and Juliet 等等。

shall [(強)ʃæl; ʃæl;(弱)ʃəl, ʃl; ʃəl, ʃl, ʃə, ʃ] ► 過去式是 should [ʃʊd] ㊅ 除了正式的寫作或特殊的情況之外,多半不用 shall,而用 will,參看下表。

助 ❶㊅ (第一人稱・直敘法・單純未來)將 | I *shall* [㊅ will] be eighteen this March.
今年三月我就要十八歲了。
We *shall* arrive there before dark.
我們將於天黑之前到達那裡。

► 單純未來

人稱	直敘句	疑問句
第一人稱	I will㊅ I shall	Will I?㊅ *Shall* I?
第二人稱	You will	Will you?㊅ (文語)*Shall* you?
第三人稱	He will	Will he?

❷㊅ (第一人稱・疑問句・單純未來)會,可以(…嗎?) | *Shall* [㊅ *Will*] I be in time for th bus?
我會趕得上公共汽車嗎?

❸㊅ (文語)(第二人稱只用於問句・單純未來)將,會…(嗎?) | How old *shall* [㊅ will] you be ne year?
你明年幾歲了?

► 意志未來

人稱	主詞的意志	說話者的意志	對方的意志
第一人稱	I will► ㊅ 也可用 *shall*	I will	*Shall* I?
第二人稱	You will	You *shall*	Will you?
第三人稱	He will	He *shall*	*Shall* he?

❹㊅ (第一人稱・直敘句・意志未來)一定… | I *shall* return.
我一定回來。
I *shall* never forget you.
我永遠不會忘了你。
►表示比 will 更強烈的意志。

❺(第二、三人稱・直敘句・意志未來)表威嚇或諾言 ► 現在除了對小孩子和寵物之外,不被使用。 | You *shall* not have any more candy. 你再也得不到糖果了。
►意即 "I'll not give you any mor candy."。
Tommy *shall* have a toy, if he is good boy. 如果湯米是個好孩子,他可以得到一個玩具。►意即 "I'll give Tommy a toy,...."。

❻(第一人稱・疑問句・意志未來)用於請求 | *Shall* I open the window?
要我把窗子打開嗎?►口語通常說成 "Do you want me to open the window?"。

► 詢問對方(you)意志的說法。

❷(第三人稱・疑問句・意志未來) 要(⋯嗎?)

Shall he go there instead of you?
你要他代你去那裡嗎?

► 口語通常說為 "Do you want him to go ...?"。

► 這是詢問對方(you)意志的說法, 但現在已少有人用了。

❸(用於以 Let's 為句首的附加疑問句)好不好?

Let's go on a hike, *shall* we?
我們去徒步旅行吧, 好不好?

► 要用 "Let's ...,*shall* we?" 的句型。

❹(因法律・規定等而)應;須

The students *shall* wear uniforms.
學生們應穿制服。

shallow [ˋʃælo, -ə; ˋʃæləʊ] ⊕ **-er** ⊛ **-est**

形 ❶淺的
反 deep

The stream was too *shallow* for swimming. 這溪流太淺了不能游泳。

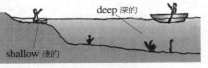

deep 深的

shallow 淺的

❷淺薄的;膚淺的

He has a *shallow* mind.
他的頭腦膚淺。

sham [ʃæm; ʃæm]

形 假的;虛偽的;模擬的;仿造的

a *sham* doctor 密醫╱a *sham* examination 模擬考試╱a *sham* diamond 假鑽石

shame [ʃem; ʃeɪm] ⊛ **-s** [-z]

名 ❶羞愧;羞慚

She blushed with [for] *shame*.
她羞愧得臉紅。

❷恥辱;丟臉

His cowardice brought *shame* on his family.
他的懦弱使他的家人蒙羞。

❸(與 a 連用)可恥之事、人或物

He is a *shame* to us.
他是我們引以為恥的人。

── ⊜ **-s** [-z] ⊛ **-d** [-d]; **shaming**

動 ⑧ 使羞愧, 使羞慚;使蒙羞;使丟臉

He *shamed* his school.
他使學校蒙羞。

He was *shamed* **into** returning the car.
他因感到慚愧而歸還了車。

衍生 形 **shámeless**(無恥的)

shameful [ˋʃemfəl; ˋʃeɪmfʊl]

形 可恥的, 不名譽的

He is not ashamed of his *shameful* act.
他對他可恥的行為不以為恥。

──► 避免混淆

ashamed ⋯⋯羞恥的
She was *ashamed* of her old dress.
(她覺得她的舊衣服讓她很丟臉。)

shameful ⋯⋯可恥的

shy ⋯⋯⋯⋯怕羞的, 羞怯的
a *shy* boy(羞怯的男孩)

shape [ʃep; ʃeɪp] ⊛ **-s** [-z]

名 ❶形, 形狀;形式 同 form

That cloud has a strange *shape*.
那朵雲的形狀很怪。

What *shape* is that?
那是什麼形狀?

──► shape 的同義字

form ⋯⋯⋯可用於任何「形狀」或指「形式」。
the *form* of a triangle(三角形)
the *form* of ceremony(典禮的形式)

figure ⋯⋯⋯尤指人的身材。
a slim *figure*(苗條的身材)

shape ⋯⋯⋯指具體的「形狀」, 比較接近於口語的字。
the *shape* of a bottle(瓶子的形狀)

❷外形;模樣

She is an angel **in** human *shape*.
她是凡塵的天使。

❸具體化, 體現;定形

He gave *shape* to his ideas.
他將他的觀念具體表現出來。

in the shape of ...
呈⋯的形狀

The cloud was *in the shape of* a bear.
這雲的形狀像隻熊。

take shape
成形;實現;漸具眉目

His poetical works are beginning to *take shape*.
他的詩集(之出版)開始有點眉目了。

── ⊜ **-s** [-s] ⊛ **-d** [-t]; **shaping**

動 ⑧ 成⋯形

The boy *shaped* clay **into** a ball.
這男孩將黏土搏成一個圓球。

衍生 形 **shàpely**(形狀美好的;比例均勻的)

share [ʃɛr; ʃeə(r)] ⊛ **-s** [-z]

名 ❶(分得的)一份

He had [took] his *share* **in** [**of**] the profits.
他獲得他的一份利益。

❷(工作等的)分攤;分擔

He did his *share* of the work.
他做了他(被分派)的一份工作。

❸參與;貢獻

I took no *share* **in** the plot.
我沒有參與這項陰謀。

❹股, 股份;股票

He owns two thousand *shares* of the company.
他擁有那家公司兩千股的股份。

── ⊜ **-s** [-z] ⊛ **-d** [-d]; **sharing**

動 ⑧ ❶分配;等分

The boy *shared* the cake equally.
男孩子們平均分配蛋糕。

I *shared* my lunch **with** him.
我把午餐分給他一起吃。

❷共有;共用

The two brothers *share* a bedroom.
兩兄弟同住一間臥房。

不 分享;分擔

She *shared* **in** my joy.
她分享我的快樂。

shark [ʃɑrk; ʃɑːk] ⊛ **-s** [-s]

名 (魚)鯊魚;鮫

sharp [ʃɑrp; ʃɑːp] ⊕ **-er** ⊛ **-est**

形 ❶銳利的;鋒利的
反 dull, blunt

He cut the rope with a *sharp* knife.
他用一把銳利的刀割繩。

❷尖的;銳角度的

a *sharp* nose 尖鼻╱a *sharp* peak 尖峭的山峰

❸急轉的;險峭的;突然的 | a *sharp* curve 急轉彎／a *sharp* slope 險坡／a *sharp* rise 突然上升

sharp eye　　　　sharp curves　　　　sharp knife

❹清楚的;顯明的 回clear | There were *sharp* differences of opinion between the two.
這兩人之間的意見有很明顯的差異。

❺(聲調)高的;尖聲的 | She gave a *sharp* cry.
她尖叫了一聲。

❻劇烈的;嚴寒的 | I had a *sharp* pain in the back.
我的背部劇痛。

❼(言辭等)苛刻的;尖酸的 | He has a *sharp* tongue.
他喜歡挖苦人。

━━ 副 準;整 | Come at three o'clock *sharp*.
在三點整來。

衍生 副 **shãrply**(銳利地;急速地;嚴厲地)

sharpen [ˈʃɑrpən; ˈʃɑːpən] 😑 -s [-z] 懲 -ed [-d]; -ing
動 ⊗ ❶使銳鋒;削(鉛筆);磨(刀) | *sharpen* a pencil 削鉛筆
　►「削鉛筆機」是 a pencil sharpener。

┌─► -en 構成動詞表「使爲;變爲」之義
sharpen(使銳利)　＜sharp(銳利的)＋en
brighten(變亮)　　＜bright(光亮的)＋en
harden(使硬)　　　＜hard(堅硬的)＋en

shatter [ˈʃætɚ; ˈʃætə(r)] 😑 -s [-z] 懲 -ed [-d]; -ing [ˈʃætərɪŋ]
動 ⊗ ❶使粉碎;擊〔打〕碎 | The explosion *shattered* the building.
爆炸使那座建築物炸碎。
► 此字用於打碎的破片四散的時候。

┌─►「打破, 破碎」的同義字
break ………「打破」的最常用的字。
smash ┐ …突然猛烈地擊碎,同時發出很大的聲響。
crash ┘
crush ………由於壓力而壓毀或壓碎。
crack ………發出破裂聲而龜裂或一部分破裂。

❷使(健康,精神等)損傷,破滅 | His sudden death *shattered* our hope.
他的猝逝使我們的希望破滅了。

shave [ʃev; ʃeɪv] 😑 -s [-z] 懲 -d [-d] ⑦ -d [-d]; shaven [ˈʃevən]; shaving
動 ⊗ ❶修臉,刮鬍子;刮除…的毛髮 | He *shaved* himself.
他刮鬍子。
　►「刮掉」是 shave ... off。
❷削;刨 | He *shaved* the board.
他刨木板。

不 刮鬍子 | I always *shave* in the morning.
我總是早晨刮鬍子。

━━ 懲 -s [-z]
名 刮鬍子;修臉 | I went to the barbershop for a *shave* and a haircut.
我去理髮店修臉理髮。

shawl [ʃɔl; ʃɔːl] 懲 -s [-z]
名 圍巾;披肩 | My *shawl* kept me warm.
我的圍巾使我保持溫暖。

she [(強)ʃi; ʃiː(弱)ʃɪ; ʃɪ] 伐 第三人稱, 單數, 女性, 主格 懲 **they**(她們)

主格	所有格	受格	所有代名詞	反身代名詞
she 她	her 她的	her 她	hers 她的 (所有物)	herself 她自己

❶她 | *She* is my wife.
她是我的妻子。
❷(物之)它 | Being a small ship, *she* rolled violently.
因爲是一艘小船, 所以搖動得很厲害。
► 用於指船, 飛機, 國家, 大自然或其他比擬爲女性之物, 但近來船或國家多用 it, 而少用 she 指稱了。
► 名詞亦有「女人, 女孩」之義: "Is the baby a he or a she?"(這嬰孩是男的還是女的?)

shed¹ [ʃɛd; ʃɛd] 😑 -s [-z] ⑦ shed [ʃɛd]; shedding
動 ⊗ ❶流(血·淚等) | She *shed* tears when she heard the sad news.
當她聽到那個噩耗時掉淚了。
❷(樹木)落(葉) | The tree *sheds* its leaves in fall.
這樹在秋天落葉。

shed² [ʃɛd; ʃɛd] 懲 -s [-z]
名 小屋;庫房;棚 | The tools are in the *shed*.
工具在庫房裡。
He built a bicycle *shed*.
他搭建一個腳踏車棚。

┌─►「小屋」的同義字
cottage ┐
cabin ┤…… 近來多指具有相當設備的別墅風格的小屋。
lodge ┘
hut …………是指簡陋的小屋。
shed …………爲儲藏東西的小屋。

she'd [(強)ʃid; ʃiːd(弱)ʃɪd; ʃɪd] she had, she would 的縮寫 | *She'd*(=She had) lived there for ten years when the war broke out.
戰爭爆發時, 她已住在那裡十年了。

sheep [ʃip; ʃiːp] 懲 sheep
名 (動物)羊 | a flock of *sheep* 一群羊
┌─► sheep 和 goat
sheep(羊)—lamb(羔羊)
goat(山羊)—kid(小山羊)

sheer [ʃɪr; ʃɪə(r)] 比 -er 懲 -est(限定用法)
形 ❶全然的;絕對的 | It was a *sheer* waste of time.
這全然是浪費時間。
❷峭立的 | He fell over a *sheer* cliff.
他從懸崖上摔下來。

sheet [ʃit; ʃiːt] 懲 -s [-s]
名 ❶床單;被單 | She put clean *sheets* on the bed.
她將洗乾淨的床單鋪在床上。
► 用於指床舖上面的被單或下面的床單。

❷(紙等之)一張 | a *sheet* of paper 一張紙／two *sheets* of paper 兩張紙

──► 紙張的表達方法

a *sheet of* paper	一張較大的紙
a *piece of* paper	一張普通的紙
a *bit of* paper	一張小紙片

❸(水・雪・k・火等)廣大的一片 | a *sheet* of ice 一片冰／*sheets* of flames 一片火海

elf [ʃɛlf; ʃelf] [複] **shelves** [ʃɛlvz]
[名]架 | That dictionary is on the bottom *shelf*.
那本辭典是在最下面的架上。
[衍生][動] **shelve**(將…置於架上)

ell [ʃɛl; ʃel] [複] **-s** [-z]
[名]❶貝殼;貝 | The children gathered *shells* on the beach.
孩子們在海濱撿貝殼。
shell 係指「貝殼」,活的「貝」稱爲 shellfish, shellfish 係指 oyster(蠔), clam(蛤)等之貝類, 或 crab(蟹), obster(龍蝦)等之甲殼類。
❷(蛋・堅果等的)殼 | She broke the *shell* of the egg.
她打破蛋殼。

e'll [(強)ʃil; ʃi:l (弱)ʃɪl; ʃɪl] she will 的縮寫
She'll come again tomorrow.
她將於明天再來。

elter [ˋʃɛltɚ; ˈʃeltə(r)] [複] **-s** [-z]
[名]❶避難;庇護;遮蔽 | I **took** *shelter* **from** the rain.
我躲雨。
We found *shelter* **in** a hut.
我們在一間小屋避難。
❷避難所 | A cave was his *shelter* **for** the night.
他那天晚上躲在洞穴裡過夜。
── [三] **-s** [-z] [規] **-ed** [-d]; **-ing**
[動][及] 保護 [同] protect | He *sheltered* the escaped convict.
他庇護逃犯。
The wall *sheltered* me from the wind.
這牆替我擋風。
[不] 避難;避雨 | They *sheltered* in a barn till the rain was over.
他們在一間穀倉裡避雨直到雨停。

epherd [ˋʃɛpɚd; ˈʃepəd] (注意發音) [複] **-s** [-z]
[名] 牧羊人 | The *shepherd* guided his sheep down the hill.
牧羊人引領羊兒下山了。
► <sheep(羊) + herd(牧者)
►「牧羊犬」是 a German shepherd。

eriff [ˋʃɛrɪf; ˈʃerɪf] [複] **-s** [-s]
[名] [美] 郡裡的保安官 | He was arrested by the *sheriff*.
他被保安官逮捕了。

e's [ʃiz; (強)ʃi:z (弱)ʃɪz] she is, she has 的縮寫
She's (=She is) tired.
她累了。

ield [ʃild; ʃi:ld] [複] **-s** [-z]
[名] 盾 | The *shield* protected him from the blows of his enemy.
盾保護他不被敵人打到。
── [三] **-s** [-z] [規] **-ed** [-ɪd]; **-ing**
[動][及] 保護;庇護 [同] protect | Parents *shield* their children **from** harm.
父母保護他們的子女不受傷害。

shift [ʃɪft; ʃɪft] [三] **-s** [-s] [規] **-ed** [ɪd]; **-ing**
[動][及] 移動;變換 | We *shifted* the furniture.
我們移動了家具。
She *shifted* her handbag **from** one hand **to** the other.
她換手拿手提包。
[不] 變換;轉移 [同] change | The wind *shifted* **to** the west.
風轉向西吹。
shift for oneself 自食其力 | You've got to *shift for yourself*.
你必須自食其力(不得依靠別人)。
── [複] **-s** [-s]
[名] ❶變化, 變更;移動 | A *shift* **in** the wind brought rain.
風向轉變帶來了雨。
❷輪班(制) | an eight-hour *shift* 八小時輪班制
I was on the night *shift* that day.
我那天值夜班。
make shift 設法繼續或維持 | I had to *make shift* without help.
沒有幫助我也得設法繼續維持。

shilling [ˋʃɪlɪŋ; ˈʃɪlɪŋ] [複] **-s** [-z]
[名] 先令
► 英國舊的貨幣單位, 略作 s. | ► 英國舊的貨幣制度:
1 pound = 20 shillings
1 shilling = 12 pence
► 1971 年以來的英國的貨幣制度:1 pound = 100 pence
(shilling 這種單位已廢而不用。)

shine [ʃaɪn; ʃaɪn] [三] **-s** [-z] [不] **shone** [ʃon]
[規][及] 是 **-d** [-d]; **shining**
[動][不] 輝耀;發光;照耀 | The sun was *shining* brightly.
陽光普照。
[及] 擦亮 [同] polish | He *shines* his shoes every morning.
他每天早上都把他的鞋子擦亮。
── [複] 無
[名] 光輝;光澤 | the *shine* of gold 黃金的光澤
rain or shine 不論晴雨 | I'll go, *rain or shine*. ⇨ rain
不論晴雨, 我都會去。
[衍生][形] **shiny**(發光的;輝煌的;發亮的)

ship [ʃɪp; ʃɪp] [複] **-s** [-s]
[名] 船 ► 有時以女性代名詞指稱。 | They went on board the *ship*.
他們上這艘船。
► 船名與定冠詞連用, 如:the Nelson(納爾遜號), the Queen Elizabeth(伊利莎白女王號)。

──►「船」的同義字

ship………指大型的輪船、帆船等。
boat ……指小船, 但口語中多用於與 ship 同義。
vessel ……與 ship 或 boat 同, 但爲正式用語。

shipwreck [ˈʃɪp,rɛk; ˈʃɪprek] ⑧ -s [-s]
名 船隻失事；船隻遇難 | Few people were saved from the *shipwreck*.
在這次船難只有寥寥無幾的人獲救。

―― ㈢ -s [-s] ⑧ -ed [-t]; -ing
動 ㊧ 使(船隻)失事 | The little boat was *shipwrecked*.
這小船遇難了。

shirt [ʃɜt; ʃɜ:t] ⑧ -s [-s]
名 襯衫
► 係指穿於外的襯衫，貼身內衣或汗衫㊨ 稱為 undershirt, ㊀ 稱為 vest。

undershirt
shirt

shiver [ˈʃɪvə; ˈʃɪvə(r)] ⑧ -s [-z] ⑧ -ed [-d]; -ing
動 ㊧ (因寒冷恐懼等而)顫抖 | The woman was *shivering* with cold.
同 tremble | 這女人冷得顫抖。
► 關於同義字請參見 shake 的註釋。

―― ⑧ -s [-z]
名 顫抖 | A *shiver* ran through her.
她全身顫抖。

shock [ʃak; ʃɒk] ⑧ -s [-s]
名 ❶ (相撞·爆炸等引起的)撞擊；震動 | The windowpanes were broken by the *shock* of the explosion.
這些窗玻璃都被這爆炸震破了。
❷ (精神上的)震驚；激動 | His death was a *shock* to his wife.
他的死使他的妻子感到震驚。

―― ㈢ -s [-s] ⑧ -ed [-t]; -ing
動 ㊧ 使大吃一驚；使驚駭 | Her sudden appearance *shocked* us.
她的突然出現使我們大吃一驚。
I was *shocked* by [at] the accident.
這意外事件使我震驚。

shoe [ʃu; ʃu:] ⑧ -s [-z]
名 (通常用複數)鞋 | I put on [took off] my *shoes*.
我穿上[脫下]鞋子。
► ㊨ 指長度不及腳踝的鞋子。 | a pair of *shoes* 一雙鞋／two pairs of *shoes* 兩雙鞋
長及腳踝的鞋子是 boots。㊨ 長及腳踝的鞋子也稱為 shoes。
複合 名 **shóemáker**(鞋匠)

shoot [ʃut; ʃu:t] ㈢ -s [-s] ㊀ shot [ʃat]; -ing
動 ㊧ ❶ 射中；射殺(人·物) | The hunter *shot* a hare.
獵人射中一隻野兔。
He *shot* himself.
他舉槍自殺了。

shoot a bear (to death)
射死熊

shoot at a bear
向熊射擊

❷ 開(槍)；射(箭) | He *shot* a gun.
他開槍了。
► 「開槍」亦稱為 fire [discharge] a gun。

❸ (光線·視線等)投向 | She *shot* an envious glance at me
她對我投以羨慕的眼光。
❹ 發(芽)；生(枝) | The trees are *shooting* out buds.
樹木發芽了。
㊡ 射擊；射箭 | He *shot* at the target.
他向目標射擊。

shop [ʃap; ʃɒp] ⑧ -s [-s]
名 ❶ (主要用於 ㊨)店鋪；零售商 | His father keeps a flower *shop*.
他父親經營花店。
a barber*shop* [㊨ barber's] 理髮店

► shop 和 store

	㊨	㊀
shop	工廠	店鋪
store	店鋪	百貨行(用複數)

❷ (主要用於 ㊨)工廠；修理廠 | a carpenter's *shop* 木工廠／a repa *shop* 修理廠

―― ㈢ -s [-s] ⑧ shopped [-t]; shopping
動 ㊡ 買東西 | Mother has gone *shopping* in town
母親已去城裡買東西。
► 這種場合不以 to 作介系詞。
複合 名 **shòpkéeper**(店主,店東；零售商人)

shore [ʃor, ʃɔr; ʃɔ:(r)] ⑧ -s [-z]
名 (海·湖·河的)岸；陸地 | The boat was near the *shore*.
這船在岸的附近。

► 表「岸」的字
shore ………表「岸」的最常用字。⇨ seashore
beach ………尤指漲潮時有水, 退潮時無水的沙灘。
coast ………是指沿著 ocean(大海)的海岸。
seaside ……指作為遊憩地之範圍廣闊的海濱。

short [ʃort; ʃɔ:t] ⊞ -er ⑧ -est
形 ❶ (時間·長度)短的 | I went on a *short* trip.
㊨ long | 我作短暫的旅行。
This coat is too *short* for me.
這件外衣太短了,不合我穿。
❷ 身材矮的 | Jack is *shorter* than Tom by a head. 傑克比湯姆矮一個頭。
㊨ tall
❸ (額·量等)不足的；缺少的 | We had a *short* supply of water th summer. 今年夏天供水不足。

be short for ... 是…的縮寫 | TV is *short* for television.
TV 是電視的縮寫。

be short of ... 缺乏…；短少… | He is always *short* of money.
他的錢總是不夠花。

for short 簡稱；簡略之 | Thomas is called "Tom" *for short*
湯瑪斯簡稱為湯姆。
► for short, in short 的 short 係名詞用法。

in short 總而言之 | He has quit smoking and drinking and exercises every day. *In short*, he cares about his health now.
他戒了煙酒, 每天運動。總而言之, 他現在注意自己的健康。

run short (of ...) (…)不足 | We are *running short* of water.
我們的水不夠用了。
► 這裡的 short 是副詞用法。

━━━▶ **short** 和 **brief**━━━
short ……形容時間或距離「短的」。
brief ……形容時間「短的」；「簡潔的」。
{ a *short* speech 時間短暫的演說
{ a *brief* speech 時間雖短，但有內容，簡潔且深
　　　　　　　 得要領的演說

〔合〕 图 **shòrt cút**(捷徑), **shòrt stòry**(短篇小說)
〔生〕 動 **shòrten**(使短；縮短)

ortage [ˋʃɔrtɪdʒ; ˋʃɔːtɪdʒ] 傻 無
〕不足，缺乏 │ a water *shortage*(＝a *shortage* of
② 缺點 │ water) 缺水／a *shortage* of ten
　　　　　 │ dollars 還少十元

ortcoming [ˋʃɔrtˌkʌmɪŋ, -ˈkʌm-; ˌʃɔːtˈkʌmɪŋ]
③ **-s** [-z]
〕(常用複數) │ We all have some *shortcomings*.
缺點；短處 │ 我們大家都有一些缺點。
② fault

ortly [ˋʃɔrtlɪ; ˋʃɔːtlɪ]
〕❶即刻，不久 │ She will arrive *shortly*.
② soon │ 她不久就會到來。
　　　　　 │ He went abroad *shortly* after his
　　　　　 │ marriage.
　　　　　 │ 他婚後不久就到國外去了。
❷簡短地；簡略 │ Speak *shortly* and to the point.
③ ⑥ briefly │ 簡單扼要地說。

ot [ʃɑt; ʃɒt] 傻 **-s** [-s] ▶ shoot 的名詞
〕❶發射；射擊 │ The hunter took a *shot* at the bird.
　　　　　 │ 獵人向鳥射槍。
〕子彈；砲彈 │ A *shot* passed through his leg.
▶ 作集合名詞 │ 一顆子彈射穿他的腿。
時單複同式。 │ He fired a few *shot*.
　　　　　 │ 他開了幾槍。
〕槍手；砲手 │ He is a good [bad] *shot*.
　　　　　 │ 他是個優秀[差勁]的槍手。
❹(口語)打針▶ │「打針，注射」的正式用字是 injection。
〔合〕 图 **shòtgún**(散彈槍，獵槍)

ould [(強)ʃud; ʃud(弱)ʃəd, ʃd; ʃəd, ʃd] 助 shall 的過去
〕(shall 的過去 │ (直接引句)
式) 將 │ I said, "I shall succeed."
▶ 為求時態一 │ (間接引句)
②，而將 shall │ I said that I *should* succeed.
成過去式時。 │ 我說我將成功。
　　　　　 │ ▶ shall 是第一人稱單純未來的用法。
〕應該 │ You *should* brush your teeth before
　　　　　 │ you go to bed.
　　　　　 │ 你在睡前應該刷牙。
▶ 可用於各種人稱，表示一種責任或義務。也可用 ought
② 替代。
〕(用 should │ I *should* have gone there alone. (＝I
ave＋過去分 │ ought to have gone there alone.)
詞的句型) (當 │ 我(當時)應該一個人去那裡的(但沒一
時)應該…(但沒 │ 個人去)。
③樣做)
〕(用第一人稱) │ He was about thirty, I *should* think.
②…想 │ 我以為他大約三十歲。

▶比較委婉而 │ I *should* [⑳ would] like to go.
鄭重的說法。 │ 我想去。

┌─────────────────────────────┐
│ I want to go. (我想要去)的委婉鄭重的說法。 │
│ { (⑳)I *should like* to go.
│ { (⑳)I would like to go.
│ { I'd like to go.
│ ▶"I wish to go." 是文學用語，比較正式。 │
└─────────────────────────────┘

❺(用於假設語 │ If a ghost *should* appear, I would
氣中的條件子 │ [will] speak to it.
句) 如…就… │ 萬一鬼出現，我就會同它說話。
　　　　　 │ ▶主要子句的動詞，既可用假設語氣也可用直陳法。
❻(用於假設語 │ I *should* be glad to go, if I could.
氣的主要子句) │ 如果我能去，我就會高興的去了。
(如…)就會…了 │ If I had had the money, I *should*
　　　　　 │ have bought it.
　　　　　 │ 如果我當時有錢，我就會把它買下了。
❼(用 it is … │ **It is** natural **that** they *should* get
that～should │ angry. 他們會生氣是必然的。
的句型)會…；應 │ ▶一般說來 "It is natural for them
該；竟然會 │ to get angry."。
　　　　　 │ **It is** a pity **that** the building *should*
　　　　　 │ have been burnt down.
　　　　　 │ 那大樓竟然會被燒毀，真是一件憾事。
▶ 被用於伴隨表示驚訝、遺憾、必要、適當等主句的從屬子
句。
❽(用 … that～ │ I insist **that** he (⑳ *should*) pay.
should 的句型) │ 我堅持要他付款。
要，必須 │ ▶即使略去 should，亦不作 pays。
　　　　　 │ It was decided **that** he (⑳ *should*)
　　　　　 │ be sent to the country.
　　　　　 │ 業已決定他要被派往那個國家。
▶ 被用於連結 decide, demand, insist, propose 等表示決
定、命令、要求、提議、願望等動詞的 that 子句中。⑳省略
should 而用動詞原形。
❾(與疑問詞連 │ Why *should* you be surprised?
用)究竟 │ 你究竟為什麼吃驚呢?(沒什麼好吃驚的
　　　　　 │ 嘛。)

shoulder [ˋʃoldɚ; ˋʃəʊldə(r)] 傻 **-s** [-z]
图 ❶肩 │ He gave the child a ride on his
　　　　　 │ *shoulders*.
　　　　　 │ 他讓小孩子騎在他的肩上。
❷(用複數)擔當 │ I took the task on my own
能力，承擔 │ *shoulders*.
　　　　　 │ 我把這工作一手承擔起來。

shouldn't [ˋʃudnt; ˋʃʊdnt] should not 的縮寫
　　　　　 │ You *shouldn't* tell a lie.
　　　　　 │ 你不該撒謊。

shout [ʃaut; ʃaut] ⊜ **-s** [-s] 傻 **-ed** [-ɪd]; **-ing**
動 不 呼；喊 │ They *shouted* **for** [**with**] joy.
　　　　　 │ 他們歡呼。

┌─────── ▶ **cry** 和 **shout**───────┐
│ shout ………多用於喜、怒、求救等的大聲喊叫。 │
│ cry …………「呼、喊」的常用字，用於不知不覺地失聲 │
│ 　　　　　 喊叫或哭聲等。 │
└──────────────────────────────┘

及 喊出 | "Stop," the policeman *shouted*.
這警察喊道:「停下來。」

—— 働 **-s** [-s]
名 喊叫聲 | The audience gave *shouts* of applause.
觀眾發出喝采聲。

shovel [`ʃʌvl; `ʃʌvl] 働 **-s** [-z]
名 鏟;鐵鍬;一 | a *shovel* of coal 一鏟煤
鏟〔鍬〕之量

shovel

scoop [skup]
鏟子

show [ʃo; ʃəʊ] ㊂ **-s** [-z] 働 **-ed** [-d] 忝 **-ed** [-d]; **shown**
[ʃon]; **-ing** ▶ 過去分詞㊇ 有時用 showed, ㊇ 則很少用
showed。

動及 ❶給…看; | He *showed* { me the picture.
顯示 | { the picture *to* me.
他拿照片給我看。

❷陳列;上映;演 | Are they *showing* the film at the
出 | movie theater?
那家電影院正在上映那部片子嗎?

❸(向人)說明; | Your work *shows* that you have
告知;表明;指示 | been careless.
你的工作顯示你一直很粗心大意。
He *showed* me the way to the zoo.
他指示我到動物園去的路。

—— ▶ show the way 和 tell the way ——
show the way 具有如❸那樣「用語言說明路的方
向」, 和如❹那樣「親自帶路到目的地」的意義, 因此在
向人問路時用 tell 比用 show 為佳。
「請告訴我到車站去的路。」
Please *tell* me the way to the station.

❹引領(人) | She *showed* me *to* my seat.
圓 guide | 她帶我到我的座位去。
❺表示;指示 | The thermometer *shows* 90 degrees.
圓 indicate | 溫度計顯示九十度。
▶ 英美人士通常使用華氏來計溫度。

show off | She *showed* off her ring.
炫耀 | 她炫耀她的戒指。
show up | She *showed* up late.
(口語)出現 | 她遲到了。

—— 名 **-s** [-z]
名 ❶展覽會;展 | There was a flower *show* in the
示會 | park.
圓 exhibition | 公園裡有個花卉展覽會。
❷演出;演藝;演 | My father is in *show* business.
出戲劇;電影 | 我父親從事演藝事業。
❸(外表上)裝出 | Her sympathy was a mere *show*.
圓 pretense | 她的同情不過是裝裝樣子罷了。
make a show of ...
向人誇耀… | He is always *making a show of* his
knowledge.
他總是賣弄他的知識。

shower [`ʃaʊə, ʃaur; `ʃaʊə(r)] 働 **-s** [-z]

名 ❶陣雨 | We were caught in a *shower* on the way.
我們在途中遇上陣雨。
❷似陣雨般之物 | The singer gets a *shower* of fan
mail every day.
這歌星每天都收到歌迷如雪片般的信件。
❸淋浴 | I had a *shower*.
圓 shower | 我淋了一個浴。
bath

—— ㊂ **-s** [-z] 働 **-ed** [-d]; **-ing** [`ʃaʊərɪŋ]
動及 大量給與 | They *showered* applause *on* the
composer. = They *showered* the
composer *with* applause.
他們給與這作曲家如雷的掌聲。

複合 名 **shówer báth**(淋浴)

shrewd [ʃrud; ʃru:d] (注意發音) ㊀ **-er** ㊁ **-est**
形 聰敏的, 精明 | He is a *shrewd* merchant.
的 | 他是個精明的商人。

—— ▶ shrewd 的同義字 ——
clever ………… 形容腦筋反應快的、機靈的。
shrewd ……… 對實際事務精明。
cunning ……… 主要用於狡猾的意思。

shriek [ʃrik; ʃri:k] ㊂ **-s** [-s] 働 **-ed** [-t]; **-ing**
動不 發出尖銳 | She *shrieked* in horror.
的叫聲;吱吱而 | 她嚇得大聲尖叫。
笑 | The girls *shrieked* with laughter.
女孩子們尖聲大笑。

—— ▶ shriek 的同義字 ——
cry ………… 「叫喊」之義的最常用字。
shout ……… 放開嗓門大聲叫喊。
exclaim …… 為表現強烈的感情而高聲叫喊。
scream …… 以尖銳刺耳的聲音叫喊。
shriek……… 以一種比 scream 更激越的聲音叫喊。

—— 働 **-s** [-s]
名 尖銳的叫 | A *shriek* of pain came from the
〔笑〕聲 | wounded soldier.
那傷兵發出痛苦的尖叫聲。

shrill [ʃrɪl; ʃrɪl] ㊀ **-er** ㊁ **-est**
形 (聲音)尖銳 | The boy uttered a *shrill* cry of
的 | pain.
這男孩發出痛苦的尖叫。

shrine [ʃraɪn; ʃraɪn] 働 **-s** [-z]
名 神龕;廟;祠; | the Prince Yanping *Shrine* 延平郡王
聖地 | 祠／the holy *shrine* of Mecca 麥加
聖地

▶ shrine 係指 chapel(小禮拜堂), 或 church(教堂),
我國則指奉祠某先人的「祠」或「廟」(如吳鳳廟), 以有別於
temple(寺)。

shrink [ʃrɪŋk; ʃrɪŋk] ㊂ **-s** [-s] 忝 **shrank** [ʃræŋk]
shrunk [ʃrʌŋk]; **shrunk**; **-ing** ▶ 形 是 **shrunken**。
動不 ❶(布等) | This cloth *shrinks* in the wash.
收縮 | 這種布洗後會收縮。
❷畏縮;退縮 | Brave men never *shrink* from
danger.
勇敢的人決不會因危險而畏縮。

rub [ʃrʌb; ʃrʌb] [複] **-s** [-z]
[名]灌木 ▶ 灌木叢稱爲 shrubbery。
▶ 較一般的 tree(喬木)爲低,主幹不明且從根部生枝。
▶ bush 可用於「一棵灌木」,亦可用於「成簇的灌木」。

rug [ʃrʌg; ʃrʌg] [三] **-s** [-z] [規] **shrugged** [-d]; **hrugging**
動[及]聳(肩) — He *shrugged* his shoulders. 他聳聳肩。
▶ 聳起雙肩以表示困惑、驚愕等之義。

Oh,No!

— [複] **-s** [-z]
[名]聳肩 — He refused **with a** *shrug* (of the shoulders). 他聳肩表示拒絕。

udder [ˋʃʌdɚ; ˈʃʌdə(r)] [三] **-s** [-z] [規] **-ed** [-d]; **-ing** ˋʃʌdərɪŋ]
動[不](因恐懼寒冷等而)戰慄;發抖 — The girl *shuddered* to see the snake. 這女孩因爲看到蛇而開始發抖。
▶ 關於同義字請參見 shake 的註釋。

— [複] **-s** [-z]
[名]戰慄;發抖 — A *shudder* passed over her. 她全身發抖。

uffle [ˋʃʌfl; ˈʃʌfl] [三] **-s** [-z] [規] **-d** [-d]; **shuffling**
動[及]拖著腳而行;洗牌;弄混 — The old man *shuffled* his feet. 那老人拖著腳走。
He *shuffles* cards skillfully. 他很熟練地洗牌。

un [ʃʌn; ʃʌn] [三] **-s** [-z] [規] **shunned** [-d]; **shunning**
動[及]規避;避開 — His friends *shunned* him. 他的朋友都躲著他。

—▶ **shun 和 avoid**
avoid ……表「避免」之義的常用字。
shun ……意思比 avoid 爲強,意指對於所躲避的人或物,帶有強烈的厭惡感。

ut [ʃʌnt; ʃʌnt] [三] **-s** [-s] [不] **shut; shutting**
動[及]❶關(門等);閉;蓋上(蓋) [反] open — She *shut* the door behind her. 她隨後把門關上。
He *shut* the box. 他蓋上盒子。
❷合攏(書本・傘・刀);摺起 — She *shut* the umbrella and entered the house. 她合起雨傘,進入屋內。
❸關入 — He was *shut* **into** the room. 他被關入室內。
❹關閉(店門等) — We *shut* our store at 6 o'clock. 我們在六點關店。
[不]閉起;關上 — The drawer won't *shut*. 這抽屜關不上。

ut out …
不讓…進入;排除… — She *shut* her little boy **out of** the kitchen. 她不讓她的小兒子到廚房。
shut out the painful memory 不去想痛苦的回憶

shut up
❶關閉;把…(門窗)關好 — Please *shut up* all the windows when you leave. 你走的時候,請把所有的窗戶都關好。
❷(口語)住嘴 — *Shut up*! 住嘴!

[衍生][名] **shǔtter**(百葉窗,窗板;(照相機的)快門)

shy [ʃaɪ; ʃaɪ] [比] **-er, shier** [最] **-est, shiest**
[形]❶怕羞的,靦腆的;羞怯的 — He is *shy* by nature. 他生性怕羞。
Don't be *shy*. 不要怕羞。

—▶ **shy 的同義字**
shy …………因生性怯懦、少有涉世經驗、或不愛被人注意而羞怯的。
bashful ……覺得害羞,因而在陌生人的面前態度顯得粗笨。
modest ……是指態度矜持而謙虛的。

❷(動物)膽怯的 — The deer is a *shy* animal. 鹿是膽怯的動物。

[衍生][副] **shy̌ly**(羞怯地)[名] **shy̌ness**(羞怯)

sick [sɪk; sɪk] [比] **-er** [最] **-est**
[形]❶有病的;患病的 ⇨ ill — She is taking care of her *sick* father. 她在照顧她生病的父親。
▶ sick 在限定用法(置於名詞之前)上,[美][英]都用於相同的意義。
[美] I was *sick* **in** bed **with** a cold.
=[英] I was *ill* **in** bed **with** a cold.
我因感冒而臥床。
▶ 但[美]在正式場合中也用 ill。
▶ 在用作補語的敘述用法上[英]用 ill,[美]用 sick。"I was *sick*." [英]成了「我想吐。」的意思。

—▶ **sick 和 sickly**
sick………「有病的」a *sick* person(病人)
sickly ……「多病的」a *sickly* boy(多病的男孩)

❷[英](敘述用法)想嘔吐的;作嘔的 — Many people were *sick* during the voyage. 航海中很多人想吐。
▶ [美]多說爲 be sick at one's stomach。

be sick of …
厭煩… — I *am sick of* this weather. 我厭煩這種天氣。
▶ be sick and tired of ... 語意比 be sick of ... 爲強。

[複合][名] **sǐckrōom**(病房)
[衍生][動] **sǐcken**(使病;患病)[形] **sǐckly**(多病的)[名] **sǐckness**(疾病;患病)

side [saɪd; saɪd] [複] **-s** [-z]
[名]❶邊;側;面
▶ 也用於左右・表裡・內外等的面・地點・方向。

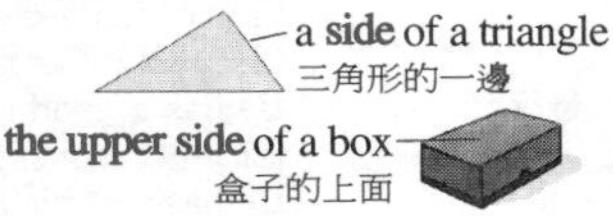
a side of a triangle
三角形的一邊
the upper side of a box
盒子的上面

the other side of the river
河的對岸

this side of the river
河的這一邊

❷旁邊;側面 | He sat **by the** *side* of his wife.
他坐在他妻子的旁邊。

❸(人的)脇;側腹 | I had a sharp pain **in** my right *side*.
我的右脇劇痛。

❹(敵我的)邊;集團;派 | Who is **on** your *side*?
有誰站在你這一邊?

from side to side
左右地 | The boat rolled *from side to side*.
船左右搖擺。

side by side (with …)
(與…)並肩地 | The couple sat *side by side*.
這對夫婦並肩坐著。
He walked *side by side with* her.
他同她並肩而行。

take sides (with …)
祖護(…);加入(某方) | If you *take sides with* me, they will get angry.
如果你袒護我的話,他們會生氣的。

衍生 副 形 **sìdewáys**(向一邊地〔的〕;斜向一邊地〔的〕)

sidewalk [`saɪd‚wɔk; 'saɪdwɔːk] 图 **-s** [-s]
名 美 (別於車道)人行道
英 pavement | You must walk along the *sidewalk*.
你必須沿著人行道走。

siege [sidʒ; siːdʒ] 图 **-s** [-ɪz]
名 圍攻 | The *siege* lasted ten days.
那場圍攻延續了十天。

sift [sɪft; sɪft] 愈 **-s** [-s] 遙 **-ed** [-ɪd]; **-ing**
動 及 篩;篩分 | He was *sifting* sand.
他在篩沙子。

衍生 名 **sieve** [sɪv](篩子)

sieve

sigh [saɪ; saɪ] 愈 **-s** [-z] 遙 **-ed** [-d]; **-ing**
動 不 嘆息 | She *sighed* with relief.
她放心地舒口氣。

— 愈 **-s** [-z]
名 嘆息 | The old man gave a *sigh*.
這老人嘆息了一聲。

sight [saɪt; saɪt] 愈 **-s** [-s] ▶ see 的名詞
名 ❶情景;景色 | It was a glorious *sight*.
那是個壯麗的景色。

❷見;看 | Shoot him **at** (first) *sight*.
一見到他立即將他擊斃。
I identified her **at first** *sight*.
我第一眼就認出她來。

❸視力 | He has a good [bad] *sight*.
他的視力很好〔不好〕。
He has lost his *sight*. 他失明了。

❹(加 the 用複數)名勝 | They saw [did] **the** *sights* of London.
他們遊覽了倫敦的名勝。

at the sight of … ▶ to see 的正式說法。
一看到…就 | She fainted *at the sight of* blood.
她一看到血就昏過去了。

catch sight of …
看見… | We *caught sight of* the ship soon.
我們立刻看見了船。

in [*within*] *sight*
在視力範圍內
反 out of sight | The land was still *in sight*.
陸地仍看得見。

know … by sight
認得某人 | I *know* her *by sight*. 我認得她。

lose sight of …
看不見… | We *lost sight of* the man at last.
我們終於看不見那個人了。

out of sight
在看不見…的地方;不被看見 | The plane flew *out of sight*.
飛機飛得看不見了。

複合 名 **sìghtséeing**(觀光;遊覽)

sign [saɪn; saɪn](注意發音) 愈 **-s** [-z]
名 ❶記號;符號;痕跡 |
the plus [minus] sign
加〔減〕符號

❷(藉手等所做的)信號;姿勢,手勢 | V sign
表勝利的手勢

❸標誌;(商店的)招牌 |

a traffic sign
交通標誌

❹預兆;徵兆 | Dark clouds are a *sign* of rain.
烏雲是下雨的徵兆。

❺跡象 ▶ 常被用於否定句。 | No *sign* of human habitation was seen.
看不到人類居住的跡象。

— 愈 **-s** [-z] 遙 **-ed** [-d]; **-ing**
動 及 ❶簽名 | The lawyer *signed* the letter.
律師在信上簽了名。
▶「簽名」的名詞不是 sign,而是 signature。

❷做信號;做手勢 | The policeman *signed* the car **to** stop.
警察做手勢叫那輛車子停下來。

signal [`sɪgn̩; 'sɪgnəl] 愈 **-s** [-z]
名 信號;暗號;信號燈 | A red light is a stop *signal*.
紅燈是停止的信號。

— 愈 **-s** [-z] 遙 **-ed** [-d], 英 **signalled** [-d]; **-ing**, 英 **signalling**
動 及 以信號告知;以手勢示意 | He *signaled* her **to** keep away.
他做手勢叫她不要靠近。

signature [`sɪgnətʃɚ, `sɪgnɪ-; 'sɪgnətʃə(r)] 愈 **-s** [-z]
名 簽名;署名 | He put his *signature* there.
他在那裡簽了名。

▶ sign 用作「簽名」的動詞,不用作「簽名」的名詞。用作名的名詞是錯的。

——►「簽名」的英文用法
signature ……一般人的簽名。
autograph……名人(影歌星、選手等)的簽名。

gnificance [sɪgˋnɪfəkəns; sɪg'nɪfɪkəns] [複] 無
[名]❶意義;意味 | What was the *significance* of his look?
他那表情有什麼含意呢?

——►「意義」的同義字
meaning………表「意義」的最常用字。
This word has two *meanings*.
(這個字有兩種意義。)
sense …………常指某一字、詞彙、語句的特殊意義。
in the strict *sense* of the word
(在該字的嚴格意義上)
significance …不表露於外而隱於內的意義。

❷重要;重大 [同] importance | This is a matter of great *significance*.
這是個極爲重大的事情。
[衍生][形] **signìficant**(重要的;意味深長的)

gnify [ˋsɪgnəˏfaɪ; 'sɪgnɪfaɪ] [三] **signifies** [-z] [規] **signified** [-d]; **-ing**
[動][及]❶(用動作・言辭・姿勢)表示 | He *signified* his consent **with** a nod.
他以點頭表示同意。
❷表示…的意思 ► 比 mean 爲正式的字。 | What does her expression *signify*?
她的表情代表什麼意思?

lence [ˋsaɪləns; 'saɪləns] [複] 無
[名]❶沉默, 無言 | He smoked a pipe **in** *silence*.
他默默地抽著煙斗。
❷靜寂;無聲 [同] stillness | The *silence* of night was broken by the fire.
夜的寂靜被火災打破了。

lent [ˋsaɪlənt; 'saɪlənt]
[形]❶沉默的;無言的 | She made a *silent* protest.
她作無言的抗議。
❷寂靜的 | The park was *silent*.
公園寂靜無聲。
❸無聲的;不發音的 | a *silent* film 無聲影片/a *silent* letter 不發音的字母

——► **silent letters**
ca*l*m [kɑm] 安靜的, dou*b*t [daʊt] 懷疑

[衍生][副] **sìlently**(沉默地;寂靜地)

lhouette [ˏsɪlu'ɛt, ˏsɪləˋwɛt-; ˏsɪlu:'et] (注意發音) [複] **-s** [-s]
[名]黑色的側面畫像;側面影像;剪影;輪廓 | I saw the *silhouette* of the building in the dark.
我在黑暗中看見該建築物的輪廓。

silhouette

lk [sɪlk; sɪlk] [複] 無
[名]絲;綢;綢衣服;(用作形容詞)絲的;絲製的 | The actress was dressed **in** *silk*.
這女演員穿著絲質的衣服。
a *silk* tie 絲質的領帶

[複合][名] **sìlkwórm**(蠶)
[衍生][形] **sìlken, sìlky**(像絲的)

silly [ˋsɪlɪ; 'sɪlɪ] [比] **sillier** [最] **silliest**
[形]愚蠢的;糊塗的 | Don't be *silly*. 別說傻話。
It was *silly* **of** you [You were *silly*] **to** trust him.
你信賴他, 眞是愚蠢。

——►「愚蠢的」的同義字
silly…………雖沒有精神上的缺陷, 但做出不合理的行爲。
foolish } ……是指低能的、缺乏常識和判斷力的。
stupid

silver [ˋsɪlvɚ; 'sɪlvə(r)] [複] 無
[名]❶銀 | The ring is made of *silver*.
這戒指是銀製的。
❷銀幣 | The king paid him **in** *silver*.
國王用銀幣支付給他。
❸(集合稱)銀器;銀製餐具 | The maid put the *silver* on the table.
女僕把銀餐具擺在桌上。
—— [形]❶銀的;銀質的 | a *silver* watch 銀錶/a *silver* cup 銀杯
❷銀色的;銀白色的 | the *silver* moon 銀色的月亮/*silver* hair 銀髮;白髮
[複合][名] **sìlverwáre**(銀器)
[衍生][形] **sìlvery**(如銀的)

similar [ˋsɪmələ˞; 'sɪmɪlə(r)]
[形]同樣的;類似的 | They were wearing *similar* suits.
他們穿著同樣的衣服。
[同] like | His war experiences were *similar* **to** (=like) mine.
他的戰爭經驗與我的類似。
[衍生][名] **simìlàrity, simìlitúde**(類似, 相似 ► similarity 比較常用。)

simple [ˋsɪmpḷ; 'sɪmpl] [比] **-r** [最] **-st**
[形]❶簡單的;容易的;易懂的 [反] complex | Write a story in *simple* English.
用簡單易懂的英文寫一則故事。
❷簡樸的, 樸素的 | The old man lived a *simple* life.
這老人過著簡樸的生活。
❸單純的;淳厚的;不虛飾的 | He was (as) *simple* as a child.
他像小孩子一般的率眞。
[複合][名] **sìmple sèntence**(文法)簡單句 ► 不伴隨子句, 僅由一個主語和一個述語組合而成的句子。
[衍生][動] **sìmplifý**(使簡易;簡化)

simplicity [sɪmˋplɪsətɪ; sɪm'plɪsətɪ] [複] 無
[名]❶簡單;簡易 | It is *simplicity* itself.
它本身簡單(易)。
❷簡樸;素樸 | He lived a life of *simplicity*.
他過著簡樸的生活。
❸樸素;單純;無知 | He has a mind of childlike *simplicity*.
他有一顆小孩子般純眞的心。

simply [ˋsɪmplɪ; 'sɪmplɪ]
[副]❶僅;只 [同] only | It is *simply* a question of money.
這只是錢(用錢可以解決)的問題。

❷簡單地;簡易地 | He explained it *simply*.
他簡單地說明那事。

❸樸素地;簡樸地 | The teacher was *simply* dressed.
這老師衣著樸素。

❹簡直;實在 | The scenery was *simply* beautiful.
這景色實在美極了。

simply because ... ⓔ only because ...
只因為… | They loved him *simply because* he was handsome.
他們愛他,只因他英俊。

simultaneous [ˌsaɪml`tenɪəs, ˌsɪml-, -njəs-; ˌsɪməl`teɪnjəs]
形 同時的;同時發生的 | *simultaneous* interpretation
同步口譯
衍生 副 **simultāneously** (同時地)

sin [sɪn; sɪn] 複 **-s** [-z]
名 (宗教‧道德上的)罪;罪惡 | War is (a) *sin* against humanity.
戰爭是違反人道的罪惡。
► crime 是殺人、搶劫等違背法律的犯罪。

sin   crime

since [sɪns; sɪns]
連 ❶自…以後,自…以來 | He **has lived** with us *since* he came to Taiwan. 他自從來台灣後,就一直同我們住在一起。

通常 since 所引領之子句的動詞是過去式,主要子句原則上作現在完成式。但以 It is ... 為句首的句子例外。**It is** ten years [Ten years **have passed**] *since* we left school.
(自從我們畢業至今已有十年了。)
► 美 口語用法在這種情形下也用完成式,如 "It *has been* ten years since...." 但比較不合文法。

---

❷既然;因為
► 通常置於句首。 | *Since* he says so, it must be true.
他既然這麼說,那一定是真的。
► 表「因為…所以…」的連接詞有三個:as<since<because,表因為,理由的重要性依次遞增。
► for 係引領附加說明前述之理由的句子。⇨ for

— 介 自…以來 | I have known him *since* 1960.
我自 1960 年起就認識他了。
► 通常用現在完成時態,since 的後面表接過去的字或句。

— 副 ❶從那時起一直;其後 | I have not seen him *since*.
後來我再也沒見到他。
❷以前 ⓔ ago | He published his first book ten years *since*.
他在十年前出版第一本著作。

ever since
從那時起一直 | They got married in 1955 and have lived happily *ever since*.
他們於 1955 年結婚,從那時起便一直過得很幸福。

long since
很久以前 | I have *long since* given up smoking.
我很久以前就戒煙了。
► ⓔ 與這同義的 long ago 不與現在完成式連用。

sincere [sɪn`sɪr; sɪn'sɪə(r)] 比 **-r** 最 **-st**
形 真摯的;真心的 | He was my *sincere* friend.
他是我真摯的朋友。
衍生 名 **sincĕrity** (真摯)

sincerely [sɪn`sɪrlɪ; sɪn'sɪəlɪ]
副 真實地;真摯地 | *Sincerely* yours.＝Yours *sincerely*.
敬上 ► 信札末尾的客套語,用於與關係親密的人們。美 也有僅寫 Sincerely 的。

sing [sɪŋ; sɪŋ] 三 **-s** [-z] 過 **sang** [sæŋ]; **sung** [sʌŋ]; **-ing**
動 不 ❶唱歌 | My sister *sings* well.
我姐姐歌唱得很好。
❷(鳥‧蟲)鳴;啼 | The birds are *singing* in the trees.
群鳥在樹上鳴囀。
及 唱歌 | She *sang* a sad song.
她唱了一首悲歌。
Sing us a song, please.
＝*Sing* a song **for** us, please.
請唱一首歌給我們聽。
衍生 名 **singer** [`sɪŋɚ] (歌手), **song** (歌)

single [`sɪŋgl; 'sɪŋgl]
形 ❶僅只一個[人]的 | The room was empty except for a *single* chair.
這房間除了僅有一張椅子之外,空無一有。
► 用「a [one] single＋單數名詞」的句型。
❷單人用的 反 double | a *single* bed 單人床／a *single* room 單人房

a single bed   twin beds   a double bed

❸獨身的;未婚的 反 married | She remained *single* all her life.
她終身未嫁。
衍生 副 **sìngly** (一個一個地;各自地;個別地;單獨地)

singular [`sɪŋgjələ; 'sɪŋgjʊlə(r)]
形 ❶非凡的;珍奇的 | She was a woman of *singular* beauty.
她是個非常美麗的女人。
❷奇特的;怪異的 ⓔ strange | He is *singular* **in** his behavior.
他的行為很奇特。
❸(文法)單數的 反 plural | the *singular* number 單數／a *singular* noun 單數名詞
衍生 名 **sìngulārity** (奇異;單一)

sinister [`sɪnɪstɚ; 'sɪnɪstə(r)]
形 ❶不吉的;不祥的 | It was a *sinister* omen.
這是個不祥之兆。
❷有惡意的;陰險的 | The old woman smiled a *sinister* smile.
這老太婆做出一個不懷好意的微笑。

|

nk [sɪŋk; sɪŋk] ㊂ **-s** [-s] ㊆ **sank** [sæŋk]; **sunk** [sʌŋk] ► ㊎ 亦作 sunk; sunk; **-ing** ► 過去分詞也有 sunken,但主要用作形容詞。

動㊋ ❶沉;沉沒	The stone *sank* under water. 這石頭沉於水中。
❷(土地・建築物)沉下;下陷	The house has *sunk* about an inch. 這房子下陷約一英寸。

float 浮

rise 矗立

sink 沉

sink 下陷

❸下跌;降低	Prices are *sinking*. 物價下跌了。 The temperature *sank* at night. 氣溫在夜晚降低。
㊍❶使沉;使沉沒	The high waves *sank* the fishing boat. 巨浪淹沒了漁船。
❷使(聲音等)降低	*Sink* your voice **to** a whisper. 把你的聲音放低悄悄說。
━ ㊍ **-s** [-s] 图(廚房的)水槽	The dishes were piled in the *sink*. 碟盤被堆在水槽裡。

p [sɪp; sɪp] ㊂ **-s** [-s] ㊍ **sipped** [-t]; **sipping**

動㊍㊋啜飲	He was *sipping* brandy. 他啜飲著白蘭地酒。
━ ㊍ **-s** [-s] 图(飲料的)一口;啜飲	He drank coffee **in** *sips*. 他啜飲咖啡。

r [(強)sɜ; sɜ, sɜ:(r) (弱)sə; sə(r)] ㊍ **-s** [-z]

图❶(用於稱呼)您,先生,閣下	Good morning, *sir*. 早安,先生。 "Mr. Huang." "Yes, *sir*." 「黃先生。」「是的,先生。」

► 語調必須輕而下降。㊎ sir 多使用在服務人員對客人的稱呼,或有時用於稱呼老師、老闆;其他場合則少用。但 ㊍ 較為普遍正式。

► 屬於對男性長上的一種尊稱,對象如果是女性就用 ma'am [mæm] 稱之。

图敬啟者 ► 用於商業書信或致陌生人信函的稱呼。	Dear *Sir* 敬啟者, Dear *Sirs* 執事先生 ► 首字母用大寫。寫給公司或團體的信函。
❷(用大寫)㊍爵士或從男爵的尊稱	*Sir* Winston Churchill 溫斯頓・邱吉爾爵士

英國的 knight(爵士)或 baronet(從男爵)的尊稱,置於(姓)名之前。

ren [ˋsaɪrən; ˋsaɪərən] (注意發音) ㊍ **-s** [-z]

图號笛;警報器	an air raid *siren* 空襲警報╱a police *siren* 警車的警笛

ster [ˋsɪstə; ˋsɪstə(r)] ㊍ **-s** [-z] ㊏ brother

图姊;妹;姐妹	I have two *sisters*. 我有兩個姐妹。

英文中雖區分兄弟和姐妹,但對長幼卻很少加以區分。

► 「她是我姐姐〔妹妹〕」的英文表達法
(常用) She is my *sister*.
(罕用) She is my older [㊍ elder] *sister*. (姐姐)
(罕用) She is my younger *sister*. (妹妹)

複合 图 **sìster-in-láw**(夫或妻的姐妹;兄或弟之妻)

sit [sɪt; sɪt] ㊂ **-s** [-s] ㊆ **sat** [sæt]; **sitting**

► sit 和 set
sit—sat—sat ㊋ 坐
set—set—set ㊍ 置

動㊋ 坐 ㊏ stand	*Sit* down, please. 請坐下。 He was *sitting* on [in] an easy chair. 他坐在安樂椅上。 They *sat* talking for some time. 他們坐談了片刻。

sit for ...

㊍ 參加(考試);應(考)	He *sat for* the entrance examination. 他參加入學考試。

sit up

❶不睡;熬夜 ㊄ stay up	I *sat up* late reading a novel. 我看小說看到很晚還不睡覺。
❷坐直;坐起上半身	The patient *sat up* in bed. 這病人在床上坐起。

複合 图 **sìtting-róom**(起居室;客廳 ► ㊍ 多用 living room。)

site [saɪt; saɪt] ㊍ **-s** [-s]

图(建築物・城市等的)位置;場所,用地;地基	a historical *site* 古蹟╱a *site* **for** a hospital 醫院的預建地╱the *site* of an ancient city 古代城市的所在地

situated [ˋsɪtʃʊ͵etɪd; ˋsɪtjʊeɪtɪd] ► 是動詞 situate 的過去分詞,但現在已變成形容詞了。

形坐落(某地方)的;位於…的 ㊄ located	The shrine is *situated* on the top of the mountain. 這祠廟坐落在山頂上。

situation [͵sɪtʃʊˋeʃən, ͵sɪtʃəˋweʃən; ͵sɪtjʊˋeɪʃn] ㊍ **-s** [-z]

图❶位置;場所 ㊄ position	The hotel stands **in** a good *situation*. 這旅館位於一個很好的位置。
❷情勢;局面	The political *situation* is very complicated. 政局甚為複雜。
❸境遇;情況	I am in a very delicate *situation*. 我處於一個很微妙的情況中。

six [sɪks; sɪks] ㊍ **-es** [-ɪz]

图形6(個・人・時・歲)(的)	a child of *six* 六歲的小孩╱at *six* 在六點 There were *six* people in the room. 室內有六個人。

sixteen [sɪksˋtin, ˋsɪksˏtin; ͵sɪksˋti:n] ㊍ **-s** [-z]

图形16(個・人・時・歲)(的)	My cousin is *sixteen* years old. 我堂弟十六歲了。

▶序數是 **sixteenth**。

sixth [sɪksθ; sɪksθ]
形 第六；六分之一的 | the *sixth* line 第六行／a *sixth* part 六分之一的部分

── 名 -s [-z]
名❶(加the)第六；(目的)六日 | Today is May the *sixth*.
今天是五月六日。
▶通常寫作 May 6, 讀作 May (the) sixth。

❷六分之一 | five-*sixths* 六分之五

sixty [ˋsɪkstɪ; ˈsɪkstɪ] 複 **sixties** [-z]
名形❶ 60 (個・人・歲)(的) | There were *sixty* passengers in the plane.
飛機上有六十名乘客。
sixty-two 62 ▶要以連字號連接。

❷(用複數)六〇年代；60～69 歲 | in the *sixties* 在(一九)六〇年代
He is in his *sixties*.
他六十幾歲了。

▶序數是 **sixtieth**。

size [saɪz; saɪz] 複 -s [-ɪz]
名❶(物之)大小；尺寸 | Measure the *size* of the board.
量一量這木板的尺寸。
❷(帽・鞋等的)號 | My shoes are *size* 10.
我的鞋子是十號的。

be of a size | The two boxes *are of a size*.
同一大小 | 這兩個箱子大小一樣。

skate [sket; skeɪt] 複 -s [-s]
名 (通常用複數)溜冰鞋⇨ski | a pair of *skates* 一雙溜冰鞋
▶ skates 是指「溜冰鞋」，行為或比賽的「溜〔滑〕冰」稱為 skating。

── 動 -s [-s] 複 -d [-ɪd]; skating
動不 穿溜冰鞋溜冰；溜冰 | We went *skating* yesterday.
我們昨天去溜冰。
a *skating* rink 室內溜冰場

skeleton [ˋskɛlətn; ˈskelɪtn] 複 -s [-z]
名❶(人或動物的)骨骼；骸骨 | skull
skeleton
❷(建築物等的)骨架

skeptical, 美 **sceptical** [ˋskɛptɪkl; ˈskeptɪkl]
形 懷疑的 | He gave me a *skeptical* look.
他用懷疑的眼光看我。

sketch [skɛtʃ; sketʃ] 複 -es [-ɪz]
名❶略圖；素描；寫生圖 | He made a *sketch* of the tower.
他為那座塔畫了一幅素描。
❷(計畫,文學作品的)梗概 | Give me a *sketch* of your plan.
把你的計畫跟我簡略地說明一下。

── 動 -es [-ɪz] 複 -ed [-t]; -ing
動及不 把…的素描；畫…的速寫 | He *sketched* her as she sat in the chair.
他畫了她坐在椅子上的速寫。

ski [ski; ski:] 複 -s [-z] ▶有單複同式。
名 (通常用複數)滑雪板 | He bought a pair of *skis*.
他買了一雙滑雪板。
▶ skis 是指「滑雪板」，行為、比賽的「滑雪」稱為 skiing。

── 動 -s [-z] 複 -ed [-d], 美 ski'd; -ing
動不 滑雪 | Let's go *skiing*, shall we?
我們去滑雪，好不好？
Can you *ski*?
你會滑雪嗎？

skill [skɪl; skɪl] 複 -s [-z]
名❶熟練；嫻熟；技巧；手腕 | He plays the violin **with** great *skill*.
他小提琴演奏得出神入化。
❷技能；技術 | Making fine furniture is a *skill*.
製造精美的家具是一種技能。

── **art 和 skill**
art ⋯⋯⋯表「技術」之義的最常用字。
the *art* of cooking (烹飪技術)
skill ⋯⋯指專門的或高度的技術。
computer skills (電腦技能)

衍生 形 **skilled**(熟練的)

skillful, 美 **skilful** [ˋskɪlfəl; ˈskɪlfʊl]
形 熟練的；嫻熟的 | He is *skillful* **at** [**in**] teaching.
他善於教書。
衍生 副 **skillfully**(巧妙地；熟練地)

skim [skɪm; skɪm] 複 -s [-z] 複 **skimmed** [-d]; skimming
動及❶撇取(浮泡等) | The cook *skimmed* the fat **from** [**off**] the soup.
廚子撇取湯上的浮油。
❷掠過(水面等) | Gulls *skimmed* the water.
海鷗掠過水面。
❸草草閱讀 | *skim* a paper 草草過目一下報紙

skin [skɪn; skɪn] 複 -s [-z]
名❶(人的)皮膚；皮 | He has (a) dark *skin*.
他的皮膚是黝黑的。

── **skin** 同義字
skin ⋯⋯⋯⋯無關毛之有無，「皮」的一般用語。
leather ⋯⋯指硝過的熟皮或皮革。
fur ⋯⋯⋯⋯指柔軟的、帶有長毛的皮或毛皮。
hide ⋯⋯⋯⋯指大動物的堅韌外皮。

❷(動物的)皮 | The rug was made of the *skin* of a tiger. 這地毯是虎皮做的。
衍生 形 **skinny**(極瘦的；皮包骨的)

skip [skɪp; skɪp] 複 -s [-s] 複 **skipped** [-t]; skipping
動不及❶輕快地跳；輕輕跳過 | He *skipped* away.
他輕快地跳開。
The boy *skipped* (over) the brook.
這男孩跳過小河。

── **各種跳法**
jump ⋯⋯用兩腳跳。
hop ⋯⋯⋯單腳短跳，用同一隻腳跳。
skip ⋯⋯⋯單腳輕跳，兩腳交替地跳。

❷跳讀；遺漏 | I *skipped* difficult passages.
我跳過難懂的幾節不讀。

skirt [skɜt; skɜ:t] 複 -s [-z]
名❶裙 | She is wearing a long *skirt*.
她穿著長裙。
❷(通常用複數)郊外 | He lives **on the** *skirts* of the town
他住在城鎮的郊外。

kull [skʌl; skʌl] 復 **-s** [-z]
名 頭蓋骨 | the *skull* of a dog
狗的頭蓋骨

ky [skaɪ; skaɪ] 復 **skies** [-z]
名 天；天空 | Not a cloud was to be seen in **the**
sky.
天空萬里無雲。
a clear, blue *sky* 清澈的藍天／a
starry *sky* 星空

► 通常與 the 連用，但也有用「a＋形容詞＋sky」之句型
的。而文章或詩中亦稱爲 the skies。
複合 名 **sk`yline**(地平線)，**sk`yscráper**(摩天樓)

ack [slæk; slæk] 復 **-er** 復 **-est**
形 ❶鬆弛的；鬆 | The rope was *slack*.
弛 | 這繩子太鬆了。
❷疏忽的 | a *slack* student 疏忽的學生
❸緩慢的 | He walked at a *slack* pace.
| 他緩步走著。

— 復 **-s** [-s]
名 (用複數)寬 | She was wearing green *slacks*.
鬆的褲子 | 她穿著綠色寬鬆的褲子。

——► 「褲」的同義字 ——
trousers ⋯⋯⋯是指普通的褲子。
pants ⋯⋯⋯⋯(美) 口語；英式用法是指內褲。
| (同) trousers。
slacks⋯⋯⋯⋯(美) 婦女穿的家居休閒褲，爲老式用
| 語。(美) 不與上衣成套的褲子，適用
| 於男、女裝。
pantaloons ⋯⋯(美) 褲子，原本是指緊身的馬褲。►
| 上窄下寬的「喇叭褲」稱爲
| bell-bottoms。

衍生 動 **slácken**(使鬆弛)

am [slæm; slæm] 復 **-s** [-z] 復 **slammed** [-d];
lamming
動 ⊛ 砰然關 | Don't *slam* the door.
門) | 不要甩門。

— 復 **-s** [-z]
名 砰然聲 | I heard the *slam* of the door.
| 我聽到砰然關門聲。

ander [`slændɚ; 'slɑːndə(r)] 復 **-s** [-z]
名 誹謗；中傷 | The governor is afraid of *slander*.
| 這州長怕受人誹謗。

ang [slæŋ; slæŋ] 復 **-s** [-z]
名 俚語，俗語； | "Cop" is a *slang* word for
用作形容詞)俚 | "policeman".
語的 | "Cop"是"policeman"一字的俚語。

ant [slænt; slɑːnt] 復 **-s** [-s]
名 傾斜；傾斜面 | The *slant* of the roof is deep.
| 這屋頂的傾斜面很陡峭。

— 復 **-s** [-s] 復 **-ed** [-ɪd]; **-ing**
動 不 傾斜； | The pole *slants* **to** the right.
使 使傾斜 | 此柱歪向右邊。

ap [slæp; slæp] 復 **-s** [-s] 復 **slapped** [-t]; **slapping**
動 ⊛ (用掌)擊； | She *slapped* him **on** the face.
| ＝She *slapped* his face.
| 她打了他一個耳光。

——► 「打」的同義字 ——
hit, strike ⋯⋯⋯「打」的最常用字。
beat ⋯⋯⋯⋯⋯反覆打擊。
punch ⋯⋯⋯⋯⋯用拳頭打。
slap⋯⋯⋯⋯⋯⋯用手掌打。
knock ⋯⋯⋯⋯⋯用拳頭或重物打擊。

— 復 **-s** [-s]
名 掌擊；摑 | She gave him a *slap* **on** the cheek.
| 她打了他一下耳光。

slate [slet; sleɪt] 復 **-s** [-s]
名 石板瓦；鋪 | The roof was covered with *slates*.
屋頂的薄石板。 | 這屋頂是用石板瓦蓋的。

slaughter [`slɔtɚ, 'slɔːtə(r)] 復 **-s** [-z] 復 **-ed** [-d];
-ing [`slɔtərɪŋ]
動 ⊛ 屠宰(食用 | They *slaughtered* the lambs for
動物)；屠殺；殺 | market. 他們屠宰羔羊到市場出售。
戮 | ► slay 的名詞式

— 復 無
名 屠殺；屠宰 | The cattle were sent for *slaughter*.
| 牛被送去屠宰。

►用於人時，表「大量殺戮(人)」之義。

slave [slev; sleɪv] 復 **-s** [-z]
名 ❶奴隸 | The captive was sold as a *slave*.
| 這俘虜被賣作奴隸。
❷(比喩上)(⋯ | He is a *slave* **to** [**of**] alcohol.
的)奴隸 | 他是個酒鬼。
衍生 動 **enslàve**(使成爲奴隸)名 **slàvery**(奴隸制度)
形 **slàvish**(奴隸般的)

slay [sle; sleɪ] 復 **-s** [-z] 復 **slew** [slu]; **slain** [slen];
slaying ► 名詞是 slaughter。
動 ⊛ 殺 | He was *slain* in battle.
同 kill | 他死於沙場。

►(美) 是文學用語,但(美) 通用於形容以暴力的手段殺死，
尤其常見於報章新聞中。

sled [slɛd; sled] 復 **-s** [-z] ⇨ sledge
名 雪橇；雪車 | Children are playing **in** a *sled*.
| 小孩子們正乘著雪橇玩。

sledge [slɛdʒ; sledʒ] 復 **-s** [-ɪz]
名 雪橇；雪車

——► 「雪橇」的同義字 ——
sleigh ⋯⋯⋯用馬拖拉供乘坐或載物的橇，或是指滑雪
| 運動的橇。(美) 是常用字。
sled ⋯⋯⋯⋯(美) 指供小孩子用或搬運貨物用的橇。
| (美) 指農耕用的橇。
sledge⋯⋯⋯⋯(美) 指搬運貨物用的橇。
| (美) 爲「橇」的最常用字。

sleek [slik; sliːk] 復 **-er** 復 **-est**
形 ❶(毛髮・皮 | *sleek* hair 光滑的頭髮／a *sleek* cat
膚等)光滑的,光 | 皮毛光滑的貓
澤的
❷圓滑的；花言 | I don't like a *sleek* man.
巧語的 | 我不喜歡花言巧語的人。

sleep [slip; sliːp] 復 **-s** [-s] 復 **slept** [slɛpt]; **-ing**
動 不 睡眠；永眠 | Did you *sleep* well last night?
| 你昨夜睡得好嗎？

廏 睡⇨ dream	I *slept* a sound sleep. 我酣睡了一覺。 ▶ 前面的 sleep(*slept*)是及物動詞,後面的 sleep 是名詞作爲受詞。像這種受詞稱爲同系受詞。常把形容詞重讀,把名詞輕讀。
── 廏 **-s** [-s]	
名 睡,睡眠;永眠	My father talks in his *sleep*. 我父親說夢話。
go to sleep 入眠;睡著	I *went to sleep* earlier last night. 我昨夜比平常早睡。
複合 名 **slèeping cár**(臥舖車廂,(美) sleeper), **slèeping píll**(安眠藥)	
衍生 形 **slèepy**(欲睡的)	

sleeve [sliv; sli:v] 廏 **-s** [-z]

名 (衣服的)袖	He pulled me by the *sleeve*. 他拉我的衣袖。

sleigh [sle; sleɪ] 廏 **-s** [-z] ⇨ sledge

名 (馬拖拉的)雪車;橇	The *sleigh* was drawn by a horse. 這雪車是用一匹馬拖拉的。

slender [ˋslɛndə; 'slendə(r)] 比 **-er** 最 **-est**

形 細長的;纖細的	She has *slender* fingers. 她的手指纖細。

slender
slim
苗條的、優美的瘦

thin
使人聯想到病後或疲勞的瘦

slice [slaɪs; slaɪs] 廏 **-s** [-ɪz]

名 (切成薄薄的)一片,薄片	a *slice* of bread [ham] 一片麵包〔火腿〕
── 廏 **-s** [-ɪz] 過 **-d** [-t]; **slicing**	
動 及 切成薄片	She *sliced* a lemon. 她把檸檬切成薄片。

slide [slaɪd; slaɪd] 廏 **-s** [-z] 過 **slid** [slɪd]; **sliding** ▶ (美) 過去分詞也有 **slidden** [ˋslɪdn]。

動 不 滑;滑動	The coin *slid from* the boy's hand. 銅板從那男孩的手上滑落。

───▶「滑」的同義字───

slide ……在一個光滑的表面上持續地滑動。
glide ……與 slide 同義。但另有「滑翔」之義。
slip ………失誤而不自主地滑動。

slight [slaɪt; slaɪt] 比 **-er** 最 **-est**

形 輕微的;些微的	I have a *slight* cold. 我患了輕感冒。

not ... the slightest

一點也不…	I did*n't* have *the slightest* idea what it was like. 我毫不知道那是什麼情形。
衍生 副 **slíghtly**(輕微地)	

slim [slɪm; slɪm] 比 **slimmer** 最 **slimmest** ⇨ slender

形 細長的;纖瘦的	Fat girls envy *slim* girls. 胖女孩羨慕身材苗條的女孩。

sling [slɪŋ; slɪŋ] 廏 **-s** [-z]

名 (古時候用作武器的)投石器	sling

(美) slingsho
彈弓

── 三 **-s** [-z] 過 **slung** [slʌŋ]; **-ing**	
動 及 ❶投擲(石頭等)	He *slung* a stone *at* the bear. 他用石頭擲熊。
❷吊;掛;懸	He *slung* the rifle *over* his shoulder. 他把來福槍掛在肩上。
同 hang	

slip [slɪp; slɪp] 三 **-s** [-s] 過 **slipped** [-t]; **slipping**

動 不 ❶滑;滑落	The pencil *slipped from* [*out of*] her hand. 鉛筆從她的手裡滑落下去。
❷滑倒;失足	I *slipped* on the ice. 我在冰上滑倒。
❸悄悄溜走	He *slipped out of* the room. 他悄悄溜出室外。

slipper [ˋslɪpə; 'slɪpə(r)] 廏 **-s** [-z]

名 (通常用複數)室內穿的拖鞋;便鞋	three pairs of *slippers* 三雙拖鞋

slippery [ˋslɪprɪ, ˋslɪpərɪ; 'slɪpərɪ]

形 易滑的;滑的	The road is *slippery* after rain. 雨後的道路很滑。

slogan [ˋslogən; 'sləʊgən] 廏 **-s** [-z]

名 標語;口號	"Stop the Inflation!" was their *slogan*. 他們的口號是「阻止通貨膨脹!」
▶ 尤用於政治運動和商品廣告。	

slope [slop; sləʊp] 廏 **-s** [-z]

名 ❶斜坡;傾斜面	The climbers went up the steep *slope*. 這些登山者登上了陡峭的坡。
❷坡度	The average *slope* was 30 degrees. 平均坡度是三十度。

slot machine [ˋslɑtməˌʃin; 'slɒməˌʃi:n] 廏 **-s** [-z]

名 自動販賣機	There are many kinds of *slot machines* today. 現今有很多種自動販賣機。
▶ 也稱爲 a vending machine。	

slow [slo; sləʊ] 比 **-er** 最 **-est**

形 ❶(速度・動作)慢的;遲緩的	He is a *slow* worker. 他工作緩慢。
反 fast, quick	I took a *slow* train. 我乘(每站都停的)慢車。
❷(鐘錶)慢了的	My watch is three minutes *slow*. 我的錶慢三分鐘。
反 fast	
❸笨的;遲鈍的	The boy is *slow of* understanding. 這男孩的理解力很差。
反 quick	
── 副 (主要用於動詞之後)緩慢地;慢慢地	Drive *slow*. 車子要慢慢地開。
衍生 名 **slówness**(緩慢;遲緩)	

slowly [ˋsloɪ; 'sləʊlɪ]

副 緩慢地;慢慢地	Please speak more *slowly*. 請說得慢一點。

slum [slʌm; slʌm] 廏 **-s** [-z]

名(加the用複
數)貧民區

I was born in **the** *slums* of New
York.
我生於紐約的貧民區。

umber [`slʌmbɚ; 'slʌmbə(r)] 動 -s [-z]

名(文語)(常用
複數)睡眠;微睡

The bell woke him up from his
slumber.
鈴聲把他從睡夢中吵醒。

▶ **sleep** 和 **slumber**

sleep ………表「睡」、「睡眠」的常用字。
slumber ……文學用語,尤指「小睡」。

動不 安睡;睡眠
同 sleep

The baby *slumbered* in the cradle.
嬰兒安睡在搖籃裡。

y [slaɪ; slaɪ] 比 **-er, slier** 最 **-est, sliest**

形 狡猾的
同 cunning

She is as *sly* as a fox.
她狡猾如狐。

nall [smɔl; smɔ:l] 比 **-er** 最 **-est**

形 小的
反 large

This shirt is too *small* for me.
這件襯衫太小了,我不能穿。

▶「小的」的同義字

little ……小而可愛的。
small ……比一般的小。與 little 不同,不帶有感情成
分。
tiny ………極小的。為口語(非正式)的用語。

(數量)少的

a *small* number of books 少數的
書／a *small* sum of money 一小筆錢

不足道的,無
謂的

This is only a *small* problem.
這只是個微不足道的問題。

複合 名 the smàll hòurs(午夜後的最初幾小時), smàll
etter(小寫字母), smàllpóx(天花), smàll tálk(聊天;
閒聊)

nart [smɑrt; smɑ:t] 比 **-er** 最 **-est**

形 精明的;聰
敏的

He is a *smart* businessman.
他是個精明的生意人。

漂亮的;華麗
的;時髦的

My brother bought a *smart* new
car. 我哥哥買了一部漂亮的新車。

▶ smart 作動詞用時,也有「感到劇痛」之義:
My eyes *smarted*." (我的眼睛感到劇痛)

nash [smæʃ; smæʃ] 三 **-es** [-ɪz] 動 **-ed** [-t]; **-ing**

動 使破碎;
擊碎

The men *smashed* the door with
clubs.
這些人用棍棒將門打碎。

重擊

I *smashed* the man **on the** nose.
我狠狠地打到那人的鼻子。

擊敗(敵人
等);打破(記錄
等)

The player *smashed* all the records.
這選手打破了所有的記錄。

nell [smɛl; smel] 三 **-s** [-z] 動 **-ed** [-d]; 不 **smelt**
[smɛlt]; **-ing**

動不 散發出
香味

The rose *smells* sweet.
這玫瑰散發出香味。

▶ 不作 "The rose smells *well*."。

嗅(氣味);聞

I *smelled* **at** the flower.
我聞花的氣味。

嗅;聞

Smell this perfume.
聞聞這香水。

嗅出;聞到(氣
味)

I *smell* something burning.
我聞到東西燒焦的氣味。

—— 名 **-s** [-z]

名 氣味;香
味;臭味

The *smell* of cooking made him
hungry.
燒菜的氣味使他覺得饑餓。

▶ 五種感覺

nose(鼻) ——smell(嗅覺)
eye(眼) ——sight(視覺)
mouth(嘴) ——taste(味覺)
ear(耳) ——hearing(聽覺)
hand(手) ——touch(觸覺)

嗅覺

A dog's *smell* is keener than that of
a human being.
狗的嗅覺比人靈敏。

smile [smaɪl; smaɪl] 三 **-s** [-z] 動 **-d** [-d]; **smiling**

動不 微笑
反 frown

She *smiled* **at** [**on, to**] me.
她對我微笑。

smile
不發出聲音地微笑

laugh
發出聲音地笑

—— 名 **-s** [-z]

名 微笑;面露笑
容

I was welcomed with a *smile*.
我受到微笑的歡迎。

smog [smɑg; smɒg] 動 **-s** [-z]

名 煙霧

Big cities often have *smogs*.
大城市常有煙霧。

▶ < smoke(煙) + fog(霧)

smoke [smok; sməʊk] 動 無

名 煙

There is no *smoke* without fire.
有煙必有火。〔事出必有因。〕(諺語)

吸煙

Let's have a *smoke*.
我們吸根煙吧。

—— 三 **-s** [-s] 動 **-d** [-t]; **smoking**

動不 冒煙

The chimney is *smoking*.
煙囪在冒煙。

吸煙

Father is always *smoking*.
(我)父親老是吸煙。

及 吸煙;燻(魚
等)

The captain *smoked* a pipe.
船長吸煙斗。

smoking [`smokɪŋ; 'sməʊkɪŋ] 動 無

名 吸煙

No *smoking*. = *Smoking* prohibited.
禁止吸煙。

smooth [smuð; smu:ð] (注意發音) 比 **-er** 最 **-est**

形 光滑的;平
滑的

The cloth feels *smooth*.
這布摸起來很光滑。

(水面)平靜的
同 calm

The sea was *smooth*.
海面風平浪靜。

圓滑的;順利
的

The flight was *smooth*.
飛行很順利。

—— 三 **-s** [-z] 動 **-ed** [-d]; **-ing**

動及 使光滑;弄
平

She *smoothed* the sheets.
她把床單弄平。

───▶ 注意發音
smooth ……讀作 [smuð]，要注意字尾的發音。
loose ………讀作 [lus]，要注意字尾的發音。

衍生副 **smŏothly**（光滑地）

smother [`smʌðɚ; 'smʌðə(r)] ⊜ -s [-z] 衍 -ed [-d];
-ing [`smʌðərɪŋ]
動及 ❶使窒息；│The dust was *smothering* us.
使喘不過氣 │塵埃使我們透不過氣來。
❷將(火)悶熄；│We *smothered* the fire with sand.
覆蓋 │我們用沙子將火悶熄。

smuggle [`smʌɡl; 'smʌɡl] ⊜ -s [-z] 衍 -d [-d];
smuggling
動及 偷運；走私│He *smuggled* heroin **into** the
│country.
│他把海洛英偷運到那個國家。

snack [snæk; snæk] 衍 -s [-s]
名 小吃；點心│We had a *snack* there.
│我們在那裡吃小吃。
▶ 專賣小吃的小吃店是 bar 或 a snack counter。

snail [snel; sneɪl] 衍 -s [-z]
名 (動物)蝸牛│The cars moved at a *snail's* pace.
│車子像蝸牛一般地緩慢前進。
▶ 類似蝸牛而無硬殼的「蛞蝓」稱爲 slug。

snake [snek; sneɪk] 衍 -s [-z] ⇨ serpent
名 蛇│*Snakes* crawl. 蛇爬行。

snap [snæp; snæp] ⊜ -s [-s] 衍 snapped [-t];
snapping
動不 ❶啪嚓一│The branch *snapped* in the wind.
聲折斷 │枝枒在風中啪嚓一聲折斷了。
❷發生劈啪爆裂│The twigs *snapped* as they burned.
[輕脆]的聲音 │嫩枝燃燒時發出劈劈啪啪的聲音。
❸咬；企圖咬或│The dog *snapped* **at** the girl's leg.
攫取 │狗咬住那女孩的腿。
及 ❶啪嚓一聲│He *snapped* his stick **into** two.
折斷；截斷 │他把他的手杖折成兩段。
❷咬 │The parrot *snapped* my finger.
│鸚鵡咬了我的手指頭。
── 衍 -s [-s]
名 ❶爆裂或清│The rope broke with a *snap*.
脆的響聲 │繩子啪嚓一聲斷了。
❷突然咬 │A fish caught the bait **with** a *snap*.
│魚突然咬住魚餌。
❸(攝影的)快照│I took a *snap* (=snapshot) of her.
│我對她拍了一張快照。
複合名 **snàpshót**（快照(攝影)）

snare [snɛr; sneə(r)] 衍 -s [-z]
名 陷阱；羅網│The hunters set a *snare*.
(陷害人的)圈│獵人們設下陷阱。
套；誘惑 │Their slogan is a *snare*.
同 trap │他們的口號是誘人上當的圈套。
── ⊜ -s [-z] 衍 -d [-d]; snaring
動及 (以網)捕│They *snared* the wolf.
捉 同 trap │他們用網捉狼。

snatch [snætʃ; snætʃ] ⊜ -es [-ɪz] 衍 -ed [-t]; -ing
動及 強奪；搶奪│The man *snatched* her bag and ran
│away. 那人搶了她的皮包逃掉了。
不 搶奪；攫取│*snatch* **at** the pistol 奪取手槍
── 衍 -es [-ɪz]
名 攫取；強奪│He made a *snatch* **at** the candy.
│他奪取糖果。

sneak [snik; sni:k] ⊜ -s [-s] 衍 -ed [-t]; -ing
動不 悄悄地走；│The man *sneaked* **away**.
潛行 │這人偷偷溜掉了。

sneer [snɪr; snɪə(r)] ⊜ -s [-z] 衍 -ed [-d]; -ing
───▶ sneer 和 jeer
sneer ……藉嘲弄的笑或言語，而不露痕跡地表示輕蔑。
jeer ………藉言語或態度公然嘲弄。

動及不 嘲笑│Don't *sneer* (**at**) others' failure.
│不要嘲笑別人的失敗。

sneeze [sniz; sni:z] ⊜ -s [-ɪz] 衍 -d [-d]; sneezing
動及 打噴嚏│Cover your mouth when you *sneeze*.
│打噴嚏的時候要摀住嘴巴。

哈啾 sneeze   cough (咳嗽)

sniff [snɪf; snɪf] ⊜ -s [-s] 衍 -ed [-t]; -ing
動不 發出吸氣│The dog *sniffed* **at** the stranger.
聲而聞；嗅 │這狗聞了聞那個陌生人。

snore [snor, snɔr; snɔ:(r)] ⊜ -s [-z] 衍 -d [-d]; snoring
動不 打鼾│My grandfather *snores* loudly.
│我爺爺打鼾打得很大聲。
── 衍 -s [-z]
名 鼾聲│His loud *snore* kept me awake.
│他鼾聲很大使我睡不著覺。

snow [sno; snəʊ] 衍 -s [-z]
名 雪；下雪；積│We have had little *snow* this year.
雪 │今年雪下得很少。
── ⊜ -s [-z] 衍 -ed [-d]; -ing
動不 (用 it 當│It is *snowing* hard.
主詞)下雪 │雪下得很大。
複合名 **snòwmán**（雪人）
衍生形 **snòwy**（下雪的）

snug [snʌg; snʌg] ⊕ snugger 衍 snuggest
形 ❶舒適的；溫│It was a *snug* seat by the stove.
暖的 │那是火爐旁的一個溫暖的座位。
───▶ snug 的同義字
comfortable …沒有憂愁或痛苦，安適而恬靜的。
cozy ………提供保護，不受惡劣天氣、寒冷、困難
等侵擾，使之 comfortable。
snug ………地方雖小，但舒適而安全。

❷整潔的│He keeps a *snug* little shop.
│他開一家整潔的小店鋪。

so [(強)`so, ˌso; səʊ (弱)so, sə; sə]
副 ❶(用作代名│I think *so*. 我認爲如此。
詞)如此；這樣│He said *so*. 他這樣說。
│Please do *so*. 請這樣做。

▶代表前述的內容,作 say, think, speak, hope, believe, do 等動詞的受詞。

❷那樣	Are you sick? If *so*, I'll go there instead of you. 你病了嗎?要是那樣的話,我代你去那裡。

▶代替前面的形容詞、名詞或全句,常接在副詞或連接詞之後,用於省略其所代替之詞句。

❸(用於否定、疑問句)那麼	Don't speak *so* fast. 不要說得那麼快。
❹很;非常 [同] very	I am *so* glad to see you. 與你見面很是高興。

▶ **So am I.** 和 **So I am.**
下面的❺和❻易於混淆,所以必須特別注意。
❺也是如此。用「so+動詞+主詞」的句型:
"I am hungry." "**So** (=hungry) **am I**."
「我餓了。」「我也一樣。」
She likes apples, and **so** (=like) **does he**.
(她喜歡蘋果,他也一樣。)
▶前面的句子如果是一般動詞時,用 do, does, did。如果是 be 動詞或助動詞時,要用 be 動詞或助動詞。
❻…是那樣地。用「so+主詞+動詞」的句型:
You think she is mad, and **so she is**.
(你認爲她瘋了,她正是那樣。)
"I hope she will like the ring." "**So she will**."
「我希望她會喜歡這戒指。」「她會喜歡的。」
▶ do, does, did; be 動詞・助動詞的用法與❺相同。

nd so

(用作連接詞)因而 [同] so	I am tired, *and so* I stayed at home. 我疲倦了,因而我待在家裡。

nd so on [***forth***]

…等等	He bought pencils, notebooks *and so on*. 他買了鉛筆、筆記簿等等。

. or so

…左右;大約…	It happened a month *or so* ago. 那是在一個月左右之前發生的。

ot so ... as～

沒有～那樣…	She is *not so* (=as) clever *as* her sister. 她沒有她姐姐那樣聰明。
▶[美] 通常用 not as ... as～	I *can't* run *so* (=as) fast *as* Jack. 我不能跑得像傑克那樣快。

▶避免混淆
so as to V 以便…;以求…
I got up early *so as* (=in order) *to* catch the first bus. (我很早起床以便趕上第一班公共汽車。)
so ... as to V 如此…以致於…
I was *so* fortunate *as to* find my lost bag.
(我的運氣很好,找回遺失的手提包。)

that

(用作連接詞)因此;以致	The bus broke down, *so that* we had to walk. 公共汽車拋錨了,因此我們必須步行。

so ... that～

非常…所以～;如此…以致於～	We were *so* tired (*that*) we could not walk any further. 我們太累了,所以無法再往前行。 ▶口語中常省略 that。 The bridge is *so* built *that* it opens in the middle. 這橋建造成可在中央打開。

so that～may [***can, will***] ***...***

以便…;爲了… ▶[美] 口語中省略 that。	He ran fast *so that* he *might* [*could, would*] catch the train. 他跑得很快,以便趕得上火車。
── [連] 因此;所以	She was sad, *so* she began to weep. 她很悲傷,所以哭了起來。

soak [sok; səʊk] [三] **-s** [-s] [規] **-ed** [-t]; **-ing**

[動][及] ❶浸(於液體);泡	She *soaked* the bread **in** milk. 她將麵包浸於牛奶中。
❷使溼透	The shower *soaked* me to the skin. 陣雨把我全身淋透了。
❸吸取;吸收	The sponge *soaked* **up** the ink. 海綿吸了墨水。
[不] 浸透,溼透	Blood *soaked* **through** the bandage. 血溼透了繃帶。

soap [sop; soup] [複] 無 ▶ soup [sup] 是「湯」。

[名] 肥皂	I bought a cake of *soap*. 我買了一塊肥皂。

soar [sor, sɔr; sɔː(r)] [三] **-s** [-z] [規] **-ed** [-d]; **-ing**

[動][不] ❶翱翔;高飛	The plane *soared* above us. 飛機在我們上面翱翔。
❷(物價)猛漲;(精神)高昂	Prices have *soared*. 物價猛漲了。

sob [sɑb; sɒb] [三] **-s** [-z] [規] **sobbed** [-d]; **sobbing**

[動][不] 嗚咽;啜泣	The girl *sobbed* bitterly. 這女孩啜泣得很厲害。

── [複] **-s** [-z]

[名] 嗚咽;啜泣	She answered **with** a *sob*. 她哽咽著回答。

▶「哭泣」的同義字
cry ………大聲地哭,爲一般用語。
weep ……靜靜地飲泣,爲正式的字。
sob ………不能成聲地抽泣。

sober [ˋsobɚ; ˈsəʊbə(r)] [比] **-er** [最] **-est**

[形] ❶沒醉的;清醒的 [反] drunk(en)	He was *sober* when he had a quarrel. 他與人爭吵時是清醒的。
❷有節制的;嚴肅的	He has lived a *sober* life. 他曾過著有節制的生活。
❸冷靜的;鎮定的	He is a man of *sober* judgment. 他是個能冷靜判斷事物的人。

[衍生] [副] **sòberly** (嚴肅地;清醒地) [名] **sobriety** [səˋbraɪətɪ] (清醒;節制;節酒)

so-called [ˋsoˋkɔld; ˌsəʊˈkɔːld] [同] what is called

[形] 所謂的 ▶[英] 含有輕蔑的意味。	He is a *so-called* progressive politician. 他是個所謂前進的政治家。

social [ˋsoʃəl; ˈsəʊʃl]

[形] ❶社會的;社會上的	*social* customs 社會習俗/*social* problems 社會問題
❷社交(界)的	a *social* call 應酬性的拜訪

┌─── ▶ sociable 和 social ───
sociable [`soʃəbl̩] (社交的;好交際的)
social(社交的):a *social* club(聯誼會)

複合 名 **sòcial stúdies**(學校教育)的社會科
socialist [`soʃəlɪst; `səʊʃəlɪst] 複 **-s** [-s]
名 社會主義者 | A *socialist* is a person who supports socialism.
| 社會主義者就是擁護社會主義的人。
society [sə`saɪətɪ; sə`saɪətɪ] 複 **societies** [-z]
名 ❶社會 | One must obey the rules of *society*.
| 人必須遵守社會的規則。
❷社交界(的人士);上流社會 | a *society* wedding 上流社會的婚禮／
| a *society* reporter 社交版的記者
❸交際;交往 | You'd better avoid his *society*.
| 你最好避免與他交往。
❹協會;社;會 | a medical *society* 醫學協會
| He joined the historical *society*.
| 他加入歷史協會。
衍生 名 **sóciòlogy**(社會學)
sock [sak; sɒk] 複 **-s** [-s]
名 (通常用複數)短襪 | I bought **a pair of** *socks* at that store.
| 我在那家店買了一雙短襪。

two pairs of socks
兩雙短襪

stockings
長統襪

soda [`sodə; `səʊdə] 複 無
名 汽水;蘇打水 | a glass of *soda*
| 一杯汽水
複合 名 **sòda fóuntain**(櫃台式的)冷飲店▶出售清涼飲料、冰淇淋和小吃的店舖。)
sofa [`sofə; `səʊfə] (注意發音) 複 **-s** [-z]
名 沙發 ⇨ bench
soft [sɔft; sɒft] 比 **-er** 最 **-est**
形 ❶(固體物)柔軟的;軟的 | She likes to sleep on a *soft* bed.
反 hard | 她喜歡睡在軟床上。
❷(顏色·光·聲音)柔和的 | a *soft* color 柔和的顏色／in a *soft* voice 以柔和的聲音
❸(風)怡人的;(氣候)溫和的 | A *soft* breeze was blowing.
同 gentle | 和風吹拂著。
❹(表面)軟滑的 | The fur was as *soft* as velvet.
同 smooth | 這毛皮有如天鵝絨般的軟滑。
❺(人·態度·心地)溫和的 | She has a *soft* heart.
| 她心腸很軟(富有同情心)。
複合 名 **sòft drínk**(清涼飲料), **sòftwáre**((電腦、電子計算機的)軟體)
衍生 副 **sóftly**(柔軟地;靜靜地)
soften [`sɔfən; `sɒfn] 複 **-s** [-z] 過 **-ed** [-d]; **-ing**
動 他 不 使(變)軟;緩和 | Her promise *softened* my anger.
| 她的承諾平息了我的怒氣。

soil¹ [sɔɪl; sɔɪl] 複 無
名 ❶土;土壤 | The farmer tilled the *soil*.
同 earth | 農夫耕地。
❷土地;國 | He left his native *soil* long ago.
同 land | 他很久以前就離開了故鄉。
soil² [sɔɪl; sɔɪl] 複 **-s** [-z] 過 **-ed** [-d]; **-ing**
動 他 ❶弄髒;沾污 | She *soiled* her dress with ink.
| 她的衣服被墨水弄髒了。
❷玷污;污辱 | He *soiled* his family name.
| 他玷辱了家門。
solar [`solɚ; `səʊlə(r)]
形 太陽的 | a *solar* spot 太陽黑子
▶「月亮的」是 lunar。
複合 名 **the sòlar sýstem**(太陽系)
soldier [`soldʒɚ; `səʊldʒə(r)] 複 **-s** [-z]
名 ❶陸軍軍人;軍人 | He was a *soldier* in his youth.
| 他年輕時是個軍人。

┌─────────────────────────────
army(陸軍)──── soldier(陸軍軍人)
navy(海軍)──── sailor(海軍軍人)
└─────────────────────────────

❷兵士,士兵 | *Soldiers* must obey their officers.
| 士兵必須服從軍官。

┌─────────────────────────────
officer─noncommissioned officer─soldier
(軍官)   (士官)   (士兵)
└─────────────────────────────

sole¹ [sol; səʊl] ▶與 soul(靈魂)同音。
形 唯一的;單獨的;獨家擁有的,獨占的 | His *sole* goal is to enter a good university.
| 他唯一的目標就是進一所好大學。
| have the *sole* right 有獨家權／*sole* survivors 僅有的倖存者
衍生 副 **sólely**(單獨地;唯一地;僅)
sole² [sol; səʊl] 複 **-s** [-z] ▶與 soul(靈魂)同音。
名 ❶腳掌;腳底 | The stone cut the *sole* of his foot.
| 石頭割傷了他的腳底。
❷鞋底 | He had new *soles* put on his old shoes.
| 他請人把他的舊鞋給裝上新鞋底了。
solemn [`saləm; `sɒləm] (注意發音) 比 **-er** 最 **-est**
形 ❶嚴肅的;莊嚴的 | They watched the *solemn* ceremony.
| 他們觀看那莊嚴的儀式。
❷嚴正的;鄭重 | He looks very *solemn*.
| 他面露極為嚴正的神情。
衍生 副 **sòlemnly**(嚴肅地)名 **solèmnity**(嚴肅)
solicit [sə`lɪsɪt; sə`lɪsɪt] 複 **-s** [-s] 過 **-ed** [-ɪd]; **-ing**
動 他 請求;懇求 | He *solicited* his boss **for** money.
| 他請求老闆給他錢。
衍生 形 **solìcitous**(掛慮的)名 **solìcitúde**(掛慮)
solid [`salɪd; `sɒlɪd] 比 **-er** 最 **-est**
形 ❶固體的 | Ice is water in a *solid* state.
| 冰是水的固體狀態。
❷強健的;健壯的 | He is a man of *solid* build.
| 他是個體格強健的人。
── 複 **-s** [-z]

名 固體；固體物 | After his liquid diet, he began to
質 | eat *solids* again. 他吃過流質食物之
| 後，再開始吃固體食物。

| gas —— liquid —— fluid —— solid |
| (氣體)　(液體)　(流體)　(固體) |

衍生 副 **sōlidly** (堅固地) 名 **solidity** (堅實性)

ōlitary [`sɑlə,tɛrɪ; `sɒlɪtərɪ]

形 ❶單一的；僅 | He took a *solitary* walk.
一個人的 | 他獨自散步。

❷(人) 孤獨的； | She led a *solitary* life.
寂寞的 | 她過著孤獨的生活。

❸(地方・家) 孤 | The house is in a *solitary* spot.
立的 | 此屋在於人跡罕到之處。

ōlitude [`sɑlə,tjud, -,tud; `sɒlɪtjuːd] 複 **-s** [-z]

名 ❶孤獨 | I enjoyed my *solitude* there.
| 我在那裡享受獨居的生活。

❷寂寞的地方； | He spent a few days **in** the *solitudes*
偏僻之處 | of the desert.
| 他在沙漠偏僻的地方消磨了幾天。

ōlution [sə`luʃən; sə`luːʃn] 複 **-s** [-z]

名 ❶(問題等 | The *solution* of the problem took
的) 解決(方法)； | me an hour.
解答 | 我花了一小時解決這個問題。

❷溶解 | He made a *solution* by mixing salt
| with water. 他把鹽和水混合成溶液。

▶ 避免混淆

solve	[sɑlv]	動 解決；溶解
solution	[sə`luʃən]	名 ❶解決　❷溶解
dissolve	[dɪ`zɑlv]	動 ❶溶解　❷解除
dissolution	[,dɪsə`luʃən]	名 ❶溶解　❷解除
resolve	[rɪ`zɑlv]	動 ❶下決心　❷解決
		❸分解
resolution	[,rɛzə`luʃən]	名 ❶決心　❷決議

ōlve [sɑlv; sɒlv] 三 **-s** [-z] 過 **-d** [-d]; **solving**

動 及 解決(問題 | Have you *solved* all the problems
等) | yet?
⇨ solution | 你已把所有的問題都解決了嗎？

ōmber, 美 **sombre** [`sɑmbɚ; `sɒmbə(r)]

形 幽暗的；憂鬱 | The narrow road was *somber*.
的 | 這窄路很昏暗。

ōme [(強) sʌm; sʌm (弱) səm; səm, sm] ▶ 與 sum (總
計) 同音。

形 ❶少許的；一 | *some* books 幾本書／*some* people 一
些的；幾個的 | 些人／*some* money 一些錢／to *some*
| extent 到某種程度

▶ **some 和 any 的用法**

some 和 any 意義雖然相同，但因句子類型的不同，而
各有不同的用法。

直述句 I have *some* friends.

疑問句 Do you have *any* friends?

否定句 I don't have *any* friends.

▶ 但期待對方給予肯定答覆的疑問句要用 some：
"Will you have *some* coffee?" (你要喝點咖啡嗎?)

---

❷(不是全部而 | *Some* people like snakes.
是) 一部分的；有 | 有些人喜歡蛇。
些；某些 ▶ 常和 | *Some* cars are white, and **others**
others 對照使 | red.
用。 | 有些車子是白的，而有些是紅的。

❸(修飾單數名 | He went to *some* place in France.
詞) 某一；任一； | 他到法國某地去了。
一個 | Ask *some* teacher to come here.
| 請一個(隨便那一個)老師來這裡。

❹(修飾數詞) 大 | *Some* fifty people were killed in the
約 | accident.
| 那次意外事件中，約有五十人死亡。

some day | Perhaps he will forgive me *some*
(未來的) 某一天 | *day*.
| 也許有一天他會原諒我。

▶ any day 是「任何一天」："Come *any day*." (隨便那
天來。)

for some time | The boy stayed with us *for some*
好一陣子 | *time*.
| 這男孩和我們住了好一陣子。

代 ▶ 用法與形容詞一樣。表可數名詞時，用作複數；表
不可數名詞時，用作單數。

❶(…其中的) | *Some* of us were late for school.
一些；少許；數人 | 我們之中有些人上學遲到。
〔個〕 | If there is any wine left, give me
| *some*.
| 葡萄酒如還有剩的話，給我一些。

❷某些人；某些 | *Some* think that money is
物 | everything.
| 有些人認為金錢萬能。

somebody [`sʌm,bɑdɪ, -,bʌdɪ, `sʌmbədɪ; `sʌm,bədɪ]

代 有人；某人 | *Somebody* came to see you.
同 someone | 有人來見你。

▶ 指不認識或不特定的人，用作單數。否定句和疑問句用
anybody，比 someone 不正式。

複 **somebodies** [-z]

名 要人；了不起 | He is (a) *somebody* in business
的人 | circles.
| 他在商界是個有頭有臉的人。

somehow [`sʌm,haʊ; `sʌmhaʊ]

副 ❶以某種方 | We must finish the task *somehow*.
法；設法 | 我們必須設法完成這工作。

❷不知怎樣 | *Somehow* I don't like the singer.
| 不知怎地我就是不喜歡那歌星。

someone [`sʌm,wʌn, `sʌmwən, `sʌmwʌn] ▶ 比
somebody 正式。

代 有人；某人 | *Someone* wants to see you.
同 somebody | 有人要見你。

▶ 疑問句和否定句通常用 anyone，當單數用。

	陳述句	疑問句・否定句
有人	*some*one	*any*one
有人	*some*body	*any*body
某事	*some*thing	*any*thing
某處	*some*where	*any*where

something [`sʌmθɪŋ; `sʌmθɪŋ]

代某事；某物 | He knows *something* about it.
關於那事，他略知一二。
▶ 與 anything 的關係，就跟 any some 的關係一樣。 | I saw *something* white.
我看到一件白色的東西。
▶ 形容詞置於其後。

... or something
…或什麼的 | She is a stewardess *or something*.
她從事空中小姐之類的工作。

something like ...
有點像…；大約… | An airship is shaped *something like* a cigar.
飛船的形狀有點像雪茄。

something of a ...
堪稱…；相當不錯的一位… | He is *something of a* carpenter.
他是很出色的木工。

sometime [`sʌm,taɪm; 'sʌmtaɪm]
副(未來的)任何時候；改天 | I'll finish it *sometime* next week.
我下星期會完成。
Come to see me *sometime*.
改天來看我。

▶ 沒有 anytime 這個字，要寫作：any time。
Come *any time*. (隨便什麼時候來吧。)

sometimes [`sʌm,taɪmz, sʌm`taɪmz, səm`taɪmz; 'sʌm,taɪmz]
副有時；間或 | I *sometimes* go to the library.
我有時上圖書館去。

┌──▶ 表頻率的副詞──────┐
	日一二三四五六日一二三四
always(總是)	○○○○○○○○○○○○
usually(總是)	─○○○○○○○○─○○○
often(時常)	─○─○─○○─○─○○
sometimes(有時)	─○─○──○──○─○
seldom(很少)	───○──○───○─
never(未曾)	────────────
└────────────────────┘

somewhat [`sʌm,hwɑt, `sʌmhwət; sʌmwɒt]
副有幾分；稍；略 | He was *somewhat* weary.
他有些疲憊了。
▶ 比 rather 稍微正式的字。

somewhere [`sʌm,hwɛr; 'sʌmhwɛə(r)]
副在某處；向某地 | I have left my watch *somewhere*.
我把我的手錶留在某處。

son [sʌn; sʌn] 複 -s [-z] ▶ 與 sun (太陽)同音。
名兒子
反 daughter | He has three *sons* but no daughters.
他有三個兒子，但沒女兒。

sonata [sə`nɑtə; sə'nɑ:tə] 複 -s [-z]
名(音樂)奏鳴曲 | the Moonlight *Sonata*.
月光奏鳴曲

song [sɔŋ; sɒŋ] 複 -s [-z] ▶ sing 的名詞
名❶歌 | She sang a popular *song*.
她唱了一首流行歌曲。
❷(鳥等的)鳴聲 | We heard the *song* of a canary.
我們聽到金絲雀的鳴囀。

son-in-law [`sʌnɪn,lɔ; 'sʌnɪnlɔ:] 複 sons [-z]-in-law
名女婿 | My *son-in-law* is a teacher.
我女婿是個教員。

sonnet [`sɑnɪt; 'sɒnɪt] 複 -s [-s]

名十四行詩 | Shakespeare wrote a lot of *sonnets*.
莎士比亞寫了很多十四行詩。

soon [sun, sʊn; su:n] 比 -er 最 -est
副❶馬上；不久 | You'll *soon* be better.
你不久就會好轉的。

┌──▶ soon 的同義字──────┐
early ……形容時期、時間等的早。
　　　　go to bed *early* (早睡)
fast ………是指速度快的。
　　　　run *fast* (跑得快)
soon ……某一特定時間後不久。
　　　　He arrived *soon*. (他馬上到達了。)
└────────────────────┘

❷早；快 | The *sooner*, the better.
越早〔快〕越好。

as soon as ...
一…就… | *As soon as* he comes, I'll tell him.
他一來我就告訴他。

as soon as possible = as soon as one can
儘可能地快〔早〕 | Return the umbrella *as soon as possible* [*as soon as you can*].
儘快把傘歸還。

no sooner ... than~ ⇨ scarcely
剛…就 | He had *no sooner* left home *than* it began to rain. = *No sooner* had he left home *than* it began to rain.
▶ 為加強語氣，多用倒裝句。 | 他剛走出家門，雨就開始下了。

┌──▶ 避免混淆──────┐
1) no sooner ... than~
2) { scarcely / hardly } ... when [before]~
▶ 注意不要把 than 跟 when 或 before 混淆。
1) He had *no sooner* left home *than* }
2) He had *scarcely* left home *when* } it began to rain. (他剛走出家門，雨就開始下了。)
└────────────────────┘

sooner or later
遲早 | *Sooner or later* he will come.
他遲早會來的。

would as soon as ... as~
與其…寧願~ | I *would as soon* stay here *as go* there.
我寧願待在這裡而不願去那裡。

would sooner ... than~
與其…寧願~ | I *would sooner* die *than* surrender.
我寧死不降。

soot [sut, sʊt; sʊt] (注意發音) 複 無
名煤煙；煤灰 | She swept away the *soot*.
她把煤灰掃掉。

soothe [suð; su:ð] 三單現 -s [-ɪz] 過去 -d [-d]; soothing
動及❶撫慰；安慰 | She tried to *soothe* the crying child.
她設法安撫這啼哭的孩子。
❷緩和；使(痛苦等)減輕 | The presence of her friends *soothed* her grief.
她因有朋友們在旁而減輕悲傷。

sophistry [`sɑfɪstrɪ; 'sɒfɪstrɪ] 複 sophistries [-z]
名詭辯 | Most people don't like *sophistry*.
大多數的人不喜歡詭辯。

sordid [`sɔrdɪd; 'sɔ:dɪd]

形❶(地方・環境)骯髒的；不潔的
He lives in a place with *sordid* surroundings.
他住在一個環境污穢的地方。

❷卑鄙的；下賤的
It was a *sordid* crime.
那是一件卑鄙的罪行。

sore [sor, sɔr; sɔː(r)] 比 **-r** 最 **-st**
形痛的；疼痛發炎的；感到疼痛的
I have a *sore* throat.
我喉嚨痛。

▶注意勿與 sour [saʊr] (酸的)混淆。

sorrow [`sɑro, `sɔro, -ə; 'sɒrəʊ] 名 **-s** [-z]
名悲哀；憂愁
反 joy (歡喜)
The widow had a look of *sorrow* on her face.
這寡婦的臉上有著一種悲哀的神情。

──▶ sorrow 的同義字──
sadness ……爲「悲傷」的一般用語。
sorrow ……是指深切的悲傷。
grief ………意思比 sorrow 爲強。

衍生 形 **sòrrowful** (悲哀的)

sorry [`sɔrɪ, `sɑrɪ; 'sɒrɪ] 比 **sorrier** 最 **sorriest**
形 (敍述用法)
❶惋惜的；遺憾的；難過的；不安的，後悔的
I am *sorry* **for** your son.
我為你兒子感到難過。
I'm *sorry* **that** she didn't win the first prize.
她沒有贏得首獎，我覺得很惋惜。
He feels *sorry* **for** what he has done.
他對他所做的事情感到內疚不安。

❷抱歉的，覺得對不起的
I am *sorry*.
抱歉。▶用於向人道歉時。
I'm *sorry* (**that**) I have kept you waiting so long.＝I'm *sorry* **to** have kept you waiting so long.
對不起，讓你久等了。

I'm sorry.	Excuse me.
用於犯錯而向人賠罪時。	用於借過、打岔，或打噴嚏時。

▶有很多場合，我們該用中文說「對不起」，英文却說 "Thank you." 而不說 "I'm sorry." 比如說，我們前面的人把路讓開，讓我們過去，這種情形，我們會向對方說「對不起」，但英文却說 "Thank you."▶我們向人問時間：「對不起，現在幾點鐘?」，不是用 "I'm sorry, but ...." 而要用 "Excuse me, but ...."。

❸遺憾的，可惜的
I am *sorry* (to say) that I can't come.
很遺憾我不能來。

ort [sɔrt; sɔːt] 名 **-s** [-s]
名種類
同 kind
All *sorts* of people were present.
各階層的人士都到了。

What *sort* of fish is it?
那是那一種魚？

a sort of ...
❶一種的…
It is *a sort of* insect.
那是一種昆蟲。

❷像…一般的人或物
He is *a sort of* beggar.
他像乞丐一樣。

soul [sol; səʊl] 名 **-s** [-z]　▶與 sole (腳掌；單獨的)同音。
名❶靈魂；精神，心
同 spirit
Some people believe in the immortality of the *soul*.
有些人相信靈魂不滅。

❷人
同 person
Not a *soul* was to be seen.
連一個人也沒看到。

sound[1] [saʊnd; saʊnd] 名 **-s** [-z]
名聲音；聲響
The box produced a curious *sound*.
這箱子發出一種古怪的聲音。

──▶ sound 和 noise──
sound ……表示「聲音」的常用字。
noise ……喧聲；噪音。大而令人討厭的聲音。

── (三) **-s** [-z] 動 **-ed** [-ɪd]; **-ing**
動不❶發聲；發出響聲
The music *sounds* too loud.
音樂聲音太響了。

❷(與補語連用)聽起來
It may *sound* **strange**, but it is true.
這聽起來也許令人奇怪，但却是真的。

反 使發聲；使響
The night watch *sounded* the fire alarm.
守夜者鳴放火警。

sound[2] [saʊnd; saʊnd] 比 **-er** 最 **-est**
形❶健全的；穩固的；堅實的
a *sound* mind and *sound* body
健全的身心
a *sound* firm 殷實的公司

❷(睡眠)充分的；徹底的
He slept a *sound* sleep.
他酣睡了一覺。

──副舒暢地
The baby is *sound* asleep.
嬰兒睡熟了。

衍生 副 **sòundly** (健全地；舒暢地)

soup [sup; suːp] 名 **-s** [-s]
名湯
▶表種類時用複數。
I ate *soup* for breakfast.
我早餐喝湯。
▶「喝湯」通常不說 drink *soup*，而說 eat *soup*。

sour [saʊr; 'saʊə(r)] 比 **-er** 最 **-est** ⇨ bitter
形酸的
反 sweet
The milk tasted *sour*.
這牛奶有酸味。

──▶避免混淆──
sour [saʊr]　　　(酸的)
sore [sor]　　　(一觸就痛的)

sour grapes [`saʊr`greps; 'saʊə'greɪps]
名酸葡萄(心理)
▶吃不到葡萄的狐狸不服氣地說：「那葡萄一定是酸的。」(見伊索寓言)

source [sors, sɔrs; sɔːs] 名 **-s** [-ɪz]

[名] ❶水源；水源地 | The river takes its *source* from the lake. 這河發源於這湖。

▶ 避免混淆
source [sors] (水源)
sauce [sɔs] (調味汁)
▶ source 的發音應是 [sors] 帶有 r 音，因而與 sauce 的發音稍微不同。

❷(事物的)根源；原因 | Money is the *source* of all troubles. 金錢是一切紛爭的根源。
❸(常用複數)出處；來源 | He got the news from a reliable *source*. 他從一個可靠的來源獲得這消息。

south [saʊθ; saʊð]
[名] (加 the) 南；南方；南部 [對] north | The house faces **to the** *south*. 這房子朝南。
My house is **in the** *south* of the city. 我家在這城市的南區。
The lake is **to the** *south* of the city. 湖在這城市以南。
The farm is **on the** *south* of the city. 農場在這城市的南邊。
▶ 多說爲 "The farm is **on the southern border of** the city."
—— [形] 南〔方，部〕的；向南的；(風)來自南方的 | A warm *south* wind was blowing. 溫暖的南風吹拂著。
—— [副] 在南地；向南 | My room faces *south*. 我的房間朝南。
[複合] [名] **Sòuth Amèrica** (南美洲)，**the Sòuth Pòle** (南極)
[衍生] [副] **sòuthward** (向南)

southern [`sʌðɚn; 'sʌðən] (注意發音)
[形] 南的 [對] northern | *southern* countries 南方諸國／the *Southern* Hemisphere 南半球

souvenir [ˌsuvəˋnɪr, ˋsuvəˌnɪr; ˌsuːvə'nɪə(r)]
[名] 紀念物；紀念品 | He brought some *souvenirs* from his trip. 他旅行帶回來一些紀念品。

sovereign [ˋsɑvrɪn, ˋsʌv-; 'sɒvrɪn] (注意發音) [複] **-s** [-z]
[名] 元首；君主；獨立國 | In some countries they have a king as a *sovereign*. 有些國家以國王爲元首。
—— [形] 有主權的；君主的；獨立的 | *sovereign* power 主權／a *sovereign* state 獨立國
[衍生] [名] **sòvereignty** (主權；獨立國)

Soviet [ˋsovɪɪt, -ət, -vɪˌɛt, ˌsovɪˋɛt; 'səʊvɪət]
[形] 蘇維埃的 | the *Soviet* Union 蘇聯；蘇維埃聯邦
▶ 簡稱 USSR。1991 年瓦解後，由 11 個獨立共和國共組獨立國協 (CIS)。
—— [名] (加 the) (國名)蘇聯 | **The** *Soviet* broke apart in 1991. 蘇聯於 1991 年瓦解。

sow [so; səʊ] [三] **-s** [-z] [過] **-ed** [-d] [分] **-ed, sown; -ing**

▶ 易於混淆的三個字
saw [sɔ] (鋸子)　sew [so] (縫紉)　sow [so] (播種)

[動] [及] [不] 播種 | The farmer *sowed* the field **with** wheat. 農夫在田裡播種小麥。

space [spes; speɪs] [複] **-s** [-ɪz]
[名] ❶太空 ▶ 指地球大氣層之外的空間，和星球與星球之間的空間。 | He was the first man to walk in outer *space*. 他是第一個在外太空漫步的人。▶ 用作此義的 space 爲單數，不用冠詞。

space
the universe
the atmosphere
the earth

❷(與時間相對)空間；空幻狀態 | He often stares into *space*. 他經常兩眼茫然呆望。
time and *space* 時間與空間
❸空白；空地 | a blank *space* 空白，空欄／a parking *space* 停車場
❹間隔；距離 | The trees are planted at equal *spaces*. 這些樹是依相等間隔種植的。
[複合] [名] **spàce trável** (太空旅行)，**spàce shíp** (太空船)

spade [sped; speɪd] [複] **-s** [-z]
[名] 鏟；鍬 ▶ plow 是用牽引機等拖拉的「犁」。 | He dug the ground with a *spade*. 他用鏟子掘地。

spade

Spain [spen; speɪn]
[名] (國名)西班牙

西班牙人	**the** Spanish (全體) **a** Spaniard (個人) [ˋspænjɚd]
西班牙語	Spanish

span [spæn; spæn] [複] **-s** [-z] ▶ 指拇指至小指間伸張時的長度。
[名] 短時間；轉瞬之間 | Our life is but a *span*. 人生是短促的。
—— [三] **-s** [-z] [過] **spanned** [-d]; **spanning**
[動] [及] 架(橋於河上) | They *spanned* the river **with** a bridge. 他們架了一座橋於河上。

Spanish [ˋspænɪʃ; 'spænɪʃ]
[形] 西班牙的；西班牙人〔語〕的 | They are dancing a *Spanish* dance. 他們在跳西班牙舞。
He is *Spanish*. 他是個西班牙人。
▶ 一個西班牙人稱爲 a Spaniard ⇨見上表
—— [複] 無
[名] 西班牙語 | They speak *Spanish* in South America. 南美洲的人說西班牙語。

spare [spɛr; speə(r)] [三] **-s** [-z] [過] **-d** [-d]; **sparing**
[動] [及] ❶寬宥；饒恕 | *Spare* (me) my life, please. 請饒了我的命吧。
❷吝惜(勞力・費用等) ▶ 多被用於否定句。 | He *spared* neither pains nor expense. 他既不辭勞苦也不惜費用。

❸騰出(時間等) | I have no time to *spare*.
          | 我沒有空閒時間(騰不出時間)。
❹讓與(多餘的 | He *spared* me some cigarettes.
東西等) | =He *spared* some cigarettes for
          | me.
          | 他給我一些香煙。

— ⽐ -r ⽐ -st
形 備用的;多餘 | We have a *spare* room for guests.
的;閒暇的 | 我們有一間預備給客人住的房間。

— 複 -s [-z]
名 備用品,備用 | Take my umbrella. I have a *spare*.
之物 | 拿我的雨傘去吧,我還有一把備用的。

park [spɑrk; spɑ:k] 複 -s [-s] ⇨ sparkle
名 火花;火星; | The *sparks* flew from the burning
(珠寶等的)閃光 | house.
          | 火花從燃燒中的房子飛出。

— 三 -s [-s] 複 -ed [-t]; -ing
動不 發火光;閃 | The broken socket *sparked*.
爍 | 破裂的插座冒出火花。

parkle [ˋspɑrk]; ˋspɑːkl] 三 -s [-z] 複 -d [-d];
sparkling
動不 (星辰・珠 | Her eyes *sparkled* with delight.
寶・眼睛等)閃 | 她的眼睛閃爍著喜悅的光輝。
耀,閃爍 | *sparkling* stars 閃耀的星辰

— 複 -s [-z]
名 閃耀[閃爍]; | the *sparkle* of a diamond
光輝 | 鑽石的光輝

parrow [ˋspæro, -ə; ˋspærəʊ] 複 -s [-z] ► 燕子是
swallow。
名 (鳥)麻雀 | Some *sparrows* were chirping on the
          | roof.
          | 一些麻雀在屋頂上啁啾叫著。

ak [spik; spiːk] 三 -s [-s] 過 **spoke** [spok]; **spoken**
[ˋspokən]; -ing
動不 ❶說;說話 | He *spoke* too fast for me to follow.
          | 他說得太快,我聽不懂。
❷演說 | He is *speaking* at dinner.
          | 他正在晚宴中演說。

━━► speak 和 say
speak 是「使用語言」,say 是「說出話語」,所以
"*Speak* English." 是「說英語」,而 "*Say* "English"."
是「說出"English"這個字。」

及 ❶說(某種語 | He can *speak* English.
言) | 他會說英語。
❷說(話) | She didn't *speak* a word.
          | 她一句話也沒說。

t to speak of ...
更何況… | They can't afford a secondhand
同 to say | car, *not to speak of* a new one.
nothing of ... | 他們連二手車都買不起,更何況是新車。
to speak | He is, *so to speak*, a grown-up child.
可以說 | 他可以說是個小大人了。
同 as it were

eak ill [well] of ...
說…的壞[好]話 | He never *speaks ill of* others.
          | 他決不說別人的壞話。

speak of ... | This is the bicycle (that) he *spoke*
提及…(之事) | *of* yesterday.
          | 這就是他昨天提到的那部腳踏車。

speak to ...
❶同…交談 | I'll *speak to* him about the matter.
同 talk to | 我會同他談這件事。
❷對…說話 | I was *spoken to* by a stranger.
同 talk to | 有個陌生人對我說話。
speak with ... | I *spoke with* them for an hour.
同…交談 | 我同他們談了一個鐘頭。
同 talk with

┌───► speak to 和 speak with────┐
speak to………可用於短暫交談或是長談。
speak with   通常用於長談。
└─────────────────────────────┘

衍生 名 **speaker**(說話者), **speech**(演說)

spear [spɪr; spɪə(r)] 複 -s [-z]
名 矛;(刺魚的) | He thrust a *spear* into the tiger.
魚叉 | 他把矛戳進老虎的身體。

spear

javelin 標槍

(運動用的標槍)

special [ˋspɛʃəl; ˋspeʃl]
形 ❶特別的;獨 | He has a *special* way of baking
特的 | bread.
          | 他對烘麵包有一套獨特的方法。
同 particular | This is a way of thinking *special* to
反 general | women. 這是女人特有的想法。
❷特設的;額外 | They went to Paris on a *special*
的,增加的 | train. 他們搭上班列車到巴黎去。
❸專門的 | What is your *special* study?
          | 你專修那一門學科?

— 複 -s [-z]
名 專車;號外; | What's today's *special*?
特餐 | 今天的特餐是什麼?
衍生 副 **specially**(特別地)名 **specialty**(專門 ► 英 拼作
speciality [ˌspɛʃɪˋælətɪ])
┌───► special 和 especial────┐
special 和 especial 意義雖同,但口語多用 special。
而 specially 和 especially 意義也一樣,同樣地,口語
多用 specially。
└─────────────────────────────┘

specialist [ˋspɛʃəlɪst; ˋspeʃlɪst] 複 -s [-s]
名 專家;專科醫 | He is a *specialist in* history.
師 | 他是位歷史專家。

specialize [ˋspɛʃəˌlaɪz; ˋspeʃlaɪz] 三 -s [-ɪz] 複 -d [-d];
specializing
動不 使專門;專 | He *specializes in* physics.
攻 美 major | 他專攻物理學。
衍生 名 **specialization**(專門化)

species [ˋspiʃɪz, -ʃiz; ˋspiːʃiːz] (注意發音) 複 **species**
名 ❶(生物學) | the human *species* 人類/"The
種 | Origin of *Species*"「物種起源」

❷種類　This is a *species* of orange.
⑩ kind, sort　這是柳橙的一種。

specific [spɪˋsɪfɪk; spəˈsɪfɪk] (注意發音)
形 ❶特殊的;特別的　I bought it for a *specific* purpose. 我為了特殊的目的而買下它。
❷明確的;明白的;明白詳細的　He had no *specific* reason to do it. 他做這事沒有明確的理由。
衍生 副 **specìfically**(特別地;明確地)

specimen [ˋspɛsəmən; ˈspesɪmən] ⑧ **-s** [-z]
名 樣品;標本　Some *specimens* of moon rocks were brought back. 一些月球岩石的標本被帶了回來。

► specimen 和 sample
specimen ……供科學研究的樣品、標本。
sample ………表「樣品」之義的常用字。
pattern ………指衣服布料等的貨樣。

speck [spɛk; spek] ⑧ **-s** [-s]
名 點;斑點;污點 ⑩ speckle　The earth is only a *speck* in the universe. 地球只是宇宙中的一點。

spectacle [ˋspɛktəkl; ˈspektəkl] ⑧ **-s** [-z]
名 ❶景象;奇觀;壯觀 ► 通常指不尋常或令人印象深刻的景象。　It was a moving *spectacle*. 這是個令人感動的景象。 The moon makes a fine *spectacle* tonight. 今夜月色很美。
❷(用複數)眼鏡　He put on his *spectacles* to read a book. 他戴上眼鏡讀書。

► 「眼鏡」的英文說法
glasses ………表「眼鏡」之義的一般用字。
spectacles ……現今已少用了,為文學上的用字。
► a looking glass 是「鏡子」。

衍生 形 **spectàcular**(壯觀的)　┌**-s** [-z]┐
spectator [ˋspɛktetɚ, spɛkˈtetɚ; spekˈteɪtə(r)] ⑧ ┘
名 觀眾;旁觀者　Many *spectators* watched the baseball game. 很多觀眾看這場棒球賽。

► spectator 和 audience
many ⎱ spectators　a large ⎱ audience
a few ⎰　　　　　a small ⎰
spectator 是可數名詞,但 audience(觀眾,聽眾)則是集合名詞,所以「多數的〔少數的〕觀眾」的說法各依上面所舉。

speculate [ˋspɛkjəˌlet; ˈspekjʊleɪt] ⑤ **-s** [-s] ⑧ **-d** [-ɪd]; **speculating**
動 不 ❶思索;臆測　He *speculated* upon [about] the future. 他思索將來的問題。
❷(股票等)投機;做投機生意　He *speculated* in stocks. 他做股票的投機生意。
衍生 名 **spéculàtion**(思索)形 **spéculàtive**(思索的)
speech [spitʃ; spiːtʃ] ⑧ **-es** [-ɪz] ► speak 的名詞
名 ❶演說,演講　He made a *speech* at the dinner party. 他在晚宴上發表演說。
► 「宴會上的餐後演說」稱為 an after-dinner *speech*。

❷說話能力;說話　He can express himself better in *speech* than in writing. 他用說的比用寫的更能表達出他自己的意見。
❸言論　freedom of *speech* 言論之自由
❹(某人)說話的情形或態度　Her *speech* revealed her jealousy. 她說話的語調顯露了她的嫉妒。
衍生 形 **spèechless**((暫時)不能說話的)

speed [spid; spiːd] ⑧ 無
名 速度,速率　Safety is more important than *speed*. 安全比速度更為重要。
at full speed 盡全速　She was driving *(at) full speed*. 她以全速行駛。
► 美 口語中 at 常被省略。
at a speed of ... 以…的速度　He drove *at a speed of* sixty miles an hour. 他以每小時六十英里的速度行駛。
—— ⑤ **-s** [-z] ⑧ **-ed** [-ɪd] ⑦ **sped** [spɛd]; **-ing**
動 不 ❶疾馳;急行 ⑩ hurry　The car *sped* **away**. 車子急馳而去。
❷增加速度　The motorboat soon *speeded* **up**. 汽艇馬上增加了速度。
衍生 形 **spèedy**(迅速的)副 **spèedily**(迅速地, 快地)
spell[1] [spɛl; spel] ⑤ **-s** [-z] ⑧ **-ed** [-d, -t] ⑦ **spelt** [spɛlt]; **-ing**
動 及 拼(某字的)字母　How do you *spell* the word? = What is the *spelling* of the word? 這個字如何拼法?

► 這個字如何拼法?
常聽到有些學生說"What is the *spell* of the word?" 這是錯的, 應該說"What is the *spelling* of the word?"或"How do you *spell* the word? "。

衍生 名 **spèlling**(拼字;拼法)
spell[2] [spɛl; spel] ⑧ **-s** [-z]
名 (工作或天氣的)一段時間〔期〕;暫時;片刻　We had a long *spell* of fine weather. 好天氣持續了一段很久的時期。
spell[3] [spɛl; spel] ⑧ **-s** [-z]
名 咒語;符咒;妖術;魔力　He is under the witch's *spell*. 他中了巫婆的妖術。
spend [spɛnd; spend] ⑤ **-s** [-z] ⑦ **spent** [spɛnt]; **-ing**
動 及 ❶花用(金錢)　He *spends* a lot of money on [for] books. 他花費許多錢在書籍上面。
❷耗費(時間)　She *spent* three hours (in) watching TV. 她看電視看了三小時。
► 多把 in 省略。

spend ❶　　　spend ❷
用on或for　　　(in)doing

sphere [sfɪr; sfɪə(r)] ⑧ **-s** [-z]
名 ❶球;球體 ⑩ ball, globe　He drew a world map on a *sphere*. 他在球上面畫一幅世界地圖。

circle 圓形

sphere 球體

cylinder 圓柱體

❷(活動・知識的)範圍,領域 | He is active **in** many *spheres*.
他各方面都很活躍。

衍生 形 **spherical** [`sfɛrɪk!]（球的；球狀的）

pice [spaɪs; spaɪs] 名 -s [-ɪz] ▶表種類時用複數。
名 香料,調味料 | The cook added *spice* to the soup.
廚子加香料於湯內。

衍生 形 **spicy**（加有香料的；芳香的）

pider [`spaɪdə; 'spaɪdə(r)] 名 -s [-z]
名（蟲）蜘蛛 | A *spider* spins a web.
蜘蛛吐絲結網。

pill [spɪl; spɪl] 名 -s [-z] 過 -ed [-d] 分 **spilt** [spɪlt];
-ing
動 及 潑撒（液體・粉末等） | Don't *spill* the sugar. 不要撒糖。
It is no use crying over *spilt* milk.
爲灑出的牛奶哭是無用的。〔覆水難收。〕
（諺語）

▶ 避免混淆

spill（潑撒）﹛ —— spilled ——— spilled
　　　　　 —— spilt ——— spilt
split（割裂）—— split —— split

pin [spɪn; spɪn] 名 -s [-z] 分 **spun** [spʌn]; **spinning**
動 及 不 ❶紡（紗）；（蜘蛛）吐絲結網 | Cotton is *spun* **into** thread.
棉花被紡成紗。
spin a web（蜘蛛）吐絲結網
❷使旋轉；旋轉 | The boy *spun* a top.
這男孩打陀螺。
My head is *spinning*. 我的頭發暈。

piral [`spaɪrəl; 'spaɪərəl] 名 -s [-z]
名 螺線；螺旋形之物

pire [spaɪr; 'spaɪə(r)] 名 -s [-z] ⇨見 steeple 的插圖
名（塔上的）尖頂；尖塔 | the *spire* of the church tower
教堂的塔尖

pirit [`spɪrɪt; 'spɪrɪt] 名 -s [-s]
名 ❶精神,心 同 mind | I am troubled in *spirit*.
我的心裡煩。
❷靈魂 同 soul | Some people believe that the *spirit*
is immortal.
有些人相信靈魂不滅。

——▶ spirit 的同義字——

mind ………支配著人的思想、感覺和意志的部分。是和 body 相對的字，特別著重理解力。
heart ………指情感的源頭，與 head 相對。
soul …………視爲是脫離肉體而存在的靈魂。
spirit ………大體上與 soul 同義，但更著重脫離肉體而獨立。

❸（用複數）心境 | He is **in** good [high] *spirits*.
他很愉快。

衍生 形 **spiritual** [`spɪrɪtʃʊəl]（精神上的）

spit [spɪt; spɪt] 名 -s [-s] 分 **spat** [spæt]; **spitting**
動 不 吐唾液 | The boy *spat* **at** [**on**] me.
這男孩對我吐口水。

spite [spaɪt; spaɪt] 名 無
名 惡意；怨恨 | She broke the vase **out of** *spite*.
她由於怨恨而將花瓶打破。

in spite of ...
儘管…仍 同 despite | He went fishing **in spite of** rain.
儘管下著雨,他仍出去釣魚。

衍生 形 **spiteful**（有惡意的；懷恨的）

splash [splæʃ; splæʃ] 名 -es [-ɪz] 過 -ed [-t]; -ing
動 及 不 潑（水・污泥等）；濺（水・污泥等）；飛濺 | The taxi *splashed* mud **on** [**over**] her skirt.
計程車把污泥濺在她的裙上。
—— 名 -es [-ɪz]
名 濺,飛濺；飛濺聲；污跡；斑點 | There was a *splash* of paint on the floor. 地板上有一塊油漆的斑點。

splendid [`splɛndɪd; 'splendɪd] 比 -er 最 -est
形 堂皇的,華麗的；極佳的 | The rich man lived in a *splendid* house.
這富人住在一幢豪華的房屋裡。

衍生 名 **splendor**, 英 **-dour**（豪華；華麗；光輝）

split [splɪt; splɪt] 名 -s [-s] 分 **split**; **splitting**
動 及 不（從中）劈開,割裂；分裂,裂開 | Tom *split* the wood with an ax.
湯姆用斧頭劈木頭。
split **in** [**into**] two 裂成兩半
—— 名 -s [-s]
名 裂縫,裂口 同 rent | There was a *split* in her sleeve.
她的袖子有一道裂縫。

衍生 形 **splitting**（破裂似的；劇痛的）

spoil [spɔɪl; spɔɪl] 名 -s [-z] 過 -ed [-d] 分 **spoilt** [spɔɪlt]; -ing
動 ❶損害；弄壞 | The rain *spoilt* the crops.
雨水損害了農作物。
❷寵壞（小孩等）；縱容 | The fond mother *spoiled* her son.
這溺愛孩子的母親寵壞了她的兒子。

spoken [`spokən; 'spəʊkən] 動 speak 的過去分詞
形 口頭講的；口語的 | *spoken* English 口語的英語
「書寫的英語」是 written English。

sponge [spʌndʒ; spʌndʒ] 名 -s [-ɪz]
名 海綿 | A *sponge* absorbs water.
海綿會吸水。

sponsor [`spɑnsə; 'spɒnsə(r)] 名 -s [-z]
名 保證人；負責人；廣告客戶 | My uncle stood my *sponsor*.
我叔叔當我的保證人。

spontaneous [spɑn`tenɪəs; spɒn'teɪnjəs]
形 自發的；自然的；非出於強迫的 | a *spontaneous* offer of assistance 自動提出的協助／*spontaneous* affection 自然流露的感情

spoon [spun; spuːn] 名 -s [-z]
名 匙；調羹

——▶ spoon 的種類——
teaspoon ……用於咖啡或紅茶的小調羹。

tablespoon …大調羹。容量約有 teaspoon 三倍大。

spoonful [`spun͵ful; ˈspuːnful] 图 **-s** [-z]
名 一匙(之量) ｜ two *spoonfuls* of sugar 兩匙糖

a spoonful of sugar

a cupful of flour
一滿杯的麵粉

▶ 其他還有 a bucketful of(一桶的), a pocketful of(一袋的), a basket(ful) of(一籃的) 等等。

sport [sport, spɔrt; spɔːt] 图 **-s** [-s]
名 ❶(集合稱) ｜ Our principal is fond of *sport*.
戶外運動 ｜ 我們校長喜歡戶外運動。
❷(個別的)戶外 ｜ Baseball and football are good
運動 ｜ *sports*.
｜ 棒球和橄欖球都是很好的戶外運動。
▶ 也包括狩獵或釣魚等。
❸美 (用複數) ｜ the school *sports* 學校運動會
運動會 ｜ ▶美 運動會稱爲 an athletic meeting
｜ [meet]。
in sport ｜ I said so *in sport*.
開玩笑地 ｜ 我開玩笑地這樣說。
複合名 **spòrts shírt**(運動衫▶ 也稱爲 sport shirt。)

sportsman [`sportsmən, `spɔrts-; ˈspɔːtsmən]
图 -men [-mən]
名 喜愛運動者; ｜ He is a keen *sportsman*.
運動員 ｜ 他非常熱愛運動。
▶ 英文亦指狩獵家或喜歡垂釣的人。
衍生名 **spòrtsmanshíp**(運動員精神;光明磊落的態度)

spot [spɑt; spɒt] 图 **-s** [-s]
名 ❶斑點;斑 ｜ a black dog with white *spots*
｜ 帶有白斑的黑狗
❷汚點;汚漬 ｜ a *spot* of ink on the paper
｜ 紙上的墨水漬
❸場所,地點 ｜ He built his house in [at] a
同 place ｜ beautiful *spot*.
｜ 他把房子建在一處美麗的地方。
on the spot ｜ The policeman shot him *on the*
當即;就地 ｜ *spot*. 警察當場向他開槍。
— 图 **-s** [-s] 图 **spotted** [-ɪd]; **spotting**
動 及 沾汚,弄上 ｜ She *spotted* her dress **with** paint.
斑點 ｜ 她的衣服沾上了油漆。

sprain [spren; spreɪn] 图 **-s** [-z] 图 **-ed** [-d]; **-ing**
動 及 扭傷,挫傷 ｜ I *sprained* my ankle.
｜ 我扭傷了腳踝。

spray [spre; spreɪ] 图 ❶水沫,浪花 ｜ I stood in the *spray* of the waterfall.
｜ 我站在瀑布水花濺及之處。
❷噴霧器 ｜ a perfume *spray* 香水噴霧器

spread [sprɛd; spred] 图 **-s** [-z] 图 **spread**; **-ing**
動 及 展開,塗敷 ｜ She *spread* butter **on** the toast.
｜ 她將奶油塗在吐司麵包上面。
不 傳布;展開 ｜ The rumor *spread* rapidly.
｜ 這謠言很快就傳開了。

sprig [sprɪg; sprɪg] 图 **-s** [-z]

名 小枝 ▶ 指帶葉或花的小枝。
───「枝」的英文說法 ───
branch(一般的樹枝)   bough(大枝)
twig(小枝)   sprig(細枝, 嫩枝)

spring [sprɪŋ; sprɪŋ] 图 **-s** [-z]
名 ❶春季 ｜ Cherry blossoms come out in (the)
｜ *spring*.
｜ 櫻花在春天開花。
❷彈簧;發條 ｜ The toy is worked by a *spring*.
｜ 這玩具是用發條發動的。
❸泉;泉源 ｜ There used to be a *spring* here.
同 fountain ｜ 這裡以前有一處泉源。
— 图 -s [-z] 图 **sprang** [spræŋ], **sprung** [sprʌŋ];
sprung; **-ing**
動 不 跳;躍起 ｜ He *sprang* **out of** bed.
同 jump ｜ 他從床上跳了起來。
▶ 蹦也似地跳。

sprinkle [`sprɪŋk!; ˈsprɪŋkl] 图 **-s** [-z] 图 **-d** [-d];
sprinkling
動 及 撒;灑 ｜ She *sprinkled* salt **on** the potatoes
｜ 她將鹽巴撒在馬鈴薯上面。
衍生名 **sprìnkler**(灑水器;灑水車)

sprout [spraʊt; spraʊt] 图 **-s** [-s] 图 **-ed** [-ɪd]; **-ing**
動 不 萌芽;發芽 ｜ Many plants *sprout* in spring.
｜ 很多植物在春天萌芽。
— 图 **-s** [-s]
名 芽;苗 ｜ bamboo *sprout*(＝bamboo shoots)
｜ 竹筍／bean *sprouts* 豆芽

spur [spɝ; spɜː(r)] 图 **-s** [-z]
名 (騎馬用的) ｜ This book will be a *spur* **to** the
馬刺;刺激(物) ｜ children's imagination.
｜ 此書可以激發兒童的想像力。

spy [spaɪ; spaɪ] 图 **spies** [-z]
名 間諜 ｜ They sent out *spies* to our country.
｜ 他們派間諜到我國來。

squander [`skwɑndɚ; ˈskwɒndə(r)] 图 **-s** [-z] 图 **-ed**
[-d]; **squandering** [ˈskwɒndərɪŋ]
動 及 浪費(時 ｜ She *squandered* money **on** her
間・金錢) ｜ dresses.
同 waste ｜ 她把錢浪費在衣服上面。

square [skwɛr; skweə(r)] 图 **-s** [-z]
名 ❶正方形

square
正方形

triangle
三角形

rectangle
長方形

circle
圓形

❷(方形的)廣場 ｜ Times *Square* 時報廣場(在紐約市)
▶ 圓形的廣場 ｜ Trafalgar *Square* 特拉法加廣場(在
稱爲 circus。 ｜ 倫敦)
❸(數學)平方, ｜ The *square* of 3 is 9.
自乘;二次方 ｜ 三的二次方是九。
— 形 ❶正方形 ｜ a *square* table 方桌／*square* angles
的;直角的 ｜ 直角

●平方的；二次 | a *square* mile 一平方公里／a *square*
方的 | root 平方根
►「立方的，三次方的」是 cubic，名詞是 cube。

ueeze [skwiz; skwi:z] ⊜ **-s** [-ɪz] ⊛ **-d** [-d];
queezing
別⊗ ❶壓榨；擠 | She *squeezed* juice **from** an orange.
壓 | 她榨橘子汁。
❷緊握；緊抱 | He *squeezed* her hand.
| 他緊握她的手。
❸擠入；塞入 | He *squeezed* himself **into** the train.
| 他擠進火車內。

uirrel [`skwɜəl, skwɜ'l; 'skwɪrəl] ⊛ **-s** [-z]
图 (動物) 松鼠
► 在美國，可常在他們的家庭、公園、校園看到這種動物。

.¹ [(強)sent; seɪnt; (弱) sɪnt, sənt; sɪnt, sənt, snt] <
aint
图聖…►與聖 | *St.* Nicholas 聖尼古拉斯／*St.* Paul's
徒或以聖徒之名 | (Cathedral) 聖保羅大教堂／the *St.*
命名的地名連用 | Lawrence 聖羅倫斯河

.² [strit; stri:t] <Street
图…街 | 38 West 12th *St.* 西十二街三十八號

ab [stæb; stæb] ⊜ **-s** [-z] ⊛ **stabbed** [-d]; **stabbing**
別⊗ 刺；刺傷 | He was *stabbed* with a dagger.
| 他被(人)用短劍刺傷。

──►「刺」的同義字────
stab……………用劍或小刀刺。
pierce…………用尖銳如針的東西刺。
prick …………用利器穿刺。
penetrate ……子彈等貫穿某物。

ability [stə`bɪlətɪ; stə'bɪlɪtɪ] ⊛ 無
图穩定；穩固 | She lacks emotional *stability*.
| 她情緒不穩定。

able¹ [`stebl; 'steɪbl] ⊕ **-r** ⊛ **-st**
別堅固的；穩定 | That was a building of *stable*
的 | construction.
動 steady | 那是一幢結構堅固的建築物。

able² [`stebl; 'steɪbl] ⊛ **-s** [-z]
图馬廄；畜舍 | The groom fed the horses in the
| *stable*.
| 馬夫餵馬廄中的馬。
► stable 中的一欄稱為 stall。

ack [stæk; stæk] ⊛ **-s** [-s]
图麥稈·乾草 | He set the *stack* on fire.
等的堆 | 他放火焚燒乾草堆。

adium [`stedɪəm; 'steɪdjəm] ⊛ **-s** [-z]
图 (露天的) 運 ┌───►避免混淆────
動場，競技場 | studio [`stjudɪˌo; 'stjudɪ,o]
| (藝術家的) 工作室，(無線電台的)
| 播音室，(電視的) 播映室

aff [stæf; stɑːf] ⊛ **❶-s** [-s] **❷ staves** [stevz], **-s** [-s]
图❶(集合稱) | My brother is **on** the editorial *staff*.
職員；人員 | 我哥哥是編輯部的職員。
| ► 不可作爲 one of the editorial
| staffs。
❷杖；棒；竿 | a flag *staff* 旗竿

stage [stedʒ; steɪdʒ] ⊛ **-s** [-ɪz]
图❶(劇場的) | I saw two actors on the *stage*.
舞台 | 我在舞台上見到兩個演員。
❷(成長、發展等 | The negotiations have reached the
的) 階段；程度 | final *stage*.
| 談判已到了最後階段。
── ⊜ **-s** [-ɪz] ⊛ **-d** [-d]; **staging**
動上演；演出 | That play was *staged* in Taipei.
| 那齣戲已在台北上演。

stagecoach [`stedʒ,kotʃ; 'steɪdʒkəʊtʃ] ⊛ **-es** [-ɪz]
图驛馬車
► 在未鋪設鐵
路以前所使用的
定期公共馬車，
是供載運旅客或
郵件用的。

stagger [`stægə; 'stægə(r)] ⊜ **-s** [-z] ⊛ **-ed** [-d]; **-ing**
[`stægərɪŋ]
動不 蹣跚；搖擺 | He *staggered* to his feet.
| 他蹣跚地站起來。
⊗ 使動搖；使蹣 | The rumor *staggered* his resolution.
跚 | 這謠言動搖了他的決定。

stain [sten; steɪn] ⊛ **-s** [-z]
图汚點；汚痕； | Your collar has a *stain* on it.
沾汚；汚辱 | 你的衣領上面有一個汚點。
同 spot
── ⊜ **-s** [-z] ⊛ **-ed** [-d]; **-ing**
動⊗ 染汚 | She *stained* her fingers **with** ink.
同 soil, spot | 她的手指被墨水染汚。
複合图 stáined gláss(彩繪玻璃)**, stáinless stéel**(不銹
鋼)

stair [stɛr; steə(r)] ⊛ **-s** [-z]
图❶(階梯的) | the top *stair* 樓梯最上面一級／the
一級 | bottom *stair* 樓梯最下面一級
❷(用複數)樓 | We hurried down the *stairs*.
梯；階梯 | 我們匆匆地下樓梯。

stairs
(a flight of stairs)

a stair

staircase [`stɛr,kes; 'steəkeɪs] ⊛ **-s** [-ɪz]
图樓梯 | The outside *staircase* leads to the
►包括扶手的 | garden.
樓梯。 | 外面的樓梯通到花園。

stake [stek; steɪk] ⊛ **-s** [-s] ► 與 steak (牛排) 同音。
图❶樁 | The *stakes* marked his property.
| 這些樁標出他所屬的土地。
❷(通常用複數) | He played for high *stakes*.
賭金 | 他豪賭(下very很大的賭注)。
── ⊜ **-s** [-s] ⊛ **-d** [-t]; **staking**
動⊗ 賭(錢)；以 | I *staked* a large sum of money **on**
…爲賭注 | the game.
| 我下注一筆鉅款賭那場比賽。

stale [stel; steɪl] ⊕ **-r** ⊛ **-st**

形❶不新鮮的；變壞的　Don't drink *stale* milk.　不要喝不新鮮的牛奶。
❷陳腐的；陳舊的　It is a *stale* joke.　這是個老掉牙的笑話。

stalk¹ [stɔk; stɔːk] 名 **-s** [-s]
名 (植物的)莖　A sunflower has a long *stalk*.　向日葵的莖很長。

stalk² [stɔk; stɔːk] 動 **-s** [-s] 過 **-ed** [-t]; **-ing**
動他 悄悄地追蹤(或靠近)　The hunters *stalked* the lion.　獵人悄悄接近獅子。
不 高視闊步　The officers *stalked* along the street.　官員們高視闊步地沿街走。

stall [stɔl; stɔːl] 名 **-s** [-z]
名 ❶馬廏或牛舍的一欄
▶整間馬廏是 a stable。

stable
stall

❷攤子，貨攤；露天的小商店　I bought a weekly at a station *stall*.　我在車站的小攤子買了一本週刊。

stammer [ˈstæmɚ; ˈstæmə(r)] 動 **-s** [-z] 過 **-ed** [-d]; **-ing** [ˈstæmərɪŋ]
動不 他 口吃；結結巴巴地說　The man *stammered* **out** a reply.　這人結結巴巴地回答。

▶ **stammer 和 stutter**
stammer ……指因羞怯、興奮、恐懼等而暫時變得結結巴巴。
stutter ……尤指習慣性的老毛病，但也可描述暫時性的口吃。

stamp [stæmp; stæmp] 名 **-s** [-s]
名 ❶郵票　He forgot to put a *stamp* on the envelope.　他忘了在信封上貼上郵票。
❷印章；圖記；戳記；郵戳　a rubber *stamp* 橡皮章／a date *stamp* 郵戳；日期章
—— 名 **-s** [-s] 過 **-ed** [-t]; **-ing**
動他 ❶跺腳；頓(足)　The angry boy *stamped* the ground.　這生氣的孩子跺腳。
❷蓋印於；銘記(於心)　His face was *stamped* **with** grief.　他的臉上帶有悲傷的痕跡。
❸貼上郵票　a *stamped* envelope 貼有郵票的信封

stand [stænd; stænd] 名 **-s** [-z] 過 **stood** [stud]; **-ing**
動不 ❶(人)站立；站起來　*Stand* still. Don't turn around.　站好別動，不要轉過來。
A stranger *stood* there smoking.　一個陌生人站在那裡抽煙。
❷(東西)矗立；位於　His house *stands* on a hill.　他的房子坐落在小山上。
❸測得…(高度‧溫度‧人數‧百分比等)數值　The thermometer *stands* at 90°.　溫度計上是(華氏)九十度。
他 ❶使直立；豎起　Can you *stand* an egg on end?　你能把蛋立起來嗎？

❷忍受，忍耐　I can't *stand* that fellow.　我受不了那個傢伙。

▶ **bear, endure, stand**
bear ………為「忍受」的一般用語。
endure ……指長時間地忍受苦難而不沮喪屈服。
stand ………為非正式用語。

stand by ... 站在…一邊　They *stood* *by* me to the last.　他們始終站在我這一邊(支持我)。
stand for ... 代表…；意指…；象徵…　B.C. *stands for* Before Christ.　B.C.二字代表西元前。
stand up 起立　Every student *stood* *up* when the teacher came in.　當老師進來時，全體學生都起立。

—— 名 **-s** [-z]
名 ❶(加the 用複數)看台；觀眾席　The ball went into the *stands*.　球飛進看台。
❷架；置物台　a music *stand* 樂譜架／an umbrella *stand* 傘架
❸攤子；販賣攤　a hotdog *stand* 賣熱狗的攤子／a newspaper *stand* 報攤
同 stall

standard [ˈstændɚd; ˈstændəd] 名 **-s** [-z]
名 標準，基準　The *standards* for admission to the school are very high.　這所學校的入學標準(取分)很高。
—— 形 (限定用法)標準的　He speaks *standard* English.　他說標準英語。
複合 名 **stándard of líving** (生活水準)

standpoint [ˈstændˌpɔɪnt; ˈstændpɔɪnt] 名 **-s** [-s]
名 立場；觀點　**From** a commercial *standpoint*, it was a failure.　從商業上的觀點來說，那是失敗的。
同 point of view

standstill [ˈstændˌstɪl, ˈstæn-; ˈstændstɪl] 名 無
名 停止；停頓　The engine suddenly came to a *standstill*.　引擎突然停頓了。
同 stop

staple [ˈstepl; ˈsteɪpl] 名 **-s** [-z]
名 主要物產　Rice is one of the *staples* of Taiwan. 米是台灣的主要物產之一。
—— 形 (限定用法)主要的　*staple* food 主食／the *staple* industries 主要工業

star [star; stɑː(r)] 名 **-s** [-z]
名 ❶星　We can see the *stars* at night.　我們可在晚上看到星辰。

▶ **星的種類**
a fixed star (恆星), a satellite (衛星), a planet (行星), a meteor [ˈmitɪɚ] (流星)

❷明星；名人　a movie *star* 電影明星／an athletic *star* 體育明星
複合 名 **the Stàrs and Strìpes** (星條旗；美國國旗)
衍生 形 **stàrry** (星的；與星有關的)

stare [stɛr; steə(r)] 名 **-s** [-z] 過 **-d** [-d]; **staring**
動不 凝視；瞪視　Don't *stare* **at** me like that.　不要那樣地盯視著我。

凝視;瞪視 | The boy *stared* me **in the** face.
這男孩凝視著我的臉。

■ ⊜ **-s** [-z]
名 凝視;瞪視 | He looked at her with a cold *stare*.
他冷冷地瞪著她。

art [stɑrt; stɑːt] ⊜ **-s** [-s] 變 **-ed** [-ɪd]; **-ing**
動 不 ❶出發;開 | The train has just *started*.
行 | 火車剛剛開出。

┌─▶ start 和 leave ─────────
「他從台北出發前往高雄。」

He {*started* **from** / *left*} Taipei **for** Kaohsiung.

▶ leave 是及物動詞, 但 start 是不及物動詞, 所以必
須用 from; 又, 指目的地的介系詞用 for。
└────────────────────

動 開始 | School *starts* **at** nine.
同 begin | 學校九點鐘開始上課。
▶ 不可寫或說為 start from nine。
動 (嚇得)跳了起 | She *started* at the pistol shot.
來 | 她被槍聲嚇了一跳。
動 開始 | He *started* **to** study [studying]
同 begin | French. 他開始學習法語。

■ ⊜ **-s** [-s]
名 ❶動身;開始 | It was a success from the *start*.
那事從一開始就很順利。
❷驚起;驚跳 | She woke up **with a** *start*.
她驚醒。

衍生 名 **stárter**(賽跑的發令員)

artle [stɑrt]; stɑːtl] ⊜ **-s** [-z] 變 **-d** [-d]; **startling**
動 ⊗ 使吃驚;驚 | The sudden noise *startled* us.
赤 | 突然的聲響使我們吃了一驚。

arve [stɑrv; stɑːv] ⊜ **-s** [-z] 變 **-d** [-d]; **starving**
動 不 餓死;飢餓 | The poor dog *starved* **to** death.
那隻可憐的狗餓死了。
動 使餓死 | The old man was *starved* **to** death.
這老人餓死了。

衍生 名 **starvátion**(餓死;飢餓)

ate [stet; steɪt] 變 **-s** [-s]
名 ❶(通常與 a | She is **in a** *state* of confusion.
連用)狀態;情形 | 她處於一種困惑的狀態中。
The patient is **in a** critical *state*.
這病人的情況很危急。
❷(常用大寫) | a welfare *State* 福利國家／Church
國;國家 | and *State* 教會與國家
❸(用大寫)(美 | the *State* of Ohio 俄亥俄州／the
國的)州 | United *States* of America 美國;美利
堅合眾國

■ ⊜ **-s** [-s] 變 **-d** [-ɪd]; **stating**
動 ⊗ 陳述;說 | The Prime Minister *stated* his view
▶用於正式的 | on the subject.
場合。 | 首相對於那問題陳述他的見解。

衍生 形 **státely**(威〔莊〕嚴的;堂皇的)名 **státement**(聲
明〔書〕;陳述)

atesman [`stetsmən; `steɪtsmən] 變 **-men** [-mən]
名 政治家 | They honored him as their leading
statesman.
他們尊崇他為他們最傑出的政治家。

▶ 與含有「政客」之義的 politician 不同, statesman 係指
「卓越的政治家」。

衍生 名 **státesmanshíp**(政治手腕)

station [`steʃən; `steɪʃn] 變 **-s** [-z]
名 ❶(鐵路的) | I have been to Taipei *Station* to see
車站►「公車 | her off.
站」稱為 a bus | 我曾到台北車站為她送行。
stop。 | ▶ 站名為專有名詞, 不加冠詞。
❷(政府機構的) | a police *station* 警察局／a fire
所, 局, 隊 | *station* 消防隊

stationary [`steʃən.εrɪ; `steɪʃənərɪ]
形 不動的;靜止 | The cars remained *stationary* for
的 | some time.
車子有好一陣子一直不動。

┌─▶ 避免混淆 ─────────
stationary   (靜止的)
stationery   (文具)
└────────────────────

stationery [`steʃən.εrɪ; `steɪʃnərɪ] 變 無 ⇨ stationary
名 (集合用)文 | Pens, pencils, ink and so on are
具 | *stationery*.
鋼筆、鉛筆、墨水等都是文具。
▶「文具店」是 a stationer's; a stationer 是「文具商」。

statistics [stə`tɪstɪks; stə`tɪstɪks] (注意發音) 變
statistics
名 (用作複數) | *Statistics* show that the population
統計;(用作單 | of Taiwan is increasing. 統計資料顯
數)統計學 | 示出台灣的人口日益增加。

statue [`stætʃʊ; `stætʃuː] 變 **-s** [-z]
名 雕像;像;鑄 | a marble *statue* 大理石像／a bronze
像 | *statue* 銅像

┌─▶ 避免混淆 ─────────
statue [`stætʃʊ]   (雕像)
stature [`stætʃə]   (身長)
statute [`stætʃʊt]   (法令)
└────────────────────

複合 名 the **Státue of Líberty**(自由女神像)

stature [`stætʃə; `stætʃə(r)] (注意發音) 變 無
名 身材;身高 | He is a man **of** small *stature*.
同 height | 他是個身材矮小的人。

status [`stetəs, `stætəs; `steɪtəs] 變 無
名 地位,身分; | The *status* of a doctor in the society
情況,狀態 | is pretty high.
醫生在社會上地位很高。
▶ 豪華的房屋或汽車等這一類成為「地位之象徵」的東西
稱為 a *status* symbol。

statute [`stætʃʊt; `stætjuːt] 變 **-s** [-s]
名 法令 | The new *statute* came into effect.
同 law | 新法令業已生效。

stay [ste; steɪ] ⊜ **-s** [-z] 變 **-ed** [-d]; **-ing**
動 不 ❶留下 | Father left, but Mother *stayed*.
(我)父親離去了, 但母親留下來。
❷暫住(旅館或 | He *stayed* **at** [**in**] the hotel for a
個人的家裡) | week.
他在那家旅館住了一個禮拜。
He *stayed* **with** his aunt for a few
days. 他在他姑媽家住了幾天。

❸逗留(在某處) | He is *staying* in London now.
他現在待在倫敦。

❹(接補語)保持某種狀態 | The window *stayed* **open** all the night. 這窗整夜開著。

stay away
不在;缺席 | He *stayed away* **from** school yesterday.
他昨天沒去(來)上課。

—**-s** [-z]
图逗留;逗留期間 | I visited a lot of temples during my *stay* in Kyoto.
我待在京都的期間,參觀了許多廟宇。

stead [stɛd; sted] 图 ▶ 通常用於下面的句子。
in one's *stead*
代替某人 | John went there *in my stead*.
(=instead of me).
約翰代我去那裡。

steadfast [ˋstɛd͵fæst, -fəst; ˈstedfɑːst] 形 firm
形堅定的;穩定的 | He was *steadfast* **in** his faith.
他的信心是堅定不移的。

steady [ˋstɛdɪ; ˈstedɪ] 比 **steadier** 最 **steadiest**
形❶不動的 | The old man is not *steady* on his legs.
這老人腳步不穩。

❷不變的;一定的 | My love for him has been *steady*.
我對他的愛始終不變。
衍生副 **steadily**(不動地;穩定地)

steak [stek; steɪk] (注意發音) **-s** [-s] ▶ 與stake同音。
图牛排;烤肉 | **They served** *steak* to their guests.
他們端上牛排給客人吃。

steal [stil; stiːl] **-s** [-z] 過 **stole** [stol]; **stolen** [ˋstolən]; **-ing** ▶ 與 steel(鋼)同音。
動及偷 | He *stole* a book **from** the shelf.
他從書架上偷去一本書。

┌── ▶ steal 和 rob
「他偷[搶]了她的錢。」
1) steal+竊取物+from+人或場所
   He *stole* money **from** her.
   =He *stole* her money.
2) rob+人或場所+of+竊取物
   He *robbed* her **of** her money.

不❶偷取 | It is wrong to *steal*.
偷東西是不對的。

❷偷偷地溜出〔溜進〕 | He *stole* **into** [**out of**] the room.
他偷偷地溜進[溜出]房間。

steam [stim; stiːm] 複 無
图蒸氣;水蒸汽 | *Steam* is rising from the kettle.
蒸氣從茶壺中冒出。
This machine is driven by *steam*.
這部機器是用蒸氣推動的。

—**-s** [-z] 動 **-ed** [-d]; **-ing**
動不冒熱氣;發蒸氣 | The pot was *steaming*.
這鍋在冒蒸氣。
複合图 **steamboat**(小型汽船), **steamship**(汽船)
衍生图 **steamer**(汽船)

steel [stil; stiːl] 無 ▶ 與 steal(偷)同音。
图鋼;鋼鐵般的力量 | Many tools are made of *steel*.
很多工具是鋼製的。

┌── ▶ iron 和 steel
iron········鐵
steel ·····鋼(含碳的鐵)

steep [stip; stiːp] 比 **-er** 最 **-est**
形險峻的;陡峭的 | The slope is very *steep*.
這坡非常陡峭。

steeple [ˋstip!; ˈstiːpl] 图 **-s** [-z]
图(教堂等的)尖塔
▶塔中有鐘,其尖端稱爲 spire (塔尖)。

spire

steeple

steer [stɪr; stɪə(r)] **-s** [-z] 動 **-ed** [-d]; **-ing**
動及不操(舵);航行 | He *steered* the boat toward land.
他把船航向陸地。
複合图 **steering wheel**((汽車的)駕駛盤)

stem [stɛm; stem] 图 **-s** [-z]
图❶(草的)莖;(樹的)幹 | She bought some roses with long *stems*.
她買了一些帶有長莖的玫瑰花。
▶亦指從根部長出的主要的粗莖,或莖柄、花梗。stalk 指葉柄、花梗等草本的東西。

❷莖狀物;(酒杯的)腳;(煙斗的)桿
❸船首 反 bow
反 stern

stems ❶   stems ❷

stenographer [stəˋnɑgrəfɚ; stəˈnɒgrəfə(r)]
图速記者 | She is a *stenographer* and typist.
她是個速記員兼打字員。
衍生图 **stenography**(速記(術))

step [stɛp; step] 图 **-s** [-s]
图❶踏腳板;(台階•梯子的)一階;一級 | the top [bottom] *step* of a ladder
梯子的最上[下]一級

❷(用複數)台階 | He went up the door *steps*.
他走上門階。
▶ stairs 是指屋內的樓梯;steps 通常指從外面走進門經過的屋外樓梯,或是碼頭的升降梯。

❸步;一步 | I am too tired to walk a *step* further.
我累得沒法再向前走一步了。

❹腳步聲 | I heard his *steps* approaching.
我聽到他的腳步聲接近。

❺足跡;腳印 同 footstep | I found several *steps* on the mud.
我發現泥中有幾個腳印。

❻走姿;步伐 同 footprint | He went home with heavy *steps*.
他以沉重的步伐走回家。

同 gait

❼手段;步驟 同 means | We should **take** *steps* to prevent war. 我們應採取步驟以防止戰事發生。

step by step
一步一步地 | He followed the instructions *step* by *step*. 他照指示一步步地做。

—**-s** [-s] 動 **stepped** [-t]; **stepping**
動不行走;踏 | Please *step* this way. 請到這邊來。

He *stepped* onto the platform.
他(從火車上下來而)踏上月台。

► 用於一步步，或前進兩三步，抑或特殊走法時。通常比 walk, come, go 正式。

terile ['stɛrəl, -ɪl; 'steraɪl]

形 ❶不能生育的 Ⓢ barren | a *sterile* cow 不能生育的母牛

❷不肥沃的；貧瘠的 Ⓡ fertile | *sterile* land 貧瘠的土地

tern¹ [stɜn; stɜːn] 𝕙 -er 働 -est

形 嚴格的；嚴厲的 | The teacher is *stern* to her pupils.
這老師對學生很嚴厲。

tern² [stɜn; stɜːn] 働 -s [-z]

名 船尾 ⓈBow, stem（船首）| We watched the *stern* of the steamer disappear.
我們看著汽船的船尾消失。

teward ['stjuwəd, 'stu-; stjʊəd] 働 -s [-z]

名（飛機・客船上的）服務員 | His brother is a *steward* of the ship.
他哥哥是那艘船的一名服務員。

衍生 名 **stewardess**（空中小姐）

tick¹ [stɪk; stɪk] 働 -s [-s]

名 ❶小枯枝；柴枝 | The eagle gathered *sticks* to make a nest.
鷹採集枯枝以築巢。

❷杖；手杖 | He is blind, but he can walk without a *stick*.
他是瞎子，但沒有手杖他也能走路。

► 手杖正確的說法是 a walking *stick*，「細長的手杖」稱為 a cane。

ick² [stɪk; stɪk] ⊜ -s [-s] 𝕗 stuck [stʌk]; -ing

動 𝕣 ❶刺；戳；插 | She *stuck* her finger **with** a needle.
她用針刺手指。

❷（東西）扎入 | A thorn *stuck* me **in the** hand.
一根刺扎入我的手。

❸黏貼 | He forgot to *stick* a stamp **on** the letter. 他忘了將郵票貼在信封上。

stick❶
插

stick ❸
黏貼

下 ❶刺入；扎入 | An arrow *stuck* in his leg.
箭刺入他的腿。

❷黏著；附著 | The gum *stuck* **to** my fingers.
口香糖黏住我的手指。

❸陷住；使進退不得 | The truck *stuck* in the mud.
貨車陷在泥裡。

ick out 伸出；突出 | The boy *stuck* **out** his head.
男孩伸出他的頭。

ick to... 固執於… | He *sticks* **to** his ideal.
他執著於他的理想。

iff [stɪf; stɪf] 𝕙 -er 働 -est

形 ❶硬的；堅硬的；硬直的 | The paint brush is too *stiff* to use.
這隻畫筆太硬了，不能使用。

❷拘泥虛禮的；不自然的 | She made a *stiff* bow.
她不自然地鞠了躬。

衍生 動 **stiffen**（使硬；變硬）

stifle ['staɪf]; 'staɪf]] ⊜ -s [-z] 働 -d [-d]; stifling

動 𝕣 使窒息；使窒悶 | The smoke *stifled* him.
煙使他透不過氣來。

still [stɪl; stɪl] 𝕙 -er 働 -est

形 ❶不動的；靜止的 Ⓢ motionless | The animal kept *still*.
這動物保持不動。

❷寂靜的 | The night was very *still*.
那晚非常寂靜。

► 「靜」的同義字

quiet ……安靜的，平穩的
　　　　a *quiet* town（寂靜的城鎮）

still ………完全無聲的；完全無行動的
　　　　the *still* face of the dead man
　　　　（死者的平靜的臉）

silent ……沉默的
　　　　a *silent* prayer（無言的祈禱）

副 ❶仍；仍然；依然 | The snake is *still* alive.
這蛇仍活著。

Is he *still* here?
他仍在這裡嗎？

► "Is he here *yet*?" 是「他已經來了嗎?」之義。➪ yet

► still 和 yet

意思是「仍然」，肯定句用 still，否定句用 yet。
He is *still* a child.
（他仍是個小孩。）
He is **not** *yet* an adult.
（他尚未成年。）

❷（加強比較級）更；愈 | Your dictionary is good, but mine is *still* better.
你的字典很好，但我的(字典)更好。

❸（用作連接詞）但是；然而 | He was hungry; *still* he would not eat.
他餓了，但是不願吃東西。

still less ... 更不… Ⓢ much less | This infant can't walk, *still less* run.
這嬰兒連走路都不會，更不用說跑了。

► 用於否定句的後面。口語通常用 let alone。

still more ... 至於…更不必說 Ⓢ much more | This athlete is strong mentally, *still more* physically.
這位運動員的智力很強，體能好更不用說了。

衍生 名 **stillness**（安靜；靜止）

stimulate ['stɪmjə,let; 'stɪmjʊleɪt] ⊜ -s [-s] 働 -d [-ɪd]; -lating

動 𝕣 ❶刺激 | The medicine *stimulates* the brain.
此藥刺激腦部。

❷激勵；鼓舞 | Tom's success *stimulated* them **to** work hard.
湯姆的成功激勵他們辛勤工作。

衍生 名 **stimulation**（刺激），**stimulus**（刺激(物)），**stimulant**（興奮劑；刺激性飲料）

sting [stɪŋ; stɪŋ] ⊜ -s [-z] 𝕗 stung [stʌŋ]; -ing

動⑩ ❶(動植物)刺;螫 | A bee *stung* her **on the** cheek.
一隻蜜蜂螫了她的臉頰。

━━▶ bite 和 sting━━
bite ········· 蚊子、跳蚤等用嘴咬。
sting ······蜜蜂等用刺螫。

❷給與刺一般的痛感 | Pepper *stings* the tongue.
胡椒會刺痛舌頭。
❸使傷心;使苦惱 | Her insult *stung* my pride.
她的侮辱傷了我的自尊心。
不(動植物)刺〔螫〕人;作痛 | Bees *sting*. 蜜蜂會螫人。
My tooth *stings*. 我牙痛。
━━ 復 -s [-z]
名 ❶(蜂等的)刺;螫 | The bee has a *sting*.
蜂有一根刺。
❷刺傷;心理上的痛苦 | He felt the *sting* of defeat.
他感到失敗的痛苦。

stingy [`stɪndʒɪ; 'stɪndʒɪ] 比 **stingier** 最 **stingiest**
形 吝嗇的;小氣的 | Don't be *stingy* (**with** money).
不要吝嗇(金錢)。
▶「守財奴」稱爲 a miser [`maɪzɚ]。

stir [stɜ; stɜ:(r)] 三 **-s** [-z] 過 **stirred** [-d]; **stirring**
動⑩ ❶使動
同 move | The wind *stirred* the leaves.
風吹動樹葉。
❷攪和;攪動 | She *stirred* the coffee with a spoon.
她用湯匙攪和咖啡。
❸激起;喚起(感情) | The story *stirred* his blood.
這故事使他興奮。
不 動 | He hardly *stirred* and sat on his knees.
他幾乎不動地跪著。

stitch [stɪtʃ; stɪtʃ] 復 **-es** [-ɪz]
名 (縫物的)一針,一縫;一鉤 | A *stitch* in time saves nine.
及時的一針可省却將來的九針。〔及時行事,事半功倍。〕(諺語)

stock [stɑk; stɒk] 復 **-s** [-s]
名 ❶貯存品;存貨 | The store keeps a large *stock* of shoes.
該店有大批的鞋子存貨供應。
❷樹幹;主幹 | The woodcutter sat on a *stock*.
樵夫坐在樹幹上。
❸(美)股份;股票;(美)公債,債券 | *Stock* is going up [down].
股票上漲〔下跌〕了。
▶「股份,股票」(美) 稱爲 share。
in stock 現貨供應;備有 | We have all sizes of gloves *in stock*.
我們有各種尺碼的手套供應。
out of stock 賣光;缺貨 | The dictionary is *out of stock*.
這種字典已賣完了。
複合 名 **stòck exchánge**(證券交易所), **stòckhólder**(美) 股東,(英) shareholder)

stocking [`stɑkɪŋ; 'stɒkɪŋ] 復 **-s** [-z] ⇨ sock
名 (通常用複數)長襪 | I bought **a pair of** *stockings*.
我買了一雙長襪。
▶(美) 多稱爲 hose [hoz]。

stomach [`stʌmək; 'stʌmək] (注意發音) 復 **-s** [-s]

名 胃,腹 | I have a pain **in** my *stomach*.
我胃(腹)痛。

━━▶ stomach 的同義字━━
stomach ········原義是「胃」,但有時亦指整個腹部。
belly ············指「腹(部)」的非正式的用語,(美) 認爲此字不正式而用 stomach 替代。
abdomen ······ belly 的醫學用語。
tummy ········幼兒用語。

stomachache [`stʌmək͵ek; 'stʌməkeɪk](注意發音)
名 腹痛 | I have a *stomachache*.
我腹痛。
▶「牙痛」是 a toothache,「頭痛」是 a headache。

stone [ston; stəʊn] 復 **-s** [-z]
名 ❶石,石材 | The building is built of *stone*.
這幢建築物是石頭造的。
❷小石頭 | The boy threw a *stone* at me.
這男孩對我扔石頭。
▶在河灘等上面的「小圓石」是 pebble,「碎石」是 gravel。
衍生 形 **stòny**(多石的;鐵石心腸的)

stool [stul; stu:l] 復 **-s** [-z]
名 (單人用無靠背的)凳 | I sat on the *stool* and drank beer.
我坐在凳子上面喝啤酒。

stools

chair

stoop [stup; stu:p] 三 **-s** [-s] 過 **-ed** [-t]; **-ing**
動不 俯身;彎腰 | He *stooped* to pick up the wallet.
他俯身拾起錢包。

stop [stɑp; stɒp] 三 **-s** [-s] 過 **stopped** [-t], **stopping**
動⑩ ❶使停止 | He *stopped* the car.
他把車停下來。
❷停止 | He *stopped* smoking.
他戒煙了。
Stop talking! 不要說話!
❸妨礙;阻止
同 prevent | Nothing will *stop* us **from going** there. =Nothing will *stop* us [our going there.
什麼都阻止不了我們去那裡的。
不 ❶停止;停下來 | My watch has *stopped*.
我的錶已停了。

━━▶ stop to do 和 stop doing━━
不 stop to do(爲了做某事而停下來;爲了做某事而把正在做的事停下來)
⑩ stop doing(停止做某事)
He stopped *to talk*. (to talk 是副詞片語)
(他停下來說話。)
He stopped *talking*. (talking 是受詞)
(他停止說話。)

❷住;逗留 | We *stopped* **at** the hotel.
我們住在那家旅館裡。
━━ 復 -s [-s]

停,停止; 止 | The train goes through without a *stop*. 火車不停地直達(某地)。
The bus came to a *stop*. 公共汽車停了。

停留之處;車 | I'm going to get off at the next *stop*. 我要在下一站下車。

名 stópóver(美 中途下車)
生名 stóppage(中止,停止), stópper(阻止者)

re [stor, stɔr; stɔ:(r)] 働 -s [-z] ⇨ shop
店,商 | She went to the *store* to buy bread. 她去商店買麵包。
;零售店
shop
貯存;貯藏
stock
(美)(用複數) | She bought the sofa at **the** *stores*. 她在百貨公司買了這沙發。
貨公司

美 稱為 a department store.

-s [-z] 过 -d [-d]; storing
貯存;貯藏 | Some animals *store* food **for** the winter. 有些動物積糧食以防冬。

名 stórehouse(倉庫), stórekéeper(美 零售商;店, (美) shopkeeper) | (混淆。

rk [stɔrk; stɔ:k] 働 -s [-s] ► 注意勿與 stalk(莖)
(鳥)鸛 | Do children believe that babies are brought by *storks*? 小孩子相信嬰兒是由鸛鳥所帶來的嗎?

rm [stɔrm; stɔ:m] 働 -s [-z] | They were caught **in** a *storm*. 他們碰上了暴風雨。
風暴;暴風雨

──► 「風」的同義字 ──
breeze ⋯微風, 輕柔的風
gale⋯⋯⋯大風, 狂風
gust⋯⋯⋯突起的陣風
blast⋯⋯⋯突起的暴風
storm ⋯⋯暴風雨

名 snówstórm(暴風雪 ►「大風雪」是 blizzard。)
生形 stórmy(暴風雨的;激烈的)

ory¹ [`stori, `stɔri; 'stɔ:ri] 働 stories [-z]
描述;事蹟 | Tell me the *story* of your life. 把你一生的事蹟告訴我吧。
According to his own *story*, he knows the fact. 依據他的說法, 他知道事實。

──► story 和 tale ──
story ⋯⋯指真實的或虛構的故事。
tale ⋯⋯⋯傳說或帶有童話性質的故事。「童話」不是 a fairy story, 而是 a fairy tale。

短篇小說;故 | I like reading ghost *stories*. 我喜歡閱讀鬼故事。
事

長篇小說是 novel。

ory², (美) -rey [`stori, `stɔri; 'stɔ:ri] 働 stories [-z], -s [-z]
層;樓⇨ | He lives in a house **of** two *stories*. 他住的是二層樓的房子。
loor

The family lives **on** the third *story*. 這一家人住在三樓。

►「有…層樓的」是 storied, (美) 用 storeyed: a two-*storied* house (兩層樓的房屋)。

stout [staut; staut] 働 -er 働 -est
形 ①(物)堅固 的;結實的 | a *stout* rope 結實的繩子／a *stout* ship 堅固的船
②(人)肥碩的 | The man is too *stout* for his old clothes. 這人太胖了, 舊衣服都穿不下。

► 用作 fat(肥胖的)的委婉語。

──► stout 的同義字 ──
fat ⋯⋯⋯肥胖的。此字較不禮貌, 改用 heavy 或 overweight 會顯得較委婉。
stout ⋯⋯胖而粗壯的。用於中年的發福。
plump⋯⋯具健康美的豐滿。用於嬰兒或年輕女性。

衍生副 stóutly(堅固地;強壯地)

stove [stov; stəuv] 働 -s [-z]
名 火爐;暖爐 | an oil *stove* 油爐／a gas *stove* 瓦斯爐

straight [stret; streit] 働 -er 働 -est
形 ①直的;直線 的 | Draw a *straight* line on the paper. 在紙上畫一條直線。
同 direct | ►「曲線」是 a curve, a curved line。
②直立的;垂直 的 | The flagpole is *straight*. 旗竿直立著。
③率直的;坦白 的;直接了當的 | She gave a *straight* answer to my question. 她直接了當地答覆我的問題。

── 副 ①直接地; 馬上 | He went *straight* home. 他直接回家。
②直立地;垂直 地 | The soldiers stood *straight*. 士兵們站得直直地。
③率直地;坦白 地 | I told him the fact *straight*. 我把事實對他直說。

複合 形 stráightfórward(正直的;坦白的)
衍生 動 stráighten(使直;使平正)

strain [stren; strein] 働 -s [-z] 过 -ed [-d]; -ing
動 ①拉緊;繃 緊 | I *strained* a rope between the two poles. 我在這兩柱間拉緊一根繩子。
②使緊張;極度 使用(某種能力) | He *strained* all his nerves. 他竭盡全力。
③扭傷(筋骨等) 同 sprain | He *strained* his back, lifting the heavy chair. 他搬起重椅時扭傷了背脊。

── 働 -s [-z]
名 ①拉緊;緊張 | The rope will not bear the *strain*. 這繩經不起拉緊。
②(心理上的)重 壓;重荷;操勞 | He is suffering from *strain*. 他處在過度的壓力下。

strait [stret; streit] 働 -s [-s] ► 與 straight 同音。
名 海峽 | the *Straits* of Dover 多佛海峽(海洋間之狹窄水道)

► 與地名連用時通常用複數。
► 僅說 the Straits 時, 原指 Gibraltar(直布羅陀)海峽, 現在則指 Malacca(麻六甲)海峽。

strait ………表「海峽」的一般用語。
channel ……較 strait 爲廣的海峽。
canal ………人工開鑿的運河。

strand [strænd; strænd] ⊜ **-s** [-z] 攣 **-ed** [-ɪd]; **-ing**
動 ⊛ (船) 擱淺 | Our ship was *stranded* on the rocks.
| 我們的船隻在岩石上擱淺了。

strange [strendʒ; streɪndʒ] ⊞ **-r** 攣 **-st**
形陌生的;生 | That was a *strange* voice.
疏的;不熟悉的 | 那是個陌生的聲音。
⊗ familiar | I want to visit *strange* countries.
| 我想要遊覽一些陌生的國家。

──▶ **strange** 的同義字─────
strange ……因不常見的、陌生的、新奇的等,而使人
覺得奇異。
curious ……表「奇異的」之義的口語說法。
odd ………不尋常的,古怪的,奇異的。
queer ………暗示令人疑竇叢生的古怪,強調反常。

❷奇妙的;奇怪 | I had a *strange* experience.
的;奇異的 | 我有過一次奇異的經驗。
❸(敍述用法)生 | I am *strange* to this part of the
疏的;不被熟悉 | town. 我對這城鎮的這一帶很生疏。
的 | The village is *strange* to me.
| 這村莊我不熟。

strange to say | *Strange to say*, he was calm.
奇怪的是 | 奇怪的是,他居然很鎮靜。
⊜ strangely
enough
衍生 副 **strangely**(奇異地;不可思議地)名 **strangeness**
(陌生;奇異)

stranger [ˋstrendʒɚ; ˈstreɪndʒə(r)] 攣 **-s** [-z]
名❶陌生人;異 | A *stranger* spoke to me.
鄉人 | 一個陌生人跟我說話。
❷不熟悉的人; | I am a *stranger* here.
生人 | 我在此地人地生疏。
| ⇨ strange ❸

strap [stræp; stræp] 攣 **-s** [-z]
名❶(車上的) | The boy is too short to hang on to
吊帶, 吊環 | a *strap*. 這男孩太矮了,拉不到吊環。
❷(固定東西的) | Her watch *strap* broke.
皮帶 | 她的錶帶斷了。

straw [strɔ; strɔː] 攣 **-s** [-z]
名麥稈;稻草 | A drowning man will catch at a
| *straw*.
| 即將溺死的人連一根稻草也要攀附。

strawberry [ˋstrɔˌbɛrɪ, -bərɪ; ˈstrɔːbəri] 攣
strawberries [-z]
名(植物)草莓 | I had *strawberries* for dessert.
| 我吃草莓當飯後的甜點心。

stray [stre; streɪ] ⊜ **-s** [-z] 攣 **-ed** [-d]; **-ing**
動 ㊀❶迷路 | The hunter *strayed* from the path.
⊜ lose one's | 這獵人迷路了。
way |
❷(話)離題 | They *strayed* from the main point.
| 他們偏離了要點。

───形 (限定用 | a *stray* child 迷路的孩子／a *stray*
法)迷路的 | sheep 迷途的羊兒▶表「迷失信仰的
| 人」之義。

streak [strik; 'striːk] 攣 **-s** [-s] ⊜ stripe
名條紋;線條

white with black *streaks*　　a *streak* of lightning
白底帶黑色條紋　　　　　一道閃電

stream [strim; striːm] 攣 **-s** [-z]
名❶溪;水流 | He jumped across the *stream*.
| 他跳過溪。

──▶ **stream** 的同義字─────
river ………比較大的河。
stream ……溪流, 或河的水流。
brook ………比 stream 更小的溪流。

❷(河, 湖等的) | We rowed against the *stream*.
流動方向 | 我們逆流划船。
───⊜ **-s** [-z] 攣 **-ed** [-d]; **-ing**
動 ㊀ 流 | Tears *streamed* from her eyes.
| 淚水從她的眼裡流出。

street [strit; striːt] 攣 **-s** [-s]
名❶街道 | Ann and Alice live on [⊛ in] the
▶一邊或兩邊 | same *street*.
均有房屋的街 | 安和愛麗絲住在同一條街道上。
道。 |
❷(用大寫)…街 | The building stands on Lincoln
▶略作 St.。 | *Street*. 那座建築物座落在林肯街上。
▶美國的大城 |
市中, 東西方向 |
的街道稱爲 |
street, 南北方 |
向的街道稱爲 |
avenue。 |

streetcar [ˋstritˌkɑr; ˈstriːtkɑː(r)] 攣 **-s** [-z]
名⊛ 電車 | In Tokyo subways and buses have
⊛ tram(car) | replaced *streetcars*.
| 在東京, 地鐵和公車取代了電車。

strength [strɛŋkθ, strɛŋθ; streŋθ] 攣 無
名❶力;氣力; | He is a man of great *strength*.
力量 | 他是個力氣很大的人。
| He lifted the stone with all his
| *strength*.
| 他盡全力舉起那塊石頭。
❷成爲力量之 | A woman's *strength* is in her
物;憑恃物 | tongue.
| 女人的利器在於舌。〔女人具有能言善辯
| 的本領。〕(諺語)
衍生 動 **strengthen**(使強;變強)

strenuous [ˋstrɛnjʊəs; ˈstrenjʊəs]
形奮力的;精力 | He made *strenuous* efforts.
充沛的;激烈的 | 他竭盡全力。

ress [strεs; stres] ⓟ **-es** [-ɪz]

名 ❶壓迫；壓力 | He did so **under (the)** *stress* **of**
動 pressure | necessity.
　　　　　　　| 他迫於情勢所需而這樣做。

❷(心理或情緒 | Continued *stress* causes illness.
上的)緊張 | 持續的緊張會引起疾病。

❸強調；重要；重 | The Government **lays** *stress* **on**
貼 | social welfare.
動 emphasis | 政府著重於社會福利。

❹重音；重讀 | In the word "student", the *stress* is
動 accent | on the first syllable.
　　　　　　　| student 這個字的重音在第一音節。

— ⊜ **-es** [-ɪz] ⓟ **-ed** [-t]; **-ing**

動 ⊗ 強調 | He *stressed* the need for
動 emphasize | understanding between nations.
　　　　　　　| 他強調國家間互相諒解的必要。

retch [strεtʃ; stretʃ] ⊜ **-es** [-ɪz] ⓟ **-ed** [-t]; **-ing**

動 ⊗ 伸展, 擴 | He *stretched* **out** his hand to take
展；展開 | the pen.
　　　　　　　| 他伸出手拿鋼筆。
　　　　　　　| I've got to *stretch* the shoes a little.
　　　　　　　| 我必須把這雙鞋子撐大一點。

不 伸展；綿延 | The desert *stretched* as far as the
　　　　　　　| eye could reach.
　　　　　　　| 一眼望去都是這片沙漠。

— ⓟ **-es** [-ɪz]

名 ❶連續的一 | He ran ten miles **at** a *stretch*.
段期間；一口氣 | 他一口氣(不停地)跑了十英里。
❷綿延的區域 | a *stretch* of sand hills
　　　　　　　| 連綿的沙丘

衍生 名 **strètcher** ((抬送病人用的)擔架)

rict [strɪkt; strɪkt] ⊕ **-er** ⊛ **-est**

形 ❶嚴厲的；嚴 | He is a *strict* teacher.
格的 | 他是個嚴格的老師。
動 stern | They are *strict* **with** their children.
　　　　　　　| 他們對兒女很嚴厲。

❷嚴密的；精確 | a *strict* interpretation 精確的解釋／
的 | in the *strict* sense 在嚴格的意義上

衍生 副 **strìctly** (嚴密地；嚴厲地)

ride [straɪd; straɪd] ⊜ **-s** [-z] ⑦ **strode** [strod];
tridden [`strɪdn̩]; **striding**

動 不 ❶大步行 | The boys *strode* briskly.
走 | 男孩子們輕快地大步行走。
❷跨 | He *strode* **over** the ditch.
　　　　　　　| 他跨過壕溝。

— ⓟ **-s** [-z]

名 大步；闊步； | He walked with rapid *strides*.
一跨之距離 | 他大步急走。

rife [straɪf; straɪf] ⓟ **-s** [-z]

名 爭吵；爭鬥 | There used to be frequent *strife*
動 struggle | between the two families.
　　　　　　　| 以前他們兩家之間時常爭吵。

rike [straɪk; straɪk] ⊜ **-s** [-s] ⑦ **struck** [strʌk];
truck, stricken [`strɪkən]; **striking**

動 ⊗ ❶打；毆打 | He *struck* { me **on** the head.
　　　　　　　|　　　　　　 { my head.
　　　　　　　| 他打我的頭。

「他打我的頭。」
He struck me on the head.

strike　　　me (對象)　　on the head (位置)

▶ 通常不作 "He struck me on **my** head."。
▶「他抓住我的臂膀。」為 "He caught me **by the**
arm."。

❷碰；撞 | The car *struck* the telephone pole.
　　　　　　　| 車子撞上電線桿。

❸(時鐘, 鐘等) | The clock [It] is *striking* twelve.
報時；鳴響 | 時鐘正敲十二下(報時十二點鐘)。

❹劃(火柴)；打 | He *struck* a match to smoke.
火 | 他劃火柴吸煙。

❺(意念)浮上… | A good idea *struck* the scientist.
心頭；使想起… | 那科學家想起一個好主意。
　　　　　　　| It suddenly *struck* me **that** he was a
　　　　　　　| murderer.
　　　　　　　| 我忽然覺得他是個殺人犯。
　　　　　　　| ▶ "It struck me that …" 意思與 "It
　　　　　　　| occurred to me that …" 一樣。

不 ❶打；打擊 | I *struck* **at** the ball.
　　　　　　　| 我擊球。

❷碰；撞；(船)觸 | The ship *struck* **on** a hidden rock.
礁 | 這船觸到暗礁。

❸想起 | The engineer *struck* **on** a new plan.
　　　　　　　| 這工程師想起一個新計畫。

— ⓟ **-s** [-s]

名 ❶罷工 | The laborers are **on** *strike*.
　　　　　　　| 勞工正在罷工。

❷打；擊；毆打 | He failed to make a *strike* at the
　　　　　　　| ball. 他沒有擊中球。

衍生 名 **stroke** (打擊)

striking [`straɪkɪŋ; `straɪkɪŋ] ▶ 原是 strike 的現在分
詞

形 顯著的；引人 | She was a woman of *striking*
注意的 | beauty.
　　　　　　　| 她是個引人注目的美女。

—— ▶「顯著的, 引人注意的」的同義字

noticeable [`notɪsəbl̩], outstanding [aʊt`stændɪŋ]
remarkable [rɪ`mɑrkəbl̩], prominent [`prɑmənənt]
conspicuous [kən`spɪkjuəs], striking [`straɪkɪŋ]

string [strɪŋ; strɪŋ] ⓟ **-s** [-z]

名 ❶帶；細繩 | I want some *strings* to tie up this
　　　　　　　| parcel.
　　　　　　　| 我要一些細繩綁住這個包裹。

粗細順序是 rope —cord —string—thread
　　　　　　　 (粗繩) (細繩) (帶) (線)

❷(樂器的)弦 | She tightened the *strings* of her violin. 她把她小提琴的弦上緊。

strip¹ [strɪp; strɪp] 🔄 **-s** [-s] 過 **stripped** [-t]; **stripping**

動及 ❶脫光… 的衣服;脫掉;剝 去…的皮;剝 | She *stripped* her baby. 她脫掉她嬰兒的衣服。
| He *stripped* the banana. 他剝去香蕉皮。
| ▶ peel 是「剝(皮)」的一般用語。
❷剝奪(財產等) | He was *stripped* of his membership. 他被剝奪會員的資格。

------▶ 結構一樣的字------
「他的錢被搶。」
He was *robbed* of his money.
「他的財產被剝奪。」
He was *deprived* of his property.

strip² [strɪp; strɪp] 過 **-s** [-s]

名(布・金屬・土地等)狹長的一條或一片 | a *strip* of wood 狹長的木片╱a *strip* of land 狹長的一片土地╱tear paper in *strips* 把紙撕成一條條

stripe [straɪp; straɪp] 過 **-s** [-s]

名 斑紋;條紋 | A zebra has *stripes*.
同 streak | 斑馬(身上)有斑紋。
衍生 形 **striped**(有斑紋的, 有條紋的)

strive [straɪv; straɪv] 🔄 **-s** [-z] 丙 **strove** [strov]; **striven** [`strɪvən]; **striving**

動不 ❶努力 | He *strove* for [to win] the prize. 他努力以求得獎。

------▶「努力」的同義字------
try ··········· 為最常使用的字。
attempt ······比 try 稍為正式的字,為「努力嘗試」之義。通常暗含不成功。
He *attempted* to kill himself.
(他企圖自殺。)
endeavor ···為大的目標而不懈地努力。
She *endeavored* to succeed.
(她力求成功。)
strive ········為要達成某種目的而積極努力。
The team *strove* to win.
(那一隊努力求取勝利。)

❷奮鬥;抗爭 | He had to *strive* **against** fate.
同 struggle | 他必須與命運抗爭。

stroke¹ [strok; strəʊk] 過 **-s** [-s]

名 ❶打擊;一擊, 一打 | He broke the lock with a *stroke* of the hammer.
同 blow | 他用鐵鎚一下把鎖打開。
❷(反覆運動的)一動;一划 | I can't swim a *stroke*. 我連游一下都不會(完全不會游泳)。
❸一筆 | He dashed off the picture with a few *strokes*.
同 touch | 他用幾筆就把那幅畫迅速完成了。
衍生 動 **strike**(打擊)

stroke² [strok; strəʊk] 🔄 **-s** [-s] 過 **-d** [-t]; **stroking**

動及 撫摸 | The children *stroked* the cat. 孩子們撫摸那貓。

------▶ 避免混淆------

| stroke(撫摸) ——— 過 stroked ——— stroked |
| strike(打) ——— 丙 struck ——— struck |

stroll [strol; strəʊl] 🔄 **-s** [-z] 過 **-ed** [-d]; **-ing**

動不 漫步;信步而行 | The couple *strolled* arm in arm. 那對夫婦挽臂漫步。

------▶ stroll 的同義字------
roam ·············指沒有目的地漫遊於一個廣闊的地方。
ramble ⎫
stroll ⎭ …無目的地,悠閒而徐緩地信步而行。
stray ···········偏離了正路而徘徊;迷路。
wander ········無既定路途或目的地從一地漫遊到另一地。

—— 過 **-s** [-z]
名 漫步;散步 | They went for a *stroll* in the park. 他們在公園中散步。

strong [strɔŋ; strɒŋ] 比 **-er** [`strɔŋɡɚ] 過 **-est** [`strɔŋɡɪst]

形 ❶力氣大的 | The sailor had *strong* arms.
反 weak | 這水手有強健的手臂。
❷(身體)健壯的 | She is not *strong*. 她不健壯。
❸(東西)堅固的 | They built a *strong* wall. 他們建造了一道堅固的牆。
❹(意志等)強烈的 | He has a *strong* sense of responsibility. 他有強烈的責任感。
❺(風等)強烈的 | A *strong* wind is blowing. 強風吹著。
❻能力強的;拿手的 | My sister is *strong* in English. 我妹妹英文很行。

------▶ 很行與差勁------
「他英文很行」。
He is *good* at English.
He is *strong* in English.
「他英文差勁。」
He is { *poor* / *bad* } at English.
He is *weak* in English.
▶ 注意介系詞的用法。

❼(茶・咖啡等)濃的 | I like coffee *strong*. 我喜歡(喝)濃咖啡。
衍生 副 **strongly**(堅強地)名 **strength**(力;強度)

structure [`strʌktʃɚ; `strʌktʃə(r)] 過 **-s** [-z]

名 ❶構造;結構 | the *structure* of a cell 細胞的構造
❷建築物;構造物 | The bridge is a *structure* made of steel. 這橋是鋼造的建築物。

------▶ 表「建築物」的字------
building ········一般用語。
structure ······著重於建築物的大小、建造法、材料等的字。

衍生 形 **structural**(構造的;建築的;結構的)

struggle [`strʌɡl; `strʌɡl] 🔄 **-s** [-z] 過 **-d** [-d];

truggling

⚫❶掙扎 | The fox *struggled* **to** escape.
這狐狸掙扎著想逃脫。

❷奮鬥；爭鬥；努 | They *struggled* **against** poverty.
力；搏鬥 | 他們努力擺脫貧窮。
He *struggled* **for** money.
他努力掙錢。
He *struggled* **with** the robber.
他和搶匪搏鬥。

── 名 -s [-z]
⚫❶掙扎 | The cat made a *struggle* to get free.
這貓掙扎想要脫身。

❷奮鬥；努力；競 | It was a *struggle* for him merely to
stay alive.
對他而言，光是生存已屬不易。
the *struggle* **for** existence
生存競爭

ubborn [`stʌbən; `stʌbən]

⚫❶固執的；頑 | He is (as) *stubborn* **as** a mule.
他像騾子般的執拗。
❷不屈的；堅決 | They made a *stubborn* resistance.
他們做了頑強的抵抗。

dent [`stjudnt, `stu-; `stju:dnt] **名 -s** [-s]

⚫❶學生 | He is a *student* **of** [**in**] this school.
他是這所學校的學生。
a *student* **at** London University
倫敦大學的一名學生

students

pupils (小學生)

❷研究者；學者 | He is a great *student* of literature.
他是文壇的大學者。

udio [`stjudɪˏo, `stju:dɪəʊ] (注意發音) **名 -s** [-z]

⚫❶(藝術家 | His *studio* was filled with
的)工作室；畫室 | paintings. 他的畫室到處是畫作。
❷(電影·電視) | We visited a *studio* where a movie
攝影棚 | was being filmed. 我們參觀了一所正
在拍攝影片的攝影棚。

udy [`stʌdɪ; `stʌdɪ] **⊜ studies** [-z] **過 studied** [-d];
ing

⚫❶學習；研 | He is *studying* chemistry.
究 | 他正在研究化學。

──► learn 和 study
learn …… 從學習、練習、或他人的教授中獲得知識。
study …… 做學問，研究。

❷查閱；調查 | He *studied* the timetable.
他查閱時間表。
❸學習；研究 | He *studied* to be a doctor.
他讀書準備做醫生。

── 名 studies [-z]
⚫❶(常用複 | He went out after an hour's *study*.
數)讀書；研究 | 他讀了一小時的書後出去了。

How are you getting along with
your *studies*?
你的研究進展怎麼樣？
❷書房；書齋 | He is always in his *study*.
他總是在書房中。
衍生 形 studious [`stjudɪəs] (好學的)

stuff [stʌf; stʌf] **名 -s** [-s]
名 ❶材料，原料 | He collected all the *stuff* for
同 material | painting.
他收集了所有的繪畫材料。
❷物資；(一般作 | What is this sticky *stuff*?
為)物品 | 這個黏黏的東西是什麼？

──► 易於混淆的兩個字─────
staff(職員) stuff(材料, 物質)

── ⊜ -s [-s] **-ed** [-t]; **-ing**
動 及 塞；填塞 | She *stuffed* her clothes **into** the bag.
= She *stuffed* the bag **with** her
clothes. 她把衣服塞進袋中。
衍生 形 stuffy (通風不良的；窒悶的)

stumble [`stʌmbl; `stʌmbl] **⊜ -s** [-z] **過 -d** [-d];
stumbling
動 不 ❶絆倒 | The old man *stumbled* **over** a stone.
那老人被石頭絆了一跤。
❷蹣跚(而行) | The injured man *stumbled* **along**
the street.
那受傷的男子在街上蹣跚而行。

── 名 -s [-z]
名 ❶絆跌；蹣跚 | He made a *stumble* and fell.
他絆了一跤，跌倒了。
❷錯誤 | He made several *stumbles* while
同 mistake | reciting a poem.
他在朗誦詩的時候，唸錯了幾個地方。

stump [stʌmp; stʌmp] **名 -s** [-s]
名 ❶(樹的)殘幹； | The hunter sat on a *stump*.
樹椿；樹墩 | 獵人坐在樹墩上。

stump
樹椿

stamp 郵票

stupid [`stjupɪd, `stu-; `stju:pɪd] **比 -er 最 -est**
形 愚蠢的；愚笨 | I made a *stupid* mistake.
的 | 我犯了一個愚蠢的錯誤。

──► 注意 of─────
「他玩弄火柴是愚蠢的。」
(誤) It is stupid for him to play with matches.
(正) It is stupid **of** him to play with matches.

sturdy [`stɝdɪ; `stɜ:dɪ] **比 sturdier 最 sturdiest**
形 ❶強健的；強 | That was a *sturdy* youth.
壯的 | 那是個壯壯的年輕人。
❷強的；堅固的； | The miser put the jewels into a
不屈的 | *sturdy* box. 這守財奴把珠寶放進一個
堅固的箱子裡。

style [staɪl; staɪl] **名 -s** [-z]

名❶(事物的)樣式;格式 | They live **in** European *style*.
他們過著歐洲式的生活。

❷(服裝等的)式樣;時尚 | These are the latest *style* **in** shoes.
這些是最新款式的鞋子。

▶ 不可用於身體
「她有很好的身材。」
(誤)She has a good style.
(正)She has a good figure.

❸文體 | The author writes **in** a concise *style*. 該作家用簡潔的文體寫作。

衍生 形 **stýlish**(合乎時尚的;時髦的)

subdue [səb`dju, -`du; səb'dju:] ⊜ **-s** [-z] 過 **-d** [-d]; **subduing**

動 ⊗ ❶征服;使服從 | The army *subdued* the enemy.
這軍隊征服了敵人。

❷壓抑,抑制(感情等) | He *subdued* his anger.
他抑制怒氣。

❸降低(聲音);(光線)減弱 | The curtain gave the room a *subdued* light.
窗帘使房間的光線變得柔和。

subject [`sʌbdʒɪkt; 'sʌbdʒɪkt] 過 **-s** [-s]

名 ❶主題, 話題 | Let's change the *subject*.
我們改變話題吧。

❷學科,科目 | Which *subject* do you like best?
你最喜歡那一學科?

▶ 主要的 **subjects**(學科)

English(英文)	mathematics(數學)
science(自然科)	social studies(社會科)
Chinese(國文)	gymnastics(體育)

❸(文法)主詞 | What is the *subject* of this sentence?
這個句子的主詞是什麼?

▶「述語;述詞」是 the predicate [`prɛdɪkɪt]。

❹(對君主而言)臣民;庶民 | The king ruled over his *subjects*.
國王統治他的臣民。

── 形 ❶服從的;受支配的 | The state is *subject* **to** foreign rule.
該國被外國統治。

❷易…的;易罹患…的 | The pianist is *subject* **to** headaches. 這鋼琴家常患頭痛。

── [səb`dʒɛkt; səb'dʒekt](注意發音) ⊜ **-s** [-s] 過 **-ed** [-ɪd]; **-ing**

動 ⊗ 使隸屬;使服從 | Russia *subjected* the country to her rule. 該國曾屈服在俄羅斯的統治。

衍生 名 **subjèction**(服從 ▶ objection 是「反對」。)
形 **subjèctive**(主觀的;主詞的 ▶ objective 是「客觀的;受詞的」。)

subjunctive [səb`dʒʌŋktɪv; səb'dʒʌŋktɪv]

形 假設語氣的 | a *subjunctive* verb 假設語氣中的動詞/the *subjunctive* mood 假設語氣

▶ 假設語氣
1)假設語氣過去式(和現在事實相反的假設)
If I *were* you, I *would* not go there.
(假使我是你, 我就不會去那裡。)
2)假設語氣過去完成式(和過去事實相反的假設)
If he *had helped* you, you *would* not *have failed*.
(假使他幫助了你, 你就不會失敗。)

3)假設語氣未來式(表現在或未來不確定事實的假設)
If it *should* snow in summer, we *would* [*will*] be surprised.
(假使夏天下雪, 我們就會大感驚愕。)

sublime [sə`blaɪm; sə'blaɪm](注意發音) 比 **-r** 最 **-s**

形 莊嚴的;崇高的 同 noble | He composed *sublime* music.
他譜出莊嚴的樂曲。

衍生 名 **sublimity** [sʌ`blɪmətɪ](莊嚴, 崇高)

submarine [`sʌbmə,rin; ,sʌbmə'ri:n] 過 **-s** [-z]

名 潛水艇 | an atomic *submarine* 原子潛艇

▶ <sub(在下) + marine(海)

submission [səb`mɪʃən; səb'mɪʃn] 過 無

名 服從, 屈服;降服 | They left **in** *submission* **to** his order.
他們服從他的命令而離去。

衍生 形 **submissive**(順從的);柔順的)

submit [səb`mɪt; səb'mɪt] ⊜ **-s** [-s] 過 **submitted** [-; **submitting**

動 ⊗ ❶使服從;使甘受 | He refused to *submit* himself **to** elders.
他拒絕服從他的長輩。

❷提出(文件等) | He *submitted* the report **to** the committee.
他向委員會提出報告。

不 服從;甘受 | The prisoners *submitted* **to** slave 俘虜們甘受奴役。

subordinate [sə`bɔrdnɪt, -dnɪt; sə'bɔ:dnət]

形 ❶下級的;從屬的 | A captain is *subordinate* **to** a ma 上尉比少校的地位低。

❷(文法)附屬的 | a *subordinate* clause 附屬子句 ▶ **principal** clause(主要子句)而言。

I am afraid	that he is ill.
principal clause (主要子句)	**subordinate clause** (附屬子句)

subscribe [səb`skraɪb; səb'skraɪb] ⊜ **-s** [-z] 過 **-d** [-d]; **subscribing**

動 ⊗ 捐(款) | Each of them *subscribed* five dollars.
他們每人捐五元。

不 ❶訂閱 | I *subscribe* **for** [**to**] several montl magazines.
我訂閱數種月刊。

❷捐助 | The actors *subscribed* **to** charity. 演員們捐助慈善事業。

▶ **-scribe** 是「寫」
describe(描寫)	<de(從) + *scribe*
prescribe(規定)	<pre(預先) + *scribe*
sub*scribe*(捐助)	<sub(在…之下) + *scribe*

衍生 名 **subscriber**(捐助者;訂閱者), **subscription**(預約;捐款;訂閱[預約]金)

subsequent [`sʌbsɪ,kwɛnt, -kwənt; 'sʌbsɪkwənt](注意發音)

〕後來的, 隨後	*subsequent* events 後來發生的事情／	
〕; 繼起的	the *subsequent* chapter 下一章／in	
) previous,	the week *subsequent* **to** her	
receding	marriage 在她婚後的一週內／on the	
	day *subsequent* **to** your visit 你來訪	
	的次日	

衍生 副 **sùbsequently**(後來; 其次)

bside [səb`saɪd; səb'saɪd] ⊜ **-s** [-z] 爨 **-d** [-ɪd];
ɪbsiding

〕不 ❶(水・腫	The tidal waves *subsided*.
〕消退	海嘯平息了。
(暴風雨・興	The typhoon has *subsided*.
等)平息	颱風已平靜下來了。

bsist [səb`sɪst; səb'sɪst] ⊜ **-s** [-s] 爨 **-ed** [-ɪd]; **-ing**

〕不 ❶(賴…)	This poor artist *subsisted* **on** bread
生	and water.
	這位窮藝術家吃麵包和白開水過活。
(習慣等)存	The custom still *subsists* here.
; 現存	這習俗仍延續於此地。

──▶ 以 sist 結尾的字和它的名詞──

consist(並存)	→ consis*tency*(一貫)
persist(固執)	→ persis*tence*(固執)
resist(抵抗)	→ resis*tance*(抵抗)
subsist(存在)	→ subsis*tence*(生存)

▶ 注意 tence 和 tance 之間的差異。

衍生 名 **subsìstence**(生存; 生活, 生計)

bstance [`sʌbstəns; 'sʌbstəns] 爨 **-s** [-ɪz]

〕❶物質, 物	The tips of matches are covered
) matter	with chemical *substances*.
	火柴頭沾有化學物質。
❷實質; 內容	There is no *substance* in his speech.
) essence	他言之無物。
旨趣, 要旨; 大	Tell me the *substance* of the story.
	把這故事的大意告訴我吧。

衍生 形 **substàntial**(有實體的; 重大的)

bstitute [`sʌbstə,tjut; 'sʌbstɪtju:t] 爨 **-s** [-s]

〕代替者〔物〕	He will be my *substitute* for a
	month.
	他將代理我一個月。
	This fan is a *substitute* **for** an air
	conditioner.
	這架電風扇是冷氣機的代用品。

─ ⊜ **-s** [-s] 爨 **-d** [-ɪd]; **substituting**

〕及 代替	She *substituted* honey **for** sugar.
	她用蜂蜜代替糖。

──▶ 避免混淆──

substitute A for B ▶ 用 A
 (用 A 代替 B)
replace A with B ▶ 用 B
 (用 B 替換 A)
 replace a flat tire **with** a new one
 (用新輪胎替換爆裂的胎)

〕代替	A pencil *substitutes* **for** a pen.
	鉛筆代替鋼筆。

衍生 名 **sùbstitùtion**(代替; 代理)

subtle [`sʌtl; 'sʌtl] (注意發音) 毗 **-r** 爨 **-st**

形 ❶微妙的	There is a *subtle* difference between
同 delicate	the two words.
	這兩字有微妙的差異。
❷稀薄的, 淡的	I smell a *subtle* odor of perfume.
	我聞到幽幽的香水味道。

衍生 名 **sùbtlety**(精微) 副 **sùbtly**(微妙地)

subtract [səb`trækt; səb'trækt] ⊜ **-s** [-s] 爨 **-ed** [-ɪd]; **-ing**

動 及 減去; 減除	*Subtract* 3 **from** 7, and the
反 add	remainder is 4.
	七減三剩四(7−3＝4)。

──▶ 加・減・乘・除在英文中的用法──

動 add(加)	──名 addition(加法)
subtract(減)	── subtraction(減法)
multiply(乘)	── multiplication(乘法)
divide(除)	── division(除法)

衍生 名 **subtràction**(減法)

suburb [`sʌbɝb; 'sʌbɜ:b] 爨 **-s** [-z]＜sub(在下)＋urb
(都市)

名 (通常加 the	They live **in** the *suburbs* **of** [near]
用複數)市郊; 郊	Taipei.
外	他們住在台北近郊。

──▶ suburbs 和 outskirts──
 suburbs 有「市郊住宅區」的含義, outskirts 是比它更
 外邊的宜於散步等的區域。

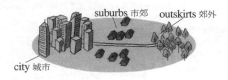

suburbs 市郊　　outskirts 郊外
city 城市

衍生 形 **subùrban**(郊外的)

subway [`sʌb,we; 'sʌbweɪ] **-s** [-z]＜sub(在下的)＋
way(路)

名 ❶美 地鐵 英	*Subway* trains took the place of
underground,	streetcars in big cities.
tube	在大都市中, 地下鐵取代了路面電車。
❷英 地下道	He went to the other side of the
同 underpass	road through the *subway*.
	他經由地下道走去路的那一邊。

succeed [sək`sid; sək'si:d] ⊜ **-s** [-z] 爨 **-ed** [-ɪd]; **-ing**

動 不 ❶成功	He *succeeded* **in** (passing) the
反 fail	entrance examination.
	他入學考試成功(及格)了。
	▶ succeed to pass 是錯的。
❷繼承	The princess *succeeded* **to** the
	throne.
	公主繼承王位。
及 ❶繼續; 繼起	Day *succeeds* night.
	白晝隨黑夜之後而來。
❷繼任; 繼承	Who *succeeded* Kennedy as
	President?
	誰繼任甘迺迪為總統?

```
        ──▶ succeed 的衍生字──
                  ┌名 success──形 successful
                  │ （成功）    （成功的）
  動 succeed─┤
                  │名 succession──形 successive
                  └（連續；繼承〔位〕）（連續的）
```

success [sək`sɛs; sək'ses] 複 **-es** [-ɪz]
名 ❶成功　　They envied his *success*.
反 failure　　他們羨慕他的成功。
❷成功的人或事　　His new play was a great *success*.
物　　他的新劇很成功。
　　He is a *success* as a doctor.
　　他是個成功的醫生。

successful [sək`sɛsfəl; sək'sesfʊl]
形 成功的　　a *successful* experiment 成功的實驗／a *successful* merchant 成功的商人
衍生 副 **successfully**(成功地;順利地)

succession [sək`sɛʃən; sək'seʃn] 複 無
名 ❶連續〔的事　　A *succession* of accidents spoiled
物〕　　our trip. 接連的意外事件破壞了我們旅行的樂趣。
❷繼承，繼位；繼　　His *succession* to the throne
承權　　occurred after the death of the king. 他是在該國國王死後繼承王位的。
in succession　　Mysterious things occurred *in*
接連的;連續地　　*succession*. 不可思議的事接連發生了。
衍生 形 **successive**(連續的;連連發生的)副 **successively**
(連續地;接連地)

successor [sək`sɛsɚ; sək'sesə(r)] 複 **-s** [-z]
名 繼承者；後繼　　Mr. White is the *successor* to the
者,繼任者　　president.
　　懷特先生繼任董事長。
　　▶ 不說作 the successor of。

such [(強)sʌtʃ; sʌtʃ (弱)sətʃ; sətʃ] ▶ 置於 a, an 之前。
形 ❶如此的;這　　Don't say *such* a thing.
樣的　　不要說這種事。
　　Such things are not familiar to me.
　　這種事我不熟悉。
❷(用 such　　I have never seen *such* a beautiful
(a)+形容詞+　　garden before.
名詞的句型)這　　我從未見過這樣美麗的花園。
樣…的
　　──▶ 注意字的排列順序──
　　such **a**+形容詞+名詞＝so+形容詞+**a**+名詞
　　　such **a** big car
　　　＝*so* big **a** car　　(比較屬於文語用法)
　　　（這麼大的汽車）

❸非常的,極;很　　He was *such* a nice man.
不尋常的　　他是個大好人。
　　She is *such* a liar.
　　她是個大騙子。
such and such　　I told her to come at *such and such*
某某的　　a day.
　　我叫她某天來。
▶「某某先生」稱爲 **Mr. So-and-so**。

such as ...　　I like drinks *such as* tea and coffee.
諸如…之類的　　我喜歡喝諸如茶和咖啡之類的飲料。
such ... as~　　Don't read *such* a book *as* this.
如~的…　　不要讀這種書。
　　He is *such* a great scholar *as* we admire.
　　他是我們眾所仰慕的大學者。
such ... as to　　He is not *such* a fool *as to* say so.
V　　他不會傻到說這種話。
如此…乃至於
such ... that~　　It was *such* a warm day *that* I took
非常…所以~　　off my coat.
　　天氣非常暖和,所以我把大衣脫掉。
　　He is *such* a kind man *that*
　　everybody likes him. 他是個很和藹可親的人,所以人人喜歡他。

　　──▶ such ... that 和 so ... that──
　　{ so+形容詞〔副詞〕+that~
　　{ such a+形容詞+名詞+that~
　　It was *so* fine *that* we went out for a walk.
　　＝It was *such* a fine day *that* we went out for a walk.
　　(天氣很好,所以我們出去散步。)

代 這樣的人;　　He is a gentleman, so he ought to
這樣的事物　　be treated *as such*.
　　他是個紳士,所以他應該被當作一個紳士對待。
　　Such was the fact.
　　事實就是如此。

suck [sʌk; sʌk] 三 **-s** [-s] 過 **-ed** [-t]; **-ing**
動 反 ❶吸吮;吸　　Bees *suck* honey **from** flowers.
汁　　蜜蜂由花中吸取蜜。
　　We *sucked* the oranges.
　　我們吸了柳橙汁。
❷吮　　She was *sucking* a piece of candy.
　　她吮著一塊糖果。

lick 舔

suck ❶❷

sudden [`sʌdn̩; sʌdn]
形 忽然的,突然　　His *sudden* death surprised us.
的　　他的猝逝使我們感到意外。
all of a sudden　　 sudddenly ▶ 這個 sudden 是名詞。
突然地　　*All of a sudden* she began to laugh.
　　她突然笑了起來。
衍生 名 **suddenness**(突然,不意)

suddenly [`sʌdn̩lɪ; 'sʌdnlɪ]
副 忽然地;突然　　*Suddenly* it began to rain.
地　　雨突然下了起來。

suffer [`sʌfɚ; 'sʌfə(r)] 三 **-s** [-z] 過 **-ed** [-d]; **-ing**
[`sʌfərɪŋ]
動 反 ❶遭受,蒙　　The company *suffered* a great loss.
受(痛苦・災　　那公司蒙受了重大的損失。

言・障礙等)｜ The wicked man *suffered* punishment. 那壞人受到了懲罰。

●(通常用否定｜ **I can't** *suffer* his insult.

句)忍受；忍耐｜ 我無法忍受他的侮辱。

詞 ❶受苦；苦惱｜ You'll *suffer* later. 以後你會受苦的。

●生(病)；罹患｜ She sometimes *suffers* **from** a stomachache.

她有時鬧胃痛。

▶在「生病中」｜ ▶通常不說爲 suffer with。

的情況下，用進｜ I'm *suffering* **from** a cold.

行式。｜ 我正患著感冒。

衍生 名 **sùfference**(寬容，容許), **sùfferer**(受苦的人),

ùffering(痛苦；苦難)

ffice [sə`faɪs, -`faɪz; sə`faɪs] ⊜ **-s** [-ɪz] 圈 **-d** [-t];

ufficing

動不 及 足夠；｜ The money will *suffice* **for** the trip.

使滿足｜ 這筆錢足夠旅行了。

｜ The amount *sufficed* him.

｜ 這款額使他滿足。

ffice it to say that ...

文語)只說…就｜ *Suffice it to say that* the gun was

夠了｜ his.

｜ 只說這槍是他的就夠了。

fficient [sə`fɪʃənt; sə`fɪʃnt] ▶ suffice 的形容詞

形足夠的；充分｜ We have saved money *sufficient* **for**

的｜ the trip.

＠ insufficient｜ 我們已存到足夠的旅費了。

｜ His income is not *sufficient* **to** support his family.

｜ 他的收入不夠養家。

衍生 名 **sufficiency**(充分) 副 **sufficiently**(充分地)

ffocate [`sʌfə,ket; `sʌfəkeɪt] ⊜ **-s** [-s] 圈 **-d** [-ɪd];

uffocating

動 及 使窒息，使｜ Several men were *suffocated* to

不能呼吸｜ death with smoke.

動 choke｜ 有幾個人被煙窒息而死。

衍生 名 **sùffocàtion**(窒息)

gar [`ʃʊgə; `ʃʊgə(r)] (注意拼法) 圈 無

名 糖｜ Put some *sugar* in [into] the coffee.

＠ salt(鹽)｜ 放一些糖到咖啡裡。

ggest [sə(g)`dʒɛst; sə`dʒest] (注意發音) ⊜ **-s** [-s]

圈 **-ed** [-ɪd]; **-ing**

動 及 ❶提出(計｜ I *suggested* (**going** for) a walk.

畫等)；建議｜ 我提議(去)散步。

動 propose｜ I *suggested* **that** he (㊟ **should**) do it.

｜ 我建議他做那事。

｜ ▶上句的 do 是假設語氣現在式。

───▶ "Let's ...."的間接敍述法

He said, "Let's sing a song." (他說：「我們唱歌吧。」)把這一句改成間接敍述法時，使用 suggest 或 propose,如下：

He **suggested** [**proposed**] **that** they (㊟ should) sing a song.

❷間接地表明；｜ Her yawn *suggests* **that** she is

暗示；使聯想｜ sleepy. 她打呵欠,表示她很睏。

───

Does that name *suggest* anything **to** you?

那個名字使你聯想到什麼沒有？

┌─────────────────────────┐
│「我提醒他火車可能誤點。」

(誤) I suggested him that the train might be late.

(正) I suggested **to** him **that** the train might be late.

▶ suggest 僅接一個受詞。
└─────────────────────────┘

suggestion [səg`dʒɛstʃən, sə`dʒɛs-; sə`dʒestʃn]

名 ❶建議；提｜ He made a new *suggestion*.

議；意見｜ 他提出一個新建議。

❷暗示；聯想｜ He was frightened by the *suggestion*

動 hint｜ of danger.

｜ 他因聯想到危險而害怕了。

衍生 形 **suggèstive**(暗示的)

suicide [`suə,saɪd, `sju-; `suɪsaɪd] 圈 無

名 自殺｜ He went bankrupt and committed

｜ *suicide*. 他破產,因而自殺了。

｜ ▶「自殺」稱爲 commit suicide 或 kill oneself。

┌──────── ▶ -cide 是「殺」 ────────┐
│ sui*cide*(自殺) ＜sui(自己)＋*cide*

homi*cide*(殺人) ＜homi(人)＋*cide*

pesti*cide*(殺蟲劑) ＜pesti(害蟲)＋*cide*

patri*cide*(弒父) ＜patri(父)＋*cide*

matri*cide*(弒母) ＜matri(母)＋*cide*
└─────────────────────────────┘

suit [sut, sjut; su:t] 圈 **-s** [-s] ⇨ coat

名 ❶(男人的)｜ He was wearing a gray *suit*.

一套西裝；(女人｜ 他穿著一套灰色的西裝。

的)套裝｜

❷訴訟，控告｜ He **brought** a *suit* **against** the man.

動 lawsuit｜ 他對那人提起訴訟。

── ⊜ **-s** [-s] 圈 **-ed** [-ɪd]; **-ing**

動 及 ❶適宜於；｜ The date *suited* me.

合宜｜ 那日期對我合適。

❷使適合；(衣｜ The dress *suited* Susan.

服・色彩等)使｜ 蘇珊穿這件衣服很好看。

好看,使合身｜ This color *suits* you.

動 fit, become｜ 這顏色很適合你。

❸合…的意思；｜ This kind of food *suits* all tastes.

使滿意｜ 這種食物適合大眾的口味。

be suited to V [*for ...*]

適合做…〔適合｜ He *is suited* **to** be a politician.

於…〕｜ ＝He *is suited* **for** a politician.

｜ 他適合當政治家。

衍生 名 **sùitor**(求婚者；原告)

suitable [`sutəbl, `sju-; `su:təbl]

形 適當的,適宜｜ She bought a dress *suitable* **for** a

的；適合的｜ party.

動 fit｜ 她買了一件適合舞會穿著的衣服。

suitcase [`sut,kes, `sjut-; `su:tkeɪs] 圈 **-s** [-ɪz]

名 手提箱｜ She went on a trip with two

｜ *suitcases*.

｜ 她帶著兩只手提箱去旅行。

▶ **suitcase** 和 **trunk**

suitcase ……裝納換洗衣服的長而扁平的小型旅行箱。

trunk ………旅行用的堅固大行李箱。通常一個人不好搬動。

---

sullen [`sʌlɪn, -ən; 'sʌlən] ⊕ **-er** ⊛ **-est**

形 ❶不開心的；鬧彆扭的；快快不樂的
He was *sullen* all day long.
他終日快快不樂。
a *sullen* silence 慍怒不語

❷陰沉的；陰鬱的 ⊚ gloomy
The *sullen* weather made her feel depressed.
陰沉的天氣使她覺得沮喪。

sultry [`sʌltrɪ; 'sʌltrɪ] ⊕ **sultrier** ⊛ **sultriest**

形 悶熱的；溽熱的
It was so *sultry* that I could not sleep well.
天氣那麼悶熱，我無法熟睡。

sum [sʌm; sʌm] ⊛ **-s** [-z]

名 ❶合計，總計 ⊚ total
The *sum* of 5 and 3 is 8.
五與三之和爲八。

❷金額
▶ 通常與形容詞連用。
a large (small) *sum* of money 一大(小)筆錢
The new factory cost them an enormous *sum* of money.
他們耗費巨資建新廠。

— ⊜ **-s** [-z] ⊛ **summed** [-d]；**summing**

動 ⊗ ❶合計，總計
The accountant *summed* up the figures. 會計總計了那些數字。

❷概括；概說要點
He *summed* up the situation in three short paragraphs.
他以三段話概述這情勢的要點。

summary [`sʌmərɪ; 'sʌmərɪ]

形 扼要的；簡短的
He presented a *summary* account.
他做了扼要的說明。

— ⊛ **summaries** [-z]

名 摘要；概要；大意
Give a *summary* of this chapter.
把這一章作個摘要。

衍生 動 **sùmmaríze**(摘要；概述)

summer [`sʌmə; 'sʌmə(r)] ⊛ **-s** [-z]

名 夏，夏季
The war began in the *summer* of 1914. 那戰事始於 1914 年的夏天。
Two *summers* have passed since then. 自那時起已經過兩個夏天了。

summit [`sʌmɪt; 'sʌmɪt] ⊛ **-s** [-s]

名 ❶(山等的)頂峰；絕頂
The party reached the *summit* at last. 那夥人終於到達頂峰。

▶ **summit**(頂峰)的同義字

top ……………表「頂峰」之義的一般用語。
summit ……稍微正式的字。
peak ………尤指尖的山頂。

---

❷(政府等的)最高首腦
a *summit* conference [meeting] 高階層會議

summon [`sʌmən; 'sʌmən] ⊜ **-s** [-z] ⊛ **-ed** [-d]；**-ing**

動 ⊗ ❶召喚，傳喚；召集
They were *summoned* to the bedside of their dying mother.
他們被叫到臨終前母親的床側。

❷鼓起(勇氣)；奮起(力量等)
He *summoned* up all his courage to meet the danger.
他鼓起全部勇氣面對危險。

summons [`sʌmənz; 'sʌmənz] ⊛ **-es** [-ɪz]

名 傳喚；傳票
I received a *summons*.
我接到一張傳票。

sun [sʌn; sʌn] ⊛ 無 ▶ 與 son (兒子)同音。

名 ❶(加 the)太陽
The *sun* rises in the east and sets in the west.
太陽從東方升起，由西方落下。

❷(通常加 the)陽光；日光
Many old women were sitting in the *sun*. 很多老婦人坐在陽光下(曬太陽)。

sunbeam [`sʌn,bim; 'sʌnbiːm] ⊛ **-s** [-z]

名 陽光；日光
The *sunbeams* came through the leaves.
陽光透過葉隙照射下來。

sunburn [`sʌn,bɜn; 'sʌnbɜːn] ⊛ **-s** [-z]

名 曬黑；曬傷
She got a *sunburn*.
她曬黑了。

▶ **tan** 和 **sunburn**

tan …………例如經日光浴後，呈健康色的曬黑。
sunburn ……曝曬在驕陽下過久，引起皮膚疼痛的曬黑。

— ⊜ **-s** [-z] ⊛ **-ed** [-d] ⊙ **-t** [-t]；**-ing**

動 ⊼ ⊗ 曬黑；使曬黑；曬傷
An hour in the sun *sunburnt* my arms severely.
在陽光下待了一小時，我的臂膀就被曬得很黑了。

Sunday [`sʌndɪ; 'sʌndɪ] ⊛ **-s** [-z]

名 星期日，禮拜天
These Christians go to church on *Sunday(s)*.
這些基督徒星期日上教堂做禮拜。
▶ 每星期日都從事某一習慣之行爲時作複數，如：on Sundays 較佳。
We went to a musical show last *Sunday* [on *Sunday* last].
我們上星期日去欣賞音樂劇。

▶ 星期幾在英文中的用法

Sunday [`sʌndɪ]	略 Sun.	(星期日)
Monday [`mʌndɪ]	Mon.	(星期一)
Tuesday [`tjuzdɪ]	Tues.	(星期二)
Wednesday [`wɛnzdɪ]	Wed.	(星期三)
Thursday [`θɜzdɪ]	Thur(s).	(星期四)
Friday [`fraɪdɪ]	Fri.	(星期五)
Saturday [`sætədɪ]	Sat.	(星期六)

複合 名 **Sùnday clóthes** [**bèst**]((口語)個人最好的衣服)

sunflower [`sʌn,flauə; 'sʌn,flauə(r)] ⊛ **-s** [-z]

名 (植物)向日葵
It is not true that a *sunflower* always faces the sun.
向日葵並非總是面向太陽。

sunlight [`sʌn,laɪt; 'sʌnlaɪt] ⊛ 無

名 日光；太陽光 ⊚ sunshine
The glass flashed in the *sunlight*.
玻璃在陽光中閃爍。

sunny [`sʌnɪ; 'sʌnɪ] ⊕ **sunnier** ⊛ **sunniest**

形 ❶向陽的；太
陽照射的 | a *sunny* room 向陽的房間／*sunny* weather 晴天
❷高興的；愉快
的 | a *sunny* smile 愉快的微笑／a *sunny* disposition 爽朗的性情

nrise [ˋsʌnˌraɪz; ˋsʌnraɪz] 图 -s [-ɪz]
名 日出 | I get up **at** *sunrise*. 我黎明即起。

nset [ˋsʌnˌsɛt; ˋsʌnset] 图 -s [-s]
名 日落 | The *sunset* here is very splendid. 這裡的日落景觀非常壯麗。

nshine [ˋsʌnˌʃaɪn; ˋsʌnʃaɪn] 图 無
名 ❶(加the)陽
光照射之處；日
光 | Don't stand **in the** *sunshine*. 不要站在陽光下。
► in the sun 亦可。
❷晴天 | After rain comes *sunshine*. 雨過天晴。

perficial [ˌsupɚˋfɪʃəl, ˌsju-; ˌsu:pəˋfɪʃl]
形 ❶表面的 | a *superficial* wound 外傷
❷淺薄的，膚淺
的 | *superficial* knowledge 淺薄的知識／*superficial* observations 膚淺的觀察

perfluous [suˋpɝfluəs, sə-; su:ˋpə:fluəs]
形 多餘的，不必
要的 | Cut down *superfluous* expenditure. 把多餘的開支削減掉。

perintend [ˌsuprɪnˋtɛnd, ˌsju-; ˌsu:pərɪnˋtend]
图 -s [-z] 图 -ed [-ɪd]; -ing
動 ⊗ 監督；指
揮；管理 | He *superintends* two companies. 他管理兩家公司。

perintendent [ˌsuprɪnˋtɛndənt, ˌsju-; ˌsu:pərɪnˋtendənt]
名 監督者；指揮
者；管理者 | the *superintendent* of schools 督學

perior [səˋpɪrɪɚ, ˌsu-; su:ˋpɪərɪə(r)]
形 ❶卓越的，優
秀的；較…爲優
秀 | The dresses at that store are *superior*. 那家店鋪的衣服很高級。
❷ inferior | He is *superior* **to** me in knowledge. 他的知識比我豐富。

──► 不用 than──
「這種酒品質較那種爲佳。」
(誤) This wine is superior than that.
(正) This wine is superior to that.

am smaller **than** you,
ut I am *superior* **to** you.
比你小，但比你優秀。

❸(地位等)較高
的；上級的 | A major is *superior* **to** a captain. 少校(地位)高於上尉。
─ 图 -s [-z]
名 ❶優秀的人 | In our class, she has no *superior* in mathematics. 在我們班上，數學方面沒人比她更好。
❷長輩；上司；長 | Mr. Ford is my immediate *superior*. 福特先生是我的直屬上司。
衍生 名 **supériòrity**(優越)

perlative [səˋpɝlətɪv, ˌsu-; su:ˋpə:lətɪv] (注意拼法)
形 (文法)最高
級的 | the *superlative* (degree) 最高級
⇨ comparative

supermarket [ˋsupɚˌmarkɪt, ˋsju-; ˋsu:pəˌma:kɪt]
图 -s [-s]
名 超級市場 | We buy food at the *supermarket*. 我們在超級市場買食物。

supernatural [ˌsupɚˋnætʃrəl, ˌsju-,-ˋtʃərəl; ˌsu:pəˋnætʃrəl]
形 超自然的；不
可思議的 | He is interested in *supernatural* powers. 他對超自然力量感興趣。

superstition [ˌsupɚˋstɪʃən, ˌsju-; ˌsu:pəˋstɪʃn]
名 迷信 | A scientist doesn't believe any such *superstition*. 科學家不相信這種迷信。
衍生 形 **súperstítious**(迷信的)

supper [ˋsʌpɚ; ˋsʌpə(r)] 图 -s [-z]
名 晚餐, 晚飯 | What are we going to have for *supper*? 晚餐我們打算吃什麼？
I had a light *supper*. 我吃了一頓清淡的晚餐。

──► supper 和 dinner──
supper ……如果午餐稱爲 dinner, 晚餐就稱爲 supper；如果晚餐稱 dinner, 午餐即爲 lunch。supper 有時也指稍晚所吃的清淡晚餐。
dinner……1)一天中最豐盛的一餐, 在中午或晚上吃。
2)宴客或生日宴的正餐。

supplement [ˋsʌpləmənt; ˋsʌplɪmənt] (注意發音)
名 補充, 追加；
(雜誌等的)附
錄；(書的)補遺；
補編 | This magazine has two *supplements*. 這份雜誌有兩篇附錄。
a *supplement* **to** the encyclopedia 百科全書的補編
衍生 形 **súpplemèntary**(補充的)

supply [səˋplaɪ; səˋplaɪ] 三 supplies [-z] 图 supplied [-d]; -ing
動 ⊗ ❶供給；供
應 同 provide, furnish | They *supplied* him **with** food.
=They *supplied* food **to** [**for**] him. 他們供給他食物。
The library is well *supplied* **with** books. 這圖書館備有豐富的藏書。
❷(需求等)滿足 | It is hard to *supply* the demand for more meat. 要滿足更多的肉類需求是很難的。
─ 图 supplies [-z]
名 供給；備辦；
供給品
⊗ demand(需
要) | an inadequate coal *supply* 不充分的煤炭供應
We obtain the chief *supply* of coffee from Brazil. 我們的咖啡主要是由巴西供給。

support [səˋport, -ˋpɔrt; səˋpɔ:t] 三 -s [-s] 图 -ed [-ɪd]; -ing
動 ⊗ ❶支撐
同 sustain | Four pillars *support* the ceiling. 四根柱子支撐著天花板。
❷扶養, 贍養 | He is working to *support* his family. 他爲養家而工作。

❸支援;擁護 | We *support* the campaign.
 | 我們擁護這項運動。

━━複 無

名❶扶持 | The old man can't stand without
 | *support*. 這老人沒人扶著站不起來。

❷贍養;生活費 | The *support* of his children is
 | another burden.
 | 扶養兒女是他的另一個負擔。

❸支持,支援,援 | I need his *support*.
助 | 我需要他的支援。

衍生 名 **suppŏrter**(支持者;支持物)

suppose [sə`poz; sə'pəʊz] 😑 -s [-ɪz] 🕙 -d [-d];
supposing

動 ⓐ ❶想;以 | I *supposed* (**that**) she was mad.
為;推測 | =I *supposed* her **to be** mad.
 | 我想她是瘋了。

┌─▶ suppose 的同義字──────
imagine ……表示不受理智控制地想像。
fancy ………憑空想像,夢想不真實的事物。
guess ………憑想像加以猜測。
suppose ……雖不確切,但乍見似是正確的想法,近似
 於 think,但比 think 缺乏根據。
└─────────────────────

❷假定;想像 | Let's *suppose* (**that**) he is telling a
 | lie. 讓我們假定他在說謊。

❸(用作連接詞) | *Suppose* you inherited a large sum
要是…的話 | of money, what would you do with
同 if | it?
 | 要是你繼承一大筆錢,你要怎麼運用?

❹(用祈使句)… | *Suppose* we telephone her first.
吧;…如何 | 我們先打電話給她如何?

be supposed to V

應該…;非…不 | Teachers *are supposed to* know a
可 | lot. 老師應該知道很多的事。
 | You *are* not *supposed to* smoke
 | here. 你不該在這裡吸煙。

衍生 形 **suppŏsed** [-d] (想像的;假定的) 副 **suppŏsedly**
[-zɪdlɪ](假定上;想像上)名 **súpposition**(想像;假定)

supposing [ˌsə`pozɪŋ; sə'pəʊzɪŋ] ▶原是 suppose 的
現在分詞

連 假使;要是… | *Supposing* he were seriously ill,
的話 同 if | what would you do?
 | 假使他得了重病,你要怎麼辦?

┌─▶ if 的代用表達法────────
Suppose she refuses, what shall we do?
(要是她拒絕的話,我們怎麼辦?)
Supposing he can't come, who will do the work?
(要是他不能來的話,誰做這件工作?)
I will go, *provided* (that) others go.
(假使其他的人去,我就去。)
I'll do so, *providing* you agree.
(要是你同意,我就這麼做。)
└─────────────────────

suppress [sə`prɛs; sə'pres] 😑 -es [-ɪz] 🕙 -ed [-t];
-ing

動 ⓐ ❶鎮壓;平 | The police *suppressed* the riot.
定 | 警察鎮壓了暴動。

❷抑制;忍住 | He *suppressed* his anger.
 | 他抑制怒氣。

┌─▶ suppress 和 oppress────
suppress ……鎮壓
 | *suppress* a rebellion (鎮壓叛亂)
oppress ………壓迫
 | *oppress* the people (壓迫人民)
└─────────────────────

衍生 名 **suppréssion**(鎮壓;抑制)

supreme [sə`prim, su-, sju-; suː'priːm]

形 至高的,最高 | *supreme* power 最高權力／the
的;無上的 | *Supreme* Court 最高法院／*supreme*
 | joy 無上的喜悅

衍生 名 **suprêmacy**(最高)副 **suprêmely**(最高地)

sure [ʃur; ʃɔː(r)] 🕀 **more**~ 🕘 **most**~

形 ❶確實的;可 | That is a *sure* proof.
靠的;安全的 | 那是個確實的證據。
 | Hide it in a *sure* place.
 | 把它藏在一個安全的地方。

❷確信;確定 | I think that it was three years ago
同 certain | but I'm not *sure* (**about** it).
 | 我想那是三年前的事,但無法確定。

┌─▶ 注意結構──────────
be sure of … ┐ 確信…
be sure that … ┘
be sure to V 一定…;必然…
 I *am* sure *of* his success.
=I *am* sure *that* he will succeed.
 (我確信他會成功。)
 He *is* sure *to* succeed.
 (他必然成功。)
└─────────────────────

❸一定…的;必 | It's *sure* to rain.
定…的 | 一定會下雨。
 | He is *sure* to win.
 | 他一定會贏。

┌─▶ "He is sure to win." 的代換句──
"He is sure to win." (他一定會贏。)這一句可以改寫
如下:
 I *am* sure *that* he will win.
 He will *surely* win.
 It *is* certain *that* he will win.
▶ 通常不說為 "It is sure that. …"。
└─────────────────────

make sure | He *made sure* **of** the figures.
弄清,確定;查明 | 他把那數字弄清楚了。
同 ascertain | She *made sure* **that** she had turne
 | off the gas.
 | 她確定她已關掉瓦斯。

to be sure | He is not tall, *to be sure*, but he i
的確;確實 | strong.
同 indeed | 他確實不高,但很強壯。
▶ 後面接 but。

surely [`ʃurlɪ; 'ʃɔːlɪ]

副 確實地;必定 | He will *surely* come.
地 同 certainly | 他一定會來。 ┌一樣
 | ▶ 意思與 "He is sure to come."

ırface [`sɝfɪs, -əs; 'sɜ:fɪs] (注意發音) [複] **-s** [-ɪz]
[名] ❶表面 | The *surface* of the moon is rugged. 月球的表面是凹凸不平的。
❷外觀；外表 [同] appearance | He is apt to look at only the *surface* of things. 他常僅看事物的表面。
[複合] [名] **sùrface màil** ((對航空郵件而言)陸〔水〕路郵件；平信郵件)

rgeon [`sɝdʒən; 'sɜ:dʒən] [複] **-s** [-z]
[名] 外科醫生；軍醫 | The *surgeon* is now operating. 這外科醫師現在正在動手術。

——► 各種「醫生」
doctor ………是最常用的字。
physician ……內科醫生 ► 常用以代替 doctor。
surgeon ………專指外科醫生。

[衍生] [名] **sùrgery** (外科醫學, 外科；外科手術)

rmise [`sɝmaɪz, sə`maɪz; 'sɜ:mɪz] [複] **-s** [-ɪz]
[名] 臆測；猜測 [同] conjecture | It is a mere *surmise*. 這只是猜測而已。
— [sə`maɪz; sɜ:'maɪz] [三] **-s** [-ɪz] [規] **-d** [-d]; **surmising**
[動] [及] 臆測；猜測 [同] guess | I *surmised* **that** his business had come to a standstill. 我猜想他的事業已告停頓。

rmount [sə`maunt; sɜ:'maʊnt] [三] **-s** [-s] [規] **-ed** [-ɪd]; **-ing**
[動] [及] (困難・障礙等) 戰勝, 克服 | He succeeded in *surmounting* his difficulties. 他成功地克服了困難。

rname [`sɝ͵nem; 'sɜ:neɪm] [複] **-s** [-z] ⇨ name
[名] 姓 | My *surname* is Hill. 我姓希爾。

rpass [sə`pæs; sə'pɑ:s] [三] **-es** [-ɪz] [規] **-ed** [-t]; **-ing**
勝過；凌駕 [同] excel | She *surpassed* her sister **in** intelligence. 她的智力勝過她姐姐。

rprise [sə`praɪz, sə-; sə'praɪz] [三] **-s** [-ɪz] [規] **-d** [-d]; **urprising**
[動] [及] ❶使驚駭；使驚愕；使感到意外 [同] astonish | His success *surprised* us all. 他的成功使我們感到意外。
We are *surprised* **at** [to hear] the news. 聽到這消息我們大吃一驚。

——►「吃驚的」的同義字
be surprised ………表「吃驚的」的最常用片語。
be astonished ……因意外或無法置信的事等而產生強烈的驚訝。
be amazed…………使人迷惑或讚嘆的驚異。
be astounded ……因太不尋常而呆若木雞的驚駭。

❷奇襲；出其不意地襲擊 | We *surprised* the enemy last night. 昨夜我們奇襲敵人。
— [複] 無
[名] ❶驚駭；驚奇 | She came to me with a look of *surprise*. 她神情驚訝地來我這裡。
She ran away **in** [**with**] *surprise*. 她驚駭地逃走了。
❷驚人〔意外〕的事物 | What **a** *surprise* to see you here! 在這裡見到你眞是意外！
***to** one**'s** surprise* 使…大吃一驚 | *To* my *surprise*, he won the prize. 他得了獎使我驚訝。
► 亦可說爲 "Surprisingly enough, ...".
► 這種形式的片語還有 to one's joy (使…高興地), to one's annoyance (使…惱怒地) 等等。
take ... by surprise
奇襲；出其不意地攻擊 | *Taken by surprise*, we were completely defeated. 我們遭奇襲而大敗。

surprising [sə`praɪzɪŋ, sə-; sə'praɪzɪŋ]
[形] 令人驚愕的 | We knew the *surprising* fact. 我們知道了這驚人的事實。
[衍生] [副] **surprìsingly** (令人驚愕地)

surrender [sə`rɛndə; sə'rendə(r)] [三] **-s** [-z] [規] **-ed** [-d]; **-ing** [sə`rɛndərɪŋ]
[動] [及] ❶讓與；交付 | They *surrendered* the castle **to** the enemy. 他們把城堡拱手交給敵人。
❷放棄(權利・希望等) | He *surrendered* all hope. 他放棄了一切希望。
[不] 投降；降服 | The soldiers *surrendered* **to** the enemy. 士兵們向敵人投降。
— [複] **-s** [-z]
[名] ❶交付；放棄；讓與；引渡 | The enemy demanded the *surrender* of the castle. 敵人要求交出城堡。
❷投降, 降服 | He waved his hands in token of *surrender*. 他揮手表示投降。

surround [sə`raund; sə'raʊnd] [三] **-s** [-z] [規] **-ed** [-ɪd]; **-ing**
[動] [及] 包圍；環繞 | High walls *surround* the prison. 高牆圍繞著監獄。
Taiwan is *surrounded* **with** [**by**] the sea. 台灣四面環海。

surrounding [sə`raundɪŋ; sə'raʊndɪŋ] [複] **-s** [-z]
[名] (用複數) 環境 | He works **in** pleasant *surroundings*. 他在愉快的環境中工作。

survey [sə`ve; sə'veɪ] [三] **-s** [-z] [規] **-ed** [-d]; **-ing**
[動] [及] ❶環視；眺望 [同] look over | He *surveyed* the surrounding country on the hill. 他在山崗上環視周圍的鄉村。
❷概觀；全面考量 | He *surveyed* the state of affairs. 他全面考量了事態。
❸調查；勘查, 檢視；檢驗 | We *surveyed* the house before buying it. 我們在買下那房子之前, 就先勘查過了。
❹測量 | We *surveyed* the coast. 我們測量了海岸。
— [`sɝve; 'sɜ:veɪ] (注意發音) [複] **-s** [-z]
[名] ❶概觀；概述；全面考察 | a historical *survey* of Chinese painting 中國畫的歷史概觀
❷調查；考察 | They made a *survey* of the population of the city. 他們調查了該市的人口。
❸測量 | a photographic *survey* 攝影測量

衍生 名 **survèyor**(土地測量員；視察者)
survive [sə`vaɪv; sə'vaɪv] ⊜ **-s** [-z] 働 **-d** [-d];
surviving

動 及 在…之後 仍活著；生命比 …為長	She *survived* her husband. 她活得比她丈夫久。 Few of the old customs *survived* the war. 舊習俗戰後幾乎不復存在。

　　▶ 避免混淆
動 survive(殘存) —— 名 survival(殘存) 動 revive(復活) —— 名 revival(復活)

不 仍活著；殘存	Only two passengers *survived*. 只有兩名乘客生還。

▶ <sur(超過)＋vive(生存)
衍生 名 **survìval**(殘存〔者,物〕), **survìvor**(生還者)
suspect [sə`spɛkt; sə'spekt] ⊜ **-s** [-s] 働 **-ed** [-ɪd];
-ing

動 及 ❶懷疑	He *suspected* me of lying. 他懷疑我撒謊。
❷感覺到(壞 事・危險等)	He *suspected* danger and didn't go near it. 他感到危險而沒走近。
❸猜想；推想	I *suspect* (**that**) she knows the truth. 我猜想她知道眞相。

　　▶ **suspect** 和 **doubt**
suspect…(肯定地)懷疑(是)…, 猜想(是)…
doubt…(否定地)不確定…；懷疑(不是)…；不相信…
　　I *suspect* that he is a liar.
　　(我猜想他是個說謊者。)
　　I *doubt* that he is a liar.
　　(我不相信他是說謊者。)

—— [`sʌspɛkt; 'sʌspekt](注意發音) 複 **-s** [-s]

名 嫌疑犯	The police arrested the *suspect* of the case. 警察逮捕了該案件的嫌疑犯。

suspend [sə`spɛnd; sə'spend] ⊜ **-s** [-z] 働 **-ed** [-ɪd];
-ing

動 及 ❶吊；懸掛	A chandelier was *suspended* from the ceiling. 吊燈從天花板懸吊下來。
❷暫時停止；中 止	The bank *suspended* payment. 這家銀行暫停付款。
❸使停職；使停 學	The naughty boy was *suspended* from school for three days. 這調皮搗蛋的男孩被停學三天。

▶「被開除」是 be expelled from school。
衍生 名 **suspénsion**(懸掛；吊；中止), **suspènders**(美 吊
褲帶,英 吊襪帶)
suspense [sə`spɛns; sə'spens] (注意發音) 複 無

名 擔心(事情不 知會怎樣)；不 安；焦慮；懸而未 決；懸疑	We waited in anxious *suspense* for the judgment. 我們懷著焦慮的心情等候判決。 His new novel is full of *suspense*. 他的新小說充滿懸疑。

suspicion [sə`spɪʃən; sə'spɪʃn] 複 **-s** [-z] (注意拼法)

名 ❶懷疑；嫌疑	His behavior aroused my *suspicion*. 他的行爲引起我的懷疑。
❷有…之感	She had **a** *suspicion* of being followed [**that** she was followed]. 她覺得被人跟蹤了。

　　▶ **suspicion** 和 **doubt**
suspicion ……懷疑某人幹了壞事等。
doubt …………不確定事實或可靠性。

suspicious [sə`spɪʃəs; sə'spɪʃəs]

形 ❶懷疑的 回 distrustful	She has a *suspicious* nature. 她性情多疑。 They are *suspicious* of you. 他們對你懷疑。

▶ doubtful 是「不信的,含糊的」。
❷可疑的；令人 懷疑	The foreigner looked *suspicious*. 那外國人看來可疑。

衍生 副 **suspìciously**(懷疑地；可疑地)
sustain [sə`sten; sə'steɪn] ⊜ **-s** [-z] 働 **-ed** [-d]; **-ing**

動 及 ❶支撐；支 持 回 support	The arches *sustain* the weight of the roof. 拱架支撐著屋頂的重量。 Hope *sustained* him in his misery. 他遭遇悲慘的境遇時,希望支持著他。
❷受(傷)；蒙受 (損害等)	The driver *sustained* injuries. 那司機負了傷。

衍生 名 **sùstenance**(維持生命之物；食物；生計)
swallow[1] [`swɑlo; 'swɒləʊ] 複 **-s** [-z]

名 (鳥)燕	The sky was full of graceful *swallows*. 天空充滿優雅的燕子。

　　▶ 主要的鳥類
swallow (燕)	sparrow (麻雀)
robin (知更鳥)	quail (鶴鶉)
pigeon } (鴿子)	hawk (鷹)
dove	eagle (鷲)
lark (雲雀)	sea gull (海鷗)

swallow[2] [`swɑlo; 'swɒləʊ] ⊜ **-s** [-z] 働 **-ed** [-d]; **-i**

動 及 ❶嚥下(食 物)；呑	The snake *swallowed* a frog. 那蛇呑食了一隻青蛙。
❷輕信(話等)	She *swallowed* his made-up story. 她輕信他捏造的故事。
❸(水・霧・地 面)呑沒；吸收	The waves *swallowed* up the boat. 海浪把船呑沒了。

—— 複 無
名 呑；一呑之量	He drank the coffee at a *swallow*. 他一口喝下咖啡。

swamp [swɑmp, swɔmp; swɒmp] 複 **-s** [-z]

名 沼澤；溼地	The hunter was lost in the *swamp*. 獵人在沼澤中迷路了。

　　▶ 表「沼澤」的字
swamp ……指土質鬆軟、水漫漫的地方。
　　　　　　(美) 指水漫漫的森林地帶。
marsh………指雜草叢生、週期性淹水的低地。
bog …………意義與 swamp 大致相同。

衍生 形 **swámpy**(沼澤的)

van [swɑn, swɔn; swɒn] 複 **-s** [-z]
名 (鳥)天鵝　　It is prohibited to shoot *swans*.
　　　　　　　射殺天鵝是被禁止的。

arm [swɔrm; swɔ:m] 複 **-s** [-z]
名 ❶(昆蟲等　A *swarm* of bees entered the
的)群　　　　hollow tree.
　　　　　　　一群蜜蜂飛進中空的樹洞中。

swarm of bees 一群蜜蜂　　a flock of sheep 一群羊

●(常用複數)　*Swarms* of people crowded around
,群眾;大群　the star.
　　　　　　　一大群人簇擁在這明星的周圍。

━━▶表「群眾」的字
crowd⋯⋯⋯一群人雜亂無章地擠在一起,個人在其
　　　　　　中並不顯目。
throng⋯⋯⋯一群人擠在一起,並暗示向前推進。
swarm ⋯⋯蟲或人等為數極多,亂哄哄地集結成一
　　　　　　大集團。

● 🝳 **-s** [-z] 過 **-ed** [-d]; **-ing**
🝳 ❶群集;蜂　The children *swarmed* **into** the zoo.
　　　　　　　小孩子成群擁入動物園。
●充滿　　　　The theater *swarmed* **with** young
　　　　　　　girls.
　　　　　　　戲院裡擠滿是少女。

ay [swe; sweɪ] 🝳 **-s** [-z] 過 **-ed** [-d]; **-ing**
🝳 🝳 ❶搖動　The wind *swayed* the trees.
　　　　　　　風搖動樹。
●動搖(心·思　We were not able to *sway* her
等);影響　　　opinion.
　　　　　　　我們影響不了她的意見。
● 搖擺;搖曳　The branches are *swaying* in the
　　　　　　　wind.
　　　　　　　枝椏在風中搖曳著。

● 無
●搖擺;振動　The *sway* of the bus made me sick.
　　　　　　　公共汽車的顛簸使我想吐。
●支配;統治　The country is under the *sway* of a
● rule　　　　dictator.
　　　　　　　該國是在獨裁者的統治下。

ear [swɛr; sweə(r)] 🝳 **-s** [-z] 過 **swore** [swɔr];
worn [swɔrn]; **-ing**
🝳 🝳 ❶宣誓　They *swore* eternal friendship.
● vow　　　　他們誓守永恆的友誼。
　　　　　　　He *swore* **to** keep his promise.
　　　　　　　=He *swore* **that** he would keep his
　　　　　　　promise.
　　　　　　　他發誓要遵守諾言。
●堅稱　　　　He *swore* (**that**) she was insane.
　　　　　　　他堅稱她有神經病。

🝳 ❶發誓　　　He *swore* **to** God.
　　　　　　　他對上帝發誓。
❷咒詛;詬罵　He often *swears* **at** me when he is
　　　　　　　angry. 他經常在生氣時咒罵我。

sweat [swɛt; swet] (注意發音) 複 無
名汗　　　　　He wiped the *sweat* from his brow.
▶有時與 a 連　他揩去額頭上的汗。
用。　　　　　The player is **in** a *sweat*.
　　　　　　　這選手正在出汗。
▶ perspiration 一字較為文雅正式

━━ 🝳 **-s** [-s] 過 🝳 **sweat** **-ed** [-ɪd]; **-ing**
動 🝳 出汗　　Unloading the truck made him
🝳 perspire　 *sweat* heavily.
　　　　　　　卸下貨車的貨使他汗水淋漓。

　　━━▶避免混淆
　sweat [swɛt](汗)━━sweet [swit] (甜的)

sweater [`swɛtɚ; 'swetə(r)] (注意發音) 複 **-s** [-z]
名毛線衫　　　She is wearing a *sweater*.
　　　　　　　她穿著一件毛線衫。

Swede [swid; swi:d] 複 **-s** [-z]
名 (個別的)瑞　The opera singer is a *Swede*.
典人　　　　　這歌劇歌手是個瑞典人。

Sweden [`swidn; 'swi:dn] 複 無
名 (國名)瑞典　The capital of *Sweden* is
　　　　　　　Stockholm.
　　　　　　　瑞典的首都是斯德哥爾摩。

Swedish [`swidɪʃ; 'swi:dɪʃ]
形瑞典的;瑞典
人〔語〕的

瑞典	Sweden
瑞典語	Swedish
瑞典人	a Swede(個人)
	the Swedish(集合稱)

━━ 複 無
名瑞典語　　　Is *Swedish* difficult to learn?
　　　　　　　瑞典語很難學嗎?

sweep [swip; swi:p] 🝳 **-s** [-z] 過 🝳 **swept** [swɛpt]; **-ing**
動 🝳 ❶(用掃　The maid is *sweeping* the floor.
帚·刷子等)清　女佣正在掃地。
掃;掃除
❷沖掉;捲走　　The flood *swept* **away** many
　　　　　　　houses.
　　　　　　　洪水沖走很多房屋。
❸掠過　　　　A typhoon *swept* the district.
　　　　　　　颱風掠過這區域。
🝳 ❶掃除;掃　She is *sweeping* with a broom.
　　　　　　　她用掃把掃除著。
❷掠過　　　　A flock of sparrows *swept* **by**.
　　　　　　　一群麻雀飛掠而過。

━━ 複 **-s** [-s]
名掃除;掃蕩　They made a clean *sweep* of old
　　　　　　　superstitions.
　　　　　　　他們掃除了舊迷信。

衍生 名 名**swéeper**(掃除者)

sweet [swit; swi:t] 比 **-er** 最 **-est**
形 ❶甜的　　　This cake is too *sweet*.
🝳 bitter, sour　這個糕餅太甜了。

▶ 味道的英文表達法	
sweet(甜的)	bitter(苦的)
sour(酸的)	hot(辣的)
salty(鹹的)	

❷芳香的 | This rose smells *sweet*.
這朵玫瑰花很香。

❸(聲音)悅耳的 | The singer has a *sweet* voice.
這歌手的聲音很悅耳。

❹舒適的;快樂的;可愛的 | a *sweet* home 甜蜜的家庭／a *sweet* temper 溫和的性情／a *sweet* child 可愛的小孩

—— 名 **-s** [-s]
名 **❶**美 糖果 | Children love *sweets*.
小孩子喜歡糖果。

▶ 指軟糖・棒棒糖・水果糖等,美 稱爲 candy。

❷美 (餐後端出的)甜點心 | The *sweets* will be served next.
下一道菜是甜點心。

▶ pie(派餅)、pudding(布丁)、ice cream(冰淇淋)、jelly(果凍)等都是甜點心。

複合 名 **swéet potáto**(甘薯)

sweetheart [ˋswit,hɑrt; ˋswiːthɑːt] 名 **-s** [-s]
名 愛人;情人 | She is my *sweetheart*.
她是我的愛人。

—— ▶「愛人」在英文中的用法 ——
sweetheart…指男人或女人均可, 現在已成古語。
lover(男) ⎱
love(女) ⎰ …易於被認爲是「情夫」、「情婦」之義。
boyfriend(男) ⎱
girlfriend(女) ⎰ …現今一般的說法。
lovers………情侶。

sweetly [ˋswitlɪ; ˋswiːtlɪ]
副 甜地;親切地;愉快地 | He spoke *sweetly* to his wife.
他親切地同他的妻子說話。

swell [swɛl; swel] 名 **-s** [-z] 過 **-ed** [-d] 過 **-ed; swollen** [ˋswolən]; **-ing**
動 不 **❶**膨脹;腫;腫脹 | His knee began to *swell* after his fall.
他跌倒後膝蓋腫了起來。

❷增大;變大;漸強 | The murmur *swelled* **into** a roar.
低語越來越大聲而成了喊叫。

❸突然充滿某種情緒(with) | The boy *swelled* **with** pride.
這男孩變得驕傲。

及 **❶**使膨脹 | The wind *swelled* the sails of the ship. 風鼓漲了船帆。

❷使增大;使增強;使漲 | The river was *swollen* **with** the heavy rain.
河因豪雨而漲水。

—— 名 無
名 膨脹;增大;腫;巨浪;(感情的)高漲 | There was a *swell* on her arm.
她的臂腫了一塊。
a *swell* in population 人口的增加／the *swell* of the ground 土地的隆起

swift [swɪft; swɪft] 比 **-er** 最 **-est**
形 **❶**迅速, 快的
及 slow | He is a *swift* runner.
他跑得很快。

❷立刻的 | He made a *swift* decision.
他立刻決定了。

swiftly [ˋswɪftlɪ; ˋswɪftlɪ]
副 很快地;迅速地 | Time flies *swiftly*.
光陰飛馳。

swim [swɪm; swɪm] 名 **-s** [-z] 過 **swam** [swæm]; swu[swʌm]; **swimming**
動 不 **❶**游泳 | I can't *swim*.
我不會游泳。
He *swam* across the river.
他游泳過河。

❷(頭)暈眩 | Her head *swam*.
她頭暈。

及 游(…式游法) | Can you *swim* a crawl?
你會游自由式嗎?

▶ 游法的名稱

crawl	breaststroke	backstroke
自由式	蛙式	仰式

—— 名 **-s** [-z] ▶ 通常與 a 連用。
名 游泳 | He went for a *swim* in the lake.
他去湖裡游泳。

複合 名 **swimming póol**(游泳池)
衍生 名 **swimmer**(游泳者), **swimming**(游泳)

swine [swaɪn; swaɪn] 名 **swine**
名 (文語)豬 | cast [throw] pearls before *swine* 把珍珠丟於豬前[對牛彈琴](聖經)

—— ▶「豬」的同義字 ——
pig ………美 長成的豬,英 小豬。
hog ………美 長成的豬, 尤指屠宰用的豬。
swine ……常用作集合稱, 爲聖經、詩、諺語等用語。

swing [swɪŋ; swɪŋ] 名 **-s** [-z] 過 **swung** [swʌŋ]; **-ing**
動 不 **❶**搖擺 | The lantern *swung* in the wind.
燈籠在風中搖擺。

swing 動
懸吊的東西搖擺

swing 名
鞦韆

❷(從樞紐)旋轉 | The door *swung* open.
門旋轉開了。

及 **❶**揮動 | He *swung* the ax.
他揮動斧頭。

❷吊;掛 | He *swung* the hammock.
他掛起吊床。

—— 名 **-s** [-z]
名 **❶**搖擺;揮動;擺動 | the *swing* of the pendulum
鐘擺的擺動

❷鞦韆 | The little girl is **sitting in** a swin
這小女孩正坐在鞦韆上。

Swiss [swɪs; swɪs]

形 瑞士的, 瑞士人的 | Watches of *Swiss* make are excellent.
瑞士製的鐘錶很優良。

━ 復 **Swiss**

名 瑞士人 | The banker is a *Swiss*.
這銀行家是個瑞士人。

瑞士   Switzerland
瑞士人 (個人)a Swiss, (集合稱)the Swiss

---

witch [swɪtʃ; swɪtʃ] 複 **-es** [-ɪz]

名 (電的)開關 | I couldn't find the *switch* in the dark. 我在黑暗中找不到開關。

━ **-es** [-ɪz] 過 **-ed** [-t]; **-ing**

動 及 開或關(電流) | She *switched* on [off] the light.
她開[關]燈。

witzerland [`swɪtsələnd; 'swɪtsələnd] 複 無

名 (國名)瑞士 | The capital of *Switzerland* is Bern.
瑞士的首都是伯恩。

► Swiss 是形容詞或指「瑞士人」。瑞士的國名是 Switzerland。

vord [sord, sɔrd; sɔːd] (注意發音) 複 **-s** [-z]

名 ❶劍;刀 | He drew a *sword* and fought.
他拔劍應戰。

❷(加 the)武力 | The pen is mightier than **the** *sword*.
筆的力量大於刀劍。〔文勝於武。〕(諺語)

the sword 武力   the pen 文   dagger 短劍

llable [`sɪləb!; 'sɪləbl] 複 **-s** [-z]

名 音節 | "Syllable" has three *syllables*.
syllable 這個字有三個音節。

---

syl·la·ble

► 英文單字由於太長, 而在行末必須截成兩部分時, 必須在連字符(-)之處分開(如上所示)。並不是任何地方都可以用連字符連接的。關於連字符的位置, 要詳查字典。

---

mbol [`sɪmb!; 'sɪmbl] 複 **-s** [-z]

名 ❶象徵 | Red is the *symbol* of danger.
紅色是危險的象徵。

❷符號;記號 | $ is the *symbol* of a dollar or dollars. $是美元的符號。
同 mark, sign

衍生 形 **symbŏlic**(象徵的;符號的) 動 **sȳmbolize**(象徵)

mmetry [`sɪmɪtrɪ; 'sɪmətrɪ] 複 無

名 (左右的)對稱;勻稱;調和 | the *symmetry* of a face 臉部的對稱

衍生 形 **symmĕtric(al)**((左右)對稱的)

mpathetic [ˌsɪmpə`θɛtɪk; ˌsɪmpə'θetɪk]

形 ❶有同情心的;同情的 | She is a *sympathetic* person.
她是個富於同情心的人。

❷同感的;贊成的 | He was *sympathetic* **to** [**toward**] my opinion. 他贊成我的意見。

sympathize [`sɪmpə,θaɪz; 'sɪmpəθaɪz] 三 **-s** [-ɪz] 過 **-d** [-d]; **sympathizing**

動 不 ❶同情 | I *sympathize* **with** you **in** your grief.
我同情你的哀傷。

❷具有同感;同意 | I quite *sympathize* **with** your ambition to be a pilot.
我十分贊同你成為飛行員的志願。

衍生 名 **sȳmpathízer**(同情者;共鳴者)

sympathy [`sɪmpəθɪ; 'sɪmpəθɪ] 複 **sympathies** [-z]

名 ❶同情;憐憫 | I have no *sympathy* **with** such a man. 我對這種男人不表同情。
同 compassion

❷同感;贊同 | He was **in** *sympathy* **with** their aim.
他贊成他們的目標。
反 antipathy

symphony [`sɪmfənɪ; 'sɪmfənɪ] 複 **symphonies** [-z]

名 交響曲 | His *symphony* was performed for the first time today.
他的交響曲今天首次演奏。

複合 名 **sȳmphony ŏrchestra**(交響樂團)

symptom [`sɪmptəm; 'sɪmptəm] 複 **-s** [-z]

名 徵候;徵兆;症狀 | I have the *symptoms* of a cold.
我有感冒的症狀。

synonym [`sɪnə,nɪm; 'sɪnənɪm] 複 **-s** [-z]

名 同義字 | "Freedom" is a *synonym* **for** [**of**] "liberty".
反 antonym(反義字) | freedom 是 liberty 的同義字。

► syn- 係表「共」之義
*sym*metry(對稱)   < *sym*(= *syn* 同)+meter(測量)
*sym*pathy(同情)   < *sym*(= *syn* 同)+path(感情)
*sym*phony(交響曲) < *sym*(= *syn* 共同)+phone(音)
*syn*onym(同義字)   < *syn*(= *syn* 相同)+onym(名)
---

system [`sɪstəm, -tɪm; 'sɪstəm] 複 **-s** [-z]

名 ❶組織, 制度 | a *system* of government 政體／the feudal *system* 封建制度

❷體系, 系統 | the solar *system* 太陽系／a railway *system* 鐵路系統

❸有系統的方法;方式 | There is no *system* in his work.
他工作不按部就班。
同 method

衍生 動 **sȳstematize**(系統化)

systematic [ˌsɪstə`mætɪk; ˌsɪstə'mætɪk] (注意發音)

形 系統的;有系統的 | He is a *systematic* researcher.
他是個按部就班的研究者。

► systematic, methodical, orderly
systematic········按部就班而有系統的。
   a *systematic* analysis (有系統的分析)
methodical ······有順序地、謹慎地一步步從事某事。
   a *methodical* search (按照步驟的搜索)
orderly ··········整整齊齊的, 用以形容事物或場合。
   The chairs are in *orderly* rows.
   (椅子排得很整齊。)

衍生 副 **sȳstemătically**(系統地;層次分明地)

─ T ─

table [`tebl; 'teɪbl] 徵 **-s** [-z]

名❶桌子,餐桌;檯 | There is a vase on the *table*.
桌上有個花瓶。

─── ▶ table 與 desk ───
table ……用餐、會談、消遣等場合所用。
desk ……讀書、辦公等所用,大都附有抽屜。

名❷(加 the)飯菜;食物,料理 | The *table* is all set.
飯菜完全準備好了。
▶下列的句子都是由此用法而來的。

名❸表格,目錄 | A book usually has a *table* of
contents. 書通常都有目錄。

be at (the) table
用餐中 | We *were at table* when he arrived.
他到達的時候,我們在吃飯。
▶加上 the 是美用法。
▶ be at (one's) desk 是正在用功〔埋首書桌〕的意思。

clear the table
收拾餐桌 | Mother *cleared the table*.
母親收拾了餐桌。

lay [*set, spread*] *the table*
將餐具等擺在桌上準備開飯 | She *laid the table* for breakfast.
她準備了早飯。

sit (down) at (the) table
就座準備用飯 | The guests *sat down at the* dinner
table. 客人們就座準備吃晚飯。

lay the table

be at table

clear the table

複合 名 **táblecló th**(桌布), **tá blespóon**(大調羹,大匙), **tábleténnis**(桌球)

tablet [`tæblɪt; 'tæblɪt] 徵 **-s** [-s]

名❶碑,匾額 | A *tablet* is fixed to the wall in
memory of Dr. Johnson.
在牆壁上掛有紀念強生博士的匾額。

名❷藥片 | These *tablets* are good for
stomachache.
這些藥片對胃痛有效。

taboo, tabu [tə`bu; tə'bu:] 徵 **-s** [-z]

名忌諱,禁忌 | The snake is under (a) *taboo* on this
island.
在這個島上,蛇是犯忌諱的不祥之物。
▶是指在未開化的民族中,將某些東西視為神聖或不潔,且禁止去談到或接觸到這些東西的風俗。

tacit [`tæsɪt; 'tæsɪt]

形無言的,沉默的 | a *tacit* thankfulness 無言的感謝╱a
tacit understanding 默契,心照不宣

tack [tæk; tæk] 徵 **-s** [-s]

名固定東西用的釘子 | The carpet is fastened down with
tacks. 地毯用釘子釘住了。
▶圖釘美稱為 a thumbtack,英稱為 a drawingpin。

tackle [`tækl; 'tækl] 徵 **-s** [-z]

名❶(橄欖球等的)抱住絆倒對方 | He made a smashing *tackle*.
他猛烈地絆倒對方。

名❷用具,道具;滑車裝置 | a set of fishing *tackle* 一套釣具

─── **-s** [-z] 徵 **-d** [-d]; **tackling**

動 及❶(把人)捕捉 | The policeman *tackled* the thief.
警察捉到小偷。

動❷處理,應付(問題等) | I am *tackling* a difficult problem.
我正在處理一個難題。

tact [tækt; tækt] 徵 無

名❶訣竅;機敏 | He has *tact* in teaching pupils.
他懂得教導學生的訣竅。
名❷拍子
▶指揮棒是 a baton。
衍生 形 **táctful**(機敏的) 副 **táctfully**(機敏地)

tactics [`tæktɪks; 'tæktɪks] 徵 無

名❶(用作單數)(戰鬥上的)戰術,用兵 | The captain was an expert in
tactics. 那個上尉是個戰術名家。
▶全體的作戰是 strategy。
名❷(用作複數)策略 | His *tactics* were successful.
他的策略非常成功。

tadpole [`tæd,pol; 'tædpəʊl] 徵 **-s** [-z]

名蝌蚪 | ▶<toad(蛙類)+poll(頭)

tag [tæg; tæg] 徵 **-s** [-z] ▶注意不要與 tug(拖曳)混淆

名標籤(行李號碼等籤條) | Did you fix a *tag* to your trunk?
你把籤條綁在你的行李箱了嗎?

tail [tel; teɪl] 徵 **-s** [-z] ▶與 tale(故事)同音。

名❶尾 | A puppy is wagging its *tail*.
小狗搖著牠的尾巴。

名❷如尾巴形的東西;尾部;後部 | the *tail* of a comet 彗星的尾巴╱the
tail of a kite 風箏的尾巴╱the *tail* c
a car 車尾

tailor [`telɚ; 'teɪlə(r)] 徵 **-s** [-z]

名(男裝的)裁縫師 | Is there a *tailor's* (shop) around
here?
這附近有男裝店嗎?
▶女裝的裁縫師是 a dressmaker。

take [tek; teɪk] 徵 **-s** [-s] 過 **took** [tuk], **taken**
[`tekən] **taking**

動 ▶很多場合與中文的「取」同義。
及❶牽,握(手) | She *took* me by the hand.
=She *took* my hand.
她牽我的手。
Take my hand.
牽我的手吧。

動❷吃,喝;服用(藥) | *Take* this medicine after each mea
每餐後服用此藥。

▶ eat, drink, take, have

eat	「吃」，日常用語，但在社交用語上通常都用 have。
drink	「喝」，喝水、酒、茶等。
take	「吃喝」，吃飯、服藥、服毒、喝茶、喝咖啡、喝酒、喝湯等。
have	「吃，喝」，take 的語氣比較強，而 have 比較委婉。
「服藥」	是 take medicine, 而不是 drink medicine。
「喝湯」	是 eat [take] soup, 而不是 drink soup。

❸花費(時間、勞力等) | The game *took* five hours. 那場比賽花了五個小時。
▶ 通常都以 it 作為主詞。 | **It** *took* (me) an hour **to** walk there. (我)花了一個小時才走到那裡。
| How long will **it** *take* you **to** finish the work? 你要花多少時間才能完成那工作?
❹做一次…(動作) | I *take* a walk every morning. 我每天早上散步。

▶ take＋a＋名詞

take a	bath	(入浴)
	nap	(小睡)
	rest	(休息)
	shower	(淋浴)
	trip	(旅行)
	walk	(散步)

---

❺乘, 搭(交通工具) | He *took* a plane **for** Taipei. 他乘飛機到台北去。
❻接受 圓 receive | He *takes* no gifts **from** anyone. 他不接受任何人的禮物。
❼拍攝(相片) | I *took* a picture of the baby. 我拍了那嬰孩的照片。
❽訂閱(報紙・雜誌等)；購買 | What newspaper do you *take*? 你訂閱的是哪一家的報紙? ▶ ㊭ 也用 take in。
❾獲得(獎賞) 圓 win | His brother *took* (the) first prize. 他的哥哥得了首獎。
❿當作, 以為 | He *took* her words **as** an insult. 他把她的話當作一種侮辱。
| Don't *take* it too seriously. 不要把它當真。
⓫(客人在店內)選取, 選買 | Which way shall we *take*? 我們要走哪一條路?
| I'll *take* this one. 我選這個。
⓬帶去, 拿去 | I'll *take* my children **to** the zoo. 我要帶我的小孩到動物園去。
▶ 帶來, 拿來則為 bring。 | He *took* his dog **for** a walk. 他帶著他的狗去散步。
| You had better *take* an umbrella **with** you. 你最好還是帶把傘去。
* **taken ill** 圓 become [fall, get] sick
(文語)生病 | He *was taken* seriously *ill*. 他患了重病。

---

take after ... (與雙親等)相像 | He *takes after* his father in appearance. 他長得很像他父親。
take away 移去, 帶走 | *Take away* those books. 把那些書拿走。
take down 取下 | Mother *took down* a pan from the shelf. 母親從架子上取下了平底鍋。
take ... for ～ 把…誤認為～ | I *took* him *for* an Englishman. 我把他誤認為英國人。
take off
❶脫去(衣類) ㊭ put on | He *took off* his shoes.＝He *took* his shoes *off*. 他脫去鞋子。
| ▶ 假如受語是代名詞的話, 則應為「take＋代名詞＋off」。
❷(飛機)起飛 圓 depart | The plane *took off* at three o'clock. 飛機在三點起飛。
| ▶「著陸」是 land。

take off ❶   take off ❷

take on 承擔(工作・責任等) | I don't like to *take on* any additional work. 我不喜歡承擔額外的工作。
take out 帶出(人), 邀請；取出(物) | I *took* her *out* for a drive. 我駕車帶她出去兜風。
| He *took out* his wallet. 他拿出他的皮夾。
take over 接管(事業等) | He will *take over* his father's business. 他將接管他父親的事業。
take to ... | ▶ to 的後面要接名詞、動名詞。
❶對…沉迷；熱中於… | He has *taken to* drink [drinking]. 他沉迷於杯中物。
❷對於…發生好感 | They have *taken to* their new teacher. 他們對新來的老師發生好感。
take up ...
❶開始致力於…；著手處理(問題) | Let's *take up* the problem. 讓我們從這個問題開始。
❷占(時間、場所等) | This bookcase *takes up* too much room. 這個書架占了太多空間。

taken [ˋtekən; ˈteɪkən] 働 take 的過去分詞
tale [tel; teɪl] ㊭ **-s** [-z] ▶ 與 tail (尾) 同音。
　图 故事 圓 story | Children love fairy *tales*. 孩子們喜歡童話故事。
talent [ˋtælənt; ˈtælənt] ㊭ **-s** [-s]
　图 ❶才能, 才幹, 天才 | She has a *talent* **for** painting. 她有繪畫的天才。
　❷人才 | They tried to discover new *talent*. 他們設法發掘新的人才。
　▶ a TV talent (＝a TV personality) 電視知名人物
　衍生 圈 **tàlented** (有才能的)
talk [tɔk; tɔːk] ㊀ **-s** [-s] ㊭ **-ed** [-t]; **-ing**

tall

動困 說話, 談話, 討論	She was *talking* to [with] the neighbors. 那時候她正在和鄰人談話. ▶ talk to 在口語中亦有「對…說心事; 斥責」之義. Stop *talking*. 請肅靜.
及 討論, 說	I don't like to *talk* politics. 我不喜歡討論政治.

▶ talk 與 speak
talk……與少數人愉快、和睦地談話.
speak……可以指向多數人作單向的演說.

talk about [*of*] … 談到…, 說到…	What are you *talking about*? 你們正在談什麼呢?(你在說什麼?) ▶ 通常都用 about 較為普遍.
talking of … 提到…	*Talking of* Kyoto, have you ever been there in winter? 談到京都, 你曾在冬天去過那裡嗎?
talk over … 討論…	We *talked over* the matter with her. 我們與她詳細討論了那個問題.
talk to one*self* 自言自語	He has a habit of *talking to himself*. 他有自言自語的習慣.
名 談話, 會談; (短的) 演講	She had a long *talk* with him. 她與他作了一次長談.

衍生形 **tálkative**(好說話的, 多嘴的)

tall [tɔl; tɔ:l] 比 **-er** 最 **-est**

形 高 反 short	How *tall* are you? 你身高有多少? I am 170 centimeters *tall* (=英 high). 我身高是170公分. ▶英 有時候用 high 而不用 tall. He is two inches *taller* than I. 他比我高兩英寸. He is the *tallest* boy in our class. 他是我們班上最高的男孩.

▶ tall 與 high
tall…………用於人、樹木、煙囪等細長之物. 反 short
high………用於指物而不指人的高度. 反 low
⎰ a *tall* building…細長的建築物.
⎱ a *high* building…寬度與深度都相當大的建築物.

tame [tem; teɪm] 比 **-r** 最 **-st**

形 (動物) 被養馴的; 柔順的 反 wild	A cat is a *tame* animal. 貓是一種溫馴的動物. a *tame* monkey 馴服的猴子
動 及 (把動物) 養馴	Elephants can be *tamed* for show. 象能被馴服來作表演.

tan [tæn; tæn] 三 **-s** [-z] 過 **tanned** [-d]; **tanning**

動 及 ❶ (把皮) 鞣製	Hide is *tanned* to make leather. 獸皮被鞣製成皮革.
❷ (使皮膚) 曬成褐色	She was well *tanned*. 她曬得黝黑.

▶ tan 是指將皮膚曬成好看的黑褐色; 而 sunburn 則指將皮膚曬得紅腫刺痛.

45

tangle [ˋtæŋgl; ˈtæŋgl] 三 **-s** [-z] 過 **-d** [-d]; **tangling**

動 及 (使線等) 纏結	The cat *tangled* a ball of yarn. 貓把一團線弄得纏結起來.
名 糾葛, 混亂的狀態	The traffic is all *in a tangle*. 交通處於一片混亂的狀態.

衍生 動 **entangle**(使成混亂)

tank [tæŋk; tæŋk] 過 **-s** [-s]

名 ❶ (裝瓦斯、油、水等的) 槽	Fill the *tank* with water. 把水槽裝滿水. an oil *tank* 油桶／a gas *tank* 瓦斯桶
❷ 戰車, 坦克車	A *tank* carries guns. 戰車裝有大砲.

tanker [ˋtæŋkɚ; ˈtæŋkə(r)] 過 **-s** [-z]

名 油輪, 運油船	A *tanker* carries oil or other liquids. 油輪可載運石油或其他液體.

tap[1] [tæp; tæp] 三 **-s** [-s] 過 **tapped** [-t]; **tapping**

動 及 輕敲, 輕拍	He *tapped* me on the shoulder. 他輕輕拍我的肩膀.

▶ tap 與 pat
tap …咚咚地輕敲
pat …輕拍; 撫拍

不 咚咚地輕敲	I heard someone *tap* at the door. 我聽到有人在叩門.
名 輕敲, 輕拍; 輕敲聲	She heard a *tap* on [at] the door. 她聽到敲門聲.

複合 名 **tap dánce**(踢躂舞)

tap[2] [tæp; tæp] 過 **-s** [-s]

名 (水管的) 龍頭 = faucet	He turned on [off] the *tap*. 他打開〔關上〕水龍頭.

tape [tep; teɪp] 過 **-s** [-s]

名 ❶ (紙、布的) 帶子; 狹布條	I used *tape* to tie up the parcel. 我用帶子捆紮包裹.
❷ (發音用的) 錄音帶	I recorded the music on *tape*. 我把音樂錄在錄音帶上.

複合 名 **tape méasure**(捲尺), **tape recórder**(錄音機)

tar [tɑr; tɑ:(r)] 過 無

名 柏油	The post was coated with *tar*. 這電線桿塗有柏油.

tardy [ˋtɑrdɪ; ˈtɑ:dɪ] 比 **tardier** 最 **tardiest**

形 ❶英 遲的, 不準時的, 慢的 同 late	He was often *tardy* for [to] school 他常常上學遲到.
❷ 緩慢的, 遲緩的 同 slow	a *tardy* response 遲緩的反應／a *tardy* reader 閱讀速度很慢的人

target [ˋtɑrgɪt; ˈtɑ:gɪt] 過 **-s** [-s]

名 ❶ (射擊等) 靶, 標的	The arrow hit [missed] the *target*. 那箭〔沒〕射中靶.

the bull's eye 靶心

target

❷(被指責・輕蔑等的)目標 | He was made the *target* of criticism. 他成爲被批評的目標。

[t]arry [`tærɪ; 'tærɪ] [三] **tarries** [-z] [現] **tarried** [-d]; **-ing**

[動][不] ❶(文語)停留,逗留;暫住 | She *tarried* at an inn. 她暫住在旅館裡。
❷遲延,耽擱 | She *tarried* on her way home. 她在回家的途中耽擱了一下。

[t]ask [tæsk; tɑ:sk] [複] **-s** [-s]

[名](被分配的)任務;課業 | Her *task* was to clean and cook. 她的工作是打掃與煮飯。
► work 的常用字。

[t]aste [test; teɪst] [複] **-s** [-s]

[名]❶味;味覺 | It has a sweet [bitter] *taste*. 它有一股甜〔苦〕味。
It is good **to** the *taste*. 嚐起來味道很好。
❷嚐一嚐;少量 | Wouldn't you like to have **a** *taste* **of** this cake? 你不想嚐一嚐這塊蛋糕嗎?
❸愛好,興趣 | She has a *taste* **for** painting. 她愛好繪畫。
► 用於較高尚的興趣,異於 hobby。 | The music is not **to** my *taste*. 這音樂不合我的胃口。
❹鑑賞力 | It requires a good *taste* to study art. 研究藝術需要高超的鑑賞力。

— [三] **-s** [-s] [現] **-d** [-ɪd]; **tasting**

[動][及] ❶品嚐,試吃 | She *tasted* the soup to see if it had enough salt. 她試嚐了湯是否夠鹹。
❷吃,喝 | He hasn't *tasted* any food since yesterday. 他從昨天就不曾吃東西了。
[不] 有…的味道 | Honey *tastes* sweet. 蜂蜜有甜味。
The soup *tastes* **of** onion. 這道湯有洋蔥的味道。

► 「有…的味道」之用法

taste+(表示味道的)形容詞		taste of+名詞	
taste bitter	(苦的)	*taste* **of** lemon	(檸檬)
taste sour	(酸的)	*taste* **of** pepper	(胡椒)
taste nice	(好的)	*taste* **of** garlic	(大蒜)
taste good	(好的)		
taste bad	(差的)		

[衍生][形] **tàsteful**(高尚的), **tàsty**(美味的)

[t]aught [tɔt; tɔ:t] [動] teach 的過去式・過去分詞

[t]atter [`tætɚ; 'tætə] [複] **-s** [-z]

[名](通常用複數)破布;襤褸的衣服 | Her clothes were **in** *tatters*. 她的衣衫襤褸。

[t]avern [`tævɚn; 'tævən] [複] **-s** [-z]

[名]酒店[同] public house;客棧[同] inn | He would often go to the *tavern*. 他時常去那家酒店。
► 古語

[t]ax [tæks; tæks] [複] **-es** [-ɪz]

[名]❶稅,稅金 | pay *taxes* 繳稅金/income *tax* 所得稅/direct [indirect] *taxes* 直接〔間接〕稅
❷(加 a)重負,負擔 | The work is **a** heavy *tax* **on** my health. 那個工作對我的健康造成沉重的負荷。

— [三] **-es** [-ɪz] [現] **-ed** [-t]; **-ing**

[動][及] ❶課之以稅 | We are heavily *taxed*. 我們被課以重稅。
❷使負重荷;耗費 | Reading in dim light *taxes* our eyes. 在昏暗的光線下讀書會耗損視力。

[複合][名] **tàxpâyer**(納稅者)
[衍生][名] **taxâtion**(課稅)

taxi [`tæksɪ; 'tæksɪ] [複] **-s** [-z]

[名]計程車 [同] cab | We went to the theater **by** *taxi*. 我們乘計程車去戲院。

乘計程車去	go by *taxi*, go in a *taxi*
上計程車	get in a *taxi*
下計程車	get out of a *taxi*

► 上下火車、公共汽車時,「上車」是 get on ...,「下車」是 get off ...。

tea [ti; ti:] [複] **-s** [-z]

[名]❶(植物及飲料)茶 | *Tea* is widely grown in India. 印度遍植茶樹。
► 在英美所謂的 tea 大都指紅茶,而東方的綠茶叫 green tea。 | I like *tea* better than coffee. 我喜愛紅茶更甚於咖啡。
Two *teas* and two coffees, please. 請給我兩杯紅茶和兩杯咖啡。
► 「一杯茶」是 a cup of tea,但在餐廳點叫時,如果是「兩杯茶」則應說作 two teas。
❷[英] 下午茶 ► 在英國大約在下午五點左右飲用。 | They were having *tea* in the garden. 他們在花園喝下午茶。
It's time for *tea*. 喝下午茶的時間到了。

► 下午五點左右的下午茶叫 five o'clock *tea*;在[美] 與此相當的休息時間稱爲 a coffee break。

[複合][名] **tèa cérémony**(茶道), **tèacúp**(茶杯), **tèapót**(茶壺), **tèarôom**(茶室,茶館), **tèaspóon**(茶匙)

teach [titʃ; ti:tʃ] [三] **-es** [-ɪz] [不] **taught** [tɔt]; **-ing**

[動][及] ❶教導(人) | He is *teaching* my sons. 他正在教我的兒子們。
❷(學科等的)教授 | She *teaches* English at that school. 她在那所學校教授英文。
❸傳授(某人)(某事) | Mr. Snow { *teaches* us French. / *teaches* French **to** us. } 斯諾先生教我們法文。
❹教…如何… | I *taught* my dog **to** sit. 我教我的狗坐下。
I'll *teach* you **(how) to** swim. 我會教你怎樣游泳。

[衍生][名] **tèaching**(教導;教育;授業)

teacher [`titʃɚ; 'ti:tʃə(r)] [複] **-s** [-z]

[名]老師,教師 [對] pupil, student | She is a high school *teacher*. 她是高中的老師。
► 在[美] 通常把這句話說成"She teaches at high school."。

► an English teacher
「英文老師」是 a teacher of English 或 an English teacher (English 要重讀)，若把 an English teacher 的 English 讀成輕音，teacher 讀成重音則爲英籍老師的意思。

►「…老師」
爲女老師時是 Miss ...或 Mrs. ...；男老師是 Mr. ...。如「王老師」是 Mr. Wang (男性)，Miss Wang (女性)，Mrs. Wang (女性)，一般不作 Teacher Wang，或是 Wang Teacher。

team [tim; ti:m] [複] **-s** [-z] ► 與 teem (充滿) 同音。
[名] (比賽的)團隊，組 | He is {a member of our *team*. / **on** [[英] **in**] our *team*.} 他是我們這隊的一員。
► 考慮全隊的話是單數，若指隊裡的每一個隊員的話則是複數，如 "Our team **were** wearing blue socks." (我們這隊的每一個隊員都穿藍色的短襪。)

tear[1] [tɪr; tɪə(r)] (注意發音) [複] **-s** [-z]
[名] 淚 ► 較常使用複數形。 | Her eyes were wet with *tears*. 她的眼淚溼透了眼眶。 The boy **burst into** *tears*. 那個男孩突然哭起來。
in tears 哭泣 | The girl was *in tears*. 那個少女在哭泣。
[複合][名] **tèardróp** (淚珠)，**tèar gás** (催淚瓦斯)
[衍生][形] **tèarful** (含淚的；哭泣的)

► 注意 tear 的發音
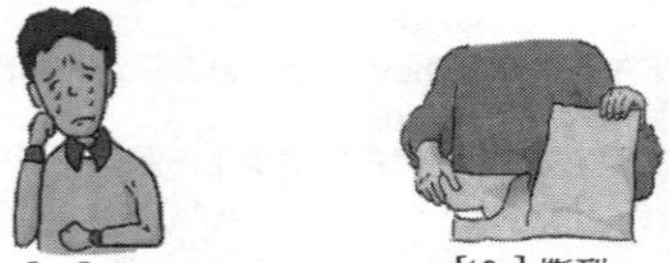
[tɪr] 淚　　[tɛr] 撕裂

tear[2] [tɛr; teə(r)] (注意發音) [三] **-s** [-z] [不] **tore** [tɔr]; **torn** [tɔrn]; **-ing**
[動][及] 撕裂，扯破 | She *tore* the letter **to pieces**. 她把信撕得粉碎。
[不] 撕破，被撕破 | Lace *tears* easily. 花邊容易被撕壞。
── [複] **-s** [-z]
[名] 裂縫，破的地方 | I found a *tear* in his coat. 我看到他的外衣有一處破裂。

tease [tiz; ti:z] [三] **-s** [-ɪz] [規] **-d** [-d]; **teasing**
[動][及] ❶取笑；戲弄，逗弄 | Don't *tease* the cat. 不要逗那隻貓。
❷糾纏不休地請求，乞求 | The child *teased* his mother **for** candy. 小孩纏著他母親要糖果吃。

technical [ˋtɛknɪkḷ; ˈteknɪkl]
[形] ❶專門的；技(學)術上的 | He often uses *technical* terms. 他經常使用專門術語。
❷工業(藝)的 | He attends a *technical* school. 他在工業學校上學。
[衍生][副] **tèchnically** (專門性地；技術性地)

technique [tɛkˋnik; tekˈni:k] (注意發音) [複] **-s** [-s]
[名] 技巧，技術 | The violinist's *technique* was excellent. 那位小提琴家的技巧非常高明。

technology [tɛkˋnɑlədʒɪ; tekˈnɒlədʒɪ] [複] 無
[名] 科學技術，工業技術 | The development of *technology* has been very fast. 科技的發展非常地快速。
[衍生][形] **téchnològical** (科學技術的)

tedious [ˋtidɪəs, ˋtidʒəs; ˈti:djəs] [同] boring
[形] 無聊的；冗長乏味的 | I was tired of his *tedious* talk. 我對他又臭又長的談話覺得很厭煩。

teem [tim; ti:m] [三] **-s** [-z] [規] **-ed** [-d]; **-ing** ► 與 team 同音。
[動][不] 富於；充滿 [同] abound | Fish *teem* **in** this river. ＝This river *teems* **with** fish. 這條河川魚很多。
► 由於主詞的不同，介系詞也不同。

teens [tinz; ti:nz] ► 通常使用複數。
[名] (one's 使用) 幾歲年代 | He is still **in his** *teens*. 他還只有十幾歲。
► 字尾-teen 則表 13—19 歲。
[衍生][名] **tèen-áger** (十幾歲的少年〔少女〕)

teeth [tiθ; ti:θ] [名] tooth 的複數

telegram [ˋtɛlə,græm; ˈtelɪgræm] [複] **-s** [-z]
[名] 電報，電信 ► <tele (遠的) ＋gram (寫成之物)。 | I sent a *telegram* **to** him. ＝I sent him a *telegram*. 我打電報給他。 **by** *telegram* 以電報

► telegram 和 telegraph
telegram ………是指一封封的電報。
telegraph ………是指發送電報的設備系統。

telegraph [ˋtɛlə,græf; ˈtelɪgrɑ:f] [複] **-s** [-s]
[名] 電報機；(用作形容詞) 電報〔信〕的 | Who invented the *telegraph*? 誰發明了電報機? a *telegraph* station [office] 電信局
── [三] **-s** [-s] [規] **-ed** [-t]; **-ing**
[動][及] 打電報；用電報連絡 | I *telegraphed* her to come at once. 我打電報給她，叫她立刻來。 ►「打電報」一般都用 send a telegram。
► <tele (遠的) ＋graph (寫)

telephone [ˋtɛlə,fon; ˈtelɪfəʊn] [複] **-s** [-z]
[名] 電話，電話機；(用作形容詞) 電話的 ► 在口語上常使用 phone。 | I talked with her **on** [**over**] the *telephone*. 我跟她通過電話。 ► 也可用 by telephone。 There is a public *telephone* over there. 那邊有公用電話。 a *telephone* book [directory] 電話號碼簿／a *telephone* booth [[英] box] 電話亭／a *telephone* number 電話號碼
── [三] **-s** [-z] [規] **-d** [-d]; **telephoning**
[動][及] 打電話；用電話連絡 ⇨ phone | I will *telephone* you tomorrow. 明天我會打電話給你。 ► 一般口語上「打電話」是用 call (up), phone, [英] ring up。

► <tele(遠的)+phone(音)

——► 電話的會話方式

Hello.（喂）
This is Peter (speaking).（我是彼得。）
Is this Mr. Wang?（請問是王先生嗎?）
Who is this, please?（請問您是哪一位?）
May I speak to Lisa?（麗莎在嗎?）
There was a phone call for you.
（剛才有你的電話。）
Please hold the line.=Hold on, please.
（請不要掛斷電話。=稍等一會兒。）
The line is busy [[英] engaged].
（線路很忙。）► 總機所用的話。

lescope [ˋtɛlə͵skop; ˈtelɪskəʊp] [複] **-s** [-s]

[名] 望遠鏡 | We looked at the stars **through** the *telescope*. 我們用望遠鏡看星星。

► <tele(遠的)+scope(鏡)

levision [ˋtɛlə͵vɪʒən; ˈtelɪ͵vɪʒn] [複] **-s** [-z]

[名] 電視機, 電視接收機 | I watched *television* this morning. 我今早看過電視。
► 簡寫作 TV。 | ► 不加 the, 而且也不可以寫成 see television。
► <tele(遠的)+vision(影像) | I watched the game **on** *television*. 我在電視上看那場比賽。
► 通常 on television 一語都不加 the, 但加 the 的情況也有。
He turned on [off] **the** *television*. 他打開〔關上〕電視。
► 這種情形一定要加 the。

——► **tele-** 是「遠的」之義

爲 *tele*gram(電報), *tele*graph(電報), *tele*phone(電話), *tele*scope(望遠鏡), *tele*vision(電視) 等字的語源。

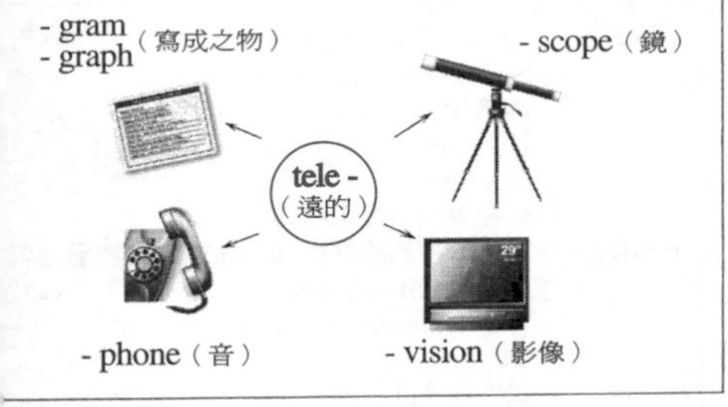

ll [tɛl; tel] [三] **-s** [-z] [不] **told** [told]; **-ing**

[動][及] ❶講, 說 | I have something to *tell* you. 我有話要對你說。
He *told* { me a story. / a story **to** me. } 他告訴我一個故事。
He *told* me **(that)** he wanted to travel. 他對我說他想去旅行。
❷對(某人)說明, 告知 | Please *tell* me the way to the station. 請告訴我到車站的路。
I will *tell* you **how to** do it [**what to** do]. 我會教你怎麼做〔做什麼事〕。
❸命令;吩咐 | I *told* him **to** study harder. 我要他更加用功。
► 否定的時候注意 not 的位置。 | Mother *told* me **not to** go there. 母親吩咐我不要去那裡。
I was *told* **not to** go there. 有人告訴我, 不要去那裡。
Do as you are *told*. 照著指示去做。

——► **tell** 是用於間接語句

She *said to* me, "**I am** happy."（直接語句）
她對我說:「我很幸福。」
⇩
She *told* me **that she was** happy.（間接語句）
她對我說她很幸福。

❹(與 can 連用)辨識;知道 | I **can**not *tell* the sheep **from** the goat. 我分不出綿羊與山羊。
I **can**not *tell* who he is. 我不知道他是誰。
[不] ❶敍述 | He *told* **of** [**about**] his childhood. 他敍述他的童年。
❷(與 can 連用)知道 | How can I *tell*? 我怎麼知道呢?
❸顯露, 發生影響 | Age is beginning to *tell* **on** me. 歲月的痕跡已漸漸顯露在我身上了。
❹(口語)洩露, 告密 | I will never *tell* **on** you. 我決不會出賣你。

temper [ˋtɛmpɚ; ˈtempə(r)] [複] **-s** [-z]

[名] ❶心情, 情緒;脾氣, 性情 | He has a hot [short] *temper*. 他易於發怒。
She was **in** a good [bad] *temper*. 她心情好〔不好〕。
❷(加 a) 怒氣 | He is **in a** *temper*. 他在動肝火。
❸平靜;穩定 | lose one's *temper*（發怒）／keep one's *temper*（忍住怒氣不發）

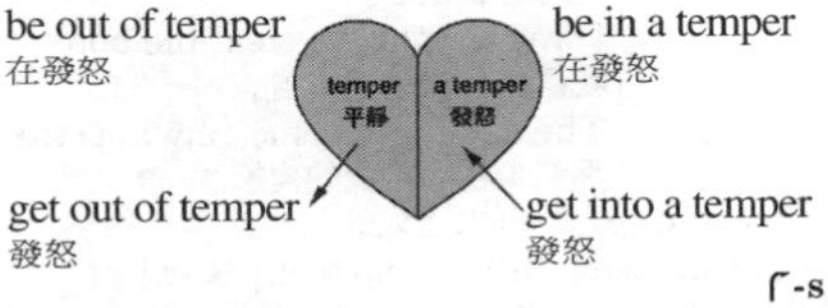

temperament [ˋtɛmprəmənt; ˈtempərəmənt] [複] { **-s** [-s] }

[名] 氣質;性情, 性格 | Success often depends on one's *temperament*. 成功與否往往取決於一個人的性格。

► temper 如發脾氣等由感情所發出的情緒。
temperament 受思考、行動所左右的氣質。

temperance [ˋtɛmprəns, -pərəns; ˈtempərəns] [複] 無

[名] (飲食的)節制;(言行的)節度;禁酒 | *Temperance* **in** eating is important. 飲食的節制是很重要的事。
a *temperance* movement 禁酒運動

[衍生][形] **temperate** [ˋtɛmprɪt] (有節制的, 適度的)

temperature [ˋtɛmprətʃɚ; ˊtemprətʃə(r)] 慣 **-s** [-z]
名 ❶溫度, 氣溫　The *temperature* in this room is too high. 這個房間的溫度太高。
❷體溫; (加 a)　The nurse took my *temperature*.
(口語)熱度, 發　護士量我的體溫。
燒 同 fever　I have a *temperature*.
　我發燒。

⎰氣溫　temperature　⎰體溫　temperature
⎱溫度計　a thermometer　⎱體溫計　a clinical thermometer

tempest [ˋtɛmpɪst; ˊtempɪst] 名 **-s** [-s]
名 大風暴, 暴風　A *tempest* arose.
雨　起了大風暴。
► 詩文的用語, 在會話上並不使用。

temple¹ [ˋtɛmpl; ˊtempl] 名 **-s** [-z]
名 廟, 寺; 祠堂　We visited an ancient Greek *temple*.
　我們造訪一座古希臘神廟。
► shrine [ʃraɪn] 神龕; 聖地

temple² [ˋtɛmpl; ˊtempl] 名 **-s** [-z]
名 太陽穴　The arrow hit his *temple*.
　箭射中了他的太陽穴。

temporal [ˋtɛmpərəl; ˊtempərəl] 反 spiritual
形 世俗的, 現世　*temporal* affairs 俗事／a lord
的　*temporal* 反 上院議員

temporary [ˋtɛmpə͵rɛrɪ; ˊtempərərɪ]
形 一時的, 暫時　This is my *temporary* residence.
的, 臨時的　這是我的臨時居所。
衍生 副 **témporárily**(暫時性地)

tempt [tɛmpt; tempt] 慣 **-s** [-s] 名 **-ed** [-ɪd]; **-ing**
動 及 ❶誘惑; 勾　He *tempted* me **with** a bribe.
引, 誘使　他用賄賂來引誘我。
　He *tempted* me **to** drink heavily.
　他慫恿我酗酒。
　I was *tempted* **to** steal the book.
　我忍不住去偷那本書。
❷激引(食慾)　The cake *tempts* me [my appetite]
　那塊蛋糕引起我的食慾。
衍生 形 **témpting**(誘惑的; 迷人的)

temptation [tɛmpˋteʃən; tempˊteɪʃn] 名 **-s** [-z]
名 誘惑; 誘惑物　Don't yield to *temptation*.
　不要對誘惑屈服。

ten [tɛn; ten] 慣 **-s** [-z] ► 序數 tenth。
名 形 十(個·　Count from one to *ten*.
人·歲)的　從一數到十。
ten to one　*Ten to one*, he will succeed.
十之八九　十之八九他會成功。
► 也可說作 in nine cases out of ten。

tenant [ˋtɛnənt; ˊtenənt] 慣 **-s** [-s]
名 租屋人; 佃　This is Mr. Smith, a new *tenant*.
戶; (公寓等的)　這位是新房客史密斯先生。
房客

► 房客與房東
房客, 佃戶……tenant
房東, 地主……landlord(男), landlady(女)
► 「借租」房子或土地叫 rent, 「出租」也叫 rent。

tend¹ [tɛnd; tend] 慣 **-s** [-z] 名 **-ed** [-ɪd]; **-ing**
動 不 ❶有…的　The world population *tends* **to**
傾向; 時常…　increase more and more.
　世界的人口有著漸漸增加的傾向。
❷(道路等)向著　This road *tends* south [southward,
…, 通向…　**to** the south] here.
　這條路從此處轉向南方。

tend² [tɛnd; tend] 慣 **-s** [-z] 名 **-ed** [-ɪd]; **-ing**
動 及 照料, 看守　He *tended* the patient.
　他照料了病人。
　The shepherd *tended* the flock of sheep. 牧羊人看守羊群。

tendency [ˋtɛndənsɪ; ˊtendənsɪ] 名 **tendencies** [-z]
名 ❶傾向　There is an increasing *tendency* **to**
　forbid smoking in the office.
　辦公室裡禁煙有增加的趨勢。
❷(人的)癖, 傾　She has a *tendency* **to** talk too
向　much. (=She **tends** to talk too much.) 她愛講話。

tender¹ [ˋtɛndɚ; ˊtendə(r)] 比 **-er** [ˋtɛndərə] 慣 **-est** [ˋtɛndərɪst]
形 ❶溫柔的, 親　He has a *tender* heart.
切的 同 kind　他有一顆善良的心。
❷嫩的(肉等);　a *tender* steak 嫩的牛排／a *tender*
容易受傷的; 脆　skin 嬌嫩的皮膚／a *tender* plant 脆
弱的 反 tough　弱的植物
衍生 副 **ténderly**(溫柔地)名 **ténderness**(溫柔)

tender² [ˋtɛndɚ; ˊtendə(r)] 慣 **-s** [-z] 名 **-ed** [-d]; **-ing**
動 及 提出　He *tendered* his thanks **to** her.
　他向她表示了他的謝意。

► offer 與 tender
offer ……「提供, 提出」的常用字。
　She *offered* me coffee.
　她給我一杯咖啡。
　He *offered* a suggestion in the meeting.
　他在會議中提出建議。
tender……不用於物品的提供, 而用於感謝、歉意、辭呈等的提出, 語氣較強。
　We *tendered* our thanks to our teacher.
　我們向老師致謝。
　I *tendered* my resignation yesterday.
　我昨天提出辭呈。

tennis [ˋtɛnɪs; ˊtenɪs] 名 無
名 網球　She likes playing *tennis*.
　她喜歡打網球。

tenor [ˋtɛnɚ; ˊtenə(r)] 名 **-s** [-z]
名 ❶(加 the)　Do you like **the** quiet *tenor* of a
(人生的)進路,　nun's life?
進程　妳喜歡修女的寧靜生活嗎?

❷(加 the)(演說等的)要旨,大意 | They wrote down **the** *tenor* **of** his speech.
他們寫下了他演講的大要。

❸(音樂)高音歌手 | He is a splendid *tenor*.
他是一個極優秀的男高音歌手。

▶「低音」是 bass [bes]。

ense[1] [tɛns; tens] ⊕ **-r** ⊛ **-st**
形 拉緊的;緊張的 | a *tense* rope 拉緊的繩子/*tense* nerves 神經緊張

ense[2] [tɛns; tens] ⊛ **-s** [-ɪz]
名 (文法)時態 | the present *tense* 現在時態/the past *tense* 過去時態/the future *tense* 未來時態

ension [`tɛnʃən; 'tenʃn] ⊛ 無
名 緊張狀態;緊張,緊迫 | International *tension* has been lessened.
國際間的緊張狀態已緩和下來。

ent [tɛnt; tent] ⊛ **-s** [-s]
名 帳篷 | They pitched a *tent* by the stream.
他們在河邊搭了帳篷。

enth [tɛnθ; tenθ]
形 第十的;十分之一的 | the *tenth* chapter 第十章/a *tenth* part 十分之一的部分

━**-s** [-s]
名 ❶(加 the)第十;(每月的)十號 | He left Japan on **the** *tenth* of May.
他在 5 月 10 日離開日本。

▶ 5 月 10 日一般寫作 May 10,但要讀爲 May (the) tenth。

▶略作 10th。
❷十分之一 | a *tenth* 十分之一/three *tenths* 十分之三

rm [tɝm; tɜːm] ⊛ **-s** [-z]
名 ❶期間;(分成二期的)學期 | his *term* of office as Mayor 他的市長任期內
The first *term* begins in September.
第一學期自九月開始。

▶ 在歐美地方的新學期也是從九月開始。

❷術語;學術專用名詞 | technical *terms* 專用術語/medical [legal] *terms* 醫學〔法律〕術語

❸(用複數)(與人的)交誼 | He and I are **on** friendly *terms*.
他和我之間有友好的關係。

━━▶ **be on ... terms with** ～━━

I am { *on* good [friendly] *terms* 交情很好 / *on* bad *terms* 交情不好 / *on* speaking [visiting] *terms* 有講話;泛泛之交〔有往來〕} *with* him.

❹(用複數)(支付的)條件 | the *terms* of payment 支付條件/**on** reasonable *terms* 在合理的條件下

me to terms 達成協議;達成妥協 | They *came* **to** *terms* **with** the union leaders.
他們與工會的領袖們達成協議。

terms of ... 以…之觀點 | He thinks of everything **in** *terms* **of** money. 他以錢的觀點來考慮一切。

rminal [`tɝmən̩; 'tɜːmɪnl]
形 ❶末端的;終點的 | They reached the *terminal* station.
他們到了終點站。

❷每學期的;期末的 | Our *terminal* examinations were over. 我們的期末考結束了。

━━⊛ **-s** [-z]
名 (鐵路・公車等的)終點 | I got off the train at the *terminal*.
我在終點站下火車。

▶ 在⊛一般都使用 terminus。

terminate [`tɝmə,net; 'tɜːmɪneɪt] ⊜ **-s** [-s] ⊛ **-d** [-ɪd]; **terminating**
動 ⊗ 使終結,使完了 | The countries *terminated* friendly relations. 各國終止了友好關係。
不 結束 | The contract will *terminate* soon.
契約快要期滿了。

▶是加強語氣的正式用法,與 end, finish 等字同義。

衍生 名 términátion(終了)

terrace [`tɛrɪs, -əs; 'terəs] ⊛ **-s** [-ɪz]
名 (由斜坡地改造成)台階式花園

terrible [`tɛrəb̩; 'terəbl] ▶ terror 的形容詞
形 ❶恐怖的;可怕的 | a *terrible* sight 恐怖的景象/a *terrible* dream 可怕的夢
❷(程度)非常的;嚴重的 | The heat is *terrible* this year.
今年非常熱。
a *terrible* storm 猛烈的暴風雨

terribly [`tɛrəblɪ; 'terəblɪ] 副 very
副 (口語)很,非常地 | It is *terribly* cold today.
今天非常地冷。

terrific [tə`rɪfɪk; tə'rɪfɪk] ▶ terror 的形容詞
形 ❶(口語)驚人的,非常的 | The car was at *terrific* speed.
車子以驚人的速度行駛。
❷恐怖的 | a *terrific* explosion 恐怖的爆炸

terrify [`tɛrə,faɪ; 'terɪfaɪ] ⊜ **terrifies** [-z] ⊛ **terrified** [-d]; **-ing**
動 使恐怖,使驚嚇 | The boy was *terrified* at the sight.
那個男孩被那景象嚇住了。

territory [`tɛrə,torɪ, -,tɔrɪ; 'terətərɪ] ⊛ **territories** [-z]
名 ❶領土,國土 | The eastern bank of the Niagara River is American *territory*.
尼加拉河的東岸是美國的領土。
❷區域 | a large *territory* 廣大的區域
❸(學問・藝術等的)領域 | Physics is not **in** my *territory*.
物理學不是我的專長。

衍生 形 térritórial(領土的)

terror [`tɛrə; 'terə(r)] ⊛ **-s** [-z]
名 ❶恐怖;使人會怕的人(物) | She has a *terror* of darkness.
她害怕黑暗。
They ran away **in** *terror*.
他們恐懼地逃走。

━━▶ **fear, horror, terror**━━
fear ………爲「害怕」的常用字。
horror } 比 fear 的語氣更強。horror 除了恐懼,
terror } 還含有因恐懼而帶來強烈反感或厭惡。而 terror 是指最極度的恐懼。

衍生 名 **tèrrorísm**(恐怖行為；恐怖主義)

test [tɛst; test] 働 **-s** [-s]

名 ❶測驗；試 | Miss Smith gave us a *test* in
驗；檢查 @ | spelling.
examination | 史密斯小姐對我們做了拼字測驗。
| a blood *test* 驗血／an intelligence
| *test* 智能測驗／stand the *test* 檢驗合
| 格
❷用來作考驗之 | Failure is often a *test* of character.
物；試金石 | 失敗往往是人品的試金石。

── ⑤ **-s** [-s] 働 **-ed** [-ɪd]; **-ing**
動 ⑧試驗；檢查 | I asked my doctor to *test* my
| eyesight.
| 我要求醫生檢查一下我的視力。

testament [`tɛstəmənt; 'testəmənt] 働 **-s** [-s]
名 (加the且字 | The Bible consists of the Old
首大寫)新約〔舊 | *Testament* and the New *Testament*.
約〕聖經 | 聖經包括舊約與新約。

┌─ ▶「聖經」的英文
│「聖經」…the Bible, (the) Scripture(s), (the) Holy
│ Scripture (s) ▶ 略作 Script.。

testify [`tɛstə,faɪ; 'testɪfaɪ] ⑤ **testifies** [-z] 働
testified [-d]; **-ing**
動 ⑧證明 | She *testified* **that** her brother was
| an honest man.
| 她證明她的弟弟是個誠實的人。
不 ❶證實 | She *testified* **to** the honesty of her
| brother. =She *testified* **to** the fact
| that her brother was an honest
| man. 她證實了她弟弟的誠實。
| He *testified* **against** [**for**] the
| accused person.
| 他對被告提出不利〔有利〕的證詞。
❷作證 | His recent work *testifies* **to** his
| ability.
| 他最近的工作證明了他的能力。

testimony [`tɛstə,monɪ; 'testɪmənɪ] 働 無
名 (在法庭上 | He gave false *testimony*.
的) 口供；證據 | 他在法庭上作了偽證。

Texas [`tɛksəs; 'teksəs]
名 (地名)德州 | ▶ 美國南部的一個州, 略作 Tex.。

text [tɛkst; tekst] 働 **-s** [-s]
名 ❶(插圖・註 | This book contains 200 pages of
解外的)本文 | *text*. 這本書的本文有二百頁。
❷(翻譯等的)原 | the whole *text* of the President's
文 | speech 總統的演說全文
複合 名 **tèxtbóok**(教科書)

textile [`tɛkstl, -tɪl, -taɪl; 'tekstaɪl] 働 **-s** [-z]
名 (通常使用複 | Fine *textiles* are made in England.
數)紡織品 | 英國製造很好的紡織品。
── 形 織物的 | The *textile* industry flourishes here.
| 本地紡織工業非常發達。

Thames [tɛmz; temz] (注意發音)
名 (加the) 泰晤 | London is on the *Thames*.
士河 | 倫敦位於泰晤士河畔。
▶ 流穿倫敦而注入北海的一條河流。

than [(強)ðæn; ðæn (弱)ðən, ðɛn; ðən, ðn]
連 ❶(用於比較 | He is **taller** *than* I (am).
級之後)比較 | 他比我高。
| ▶ 在口語上也常用 "He is taller than
| **me**."。

┌─ ▶ I 與 me 的意義不同
│ He knows you better *than* **I** (know you).
│ 他比我更了解你。
│ He knows you better *than* (he knows) **me**.
│ 他了解你比了解我更多。

❷(在 rather, | I **would rather** [**sooner**] die *than*
sooner 等之後) | live in dishonor.
寧願…而不願 | 我寧願死而不願受辱苟活。
❸(在 other, | I have no **other** friend *than* she.
else, different | 除了她之外我沒有別的朋友。
等之後)除了… | You may stay anywhere **else** *than*
之外 | here. 除了此地, 你可待在任何地方。

thank [θæŋk; θæŋk] ⑤ **-s** [-s] 働 **-ed** [-t]; **-ing**
動 ⑧感謝, 道謝 | She *thanked* him **for** his kindnesses
| 她感謝他的好意。
Thank you. | "How are you?" "I'm fine, *thank*
謝謝。 | *you.*"
| 「你好嗎?」「我很好, 謝謝。」
| *Thank you* **for** your letter.
| 謝謝你的來信。
▶ "I thank you." 此句語氣很強。
▶ 把重音放在 you 時則有「我也謝謝你」之義。"Thánk
you."「謝謝。」"Thank yòu."「我也謝謝你。」
No, thank you. | "Would you like a cup of tea?"
不必了, 謝謝。 | "*No, thank you.*"
| 「你要不要來一杯茶?」
| 「不必了, 謝謝。」
▶ 謝絕對方時所用, 假如接受的話則用 "Yes, please."。

── 働 **-s** [-s]
名 (複數)感謝, | He sent me a letter of *thanks*.
謝意 | 他寫了一封謝函給我。
Thanks. | ▶ 語氣比 "Thank you." 柔和。也可
謝謝。 | 說作 "*Thanks* a lot.", "Many *thanks*."
thanks to … | *Thanks to* you, I was safe.
由於…, 全靠… | 全靠你的相助, 我才得以安全。
衍生 形 **thànkful**(充滿感謝的)副 **thànkfully**(感謝地)

thanksgiving [,θæŋks`gɪvɪŋ; 'θæŋks,gɪvɪŋ]
名 ❶(對神的) | We offered *thanksgiving* to God fo
感謝；感恩 | our escape.
| 我們因為能夠脫險而感謝上帝。
❷(用大寫)感恩節 ⑩ Thanksgiving Day

Thanksgiving Day [,θæŋks`gɪvɪŋ ,de;
'θæŋks,gɪvɪŋ,deɪ]
名 ⑩ 感恩節 | ▶ 美國特有的, 僅次於聖誕節的大節
(11 月的最後一 | 日, 這一天是國定假日, 大家都吃著火
個星期四) | 肉或南瓜做的餅, 並感謝上帝一年來所
| 賜予的收穫。

that[1] [ðæt; ðæt] 働 **those** [ðoz]
代 (指示代名 | Who [What] is *that*?
詞) | 那是誰〔什麼〕?
❶那, 那個

▶與指近處的物或人的 this 一字相對，that 是指距離較遠的物或人。
▶在電話中要問「是哪位?」時，[美] 講成"Who is this, please?"；而[英] 則講成"Who is *that*, please?"。

●(…的)那 ▶避免前面出現的名詞重複使用。
The population of Japan is greater than *that* **of** England.
日本的人口比英格蘭的人口多。
▶ 複數時則用 those。

●前者 ▶與 this(後者)相對使用。要注意前後的順序。
Health is above wealth; **this** (=wealth) can't give so much happiness as *that* (=health).
健康勝於財富，因爲後者所能帶給我們的幸福並不會比前者多。

d that 而
I met her unexpectedly, *and that* in Paris.
我偶然遇到了她，而且竟是在巴黎。

at is (to ay)]
In Switzerland they speak four languages, *that is*, French, German, Italian and Romansh.
在瑞士使用四種語言，即法語、德語、義大利語，以及羅曼斯方言。

•[形] (指示形容詞)

●那，那個
I know *that* boy over there.
我認識那邊的那個男孩。

●(雙方都已知道的人或物)那個
Let me use *that* bicycle **of** yours.
你那輛腳踏車借我一下。
▶ 不能講成 that your bicycle。

at² [ðæt; ðət] ▶ 單數複數相同。
[代] (關係代名詞)用來取代 which, who, whom 等。
Look at the boy *that* has a blue book. 請看那一位拿藍色書本的男孩。(主詞)
This is the picture *(that)* I bought yesterday. 這是我昨天買的那幅畫。
I will give you **all** the money *(that)* I have. 我會把我所有的錢全部給你。
(以上二句都屬受詞)
She is **the only** student *that* can speak French in my class.
她是我的班上唯一會講法語的學生。
(主詞)
This is **the biggest** cat *(that)* I have ever seen. 這是我所見過最大的一隻貓。(受詞)

▶ 關係代名詞＝「連接詞＋代名詞」

Look at the boy, [and＋he] has a blue book.
↓
Look at the boy [that] has a blue book.

▶ 關係代名詞 **that** 的用法
1)先行詞是人或物均能使用 that 來取代。
2)有 all, only, the very, any, no 或形容詞最高級等來修飾的先行詞通常以 that 來取代。
3)that 所取代的先行詞爲受詞的話，通常都被省略。
4)that 沒有所有格。
5)that 不連接非限定子句。

It is … that ～ ～的是…
▶強調…的部分。
It was [*is*] I *that* saw her yesterday.
昨天看到她的人是我。
It was [*is*] her *that* I saw yesterday.
我昨天看到的人是她。
It was yesterday *that* I saw her.
我是在昨天看到她的。
▶ 在這種情形不能用 is。

that³ [ðæt; ðət]
[連] ❶(用來引導一個名詞子句)
▶在口語上，that 大都被省略。
I believe *(that)* he is honest.
我相信他是誠實的。
He said *(that)* he had bought a new car.(＝He said, "I bought a new car.")
他說他買了一部新車。
The trouble is *(that)* he has no money.
問題是他沒錢。
The news *(that)* he died was a shock to me.
他死亡的消息對我來講是個打擊。
▶ 上句中 that he died 與 The news 是同位格。

▶ 兩種 **the news that …**
the news **that** he died
(他死掉的消息) ▶ 此處的 that 是連接詞。
the news **that** I received
(我所收到的消息) ▶ 此處的 that 是關係代名詞，爲 received 的受詞，且取代先行詞 news。

❷(It … that ～)～的事是…
It is … that ～
It is certain *that* he knows nothing.
(＝*That* he knows nothing is certain.)
可以肯定的是，他一無所知。
▶ it 是指 that 以下的子句，只是個虛主詞，與(⇨ that²)的意思不同。

▶ 虛主詞與加強語氣
(虛主詞) it 是指 that 以下的部分。
[It] is certain [that he knows nothing.]
(可以肯定的是，他一無所知。)
(加強語氣) ▶ 把 It is, that 拿掉則成普通的句子。
[It is] you [that] are to blame.
(該罵的是你。) ▶ 強調 you 的句型。

❸(表示原因)(be … that ～)因爲
▶ be 之後爲形容詞或分詞。
We were surprised *that* he won the game.
我們因他贏得比賽而感到意外。
I am delighted *that* you have come to me.
我很高興你來找我了。

❹(表示目的)(so that …
I got up early **so** *that* I **might** [**could, would**] catch the first train.

may [can, will]～) 以便… 可以…，為了… 能…	我早起以便能趕上第一班火車。
	▶㊇ 在口語上用 so…can[will]的情形較多。
❺(表示結果) (so ... that～, such ... that～) 很…以致於…	He walked **so** fast *that* we could not follow him.
	他走得很快以致於我們都跟不上他。
	He is **such** an honest boy *that* he is loved by everybody.
	由於他那麼老實，每個人都愛戴他。
▶ so 的後面加形容詞或副詞，但 such 的後面則加名詞。	
❻(引導表驚訝・憤怒・願望的副詞子句)	Are you mad *that* you **should** do such a thing?
	你瘋了嗎，竟做出那種事？

that'll [ðætl; ˈðætl] that will 的縮寫
That'll do.
那樣可以。

that's [ðæts; ðæts] that is, that has 的縮寫
That's true.
那是真的。
That's been proved.
那已經證實了。

thaw [θɔ; θɔː] ㊇ -s [-z] ㊇ -ed [-d]; -ing

動㊀(雪・冰等的)融化	The snow is *thawing*.
	雪在融化〔融雪的季節〕。
▶也可以用 it 做主詞。	It will be *thawing* next week.
	下週雪就開始融化了。
㊇ 使(雪・冰等)融化	The sun *thawed* the snow.
	陽光把雪融化掉了。

──▶ melt 與 thaw──
melt ……固體被熱熔解。
　　　The warm air *melted* the butter.
　　　熱氣把奶油熔化。
thaw ……冰凍狀態的東西解凍。

the [(強)ði; ði:(弱)(子音之前)ðə; ðə(母音之前)ði; ðɪ]
▶ 通常 the 不用翻譯出來。a, an 為不定冠詞。
形 (定冠詞)

❶那 ▶加於所說，或已說過或已知道的名詞之前。	Please open *the* window. 請把窗子打開。
	The bird I keep is a canary. 我養的鳥是金絲雀。
❷(置於世界上獨一無二的事物・方位・方向之前)	*The* earth goes around *the* sun. 地球繞著太陽轉。
	Turn this corner to *the* right [*the* left]. 在這拐角處向右〔左〕轉彎。
	the north 北／*the* west 西
	▶「月」是 *the* moon，但「滿月」則為 **a** full moon，「新月」為 **a** new moon。
❸(置於山脈・河川・大洋・公共設施等專有名詞之前)	*the* Alps 阿爾卑斯山／*the* Thames 泰晤士河／*the* Pacific (Ocean) 太平洋／*the* Mayflower 五月花號／*the* British Museum 大英博物館／*the* China Times 中國時報
▶街道・公園・車站・橋・學校名稱等在習慣上都不加 the。	
▶加 the 的專有名詞。	

山脈　　　　　　　　　　船

公共建築物　　　群島　　新聞・雜誌

❹…類(代表全體)	*The* dog is a faithful animal. 狗是忠實的動物。

──▶ 代表全體的冠詞與單・複數──
1)「the＋單數名詞」*The dog* is a faithful animal.
2)「a(n)＋單數名詞」*A dog* is a faithful animal.
3)「無冠詞複數形」*Dogs* are faithful animals.
▶ 以上的例句 1)較正式，2)3)較通俗。但是 man, woman 例外，與上例的句子不同。"*Man* is mortal." (人皆有一死)此句中之 man 為無冠詞的單數形。
▶ the dogs 表示狗類全部。

❺(置於形容詞之前)…的人們 ▶作為複數名詞。	*The* rich (＝Rich people) are not always happy. 有錢人家不一定都幸福。
	the young 年輕人／*the* dead 死者／*the* poor 窮苦人家
❻(置於形容詞之前)	*The* beautiful (＝Beauty) never perishes. 美是不朽的。
	▶「the＋形容詞」＝抽象名詞
❼(置於形容詞最高級之前)	He is *the* tallest of the three. 他是三人之中最高的。
❽(表全家・全體國民等)	*the* Smiths 史密斯家的人，史密斯夫婦／*the* Americans 美國國民／*the* French 法國國民
❾(接普通名詞而成抽象名詞)	*the* mother 母性愛／*the* cradle 幼年時代／*the* head 腦力
❿(其他的用法)	by *the* pound [hour] 以磅計〔以時計〕／in *the* morning 在早上／in *the* dark 在黑暗中
──副 ❶(置於比較級之前)越，越發，反而更	I like him all *the* better for his faults. 他雖有缺點，我反而因此更加喜歡他。
❷(the＋比較級…the＋比較級)越…越…	*The* **more** I knew about it, *the* **uneasier** I felt. 我對這事了解越深，越覺得不安。
	The **sooner**, *the* **better**. 越快越好。
	The **more**, *the* **merrier**. 多多益善。

theater, ㊇ **theatre** [ˈθiətɚ, ˈθɪɚ-; ˈθɪətə] ㊇ -s [-
名 劇場；(加上 the)劇；演劇界	I often **go to the** *theater*. 我常去看戲。
	a movie *theater* 電影院

衍生 形 **theatrical**(戲院的，戲劇的)

thee [ði; ði:(弱)ðɪ; ðɪ] 代 thou(第 2 人稱・單數)的受格

主　格	所有格	受　格
thou [ðaʊ] 汝	thy [ðaɪ] 汝的	thee 汝

文(古語・詩語
的用) | God bless *thee*!
上帝祐汝。

► 複數形則主格爲 you 或 ye [ji]，所有格爲 your，受格
爲 you 或 ye。

eft [θεft; θeft] **名 -s** [-s]
名 竊盜，偷 | He was put in prison for *theft*.
他因犯了竊盜罪而入獄。

衍生 動 thieve(偷) **名 thief**(小偷)

eir [ðεr; ðeə(弱)ðə; ðər] **代** they 的所有格
也們的 | They live with *their* parents.
他們和父母同住。

eirs [ðεrz; ðeəz] **代** they 的所有代名詞
也們的東西 | Our house is older than *theirs*.
我們的房子比他們的舊。

em [(強)ðεm; ðem(弱)ðəm; ðm] **代** they 的受格
也們 | You must drive *them* home.
你必須開車送他們回家。

► their, theirs, them 皆可用來代表陽性、陰性、生物和
無生物中的任何一類。

eme [θim; θi:m] **名 -s** [-z]
名 主題 | "Originality" was the *theme* of his
speech.「獨創力」是他演說的主題。

複合 名 thème sóng(主題歌)

emselves [ðəm`sεlvz; ðəm'selvz] **代** they 的反身代
名詞

●(加強語氣的
用法) 他們自己 | They built the hut *themselves*.
他們自己建造這小屋。

●(反身用法) 他
們自己 | Heaven helps those who help
themselves. 天助自助者。

► 可用來代表陽性、陰性、生物、無生物中的任何一類。

en [ðεn; ðen]
副 ●(過去・未
來的)那時；屆
時；當時 | I was traveling in Europe *then*.
那時我正在歐洲旅行。
I'll tell you about it *then*.
到時我會告訴你那件事。

●其次，然後 | First came Mary, *then* Jane.
瑪麗先來，然後珍才來。

●並且，還 | It was a nice bicycle, and *then*
cheap.
那是一部不錯的腳踏車，並且又便宜。

●(在句首或句
尾)那麼 | What is this, *then*?
那麼，這是什麼？

w and then | He writes to me *now and then*.
時常 | 他時常寫信給我。

en and there = **there and then**
當場，立即 | He accepted the offer *then and*
there. 他當場接受這提議。

—名 那時 | I'll wait till *then*.
我會等到那時候。

—形 那時的 | The *then* mayor attended the party.
當時的市長出席了那宴會。

ence [ðεns; ðens]

副(文語) **●**由
彼處 **同** from
there
●因而
同 therefore | First she went to Paris and *thence*
to London.
她先去巴黎，從那裡再到倫敦。
She was rich, *thence* she did not
work.
她因爲富有的關係，所以不工作。

theory [`θɪərɪ, `θɪərɪ; 'θɪərɪ] **複 theories** [-z]
名 ● 理論
● 學說 | It seems right in *theory*.
理論上那似乎是正確的。
They accepted his *theory*.
他們接受他的學說。

━━► 請勿混淆 ━━━
logic ………論理學；邏輯
theory ……理論；學說

衍生 形 théorètical(理論性的)

there [(強)ðεr; ðeə;(弱)ðər; ðə]
副 ● 在那裡
► 唸作 [ðεr]。 | Put the book *there*.
把書放在那裡。
I have never been *there*.
我從未去過那裡。

●(後面加 be
動詞)有… | *There* is a doll on the chair.
椅子上有個洋娃娃。

► 輕音唸作
[ðə]。 | **►** 表示不特定的人與物，於某一時刻在
特定場所。

► there 讀作 [ðə]。例如，"*There* is
the doll." 有「(那個)洋娃娃在那裡」的
意味。

There are two apples on the table.
桌上有兩個蘋果。
There were many people in the
room. 房間裡有許多人。

━━► 「箱子裡面有些什麼呢？」在英文中的用法 ━━
{ What is there in the box?
{ What is in the box?

► "What are there ...?" "What are in the box?"
的說法通常不用。回答是 "There is [are] ...."。

●(感嘆詞)瞧！
聽！ | *There* goes the bell.
你聽！鐘響了。

●(與 be 動詞
以外的動詞連
用) | *There* **lived** an old man in the
village. 村莊裡住著一個老人。
There **seems** no doubt about it.
那件事似乎沒有疑問。

► 不要譯爲「在
那裡」。 | *There* **stands** a house on the hill.
在山丘上有幢房屋。

here and there
到處 | Some birds are flying *here and*
there. 有些鳥正四處飛翔。

over there
在那裡 | Who is the man standing *over*
there? 站在那邊的人是誰？

There is no
V*ing* 無從… | *There is no* tell*ing* what may
happen. 無從知道會發生什麼事情。

—名 那裡 | From *there* go on to Rome.
從那裡繼續前往羅馬。

—感(激動與喜
悅)好啦！ | *There, there*, don't cry.
好啦，好啦，不要哭了。

複合 副 thèreabóut(s)(在那附近)，**théreáfter**(其後)，

théreby(藉以), **thèrefóre**(因此), **théreìn**(在裡面;在那一點), **thèreupón**(隨即;在其上), **thérewìth**(外加,隨即)

thermometer [θə`mɑmətə; θə'mɒmɪtə(r)] (名) -s [-z]
名 溫度計,寒暑表 ｜ The *thermometer* often goes below zero. 溫度常降至零度以下。
► 「體溫計」稱為 a clinical *thermometer*。
複合名 **Cèlsius** [**cèntigráde**] **thermòmeter**(攝氏溫度計), **Fàhrenhèit thermòmeter**(華氏溫度計)

these [ðiz; ðiːz] (代) this 的複數式
(指示代名詞)這些(人或物) ｜ *These* are my books. 這些是我的書。
──形 (指示形容詞)❶這些 ｜ *These* books are mine. 這些書是我的。
❷最近的,現今的 ｜ I'll call on him one of *these* days. 我最近會去拜訪他。

(in) these days(目前)► in 常省略。
in those days(那時)► in 不能省略。

they [ðe; ðeɪ] (代) 第 3 人稱・複數・中性・主格

主　格	所有格	受　格	反身代名詞
they 他們	their 他們的	them 他們	themselves 他們自己

❶他們;她們;它們 ｜ *They* want you to go with them. 他們要你和他們同行。
► 單數形為 he, she 或 it。
❷(一般的)人們,(非特定範圍的)人 ｜ *They* say he is a great painter. 人家說他是個偉大的畫家。
► 譯成中文時,不要譯成「他們說」。
► 最好勿刻意譯出。 ｜ *They* speak English in Canada. 在加拿大是說英語的。

they'd [ðed; ðeɪd] they would, they had 的縮寫 ｜ He said *they'd* (=would) come. 他說他們會來的。

they'll [ðel; ðeɪl] they will 的縮寫 ｜ *They'll* come. 他們會來。

they're [ðer; ðeɪə(r)] they are 的縮寫 ｜ *They're* his. 它們是他的(東西)。

they've [ðev; ðeɪv] they have 的縮寫 ｜ *They've* gone. 他們已經走了。

thick [θɪk; θɪk] (比) -er (最) -est
形 ❶厚的;粗大的 ｜ The *thick* book on the desk is hers. 桌上那本厚書是她的。
反 thin ｜ He has a *thick* neck. 他有個粗脖子。

thick 厚　　thin 薄　　thick 粗　　thin 細

❷(頭髮等)濃密的;(群眾等)密 ｜ She has *thick* hair. 她有濃密的頭髮。

集的,擁擠的 ｜ The train was *thick* **with** students. 那列火車擠滿了學生。
❸(液體・氣體等)濃稠的 ｜ The fog is growing *thicker*. 霧漸濃了。
❹陰霾的 ｜ It was a *thick* morning. 那是個陰霾的早晨。
──副 厚地;濃地;密集地 ｜ Snow was falling *thick* **and fast**. 大雪正濃密又急促地下著。
｜ The complaints about their room service have been coming *thick* **and fast**. 對他們客房服務的怨言接二連三地頻傳。
衍生 副 **thìckly**(厚地;濃地)名 **thìckness**(厚度;濃度)動 **thìcken**(變厚;變濃)

thicket ['θɪkɪt; 'θɪkɪt] (名) -s [-s]
名 樹叢;草木繁茂處 ｜ He collected insects in the *thicket*. 他在樹叢中採集昆蟲。

thief [θif; θiːf] (名) thieves [θivz]
名 竊賊 ｜ The *thief* is wanted by the police. 那竊賊被警方通緝。

──►「盜賊」的同義字──
thief ……為最常使用的字,指犯下任何竊案的小偷。
burglar …是指闖入住宅的竊賊或搶匪。
robber …是指當面奪取財物的強盜。

thigh [θaɪ; θaɪ] (注意發音) (名) -s [-z]
名 股,大腿 ｜ The water rose up to his *thighs*. 水漲到他的大腿。

thin [θɪn; θɪn] (比) thinner (最) thinnest
形 ❶薄的,細的 ｜ The ice on the lake is too *thin* for skating.
反 thick ｜ 湖上的冰太薄了,不能溜冰。
❷(頭髮等)稀疏的;(群眾等)疏落的 ｜ He has *thin* hair. 他的頭髮稀疏。
｜ The audience was *thin*. 聽眾疏疏落落的。
❸(液體,氣體等)稀薄的 ｜ The air is *thin* on heights. 高地的空氣稀薄。
❹瘦的 ｜ He is *thinner* than his brother. 他比他的哥哥(弟弟)瘦。
反 fat
► 比 slender, slim(纖細的)更為瘦弱。

thing [θɪŋ; θɪŋ] (名) -s [-z]
名 ❶東西;事 ｜ She is fond of sweet *things*. 她喜歡甜的東西。
｜ I have a lot of *things* to do today. 今天我有好多事情要做。
❷(用複數)事情;狀況 ｜ *Things* will get better soon. 情況很快就會好轉起來。
❸(one's+複數形)…的所有物 ｜ Put **your** *things* away. 把你的東西收拾整齊。

think [θɪŋk; θɪŋk] (三) -s [-s] (過) thought [θɔt] -ing
動 (及) ❶思索,考慮;認為 ｜ I *think* **(that)** it will rain. 我想會下雨。
► that 經常被省略。
｜ I *think* { him **(to be)** honest. **(that)** he is honest. } 我認為他是誠實的。

▶「不認爲…」在英文中的用法
「我認爲他不會來。」
(一般) I *don't think* he will come.
(通常不說) I *think* he will *not* come.

❯打算	I *think* I will leave here tomorrow. 我打算明天離開這裡。
❯預期；預料，想 ▶常用在否定・疑問句中。	I never *thought* to meet her here. =I never *thought* that I would meet her here. 我從沒料到會在這裡遇見她。 Who would have *thought* to find her here? 誰預料得到會在這裡發現她呢？
❯思索，考慮，想	Let me *think* a moment. 讓我考慮一下。

▶除了 think 以外，「想」的例句
I *hope* it will not rain tomorrow.
(我希望明天不會下雨。一如此希望)
I'm *afraid* it will rain tomorrow.
(我怕明天會下雨。一擔心)
I *wondered* why he had refused.
(我不知道他爲何拒絕了。一疑問)
I'm *going* to be a doctor.
(我以後要當個醫生。一打算)
▶一線後的說明表示各句的隱義。

think about … 想到…；考慮…	I'm *thinking about* my friends abroad. 我想起在國外的朋友。
think highly [*much*] *of …* 看重…	He *thinks highly of* you. 他看得起你。
think lightly [*little*] *of …* 輕視…	They *think lightly of* his novel. 他們輕視他的小說。
think nothing of … ❶認爲…無所謂	I *think nothing of* running ten miles. 我認爲跑上 10 哩算不了什麼。
❷認爲…沒價值	He *thinks nothing of* the advice. 他認爲這個勸告沒價值。
think of … ❶考慮到…	It is good to *think of* the future. 考慮到未來是對的。
❷想念…	She often *thinks of* her home. 她經常想家。
❸想到…	He *thought of* a good plan. 他想到一個好計畫。
❹(用進行式)打算	I'm *thinking of* buying a piano. 我打算買一架鋼琴。
think out … 構想出…	It was Tom that *thought out* the plan. 是湯姆構想出這計畫的。
think over … 仔細考慮…	I'll give you three days to *think* it *over*. 我給你三天時間去仔細考慮。

派生 形 **thìnkable**(可想像的), **thinking**(沉思的；有思考力的), **unthìnkable**(不可想像的)图 **thìnker**(思想家；思考者), **thìnking**(思考；思索), **thought**(思想)

third [θɝd; θɜːd]
形 ❶(常加 the) 第三；第三個的	I got (**the**) *third* prize in the race. 我賽跑得第三名。 the *third* man in the line 行列中的第三個男人
❷三分之一的	He is in the upper *third* of his class in respect of achievement. 他的成績在班上屬前三分之一以內。

—— 複 -s [-z]
图 ❶(常加 the) 第三個人〔物〕	He is **the** *third* of the four children. 他是四個孩子中的老三。
❷(常加 the) 三日，三號	on **the** *third* of April 在四月三日
❸三分之一	One *third* of the class attended the meeting. 全班有三分之一參加了會議。 two *thirds* 三分之二

複合 图 **thìrd clàss**(三等)形 **thìrd-clàss**(三等的)

thirst [θɝst; θɜːst] 變 無
| 图 ❶口渴 | I was parched with *thirst*. 我口渴極了。 |
| ❷熱望，渴望 | He has ardent *thirst* **for** knowledge. 他有極強烈的求知慾。 |

—— 三 -s [-s] 過 -ed [-ɪd]; -ing
| 動 不 熱望 | He *thirsted* **for** fame. 他熱中聲名。 |

thirsty [ˈθɝstɪ; ˈθɜːstɪ] 較 **thirstier** 最 **thirstiest**
形 ❶口渴	I am *thirsty*. 我口渴。
❷熱望的	We are *thirsty* **for** adventure. 我們熱望冒險。
❸乾燥的(草木及土地)	They watered the *thirsty* fields. 他們灌溉乾旱的田地。

thirteen [θɝˈtin; ˌθɜːˈtiːn] 複 -s [-z] ▶序數是 **thìrtèenth**。
| 图 形 13(個・人・時・歲)(的) | They don't like the number "*thirteen*". 他們不喜歡「13」這數字。 |

thirty [ˈθɝtɪ; ˈθɜːtɪ] 複 **thirties** [-z]
图 形 30 (個・人・時・歲)(的)	I am *thirty* (years old). 我三十歲。
❷(複數形)三〇年代；30—39 歲	**in** the eighteen-*thirties* (1830's) 在一八三〇年代裡
▶年代加 the, 歲數加 one's。	He died **in** his *thirties*. 他三十幾歲時逝世了。
▶序數為 **thìrtieth**。	

this [ðɪs; ðɪs] 複 **these** [ðiːz]
代(指示代名詞)❶這個，這個人	What is *this*? 這是什麼？ *This* is Betty speaking. (電話上)我是貝蒂。
▶指比 that 爲近之物。	*This* is my uncle. 這位是我伯父。
❷本，今天，這次；這裡	What day is *this*? 今天是星期幾？
❸以下敘述的事；以上敘述的事	Tell me *this*. Do you like her? 請回答我這一個問題。你是不是喜歡她？

❹後者▶與 that(前者)相對。
圓 the latter

Drinking and smoking are both harmful to our health; *this*,however, is more harmful than that.
飲酒與抽煙都有損健康,但後者(煙)比前者爲害更大。

───**代 these** [ðiz]
形 (指示形容詞)❶這
This book is mine.
這本書是我的。

▶和代名詞一樣,指比 that 爲近的事物。

❷(今晚,本週等)本
I got up early *this* morning.
今天早上我起得早。

this evening 今晚

▶「今夜」不是 this night, 而是 tonight。

this day week
上〔下〕週的今天
I'll see you again *this day week*.
下週的今天再會。

▶ 通常圓 自上下文判斷係上週或下週,圓 一般則係指 a week from today。

thorn [θɔrn; θɔ:n] 圓 -s [-z]
名 ❶(植物的)刺
Roses have *thorns*.
玫瑰多刺。

▶會扎手的刺、尖片等稱爲 a splinter。

❷(植物)荊棘;山楂子
the crown of *thorns*
荊棘編成的冠冕

▶耶穌被釘在十字架時,戴在頭上的荊冠。

衍生 形 **thórny**(多刺的;辛苦的;困難的)

thorough [ˈθɝo, -ə; ˈθʌrə]
形 徹底的,完全的
I'll make a *thorough* investigation of the matter.
我會徹底調查那件事。

───▶ 避免混淆
thorough [ˈθɝo] 形 徹底的
through [θru] 介 通過

複合 形 名 **thóroughbréd**(純種的(馬))名 **thóroughfáre**(主要道路,街道)形 **thóroughgóing**(徹底的)
衍生 副 **thóroughly**(徹底地)名 **thóroughness**(徹底)

those [ðoz; ðəʊz] 代 that 的複數形
(指示代名詞)
❶那些(人・物)
Those are my pencils.
那些是我的鉛筆。

Those (**who were**) present were glad at the news.
在場的人對這消息都很高興。

▶ those who
(…的人們)請當作成語背下來。
▶ those 後面的(who+be 動詞)常予省略。

❷…的那些
His eyes are like *those* of an angel.
他的眼睛就像天使的眼睛一樣。
▶不要重複前面所使用的名詞。

───形 (指示形容詞)那些
Those shoes are mine.
那些鞋子是我的。

in those days
當時
The town was a fishing village *in those days*.
當時這個鎮是個漁村。

▶「最近」是 these days。

thou [ðaʊ; ðaʊ] ▶ you 的古語　圓 you, ye [ji]

主格	所有格	受格
thou 汝	thy [ðaɪ] 汝之	thee [ði] 汝

代 (古語・詩語)汝
Thou shalt not kill.
汝不可殺人。(聖經)
▶ shalt [ʃælt] 爲 shall 之古體字。

though [ðo; ðəʊ]
連 ❶雖然
圓 although
Though it was snowing, I went out.
雖然當時正下著雪,我還是出去了。

❷即令
圓 (even) if
I'll go (even) *though* it snows.
即使下雪,我還是會去。

───▶ although 與 though
1) although 比 though 的語氣要堅定,主要用於文語中。
2) although 不與 even 或 as 連用,但我們說 even though, as though。

thought¹ [θɔt; θɔ:t] 動 think 的過去式・過去分詞
thought² [θɔt; θɔ:t] 圓 -s [-s] ▶ think 的名詞
名 ❶思考,沉思
He did it after long *thought*.
經過長久的思考後,他才去做。

❷想法;意向;意見
He kept the *thought* to himself.
他沒向別人提起他的想法。

❸思想,思潮
modern *thought* 近代思想

❹(常加 a)關懷
He showed a tender *thought* for her. 他對她表示親切的關懷。

衍生 形 **thóughtless**(輕率的)

thoughtful [ˈθɔtfəl; ˈθɔ:tfʊl] 反 thoughtless
形 ❶深思熟慮的;思想豐富的
He is very *thoughtful*.
他是個深思熟慮的人。

❷關切的,體貼的;考慮周到的
She is *thoughtful* of [for] others.
她很關切別人。

It was *thoughtful* of you to send me the gift.
謝謝你這麼設想周到,送我禮物。

衍生 副 **thóughtfully**(深思熟慮地;體貼地)名 **thóughtfulness**(深思熟慮;體貼)

thousand [ˈθaʊzn̩d; ˈθaʊznd] 圓 thousand, -s [-z]
名 ❶千
a [one] *thousand* 一千/fifty *thousand* 五萬/two *thousand* three hundred and sixteen 2,316
▶當數詞用時,後面不加 s。

❷(thousands of)數以千計的人・物
Thousands of people were killed in the earthquake.
數以千計的人在地震中喪生了。

───▶ 數以萬計等
數以萬計的人
數十萬計的人
tens of thousands of people
hundreds of thousands of people

───形 ❶一千的
He has saved two *thousand* dollars.
他已儲蓄了二千元。

❷多數的,無數的
A *thousand* thanks [pardons].
多謝〔抱歉〕之至。
▶也有說"Thanks a million."。

衍生 名 形 thȏusandth (第一千個(的)；一千分之一(的))
副 形 thȏusandfóld (一千倍地(的))

rash [θræʃ; θræʃ] ㊂ **-es** [-ɪz] 規 **-ed** [-t]; **-ing**

動 及 (用棒等) 打(人・穀物)	He *thrashed* his son for stealing cakes. 他鞭打兒子，因爲兒子偷了糕餅。

「打穀物」也可用 thresh。

不 輾轉反側	The man *thrashed* **about** with pain. 他因疼痛而輾轉反側。

read [θrɛd; θred] 複 **-s** [-z]

名 (絲棉的)線；縫衣的線	Put a *thread* through this needle. 請將線穿過這針孔。

— ㊂ **-s** [-z] 規 **-ed** [-ɪd]; **-ing**

動 及 ❶穿線於(針孔等)	Will you *thread* this needle for me? 請幫我穿這針好嗎?
❷穿過	We *threaded* our way **through** the crowd. 我們從人群中擠出來。

reat [θrɛt; θret] 複 **-s** [-s]

名 恐嚇，脅迫，威脅	He put his *threat* into execution. 他說了威脅的話，而且付諸實行。

reaten [ˋθrɛtn̩; ˈθretn] ㊂ **-s** [-z] 規 **-ed** [-d]; **-ing**

動 及 ❶恐嚇，脅迫 同 menace	They *threatened* { me **with** death. / **to** kill me. } 他們揚言要殺死我。
❷有…之虞	The heavy black clouds *threaten* a storm. 烏雲密佈，恐有暴風雨之虞。

ree [θri; θriː] 複 **-s** [-z] ► 序數爲 **third**。

名 形 三(個・人・時・歲)(的)	I'll come **at** *three*. 我三點鐘會來。

► 所謂 the *three* R's [ɑrz] 係指 *r*eading, w*r*iting, *r*ithmetic (讀・寫・算)三者。

reshold [ˋθrɛʃold, ˋθrɛʃhold; ˈθreʃhəʊld] 複 **-s** [-z]

名 門檻，入口；出發點	I'll never cross the *threshold* of your house. 我不會再到你家去了。

rew [θru; θruː] 動 throw 的過去式

rice [θraɪs; θraɪs] ► 現在多用 three times。

副 (文語)三次；三倍	The cock crowed *thrice*. 公雞啼了三次。

> ► 英語中的「…次」
> 一次 once, 兩次 twice, 三次 three times, 四次 four times ► 以後各次 ... times。

rift [θrɪft; θrɪft] 複 無

名 節儉，節約 同 economy	We should practice *thrift*. 我們應該力行節約。

衍生 形 thrìfty (節儉，節約)

rill [θrɪl; θrɪl] 複 **-s** [-z]

名 興奮；激動	The news sent a *thrill* of joy to my heart. 這消息帶給我極大的喜悅。

► 不僅表示恐怖，也能表示感動・快樂・喜悅等。

— ㊂ **-s** [-z] 規 **-ed** [-d]; **-ing**

動 及 令人激動；令人興奮	The scene *thrilled* the audience. 這場面使觀眾大爲感動。

衍生 形 thrìlling (充滿刺激的) 名 thrìller (充滿刺激的事物)

thrive [θraɪv; θraɪv] ㊂ **-s** [-z] 規 **-d** [-d] 不 **throve** [θrov]; **thriven** [ˋθrɪvən]; **thriving**

動 不 繁榮；繁茂，茂盛 同 flourish	Education *thrives* here. 本地教育發達。
	Flowers won't *thrive* without sunshine. 花沒有陽光不會茂盛。

throat [θrot; θrəʊt] 複 **-s** [-s]

名 咽喉；食道；氣管	I have a sore *throat*. 我喉嚨痛。
	He often clears his *throat*. 他常清喉嚨。

throb [θrɑb; θrɒb] ㊂ **-s** [-z] 規 **throbbed** [-d]; **throbbing**

動 不 (心臟)跳動；有規律地跳動；(傷)抽痛	My heart *throbbed* violently. 我的心臟劇烈地跳動。
	My toes *throbbed* **with** pain. 我的腳趾在抽痛。

— 複 **-s** [-z]

名 (強的)跳動，悸動	In the silence I heard the *throbs* of my heart. 在寂靜中，我聽到心臟在跳動。

throne [θron; θrəʊn] 複 **-s** [-z]

名 (加 the) 王座，王位	He came to **the** *throne* in 1910. 他在 1910 年登基。

throng [θrɔŋ; θrɒŋ] 複 **-s** [-z]

名 群衆；人群 同 crowd	A *throng* gathered in the park. 一群人聚集在公園裡。

— ㊂ **-s** [-z] 規 **-ed** [-d]; **-ing**

動 及 不 群集	People *thronged* the hall. 人們擠滿了會堂。

through [θru; θruː]

介 ❶經過，穿過	The Tamsui flows *through* Taipei. 淡水河流經台北。
❷通過，通過…之中	Can you see it *through* this hole? 你能從這洞口看見它嗎?
❸(場所・時間)…之中	He has traveled **all** *through* the world. 他的足跡遍及全球。
	He works hard **all** *through* the year. 他整年都在辛勤工作。

► 與 all 連用可加強語氣。在這場合，就與 throughout 同義。

❹透過；由於，藉	I knew him *through* my uncle. 我透過我的伯父認識他。
	He succeeded *through* deligence. 他由於努力工作而成功。
❺結束；完成	We are *through* school at three. 我們三點鐘放學。
❻美 (從…)到…止	I'll stay here from Monday *through* Friday. 我從星期一到星期五都會在這裡。 ► 英 則用 from Monday to Friday inclusive。
see through… 看穿…	I *saw through* his trick. 我看穿他的詭計。
— 副 ❶從頭到尾地；自始至終地	I read the book *through*. 我把這本書全看完了。

❷徹底地,完全地 | We got wet *through in* the shower. 我們在陣雨中淋得溼透。

be through with ...
結束… | *Are* you *through with* the book? 你看完這本書了嗎?
► 視文義,with 以下可省略。
I'll soon *be through*. (我很快就結束。)

——形 直達的;通行的, 聯運的 | He caught a *through* train. 他搭上了一班直達列車。

throughout [θru`aʊt; θruː'aʊt]
介 (場所・時間)…之中 | *throughout* China 在中國各處/ *throughout* the night 整晚
——副 ❶從頭到尾地;自始至終地 | I remained silent *throughout*. 我自始至終都保持緘默。
❷徹頭徹尾地, 完全地 | The ring is gold *throughout*. 這戒指是純金的。

throve [θrov; θrəʊv] 動 thrive 的過去式

throw [θro; θrəʊ] 三 -s [-z] 過 **threw** [θru]; **thrown** [θron]; **-ing**
動 及 ❶投擲,拋 | The pitcher *threw* a curve. 投手投了一個曲球。
He *threw* a stone *at* the dog. 他用石子丟狗。
He *threw* { a bone *to* the dog. / the dog a bone. 他丟了一塊骨頭給那隻狗。

| at | 投打 |
| to | 投給 |

❷使陷入(某位置・狀態);立刻造成(某狀態) | He was *thrown into* prison. 他被關進牢裡。
The explosion *threw* the people *into* confusion. 爆炸使人們陷於慌亂。

❸匆匆穿上;匆匆脫掉(衣服等) | She *threw on* her overcoat. 她匆匆穿上大衣。
She *threw off* her overcoat. 她匆匆脫掉大衣。

❹急伸,猛動(手・腿等) | He *threw up* his hands in despair. 他絕望地舉起雙手。
——名 -s [-z]
名 ❶投擲;投球 | His *throw* was too low. 他投的球太低。
❷投擲得到的距離 | We live *within a stone's throw of* the school. 我們住的地方離學校很近。

thrown [θron; θrəʊn] 動 throw 的過去分詞

thrush [θrʌʃ; θrʌʃ] 名 -es [-ɪz]
名 (鳥)畫眉鳥 | A *thrush* is singing his spring song. 畫眉鳥正唱著牠的春之歌。

thrust [θrʌst; θrʌst] 三 -s [-s] 過 **thrust; -ing**
動 及 ❶力推,插入;刺 | I *thrust* the door open. 我用力將門推開。
He *thrust* a handkerchief **into** his pocket. 他把一條手帕塞進他的口袋中。
The robber *thrust* a dagger **into** back. 強盜將匕首刺入他的背部。
❷(與 oneself 連用)強行介入;強行闖入;出風頭 | She *thrust* **herself into** our conversation. 她在我們談話時插嘴進來。
She always *thrusts* **herself forward**. 她總是愛出風頭。
不 ❶刺;戳 | He tried to *thrust* **at** the dog with his stick. 他想用手杖戳那隻狗。
❷推,推開 | We *thrust* **through** the crowd. 我們推開人群前進。
——名 -s [-s]
名 刺,戳;攻擊 | I gave him a *thrust* with my fist. 我給他一拳。

thud [θʌd; θʌd] 名 -s [-z]
名 (重物落地時的)重擊聲,碰擊聲 | A sack of potatoes fell off the truck **with a** *thud*. 一袋馬鈴薯自卡車碰然一聲落下來。

thumb [θʌm; θʌm] (注意發音) 名 -s [-z]
名 (手的)大拇指 | She pinched her *thumb* in the door 她的大拇指被門夾住了。
► 腳的大拇趾是 a big toe。
all thumbs 笨拙 | She is *all thumbs* when it comes t cooking. 談起煮菜,她是笨手笨腳的
——三 -s [-z] 過 **-ed** [-d]; **-ing**
動 及 以大拇指翻弄(書頁等) | He busily *thumbed* **through** the book. 他匆忙地翻書頁。

thumbtack [`θʌm,tæk; 'θʌmtæk] 名 -s [-s]
名 美 圖釘 英 drawing pin | I pressed the *thumbtacks* into the board with my thumb. 我用大拇指將圖釘釘在板上。

thump [θʌmp; θʌmp] 三 -s [-s] 過 **-ed** [-t]; **-ing**
動 及 不 (以拳頭)重擊 | He *thumped* the desk with his fist 他用拳頭重擊桌子。

thunder [`θʌndə; 'θʌndə(r)] 名 -s [-z]
名 雷,雷鳴 | We haven't had much *thunder* thi summer. 今年的夏天不常打雷。
——三 -s [-z] 過 **-ed** [-d]; **-ing** [`θʌndərɪŋ]
動 不 雷鳴(主詞為 it) | It is *thundering* in the distance. 遠處在打雷。
複合 名 **thúnderbólt**(雷電;霹靂), **thúnderstórm**(大雷雨)
衍生 形 **thúnderous**(如雷的)

Thursday [`θɜzdɪ; 'θɜːzdɪ] 名 -s [-z]
名 星期四;(用作形容詞)星期四的 ► 可縮作 Thur., Thurs.。 | I'll call on him next *Thursday*. 我下個星期四將拜訪他。
It happened **on** *Thursday* morning 那是在星期四上午發生的。

thus [ðʌs; ðʌs] ► so 的正式用字。
副 ❶如此地;像這樣地 | He spoke *thus*. 他如此說。

❷因此,於是 | I studied hard; *thus* I passed the examination.
|我用功讀書,因此考試及格了。
❸至此程度 | You may do *thus* far.
|你可以做到這種程度。

hwart [θwɔrt; θwɔːt] ⊜ **-s** [-s] ⊛ **-ed** [-ɪd]; **-ing**
動㊉妨礙(計畫等) | He *thwarted* my plan.
|他妨礙了我的計畫。

hy [ðaɪ; ðaɪ] 㑹 thou(汝)的所有格⇨ thou
(古語·詩語)汝的 | I send my messenger before *thy* face. 我派遣我的使者至汝面前。(新約聖經)
▶ 在母音前面時,變爲 thine。

ick [tɪk; tɪk] ⊜ **-s** [-s] ⊛ **-ed** [-t]; **-ing**
動㊀(鐘錶等的)滴答聲 | The clock was *ticking* in the dark.
|在黑暗中,時鐘滴答滴答地響。

icket [`tɪkɪt; 'tɪkɪt] ⊛ **-s** [-s]
名票,車票;券,入場券 | The conductor punched my *ticket*.
|車掌剪了我的車票。

ickle [`tɪkl; 'tɪkl] ⊜ **-s** [-z] ⊛ **-d** [-d]; **tickling**
動㊉ **❶**輕搔使生癢 | She *tickled* her son and made him laugh.
|她搔她兒子的癢,弄得他發笑。
❷使愉快;逗笑 | My story *tickled* the children.
|我的故事使孩子們樂不可支。
㊁感覺癢 | My nose *tickles*. 我的鼻子癢。

ide [taɪd; taɪd] ⊛ **-s** [-z]
名❶潮,潮流 | The *tide* is flowing [ebbing].
|潮正在漲〔落〕。
❷風潮;傾向,趨勢 | The *tide* of affairs turned in his favor. 情勢的轉變對他有利。
衍生 **形** **tìdal**(潮的▶「(比喻用法的)浪潮」是 a *tidal wave*。)

idy [`taɪdɪ; 'taɪdɪ] 㑹 **tidier** ⊛ **tidiest**
形整潔的,整齊的 | I was shown into a *tidy* room.
|我被帶入一間整潔的房間。

----▶ neat, tidy, trim----
neat ……是指清潔整齊的。
neat clothes (整潔的衣服)
tidy ………清潔且整理得井然有序。
a *tidy* room (井然有序的房間)
trim ……除 neat, tidy, 尚有「外表美觀的」之義。
a *trim* boat (整潔精緻的船)

ie [taɪ; taɪ] ⊜ **-s** [-z] ⊛ **-d** [-d]; **tying**
動㊉ **❶**結,縛,繫 | He *tied* the horse **to** a post.
|他將馬拴在柱上。
❷束縛;限制 | I am *tied* **to** my work all day.
|我整天都忙著工作。
❸得同分 | We *tied* the other team.
|我們和另一隊打成平手。
㊁**❶**打結,結起 | This ribbon *ties* well.
|這條絲帶結得很好。
❷得同分 | The two teams *tied*.
|這兩隊得分相同。

ie up
❶繫牢;包紮 | *Tie up* this package.
|將這包裹捆好。

❷㊍(交通)阻塞 | The accident *tied up* all traffic.
|這件意外使交通全都阻塞了。
── ⊛ **-s** [-z]
名❶領帶 | He was wearing a red *tie*.
㊁necktie | 他打著一條紅領帶。
❷用以捆綁之物,繩索;關係;羈絆 | We are united by some invisible *tie*.
|我們藉一種無形的關係聯繫在一起。
| They strengthened the *ties* of friendship. 他們增進了友誼。
❸同分,打平手 | The game ended **in** a *tie*.
|這場比賽以平手收場。

tiger [`taɪgɚ; 'taɪgə(r)] ⊛ **-s** [-z]
名(動物)虎 | The *tiger* is a fierce animal.
|虎是一種兇猛的動物。

tight [taɪt; taɪt] ⊛ **-er** ⊛ **-est** ⊗ loose
形❶緊的;嚴屬的 | These trousers are *tight*.
|這條褲子緊。

tight 緊   loose 鬆

❷拉緊的,繃緊的 | She walked on the *tight* rope.
|她在拉緊的繩索上行走。
── **副**❶緊密地;堅實地 | I shut the door *tight*.
|我把門關緊。
❷繃緊地 | Stretch the rope *tight*.
|請將繩子拉緊。
衍生 **副** **tìghtly**(緊密地) **名** **tìghtness**(緊張) **動** **tìghten**(拉緊,繃緊)

tile [taɪl; taɪl] ⊛ **-s** [-z]
名磚瓦 | This floor is covered with *tiles*.
|地板上鋪著地磚。

till [tɪl, tl; tɪl] ㊉ until
介❶(時間的)直到…止 | I'll be home *till* six o'clock.
|六點鐘前我都會在家。

----▶ till 與 by----
till ……(直到…止)表示繼續。
I'll be home *till* six.
(六點鐘前我都會在家。)
by ……(在…以前)表示終了。
I'll be home *by* six.
(我六點以前會回到家。)

❷(not 之後)…時才… | I didn't get there *till* dark.
|我直到天黑才到達那裡。
▶ 有「在天黑以前尚未到達那裡」的意思。
── **連**❶(時間)直到…止 | I'll stay here *till* he comes.
|我會待在這裡直到他來爲止。
❷(程度)…爲止 | He talked *till* his voice was hoarse.
|他一直說到聲音嘶啞爲止。
❸(not 之後)…時才… | We don't know the value of health *till* we lose it.
|要到病時,才曉得健康的價值。

timber [`tɪmbɚ; 'tɪmbə(r)] ⊛ **-s** [-z]

名 (建築用的) 木材美 lumber	His father is a *timber* dealer. 他的父親是個木材商。

time [taɪm; taɪm] 働 **-s** [-z] ⇨ hour, o'clock

名❶時間, 時	*Time* is money. 時間即金錢。

▶ 避免混淆

time …時間	waste *time*(浪費時間)
hour …小時	three *hours*(三小時)

❷(作事的)時間	I don't have much *time* to study. 我沒很多時間可讀書。
❸(加 a)期間; (一段)時間	Wait here for a *time*. 在這裡等一會兒。
❹時刻, 時候	What *time* is it (now)? 現在幾點鐘?

▶「現在幾點鐘?」在英文中的用法

What *time* is it?
What is the *time*?
What *time* do you have?
Have you got the *time*?

❺(常為複數)時 代, 時勢	Science makes progress with the *times*. 科學隨著時代在進步。
❻次, 次數	I met him several *times*. 我遇見他好幾次。

▶「一次」是 once,「兩次是」twice,「三次」是 three times,以後各次皆 ... times。

❼(算術的)乘	Three *times* four is twelve. 3 乘 4 等於 12。 ▶ 4×3=12 讀作 "Four *times* three equals twelve."。 ▶「3 的兩倍是 6」是 "Twice three is six."。
⇨ as	This is five *times* as long as that. 這個有那個的 5 倍長。
all the time 一直	She kept talking *all the time*. 她一直不停地說話。
at a time 一次	Do one thing *at a time*. 一次做一件事。
at one time ❶曾有一度	*At one time* they were in love. 他們有一度彼此相愛。
❷同時 同 at a time	They spoke *at one time*. 他們同時說話。
be in time *for ...* 及時…	You may *be in time for* the train. 你或許能及時趕上火車。
for a long *time* 很長的時間	I waited for her *for a long time*. 我等她好久。
for the first *time* 首次	Yesterday I rode a horse *for the first time*. 昨天是我第一次騎馬。
for the time *being* 暫時	This money will do *for the time being*. 這筆錢暫時夠用。
from time to *time* 時常	He writes home *from time to time*. 他時常寫信回家。

have a good *time* 玩得愉快	Thank you. I've *had* such *a good time*. 謝謝你, 我玩得真愉快。
keep good [*bad*] *time* (鐘錶) 走得準確 (不準確)	This watch *keeps good time*. 這隻錶走得很準確。
keep time 打拍子	A conductor *keeps time* with his baton. 指揮者以指揮棒打拍子。
on time 準時	The train arrived *on time*. 火車準時到達了。
once upon a *time* 很久以前	*Once upon a time* there lived a king. 很久以前有個國王。
some time (未來的)某時	You will repent it *some time*. 你將來會後悔那件事的。

▶ 美 將 some time 二字分開, 美 合成一字。
複合 名 **tìmetáble**(時間表;(火車)時刻表)
衍生 形 **tìmely**(適時的) 名 **tìmer**(計時員;計秒錶;定時開關)

timid [`tɪmɪd; ˈtɪmɪd] 働 **-er** 働 **-est**

形 膽小的, 怯懦 的	He is *timid* by nature. 他生性膽小。

▶ timid 與 cowardly

timid ………因面對新的、不明瞭、不確定的事情而感到恐懼。
cowardly …面對危險時, 覺得膽怯、懦弱、缺乏勇氣。

衍生 名 **timìdity**(膽小, 怯懦) 副 **tìmidly**(怯懦地)

tin [tɪn; tɪn] 働 **-s** [-z]

名❶(金屬元 素)錫	This bottle is made of *tin*. 這瓶子是用錫作的。
❷美 罐(罐頭) 美 can	He bought a *tin* of cigarettes. 他買了一罐香煙。

tinge [tɪndʒ; tɪndʒ] 働 **-s** [-ɪz]

名❶輕淡的色 澤	There is a *tinge* of red in the sky. 天空微紅。
❷(性質·感情 等的)味道	She has a *tinge* of conceit. 她帶著一絲自負的神情。

tint [tɪnt; tɪnt] 働 **-s** [-s]

名 色澤, 淡色	It was almost white having only a slight *tint* of yellow. 那幾乎是全白色的, 只稍帶黃色。

▶ color, hue, tint, tinge, shade

color …顏色, 一般的用語。
hue …色彩, 較 color 文語;或指光譜上的色相。
shade …較常指色彩的濃淡。
　　　 a lighter shade of blue(較淡的藍) / a darker shade of green(較深的綠)
tint ……通常指淡色。
　　　 the orange tints of the morning sky
　　　 (早晨天際泛著淡橘色)
tinge …染上其他色彩的色澤。
　　　 a tinge of pink on the lake
　　　 (湖水染上粉紅色)

tiny [`taɪnɪ; ˈtaɪnɪ] 働 **tinier** 働 **tiniest**

微小的, 極小	She keeps a *tiny* cat.
	她養著一隻小貓咪。

▶「小的」同義字

little ……指比預期或正常的小, 可用於形容微不足道, 渺小。帶有感情色彩。

small ……形容數量、尺寸、程度的小, 一般用語。通常說 a *small* man (個子小的男人), 而不說 a *little* man。

tiny ……是指極小的, 極細微的。

¹ [tɪp; tɪp] ⑧ -s [-s]	
❶(尖銳物	I scalded the *tip* of my tongue.
)尖端	我燙傷了舌尖。
附著在尖端之	This stick has a metal *tip*.
	這根手杖有個金屬頭。
² [tɪp; tɪp] ⑧ -s [-s]	
小費, 賞錢	I gave the doorman a *tip*.
	我給門房小費。

「給門房小費」可委婉地說 "Remember [Consider] e doorman."。

toe [ˈtɪp,to; ˈtɪptəʊ] ⑧ -s [-z]	
趾尖	The girl is standing **on** *tiptoe*.
	那少女踮起腳尖站立著。
e¹ [taɪr; ˈtaɪə(r)] ⊜ -s [-z] ⑧ -d [-d]; **tiring**	
⑧ ❶使疲倦	Reading *tired* me very much.
	讀書使得我很疲倦。
使厭倦	His long talk *tired* me.
	他的長篇大論使我厭倦。
❶疲倦	She *tires* soon. 她很容易疲倦。
厭倦	He *tires* **of** everything.
	他對什麼事都覺得厭倦。
e², ⑧ **tyre** [taɪr; ˈtaɪə(r)] ⑧ -s [-z]	
輪胎	automobile *tires* 汽車輪胎／a rubber *tire* 橡皮輪胎
ed [taɪrd; ˈtaɪəd] (一般敘述用法)	
❶因…而疲	I was very *tired* **from** running.
	跑步使我覺得很疲倦。
現在很少用 with, 而使用 from。	
厭倦, 厭煩	I got *tired* of reading.
	我讀書讀厭了。
	I'm *tired* of him.
	我對他感到厭煩。

be tired from…	be tired of…
因……而疲倦	因……感到厭煩

形 **tireless** (不知疲倦的) 形 **tìresome** (令人厭煩的)

le [ˈtaɪt; ˈtaɪtl] ⑧ -s [-z]	
❶書名;標	What is the *title* **of** the novel?
;(電影的)片	那本小說的書名叫什麼?
頭銜, 稱號	He has no *title* **to** his name.
	他沒有任何頭銜。

❸⑧ 選手的優勝頭銜	To my delight, he defended the *title* again.
同 championship	我很高興他又再度衛冕成功。
to [(強)tu; tu:(弱)tu, tə;tʊ,tə] ▶ 在母音前發 [tʊ] 音, 子音前發 [tə] 音, 句子或段落的結尾發 [tu] 音。	
介 ❶到…(目的地)去;向…(方向)去	He went *to* America last year.
	他去年前往美國。
	Turn *to* the right.
⇨ for	向右轉。

▶ 注意 to 與 for

「他動身前往台北。」
(誤) He started [left] *to* Taipei.
(正) He started [left] **for** Taipei.
「這條路通往台北。」
(誤) This road leads for Taipei.
(正) This road leads **to** Taipei.

❷至…(範圍・程度・結果), 迄…	We got wet *to* the skin.
	我們衣服都溼透了。
	He drank himself *to* death.
	他飲酒過度而死。
❸至(時間)同 till;在…(時刻)以前	He works from morning *to* (=till) night. 他從早到晚都在工作。
	It is ten minutes *to* five.
	現在是差 10 分 5 點。
❹屬於…(對象關係);對…	This book **belongs** *to* me.
	這本書是我的。
	She is kind *to* me.
	她對我很友善。
❺為了…(目的)	We sat down *to* dinner.
	我們坐下來吃飯。
❻(比較)比, 比較;對…	We won the game **by** 5 *to* 3.
	我們以 5 比 3 贏得這場比賽。
	He is **equal** *to* the task.
	他充分勝任那項工作。
	I **prefer** oranges *to* apples.
	我比較喜歡橘子而不喜歡蘋果。
❼配合, 與…對應	She sang *to* the piano.
	她跟著鋼琴聲歌唱。

▶ to 不定詞

「to＋動詞原形」構成不定詞, 可分別作為名詞・形容詞・副詞。
(用作名詞) 做…事
I like *to play* tennis.
(我喜歡打網球。)
It is wrong *to tell* a lie.
(說謊是不對的。)
(用作形容詞) 為…目的
I want something *to drink*.
(我想要喝點東西。)
(用作副詞) 為…目的, 為…;因…而
He came *to see* me yesterday.
(他昨天來看我。)
I am glad *to see* you.
(我很高興見到你。)

toad [tod; təʊd] 名 -s [-z] ▶「青蛙」是 frog。
名 (動物)蟾蜍 | I heard *toads* croaking.
我聽到蟾蜍在呱呱地叫著。

toast [tost; təʊst] 名 無
名 烤麵包片;吐 | I ate two slices of *toast*.
司 | 我吃了兩片烤麵包。
—— 三 -s [-s] 過 -ed [-ɪd]; -ing
動 及 烤(麵包 | I *toasted* the bread very dark.
等) | 我把麵包烤得非常焦。
衍生 名 **tõaster**(烤麵包器)

tobacco [tə`bæko; tə`bækəʊ] 名 -s [-z], -es [-z]
名 煙葉,(一般) | He smokes *tobacco* in his pipe.
煙 | 他用煙斗抽煙。
▶ 提到種類時,請用複數。「香煙」是 cigarette,「雪茄」是
cigar。
┌── 「抽煙」在英文中的用法 ────
「抽煙」smoke, have a smoke
「我可以抽煙嗎?」
Do you mind if I smoke?
「你要抽根煙嗎?」
How about a smoke [a cigarette]?
「戒煙」
stop [give up, quit] smoking

today [tə`de; tə`deɪ] 名 無
名 ❶今天 | *Today* is Sunday.
▶ 注意不加冠 | 今天是星期天。
詞。 | *today's* newspaper 今天的報紙
▶「在今天」不說 within today, 而是說 within this
day。
❷現在,當今 | Young people *of today* know a lot
about the computer.
當今的年輕人熟知電腦。
▶ 像 China *today*(今日的中國), today 常置於名詞之
後, 當作形容詞使用。
—— 副 ❶今天 | I'll call on him *today*.
今天我將拜訪他。
┌── 「昨天」「明天」等詞 ───
前天 (the) day before yesterday
昨天 yesterday
明天 tomorrow
後天 (the) day after tomorrow

❷現在(當今) | English is spoken all over the
world *today*.
現在全世界都有人講英語。

toe [to; təʊ] 名 -s [-z]
名 ❶腳趾 | My *toe* is very sore.
我腳趾很痛。
❷(鞋等的)趾部 | shoes with pointed *toes* 尖頭的鞋
▶「手指」是 finger,「指尖」是 fingertip。

together [tə`gɛðə; tə`geðə(r)]
副 ❶一起,共同 | We sang *together*.
我們一起唱歌。
The teacher called the pupils
together.
老師將學生們集合在一起。

❷同時, 一起 | The audience stood up (all)
together.
聽眾同時都起立了。
❸連續地,不斷 | They talked for hours *together*.
地 | 他們一連談了好幾個鐘頭。
together | He sold the house, *together with*
with ... | furniture.
連同… | 他把房子連同家具都賣了。

toil [tɔɪl; tɔɪl] 三 -s [-z] 過 -ed [-d]; -ing
動 不 ❶辛苦地 | We all *toil for* bread.
工作 | 我們都為三餐而辛苦地工作。
❷艱苦地行進 | We *toiled up* the hill.
我們吃力地登上了山。
—— 名 無
名 辛勞, 辛苦; | She gained it after long *toil*.
辛苦的工作 | 在漫長的辛苦工作後,她獲得了它。

toilet [`tɔɪlɪt; `tɔɪlɪt] 名 -s [-s]
名 ❶化妝, 梳妝 | She made a careful *toilet*.
她仔細地化妝。
❷化妝室,盥洗 | The *toilet* is at the end of the
室,廁所,浴室 | corridor.
盥洗室在走廊盡頭。
▶ 表「廁所」的名詞頗多。家庭用者為 bathroom,
washroom, 公用廁所 美 toilet, rest room, 美 lavatory,
men's room, ladies' room;指示牌,男人的用 Men,
Gentlemen, 女人的用 Women, Ladies。
▶「請問廁所在哪裡?」說為 "Where is the restroom?"

token [`tokən; `təʊkən] 名 -s [-z]
名 表徵;紀念品 | We bow in *token* of respect.
我們鞠躬以示尊敬。

told [told; təʊld] 動 tell 的過去式・過去分詞

tolerable [`talərəbl; `tɒlərəbl] 反 intolerable
形 可忍受的 | The pain is no longer *tolerable*.
這痛苦再也令人難以忍受了。

tolerate [`talə,ret; `tɒləreɪt] 三 -s [-s] 過 -d [-ɪd];
tolerating
動 及 忍受;忍 | I cannot *tolerate* lying.
耐;寬容 | 我不容(別人)說謊。
同 endure | She did not *tolerate* the fellow.
她沒有寬容那傢伙。
衍生 名 **tõlerãtion, tõlerance**(忍受)

toll¹ [tol; təʊl] (注意發音) 名 -s [-z]
名 (收費道路等 | *Tolls* are collected at the gateway.
之)通行費;使用 | 通行費由入口處徵收。
費 | a *toll* paid on a bridge 過橋費
複合 名 **tõllgáte**(通行費徵收口)

toll² [tol; təʊl] 三 -s [-z] 過 -ed [-d]; -ing
動 及 ❶緩慢地 | *toll* a knell 敲喪鐘
鳴(鐘) | ▶ knell [nɛl] (喪鐘)
❷(鳴鐘)宣告… | The bell is *tolling* his death.
事 | 鐘起喪鐘宣告他的逝世。
不 (鐘等)(徐緩 | For whom is the bell *tolling*?
地)鳴 | 喪鐘是為誰而響呢(宣告誰的逝世)?

tomato [tə`meto; tə`mɑːtəʊ] 名 -es [-z]
名 (植物)番茄 | *Tomatoes* can be eaten uncooked.
番茄可以生吃。

tomb [tum; tuːm] (注意發音) 名 -s [-z]

名 墓;墓碑 圓 grave	She placed a bunch of flowers at the *tomb*. 她在墳墓上放了一束花。

▶ 注意 -omb 的發音

*t*omb [tum] (墓)   *c*omb [kom] (梳子)
*b*omb [bɑm] (炸彈)

omorrow [tə`mɔro; tə'mɒrəu] 働 無

名 明日,明天	*Tomorrow* is [will be] Monday.
▶ 不要冠詞。	明天是星期一。
▶ 無 to 的 morrow (翌日) 爲文語。	

(the) day after tomorrow ▶ 働 會話時常省略 the。
後天

▶ 不要 on。	I'll leave here *the day after tomorrow*. 我後天將離開這裡。
一 副 明天	It is Monday *tomorrow*. 明天是星期一。

▶ 和 today 一樣,常放在名詞後面,當作形容詞使用:
China *tomorrow* (明日的中國)。

on [tʌn; tʌn] 働 **-s** [-z]

名 (重量的單位) 公噸	This truck carries 5 *tons* of coal. 這部卡車載了五公噸重的煤。

one [ton; təʊn] 働 **-s** [-z]

名 ❶音色;音調, 音之高低	The bell has a beautiful *tone*. 這個鐘有優美的音色。

▶ 與音之高低相對,「音之大小,音量」是 volume。

power   volume   Bass   Treble   tone

❷色調;顏色的配合,明暗	I like the soft *tone* of the picture. 我喜歡那幅畫的柔和色調。
❸語氣, (常作複數) 口氣	She always talks in honeyed *tones*. 她總是以甜美的語氣說話。

ongs [tɔŋz, tɑŋz; tɒŋz] ▶ 常作複數形,亦可視爲單數。

名 鉗具,夾子	a pair of *tongs* 一把火鉗／sugar *tongs* 方糖夾子／curling *tongs* 捲頭髮用的髮捲

ongue [tʌŋ; tʌŋ] (注意發音) 働 **-s** [-z]

名 ❶舌	The dog was hanging out its *tongue*. 那條狗伸出舌頭。
❷母語,語言 匐 language	English is her mother *tongue*. 英語是她的母語。 ▶「母語」也可說 one's native language。

night [tə`naɪt; tə'naɪt] 働 無

名 今夜	*Tonight* will be rainy.
▶ 不要冠詞。	今天夜裡會下雨。
一 副 今夜	It will be rainy *tonight*. 今天夜裡會下雨。

▶「今晚」是 this evening。

o [tu; tu:]

副 ❶(於肯定句) 也	She can speak English, *too*. 她也會講英語。(強調 she)

▶ 語氣較 also 弱。	英語她也會講。(強調英語)

▶ too 與 either

肯定句時用 too,否定句則用 either。
他也會說英語。(肯定句)
  He can speak English, *too*.
他也不會說英語。(否定句)
  He cannot speak English, *either*.

❷太…, 過於, (對…)太過於…	She talks *too* much. 她太多話。
	This winter is *too* severe **for** the old. 今年冬天對老年人而言太寒冷了。
❸因爲太…(而不能…)	This problem is *too* difficult **for** me **to** solve. 這個問題對我而言太困難而無法解決。

▶ too ... to~的另一種寫法
「新車太貴我買不起。」
A new car is **too** expensive **for** me **to** buy.
＝A new car is **so** expensive **that** I can't buy it.
▶ 注意 buy 後面 it 的有無。

cannot ~ *too* ... 無論再…也不過分	You *cannot* be *too* careful in driving a car. 開車時應特別留意(再小心都不過分)。
none too ... 不見得太…	You did it *none too* well. 你做得並不好。
only too ... 非常地…	I will be *only too* glad to go. 我極願意去。

took [tʊk; tʊk] 働 take 的過去式

tool [tul; tu:l] 働 **-s** [-z]

名 工具	We have a set of carpenter's *tools*. 我們有一套木匠用的工具。

▶ tool, instrument, utensil

tool …………工匠或工人用手操作的簡單工具。
instrument ……是指完成精密工作的儀器,器具,樂器等。
utensil …………通常指家務用具或廚房用具等。

tools   utensils   instruments

tooth [tuθ; tu:θ] 働 **teeth**[tiθ]

名 齒	Brush your *teeth*. 刷一刷你的牙齒。 a decayed *tooth* 蛀牙

複合 名 **tòoth**á**che**(牙痛), **tòothbr**ú**sh**(牙刷),
tòothpá**ste**(牙膏), **tòothp**í**ck**(牙籤),
tòothpó**wder**(牙粉)

top¹ [tɑp; tɒp] 働 **-s** [-s]

名 ❶(通常加 the)頂	We got to **the** *top* of the hill. 我們到達了山頂。

► top, summit, peak

top …………(山、尖塔、房子、樹木等的)頂部
summit ……山頂
peak ………尖形山的頂端

❷(加 the)首席,頂端 | He is at **the** *top* of his class. 他在班上名列前茅。
❸(通常加 the)(東西的)表面,上部 | The article is printed at **the** *top* of the first page. 那篇文章刊在第一頁的上端。

on (the) top of ... ► 強調 on。
在…的上面 | Put it *on (the) top of* the shelf. 把它放在架子上面。

top² [tɑp; tɒp] [複] **-s** [-s]
[名]陀螺 | The boys are spinning their *tops*. 男孩子們在玩著陀螺。

topic [ˋtɑpɪk; ˈtɒpɪk] [複] **-s** [-s]
[名]話題;論題 [同] theme | We discussed the *topics* of the day. 我們討論了時事。

torch [tɔrtʃ; tɔːtʃ] [複] **-es** [-ɪz]
[名]火把 [英]手電筒 | The *torch* was lighted. 火把被點燃了。
► [美]手電筒用 a flashlight。

tore [tor, tɔr; tɔː(r)] [動] tear [tɛr] (撕裂)的過去式

torment [tɔrˋmɛnt; tɔːˈment] [三] **-s** [-s] [規] **-ed** [-ɪd]; **-ing**
[動][及]使痛苦;使煩惱 | Don't *torment* him **with** questions. 不要拿問題讓他傷腦筋。
── [ˋtɔrmɛnt; ˈtɔːment] (注意發音) [複] **-s** [-s]
[名](肉體的・精神的)痛苦 [同] pain | She suffered *torments* from her aching teeth. 她為牙痛所苦。

torn [torn, tɔrn; tɔːn] [動] tear [tɛr] (撕裂)的過去分詞

torrent [ˋtɔrənt, ˋtɑr-; ˈtɒrənt] [複] **-s** [-s]
[名]❶急流,湍流 | The *torrent* dashed over the rocks. 湍流衝過岩石。
❷(用複數)傾盆大雨 | The rain is coming down **in** *torrents*. 大雨如注。

tortoise [ˋtɔrtəs, -tɪs; ˈtɔːtəs] (注意發音) [複] **-s** [-ɪz]
[名](動物)(水陸兩棲的)龜

► tortoise 與 turtle

tortoise ………水陸兩棲的烏龜
turtle …………海龜

torture [ˋtɔrtʃɚ; ˈtɔːtʃə(r)] [複] **-s** [-z]
[名]痛苦,劇痛;苦惱;拷問 [同] torment | She was suffering *torture* from toothache. 她為牙痛所苦。
── [三] **-s** [-z] [規] **-d** [-d]; **torturing** [ˋtɔrtʃərɪŋ]
[動][及]使痛苦,使煩惱 | He *tortured* his family by his bad habits. 他的惡習使他的家人深以為苦。

toss [tɔs; tɒs] [三] **-es** [-ɪz] [規] **-ed** [-t]; **-ing**
[動][及]❶輕拋,丟,擲,投給 | He *tossed* the ball. 他把球投出。 He *tossed* a coin **to** the beggar. 他丟給乞丐一枚硬幣。
❷(船等)上下搖盪 | Our ship was *tossed* **about** by the waves. 我們的船被波浪打得搖搖晃晃。
[不]輾轉反側 | The patient *tossed* **about** in bed. 病人在床上輾轉反側。

total [ˋtotl̩; ˈtəʊtl]
[形]❶全體的;總計的 [同] whole | His *total* debts are 300,000 dollars. 他的負債總額為三十萬元。
❷全然的,完全的 | My efforts ended in *total* failure. 我的努力終歸全盤失敗。
── [複] **-s** [-z]
[名]合計,總額 | The expenses reached a *total* of 1,000 dollars. 費用的總額是 1,000 元。
── [三] **-s** [-z] [規] **-ed** [-d], [英] **totalled** [-d]; **-ing**, [英] **totalling**
[動][及]合計 | *Total* the figures on the list. 將表上的數字合計起來。
[不]共計為…,總計為… | The expenses *totaled* **up to** 1,000 dollars. 費用總共加起來是 1,000 元。
[衍生] [副] **tòtally** (全然地) [名] **totàlity** (全體)

touch [tʌtʃ; tʌtʃ] (注意發音) [三] **-es** [-ɪz] [規] **-ed** [-t]; **-ing**
[動][及]❶碰到,觸及,摸到 | Don't *touch* the pictures. 不要觸摸那些畫。 He can *touch* the ceiling. 他摸得到天花板。
❷輕彈;輕按 | She *touched* the piano keys. 她輕彈鋼琴鍵。
❸使感動 [同] move | I was *touched* by what he said. 我被他所講的話感動了。
❹談到,涉及 | I won't *touch* the subject here. 我不願在這裡談這個問題。
❺插手,介入(事業);吃,喝(食物) | He never *touches* alcohol. 他滴酒不沾。
► 大部分用於否定句。
❻影響,對…發生作用;損害 | The leaves are *touched* with frost 葉子受到霜害。
[不]觸,碰,摸;搭;感受 | Their hands *touched*. 他們的手互相碰觸。

touch at ... 停泊(靠)在… | The ship will *touch at* Taiwan. 這船將在台灣靠岸。

touch on ... 談及…,觸及…,談到… | He merely *touched on* this questi 他只提到這個問題。

── [複] **-es** [-ɪz]
[名]❶接觸;感觸,感覺 | I felt a light *touch* on the shoulde 我覺得肩膀被人輕輕地碰了一下。 This cloth is soft **to the** *touch*. 這塊布摸起來很柔軟。
❷筆觸;(畫的)一筆;筆法 | The boy's painting showed the *touch* of a master. 這男孩的畫流露出大師的筆觸。 He played the piano with a light *touch*. 他輕彈著鋼琴。

❸(前面加 a)少 許，覺得 | I have **a** slight *touch* of cold.
我覺得有一點感冒的症狀。

[*keep*] *in touch with* ...
和…保持聯繫 | Try to *keep in touch with* him.
設法和他保持聯繫。

t in touch with ...
和…取得聯絡 | I'll *get in touch with* you as soon as I return from America.
我一從美國回來就立刻和你聯絡。

行生 形 **tõuching**(動人的；引人傷感的)

ugh [tʌf; tʌf] 比 **-er** 最 **-est** 反 tender
形 ❶(肉等)老 | The meat was too *tough* for me.
韌；咬(切)不動 | 那塊肉對我而言是太老了。
韌；強韌的
❷強硬的；固執 | He is *tough* in doing everything.
的 | 他不管做什麼事都很強硬。
❸難對付的

行生 名 **tõughness**(強硬) 動 **tõughen**(使堅韌；使強硬)

ur [tur; tʊə(r)] 複 **-s** [-z] ⇨ travel
名 ❶周遊；旅行， | I made a *tour* of Europe.
遊歷，觀光；考察 | 我到歐洲遊覽了一趟。
旅行
▶ 在各處作短暫停留的長距離旅行。

──▶ tour 的種類──
a *tour* of inspection　　(考察旅行)
a concert *tour*　　　　(演奏旅行)
an educational *tour*　　(教育旅行)
a wedding *tour*　　　　(蜜月旅行)

行生 名 **tõurist**(觀光客)

urnament [`tɜnəmənt, `tur-; 'tɔ:nəmənt] 複 **-s** [-s]
名 比賽，競賽 | He took part in the tennis *tournament*.
他參加了網球比賽。

ward [tord, tord, tə`wɔrd; tə'wɔ:d, tɔ:d]
介 ❶向著…，對 | They walked *toward* the lake.
著…，朝… | 他們向那湖走去。
▶ 只表示方向並不意味到達。　⇨ to
❷對於…，關 | He changed his attitude *toward* me.
於… | 他改變了對我的態度。
❸(時間上)將近 | We arrived at the hotel *toward* evening.
我們在將近黃昏時到達旅館。

wards [tordz, tordz, tə`wɔrdz; tə'wɔ:dz, tɔ:dz]
介 同 toward；在美國大都用 toward，而在英國則用 towards。

wel [taul, `tauəl; 'tauəl] 複 **-s** [-z]
名 毛巾，手巾 | I dried myself **on** a *towel*.
我用毛巾擦乾身體。

wer [`tauɚ; 'tauə(r)] 複 **-s** [-z]
名 塔 ▶ 中國・ | A white *tower* stands on the hill.
日本・印度等的 | 小山上有一座白色的塔。
塔稱為
agoda。

行生 形 **tõwering**(高聳的)

wn [taun; taun] 複 **-s** [-z]
名 ❶城，鎮 | He lives in a small *town*.
▶ 比 village | 他住在一個小鎮裡。

大，比 city 小。 | The *town* was swept by the fire.
整個城鎮被大火蔓延。
❷(與鄉下相對) | Today most people want to live in a *town*.
市區 | 現在大部分的人都想要住在市區內。
反 the country
❸(不加冠詞) | We'll go up to *town* tomorrow.
鬧區(市中心)； | 我們明天上鬧區去。
市內商業中心 | My father has his office in the middle of *town*.
我父親把他的辦公室設在市中心區。
❹(加 the)城裡 | **The** whole *town* came to hear his speech.
的人們 | 全城的人都來聽他演講。

複合 名 **tõwn háll**(市政府，市政廳)，**tõwnsfólk**, **tõwnspéople**(都市人，城裡人)，**tõwnsman**(市民，鎮民)

toy [tɔɪ; tɔɪ] 複 **-s** [-z]
名 玩具 | The children are playing with *toys*.
小孩子們正玩著玩具。

複合 名 **tõyshóp**(玩具店)

trace [tres; treɪs] 三 **-s** [-ɪz] 過 **-d** [-t]; **tracing**
動 及 ❶(用線條 | The designer *traced* **out** the plan of my house.
將圖形・輪廓 | 設計師繪出我房子的設計圖。
等)描繪，畫
❷描 | I *traced* the map carefully.
我小心地描了那張地圖。
❸追蹤，追溯，探 | We *traced* the footsteps in the snow. 我們追蹤雪地裡的足印。
索 | The custom can be *traced* **back to** very early ages.
那風俗可追溯到很古的時代。

── 複 **-s** [-ɪz]
名 ❶跡，足跡； | They found the *traces* of a rabbit on the snow.
痕跡 | 他們在雪地上發現了兔子的足跡。
❷微量，少許 | There is no *trace* of cloud in the sky.
同 touch | 天空中一點雲也沒有〔萬里無雲〕。

複合 名 **trãcing páper**(描圖紙)

track [træk; træk] 複 **-s** [-s] ▶ 請勿與 truck 混淆。
名 ❶走過的痕 | The frozen road showed many *tracks* of cars.
跡；途徑，美 足 | 結凍的路面上有很多車輛通過的痕跡。
跡
⇨ trace
❷小徑 | I followed the *track* through the forest.
同 path | 我沿著林中的小徑行走。
❸鐵軌，軌道 | We crossed the *track* on our way to school.
同 railway line | 我們在往學校的途中越過鐵路。
❹(運動用的)跑 | We watched *track* and field sports.
道；徑賽 | 我們看了田徑賽。

track ❶　　track ❸　field　track ❹

tract [trækt; trækt] 働 **-s** [-z]
名 廣闊的一片 | He bought a large *tract* of land.
(海・土地);區 | 他買了一大片土地。
域

tractor [`træktɚ; 'træktə(r)] 働 **-s** [-z]
名 牽引機;拖曳 | A *tractor* pulls plows or wagons.
機 | 牽引機可拉犁或貨車。

trade [tred; treɪd] 働 **-s** [-z]
名 ❶貿易;買賣 | Japan's international *trade* has
| been remarkably developed in
| recent years. 近年來日本在國際貿易
| 上有顯著的發展。
❷(與工商相關 | He is a barber **by** *trade*.
的)職業 | 他的職業是理髮師。
▶ 知識性的職業稱爲 profession。
—— 働 **-s** [-z] 働 **-d** [-ɪd]; **trading**
動不 經營, 做買 | He *trades* **in** coal.
賣 | 他經營煤炭生意。
因 交換 | I *traded* seats **with** him.
| 我和他換座位。

──▶ **trader** 和 **tradesman**──

trader 貿易商　　tradesman 零售商

複合 名 **trádesman**(零售商), **trádemárk**(商標), **tràde schóol**(職業學校), **tràde únion** 英 (工會), **tràding cómpany**(貿易公司)
衍生 名 **tràder**(貿易商)

tradition [trə`dɪʃən; trə'dɪʃn] 働 **-s** [-z]
名 ❶傳統, 慣例 | They value Chinese *tradition*.
| 他們尊重中國的傳統。
❷傳說 | The *tradition* still survives.
同 legend | 那傳說仍然流傳著。
衍生 形 **tradítional**(傳統性的;傳說的)

traffic [`træfɪk; 'træfɪk] 働 無
名 交通(量),通 | The *traffic* was held up by the
行;來往的行人; | accident.
(當形容詞用)交 | 交通因爲意外事故而受阻斷。
通的 | There is much *traffic* **on** [英 **in**]
| this street.
| 這條街的交通很繁忙。
| a *traffic* accident 交通事故／a
| *traffic* sign 交通號誌

tragedy [`trædʒədɪ; 'trædʒədɪ] 働 **tragedies** [-z]
名 ❶悲劇 | "Hamlet" is a *tragedy* written by
反 comedy | Shakespeare. 《哈姆雷特》是莎士比亞
| 所寫的一齣悲劇。
❷悲劇性的事 | An air *tragedy* happened.
件, 災難;慘事 | 發生了一件空難。
衍生 形 **tràgic(al)**(悲劇性的;悲慘的)

trail [trel; treɪl] 働 **-s** [-z] 働 **-ed** [-d]; **-ing**
動因 ❶拉, 拖 | The boat was *trailing* a fishing
| line. 那船拖著一條釣魚線。
❷追蹤, 尾隨著 | The dog *trailed* the boys.
| 那隻狗尾隨著男孩子們。
不 拖曳, 拖地 | Her dress was *trailing* on the floor.
| 她的衣服在地板上拖曳著。
—— 働 **-s** [-z]
名 ❶跡, 踏路; | The wounded bear left **a** *trail* **of**
小徑 | blood.
| 受傷的熊留下一道血跡。
❷(煙等)餘縷; | The train left **a** *trail* **of** smoke.
(流星的)尾 | 火車過處留下一道黑煙。
衍生 名 **tràiler**(用汽車拖動的活動房屋)

train [tren; treɪn] 働 **-s** [-z]
名 ❶列車;火 | We got on the *train* at Taipei.
車;電車 | 我們在台北上火車。
| I got off the *train* at six-thirty.
| 我在六點半時下火車。

──▶ 各種「列車」──
特快車 | a superexpress
快車 | an express (train)
普通車 | a local (train)

❷列;行列;隊 | He saw a *train* of wagons going to
| the West.
| 他看到了一隊往西部去的篷車。
by train | I go to school **by** *train*.
乘火車,搭火車 | 我搭火車上學。
──▶ 搭(乘)…, 騎…, 用…, 的用法──
搭火車 | *by* train　　搭船 *by* ship
搭飛機 | *by* airplane
搭巴士 | *by* bus, *in* a bus, *on* a bus
搭汽車 | *by* car, *in* a car
搭計程車 | *by* taxi, *in* a taxi, *in* a cab
騎馬 | *on* horseback
騎自行車 | *on* a bicycle, *by* bicycle
用步行 | *on* foot　▶ 通常用動詞 walk。

—— 働 **-s** [-z] 働 **-ed** [-d]; **-ing**
動因 訓練,教 | The dogs are *trained* **to** hunt.
育;鍛鍊 | 這些狗被訓練來打獵。
| They are *training* themselves **for**
| the race. 他們爲參加競賽而鍛鍊自己
不 訓練, 練習 | They are *training* **for** the boat
| race. 他們在做船賽前的練習。
衍生 名 **tràiner**(指導者;訓練師), **tràining**(訓練)

traitor [`tretɚ; 'treɪtə(r)] 働 **-s** [-z]
名 背叛者;叛 | Caesar was murdered by *traitors*.
徒;奸逆 | 凱撒被叛徒所謀殺。

tram(car) [`træm,kɑr; 'træmkɑ:(r)] 働 **-s** [-z] ▶ 大部分用 tram。
名 英 市內電車 | I went there **by** *tram*.
美 streetcar | 我搭市內電車到那裡。

tramp [træmp; træmp] 働 **-s** [-s] 働 **-ed** [-t]; **-ing**
動因 行走;流 | The beggar *tramped* the streets.
浪;徘徊 | 乞丐流浪街頭。
不 步行;重步行 | I heard soldiers *tramping* by.
走 | 我聽見部隊走過。
—— 働 **-s** [-s]

]❶(加 the)踏步聲 | We heard **the** *tramp* of marching soldiers outside. 我們聽到外面行進中部隊的踏步聲。

❷徒步旅行 | He went for a *tramp*. 他去徒步旅行。

❸流浪者,流浪漢 | The *tramp* wandered about the streets. 那流浪者徘徊街頭。

ample [ˋtræmpḷ; 'træmpl] [三] **-s** [-z] [規] **-d** [-d]; **rampling**

[動][及] 踐踏 | The poor frog was *trampled* to death. 那可憐的青蛙被踏死了。

[不] 踐踏 | The boy *trampled* **on** the flower. 那男孩踐踏那朵花。

anquil [ˋtrænkwɪl, ˋtræŋ-; 'træŋkwɪl] [比] **-er,** [英] **ranquiller** [最] **-est,** [英] 也寫成 **tranquillest**

] 寧靜的 ⑩calm | The boy disturbed the *tranquil* surface of the pond with a stick. 那男孩用棍子攪亂了平靜的池面。

[衍生][名] **tranquìl(l)ity** (平靜,平穩,安靜)

ansfer [træns`fɝ; træns'fɜ:(r)] [三] **-s** [-z] [規] **ransferred** [-d]; **transferring**

[動][及] ❶遷移,移 | The factory will be *transferred* **to** the industrial park. 工廠將要遷到那工業園區去。

❷轉任(校) | The teacher *tranferred* the boy **to** another school. 老師將那男孩轉到別的學校。

❸讓渡(財產等) | The man *transferred* his property **to** his nephew. 那人將財產讓渡給他的姪兒。

[不] ❶轉任,調職 | He *transferred* **to** the Chicago office. 他調任芝加哥辦事處。

❷轉,換(交通工具等) | *Transfer* **from** the bus **to** that train. 從巴士換乘那班火車。

— [ˋtrænsfɝ; 'trænsfə(:)] [複] **-s** [-z]

[名] ❶遷移;移轉 | He advised her *transfer* **to** another hospital. 他勸她轉院。

❷轉乘;換車船的地點 | This route has many *transfers*. 這路線有很多轉接站。

ansform [træns`fɔrm; træns'fɔ:m] [三] **-s** [-z] [規] **-ed** [-d]; **-ing**

[動][及] 使變成;使變形 | A steam engine *transforms* heat **into** energy. 蒸氣機將熱氣轉變成能量。

ansition [træn`zɪʃən, træn`sɪʃən; træn'sɪʒn] [複] **-s** [-z]

[名] 轉變;轉移;過渡期 | a *transition* **from** mistrust **to** confidence 由不信任轉變成信任

anslate [træns`let, trænz-; træns'leɪt] [三] **-s** [-s] [規] **-d** [-ɪd]; **translating**

[動][及] 翻譯,筆譯 | He *translated* an English poem **into** Chinese. 他將英文詩翻譯成中文。

► 筆譯與口譯

{ 筆譯 translate / 口譯 interpret } { 筆譯家 translator / 口譯者 interpreter }

► 注意 translator 與 interpreter 字尾的不同。

[衍生][名] **translàtion** (翻譯), **translâtor** (譯者)

transmit [træns`mɪt, trænz-; trænz'mɪt] [三] **-s** [-s] [規] **transmitted** [-ɪd]; **transmitting**

[動][及] ❶傳送;傳達;運送 | He *transmitted* her message **to** her father. 他將她的話傳達她的父親。 With the Internet, information can be *transmitted* from one computer to another. 有了網際網路,資訊可從一部電腦傳送到另一部。

❷(光・熱・電流・音等)傳導 | Wires *transmit* an electric current. 電線傳導電流。

[衍生][名] **transmìssion** (傳達,傳導)

transparent [træns`pɛrənt; træns'pærənt]

[形] ❶透明的 | Windowpanes must be kept *transparent*. 玻璃窗必須保持明亮剔透。

► 隱形人稱為 an invisible man。

❷(謊言等)易被識破的;顯而易見的 | The boy's *transparent* excuses never fooled the teacher. 那男孩易被識破的藉口根本瞞不過老師。

transport [træns`port, -`pɔrt; træn'spɔ:t] [三] **-s** [-s] [規] **-ed** [-ɪd]; **-ing**

► 注意動詞與名詞重音位置的不同。

[動][及] 輸送,運送 | Airplanes are used to *transport* passengers or freight. 飛機被用來運送旅客或貨物。

— [ˋtrænsport; 'trænspɔ:t] (注意發音) [複] 無

[名] ❶[英] 輸送,運送;輸送工具[美] transportation | Trucks are much used for *transport*. 卡車大多用來運輸(貨物)。

❷運輸船〔機〕 | The *transport* was filled with soldiers. 運輸船滿載士兵。

[複合][名] **the Trânspórt Mínistry** (交通部)

[衍生][名] **tránsportâtion** ([美] 運送;運輸工具)

trap [træp; træp] [複] **-s** [-s]

[名] 捕捉機;陷阱,圈套 | I set a *trap* **for** rats. 我安裝了一個捕鼠器。

travel [ˋtrævḷ; 'trævl] [複] **-s** [-z]

[名] ❶(一般用複數)旅行;遊歷 | Did you enjoy your *travels* in Europe? 歐洲之旅愉快嗎?

► 「愉快的旅行」在英文中的用法

(通常不講) I had a nice travel.
(常用) I had a nice trip [journey].

► 「旅行」的同義字

travel ………… 通常指長途旅行。
journey ……… 通常是藉陸路到遠處的旅行。
trip ………… 為休閒或公事的短期旅行。
tour ………… 時間較短且不在同一地方停留很久的觀光或視察。
excursion …… 團體的短程遠足。

❷(用複數)遊記 | I have read "Gulliver's *Travels*." 我曾讀過《格列佛遊記》。

— [三] **-s** [-z] [規] **-ed** [-d], [英] **travelled** [-d]; **-ing**, [英] **travelling**

[動][不] ❶旅行, 外出 | He *traveled* in Europe. 他到歐洲旅行過。

▶「到過北京旅行」在英文中的用法
(正)I traveled to Beijing.
(正)I took a trip to Beijing.
(正)I made a journey to Beijing.
▶通常不講"I tripped to Beijing."。

❷(光, 聲音等)傳導, 行進 | Light *travels* faster than sound. 光速比音速快。

[衍生][名] **trȁveler**, [英] **trȁveller**(旅行者), **trȁveling**, [英] **trȁvelling**(旅行)

traverse [ˋtrævɚs, ˋtrævɝs, ˌtrəˋvɝs; 'trævəs] [三] **-s** [-ɪz] [規] **-d** [-t]; **traversing**

[動][及] 橫貫 | The railway *traverses* the desert. 那條鐵路橫貫沙漠。

tray [tre; treɪ] [複] **-s** [-z]

[名] 盆, 碟, 盤 | a *tray* of sandwiches 一盤三明治

[複合][名] **ȁsh trǻy** (煙灰缸)

treacherous [ˋtrɛtʃərəs; 'tretʃərəs] (注意發音)

[形] 背叛的; 奸詐的 | The *treacherous* soldier carried reports to the enemy. 叛兵向敵人通風報信。

[衍生][名] **trȅachery** (背叛; 背信行爲; 違約)

tread [trɛd; tred] (注意發音) [三] **-s** [-z] [不] **trod** [trɑd]; **trodden** [ˋtrɑdn̩]; **-ing**

▶[美] 過去分詞也寫作 **trod**。

[動][及] 行走於, 步行在 | I *trod* the dusty road for hours. 我在塵土瀰漫的路上走了好幾小時。

[不] 行走; 踐踏 | Don't *tread* **on** the flower bed. 不要踐踏花壇。

treason [ˋtrizn̩; 'tri:zn] [複] 無

[名] 叛逆(罪) | an act of *treason* 叛逆行爲

treasure [ˋtrɛʒɚ; 'treʒə(r)] (注意發音) [複] **-s** [-z]

[名] 財寶, 寶物 | The pirates buried their *treasure* deep in the sand. 海盜們將他們的財寶深埋在沙裡。

[衍生][名] **trȅasury** (寶庫; 金庫)

treat [trit; tri:t] [三] **-s** [-s] [規] **-ed** [-ɪd]; **-ing**

[動][及] ❶對待, 待遇 | He *treated* me kindly. 他待我很好。

❷視爲, 以爲 [同] regard | He *treated* my words **as** a joke. 他把我的話當作笑話聽。

❸治療 | The dentist is *treating* my teeth. 牙醫正在治療我的牙齒。

❹處理 | He *treated* the metal plate with chemicals. 他將那金屬板用化學處理。

❺宴饗, 款待 | He *treated* us **to** dinner. 他請我們吃晚飯。

❻論述 | The magazine *treated* the problem. 那雜誌論述了那個問題。

[不] ❶(問題等)論述; 探討 | His lecture *treats* **of** the Civil Wa[r]. 他的演講論述了南北戰爭。

❷請客, 供應 | It is my turn to *treat*. 這次該我請客。

❸談判, 磋商 | They *treated* **with** the enemy for peace. 他們爲了和平而跟敵人談判。

— [複] **-s** [-s]

[名] 樂事; 請客 | The concert was a great *treat*. 那音樂會眞是太棒了。

treatment [ˋtritmənt; 'tri:tmənt] [複] **-s** [-s]

[名] ❶待遇; 對待, 處理 | I did not expect such *treatment*. 我沒有想到會遭受這種待遇。

❷治療(法) | He tried many *treatments*. 他試過很多種治療。

treaty [ˋtritɪ; 'tri:tɪ] [複] **treaties** [-z]

[名] 條約, 交涉 | The peace *treaty* has been concluded. 和平條約已被簽訂了。

tree [tri; tri:] [複] **-s** [-z]

[名] 樹林 | The birds are singing **in** the *trees*. 小鳥在林間歌唱。

▶作爲物質的「木材」稱爲 wood。

tremble [ˋtrɛmbl̩; 'trembl] [三] **-s** [-z] [規] **-d** [-d]; **trembling**

[動][不] ❶(因氣或恐懼而)發抖 ⇨ shake | Her voice *trembled* with anger. 她的聲音因憤怒而顫抖。

❷(樹葉等)搖動 | The leaves are *trembling* in the wind. 樹葉在風中搖曳。

— [複] **-s** [-z]

[名] 震顫, 戰慄 | There was a *tremble* in her voice. 她的聲音顫抖。

tremendous [trɪˋmɛndəs; trɪ'mendəs]

[形] 可怕的; 巨大的; 驚人的 | a *tremendous* explosion 驚人的爆炸

trench [trɛntʃ; trentʃ] [複] **-es** [-ɪz]

[名] 溝壕; (軍事)戰壕 | They digged a *trench*. 他們挖了一條溝。

trend [trɛnd; trend] [複] **-s** [-z]

[名] 傾向, 趨勢 | the *trend* of modern living 現代生活的趨勢

trespass [ˋtrɛspəs; 'trespəs] [三] **-es** [-ɪz] [規] **-ed** [-t]; **-ing**

[動][不] (法律)(對他人的土地)不法侵入 | The man *trespassed* **on** the farm. 那人侵入了農場。 No *trespassing*. 禁止進入。(告示牌)

trial [ˋtraɪəl; 'traɪəl] [複] **-s** [-z] ▶動詞爲 try。

[名] ❶試一試, 試驗 | He gave the machine a *trial*. 他試了一下那機器。

❷苦難, 磨難 | All people have their *trials*. 每個人都有他的苦難。

❸審判, 審訊 | He is **on** *trial* **for** murder. 他因謀殺罪嫌而受審判。

triangle [ˋtraɪˌæŋgl̩; 'traɪæŋgl] [複] **-s** [-z]

名❶三角形;三角定規 | He drew a right *triangle*.
他畫了一個正三角形。

 triangle (三角形)   rectangle (長方形)   pentagon (五角形)

❷(樂器)三角鐵 | She is playing **the** *triangle*.
她正在演奏著三角鐵。

衍生 形 **triàngular**(三角形的)

ribe [traɪb; traɪb] 複 -s [-z]
名 種族, 部落 | many Indian *tribes*
許多印地安部落

ribute [`trɪbjut; 'trɪbjuːt] 複 -s [-s]
名 貢物;讚詞, 稱讚 | He paid a *tribute* of gold to the king.
他向國王進貢黃金。

rick [trɪk; trɪk] 複 -s [-s]
名❶詭計, 奸計 | It is a mean *trick*.
那是個卑鄙的詭計。
❷(無惡意的)惡作劇, 開玩笑 | He played a *trick* on me.
他開了我一個玩笑。
❸幻術, 戲法 | Please explain the *trick*.
請你解說那個戲法。
❹巧技, 技藝;訣竅 | My uncle taught me the *tricks* of trade.
叔叔教我做生意的訣竅。

— 三 -s [-s] 變 -ed [-t]; -ing
動 及 欺騙 | We were nicely *tricked*.
我們被巧妙地騙了一番。

衍生 形 **tricky**(奸詐的)

rifle [`traɪf; 'traɪfl] 複 -s [-z]
名 瑣事, 小事 | Don't worry about such a *trifle*.
不要操心這種小事。
trifle | I am a *trifle* tired.
少許 副 a little | 我有一點累。

— 三 -s [-z] 變 -d [-d]; trifling
動 不 玩忽, 疏忽 | You should not *trifle* with such a serious matter.
你不該輕忽這種重要的事。

衍生 形 **trifling**(無關重要的;淺陋的;輕率的)

rim [trɪm; trɪm] 三 -s [-z] 變 **trimmed** [-d]; **trimming**
動 ❶修整, 修剪 | The gardener *trimmed* the hedge.
園丁修整了樹籬。
❷裝飾, 修飾 | She *trimmed* her dress with lace.
她用花邊裝飾她的衣服。

— 比 **trimmer** 最 **trimmest**
形 整齊的, 整潔的 | He has moved to a *trim* house.
他搬到一棟整潔的房子去住。

rip [trɪp; trɪp] 複 -s [-s]
名 (休閒或公事等的)短期旅行;外出
⇨ travel | I took a *trip* to Kaohsiung.
我到高雄去玩了一趟。
▶ 出差通常用 make a trip to Kaohsiung (到高雄出差)。
※ trip 不限於旅行, 凡出門到外都可用此字, 例如跑業務、到百貨公司買東西、或到附近的美容院。

— 三 -s [-s] 變 **tripped** [-t]; **tripping**
動 不 絆倒, 跌倒 | I *tripped* on a stone.
我被石頭絆倒。
▶ 當動詞用時很少作「旅行」解。

triple [`trɪp; 'trɪpl] ▶「二倍的」為 double。
形 三重的, 三倍的 | a *triple* difficulty 三倍的困難／a *triple* price 三倍的價錢

triumph [`traɪəmf; 'traɪəmf] (注意發音) 複 -s [-s]
名 ❶勝利;勝利感 | His life was a *triumph* over poverty.
他的一生可謂克服貧窮的一例。
❷成功;功績 | the *triumphs* of modern science
近代科學的成就

— 三 -s [-s] 變 -ed [-t]; -ing
動 不 獲得勝利, 成功 | Our team *triumphed* over all the other teams.
我們擊敗了所有其他的隊伍。

複合 名 **triùmphal ārch**(凱旋門)
衍生 形 **triùmphal**(勝利的), **triùmphant**(獲得勝利的;得意的) 副 **triùmphantly**(得意洋洋地)

trivial [`trɪvɪəl; 'trɪvɪəl] 比 trifling
形 不重要的;無足輕重的 | He often speaks only of *trivial* matters.
他常常只談無關緊要的事。

衍生 名 **trívià lity**(瑣事)

trod [trad; trɒd] 動 tread 的過去式‧過去分詞

trolley [`tralɪ; 'trɒlɪ] 複 -s [-z]
名 美 市內電車 | I met him in the *trolley*.
我在市內電車上遇到他。
▶「市內電車」在美國稱為 a streetcar, a trolley, a trolley car;在英國則稱為 a tram。

▶ **trolleybus**
市內電車稱為 a trolley
也可稱為 a trolley bus

troop [trup; truːp] 複 -s [-s]
名 ❶(人‧鳥獸的)群, 組 | Tourists are arriving in *troops*.
觀光客成群地到來。
❷(用複數)軍隊 | The *troops* fell back.
軍隊撤退了。

trophy [`trofɪ; 'trəʊfɪ] 複 **trophies** [-z]
名 獎品;紀念品 | He was awarded a *trophy*.
他獲得獎品。

tropic [`trapɪk; 'trɒpɪk] 複 -s [-s]
名 (加the並用複數)熱帶地方 | This kind of animal is found in **the** *tropics*.
這種動物生活於熱帶地區。

衍生 形 **tròpical**(熱帶的;熱帶地方的)

trot [trat; trɒt] 三 -s [-s] 變 **trotted** [-ɪd]; **trotting**
動 不 ❶(馬)急馳, 疾走 | His horse *trotted* away.
他的馬急馳而去。
❷(人)急步走, 快步走 | She *trotted* along the street.
她沿著街道快步行走。

trouble

4

—働 **-s** [-s] ⇨ canter
名❶(馬的)快步 | The horse is running **at** a *trot*.
那匹馬快步奔馳。
▶ trot 的速度介於 walk(步行)與 run(奔跑)之間。
❷(人的)急步走,快步走 | I am kept **on the** *trot* these days.
我這幾天都在東奔西跑。

trouble [`trʌbl; 'trʌbl] 働 **-s** [-z]
名❶憂慮(事),苦惱,煩惱 | What's your *trouble*?
你有什麼煩惱?
❷煩勞,麻煩,打擾 | I'm sorry for the *trouble* I'm giving you.
給您添麻煩實在抱歉。
❸(常用複數)紛爭,糾紛 | His family is never free from *troubles*.
他的家庭糾紛不斷。
❹病;故障,事故 | heart *trouble* 心臟病╱engine *trouble* 引擎故障
be in trouble 處於困難之中 | He *is in trouble*.
他正處於困境。
get into trouble with ... 和…起糾紛 | He often *gets into trouble with* his friends.
他常和朋友鬧糾紛。

—(三) **-s** [-z] 働 **-d** [-d]; **troubling**
動⑧❶煩惱,困擾;使擔心;使受苦 | Learning English doesn't *trouble* me so much.
學習英語並未使我受到多大困擾。
❷使麻煩,加以打擾 | I'm sorry to *trouble* you.
麻煩您實在抱歉。
May I *trouble* you **for** the salt?
可否麻煩您遞鹽給我?
不(通常用否定句)操心;打擾;擔心 | Don't *trouble* **about** me.
不要為我操心。
Don't *trouble* **to** write me.
不必麻煩(你)寫信給我。
衍生形 **troublesome**(麻煩的,困難的)

trousers [`traʊzəz; 'traʊzəz] ▶通常用複數。
名 褲子▶計數時用 a pair [two pairs] of …。 | I bought **a new pair of** *trousers*.
我買了一條新褲子。
Where are my *trousers*?
我的褲子放在哪裡?

▶「褲子」在英文中的用法
長褲……trousers,(美)pants (英)是指內褲)
短褲……breeches, shorts
牛仔褲,工作褲…jeans
▶喇叭褲為 bell-bottom trousers。

▶通常用複數形的名詞
trousers(褲子)   shoes(鞋子)
glasses(眼鏡)   socks(襪子)
gloves(手套)   scissors(剪刀)

trout [traʊt; traʊt] 働 **trout**
名(魚)鱒魚 | The bear caught a *trout*.
那隻熊捉到一條鱒魚。

truck [trʌk; trʌk] 働 **-s** [-s] ▶請勿與 track 混淆。
名(美)卡車 (英)lorry | a dump *truck* 垃圾車╱a fire *truck* (=a fire engine) 消防車

true [tru; tru:] 働 **-r** 働 **-st**
形❶真的,確實的 反 false | The news was *true*.
那消息是真的。
❷誠實的,忠實的 同 faithful | He is *true* **to** his friends.
他忠於朋友。
❸真的,非人造的 同 genuine | This medal is made of *true* gold.
這個獎章是由純金作成的。
come true (夢等)實現 | Her dream has *come true*.
她的夢想已成真了。

▶注意 true 的副詞與名詞的拼法
副 truly(真實地)▶不寫作 truely。
名 truth(真實)▶不寫作 trueth。

truly [`trulɪ; 'tru:lɪ] (注意字尾)
副 真實地;真心地 | She *truly* loves him.
她真心地愛著他。
Yours truly=*Truly yours* (信的結尾用語)敬上 | ▶如果寫成 Yours very truly, Very truly yours 的話則更為鄭重。
▶朋友間的信一般都用 Sincerely, Sincerely yours。

trumpet [`trʌmpɪt; 'trʌmpɪt] 働 **-s** [-s]
名(樂器)小喇叭 | He blows **the** *trumpet* every day.
他每天吹奏小喇叭。

trunk [trʌŋk; trʌŋk] 働 **-s** [-s]
名❶大衣箱,旅行用的大提箱
▶一個人難以搬動的大型箱子。
❷(樹的)幹;(身體的)軀 | He has a long *trunk* with short legs.
他身軀長而腿短。
❸(象的)鼻 | An elephant has a long *trunk*.
象有長鼻子。
❹(美)(汽車的)行李箱 | Put the baggage in the *trunk*.
將行李放在行李箱。

trust [trʌst; trʌst] 働 **-s** [-s]
名❶信用;信賴 | I have no *trust* **in** him.
我完全不信任他。
❷委託(物);照顧 | The child was left **in** her *trust*.
那小孩委託交由她照顧。

—(三) **-s** [-s] 働 **-ed** [-ɪd]; **-ing**
動⑧❶信賴;信用;信任 | We cannot *trust* him.
我們不能信任他。
❷委託,託付 | I *trusted* { him **with** my money. / my money **to** him.
我把我的錢託給他保管。
不 信奉;相信 | Do you *trust* **in** God?
你信奉上帝嗎?
複合形 **trustworthy**(可信賴的,可靠的)

truth [truθ; tru:θ] 働 **-s** [-ðz, -θs] ▶ true 的名詞
名❶真理 | This is an eternal *truth*.
這是個永恆的真理。

---

❷眞實性；眞相，事實 ┊ The *truth* has come out.
┊ 眞相大白。

• **tell (you) the truth= truth to tell**
說實話 ┊ *To tell the truth*, I don't like him.
┊ 說實話，我不喜歡他。

衍生 形 **trùthful**(眞實的；誠實的) 副 **trùthfully**(誠實地；坦率地)

'y [traɪ; traɪ] ⊜ **tries** [-z] 過 **tried** [-d]; **-ing**
動 ⊗ 試圖，設 ┊ I *tried* my best.
去；嘗試，試；試 ┊ 我盡了最大的努力。
驗 ┊ Have you *tried* this new medicine?
┊ 你試過這種新藥嗎？
┊ He *tried* climb**ing** the tall tree.
┊ 他試著爬上那棵高大的樹。(已經爬了)
┊ He *tried* **to** climb the tall tree.
┊ 他試著要爬那棵高大的樹。(還沒爬)

─▶ **try Ving** 與 **try to V** ─
He *tried* diving. (他嘗試了潛水。)
▶ 實際試過。
He *tried* to dive. (他試圖去潛水。)
▶ 想去潛水，但實際上去了沒有未談到。

下 試，試驗，嘗 ┊ I *tried* again.
試 ┊ 我再試一次。
y on ┊ I *tried* **on** another hat.
試穿(衣服等) ┊ 我試戴了別頂帽子。
y and … ┊ *Try and* do it again.
語體的命令式) ┊ 再試一試。
試… ┊ ▶ 和 "Try to do it again." 同義。

─ 名 **tries** [-z]
名 試，試驗 ┊ Let's have a *try*.
┊ 我們來試試看。

衍生 名 **trìal**(試驗) 形 **trỳing**(使人痛苦的)

b [tʌb; tʌb] 名 **-s** [-z]
名 桶，盆，浴缸 ┊ I filled the *tub* with water.
┊ 我將浴缸放滿了水。

be [tjub, tub; tju:b] 名 **-s** [-z]
名 ❶管；筒 ┊ a *tube* of paste 一筒漿糊／a test
┊ *tube* 試管
❷美 (倫敦的) ┊ The *tube* has raised its fare.
地下電車 ┊ 地下電車票價漲了。
▶ 在英國亦稱 the underground, 在美國則稱 a subway。
❸美 眞空管 ┊ a vacuum *tube* 眞空管／a radio *tube*
┊ 收音機的眞空管
valve

ck [tʌk; tʌk] 名 **-s** [-s] 過 **-ed** [-t]; **-ing**
動 ⊗ ❶捲起；摺 ┊ He *tucked* **up** his sleeves.
起 ┊ 他將他的袖子捲起來。
❷把(襯衫・餐 ┊ She *tucked* the napkin under her
巾・被單等的) ┊ chin.
邊塞到下面 ┊ 她將餐巾塞入下巴底下。
❸把(衣服等)捲 ┊ She *tucked* up the dress of her
起，挽起；把…摺 ┊ daughter.
起 ┊ 她將女兒的衣服捲起來。

esday [`tjuzdɪ, `tuz-; 'tju:zdɪ] 名 **-s** [-z]
名 星期二 ┊ I met him **on** *Tuesday*.
簡寫作 ┊ 我在星期二遇到他。

Tues.。 ┊ **on** *Tuesday* morning
┊ 在星期二的早上

tulip [`tjuləp, `tu-, -ɪp; 'tju:lɪp] 名 **-s** [-s]
名 (植物)鬱金 ┊ *Tulips* bloom here in May.
香 ┊ 本地的鬱金香在五月裡開花。

tumble [`tʌmbl; 'tʌmbl] 名 **-s** [-z] 過 **-d** [-d]; **tumbling**
動 不 跌落，跌倒 ┊ The child *tumbled* **down** the stairs.
┊ 小孩從樓梯上跌下來。
衍生 名 **tùmbler**(平底大玻璃杯；雜技演員)

tumult [`tjumʌlt; 'tju:mʌlt] (注意發音) 名 **-s** [-s]
名 騷動，混亂， ┊ The news left us **in** a *tumult*.
騷亂 ┊ 那新聞引起了我們一陣騷動。
衍生 形 **tumùltuous** [-tʃʊəs, tu-](騷亂的；喧囂的)

tune [tjun, tun; tju:n] 名 **-s** [-z]
名 ❶(音樂的) ┊ She played me a *tune* on the piano.
曲調；(歌的)主 ┊ 她爲我彈奏了一支鋼琴曲。
旋律
❷(音樂的)調 ┊ This piano is **in** *tune*.
子；和諧的樂音 ┊ 這鋼琴音調準確。

── ⊜ **-s** [-z] 過 **-d** [-d]; **tuning**
動 ⊗ ❶調整(樂 ┊ She had her piano *tuned*.
器的)音調 ┊ 她已請人爲鋼琴調音。
❷調整頻率 ┊ I *tuned* the television **to** Channel 1.
┊ 我將電視調至第一頻道。
tune in ┊ I *tuned* **in** **to** another station.
轉動度盤(旋鈕) ┊ 我轉到另一個電台。

tunnel [`tʌnl; 'tʌnl] (注意發音) 名 **-s** [-z]
名 隧道；地道 ┊ The train passed through a *tunnel*.
┊ 火車穿過隧道。

turf [tɝf; tɜ:f] 名 **-s** [-s], 英 **turves** [-vz]
名 短草，草地 ┊ I covered my garden with *turf*.
┊ 我將花園鋪上草皮。
▶ 經人工修整的 turf 稱爲 lawn。

Turkey [`tɝkɪ; 'tɜ:kɪ]
名 (國名)土耳其

| 土耳其人 **a** Turk(個人) |
| the Turks(整體) |
| 土耳其語 Turkish |

衍生 名 **Turk**(土耳其人) 形 名 **Tùrkish**(土耳其的；土耳其人〔語〕的；土耳其語)

turkey [`tɝkɪ; 'tɜ:kɪ] 名 **-s** [-z]
名 (鳥)火雞；火 ┊ A roast *turkey* is a feature of
雞肉 ┊ Thanksgiving dinner.
┊ 烤火雞是感恩節晚餐的主菜。

turn [tɝn; tɜ:n] ⊜ **-s** [-z] 過 **-ed** [-d]; **-ing**
動 ⊗ ❶旋轉；轉 ┊ I *turned* the knob of the door.
動 ┊ 我轉了門把。
❷轉，繞(彎角)； ┊ The car *turned* the corner.
變(方向) ┊ 車子轉過彎角。
┊ The plane *turned* its course **to** the
┊ north.
┊ 飛機轉向北飛。
❸翻轉；翻動 ┊ He *turned* the sock inside out.
┊ 他把襪子內層翻了出來。
┊ He is *turning* (**over**) the pages of a
┊ book.
┊ 他在翻著書頁。

① **②** **③**

④轉變;翻譯	Heat *turns* water **into** vapor.
	熱把水變成蒸汽。
	Turn this passage **into** Chinese.
	將這節翻譯成中文。
不 **①**旋轉;繞	The earth *turns* **around** the sun.
	地球繞著太陽旋轉。
②轉, 繞, 向	The path *turns* **to** the left.
	小徑轉向左邊。
③翻轉;翻動	The boat *turned* upside down.
	船翻了。
④變化, 變成	Ice *turns* **into** water.
	冰變成水。
	Her love *turned* **into** hate.
	她的愛轉變成恨。
	She *turned* pale.
	她臉色變得蒼白。

turn about = ***turn around***

向後轉, 變方向	He *turned* *about* and faced her.
	他轉身面向她。

***turn off* ...**

(將電燈・收音機・電視・水頭・瓦斯等)關掉

turn off	the light	關掉電燈
	the water	關掉水龍頭
	the radio	關掉收音機
	the gas	關掉瓦斯

***turn on* ...**

(將電燈・收音機・電視・水龍頭・瓦斯等)打開

	Please *turn on* the TV.
	請打開電視。
	He *turned on* the water.
	他打開水龍頭。

***trun out* ...**

①(將瓦斯・火等)關掉, 熄滅

②將…逐出, 將…開除

	He *turned out* the gas.
	他將瓦斯關掉。
	He was *turned out* of the club.
	他被逐出俱樂部。

***turn out (to be)* ...**

結果為…;最後成為…

	It *turned out (to be)* true.
	那件事結果是真的。

⑧ **-s** [-z]

名 **①**旋轉;繞, 轉(彎)

②轉彎, 彎曲

③變化, 改變

	The bicycle made a *turn* to the right.
	那自行車向右轉了。
	This road is full of sharp *turns*.
	這條路處處都有急轉彎。
	the *turn* of the tide
	潮流的變化

④(輪流到的)一次

	"Whose *turn* is this?" "It's my *turn*."
	「輪到誰啦?」「該我!」

by turns
輪流地

	We had a swing *by turns*.
	我們輪流邊盪鞦韆。

in turn
依次(序)地

	The children got on the train *in turn*.
	兒童們依次上了火車。

複合 名 **tùrning póint**(轉捩點;轉機)
衍生 名 **tùrning**(旋轉;拐彎)

turtle [`tɝtl]; `tɜːtl] **⑧** **-s** [-z]

名 (動物)海龜	A *turtle* has a hard shell.
	海龜有著堅硬的殼。

▶ **turtle** 和 **tortoise**
turtle(海龜), tortoise(陸龜;淡水龜)

tutor [`tutɚ, `tju-; `tjuːtə(r)] **⑧** **-s** [-z]

名 家庭教師	He studies **under** a *tutor*.
	他在家庭教師的督促下用功讀書。

▶ 過去富有人家爲子弟請的女性家庭教師稱爲 governess, 這類的女教師通常須住在學生家。

TV [ˌtiˈvi; ˌtiːˈviː] **⑧** **-s** [-z], **-'s** [-z] ▷ television

名 電視	I saw the actor **on** *TV*.
▶ television 的縮寫。	我在電視上看到了那個演員。
	watch *TV* 看電視

▶ 不寫成 T.V.(不加點號)。

twelfth [twɛlfθ; twelfθ]

形 第十二個的;十二分之一的	December is the *twelfth* month of the year.
	十二月是一年的第十二個月份。

⑧ **-s** [-s]

名 **①**(加 the)第十二個;十二日

②十二分之一

	on the *twelfth* of January
	在一月十二日
	▶「一月十二日」通常寫成 January 12 而讀作 January (the) twelfth。
	seven *twelfths* 十二分之七

twelve [twɛlv; twelv] **⑧** **-s** [-z] ▶ 序數爲 **twelfth**。

名 形 十二(個・人・時・歲)(的)	She is *twelve* years old.
	她十二歲大。

twenty [`twɛntɪ; `twentɪ] **⑧** **twenties** [-z]

名 形 **①**二十(個・人・時・歲)

②(用複數)二〇年代;20～29 歲之間

	Twenty people attended the meeting.
	有二十個人參加了會議。
	in the *twenties* 在(一九)二〇年代
	She is **in** her *twenties*.
	她有二十多歲。

▶ 表示年代用 the, 表示年紀用 one's。
▶ 序數爲 **twèntieth**。

twice [twaɪs; twaɪs]

副 **①**兩次	I called on him *twice*.
	我拜訪過他兩次。

▶「…次」在英文中的用法

一次 once, 兩次 twice, 三次 three times, 四次 four times, 以後全部用 ...times。
▶ thrice 爲三次的文語。

兩倍 | *Twice* two is four.
二的兩倍是四。
He has *twice* **as** many suits **as** I.
他的衣服有我的兩倍多。

ig [twɪg; twɪg] ⑧ **-s** [-z]
小枝,嫩枝 | A bird perched **on** a *twig*.
小鳥停在小樹枝上。

———▶「枝」在英文中的用法———
branch ……「枝」的一般用語
twig ………小枝
bough………大枝 ▶ 發音為 [baʊ]。

ilight [ˋtwaɪˌlaɪt; ˋtwaɪlaɪt] ⑧ 無
黃昏;晨曦 | We walked along the river **at**
twilight.
我們在暮色中沿著河邊散步。

———▶ twilight, dawn, dusk———
twilight ……日出前及日沒後的微明,特別指日沒後
的薄暮。
dawn ………早晨的微光,拂曉。
dusk ………比黃昏的 twilight 更暗的狀態,傍晚。

in [twɪn; twɪn] ⑧ **-s** [-z]
❶孿生子之 | Jane is a *twin*.
珍是孿生子之一。
Jane and Mary are *twins*.
珍和瑪麗是雙胞胎。

▶「三胞胎之一」為 a triplet.
❷(用作形容詞) *twin* beds 雙人床
孿生的;成對的 ▶ 在同一房間內擺兩張完全相同的單
人床。

ine [twaɪn; twaɪn] ⑧ **-s** [-z] ⑧ **-d** [-d]; **twining**
⑩ ⑧ 編結,編織 | She *twined* flowers **into** a wreath.
她把花編成花圈。

inkle [ˋtwɪŋk]; ˋtwɪŋk]] ⑧ **-s** [-z] ⑧ **-d** [-d];
winkling
⑩⑥ (星星等) | Many stars are *twinkling* in the
閃爍;(眼睛)生 sky.
輝 天空中有許多星星在閃爍著。

———▶「閃爍‧放光輝」的同義字———
sparkle ……閃爍不停而反光較小的光芒,如星光。
glitter ……類似 sparkle,但相比 sparkle 更亮的
表面反射閃光。
flash ………突如其來而刺眼的閃光,諸如閃電等。
glimmer …微光,為較暗淡的一絲光線。

⑧ -s [-z]
閃光,閃爍, | There was a *twinkle* in his eyes.
光輝 他的眼睛閃爍著光輝。

ist [twɪst; twɪst] ⑧ **-s** [-s] ⑧ **-ed** [-ɪd]; **-ing**
⑩⑧ ❶(將線) | We *twisted* a string from threads.
捻,編 我們將線捻成細繩。
❷扭,抽 I *twisted* the wet towel.
我把溼毛巾扭乾。
⑥曲折,蜿蜒 The path *twists* among the rocks.
那條小徑蜿蜒於岩石之間。

⑧ -s [-s]

(線等的)捻; | She gave the thread more *twists*.
扭,搓 她將細繩再多搓幾下。

twitter [ˋtwɪtɚ; ˋtwɪtə(r)] ⑧ **-s** [-z] ⑧ **-ed** [-d]; **-ing**
[ˋtwɪtərɪŋ]
⑩⑥ (鳥) 啾啾 | Sparrows are *twittering*.
叫 ⑥ chirp 麻雀正啾啾地叫著。

two [tu; tu:] ⑧ **-s** [-z] ▶ 序數為 **second**。
⑧⑯二(個‧ | Two and *two* is [are] four.
人‧時‧歲) 二加二等於四。
(的) *Two* heads are better than one.
三個臭皮匠勝過一個諸葛亮。
She cut the apple **in** *two*.
她將蘋果切成兩半。

by twos and threes
三三兩兩地 | Guests arrived *by twos and threes*.
客人三三兩兩地到達了。

type [taɪp; taɪp] ⑧ **-s** [-s]
⑧❶型,典型; | What *type* of car do you want?
種類;型式;類型 你要什麼型的車子?
She is not my *type* of girl.
她不是我喜歡的那一型女孩。
▶ 不寫作 my type of a girl。
❷活字;字體 This dictionary is printed **in** large
type.
這本字典是用大號字體印刷的。

——— ⑤ **-s** [-s] ⑧ **-d** [-t]; **typing**
⑩⑧ 用打字機 | He *typed* a letter.
打出 他用打字機打一封信。
⑥打字 He *types* well.
他打字打得很好。

衍生 ⑧ **typist**(打字員)

typewriter [ˋtaɪpˌraɪtɚ; ˋtaɪpˌraɪtə(r)] ⑧ **-s** [-z]
⑧ 打字機 | I wrote a letter **on** the *typewriter*.
我用打字機寫信。

▶「你會打字嗎?」寫作"Can you type?"。
衍生 ⑩ **typewrite**(打字)

typhoon [taɪˋfun; taɪˋfu:n] ⑧ **-s** [-z]
⑧ 颱風 | The *typhoon* hit Hong Kong.
颱風侵襲香港。

———▶「颱風」的種類———
typhoon ………在南洋產生的颱風。
hurricane ……在北大西洋產生而侵襲美洲的颱風。
cyclone ………在印度洋產生的熱帶性颱風。

typical [ˋtɪpɪk]; ˋtɪpɪk]] ▶ type 的形容詞
⑯ 典型的;代表 | a *typical* example of Chinese
性的 literature 中國文學的典型例子
They are *typical* **of** the class.
他們是班上的代表性人物。

tyranny [ˋtɪrənɪ; ˋtɪrənɪ] ⑧ **tyrannies** [-z]
⑧ 壓制,暴政; | The *tyranny* was intolerable.
殘暴的行為 暴政令人無法忍受。

tyrant [ˋtaɪrənt; ˋtaɪərənt] ⑧ **-s** [-s]
⑧ 暴君;專制君 | They revolted against the *tyrant*.
主 他們起而反抗那暴君。

▶「獨裁者」寫作 a dictator;「獨裁政治」稱為
dictatorial government 或 dictatorship。

― U ―

ugly [`ʌglɪ; `ʌglɪ] (注意發音) ⓗ **uglier** ⓢ **ugliest**
形 ❶(容貌等) | His wife is not an *ugly* woman.
醜陋的 | 他太太不是個醜女人。
Ⓡ beautiful
❷(東西)難看 | It was an *ugly* house.
| 那是一棟難看的房子。

> ──── ugly 的同義字 ────
> ugly ⋯⋯⋯因爲語氣很強,形容女性的容貌時,一般
> 使用以下二字。
> plain ⋯⋯⋯因爲有「樸素」的意味,故有「面貌平凡,
> 貌不驚人」的意思。
> homely ⋯⋯Ⓜ 與 plain 同義。ⓜ 是指女性具有「樸
> 素」的優點而言。

複合 名 **ùgly dùckling**(醜小鴨 ► 雖然小時候看起來非
常「醜陋」,但日後變得非常「美麗」;引自安徒生童話)。
衍生 名 **ùgliness**(醜陋,難看) 「[`ʌltəmet].
ultimate [`ʌltəmɪt; `ʌltɪmət] (注意發音) ► 勿唸成
形 最終的;終極 | That was his *ultimate* goal in life.
的;結局的 | 那是他一生的終極目標。
衍生 副 **ùltimately**(最後地;結局地)
umbrella [ʌm`brɛlə, əm-; ʌm`brelə] ⓢ **-s** [-z]
名 傘,雨傘 | You'd better take an *umbrella* with
| you. 你身邊最好帶把傘。
► parasol 是「女性用的陽傘」。
►「海灘上的遮陽傘」不要說成 a beach parasol, 應說 a
beach umbrella。
umpire [`ʌmpaɪr; `ʌmpaɪə(r)] ⓢ **-s** [-z]
名 (棒球・網球 | He acted as an *umpire*.
等之)裁判員 | 他擔任裁判員。
► referee [ˌrɛfə`ri] 是拳擊・足球賽等的裁判員。
UN, U.N. <the *United Nations*
略 (一般加 the) | He works for the *UN*.
聯合國 | 他在聯合國做事。
unable [ʌn`eb]; ʌn`eɪbl] (敍述用法)Ⓡ able
形 (be unable | She is *unable* to swim.
to V 的句型)不 | (=She can't swim.)
會⋯ | 她不會游泳。► 寫成"She is impossible
| to swim." 是錯的。
衍生 名 **ínability**(無能力;無力量) ► 勿寫成 unability。

> ──── 字首 un- ────
> 1) un-加在形容詞、副詞、名詞之前是表示「否定」「不」。
> *un*comfortable(不舒適的)
> *un*consciously(無意識地)
> *un*concern(漠不關心)
> 2) 加在動詞前面,表示與該動詞相反的行爲。
> *un*cover(揭開), *un*tie(解開)

unaccountable [ˌʌnə`kauntəbl; ˌʌnə`kauntəbl]
形 ❶無法說明 | an *unaccountable* explosion
的 | 原因不明的爆炸

❷無責任的 | You are *unaccountable* for his
| actions. 你不必對他的行動負責。
unaccustomed [ˌʌnə`kʌstəmd; ˌʌnə`kʌstəmd]
形 不習慣的 | I am *unaccustomed* to this job.
| 我不慣於做這項工作。「發音」
unanimous [ju`nænəməs, ju-; juː`nænɪməs] (注意
形 全體一致的, | We were *unanimous* in the
無異議的 | decision.
| 我們全體一致,同意那項決定。
unaware [ˌʌnə`wɛr; ˌʌnə`weə(r)] Ⓡ aware
形 (敍述用法) | He was *unaware* of the danger.
不察覺的 | 他沒有察覺到那個危險。
衍生 副 **únawàres**(不知不覺地,無意地;突然地)
unbearable [ʌn`bɛrəbl; ʌn`beərəbl] Ⓡ bearable
形 難以忍受的 | The pain was *unbearable*.
| 這痛苦令人無法忍受。
uncertain [ʌn`sɝtn̩, -`sɝtɪn; ʌn`sɜːtn] Ⓡ certain
形 ❶不確定的 | The cause of the fire is still
| *uncertain*.
| 那場火災的原因仍然無法確定。
❷不確信(無自 | He is *uncertain* of his future.
信) | 他對自己的前途沒有把握。
❸不安定的 | *uncertain* weather 易變的天氣
衍生 名 **uncértainty**(不確定(的事);不安定)
uncle [`ʌŋk]; `ʌŋkl] ⓢ **-s** [-z] ► 勿與 ankle(腳踝)混
淆。
名 ❶伯;叔;舅 | Jack stayed with his *uncle*.
Ⓡ aunt | 傑克和他的伯(叔・舅)父住在一起。
❷(對無血統關 | *uncle* George 喬治伯伯
係的年長者的稱 | ► 也有❶的意義。
呼)伯伯,叔叔 | *Uncle* Sam 山姆叔叔► 指美國或美
| 政府,爲非正式用語。係將 *United*
| *States* 二字開頭的字母擬人化而得。
uncomfortable [ʌn`kʌmfətəbl; ʌn`kʌmfətəbl]
形 ❶不安的 | I feel *uncomfortable* with him.
| 和他在一起,我覺得不自在。
❷不舒適的 | This is an *uncomfortable* chair.
| 這把椅子坐起來不舒服。
衍生 副 **uncòmfortably**(不舒適地)
uncommon [ʌn`kamən; ʌn`kɒmən]
形 不平常的 | That is an *uncommon* book.
Ⓡ common | 這是一本罕有的書。
衍生 副 **uncòmmonly**(罕見地)
unconscious [ʌn`kanʃəs; ʌn`kɒnʃəs] Ⓡ conscious
形 ❶不知不覺 | *unconscious* neglect of a problem
的;未意識到的 | 無意中疏忽了一個問題
❷意識不明的, | He lay *unconscious* on the sofa.
不省人事的 | 他不省人事地躺在沙發上。
❸無意識的,下 | It was an *unconscious* gesture.
意識的 | 那是無意識的動作。
be unconscious of ...

不知道… | He *was unconscious of* the danger. 他沒有察覺到那個危險。

[衍生] [副] **uncônsciously** (不知不覺地;無意識地) [名] **uncônsciousness** (無意識)

ncover [ʌn`kʌvɚ; ʌn'kʌvə(r)] [三] **-s** [-z] [規] **-ed** [-d]; **-ing** [ʌn`kʌvərɪŋ]

[動][及] ❶移去(東西的)覆蓋物 | Please *uncover* the pot. 請掀起鍋蓋。

❷揭露 | A newspaper *uncovered* the plot. 有家報紙揭露了這項陰謀。

▶ **un-** + 動詞

在動詞前面加 un-, 即表示「相反的動作」。

*un*button	(解開鈕扣)	*un*do	(解開)
*un*dress	(脫衣服)	*un*fold	(展開)
*un*lock	(開鎖)	*un*pack	(打開包裹)
*un*tie	(解開)	*un*veil	(揭幕)

nder [`ʌndɚ; 'ʌndə(r)]

[介] ❶在…之下 [反] over | Our boat went *under* the bridge. 我們的船通過橋下。

under 在…的正下方

below 在…以下

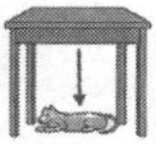

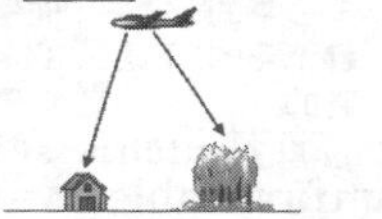

under the table 在桌子下面

below one's eyes 在視線下

❷在…的內側 | He wore a vest *under* his jacket. 他在外套裡面穿了一件背心。

❸(年齡・數量・重量等)未滿… | The children are *under* seven years old. 那些孩子尚未滿七歲。
Can I buy it *under* ten dollars? 我能以十元以下的價錢買到它嗎?

[同] less than

❹在…過程中;接受…中 | The bridge is *under* repair. 那座橋在修理中。
He is *under* medical treatment. 他在接受醫療中。

dergo [ˌʌndɚ`go; ˌʌndə'gəʊ] [三] **-es** [-z] [不] **-went** [-wɛnt]; **-gone** [-gɔn]; **-ing**

[動][及] 遭受(苦難・考驗) | He must *undergo* an operation. 他必須接受手術。
He has *undergone* many hardships. 他經歷很多困難。

dergraduate [ˌʌndɚ`grædʒuɪt, -ˌet; ˌʌndə'grædʒʊət]

[名] 大學肄業生 | He is an *undergraduate* (student). 他是個大學肄業生。

a graduate…[美] 畢業生, 研究生, [英] 大學畢業生
a graduate school…[美] 研究所

derground [`ʌndɚ`graʊnd; 'ʌndəgraʊnd]

[形] 地下的 | an *underground* passage 地下道

— [`ʌndɚ`graʊnd; 'ʌndəgraʊnd] [複] 無

[名][英] 地下電車 ubway ▶[英] 口語上作 tube。 | The *underground* is convenient. 地下電車很方便。
▶ by *underground* (乘地下電車)的時候不加 the。

[複合] [名] **ùndergròund ràilroad** ([英] **ràilway**] (地下鐵道)

underlie [ˌʌndɚ`laɪ; ˌʌndə'laɪ] [三] **-s** [-z] [不] **-lay** [-le], **-lain** [-len]; **-lying**

[動][及] 位於…之下 | Rock *underlies* the soil there. 那裡的沙土下有岩石。

underline [ˌʌndɚ`laɪn; ˌʌndə'laɪn] [三] **-s** [-z] [規] **-d** [-d]; **-lining**

[動][及] 劃線於…之下 | He *underlined* the sentence. 他在那個句子下面劃了線。

— [`ʌndɚˌlaɪn; 'ʌndəlaɪn] [複] **-s** [-z]

[名] 劃在下面的線, 底線 | words without *underlines* 底下沒劃線的字

underneath [ˌʌndɚ`niθ; ˌʌndə'ni:θ]

[介] 在…的下面;在…的下方 | What are you wearing *underneath* your raincoat? 你在雨衣裡面穿著什麼?

— [副] 在下面 | Please sign *underneath*. 請在下面簽名。

underpass [`ʌndɚˌpæs; 'ʌndəpɑ:s] [複] **-es** [-ɪz]

[名] (鐵路・公路)下面的通道 | Where is the *underpass*? 地下道在哪裡呢?

undershirt [`ʌndɚˌʃɝt; 'ʌndəʃɜ:t] [複] **-s** [-s]

[名][美] 汗衫 [英] vest | She bought two *undershirts*. 她買了兩件汗衫。

understand [ˌʌndɚ`stænd; ˌʌndə'stænd] [三] **-s** [-z] [不] **-stood** [-`stʊd]; **-ing**

[動][及] ❶理解, 懂 | She *understands* French. 她懂法語。

❷了解;認爲 | We *understand* **that** he has no objection. 我們認爲他無異議。

❸聞知… | I *understand* **(that)** he is going abroad. 我聽說他將要出國。

[不] ❶理解, 了解 | Do you *understand*? 你了解嗎? I don't *understand*. 我不了解。
▶ 上面的情形一般慣用現在式, 而不用現在完成式或過去式。

❷知悉, 聞知 | "He has gone abroad." "I *understand* so." 「他出國去了。」「我也聽說如此。」

make* one*self understood

清楚表達己見 | Can you *make yourself understood* in English? 你能用英語明白地表達自己的意思嗎?
▶ 原義是「使自己讓人了解」。

[衍生] [形] **únderstàndable** (能理解的)

understanding [ˌʌndɚ`stændɪŋ; ˌʌndə'stændɪŋ] [複] 無

[名] ❶了解;認識;理解;領會 | That is my *understanding*. 我所了解的是這樣。
The conference brought about a better *understanding* between the two countries. 那項會議使兩國獲致更深的了解。

❷理解力;判斷力 | He was a man of great *understanding*. 他是理解力很強的人。

❸(加 an 或 the)協議;協定 | Both of them **came to an** *understanding*. 他們兩人達成了協議。

undertake [ˌʌndɚˋtek; ˌʌndəˈteik] ㊂ **-s** [-s] ㊅ **-took** [-tʊk]; **-taken** [-ˋtekən]; **-taking**

動㊉ ❶承攬 ㊀take on
❷籌辦；著手
❸保證，擔保

He *undertook* the work free of charge. 他免費地承接下那項工作。
They *undertook* a big enterprise. 他們已著手開創一番大事業。
I can't *undertake* that he will succeed. 我無法擔保他會成功。

衍生 名 **úndertàker**(擔任者)，**ùndertáker**(承辦殯葬者，㊈ mortician)，**úndertàking**(企業；工作；事業)

undo [ʌnˋdu; ˌʌnˈduː] ㊂ **-does** [- ˋdʌz] ㊅ **-did** [-ˋdɪd]; **-done** [-ˋdʌn]; **-ing**

動㊉ ❶解開(繩帶・鈕扣・包裹等)；鬆開；打開
❷消除(已經做出的行為)；使復原

He *undid* the string. 他把繩子解開。
Undo the package at once. 請立刻將這包裹解開。
What is done cannot be *undone*. 既成之事是無法抹滅的。〔覆水難收。〕(諺語)

衍生 名 **undóing**(復原；毀滅)形 **undóne**(未完成的；破滅的)

undoubted [ʌnˋdaʊtɪd; ʌnˈdautɪd]

形 無疑的

It is an *undoubted* fact. 那是一件不容置疑的事實。

衍生 副 **undóubtedly**(無疑地；確實地)

undress [ʌnˋdrɛs; ʌnˈdres] ㊂ **-es** [-ɪz] ㊅ **-ed** [-t];-ing

動㊀㊉ 脫衣服

She *undressed* her children. 她脫下孩子們的衣服。

▶ **undress** 與 **take off**

undress 以「被脫衣者」為受詞，take off 以「衣服」為受詞。
「她脫下了孩子們的衣服」。
(誤) She undressed her children's clothes.
(正) She *undressed* her children.
(正) She *took off* her children's clothes.

──㊉ 無 ㊈ full dress(盛裝，禮服)

名 便服

a man in *undress* 穿著便服的男人

uneasy [ʌnˋizɪ; ʌnˈiːzɪ] ㊉ uneasier ㊈ uneasiest

形 ❶心神不安的；焦慮的
❷不舒適的；侷促的
㊀ awkward

I feel *uneasy* about my health. 我很擔心我的健康情形。
He looked *uneasy* in tight shoes. 他穿著過緊的鞋子，看起來很不舒適的樣子。

衍生 名 **unéasiness**(不安)副 **unéasily**(不安地)

uneducated [ʌnˋɛdʒəˌketɪd, -dʒʊ-; ʌnˈedjʊkeitɪd]

形 沒受教育的

uneducated people 沒受教育的人們

unemployment [ˌʌnɪmˋplɔɪmənt; ˌʌnɪmˈplɔimənt] ㊈ 無

名 失業；失業人數

Unemployment is talked about everywhere. 到處都在談論失業。

衍生 形 **únemplóyed**(未被利用的；失業的)

unequal [ʌnˋikwəl; ʌnˈiːkwəl] ㊈ equal

形 不相等的

These pencils are *unequal* in size. 這些鉛筆大小不同。

▶ 加-al 而成形容詞
leg*al*(合法的)，mort*al*(不免一死的)，vit*al*(重要的)，nation*al*(國家的)，abnorm*al*(異常的)

be unequal to ...
無法勝任…的；不能…

He *is unequal to* the task. 他無法勝任那項工作。

▶ **equal** 的衍生字

形	équal	(相等的)	↔	un**è**qual	(不等的)
副	équally	(相等地)	↔	un**è**qually	(不相等地)
名	equálity	(平等)	↔	in**e**quálity	(不平等)

▶ 注意區分相反詞的 un- 與 in-。

UNESCO, Unesco [juˋnɛsko; juːˈneskəʊ]

略 聯合國教科文組織

▶ the *U*nited *N*ations *E*ducational, *S*cientific and *C*ultural *O*rganization 的簡稱。

unexpected [ˌʌnɪkˋspɛktɪd; ˌʌnɪkˈspektɪd]

形 預料不到的；意外的

He died an *unexpected* death. 他死於橫禍。

unexpectedly [ˌʌnɪkˋspɛktɪdlɪ; ˌʌnɪkˈspektɪdlɪ]

副 預料不到地；意外地

The loss was *unexpectedly* big. 損失大得出乎預料之外。

unfair [ʌnˋfɛr; ʌnˈfeə(r)]

形 ❶不正當的；不公平的
❷不正的；不正直的

He was an *unfair* judge. 他是個不公正的法官。
They won by *unfair* means. 他們以不正當的手段取勝。

衍生 名 **unfáirness**(不正當)副 **unfáirly**(不正當地)

unfavorable, ㊈ **-vour-** [ʌnˋfevrəbl, -ˈfevərə-; ˌʌnˈfeivərəbl]

形 ❶不利的；不合適的；不理想的
❷不贊同的；沒有好感的

The situation has become *unfavorable*. 情勢演變成不利。
He gave an *unfavorable* response to the ad. 他對這廣告不表示好感。

衍生 副 **unfávorably**(不利地；不贊同地；沒有好感地)

unfold [ʌnˋfold; ˌʌnˈfəʊld] ㊂ **-s** [-z] ㊅ **-ed** [-ɪd]; -ing

動㊉ 展開(物件) ㊈ fold
㊀ (花苞等)開放；綻放

She *unfolded* a map on the desk. 她在桌上攤開地圖。
The buds began to *unfold*. 蓓蕾開始綻放。

unfortunate [ʌnˋfɔrtʃənɪt; ʌnˈfɔːtʃənət]

形 不幸的

He was *unfortunate* enough to lose his parents. (=Unfortunately he lost his parents.)
他真不幸，失去了雙親。

unfortunately [ʌnˋfɔrtʃənɪtlɪ; ʌnˈfɔːtʃənətlɪ]

副 不幸地

Unfortunately he got injured. 不幸地，他受傷了。

▶ **fortune** 的衍生字

名	fórtune	(幸運)	↔	mis**f**órtune	(不幸)
形	fórtunate	(幸運的)	↔	un**f**órtunate	(不幸的)
副	fórtunately	(幸運地)	↔	un**f**órtunately	(不幸地)

▶ 注意㊈ 中 un- 與 mis-的區別。

unfriendly [ʌnˋfrɛndlɪ; ʌnˈfrendlɪ]

形 不友善的；有敵意的
㊈ friendly

He is an *unfriendly* sort of fellow. 他是個不友善的人。

▶ 雖然字尾是 -ly，但非副詞。

ungrateful [ʌnˋgretfəl; ʌnˈgreitfʊl]

形 忘恩負義的；令人厭惡的 | He was an *ungrateful* student.
他是個忘恩負義的學生。

unit [`junɪt; 'ju:nɪt] 麑 **-s** [-s]
名 ❶構成單位 | The family is the basic *unit* of society. 家庭是社會的基本單位。
❷(計量的)單位 | Gram is a *unit* of weight.
公克是重量的單位。

衍生 副 **ungrátefully**(忘恩負義地)

nhappy [ʌn`hæpɪ; ʌn'hæpɪ] ⓗ **unhappier** 較
unhappiest
形 ❶憂愁的；悲慘的 | She led an *unhappy* life.
她過了憂愁的一生。
❷不幸的 | an *unhappy* accident 不幸的意外

unite [ju`naɪt; ju:'naɪt] 喞 **-s** [-s] 麑 **-d** [-ɪd]; **uniting**
動 ⓐ ❶合併；結合 | The opposition parties should be *united* against it.
在野的各黨派應當聯合起來反對它。
❷團結 | *United* we stand, divided we fall.
團結才能立，分裂便會滅亡。
▶ 取自美國的愛國詩人 John Dickinson 的詩。伊索寓言中也有提及。
圂 合併；團結 | The two companies *united*.
那兩個公司合併了。

衍生 名 **unháppiness**(不幸) 副 **unháppily**(不幸地)

nhealthy [ʌn`hɛlθɪ; ʌn'helθɪ] ⓗ **unhealthier** 較
unhealthiest
形 不健康的；有害健康的 | an *unhealthy* boy 不健康的男孩／*unhealthy* food／不健康的食品／in an *unhealthy* environment 在有害健康的環境下

united [ju`naɪtɪd; ju:'naɪtɪd]
形 聯合的；團結的 | a *united* family 一致的家庭
`[ju:'naɪtɪd'kɪŋdəm]`

United Kingdom [ju`naɪtɪd`kɪŋdəm;
名 (國名)(加 the)聯合王國 | ▶ 正式的名稱是 the United Kingdom of Great Britain and Northern Ireland, 略作 U.K.。

(一)＋form(形)

niform [`junə,fɔrm; 'ju:nɪfɔ:m] 麑 **-s** [-z]＜uni(單
名 制服 | You should come to school in *uniform*. 你應該穿著制服來上學。

▶ uni-是「單一」
unicycle(單輪車)，*unit*(個, 單位)，*unique*(獨一無二的)，*unity*(統一)，*universe*(宇宙)

United Nations [ju`naɪtɪd `neʃənz; ju:'naɪtɪd 'neɪʃnz]
名 (加 the)聯合國 | ▶ 略作 UN 或 U.N.。
`[ ju:'naɪtɪd ,steɪts]`

United States (of America) [ju`naɪtɪd ,steɪts;
名 (國名)(加 the)美利堅合眾國 | She lives in the *United States*.
她住在美國。
▶ 略作(the) USA, U.S.A., US, U.S.。

衍生 名 **únifórmity**(同樣；一律；一致；無差異)

nimportant [,ʌnɪm`pɔrtn̩t; ,ʌnɪm'pɔ:tənt]
形 不重要的 | This word is *unimportant*.
這個字不重要。
反 important
`[ʌn'ɪntrəstɪŋ]`

universal [,junə`vɝsl; ju:nɪ'vɜ:sl]
形 全世界〔人類〕性的；普遍的；人類全體的 | the (law of) *universal* gravitation 萬有引力(的法則)／a *universal* language 世界語／*universal* peace 世界和平

ninteresting [ʌn`ɪntərɪstɪŋ, ʌn`ɪntrɪstɪŋ;
形 無趣味的 | The writer's lecture was *uninteresting*.
那作家的演講枯燥無味。

universe [`junə,vɝs; 'ju:nɪvɜ:s] 麑 無 ⇨ space
名 (加 the)宇宙；全世界 | How vast the *universe* is!
宇宙是何等的浩瀚啊！
`[sities [-z]]`

▶ 請勿混淆
ìnterested (有趣的)
uninteresting (無趣味的)

disìnterested (不偏袒的)
uninìterested (漠不關心的)

university [,junə`vɝsətɪ; ju:nɪ'vɜ:sətɪ] 麑 **univer-**
名 大學 | He was educated at Cambridge *University*. 他在劍橋大學念過書。
go to *university* 上大學／quit the *university* 大學輟學／put someone through *university* 出資使某人完成大學畢業／finish *university* 完成大學學業

nion [`junjən; 'ju:njən] 麑 **-s** [-z]
名 ❶結合；團結 | *Union* is strength. 團結就是力量。
❷工會 | a labor *union*, 美 a trade *union* 工會／join a *union* 參加工會
❸一致, 和諧 | They lived in *union*.
他們和睦地生活在一起。
(諺語)

▶ college 與 university
college(大學內的學院；獨立學院)；university(大學)

Jnion Jack [`junjən ,dʒæk; 'ju:nɪən ,dʒæk]
名 (加 the)英國國旗
▶ 同 the union flag。

▶ 「美國國旗」是 the Stars and Stripes, 或叫作 the Star-Spangled Banner。

Jnion of Soviet Socialist Republics
名 (國名)(加 the)蘇維埃社會主義共和國聯邦 | ▶ 略作 U.S.S.R., USSR。
▶ 1991 年瓦解, 請參見 Russia 和 Soviet。

unjust [ʌn`dʒʌst; ,ʌn'dʒʌst]
形 不公正的；不公平的 反 just | The proposal was *unjust* to us.
那個提案對我們不公平。

▶ just 的衍生字
形 just (公正的)↔ unjùst (不公平的)
名 jùstice (正義)↔ injùstice (不公正)
▶ 注意區分相反詞的 un-與 in-。

nique [ju`nik; ju:'ni:k]
形 獨一無二的；(口語)珍貴的 | We had a *unique* experience here.
我們在這裡獲致珍貴的經驗。

unkind [ʌn`kaɪnd; ʌn'kaɪnd]
形 不親切的 反 | He was *unkind* to her.
kind | 他對她不親切。
衍生 副 **unkìndly**(不親切地) 名 **unkìndness**(不親切)

unknown [ʌn`non; ˌʌn'nəʊn]
形 不明的；未知 | The insect was *unknown* to me.
的 | 我不清楚那種昆蟲。
► 請用 to, 不要用 by
「他不知道這項事實。」
The fact is *unknown* to him.

unlearn [ʌn`lɜn; ˌʌn'lɜːn] ⊜ -s [-z] 邊 -ed [-d] ⊕ -t
[-t]; -ing
動 反 忘却(所學 | It is difficult to *unlearn* what you
得之知識) | have learned wrongly.
⇨ undo | 學錯的事難以忘却。

unless [ən`lɛs; ən'les] 回 if ... not
連 除非, 若不 | He never speaks *unless* he is
| spoken to.
| 除非別人先對他開口, 他從不先講話。
► unless 之用法
「不下雨他就要來。」
(誤) He will come unless it does not rain.
(正) He will come *unless* it rains.
► 和 "He will come **if** it does **not** rain." 同義。

unlike [ʌn`laɪk; ˌʌn'laɪk]
形 不同的, 不相 | The sisters are quite *unlike*.
似的 反 like | 她們姐妹都很不相似。
—— 介 不像, 和… | *Unlike* him, his son is tall.
不同 | 他的兒子長得很高, 一點也不像他。

unlikely [ʌn`laɪklɪ; ʌn'laɪklɪ]
形 未見得能成 | It is *unlikely* that she will succeed.
為事實的；不大 | 她不太可能會成功。
可能的

unlimited [ʌn`lɪmɪtɪd; ʌn'lɪmɪtɪd] 反 limited
形 無限的；無數 | the *unlimited* number of people
的 | 無數的人

unlock [ʌn`lɑk; ˌʌn'lɒk] ⊜ -s [-s] 邊 -ed [-t]; -ing
動 反 開…的鎖 | He *unlocked* the front door.
反 lock | 他開了大門的鎖。

unlucky [ʌn`lʌkɪ; ʌn'lʌkɪ] ⊕ **unluckier** 邊
unluckiest
形 ❶不幸的 | It was an *unlucky* year for me.
反 lucky | 那年對我來說是運氣不佳的一年。
❷不吉利的 | Thirteen is an *unlucky* number.
| 13 是個不吉利的數字。
衍生 副 **unlùckily**(不幸地)

unnatural [ʌn`nætʃərəl, -ˋnætʃrəl; ʌn'nætʃrəl]
形 不自然的 | He died an *unnatural* death.
反 natural | 他死於非命。
衍生 副 **unnàturally**(不自然地；造作地)

unnecessary [ʌn`nɛsəˌsɛrɪ; ʌn'nesəsərɪ]
形 不必要的；多 | It is an *unnecessary* book.
餘的 | 那是一本不必要的書。
反 necessary
衍生 副 **unnècessárily**(不必要地)

unpleasant [ʌn`plɛznt; ʌn'pleznt] 反 pleasant
形 使人不快的； | He is an *unpleasant* fellow.
使人討厭的 | 他是一個令人討厭的傢伙。
► un- + 過去分詞和 un- + -able
1) undoubt*ed*(無疑的), undevelop*ed*(未開發的)
unidentifi*ed*(來歷不明的), uninhabit*ed*(沒有人
住的), unknown(未知的), unnotic*ed*(不被注意
的), unquestion*ed*(不成問題的), unparallel*ed*
(無比的)
2) undesir*able*(不良的), unforgett*able*(令人難忘
的), unintelligi*ble*(無法了解的), unjustifi*able*(不
合道理的), unprofit*able*(無利可圖的)

unreasonable [ʌn`riznəbl; ʌn'riːznəbl]
形 無理性的；不 | She was an *unreasonable* person.
合理的 | 她是一個失去理性的女人。
反 reasonable | an *unreasonable* price 不合理的價格
衍生 副 **unrèasonably**(不當地；過分地)

unseen [ʌn`sin; ˌʌn'siːn]
形 看不見的 | There was an *unseen* rock there.
| 那裡有一處暗礁。

unselfish [ʌn`sɛlfɪʃ; ˌʌn'selfɪʃ]
形 不自私的 | My motives were *unselfish*.
反 selfish | 我的動機是無私的。

unsettled [ʌn`sɛtld; ʌn'setld]
形 ❶未決的；未 | The question remained *unsettled*.
定的 | 那個問題仍未解決。
❷不穩定的, 易 | The weather was *unsettled*.
變的 | 天氣不穩定。

untidy [ʌn`taɪdɪ; ʌn'taɪdɪ] ⊕ **untidier** 邊 **untidiest**
形 雜亂的 | His desk is always *untidy*.
反 tidy | 他桌子總是亂七八糟。

untie [ʌn`taɪ; ˌʌn'taɪ] ⊜ -s [-z] 邊 -d [-d]; **untying**
動 反 解開；鬆綁 | He *untied* his necktie in haste.
反 tie | 他匆忙地解開了他的領帶。

until [ən`tɪl; ən'tɪl]
► 注意 until 和 till 之拼字。
► 本來和 till 是同義, 但 until 比較有鄭重其事的感覺。
有時為了押韻的關係而採用, 尤其多用於文句的開頭。
介 ❶迄…之時； | He stayed there *until* midnight.
直到…時 | 他在那裡一直停留到午夜。
► until [till] 和 by
until … (繼續)直到…
by…… 在…之前(完成)
I will be here *until* noon.
(我會一直在這裡待到中午。)
I will be here *by* noon.
(我在中午時會回到這裡。)
❷(用於否定句) | Don't go out *until* four.
在…以前 | 在四點鐘以前不要出去。
回 before
It was not until … that~ ⇨ till
直到…才~ | *It was not until* yesterday *that* we
| knew about it.
| 直到昨天, 我們才知道此事。
—— 連 迄…之時 | Please wait here *until* I come back

請在這裡一直等到我回來。

unusual [ʌnˋjuʒʊəl; ʌnˊjuːʒl] (注意拼法)
形 罕有的;稀罕的 反 usual
It is *unusual* for her to get angry.
她會生氣真是稀奇。

unusually [ʌnˋjuʒʊəlɪ, -ˋjuʒʊl-, -ˋjuʒəl-;ʌnˊjuːʒəlɪ]
副 異常地;不尋常地
It was *unusually* cold.
那天真是超出尋常地冷。

unwelcome [ʌnˋwɛlkəm; ʌnˊwelkəm]
形 不受歡迎的
She was an *unwelcome* guest.
她是個不受歡迎的客人。

unwilling [ʌnˋwɪlɪŋ; ˏʌnˊwɪlɪŋ]
形 不情願的;不願意的
反 willing
He gave an *unwilling* consent.
他勉強地同意。
She was *unwilling* to marry him.
她不願意嫁給他。

衍生 副 **unwillingly** (不情願地, 勉強地;不願意地)

unworthy [ʌnˋwɝðɪ; ʌnˊwɜːðɪ] 比 **unworthier** 最 **unworthiest**
形 ❶不值得的;不配的
His conduct is *unworthy* of praise.
他的行為是不值得稱讚的。
❷沒有價值的 同 worthless
an *unworthy* man 不中用的人

up [ʌp; ʌp] 反 down
副 ❶(表示動作)向上地;在上方;起身地
get *up* 起床／stand *up* 站起來
The plane flew *up* into the cloud.
飛機飛入雲霄。
❷(位置・靜止狀態)在上方
fly 40,000 feet *up* 飛在四萬英尺的高空中
They live *up* in the mountains.
他們住在山上。
❸(價值・數量・地位等)上升;往(或處於)較優越的地位
Prices are going *up* day by day.
物價每天在上漲。
She was well *up* in her class.
她在班上的成績是名列前茅的。
❹(完結・終結)完全地;全部
He drank *up* the beer.
他將啤酒全部喝光了。
❺(停止・封閉等)徹底地
Cork the bottle *up*.
把瓶子加塞密封吧。
❻向前
There's a big forest 10 miles *up* from the town. 從那個鄉鎮向前十英里的地方,有一個大森林。
❼向⋯接近(某處・某人)
The man came *up* to me.
那個人向我走過來。

It's all up with ...
⋯萬事皆休,一切都完了
It's all *up* with him. 他一切都完了。
►對於恢復健康、突破困難等已沒有希望的時候用之。

up and down
上下地;往返地
The swing is moving *up and down*.
鞦韆正在上下搖盪。
walk *up and down* 走來走去

up to ...
❶直到⋯
I didn't know the fact *up to* then.
一直到那時候,我還不知道事實。
►用於距離・時間・程度・數量等。
❷應(由某人)擔任或負責決定
It's *up to* you to choose where we should go. 由你來決定我們該去哪裡。
❸正在做(壞事等)
He is *up to* something.
他正在玩什麼把戲(搞什麼鬼)。

介 ❶登上;在上
She ran *up* the stairs.
她跑上了階梯。
❷在(河川的)上流
The house stands *up* the river.
那個房子位於河的上流。
❸沿著(路等)
They walked *up* the road.
他們沿著那條路走去〔走來〕。
►和 walk, ride, run, drive 等動詞連用時,究竟是由這邊向那邊,或由那邊向這邊,要看文句內容及前後文而定。

形 比 **upper** 最 **uppermost**
上行的;向上的
反 down
an *up* train 上行列車
►在英 就是「向倫敦方向」,在美 就是「向北」,或「向住宅地區」之義。

名 -s [-s]
上升;漲價
an *up* in the rent 房租漲價
ups and downs 浮沉
the *ups and downs* of life
人生的浮沉〔起伏〕

uphold [ʌpˋhold; ʌpˊhəʊld] 三 -s [-z] 過去式・過去分詞 -held [-hɛld];現在分詞 -ing
動 反 舉起;支持
They *upheld* our opinions.
他們支持我們的意見。

upon [əˋpɑn; əˊpɒn]
介 在上面
There is not a chair to sit *upon*.
沒有一把椅子可坐。

►**on 和 upon**
on 和 upon 在許多場合可以交換使用,不過 on 在口語上用得比較多。但是,在某些成語上卻有一定的用法。
once *upon* a time (從前), depend *upon/on* it (依賴它), go *on* reading (繼續讀下去)

upper [ˋʌpɚ; ˊʌpə(r)]
形 上部的;較高的 反 lower
the *upper* lip 上唇／the *upper* classes 上流階級

upright [ˋʌpˏraɪt; ˊʌpˏraɪt]
形 ❶直立的;垂直的
Stand *upright*. 站直。
►這種用法時,有人視為副詞。
❷正直的
He is respected as an *upright* man.
他因正直而受人尊敬。
複合 名 **ùpright piáno** (豎鋼琴 ► 較 grand piano 為小。⇨ piano)

uproar [ˋʌpˏror, -ˏrɔr; ˊʌprɔː(r)] 複 無
名 (每每冠上an)喧囂, 騷動
The hall was **in** (an) *uproar*.
會場裡一片喧囂。

upset [ʌpˋsɛt; ʌpˊset] 三 -s [-s] 過去式・過去分詞 **upset**; 現在分詞 **upsetting**
動 反 ❶顛覆;弄翻
He *upset* my chair.
他弄翻了我的椅子。
❷(使計畫等)破壞
His sudden death *upset* our plan.
他的突然死亡,破壞了我們的計畫。
❸(使人的心緒等)煩亂
She was *upset* **at** the news.
那個消息使她的心緒煩亂。

[ˋʌpˏsɛt; ˊʌpset] 名 -s [-s]
翻覆;不正常的事物
the *upset* of a truck 卡車的翻覆／
a stomach *upset* 腸胃不適

upside [ˋʌpˏsaɪd, ˋʌpˏsaɪd; ˊʌpsaɪd] 複 無
名 上側 ► 通常用於下列片語。

turn ... upside down
翻轉(倒)過來,顛倒
He *turned* the table *upside down*.
他把桌子翻過來。

upside down
上下倒置 | The picture was hung *upside down.*
那幅畫被掛倒了。
▶「裡外反過來」叫做 inside out, wrong side out。

upside down（上下顛倒）　　inside out（裡外反過來）

upstairs [ʌpˋstɛrz; ˌʌpˈsteəz]
副 上樓 | He carried his bag *upstairs.*
反 downstairs | 他將袋子帶上樓去。
▶ upstairs 表示「上樓或在樓上」，在二樓時是指樓上，在三層樓以上則表示更高一層之義。

up-to-date [ˋʌptəˋdet; ˌʌptəˈdeɪt] 反 out-of-date
形 最新的 | an *up-to-date* machine 最新式的機器

upward [ˋʌpwɚd; ˈʌpwəd]
形 向上的 | an *upward* slope 上坡
副 ❶上方地；向上地 | Jack climbed *upward.* 傑克往上爬。
❷以上；超過 | from 10 dollars *upward* 從 10 元美金起

urban [ˋɝbən; ˈɜːbən] 反 rural (鄉村的)
形 都市的 | *urban* life 都市生活

urge [ɝdʒ; ɜːdʒ] (注意發音) 三 -s [-ɪz] 過 -d [-d]; urging
動 反 ❶驅策 | He *urged* the horse **on**. 他驅馬急奔。
❷督促；催促 | Father *urged* me **to** study harder. 父親督促我加緊用功。
❸力陳，力言 | He *urged* the importance of moral education. 他力陳道德教育之重要。
— 過 -s [-ɪz]
名 (通常冠上 an) 衝動 | I felt **an urge to** travel abroad. 我有一股想去海外旅行的衝動。

urgent [ˋɝdʒənt; ˈɜːdʒənt]
形 ❶緊急的 | It is *urgent* to let him know the truth. 告訴他真相是刻不容緩的。
❷急切的 | He is *urgent* **for** money. 他急切需要錢。
衍生 名 **ùrgency** (緊急) 副 **ùrgently** (緊急地)

us [(強) ʌs; ʌs (弱) əs, s; əs, s] 代 we 的受格
我們，吾等 | She took *us* to the zoo. 她帶我們去動物園。

US, U.S. <the *United States*
略 美國 ▶ 通常冠上 the, 但有時候也省略。

U.S.A., USA <the *United States of America*
略 美利堅合眾 | ▶ 通常冠上 the, 但有時候也省略。

usage [ˋjusɪdʒ; ˈjuːzɪdʒ] (注意發音) 過 -s [-ɪz]
名 ❶ (對物的) 使用，用法 | They gave the machine bad *usage.* 他們沒有妥當地使用那部機器。
❷ (語言的) 語法 | American *usage* 美語用法

use [juz; juːz] ▶ 注意和名詞發音不同。三 -s [-ɪz] 過 -d [-d]; using
動 反 ❶用，使用 | In studying English we have to *use* dictionaries. 學習英文必須使用字典。
❷ (能力·肉體等) 運用 | *Use* your brains! 動你的腦筋去想吧!
❸消耗；消費 | How much do you *use* it in a week 一個星期要用掉多少?
❹對待；待遇 | I was well [ill] *used* by her. 我受了她的善 [苛] 待。

use up
用盡 | He *used up* all the money. 他把所有的錢花光。
— [jus; juːs] 過 -s [-ɪz]
名 ❶使用；用法 | the proper *use* of a computer 電腦的適當使用方式 [善用電腦]
❷用途；用處 | What is the *use* **of** going there? 去那裡有什麼用?

be in use 反 be out of use
在使用中 | The television set *is* still *in use.* 那部電視機還在使用。

be of great use 很有用處
同 be very useful | This book will *be of great use* **to** you. 這本書對你將很有用處。
▶ 以 little [no] 代替 great 則變成「沒什麼 [全沒] 用處」。

go [fall] out of use
已不被使用，廢棄 | Such an expression has *gone out of use.* 這種說法已被廢棄。

It is no use V*ing* [to V]...
做…亦無益 | *It is no use* cry*ing* over spilt milk. 翻倒牛奶，哭亦無益。[錯誤既已鑄成，悔之無益。] (諺語)

make use of ...
利用… | *Make* good *use of* this opportunity. 好好地利用這個機會吧。

put ... to use
將…加以使用 | They *put* it *to* practical *use.* 他們將之實地加以使用。

▶ 動詞和名詞的發音不同的例子

abuse { [əˋbjuz] 動 去濫用 / [əˋbjus] 名 濫用
excuse { [ɪkˋskjuz] 動 去辯解 / [ɪkˋskjus] 名 辯解
misuse { [mɪsˋjuz] 動 去誤用 / [mɪsˋjus] 名 誤用
▶ { advise [ədˋvaɪz] 動 去忠告 / advice [ədˋvaɪs] 名 忠告 (拼法不同)

used¹ [juzd; juːzd] 動 use (用) 的過去式·過去分詞
▶ 注意 use, used, usage 的發音
use | 動 [juz] (用) 名 [jus] (使用)
usage | 名 [ˋjusɪdʒ] (使用)
used | 動 [juzd] (use (用) 的過去式·過去分詞) / 形 [juzd] (二手的，用過的) / 形 [just] (習慣於)
▶ used to (習慣於…) 之 used 的發音是 [just]。

used² [juzd; juːzd]
形 美 二手貨的 | He bought a *used* car. 他買一部二手車。
反 secondhand; 使用過的；已用舊的 | ▶ 近來對二手車有時候叫做 a previously owned car。

used³ [just; juːst]
形 (敘述用法) 習慣 | She **is used to** traveling by plane. 她習慣坐飛機旅行。
▶ 用 be used to 表示「習慣於…」之義。這個 to 是介系

], 故連在後面的應爲名詞或動名詞。

sed⁴ [juːst; juːst] ► used to 的發音爲 [`justə]。
動不 (用 used
to do 的形式)　She *used* **to** visit her uncle on
過去常⋯　holidays.
　她以前常在假日去拜訪叔叔。

┌──► used to 和 would───
│ used to 是用來客觀地表示過去的習慣。would 却表
│ 示過去的反覆動作, 而較爲主觀地表示說話者的感慨
│ 等等, 比較富於感情的色彩。
│ "You are a child," he *would* say.
│ (他過去老是說:「你是個小孩子」。)

以前常⋯, 以前
是⋯　He *used* **to** smoke. 他以前有抽煙的。
　There *used* **to** be a factory here.
　從前有一家工廠在此地。
► 表示過去的動作或狀態, 用來跟現在對照, 其含義爲「現
在已不是」。

┌──► used⁴的疑問句和否定句───
│ He *used* to smoke.
│ ┌ (美), (英) (口語) Did he use [jus] to smoke?
│ └ (英) Used he to smoke?
│ ┌ (美), (英) (口語) He did not use [jus] to smoke.
│ │ (英) He usedn't [`jusn̩t] to smoke.
│ └ (美), (英) He used not to smoke.

┌──► 容易混淆的三個 *used*───
│ 1) Nylon is *used* to make stockings.
│ (尼龍被用來製造襪子。)
│ ► use(用)的被動式
│ 2) He was not *used* to Japanese food.
│ 他吃不慣日本料理。
│ ►「be used to＋名詞・動名詞」
│ 3) He *used* to drink a lot.
│ (他過去很愛酗酒。)
│ ►「used to＋動詞的原形」

seful [`jusfəl; `juːsfl]
形 有用的;有益　Horses are *useful* animals.
的 反 useless　馬是有用的動物。
衍生 副 **ùsefully**(有用地) 名 **ùsefulness**(有用)
seless [`juslɪs; `juːslɪs] 反 useful
形 沒有用的;無　He is a *useless* fellow.
益的　他是一個沒有用的傢伙。
衍生 副 **ùselessly**(無用地) 名 **ùselessness**(無用)
sher [`ʌʃɚ; `ʌʃə(r)] (注意發音) 名 **-s** [-z]
名 (戲院或敎堂　The *usher* was kind enought to tell
等的)招待員　us the history of the church. 那位招
　待員親切地給我們講那敎堂的歷史。
── 三 **-s** [-z] 變 **-ed** [-d]; **-ing** [`ʌʃərɪŋ]
動 及 引導　She *ushered* me **to** my seat.
　她帶我到我的座位。

sual [`juʒʊəl, `juʒʊl, `juʒəl; `juːʒl] 反 unusual
形 通常的;素來　It is *usual* for me to go jogging in
的　the morning. 我通常早上會慢跑。
s is usual with ...　　　　　┌for school.┐
像往常一樣地　As is *usual* with him, he was late ┘
　一如往常, 他又上學遲到了。

as usual　As *usual* I got up early.
　像平常一樣　像平常一樣, 我很早起了床。
... than usual　He got up earlier *than usual*.
　比平常⋯　他比平常早起。
usually [`juʒʊəlɪ, `juʒʊl-, `juʒəl-; `juːʒəlɪ]
副 通常, 平素　She *usually* goes out on Saturday
　nights. 她通常在星期六晚上外出。
　He is *usually* absent from the
　meeting. 他經常不參加那會議。
► 和 always 等頻率副詞用法相似, 直接放在動詞的前
面。但與助動詞及 be 動詞合用時, 則緊接在其後面。
utensil [ju`tɛnsl; juː`tensl] 名 **-s** [-z]
名 用具, 器具;　Take writing *utensils* with you.
器皿　帶著書寫用具去吧。
┌──► utensil 的同義字───
│ utensil　⋯⋯⋯廚房用具(kitchen *utensils*), 農具
│ 等不太大的東西。
│ instrument　⋯⋯樂器(musical *instruments*), 光學
│ 儀器(optical *instruments*)等用於
│ 精密的工作者。
│ tool⋯⋯⋯⋯⋯⋯木匠用的器具等, 用手使用的工具。

utility [ju`tɪlətɪ; juː`tɪlətɪ] 名 無
名 ❶功用, 效用　The *utility* of streetcars is
　diminishing.
　地上電車越來越沒有用處了。
❷公共設施　public *utilities* such as electricity,
　gas and water 諸如水電瓦斯的公共
► 通常是複數。　設施
utilize [`jut!ˏaɪz; `juːtəlaɪz] 三 **-s** [-ɪz] 變 **-d** [-d];
utilizing
動 及 利用　Water is *utilized* as a source of
　power. 水被用來產生動力。
衍生 名 **ùtilizàtion**(利用)　　　　┌定用法┐
utmost [`ʌtˏmost, `ʌtməst; `ʌtməʊst] (注意發音) (限) ┘
形 ❶極度的;極　It is of the *utmost* importance.
端的　那是極重要的事。
❷最遠的　I'll follow you to **the** *utmost* end of
　the earth. 我要跟隨你到天涯海角。
── 變 無
名 (冠上 the)最　That is **the** *utmost* I can say.
大限度　我言盡於此。
► 亦稱 uttermost。
Utopia [ju`topɪə, -pjə; juː`təʊpjə] 名 **-s** [-z]
名 烏托邦;理想　I'd like to live in *Utopia*.
國　我眞想生活在烏托邦。
► Thomas More 所著"Utopia"一書描述的理想國。
utter¹ [`ʌtɚ; `ʌtə(r)] (限定用法)
形 完全的;斷然　He is an *utter* stranger to me.
的　對我來說, 他全然是個陌生人。
衍生 副 **ùtterly**(全然地)　　　　　┌rɪŋ┐
utter² [`ʌtɚ; `ʌtə(r)] 三 **-s** [-z] 變 **-ed** [-d]; **-ing** [`ʌtə(ə)-┘
動 及 ❶發出(聲　She *uttered* a cry of pain.
音・語言等)　她發出一聲痛苦的喊叫。
❷說出;發表　He could not *utter* his thought.
　他未能說出自己的想法。
衍生 名 **ùtterance**(發言;發聲)

— V —

vacant [`vekənt; 'veɪkənt] ⇨ empty
形 ❶未被占用的;空著的 | There were no *vacant* seats. 座無虛席。
❷有職缺的;空缺的 | We have some *vacant* positions. 我們有一些職位缺人。
衍生 名 **vácancy** (空虛;空間;空房間;空缺) 副 **vácantly** (模糊地;茫然地)

vacation [ve`keʃən, və-; və'keɪʃn] 複 **-s** [-z]
名 休假,假期 | The summer *vacation* is near at hand. 暑假就快到了。
► 動詞作「度假」解。 | be *on vacation* 休假中／take a *vacation* at the beach 到海濱度假

────► vacation 的誤用────
「我因病請了一天假。」
(誤) I took a vacation because of illness.
(正) I took a day off because of illness.
► a vacation 通常是指健康的人為娛樂、休閒而作的休假。

「休假」＝ 美 vacation, 英 holiday(s)
「暑假」＝ 美 the summer vacation
　　　　 英 the summer holidays

vaccination [ˌvæksn̩`eʃən; ˌvæksɪ'neɪʃn] 複 **-s** [-z]
名 種痘,疫苗接種 | *vaccination* **against** smallpox 種牛痘 (接種天花的疫苗)
衍生 動 **vaccinate** [`væksn̩ˌet] (種痘,打預防針)
名 **vaccine** [`væksin] (痘苗,預防注射所用之疫苗)

vacuum [`vækjʊəm; 'vækjʊəm] 複 **-s** [-z,]
名 真空狀態
複合 名 **vácuum bóttle** (熱水瓶), **vácuum cléaner** (真空吸塵器), **vácuum túbe** (真空管)

vagabond [`væɡəˌbɑnd; 'væɡəbɒnd] 複 **-s** [-z]
名 流浪者 | He is a homeless *vagabond*.
同 wanderer | 他是個無家可歸的流浪者。

vague [veɡ; veɪɡ] (注意發音) 比 **-r** 最 **-st**
形 不清楚的;模糊的;含混的 | I saw a *vague* figure in the dark. 我在黑暗中看到了一個模糊的人影。
| a *vague* answer 含混的答覆
衍生 副 **váguely** (模糊地;含混地)

vain [ven; veɪn] 比 **-er** 最 **-est** ► 名詞為 vanity。

────► 避免混淆────
vain [ven] …形 無效的
vein [ven] …名 靜脈
vane [ven] …名 風向標,風向針

形 ❶徒然的,無效的 | a *vain* effort 徒然的努力／a *vain* resistance 徒然無益的抵抗
❷空虛的,無益的 | Don't waste your life in *vain* pleasures. 不要把你的生命浪費在無益的享樂上。

❸自負的,虛榮心強的 | I don't like *vain* women. 我不喜歡虛榮心強的女性。
in vain ► 此時 vain 為名詞,而整個作為副詞片語用。
空虛地,無效地,徒然地 | He tried, but *in vain*. 他試過了,但是無效。
| I tried to persuade her *in vain*. 我嘗試過要說服她,但是無效。
衍生 名 **váinness** (徒然;空虛;虛榮,自負;)

vainly [`venlɪ; 'veɪnlɪ] 同 in vain
副 徒然地,無益地;無效地 | I *vainly* tried to solve the problem. 我嘗試去解決那問題,但是徒勞無功。

vale [vel; veɪl] 同 valley 名 (詩) 谷

valiant [`væljənt; 'væljənt] 同 brave, courageous
形 (文語) 勇敢的,驍勇的 | They admired his *valiant* deed. 他們欽佩他的英勇行為。
衍生 名 **válor, 英 válour** (勇氣,勇敢)

valid [`vælɪd; 'vælɪd] (注意發音)
形 有確實根據的;合法性的 | He has no *valid* reason for the delay. 他沒有正當理由耽擱。
衍生 名 **validity** [və'lɪdətɪ] (妥當性;合法性)

valley [`vælɪ; 'vælɪ] 複 **-s** [-z]
名 谷,溪谷;(大河的) 流域 | He fell down the *valley*. 他跌落谷裡。 ┌less (沒有價值的)

valuable [`væljəbl, ˌ'væljʊəbl; 'væljʊəbl] 反 value-
形 貴重的;有價值的 | He is a *valuable* partner. 他是個很難得的伙伴。
► invaluable 並非 valuable 的相反字,而是指「無法衡量的高價值」,「無價」,「極貴重的」。
── **-s** [-z]
名 (通常用複數) 貴重品 | I deposited my *valuables* in the bank. 我把我的貴重品存放在銀行。

value [`vælju; 'vælju:] 複 **-s** [-z]
名 ❶價值,重要性 同 worth | You do not know the *value* of health. 你不知道健康的重要性。
❷價格,價錢 同 price | the *value* of the vase 花瓶的價錢／market *value* 市場價格
of value 有價值的;寶貴的 同 valuable | His advice is *of* great *value* (＝very valuable). 他的忠告非常寶貴的。
── **-s** [-z] 過去 **-d** [-d]; valuing
動 及 注重,重視;評價 | I *value* his ability. 我重視他的能力。

────► value 的衍生字────
válue ………名 價值
válueless …形 沒有價值的＜value＋less (沒有)
váluable …形 有價值的＜value＋able (能夠)
inváluable…形 非常有價值
　＜in (不) ＋value (評價) ＋able (能夠)

valve [vælv; vælv] 複 **-s** [-z]
名 (機械的) 活門;(心臟的) 瓣 | He installed a safety *valve*. 他安裝了一個安全活門。

膜 🇧 真空管

an [væn; væn] 🅟 **-s** [-z]
名 大型有蓋貨車;貨車
► light van 則為輕型貨車。

ane [ven; veɪn] 🅟 **-s** [-z] 也稱為 weather vane。
名 風向標,風向計
和 vain 同音。⇨ vain

anish [ˈvænɪʃ; ˈvænɪʃ] 🅟 **-es** [-ɪz] 🅟 **-ed** [-t]; **-ing**
動 不 消失;消散
The birds have *vanished* **from** the earth. 那種鳥類已從世上消失。
► 比 disappear 語氣更強,通常用於表達「突然地消失」。

anity [ˈvænətɪ; ˈvænətɪ] 🅟 **vanities** [-z] ► vain
名 ❶空虛,空幻
的名詞
I know the *vanity* of life.
我了解人生的虛幻。
❷虛榮心;自負;自滿
He told a lie **out of** *vanity*.
他由於虛榮心作祟而說了謊。

apor, 🇧 **vapour** [ˈvepə; ˈveɪpə(r)] 🅟 無
名 蒸汽,蒸氣
When water is heated, it changes into *vapor*. 水加熱後就變成蒸汽。
► 指空氣中的水蒸氣・霧・煙等。
狀的)
衍生 形 **vaporous** [ˈvepərəs](多蒸氣的;多霧的;蒸氣

ariable [ˈvɛrɪəbl; ˈveərɪəbl] 🅧 invariable(不變的)
形 易變的;反覆無常的
She has a *variable* nature.
她生性反覆無常。
► <vary(變化)+able(能夠)

ariation [ˌvɛrɪˈeʃən; ˌveərɪˈeɪʃn] (注意發音) 🅟 **-s** [-z]
名 變化,變動;(音樂)變奏
variations of the earth's crust
地殼的變動

aried [ˈvɛrɪd; ˈveərɪd]
形 種種的,各式各樣的
I have met *varied* types of people.
我見過各式各樣的人。

ariety [vəˈraɪətɪ; vəˈraɪətɪ] 🅟 **varieties** [-z]
名 ❶多變化,多樣性
My life is full of *variety*.
我的生活多采多姿。
🅧 monotony
❷種類
a *variety* **of** books 種種的書
a new *variety* **of** melon 新品種的瓜

arious [ˈvɛrɪəs; ˈveərɪəs] (注意發音)
形 各式各樣的,種種的
He has *various* dictionaries.
他有各式各樣的辭典。

arnish [ˈvɑrnɪʃ; ˈvɑːnɪʃ] 🅟 **-es** [-ɪz]
名 凡立水,假漆 ►國語中的凡立水即由此字音譯而來。

ary [ˈvɛrɪ; ˈveərɪ] (注意發音) 🅟 **varies** [-z] 🅟 **varied** [-d]; **-ing**
動 不 ❶變化
The temperature *varies* during a day. 一天之內氣溫有所變化。
► change 指本質上的變化,vary 指各種的間續變化。

┌─── ► vary 是指各式各樣的變化 ───
│ 形 vàriable   vàried   vàrious
│ (易變的)   (種種的)   (各式各樣的)
│   ＼   ↑   ╱
│   ┌──────────────┐
│   │ 動 vary (變化) │
│   └──────────────┘
│   ╱   ↓   ＼
│ 名 vàriance   vàriàtion   variety
│ (意見上的不同) (變化)   (多樣性)
└──────────────────────────

❷不同
My plan *varies* **on** the point.
我的計畫和那一點有所不同。

🅟 改變,加以改變
Vary the appearance of the room.
將房間的外觀加以改變。

vase [ves; vɑːz] (注意發音) 🅟 **-s** [-ɪz]
名 花瓶;瓶
Who broke the *vase*?
誰把花瓶打破了?

vast [væst; vɑːst] 🅟 **-er** 🅟 **-est**
形 ❶廣大的
Texas is a *vast* state.
美國德州是個廣大的州。

vast 廣大的

huge 龐大的

❷(數・量)巨大的
He spent a *vast* sum of money.
他花了一大筆錢。
衍生 名 **vàstness**(廣大,巨大) 副 **vàstly**(巨大地;極端地;非常地)

vault [vɔlt; vɔːlt] 🅟 **-s** [-s]
名 ❶圓拱形屋頂
The church has a *vault*.
那教堂有個圓拱形的屋頂。
❷地下室;保險庫

┌──── ► 請勿與底下二字混淆
│ volt [volt] (電氣)伏特
│ bolt [bolt] 螺釘
└──────────────────

► the pole vault(撐竿跳)中的 vault 具有「飛越」的意義,其語源不同。

vegetable [ˈvɛdʒtəbl; ˈvɛdʒətəbl; ˈvɛdʒtəbl] (注意拼法) 🅟 **-s** [-z]
名 蔬菜
I grow *vegetables* in the garden.
我在庭院裡種植蔬菜。
── 形 蔬菜的;植物的,植物性的
vegetable soup 蔬菜湯 / *vegetable* oil 植物性油

vehement [ˈviəmənt, ˈvihɪ-; ˈviːəmənt] (注意發音)
形 激烈的;熱情的;熱烈的
He made a *vehement* speech.
他作了一次激昂的演說。
衍生 名 **vèhemence**(熱切,熱烈;激烈) 🅟 **-s** [-z]

vehicle [ˈviɪkl, ˈviək, ˈvihɪk; ˈviːəkl] (注意發音)
名 ❶(陸上的)交通工具,車輛
an official *vehicle* 公務用車 / public *vehicles* 公共車輛
❷(思想・情報的)傳達媒介
a *vehicle* **of** [**for**] moral teaching
道德教化的媒介
衍生 形 **vehicular** [vɪˈhɪkjələ](車輛的;交通工具的)

veil [vel; veɪl] 🅟 **-s** [-z]
名 ❶面紗
a bridal *veil* 新娘面紗
► 女性用於裝飾的頭紗。
❷遮蔽視界的東西;隱瞞事實的東西
A *veil* of mist hid the mountain.
一層霧把山遮住了。
── 🅟 **-s** [-z] 🅟 **-ed** [-d]; **-ing**
動 🅟 用面紗遮掩;遮蔽
She *veiled* her beautiful face.
她將她那漂亮的臉用面紗遮住。

vein [ven; veɪn] 🅟 **-s** [-z] ► 和 vain 同音。
名 靜脈
He cut a *vein*. 他切斷了一條靜脈。
── ►「血管」在英文中的用法
血管(a blood vessel),動脈(an artery)

velocity [vəˈlɑsətɪ; vɪˈlɒsətɪ] 🅟 無
名 速度
the *velocity* of light 光速
► 比 speed 更專門性之用語。

velvet [ˋvɛlvɪt; 'velvɪt] 覆 無
　名 天鵝絨, 絲絨 ┊ *Velvet* feels smooth. 天鵝絨摸起來
　► to be on velvet 過富裕的生活　　　　很平滑。

vendor [ˋvɛndɚ; 'vendɔ:(r)] 覆 **-s** [-z]
　名 小販 ┊ a street *vendor* 流動攤販；街頭小販

venerable [ˋvɛnərəbl, -nrə-; 'venərəbl]
　形 可尊敬的；莊 ┊ a *venerable* scholar 可敬的學者／
　嚴的 ┊ a *venerable* temple 莊嚴的寺廟

venerate [ˋvɛnə͵ret; 'venəreɪt] 龜 **-s** [-s] 覆 **-d** [-ɪd];
　venerating
　動 及 對⋯懷有 ┊ We must *venerate* our ancestors.
　敬意, 崇敬 ┊ 我們應對祖先懷有敬意。
　衍生 名 véneràtion(崇敬, 尊敬)

vengeance [ˋvɛndʒəns; 'vendʒəns] 覆 **-s** [-ɪz]
　名 復仇, 報仇 ┊ I'll take *vengeance* on [**against**]
　 ┊ him. 我要向他復仇。
　衍生 動 avènge(報⋯之仇)

venom [ˋvɛnəm; 'venəm] 覆 無
　名 ❶毒液, 毒❷ ┊ inject the snake *venom* into a
　惡意；恨意 ┊ rabbit 將這種毒蛇毒液注入兔子身上
　► poison 與 venom
　poison ⋯⋯一般所謂的「毒」, 包含天然的毒以及人
　　　　　工合成的毒。
　venom ⋯⋯主要是指毒蛇或蠍子所分泌的毒。
　衍生 形 vènomous(有毒的；充滿惡意的)

vent [vɛnt; vent] 覆 **-s** [-s] ► 拉丁語, 為 wind 之義。
　名 ❶(空氣等 ┊ The smoke found no *vent*.
　的)出口, 孔； ┊ 煙無處可出。
　❷(感情上的)發 ┊ He gave *vent* **to** his anger.
　洩 ┊ 他發洩了他的怒氣。

ventilation [͵vɛntlˋeʃən; ͵ventɪ'leɪʃn] 覆 無
　名 ❶換氣, 通風 ┊ This room has bad *ventilation*.
　❷通風設備 ┊ 這個房間通風不好。　　　氣；使通風）
　衍生 名 vèntilátor(通風機) 動 vèntiláte(通入新鮮空

venture [ˋvɛntʃɚ; 'ventʃə(r)] 覆 **-s** [-z]
　名 有冒險性 ┊ The *venture* made his fortune.
　的事業；冒險 ┊ 他的冒險性事業使他發了財。
　► adventure 與 venture
　adventure ⋯⋯如探險等的一般性冒險活動。
　venture ⋯⋯⋯有風險等的計畫、事業。

—— 龜 **-s** [-z] 覆 **-d** [-d]; **venturing** [ˋvɛntʃərɪŋ]
　動 及 ❶冒(生 ┊ He *ventured* his life to save her.
　命・財產)危險 ┊ 他冒了生命的危險去救她。
　❷敢於；大膽表 ┊ He *ventured* **to** speak to her.
　示 ┊ 他鼓起勇氣向她說話。
　不 冒險從事⋯ ┊ He *ventured* **upon** an enterprise.
　 ┊ 他大膽地開始了他的企業。

Venus [ˋvinəs; 'vi:nəs]
　名 ❶維納斯 ┊ ► 羅馬神話中司愛與美的女神。
　❷(天文)金星

水星 Mercury	火星 Mars
木星 Jupiter	土星 Saturn

複合 名 the Vènus of Mìlo [ˋmaɪlo, ˋmilo] (在 Milo 島
發現的愛神雕像) ► 現存於 Louvre (法國羅浮宮) 美術
veranda(h) [vəˋrændə; və'rændə] 覆 **-s** [-z] 館。

　名 走廊 ► 美 也
　叫 porch。

verb [vɝb; vɜ:b] 覆 **-s** [-z]
　名 (文法)動詞 ┊ a transitive *verb* 及物動詞／an
　 ┊ intransitive *verb* 不及物動詞
　► 八大詞類

名 詞	noun	副 詞	adverb
代名詞	pronoun	連接詞	conjunction
形容詞	adjective	介系詞	preposition
動 詞	verb	感嘆詞	interjection

verbal [ˋvɝbl; 'vɜ:bl] ➪ oral
　形 言辭的；口頭 ┊ a *verbal* protest 口頭上的抗議／
　的 ┊ a *verbal* agreement 口頭上的約束

verdict [ˋvɝdɪkt; 'vɜ:dɪkt] 覆 **-s** [-s]
　名 (法律)(陪審 ┊ The jury brought in a *verdict* **of**
　團的)判決, 裁決 ┊ guilty [**not guilty**].
　 ┊ 陪審團判決有罪[無罪]。

verdure [ˋvɝdʒɚ, -dʒʊr; 'vɜ:dʒə(r)] 覆 無
　名 (草木的)碧 ┊ The hills are covered with *verdure*.
　綠；碧綠的草木 ┊ 山上覆滿了碧綠的草木。

verge [vɝdʒ; vɜ:dʒ] 覆 **-s** [-ɪz]
　名 ❶邊, 緣, 端 ┊ She was standing on the *verge* of a
　➪ hem, brink ┊ stream. 她站在小溪的邊上。
　❷界限；瀕臨⋯ ┊ The country was **on the** *verge* **of**
　時候 ┊ ruin. 那個國家瀕臨亡國。

verify [ˋvɛrə͵faɪ; 'verɪfaɪ] 龜 **verifies** [-z] 覆 **verified**
　[-d]; **-ing**　　　　　　　　　　　　cence.
　動 及 證實；確定 ┊ All these facts *verified* his inno-
　 ┊ 所有的這些事實證實了他的清白無辜。

　► very 在古語中有「真正的」意思。
　副 verily [ˋvɛrəlɪ] (古語・文語) 真正地
　形 veritable [ˋvɛrətəbl] 真正的；確實的
　名 verity [ˋvɛrətɪ] 真實性；真理
　衍生 名 vérificàtion(證實, 證明)

versatile [ˋvɝsətl, -tɪl; 'vɜ:sətaɪl]
　形 多才多藝的； ┊ He was a *versatile* writer.
　易變的 ┊ 他是個多才的作家。
　衍生 名 vèrsatílity(多藝, 多才)

verse [vɝs; vɜ:s] 覆 **-s** [-z] 龜 prose(散文)
　名 韻文, 詩；詩 ┊ The story is written **in** *verse*.
　歌 ┊ 這篇小說是用韻文寫的。

versed [vɝst; vɜ:st]
　形 熟練, 精通 ┊ He is *versed* **in** American history.
　 ┊ 他精通美國歷史。

version [ˋvɝʒən, 'vɜ:ʃən; 'vɜ:ʃn] 覆 **-s** [-z]
　名 ❶翻譯(譯 ┊ the German *version* of the novel
　本) ┊ 這小說的德文譯本
　同 translation　　　　　　　　　　　　經譯本
　► the Authorized *Version* (of the Bible) (欽定聖
　❷說法, 敘述；意 ┊ This is her *version* of the incident.
　見 ┊ 這是她對這件事的說法。

ersus [`vɜsəs; 'vɜ:səs] 拉丁語 ► 縮寫作 v.或 vs.。
介 對…　China *versus* America 中國對美國
同 against

ertical [`vɜtɪk]; 'vɜ:tɪkl] 形 perpendicular
形 垂直的,直立　He climbed the *vertical* cliff.
的　他攀登垂直的懸崖。

perpendicular , vertical
垂直的

horizontal 水平的

ery [`vɛrɪ; 'veri]
副 ❶很, 甚, 非　This is a *very* good dictionary.
常地　這是一本很好的字典。

───► very 與 much 加強語氣的用法───
1)形容詞、副詞用 very 加強, 而動詞用 very much。
　I am *very* glad. (我很高興。)
　Thank you *very* much. (非常謝謝你。)
2)形容詞、副詞的比較級與最高級也用 much 加強。
　much longer (長得多)
3)現在分詞用 very, 而過去分詞用 much 來加強, 但假
　如過去分詞當作形容詞用的話,則用 very 加強。
　I am *very* tired. (我很疲倦。)
　a *very* celebrated artist (一位很有名的藝術家)
4)美 在口語上用來表示心理狀態的過去分詞
　(delighted, excited, pleased, surprised 等)多用
　very 來加強語氣。

❷(與否定字連　He cannot speak German *very* well.
用)不太…　他德語說得不太好。

───► very 的否定───
I don't like him *very* much.
(誤)我非常不喜歡他。
(正)我不太喜歡他。

❸(與 the 連用)　This is **the** *very* **last** thing he will
最…,真正的　do. 這是他最不可能做的一件事。
► 通常與形容詞最高級, first, last, next, same 等連用。
──形 ❶同一的,　This is the *very* man I have been
正是的　talking about. 這正是我所談到的人。
❷只…就　The *very* thought of him made her
同 mere　happy. 只要想到他, 就會令她快樂。

essel [`vɛs]; 'vesl] (注意拼法) 名 -s [-z]
名 ❶容器　►水壺・杯子・鍋子・罐子・碟子等
都稱為容器。　　　　　「*vessel* 貨輪」
❷(大型的)船　a passenger *vessel* 客輪／a cargo

est [vɛst; vest] 名 -s [-s]
名 美 背心　a coat, a *vest* and pants
英 waistcoat　外衣, 背心和長褲

eteran [`vɛtərən, `vɛtrən; 'vetərən] 名 -s [-z]
名 ❶老兵　a *veteran* of twelve years' naval
美 退伍軍人　service 服役海軍十二年的老兵
❷老手, 老練的　The singer is a *veteran*.
　那是一位老練的歌手。

eto [`vito; 'vi:təʊ] 名 -es [-z]
名 否決權;否決　the Presidential *veto* 總統的否決權

vex [vɛks; veks] 三 **-es** [-ɪz] 動 **-ed** [-t]; **-ing**
動 及 使煩惱;激　The delay of the train *vexed* me.
怒　火車的誤點令我惱怒。
I was *vexed* **at** her refusal.
她的拒絕使我生氣。
衍生 名 **vexátion**(煩擾, 煩惱)形 **vexátious**(令人困擾
的, 令人討厭的), **véxing**(討厭的)

via [`vaɪə, `viə; vaɪə] (注意發音) <拉丁語
介 ❶經由, 取道　I flew to New York *via* Chicago.
by way of　我經由芝加哥飛到紐約。
❷美 藉…　*via* air mail 用航空郵寄

vibrate [`vaɪbret; vaɪ'breɪt] 三 **-s** [-s] 動 **-d** [-ɪd];
vibrating
動 不 (聲音的)　The bridge *vibrated* under a heavy
震動;顫動　truck. 橋因重載的卡車經過而震動。
衍生 形 **víbrant**(震動的, 顫動的)名 **vibrátion**(震動,
顫動)

vicar [`vɪkə; 'vɪkə(r)] 名 **-s** [-z]
名 (英國國教)　► 在英國國教會內當教區長(rector)
教區牧師　的助手。

vice [vaɪs; vaɪs] 名 **-s** [-ɪz] 反 virtue(美德)
名 邪惡;罪惡,　He led a life of *vice*.
惡;惡行,　他過了罪惡的一生。
► 請勿與 vise, 美 vice(老虎鉗)混淆。

vice-president [`vaɪs`prɛzədənt, -`prɛzdənt;
'vaɪs'prezɪdənt] 名 **-s** [-s]
名 副總統;副總　───► vice-表「副的」,「次的」之義───
裁;副會長;副董　a *vice*-admiral　(海軍中將)
事長　a *vice*-chairman　(副議長)
　　a *vice*-minister　(次長)
　　a *vice*-principal　(副校長)

vicinity [və`sɪnətɪ; vɪ'sɪnətɪ] 名 **vicinities** [-z]
名 附近, 近處;　Parking is not allowed **in** our
接近同　*vicinity*.
neighborhood　在我們這附近不准停車。

vicious [`vɪʃəs; 'vɪʃəs] vice 的形容詞
形 ❶不道德的;　He led a *vicious* life.
邪惡的;墮落的　他過著墮落的生活。
❷惡意的, 惡毒　The weekly is full of *vicious* gossip.
的　那週刊充滿了惡意無聊的閒話。
複合 名 **vícious cìrcle**(惡性循環)

vicissitude [və`sɪsə,tjud, -,tud;
vɪ'sɪsɪtju:d] 名 **-s** [-z]
名 (通常用複　His life was
數)環境的變遷;　full of
盛衰 同 ups　*vicissitudes*.
and downs　他的人生飽經滄桑。　vicious circle

victim [`vɪktɪm; 'vɪktɪm] 名 **-s** [-z]
名 犧牲者;受害　He was a [the] *victim* of the fire.
者　他是那次火災的罹難者。
He **fell** a *victim* **to** the accident.
他成為那次意外事件的受害者。

───► victim 與 sacrifice───
victim…………犧牲者, 被害者
sacrifice………犧牲(財物, 事);奉上…
at the *sacrifice* of his health (以他的健康作犧牲)

衍生 動 **victimize** [vɪ`ktɪm͵aɪz] (使犧牲;使受害)

victor [`vɪktɚ; 'vɪktə(r)] 徵 **-s** [-z]
名 (戰爭・比賽 | The *victors* paraded in the street.
的)勝利者 | 勝利者在街上遊行。

victorious [vɪk`torɪəs, -`tɔr-; vɪk'tɔːrɪəs]
形 得勝的,戰勝 | a *victorious* army 戰勝的軍隊
的 |

victory [`vɪktrɪ, 'vɪktərɪ; 'vɪktərɪ] 徵 **victories** [-z]
名 勝利;優勝 | They celebrated their *victory*.
反 defeat | 他們慶祝了勝利。

▶ **victory, conquest, triumph**
victory ……戰爭、比賽、競賽等所有各類爭鬥的勝
(勝利) | 利。
conquest …是指將戰敗的人或國家置於完全的控
(征服) | 制之下。
triumph ……輝煌的勝利;征服;大成功。
(大勝利)

view [vju; vjuː] 徵 **-s** [-z] ⇨ sight
名 ❶景色,風景 | The *view* from the window was
| beautiful.
| 從窗子看出去的景色很美。
❷視界,視野 | A ship **came into** *view*.
同 sight | 一艘船出現在視線之內。
❸(對人・事・ | His *view* of life is different from
物的)看法,想 | yours.
法,意見 | 他的人生觀和你的不同。
❹目的;計畫;預 | It is our *view* to persuade him.
期,希望 | 我們的目的是去說服他。
in view | There were no trees *in view*.
在視界中 | 一棵樹也看不到。
in view of ... | *In view of* the circumstances, we
鑑於…;由於… | should give up the plan.
| 由於情勢的關係,我們應該放棄那計畫。
with a view to V*ing* = *with the view of* V*ing*
爲了要… | He went to France *with a view to*
同 for the | study*ing* French.
purpose of | 他爲了要學法語而去法國。
複合 名 **pòint of vìew**(見解,觀點)
衍生 名 **vìewer**(電視觀眾) ▶ 收音機的聽眾爲 listener。

viewpoint [`vju͵pɔɪnt; 'vjuːpɔɪnt] 徵 **-s** [-s]
名 見解;觀點; | A heavy rain is good **from the**
立場 | *viewpoint* of farmers.
同 standpoint | 以農夫的立場來看,下大雨是好的。

▶ **viewpoint** 和 **point of view** 意義相同
依我看來,他並沒有錯。
He is not wrong from { my *viewpoint*.
{ my *point of view*.

vigil [`vɪdʒəl; 'vɪdʒɪl] (注意發音) 徵 無
名 警戒;徹夜不 | I **kept** an all-night *vigil* **over** my
睡;值夜 | sick son.
| 我徹夜不眠地看護生病的兒子。

vigilant [`vɪdʒələnt; 'vɪdʒɪlənt]
形 提高警覺的, | The soldier kept a *vigilant* watch.
警戒的 | 士兵提高警覺地監視著。
衍生 名 **vìgilance**(警戒,留神)

vigor, ⑧ **vigour** [`vɪgɚ; 'vɪgə(r)] 徵 無
名 精力,活力, | He is full of *vigor*.
力,元氣;氣勢 | 他精力充沛。
| ▶ 除了肉體和精神上的強壯、旺盛外,
| 也用於表文體或態度等的強勁氣勢。

vigorous [`vɪgərəs; 'vɪgərəs]
形 精力充沛的, | a *vigorous* youth 精力充沛的青年/
壯健的 | *vigorous* protest 強烈的抗議
衍生 副 **vìgorously**(精力充沛地;活潑地;有力地)

vile [vaɪl; vaɪl] ⊕ **-r** 徵 **-st**
形 惡劣的,卑鄙 | He uses *vile* language.
的,可厭的 | 他一向口出穢言。

villa [`vɪlə; 'vɪlə] 徵 **-s** [-z]
名 別墅・⑧ 郊區 | He has a *villa* in the South of Italy
住宅 | 他在義大利南部有棟別墅。

village [`vɪlɪdʒ; 'vɪlɪdʒ] (注意拼法) 徵 **-s** [-ɪz]
名 村,村落 | a fishing *village* 漁村

▶ 注意拼字
● vill*age*(村), langu*age*(語言), cour*age*(勇氣)
● coll*ege*(大學), privil*ege*(特權)

衍生 名 **vìllager**(村人,村民)

villain [`vɪlən; 'vɪlən] (注意拼法) 徵 **-s** [-z]
名 惡徒,惡棍 | You little *villain*!
(戲劇的)壞人 | 你這個小搗蛋鬼!
衍生 形 **vìllainous**(惡徒的;邪惡的;極壞的)
名 **vìllainy**(醜惡;卑鄙;邪惡)

vine [vaɪn; vaɪn] (注意發音) 徵 **-s** [-z]
名 有藤蔓的植 | Some melons grow on *vines*.
物;葡萄藤 | 有些瓜長在藤上。

▶ 拼法近似的字
vine [vaɪn]……藤(有藤蔓的植物)
vain }
vein } [ven] …無效
vane } …靜脈
…風向計

複合 名 **vineyard** [`vɪnjɚd] (葡萄園)

vinegar [`vɪnɪgɚ; 'vɪnɪgə(r)] (注意發音) 徵 無
名 醋,食用醋 | salt, soy sauce, and *vinegar*
| 鹽、醬油和醋

vineyard [`vɪnjɚd; 'vɪnjəd] (注意發音) 徵 **-s** [-z]
名 葡萄園 | an orchard and a *vineyard*
| 果園和葡萄園

vinyl [`vaɪnɪl; 'vaɪnɪl] 徵 無
名 乙烯基 | ▶「尼龍」是 nylon。

violate [`vaɪə͵let; 'vaɪəleɪt] 徵 **-s** [-s] 徵 **-d** [-ɪd]; **-tin**
動 反 ❶違犯(規 | I didn't *violate* the law.
則・協定) | 我並未犯法。
❷褻瀆,冒瀆 | They *violated* the church.
| 他們褻瀆了教會。
衍生 名 **vìolàtion**(違犯;冒瀆)

violence [`vaɪələns; 'vaɪələns] 徵 無
名 ❶暴力,暴亂 | Don't resort to *violence*.
| 不要訴諸暴力。
❷劇烈,猛烈 | He hit her with *violence*.
| 他狠狠地打了她一頓。

violent [`vaɪələnt; 'vaɪələnt]

[形] ❶暴烈的 | a *violent* wind 暴風
❷激烈的 | He used *violent* language. 他使用了激烈的措辭。
[衍生] [副] **vìolently** (暴烈地;暴亂地;粗暴地)

olet [`vaɪəlɪt; 'vaɪələt] [複] **-s** [-s] ► pansy (三色紫羅蘭)
[名] (植物)紫羅蘭;藍紫色 | There are many *violets* in the garden. 花園裡有許多紫羅蘭。
► 女性常用 Violet 作爲名字。

olin [ˌvaɪə`lɪn; ˌvaɪə'lɪn] (注意發音) [複] **-s** [-z]
[名] 小提琴 | Can you play **the** *violin*? 你會拉小提琴嗎?
► 像 play the piano 一樣, 樂器的前面加 the。
[衍生] [名] **víolìnist** (小提琴家)

rgin [`vɝdʒɪn; 'vɜːdʒɪn] [複] **-s** [-z]
[名] 處女, 少女; 未婚女性 | She is proud of being a *virgin*. 她以身爲處女而傲。
► 其他方面亦可解釋爲童貞男子。the Virgin 則指聖母瑪利亞。
— [形] ❶處女的; 少女的 | She led a *virgin* life. 她以處女終其生。
❷最初的;人跡未到的;純潔的 | a *virgin* flight (飛機的)處女航/*virgin* snow 純白的雪/a *virgin* forest 處女林, 原始林
[複合] [名] **the Vìrgin Mâry** (聖母瑪利亞)
[衍生] [名] **virgînity** (童貞, 貞潔), [形] **vìrginal** (處女的; 純潔的)

rtual [`vɝtʃuəl; 'vɜːtʃuəl]
[形] 實際上的, 事實上的 | It is a *virtual* refusal. 實際上, 那是拒絕。
► 意指「表面上不是而事實上是…」。
[衍生] [副] **vìrtually** (事實上;幾乎, 差不多)

rtue [`vɝtʃu; 'vɜːtʃuː] [複] **-s** [-z]
[名] ❶美德, 德行 [反] vice (惡德) | He is a man **of** *virtue*. 他是個有美德的人。
❷長處, 優點 [同] merit 好處 | What are the *virtues* of marriage? 婚姻的好處是什麼?
❸貞操 | lose one's *virtue* 失貞
virtue of ... = ***in virtue of ...***
憑藉著…, 由於… | He succeeded *by virtue of* hard work. 由於努力工作, 他成功了。

rtuous [`vɝtʃuəs; 'vɜːtʃuəs]
[形] 有品德的, 高潔的;貞節的 | You must lead a *virtuous* life. 你必須過潔身自愛的生活。

rus [`vaɪrəs; 'vaɪərəs] [複] **-es** [-ɪz]
[名] 病原體, 病毒

scount [`vaɪkaunt; 'vaɪkaʊnt] (注意發音) [複] **-s** [-s]
[名] 子爵

> ► 依大小 duke (公爵) → marquis (侯爵) → count, earl (伯爵) → viscount (子爵) → baron (男爵)

se, [英] **vice** [vaɪs; vaɪs] [複] **-s** [-ɪz]
[名] (機械)老虎鉗

sible [`vɪzəbl̩; 'vɪzəbl] [反] invisible (肉眼看不到的)
[形] ❶肉眼看得見的 | The star is *visible*. 那星星可用肉眼看到。
❷可察覺到的; 明顯的 | She has no *visible* improvement. 她沒有明顯的進步。
[衍生] [名] **vísibìlity** (可見性;能見度;能見距離)

vision [`vɪʒən; 'vɪʒn] [複] **-s** [-z]
[名] ❶視力, 視覺 [同] sight | His *vision* is poor. 他的視力不好。
❷眼光;看法;遠見 | The politican lacks *vision*. 那政客缺乏遠見。
❸夢想, 想像;幻影, 幻像 | I was haunted by her *vision*. 她的形影常縈繞在我的心頭。
❹美景 | The couple was a *vision* of beauty. 儷影成雙美如圖畫。
[衍生] [形] **visionary** [`vɪʒən,ɛrɪ] (幻想的, 空中樓閣的)

visit [`vɪzɪt; 'vɪzɪt] [三] **-s** [-s] [現] **-ed** [-ɪd]; **-ing**
[動] [及] ❶訪問, 拜訪 | I *visited* him the other day. 我前幾天拜訪過他。
► visit 爲較正式的用法, 一般用 call on。
❷遊覽;去…看看 | Have you ever *visited* London? 你遊覽過倫敦嗎?
❸(災害・病等)侵襲 | The typhoon *visited* this district. 颱風侵襲了這一區。
❹作客, 客居 | I *visited* an old friend for a week. 我客居在一位老友家一個星期。
[不] 訪問;[美] 停留在… | He is *visiting* in New York. 他現在人在紐約。
► [美] 口語中 visit with ... 意指「和…交談, 閒話家常」的探訪。
— [複] **-s** [-s]
[名] 訪問;遊覽;出診;探病;停留 | I paid {him a *visit*. / a *visit* **to** him.} 我去看他了。
He left Seoul on a *visit* to Paris. 他離開漢城, 前往巴黎。
[複合] [名] **vìsiting cârd** (名片, [美] calling card)

visitor [`vɪzɪtɚ; 'vɪzɪtə(r)] [複] **-s** [-z]
[名] 訪問者, 來客;觀光客 | There were many *visitors* today. 今天來了很多客人。

> ► **guest 與 visitor**
> guest ………受邀請或付錢投宿的客人。
> visitor ……來客的一般用語, 適用於所有一般性的訪客。

visual [`vɪʒuəl; 'vɪʒuəl]
[形] ❶視覺的 | *visual* education 視覺教育
❷肉眼看得見的 | *visual* objects 眼睛看得見的東西
[衍生] [動] **visualize** [`vɪʒuəl,aɪz] (使看得見;想像, 摹想, 想見) [名] **visualization** [ˌvɪʒuəlɪ'zeʃən] (想像力)

vital [`vaɪtl̩; 'vaɪtl] ► vita 爲拉丁語「生命」之義。
[形] ❶生命的;與生命有關的 | The heart is a *vital* organ. 心臟是維持生命的器官。
❷極重要的;亟需的 | It's a *vital* matter. 那是件極重大的事。
❸有生氣的 | a *vital* style 生動的文體
❹致命性的 [同] fatal | He received a *vital* wound. 他遭到致命傷。
► 名詞的 vitals 是指維持生命所必須的重要器官, 如心臟、肺、腦等。

vitamin [`vaɪtəmɪn; 'vɪtəmɪn] [複] **-s** [-z]
[名] 維生素 | *vitamin* A 維生素 A

vivid [`vɪvɪd; 'vɪvɪd] [比] **-er** [最] **-est**

形 ❶鮮艷的；鮮明的 | The color of her dress is *vivid*. 她的服裝色彩鮮明。
❷(印象‧記憶)栩栩如生的，生動的 | I have a *vivid* memory of her face. 她的容貌栩栩如生地印在我的腦海裡。
衍生 副 **vividly**(生動地；鮮明地；栩栩如生地)

vocabulary [vəˋkæbjə‚lɛrɪ; vəˈkæbjʊlərɪ] 複 **vocabularies** [-z]
名 字彙；用字範圍 | He has a large [small] *vocabulary*. 他所使用的字彙很豐富〔有限〕。
► a [the, one's] vocabulary 表某一國語‧階層‧職業等所使用的全體字彙而言。

vocal [ˋvok!; ˈvəʊkl]
形 聲的；有聲的 | the *vocal* organs 發聲器官／the *vocal* cords 聲帶

vocation [voˋkeʃən; vəʊˈkeɪʃn] 複 **-s** [-z]
名 職業 | He grows flowers as his *vocation*. 他以種花為業。
同 calling
►比 occupation 的語氣要強。
衍生 形 **vocational**(職業的)

vogue [vog; vəʊg] 複 **-s** [-z]
名 流行，時尚 | Long skirts are in *vogue*. 長裙正在流行。
同 fashion

voice [vɔɪs; vɔɪs] 複 **-s** [-ɪz]
名 ❶(人的)聲音 | The operator has a sweet *voice*. 總機小姐的聲音很甜。
❷發言權；意見 | We have no *voice* in the decision. 我們對決議案沒有發言權。
❸(文法)語態 | the active *voice* 主動語態／the passive *voice* 被動語態

void [vɔɪd; vɔɪd]
形 ❶缺乏 | He is *void* of shame. 他缺乏羞恥心。
❷無效的 反 valid(有效的) | The will was declared *void*. 那遺書被宣佈無效。
— 複 無
名 空虛；空間(修辭用語) | His death left a *void* in my heart. 他的死使我的心裡有空處之感。

volcano [valˋkeno; vɒlˈkeɪnəʊ] 複 **-(e)s** [-z]
名 火山 | an active *volcano* 活火山／a dormant *volcano* 休火山／an extinct *volcano* 死火山
衍生 形 **volcanic** [valˋkænɪk] (火山的；多火山的)

volleyball [ˋvalɪ‚bɔl; ˈvɒlɪbɔːl] 複 無
名 美 排球 | play *volleyball* 打排球

volume [ˋvaljəm; ˈvɒljuːm] (注意發音) 複 **-s** [-z]
名 ❶卷，冊► 略作 vol., V.。 | an encyclopedia in 12 *volumes* 分為 12 卷的百科全書
Vol. 3 第三卷
❷量；容積，體積 | What is the *volume* of this barrel? 這個桶子的容積有多少？
► 面積是 area。
❸音量 | Turn down the *volume* of the radio. 將收音機的音量轉小一點。
衍生 形 **voluminous**(卷數很多的；(作家)多產的；體積大的；容積大的；多量的)

voluntary [ˋvalən‚tɛrɪ; ˈvɒləntərɪ]

形 自動的，志願的 | His confession was *voluntary*. 他的自白是出於自願的。
衍生 副 **voluntarily**(自發地，自動地)

volunteer [‚valənˋtɪr; ‚vɒlənˈtɪə(r)] 複 **-s** [-z]
名 志願者；志願兵 | Any *volunteers*? 有沒有自告奮勇的?
— 複 **-s** [-z] 過 **-ed** [-d]; **-ing**
動 及 不 自願 | He *volunteered* to help her. 他自願去幫助她。

vomit [ˋvamɪt; ˈvɒmɪt] 複 **-s** [-s] 過 **-ed** [-ɪd]; **-ing**
動 及 不 吐出 | He *vomited*. 他吐了。
► 在口語上通常用 throw up。

vote [vot; vəʊt] 複 **-s** [-s]
名 ❶投票，表決 | Let's decide by *vote*. 讓我們來投票表決。
❷選票 | I cast a *vote* for [against] the proposal. 我對那議案投了贊成〔反對〕票。
❸選票總數；投票結果 | by a *vote* of 120 to 82 表決的結果是 120 對 82 票
❹(加 the)投票權；選舉權 | Women have the *vote* in Taiwan. 在台灣婦女有投票權。
— 複 **-s** [-s] 過 **-ed** [-ɪd]; **voting**
動 不 及 投票；選舉 | He *voted* for the candidate. 他投那位候選人一票。
衍生 名 **voter**(投票人；選舉人)

vow [vau; vaʊ] (注意發音) 複 **-s** [-z]
名 誓約 | I'll fulfill my *vow*. 我要履行我的誓約。
— 複 **-s** [-z] 過 **-ed** [-d]; **-ing**
動 及 發誓 | He *vowed* revenge. 他發誓要報仇。

vowel [ˋvauəl, vaul; ˈvaʊəl] 複 **-s** [-z] ► 請勿與 bowel(腸)混淆。
名 (發音)母音 反 consonant(子音)
► a, e, i, o, u 這些字母通常會發母音。以母音字為首的字前，不定冠詞要用 an，定冠詞 the 要發 [ðɪ] 音。

> (誤)an year → (正)a year
> (誤)an woman → (正)a woman
> (誤)a hour → (正)an hour

voyage [ˋvɔɪɪdʒ; ˈvɔɪɪdʒ; ˈvɔɪɪdʒ] 複 **-s** [-ɪz]
名 航海，航行；航空；旅行 | We had a good *voyage*. 我們有了一趟愉快的航行。
► Bon voyage! 法語為「祝旅途愉快」之義。

衍生 名 **voyager** [ˋvɔɪɪdʒɚ; ˈvɔɪɪdʒə(r)](航海家，航行者)
vulgar [ˋvʌlgɚ; ˈvʌlgə(r)]
形 粗俗的，粗鄙的；平民的 | Don't use such *vulgar* words. 不要使用如此粗鄙的字眼。

— W —

ade [wed; weɪd] ⊜ **-s** [-z] ⊛ **-d** [-ɪd]; **wading**
動不 (從水・
雪・泥・沙中)
走過，跋涉 ┊ They *waded* **across** the river.
他們涉水過河。

aft [wæft, wɑft; wɑ:ft] ⊜ **-s** [-s] ⊛ **-ed** [-ɪd]; **-ing**
動及 使飄浮；使
飄蕩 ┊ The waves *wafted* the boat **to**
shore. 波浪將船飄流到岸邊。
不 浮動；飄浮 ┊ A scent of roses *wafted* in the
garden. 玫瑰花的芳香瀰漫著花園。

ag [wæg; wæg] ⊜ **-s** [-z] ⊛ **wagged** [-d]; **wagging**
動及 (尾巴等)
搖擺 ┊ The dog was *wagging* its tail.
這狗搖著尾巴。

age [wedʒ; weɪdʒ] ⊛ **-s** [-ɪz]
名 (通常用複
數)工資，薪給 ┊ My *wages* are 100 dollars an hour.
我的工資是每小時一百元。

──► 注意所使用的形容詞

低的工資	高的工資
(誤)cheap wages	(誤)many wages
(正)low wages	(正)high wages

──► wage 和 salary──
wage ………靠勞力所得之日薪或週薪。
salary ………公司職員或公務員的薪水。

agon, ⊛ wǎggon [`wægən; ´wægən] ⊛ **-s** [-z]
名 ❶(四輪的)運貨馬車 ❷⊛(鐵路的)無蓋貨車
❸⊛用來載運貨物的有 ❹(家庭・餐廳)手推餐
蓋小型車 車
⊛ van

複合 名 **cǒvered wǎgon** ⊛ (帶篷馬車), **stàtion
wǎgon** (旅行車) ►可從車子後門裝卸物的大型車。

ail [wel; weɪl] ⊜ **-s** [-z] ⊛ **-ed** [-d]; **-ing**
動不 (大聲)哭
泣，哀泣 ┊ The boy *wailed* with pain.
這男孩痛得大哭。
► 由於悲痛或疼痛而引起的哭喊。

aist [west; weɪst] (注意拼法) ⊛ **-s** [-s] ►與 waste
(浪費)同音。
名 腰 ┊ Her *waist* measurement is 23
inches. 她的腰圍是 23 吋。
► waist band 腰帶，褲帶，裙帶

ait [wet; weɪt] ⊜ **-s** [-s] ⊛ **-ed** [-ɪd]; **-ing**

動不 等候 ┊ *Wait* a minute [a moment].
請稍候。
► 也可用 Just a minute [a
moment]。
I'm sorry to have kept you *waiting*.
抱歉，讓你久等了。
► 使對方等候時所用的話。
及 等待 ┊
►「等待機會・信號・命令等」之義，但等待「人」時則用
wait for。

wait for ...
等候…
► await 與
wait for 意義
相同。 ┊ Are you *waiting for* Betty?
你在等候貝蒂嗎?
Who [Whom] are you *waiting for*?
你在等誰呢?
► 在口語上用 who 較多。
They *waited for* him to speak.
他們等他(開口)說話。

wait on [upon] ...
❶服侍，侍
候… ┊ In modern society, women shouldn't
be expected to *wait on* men.
現代社會中不應要求女性服侍男生。
❷服務…;接
待… ┊ At dinner three waiters *waited on*
us. 晚餐時有三個侍者為我們服務。

waiter [`wetə; ´weɪtə(r)] ⊛ **-s** [-z]
名 (男性的)侍
者，服務生 ┊ ► <wait(服侍)+er(人)

waitress [`wetrɪs; ´weɪtrɪs] ⊛ **-es** [-ɪz]
名 (女性的)侍
者，服務生 ┊ The *waitress* brought us a menu.
女服務生拿給我們一份菜單。

wake [wek; weɪk] ⊜ **-s** [-s] ►⊛ 使用 ＊印的較多。

過去式	過去分詞
⊛ waked [-t]	＊ waked
不 ＊ woke	woke woken

動不 醒，醒來
►當不 或及 用
時都常與 up 連
用。 ┊ It was still dark when I *woke* **up**.
當我醒來時天還沒亮。
I *woke* at the sound of the alarm
clock.
鬧鐘一響我就醒了。
及 喚醒，喚起 ┊ Please *wake* me (**up**) at six.
同 waken ┊ 請在六點鐘叫醒我。
──► wake 的同義字──
wake ………「喚醒，喚起」的一般用語。
waken ……與 wake 差不多同義，但它為及物動詞。
awake ……常用來作比喻，也可當形容詞用，意思是
「清醒的」。
awaken ……常用來作比喻，為及物動詞，是比較文語
化的字。

waken [ˋwekən; ˈweɪkən] [三] **-s** [-z] [規] **-ed** [-d]; **-ing**
[動][及] 喚醒，醒 — I was *wakened* by the sound. 我被那聲音吵醒。

Wales [welz; weɪlz] ⇨ England
[名] (地名)威爾斯 — ► Great Britain 島的西南部。
[複合][名] **the Prìnce of Wâles** 威爾斯親王(英國皇太子封號)

walk [wɔk; wɔk] [三] **-s** [-s] [規] **-ed** [-t]; **-ing**
[動][不] ❶行走，步行 — I *walked* **to** the station. 我走到車站去。 I usually *walk* **to** school. 我通常步行到學校去。
❷散步 — We *walked* in the park. 我們在公園裡散步。
[及] 使行走；陪著走 — I *walk* my dog every day. 我每天都帶我的狗去散步。
—— [複] **-s** [-s]
[名] ❶步行，散步 — Let's go for a *walk*. 我們散步去吧！ Let's take a *walk*. 我們去散散步吧！
❷步行距離，腳程 — The shop is ten minutes' *walk* from here. 從這裡到那家商店要走十分鐘。

wall [wɔl; wɔːl] [複] **-s** [-z]
[名] ❶(室內的)牆壁 — There is a picture on the *wall*. 牆壁上掛有一幅畫。
❷牆；(複數)城牆 — He built a wooden *wall* around the garden. 他在花園四周圍了一道木牆。

wallet [ˋwalɪt, ˋwɔlɪt; ˈwɒlɪt] [複] **-s** [-s]
[名] 皮包；皮夾
► purse 是開口處有金屬卡子的婦女用皮包或小錢包。

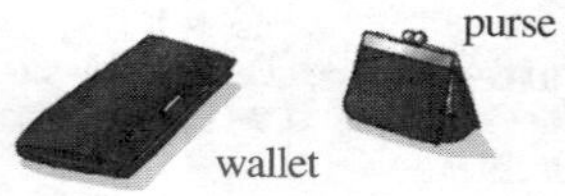

walnut [ˋwɔlnət, -ˏnʌt; ˈwɔːlnʌt] [複] **-s** [-s]
[名] (植物)核桃；核桃樹(walnut tree) — She put *walnuts* in the cake. 她在蛋糕裡摻了核桃。

wand [wand; wɒnd] [複] **-s** [-z]
[名] 杖；棍；棒 ► 魔術師或樂隊指揮所使用之物。

wander [ˋwandɚ; ˈwɒndə(r)] [三] **-s** [-z] [規] **-ed** [-d]; **wandering** [ˋwandərɪŋ] ► 勿與 wonder [ˋwʌndɚ] (驚奇)混淆。
[動][不] 徘徊；漂泊 — I *wandered* **about** for hours in the darkness. 我在黑暗中徘徊了好幾小時。

► **wander 和 stray**
wander ……漫無目的地各處行走。
stray ………偏離方向而迷路。

[衍生][名] **wànderer** (流浪者) [名][形] **wàndering** (漫遊的；流浪的)

wane [wen; weɪn] [三] **-s** [-z] [規] **-d** [-d]; **waning**
[動][不] ❶(月亮的)虧，缺 [反] wax — The moon began to *wane*. 月亮開始虧缺了。
❷(勢力等)衰落，減退 — His influence is *waning*. 他的影響力在衰退中。

want [wɑnt, wɔnt; wɒnt] [三] **-s** [-s] [規] **-ed** [-ɪd]; **-ing**
[動][及] ❶欲得，希望 — What do you *want*? 你要什麼? ► 店員對顧客說"What do you *want*?" 會顯得不太客氣，一般都使用 "May [Can] I help you?"(需要我幫忙嗎?)。
❷想要… ► wish to 的語氣較生硬。 — I *want* **to** go to Europe. 我想去歐洲。 He *wants* **to** be a doctor. 他想當醫生。
❸(want＋人＋to do 之句型)希望(人)做… — I *want* you **to** help my work. 我希望你能幫忙我的工作。 What do you *want* me **to** do? 你要我做些什麼?
❹(want＋物＋done 之句型)希望(物)被… — I *want* this letter mail**ed** today. 我希望這封信今天能寄出去。 ► to be mailed 的 to be 被省略掉。
❺需要 [同] need — This work *wants* patience. 做這種工作需要有耐心。 This *wants* washing. 這東西該洗了。 ► washing 有被動的意思，不可用 being washed，與 "This needs to be washed." 同義。
❻(人)想要找… — Tom *wants* you. 湯姆要找你。
[不] 窮困，缺乏 — You shall *want* **for** nothing. 你不會缺乏任何東西。
—— [複] 無
[名] ❶不足，缺乏 — The plant died **from** [**for**] *want* **of** water. 這植物因缺水而死。
❷需要 [同] need — The house is **in** *want* **of** repair. 這房子需要修理。

wanting [ˋwantɪŋ, ˋwɔnt-; ˈwɒntɪŋ]
[形] 短少的，缺乏的 — Some parts are *wanting*. 短少了一些零件。

wanton [ˋwantən; ˈwɒntən]
[形] ❶頑皮的 — *wanton* children 頑皮的孩子們
❷無節制的 — *wanton* spending 揮霍無度
[衍生][副] **wàntonly** (放任地) [名] **wàntonness** (放任)

war [wɔr; wɔː(r)] (注意發音) [複] **-s** [-z] [反] peace
[名] ❶戰爭 — They are **at** *war* **with** the country. 他們與那國家在交戰。 World *War* II 第二次世界大戰 ► 不加 the，II 讀作 [tu]。 ► 也說成 the Second World *War*。
❷爭鬥；對抗；對戰 — It was a *war* between science and religion. 那是科學與宗教之戰。

► **war 和 battle**
war …………是指戰爭全體。
battle ……… war 之中的各戰役。

[複合][名] **wàrfàre** (作戰，戰爭，交戰)

ward [wɔrd; wɔːd] [複] **-s** [-z]
[名] ❶(醫院的)病房 — The doctor is visiting the *ward*. 醫師正在巡視病房。
❷(都市的)區 — Taipei is divided into 16 wards. 台北分成十六個行政區。

ardrobe [ˈwɔrdˌrob; ˈwɔːdrəʊb] ⑧ **-s** [-z]
名 衣櫃；(集合 ｜ She has a small *wardrobe*.
名詞) 全部衣服 ｜ 她有一個小衣櫃。〔她的衣服很少。〕

are [wɛr; weə(r)] ⑧ **-s** [-z] ▶ 請勿與 wear 混淆。
名❶器物；製造 ｜ china*ware* 瓷器／glass*ware* 玻璃製
品 ▶ 常用於複 ｜ 品／hard*ware* 五金器具
合字中。 ｜ ▶ 既不冠詞亦不用複數。

────▶ -ware 和 wear────
earthen*ware*(陶器)　　working *wear*(工作服)
silver*ware*(銀器)　　spring *wear*(春裝)
iron*ware*(鐵器)　　everyday *wear*(便裝)

❷(用複數)貨 ｜ The store displays its *wares* in the
物；商品 ｜ window.
⑤ goods ｜ 這個商店把商品陳列在櫥窗之內。

arehouse [ˈwɛrˌhaʊs; ˈwɛəhaʊs] ⑧ **-s** [-ɪz]
名 倉庫 ｜ He stored the goods in the
｜ *warehouse*. 他把貨物存放在倉庫內。

arm [wɔrm; wɔːm] ⑭ **-er** ⑧ **-est** ▶ worm [wɜm]
是「蟲」。
形❶暖的；溫暖 ｜ It is *warm* in spring.
的 ｜ 春天是暖和的。
｜ It is getting *warmer* day by day.
｜ 天氣一天天暖和起來了。
｜ a *warm* day 一個暖和的日子／*warm*
｜ clothes 保暖的衣服
▶「溫暖的冬天」通常都用 a *warm* winter, 而不用 a
mild winter。

hot──── warm──── cool────cold
(熱的)　(暖的)　　(涼的)　(冷的)

❷(心的)溫暖 ｜ We received a *warm* welcome.
的；熱烈的；親切 ｜ 我們受到熱烈的歡迎。
的
── ⊜ **-s** [-z] ⑧ **-ed** [-d]; **-ing**
動 ⊗ 不 使溫 ｜ I *warmed* myself at the fire.
暖, 變爲溫暖 ｜ 我烤火取暖。
｜ The room soon *warmed* (**up**).
｜ 這房間很快地暖和起來了。
複合 名 **wàrm-úp**(運動前的暖身運動)
衍生 副 **wàrmly**(溫暖地)名 **warmth**(溫暖, 暖和)
arn [wɔrn; wɔːn] ⊜ **-s** [-z] ⑧ **-ed** [-d]; **-ing**
動 ⊗ (對人)警 ｜ I *warn* you. 我警告你。
告, 注意；通知 ｜ He *warned* me **of** the danger.
｜ 他警告我注意那些危險。
｜ He *warned* me
｜ { **not to** go there.
｜ { **against** going there.
｜ 他警告我不要去那裡。
｜ I *warned* him **that** it was
｜ dangerous. 我警告他那是危險的。
arning [ˈwɔrnɪŋ; ˈwɔːnɪŋ] ⑧ **-s** [-z]
名❶警告, 警戒 ｜ I gave him a *warning*.
｜ 我給了他一個警告。
❷預告 ｜ without *warning* 沒有預警
arrant [ˈwɔrənt; ˈwɔrənt; ˈwɒrənt] ⑧ **-s** [-s]

名❶令狀, 委任 ｜ a *warrant* of arrest 拘票／a search
狀；授權書 ｜ *warrant* (法院授給警方的)搜索狀
❷正當的理由, ｜ You have no *warrant* **for** doing so.
根據；權限 ｜ 你無權這樣做。
── ⊜ **-s** [-s] ⑧ **-ed** [-ɪd]; **-ing**
動 ⊗ ❶保證；授 ｜ We *warrant* its quality.
權 ｜ 我們保證它的品質。
⑤ guarantee ｜ I *warrant* { him (**to be**) honest.
｜ { **that** he is honest.
｜ 我保證他是誠實的。
❷證明…爲正 ｜ Nothing can *warrant* such
當, 辯解 ｜ treatment.
｜ 這種處置不能被認爲是正當的。
warrior [ˈwɔrɪɚ, ˈwɑr-, ˈwɒrɪə(r)] ⑧ **-s** [-z]
名 (文語)戰士, ｜ The *warrior* was slain.
勇士 ｜ 那個戰士被殺了。
was [(強)wɑz; wɒz (弱)wəz; wəz] 動 be 動詞的第一‧
三人稱‧單數‧過去式 ⇨ were

	主　詞	現在式	過去式
單	I	am	*was*
	You	are	were
數	He,She,It	is	*was*

不 ❶是… ｜ I *was* ten years old then.
｜ 我那時是十歲。
｜ It *was* rainy yesterday.
｜ 昨天是雨天。
❷在… ｜ The book *was* on the desk.
｜ 那本書在桌子上。
── 助 ❶(was+ ｜ I *was* watching television then.
現在分詞)那時 ｜ 我那時正在看電視。
候正在…(過去 ｜ What *was* she doing?
進行式) ｜ 她(那時)在做什麼?
❷(was+過去 ｜ He *was* loved by everybody.
分詞)被…(被動 ｜ 他受到大家的喜愛。
式的過去) ｜ The book *was* **written** by him.
｜ 這本書是他寫的。
wash [wɑʃ, wɔʃ; wɒʃ] ⊜ **-es** [-ɪz] ⑧ **-ed** [-t]; **-ing**
動 ⊗ ❶洗 ｜ *Wash* your hands. 洗洗你的手。
｜ He *washed* the dishes. 他洗了盤子。
｜ Where can I *wash* my hands?
｜ 哪裡可以洗手?(請問洗手間在哪裡?)
❷沖走；沖擊, 沖 ｜ The bridge was *washed* **away** by
壞 ｜ the flood. 這座橋被洪水沖走了。
不 洗衣；洗手, ｜ She *washes* every morning.
洗臉, 洗澡 ｜ 她每天早上盥洗。
── ⑧ 無
名❶(加 a)洗 ｜ He gave the car a *wash*.
｜ 他把車子清洗了一下。
❷待洗之衣物； ｜ She hung the *wash* on the line.
洗好的衣物 ｜ 她把洗乾淨的衣物掛在繩上。
複合 名 **wàshing machine**(洗衣機)
衍生 名 **wàsher**(洗衣機；洗碗機)
Washington[1] [ˈwɑʃɪŋtən, ˈwɔʃ-; ˈwɒʃɪŋtən]
名 ❶(地名)華 ｜ ▶美國的首都。爲了與華盛頓州區別之故
盛頓市 ｜ 常稱爲 *Washington*, D.C.；D.C.爲 the

❷(地名)華盛頓州▶美國西北部的一個州。

District of Columbia(哥倫比亞區)之略稱。

Washington² [ˋwɑʃɪŋtən, ˋwɔʃ-; ˋwɒʃɪŋtən], **George**
名 (人名)華盛頓(1732-99) ▶ 美國第一任總統(1789-97)。

wasn't [ˋwɑznt, ˋwʌznt; ˋwɒznt] was not 的縮寫

waste [west; weɪst] 三 -s [-s] -d [-ɪd]; **wasting**
動 ⑧ ❶(金錢・時間)浪費;徒耗 │ He *wasted* a lot of money **on** horse racing.
他花了很多錢在賽馬上。
❷(土地等)使荒廢;損毀 │ The country was *wasted* by the war. 國家受到戰爭蹂躪而荒廢了。
── 複 -s [-s] ▶ 與 waist 同音。
名 ❶浪費;徒耗 │ It is (a) *waste* of time to do it.
做那件事是白費時間的。
❷殘物;廢物 │ factory *waste* 工廠廢棄物
── 形 ❶荒蕪的 │ *waste* land 荒地
❷廢棄的, 不能用的 │ a *waste* can 空罐／*waste* water 廢水
複合 名 **wàstebásket**, 美 **wàstepàper básket**(字紙簍)

watch [wɑtʃ, wɔtʃ; wɒtʃ] 複 -es [-ɪz]
名 ❶手錶, 懷錶 │ This *watch* keeps good time.
這個錶很準。

watch

clock

▶ watch 是攜帶用的計時器, clock 則在桌上或壁上。

❷監視;警戒;看守者 │ They kept *watch* **for** the enemy.
他們防備著敵人。
── 三 -es [-ɪz] -ed [-t]; -ing
動 ⑧ ❶注視;觀看;注意 │ She *watches* television every day.
她每天看電視。
I *watched* the game on television.
我在電視上看了那場比賽。
I *watched* him **come [coming]** out of the bank.
我看著他從銀行出來。
▶ watch, see, hear 後面的受詞補語常用動詞原形或動名詞。

──▶ watch, see, look at ──
watch ………觀看;監視。強調注意其動靜。
see …………看。強調看到的某事物。
I *saw* Mt. Ali.(我看到了阿里山。)
look at ……注視。強調視線往目標看。
Look at him.(看他。)

❷監視, 看守 │ *Watch* my suitcase, please.
請留意一下我的手提箱。

不 ❶注意;注視;看守 │ If you *watch*, you will see a shooting star.
假如你注意看看的話, 就可以看到流星。
❷監視, 看守 │ A guard is *watching* outside.
守衛在外面守著。

watch for ...
等待(機會等) │ We *watched* **for** a chance (**to com**
我們等待著機會的來到。

watch out (...)
小心(…), (對…)提高警覺 │ *Watch* **out for** cars.
小心車輛。
Watch out! 小心!▶也可說成 "Loo out!" 或 "Be careful!"。

衍生 形 **wàtchful**(警醒的) 副 **wàtchfully**(警醒地)

water [ˋwɔtɚ, ˋwɑtɚ; ˋwɔːtə(r)] 複 -s [-z]
名 ❶水 │ cold *water* 冷水／hot *water* 熱水／warm *water* 溫水／fresh *water* 清冰／salt water 鹹水
▶ to boil *water* 把水燒開
❷(加 the)有水的地方 │ Fish live in the *water*.
魚生活在水中。
❸(通常用複數)(海・河・湖等)大量的水;海 │ the blue *waters* of the Atlantic 大西洋的藍色海域／Mexican *waters* 墨哥海域
Still *waters* run deep.
深水靜流。〔大智若愚。〕(諺語)

by water
乘船, 由海路 │ I like to travel **by** *water*.
我喜歡乘船旅行。
── 三 -s [-z] -ed [-d]; -ing [ˋwɔtərɪŋ, ˋwɑtərɪŋ]
動 ⑧ (植物)澆水;(庭院・道路等)灑水;(使動物)飲水;沖淡 │ She *waters* the roses every mornin
她每天早上都給玫瑰澆水。
Father is *watering* the garden.
父親正在花園澆水。
複合 名 **wàtermélon**(西瓜) 形 **wàterpróof**(防水的)
衍生 形 **wàtery**(充滿水的)

waterfall [ˋwɔtɚˌfɔl; ˋwɔːtəfɔːl] 複 -s [-z]
名 瀑布
────▶ 瀑布的種類 ────
waterfall ……一般的瀑布
cascade ………分成數段的小瀑布
cataract ………大瀑布, 洪流
▶ 發音為 [kæsˋked], [ˋkætəˌrækt]。

wave [wev; weɪv] 複 -s [-z]
名 ❶波浪 │ The *waves* were high. 波浪很高。
────▶ 波浪的種類 ────
wave ………波浪最一般性的通用字
billow ………浪濤
ripple ………小浪;漣漪
swell ………小浪;巨浪
surf ………拍岸之浪
breaker ……大浪衝擊石頭或海岸而起的碎浪

❷波動;揮動;(頭髮的)髮浪 │ They welcomed us with a *wave* of their hands.
他們揮手歡迎我們。
── 三 -s [-z] -d [-d]; **waving**
動 不 ❶波動;飄動 │ The flag *waved* in the wind.
旗子隨風飄動

❷(手等)揮動 | She *waved* **to** [**at**] me. 她向我揮手。
❸起伏;鬈曲;起波浪 | Her hair *waves* naturally. 她的頭髮天生鬈曲。
及 ❶(手・旗子)揮動 | They *waved* flags to welcome him. 他們揮旗歡迎他。
❷揮動手等藉以表示或指揮 | He *waved* us good-by. 他揮手向我們道別。

複合 名 **sòund wáve**(音波), **tìdal wáve**(海嘯;浪潮)
衍生 形 **wàvy**(波的;如波的,波狀的)

aver [ˋwevɚ; ˈweɪvə(r)] ㊂ **-s** [-z] 現 **-ed** [-d]; **-ing** ˋwevərɪŋ]

動不 ❶擺動;搖曳 | The candle flame *wavered*. 蠟燭的火焰在搖曳著。
❷躊躇,猶豫 | She *wavered* **between** the red dress and the white one. 她猶豫著要穿紅色或白色的衣服。

ax [wæks; wæks] 複 無
名 蠟 | a *wax* doll 蠟像/a *wax* candle 蠟燭

ay [we; weɪ] 複 **-s** [-z]
名 ❶路,道路 | Will you tell me the *way* to the station? 請告訴我到車站怎麼走。
They lost their *way* in the woods. 他們在森林中迷了路。

► **way** 的同義字

way ………從某地到某地的路,有時與 road 或 street 同義,但以表抽象的「路」爲主。
road ……爲連接鎮與鎮或村與村之間的道路。
street ……是指都市內兩側林立著建築物的街道。

❷距離;路程 ► 通常都用 long, short 等形容詞來修飾。 | The museum is a long *way* **(off)** from here. 博物館離此地很遠。
It is a little [short] *way* to the station. 離車站很近。
❸方向 | This *way*, please. 請往這邊走。
He looked the other *way*. 他朝另一邊看。
❹手段,方法;樣子 | Do it **(in)** this *way*. 照這樣做。
There are many *ways* **of doing** [**to** do] it. 做這件事有許多種方法。
I don't like the *way* he walks. 我不喜歡他走路的樣子。
❺習慣,癖 | Don't mind his teasing. It's just his *way*. 不要介意他的揶揄,他就是這麼一個人。
❻方式 | the American *way* of living 美國式的生活

l the way
❶全程 | We walked *all the way* to the station. 我們一路走到車站。
❷千里迢迢地 | He came *all the way* from Canada. 他千里迢迢地從加拿大來。

the way 同 incidentally
順便提起 | *By the way*, where are you going? 順便問一下,你要去哪裡?

by way of …
經由…,路經… 同 via | He went to America *by way of* Hawaii. 他經由夏威夷到達美國。

have one's ***(own) way***
隨心所欲,爲所欲爲 | His mother always lets him *have* his *own way*. 他的母親總是讓他爲所欲爲。

in a way
從某個觀點 | *In a way* he is right. 從某個觀點看來,他是對的。

in the [***one's***] ***way***
妨礙;擋路 | Don't stand *in the* [*my*] *way*. 不要妨礙我。〔不要擋住我的路。〕

make one's ***way***
進行;努力向上 | We *made* our *way* through the crowd. 我們穿過人群向前行進。

► 前進的種種形式

elbow one's way ………以肘推擠…而前進
feel one's way / grope one's way ……摸索著前進
force one's way ………突破…而前進
push one's way / thrust one's way ……排開…而前進
shoulder one's way……以肩擠開…而前進
thread one's way ……穿過…而前進

on the [one's] ***way***
在途中 | She did her shopping *on the way*. 她在途中買了東西。
I met her *on* my *way* to [from] school. 我在上學的〔從學校回家的〕途中遇到她。
on the way home 在回家的途中

out of the way
不擋路;不妨礙 | Get *out of the way*! 走開!不要妨礙我。

複合 名 **the wàysíde**(道旁;路邊)

we [wi; wi:] 代 第一人稱・複數・主詞

數 / 格	單 數		複 數	
主格	I	我	*we*	我們
所有格	my	我的	our	我們的
受格	me	我	us	我們

❶我們 | *We* are Chinese. 我們是中國人。

► 醫生對病人說"How are *we* today?" (=How are you today?)(今天覺得如何?),此爲以 we 代替 you。

❷(不特定的一般人)人們 | *We* have lots of rain in June. 在六月雨量很多。

► you 有時候也被用作代表不特定對象的代名詞。"*You* will soon get used to it."(人馬上就會變得習慣。)與 "A person will soon get used to it." 同樣意思。

weak [wik; wi:k] 比 **-er** 最 **-est** ► 與 week(星期)同音。

形 ❶微弱的;虛弱的 反 strong | She is *weak* **in** the legs. 她的腿虛弱。
in a *weak* voice 用微弱的聲音

▶「虛弱」的同義字
weak ……爲「虛弱」最一般性的用語。
frail ……不結實的;脆弱的;意志薄弱的。
feeble ……因病老而變得虛弱無力。

---

❷薄弱的;(學科等的)對…不精的 | This is his *weak* point [side, spot].
這是他的弱點。
He is *weak* in English.
他英語不好。
⊗ strong
❸(飲料等)淡薄的 | This tea is *weak*. 這茶很淡。
weak beer 淡啤酒
衍生 副 **wěakly**(虛弱地)名 **wěakness**(虛弱;弱點)動 **wěaken**(使弱)

wealth [wɛlθ; welθ] 變 無
名 財富;財產 | He is a man **of** *wealth*.
他是個有錢人。
同 riches

wealthy [`wɛlθɪ; 'welθɪ] 比 **wealthier** 最 **wealthiest**
形 富裕的, 富有的 同 rich | He is a *wealthy* businessman.
他是個富裕的實業家。

weapon [`wɛpən; 'wepən] (注意發音) 變 -s [-z]
名 武器;兵器 | nuclear *weapons* 核子武器

▶ **arms** 和 **weapon**
arms ………士兵所使用的刀劍、鎗等一件一件的兵器。
weapon ……爭鬥時所使用的工具, 由拳頭、石頭一直到核子武器都算, 亦即武器的總稱。

---

wear [wɛr; weə(r)] 三 -s [-z] 過 **wore** [wɔr]; **worn** [wɔrn]; -ing
動 ⊗ ❶穿;佩;戴 | I always *wear* brown shoes.
我總是穿棕色的鞋子。

▶ **wear** 表習慣性或經常性的穿戴;而 be wearing 則表某一時刻穿戴著某物之狀態。 | She was *wearing* { a new dress. / a hat. / a gold ring.
她穿了新洋裝(戴了帽子、戴了金戒指)。
She *wears* glasses. 她戴眼鏡。

▶ **wear** 和 **put on**
wear 是表「穿著」衣服的狀態, 而 put on 是表「穿」的動作。

He is *wearing* an overcoat.(他穿著一件大衣。) | He is *putting on* an overcoat.(他正在穿一件大衣。)

---

❷(鬍子等)蓄留 | He *wears* a beard. 他留鬍子。
He *wears* his hair long. 他留長髮。
❸(表情等)帶有, 顯出 | He *wore* a troubled look.
他滿面愁容。
❹穿舊;用耗;耗損 | My uniform is much *worn*.
我的制服穿得很舊了。
❺使疲乏 | She was *worn* with care.
她因憂慮而變得疲憊。

不 (東西等)耐用;耐久 | Good leather *wears* for years.
好的皮革可耐用好幾年。

wear out
❶用壞, 穿舊 | He has *worn out* his shoes.
他的鞋子穿壞了。
❷筋疲力竭 | He is *worn out*.
他筋疲力竭。

—— 名 無
名 ❶衣著 | a suit for summer *wear* 一套夏裝
❷衣服 ▶用於構成複合名詞如「…裝」「…服飾」。 | children's *wear* 童裝/men's *wear* 男裝

〔 **weariest**

weary [`wɪrɪ, `wɪrɪ; 'wɪərɪ] (注意發音) 比 **wearier**
形 ❶疲勞的 | I was *weary* after a long walk.
我因走了很久而覺得疲勞。
❷厭倦的;令人厭倦的;令人疲倦的 | He is never *weary* of reading.
他看書從不覺得疲倦。
a *weary* book 一本令人厭倦的書

—— 三 **wearies** [-z] 過 **wearied** [-d]; -ing
動 ⊗ 使疲倦;使厭煩 | The long argument *wearied* me.
這冗長的爭論令我厭煩。
衍生 形 **wěarisome**(令人厭煩的)

weather [`wɛðɚ; 'weðə(r)] 變 無 ▶ 與 whether 同音。
名 天氣, 氣象 | **The** *weather* is nice [fine, good] today. 今天天氣很好。
▶ weather 用作主詞時則要加 the, 指限定在那一時刻的天氣情況而言。
We had nice *weather* yesterday.
昨天的天氣很好。
bad *weather* 壞天氣/rainy [wet] *weather* 多雨的天氣

▶ **weather** 和 **climate**
weather ………天氣
climate ………某地方長期性的「氣候」
The *climate* of Taiwan is moderate.(台灣的氣候溫和。)

---

weather permitting
天氣好的話 | I will go on a hike *weather permitting*. 天氣好的話我要去郊遊。
複合 名 **wěather fórecast**(天氣預報)

weave [wiv; wiːv] 三 -s [-z] 過 **wove** [wov]; **woven** [`wovən; 'wovən]; **weaving**
動 ⊗ ❶(布‧絲等)織 | *weave* thread **into** cloth 把線織成布/*weave* cloth **out of** thread 以線織成布
❷(筐‧籃等)編 | She was *weaving* a basket.
她正在編一個籃子。
❸(蜘蛛網)結 | The spider *wove* a web. 蜘蛛結網。
衍生 名 **wěaver**(織者, 織工)

web [wɛb; web] 變 -s [-z]
名 ❶蜘蛛的網 同 cobweb
❷(水鳥‧青蛙的)蹼

web ❶

web ❷

ed [wɛd; wed] ⊜ **-s** [-z] ⊛ **wedded** [-ɪd] ⊛ **wed**; 〕
動⊗ 娶；嫁給 ┊ He *wedded* Jane.   ⎰**wedding**⎱
► 文學或老式 ┊ 他娶珍為妻。
用語，無進行式。

e'd [wid; (強) wi:d (弱) wɪd] we had [should, would] 〕的縮寫
edding [`wɛdɪŋ; 'wedɪŋ] ⊛ **-s** [-z]   ⎰的縮寫⎱
名❶婚禮 ┊ a *wedding* cake 喜餅；結婚蛋糕／
 ┊ a *wedding* day 舉行婚禮之日
❷結婚紀念日 ┊ the silver [golden] *wedding* 銀[金] 〕
 ┊   ⎰婚紀念⎱
edge [wɛdʒ; wedʒ] ⊛ **-s** [-ɪz]
名 楔；如楔形之物 ┊ I drove a *wedge* into the log.
 ┊ 我把楔子打入圓木。

ednesday [`wɛnzdɪ; 'wenzdɪ] (注意發音) ⊛ **-s** [-z]
名 星期三 ┊ on *Wednesday* 在星期三／last
► 略作 Wed. ┊ *Wednesday* 上星期三

eed [wid; wi:d] ⊛ **-s** [-z]
名 雜草 ┊ The garden was covered with
 ┊ *weeds.* 花園裡長滿了雜草。

— **-s** [-z] ⊛ **-ed** [-ɪd]; **-ing**
動⊗ 除去(某地 ┊ They *weeded* the playgound.
的)雜草 ┊ 他們清除了運動場的雜草。

eek [wik; wi:k] ⊛ **-s** [-s] ► 與 weak (虛弱的) 同音。
名 週，星期 ┊ What day of the *week* is (it) today?
 ┊ 今天是星期幾?
 ┊ She has been sick in bed for a *week*
 ┊ [for *weeks*]. 她病倒在床上已有一個星
 ┊ 期[好幾星期]了。
 ┊ I was busy last *week*.
 ┊ 上星期我很忙。

────────────────────
上上星期 the *week* before last──上星期 last
week──這星期 this *week*──下星期 next *week*
──下下星期 the *week* after next
► 上列全當副詞用，前面不加介系詞。

────── ► 英語中的星期日～六──────
Sunday (星期日)   Monday (星期一)
Tuesday (星期二)   Wednesday (星期三)
Thursday (星期四)   Friday (星期五)
Saturday (星期六)

────── ► 星期與日期的問法──────
今天是星期幾?
  What day is (it) today?
  What day of the week is (it) today?
  ► 回答則為 "It's Monday." "Today is Monday."
今天是幾號?
  What day of the month is (it) today?
  What's the date today?
  ► 回答則為 "It's January 18." (18 讀做(the)
  eighteenth)。

— 副 某一指定 ┊ Sunday *week* 下週或上週的星期日
日的前或後一週 ┊ ⊛ this day *week*, today *week* 下週或
 ┊ 上週的今天＝⊛ 下週的今天是 a *week*
 ┊ from today, 而上週的今天是 a *week*
 ┊ before today.

────────────────────

複合 名 **wèekdáy** (非週末例假日，工作日), **wèekénd** 〕
weekly [`wiklɪ; 'wi:klɪ]   ⎰(週末)⎱
形 每週的；每週 ┊ *weekly* wages 週薪／a *weekly*
一次的 ┊ magazine 週刊

┌──────────────────────────────────┐
│ daily   (日刊的)   monthly   (月刊的) │
│ quarterly (季刊的)   yearly   (年刊的) │
└──────────────────────────────────┘

— 副 每週一次 ┊ She writes to her mother *weekly*.
地；每週地 ┊ 她每星期寫信給她母親。
— ⊛ **weeklies** [-z]
名 週刊，週報 ┊ I take three *weeklies*.
 ┊ 我訂了三種週刊。
weep [wip; wi:p] ⊜ **-s** [-s] ⊛ **wept** [wɛpt]; **-ing**
動不 哭泣；流淚 ┊ She *wept* **over** the death of her dog.
 ┊ 她為她的狗死了而哭泣。
 ┊ *weep* for joy 喜極而泣

┌──── ► weep, cry, sob ────┐
│ weep ……淚汪汪地哭；流淚 │
│ cry ………出聲地哭 │
│ sob ………啜泣 │
└──────────────────────────┘

weigh [we; weɪ] ⊜ **-s** [-z] ⊛ **-ed** [-d]; **-ing**
動⊗❶秤…的 ┊ He *weighed* himself on the scale.
重量 ┊ 他在磅秤上量體重。
❷考慮；斟酌 ┊ He *weighed* his words before
 ┊ speaking. 他三思而後言。
❸使有負擔；使 ┊ The troubles *weighed* **down** his
負重 ┊ mind. 他因煩憂而提不起精神。
不❶重 ┊ "How much do you *weigh*?"
 ┊ "I *weigh* 120 pounds."
 ┊ 「你的體重有多少?」「一百二十磅。」
❷具有重要性 ┊ Money does not *weigh* **with** him.
 ┊ 金錢對他而言並不重要。
❸成為…的負擔 ┊ It *weighed* **on** [**upon**] her mind.
 ┊ 那件事成為她內心的負擔。
weight [wet; weɪt] ⊛ 無 ► weigh 的名詞
名❶重量；體重 ┊ What is your *weight*?
 ┊ (＝How much do you weigh?)
 ┊ 你的體重有多少?
❷重要性，分量 ┊ He is a man **of** *weight* in the
 ┊ government. 他是個政府要人。
衍生 形 **wèighty** (重的；沉重的；有力的)
welcome [`wɛlkəm; 'welkəm] ► 不可寫成 wellcome。
嘆 歡迎 ┊ *Welcome* **to** Taipei! 歡迎光臨台北!
 ┊ ► "You are welcome …" 的 You
 ┊ are 被省略掉。
— ⊜ **-s** [-z] ⊛ **-d** [-d]; **welcoming** ► 非不規則動詞
動⊗ 歡迎；款待 ┊ We were warmly *welcomed*.
 ┊ 我們受到熱烈地歡迎。
— ⊛ **-s** [-z]
名 歡迎；款待 ┊ She gave me a warm [cold] *welcome*.
► 可用於熱烈 ┊ 她給了我熱烈的[冷淡的]歡迎。
的或冷淡的。
— 形 (人)受歡 ┊ a *welcome* guest 受歡迎的客人／
迎的；(物·信· ┊ a *welcome* rain 甘霖
禮品等)令人喜

歡的
You are welcome.
❶(當對方道謝時的回答語)不要客氣
▶主要用於⊛而⊛則用 "Not at all."。
❷(罕用)歡迎光臨

welfare [`wɛl,fɛr; 'welfeə(r)] ⊛ 無
名 幸福；福利　child *welfare* 兒童福利／social *welfare* 社會福利／a *welfare* state 福利國家／*welfare* work 慈善事業；福利工作

▶有時也含有「生活保障」的意思。

well¹ [wɛl; wel] ⊛ **-s** [-z]
名 井；泉　I drew water from the *well*.
我從井中汲出水來。
an oil *well* 油井

well² [wɛl; wel] ⊛ **better** [`bɛtɚ] ⊛ **best** [`bɛst]
副 ❶好，很好　He speaks English *well*. (=He is a good speaker of English.)
他英語說得很好。

❷順利地；適當地　I hope everything will go *well*.
我希望每件事都進行得很順利。

❸甚，很　Clean the room *well*.
好好地打掃房間。
I know him *well*.
我非常了解他。

as well
也 同 too, besides　He speaks French, and Spanish *as well*.
他既能說法語，也能說西班牙語。
▶也有「與…同樣好」之義。

～as well as ...
除…之外也～　He speaks Spanish *as well as* French. (=He speaks not only French but also Spanish.)
他不僅會講法語，也能講西班牙語。

▶強調「～」的用法。

▶ B as well as A(=not only A but also B) 要注意 A 與 B 的前後位置對調。
He *as well as* **I is** responsible for it.
不僅是我，他也有責任。
▶如上面例句中，以 as well as 連接主詞時，動詞是以 as well as 之前的主詞為準。

He *as well as* I **is** responsible for it.

may as well V
最好…，…較為上策　You *may as well* begin at once.
你最好立刻開始。

may well V
儘可…，理所當然…　Her son always gets good grades. She *may well* be proud of him.
她的兒子成績一直很好，她理所當然以他為榮。

might as well ... as～ ▶「…，～」二處都要動詞原形。
如果～倒不如…　You *might as well* throw away your money *as* spend it in gambling.
如果要把錢用於賭博，倒不如把它扔掉還好一點。

——⊛ **better** ⊛ **best**
形 (敘述用法) ❶健康的，安好的　"How are you?" "Quite *well*, thank you." 「你好嗎?」「我很好，謝謝!」
⊛ ill, sick　You look *well*.
你的氣色很好。
▶「氣色不好」是 look pale.
He will get *well* soon.
他不久就會恢復健康。

❷適當的，適宜的；良好的　It would be *well* to say nothing about it.
最好不要對那件事表示意見。

——嘆 嗯；哦；呀，哇　*Well*, let me see. 嗯，讓我想想。
Well, here we are at last.
哇!我們終於到了。

複合 形 **wèll-behàved**(行為端正)，**wèll-brèd**(有教養的)，**wèll-drèssed**(穿著入時的)，**wèll-infòrmed**(見聞廣博的)，**wèll-knòwn**(著名的)，**wèll-mànnered**(態度良好的)，**wèll-rèad** [-rɛd](博學的)，**wèll-to-dò**(小康的) 名 **wèllbèing**(幸福;安康)

we'll [wil; (強) wi:l(弱) wɪl] we will [shall]的縮寫
went [wɛnt; went] 動 go 的過去式
wept [wɛpt; wept] 動 weep 的過去式·過去分詞
were [(強)wɝ, wɝ:(r)(弱)wɚ; wə(r)]

	主　詞	現在式	過去式
單	I	am	was
	You	are	*were*
數	He	is	was
複	We	are	*were*
	You	are	*were*
數	They	are	*were*

動 不 ❶ are 的過去式　We *were* lucky yesterday.
我們昨天運氣不錯。
They *were* in Taipei then.
當時他們在台北。

❷(假設法的過去式)▶與現在事實相反的假設。▶使用於第一·二·三人稱。　If I *were* you, I would not go there.
假如我是你的話，我就不去那裡。
He walks as if he *were* drunk.
他走路像喝醉了酒。
▶在口語上也使用 as if he *was* ...。

——助 ❶ (were ＋現在分詞)在做著…　They *were* singing. 他們唱著歌。
▶過去進行式

❷(were＋過去分詞)受了…　We *were* kindly **treated**.
我們受到了親切的招待。
▶過去被動式

if it were not for ... ＝(文語) *were it not for ...*
假如沒有…的話　*If it were not for* his help, you would fail.

假如沒有他幫忙的話, 你便會失敗。

vere to V
(以不可能的事
實作假定) 假
如…
If the sun *were to* rise **in the** west, I would marry him.
假如太陽打西方出來的話, 我就嫁給他。
(根本就不願嫁給他。)

ve're [`wɪr, (弱) wɪr; wɪə(r)] we are 的縮寫

veren't [wɜːnt; wɜːnt] were not 的縮寫

vest [wɛst; west] 働 無
图 ❶(加 the)西
⇨ north
The sun rises in the east and sets **in the** *west*.
太陽從東方升起, 從西方落下。
The city is **in** [**to**] the *west* of London.
這城市位於倫敦的西方。

❷(加 the 且大寫)西方
the East and **the** *West* 東方和西方
▶「東方和西方」也稱爲 the Orient and the Occident。

❸(加 the 且大寫)西部地方, 西部
▶美國境內的 the West 隨時代之不同而有所變更。現在而言, 是從密西西比河以西到太平洋沿岸爲止的地方。

━ 形 西方的;向西的
on the *west* side of the street 在街道的西邊／a *west* wind 西風

━ 副 向西
He went *west*. 他向西走。

衍生 形 **wèstern**(西的;向西的;(用大寫)西洋的;(經常用大寫)美國西部的)

衍生 形 **wèstward**(向西方(地);西方(地))

et [wɛt; wet] 働 **wetter** 働 **wettest**
形 ❶溼的
He dried his *wet* shirt.
他把他的溼襯衫弄乾。
Wet paint. 美 油漆未乾。(告示)
(= 英 Fresh paint.)
I got *wet* to the skin.
我渾身溼透了。

❷降雨的
働 rainy
We're having too much *wet* weather. 我們這裡下雨的日子太多。

━ ⊜ -s [-s] 働 使溼, 潤溼
Be careful not to *wet* your feet.
注意不要弄溼你的腳。

e've [(強) wiv; wiːv (弱) wɪv; wɪv] we have 的縮寫

hale [hwel, wel; weɪl] 働 **-s** [-z]
图 (動物)鯨魚
A *whale* is not a fish.
鯨魚不是魚類。

harf [hwɔːrf; wɔːf] 働 **-s** [-s], **wharves** [hwɔːrvz]
图 碼頭 ⇨ port

hat [hwɑt, wɑt; wɒt] 働 無
代 ❶(疑問代名詞)甚麼, 甚麼事(物)
What is your name?
你叫甚麼名字?
What is he? 他是幹甚麼的?
▶ 以此詢問人的職業‧身分等會顯得較無禮。詢問人的職業時用 "What does he do?", 詢問人的名字身分時用 "Who is he?" 較多。

I asked her *what* she meant.
我問她到底是什麼意思。

❷(關係代名詞)所…的物(事);所有的物(事)
What he said is not true.
他所說的並不眞實。
She is not *what* she used to be.
她已不是從前的她。
I gave him *what* I had.
我把所有的全都給了他。

┌─▶ **all what** 是錯誤的 ───
what 或 which 之前不用 all。
「他所說的我全都知道。」
(誤)I know all what he said.
(正)I know all (that) he said.

and what not
等等
働 and so on
I bought eggs, meat, vegetables, *and what not*.
我買了蛋、肉、蔬菜等等東西。

A is to B what C is to D
A 與 B 的關係就等於 C 與 D 的關係
Air *is to* man *what* water *is to* fish.
空氣之於人猶如水之於魚。

What do you say to N / Ving …?
…你認爲如何?
What do you say to taking a taxi?
搭計程車去你認爲如何?
▶ 詢問對方意見時的用法。

What … for?
爲何…?
What did you go there *for*?
你爲何去那裡?

What if …?
❶如果…該怎麼辦呢?
What if you should fail?
假如你失敗了該怎麼辦呢?
▶ 可把此句加以補充爲 "What (would happen) if …?"。

❷如果…又有什麼關係?
(= **What though …?**)
What if he fails?
假如他失敗又有什麼關係?
▶ 可把此句補充爲 "What (does it matter) if …?"。

what is called … = **what we** [**you, they**] **call …**
所謂的
He is *what is called* a walking encyclopedia.
他是所謂的活生生的百科全書。

what with … and (what with) ~
半因…半因~
▶ 這個 what 爲副詞用法。
What with the noise *and what with* the heat, I could not sleep well.
半因噪音, 半因悶熱, 我睡得不好。

━ 形 ❶(疑問形容詞)什麼, 什麼樣的
What color is your car?
你的車是什麼顏色?

❷(表示驚嘆)多麼, 什麼
What a tall tree (that is)!
多麼高的樹啊!

❸(關係形容詞)所有的
He lent me *what* money he had with him.
他把他身上的錢全都借給我。

whatever [hwɑt`ɛvɚ; wɒt'evə(r)] 代 (複合關係代名詞)
❶(引導名詞子句)不論什麼;任何
I will do *whatever* I can to help you.
任何能幫得上忙的, 我都會盡力而爲。
▶ 關係代名詞 what 的加強用語。

❷(引導附屬子句)不管怎樣 | *Whatever* happens [may happen], I won't change my mind.
不論發生何事,我都不會變心意。
► 口語中不用 may。

────► **no matter what**────
whatever 可換寫成 no matter what。
「不管發生什麼,我都要去。」
Whatever happens, I will go.
→ *No matter what* happens, I will go.
────────────────────

❸(口語)究竟 | *Whatever* has happened?
究竟發生了什麼事?
► 也可寫成 what ever 用來加強 what 的語氣。

───**圈**(複合關係形容詞)
❶(引導名詞子句)不論…也… | You may write on *whatever* subject you like.
你可以寫任何你所喜歡的題目。
❷不管怎樣也… | *Whatever* weather it is, we will go.
不管天氣怎麼樣,我們還是要去。
► 和 "No matter what weather it is,...." 同義。
❸(強調否定)一點點的…也… | There is no doubt *whatever* about it. 關於那事,毫無疑義。

what's [hwɑts; wɒts] what is, what has 的縮寫
wheat [hwit, wit; wi:t] 覆 無
名(植物)小麥 | ► barley 是「大麥」, rye 是「黑麥」, oat 是「燕麥」。

wheel [hwil, wil; wi:l] 覆 -s [-z]
名**❶**車輪 | A bicycle has two *wheels*.
自行車有兩個車輪。
❷(汽車的)方向盤;(船的)舵輪 | He was at the *wheel*.
他在駕車。
► 方向盤稱為 a steering wheel。

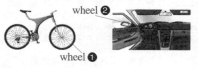
wheel ❷
wheel ❶

複合名**wheelcháir**(輪椅)
when [hwɛn, wɛn; wen]
副**❶**(疑問副詞)何時,什麼時候 | *When* will she arrive?
她什麼時候會到?
I don't know *when* he left.
我不知道他什麼時候離去。

────► **when** 與現在完成式────
When ...? 不能使用於現在完成式。
「你什麼時候把它遺失的?」
(誤)When have you lost it?
(正)When did you lose it?
────────────────────

❷(關係副詞)(限定用法)當…時 | I'll never forget the day *when* my mother died.
我絕對忘不了我母親去世的那天。
Tuesday is (the day) *when* I am busiest. 星期二是我最忙的一天。
► 有時可省略先行詞。

(非限定用法)在那時,剛…就 | I was just going out *when* it began to rain. 我剛要出門就下雨了。
───連**❶**在那時,當…時候 | It was eleven *when* I went to bed.
我是在十一點鐘上床的。
When (I was) a boy, I was naughty. 當我小的時候,我很頑皮。
❷不論(做…)的時候都… | He brings a present *when* he comes. 他每次來都帶著禮物。
同 whenever
❸雖然 | He came to help us *when* he had plenty of work to do. 雖然他有很多事要做,他還是來幫我們忙。
同 although

whence [hwɛns; wens] 同 from where
副(文語)(疑問副詞)從哪裡 | *Whence* did she come?
她是從那裡來的?

whenever [hwɛn`ɛvɚ, hwən-; wen'evə(r)] ► **❶❷❸** 是複合關係副詞,**❹** 是疑問副詞 when 的強調語。
副**❶**不論(做…)的時候都… | You may come *whenever* you like. 隨便你什麼時候來都可以。
❷每次,每逢 | *Whenever* he comes to Taipei, he calls on me.
他每次來台北都會來看我。
同 every time
❸不論什麼時候 | *Whenever* you (may) call, you will find him at his desk.
同 no matter when | 不論什麼時候去找他,他都在用功。
► 口語中不用 may。
❹(口語)何時 | *Whenever* did I tell a lie?
我幾時說過謊?

where [hwɛr, wɛr; weə(r)]
副**❶**(疑問副詞)在何處;向何處 | *Where* do you live? 你住在哪裡?
I don't remember *where* I bought it.
我不記得是在哪裡買的。
❷(關係副詞)(限定用法)在該處,…的地方 | The town *where* I was born is noted for its scenic beauty.
我的家鄉以風景優美而聞名。
I could see him from (the place) *where* I was hiding.
我從我躲的地方可以看到他。
► 有時先行詞也可省略。

(非限定用法)在那裡 | We traveled together as far as New York, *where* we parted.
我們一起到了紐約,然後在那裡分手。
───連在那裡,向那裡,在…的地方 | We must camp *where* we can get good water. 我們必須在能夠取得乾淨的水的地方露營。
Where there is a will, there is a way. 有志者事竟成。(諺語)

───代(疑問代名詞)哪裡 | *Where* do you come **from**?
(= *Where* are you **from**?)
府上在哪兒?(即「你是哪裡人?」)
► 問對方「你從何處來?」則寫成 "Where have you come **from**?"。

────► 英文中的「美國的首都在那裡?」────
(誤)Where is the capital of America?
(正)What is the capital of America?
► what 是問句的主詞。
────────────────────

hereabouts [ˌhwɛrəˈbaʊts; ˌweərəˈbaʊts] 徺
⊮hereabouts

图 (人的)所在, | His *whereabouts* is [are] unknown.
下落 | 他的下落不明。
▶用單數·複數皆可。

hereas [hwɛrˈæz; weərˈæz]

图 然而, 雖然 | Some people love cats, *whereas*
㢨 while | others hate them. 有些人喜愛貓, 然而
| 也有些人討厭貓。

herever [hwɛrˈɛvɚ; weərˈevə(r)] ▶❶❷爲複合關
係副詞, ❸爲疑問副詞 where 的強調用語。

㢨 ❶何處, 哪裡 | You may sit down *wherever* you
| like. 隨你坐哪處都可以。
❷無論何處 | *Wherever* you (may) go, people will
| welcome you.
| 不管你去到哪裡, 大家都會歡迎你。
| ▶口語中不用 may。

—▶ no matter where—
wherever 可以換寫成 no matter where「不管你去到
哪裡…」
Wherever you (may) go,...
→ *No matter where* you (may) go,...

❸(口語)究竟在 | *Wherever* did I put my glasses?
哪裡 | 我究竟把眼鏡放在哪裡?
▶疑問副詞 where 的強調用語亦可寫成 where ever。

ether [ˈhwɛðɚ; ˈweðə; ˈweðə(r)]

囲 ❶(whether | Tell me *whether* he is at home **or**
… or)抑或 | at the office.
| 告訴我他到底在家或是在辦公室。
whether … or | I don't know *whether* the rumor is
ot)是否 | true (**or not**).
| 我不知道那流言是眞是假。
在句子中間 | I asked him *whether* (=if) he would
whether 可換 | come. 我問他是否要來。
爲 if, 但若在 | It is doubtful *whether* (=if) he will
ʃ 首則不可。 | come. 他會不會來尙未確定。
(whether … | *Whether* he succeeds **or** fails, he
r)不論是… | has to do his best. 不論是會成功或會
戈… | 失敗, 他都必須盡力而爲。
whether … or | I don't care a bit, *whether* he comes
ot)不論是… | **or not**. 他來或不來, 我一點也不在乎。
艮是…

ether or no | You must go there *whether or no*.
口語)無論如 | 總之, 你必須去那裡。
], 總之

ich [hwɪtʃ; wɪtʃ] 徺 which

囲 ❶(疑問代名 | *Which* do you like better, summer
])誰; 哪一個; | **or** winter?
些; 何者 | 你比較喜歡夏天或冬天?
人或物都可 | *Which* **of** the boys won the prize?
丁。 | 是哪一個男孩贏得了獎品?
| I don't know *which* **of** them has left
| the bag. 我不知道他們之中是誰忘了
| 拿這袋子。
❷(關係代名 | a. She made a doll *which* has blue
╕·限定用法) | eyes. 她做了一個藍眼的洋娃娃。

其物, 該物, 該事 | b. We see the house the roof **of**
▶先行詞可爲 | *which* is red.＝We see the house
物或事。 | **whose** roof is red. 我們看到紅屋頂的
▶右方的 a, b, | 房子。
c 三例句中, a | c. This is the book **for** *which* I have
句中的 which | been looking.＝This is the book
爲主格;b 句的 | (*which*) I have been looking **for**.
whose 爲所有 | 這就是我一直在找的書。
格;而 c 句的 | ▶在口語中通常省略受格。
which 爲受格。

—▶ 英語中的「紅色封面的書」—
1) a book *whose cover* is red
2) a book *the cover of which* is red
3) a book *of which the cover* is red (罕用)
4) a book *with* a red cover
▶ 4) 爲最流暢的說法。

—▶ that 或 which—
「隨便你什麼時候來都可以。」
Come **any** time *that* is convenient to [for] you.
▶先行詞用 any 修飾時, 關係代名詞用 that 較好。⇨
that

❸(關係代名 | He said that he was invited, *which*
詞·非限定用 | was a lie.
法)(而)這個; | 他說他被邀請了, 那是個謊言。
(但)那個 |
▶前面那一句的一部分或全部作爲先行詞。

——囲 ❶(疑問形 | *Which* watch do you like better?
容詞)哪一個;哪 | 你比較喜歡哪隻錶?
些 | *Which* way shall we go?
| 我們要往哪兒走?
❷(文語)(關係 | He goes to bed at nine, at *which*
形容詞·非限定 | hour his wife locks all the doors
用法)其…, 該… | and windows. 他在九點鐘上床, 在那
| 時候他太太把所有的門窗都鎖上。

whichever [hwɪtʃˈɛvɚ; wɪtʃˈevə(r)] 徺 (複合關係代
❶不論何者, 任 | 名詞)
何 | Take *whichever* you like.
❷不論做… | 隨便拿哪一個。
| *Whichever* you (may) choose, I
| don't mind at all.
| 不論你選哪個, 我都不介意。
| ▶口語中不用 may。

—▶ no matter which—
Whichever 可代換成 no matter which
「不論他選了什麼…」
Whichever he chooses ...
→ *No matter which* he chooses ...

——囲 (複合關係形容詞)
❶任何的… | You may have *whichever* flower
| you like.
| 你可以拿你所喜歡的任何一朵花。
❷(引導條件副 | *Whichever* way you may take, you
詞子句)不論何 | will get to the same place.
者 | 不論你走哪條路, 都會到達同一地方。

while [hwaɪl; waɪl]

[連] ❶當…的時候 — I kept watch *while* they slept. 當他們睡覺時我守衛著。
While (she was) listening to the radio, she fell asleep. 她在收聽收音機時睡著了。
► while 子句的主詞和主要子句的主詞相同時, while 子句的主詞及進行式的 be 動詞往往被省略, 形成分詞構句。

❷然而, 雖然 — Some people respect him, *while* others despise him. 有些人尊敬他, 然而也有些人輕視他。
[同] whereas

—— [複] **-s** [-z]

[名] 一段時間; 短時間 — He came here a little *while* ago. 他不久前來過這裡。
[同] time — She appeared after a *while*. 過了不久, 她出現了。

all the while 一直, 始終 — He was silent *all the while*. 他始終不吭氣。

be worth one's while
值得(某人)花時間〔勞力〕去… — This book *is worth* your *while*. 這本書值得你去讀。

It is worth (one's) while V***ing*** [***to*** V] ⇨ worth
做…是值得的 ⇨ worth — *It is worth while* read*ing* [*to* read] this novel. 這本小說值得一看。

whim [hwɪm; wɪm] [複] **-s** [-z]
[名] 突然的念頭; 奇想, 怪念頭 — I had a sudden *whim* to buy the car. 我突然有買車的念頭。
[衍生] [形] **whimsical** [ˋhwɪmzɪkḷ](多遐想的; 突發奇想的)

whimper [ˋhwɪmpɚ; ˈwɪmpə(r)] [三] **-s** [-z] [規] **-ed** [-d]; **whimpering** [ˋhwɪmpərɪŋ]
[動] [不] (小孩等)啜泣, 抽噎地哭; (犬等)猖猖低吠 — The lost child was *whimpering*. 迷路的小孩抽噎地哭著。
The dog was *whimpering* in the shed. 狗在棚裡猖猖低吠。

whip [hwɪp, wɪp; wɪp] [三] **-s** [-s] [規] **whipped** [-t] [不] [美] **whipt** [hwɪpt]; **whipping**
[動] [及] 鞭打 — He was *whipped* for telling a lie. 他因說謊而被鞭打。

—— [複] **-s** [-s]
[名] 鞭子 ⇨ lash — He struck the horse with a *whip*. 他用鞭子抽打馬。

whirl [hwɜl; wɜːl] [三] **-s** [-z] [規] **-ed** [-d]; **-ing**
[動] [不] 迴旋, 旋轉 — The leaves *whirled* in the yard. 樹葉在庭院中迴旋飛舞。

► **whirl 和 spin**
whirl ……樹葉等因颳風而迴旋飛舞。
spin………如陀螺似地旋轉。

[及] 旋轉, 使迴旋 — The wind *whirled* my hat away. 我的帽子被風捲走了。

—— [複] 無 ► 只用單數。
[名] 迴旋, 旋轉, 紛亂 — the *whirl* of falling leaves 落葉紛
[複合] [名] **whìrlwínd**(旋風)

whisk [hwɪsk; wɪsk] [三] **-s** [-s] [規] **-ed** [t]; **-ing**
[動] [及] 拂, 掃, 揮 — She *whisked* **off** the crumbs from the table. 她拂去桌上的麵包屑。
► whisk 當名詞是指用小竹枝・毛・稻草作成的小掃把

whisker [ˋhwɪskɚ; ˈwɪskə(r)] [複] **-s** [-z]
[名] (通常用複數)頰髭, 鬚, 落腮鬍

whiskey, whisky [ˋhwɪskɪ; ˈwɪskɪ] [複] **whiskeys** [-z], **whiskies** [-z] ► 作爲種類時則可計數。
[名] 威士忌酒 — *Whiskey* is about half alcohol. 威士忌酒的酒精成分約爲百分之五十
► 向吧檯說「來兩杯威士忌」時, 要說成 "Two whiskey please."。

whisper [ˋhwɪspɚ; ˈwɪspə(r)] [三] **-s** [-z] [規] **-ed** [-d]; **whispering** [ˋhwɪspərɪŋ]
[動] [不] [及] ❶耳語, 私語 — She *whispered* in his ear. 她對他附耳私語。
❷悄悄地說, 低聲訴說; 秘密告訴 — People are *whispering* **about** his illness. 人們交頭接耳地談論他的病情。

—— [複] **-s** [-z]
[名] 耳語, 私語, 悄悄話; 密談 — They were talking **in** *whispers*. 他們低聲而語。

whistle [ˋhwɪsḷ; ˈwɪsl] [三] **-s** [-z] [規] **-d** [-d]; **whistlin**
[動] [不] ❶吹口哨 — The referee *whistled*. 裁判吹了口哨。
❷(風等)發出嘯聲 — The wind *whistled* around the building. 風在建築物周圍發出嘯聲。
[及] ❶(歌曲等)用口哨吹出 — He *whistled* a tune. 他用口哨吹了一支曲調。
❷用口哨發出信號(召喚・指揮) — The hunter *whistled* the dog back 獵人以口哨召回獵犬。

—— [複] **-s** [-z]
[名] ❶口哨 — He gave a *whistle* of surprise. 他吹了口哨表示驚訝。
❷警笛; 汽笛 — The shrill *whistle* was blowing. 尖銳的汽笛在響著。

white [hwaɪt; waɪt] [比] **-r** [最] **-st**
[形] ❶白的, 白色的 — Her skin is (as) *white* as snow. 她的皮膚白如雪。
►「白髮」稱爲 white hair, 亦稱爲 gray hair。
❷(臉色等)蒼白, 沒有血氣的 — She turned *white* with fear. 她因恐懼而臉色發白。
❸白種人的 — The singer is a *white* man. 那歌手是個白種人。

「黃種人的」稱爲 yellow,(美)「黑人的」稱爲 colored ▶ 指其他非白種種族的有色人種。

（動）**-s** [-s]

（名）❶白,白色

● black

❷白衣,白布

Everything was **in** *white* with snow.
萬物因雪而呈一片皚白。
She was dressed **in** *white*.
她穿白衣服。

（合）（名）**white-cõllar wõrker**（白領階級▶ blue-collar worker（勞工階級））, **white êlephant**（昂貴但實用價值高之物,物主不需要但不易脫手之物）

（連）（動）**whiten**（使白,變白）

White House [`hwaɪt ˌhaʊs; 'hwaɪt,haʊs]

（名）（加 the）白宮
▶ 位於華盛頓
美國總統官
邸。

who [hu; hu:] （代）who

主　格	所有格	受　格
who	whose	whom

（代）❶（疑問代名詞・主格）誰,何

▶ 單複數同形。

Who went there with you?
是誰和你一起去了那裡?
"*Who* is he?" "He's Tom's father."
「他是誰?」「他是湯姆的父親」。
Who knows what has become of her?(=Nobody knows ...?)
誰知道她怎麼了?

──▶ 英語中的「是誰呀?」

Who are you?…對不認識的人問「你是誰?」時所用的話。
What are you?…則是詢問對方職業、身分的問法。
Who is it?…詢問敲門的人「是哪一位?」的問法。回答則用 "It's me."(是我) 或 "It's Tom."(是湯姆)。
Who is this, please?…電話中「請問是哪位?」的用法。回答則用 "This is Kate (speaking)."(我是凱特)。

❷（疑問代名詞・受格）（口語）誰

▶ 文法上以 whom 爲正式用法,但口語上則用 who。

Who are you looking for?
你在找誰?

❸（關係代名詞・主格）那個人,其人

▶ 先行詞是「人」。

a. This is the man *who* showed me the way. 這位就是指引我路的人。
b. I have found the man *who* I think painted this picture.
我找到了我所認爲畫了這幅畫的人。
▶ I think 是插入句。
c. I met Betty, *who* (=and she) gave me this apple.
我遇到了貝蒂,她給我這個蘋果。
d. The girl, *who* lives next door,

限定用法:a, b
非限定用法:c, d 句
區分:限定用法的 who 之前沒有逗點(,),非限

定用法的 who 之前必須加逗點。

appeared on TV yesterday.
住在隔壁的女孩昨天上了電視。
e. I scolded Tom, *who* broke the window.
我責罵了湯姆,因爲他打破了窗子。
▶ 限定用法的先行詞必須藉後面的形容子句才能說明是誰,而非限定用法不須藉子句界定。例如 c 句中的 Betty(專有名詞),本身就已指明是誰了,即不需用形容詞子句限定。

It is ... who~ 做了~的是…

▶ …指人。
▶ 加強語氣的句型 It is ... that~中的 that 相當於

It was [*is*] John *who* broke the vase. 打破了花瓶的人是約翰。
　　　　　　　　　　　　　　　　　「who。

（複合）（名）**whodunit** [hu`dʌnɪt]（（口語）偵探小說▶ "Who has done it?" = "Who did it?" 的縮寫）, **Whõ's Whõ**(名人錄)

who'd [hud; hu:d] who would, who had 的縮寫

whoever [hu`ɛvɚ, hu`ɛvɚ; hu:'evə(r)] ⇨ whomever
▶❶❷爲複合關係代名詞,❸爲疑問代名詞。

（代）❶（引導名詞子句）不論誰…都…

Whoever comes to see me will be welcomed.
不論誰來看我,我都歡迎。
He got angry with *whoever* opposed him.
不論誰反對他,他都會生氣。

❷（引導副詞子句）不論誰做也…

Whoever says so [*Whoever* may say so], I don't believe.
不論誰這麼說我都不相信。
▶ 口語中不用 may。
▶ 上例中可換寫爲 "No matter who says so,..."。

❸（口語）到底是誰,究竟是誰

Whoever did such a thing?
到底是誰做了這種事?
▶ 也可拼 who ever,爲疑問代名詞 who 的強調用法。

whole [hol; həʊl] ▶ 與 hole(洞)同音。

（形）❶（限定用法）（加 the, this 等）全體的,全部的

The *whole* world was surprised at the news. 那新聞震驚了全世界。
Our *whole* family went on a picnic.
我們全家去野餐了。

──▶ whole 和 all
whole ……指沒有被分割的整體。
all ………可表示被分割的部分,也可表示未被分割的整體。
the whole class=all **the** class(全班同學)
▶ 注意 the 位置不同。
all **the** classes(校內的所有班級)

──▶ 英語中的「全中國人」
(誤) the whole Chinese
(正) the whole of Chinese; all Chinese
▶ 通常 whole 不能直接形容地名。

❷（限定用法）整個的;全部的

It took me a *whole* day to repair the fence. 修整籬笆花了我整整一天。
It rained for three *whole* days.
下了整整三天的雨。

❸完整的, 無缺 | The cup fell, but it's *whole*.
的 | 茶杯跌落了但仍完整無缺。
| He swallowed the meat *whole*.
| 他吞下了整塊肉。

──働 無
图 全體, 全部 | Two halves make a *whole*.
| 兩個一半成爲整個。

as a whole | We must consider these matters *as*
就全體而言, 整 | *a whole*. 我們必須將這些問題以整體
個看來 | 的觀點來考慮。

on [*upon*] *the whole*
整個看起來, 就 | *On the whole*, her acting is quite
全體而論 | good. 整體而言, 她的演技相當不錯。

wholesale [`hol,sel; 'həʊlseɪl] 働 retail (零售)
厖 批發的 | a *wholesale* price 批發價
| ▶「零售價」爲 a retail price。

──働 無
图 批發 | I bought a tape recorder (**by**)
| *wholesale*. 我以批發價買了一台錄音
| 機。▶ 沒有 by 則爲副詞用法。

wholesome [`holsəm; 'həʊlsəm] 働 **-r** 働 **-st**
厖 ❶有益健康 | Cheese is a *wholesome* food.
的 働 healthy | 乾酪是一種有益健康的食物。
❷健全的, 有益 | Read *wholesome* books.
的 | 閱讀有益的書。

who'll [hul; hu:l] who will, who shall 的縮寫

wholly [`holɪ; 'həʊlɪ]
副 完全地; 全然 | Her time is *wholly* taken up by
地 | housework.
働 completely | 她的時間完全花在家事上。
| I am not *wholly* satisfied.
| 我並不完全滿意。
| ▶ not wholly 是部分否定。

whom [hum; (強) hu:m (弱) hom] 厌 who 的受格
❶(疑問代名詞) | By *whom* was she killed?
誰 | 她被誰殺了?
| *Who(m)* did he want to see?
| 他想要見誰?
| ▶ 在口語中, 句子或子句的第一個字則
| 用 who, 而不用 whom。

❷(關係代名詞) | That is the man (*whom*) I have
那個人, 其人 | respected so far.
| 那個人是我一向尊敬的人。
▶ 右連例句爲 | ▶ 這種場合 whom 可用 that 代替, 也
限定用法, | 可以省略。
whom 前不可 | The lady with *whom* I spoke is a
有逗點(,)。 | famous actress.
| 跟我說話的那個女士是位名演員。

▶ whom 前面有介系詞時, 既不可用 that 代替也不可加
以省略。

──▶ who 或 whom──
「她和那位被我認爲是領隊的人說話。」
She speaks to the man who I believe is the
leader.
▶ I believe 是插入句, 因此在 She speaks to the
man who is the leader. 這句子中不用 whom。

▶ 右例爲非限 | Yesterday I saw Nancy, *whom* I
定用法, whom | had not seen for five years.
前有逗號。 | 我在昨天遇到了五年沒見面的南施。
| He has three daughters, all of
| *whom* are beautiful.
| 他有三個女兒, 個個都漂亮。

▶ 非限定用法中的 whom 既不能用 that 代替, 也不能省
略掉。   ┌受格 (複合關係代名詞)┐

whomever [hum'ɛvɚ; hu:m'evə(r)] 厌 whoever 或
❶(引導名詞子 | She spoke to *whomever* she met on
句)無論是誰 | the way.
| 無論在路上遇到誰她都和那人說話。

──▶ whoever 或 whomever──
「無論何人只要有雄心, 他們就雇用他。」
They employ | whoever | is | ambitious.

▶ 相當於 "They employ anybody who is
ambitious." 因此不能用 whomever。

❷無論是誰… | *Whomever* you (may) ask, he will
也… | say so. 不管你去問誰, 誰都會這麼說。
| ▶ 口語中不用 may。

whose [huz; hu:z] 厌 who 的所有格; which 的所有格
──▶ 請勿混淆──
who's …… who is, who has 的縮寫
whose…… who 的所有格

❶(疑問形容詞) | *Whose* bag is this?
誰的 | 這是誰的袋子?
| Do you know *whose* pencil it is?
| 你知道這是誰的鉛筆嗎?
❷(疑問代名詞) | *Whose* is this dictionary?
誰的東西 | 這本辭典是誰的?
❸(關係代名詞) | That is the girl *whose* sister is a
(限定用法)那人 | stewardess.
的, 其人的, 其… | 她就是有個姐姐在當空中小姐的那個女
| 孩。
| The house *whose* chimney (＝the
▶ 先行詞通常 | chimney **of which**) is tall was built
用「人」, 但在文 | two years ago.
語中有時也用 | 有高煙囪的那棟房子是兩年前建造的。
「物」作先行詞。 | ▶ 現在通常用 of which。

▶「有個高煙囪的房子」用
the house **with** a tall chimney 最
爲流暢, whose chimney 或 the
chimney of which 都嫌不自然
而拗口。

(非限定用法) | This is a pretty flower, *whose* name
其… | I don't know.
| 這花很漂亮, 但是我却不知道花名。

why [hwaɪ; hwaɪ]
副 ❶(疑問副詞) | *Why* did you tell a lie?
爲什麼, 何故 | 你爲什麼要說謊?
| *Why* don't you come in?
| 你爲什麼不進來呢?(請進!)

"I can't leave at once."
"*Why* not?"
「我不能馬上離開。」
「爲什麼不能?」
▶注意要加 not。
Tell me *why* you didn't have breakfast.
告訴我爲什麼你不吃早餐。

──▶ 勸誘・提案的講法──
「走吧」有下列各式各樣的講法。
　Shall we go?/Why don't we go?/Why not go?/
　Let's go./How about going?/What about going?/What do you say to going?
　▶肯定的回答則用 Certainly./Yes./O.K./All right./With pleasure. 等等。

●(關係副詞) | This is (the reason) *why* he got
限定用法)所 | angry with me.
, 所以…的原 | 這就是他對我生氣的原因。
(理由) | The reason *(why)* he refused her
▶有時先行詞 | offer is not clear.
e reason 可 | 不知爲何, 他拒絕了她的提議。
省略。此時 | ▶關係副詞 why 有時可省略, 也可用
hy 也可視爲 | that 代替。
問副詞。 | ▶沒有非限定用法。

[(h)waɪ; waɪ] | *Why*, long time no see!
咦呀, 嘿, 喂, | 咦呀, 好久不見!
▶表示驚訝, |
議等。 |

cked [`wɪkɪd; 'wɪkɪd] (注意發音)
邪惡的, 不正 | I didn't know that he was such a
; 令人不愉快 | *wicked* man.
 | 我並不知道他竟是個如此邪惡的人。
生 副 **wìckedly**(邪惡地; 懷有惡意地)图 **wìckedness**
邪惡)

de [waɪd; waɪd] 比 **-r** 最 **-st**
❶寬廣的 | a *wide* street 寬廣的街道/a *wide*
 narrow | river 寬闊的河流
──▶ wide 和 broad──
wide ……強調兩端間的距離。
broad ……強調面的寬度。

寬, 闊 | The river is fifty feet *wide*.
 | 那條河有五十英尺寬。
使用名詞 width 時, 則寫成 "The river is fifty feet
 width."。
──▶ 長度等的表示方法──
以下的形容詞可放在數詞的後面:
長 long, 寬 wide 或 broad, 厚 thick,
深 deep, 高 high, 身高 tall, 周圍 around,
橫越 across
「那塊板子有五呎長, 1 呎寬。」
The board is five feet *long* and one foot *wide*.

(範圍等)寬 | a *wide* plain 廣大的平原/the *wide*
; 廣大的 | ocean 廣闊的大洋/a man of *wide*
 | experience 具有豐富經驗的人

❹(眼睛・門等) | She stared at me with *wide* eyes.
張大的 | 她睜大眼睛注視著我。
──副 寬闊地; 廣 | Open your mouth *wide*.
大地; 廣闊地; 十 | 張大你的嘴。
分地 | He was *wide* awake.
 | 他十分清醒。
far and wide | The news spread *far and wide*.
廣佈, 普遍 | 那消息廣爲流傳。
衍生 動 **widen**(加寬)图 **width**(寬度)

widely [`waɪdlɪ; 'waɪdlɪ]
副 ❶廣泛地, 範 | Jews are *widely* scattered over
圍廣地 | Europe.
 | 猶太人散佈在歐洲各處。
❷大大地 | His account is *widely* different
 | from the fact.
 | 他的說法和事實大有出入。

widow [`wɪdo; 'wɪdəʊ] 複 **-s** [-z] 陽 widower(鰥夫)
图 寡婦, 孀婦 | The *widow* has two children.
 | 那寡婦有兩個小孩。

width [wɪdθ, wɪtθ; wɪtθ] 複 **-s** [-s]
图 寬度 | The road has a *width* of twenty
 | feet. (=The road is twenty feet **in**
 | *width*. =The road is twenty feet
 | *wide*.) 那條路的寬度是二十呎。
──▶ 形容詞與名詞──
形 long　(長的) ── 图 length　(長度)
　high　(高的) ──　 height　(高度)
　broad　(寬的) ──　 breadth (寬度)
　wide　(寬的) ──　 width　(寬度)
　deep　(深的) ──　 depth　(深度)

wife [waɪf; waɪf] 複 **wives** [waɪvz]
图 妻 | We are husband and *wife*.
陽 husband | 我們是夫妻。
▶中文中「太太」有妻、內人、拙荊等種種說法, 但英語中則
稱 my wife, 或較生硬地說成 Mrs. ....。開玩笑時也有稱爲
my better half。

wig [wɪg; wɪg] 複 **-s** [-z]
图 假髮 | He looks younger when he wears a
 | *wig*. 他戴上假髮後就顯得年輕些。

wild [waɪld; waɪld] 比 **-er** 最 **-est**
形 ❶野生的(動 | There are *wild* animals in the
植物); 野性的 | forest. 那森林中有野獸。
 | This kind of rose grows *wild*.
反 domestic | 這是一種野生的玫瑰。
❷(土地等)荒涼 | We traveled through *wild*,
的; 無人居住的 | mountainous country.
 | 我們經過了荒涼而多山的地區。
❸未開化的, 野 | The people of that area are still
蠻的 同 savage | *wild*. 那地區的人仍未開化。
❹狂暴的; 猛烈 | a *wild* storm 暴風雨/a *wild* sea 波
的; 狂風暴雨的 | 濤洶湧的海洋
❺暴亂的, 粗暴 | He is *wild* when he drinks too
的, 粗野的 | much.
 | 他喝多了酒就會變得粗暴。
❻非常激動的; | They were *wild* with joy.
瘋狂的 | 他們欣喜若狂。

❼古怪的, 狂妄的; 不合常性的 | They laughed at his *wild* idea. 他們對他的古怪念頭加以嘲笑。
❽胡亂的; 毫無根據的 | She gave a *wild* guess. 她隨便亂猜。

複合名 **wildcát** (山貓, 野貓), **wìld góose** (雁)
衍生 副 **wìldly** (狂暴地) 名 **wìldness** (野生; 荒廢; 暴亂; 魯莽; 輕率) 「用複數」

wilderness [`wɪldənɪs; 'wɪldənɪs] 名 -es [-ɪz] ▶罕
名 荒野 | She wandered alone in the *wilderness*. 她獨自一人在荒野中徘徊。

will¹ [wɪl; (強)wɪl(弱)wəl, əl, l] ▶過去式爲 would。

▶單純未來

人稱	直述句	疑問句
第一人稱	I *will*, 英 I shall (我將…)	*Will* I?, 英 Shall I? (要我…嗎?)
第二人稱	You *will* (你將…)	*Will* you? 英 (文語) Shall you? (你要…嗎?)
第三人稱	He *will* (他將…)	*Will* he? (他要…嗎?)

▶意志未來

人稱	主詞的意志	說話者的意志	對方的意志
第一人稱	I *will* (我打算要做…)		Shall I? (要我做…嗎?)
第二人稱	You *will* (你打算做…)	You shall (你須做…)	*Will* you? (幫我做…好嗎?)
第三人稱	He *will* (他打算做…)	He shall (他須做…)	Shall he? (他須做…嗎?)

助 ❶ (單純未來) 將要… | I *will* be sixteen years old next year. 我明年就十六歲了。 You *will* pass the examination. 你會通過那個考試的。
❷ (第一人稱・意志未來) 要做…, 想做…, 會… | I *will* bring it tomorrow. 明天我會把它帶來。 We *will* not go there again. 我們不會再去那裡。
❸ (Will you …? 的句型) (要求・勸誘) 幫忙做…好嗎?; 要不要…? | *Will* you open the window? 請打開窗子好嗎? ▶ "Would you …?" 的用法較爲客氣。 *Will* you [*Won't* you] have another cup of tea? 要不要再來一杯茶?
❹ (表示主詞的意志) 無論如何也會… | He *will* have his own way. 他堅持要一意孤行。 Accidents *will* happen. 意外事件是不可避免的。 ▶表示主張・執意・必然時, 不可用'll (縮寫式)。
❺ (will not … 的句型) 無論如何也不… | He *will* **not** consent. 他無論如何也不會答應。 This door *won't* open. 這扇門無論怎樣都打不開。

▶作此義時, 無生命的物體也可成爲主詞。

❻ (習性・習慣) 經常…; 有…的傾向 | A bear *will* not touch a dead body. 熊通常不碰屍體。 He *will* sit for hours without saying a word. 他常常一坐數小時而不發一言。
❼ (推測) 大概是… | The teacher *will* be over fifty. 老師的年紀大概過五十歲了吧。 He *will* have heard the news. 他大概已聽到那消息了吧。
❽ (在條件子句中) 會…, 要…, 能… | If you *will* come, we will be glad. 假如你能來的話, 我們就會很高興。 ▶ "if … will" 的句型用於客氣的請求, will 並非未來式的助動詞, 而是「願意(做)…」。請注意一般條件子句中不用 will 和 shall: "If it is fine tomorrow, I *will* go." (如果明天天氣好的話, 我就會去。)

will² [wɪl; wɪl] 名 -s [-z]
名 ❶意志, 意志力; 意欲 | He is a man of strong *will*. 他是個意志堅強的人。 The patient lost the *will* **to** live. 病人失去了求生意志。 He did it **against his** *will*. 他違背意願地做了那件事。
❷遺囑 | The dying woman prepared a *will*. 那瀕死的婦人已準備了一份遺囑。

at will 隨意 | You may go or stay *at will*. 去或留, 悉聽尊便。
of one's *own* (*free*) *will* 自願地; 隨心所欲地 | He did it *of* his *own free will*. 他做那件事是出於自願的。
複合名 **góod will** (善意, 友好), **ìll will** (惡意)

willful, 英 **wilful** [`wɪlfəl; 'wɪlfʊl]
形 ❶ (行爲) 故意的 | He was accused of *willful* murder. 他被控以蓄意謀殺罪。
同 intentional
❷任性的, 剛愎的 | His son is a *willful* boy. 他的兒子是個任性的男孩。
衍生 副 **willfully** (故意地; 任性地)

willing [`wɪlɪŋ; 'wɪlɪŋ]
形 ❶情願地做…; 樂意的 | I'm quite *willing* to do anything for you. 我十分願意爲你做任何事情。
反 unwilling

─── ▶注意翻譯的方法 ───
注意過去式的翻譯不一定要翻譯成「做了」
He was *willing* to do anything.
(誤) 他情願做了任何事情。
(正) 他情願去做任何事情。

❷有工作意願的, 有服務意願的 | I am a *willing* worker. 我是個很肯工作的人。 ▶ a voluntary worker 是指「積極地 (自願地) 做事的人」。

衍生 副 **willingly**(情願地) 名 **willingness**(情願, 欣然 從事)

illow [ˈwɪlo; ˈwɪləʊ] 图 **-s** [-z]
图 (植物)柳木, | There are *willows* on the riverbank.
柳樹 | 河岸有柳樹。

in [wɪn; wɪn] 三 **-s** [-z] 丙 **won** [wʌn]; **winning**
動 及 ❶贏得(競 | Our team *won* the game.
爭・戰爭等) | 我隊獲勝。
❷lose | Slow and steady *wins* the race.
| 穩健能贏得比賽。〔欲速則不達。〕(諺語)

━━▶ win 和 beat━━
「我們打敗他那隊。」
(誤) We won his team.
(正) We beat his team.
▶ win 的受詞應爲「比賽；戰爭」等, 而不是「對方」。

❷贏得(獎品・ | He *won* the first prize in the
名譽等) | swimming race.
| 他在游泳比賽中贏得第一名。
❸使…得到, 使 | The book *won* him a reputation.
…獲得 | 他因那本書而博得名聲。
不 獲勝; 成功 | He is sure to *win*. 他一定會獲勝。

衍生 名 **winner**(勝利者)

ind[1] [wɪnd; wɪnd] 图 **-s** [-z]
图 風 | A cold *wind* was blowing from the
| north. 寒風自北方吹來。
| There isn't much *wind* today.
| 今天沒什麼風。

━━▶「風」的同義字
wind ………「風」的最常用字
breeze ……微風
gale…………狂風
gust…………陣風

複合 名 **wind instrument**(吹奏樂器, 管樂器),
windshield(美)(汽車的)擋風玻璃, (英) windscreen)

ind[2] [waɪnd; waɪnd] (注意發音) 三 **-s** [-z] 丙 **wound**
waund]; **-ing**
動 及 ❶扭緊(螺 | *Wind* (up) your watch every day.
絲・鐘錶發條 | 請每天將手錶上發條。
等); 捲 | She *wound* the yarn **into** a ball.
| 她將紗絨線捲成球。
❷旋轉(把手等) | He *wound* the handle.
| 他轉了把手。
不 ❶(道路, 河 | The path *winds* through the woods.
流等) 蜿蜒, 曲折 | 小路蜿蜒地穿過樹林。
❷纏繞, 盤繞 | The vine *winds* **around** a pole.
| 藤蔓纏繞著柱子。

indmill [ˈwɪnˌmɪl, ˈwɪnd-; ˈwɪnmɪl] 图 **-s** [-z]
图 風車(小屋) | There are many *windmills* in
| Holland. 荷蘭有許多風車。

windmills

water mill 水車

window [ˈwɪndo; ˈwɪndəʊ] 图 **-s** [-z]
名 ❶窗 | He shut the *window*.
| 他關了窗戶。
| She looked out of the *window*.
| 她望著窗外。
❷窗玻璃 (回) | Who broke the *window*?
windowpane | 是誰打破了窗子的玻璃?
複合 名 **show window**((商店的)陳列窗, 櫥窗)

windowpane [ˈwɪndoˌpen, -də-; ˈwɪndəʊpeɪn] 图 **-s**
[-z]
名 窗戶的玻璃 | He broke the *windowpane*.
⇨ window ❷ | 他打破了窗戶的玻璃。

windy [ˈwɪndɪ; ˈwɪndɪ] 比 **windier** 最 **windiest**
形 多風的; 風勢 | They started on a *windy* day.
強的 | 他們在一個颳風的日子裡出發。

wine [waɪn; waɪn] 图 **-s** [-z]
名 葡萄酒; 水果 | *Wine* is made from grapes.
酒; 酒 | 這酒是用葡萄釀成的。

wing [wɪŋ; wɪŋ] 图 **-s** [-z]
名 (鳥・飛機 | The bird spread its *wings*.
的) 翼, (昆蟲的) | 那鳥伸展翅牠的翅膀。
翅 | ▶ 一根鳥類的羽毛叫做 a feather.

wing

wing   feather

wink [wɪŋk; wɪŋk] 三 **-s** [-s] 图 **-ed** [-t]; **-ing**
動 不 ❶眨眼, 使 | The bright light made her *wink*.
眼色 | 亮光使得她眨眼睛。
| He *winked* **at** the pretty girl.
| 他向那位漂亮的小姐眨眼示意。
❷(星・光等)閃 | The stars were *winking* in the sky.
耀, 閃爍 | 星星在天空閃耀著。
━━ 名 **-s** [-s]
名 ❶眨眼; 眼色 | She gave him a knowing *wink*.
| 她拋給他一個會意的眼色。
❷瞬息, 一瞬間, | I didn't sleep a *wink*.
一眨眼間 | 我根本都沒睡。
| **in a** *wink* 一剎那間, 說時遲那時快

winner [ˈwɪnə; ˈwɪnə(r)] 图 **-s** [-z] 反 loser
名 勝利者 | Who was the *winner*?
| 誰贏了?

winter [ˈwɪntə; ˈwɪntə(r)] 图 **-s** [-z]
名 多天 | I often ski in (the) *winter*.
| 冬天時我經常去滑雪。
▶ 美國與我們一樣多天是十二・一・二月, 而英國則為
十一・十二・一月。
| in the *winter* of 1970 在 1970 年的
| 多天／last *winter* (在)去年的多天／
| this *winter* (在)今年的多天
複合 名 **the winter solstice**(冬至)
衍生 形 **wintry**(冬天的)

wipe [waɪp; waɪp] 三 **-s** [-s] 图 **-d** [-t]; **wiping**
動 及 ❶擦, 拭, | He *wiped* the floor with a mop.
抹 | 他用拖把擦拭地板。

❷擦掉(髒東西等) | He *wiped* the sweat **from** his brow.
他擦掉了額頭上的汗。

衍生 名 wíper(擦或抹的人;抹布或擦拭用的東西)

wire [waɪr; 'waɪə(r)] 複 -s [-z]

名 ❶金屬線 | This *wire* is too hard to bend.
這根金屬線硬得無法弄彎。

❷電線 | *Wires* carry electricity.
電線輸送電流。

❸(口語)電報 | I sent him a *wire* at once.
同 telegram | 我馬上打了電報給他。
by *wire* 以電報

—— 三 -s [-z] 過 -d [-d]; wiring

動 及 (口語)打電報,以電報通知 | I *wired* him to come back right away.
我打電報叫他馬上回來。

衍生 形 wìry(鐵絲狀的)

wireless [`waɪrlɪs; 'waɪəlɪs] 複 -es [-ɪz]

名 ❶無線電信;無線電話 | He sent news **by** *wireless*.
他以無線電報傳送新聞。

❷(英)(冠上 the)收音機 | I heard the news over the *wireless*.
我從收音機聽到那條新聞。

▶ 現在(美)亦普遍地 the radio。

wisdom [`wɪzdəm; 'wɪzdəm] (注意發音) 複 無

名 智慧;睿智,明智的行為 | He gained *wisdom* from his broad experiences.
他由廣泛的經驗得到智慧。

wise [waɪz; waɪz] 比 -r 最 -st

形 智慧的;明智的;聰明的;賢明的 | It was *wise* of you to refuse his invitation.
你拒絕他的邀請是很聰明的。

反 foolish | *wise* advice 明智的忠告

┌─▶ wise 和 clever ─
│ wise ………尤指知識、經驗豐富而有判斷能力。
│ clever………專指頭腦的「機靈」或手藝的「靈巧」。
└───

衍生 副 wìsely(賢明地) 名 wìsdom(智慧)

wish [wɪʃ; wɪʃ] 三 -es [-ɪz] 過 -ed [-t]; -ing

動 及 ❶希望;意欲,想要(做…) | I *wish* **to** stay.
我想要留下來。

▶ 較 want 意思強烈。 | I don't *wish* **to** give you any trouble. 我不想給你添任何麻煩。

┌─ 注意錯誤 ─
│ I *wish* to go. (我要去。)
│ I *wish* **him** to go. (我要他去。)
└───

❷要(某人替…做某事);想要得到 | Do you *wish* me **to** go there instead of you?
要不要我代你到那裡去?

❸但願是… | I *wish* I **were** rich.
(=I am sorry I am not rich.)
但願我是個富翁。

▶ 與假定語氣之動詞過去式連用。 | I *wished* I **were** rich.
我以前希望我是個富翁。
I *wish* I **could** fly like a bird.
但願我能像鳥一樣地飛翔。

▶「I wish+假定語氣之過去式」係表示不可能實現的現在的願望。wish 後面的 that 通常被省略。

❹假如…(不就更好)▶事實上秘密已經說了(與現在事實相反)。 | I *wish* you **had** not **told** him the secret. (=I am sorry you told him the secret.) 假如你沒有對他說那個秘密的話,不就更好。
我真希望幫上了你的忙。

事實上沒幫上忙(與過去事實相反) | I *wished* I **could have helped** you.
我但願那時能幫上你的忙。

❺(對他人的成功等)祝福,祝 | I *wish* you success.
祝你成功。
I *wish* you a pleasant flight.
祝你旅途愉快。
I *wish* you a Happy New Year.
恭賀新年快樂。

不 希望,企求 | We all *wish* **for** happiness.
我們都希望幸福。
You may go if you *wish*.
假如你想去,那就請便。

┌─▶ wish for ─
│ 「他不求任何報酬。」
│ (誤)He does not wish any reward.
│ (正)He does not *wish* **for** any reward.
└───

—— 複 -es [-ɪz]

名 ❶希望;願望 | His *wish* is to be a novelist.
他的希望是成為一個小說家。

❷想要的東西,希望的事物 | She has got her *wish* at last.
她終於得到她想要的東西。

❸(通常用複數)祝頌 | Please send her my best *wishes*.
請代我問候她。

❹(通常用複數)意向,意願 | You have to consider his *wishes*.
你必須考慮他的意向。

wit [wɪt; wɪt] 複 -s [-s]

名 ❶(可用複數)理解力;頭腦智力;才智 | Use your *wits*. 用你的頭腦吧。
She doesn't have the *wit* to see through the trick.
她缺乏看穿這詭計的能力。

❷機智 | His speech was full of *wit*.
他的演說很富機智。

be at one's *wit's* [*wits'*] *end*
不知所措 | I *was at* my *wit's* end because I had no money with me.
我因為身上沒帶錢,因而不知所措。

衍生 形 wìtty(富於機智的)

witch [wɪtʃ; wɪtʃ] 複 -es [-ɪz]

名 巫婆,女巫
▶ 男巫用 wizard [`wɪzəd]。
▶ 古時候亦指「男巫」。

wizard   witch

複合名 wìtchcráft(巫術)

with [wɪð, wɪθ; wɪð]

介 ❶(同伴)與……一起,偕同 | Come *with* me. 跟我一起來。
Don't play *with* him.
不要和他一起玩。

❷(攜帶)帶…在身上	Take an umbrella *with* you. 帶把雨傘去吧。 I have no money *with* me. 我身上沒有帶錢。 ▶ 倘若省略 with me 僅爲"I have no money.", 則無法確定究竟是「沒帶出來」或者是「回家也沒有」, 但通常可由前後關係來了解。
❸(附有)有…	There was a box *with* a lid on the desk. 桌上有一只有蓋子的盒子。 a man *with* long hair 留長髮的男人
❹(手段・道具)用…	He wrote the letter *with* a pencil. 他用鉛筆寫那封信。 ▶「用墨水」應爲 in ink。 She had no knife to cut the meat *with*. 她沒有刀子可用來切那塊肉。

▶ **with 和 by**

「他被槍殺。」
(誤) He was killed by a pistol.
(正) He was killed with a pistol.
▶ 在被動語氣後面用 with 時通常表示「道具」, 用 by 時表示「行爲者」。

❺(材料)以…, 用以…	Fill the glass *with* wine. 把杯子斟滿葡萄酒。
❻(同住)在…家	He is staying *with* his uncle. 他住在他叔叔家裡。
❼(關係)關於, 對於	What is the matter *with* him? 他怎麼啦? It is the custom *with* the Chinese. 那是中國人的習慣。
❽(對立)與…對抗	He quarreled *with* his friends. 他和朋友爭吵。
❾(協調)與…意見相同	I agree *with* you. 我贊同你的意見。
❿(同時)與…同時	*With* these words he went out. 他說完這些話就出去了。
⓫(原因・理由)因爲…	He was absent *with* a cold. 他因爲感冒而缺席。 ▶ 不說 for a cold. She was trembling *with* fear. 她因恐懼而發抖。
⓬(分手)與…離開	I parted *with* her at the entrance. 我在入口處和她分手。
⓭(態度・神情等)…地	He can read French *with* ease. 他能輕易地讀法文。 He swam across the river *with* difficulty. 他好不容易才游過那條河。

with ease = without difficulty = easily (輕易地)
with difficulty (費力地)

⓮(附帶狀況)以…狀態 ▶ 此句法爲「with＋受詞＋補語(形容詞・分詞・副詞)」。	I sleep *with* the windows **open**. 我開著窗睡覺。 *With* night **coming on**, we started for home. 夜晚將臨, 我們便動身回家。 He went out *with* his hat **on**. 他戴著帽子出門。
with all one's... 雖然…; 儘管…	*With all* his efforts, he lost the match. 雖然盡了全力, 但他仍輸了那場比賽。

withdraw [wɪð`drɔ, wɪθ-; wɪð'drɔ:] [三] **-s** [-z] [不] **withdrew** [wɪð`dru]; **withdrawn** [wɪð`drɔn]; **-ing**

[動][及] ❶縮回	He *withdrew* his hand **from** the stove. 他由火爐縮回他的手。
❷撤回, 取消	He *withdrew* his statement. 他撤回了他的聲明。
[不] 退走, 撤走	She *withdrew* **from** the room. 她退出了那個房間。

[衍生] [名] **withdrawal** (退去; 撤回)

wither [`wɪðɚ; 'wɪðə(r)] [三] **-s** [-z] [規] **-ed** [-d]; **-ing** [`wɪðərɪŋ]

[動][不] 凋謝, 枯萎	The flowers will *wither* if you don't water them. 花不澆水就會枯萎。
[及] 使凋謝, 使枯萎	The hot sun *withered* the grass. 炎熱的陽光, 使青草枯萎了。

withhold [wɪθ`hold, wɪð-; wɪð'həʊld] [三] **-s** [-z] [不] **withheld** [wɪθ`hɛld]

[動][及] 不肯給與; 押住	The principal *withheld* his consent. 校長未予同意。

within [wɪð`ɪn, wɪθ`ɪn; wɪ'ðɪn] [反] without

[介] ❶…以內; …之範圍內	The train will arrive *within* an hour. 火車將在一小時以內到達。 We came *within* **sight of** the island. 我們到了可看見那個島的地方。

▶ **in 和 within**

in an hour (一小時後)
within an hour (一小時以內)

❷在…之內部	He still hides himself *within* the city. 他仍藏身在市內。 ▶ 在這種意思時通常用 inside。

without [wɪð`aut, wɪθ-; wɪ'ðaʊt] [反] within

[介] ❶沒有帶…; 不…	He went out *without* a hat. 他沒有戴帽子出去。
❷假如沒有… [同] but for ▶ 這種用法之主句動詞, 通常用假定語氣。	*Without* air, we could not live. 沒有空氣, 我們就不能生存。 *Without* your advice, I would have failed. 假如沒有你的忠告, 我可能已失敗。
❸沒有做…	He went out *without* lock**ing** the door. 門沒上鎖, 他就出去了。
do without ... 沒有…也行, 不用…也可應付	I cannot *do without* my glasses. 我不戴眼鏡不行。
It goes without saying that ... [同] needless to say …是不消說的; …是非常明白的	*It goes without saying that* health is important. 健康的重要是不消說的。
not [***never***] ***... without*** V***ing*** 一…必…	They *never* meet *without* quarrel*ing*. 他們一見面必吵架。

withstand [wɪθ`stænd, wɪð-; wɪð'stænd] [三] **-s** [-z] [不] **withstood** [wɪθ`stud]

動⑫ 抵抗；承受 | The bridge *withstood* the flood.
　　　　　　　| 那座橋樑雖經洪水侵襲，仍安然無恙。

witness [`wɪtnɪs; 'wɪtnɪs] 魏 -es [-ɪz]

名❶目擊者 | He is a *witness* of [to] the accident.
　　　　　| 他是那件意外事件的目擊者。

❷(在法庭上的) | He was called as a *witness* at the
證人　　　　 | trial. 他被傳作審判的證人。

❸證據，證言，證 | I can bear *witness* to his innocence.
明　　　　　 | 我可證明他是無罪的。

—— 🖲 -es [-ɪz] 魏 -ed [-t]; -ing

動⑫ 目擊 | I *witnessed* the murder.
　　　　 | 我目擊那椿謀殺案。

woe [wo; wəʊ] 魏 -s [-z]

名(詩語)悲哀 | His *woe* was beyond description.
苦惱　　　　 | 他的悲哀遠非言語所能描述。

woke [wok; wəʊk] 動 wake(醒來)的過去式‧過去分詞

wolf [wʊlf; wʊlf] 魏 wolves [wʊlvz]

名(動物)狼 | Three *wolves* attacked a horse.
　　　　　 | 三隻狼襲擊了一匹馬。

woman [`wʊmən; 'wʊmən] 魏 women [`wɪmɪn, -ən] (注意發音)

名❶(成人的) | Who is that *woman*?
女人，婦女　 | 那位女人是誰？

▶女孩或未成年之女性是 a girl。

❷(不帶冠詞)女 | *Woman* is physically weaker than
性 魏 man | man. 女性在體上較男性爲弱。

――▶ female, woman, lady――
female ……性別上之「女性」，不分老少。有時亦用於
　　　　　動物之「雌性」。
woman ……表示「成年女性」的一般用語。
lady　……指「淑女」，或對 woman 的客套說法。

――▶ woman teacher 之複數形――
複合語中，若第一字爲 man 和 woman 時，構成的兩
個字都必須改變成複數。
women teachers, men servants, women friends,
women clerks, women students
第一字爲 man, woman 以外的字，複合語之最後一
字改成複數。
girl friends, lady typists, maid servants

――▶ woman 之形容詞――
womanly ……婦女的；合於女子的；女子般的。
　　　　　　用作好的意思。
womanish ……不像一個男人的，娘娘腔。
　　　　　　用於諷刺沒有男子氣概的男人。
⇨ female, feminine

women [`wɪmɪn, -ən; 'wɪmɪn] (注意發音) 名 woman 之複數形

won [wʌn; wʌn] 動 win(贏)之過去式‧過去分詞

wonder [`wʌndə; 'wʌndə(r)] 魏 -s [-z]

▶不要與 wander [`wɒndə] (徘徊)相混淆。

名❶驚奇 | She looked around in *wonder*.
　　　　| 她驚奇地環顧四周。

❷奇觀；不可思 | The pyramids are one of the seven
議的事物　　 | *wonders* of the world.

　　　　　　 | 金字塔是世界七大奇觀之一。
　　　　　　 | It is a *wonder* **that** he is alive.
　　　　　　 | 他還活著，簡直是不可思議。

it is no wonder that …= No wonder that …
…不足爲奇，難 | *It is no wonder* [*No wonder*] *that*
怪… | he has failed.
　　| 他的失敗，不足爲奇。

――㈢ -s [-z] 魏 -ed [-d]; -ing [`wʌndərɪŋ]

動⑫❶不曉得 | I *wonder* if he will succeed.
…▶與疑問子 | 我不知道他會不會成功。
句，或由 | I *wonder* when he came in.
whether‧if 引 | 我不知道他是什麼時候進來的。
導的子句連用。

❷對…感到驚 | I *wonder* (**that**) he was not caught
訝，對…感到詫 | by the police.
異 | 我很驚訝他怎麼會不被警察抓到呢。

不 驚愕，驚奇； | I *wondered* **at** his learning.
驚服 | 我驚服他的學識。

wonderful [`wʌndəfəl; 'wʌndəfʊl]

形❶令人驚奇 | He told me a *wonderful* story.
的，奇妙的 | 他講了一個奇妙的故事給我聽。

❷(口語)太好， | Niagara Falls is a *wonderful* sight.
太妙 | 尼加拉瀑布的景色，令人嘆爲觀止。

衍生 副 **wŏnderfully**(驚人地；神妙地)

wont [wʌnt, wont; wəʊnt] 🖲 accustomed

形(敘述用法) | He was *wont* **to** have breakfast in
習慣於… | bed.
　　　　　| 他慣常在床上吃早餐。

won't [wont, wʌnt; wəʊnt] will not 之縮寫

　　　　　　 | *Won't* you have a cup of tea?
　　　　　　 | 要不要喝一杯茶？

wood [wʊd; wʊd] 魏 -s [-z]

名❶(常用複數 | He went for a walk in the *woods*.
形)樹林 | 他到樹林內去散步。

▶ wood 較 forest(森林)爲小。

❷木材，木頭；柴 | This chair is made of *wood*.
　　　　　　 | 這個椅子是木頭做的。

複合 名 **wŏodcútter**(樵夫)，**wŏodland** [-lənd](森林地帶)，**wŏodpécker**(啄木鳥)

wooden [`wʊdn̩; 'wʊdn̩] ⇨ golden

形(限定用法) | The room was full of *wooden*
木製的 | furniture.
　　　　 | 那個房間內擺滿了木製的家具。

wool [wʊl; wʊl] (注意發音) 魏 無

名❶羊毛；毛線 | My sweater is made of *wool*.
　　　　　　 | 我的毛織衣是羊毛做的。

❷毛織物，羊毛 | We usually wear *wool* in winter.
製品 | 我們在冬天通常穿羊毛衣。

衍生 形 **wŏolen**, 魏 **wŏollen**(羊毛的)，魏 **wŏoly**, **wŏolly**(羊毛的；像羊毛製的)

word [wɜd; wɜːd] 魏 -s [-z]

名❶字，單字， | Don't use difficult *words*.
…語 | 不要用難懂的字。
　　| He didn't say a *word* about it.
　　| 他對那件事，一句話都沒有說。
　　| English *words* and idioms
　　| 英文單字和慣用語

❷(有)話, 一句
話
I want to have a *word* **with** you.
我有些話想要和你說。

He gave her **a** *word* **of** advice.
他給她一句忠告。

❸(冠上 one's)
約束
He always keeps his *word*.
他向來信守承諾。

❹promise
He broke his *word*. 他食言了。

He is a man of his *word*.
他是個言而有信的人。

❺(不帶冠詞)消
息, 音訊
No *word* has come from him.
一直沒有接到他的音訊。

man of few words 反 a man of many words
▶ 指女性用 a woman of few words。

a word
In a word, I don't trust him.
一言以蔽之,我不信任他。

other words
In other words, he betrayed us.
換言之,他出賣了我們。

ore [wor, wɔr; wɔː(r)] 動 wear(穿著)之過去式

ork [wɝk; wɜːk] 名 -s [-s]

動❶工作;勞動
He did the *work* alone.
他一個人做了那工作。

反play
Few people like hard *work*.
很少人喜歡粗重的工作。

They are hard **at** *work*.
他們在認真工作。

──▶ a work, works 均係錯誤──
「我有很多工作要做。」
(誤)I have many *works* to do.
(正)I have a lot of work to do.

❷職業, 工作
He found *work* at the bank.
他在銀行找到工作(職業)。
▶ 不說 found a work。

He is **out of** *work*. 他正在失業中。

❸作品;著作;製
造物
I read your latest *work*.
我讀了你最近的著作。

the *works* of Shakespeare
莎士比亞之作品集

單獨一部的作品是 a work, 複數則爲 works。

a work a work a work

the works

❹(用複數形)工
廠
The steel*works* was [were] closed.
那座煉鋼廠被關閉了。

▶ 可當作單
數或複數名詞。
an iron*works* 鐵工廠

═ -s [-s] 動 -ed [-t]; -ing

動不❶工作;努
力地做…
They *work* from morning till night.
他們從早工作到晚。

They *work* hard at school.
他們在學校很用功。

❷服務於
He *works* **for** a publishing company.
他在出版社服務。

❸(機器 · 器官
等)活動, 運轉
The brake didn't *work*.
剎車失靈。

❹(藥物)生效
The medicine *worked* like magic.
那藥有奇效。

及 操作(機器 ·
道具等);使生效
Do you know how to *work* this machine?
你知不知道如何使用這部機器?

複合 名 **wòrkman** [-mən](勞工;工匠;工人)**wòrkshóp**
(工作場所;工廠;美 研究集會)

衍生 名 **wòrker**(工作者;努力…的人;勞工;作業員)

world [wɝld; wɜːld] 名 -s [-z]

名❶(加 the)世
界, 天下;地球
She made a trip around **the** *world*.
她環遊世界一周。

❷(冠上 the)全
世界的人
His suicide shocked **the** *world*.
他的自殺震撼了全世界的人。

❸(加 the)世
間, 世人
The whole *world* knows it.
世人皆知那事。

❹…界
He is a big figure in the business *world*.
他在商業界是一位很有聲望的人。

not...for (all) the world
(用否定式)決
不…
I wouldn't do it *for the world*.
我絕不做那事。
▶ 原義爲「把全世界給我,我也不幹」。

in the world ·
(用以強調疑問
詞) 究竟
What *in the world* are you thinking about?
你究竟在想什麼?

複合 名 **Wòrld Wàr I** [wʌn](第一次世界大戰同 the
First World War), **Wòrld Wàr II** [tu](第二次世界大
戰同 the Second World War)

worldly [`wɝldlɪ; 'wɜːldlɪ] 比 -lier 最 -liest

形現世的, 世俗
的;非精神上的
She enjoys parties, dances, and other *worldly* pleasures.
她喜歡派對,跳舞和其他世俗的娛樂。

同earthly
反spiritual

worm [wɝm; wɜːm] 名 -s [-z]
▶ 注意勿與 warm(溫暖)相混淆。

名蟲
Birds feed on *worms* and grain.
鳥以蟲和穀物爲生。

──▶ worm 和 insect──
worm ……毛蟲類等軟蟲。
insect ……甲蟲、蠅、蚊等昆蟲類。

worn [worn, wɔrn; wɔːn] 動 wear 之過去分詞 (-ing)

worry [`wɝɪ; 'wʌrɪ] 三 **worries** [-z] 過 **worried** [-d];

動及❶使煩惱
Don't *worry* her. She's busy.
她很忙,不要煩她。

❷使憂慮
He *is worried* **about** his son.
他爲兒子而煩惱。

不 (爲…)發愁,
煩惱
Don't *worry* **about** that.
別爲那事發愁。

── 名 **worries** [-z]

名煩惱, 憂慮;
煩惱的事
Worry kept her awake all night.
憂慮使她徹夜未眠。

She has a lot of *worries*.
她有許多煩惱。

worse [wɝs; wɜːs] 形 bad, ill 的比較級

更壞(糟)
The situation is getting *worse*.
情況越來越壞。

反better

The patient is much *worse* today.
病人的病情今天更加惡化。

and what is worse = to make matters worse
更糟的是

To make matters worse, he fell ill.
更糟的是他病倒了。

— 副 badly, ill 比較級
較差,更壞

He sang *worse* than before.
他唱得比以前差。

worship [ˈwɜʃəp; ˈwɜ:ʃɪp] 輿 無
名 崇拜;禮拜

Ancestor *worship* is widely seen in the world.
拜祖先在世界各地均可看到。

— 美 -s [-s] 輿 -ed [-t] 美 worshipped [-t]; -ing 英
worshipping

動 輿 崇拜

worship God 拜神/*worship* heroes
崇拜英雄

衍生 名 wòrshiper, 英 worshipper (崇拜者;崇敬者)

worst [wɜst; wɜ:st] 形 bad, ill 的最高級 反 best

bad
ill } —— 比 worse —— 最 worst

(加 the) 最壞的;最差的

He is **the** *worst* boy in the class.
他是班上最壞的孩子。

▶ 在敘述用法時,不加 the。

His homework was *worst*.
他的家庭作業做得最差。

— 副 badly, ill 之最高級
最壞地

Who sang *worst* of all?
歌唱得最不好的是哪一位?

— 名 (加 the)
最壞之事態

You had better prepare for **the** *worst*. 你最好作最壞的打算。

worth [wɜθ; wɜ:θ] ▶ 敘述用法
形 有…的價值;值得…

The vase is *worth* 500 dollars.
那隻花瓶值 500 元美金。

▶ 有的學者將之視為「介系詞」

His new novel is *worth* reading.
他的新小說值得一讀。

it is worth (one's) while V*ing* [*to* V] ⇨ while
做…是有價值的

It is worth while visit*ing* the temple. 那座寺廟值得去看。
It is worth your *while to* go there. 那裡很值得去。

▶ worth while 後面常用 -ing, worth one's while 後面常用不定詞 to。

▶ 注意句型構造
「那本書值得一讀。」
(誤) The book is worth while reading.
(正) The book is *worth* reading.
(正) It is worth *while* reading the book.

— 輿 無
名 價值
同 value

Nobody knew the true *worth* of his work. 沒人知道他的工作的真實價值。

複合 形 wòrthwhìle (值得去花時間或「費腦筋」) ▶ 僅用於形容用法。)

衍生 形 wòrthless (沒有價值的,不值得的)

worthy [ˈwɜðɪ; ˈwɜ:ðɪ] 比 worthier 最 worthiest
形 ❶ 有價值的;可敬的

The teacher is a *worthy* man.
那個老師是一位可敬的人物。

❷ 值得…;應得的

His behavior is *worthy* of praise.
他的行為值得稱讚。 ▶ 亦有 be *worthy* to be praised 之形式。

⇨ worth

would [(強) wʊd; wʊd (弱) wəd; wəd] 助 will 之過去式
❶ (表示決心或意向) 要…

He said, "I will go."
(直接說法)

▶ 因時間要一致,故主句之動詞為過去式而附屬子句之 will 亦為過去式。

He said that he *would* go.
他說過他要去。

❷ (用於假設語氣之結果子句) 就會(要)…

If I had money, I *would* go abroad.
假如我有錢,我就會到國外去。

If he had been there, he *would* have helped you.
假如他那時候在場,他就會幫助你的。

❸ (用於假設語氣之條件子句) 有意…;肯;會

If you *would* only try, you could do it. 只要你肯嘗試,你一定能做這件事。

❹ (過去之習慣) 常…做(過)
⇨ used to

He { *would* / *used to* } play baseball here.
他以前常在這裡打棒球。

— ▶ *would* 和 *used to* —

used to 不只用來表示「過去之習慣」,有時亦用於「過去之狀態」,但是 *would* 只用以表示「過去之反覆動作」,而沒有表示「狀態」。
「他以前是一個文靜的少年。」
(正) He used to be a quiet boy.
(誤) He would be a quiet boy.

❺ 總是要…
⇨ will¹ ❹

He *would* not help me.
他總是不願意幫我的忙。

❻ (謙恭的請教) 可否…

Would you (please) tell me the way? 可否請您告訴我怎麼走?

— ▶ 向人請教的各種說法 —
Please tell me the way.
Will you tell me the way?
Would you tell me the way?
Would you mind telling me the way?
▶ 越下排的說法越謙恭。

複合 形 wòuld-bé (有希望成為…;自稱為…)

wouldn't [ˈwʊdnt; ˈwʊdnt] would not 之縮寫

wound¹ [waʊnd; waʊnd] 動 wind (捲) 之過去式·過去分詞

wound² [wund; wu:nd] (注意發音) 輿 -s [-z]
名 負傷,創傷;傷口

Blood was pouring from his *wound*.
他的傷口血流如注。

▶ wound 為刀劍·槍等造成的傷,而 injury, hurt 是因事故而受的傷。

— 美 -s [-z] 輿 -ed [-id]; -ing
動 輿 使負傷;傷害(感情等)

Thirty soldiers were *wounded*.
三十個士兵受了傷。
Her behavior *wounded* him deeply
她的行為傷透了他的心。

衍生 名 the wòunded (受傷者)

wrap [ræp; ræp] 美 -s [-s] 輿 wrapped [-t] 古 wrapt [-t]; **wrapping**

動⊗ 包,捲 | She *wrapped* (**up**) the bananas in paper. 她用紙將香蕉包起來了。
| She *wrapped* a scarf **around** her neck. 她的脖子圍了一條圍巾。
衍生名 **wrăpper**(包裝紙)

reath [riθ; ri:θ] 徵 **wreaths** [riðz]
名花圈,花冠
衍生動 **wreathe** [rið]
編「花圈」)

reck [rɛk; rek] 徵 **-s** [-s]
名①(船隻等) | The ship was saved from *wreck*. 那隻船被救而幸免於難。
船難,失事
②破毀的船隻; | The gale caused a lot of *wrecks*. 大風使許多船隻受損。
殘骸
動⊗ 使破毀;破 | The storm *wrecked* the ship. 暴風雨摧毀了那艘船。
壞
衍生名 **wrĕckage**(殘骸;破毀後之殘餘物)

rench [rɛntʃ; rentʃ] 徵 **-es** [-ɪz] 徵 **-ed** [-t]; **-ing**
動扭轉,扭掉 | He *wrenched* the knob **off** the door. 他扭斷了門的把手。

restle [`rɛsl; 'resl] 徵 **-s** [-z] 徵 **-d** [-d]; **wrestling**
動不角力,摔 | The two men *wrestled*. 那兩個男人扭打起來了。
角;爭鬥
衍生名 **wrĕstler**(角力選手),**wrĕstling**(角力,摔角)

retch [rɛtʃ; retʃ] 徵 **-es** [-ɪz]
名可憐的人,不 | The poor *wretch* asked for food. 那個可憐的人乞求食物。
幸的人;卑鄙的

etched [`rɛtʃɪd; 'retʃɪd] (注意發音) 比 **-er** 徵 **-est**
形①可憐的,不 | The widow was leading a *wretched* life. 那位寡婦過著悲慘的生活。
幸的,悲慘的
② miserable
③糟透的,不好 | *wretched* food 糟透的食物／
的;討厭的 | *wretched* weather 討厭的天氣

-ing [rɪŋ; rɪŋ] 徵 **-s** [-z] 徵 **wrung** [rʌŋ]; **-ing**
動⊗①(溼布・ | She *wrung* her wet swimming suit. 她絞乾了她的溼泳衣。
衣服等)絞,擰
②勒索,強奪 | He *wrung* a large sum of money **from** me. 他勒索了我一大筆錢。

inkle [`rɪŋkl; 'rɪŋkl] 徵 **-s** [-z]
名(衣服・肌膚 | She ironed out the *wrinkles* in her dress. 她用熨斗燙平了衣服上的皺紋。
上的)皺紋
徵 **-s** [-z] 徵 **-d** [-d]; **wrinkling**
動不⊗ 起皺紋; | This kind of cloth *wrinkles* easily. 這種布容易皺。
起皺紋

ist [rɪst; rɪst] 徵 **-s** [-s]
名手腕

wrist
watch(手錶),亦說 a wrist watch

ite [raɪt; raɪt] 徵 **-s** [-s] 徵 **wrote** [rot]; **written**
rɪtn]; **writing**
動不①書寫;寫 | He is learning to *write*. 他在學習寫字。

| Write in ink or with a pencil. 用墨水或鉛筆書寫。

▶ 英語中的「用…寫」
「用墨水寫」 *write* in ink
「用鋼筆(鉛筆・粉筆)寫」 *write* with a pen [a pencil, a piece of chalk]
▶ in pencil, in chalk 通常所表示的意思是「以鉛筆寫成的」「以粉筆寫成的」。

②(替…)寫文 | He sometimes *writes* **for** newspapers. 他有時替報社寫文章。
章,著作
③寫信 | He *wrote* **to** me to send him money. 他來信要我寄錢給他。
⊗①寫 | *Write* your phone number. 請寫下你的電話號碼。
②寫信 | I'll *write* you a letter. 我會寫信給你的。
| He *wrote* me the news. 他寫信告訴我那個消息。

▶ 英語中的「寫信」
「我會寫信給你的。」
I'll *write* you a letter.
I'll *write* a letter to you.
I'll *write* to you.
I'll *write* you. ▶ 口語式的說法。

write down | I *wrote* *down* his phone number. 我記下了他的電話號碼。(成之文件)
記下來
衍生名 **wrìter**(作家;著作人),**wrìting**(書寫;筆跡;寫）

written [`rɪtn; 'rɪtn] 動 write 之過去分詞
形用寫的 | a *written* examination 筆試 ▶「口試」為 an **oral** examination。*written* English 文章式英語 ▶「口語式英語」為 **spoken** English。

wrong [rɔŋ; rɒŋ]
形①(在道德上)不對的 | It was *wrong* of you **to** tell a lie. 你說謊是不對的。
②錯的,不正確的 | I took the *wrong* train. 我搭錯了火車。
| Sorry, you have the *wrong* number. 對不起,你打錯了。(電話英語)
③有故障的;不對勁的 | Something is *wrong* **with** the engine. 引擎有點不對勁。
④(衣物等)反面的 | You are wearing it *wrong* **side out**. 你把衣服穿反啦。
副不好地,錯地 | He spelt my name *wrong*. 他拼錯了我的(英文)名字。
徵 **-s** [-z]
名①壞事;錯誤;非 | He doesn't know the difference between right and *wrong*. 他分不清是非。
⊗ right
②不當的行為;不公平;冤屈 | He has done her a great *wrong*. 他做了對她很不好的事。
be in the wrong ▶ 較 be wrong 強些。
錯誤;不好 | You *are* both *in the wrong*. 你們兩位都錯了。
衍生副 **wrŏngly**(不當地;不該地;錯誤地)

— X, Y, Z —

Xmas [ˋkrɪsməs; ˈkrɪsməs] ⓹ **-es** [-ɪz]
名 聖誕節 ┊ *Xmas* cards 聖誕卡
► Christmas 的簡寫。字首以希臘字母 X (意指基督) 來取代 Christ, 而用於廣告性文字中。
► 加上省略符號 (') 而成 X'mas 是錯的。

X ray, x ray, X-ray, x-ray [ˋɛksˋre; ˈeksreɪ]
⓹ **-s** [-z]
名 ❶ (用複數) X ┊ *X rays* are used in medical
光, 樂琴線 ┊ treatment. X 光被用於醫療上。
► X 光亦可根據發現者樂琴的姓而稱為 Roentgen rays, 但在英國和美國, 一般作 X rays。
❷ X 光照片, 樂 ┊ an *X ray* of the chest
琴線照片 ┊ 胸部的 X 光照片

X-ray, x-ray [ˋɛksˋre; ˈeksˌreɪ]
形 X 光的 ┊ an *X-ray* photograph X 光片

xylophone [ˋzaɪləˌfon; ˈzaɪləfəʊn] ⓹ **-s** [-z]
名 木琴 ┊ Can you play the *xylophone*?
┊ 你會彈木琴嗎?

yacht [jɑt; jɒt] (注意拼法・發音) ⓹ **-s** [-s]
名 遊艇, 快艇 ┊ He bought a *yacht* last summer.
┊ 去年夏天他買了一艘遊艇。
► 包括備有小帆而供競賽用的快艇, 以及私人的豪華遊艇。後者一般不備大帆, 而以馬達為動力。

yard¹ [jɑrd; jɑːd] ⓹ **-s** [-z]
名 碼 ┊ The street is forty *yards* wide.
► 長度的單位 ┊ 那條街有 40 碼寬。
┊ sell cloth by the *yard* 論碼賣布

────► 長度的單位 ────
1 inch＝約 2.5 cm	
1 foot＝約 30 cm	1 foot＝12 inches
1 yard＝約 91 cm	1 yard＝3 feet
1 mile＝約 1,609m	

yard² [jɑrd; jɑːd] ⓹ **-s** [-z]
名 ❶ 庭院, 天井 ┊ I parked the car in the front *yard*.
┊ 我將汽車停在前院裡。

────► yard 與 garden ────
garden ……⓹ 一般是指為美化環境而栽植花草、樹木、草坪的庭院。⓹ 也常將之稱為 yard。
yard ………在房子四周以牆、柵欄等圍成的土地, 或為建築物所圍成, 但未栽植草木的磚石地面。

❷ (主要用於複 ┊ a school *yard* 學校的運動場／a
合字) 圍地, 場 ┊ brick*yard* 磚廠／a church*yard* 毗連
地; 工作場 ┊ 教堂的墓地

yarn [jɑrn; jɑːn] ⓹ 無 ►「縫衣的線」是 thread。

名 (紡織用的) ┊ They spin cotton into *yarn*.
紗線; 毛線 ┊ 他們將棉花紡成棉紗。

yawn [jɔn; jɔːn] (注意發音) ⊜ **-s** [-z] ⓹ **-ed** [-d]; **-ing**
動 不 打呵欠 ┊ He's *yawning* again.
┊ 他又在打呵欠了。

──── ⓹ **-s** [-z]
名 呵欠 ┊ The baby gave a big *yawn*.
┊ 這嬰孩打了一個大呵欠。

year [jɪr; jɪə(r)] ⓹ **-s** [-z]
名 ❶ 年, 1 年 ┊ There are twelve months in a *year*.
┊ 1 年有 12 個月。
┊ It is five *years* [Five *years* have
┊ passed] since we knew each other.
┊ 我們已經相識五年了。
┊ He will go to France next *year*.
┊ 他明年將到法國去。
► this *year* (今年), last *year* (去年), the *year* before last (前年), the *year* after next (後年) 等, 不加冠詞而作副詞使用。

❷ …歲, 年齡 ┊ He is sixteen *years* { old.
┊ of age. (生硬)
┊ 他今年 16 歲。
► 口語上僅說 "He is sixteen." 即可
┊ *Years* bring wisdom.
┊ 智隨歲長。(諺語)
┊ She looks young for her *years*.
┊ 她看起來比實際年紀要輕。

────► 英語中的「10 歲的小孩」────
1) a ten-year-old child ► year 為單數。
2) a child ten years old
3) a child of ten
4) a child of ten years of age
5) a child of ten years old

all the year round
一年到頭 ┊ In Hawaii they have flowers *all the year round*.
┊ 夏威夷一年到頭都開著花。

from year to year＝year after year＝year by year
年年, 每年, 一年 ┊ *From year to year* pollution is
一年地 ┊ worsening.
┊ 污染的問題一年比一年嚴重。
衍生 形 副 y**early** (每年一次地 (的); 每年地 (的))

yearn [jɜn; jɜːn] ⊜ **-s** [-z] ⓹ **-ed** [-d]; **-ing**
動 不 ❶ 思念, 嚮 ┊ He *yearned* **for** [**after**] his mother.
往 ┊ 他想念他的母親。
❷ 渴望 ┊ She *yearned* to succeed.
┊ 她渴望成功。

yell [jɛl; jel] ⊜ **-s** [-z] ⓹ **-ed** [-d]; **-ing**

動 不 大聲喊叫；
呼喊；號叫 | He *yelled* with pain.
他因疼痛而大叫。

— 複 **-s** [-z]

名 叫聲；嚷叫
聲；呼喊聲 | He gave a *yell* **for** help.
他大聲呼救。

ellow [ˈjɛlo; ˈjeləʊ] 比 **-er** 最 **-est**

形 ❶黃色的
❷黃皮膚的▶
指人種時，稍有
輕蔑的意味。 | a *yellow* canary 黃色的金絲雀
Some peoples are called *yellow*
races. 有些民族被稱爲黃色人種。

— 複 無

名 黃色 | *Yellow* is her favorite color.
黃色是她最喜愛的顏色。

en [jɛn; jen] 複 **yen** ▶
名 日圓 ▶日本
的貨幣單位。 | 簡寫爲¥。
The dictionary is four thousand
yen. 這本字典要 4,000 日圓。

es [jɛs; jes]
副 ❶是 | "Will you come?" "*Yes*."
「你會來嗎?」「是的。」

▶—— 也有「不」的意思 ——

回答否定的問句時，有「不」的意思。
"Do you like cats?" "*Yes*, I do."
「你喜歡貓嗎?」「是的，我喜歡。」
"Don't you like cats?" "*Yes*, I do."
「你不喜歡貓嗎?」「不，我喜歡貓。」
▶ "No, I don't." 則是「是的，我不喜歡貓」的意思。

❷(用上升的音
調)眞的嗎?, 哦? | "I spoke to her." "*Yes*?"
「我對她說了。」「哦?」

esterday [ˈjɛstɚdɪ, -ˌde; ˈjestədɪ] 複 無

名 ❶昨天，昨日 | *Yesterday* was my birthday.
昨天是我的生日。
yesterday's paper 昨天的報紙

❷(當作形容詞)
昨天的 | They arrived *yesterday* morning.
他們在昨天早上到達了。

昨天早上……*yesterday* morning ▶都不加
昨天下午……*yesterday* afternoon on 或 in 等。
昨天晚上……*yesterday* evening
昨夜…………last night

(the) day before yesterday
前天 | The accident happened *(the) day*
before yesterday.
那件意外在前天發生。

▶ 美 在口語中，有時將 the 省略。
▶ 「後天」是 (the) day after tomorrow。
▶ 也可當作名詞或副詞使用。作名詞用時要加 the。

— 副 昨天，昨日 | We had no school *yesterday*.
我們昨天沒上課。

et [jɛt; jet]
副 ❶(在否定句
中)尚未；迄今 | He is **not** here *yet*.
他還沒有來這裡。
I have received **no** news *yet*.
我還沒有收到任何消息。

❷(在疑問句中)
已…了? | Has he come *yet*?
他已經來了嗎?

▶—— 注意區別 ——

Is he back *yet*? (他已經回來了嗎?)
Is he back *already*? (他早就回來了嗎?)
▶ 言下之意是「怎麼這麼快」，表示意外驚訝。
He is *already* back. (他早就回來了。)
▶ 不要說 "He is back *yet*."。

❸(在肯定句中)
仍，依然，猶 | The poor girl loves him *yet*.
這可憐的女孩仍然愛著他。
▶ 這種意義的 yet 稍帶有文言的語氣，口語上一般常用
still。

❹(用來加強比
較級)更 | I have a *yet* harder task to do.
我有一項更困難的工作要做。

同 still

as yet
(文語)迄今 | The plan has not been carried out
as yet. 直到目前爲止，那項計畫還沒有
被實行。

— 連 依然，然而 | The war ended, *yet* the people were
miserable. 戰爭雖已結束，但人民仍然
過著悲慘的生活。

yield [jild; jiːld] 三 **-s** [-z] 過 **-ed** [-ɪd]; **-ing**

動 及 ❶出產；生
產 | The cows *yield* good milk.
那些母牛能生產好牛乳。

❷(被迫)退讓；
放棄 | They *yielded* their land **to** the
invaders.
他們將土地拱手讓給侵略者。

不 ❶生產農作
物 | Our farm *yields* well.
我們農場的生產量很豐富。

❷投降；屈服 | The champion *yielded* **to** the
challenger.
那衛冕者向挑戰者俯首稱臣。

yoke [jok; jəʊk] 複 **-s** [-s]
名 軛

yoke

▶ 注意勿與 yolk [jok] (蛋黃) 混淆。

yonder [ˈjɑndɚ; ˈjɒndə(r)] ▶古體字
形 (在)那邊
的，那裡的 | He lives in *yonder* cottage.
他住在那邊的小屋裡。

you [(強)ju; ju:(弱)jʊ, jə; jʊ, jə] 複 **you**
代 第 2 人稱・單複數・主格・受格

格 \ 數	單 數		複 數	
主 格	you	你	you	你們
所有格	your	你的	your	你們的
受 格	you	你	you	你們

❶(特定的某人)
(主詞)你
(受詞)你 | *You* speak very good English.
你的英語說得很好。
Who gave *you* this watch?
是誰給你這個手錶的?
I want to play tennis with *you*.
我要跟你打網球。

you'd

❷(第二人稱的複數)(主詞)你們 (受詞)你們 ─ *You* are my students. 你們是我的學生。 ▶ students 為複數。 I remember seeing *you* all somewhere. 我記得在什麼地方見過你們每個人。

❸(泛指一般人)一個人,任何人 ─ Do you know how *you* catch a cold? 你知道人是怎樣感冒的嗎? ▶ 英語中,有許多地方不能按字面的意思直譯成中文。

you'd [jud; juːd] you had, you would 的縮寫

you'll [jul; juːl] you will, you shall 的縮寫

young [jʌŋ] ⊕ younger [`jʌŋɡɚ] ⊛ youngest [`jʌŋɡɪst] ▶ 請注意 younger 這個字有 [g] 的音。

［形］年輕的 ⊗ old ─ He's two years *younger* than his brother. 他比他的哥哥小兩歲。 his *younger* brother 他的弟弟

young people = the *young*　old people = the *old*
青年們　　　　　　老人們

── ⊛ 無

［名］❶(加 the 成為集合名詞)年輕人 ─ The *young* (= *Young* people) are fond of adventure. 年輕人喜歡冒險。

❷(集合名詞,動物或鳥的)幼雛 ─ I saw a swallow feeding its *young*. 我看見一隻燕子在餵牠的雛鳥。

衍生［名］ **yóungster**(孩童;少年人;年輕人)

your [(強) jur; juɚ (弱) jɚ; jə] ［代］you 的所有格你的;你們的 ─ Are they *your* parents? 他們是你(們)的雙親嗎?

you're [jur; juɚ] you are 的縮寫

yours [jurz; jɔːz] ［代］you 的所有代名詞你的東西;你們的東西 ─ This book is mine, not *yours*. (= This book is my book, not your book.) 這本書是我的,不是你的。 These books are *yours*. 這幾本書是你(們)的。

yourself [jurˋsɛlf; jəˋsɛlf; jɔːˋself] ⊛ **yourselves** [jurˋsɛlvz; jurˋsɛlvz] ［代］you 的反身代名詞

❶(加強語氣的用法)你自己 ─ Do it *yourself*. 你自己做這件事。

❷(反身用法)〔使〕你自己 ─ Don't tire *yourself* too much. 不要使你自己太勞累。

▶ by yourself, for yourself 等片語 ⇨ oneself

youth [juθ; juːθ] ⊛ **youths** [juðz]

［名］❶年輕 ─ He overestimates his *youth* too much. 他太自以為年輕了。

❷年輕時代,青春 ─ He traveled around the world in his *youth*. 他在年輕的時候環球旅行過。

❸年輕的(男)人 ─ He is an ambitious *youth*. 他是個野心勃勃的青年。

❹(文語)(集合名詞)青年男女 ─ the *youth* of the world 全世界的青年們

複合［名］ **yóuth hóstel**(青年招待所)

youthful [`juθfəl; `juːθfʊl]

［形］青年的;青年人的;(指老人)像年輕人的 ─ a *youthful* mother 年輕的母親／*youthful* earnestness 年輕人的熱誠／a *youthful* spirit 青春活潑的精神

you've [juv; juːv] you have 的縮寫

zeal [zil; ziːl] ⊛ 無

［名］熱心;熱忱,熱情 ─ He did not show any *zeal* for his work. 他對他的工作沒有顯示出任何熱誠。

zealous [`zɛləs; `zeləs](注意發音)

［形］熱心的;熱烈的;狂熱的 ─ a *zealous* jazz fan 狂熱的爵士音樂迷

── ▶ 請勿混淆 ──
| zealous [`zɛləs] | ［形］熱心的 |
| jealous [`dʒɛləs] | ［形］嫉妒的 |

── ▶ *zealous* 的同義字 ──
zealous ……… 對於主義、運動等很熱心。
passionate…… 指愛情上的熱烈,熱情。
ardent ……… 兼有 zealous 與 passionate 二者的意義。an *ardent* love (熱烈的愛), an *ardent* patriot (狂熱的愛國分子)。

zebra [`zibrə; `ziːbrə] ⊛ **-s** [-z]

［名］(動物)斑馬 ─ ▶ 塗有黑白橫紋,供行人優先越過馬路的走道稱為 zebra crossing(斑馬線) ⊛ crosswalk

zero [`ziro, `zɪro; `zɪərəʊ] ⊛ **-(e)s** [-z]

［名］❶(數字的)零 ─ This six looks like a *zero*. 這個 6 字看起來像是 0。 ▶ 電話號碼或門牌號碼等要發「o」音,5003 唸作 five「o」「o」three,也可唸作 five double「o」three。

❷零度;零點 ─ The thermometer registers five degrees below *zero*. 溫度計上面顯示零下 5 度。

zest [zɛst; zest] ⊛ 無

［名］興味;熱情 ─ He ate with *zest*. 他吃得津津有味。

zip code [`zɪp ˏkod; `zɪpˏkəʊd] ⊛ **-s** [-z]

［名］(美)郵遞區號 ─ What is the *zip code* for your town 你們鎮上的郵遞區號是幾號? ▶ 取自 *Z*one *I*mprovement *P*rogram Code(區域改計畫號碼)頭三字的字首。

zone [zon; zəʊn] ⊛ **-s** [-z]

［名］地帶,地帶;區域;(動植物分佈·氣候)帶 ─ a school *zone* 文教地區／a "No Parking" *zone* 禁止停車地區／the Torrid [Frigid] *Zone* 熱帶〔寒帶〕／the Temperate *Zone* 溫帶 ▶ torrid (炎熱的), frigid (嚴寒的)。

zoo [zu; zuː] ⊛ **-s** [-z] 〔但一般作 zoo。

［名］動物園 ─ ▶ 為 a zoological garden 的簡稱。 ▶「植物園」是 a botanical garden。

zoology [zoˋɑlədʒɪ; zəʊˋɒlədʒɪ](注意發音) ⊛ 無

［名］動物學 ▶「植物學」為 botany [`bɑtnɪ]。

附錄一：
活用不規則動詞

現在式	過去式	過去分詞	現在式	過去式	過去分詞
abide	abode, abided	abode, abided	deal	dealt	dealt
arise	arose	arisen	dig	dug	dug
awake	awoke, awaked	awaked, awoke	⋅do (does)	did	done
			draw	drew	drawn
be(am; is; are)	was; were	been	dream	dreamed, dreamt	dreamed, dreamt
bear	bore	borne, born	⋅drink	drank	drunk
			drive	drove	driven
beat	beat	beaten	dwell	dwelt, dwelled	dwelt, dwelled
become	became	become			
befall	befell	befallen	⋅eat	ate	eaten
begin	began	begun	⋅fall	fell	fallen
behold	beheld	beheld	feed	fed	fed
bend	bent	bent	⋅feel	felt	felt
beseech	besought	besought	fight	fought	fought
bet	bet, betted	bet, betted	⋅find	found	found
			flee	fled	fled
bid	bade, bid	bidden, bid	fling	flung	flung
			⋅fly	flew, fled	flown, fled
bind	bound	bound			
bite	bit	bitten, bit	forbear	forbore	forborne
			forbid	forbade, forbad	forbidden
bleed	bled	bled			
bless	blessed, blest	blessed, blest	forecast	forecast, forecasted	forecast, forecasted
blow	blew	blown	foresee	foresaw	foreseen
break	broke	broken	foretell	foretold	foretold
breed	bred	bred	⋅forget	forgot	forgotten, forgot
bring	brought	brought			
broadcast	broadcast, broadcasted	broadcast, broadcasted	forgive	forgave	forgiven
			forsake	forsook	forsaken
build	built	built	freeze	froze	frozen
burn	burned, burnt	burned, burnt	⋅get	got	got, gotten
burst	burst	burst	gild	gilded, gilt	gilded, gilt
buy	bought	bought			
can	could	—	⋅give	gave	given
cast	cast	cast	gnaw	gnawed	gnawed, gnawn
catch	caught	caught			
choose	chose	chosen	⋅go	went	gone
cleave	cleft, cleaved, clove	cleft, cleaved, cloven	grind	ground	ground
			⋅grow	grew	grown
cling	clung	clung	hang	hung, hanged	hung, hanged
come	came	come			
cost	cost	cost	⋅have(has)	had	had
creep	crept	crept	⋅hear	heard	heard
cut	cut	cut	hide	hid	hid,

現在式	過去式	過去分詞	現在式	過去式	過去分詞
		hidden	rewrite	rewrote	rewritten
hit	hit	hit	rid	rid,	rid,
•hold	held	held		ridded	ridded
•hurt	hurt	hurt	•ride	rode	ridden
•keep	kept	kept	ring	rang	rung
kneel	knelt,	knelt,	•rise	rose	risen
	kneeled	kneeled	•run	ran	run
knit	knitted,	knitted,	saw	sawed	sawed,
	knit	knit			sawn
•know	knew	known	•say	said	said
•lay	laid	laid	•see	saw	seen
•lead	led	led	seek	sought	sought
lean	leaned,	leaned,	•sell	sold	sold
	leant	leant	•send	sent	sent
leap	leaped,	leaped,	•set	set	set
	leapt	leapt	sew	sewed	sewn,
•learn	learned,	learned,			sewed
	learnt	learnt	shake	shook	shaken
•leave	left	left	•shall	should	—
•lend	lent	lent	shave	shaved	shaved,
•let	let	let			shaven
•lie	lay	lain	shed	shed	shed
light	lighted,	lighted,	shine	shone,	shone,
	lit	lit		shined	shined
•lose	lost	lost	shoot	shot	shot
•make	made	made	•show	showed	shown,
•may	might	—			showed
mean	meant	meant	shrink	shrank,	shrunk
•meet	met	met		shrunk	
mislead	misled	misled	•shut	shut	shut
mistake	mistook	mistaken	•sing	sang	sung
misunderstand	misunderstood	misunderstood	•sink	sank	sunk
mow	mowed	mowed,		美 sunk	美 sunken
		mown	•sit	sat	sat
•must	(must)	—	slay	slew	slain
•ought	(ought)	—	•sleep	slept	slept
outdo	outdid	outdone	slide	slid	slid,
overcome	overcame	overcome			slidden
overeat	overate	overeaten	sling	slung	slung
overhear	overheard	overheard	smell	smelled,	smelled,
overrun	overran	overrun		smelt	smelt
oversee	oversaw	overseen	sow	sowed	sown,
oversleep	overslept	overslept			sowed
overtake	overtook	overtaken	•speak	spoke	spoken
overthrow	overthrew	overthrown	speed	sped,	sped,
•pay	paid	paid		speeded	speeded
prove	proved	proved,	spell	spelled,	spelled,
		proven		spelt	spelt
•put	put	put	•spend	spent	spent
quit	quitted,	quitted,	spill	spilled,	spilled,
	quit	quit		spilt	spilt
•read	read	read	spin	spun	spun
rend	rent	rent	spit	spat	spat
repay	repaid	repaid	split	split	split

現在式	過去式	過去分詞	現在式	過去式	過去分詞
spoil	spoiled, spoilt	spoiled, spoilt	thrust	thrust	thrust
spread	spread	spread	tread	trod	trodden, trod
spring	sprang, sprung	sprung	undergo	underwent	undergone
stand	stood	stood	underlie	underlay	underlain
steal	stole	stolen	*understand	understood	understood
stick	stuck	stuck	undertake	undertook	undertaken
sting	stung	stung	undo	undid	undone
stride	strode	stridden	uphold	upheld	upheld
strike	struck	struck, stricken	upset	upset	upset
strive	strove	striven	wake	waked, woke	waked, woke, woken
sunburn	sunburned, sunburnt	sunburned, sunburnt	wear	wore	worn
swear	swore	sworn	weave	wove	woven
sweat	sweat, sweated	sweat, sweated	wed	wed, wedded	wed, wedded
sweep	swept	swept	weep	wept	wept
swell	swelled	swelled, swollen	wet	wet, wetted	wet, wetted
swim	swam	swum	whip	whipped, whipt	whipped, whipt
swing	swung	swung	*will	would	—
take	took	taken	win	won	won
teach	taught	taught	wind	wound	wound
tear	tore	torn	withdraw	withdrew	withdrawn
tell	told	told	withhold	withheld	withheld
think	thought	thought	withstand	withstood	withstood
thrive	thrived, throve	thrived, thriven	wrap	wrapped, wrapt	wrapped, wrapt
throw	threw	thrown	wring	wrung	wrung
			*write	wrote	written

活用不規則動詞：

想要打好穩固的英文基礎，熟記動詞變化是絕對必要的，尤其在造句、作文時，如果不能活用動詞的過去式、過去分詞，根本無從著手。譬如，學英文的人都懂得被動語態是 be＋P.P.(過去分詞)，完成式是 have＋P.P.，但是懂得這兩項文法規則而不知道某動詞的過去分詞是什麼，就造不出正確的句子來。因此，無論如何都要把現在式、過去式、過去分詞的動詞變化記得滾瓜爛熟，這樣才能收到活學活用的效果。

本辭典共蒐錄 207 個不規則動詞，其中附加 * 記號的 74 個是比較上更重要的單字，此外，還有 6 個助動詞，請務必熟記。

※本辭典內容以〔文法、句型〕爲編輯要點,爲了讓讀者進一步方便查考,特別精心整理出五大句型 33 條公式的〔活用基本句型〕及按 8 大詞類列出的 142 條〔活用文法規則〕,作爲附錄。

附錄二:
活用基本句型
《五大句型 33 條公式》

第 1 種句型 S×V

公式 1　**S×V**:
Birds sing.

公式 2　***It*×V×S**:
It seems that he is ill.

公式 3
(a)　***There*×V×S**:
There is no hope of his recovery.

公式 3
(b)　***There*×V×S+副詞(片語)**:
There was a dentist nearby.

公式 3
(c)　***Here; There*×S×V**:
Here they come!

公式 4　**S×V+副詞(片語・子句)**:
I went nowhere last night.

公式 5　**S×V+to-原形**:
He agreed to go with us.

公式 6　**S×Vᴾ+that～**:
I am pleased that he has succeeded in the attempt.

第 2 種句型 S×V+C

公式 7　**S×V+名・代・形・動名詞・名詞子句**:
He is a merchant.／This rose smells sweet.

公式 8
(a)　**S×V+形+to-原形**:
You are very kind to say so.

公式 8
(b)　**S×V+形×介+(代)名・動名詞・子句**:
It is very nice of you to come to see m◄

公式 8
(c)　**S×V+形+that～**:
I'm sure he will succeed.

公式 8
(d)　**S×V+副詞(子句)・介系詞片語**:
School is over.

公式 9
(a)　**S×*be*+to-原形**:
You are to blame.

公式 9
(b)　**S×Vᴾ+to-原形**:
He is expected to come back tomorro◄

公式 10　***It×be*+C+S**:
It is careless to make a mistake.

第 3 種句型 S×V+O

公式 11　**S×V+名・代・名詞子句**:
I know his name.

公式 12　**S×W+名・代・動名詞**:
You can rely upon that woman.

公式 13	S×V＋**to-**原形： I should like to swim in this river.
公式 14	S×V＋動名詞： I remember seeing him in New York.
公式 15	S×V＋連接詞×**to-**原形： I wonder what to do next.
公式 16	S×V＋**that**～： I think that he knows it.
公式 17	S×V＋**to**×名・代＋**that**～： I suggested to her that we should go skiing.
公式 18	S×V＋連接詞×子句： I wonder why he is angry.
公式 19 (a)	S×V＋名・代＋**to**＋名・代： He told an interesting story to all of us.
公式 19 (b)	S×V＋名・代＋**for**＋名・代： She made coffee for all of us.
公式 19 (c)	S×V＋名・代＋介＋名・代： I congratulate you on your success.
公式 20	S×V＋**it**＋介＋名・代＋不定詞片語・名詞子句： She owes it to her mother's influence that she was elected Miss Hongkong.
公式 21	S×V＋名・代＋副詞： I saw him off at the airport.
公式 22	S×V＋名・代＋不定詞片語・副詞子句： I sent my son to buy weekly magazine.

第 4 種句型 S×V＋O[i]＋O[d]

公式 23	S×V＋名・代＋名・代： He gave me some money.
公式 24	S×V＋名・代＋連接詞×**to-**原形： He showed me how to swim.
公式 25	S×V＋名・代＋連接詞×子句： I asked him what she was.
公式 26	S×V＋名・代＋**that**～： He told me that the news was true.

第 5 種句型 S×V＋O＋C

公式 27	S×V＋名・代＋形容詞(片語)： I found the cage empty.
公式 28	S×V＋名・代＋名詞(子句)： I named my son George after my uncle.
公式 29	S×V＋名・代＋過去分詞： He heard his name called.
公式 30 (a)	S×V＋名・代＋**to-**原形： I know him to be honest.
公式 30 (b)	S×W＋名・代＋**to-**原形： I count on you to join us.
公式 31	S×V＋名・代＋原形： I saw him dance.
公式 32	S×V＋名・代＋現在分詞： I saw him dancing.
公式 33	S×V＋**it**＋名・代・形＋片語・子句： I think it wrong to tell a lie.

〔活用基本句型〕公式代號如下：

S＝主詞	V＝動詞	V[p]＝被動語態的動詞
O＝受詞	O[i]＝間接受詞	O[d]＝直接受詞
C＝補語	W＝**wait for, count on** 之類的合成動詞	

五大句型 33 條公式, 是英國學者研究英文句子構造, 所精心規劃出來的心得。本辭典爲方便讀者記誦和運用, 各在每個公式下面列舉一個例句, 以供參考。但是, 33 條公式中的 S. V. O. C……包含許許多多的變化, 不是這些例句所能完全代表的, 例句只是爲了增進您對公式的了解, 記誦和運用而寫下來的。

附錄三：
活用文法規則
《八大詞類142條規則》

1. 倒裝與省略

規則1 附加疑問

V×S, v×S×V 稱之爲倒裝。在平述句的句尾加上疑問的形式,用來徵求對方的同意,稱之爲附加疑問(tag-question)。主句的動詞是肯定時,附加疑問採否定(或者倒過來),附加疑問的主詞用人稱代名詞來表示是其特徵。
- (a) The lady *is* very beautiful, *isn't she?*
- (b) These boys *cannot* swim, *can they?*
- (c) Your servant *works* hard, *doesn't he?*

規則2 平述句的倒裝

即使是平述句,副詞(片語)放在句首也成爲倒裝。尤其是否定詞放在句首時,在習慣上即成爲倒裝。
- (a) Then *came* a great explosion.
- (b) "I am not at all happy."—"Neither *am* I."

規則3 省略法

前面出現過的字,或者省略也不會造成句意不明的字,可以省略掉。
- (a) One man can lead a horse to water, but *ten* cannot make him drink.
- (b) To some life is pleasure, *to others suffering*.
- (c) He loves you more *than me*.

→(a) *ten*＝ten men
　(b) *to others suffering*＝
　　 to others life is suffering
　(c) *than me*＝than he loves me

2. 名詞

規則4 可數名詞與冠詞

表示具有代表性的人或事物時,採冠詞＋單數名詞,或者以無冠詞複數名詞。但是 **man, woman** 是無冠詞。
- (a) *A dog* is a faithful animal.
- (b) *The dog* is a faithful animal.
- (c) *Dogs* are faithful animals.

- (d) *Man* is stronger than *woman*.
- (e) *Man* is mortal.

規則5 不可數名詞⇄可數名詞

不可數名詞加上不定冠詞或者採複數形,則可用來表示具體的事物。倒過來則可使不可數名詞變爲不可數名詞。
- (a) She has gray *hairs*.〔可數名詞〕
　　 cf. She has gray *hair*.〔不可數名詞〕
- (b) There is a large *room* in this house.〔可數名詞〕
　　 cf. There is no *room* for them.〔不可數名詞〕

規則6 集合名詞與眾多名詞

用來表示集合體的名詞採單數,提示其中的成員時採複數。
- (a) My *family is* a large one.〔集合名詞〕
- (b) My *family are* all very well.〔眾多名詞〕

規則7 不可數名詞的計算方法

不可數名詞有固定的計算方法。
- (a) *a cup of* tea [coffee]
- (b) *a glass of* water [milk, whisky]
- (c) *a piece of* bread [meat, advice, furniture]

規則8 用來表示集合體的不可數名詞

furniture, poetry, scenery 是表示集合體的不可數名詞。
- (a) There is much *furniture* in this room.
- (b) I love to enjoy natural *scenery*.
　 cf. There are some pretty *scenes* in the park.

規則9 加定冠詞的專有名詞

專有名詞當中(a)河川,(b)海洋,(c)船舶,(d)報紙・雜誌(e)公共建築物,(f)複數的專有名詞,(g)特定的國家語言應當加上**the**。

(a)　the Thames, the Hudson River
(b)　the Atlantic Ocean, the Mediterranean Sea.

規則 10　規則複數

名詞的規則複數加 **-s, -es**。但是發音有 [s, z, ɪz] 三種。
(a)　-s: books [s]，dogs [z]，houses [`hauzɪz]
(b)　-es: churches [ɪz]，boxes [ɪz]，glasses [ɪz]
(c)　子音字母＋y→-ies: country→countries [z]
(d)　子音字母＋o→-es: volcanoes [z]，tomatoes [z]
(e)　[f]→-ves: knife→knives [z]
　　　例外：──pianos, photos, radios; roofs, handkerchiefs

➡path [pæθ] →paths [pæðz]，mouth [mauθ] → mouths [mauðz]

規則 11　不規則複數

不規則複數分為(a)母音變化，(b) -en複數，(c)不變化〔單複數同形〕，(d)外來複數。
(a)　man→*men*, woman [`wumən] →*women* [`wɪmɪn]，goose→*geese*, mouse→*mice*
(b)　child→*children*, ox→*oxen*
(c)　sheep→*sheep*, deer → *deer*，Japanese → *Japanese*, salmon→*salmon*, fish→*fish*
(d)　oasis [o`esɪs] → *oases* [o`esiz], crisis→*crises*, phenomenon→*phenomena*, datum→*data*

規則 12　合成字的複數

　合成字的複數以主要的單字採複數形。但是含有 **man、woman** 所組成的合成字，兩個單字都要改為複數形。
son-in-law→*sons*-in-law, looker-on→*lookers*-on, passer-by→*passers*-by
cf.　manservant→*menservants*
　　　woman doctor→women doctors

規則 13　雙重複數形

brother, cloth, penny 具有雙重複數形。
(a)　brother ↗brothers (兄弟)
　　　　　　　↘brethren (同胞)
(b)　cloth ↗cloths (布的種類)
　　　　　　↘clothes (衣服)

規則 14　分化複數

　某些名詞具有複數的形式, 可是却具有單數形所沒有的字義。
custom (習慣) ─customs (關稅・稅關)
good (好) ─goods (商品)

pain (苦痛) ─pains (辛勞)
water (水) ─waters (河川, 湖, 洪水)

規則 15　經常採複數形的名詞

有些名詞經常採複數形。
(a)　a pair of *glasses* [*trousers, clothes, scissors*]
(b)　shake *hands* with～, change *cars*, be on good *terms* with～

規則 16　男性字與女性字

生物名詞中有表男性的字與表女性的字。
(a)　man─woman, husband─wife, king─queen, nephew─niece, son─daughter, brother ─sister, cock─hen, ox─cow
(b)　actor─actress, lion─lioness, steward ─stewardess
(c)　hero─heroine

規則 17　-'s與of-*phrase*

　-'s 僅限於對生物類名詞使用, 無生物類名詞則採用 **of**～。但是時間・重量・價值以及某些習慣性用法都可使用 **-'s**。
(a)　This is my *father's* house.
(b)　The handle *of this knife* is no good.

規則 18　所有格的意義

所有格用來表示所有・著者・發明(現)者・目的用途・主體・客體・同格。
(a)　*Smith's* car (＝the car of Smith)
(b)　*Maugham's* stories (＝the stories written by Maugham)
(c)　a *children's* hospital (＝a hospital for children)
(d)　our *professor's* lecture (＝the lecture which our professor gives)
(e)　*Caesar's* murderers (＝those who murdered Caesar)
(f)　*England's* merry land (＝the merry land which is England)

規則 19　獨立所有格

僅只使用 **-'s** 也可表示家・事務所・店・寺院宮殿等。
(a)　This house is my *father's*.
(b)　I must go to the *dentist's* every other day.

規則 20　**a, this, any,** *etc.* ＋**of**＋**-'s,** 所有代名詞

所有格與 **a, any, some, another, this, that** 等併用時, 可採 **of** ＋ **-'s** 所有代名詞。
(a)　He is a friend of my *brother's*.

(b) It is no fault of the *doctor's*.

(c) This garden of *his* is very beautiful.

　→**of**用來表示同格。(a)＝a friend who is my brother's [*friend*] (b)＝no fault that is the doctor's [*fault*](c)＝this garden which is his [＝*his garden*]

3.代名詞

規則 21 　人稱代名詞的不定用法

we, you, they也可用來表示一般不特定的人。

(a) *We* have a lot of earthquakes in Taiwan.

(b) *You* never can tell.

(c) *They* speak Spanish in Mexico.

規則 22 　**It**的用法

It可用來表示(a)前面出現過的名詞, (b)非人稱用法, (c)形式主詞,(d)強意主詞,(e)形式受詞。

(a) Have you seen the picture?——Yes, I have seen *it*.

(b) *It* is very fine today.／*It* is three o'clock.／*It* is spring now.／How far is *it* from here to the station?／*It* was dark within the house.／*It* is very kind of you to say so.

(c) *It* is wrong *to tell a lie*.／*It* is true *that he was killed*.／*It* is no use *crying over spilt milk*.

(d) *It* is with difficulty *that he did it*.

規則 23 　～**self**的用法

～**self**有 (a)反身用法, (b)強調用法, 所有格是**one's own**。

(a) He overworked *himself*.

(b) He said so *himself*.

(c) He has no car of *his own*.

規則 24 　**one, that, such**的區別

爲了避免重複已經出現過的名詞, 可用 **one** 來代替 **a**＋名詞, 用 **that** 來代替**the**＋名詞＋**of**～,接在 **as** 之後的 **a**＋名詞,可用 **such** 來代替。

(a) Have you seen a lion?——Yes, I have seen *one*.

(b) The climate of Japan is milder than *that* of Siberia.

(c) He is a foreigner, so you should treat him as *such*.

規則 25 　**the same**＋**as, that**

the same…**as**用來表示同種類, **the same**…**that**用來表示同一物。

(a) This is *the same* car *as* I have.〔同種類〕

(b) This is *the same* car *that* I had stolen.〔同物〕

規則 26 　疑問代名詞

疑問詞**who**用來表名字, **what**用來表職業・身分, **which**用來表選擇。引導從屬疑問,不能用**yes, no**來答時,疑問詞應放在句首。

(a) Do you know *who* he is?

(b) *What* do you think he is?

(c) *Which* is taller, Jack or Betty?

規則 27 　關係代名詞**who**

關係代名詞**who**以人作爲前述詞,有限制性與非限制性兩種用法,並有**who**(主格), **whose**(所有格), **who** (受格)等變化形式。

(a) He has three sons *who* became actors.〔限制性〕

(b) He has three sons, *who* became actors.〔非制性〕

規則 28 　關係代名詞**which**

關係代名詞**which**除了指稱物之外, 還可指稱前面一句的內容,並以形容詞爲前述詞,主格・受格同形,所格**of which**可用**whose**來代替。有限制性與非限制兩種用法。

(a) The white building *which* stands on the hi is our school.

(b) He said he had read the book, *which* was lie.

規則 29 　關係代名詞**what**

關係代名詞**what**相當於**the thing which**或**th which,** 可引導名詞子句與副詞子句。

(a) *What* he said is true.〔名詞子句〕

(b) She is rich, and *what* is still better, is ver beautiful.〔副詞子句〕

規則 30 　關係形容詞

which, what具有關係形容詞的用法。也就是可以如下的分解,**which**…＝**and, but**＋**that**…, **what all the**…**that**～。

(a) He spoke in Dutch, *which* language I cou not understand.

(b) He gave me *what* money he had with him

　→(a)＝…, *but* I could not understand *th language*. (b)＝…*all the* money *that* he ha with him.

規則 31 關係代名詞的省略

受格的關係代名詞在口語上可以省略。主格是特殊例。

The gril [*whom*] you saw in the bus is my sister.
She taught me the difference [*that*] there is between this and that.

規則 32 介系詞＋關係代名詞

關係代名詞作為介系詞的受詞時，也如同關係代名詞單獨一個字一樣，採「介＋關代」放在子句的句首。
(a) He has taught a large number of students, some *of whom* are now famous artists.
(b) They were surprised at the rapidity *with which* she learned to speak Italian.

規則 33 鎖鍊狀關係詞子句

兩個從屬子句以關係代名詞為接點所連接起來的結構。

That is Mr. Kenyon *who they say is* the most influential man in this town.

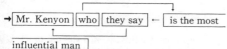

cf. That is Mr. Kenyon. They say he is the most influential man in this town.

規則 34 雙重限制關係詞子句

兩個關係子句共用一個前述詞，稱之為雙重限制。在這種情形下，第一個子句的關係代名詞可以省略。

Is there anything *you want that you have not*?

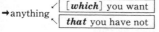

規則 35 關係代名詞that

關係代名詞that只能採限制性用法，可以人或物兩方作為前述詞。但是不允許有「介系詞＋that」的結構。
(a) He often speaks of the men and animals *that* live in Africa.
(b) He is one of the greatest poets *that* ever lived.

規則 36 關係代名詞as

關係代名詞as除了可與such, the same或as並用之外，還可以前面子句的內容作為前述詞，採引導副詞子句的用法。

(a) Choose such friends *as* will benefit you.
(b) He is absent today, *as* is often the case with him.

規則 37 關係代名詞but

but可與否定詞並用，或者與含有否定詞的前述詞並用，具有that not之義，作為主格時為關係代名詞。
There is no rule *but* has exceptions.
→ ＝There is no rule *that* has *no* exceptions.／ Every rule has cxceptions.

規則 38 關係代名詞than

than作為從屬子句的主格時為關係代名詞。
He offered more *than* could be expected.

規則 39 合成關係代名詞

whoever能夠代換為anyone who, whatever, whichever能夠代換為anything that時，可引導名詞子句，能夠代換為no matter who(what, which)時，可引導副詞子句。
(a) *Whoever* says so is a liar.
(b) You may give it to *whoever* wants it.

規則 40 another, other

another用來表示其他任一不特定的一個，other可以冠以the, any, some, no, 可用於複數，具有不特定與特定的兩種意義。
(a) If I am a fool, you are *another*.
(b) Won't you have *another* cup of coffee?

規則 41 some, any

some用於肯定，any用於否定・疑問・條件。但是在表示誘引的疑問句中用some, 肯定句中表示強調之義時用any。
(a) If you have *any* money with you, please lend me some.
(b) I don't know *any* of the girls.

規則 42 no one, none

none用於人時，與no one同義。除此之外，可作為「no＋名詞」的代用。
(a) { No one knows / None of us know } what will happen.
(b) I would rather have a bad reputation than *none* at all.

規則 43 each, every, all

each表單個, every表所有的單個, all表總括的全體,

因此 **each, every** 是單數，**all** 作爲複數。但是，在量的方面，**all** 作爲單數。
(a) *Each* of the boys has his own bicycle.
(b) *Every* boy has his own bicycle.

規則 44 either, neither, both

對兩者而言， **either** 表示其中的任何一方，**neither** 用來否定雙方， **both** 用來肯定雙方。 **both** 通常採複數， **either, neither** 通常採單數。
(a) *Either* of the two nations wants peace.
(b) *Neither* of the two nations wants war.

規則 45 many, much, few, little

many, few 與可數名詞併用，**much, little** 與不可數名詞併用。**a few [little]** 是「有少許」之意。
(a) There are not *many* customers in the shop.
(b) There is not *much* wine left in the bottle.

4. 形容詞

規則 46 形容詞的兩種用法

形容詞當中有一種只能放在名詞之前作爲修飾字來使用，另一種只能作爲補語來使用。此外，另有因兩用法的不同而產生不同字義者。
(a) He is a *mere* child.
(b) I am *afraid* of the dog.

規則 47 It is covenient, *etc.*

convenient, necessary, important, difficult 不可在人稱主詞構句中使用。
(a) Come and see me tomorrow if it is *convenient* to you.
(b) It is *necessary* that you should work harder.

規則 48 形容詞的字的順序

形容詞有許多個一起使用時，或者有其他的字相伴而太長時，須考慮字的順序，有 **something** 時形容詞須放在後面。兩個以上的形容詞，其字的順序如下：「冠詞・代名形容詞＋數量形容詞＋大小・形狀＋性質・狀態＋年齡・新舊＋國籍・材料」
(a) She was a lady *beautiful, kind* and *rich.*
(b) Give me something *cold* to drink.
(c) { these four *tall young* American girls.
    { *a small* Japanese *wooden* house.

規則 49 the＋形容詞

「the＋形容詞」用來表示 (a) 種類全體，(b) 抽象名詞的代用，(c) 物的部分。
(a) *The English* are a practical people.
(b) *The beautiful* rests on the foundation of *the*

necessary.
(c) Bad books appeal to *the weak* or *the base* you.

規則 50 分數主詞的數

分數主詞對量而言採單數，對數而言採複數，**one and a half** 通常採單數。
(a) Three-fourths of the earth's surface water.
(b) Three-fourths of the boys *have* caught col
(c) One and half days *is* all I can spare.

5. 比較法

規則 51 比較變化形式

形容詞・副詞當中，有具有原級・比較級・最高級等較變化形式者。
(a) big—bigger—biggest, high—higher—highest
(b) beautiful—more beautiful—most beautifu
(c) good (*or* well)—better—best, bad (*or* i —worse—worst, many (*or* much)—mo —most

規則 52 比較的種類

對不同的兩者比較同一種性質時採原級或比較級，三者或三者以上作比較時採最高級。對同一物的兩種同性質作比較時採 **more**(＝**rather**)…**than**～ **inferior, superior** 須採 **to**。表倍數時採 **as**…**as**。
(a) He is *as* I. He is not *so* tall *as* I.
(b) He is taller *than* I. He is the *taller* of t two.
(c) He is the *tallest* of all the classmates.
(d) This is *superior* (or *inferior*) to that.

6. 冠詞

規則 53 不定冠詞的意義

a, any, one, a certain, the same, per
(a) *An* owl can see in the dark.
(b) Rome was not built in *a* day.
(c) *A* Mr. Smith came to see you.
(d) Birds of *a* feather flock together.

規則 54 定冠詞的意義

(a) 限定，(b) 特定，(c) 對照，(d) 單位，(e) 慣用
(a) This is *the* book I spoke of the other day.
(b) *The* sun is larger than *the* moon.
(c) He lives in *the* country, not in *the* city.
(d) Sugar is sold by *the* pound.
(e) I caught him by *the* (＝his) hand.

規則 55 | 冠詞的位置

as, so, such, too, what, how, quite, rather放在a
之前,**all, both**放在the之前。
(a) Mary is *as* pretty a girl as her elder sister.
(b) That was *so* difficult a problem that I could
not solve it.

規則 56 | 冠詞的省略

冠詞被省略的情形如下:(a)稱呼,(b)官職,(c)身分,(d)
表示親族關係的補語,(e)成對的兩個名詞。
(a) Come here, *boys*.
(b) Nixon is now *President* of the United
States.
(c) Elizabeth II is *Queen* of England.
(d) They are cousins, not *brother* and *sister*.
(e) He is living from *hand* to *mouth*.

規則 57 | 冠詞的重複

用冠詞的重複可以表示個別的事物。
(a) *The* poet and statesman is dead.〔同一人〕
(b) *The* poet and *the* statesman are dead.〔分別
的兩個人〕

動詞的用法

規則 58 | 不及物動詞與及物動詞

有受詞相伴的動詞爲及物動詞,沒有受詞相伴的則爲
不及物動詞。
(a) He *rises* early.〔不〕╱He *raises* the curtain.
〔及〕
(b) He *sits* on the bench.〔不〕 He *sets* the vase
on the table.〔及〕
(c) He *lies* on the grass.〔不〕 He *lays* the
sword on the table.〔及〕

規則 59 | 完全動詞與不完全動詞

需要有補語相伴的句型,所採用的動詞稱之爲不完全
動詞。補語是用來說明主詞或受詞的部分,補語必定是
名詞・代名詞或形容詞。
(a) He *is* a boy.╱You *are* young.╱He *became*
ill.
(b) I *found* him ill.╱They *appointed* him chair-
man.
(c) The rose *smells* sweet.

規則 60 | 主詞與動詞

主詞即使是複數形,如果整體被視作是一個單位時,
則採單數。
(a) *Thirty kilometers* is a good distance for him

to walk in a day.
(b) *Ten years* is a long time to live on the
island.

規則 61 | either…or, *etc.* 是主詞

…or, either…or~, neither…nor~, not only…
but~作爲主詞時,動詞與後面的字相一致,~as well
as…的時候,與前面的字相一致。
(a) He *or* his parents **are** resposible for it.
(b) *Either* he or I **am** in the wrong.

8.時式

規則 62 | 現在時式

現在時式中,除了第三人稱單數現在式之外,與原形
同形,用來表示眼前的事實・習慣・不變的眞理・確定的
未來・歷史性事實。
(a) I *have* a book in my hand.
(b) He *gets* up at six every morning.
(c) The sun *rises* in the east.
(d) My father *starts* for London this evening.
(e) Caesar *crosses* the Rubicon.

規則 63 | 過去時式

過去時式是回想敍述的形式,具有規則變化與不規則
變化。
　1. 規則變化
　　(a) happen*ed* [d] (b)kiss*ed* [t]
　　(c) visit*ed* [id]
　2. 不規則變化
　　(a) XXX型:put—put—put, set—set—set
　　(b) XYY型:find—found—found, think
　　　—thought—thought
　　(c) XYZ型:rise—rose—risen, take—took
　　　—taken
　　(d) XYX型:come—came—come, run—ran
　　　—run
　　(e) XX-edY型:show—showed—shown

規則 64 | 未來時式

未來時式用來表示對未來的推測・意志。**shall, will**
在用法上的區別應加注意。
A. 單純未來
　(a) 說話者的推測
　　I *shall* succeed. You *will* succeed. He *will*
　　succeed.
　(b) 對方的推測
　　Shall I get well soon? *Will* he come?
B. 意志未來
　(a) 說話者的意志:I *will* punish him. You *shall*
　　do it. (=I will make you do it.) He *shall* do
　　it. (=I will make him do it.) I *shall never*

forget your kindness.

(b) 主詞的意志：He says he *will* do so. I shall be glad if you *will* do so.

(c) 對方的意志：*Shall* I post this letter for you? *Will* you buy me this book? *Shall* he do so? (＝Do you want him to do so?)

規則 65　be＋～ing

be＋～ing用來表示動作的繼續，行為者的性質習慣，暫時性的動作重複‧預定。

(a) It *was raining* when I visited Paris.

(b) He *is* always *complaining* of his poor health.

規則 66　be going to～

be going to＋原形，除了表示近期未來之外，還可表示主詞的意向。

(a) It *is going to* rain.

(b) I *am going to* buy a new car.

規則 67　副詞子句與時式

在時間‧條件的副詞子句中，未來的事物用現在式表示，在未來完成的事物用現在完成式表示。

(a) When he *comes* tomorrow, please tell him so.

(b) When you *have read* the book, please lend it to me.

規則 68　現在完成式

過去所發生的事情，以現在為基準，用來表示完成‧經驗‧繼續時，採現在完成式。

(a) I *have* just *finished* the work.〔完成〕

(b) *Have* you ever *visited* Rome?〔經驗〕

(c) He *has been* dead these ten years.〔繼續〕

 ﹛*Have* you *seen* him yesterday? (誤)
 ﹜*Did* you *see* him yesterday? (正)
 ﹛When *has* he *returned*? (誤)
 ﹜When *did* he *return*? (正)
 ﹛He *has started* just now. (誤)
 ﹜He *started* just now. (正)

規則 69　have gone與have been

have gone用來表示完成，have been用來表示經驗，表示「曾經去過；去過」之義。

(a) He *has gone* to Europe.
 〔＝He went to Europe and is not here now.〕

(b) *Have* you ever *been* to Chicago?

規則 70　過去完成式

對過去一定時間以前所發生的事情，採過去完成ま將過去的兩個事實作對照比較也採過去完成式。此在從屬子句中可特別強調完成性，intend, hope, wi的過去完成式來表示未曾實現的事情。

(a) I lent him the book I *had bought* the d before.

(b) It got dark before I *had finished* the wor

規則 71　未來完成式

shall, will have＋過去分詞，除了用來表示在未一定時刻為止所發生事物的完成‧繼續‧經驗之外，還示對已經完成了的事物之推測。

(a) The sun *will have set* by the time you rea the village.

(b) He *will have arrived* by this time.

9．助動詞

規則 72　can

can用來表示能力‧可能‧許可‧禁止‧疑惑‧否推定。未來式用shall, will be able to來代替。

(a) The fish *can* swim.

(b) He *can* play the violin.

(c) *Can* I go out? No, you *can't*.

規則 73　may

may用來表示許可‧推定‧可能性‧讓步‧祈願。

(a) *May* I come in? Yes, you *may*./No, y *mustn't*.

(b) You *may* not smoke here.

(c) He *may be* ill. He *may have been* ill.

(d) Gather roses while you *may*.

規則 74　must

must 用來表示必要‧義務‧命令‧主張‧必然‧止‧推定。未來式為 will, shall have to，過去式採 h to。

(a) I *must* work hard to support my family.

(b) You *must* pay the taxes.

(c) You *must* get up early.

規則 75　will

will具有表示命令‧習性‧拒絕‧習慣‧引誘等的別用法。

(a) You *will* leave this room.

(b) The dog *will* bark at strangers.

規則 76	would

would用來表示發生於過去的推定・拒絕・習慣。
(a) He *would* be strong when he was a sports-man.
(b) He *would* not accept the offer.

規則 77	should

should用來表示義務・當然・以及對過去未能實現的事物所作的批評，習慣性用於從屬子句中。
(a) We *should* keep our promise.
(b) You *should* pay your debt.
(c) You *should have bought* the book.

規則 78	ought to

ought to用來表示當然・義務・以及對過去未能實現的事物所作的批評。
(a) Such things *ought* not *to* be allowed.
(b) The cars *ought to* keep left in Japan.

規則 79	need

need僅限於在疑問・否定時為助動詞。過去、未來式採have to或necessary。
(a) I *need* hardly say that English is an international language.
(b) *Need* he go with us?
(c) He *need* not have hurried.

規則 80	dare

dare僅限於在表否定・疑問時為助動詞。
(a) He *dare* not say so.
(b) Dare he go there?
(c) He *dared* (or *durst*) not come.

規則 81	do

do除了可以用來表示疑問・否定之外，還可用來表示倒裝・強調。代替前面出現過的動詞時，是代動詞而不是助動詞。
(a) Do you like apples? No, I *don't*.
(b) Well *do* I remember him.
(c) *Do* [du] come again.

・語態

規則 82	語態的兩種形式

被動語態中主詞是動作的接受者。在及物動詞中有 become, suit, fit, cost, reach, resemble等不可採被動語態。
(a) George Washington *was elected* the first president of the United States.
(b) His son *was run over* by a bus.

規則 83	生成被動語態與存在被動語態

被動語態有兩種，一種的重點放在動作的轉移上，如(a)，另一種放在其所生成的結果狀態上，如(b)，意思不同應加注意。
(a) The mountain *is covered* with snow every winter.
(b) The mountain *is covered* with snow.

規則 84	主動形被動語態

有些動詞在主動形的狀態下，具有被動的意思。
(a) This novel *sells* well.
(b) This cloth *feels* soft.

規則 85	感情・損傷的被動語態

表示感情或損傷的動詞，對動作表示強烈的關心，多採被動語態。
(a) I *was surprised* at his words.
(b) He *got wounded* and was carried to the hospital.

規則 86	經驗被動語態

主詞對某一事物的動作有所涵蓋，多採<have Obj.＋過去分詞>
I *had* my watch *stolen*.
→ =I *was robbed of* my watch.
cf. I *had* my shoes *mended*.

11. 語氣

規則 87	命令式

命令式除了命令之外，還可表示條件・讓步。
(a) *Hurry* up, or you will be in time.
(b) *Hurry* up, or you will be late.

規則 88	假設語氣未來式

if子句中的should表「萬一…的話」，were to表「假使…的話」，would表「想做～的話」之義，都用來表示與未來有關的假設條件。
(a) What would you do if you *should* fail again?
(b) If you *would* be rich, you should work hard.

規則 89	假設語氣過去式

與現在事實相反的假設想像，if子句中採過去式，主要子句中採過去式的助動詞。
(a) If I *were* free, I *would* go with you.
(b) If I *knew* his address, I *could* write to him.

規則 90 | 假設語氣過去完成式

與過去事實相反的假設想像，if子句中採假設語氣過去完成式，主要子句中採過去式的助詞，再加上**have**＋過去分詞。
(a) If I *had gone* there, I *could have seen* him.
(b) If it *had* not *been* for his help, I *should have been* drowned.

規則 91 | **I wish**＋假設語氣

在**I wish**所連結的子句中，假設語氣過去式用來表示現在不可能達成的願望，假設語氣過去完成式則用來表示與過去事實相反的願望。
(a) *I wish* I *were* as tall as you.
(b) *I wish* I *had stopped* smoking.

→(a) ＝I am sorry I am not so tall as you.
　(b) ＝I am sorry I did not stop smoking.

規則 92 | 與條件子句相當的詞句

除了if所引導的子句以外，其他一些相當的詞句也可以用來表示假設語氣的條件。此外，也有某些條件的部分是採默示的。
(a) *But for the sun*, no living things could live.
(b) It would have been better *for you to leave it unsaid*.
(c) *A man of sense* would not do such a thing.

→(a) ＝If it were not for the sun
　(b) ＝ if you had left it unsaid
　(c) ＝If he were a man of sense, he would…

規則 93 | **as if**與假設語氣

在**as if** [**though**] 的子句中採假設語氣，與主要子句的時式無關，狀態動詞採假設語氣過去式，動作動詞採假設語氣過去完成式。
(a) He speaks [spoke] *as if* he *knew* everything.
(b) He speaks [spoke] *as if* he *had seen* me before.

12.不定詞與動名詞

規則 94 | 名詞作用的不定詞

to＋原形，作為主詞・受詞・補語之不定詞為名詞用法。
(a) *To see* is *to believe*.
(b) I want *to go* to Rome.

規則 95 | 形容詞用法的不定詞

to＋原形放在名詞・代名詞之後，並修飾名詞或代詞者，為形容詞用法的不定詞。被修飾的字對不定詞言是意義上的主詞(a)，或意義上的受詞(b)，以及副詞受格(c)的關係。
(a) He has no friend *to help* him.
(b) He has a lot of family *to support*.
(c) This is the way *to do* it properly.

→(a) ＝no friend who will help him
　(b) ＝family whom he has to support
　(c) ＝the way in which it should be done properly

規則 96 | 副詞用法的不定詞

to＋原形與動詞・形容詞・副詞相關聯與為副詞用的不定詞，用來表示目的・結果・理由・關係。
(a) He came *to see* me off.
(b) He lived *to be* ninety years old.
(c) You must be crazy *to say* such a thing.

規則 97 | **be to**＋原形

be to＋原形用來表示預定・命令・義務・命運・可能
(a) The party *is to be* held next Friday.
(b) All of you *are to be* here at seven tomorrow

規則 98 | 不定詞在意義上的主詞

不定詞在意義上的主詞用受格來表示。也有與**for**伴者。
(a) I know *him* to be a man of character.
(b) Here is a lot of work *for you* to do.

規則 99 | 原形不定詞

原形不定詞為使役・知覺動詞的補語，並可與某些關詞句併用。
(a) I saw him *run*.
(b) He bade me *go* out.
(c) You had better not *smoke*.

規則 100 | **to have**＋過去分詞

to have＋過去分詞用來表示比主要動詞的時式更完成的事物，或者表示能實現的事物。
(a) He is said *to have* long *been* ill.
(b) I intended *to have visited* him.

→(a) ＝It is said that he has long been ill.
　(b) ＝I intended to visit him, *but failed to do*

規則 101 | 不定詞與**not**

要否定不定詞時, 應將**not**放在不定詞之前。
(a)　He told me *not* to do so.
(b)　You had better *not* drink.

規則 102 | 動名詞的用法

動名詞具有名詞與動詞兩種性質, 採～**ing**的形式, 意義上的主詞與句子的主詞相異時, 名詞採受格, 人稱代名詞則用所有格來表示。動名詞沒有時式的形式, 比主要動詞更早完成的事物, 用**having**＋過去分詞來表示。
(a)　*Feeding* the monkeys peanuts is forbidden.
(b)　She is proud of her father *having been educated* in England.

規則 103 | 動名詞的語態

動名詞作為**need, want**的受詞時, 採～**ing**原狀, 用來表示被動的意思。
(a)　That needs no *accounting* for.
(b)　Your shoes want *mending*.

規則 104 | 作為修飾字的動名詞

動名詞作為修飾字用來表示目的・用途, 現在分詞則用來表示狀態・性質・傾向。
(a)　a *dancing* girl＝a girl whose profession is dancing.
(b)　a *dancing* girl＝a girl who is dancing

→(a)動名詞, (b)現在分詞。

規則 105 | 作為修飾字的分詞

現在分詞作為修飾字表主動之義, 及物動詞的過去分詞表被動之義。有其他的字相伴而顯得太長時, 可放在名詞的後面。
(a)　{ an *exciting* match.
　　　{ an excited condition.
(b)　{ people *living* in the country.
　　　{ a letter *written* in red ink.

規則 106 | 作為補語的分詞

現在分詞作為補語表主動之義, 過去分詞表被動之義。
(a)　{ He sat *reading* a book.
　　　{ He sat *surrounded* by beautiful girls.
(b)　I had my radio *repaired* by him.
　　　cf. I had him *repair* my radio.

規則 107 | 分詞構句

分詞具有一種用法就是兼具有連接詞加主要動詞的功能, 相當於副詞子句或等位子句。
(a)　*Seeing him*, I ran up to him.
　　　[＝**When** I saw him, I ran up to him.]
(b)　*Feeling tired*, I went to bed earlier than usual.
　　　[＝As I felt tired, I went to bed earlier than usual.]
(c)　*Turning to the left*, you will find the station.
　　　[＝**If** you turn to the left, you will find the station.]
(d)　*Admitting* what you say, I still think you are wrong.
　　　[＝**Though** I admit what you say, I still think you are wrong.]
(e)　The train started at six, *arriving* there at ten.
　　　[＝The train started at six, **and arrived** there at ten.]

規則 108 | 分詞構句在意義上的主詞

分詞構句在意義上的主詞, 與主要子句的主詞相異時, 分詞構句在意義上的主詞應添加獨立主格。
(a)　*It* being Sunday, the park was crowded with a lot of people.
　　　[＝As it was Sunday, the park was crowded with a lot of people.]
(b)　*The* sun having set, we went home.
　　　[＝After the sun had set, we went home.]

規則 109 | 獨立不定詞片語・分詞片語

不定詞片語或分詞片語具有固定而獨立的用法, 應當熟記。
(a)　*To tell (you) the truth*, his father is the chief of the robbers.
(b)　*Strange to say*, they often come back at the dead of night.

13. 副詞

規則 110 | 副詞的位置

(a)與形容詞或副詞(片語・子句)相關聯時, 副詞放在其前面。(b)表示頻度的副詞, 放在一般動詞的前面, 或放在**be**・助動詞的後面。(c)修飾動詞的副詞放在其前後。及物動詞與受詞不分開是一項原則。(d)兩個以上的副詞(片語)採「方向・場所＋狀態＋時間」的順序。
(a)　{ This book is *absolutely* necessary.
　　　{ He eats *merely* to live.

(b) ∫ He *always* comes late to school.
　　∖ He would *often* go to the cinema.

規則 111 │ 字修飾副詞與句修飾副詞

副詞與單字相關聯時和與整個句子相關聯時, 意思是不一樣的, 此點應加注意。
(a) He did not die *happily* [=in a happy way.]
(b) *Happily* he did not die. [=It was happy taht he did not die.]

規則 112 │ 全面否定與部分否定

never, none, not at all等用來表示全面否定, **not always (all, every, quite, necessarily)** 等用來表示部分否定。
∫ (a) He is *never* idle.
∖ (b) He is *not always* idle.
∫ (a) I know *none* of them.
∖ (b) I do*n't* know *all* of them.

規則 113 │ 否定副詞

hardly, scarcely, rarely, seldom, little, few 用來表示否定之意。
(a) *Hardly* any money is left.
(b) There is *scarcely* any wine left in the bottle.

規則 114 │ 關係副詞

關係副詞**when, where, why**在與「介系詞＋which」相當時使用, 引導形容詞子句。在沒有前述詞的狀態下使用時為名詞子句。**how**可以被省略, 或者在沒有前述詞的狀態下使用。
(a) This is the palace *where* the king lives. [=in which]
(b) Monday is the day *when* we are busiest. [=on which]

規則 115 │ 副詞的the

副詞**the**與比較級相伴。
(a) *The* more he cried, *the* more we laughed.
(b) I love him all *the* better for his faults.

規則 116 │ very與much

強意副詞**very**用來修飾原級・最高級・現在分詞, **much**用來修飾比較級・最高級・過去分詞・動詞。
(a) He is *very* tall.／This book is *very* interesting.／Do your *very* best.
(b) He is *much* tall than I.／I am *very* interested in this book.／He does not work *much*.／This is *much* the best.

規則 117 │ too與either

too用來肯定前半段或後半段, **either**用來否定前段或後半段。
(a) He can swim, and I can, *too*.
(b) He can't swim, and I can't *either*.

➔(a) =…, and so can I.
　(b) =…, nor can I.

規則 118 │ yes與no

不論問的句子是肯定或是否定, 回答的內容是肯定採**yes**, 是否定時採**no**。
Haven't you read the book yet?
∫ (a) *Yes*, I have.
∖ (b) *No*, I haven't.

14．介系詞

規則 119 │ 副詞性質的受格

表時間・距離・數量・狀態等的副詞片語, 可以在沒介系詞的狀態下使用。
(a) He called on me *last Sunday*.
(b) That day we walked *thirty kilometers*.
(c) He has travelled *a great deal*.

規則 120 │ of＋名詞

「**of＋名詞**」型的形容詞當中, 用來表示年齡・大小・狀・色彩・價格・職業等者, 可將**of**省略。
(a) We are *the same age*, Mary and I.
(b) The earth is *the shape of an orange*.

規則 121 │ with

with與受詞・受格補語相伴, 用來引導表示附帶情的副詞片語。
(a) Don't sleep *with* the windows open.
(b) *With* an eye bandaged, he could not s well.

規則 122 │ 時間的某一點at, on, in

at表時刻, **on**表日, **in**表年・月・季節。
(a) School begins *at* eight o'clock.
(b) *On* Sunday we have no school.
(c) *In* spring flowers bloom.

規則 123 │ 時間的經過in, after

表示時間的經過時, 關於未來採**in**, 關於過去採**after**。
(a) He'll be back *in* a few days.

(b) He came back *after* a few days.

規則 124 繼續與起點since, from

同樣是「從…」之義, 繼續用since, 起點則用**from**。
(a) It has been snowing *since* yesterday.
(b) He works *from* morning till night.

規則 125 期間for, during, through

for用來表示有數詞或其他相當的單字相伴的期間, **during**用來表示某一定的時間, **through**表示繼續的期間。
(a) He has been ill *for* three months.
(b) *During* the night the rain changed to snow.
(c) I stayed at Tainan *through* the summer.

規則 126 期限till, by, before

till表「…為止繼續」, **by**表「…為止完成」, **before**表「在…之前完成」之義。
(a) Wait here *till* five.
(b) Be back *by* five.
(c) Be back *before* five.

規則 127 場所at, in, on

at用於表示比較狹窄的地點, **in**用於表示廣闊的空間, **on**用於表示廣闊的表面。
(a) He arrived *at* Tokyo Station.
(b) He arrived *in* Japan.
(c) We can see a boat *on* the sea.

規則 128 位置on, above, over

on表示表面的接觸, **above**表上方, **over**表正上方的位置。
(a) There is a vase *on* the table.
(b) The sun was shining *above* our heads.
(c) A jet flew *over* the city.

規則 129 位置under, beneath, below

under表正下方, **beneath**表腳下接觸者, **below**表下方。
(a) I was sitting *under* a big tree.
(b) The ice gave way *beneath* our feet.
(c) The sun has just sunk *below* horizon.

規則 130 between, among

between用來表示兩者之間, **among**用來表示三者或三者以上之間。
(a) Taichung lies *between* Taipei and Tainan.
(b) The oranges were divided *among* the three

of us.

規則 131 along, across, through

along表示對細長的東西「沿著, 順著」, **across**表示「橫越, 交錯」, **through**用來表示「穿過」。
(a) The trees were planted *along* the street.
(b) Take care when you go *across* the street.
(c) The Thames flows *through* London.

規則 132 to, for, from

to表示到達點, **for**表方向, **from**表出發點。
(a) He went *to* New York.
(b) He started *from* New York *for* Chicago.

規則 133 原因・理由from, through, of, at, for

from表直接的原因, **through**表間接的原因, **of**表造成死因的病名, **at**表感情的原因, **for**表理由。
(a) I am suffering *from* a bad cold.
(b) He died *of* cancer.
(c) He lost his place *through* neglect of duty.

規則 134 材料of, from

of用來表示材料變成製品之後, 其原形依然不喪失者, **from**用來表示原形被喪失者。
(a) This statue is made *of* stone.
(b) Wine is made *from* grapes.

規則 135 結果・模仿after

after具有表結果・模仿的用法, 此點應加注意。
(a) *After* what you have said, I'll be careful.
(b) The mountain was named Everest *after* Sir George Everest.

規則 136 價格at, for

at用來表示價格的比例, 交換則用**for**。
(a) Butter sells *at* fifty cents a pound.
(b) I bought the car *for* $2,000.

15. 連接詞

規則 137 and

and的有些用法應加注意。
(a) It is nice *and* warm today.
(b) Go *and* see who it is.
(c) You can't eat your cake *and* have it.
(d) Let us sit *and* wait.〔=Let us sit waiting.〕
(e) I walked miles *and* miles.
(f) bread *and*〔=with〕butter.

規則 138 | **for, because**

等位連接詞**for**用來表示理由， 從屬連接詞**because**用來表示原因。
(a) I think it will rain, *for* the barometer is falling.
(b) It may rain *because* it is getting cloudy.

規則 139 | **as=though**

「名・形・副＋**as**＋S×V」
(a) Rich *as* he is, he is never idle.
    [=Though he is rich, he is never idle.]
(b) Child *as* he was, he was very brave.
    [=Though he was a child, he was very brave.]

規則 140 | **if**

if除了引導表條件・讓步的副詞子句之外, 還可引導與**whether**同義的名詞子句。
(a) I'll not go *if* it rains.
(b) I can't tell *if* it will rain tomorrow.
    [=I can't tell whether it will rain tomorrow (or not).]

規則 141 | **that**

that用來引導名詞子句・副詞子句。以名詞子句表示同格的用法, 而以副詞子句表理由的用法, 應加注意。
(a) I know *that* he is honest.
(b) The fact *that* he was killed is not true.

規則 142 | **when**

作爲連接詞的**when**除了可引導副詞子句之外還可引導形容詞子句。「過去進行式＋**when**」是**and then**之義。
(a) *When* he comes, tell him so.
(b) I was reading a book, *when* the telephone bell rang noisily.

後記

　　編輯英漢辭典是一件極為艱難繁雜的工作，雖然傾盡全力編、譯、排、校，疏漏之處仍屬難免。然而，減低錯誤率是我們一直努力的目標。《遠流活用英漢辭典》推出至今，雖已經過多次修訂，仍不斷的仔細校訂內容，將不盡妥善的地方一一改正，希望能以最好的版本呈現，使應用它的讀者在學習英文時能有更大的裨益。

　　在此要向曾經來信指正本辭典中某些漏誤的讀者表示由衷的感謝。

遠流英漢辭書編輯部謹識